KB152872

북한문학 연구자료총서 Ⅲ

력사의 자취

북한의 소설

북한문학 연구자료총서 Ⅲ

력사의 자취

북한의 소설

김종회 편

국학자료원

■ 일러두기

1. 각 글의 말미에 처음 발표했던 지면과 연도를 밝혀두었다.
2. 인용문의 표기는 원전의 방식을 따랐으나 띄어쓰기는 현행 원칙을 따랐다.
3. 본문에서 사용한 약호는 다음과 같다.
　－ 장편소설, 책 : 『 』
　－ 논문, 평론, 시, 단편소설 : 「 」
　－ 신문, 잡지 : ≪ ≫
　－ 연극, 영화, 음악, 미술 작품 : < >
　－ 대화, 인용 : " "
　－ 강조, 소제목 : ' '

남북한 문화통합, 한민족 문화권 문학사의 조망

─ 북한문학 연구자료총서 전4권을 발간하면서

　격세지감이나 상전벽해란 말은, 과거 냉전 시대의 기억을 보유하고 있는 이들에게 오늘의 남북 관계를 설명할 때 어김없이 떠오르는 표현 방식이다. 이제 한반도와 관련된 모든 연구와 논의 체계에서 북한 문제를 도외시 하고서는 포괄적 설득력을 얻기 어렵게 되었다. 이를테면 북한이라고 하는 테마는 정치, 경제, 군사, 인적 교류 등 모든 분야에 있어 더 이상 '변수(變數)'가 아닌 '상수(常數)'의 지위에 이르렀다.

　문학에 있어서도 마찬가지이다. 지금껏 우리 문학사는 북한문학을 별도로 설정된 하나의 장으로 다루어 오는 것이 고작이었으나, 이제는 남북한 문화통합의 전망이란 큰 그림 아래에서 시기별로 비교 대조하면서 그 공통점과 차이점을 찾아보려는 시도가 빈번해졌다. 북한문학에 있어서도 1980년대 이래 점진적인 궤도 수정이 이루어져서, 과거 그토록 비판하던 친일경력의 이광수나 최남선을 문예지에 수록하는가 하면, 남북 관계에 대해서도 이념적 색채를 강요하지 않는 작품들이 확대되는 등 다각적인 태도 변화를 이어오고 있다.

　물론 남북한은 군사적 차원에서 아직도 휴전협정을 평화협정으로 변경하지 아니한 임시 휴전의 상태가 지속되고 있는 형편이며, 동해에 유람선이 오가는 동안 서해에 무력 충돌이 발생하는, 매우 불안정하고 아이러니컬한 상관관계에 있는 것이 사실이다. 우리와 유사한 사정에 있던 독일,

베트남, 예멘 등은 모두 통일을 이루었고 중국의 양안관계도 거의 무제한적인 교류와 내왕을 허용하고 있는데, 유독 우리 남북한은 여전히 이산된 가족들의 생사소식을 알 수 있는 엽서 한 장 주고받지 못한다.

이 극심한 대척적 상황, 한쪽에서는 인도적 차원에서 조건없는 경제적 지원이 이루어지고 다른 한쪽에서는 과거의 냉전적 관행을 완강한 그루터기로 끌어안고 있는 민감하고 다루기 어려운 상황을 넘어설 길은 여전히 멀고 험하기만 한 것인가? 바로 이 대목에서 우리는, 오랜 세월을 두고 축적된 민족적 삶의 원형이요 그것이 의식화된 실체로서 문학과 문화의 효용성을 내세울 수 있다.

남북간의 진정한 화해 협력, 그리고 합일된 민족의 미래를 도출하는 힘이 군사정권의 권력처럼 총구로부터 나올 것인가? 진정한 민족의 통합은 국토의 통합이 아니며, 정치나 경제와 같은 즉자적인 힘이 아니라 문학과 문화의 공통된 저변을 확보하는 일에서부터 시작하는 것이 마땅하다. 그러기에 '북한문학'인 것이다. 더욱이 북한에 있어서 문학은 인민 대중을 교양하는 수단이요 당의 정강정책을 인민의 현실 생활에 반영하는 훈련된 통로에 해당한다. 그러한 까닭으로 오늘의 북한문학은 단순히 문학으로 그치지 않으며, 남북 관계의 변화의 발전을 유도하고 측정하는 하나의 바로미터로 기능한다.

사정이 그러할 때 문학을 매개로 한 남북한 문화통합의 당위적 성격은, 귀납적으로는 그것이 양 체제의 통합이 완성되어야 한다는 사실의 징표인 동시에, 연역적으로는 여러 난관을 넘어 그 통합을 촉진하는 실제적 에너지가 된다는 사실의 예단이다. 이와같은 이유로 남북한의 문학과 문화를 비교 연구하고 문화이질화 현상의 구체적 실례를 적시(摘示)하여 구명하는 것은 매우 중요한 과제가 된다. 이러한 성격의 일, 곧 길이 없는 곳에 길을 내면서 가는 일은, 결코 말로만 하는 구두선(口頭禪)에 그쳐서는 진척이 없다.

이번에 상재하는 북한문학 연구자료총서 I·II·III·IV권은, 바로 그와 같은 인식의 소산이며 문학을 통한 남북한 공통의 연구와 새로운 길의 전개에 대한 소망으로부터 말미암았다. 여기서 새로운 길이란, 앞서 언급한 바와 같이 남북한 문학에 대한 전향적 인식의 연구를 포함하면서, 동시에 그 양자 간의 좁은 울타리를 넘어 세계에 펼쳐져 있는 한민족 문화권의 문학을 하나의 꿰미로 엮는 전방위적이고 전민족적인 연구에까지 이르는 학술적 미래를 지향한다. 이는 미주 한인문학, 일본 조선인문학, 중국 조선족문학, 중앙아시아 고려인문학 등 한민족 문학의 전체적인 구도 속에 놓이는 남북한 문학의 좌표 모색을 뜻한다.

이 한민족 문화권의 논리와 그 의미망 가운데로, 해방 이래 한국문학과 궤(軌)를 달리해 올 수 밖에 없었던 북한문학을 초치하는 일은 여러 국면의 의미를 가진다. 실제적이고 물리적인 남북관계에 있어서도 그러하거니와, 더욱이 문학에 있어서 북한문학에 남북한 대결구도의 인식으로 접근해서는 양자 간 문학의 접점이나 문화통합의 전망을 마련하는 일이 거의 불가능하다. 우리는 지금까지 수도 없이 많은 구체적 경험을 통해 이를 보아 왔다. 그렇다면 어떤 방안이 있느냐는 반문이 당장 뒤따를 것이다. 그에 대한 대답으로 지금 논거한 한민족 문화권의 개념을 제시할 수 있을 터이다.

요약하여 말하자면 이 연구자료총서는 남북한 문화통합과 한민족 문학의 정돈된 연구, 곧 한민족 문화권 문학사의 기술을 전제하고, 그 전환적 사고와 의욕을 동반하고 있는 북한문학 자료의 선별과 집약이라 할 수 있겠다. 제 I 권은 남한의 연구자들이 수행한 북한문학에 대한 연구의 대표적 성과들을, 그리고 제 II·III·IV권은 북한문학사 시기 구분에 따른 북한문학 시·소설·비평의 대표적 작품들을 한데 모았다. 책마다 따로 선별된 작품을 통시적 흐름에 따라 잘 이해할 수 있도록 해설을 붙였다. 각기의 책에 수록될 수 있는 분량의 한계로 인하여, 더 많은 작품을 싣지 못한 것은 여전히 큰 아쉬움으로 남아 있다.

이 네 권의 연구자료총서가 발간되기까지 엮은이와 함께 애쓰고 수고한 많은 손길들이 있다. 여기 일일이 그 이름을 적지 못하지만, 차선일·권채린·이훈·양정애 선생을 비롯한 경희대학교 대학원의 현대문학 연구자들에게 마음으로부터 감사의 말씀을 드린다. 아울러 이처럼 좋은 모양의 책으로 꾸며준 국학자료원에도 깊이 감사드린다.

2012년 6월
엮은이 김종회

북한 소설의 전개와 변화

북한 소설은 한민족 문학사의 한 부분을 차지할 분명한 이유와 존재가치를 가진다. 우리는 북한 소설을 말할 때, 항용 그들의 문학이 지닌 이념적이고 체제 옹호적이며 우상숭배적인 면모를 비판하곤 한다. 그 비판은 한국문학의 입장에서는 당연히 정당한 관점에 의거한 것이 될 수 있다. 그러나 북한 소설의 그러한 면모 또한 그것이 실제 북한 인민들의 정서와 사고를 반영한다는 점에서는 '사실'이기도 하다.

그러기에 우리가 북한 소설을 다룰 때 너무 성마르게 비판을 하게 되면 아무것도 건질 것이 없게 된다. 문학에서의 사실은, 그것이 현실의 리얼리티를 얼마나 정확하게 보여주느냐의 차원뿐만 아니라, 사람들의 이념적이며 가치주관적인 사고와 정념들이 어떤 소망 및 요구의 반영물인지를 묻는 차원도 포함한다. 때에 따라 사실들에 대한 좀 더 세밀한 독해가 비판보다 중요하다는 점을 기억할 필요가 있다.

이 책에서는 1945년 '평화적 민주건설 시기'부터 현재에 이르기까지 각 시기를 대표하는 북한 소설의 대표적 작품들을 모았다. 먼저 이기영의 「개벽」은 해방 후 북한에서 단행된 토지개혁을 다루고 있다. "토지를 농민에게 값없이 논아준다"는 소식을 접한 빈농 및 지주들의 반응을 잘 표현하고 있다. 소설은 농민들의 기쁨을 "오! 위대한 봄. 인간의 새봄이여! 인민의 새봄도 자연계의 이 봄과 같이 새싹이 터오랴 한다"라는 서사시적 감정으로 토로한다. 또한 해방 후 북한에서 조직된 농촌위원회의 위원이 된 '원첨지'의 모습을 통해 당시 농민들이 토지개혁을 어떻게 심정적으로 받아들였는지를 보여준다.

「개벽」이 새로운 시대에 대한 감격과 성과에 대한 작품이라면, 최명익의 「마천령」은 일제강점기에 이루어진 항일 저항운동의 영웅적 인물들을 다루었다. 이 작품에서는 저항운동을 하다가 붙잡힌 사람들을 고문하는 일제의 잔학상이 잘 드러나 있다. 가장 고통스런 고문의 순간에도 동료를 구하기 위해 스스로 죄를 자청하는 '전사'들의 면모와 함께, 결국은 승리하리라는 믿음을 "다시 불기 시작한 마천령(摩天嶺) 바람에 구름같이 피어 설레이는 바다"를 향한 갈망으로 형상화했다.

이 외에도 김일성의 개선을 다룬 한설야의 「개선」, 소련군을 해방군이자 혁명의 동지로 서술한 이춘진의 「안나」, 일종의 기행문처럼 해방 이후 남한의 상황을 희망 없는 암담한 곳으로 그린 이태준의 「먼지」 등이 있다.

전쟁의 시기에 북한 문학은 그 선전적 특징이 더욱 강화된다. 박웅걸의 「상급 전화수」는 폭격으로 끊어진 통신선을 연결하려는 상급 전화수 '남길'의 희생을 서술하고 있다. 인물들은 모두 자신보다는 주어진 임무와 역할에 최선을 다하다 산화하는 과정을 따른다. "내 몸을 바쳐서 전투가 보장될 수 있는 일이라면 무슨 일인들 못하랴"는 다짐으로, 끊어진 전화선을 자신의 몸으로 연결하는 초인적인 행동을 한다. 그의 희생으로 다른 부대와 연락을 취할 수 있게 되면서 전투는 승리로 끝난다. 윤세중의 「구대원과 신대원」 또한 뛰어난 정신력으로 '적'들을 물리치는 과정을 자세히 보여준다.

또 전선 르포 형식으로 인민군과 인민의 깊은 동지애적 연대를 표현한 김남천의 「꿀」, 미군을 악마로 묘사한 이북명의 「악마」, 월미도 방어 전투를 영웅적으로 수행하는 부대를 다룬 황건의 「불타는 섬」 등이 대표적이다.

한편 김형교의 「궤도」는 전후복구 시기를 배경으로 철도 보수공사를 하는 사람들의 갈등과 화해의 과정을 서술했다. 보수공사의 순서와 과정을 놓고 대립하던 인물들이, 결국은 주어진 난관을 극복하는 것을 인물들의 심리묘사를 통해 드러낸 작품이다. 같은 시기에 유항림은「직맹반장」을 통해 혁신의 노력과 함께 사업소를 다시 일으켜 세우는 인민들의 모습을 선전했다.

권정웅의「력사의 자취」는 김일성의 항일 저항운동에 관한 이야기이다. 일제에 맞서 싸우는 김일성 '사령관동지'의 인간적인 면모를 주로 드러낸 이 작품에서, 김일성은 일제 때문에 부모를 잃은 두 아이를 안고 밝아오는 아침 해를 감격으로 맞이한다. 작가는 이를 "어둠이 총퇴각을 시작했다. 아침이다! 대렬이 흘러가고 있다. 조국이 다가온다"는 웅변적 어조로 표현했다. 또 백보흠의「발걸음」은 철도 공사를 매개로 관료주의를 비판하고 있다.

북한문학의 변화는 1980년대의 이른바 '현실주제문학'의 시기에 두드러진다. 이전 시기에서는 찾아볼 수 없었던 소재의 폭과 관점의 변화를 보여준 작품들이 많이 창작되었다. 조희건의「번개잡이 비행선」은 일종의 SF소설이다. 번개를 저장해서 이를 전력화하는 비행선 만들기가 과제로 제시된다.

전국 청소년 발명품 전시회에 나가기 위해 비행선 제작에 골몰하는 '용이'가 자신의 독선적인 성격을 친구들과의 협력으로 극복해 나가는 과정을 보여준다. 이 작품에서는 미래상으로 제시된 여러 장면이 나온다. "지구 밖에 띄워놓은 인공위성도시", "텔레비죤 모양의 영상전화기", 여러 로봇들의 모습에서, 당대 북한 사람이 꿈꾸는 미래상의 한 일면을 엿볼 수 있다.

이밖에도 강복례의「직장장의 하루」는 직장생활과 가사 일을 병행해야 하는 북한 여성들의 고민을 사실적으로 보여주었으며, 한웅빈의「'행운'에 대한 기대」는 뇌물을 통해 문제를 해결하려는 사람들의 타성적인 모습을 풍자했다. 이러한 북한 소설의 변화는 과거 주체문학, 곧 수령형상문학이 중심축을 이루고 문학적 내용의 변화와 반성을 불허하던 시기의 작품들과는 미세하지만 분명한 차이를 보이는 작품의 생산을 말한다.

21세기 이후 북한 소설은 이러한 변화를 이어 받으면서, 동시에 여전히 주체문학의 전통을 고수하는 양가적 성격을 나타낸다. 하지만 아직도 현실주제문학이 주체문학의 강고한 장벽을 넘어서기는 어려운 실정에 있다.

북한문학의 심층적 이해

남한에서의 연구

| 차례 |

머리말

제1장 _____ 북한의 문예창작강령과 문예이론

제2장 _____ 북한문학사

제3장 _____ 북한 시

겨울밤의 평양

북한의 시

| 차례 |

머리말

제1장 _____ 평화적 민주건설 시기(1945~1950)

제3장 전후복구기(1953~1958)

제4장 ＿＿＿ 천리마운동기(1958~1967)

제5장 _____ 주체 시기(1967~1980)

제6장 _____ 현실주제문학 시기(1980~현재)

문학예술의 혁명적 전환

북한의 비평

| 차례 |

머리말

제1장

1945~1950
‘평화적 민주건설’ 시기

개벽

이기영

토지개혁 법령(土地改革法令)이 발표되든 며칠 뒤 어느 날이었다.

그날 읍내에서는 예정한 대로 시위행렬의 기념행사를 거행하려고 이른 아침부터 수뢰부가 총출동하야 모든 절차를 서둘렀다.

지령을 받은 각 동리에서는 농민대중이 인솔자의 지휘 하에 물밀듯 들어왔다. 그들은 제각금 농구를 한 개씩 들었다. 남녀노소의 농민이란 농민은 죄다 나온 모양인지 정각까지 모인 군중은 무려 수만 명이다.

어떠튼지 그 넓은 우시장(牛市場)의 벌판이 가득하고 장거리가 꽉 차도록 모였는데 그것은 읍내가 생긴 뒤로 처음이라는 굉장한 인사태(人沙汰)를 내였다.

그런데 각 면 각 동에서는 저마다 특색을 내랴고 별난 짓들을 다 뀌였다. 어떤 농민조합에서는 가마니를 길게 쳐서 거기다가 표어를 쓰기를,

'오직 밭가리를 하는 사람만이 토지를 가질 수 있다'고 한 큰 깃발을 들고 왔다. 또 어떤 동리에서는 솔가지 바탕에다 실노끈으로 글짜를 수놓아서 기때를 만든 것이 아름다운데 거기에는 다음과 같은 표어가 씨워있다.

'우리 조선의 영웅 김일성 장군 만세!'

열한시의 정각이 되자 총지휘는 단상에 가설된 마이크를 통해서 행렬의 순서대로 선발대에게 출발을 명령했다.

그때까지 군중은 광장에 밀집해서서 형형색색의 수많은 기빨을 날리고 있다가 한가락이 아래 장꺼리로 풀려나가며 다시 왈짜해 진다.

일기는 청명하다. 하나 쌀쌀한 바람이 불어온다.

집단(集團)이 풀려 나가는 대로 군중은 열광하기 시작한다. 예서제서 농악을 울리는 징, 꽹과리, 새납, 북, 장구 소리가 천지를 뒤집는 듯 귀청을 때였다.

그런데 행렬을 지여가는 군중들은 너, 나 할 것 없이 곡광이, 삽, 소시랑, 쏭가레살포, 호미, 낫, 지게 등속은 물론이요, 심지어 도리깨까지 둘어데고는 가지각색법석구니를 놀았다. 지휘자는 행렬을 정돈하기 위하야 요소요소 마다 그들을 지키고 있었다. 여자들도 두 손을 높이 처들고 기운차게 만세를 불었다.

그들은 만세를 불러도 거저 불르지 안는다.

"우리들 농민에게 토지를 주실 김일성 장군 만세!"

선두에서 이렇게 부를라치면 일제히 와 - 하고 만세의 함성이 터져 나왔다.

"북조선 임시인민위원회 만세!"

"조선 자주독립 만세!"

그들은 이런 만세를 수없이 불었다. 모두들 목이 터지도록 불르고 있었다.

사실 오늘의 만세는 그전 어느 만세보다도 의미가 다르다. 이번은 정말로 그들의 진심에서 울어나오는 감격한 만세였다. - 오랫동안 토지에 주렸든 농민들 - 그리고 지주한테 매여서 가진 압제를 받든 소작인들 그중에는 억울한 사정으로 지주한테 땅을 빼앗긴 사람도 있었다. 고리대금을 쓰고 집행을 맞아서 파산한 사람도 있었다. 해마다 농사를 짓건만 점점 살기는 곤난해서 남북만주로 떠나간 농민은 얼마나 많으며 농촌의 피폐로 말미암아 도회지대와 광산등지로 출가(出家)한 젊은 농군은 또한 얼마였든가? 그런데 八・一五까지 일제(日帝)의 발악은 전쟁 중에 더욱 심해서 가진 공출과 중용 중병의 명목(名目)으로 젊은 농군들이 깡그리 붙들려나갔었다.

이와 같은 악현실 조선 안에 꽉 드러찼지만 누구하나 그들을 돌보아준 사람이 있었드냐 해방이 된 뒤에도 그들의 생활은 여전히 비참하였다. 그런데 뜻밖에도 농민에게 토지를 분배한다니 이런 일은 조선이 생긴 뒤에 처음 본다. 어찌 그들이 기뻐하지 안으리? 그야말로 글짜 그대로 환천희지(歡天喜地)다. 오죽 조아야 부녀자들까지 나와서 만세를 불르며 춤을○추었을까!

군인민위원회(郡人民委員會) 앞에는 높은 단을 모아놓았다. 그 우에 위원장이 올라서서 행진하는 농군들을 일일히 환영하며 그들과 가치 만세를 불렀다. 열을 지어나가는 사람마다 모두들 기쁜 낯을 보인다. 아니 그들은 누구나 감격한 표정이였다.

근감하게 표어를 쓴 기빨들이 바람에 나부끼며 너르선 것과 여기저기에서 때때로 울리는 농악소리와, 그 뒤를 따라선 군중들이 열광에 뛰여서 춤들을 추는 광경이라든가 그런가 하면 여러 가지 모양으로 탈들을 해 쓰고 가장행렬(假裝行列)을 하는 꼴이 장관 중에도 장관인데다가 거기에 이따금 폭팔탄과 같이 터지는 만세소리는 벼란간 천지를 뒤집는 듯, 그런데 또 한편에서는 춤과 노래와 풍악이 질탕한 장면을 일우었는가 하면 다른 한편에서는 함성과 노호(怒號)와 의기(意氣)가 충천해서 십인십색의 가진 모양, 가진 색깔, 가진 소리, 가진 동작이 한데 엄불린' 채로─ 그러나 그들은 어떤 위대한 목표를 향하여 똑같이 용소슴치는 감격의 불떵이를 안꼬 한 곳으로 돌진(突進)하고 있었다.

그것은 참으로 파노라마[萬華鏡]를 전개한 듯 장엄한 광경이요 전무후무한 일대 시위운동이었다.

그런데 행렬의 좌우에는 시민대중이 겹겹으로 둘러서서, 이 어마어마한 행진으로 눈이 둥 그래서 처다 보는 것이었다. 그들은 어떤 공포감에 눌려서 공연히 가슴이 떨리였다. 그것은 무슨 큰일이 금방 날것처럼 공박관념(恐迫觀念)이 뒷덜미를 짚었다. 어쨋든 정신이 얼떨떨해서 도무지 웬 영문을 모르게 한다.

'토지를 농민에게 값없이 논아준다 세상에 이런 일도 있을까? 그것은 고금에 처음 듣는 말이다. 아니, 꿈에도 생각할 수 없는 일이었다.

하건만 사실이 그렇다는데야 어찌하랴! 그것도 래년이나 후년일이 아니라 지금 당장 실행을 해서 올 농사부터 짓도록 한다니 더욱 희한한 노릇이다. 이게 과연 정말일까.'

농민대중이 이와 같이 열광을 하는 반면에 지주계급은 어느 구석에 가끼웠는지 존재(存在)도 알 수 없다. 그들은 거게 침통한 기색으로 만세의 아우성이 들릴 때 마다 옴찔 옴찔 가슴을 죄였다.

이놈들 어데 보자…… 이러케 악을 쓰는 지주도 있었지만 그것은 마치 이불을 쓰고 활개짓 하는 격이였다. 따라서 그들은 화낌에 술을 먹거나 머리를 싸고 누웠거나, 기껏해야 땅바닥을 치며 애고지고 할뿐이었다.

그런데 황주사는 이럴 수도 저럴 수도 없어서 거리로 뛰어나왔다. 하긴 그도 처음에는 방속에 처박혀서 도무지 그 꼴을 안 볼 작정을 해보았다. 그러나 아우성소리가 들릴 때마다 열이 벌컥 솟아올라서 정말 참을 수가 없었다. 그래 그는 건디다 못하여 문을 박차고 뛰쳐나온 것이다. '이제 이놈들이 얼마나 기세를 피우는가 꼬락선이를 한번 나가보자고.'

그는 감투위로 통양갓을 받혀 쓰고 나섰다. 회색 명주 두루마기 옷깃 밑으로 은실 같은 긴 수염을 느리고 한 손으로는 단장올 짚었다. 그는 이러케 즘잔을 빼고 골목 밖까지 나오다가 갑작이 창피한 생각이 들어서 고만 뉘 집 담모퉁이에 찰싹 붙어 섰었다. 군중은 여전히 열광에 띄여서 조수같이 밀려나간다 그들이 가진 지저군이를 다하며 느러선 광경은 마치 독가비 노름판과 같았다.

'과연 그들은 낮에 난 독가비가 안일까? 독가비 감투를 쓰면 남의 눈에 안보이고 물건을 가저가도 모른다든가 그러타면 지금 저자들도 독가비 감투를 썼나 부며, 그러기에 자기는 어느 틈에 땅을 뺏겼는지도 모른고.'

황주사는 일순간 이런 생각이 들자 다시금 몸이 떨린다. 참으로 자기는 독가비가 들렸는가…….

그전에는 아니, 어제까지도 소인을 개올리든 놈들이 오늘은 어째서 이 러케도 무서워졌느냐 말이다. 한데 황주사는 금시에 또 딴생각이 갈마든 다. 그것은 누가 독가빈지 모른다는 생각이었다. 아니, 정말 독가비는 자 기가 아니냐는 그것이다. 자기야말로 독가비에 홀려서 이제까지 세상을 모르고 살아온 것이 아닐까? 웬일인지 그는 이런 별난 생각이 작구만 든다.

"이거 내가 미치지 않았는가……"

그는 과연 오랫동안 독가비에 홀려서 살어 왔다. 황금 독가비에 홀려서 살아온 셈이다.

황주사집이 오늘날 부명(富名)을 듣게 된 반면에는 가진 일화(逸話)를 많 이 빚어낸 중에도 특히 이런 일이었다. 늙은 어머니가 소증이 나서 못 견 디겠다고 다 큰 손주를 시켜서 쇠고기 한 근을 사오게 하였다. 그것을 알 자 황주사는 열이 벌컥 나서 아들이 사온 고기를 뺏어가자 고만 오줌동이 에 처넣었다.

"집안 망할 놈의 새끼, 고기 안 먹으면 누가 죽는다드냐!"

그 고기는 오줌동이 속에서 썩고 구더기가 들고였다. 그 오줌으로 논 거 름을 주었더니 과연 거기는 벼가 잘 되었다.

"여바라, 그까짓 고기 한 근은 안 먹어두 살었지…… 이 벼된 것을……"

그 뒤에 황주사는 이와 같이 다시 그 아들에게 훈계를 했다든가.

그러나 그의 모친은 신음신음 알타가 영영 회춘을 못하였다. 그래 남들 은 그 로친네가 굶어 도라갔다고 지금도 수군수군한다.

황주사가 이만큼 지독했다면 치부를 어떠케 했는지 누구나 짐작할 수 있을 것이다. 사실 그는 자기도 못 먹고 남도 못살게 굴면서 악으로 악으 로 모은 재산이다. 이것이 정말 독가비에 홀린 게 아니면 무엇일까?

그는 지금도 과연 독가비가 들린 사람처럼 한 곧을 멍—하니 바라보고 서서 혼자 중얼거린다.

"저놈들 봐라…… 아니, 저것들이 원것지자식들 안야? …… 그 계집년

두 나왔구나, 어린 색기를 업고서 까지…… 아니, 저 년놈들이 누구를 죽일랴고 연장을 한 개씩 들구…… 흥, 이놈들 어데 보자! 하지만 별일은 별일이다 — 제일 간구하고 못나되 못난 원첨지네 식구들까지 어데서 저런 용기가 나왔을까? …… 몇 달 전만 해도 굶어죽겠으니 돈 이백 원만 빚을 달라고 사정사정하든 그 원첨지네가……"

그 때 벼란간 지척에서 만세 소리가 아우성을 치며 이러났다.

"북조선 임시인민위원회만세!"

그 바람에 황주사는 고만 깜짝 놀래서 뒷걸음을 치다가 함맛하면 잡바질번 하였다. 원첨지네 식구들도 드립다 만세를 부르며 지나간다.

황주사는 고만 얼이 빠졌다. 그는 그 자리에 더 서 있을 수가 없어서 도라섰다. 그는 그길로 횡하니 집으로 드러갔다.

식구들이 마치 넋 잃은 사람처럼 경황없이 몰켜 섰다가 황주사를 보고 수인사를 한다. 그러나 황주사는 골이 잔뜩 나서 소리를 벌컥 질렀다.

"일들은 안쿠 웨들 넋 놓고 섯는 거야 아니 구경이 하구푸면 연장을 한 개씩 들구 나가서 늬들도 만세를 부르랴무나!"

사실 나가나 드러오나 속상하는 일뿐이다. 그래 그는 만만한 식구들한테만 애꾸진 분푸리를 하였다.

"원 별말씀을 다 하시는구려 — 누가 구경을 가구퍼 그리우, 하두 박앗이 소란하기에 송구해서 그러지요." 무성지책(無省之責)에 곡가운 생각이 들어간 그 부인이 손아래 식구들을 대신해서 변명하는 말이었다. 그는 정말 억울하다.

남들은 부자라고 자기 집을 부러워하건만 인색한 영감의 등쌀에 그는 여적 지기를 못 펴고 살아왔다. 젊어서는 오줌동이를 이게 하였으니, 인제 고만 남과 같이 먹고 입어도 좋지 안은가.

하긴 근자에 와서는 소작료를 공출로 빼앗기고, 그 대신 물건 값은 비싸기 때문에 재산이 더 늘 수는 없었다. 거기에 심사가 틀렸든지 영감도 그 전처럼 치를 떨진 안었다. 치부꾼의 고상한 심리는 재산을 모으는 재미로 사는데, 그것이 고만 안 되니까 분푸리로 돈을 쓰기도 하였다.

황주사는 사랑으로 나갔다가 다시 의관을 차리고 나섰다. 그는 화가 치받혀서 도무지 견딜 수가 없는 모양이다.

어디로 갈까…… 그는 속으로 생각해 본다. 그러나 도무지 갈만한 곳이 없다. 친구를 차저 가자니 동병상련 격이라 꼴 보기 싫고, 술집을 혼자가기도 짓적어서 고만 두었다.

"에라, 촌으로 나가보자, 저놈들 발광하는 꼴 보기 싫다."

황주사는 그길로 나서서 원첨지를 찾아갔다.

아까 시위 행렬 속에는 원첨지가 보이지 안었다. 원첨지가 사는 골안마을은 읍내에서 불과 십 리밧게 안 된다.

이날 원첨지는 집신을 삼는다는 핑계로 집에 혼자 남어 있었다. 아이들은 식전부터 시위행렬에 참가하겠다고 한바탕 짝자꿍을 놓았다. 그들은 저마다 삽을 가지겠다고 서로들 다투었다. 삽은 한 자루뿐인데, 세 놈이 떼 해라고 날뛴다. 그러나 결국은 억지손 세인 동생놈에게 형놈은 할 수 없이 빼기고 마렀다.

그래서 동수는 광이를, 언년이는 호미를 제각금 맡기로 락착을 지었다.

아이들이 졸라서 어머니도 가기로 하였다. 그가 막내둥이를 업고 나설 때에 "아버지 가치 가십시다. 그럼 삽은 아버지 드리구, 난 낫을 가지고 가겠소." 하니까,

"싫다. 늬들이나 어서 가거라, 난 집신올 삼어야 하겠다."
하고 부친은 거절한다. 안해는 그 말을 듣자마자.

"당신은 그저, 죽을 때까지 안악군수로 살다 말꺼야, 내 그러케두 주변 없는 이는 처음 본다니깨!"
하며 혀를 차고 돌아선다. 그래도 원첨지는 바보와 같이 빙그레 웃기만 하면서 "집을 비우구 죄 다가면 되는가, 아무리 가저갈 건 없더라두."
하였다.

"서발 막대 휘둘러야 가루고칠 것 없고 새앙쥐 볼가심할 벼한 툇박 없는 놈 집안에서 도적 마질까 무서워서 당신은 못가겠소. 아이구 기꾸녕이 막켜라!"

안해는 또 한바탕 예의 수다로 넋두리를 한다. 열 살이나 손아래인 그 안해는 아직도 팔팔한 성미가 남어 부아가 날랴치면 영감택을 막우 휘둘렀다.

"내가 머랬기에 또 저런담! 어서들 가라니까."

"어머니 고만 가십시다. …… 올부터 논농사를 지으면 우리집도 잘살 텐데 뭘 그리우."

작은 아들 동운이가 어리손을 치며 등을 내미는 바람에 모친은 저윽히 화가 풀려서 웃는 낯을 지으며.

"오냐, 네 말대로 인제는 어미두 호강을 하게 되나부다. 어서들 가자."

그들이 나간 뒤에 원첨지는 빈방에 홀로 앉어서 부시럭 부시럭 집신을 삼끼 시작하였다.

하긴 그도 아이들이 가자고 졸를 때에 미상불 가고 싶은 생각이 없지 안었다. 그러나 어쩐지 마음 한편 구석에 열쩍은 마음이 들어서 선뜻 나설 용기가 나지 안었다.

아니 그보다도 그는 어떤 의심이 없지 안어서 장래사를 멀리보라는 조심성으로 안 갔었다. 그것은 더욱 읍내 사는 지주 황주사가 얼마 전에 하던 말이 기억 되었기 때문이다.

"여보게, 자네두 평양 임시정부가 오래 갈 줄 믿는가? 그리고 토지를 농민에게 거저 준다는 그 말을! 홍, 그따위 풍설을 믿다가는 공연히 큰 코 닫히지. 어떤 놈이든지 그런 말에 속아 넘어갔다가는 미구에 복통할 날이 올 것이니 두구 보게나. 세상이 또 한 번 뒤집힐 줄을 모르구…… 홍……."

그때 황주사는 이러케 안깐힘을 쓰면서 얼굴에 피대를 세웠다.

"세상이 또 한 번 뒤집히다니요. 아니. 그건 또 어떤 일로 그렇다는 것입니까?"

고지식한 원첨지는 황주사의 말을 정말로 듣고 여간 놀래지를 안었다.

"저러니까, 촌사람이 답답하다는 거야— 해외 임시정부가 벌써 드러온제가 언제인데, 어찌 그것도 모르나? 리승만 박사와 김구선생이 지금 대한정부를 꾸미는데 그 정부가 중앙정부로 드러서게만 되면 이까짓 평양정부는 깨지지 안코 백일줄 아느냐 말야! 홍, 모두 다 헛일을 하는 줄 모르구서. 자네 같은 사람두 이건 땅을 준다니까 아마 귀가 솔깃한 모양이지만. 아니 금쪽같은 남의 땅을 빼어서 논아줄 놈이 대체 누구란 말인가? 어림없이 홍!"

황주사가 성이 날 때는 '홍!' 소리를 연신하는 버릇을 가졋다. 그때는 그는 코를 벌름거리면서 연신 홍타령을 불렀다.

"누가 믿는답니까, 주사님은 공연히 역증을 내심니다 그려."

그때 원첨지는 대꾸할말이 없어서 저쪽 말을 이러케 막았다.

"아냐, 자네한테 역증을 내는 게 아니라. 세상이 하두 뒤죽박죽이니까, 그래 가탄해서 하는 말일세."

황주사는 원첨지의 기색을 살피다가 능청스레 이렇게 말휘갑을 치고는 씩— 웃는다.

아침에도 원첨지는 그 생각이 나서 아이들이 가자은데도 집신을 삼는다고 고만두었든 것이다.

원첨지가 이런 생각을 하고 있을때

"이 집에 아무두 없나?"

하고 방문을 펄쩍 열어 보는 사람은 의외에도 황주사다.

원첨지는 삼고 있든 집신짝을 허릿발에 찬 채로 벌떡 이러서며 맞인사를 하였다.

"주사님. 웬일이십니까? 어서 들어오십시오."

그러나 원첨지는 마치 무슨 죄를 저질은 사람처럼 자기도 모르게 당황한 기색을 띄었다. '정녕코 빚을 받으러 나온 게 아니냐고……'

"다들 어딜 갔는가? 올치. 읍내로 시위운동을 하러 갔네 그려."

황주사는 담뱃대를 한 손에 쥐고 방안을 둘러보다가 문안으로 앉으며 원첨지를 노려본다.

"이 아래로 내려앉으십시오. 저…… 모두들 가자구 동무들이 와서 아마 가치들 갔나봅니다."

원첨지는 무슨 영문이 내릴는지 몰라서 주저주저하다가 이렇게 겨우 변명하듯, 말한다.

"그럼 자네는 가지 안쿠 왜 집에 붙어 있는가? 흥!"

"저야 늙은 놈이 뭐 하러 갑니까. 애들이나 구경삼아 간 거지만…… 그리고 또 당장 신을 것이 없어서…… 집신을 삼는데요 허허……."

원첨지가 어정쩡한 태도를 보이자 황주사는 더욱 노기가 등등해서 말을 잡기 시작한다.

"집신보다 땅이 생기지 안는가. 나 같으면 맨발로라도 뛰어가겠네, 흥!"

황주사는 이렇게 말하면서 담뱃대를 탁, 탁, 털더니만 기름에 쩌른 쥘쌈지를 끄내서 잎담배를 감는 것이었다. 그전에는 구경도 못하든 엽초다. 해방이 된 뒤로는 자유로 살수가 있었다.

"원, 주사님두 그게 다 무슨 말쌈입니까. 아니. 저를 여태 그런 사람으로 아셨나요?"

원첨지는 기가 막켜서 억울한 심정을 하소 하랴는 듯이 황주사를 마주 쳐다 보았다.

"허허허…… 자네 말을 들어보려구 한 말일세. 참, 자네는 고지식하기로 일경에서 소문이 난 사람이니까. 설사 그럴리야 있겠나 만은 다른 놈들은 모두 다 안 그러냐 말야……. 흥! 아니, 그래 이 근처에서 내 땅마지기와 썰말돈냥을 신세 안진놈이 누가 있는가……. 그런데, 세상이 어찌 될 셈인가, 그전 은공을 하나두 생각지 안쿠. 이건 제세상이나 맞난 것처럼 웃줄대는 꼬락선이라니. 제깟놈들이 땅을 얻는대야 올 일 년두 못 갈거구. 또한 설녕 그때까지 간다손 치드라두 작년처럼 성출인지 뭐인지 하게 되면 남을 것이 뭐 있느냐 말야! 예이? 화가 나서 도무지 눈꼴이 틀려 못 보겠단 말야 홍 시러베아들놈들 같으니라고."

사실, 황주사는 화가 머리끝까지 치밀어 올라서 견딜 수 없었다. 그래 그는 요새 밤잠을 못자고 구미가 제쳐져 밥그릇 밥을 못 먹는다. 여북 갑갑해서 이렇게 촌으로 나왔을까. 가위는 자다가나 눌린다하지. 이건 대명천지 밝은 날에, 생벼락을 마진 셈이다. 세상에 이런 기급을 할 놈의 일이 어데 있는가.

황주사가 토지개혁 법령의 포고문을 처음 받아 보았을 때, 그는 벼란간 눈앞이 캄캄해지며 천만 길을 땅속으로 떨어지는 것과 같이 현기증을 이르켰다. 그때 그는 두 눈이 모로서고 글짜가 깍구로 박켜서 잘 읽히지를 안었다.

그는 마치 살(煞)을 마진 사람처럼 전신이 금시에 새파래 젓다. 그래 그는 한동안 진정해가지고 가서 읽어 보기를 시작했다.

그것은 암만 눈을 씻고 보아야 자기에게 유익한 구절이 하나도 없었다. 마치 그 포고말은 자기 말을 상대해서 일부러 써 논 것과 같었다. 토지는 말할 것도 없고 집과 농구까지 모두 내놓으라는 것이다. 그리고 타군으로 빈손만 쳐들고 이주를 하란즉, 이게 벼락이 아니고 무엇일까?

그러나 이조문은 대지주와 반역가에게만 적용된다. 황주사는 자기가 악덕지주인 줄은 모르는척하고 지금도 오히려 작인을 탓하며 세상을 원망하는 것이었다.

그래 그는 땅을 뺏기는 것도 분하지만, 그보다도 성명조차 없는 놈들이 이판에 날뛰는 꼴이 더 분통하다고 혼자 앙탈을 한다. 전자에는 그들이 모두 다 자기를 우리러 보고, 수하와 같이 굽신거렸는데, 그들이 제 세상을 맞난 대신 자기는 그들에게 도리혀 쫓겨날 판이 되었다. 이게 도무지 꿈인지 생시인지, 모르겠다고 그는 혼자 미쳐서 날뛰었다.

황주사는 여태 돈만 알고 살어왔다. 왜놈의 시대에는 돈 가진 사람만 알아주기 때문에 그를 우리러본 것도 황주사의 재산이었지, 황주사란 '사람'

은 아니다. 다시 말하면 황주사는 지주(地主)라는, 재물(財物)의 화신(化身)이었고, 독가비였다.

그래도 그는 세상이 이러케 뒤집힐 줄 알았드면 토지를 죄다 팔어서 현금을 뭉처가지고 이남으로 내뛸 것을 잘못하였다고 지금도 후회한다.

그가 각처에서 땅을 내놓을 것은 전답과 아울러 백여 정보가 된다. 그리고 산림을 가진 것도 많었다. 만일 재작년부터 야미쌀을 몰래 팔고 현금을 모으지 안었드면 꼼짝없이 이 판국에 거지가 될 뻔하였다. 그 생각을 하니 아슬아슬하고 그리한 것만이 불행 중 다행이라 하였다.

그는 조선은행권으로 백 원짜리만 삼만여 원을 말어서 명주바지 저고리에 솜과 함께 바처 가지고 옷을 꾸며 두었다. 약차(若此)하면 그 옷을 입고 피난을 갈 심산이다. 그 소문은 벌써 이 근처에 쫙ㅡ 퍼졌다. 입이 잰 큰며느리가 비밀을 누설한 까닭이다.

그때 황주사가 좀 더 궁리를 했다면 땅을 모조리 팔었을 것이다. 그러나 아무리 세상이 변한다 하더라도 땅덩이가 떠나갈 줄은 몰랐다. 천지개벽을 하기 전에는 설마 그런 일이 없을 줄 알았든 것이 눈에 안 보이는 개벽이 하루 밤 사이에 이 세상을 뒤집어엎었다.

"자네를 잠깐 보러온 것은 다름이 아니라 요새 좀 옹색한 일이 있기에⋯⋯."

하고 황주사는 비로소 찾아온 용건을 말하는데.

"네 그것 말슴이오니까? 참 일즉 해다 못 올려서 미안하게 되었습니다."

원첨지는 갑자기 기색이 달라지며 황송스레 사과를 한다.

"뭐 자네한테 준돈이야 무슨 염녀가 있겠나. 조만간 가저 올 줄은 아네만은 금시 말한바와 마찬가지로 요새 좀 옹색해서 그리네. 보다시피 자네 사정두 딱한 줄은 누가 모르나⋯⋯ 그러니 변리는 고만두고 본전이나 금명간으로 해 주었으면 매우 요긴히 쓰겠는데 어떻게 되겠지?"

이 말을 들은 원첨지는 속으로 은근히 놀래였다. 그전 같으면 한 푼도 안 깎어 줄 위인인데, 이자(利子)를 전부 탕감하고 본전만 달라는 건 무슨 까닭일까? 자기에게 특별히 선심을 쓰자는 것인지. 그러치 안으면 정말로 토지를 뺏기게 되니까 무슨 술책으로 자기를 이용을 하려 함인지 그 속을 모르겠다.

"여적 못 갖어드린것두 죄송하온데 원 별말슴을 다하십니다. 저, 그러오나 나무를 해다 팔아야겠사오니 한장 동안만 더 참어주십시오."

원첨지는 이렇게 진국으로 말하였다. "그럼 그러소. 닷새 안으로는 꼭 해오겠나? 변리는 고만두고 말야."

"네, 너무 황감합니다. 변리까지 안 받으신다는데 약조를 어길 수야 있겠읍니까 식구가 굶더라두 그 안에 해다 드립지요."

두어 달 전에 원첨지는 황주사한테 오푼변으로 돈 이백 원을 빚내 쓴 일이 있다. 그것은 눈이 많이 싸혀서 나무 장사도 할 수 없어서 양식말을 구해먹느라고 변돈이라도 안 쓸 수 없든 까닭이다.

"그럼 난 고만 가겠네. 어데 술이나 있으면 한 잔 조켓네만은 요새는 술을 해 파는 집두 없는가부지."

"왜 좀 더 놀다 가시지…… 글쎄요, 이 근처는 술이 없을 겁니다."

황주사를 문밖까지 배웅하고 들어온 원첨지는 다시 신짝을 차고앉았다. 그는 아무리 생각해보아도 황주사의 태도가 수상쩍었다.

"참, 별일두 많다…… 황주사가 변리돈을 탕감해준다니……."

전 같으면 그가 자기 집에 올리도 만무하거니와, 혹여 지나다가 들른다 하더라도, 담뱃불이나 부처들고는 바로 이러섰지 지금처럼 오래 앉었기는 처음이다. 그리고 맥이 풀려서 헐헐 하는 꼴이 아무래도 무슨 불길한 조건이 있는 것 같았다.

그러면 지주는 정말 토지를 내놓게 되고 농민은 그 대신 농토를 얻게 되는 것일까. 아니라면 황주사가 저렇게 몸달노릇이 없을 것 아니냐고―.

사실, 지금 황주사는 등이 달았다. 그는 오던 길을 다시 도라가며 곰곰이 생각해 본다. 그래 마을 사람들이 먼빛으로 보이여도 그는 길을 돌아서 그들을 피하였다. 누구 아는 사람이 전과같이 인사를 하건만 하치 가기를 비웃는 것 같아서 공연히 창피한 생각이 들군 한다. 모든 것이 일조에 변해진 것만 같다. 푸른 하늘도 전같이 명랑해 보이지 않고 산천초목도 그전처럼 아름답지가 않다.

더욱 그것은 자기의 논과 밭을 지나갈 때 그러하였다. 이, 상전(上田) 옥답이 남의 소유로 넘어가다니―골안말 열섬지기 논은 한구레로 내려 박쳤다. 한바디가 거진 한섬지기나 되는 큰 자리에서는 해마다 풍흉이 없이 삼배출씩 나달이 난다. 그 논에서만 도지를 쌀로 二百말을 받았다.

그런데 이런 논을 몽땅 내놓다니! 황주사는 지금도 그 생각이 들자 심정이 미칠 듯 틀렸다. 그래 그는 일부러 그 논 자리를 피해갔다―그는 이렇게 제욕심만 따저보았지 정작 소작인이 자기한테 그만큼 피땀을 빨린 것은 생각을 못하였다.

마을 사람을 피하고 자기의 논밭도 안보려니 그는 부득이 탕탕 돌아서 길 아닌 숲속으로 내깔을 헤매며 내려갔다.

마치 그는 술 취한 사람이 길을 못 찾고 헤맬 때와 같이 가다가는 드러서고 딴 방향으로 드러서곤 하였다. 그러다가 멍―하니 먼 산을 바라보고 한숨을 길게 쉬고서는 또다시 힘없는 발길을 떼놓는 것이었다.

참으로 이골안의 땅을 살 때에 자기는 얼마나 기뻐하였던가.

"이놈들 어데 보자!"

그는 다시금 심사나서 혼저 악을 써보았다. 입맛이 소태같이 쓰고 입술이 바작바작 타드러 간다.

황주사는 그길로 자기 사랑으로 들어가서 문갑을 열고 토지개혁포고문을 펴들었다. 역시 아무리 해석해보아야 지주에게 유리한 대목은 한 구절도 찾어낼 수 없었다.

'유지신사(有地身死)다. ……정말 지주야말로 유지신사라, 어떤 놈이 요언(謠言)을 만들어냈을까?'

해방 전부터 이런 말이 항간에 떠돌더니만 과연 그 말이 마젓구나 하였다.

황주사는 그날로 머리를 싸매고 드러누웠다.

'지주를 유지신사(有地身死)라 한다면 자본가도 유지신사(有紙身死)다! 그렇다면 돈[紙錢]가진 놈과 다 가치 죽어야 한다.'

그는 다시 물귀신처럼 이런 생각을 하면서 쌍룡이 여의주(如意珠)를 다투는 소라반자의 문의를 처다 보았다.

일순간 황주사는 어떤 환상(幻想)이 떠올랐다. ……그것은 두 유지신사가 반자지 물외에 그린 두 마리 룡이 되어서 여의주와 같은 황금을 뺏으려고 서로 다투며 하늘로 올라가다가 고만땅 위에 떨어져 죽었는데 룡은 자기 자신이었다.

저녁때, 원첨지가 집신 한 커리를 다 삼아서 꾸며놓고, 막 방을 쓰러 내라니까 그제서야 식구들이 우— 몰려온다.

"아버지……."

엄마 등에 엎인 꼬맹이가 반겨라고 손을 처들며 먼저 아른 체를 한다.

"오— 인제들 오냐. 그래 구경이 좋던가?"

"당신두 가시자니까, 그런 구경이 또 어데 있겠소."

안해가 전에 없이 좋아하며 희색이 만면해서 들어온다.

"좋지 안으면, 땅이 생기는데, 그보다 더 좋은 일이 뭐 있겠어요."

작은아들 동운이가 말참례를 하였다.

"아니 정말로 땅을 준다드냐?"

원첨지는 반신반의해서 그들에게 다시 묻는다.

"그럼 정말 아니구요, 평양정부에서 위원(委員)님이 내려와서 그렇게 연설을 하든데요."

"아이구 좋아라. 아버지! 인젠 우리집두 올부터는 쌀밥을 먹게 된다우."

언년이가 좋아라고 덩다러 나서는데,

"저 간나는 밤낮 먹는 타령이야."

동운이가 눈을 흘기며 냅다 핀잔을 준다.

"그럼 읍바는 쌀밥이 싫어서 안 먹겠구만."

언년이는 입이 뽀족해서 도라선다.

"이년아 주둥이 닫혀라. 난 쌀밥 보다 두 논농사를 한번 힘껏 지어밧으면 하는 게 평생 소원이였다."

주먹을 쥐고 달려드는 동운이를 모친이 얼른 가로 막으며,

"그 말이 그 말이지 뭐가? 쌀밥을 먹구 싶다거나 논농사를 짓고 싶다거나…… 호호호."

"어째 같아요? 남들은 논농사를 많이 짓는데, 우리는 남의 논일에 품파리만 단이는 게ㅡ. 그게 쌀밥 한 그릇과 같단 말야?"

"건 네 말이 옳다. 나두 너처럼 남의 논일을 갈 때마다 애생이가 나서 그랬단다."

큰아들 동수가 아우의 말을 이렇게 추긴다.

"작은 읍바는 내말이라면 언제든지 야단만 치지. 인제는 여자두 권리가 있대!"

언년이는 앙지가 샐쭉해 지며 날카롭게 부르짖는다.

"이년아! 계집애에게 권리가 무슨 권리야, 건방진 수작마라!"

동운이는 다시 주먹을 처들었다.

"호호호…… 왜 없어요, 농민이 토지에서 해방되듯이 여자두 가정에서 해방돼야지, 뭐."

"그럼 밥은 누가 짓고 빨래는 누가 하나? ……남자가 대신 하란 말인가, 하하하."

그 말에 큰 오라비가 너털웃음을 친다.

"누가 그런 것 말인감. 여자두 회[會議] 때에 참례하구, 대통령을 뽑을 때는 표를 써낼 수 있는 그런 거 말이지."

언년이는 또다시 샐쭉해서 치마끈을 물고 돌아선다.

"넌 어데서 그런 소릴 다 드렀니? 나두 못 들은 말을."

모친은 빙그레 웃으며 그들 오뉘가 서로 다투는 것을 귀여운 듯이 번갈러 본다.

"그까짓 소리들은 고만두고 아니 정말로 농민에게 땅을 논아 준다느냐?"

"아버진 정말이래두…… 이따가 위원장 아저씨가 오시거든 무러보세요. 식구대로 그 동리의 논밭을 골고루 노는다든데요."

"그럼 우리한테도 황주사집 논이 차례 오겠지 뭐―"

아들들의 이 말을 듣자 원첨지는 무슨 의미인지 두어 번 고개를 끄덕인다.

"웨 무슨 일이 있었수?"

눈치 빠른 안해가 이렇게 다즈처 무르니.

"아까 황주사가 왔었는데 어째 그전과 다르기에 말야."

"뭬 달러요?"

"댓듬 하는 말이 나보구서 웨 시위운동에 안갔느냐구…… 그리구 땅을 얻는다고 좋아하는 놈들은 모두 미친놈이라 하면서 화를 내겠지."

"그래 그 말뿐입뎃까!"

"응, 그리구 참, 우리가 쓴 돈을 빨리 갚아 달라면서 벌이는 고만 두라든가."

"건 또 웬 일이라우?"

"나두 모르지. 전에 없이 선심을 쓰더라니. 별 일야……."

"그런 선심을 진작 좀 쓰지."

안해는 입술을 삐쭉 내밀며 앙상굳게 영감의 말을 받어챈다.

"그게 다 등치구 배 만지는 수작이라우, 인제는 전과같이 세력을 부릴 수 없으니까, 인심을 좀 얻자는 수단이지 뭐야."

동운이의 말에,

"그렇지만 벌써 때가 늦었는걸!"

언년이가 또 쓱 나선다.

"넌 좀 나서지 마라…… 어른 말끝에."

"작은 읍반 어른인감 뭐."

"이년아, 뭣이 어째?"

동운이는 기어코 언년이의 귀퉁바기를 쥐어 박어 올리었다.

"손찌검은 웨 하느냐?"

모친은 언년이를 달래고,

"참. 모두다 회한한일이다."

원첨지는 혼저말처럼 중얼거리며 부시럭 부시럭 담배를 담는다.

"아저씬 오늘 뭐 하셨수, 시위행렬에두 안 나오시구."

그때 마침 농민 위원장이 지나가다 발을 멈추는데, 술이 좀 취하였다.

"신을 게 없어서 집신 한 커레 삼느라고 집에 있었지. 좀 방으로 드러가세."

원첨지가 앞에 서서 드러가랴하니,

"뭐 늦었는데 곧 가야지요."

하면서도 농민 위원장은 뜰팡에 쭈그리고 앉는다.

"그래 행렬이 장 했다지…… 그럴 줄 알었으면 나두 갈걸 그랬네."

"장하다 마다요. 전무후무한 일인데요…… 아저씨두 인젠 허리끈을 끌어 놓시게 됐수다."

"글쎄 원…… 그게 정말일까?"

"아니 정말 아니면 아저씬 상구 의심하시 나요?"

"의심이 아니라 들리는 말이 하두 구구하니까…… 황주사의 말은 어데 그래아지……."

원첨지는 고지곳대로 들은 말을 옮기었다.

"황주사가 언제와서 뭐랍듸까?"

"요전에두 하는 말이 땅을 논아준다고 고지든는 놈들은 모두 미친놈들이라데, 그리고 설사 논아준다 하더라도 서울에 중앙 정부가 생기면 평양 정부가 깨질텐데 그런 줄 모르고 날뛰다가는 공연히 큰 코 다칠 거라구!"

원첨지는 이렇게 말하면서 농민 위원장의 눈치를 슬슬 본다.

"그놈의 영감택이가 제명에 못 죽을라고 상구두 그따위 소리를 하구 단이나. 판국이 변한 줄 모르는 당신이야말로 큰코 닫힌다구 웨 그런 말을 못하셨소? 아저씨는……."

"누가 그런 속을 알았어야지."

"용해 빠진 저량반이 그런 말할 주변이 어데있서!"

저녁거리를 끄내려 윗방으로 드러가든 안해가 비웃는 어조로 농민 위원장을 처다보며 웃는다.

"아저씨…… 너무 죽어만 지내서두 안 됩니다. 인제는 다 같은 인민(人民)인데 압제를 줄 놈은 누구며 압제를 받을 놈은 누구냐 말여요."

농민위원장은 얼근한 김에 열변을 토하기 시작한다.

"아까두 저 량반이 그전처럼 굽실대니까 황주사도 냥냥해서 그따위 말을 했지 뭐야. — 그래두 변리[利子]는 고만두고 본전만 갚으랬다니 별일이지 — 갑작이 웬 선심이 나왔을꼬?"

안해는 좁쌀을 한 되빡쯤 떠가지고 나오다가 농민 위원장의 말대꾸를 한다. 그는 영감을 제처놓고 마치 자기가 대신 말대답을 하려는 것처럼.

"아니 그 영감태기가 이제 보니까 빚을 받으러 나왔섯군! 세전에 그 집 돈을 쓰셨다더니만 상구 안 갚으셨수다 그려."

"안 갚았나 못 갚았었지 — 이백 원을 한 목 갚자니 어데 쉬워야지…… 그래 앞으로 낫새기한을 했는데, 큰낫는걸! 변리도 안 받겠다니 이번에는 꼭 갚아야할 것 안야!"

원첨지는 금시에 수심이 가득한 얼굴로 시름없는 대답을 한다.

"거 — 안 갚기를 잘했수다. 갚었드라면 공연히 이백 원 손해 보실 번 했소. 하하하…… 거참, 아저씨! 한 턱 내슈."

농민위원장은 벼란간 상쾌한 웃음을 터친다.

"아니 안갚기를 잘했다니 빚쓴 돈을 안 갚는 수야 있나."

"허허 아주머니두 상구 모르십니다 그려 — 소작인이 지주한테 빚으로 쓴 돈은 갚지 말라는 법률이 났으니까 안 갚는 게 당연치 않소? 갚으면 되려 법률 위반인데요. 허허 원."

"아, 아니…… 그런 법이 어데 있단 말인가 — 남의 돈올 쓰구 안 갚어두 좋다는 법률이."

원첨지는 펄쩍 뛰면서 농민위원장의 말을 부인하랴는 태도를 짓는다. 그 바람에 농민 위원장은 고만 결이 나서 토지개혁 법령을, 족기주머니를 뒤저서 고내여보이며 언성을 높인다.

"원 답답한 양반들 다보겠네. 여기에 그렇게 씨워 있어요. 아니 그런 말로면 아저씬 왜놈의 법률은 모두 옳다고 믿고 사셨든가요?"

"그거야 왜놈 말은 말할 것도 없지 않은가."

원첨지는 종시 알아듣지 못하는 수작으로 응대한다.

"그렇다면 말입니다. 같은 조선 사람끼리 어째서 지주는 땅만 가졌으면 가만이 앉었서도 잘살게 되고 소작인은 그 땅을 힘드러서 농사를 지였는데도 못사느냐 말예요. 이것이 지주가 소작인의 피땀을 빨아먹는 까닭이 안이고 뭐냐 말예요."

"그…… 그……그거야 옛날에두 땅임잔 토지를 받지 안었는가……."

원첨지는 농민위원장의 기세에 눌려서 겁을 먹고 간신이 대답한다.

"옛날 토지가 어데 지금과 같답넷까? 그리고 법률도 시대를 쫓어서 변하는 것인데 왜놈들이 조선쌀을 뺏어가랴고 지주는 옹호하고 소작인만 착취하는 시대에 맞지 안는 악법률을 만든 것이지…… 쉽게 말하면 우리 농민들은 지주한테와 왜놈들한테 두 군데씩 소작료를 뺏기고, 공출로 뺏기고 했기 때문에 해마다 헛농사를 지였단 말여요."

"건 그렇지만……."

"그러니까 왜놈이 조선에서 없어졌으니까, 인제는 농민이 살 수 있는 새 법률을 마련해야 하지 않소? 이 새 법률이 지주를 없이하고, 농민에게 땅을 논아준 것 안이겠소."

"글쎄…… 하긴 그런데…… 원 꿈에도 생각지 못한 일이라서 도무지 얼떨떨하단 말야……."

"아이, 아버지두 뭐 얼떨떨하다구 그러시우. 나라에서 어련히 잘 알구하는 일이라구."

동운이가, 딱하듯이 부친의 말을 타내니까,

"그러기 말이다. 아버지는 너만두 못하시구나. 아따, 우리 농민들이 오랫동안 못산 대신, 인젠 좀 잘 사러보란 말이지 뭐야! 그렇지 않소? 호호호."

안해가 명랑한 웃음을 다시 웃으니,

"개벽이야…… 이거야 말로 천지개벽이야!"

원첨지는 마치 혼잣말처럼 또, 이렇게 중얼거린다. 그리고 그는 넋 나간 사람처럼 한동안 무엇을 생각하는지, 헤멀건 두 눈으로 한곳을 응시하고 있었다.

몇 일 뒤에 이 마을에도 농촌위원회(農村委員會)를 조직하게 되었다.

면농민조합에서 지도원이 나오고 본동 농민위원장과 인민위원장이 협의를 하여 미리 준비위원회를 여러 차례 여렀든 것이다.

그리하여 빈농층을 중심삼아 자작겼 소작인들로 위원회를 구성하는데 원첨지가 빈농으로는 제일 첫째일뿐더러, 연치도 중노인 축에 드는지라 당연히 위원 될 자격이 충분하였다. 따라서 그는 일곱 사람 위원 중에 한몫을 끼게 되었다. 만일 그가 좀 더 똑똑하든지 식자가 있을 것 같으면, 위원장으로 뽑혔을 것인데 유감이나마, 그는 낫 놓고 격짜도 모른다.

그런데 원첨지는 농민조합위원장한테서 맨 처음 위원의 교섭을 받았을 때, 여간 질겁을 하지 안었다.

"아니, 내가 위원 재목이 되는가. 이사람, 나는 제발 빼주게. 공연히 누굴 죽이랴구 그래!"

원첨지는 손을 내저으며, 마치 죽을죄를 저지른 사람이 살려달라고 애걸하듯 벌벌 떨고 있었다. 농민위원장은 그 꼴이 하도 우스워서, 미처 대

답을 못하고 웃기만 하였다. 원첨지의 안해 역시 영감의 비굴한 태도가 옆에서 보기도 민망스러워서,

"저이 주변에 뭘 하겠소."

하고 핀잔을 주었다. 그는 남자가 못된 것을 은근히 한탄하였다. 정말 자기가 남편과 박귀 되었다면 저러지는 안았을 것이라고.

"아니 위원 되란 게 그렇게 겁나시우. 남들은 벼슬을 못해서 야단인데…… 원, 아저씨두 허허허."

"이 사람아, 언제 그런 걸 해봤어야지…… 나 같은 사람은 그저 땅이나 파고 식충이처럼 먹기나 했지, 회하는 근처에두 못 가본 사람 보구 어떻게 그런 일을 하라는가."

원첨지는 끝까지 고사하며 어쩔 줄을 모르는 불안한 표정에 사로잡혀 있었다.

"뭐 별일 하는 게 없어요. 회할 때 가서 아저씬 한편에 가만이 앉아계슈 그려, 그것두 못하시겠소."

"당신은 그럼 꾸어다는 보리자루처럼 한구석에 끼워 앉었으면 되겠수다 그려, 호호호……."

안해가 농민 위원장의 말을 받으며 깔깔대고 웃으니까,

"저건 남의 속은 모르구 공연히 덩다러서…… 이사람, 제발 나는 빼놔주게."

원첨지는 안해의 빈중대는 말에 불뚝 성이 나서 더욱 고집을 세운다.

"난 모르겠수다. 어디 내 맘대로 하는겐가요…… 이번 농촌 위원회는 가난한 농민이나 머슴꾼에게만 위원 될 자격이 있다니까, 아저씨 같은 분이 빠지시면 누가 위원이 되겠소."

농민위원장은 정색을 하고, 다시 이렇게 진중한 말로 설명해 놀리었다.

"그럼 떠벌이 김영감도 위원이 되겠수다. 홀아비 머슴 자리 삼십년을 살었으니…… 흐."

"암, 그 영감이 제일첫째 위원의 자격이 있겠지요. 그래 위원이 되랬드

니만 그 영감은 아주 좋아 합니다. 음, 되라면 되지 에헴! 하고, 금방 큰 기침을 하면서…… 하하하…….”

“호호호…… 그 아재는 족히 그런 뱃심이 있을 거야…… 류십이 불원하건만 지금도 정정해서 듯하는 일이 없지 않소.”

“그러니까 아저씨 댁도 빠질 수 없잖아요. 하하.”

“그렇기로 말하면 이집은 빠질 수 없겠지. 둘째가리면 섧다할만큼 인근동에서 제일 가난하니까. 떠벌이 영감은 그대로 홀몸이니 오히려 낫지 안우? 이건 자식 섹기는 우그루한데 변변이 농사두 못 직고, 사철양식 걱정을 하니. 거지보다 날것이 뭐야.”

어느덧 안해는 뼈에 사무친 가난사리의 푸념이 자기도 모르게 또 나왔다.

“아주머니 인재는 그런 말씀마슈. 그러니까, 아저씨두 위원 자격이 있게 된 것 아니여요. 만일 이집도 지주로 잘 살았서 보구려 이번에 땅을 죄다 내노았을 것 안이겠소. 하하…….”

농민위원장이 재차 설명하니,

“아따 그럼, 내가 대신 가리다. 인제는 여자두 사람값에 든다니까, 대리를 보아두 되지안어…….”

안해가 이런 말을 하고 다시 간간대소를 한다. 이 말끝에 원첨지가,

“하지만 어떻게 여편네를 대신 보낼 수야 있는가. 내 얼굴은 뭣이 되라구…….”

해서, 그들은 또 다시 웃었다.

마침 이런 판에 떠버리 김영감이 드러왔다.

“위원 나리 행차하오십니까.”

농민위원장이 롱쪼로 인사를 거는데,

“아니 뭣들을 그리 웃는 거야…… 아마 내 숭을 본 게로군.”

김영감은 여러 사람의 눈치를 돌려본다.

“성님 내려오시유.”

“숭은 무슨 숭이여요. 아재두 위원님이 되섯다니, 고맙슈다.”

원첨지 내외가 마주 인사를 한다.

"위원…… 위원은 되거나 말거나, 이한에 농사는 한 번 지어바야겠는데, 뭐 집이 있나, 사람이 있나……."

김영감은 곰방대를 섬돌위에 탁, 탁 털고, 두어 번 입김을 부는데, 대꼬바리 속에서 풀무질 소리가 난다.

"이 담배 한 대 피워 보시우."

원첨지가 잎담배 한대를 끄내 주니 김영감은 말없이 담배를 받아서 담는다.

"아저씨두 그럼 장가를 드서야지."

"글쎄 늙수그레한 할멈이나 하나 얻었으면 좋겠는데, 자네, 어디 한자리 중신해주지 못하겠나?"

김영감은 농민위원장한테로 밧작 빌붙는다.

"이왕이면 젊은 여자를 얻지, 웨 할멈을 얻어요…… 그래서 아들이라도 하나쯤 두서야지. 안 그러우, 아주머니?"

농민위원장의 말에,

"하긴 그러서야지…… 기왕, 사람을 얻으실 바에야…… 어디 과부가 없나…… 너무 젊어두 안되고, 한 사십 안팎의 중년괴부가 있었으연……."

원첨지의 안해가 대답한다. 김영감은 내심으로 그 말이 고마웠다. 그것은 마치 이집 내외간과 같이 될 수 있기 때문이다. 하나 겉으로는,

"나 같은 사람한테 젊은 여자가 뭘 하러 오겠소."

하고 김영감은 부지중 한숨을 내쉰다.

"아저씨두 원…… 인제는 아저씨가 이동리에 어룬이신데, 별 말슴을 다 하십니다. 위원나리를 깔볼 사람이 누가 있어요."

농민위원장이 정색을 하고 말하니,

"자네가 그런 말을 하니 까노코 말인데, 사실, 인금으로 친다면 우리 가난한 사람들이 부자만 못한 게 무엔가. 단지 돈 한 가지가 없어서 절제를 받아온 것뿐이지…… 여보게, 난 그전에도 속으로는 그러케 생각했네. 먹

통이나 황주사가 그게 사람인가?" 김영감은 평소에 생각하던 바를 비로소 토설한다.

먹통은 그전구장의 별명이었다.

"하라면 별 말할 것 없지 안어요. 인제는 우리들 일꾼의 세상인데."

"하지만 난, 늙어서…… 지금, 한 오십만 되었어두 한번 큰소릴 치겠네마는 하하…… 인젠 할 수 없서."

하고, 김영감은 도리질을 친다. 그러나 그의 장대한 골격과 억세인 주먹은 아직도 한장정을 때려눕힐 만한 기력이 있어 보인다.

"뭐, 아저씬 상구두 정정하신데요."

"그럼, 성님 근력은 언제나 마찬가진걸 — 우선 약주 자시는걸 보지."

원첨지의 말에,

"아재 약주야 말할 것 뭐 있수. 일흔닷 량 집으로 유명하신데. 호호……."

안해가 원첨지를 도라 보며 웃는데,

"어듸 인제는 그러케 먹는가."

김영감은 면구스런 듯이 빙그레 따라 웃는다.

일흔댓량집의 출처는 이러하다. 그가 한창 시절에는, 기운도 장사 소리를 들었지만, 술도 그만큼 세어서, 하루에 일흔닷 냥[七元五十錢]어치, 막걸리 일흔 다섯 사발을 드리켰다는 것이다. 그만큼 그는 지금도 한자리에서 막걸리 열 사발쯤은 수월하게 집어 삼킨다.

김영감이 이만한 장골이었다면, 어째서 三十년동안이나, 머섬꾼으로 호래비 생활을 하였든가. 사실, 그가 막버리로 돈을 벌기도 만히 했었지만, 버는 족족 그는 술을 마시고 말아서 언제나 마찬가지 빈털털이로 지내왔다.

그러나 그의 내력을 아는 사람은 이 근처에 하나도 없다. 그는 원래 이 지방 사람이 안이고 삼십 전에 혼저 떠들어와서 여적지 무의무탁한 생활을 하여왔다. 그의 고향이 어듼지도 잘 모른다.

김영감, 그는 무슨 중대한 이유가 있기 때문에 그와 같은 생활을 하는 것 같은데, 자기 신상에 대한 말은 일체로 입을 다물었다. 떠벌이란 별명을 들으면서도 그것만은 절대로 비밀을 지키는 게 수상하다면 수상한 일이었다.

농촌 위원회가 조직 되는 날 아침— 새로 뽑힌 위원들의 거동은 참으로 가관이었다.

우선 김영감은 세거리 주막에다 사처방을 정해노코, 미구에 행차할 차비를 차리였다. 그날 식전에 김영감은 백코칼로 머리를 홀딱 밀고 세수를 한 연후에, 몇 해 동안 안 입어보든 낡은 광목 홋 두루마기를 떨치고 나섰다. 그리고 길목만 신어보던 발에다 새 양말— 군대 양말— 신고, 새로 마춘 미투리를 사다 신었다. 이러케 차리고 보니, 아까까지의 봉두난발로 지내던 김영감이 딴 몰골로 된 것 같다.

"위원 나리, 벌써 행차하시랍니까. 하하 참, 그리고 보니 영감님두 위원 같으신걸."

주막 안주인이 어사또의 차림 같은 김영감을 보고 한바탕 웃어 드낀다.

"웨 위원은 별사람이라든가? 사람은 누구나 마찬가지야. 에헴!"

김영감은 큰기침을 하며 한번 뽐낸다. 그러나 그는 매우 감개무량한 표정을 지었다.

같은 시각에 원첨지는 자기 집에서 부산을 떠났다. 그는 안해가 있는 만큼, 가진 타박을 다한다. 노택노택 기운 양말을 신따가는,

이걸 창피해 어떠케 신느냐는 둥, 회색물을 드린 삼베 두루마기가 마치 중의 장삼과 같다는 둥, 전에 않던 옷투정이 대단하다.

안해는 어이 없이 그 꼴을 보다 못해서,

"아니 여보, 당신이 언제는 남과같이 행세를 하구 다녔소. 그밖에 없는 것을 날 보구 어떠케 하라우…… 옷감을 척척 끊어 오시구려 그럼, 주산 이것이라도 해드릴 테니."

"누가 비단옷을 해달랬서! 이꼴을 해가지구 위원자리에 어떻게 나가 앉

느냐 말이지. 제길할, 못하겠단 위원을 웨 작구만 하라는 거야. 남의 속 타는 줄을 모르구들!"

원첨지는 그대로 짜증이다. 안현대문하실이처럼 구는 꼴이 하도 기가 막혀서 제풀에 웃음을 털이고 말었다. 아이들도 어이없는 듯이 따라 웃는다.

"여보 참, 당신두…… 위원이라니까, 무슨 강원 감사나 하신 듯싶소. 촌 양반이 그만 했으면 됐지, 뭘 변덕스럽게 아이들처럼 웃타박이요. 내참 새 빠지게!"

그러나 원첨지는 종시 못맛당한 표정으로 징징댄다.

"남들이 중이라고 놀릴테니 그러지."

"그럼 두루마긴 입지마시우다 그려."

"아니 위원 명색이 동저고리 바람으로 가란 말야!"

원첨지는 소리를 빽! 지른다.

"그럼 날 보구 어떡하라우. 아이 참……."

"에ㅡ 화나! 그놈의 위원 집어칠란다."

"집어치든지 발길로 차든지 맘대로 하시구려!"

안해도 화가 나서 말대꾸를 하였다.

만일 이와 같은 문답이 조금만 더 계속되었드면 원첨지 내외간에 한바탕 큰 싸움판이 버러졌을 것인데 때마침 위급을 구하느라고, 김영감이 지나가다가 소리를 쳐서 그들의 언쟁을 중단할 수 있었다.

"여보게 위원회 안 가랴나?"

"아, 성님 벌써 가시우! 가치 가십시다."

원첨지는 그러지 안어도 혼자 가기가 열쩍어서, 안 갈 수도 없고 속으로 컹기든 차에, 잘 만났다고 얼른 뛰어나왔다.

그런데, 중대가리 바람에 홋 두루마기를 입고 앞장을 선 김영감의 뒤에, 원첨지가 회색 삼베무의에 큰 갓을 쓰고 따라가는 모양은 정말로 처사행렬과 같은 진풍경(珍風景)을 일우었다.

그 꼴을 보고, 원첨지의 안해는 아들과 가치 요절을 하도록 웃어댄다.

"어머니 웃지 좀 마우…… 아비지가, 안 간다구, 도루 오시면 어쩔라우."

동운이가 민망해서 모친을 견제하니,

"설마 가시다 도루야 오시겠니."

하였지만, 워낙 수줍은 양반니라 그 역시 안심하기가 어려웠다.

"위원은 가난한 농민들이 꼭해야만 된다는데, 아버지는 왜 그러시는지 몰라! 그러치 안으면, 토지분배에 협잡이 붙어서, 우리 같은 집에는 좋은 땅이 안 도라오면 어쩔나구……."

"그럼 저의끼리만 좋은 땅을 논하갓고 찌꺽지만 돌릴 것 안야."

동수 형제가 어른들한테 들은 말을 주고받는데,

"어머니, 그럼 아버지를 잘 위합시다. 위원을 또 내놓신다면 어떡하우?"

언년이가 불안해서 부친을 권고한다.

"위하긴 멀로 위하니? 쥐뿔두 없는 놈의 집안에서!"

"아이, 어머닌…… 인제 가난타령 좀 작작하슈."

"작작하잔으면, 사실이 그런걸 뭐!"

모친은 웃으며 딸의 말을 받는다.

"그러치만 세상이 달러지잔었수! 왜놈도 쫓개가구 부자두 없고, 인제는 누구나 다 같이 잘살게 되었다는데, 어머니, 그러니 이따가 아버지가 도라오시거든 잘 위하셔요…… 생전 안 해보시든 위원노릇 하시기에 아버지도 힘드시지 않겠어 뭐!"

"그래 늬나 실컷 위해드려라! 난 쥐뿔이나 위할 것이 뭐 있어야지."

"어머니는 늘상 쥐뿔밖에 모르시나바."

언년이가 샐쭉해서 도라선다.

사실, 농촌위원회는 농민의 새싹을 틔우는 온상(溫床)이 되고 토대가 될 수 있다. 지금 모친은 아이들의 말을 듣고 내심으로 영감을 위할 생각이었지 안았다. 그러나 쌀 한 되가 없는 집안에서 무엇으로 그를 위하느냔 말이다.

"큰 읍바, 읍내 가서 술 한 병 받아 올라우? 내 돈 드리께!"

언년이가 말을 꺼내니,

"넌 돈이 어서 났니?"

눈이 둥그레서 동운이가 묻는다.

"요새 더덕을 캐서 판거라우."

언년이는 괴춤을 훌척하더니만, 둘둘 뭉친 오원짜리 지전 두 장을 끄내 놋는다.

"그럼 그래라. 동운이 너두 같이 가자."

동수가 선뜻 대답을 하고 나선다.

"난 나무하러 갈테야."

"작은 읍바, 그럼 나두 가치 가요. 난 더덕을 캐러 갈테야, 응?"

"그래라들. 큰아들은 술 받어 오고, 직은 아들은 나무해다가 불 많이 때구, 딸년은 술안주로 더덕을 캐오구…… 그만했으면 아버지를 잘 위하겠구나."

모친이 웃으면서 세 아이를 도라본다.

"그럼 어머니는 뭘로 위해 드릴랴우?"

동운이가 묻는 말에, 언년이가

"저어…… 어머닌 이따가 아버지 약주 잡수실 때, 술이나 한 잔 따러 드리시우 호호호, 하필 왜 나한테만 '년' 자를 붙이는 게야!"

해서, 그들을 웃기었다.

"망할 년 같으니! 네깟 년 보구 그러면 어떠냐, 술은 네가 따라 드리랴무나."

그러나 모친은 성을 내지안고 그들과 가치 웃었다.

"왜놈의 시대에는 가난뱅이가 천덕구레기였지만 해방된 지금에는 우리들도 버젖한 조선의 아들딸이라우 그렇지 안우. 큰 읍바! 호……."

"이년아, 듣기 싫다!"

동운이가 주먹을 둘너메는 바람에,

"누가 작은 읍바 보구 그랬수? …… 아이, 다시 안하오리다."

하고 언년이는 할 수 없이 빌어 올렸다.

그길로 동수는 읍내로 술을 받으러 빈병을 들고 나가고, 동운이는 나무를 하러 간다고 지게를 걸머지는데, 언년이가 그 뒤를 따라선다.

봄, 봄, 잔설(殘雪)과 싸우는 봄! 며칠 전에는 청명한 일기가 제법 봄맛을 늦기게 하더니 지금의 이 기후는 봄이 다시 뒷걸음질 치는 것 같다.

그러나 봄은 확실히 봄이다. 푸른빛이 서린 강변의 버들 숲에도, 붉은 놀이 하늘 깃을 물드린 석조(夕照)에도 봄은 깃드려 있고 봄은 숨어있다.

이러케 하루 이틀 봄은 물러가는 듯 실상은 닥쳐온다. 일보퇴각 이보전진(一步退却 二步前進)의 전법(戰法)으로! 자연의 법칙은 인간 사회에도 적용된다. 대세는 어길 수 없고 어기다가는 멸망만 당할 뿐이다. 오는 봄을 막아낼자 그 누구냐? 독일의 히틀러를 보라. 일본의 군벌들을 보라! 그들은 파시쯤의 부패한 반동사상으로 대세를 거역하다가 전진하는 역사(歷史)의 수레바퀴에 참혹히 바숴지지 않았든가.

봄은 해마다 돌아오건만 해방 후 처음 맞는 이봄은 다르다.

과연 작년 봄에 이 마을 사람들은 봄을 어떠케 늦겼든가? 마치 그들은 동면(冬眠)하는 곤충과 같이 인간에게도 오직 새봄이 오기를 고대할 뿐이었다. 인간의 자유를 여지없이 속박 당하였든 그만큼 그들도 다른 사람과 같이 기를 펴고 살고 싶었다.

자연은 위대하다 대지에 새봄이 오는 것은 마치 정의(正義)의 대군(大軍)이 불시에 몰려들어 적진을 도륙하는 것처럼! 그리하여 평화의 서광은 봄동산의 난만한 화초를 상중하지 안는가!

제이차 세계대전에서 련합국의 승리는 팟쇼의 폐허(廢墟) 위에 인민의 씨를 뿌리였다. 이 인민의 씨는 국제민주노선을 타고 태풍(颱風)에 불려왔다.

그것은 조선인의 심전(心田)에도 떨어졌다.

그러나 인민의 새싹은 결코 잡초가 아니다.

그것은 농부가 곡식을 각구듯이 근로대중의 각 직장(職場)에서 일상적

실천— 노동을 통하여 무럭무럭 자라날 것이다.

오! 위대한 봄. 인간의 새봄이여! 인민의 새봄도 자연계의 이봄과 같이 새싹이터 오랴한다.

그리하야 산과 들의 초목처럼 인민의 '꽃'을 피우고 인민의 '열매'를 맺게 하리라.

동운이는 강다리를 건너서 앞산 잔등으로 올라갔다. 그 뒤를 따라가는 언년이는 더덕넝쿨을 찾으며 바위틈을 헤매고 있다.

강까에 느러선 버들숲은 나날이 푸른빛을 더해오는데 멀리 물아래로 터진 넓은 들안은 참으로 해방의 기쁨을 펼쳐 안은 듯! 그윽한 강물소리도 마치 토지개혁의 찬가(讚歌)를 노래하는 것 같다.

동운이는 전에 없이 마음이 유쾌하였다. 오랫동안 무형(無形)한 속박(束縛)에 눌렸든 가슴이 탁, 틔우며 전에 없든 새 기운이 용소슴친다.

'어떤 논이 우리 집에도 차례 오랴는고…… 올 농사를 한번 잘 지여보자!'

그는 속으로 이런 생각을 하며 앞일을 뼈물어보았다.

동운이는 지게를 벗어노코 낫을 빼들었다. 황주사의 이산도 국유로 몰수되었다한다. 따라서 이산은 인민위원회에서 관리하게 될 것이다. 동시에 그것은인민의 재산이요, 동유림(洞有林)과 마찬가지의 공동소유로 볼 수 있다.

그러므로 종래와 같은 사유관념을 버리고, 일초일목(一草一木)이라도 소중히 알아서, 이 국가의 재산— 인민의 재산— 인 산림을 애호(愛護) 하여야된다는 말을 들은 동운이는 지금문득 그 생각이 나서, 생나무는 찍지 안코 고자백이와 삭정이만 따고 있었다.

그동안에 언년이는 약삭바르게 더덕을 캐였다.

해가 한낮이 기우러서 그들은 집으로 나려왔다.

동운이는 등걸나무를 한 짐 잔뜩 걸머지고, 언년이는 더덕을 한바구니 실하게 캐였다.

그들이 드라다보니 동수는 벌서 술을 한 병 사다노코, 어머니는 저녁먹이 콩꾸리를 갈고 있다.

위원회를 여적 하든지 아버지는 아직도 도라오시지 안었다. 그런데 황주사는 간밤에 아직도 모르게 이남으로 솔가도주(率家逃走)를 했다한다. 그 소식은 술을 받으러갔던 동수가 듣고 와서 전하였다. "그럼 아마 그 영감 택이가 지전(紙錢) 옷을 입구 갔겠지 이남에 가면 무슨 별수가 있겠다구." 그들은 황주사를 이러케 비웃으며 부친이 도라오기를 기다리고 있었다. 해는 뉘엿뉘엿 서산으로 기우렀다.

≪문학예술≫, 1946.3

마천령

최명익

一九三六年 십이월도 다간 동지(冬至) 가까운 에는 날이다. 성진(城津) 경찰서 이층 고등계실에서 싱아가 불린 유리창 밖으로 내다보이는 바다는 먹장같이 검다. 예로부터 납일(臘日) 무렵에 가장 껌해진다는 물빛이었다. 비록 얼지는 않으나 마천령(摩天嶺) 내림의 눈보라로 열 길 배길의 바다ㅅ 물은 속속드리 엉거고 걸어져 무거운 지빛갈이 되나부다 싶은 물빛이었다. 그렇게 무거운바다는 물결도 치지 않는다.

거진 일 년 만에나 모든 것이 하필 저 빛이기는 하나 일 년 만에 처음 시언히 터진 넓은 안계(眼界)임에는 틀림없었다. '후-' 긴 한숨이 절로 나오도록 시언스레 넓은 바다였다.

朴春乞이는 그런 바다에서 시선을 거두어 방안을 둘러보았다. 지난 정월에 검거된 때 몇 번 불려 올라와 본 그때와 별로 다를 것 없이 살품경한 방안이요 살벌한 얼굴들뿐이었다. 그러나 고문실은 아니었다.

배와 가슴에 물이 차고 넘쳐 기절할 때까지 코ㅅ구멍에다가 물을 붓는 십자(十字) 형틀이 느려노인 고문실ㅡ. 세멘트 바닥은 도수장같이 되어 물들고 가죽조끼와 학춤 춰우는 동아줄에 찌들도록 배인 뇌리고 비릿한 악땀과 피ㅅ냄새가 풍기는 거기서 문초 그리고 악형ㅡ. 가진 악형에 까무러쳤다가 깨나면 또 문초 있다.

그래도 사람의 가죽은 희질려서 여직 명이 붙어왔고 그러는 일 년 동안에 연루자가 이천 명이나 되는 사건은 일단락을 지어 지금은 검사국으로 넘어갈 육십여 명의 조서(調書) 마감으로 각 사람이 공술한 사실의 장소와 시간을 마추는 것만이 남은 일이라 고문실이 아닌 이곳으로 불려나오게 된 것이었다.

넓은 테 — 불을 격하여 마주앉은 고등계주임은 한팔을 느러뜨려 히타 — 불에 그리듯이 손을 쪼이며 양미간을 찌프려가지고 서류를 뒤적이고 있었다. 그것은 그가 관련한 제삼차 적색농조사건 — 더 정확히 말하여 '성진 적색농민운동 재건준비회사건'의 조서였다. 뒤적이는 책장에 걸핏걸핏 넘어가는 이름들 그중에는 존경하는 선배나 동무들의 이름이 지나가는가하면 대내에서 탈락 혹은 — 배반자들을 당장 그 책장에 침이더라도 뱉고 싶은 이름이 서두에 나열되어 있기도 하였다. 다 한 솜씨의 글자지만 허국봉(許榇峰) 최주운(崔周碩) 같은 존경하는 선배나 동지 중에도 가까이 지나던 동무의 이름이 나오는데 시는 춘돌(春乭)은 자연 목을 길게 느릴밖에 없었다. 그러나 넓은 테 — 불 맞은편 고등계 주임의 손탁안의 그 조서는 단 한 줄을 내려 읽을 사이가 없이 책장이 넘어갔고 그렇지 않드래도 본시 심한 난시에 근시를 겸하 춘돌(春乭)의 눈에는 그 까칠한 '가다까나'글자가 이줄 저줄 구별도 못하게 벼나 보리수염 같이 뒤섞어 보일뿐이었다.

'朴春乭———————'

나타난 자기 이름에 그는 더욱 목을 느릴밖에 없었다.

"에헴."

별안간 큰 기침소리가 났다. 늘었던 목을 음츠리고 바라보는 그의 눈과 마조친 것은 고등계주임 다음다음 자리에서 모꺾어 앉은 노자끼형사부장의 그 붉은 실 어리운 눈초리였다.

그자는 전부터 이편을 경계하던 모양으로 그 독살스러운 눈을 흡뜨고 노려보는 것이었다. 이재 그 기침은 '꼬라' 대신이었고 왜 넘보느냐고 당장에 뺨을 후려갈길 듯한 기세였다. 춘돌(春乭)이는 다시 창밖의 바다로 눈을 돌리었다.

대지(大地)가 한 팔을 뻗어 성진항의 바다를 끌어안은 듯한 위신산이 바라보이고 팔굽이 같이 휘돈 그 산굽이에 해평동네가 아련히 보였다. 그리난시만 아니라면 자기 집까지도 찾아낼 듯이 눈에 익은 지형이었다. 굽이에 해평동네가 아련히 보였다. 그리 난시만 아니라면 자기 집까지도 찾아낼 듯이 눈에 익은 지형이었다.

'어머니는 뭘 하실까. 아버지는 농한기인 겨울한철의 명태집이나 한 몫 끼어 나가셨는지.'

물ㅅ길로 바로 오면 육칠십 리 뭍으로 도라가면 백여 리, 어머니는 그 길을 매일이다싶이 와서 아들을 보여 달라고 애걸하고 조르다 못하여 발악까지 하더라고, 언젠가 노자끼 형사부장 놈이 제 딴엔 노상 호젓하고 애틋한 어조로 하던 말이 문득 생각나는 것이었다. 그것은 따뜻한 육친애의 감정을 거도켜 농락해보려는 얄잡고 드러 붙는 수작이었다.

"너두 사람의 자식이면 늙은 네 어미가 한시라두 속히 제 자식이 광명한 일월을 보게 되기를 바라는 것쯤은 알겠지?"

이렇게 섯부른 설교까지 하려 들었다. 결박되어 귀를 막을 손이 없었을 망정 그때 춘돌(春乭)이는 귀에 들어오는 그런 말을 떨어버리듯 머리를 흔들었다. 그러면서도 그 악착한 임시로 눈앞에 얼런거리는 늙은 어머니의 영상이 눈까지 지리 감을 밖에 없었다. 그때 지하실 천정 밑의 새벽빛이 새파랗게 어리운 철창으로 스매드는 싸늘한 바람에 한밤동안 가진 악형으로 전신에 멕감듯한 악땀이 식어 오장골 그러쥐는 오한에 떨면서도 악에 바친 그는 단박에 코ㅅ방귀를 뀌었다.

"홍 누굴 세난 앤 줄 알구 그 따위 수작을 해!"

"뭣이 어째? 이놈아."

금시에 성낸 독사같이 일떠선 노자끼는 두 주먹이 제 정수리에 닷도록 뒤짐을 지워서 ─ 가슴 가죽이 헤우다 못해 터져서 피가 흐르는 그의 등가슴을 거더찼다.

"이놈아, 그렇지 않아두 내가 미리 말했다. 네 어미더러 새끼가 정 보구 싶거든 어서 저승에 가서나 만나라구. 이승에서는 다시 볼 염두말라구, 하하하."

　야차같이 웃어가면서 난도질하는 매에 골봉에 면바로 맞은 타격으로 금시에 푸른 새벽빛도 야차의 울음소리도 머리까락이 센 어머니의 영상도 용암(溶暗) 속에 사라지고 만 것이었다.

　'어머니는 뭘 하실까. 그보다도 아직 살아게시기나 한가?'

　지금은 이런 생각에 불쑥 눈물이 솟아 위진산도 해평마을도 그 껌언 바다도 다 안계에서 녹아 버리려 한다.

　'이 무슨 추탠가.'

　소리를 안내려고 조심이 눈물을 삼키는 춘돌(春乭)은 어느듯 신경만은 날카라와지는 반대로 투지가 약해지는 듯한 자기 자신이 부끄럽고 민망하였다.

　문득 쏴 바람이 일기 시작한다. 푸르르 떨리는 창이란 창은 물론, 묵중한 건물 전체가 지진 때같이 흔들리고 방안은 금시에 으쓱으쓱한 찬김이 휩싸돌았다. 창밖에는 중천한 눈보라였다. 연겊어 쐬―쏴― 내려쏘는 바람에 회오리치는 눈보라기둥이 바다로 몰려가는 것이었다. 지금껏 무겁게 가라앉았던 바다는 연판(鉛板)같던 수평면이 깨지며 구름같이 피어오른 파도가 위진산을 삼킬 듯이 달려가는 것이었다.

　이같이 성진항 앞바다를 뒤흔드는 것은 마천령(摩天嶺) 바람이였다. 이런 변화에 오래동안 욱박하고 쪼드렀던 춘돌(春乭)의 마음은 저 바다 위를 나는 물새같이 활작 날개를 펴는듯하였다.

　그리운 마천령(摩天嶺)!

　그것은 충천한 자기네의 혁명적 투지의 상징이었고, 말 그대로 지하운동을 하던 땅굴생활의 근거지였다. 그런 마천령(摩天嶺)을 중심으로 설봉산 방학산(雪峰)에는 겨울준비로 가을마다 만들어둔 땅굴이 수십 군데나 있었다. 여러 구비로 갈피진 골짜구서 혹은 망대같이 두두러진 뫼뿌리에다, 제 아무리 의심 많고 눈치 빠른 개들이라도 설마 적기마ー할데를 골라가며 교묘하게 윗뚜껑을 캄푸러쥐한 땅굴들이었다.

기관지 ≪불꽃≫ 편집과, 밤마다 부락에 내려가서○○는 선전조직사업의 부서를 작정하기 위해서 땅굴에서 땅굴로 연락할 때에 이런 세찬 마천령(摩天嶺)내림의 눈보라는 여간 큰 도움이 아니었다. 시재 오는 눈과 이마싸였던 눈을 겹쳐 때려붓는 눈보라 그것은 하늘을 뒤덮는 눈의 폭포였다. 제 아무리 두 눈에 쌍심지를 켜가지고 노리는 경관이나 자위단 개들이라도 이런 눈보라를 거슬려까지 덤벼들 생의는 못하였다. 설사 멀리서 경계하고 있더래도 이런 눈보라는 그들 앞에는 께뚜를 수 없는 연막이 되는 것이었다. 그런 연막 뒤에서 행동하는 이편은 현밤 중에 눈을 감고라도 잘 아는 지형이라 문제가 없었고 오히려 그런 눈보라가 발자취를 덮어주므로 더욱 마음 놓고 활보할 수 있었다. 그런 때에는 혁명가와 적기의 노래를 높이 웨쳐 부를 자유조차 있었다. 동지들, 더욱이 같은 또래의 젊은 축 동무들 중에는 혹은 그 세찬 눈보라를 얼굴에 뒤쓰면서 마천령(摩天嶺) 상봉을 향하여 주먹을 들고 '타도 일본제국주의, 조선 완전독립'을 위하여 싸우기를 맹서하기도하고 혹은 연막 저편 산 밑에 있는 마을을 향하여 농민대중의 해방을 위하여 혁명적 궐기를 부르짖어 충천한 기염을 올리기도 하였다. 그들 중에도 지금 눈앞에 선히 떠오르는 것은 김송(金松) ○○ 두 동무의 호담한 자태였다.

별결듯한 나무가지 끝마다 휘파람소리가 나는 삭풍을 정면으로 받으며 수건이나 털모자에 가리우고 남은 그 숱한 눈섭과 수염빨이 잡히기 시작한 입 가장자리의 너슬너슬 긴 솜털 끝에 곳어름이 달린 너부죽한 얼굴을 떠이고 언제나 낙천적으로 호담하게 웃던 그들ー 이 겨울 저 스잔한 눈보라로 남아있는 동지 그들에게는 더욱 많은 조직군중을 포용해가며 싸우는 활무대가 되려니하면 그리운 마천령 설봉산(摩天嶺 雪峰山) 방학산으로 그의 마음은 날개를 펴고 둥둥 뜨는 것이었다.

"어이 어이 저 이봐."

“네?”

먼 옛 말같이 아득하고도 웅건한 회상을 깨트리고 도라보는 고등계주임은 여전히 뒤척이던 서무를 들여다보며 물었다.

“자네 이름은 저 박춘…… 박춘－뭣이라구 읽는다든가? 그 아래ㅅ자 말이야”

“박춘돌, ‘돌’입니다.”

“뭣이? ‘도루’?”

“네, 돌.”

“흠, ‘도루. 박춘도루’까……”

혀가 잘 돌지 않아 제대로 발음이 안되는 ‘돌’에 주임자는 갯잖아 하는 눈치었다.

“대체 한짜(漢字)에 이런 글짜가 있던가?”

“아닙니다. 컨 순 조선 글짭니다.”

“조선 글짜라니, 뉘가 만든 거야, 자네가 만든 건가?”

“아닙니다. 옛적부터 써오는 겁니다. 일본서두 가마니[叺]니 고개[峠]니 하는 일본제 글짜가 있잖아요.”

“흠, 건 그렇다 치드래도 왜 하필 일반적으로 통용 안 되는 조선 글짜를 골라서 이름을 짓느냐 말이야.”

“……”

“응당 부모가 지어준 본명은 그렇지 않으렸다. 제멋대루 히뜨겁게 지은 ‘펜넴’이라던가 그런 걸 테지?”

“아닙니다. 그런 히뜨껍다거나 한 것이 아니라 예로부터 고박한 농민의 이름에 많이 써운 글짭니다.”

“농민?”

“네.”

“뉘가 농민인데?”

“나 역시……”

"자네가? 푸ㅡ"

주임자는 소위 분반(噴飯)한다는 격으로 어깨를 까불러가며 웃었다.

"여봐 아무리 농담이라두 그렇게 남을 웃기는 건 아니야. 더욱이나 조선서는 말이지, 아무리 전문부라두 대학출신의 농민이 있다는 건 금시초문인걸 허허허."

"어쨌건 나는 빈농가의 출신으루 동경자서두 노동을 했지만, 그 전에 집에서 버자신 농살했으니까요."

"그러니까 어데까지든 농민이라! 흠."

하는 고등계주임은 단지 서루를 뒤적이기 시작하였다.

"이자는 말입니다."

지금도 이편에 주고받는 수작을 듣고만 있던 노자끼가 불쑥 말참견을 하였다.

"이잔, 취조 때 즉석의 대답을 피하구 생각할 여유를 가지기 위해서는 '안경이 없어 눈의 핀트가 안 맞는 이만큼 머리의 핀트두 안 맞아 그런지 생각이 잘 안 난다'고, 일수 그런 수작을 잘합니다. 말하자면 인테리 다운 전술이겠죠."

이런 그의 말은 어떤 큰 심증(心證)이나 붙든늣한 기세였다.

"그것이 전술이라면 건 단지 내가 안경을 찾기 위한 것일게요. 아무리 검속 중이라두 안경까지 빼앗아 ○○ 괴롭힐 건 뭐요."

"건 다, 그래만 이유가 있는 거야. 혹시 자살자가 생길지도 모르거든 흥."

"자살?"

"안경은 유리구 유리는 먹으면 죽는 거니까. 알겠어?"

"자살을 하긴 뉘가 하는데……"

"하ㅡ 그러게……"

春봁이와 노자끼의 주고받는 말이 언쟁같이 될 때 고등계주임은 중재 나하듯

"건 만일을 위해서지."

하며 여전히 서루를 뒤적이었다. 더 승강하잘 것도 없이 무료히 앉았을 밖에 없는 春<ruby>怯<rt></rt></ruby>의 생각은 다시 창밖에 충천한 摩天嶺내림의 눈보라로 돌아갔다.

이런 때 산길을 가다가 병풍같이 깎아 세운 낭떠러지거나 눈사태가 지치는 비타리ㅅ길에 다다르면 春怯자기는 거름을 멈추고 안경을 닦을밖에 없었던 것이다. 각기로 허든허든 다리에 자신이 없는데다 안경까지 뿌옇게 얼어서 그렇지 않아도 아실아실한 벼랑탁에 발을 띠어놓기가 힘들었다. 그런 경우라도 가까이 있는 나무를 부뜰거나 그 가지를 더위잡거나 하는 것은 할 수 있는 대로 삼가야했다.

'술과 사신을 절대 금하라'

'연애를 할 때에는 반듯이 동지들의 양해를 얻으라'

'군중이 모인 곳에서는 동지들과 악수나 인사를 하지 말라'

이 같이 행동규률에 밝히 적어있는 것은 아니지만, 길ㅅ가 나무에 손때가 오르거나 혹시 가지가 꺽이어 사람의 '기척'을 남길 염려가 있으므로 이 역시 절대 삼가야함 규률의 한가지었다. 그뿐 아니라 한 걸음 한 걸음 띠어놓는 발도 징검다리나 ○○○ 여기저기 널려있는 바위나 돌만을 골라 짚어서 할 수 있는 대로 풀관이나 흙 위에 길을 안내도록 삼가야했다. 그러나 눈보라에 먼 안경 속에서는 눈전양이 잘 맞지 않아 앞서서 성큼성큼 띠어놓은 등불들의 발자국을 겨누고 조심이 밟아 짚은 발이 미끄러져 번뜻 궁둥방아를 찟기가 일수었다. 그래서 더욱이나 아실아실한 낭떠러지 길에 다다르면 앞정을 ○○○발을 더듬노라 자연 길이 더질 밖에 없었다. 그런때면 앞서가던 ○○○동무는 가끔 돌아보며 그를 기다려주었고 그것이 가깝한 김송(金松) 허진(許鎭)같은 젊은 동무는 돌따와서 그의 팔을 한꺼들어 당겨 주기도하였다. 그런때면 흔히 그들은

"동무 에 아무리 일본서 노동으르 해서두 에, 동경바닥 아쓰팔트길에 에, 우유술기(수려)나 끄렀지비 이런 스산한 산ㅅ길우는 첫감이랑이. 그 새만해두 에 인테리 생활을 했으니까데에."

하는 것이었다.

"인테릿!"

그런 동무들이 말을 들을 때마다 춘돌(春乭)이는 속으로 이렇게 뇌까려 볼밖에 없었다. 어쩐지 가슴에 찔리는 말이었다. 물론 돈수자○를 빗쓸거나 얄잡아 빈정거릴 동지가 아니라는 것은 얼마든지 믿을 수 있었다. 다뭉한도래로 한포대인 그들의 말이라 자격만이 유독이 우람한 삼악, 소잔한 설한풍에 부치는 육체적 조건으로 끼는 자굴감이라면 그만이기도하였다. 그러나 이런 해서만으로는 春乭의 마음은 거뜬하지 못했다.

생사를 같이하기로 맹서한 동지들과 조직생활을 하는 동안 그 ○○줍은 땅굴 속에서 서로 채온을 바꾸며 같이 자고 먹고 일하는 중에 春乭은 부지불식간에 자기 자신을 애꾸눈 경향이 있음을 스스로 발견하는 때가 많았다. 그 조직적 투쟁생활은 행동의 순간순간이 생사를 ○○○ 모험이 아닐 수 없었다. 그래서 동지들은 春乭이를 되도록 그런 위험한 길이나 책임전선에는 내세우지 않았다. 그런 공동생활이 두새 일에 따라서는 적임적임으로 분업적이아 한 것은 물론이다. 그○○○ 눈과 다리가 약○○ ○○가, 만일의 경우에는 경관과 자원만 개들과 생사를 겨루고 전투를 하거나 그 포위망을 돌파하고 ○○○○○ ○다듬쳐야 할 밖의 일을 하는데 보다 ○○○○ 편집한 고구 전선무○ 쓰고 등산을 하는 거야 ○○○ ○ 그런 일이 조금도 그리울 것은 없었다. 그러나 만일 그런 비교적 안전한 땅굴속의 일을 하게 된 것을 요행으로 여긴다면 순간순간이 모두 모험인 활동을 하는 동지들에게 죄스럽고 스스로 부끄러워 하야 할 기적인 생각에 아닐 수 없는 것이었다.

당면한 투쟁에 피투성이가 되어 싸우기보다 좀 더 나은 환경을 가리고 넘보는 이면 적은 기회주의○○이며 혁명전선에서 자○○ 지적되고 비판된 인테리의 불쑨한 부동성이 아닐 수 없는 것이었다.

아닌 게 아니라 春乭이는 그럴 때가 없지 않았다. 때로는 조용히 혼자 땅굴 속에서 지하혁명운동자와는 당치않게 위험한 집결에 청산을 파는 때도 없지 않았다. 그래서 자연 운동부족인데다 날카라워진 신경으로 밤이면 밖에서 돌아온 동무들의 그 깊은 숨소래 코고는 소리에 저단 뒤책게 되는 때도 많았다. 그러나 잠이○○ 쯤면 수상한 소리에도 높은 정각성으로 펄덕펄덕 정신을 채리는 동무들에 바하여 자연 뭉개게 되는 지켜볼만한 너무나 챙피하였다.

이런 것이 동지들 앞에서 준렬한 자기비판꺼리는 안 되드라도 일호의 잡렴이 없이 그보다도 잡렴에 취할 역할도 시간도 없이 순간순간이 도시 투쟁인 동무들의 견실한 투지와 높은 기백 앞에 자기는 당연히 머리를 숙여어야 할 것이었다. 그런 차기라

"인테리!"

이렇게 울리우는 말에 저편은 결코 이유가 아니겠지만 보자연 자굴을 느끼었고 따라서 그런 자기가 불 밖에○○○ 없었다. 그래서 지금도 마이 동풍이면 그만인 노자끼 말에 대거리를 하려 들었던 것이었다.

"날씨가 억째 음산한 게 으쓱으쓱한걸!"

지금까지 뒤적이면 서류에서 눈을 뗀 주임자는 기지게를 키려던 두 손을 깍지껴 뒤통수를 받치며 이윽히 이편을 눈주어 보다가 선하품소리로

"춥제? 마 - 좀 기다려, 그리 서두를 건 없으니까. 이리 가까이 와서 불두 쏘이구 - 담배 피는가?"

하며 담배를 꺼내 권하는 것이었다.

이자가 어쩔구……하는 생각에

"네, 좋습니다."

할뿐 처음에는 손이 나가지 않았으나 주임이 먼저 그 빨간 히타에 불에 휜 담배가치를 요리조리 돌려가며 불을 - 부치는 폼이 무척 안윽한 생활의 한 폭으로 느껴져 소매 속에 팔장을 찔렀던 손이 나가 앞에 놓인 담배를 떨어 자기도 그 모양으로 부쳤다. 현기와 기침이 염려되어 삼가가여 한목음 두목음 마시는 푸른 연기는 전선의 자릿한 자국과 아울러 향기로웠다. 그리고 손을 쪼이는 히타 - 의 빨갛게 단 나선형 니○○선은 눈부시게

아름다운 빛이었다. 그리고 오래간만에 맛볼 수 있는 불기운이었다. 땅굴 속에서 묵관(일본말로 곤냐꾸방)을 만들기 위하여 칸껭(寒耕)을 끄리던 질화로의 숯불의 기억이 있을 뿐 검거된 이래 이같이 빨간 불빛을 보기는 처음이었다.

손에서는 김이 떠올랐다. 소위 비행기 태운다고 학춤춰우는 동아줄에 팔목의 가죽이 끊기우고 어독이 들어 부풀어 있던 손등의 상처 ○○○○ 에서 누런 고름이 흘러내리는 것을 보는 춘돌(春乭)이는 안윽한 땅굴생활이 다이금 그리마웠다.

이십여 명이 ○여너히 발을 뻣고 잘 수 있도록 크게 만들어 천정에는 유리까지 넌 호화스러운 회의실 땅굴이 있는가하면 긴밀히 연락할 필요가 있는 한두 동지만이 아는 개인전용의 것도 있었다. 대개는 같은○서의 일을 하는 삼사명이 살 수 있는 것으로 석자가량이나 두터운 천정 흙에는 조 그호식형○ 따라 잔솔밤이○ 잔듸를 입히고 솔포직을 심어놓고 부매알이던 다시 밭이랑을 짓고 본색대로 조나 콩그루를 떠 옮겨서 파기전과 꼭 같이 원상회복을 하는 것이었다. 그런 땅굴은 큰 것이나 작은 것이나 따 하루 밤 사이에 완성해야한다. 파낸 흙을 동토(動土)한 자취가 없이 멀리 쳐내고 재목으로 옷설매를 하고 천정에 흙을 덮어 지○○○○ 원상회복을 하기까지 그나마도 동지 중에 그 땅굴의 소재를 알 필요가 있는 이의 손만으로 역사를 하는 것이었다. 그렇게 만든 땅굴 속은 아무리 삼동이라. 어는 법이 없이 안윽하였다.

밤에 마을로 내려가서 조직군중에게 국내 국외의 정세보고를 하거나 소작쟁의의 새 전술에 대한 행설을 하거나 새로 가맹한 동지들과 좌담회를 하고 그날이 새기 전에 일이십 리 혹은 이삼십 리 험한 산길을 달려와서 땅굴로 찾아 도는 때의 긴장과 들어가 동지를 만나는 안윽한 멋이면 말할 수 없이 즐거웠다. 땅굴근처에 와서는 숨소리 발소리를 죽여 가면서 주의를 살펴서 조금도 수상한 기색이 없다는 것을 안후에야 가까이 가는 것이었다.

우선 천정위의 공기구멍을 살펴야했다. 참대통이나 생절통으로 천정을 꿰뚫어낸 공기구멍은 사람이 없는 때는 큰 돌로 덮었다가 들어갈 때만 조약돌로 뚜껑들 하모를 받혀 열어놓게 마련이었다. 이미 구멍이 열리고 떠오르는 온기가 이편의 코를 스치는 것은 먼저 돌아온 동지가 들어있는 증거였다. 캄캄한 밤이면 노란 닭의 털만한 불광이 뚜껑 돌 밑에서 보드랍게 가물거리는 것이 엿보이기도 하였다. 불이 갈 때는 흙이나 잔디 속에 포문힌 문고리를 더듬어 출입구를 막은 귀함지를 들어 머리에 이룻하고 들어서는 것이다. 땅굴의 위치를 따라. 한아름이 벙으는 귀함지에는 잔듸밭의 하폭이거나, 조 혹은 콩그루가 본색대로 검은 밭이랑 한 모작이 담겨있는 것이다.

그런 땅굴 속은 들어서기만 하면 밖의 대지를 뒤마는 듯한 거칠은 바람소리도 없이 안옥하였다. 되도록 곱게 깎아낸 바람벽 한 모퉁이를 도려내서 만든 '고코리'에 피어놓은 판솔이나 초ㅅ불이 펄럭이는 법도 없이 안옥하였다. 그런 등잔불 밑에서 동지들은 생콩을 씹어가며 지난 일의 보고와 비판을 하고 또 원고도 썼다.

생콩을 씹는 것은 군것질이 아니라 지하투사들의 제때의 식사였다. 솥을 떠지고 다니며 넌즛이 연기를 올려가며 밥을 지을 처지가 못 되므로 흔히 먹는 것은 생쌀이 아니면 생콩이었다. 생것으로는 쌀보다 콩이 났었다. 처음에는 입에서 비리고 배가 끓지만 먹어나면 제법 고수하고 근중이 있어 먹을, 쓰는 것이었다. 볶은 콩보다도 나었다. 볶은 것은 좀만 먹으면 목이 타고 물이키었다.

그래서 뉘가 마을에서 몰하 오는 참대님을 풀고 가랭이에서 생콩을 한두 되빡쯤 털어놓면 "야 - 과연 참!"

모두 환성을 지르고 풍성풍성한 식량에 흐뭇해지는 것이었다. 그만치 생콩 한 두 되일망정 반가울밖에 없는 그들의 고달픈 망명생활이었다.

산을 벗어나…… 이삼십 리만 가면 고향이지만 그러나 지금은 그 옛 마을에 집이 남아있고 부모 동생 처자들이 부지해있는 가 별로 없었다. 그들을 못 잡아 딸바루 약이 오를 대로 오른 ○○○과 그 ○○○자위단의 개들은 '이런 놈의 집안은 동네에 부쳐둘 수 없다'고 하여 그들의 집을 헐거나, 불살라버리기까지 하였다. 설혹 아직 옛 마을에 가족들이 부지해 있드라도 매일이다싶이 경찰에 끌려가서 아들 동생 남편의 거처를 위하고 문초받기에 농사지을 겨를도 없어 논밭은 고시란히 묵게 되고 언제나 그들 신변에는 개들의 눈초리가 떠나지 않으므로 망명객들은 자기 집이라고 찾아갈 수도 없고 간대사 가져올 양식도 없었다. 이런 처지라 양식은 '모뿌르'의 공급을 받을 밖에 없었다. 그러나 원체 빈농(貧農)층을 기본조직으로 하는 운동이니만큼 생콩을 공급받는 것만도 송구하고 황감하였다.

혹시 가다가 어떤 때는 마을에서 돌아온 동무 중에 떡이나 감자 같은 나은 음식을 가져오는 때도 있었다. 그 역시 '모뿌르'들의 따듯한 정성으로 아직 더운 김에 나는 것이었다. 또 어떤 때는 삶은 멧돼지다리를 통으로 떼오는 호화판도 있었다.

언젠가는 칠호(七號)땅굴에서 가까운 K마을에서 돌아온 김송(金松)동무가 호주머니에서 커다란 누른 밥뎅이를 두세 개 꺼내 놓았을 때에도 모두 환성을 높이었다. 모두 꾹 참고 말은 안하지만 익은 음식이 그리운 때가 많은 그들이었다. 연 열흘 보름 생콩 생쌀을 씹고 눈과 어름만을 먹어온 그들은 따듯한 밥 따듯한 숭늉이……

그러나 이런 말은커녕 생각조차 스스로 삼가야했다.

"이거 에 뉘기 중기인지 동무들 알만하우?"

"거 어찌 알것소."

"이거 에 옥녀(玉女)동무가 중기랑이 허―"

"그르므는 동무 자아비판을 해야되겠당이."

"어째?"

"동지가에 에, 양해 없이 에, 연애하능거 에, 앙이 된다능 거 동무 모루?"

"일이가 그렇시 앙이하우…… 이것으느 춘돌(春乭)동무가 에 당이 자시아 할기요."

"그럼으는 춘돌(春乭)동무가 자아비판으 할 차랭기요?"

지금껏 듣고만 있던 이야기의 불꽃이 자기에게 뛰어오는 바람에 춘돌 (春乭)은 그 눈만이 두터운 안경알 뒤에서 깜박이었다.

"그렇기두 앙이오, 춘돌(春乭)동무 에, 말에 덜 내려강이까네 뉘기보다두 에 익은 음식으 제일 못 먹능기오. 내사 그래, 하느 말이오."

"……"

"옥녀(玉女)동무 에 우리 다 같이 에, 애끼는 모뿌르이니까네 에…… 오늘두 에, 학습회으 왔다가 해질때 에 치마 속에서 에, 이거사 내주능기오. 내사 과연 참 그 정성에 감격했당이."

그 말에 좀 실갱이도 번지려던 이야기는 쑥 들어가고 그 군은 누른 밥을 씹는 것은 끈 단단히 뭉친 동지애를 맛보는 것으로 맨숙하게 느껴졌다.

"어이 유치(○○) 이봐 사라시나에 우동하나 주문해."

"가께우동 하나입니까?"

"응 따끈하게……"

춘돌(春乭)이는 ○○○ 주임자의 점심주문을 들으며 그때 옥녀(玉女)가 보냈던 무른밥맛의 기억으로 침이 넘어갔다.

'모뿌르' 옥녀(玉女)는 k마을과 칠호(七號)땅굴의 유일한 연락원이기도하였다. 자기○ 뒤옵○ 넘어 ○경 김격한 기슭에 있는 삼굿자리에 저장한 감자를 나르는 핑계로 일이 있을 때마다 커다란 바구니를 끼고 다니며 연락하고 식량도 날라다 주었다. 열육칠 세의 미련한 처녀지만 바구니를 끼고 나선다면 산꼴 처녀답게 건강한 궁둥이 위의 머리채를 휘저어 말괄냉이 걸음을 하였다. 그것은 남에게 철없이 보이기 위하여 일부러 짓는 말하자면 일종의 변장술이었다.

자기의 용자(容姿)와 생활정도에 맞는 변장술을 충분히 준비하라는 것이 행동규률의 한 조목이었다.

기실 옥녀(玉女)는 언제 보나 씩씩하고도 얌전한 처녀였다. 그 그득한 턱과 볼에 오붓이 돌아앉은 코와 입이며, 그리고 그 눈은 학습회 때 같은 또

래의 소년 소녀들 중에서 가장 지식욕에 불타는 총명한 눈이었다.

사실 옥녀(玉女)는 같은 학습반 중에서 국문을 제일 먼저 떼였고 지금 자기네 농민들이 싸우고 있는 현실과 이론까지도 이해하고 제 것을 만들이 토론이○은때 들혼 말을 외○는 것이 아니라 열 있는 제 말로 이바지하였다. 그러니만큼 그의 '도뿌르' 사업과 연락하는 일도 결코 심부럼으로 하는 것이 아니라 열정과 두시로 대담히 하는 소녀었다. 말만 있으면 현밤중에라도 혼자 산ㅅ길을 더듬어 거진 십리나 되는 칠호(七號)굴을 찾아왔다. 흔히는 미리 연락이 있어 인편에서 기다리는 때지만 혹시는 돌연히 나타나기도 하였다 그런 때 문득 출입구 뚜껑이 열리자 씽― 몰려드는 찬 바람결에 것묻어 들리는

"대우다."

소리……

"뉘기?"

한순간, 무의 때의 침입자에 대한 방어의 공격의 자세로 긴장한 이면의 고함소리다.

"옥네."

"옥네?"

"야."

"어째?"

언젠가 이렇게 들언선 옥녀(玉女)가 급히 전하는 말은 새장꺼리에서 모일 예정이던 면자위단 간부회를 갑작이 변경하여 송구장집에서 보이게 되었다는 것이었다. 그래서 새장꺼리 주재소 주임 순사 면장은 물론 면내의 자의단 개울이 모여들어서 불과 이십여 호되는 ○마을은 범적 끓는 판이므로 오늘밤의 청테횡근 연기하기로 결정했다는 ○마을의 책임자의 보고였다.

"흥 우리 운동이 에, 마을에 뿌리박기 시작하는 것으로 짐작하구으에 송구장어가 머리 시위에동으로 하둥거랑이 개새끼가……"

"그렇지비."

그렇다고 단지 그만한 여유로 이편의 화합을 중지하는 것은 새로운 조직군중에게 좋지 못한 영향을 끼칠는지도 모르니까 예정대로 나가자는 의견도 있었다. 그러나 이 보고가 옳고 그른 것은 다음에 실지사정을 조사한 후 비판하드래도 사정을 모르는 이 자리에서는 그래만한 이유가 있어서한 현지책임자의 의견을 좇을밖에 없다는 것이…… 허국봉(許菊峰) 동지의 결론이었다.

"이런 때, 에, 우리가 계획하는 반백색(反白色), 테로단 조직이 있으므는에……"

"그렇지비, 지금 송구장네 집이모 뙤운 개새끼들으는 독안에 든 쥐새끼지비."

허진(許鎭) 김송 두 동무는 아직 준비가 없어 이런 좋은 기회를 놓칠밖에 없는 것을 분해하였다. 그들은 벌써부터 이 운동의 별동대로 반백색테로위원회 조직의 필요를 역설해온 것이었다.

지금까지

'단 한 사람이 검거된 때라도 동지탈환전투에 의무적으로 참가하라'는 이 규률은 엄수되어왔다. 그러나 그것은 구경 수동적인 소극적 투쟁에 지나지 않았다. 그런 정당방위적인 것보다도 제선적인 적극전술이 필요하였다. 그러기 위해서는 청년들로 반백색행동대를 조직하여 우선 민간에서 개질하는 주구배 친일파를 숙청하여 이편 활동에 거칫는 것을 없이하고 일제(日帝)의 관헌(官憲)과는 빨티산 투쟁을 할 것이었다. 그래서 무기를 빼앗아 마침내는 전농민의 무장봉기를 계획하는 것이었다. 이런 원대한 계획도 결코 꿈으로만 그리는 것은 아니었다.

성진만의 고립한 투쟁이 아니라 직접 관련이 있는 길주 명주(吉州 明州)은 물론 마천령(摩天嶺)너머 홍원 북청 정평 함흥에 걸쳐 넓은 지역 수많은 농민대중이 호응하여 같이 싸우는 운동이었다. 피흘린 선렬의 발자국에 뿌려질 혁명의 씨는 넓은 지역 수많은 농민대 중층에 뿌리깊이 자라서 어델

가나 농촌애들은 유행가는 몰라도 혁명가는 불렀고, '타도일본 제국주의', '토지는 농민에게' 라는 구호는 목침에까지 새겨져 왜놈의 말투로 하자면 농민들의 목침까지도 적화할 정도로 혁명적 기운은 무르익은 때였다. 그뿐 아니라 멀지않은 북방에서는 이미 무장봉기한 농민 빨티산 김일성부대가 백두산 높이 봉화를 들고 이러선 것이었다. 말하자면 선봉대는 벌써 멀지않은 국경에서 싸움을 시작한 것이다. 그런 선봉대의 전술을 본받아 농민들이 봉기할 계획은 결코 꿈이 아니었다. 아직 통일된 조직적 행동은 아니지만 현재도 농민들이 피를 흘려가며 곳곳에서 정관대와 충돌하고 봉건지주와 싸우는 중이었다.

"지주는 에, 어쩨 그 대강이 만으는 왜놈의 대강이랑이. 송구장 아방이에, 그 구두쇠 영감이가 에 오늘으는 개으를 잡아라, 닭으를 잡아라 하구에, 왜놈으 부장이 오니까데, 그 씨혀얀 대강일 에 굽실랑굽실랑 하능거에, 참 내사 그 대강일 과사주고 싶드랑이."

옥녀(玉女)가 불쑥 이런 이야기를 기다랗게 느러느을뿐 아니라 송구장 애비가 굽실거리는 숭내까지 내므로 귀엽게 보던 사람들은 모두 웃을밖에 없었다.

"어쩨?"

모두 웃는 것이 의외란 듯이 그 빛나는 눈으로 둘러보는 옥녀(玉女)의 말소리는 더욱 새지었다.

"그렇지 앙이향기오? 그 영감으는 에, 저오집 소작인이가 굶어 죽어두에, 담물(더운물)으 항그르 앙이논아 먹을 영감이오. 내사 참 기가 차드랑이."

시스러운 빛도 없이 이런 말을 하는 옥녀(玉女)는 귀여운 소녀였으나 그런 제 말에 홍분하여 빨개진 그 그득한 뺨과 풍만한 체지는 성숙한 여인이기도 하였다.

언젠가는 이렇게 왔다 돌아가는 옥녀(玉女)를 뒤ㅅ산 고개 밑까지 춘돌(春乭)이가 배웅해 준 적이 있었다.

'필요 없어 동지끼리 같이 단니지 말래'는 규율이라 여늬 때는 아무리 한밤중이라도 옥녀(玉女)는 혼자 왔다 혼자 돌아가야 했다. 그러나 그날따라 달이 유난히 밝고 밤도 그리 깊지 않았으므로 산중에는 사람이 없다 치드래도 혹시 멀리서나마 보는 사람이 있어 계집애가 밤중에 혼자 산길을 걷는 것을 수상히 여길까바 일부러 배웅해 주기로 한 것이었다. 그리고 하필 길 잘 못 잡는 춘돌(春乭)이가 따라 나섯던 것은 일이 바뻐서 며칠 동안 통 땅굴 속에만 들어 있었으므로 운동 겸 나올 기회를 얻은 것이었다.

오래간만에 맑은 대기 속에 나서서 — 높은 산등성이 깊은 골자구니를 걷는 춘돌(春乭)은 가슴에 스미도록 냉냉한 바람조차 향기로웠다. 높은 천심의 달빛은 나란이 걷는 두 사람의 그림자를 앙징스럽게 그리었다. 둘이는 말없이 걸음을 재촉하였다. 길가의 섶닢이 버썩해도 경계하며 실수 없이 빨리 다녀가야 할 길이었다. 그래서 재추는 걸음이지만 그렇두새 춘돌(春乭)이는 어쩐지 아수운 기회를 한 걸음 한 걸음 지나치고 마는 것만 같았다.

그러나

"옥녀(玉女)동무 에 우리 다 같이 애끼는 '모뿌르' — 니기데 에 — — —"

하던 김송(金松)동무의 말이 다시 들리었다. 언젠가 ○○옥녀(玉女)가 주더라는 누른 밥뎅이로 생각하여 옥녀(玉女)에게 쓸리는 제 마음이, 달이 밝다거나 호젓한 산ㅅ길을 단둘이만 걷는 기회자니하여 일시 충동적인 객기나 실랭이는 결코 아니었다. 언제든 이렇게 만났다 해지면 두고두고 옥녀(玉女)의 인상을 지워버리기를 아까워하는 자기였다. 추운 날 옥녀(玉女)가 찾아온 때 훈훈한 땅굴 안에서 떠오르는 그 몸집에 옥녀(玉女)의 체취를 누구보다도 민감하게 향기롭게 느끼는 것은 자기라고 자신할 수도 있었다. 그런 춘돌(春乭)은 이 기회를 노치지 않고 옥녀(玉女)에게 제 마음을 솔직히 고백하고 싶었다. 그러나 선뜻 말이 내키지 않았다. 아름다운 말을 고루는 것도 아니지만 망서리게 되는 것이었다. 소박한 사랑의 고백! 그는 다시 자기의 깊은 한숨소리를 들었다. 이같이 막상 다닥치고 본즉 자기 마음 한 귀퉁이에 뻥○. 뚜러진 구멍이 드러나는 것이었다. 얼마나 불순하고 소박하지 못한 자기나 지금 자기는 눈앞의 옥녀(玉女)와 누구라 알지도 보지도 못한 어떤 환상과 비교해 저울질하고 있는 것이다. 또 자기는 언제까지나 저 소박한 건강만을 사랑할 수 있을까? 도 한다. 또 지금 가까이 할 수 있는 것이 옥녀(玉女)이므로 선택여부도 없이 마음이 쏠리는 것이 아닌가도 한다.

춘돌(春乭)이는 이런 제 불순한 생각을 떨어버리려고 머리를 흔들었다. 지금까지 자기는 유한계급의 퇴폐적인 유한부녀들의 백어(白魚)같은 손과, 일부러 하이힐로 뒤축을 괴이고 제 체중하나도 잘 가누지 못하여 되뚝거리는 꼴을 경멸해온 자기였다. 그런 자기가 지금 눈앞의 옥녀(玉女)에게 마음이 끌린다는 것은 무슨 불순인가? 그것은 또한 동지에게 대한 모욕이기도 한 것이다.

이렇게 생각하는 춘돌(春乭)에게는 자기의 이런 불순이 가실 때까지는 지금이 노치기 아수운 기회일 것도 없었다. 길도 거진 다 왔다.

"저기가 옥녀(玉女)에 감자 굿이지?"

"야."

옥녀(玉女)역시 지금까지 무슨 생각에 잠겼던 모양으로 숙였던 고개를 들고 앞을 바라본다.

"이제사 다 왔으이 까레 돌아가시우다."

"음, 저 고개 밑까지……"

다시 한동안 말없이 걷던 옥녀(玉女)는 문득 이런 말을 물었다.

"김송 선생님 몇 살입네?"

"뭐― 김송 선생 나이?"

"야, 지금 몇 살이 지비?"

"나보다 에, 한 살잉가 두 살으는 아래니까네 아마 열아홉 살이지비. ……건 왜 묻능기어?"

"호― 내사 열일곱살이랑이……"

"……"

의외로도 춘돌(春乭)이는 이 티 없는 소녀의 소박한 순정의 고백을 들었다. 새벽 샘우물 같이 차서 넘치는 맑은 순정의 흐름을 눈앞에 보는 것이였다 자기에게가 아니라 동지 김송(金松)에게로 흐르는ㅡ. 그러나 조그만 치라도 탁한 시샘을 느낄 수 없었다. 오히려 그렇게도 소박하고 그렇게도 맑은 순정에 부드칠 수 있은 것이 기뻤다.

　"안령이 가시우다."

　고개 밑 감자굿에 이르러 바구니를 들자 지금까지의 다소굿한 걸음과는 달리 머리채를 휘저으며 언덕을 치다라 마루턱 저편으로 사라지는 옥녀(玉女).

　한 번 설레기 시작한 바다는 아직도 거칠었으나 어느듯 바람소리는 잔잔하여 자욱하던 창밖의 눈보라도 것이었다. 그 구름같이 피었던 물결은 다시 연판(鉛板)길이 무겁게 가라앉을 모양으로 위진산 그리고 그 한구비에 들어앉은 해평동네도 먼 수평선위에 다시 떠오르기 시작한다. 춘돌(春乭)이는 오히려 침울해졌다.

　물새가 날개를 거두고 다시 껌언 물위에 내려앉듯이 지금 그의 회상도 날개를 가드라치는 듯하였다. 그렇게 가라앉으려는 마음은 클클하고 다시금 마천령(摩天嶺)바람이 그리운 것이었다.

　빨간 히타ㅡ불에서 창밖으로, 변화 없는 창밖에서 다시 히타ㅡ불로ㅡ. 그리고 불김에 녹아 더욱 누런 고롬이 흐르는 손등을 드러다 보며 무료히 앉아있을밖에 없는 춘돌(春乭)이는 이따금 눈주어 보았으나 주임자는 여전히 서류를 뒤적이었고 뒤적이던 책장에서 어떤 것은 초해내기도할뿐 말이 없었다. 춘돌(春乭)이는 무슨 말을 무르려는가 하여 마음을 조리면서도 입 안의 하품을 하고 있을 때 아까 주문했던 우동이 들어왔다 테ㅡ불 위에 놓인 새깜안 일본식 평소반에는 역시 깜안 옷칠이 알린거리는 등군 뚜껑을 덮은 우동그릇과, 은전닢 같이 채친 엄파에 곁드려 빨간 고추가루가 소북이 담긴 굽 엷은 약념접시가 놓여있다. 춘돌(春乭)이는 넘어가는 침을 소리

없이 삼키며 눈을 돌리었다. 한때는 역하도록 먹은 우동이었다.

고학생처지로는 가장 헐하게 먹을 수 있는 것이 우동과 '소바'였다. 그래서 늘 먹게 되는 것이라 역한 때도 있었지만 그러나 우유나 신문배달을 하던 추운 날 아침에 먹는 것은 요기도 되고 어한도 되었다. 우선 언 손에 드는 그릇의 온기, 후후 부러가며 마시는 달큼한 장국, 그리고 박속같이 흰 우동의 매츠럽고 합신한 맛ㅡ. 춘돌(春乭)이는 민망하도록 입안에 침이 돌았다. 몇 달 전부터는 유치장 안에서 음식이야기는 일체 금하기로 결정되었다. 식욕은 왕성하나 먹을 것을 먹지 못하는 그들이라 둘러앉으면 혼히 먹는 이야기를 하게 되었다.

말하자면 말로 음식을 차리고 상상으로 먹는 것이었다. 그러나 그럴쑤록 식욕은 더욱 자극되고 비위는 상할 뿐이라 통 음식이야기는 안하기로 한 것이다.

주임자는 연필을 놓고 서류를 덮어치우며 허리를 편다. 곧 우동그릇으로 손이 갈 자세였다. 춘돌(春乭)이는 그에게서 외면하였다. 어떻게서든 체면을 유지해야 할 것이었다.

'검속시에는 활발하고도 엄연한 태도를 취하라'

물론 이런 경우에도 직혀야 할 규율이다. 다음 순간(뚜껑을 열면) 풍겨올 달큼한 맑은 장국냄새를 막기 위하여 춘돌(春乭)이는 금시에 비위를 뒤집어놓는 손등의 고름냄새를 일부러 맡으며 단정히 허리를 고추고 앉았다.

"어이, 이봐ㅡ"

"네?"

"이거 먹게, 내가 한턱내는 것이니."

"……"

"사양말구 먹어 아직 점심 전일 테니까."

"난 내 점심이 있을 테니까요."

"괜찮어 어서 먹어, 사양말구."

"고맙습니다."

"사양할 것 없어, 자⋯⋯"

"먹겠습니다."

주임자가 앞으로 미러노아 주는 소반에서 춘돌(春乭)이는 뚜껑을 열고 우동그릇을 들었다. 일 년이나 유치장에서 군물이 죽죽 흐르는 강아지 밥그릇 같은 나무 '벤또'와는 집는 손맛부터 달랐다. 그리고 땅의 진이요 젖인 수분을 그대로 지니고 있어 아삭아삭한 엄파의 향기와 따거운 가을 햇볕에 물든 빨간 고추가루의 자극은 오래동안 북신한 땅을 짚어보지 못하고 쨍쨍한 해를 보지 못한 춘돌(春乭)에게는 문득문득 「무서운 것이야!」하던 식욕의 만족이기 보다도 자기가 살아있다는 절실한 느낌과 기쁨이었다.

남의 앞에서 음식을 먹는 체면도 있지만 그보다도 삶의 느낌을 오래 즐기기 위해서 더욱 천천히 저까락을 놀리었다.

"그런데 이봐 저 ─ 작년 십일월 XX일에두 자네는 그 칠호(七號)땅굴에 있었겠지?"

"네?"

춘돌(春乭)이는 그때 채 물어 끊지 못한 우동오래기를 문채 얼굴을 들었다.

"작년 십일월 XX일 말야. 자네는 저 ≪불꽃≫ 편집 책임자루 언제나 늘 땅굴 속에서 일을 했다니까."

"네."

춘돌(春乭)이는 비로소 물어 끊은 우동을 씹으며 입 안의 소리로 대답하였다.

"그러니까, X일에두 그랬겠지?"

"⋯⋯네."

"며칠이라구 하면, 그전 밤 영시에서 그날 밤 영시까지를 말하는 것이니까."

"그렇죠."

"음 돼서."

"?"

춘돌(春乭)이는 먹기에 골몰하여 무엇이 '음 돼서'인지 깽까락해 볼 여념도 없이 끝까지 국물을 마시고 그릇을 내었다.

"어이 큐지(給仕)차 가져와."

"잘 먹었습니다."

"담배 피게."

"고맙습니다."

춘돌(春乭)이는 고롬 흐르는 손등대신에 웃소매로 입을 닦고 담배를 부쳤다.

"그런데, 자넨……"

역시 담배를 부쳐든 주임자는 생글생글 웃어가면서,

"아까두 그런 모양이지만 인테리라는 말이 무척 싫은 모양인데 왜 그런가?"

묻는 것이었다.

"싫구 좋구가 아니라, 나는 사실을 사실대루 말하기 위해서죠."

"어데까지든지 농민이라…… 아무것이건 우리루선 상관은 없어……"

"……"

"그러나, 명실공이 농민이라면 허국봉(許菊峰)같은 자겠지…… 그리구 또 저 김송(金松)이라든가, 허진(許鑛)이라든가……"

"?"

의외로 나타나는 이름에 춘돌(春乭)이는 '헉' 느끼도록 놀래서 눈을 들었다. 그의 시선과 불꽃이 일도록 마주친 것은 미리부터 이편의 표정을 주목하던 주임자의 눈초리었다.

그 동무들이 부뜰렸는가?

놀래는 눈치를 보인 것부터 실수였다는 생각에 부드친 주임자의 시선을 피하여 딴눈을 팔면서도 춘돌(春乭)의 가슴은 설레일 밖에 없었다.

이 성진경찰서는 물론 아니고 혹시 길주(吉州)나 명천(明川)경찰서에 분리하여 취조하는 것이나 아닐까. 설혹 그들이 잡혔다드래도 뿌리 깊은 혁명

투쟁이 궤멸될 리는 만무하지만 그러나 그들 전위분자를 잃는다면 일시적이나마 타격이 아닐 수 없을 것이다. 춘돌(春乭)의 마음은 동요 않을 수 없었다. 그러나 그렇게 속단하고 싶지는 않았다. 경찰이 그들을 지명 수배한 것은 벌써 오래전 일이라 지금 경찰의 입으로 그들의 이름을 듣는다고 새삼스럽게 놀랠 것도 없을 상 싶었다.

"어때 김송(金松)과 허진(許眞) 두 사람 다 알겠지?"

"모릅니다."

"몰라?"

"네 모릅니다."

'근본적으로 조직을 절대 부인하라', '다른 동지의 이름을 대지 말라' 하는 것이 검거된 때의 행동 율이었다.

"물론 모른다구 하겠지, 그러나 안다구 할 때도 있게 되겠지…… 좋와 저 뒷방에 가서 기다려."

하는 주임자의 눈ㅅ짓으로 노자끼가 문을 열어주는 형사실로 춘돌(春乭)이가 들어가려 할 때였다.

"가만있어."

다시 그를 불러 세운 고등계 주임은

"아까 말한 작년 십일월 에 자네가 칠호(七號)땅굴 속에서 진종일 혼자 있었다고 했것다?"

"네."

"자네가 어데 가지도 않고 누가 찾아오지도 않고?"

"네."

"그 말을 번복할 순 없으렷다."

"네."

"돼서 ― 들어가."

돌아선 그 침침한 좁은 방에는 별로 보지 못하던 사복 두세 사람이 어제 밤 술이 아직 깨지 않은 듯한 충혈된 눈으로 이편을 힐끔 처다볼 뿐으로 여전히 담배를 피우고 있었다. 이제 들어온 고등계장도 ○하는 단 하나밖에 없는 출입문 저편에서는 주임자가도 우동을 주문하고,

"어 노자끼 다음 자를 불러와."

하는 소리가 들려온다.

누굴까?

자연 귀를 기우릴밖에 없는 춘돌(春乭)이는 긴장하여 기다리는 동안에 꺼진 담뱃불을 방한가운데 놓인 히타ー에 다시 부쳐 한두 목을 빨 때

"게 앉아 어때 몸은?"

하는 주임자의 소리가 들리었다.

새로 들어온 사람의 대답은 들리지 않았다. 그러나 조금 후에 들리는 한두 마디 기침소리는 분명히 허국봉(許菊峰)동지의 것이었다. 그는 검거된 이래로 복도 출입구와 마주 있는 맨 끝 독방에 있었다. 그래서 동지들은 불려나가고 끌려 들어올 때 걸핏 볼 수 있을 뿐으로 한 번도 마주 그의 얼굴을 볼 기회는 없었다. 다른 감방들은 긴 복도를 사이에 두고 마주 있으므로 창살 틈으로 서로 내다보고 혹은 손바닥에 쓰는 글씨나 암호로써 마즌방 마즌방을 갈지(之)자로 거쳐 이 끝에서 저 끝에 있는 동지 간에라도 연락을 할 수 있지만 그 독방만은 ○○ 모꺾이운 넓은 복도뿐으로 마즌방이 없어 그런 연락조차 맺지 못하는 것이었다. 그러나 이즘 감기 탓인지 그 방에서 자조 들리던 기침소리라 짐작할 수 있었다.

"참 자넨 본시부터 담배를 안 피운다지?"

긴장하여 귀를 재우고 있던 춘돌(春乭)이는 이런 의외의 말을 듣자 담배를 피워든 자기의 손이 떨리는 것을 느끼였다. 잠시도 담배를 안 피우고는 못 백이던 그가 아니었던가? 하도 담배를 즐긴다하여 같은 연치의 동지들이 그를 염소, 혹은 담배고자리라고 별명을 붙이기까지 했던 그가 권하는 담배를 거절한 모양이었다.

춘돌(春乭)이는 떨리는 손끝의 담배를 던지었다.

"에 또 누누이 해온 말이지만 우리루서는 아무래두 자네의 공술을 그대

로 시인할 수는 없단 말이야."

"……"

"어떤 범죄사실이 있는데, 누가 그 범인은 나요 하고 나선다구서 덮어놓구 문제가 해결되는 것은 아니거든 전후의 조리가 부합돼야지, 안 그래?"

"……"

"아무리 자네가 도맡아 책임을 지려구 해두 도저히 상식으로 수긍이 안되는걸―. 그래두 자넨 고집 할 텐가?"

"내말이 사실이오."

이런 그의 대답은 목의 가래를 도꾸며 하는 말이라 의외로 큰소리였다.

"홍, 그냥 고집한다!"

"……."

"어찌, 마침 점심이 왔으니, 먹구서 천천히 이야기하지, 자 먹어."

"……."

"사양말구 먹어, 내가 한턱내는 것이니."

"……."

잘 알아들을 수 없는 허국봉(許菊峰)의 말소리가 들리자,

"뭣이? 뭐라구―?"

불의에 무엇에 찔린듯한 주임자의 날카로운 소리였다.

"홍, 다른 동지들이 못 먹는 걸 자기만이 먹을 수는 없다!"

이 말을 들은 춘돌(春乭)이는 저도 모르게 머리를 움켜쥐고 무릎에 얼굴을 묻었다. 언젠가 노자끼가 난도질하던 때에 면마로 골봉을 얻어맞은 때와 같은 타격을 느끼었다.

"아하하하."

핑―도는 머리속에 야차 같은 주임놈의 홍소가 울려오는 것이었다.

"이눔아, 이 곰 같은 산골무즈렝이눔아, 너는 동지애니 계급적 양심이니로 뻗대지만, 그러두새 우리는 네가 미운 것이다. 당장 때려 죽여두 시

언찮은 이 역도(逆徒)놈이."

살뱀같이 고술러선 주임놈은 통통 발을 구르기까지 하였다.

"네놈이 아무리 버티드래두 진상을 규명하구야 만다. 더욱이 너의 역도간의 이리라는 것이 어떤 것인지를 알기 때문에 네 말은 반드시 진범인을 숨기기 위한 거짓말인줄도 안다."

"K마을 동구 밖으로 달아나는 너를 자위단원이 오륙 명이나 추격하구 지켰는데두 불구하고 그냥 뻔뻔스럽게 그 반대방향인 뒷산으로 가서 네 손으로 송구장네 새ㅅ나까리에 불을 질렀다니 누가 그런 엉터리 수작을 믿느냐 말이다. 네가 달아나다가 금방 없어진 데가 그 후에 발각된 十二號 땅굴이었다는 것은 더 말할 것도 없고 설혹 네 말대로 그 편으로 숨어 돌아왔다더라도 도망하는 놈이 어느 한간에 불을 지르며 또 일부러 불을 지를 필요는 어데 있단 말이냐. 그러니까 너의 도당(徒黨)중에 어떤 놈이 네가 굴밖에 나올 기회를 주기위해서 방화한 것이 분명하니까 바루대라."

이런 말에 춘돌(春乭)이는 더욱 당황하고 송구할밖에 없었다. 이까 주임놈이 무를 때 처음에는 우동에 정신이 팔려 잘 생각지도 않고 네네 하였고 다음 하도 재추는데 문득 짐작이 갔으나 이미 네네 해온 그 자리에서 번복할 용기도 없었거니와 또 설마 하는 요행을 바라는 어리석은 기대도 있어 오히려 건숭으로 대답한 네네를 번복 않기로 언질까지 주었던 것이었다. 실은 지금 문제가 되는 K마을송구장네 새ㅅ나까리에 불이 난 것이 바로 그날이었다.

그날 허국봉(許菊峰)동지는 단신으로 K마을에 갔었다. 때마침 김송(金松) 동무랑은 명천(明川)방면으로 가고 없던 때이므로 춘돌(春乭)이 혼자서 칠호 (七號)땅굴을 지키고 있었다. 밤은 깊어 새로 세시가 가까이 되어서도 벌써 돌아와야 할 허국봉(許菊峰)동지는 나타나지 않았다. 예정보다 거진 두 시간이나 늦어지는 것은 심상치 않은 일이었다.

"약속과 시간을 엄수하라."

만일 기다리는 동무가 시간을 못 지키는 경우에는 이편은 그 까닭을 조사할 의무도 있는 것이었다. 춘돌(春乭)이는 앉아서 기다리고만 있을 수 없었다. 칠호(七號)굴을 나와 K마을편으로 걸음을 재촉하였다. 별빛조차 없는 캄캄한 밤이었다. 옥녀(玉女)네 감자굿 가까이 왔을 때였다. 마즌편에서 무슨 소리가 났다. 춘돌(春乭)이는 곧 엎드려 땅에 귀를 대였다. 분명히 이리로 걸어오는 사람의 발소리였다. 그는 굴러서 길을 피하여 도랑 속에 엎드렸다. 사뿐사뿐 가까와지는 발소리, 마침내 옷자락으로 그의 얼굴을 스칠 듯이 지나치려는 것은 어두운 중에도 분명히 옥녀(玉女)였다.

"옥녀(玉女)."

"헉!"

옥녀(玉女)는 그 자리에 주저앉을 듯이 자즈러쳤다.

"나야, 춘돌(春乭)이."

"아이구머니나 선생님이 어째?"

옥녀(玉女)는 정말 그 자리에 펄석 주저앉았다. 그리고 놀라운 소식을 전하는 것이었다. 허국봉(許菊峰)동지가 예정대로 일을 마치고 K마을에서 빠져나올 때 캄캄한 길에서 마주칠 듯이 길을 비키는 웬 자의 손에서 번쩍 회중전등이 빛나자 이편을 비치더니 그자는 몸을 피하여 호각을 불었다는 것이었다. 그러자 그 소리에 호응하는 호각소리가 여기저기서 나며 자위단의 개들이 앞길을 막았다는 것이다. 언젠가 송구장집에서 회가 있은 다음부터 더 많아진 자위단원들이었다. 온 동네 개들은 집집에서 짖고 사람들은 모두 불안에 떨면서도 문밖에 나서볼밖에 없었다. 옥녀(玉女)도 그 틈에 끼여 본즉 앞길이 막힌 허(許)선생은 돌아서자 이 길과는 반대로 동구밖 언덕 치다라 올라갔다는 것이다. 자위단 개들은 따라갔으나 언덕을 넘자 얼마 앞서지 못한 것 같던 그는 송적이 없어졌다고 하며 몇몇이 돌아와 홰스불을 작만해가지고 다시 가서 없어진 근방을 둘러싸고 날이 밝도록 지키기로 했다는 것이다.

그러고 보면 뭇놈의 추격을 받으며 칠호(七號)굴까지 다리올 수 없는 허국봉(許菊峰)은 K마을 동구 밖의 신작로 기슭에 있는 십이호(十二號)굴속으로 들어가 숨어 있을 것이 분명하였다. 그렇다면 이 밤중에는 숨어 있드래도 날이 새기만 하면 곧 발각될 것이었다. 신작로 기슭 잔디밭을 따내고 만든 십이호(十二號)굴 역시 교묘하게 감푸라지 된 것이지만 원체 두세 사람이 겨우 들어앉게 마련인 좁은 굴이라 잠시 들어 있드래도 공기구멍을 열어놓아야 했고 열어놓으면 낮에는 안에서 나오는 김이 밖에서 보일 것이었다. 그래서 그 굴은 밤에 잠간잠간 연락할 때만 스는 것이였다. 그런 것을 모를 리 없는 허국봉(許菊峰)동지가 그대로 피한 것은 어쩔 수 없이 착급한 경우였고 만일 날이 밝기까지 빠져나올 기회가 없으면 숨을 끊기라도 할 결심일 것이었다.

춘돌(春乭)이는 잠시도 두고 볼 수는 없었다. 날이 새기 전에 손을 써야할 것이었다. 다른 동무의 손을 빌 여유도 없었다. 제일 가까운 데가 칠호(七號)굴이지만 아무도 없었고 다른 곳에는 여러 동무들이 있지만 십리 이십리가 넘는 길을 갔다가 온다면 날이 밝고 말 것이다.

"옥녀(玉女)."

"야."

"수가 하나 있기는 있소."

"무시기?"

"불."

"불으?"

K마을에 불이 난다면 지금 아무리 포위경계를 하고 있는 자위단 개들이라도 뿌르뿌르이 제집을 지키기 위하여 동네로 다라들이 올 것만은 틀림없었다. 그래서 할 수 있는 대로 민가에 피해가 없을만한 샛나까리나 나무 하에 불을 질렀으면 하는 것이 춘돌(春乭)이의 계책이었다.

"알만하우다."

옥녀(玉女)는 곧 찬성이였다. 그리고 그 일은 자기가 맡겠다고 하였다. 지금 소란한 마을에 낯선 남자가 들어갈 수 없으므로 아직 누구하나 경계하는 이가 없는 여기가 손쉽게 할 수 있다고 하였다. 춘돌(春乭)이가 할일은 되도록 십이호(十二號)땅굴가까이 가있다가 K마을에 불이 나고 충천한 화파에 놀란 자위단 개들이 돌아간 틈을 타서 허국봉(許菊峰)동지를 불러내는 것이였다.

"이 때 ○○ 이런 때 심송 선생님으는 앙이 게시능기어."

춘돌(春乭)의 약한 다리와, 그래서 만일의 실수를 염려해서하는 옥녀(玉女)의 한탄이였다.

"염려마우다."

춘돌(春乭)이는 자신을 보이기위해서 옥녀(玉女)의 손을 힘 있게 잡아주었다. 옥녀(玉女)는 왔던 길을 도루 갔다. 춘돌(春乭)이는 되도록 험한 나무숲을 더듬어 십이호(十二號) 땅굴이 내려다보이는 산마루턱에 올라가 엎드렸다. 땅굴근처에는 홰ㅅ불이 대여섯 보였다. 저편이 밝으므로 방향을 잃을 염려도 없이 가까이 갈수 있었다. 마침내 K마을 뒤ㅅ산기슭에 충천한 불길이 오르기 시작하였다. 굽어진 신작로 기슭에서 왔다갔다하던 홰ㅅ불들은 일시에 마을로 따라 들어가고 말았다. 춘돌(春乭)의 계책을 실수 없이 성공한 것이였다.

K마을에 너희 역도가 백여있나는 것쯤은 이미 아는 사실이지만, 그 중에 방화범인은 누구냐 말이야 대라.

"여서 대라 그러나 나는 그렇게 보지 않는다. 또 너와 한 굴속에 있던 놈의 소행이 아닌 것도 이미 조사했다. 여이 노자끼 왜 이런 놈을 하○○ 이렇게 설달○ 두는 거야?"

춘돌(春乭)이는 자기는 왜 이렇게 옆방에서 듣고만 앉았는가 하였다.

"희생자로써 선거된 때의 태도가 어떤가."

이것은 동지가 견지에서 대체 감시할 바 규율한 한 조목이였다. 지금 누구를 감시하기보다 춘돌(春乭)자신을 감시할 때가 온 것이다. 더욱이 자기는 이 경우에 희생자라는 것은 당치않은 말이다. 자기가 곧 방화의 책임자가 아니며 단지 한 가지 주저되는 것은 그 사건 중에 끼인 옥녀(玉女)가 문제지만 원체 혼자서도 할 수 있는 일을 옥녀(玉女)가 한손 도와준 것뿐이 아니냐. 더욱이 시간을 한푼 두푼 따져야 전후가 부합할 성질의 사건도 아니므로 두 사람이 한 일을 한 사람의 일로 말해도 결코 구멍이 뚫어질 것은 아니었다.

"이방화 사건은 지금 횡행하는 소위 반백색테로단이라는 놈들의 폭행의 개략이라구 볼 수 있는 이만큼 철저히 규명해야 할 것 아닌가?"

"네."

그리고 뚜버벅 거리는 구두발 소리가 나자

"이눔아 일어서."

하는 노자끼의 소리가 들린다. 춘돌(春乭)이는 일어 ○ 열고 나섯다.

"그 방화범인은 나요. 아까 무를 때 그날 진일 칠호(七號) 땅굴 속에만 있었다고 한 것은 역시 그내네가 비웃던 인테리의 비겁한 거짓이었소."

이같이 당돌히 나서는 그를 보고 놀래는 주임과 노자끼에게 춘돌(春乭)이는 설명하였다. 밤 한 시까지 돌아올 허국봉(許菊峰)동지가 하도 늦으므로 K마을까지 가던 것. 그러나 직접 마을로 들어가지 않고 우선 십이호(十二號) 땅굴에 들려보려고 그리로 갔으나 거기는 벌써 해ㅅ불을 잡은 자위단에게 포위되어 섰다 가는 것. 그래서 그 속에 동지가 들어있는 것을 알았다는 것, 그러나 혼자 힘으로는 자위단과 싸워서 동지를 빼낼 수 없으므로 궁여지책으로 다시 뒤ㅅ산으로 돌아가서 산 밑의 새ㅅ나까리에 불을 질러 온 동리 사람을 그리로 모이게 하고 그 틈을 타서 십이호(十二號)땅굴의 동지를 불러냈다는 것이 옥녀(玉女)의 이름을 빼고 할 수 있는 그의 설명이었다.

"흠, 어때, 너이 역도놈들은 죄책을 서로 제가 지겠다고 다투는 그런 미덕(美德)은 없는가? 어때, 이것으로 네놈이 지금까지 세우려들든 고집은 철회하구 말텐가?"

주임자가 묻는 빈정거리는 말이었다.

"방화책을 동무가 지나 내가 지나, 마츤가지가 아니오?"

하는 허국봉(許菊峰)의 말은 주임자의 말에 대답이 아니라 춘돌(春乭)에게 대한 나무럼이었다.

"마튼가지드래도 선생이 지기위해서 사실을 비곡하려면 무리가 있을 겁니다."

"강도놈들과 싸우는 우리에게 무리여부가 뭐 있겠소."

언제나 냉철하고 탄력 있는 그의 말이었다.

"이놈아 뭣이 어째? 강도?"

노자끼는 금시에 그 잔인성을 폭발할 좋은 기회를 얻었다고 덤벼들었다.

"노자끼 — 그러지 말구 우선 이 박춘…… '박춘도루'부터 본색이 드러나도록 부옇게 닦아와 금방에 제 말을 뒤집어가지구 이러니 저러니 하는 것은 이 인테리의 씨 창작 신파일런지두 모르니까 하하하."

이 같은 주임놈의 우슴 소리를 등 뒤에 들으며 다시 지하실로 끌려가는 춘돌(春乭)이는 어느덧 다시 불기시작한 마천령(摩天嶺)바람에 구름같이 피어 설레이는 바다를 바라보았다.

"…… 지금 횡행하는 반백색테로단……" 어쩌고한 주임놈의 말을 생각하면 이 그리운 마천령(摩天嶺) 바람은

김송(金松) 허진(許鎭)동무들의 건투를 전해주는 소식인 듯도 하였다. 그리고 옥녀(玉女)!

"우리 다 같이 애끼는 모뿌르 이니까데……"

하던 김송(金松)동무의 말을 지금 자기는 어느 때보다도 명심해야 할 것이라고 춘돌(春乭)이는 생각하였다.

≪문화전선≫, 1947.3

개선

한설야

해방된 지 거의 두 달이 가까워오는데, 날이 갈수록 날마다 날마다 감격이 새로워지는 역사의 도시 평양 시가의 집집에서는 오늘도 깃발들이 소슬한 가을바람에 펄럭거리고 있다.

높고 낮은 집집의 기왓골이 유난히 번적거리며 째지는 가을 햇빛을 열심히 빨아들이고 있다. 오고 가는 사람의 생기 있는 얼굴, 역사의 새 줄기를 찾아 밟는 그 발걸음에도 이 땅을 울리는 호흡 소리 높다.

창주 어머니는 오늘도 사람이 모여 선 곳마다 기웃거리고 있었다. 아무리 해도 오늘은 자기 가슴에 풍겨진 커다란 의문을 풀고 가야 할 참이었다. 그 의문은 자나 깨나 그의 가슴에서 횃불처럼 펄럭거리고 있었다.

"김일성 장군이 돌아왔다!"

하는 지나가는 소문을 귓결에 들은 지 이미 이틀이 되어도 아직 그 적실한 사실은 알 길이 없었던 것이다. 아무리 물어도 처음은 저도 아는 체 말을 하나 다가가서 따지면 그저 저도 들은 소문이라고 생개맹개 대답할 뿐이다.

그러나 예사롭게 그런가고 넘겨버릴 수 없는 창주 어머니였다. 장군은 모든 조선 사람의 태양이지만 창주 어머니에게 있어서는 더 한층 밝고 따가운 존재였다.

장군은 바로 그의 남편의 조카니까 짜장 자기의 조카다. 사실 장군이 돌아왔을 말이면 집에다 알리지 않았을 것 같지는 않았다. 집에는 아직도 늙은 할아버지 할머니가 계시다.

그러나 창주 어머니는 좀 더 널리 생각할 수 있었다. 장군은 매사에 여느 사람과 다르니까 자기들이 생각하지 못하는 무슨 딴 요령이 있어 그러거니 넘겨 생각하였다. 그런데 또 비록 지나가는 소문이라 하더라도 밑바닥까지 갈라보고 집으로 돌아가야지 오늘도 흐지부지하고 말 수는 없었다.

그래서 창주 어머니는 거리 길가에 모여 선 사람 중에서 그럼 직한 사람을 골라가며,

"여보십시오. 김일성 장군이 돌아왔다는 말이 사실이외까?"

하고 물었다. 그런즉 거개 다,

"글쎄 그런 소문이 있기는 합데다만 우리도 보지 못했쇠다."

하고 대답하는 것이었다. 사람마다 소문을 들은 것은 사실이나 때지 않은 굴뚝에서 연기 날 이치 없다고 생각되며 창주 어머니 심장은 바싹 더 죄어졌다.

"그래 나이는 얼마나 됐답네까?"

하고 물은즉 어떤 사람은,

"글쎄 아직 새파란 젊은이랍데다."

하고 대답하고 또 어떤 사람은 어림짐작으로,

"아마 한 40 가까웠을 거외다. 벌써 우리 소문 들은 지가 몇 해요. 벌써 20년이나 되니까 그렇게 안 됐겠소."

하고 말하기도 하였다.

창주 어머니는 그 말이 모두 근사하다고 생각하였다. 장군은 자기보다 열네 살이 아래니까 바로 올해 서른네 살, 게다가 본시 기골이 뛰어난 터이니까 파랗게 젊어 보일 법도 하였다.

그리고 열아홉 살에 싸움터로 나섰으니 바로 금년까지 열다섯 해……

그러나 그동안에 쌓은 탑이 만리성 같으니 조선 사람 가슴에 20년도 더 넘어 생각될 법도 하였다.

창주 어머니 얼굴에는 유난히 광채가 돌았다. 기쁨이 넘치는 가슴에서 심장이 높게 뛰어 손은 약간 떨렸다. 그것을 바라보던 사람들도 창주 어머니의 감격 넘친 얼굴에 휩쓸리듯이 역시 반가운 얼굴로,

"내일 오후 한 시에 시민대회를 여니까 그때는 보게 될 거외다. 우리도 그때나 얼굴을 볼까 꼬박이 기다리고 있는 길이외다."

하고 나이 먹은 한 사나이가 상냥스럽게 일러주었다.

"내일 한 시에요?"

하는 창주 어머니는 어쩐지 더욱 속이 후들후들 떨렸다.

"예, 내일 한 시에 기림리 운동장에서 시민대회를 엽네."

"저 모란봉 뒤 말이지요?"

"그런데 운동장이 좁아서 아마 터지게 될 것 같소. 일찌가니 오지 않다가는 보지 못하리다."

"그래 얼굴은 어떻게 생겼답데까."

창주 어머니는 아직도 좀더 분명히 알아가지고 돌아가고 싶어서 물은 것이다. 모여 선 사람들도 역시 보지 못한 터이라 그저 듣던 소문대로,

"참 듣던 소문같이 영웅 기골이랍데다. 기골은 헌헌장부고 얼굴은……."

하고 그 이상 더 말할 재간이 없다는 듯이 그저 이렇게 대답하였다.

돌아서 만경대 집으로 걸어가는 창주 어머니의 눈에는 어린 시절 장군의 얼굴이 대보름 달덩이처럼 떠올랐다.

그 잘 웃는 얼굴, 웃을 때마다 두 볼에 파지는 인정머리 있고 아름다워 보이던 보조개와, 유달리 애티 있게 보이던 덧니, 억실억실하고 무한히 슬기 있어 보이는 눈…… 이런 것이 어제인 듯 역력히 머릿속에 다시금 그려졌다.

장군 아버님이 자작 지어 장군을 안고 부르시던 자장가, 아버지와 아들

이 소리 맞춰 부르던 자장가를 창주 어머니는 지금도 고스란히 그대로 외워가지고 있다.

창주 어머니는 입속으로 한 번 가만히 그것을 불러보았다. 그때 벌써 장군 아버님의 지은 노래에는 영웅동이 되어라 하는 구절이 있었고, 맨 나중 구절은

"우리나라 광복 사업 능활하자장" 하는 것이었다. 사실 장군은 오늘 그 노래 그대로 되어 조국으로 다시 돌아온 것이다. 집으로 돌아가는 창주 어머니의 발걸음은 마냥 빨라졌다.

그날 밤에 창주 어머니가 집에 돌아가서 그 이야기를 하였을 때 남편 되는 장군의 삼촌도 이제까지 비밀을 지켜오던 사정을 실토하였다. 장군은 벌써 며칠 전에 숙부를 비밀히 청해서 잠시 만나보았었다. 그러나 워낙 바쁜 몸이요, 또 민족의 영웅으로서 우리 인민들 앞에 개선의 첫소리를 올리고 사사로운 볼일을 찾는 것이 순서일 것이어서 내일 시민대회 뒤에야 집으로 돌아오시리라는 것이었다. 그런데 숙부는 장군의 당부도 있고 해서 할머니에게만 장군을 만나본 사실을 이야기하고 부인에게는 알리지 않았던 것이다.

"그래 나와야 실속 못할 것 뭐나요. 나야 어디 남이란 말이오."

창주 어머니는 일변 반갑고 일변 토심스러웠다. 자기가 먼저 알아다가 온 가족을 한 번 떴다곶게 하겠는데 이제 듣고 보니 알 사람은 먼저 알고도 아닌 보살하고 있은 것이다.

"아니 글쎄 장군이 그러라는 걸 내가 어기면 되오. 또 내일은 장군이 꼭 나올 테니 기다리고 있소."

"마음 한 번 잘 먹으면 북두칠성이 굽어본다우. 그런 때 가만히 일러줌 내 얼마나 고맙갔소. 글쎄 남들이 다 아는 걸 숙모가 모르고 있으니 체면이 무어외까."

사실 숙모는 마음이 후련하지 못했다. 왜놈들한테 그 갖은 고초를 받으면서도 해 달같이 기다리던 장군을 20리 안짝에 두고 여직 못 만나보았다

는 것은 아무려나 섭섭한 일이 아닐 수 없었다.

그 이튿날 아침에 창주 아버지는 평양 시내로 들어가면서 부인에게 일 렀다.

"오늘 오후에 장군과 함께 나올 테니 집도 치우고 무어 좀 준비하소. 나 다녀오리다."

하고 역시 자기와는 함께 가잔 말이 없어서 창주 어머니는 또 조금 부아가 날듯했으나 장군을 맞이할 생각을 하니 집을 아니 치울 수 없었다. 그래서 며느리를 데리고 먼지도 쓸고 거미줄도 치우고 집안을 온통 쓸어냈다. 그 러고 보니 오래도록 왜놈과 지주한테 쪼들리며만 살던 그 집이나 그래도 새 로운 빛이 비쳐오는 것 같았다. 할아버지는 오늘도 웃방에서 노끈을 비비 다가 이따금 뜰에 펴놓은 널개멍석에 내리는 새떼를 휘— 하고 몰아버리 고 있었다.

들에 내린 햇볕이 점점 널려졌다. 서쪽으로 돌아앉은 집 안이 환하게 밝 아질수록 숙모의 마음은 죄어났다. 일손도 잡히지 않아 심드렁해 앉았으 려니 일생에 두 번 없을 아까운 기회를 속절없이 놓쳐버리는 것 같아서 슬 그머니 화가 나기 시작하였다. 또 그것은 가라앉을 줄 모르고 점점 더 머 리를 들었다.

"에라, 장군은 어머니도 없고 숙모도 없다더냐. 어머니 안 계신 장군이 니 숙모가 어머니를 대신하면 못쓴다는 법 대전통편에도 있다는 말 못 들 었다. 온 조선 사람을 위해서 목숨을 내놓고 싸운 장군이 왜놈과 땅임자 놈들에게 한평생 구박받고 살아온 숙모를 괄시할 까닭이 없는 것이다. 하 물며 오늘은 온 평양 사람이 제 마음대로 장군을 보러 가는데 내가 어찌 못 간단 말이냐."

하고 주욱 좋은 숙모는 기어이 성수를 참지 못해서 머리를 새로 빗고 새 옷을 꺼내 입고 집을 나서 20리 길을 허위단심 대숨에 죄어 걸어 바로 시 내에 들어가 기림리행 전차를 잡아탔다.

전차에도 사람이 그득했는데 운동장 들어가는 어구에 내리니 사람들이 회장으로 들어가다 못해서 꾸역꾸역 몰려서 있다. 길가 좌우 옆 소나무 아래에도 사람이 들어차고 저 먼 모란봉 뒷산에서도 희슥희슥한 사람의 그림자가 기수 없이 어른거린다. 그렇건만 숙모는 이리저리 사람을 비집고 걸어 들어갔다.

들어가면서 보니까 운동장 부근 집집마다 지붕에 사람들이 올라앉았고 어떤 사람들은 소나무에 올라가 앉아 있기도 하였다.

맑고 푸른 가을 하늘 아래서 깃발들이 휘날리고 사람의 물결이 쉴 새 없이 늠실거리고 있다. 사람이 걸어가다가 앞이 질리면 발뒤축을 들고 끼웃이 운동장편을 들여다보고 있는데 그렇건 말건 숙모는 그런 것 다 아랑곳할 것 없이 사람들 사이로 부지런히 꾸지르고 들어갔다. 그리하여 간신히 운동장 정문에 이르렀다. 한 측 장내를 정리하는 사람들이 이제는 더 못 들어가리라는 듯이 앞에 탁 가로막아서면서 뒤로 내밀었다.

"여보, 내가 장군의 숙모요. 그래 장군의 숙모가 못 들어가야 옳단 말이오."

하고 이래저래 쌓여오던 앙심이 터지면서 한번 되게 먹이니까 그제사 길을 비켜주었다.

운동장 앞은 그야말로 인산인해였다. 지나간 20년 가까운 동안 목을 늘이고 백두산, 압록강, 두만강 저편을 바라다보던 조선 사람들이 오늘 그 그리던 장군을 바로 눈앞에 바라보려고 너나없이 발돋움하고 있는 것이다. 이것을 누가 막을 것인가.

숙모는 한번 고개를 들고 사람들의 시선이 모이는 주석단 쪽을 바라다보았다. 키가 후리후리한 숙모였지만 아무의 얼굴도 분명히 시선에 들어오지 않았다. 그저 조그만씩한 얼굴들이 가을 째지는 햇볕에 아물아물할 뿐이다. 그래서 숙모는 다시 사람답새기를 헤치고 들어갔다. 여러 번 장내를 정리하는 사람들을 만났으나 끝내 연단 앞까지 용하게 빠져 들어갔다. 그러나 거기서부터는 정리하는 사람들이 더 들어올 수 없게 굳게 가로막고 있었다.

"여보, 나 장군의 숙모요. 나 좀 들여놓아주소."

하고 숙모가 간곡히 말하니까 그 사람은 한참 아래위로 훑어보다가,

"참말이오?"

하고 묻는데 노상 말 막지 않는 곰상곰상한 말씨였다.

"참말 아니고 그런 거짓말을 할 수 있소. 좀 들어갑시다."

"그러면 이리 오시오."

하고 높다란 연단 아래로 숙모를 인도하였다.

숙모는 어찌 고마운지 몰랐다. 참말 해방된 새 조선의 경비원이 옳구나 싶었다. 그렇지 않고서는 이 허전히 차린 농촌 부인을 드솟는 태양처럼 빛나는 장군의 숙모라고 곧이 믿을 수 없을 것이다. 숙모는 숨이 하아 나왔다. 새 조선의 감격이 다시금 가슴을 때렸다.

이윽고 숙모는 연단 위에 모여 선 으리으리한 사람들 중에서 장군의 얼굴을 찾기 시작하였다.

그러던 숙모는 부지불각에 제 손뼉을 한 번 크게 쳤다. 마침내 오매에 그리던 그 얼굴을 발견한 것이다. 열네 살에 두 번째 만주로 들어간 후 어느덧 20년의 세월이 흘렀지만 마음에 새긴 그 모습을 하마 잊을 리 없었다.

"옳다. 꼭 옳다!"

숙모는 저도 모르는 사이에 주먹을 불끈 쥐고 쳐다보고 있었다.

그 끌밋한 풍신, 둥그스럼한 얼굴, 잘 웃는 얼굴, 쩍 벌어진 가슴, 겁낼 줄 모르고 낙망할 줄 모르는 그 기상…… 분명히 옛날의 어린 장군 그대로다. 모습뿐 아니라 몸동작도 꼭 그 인상이다.

장군은 본시 어릴 적부터도 그랬지만 언제든지 몸을 가만히 가지고 있지 않는다. 새 무엇이 일순간도 쉬지 않고 몸속에서 움직여 몸의 동작으로 나타나는 것일 것이다. 그러므로 그 몸 전체에서는 늘 무엇이 생동하고 발기(勃起)하고 있는 것 같았다. 그래서 몸은 늙은 나무처럼 꽛꽛하지 않고 언제나 푸른 잎, 새싹처럼 부드럽고 자유스럽게 움직이는 것이다. 거기에

는 음악도 있고 무용도 있는 것 같았다. 그것은 다름 아닌 장군의 몸속에서 흘러넘치는 창조력의 표현일 것이다. 이 몸동작도 숙모에게는 깊은 인상으로 남아 있었다.

"여보, 나 좀 장군을 만나게 해주구려. 내 급해서 그러오."
하고 숙모는 싹싹히 구는 경비원에게 애걸하듯 당부하였다. 그런즉,

"잠시 기다리시오. 함부로 올라오면 안 되오."
하고 경비원은 단상에 올라갔다 내려와서.

"이리 오시오. 여게 앉아서 잠시 기다리시오. 지금 곧 연설하셔야겠으니 끝날 때까지 기다리시오."
하고 장군의 자동차에 앉아 기다리라 하였다. 좀 어마어마한 생각이 들었다. 그러나 생각하면 이제부터는 당당한 장군의 숙모다.

그리하여 숙모는 북석북석한 자동차 쿠션에 앉으며,

'아! 이날이 있을 줄을 내 알았다. 장군은 기어이 돌아오고야 말았다. 조선이 독립하는 날에라야 돌아온다더니 정말 돌아왔구나. 자동차 타는 것도 장군 덕이야.'
하고 생각하니 가슴이 더욱 뻐근하였다. 숙모는 그제야 자기 남편을 그 사람들 속에서 찾아보았다. 그러나 그 근방에는 아무 데에도 보이지 않았다. 정녕 어딘지 있기는 있을 것이니 그렇다면 아마 저 근감하게 들어선 군중들 속에 섞여 있을 것이다.

'흥, 나를 따돌리고 오다니…… 나와 함께 왔으면 이 좋다는 장군 자동차 타보지.'
하며 숙모는 일변으로 괘씸한 생각이 나고 일변으로는 미안한 마음이 들었다. 연단 위에서는 유량한 음악 소리─ 조선과 소련의 국가 소리에 뒤를 이어 조선말 러시아말 연설 소리가 뒤를 이어 나고 이따금 군중 속에서 무너지는 듯 박수 소리가 났다.

사람들은 굉장히 많았다. 모르면 몰라도 10만 명은 될 것이니, 역사의 도시 평양으로서도 아마 첫 일일 것이다. 각 공장의 노동자들, 멀리 농촌

에서 온 농민들, 각 학교 학생과 단체원들이 표어와 깃발을 들고 섰는데, 어떤 데서는 뒤에서 잘 보이지 않을까 보아 깃발들을 번쩍 높이 들어주고 있다.

일반 시민들 중에는 부인들도 굉장히 많다. 장군의 얼굴을 보고 연설을 들으려고 이따금 황새목처럼 사람들의 머리가 쑤욱 올려 밀기도 하고 어떤 데서는 장군을 손질하며 무어라고 곁사람과 수군거리기도 한다. 이윽고 그 언제나 쉬인 듯한 장군의 우렁찬 목소리가 확성기를 통하여 그 많은 군중의 가슴에 일시에 콱 안겨졌다.

군중들은 물을 빨아들이는 해면처럼 열심히 귀를 기울이고 있다. 장군의 목소리는 소음을 잡아 젖히면서 점점 더 굵게 울렸다. 그것이 확성기를 통하여 온 장내에 찌렁찌렁 울리고 모란봉 등어리에 부딪쳐 산울림까지 내었다.

군중들의 요란한 박수 소리가 이따금 장군의 말끝을 빼앗아갔다.

숙모는 장군의 말을 캐어 듣기에는 아직 너무 흥분되어 있었다. 아무리 뛰는 가슴을 안정시키려 해도 좀체 달래어지지 않고 그저 자꾸 까닭 없이 뛰기만 하였다.

'가만히 가만히…… 장군의 숙모가 어째 이 모양일까.'
하고 숙모는 가슴을 만지며 힘써 돋우밟으려 하나 온몸은 자꾸 떨리기만 하였다.

숙모는 바싹 귀를 기울이고 장군의 말을 한 마디 한 마디 새겨볼 수는 없으나 그 소리를 듣는 사이에, 소련 군대가 들어오자 왜놈들이 거미새끼 흩어지듯 뿔뿔이 쫓겨 가던 광경이 다시금 선히 보이고 그 광경 가운데서 번개같이 휘날리는 장군의 모양이 눈앞에 어른거렸다. 그리고 새카만 어둠 속에 둥그런 햇발이 솟아올라 온 만천지가 모조리 휘황해지는 광경이 또 눈앞에 나타나고, 뒤이어 수없는 사람들이 손에다 각각 새 연장을 들고 그러고도 발은 한결같이 한 길로 물결처럼 내달리는 광경이 또 눈앞을 방불히 지나갔다.

그때 만세 만세 만세……하는 무서운 10만의 합창 소리가 하늘로 퍼져 올라가는 가운데서 장군의 그림자가 어른거렸다. 그 그림자는 숙모의 눈 망울 속에 마치 큰 바다 파도 위에 솟은 태양처럼 두둥실 떠 있었다.

숙모는 무언지 모르게 기운이 나고 가슴이 안정되어갔다. 가슴에 매달려 좀년 떨어질 것 같지 않던 가지가지의 검은 기억이 휘황찬란한 햇살에 불벼락을 맞고 물러가는 것이 방불히 눈에 보였다.

왜놈들이 날마다 총칼을 내대고 협박하여 가택수색 하던 일, 한번은 장군이 전사했다는 소식을 저놈들이 일부러 던지고 가서 동네에서 몰래 부의를 가져오고 온 집안이 애통하던 일, 놈들이 할머니를 만주로 끌고 가던 일, 자기의 둘째 아들 원주가 조국 해방단을 무어가지고 장군과 연락을 취하려다가 놈들에게 붙들려가던 일, 붙들려가서 매 맞던 일, 원주가 감추어 둔 권총을 내놓으라고 놈들이 집에 뛰어 들어온 식구 가슴에 총을 들이대던 일, 경찰서에 원주 밥을 이고 갔다가 쫓겨나던 일, 원주가 장군의 사촌이라고 해서 해방되던 날 놈들이 겁결에 맨 첫손으로 내놓았으나 거의 다 죽게 되었던 일…… 이런 검은 기억을 뿌려준 악마들이 금시 불벼락을 맞고 나가떨어지는 것이다. 지금 머리 위에 들리던 장군의 목소리는 소리가 아니라 바로 그 불벼락이었다.

대가리를 사르면 꼬리로라도 사람을 물어뜯으려던 왜놈들이 그 불빛 속에서 속 시원하게 천 토막 만 토막으로 산산토막이 나서 피를 물고 자빠지는 것이 방불히 보였다. 이제는 숙모 자신의 가슴에 생겨진 톱과 낫과 도끼로 이놈들의 산산토막을 또 깨강정 두드리듯 해서 깡그리 없애버릴 수 있을 것 같았다. 꼭 그러리라고 숙모는 강심을 먹었다. 그러기 전에는 그 자취가 가슴에서 영영 사라지지 않을 것이었다.

무너질 듯한 만세 소리와 우레 같은 박수 소리에 싸여 장군은 그 넓적한 가슴을 쭉 내밀고 우선우선한 얼굴로 연단을 내려왔다.

"작은 어머니, 안녕하셨습니까."

하고 장군은 웃으며 숙모의 손을 잡았다.

"아니 장군, 나를 알겠소?"

하는 순간 숙모는 하마터면 눈물이 쏟아질 뻔하였다. 숙모야 분명 숙모가 옳지만 이렇듯 옛날의 그 인정 그대로 불러줄 줄은 하마 몰랐다. 오늘은 옛날 만경대의 증손이 아니요 전 조선 3천만의 태양이요, 어버이요, 스승이다.

"아니 내가 왜 작은어머닐 모르겠소. 저한테 숱해 애를 받았지요."

하고 장군은 그 잘 웃는 웃음을 대판으로 터처놓았다.

그러나 숙모는 마침내 울고야 말았다.

"옳쇠다. 장군은 온 조선의 장군이 옳쇠다. 이 나라 한 풀, 한 나무도 하해 같은 장군의 은혜를 입을 것이외다."

하는 숙모의 눈물 어린 눈에는 장군의 얼굴이 더 한층 만화경처럼 빛나 보였다.

"작은어머니, 집으로 갑시다. 집에 가서 이야기합시다. 오늘은 작은어머니가 내 어머니의 대립니다."

하고 장군은 숙모와 함께 자동차를 타고 바로 집을 향하여 달렸다.

깃발 휘날리는 거리에는 사람의 물결이 넘쳐흐르고 있었다.

이날을 위하여 장군은 인민의 앞에 서서 싸웠고 인민은 장군을 따라 싸웠다. 그리고 또 오늘 장군은 왜놈이 짓밟은 폐허의 조국을 이끌어 선두에서 싸울 것을 인민에게 약속하였고 인민은 장군을 받들어 싸울 것을 맹세하였다.

자기들의 영도자를 에워싼 이 땅의 붉은 물결은 곧 조국을 사랑하는 인민의 마음! 그 마음 밑창에서 벌려 나오는 열화만이 새 조국을 쌓아 올릴 것이다.

정작 장군의 집에 와놓고 보니 숙모는 무슨 말부터 꺼냈으면 좋을지 또는 20년 풍파 속에 쌓인 이야기가 하도 많아서 잠시 갈피를 추지 못하고 있었다.

그럴 판에 곁방에 있던 장군의 아저씨가 복도로 나오다가 의외에 자기 안해를 보고 깜짝 놀라며,

"아니 임자는 어떻게 왔음마?"

하고 물어서 숙모는 대뜸 기가 나서 보란 듯이 외쳤다.

"아니 난 못 온답데까. 온 조선 사람이 누구나 다 장군의 연설을 들을 수 있고, 들으려고 모아 오는데 작은어머니가 못 올 게 뭐란 말이외까. 나를 따돌리고 오더니 연설도 못 듣고 뭘 했소?"

"난 장군이 나오지 말래서 안 나갔소만 그래 임자 구경 갔댔음마?"

"말 마소. 보아도 이만저만일 줄 아오. 장군 자동차 타고 봤다우."

하고 말하다가 별안간 생각난 듯이 장군을 향하여 말하였다.

"아니 나 참 장군한테 질문 좀 해야겠쇠다. 그래 할머니 삼촌 다 알리면서 심봉사 잔치처럼 나만 어째 따돌렸쇠까. 내가 장군 아버님이 장군을 안고 부르던 자장가를 지금도 한 마디 안 빼고 고시란히 외고 있는 백성이외다. 세상이 넓어도 그걸 알 사람이 누구외까. 그러기 누구니 누구니 해도 내가 장군한테 제일 가까운 사람이외다. 작은어머니라도 유만부동이지요. 내가 비록 농토에 묻혀 이제 반백이 되어가오만 오늘까지 장군 아버님과 장군의 뜻을 꼭 잊지 않고 지켜온 백성이외다."

"아니 내가 오늘 밤에 만경대로 가랴던 차입니다. 그러니 위정들어올 거 있습니까."

"아니 그렇더라도 알려주는 거야 상관 있쇠까. 그런데 장군이 말을 내지 말래서 저 고집쟁이 양반이 끝내 내게도 알리지 않았다우. 그래 나만 따돌리는 이유 좀 알읍시다."

그러자 남편이,

"임자 알면 또 다른 사람도 알게 되지 않습마."

하고 웃었다.

"아니 저 소리 좀 들어보지. 해방된 오늘에도 그래 또 여자를 무시하고

따돌려놓을 심이오. 여보소, 장군 말 좀 하시소. 그래 또 남자들끼리만 나라 만들잔 말이오?"

"아니 그럴 리가 있습니까. 인제 다 알게 되지요. 내 방으로 갑시다. 어머님이 안 계신 오늘에는 작은어머니가 내 어머니니까 오늘은 내 방에서 이야기하다가 만경대로 나가십시오."

하고 장군은 여전히 웃으며 숙모를 자기 방으로 인도했으나 그 얼굴에는 어느덧 한 가닥 서글픔이 떠도는 것 같았다.

"아무렴 그렇지요. 인제 장군이 바른말했쉐다. 내가 장군 어머니 되어서 안 될 이유 없지요. 날더러 장군 어릴 적 일을 물어보시오. 하나나 잊은 것이 있나."

"내가 좀 그럴 만한 사정이 있어서 그런 겁니다. 진작 알리지 못한 것도 내가 나가 뵈어야지 들어오라 할 수 있습니까."

"얼마든지 불러주십시오. 장군의 말씀이면 내 무슨 소리든지 다 듣겠쉐다. 아니 온 조선 강토를 거느릴 장군의 말씀에 누가 거역하겠쉐까. 그때는 나도 작은어머니가 아니라 조선 백성의 한 사람이니까 안 들으면 내가 옳지 못한 백성이지요. 그러나 나는 충실한 장군의 백성이외다. 그러기 지금도 장군이라고 부르지 않쉐까. 내가 왜 중손이란 아명을 잊은 줄 압네까. 성주라는 관명도 내 죽기 전에는 하마 잊을 줄 알우. 그래도 우리는 일성 장군이라고 부르는 것이 제일 좋아요. 조선의 장군이면 어떤 조선의 장군입네까. 그러나 장군, 내가 혹시 실수하는 때가 있더라도 용서하시오. 나는 남과 이야기할 때마다 자랑이 앞서서 탈입네다. 그래서 혹시 일부러 우리 일성이라고도 불러보고 또 중손이라고도 불러보지요. 장군님, 용서하시오."

장군도 숙모의 막힐 줄 모르는 말솜씨에 탄복하였다. 왜놈들이 여성들의 입을 더욱 틀어막고 지식을 주지 않아서 그렇지 이제 조선 인민들이 모두 평등한 권리를 가지고 동등한 지식을 배우고 자유로 발전할 수 있게 하면 앞으로 놀랄 만큼 발전할 것이라 싶었다. 장군은 새로운 숙모를 발견하는 것 같았고 새로운 조선 인민을 발견하는 것 같았다.

장군은 왜놈들이 짓밟아놓은 조선 사람의 지능을 빨리 열어주어야 하리라 생각하였다. 농민들에게 옳은 사상을 주고 학문을 속히 주어야 하리라 하였다. 그러면 거기에는 반드시 놀라운 지혜가 다시 살아날 것이다. 농촌의 남자들과 아낙네들의 "가갸 거겨" 읽는 모양, 아들 손자들에게서 글 배우는 늙은이들의 혀 꼬분 소리가 탐탐히 보이고 들리는 듯해서 장군은 부지중 웃었다.

"작은어머니, 이제 농촌 선전대의 일을 보십시오. 조선 농촌은 이제 아주 좋아집니다. 왜놈과 지주한테 압박과 설움 받던 생활에서 완전히 해방됩니다."

장군은 사실 벌써부터 농촌 문제에 대해서 많은 연구를 하고 있었다. 조선 인민의 열의 여덟은 농민이다. 노동자들의 생활과 아울러 이들의 생활을 근본적으로 개변시키지 않고는 조선 현실의 개변은 있을 수 없는 것이다.

그리하여 장군은 항일투쟁 중에도 항상 여기 대해서 생각해왔고 지금 또 여기 대해서 구체적으로 구상을 짜고 있었다. 장군이 지금 생각하고 있는 새 조선의 기본 강령에 있어서 토지 문제는 가장 중요한 것이며 맨 급한 문제의 하나였다.

북조선의 농촌이 왜놈들 아래에서의 그 추악한 꼴을 털어버리고 날로 새로운 낙원으로 변하여가서 땅 가는 모든 사람들이 삶을 노래하게 될 그 즐거운 정경을 장군은 벌써 머리에 그리고 있었다. 남편과 안해와 어린이들 뒤로 강아지까지 꼬리를 저으며 따라나서는 농촌 풍경을 상상하는 것은 즐거운 일이었다. 살진 논밭에 무르익는 오곡은 하릴없는 농촌의 그림폭이요, 곡식 자라는 소리는 다름 아닌 농촌의 음악일 것이다. 이것은 오직 땅이 땅갈이 하는 사람의 것이 될 때에만 있을 수 있는 일이다. 즉 땅 가는 사람이 땅임자 되는 때에만 있을 수 있는 일이다.

장군은 또 말하였다.

"조선은 인제 잘됩니다. 모든 인민들이 다 같이 평등하고 자유롭게 살

수 있습니다. 양반도 상놈도 없고 남자와 여자의 차별도 있을 수 없습니다. 며칠 동안 잠시 조선 형편을 살펴보아도 인민들의 희망과 열성은 확실히 불타고 있습니다. 무엇보다 이것이 새 조선을 만들어내는 근본입니다."

그리고 장군은 잠시 말없이 10월 따사로운 볕이 내린 앞뜰을 눈부신 듯 내다보고 있었다.

숙모는 분명 장군의 얼굴에서 오래도록 그리던 조선의 모습을 보았다.

"아무렴 그렇게 돼야지요. 장군이 누구를 위해서 싸웠습네까. 또 조선 사람이 무엇 때문에 장군을 우러러보고 싸웠습네까. 백성은 어리석은 것 같아도 제일 영리한 것입네다. 어린애와도 같습네다. 속일래야 속일 수 없습네다. 진정 자기를 생각해주는 사람이라야 따라갑네다."

"그래 내가 싸우는 동안에 백성들이 뭐라고 했습니까. 내가 무엇 때문에 싸우는 줄 알았습니까?"

"아다뿐입니까. 설운 일이 있어도, 괴로운 일이 있어도, 또 기쁜 소식이 있어도 강 건너만 쳐다보았습네다. 우리 김일성 장군이 어서 건너오지 않나. 어서 와서 이 땅에 있는 저 아귀 같은 왜놈들 마자 당장 박살을 내주지 못하나 하고 기다렸습네다."

"그래 내가 보천보 들어온 소식도 이내 알았습니까?"

"알구 말구요. 조선은 꼭 독립된다구 술렁거렸습네다. 장군이 그해 가을 9월에는 꼭 서울 와서 왜놈을 쳐부스르고 조선을 독립시킨다고 했습네다. 어디서 불만 나도 에구 김장군이 들어와서 왜놈들에게 불을 질렀구나 하고 기뻐했습네다. 보천보 치던 그 전해에 또 국경 어딘가 친 일이 있지 않습네까. 그날 밤 그 만주 어느 거리가 밤새도록 탔답네다. 그래서 이편 조선 사람들이 밤새도록 원근에서 자지 않고 바라보았답네다. 빨리 조선 안의 왜놈들도 저렇게 좀 불질러 죽여 달라고 축원을 했습네다."

사실 그때 조선 안에서는 별별 소문이 다 돌았다. 조선 사람들은 장군을 바로 자기 눈앞에 본 것처럼 생각하였다. 그래서 바로 장군을 자기 곁에 느낀 조선 사람들 사이에서 생긴 소문이 이구 전파해서 장군이 지금 혜산 왔느니, 아니 단천 왔느니, 금시 서울로 쳐들어가느니 하고 참답게 수군덕 거렸다.

숙모는 어찌하면 그때 정경을 떠온 듯이 그럴지 몰라서 답답한 듯이 몸을 바시대고 있었다.

"남만 바라지 말고 자기들도 싸워야지요. 가만히 앉아서 이밥 먹을 생각을 해서는 안 되지요."

"그야 그렇구말구요. 우리 집의 원주 말입네다. 그 애가 소학을 마치고 중학으로 들어갈라니까 장군의 동생이래서 안 들여주쇠다. 그래서 하는 수 없이 노동했지요. 그러니 글이야 무얼 배웠쇠까. 그래도 그 애가 조국해방단을 만들어 무기까지 준비해가지고 장군 있는 데로 명령을 받으러 가자다가 그만 붙잡혔습네다. 그때 내가 경찰서에 가보니까 숱한 청년들이 갇혀 있어요. 그게 다 제 살 일이나 제 집 일 하다가 들어갔겠습네까. 어떤 청년은 어찌 몹시 저놈들이 두드려 패고, 코로 물을 먹인다. 고춧가루를 부어 넣는다 했는지 쎄멘 바닥을 손톱으로 긁어서 손톱이 죄다 뒤로 젖혀졌는데도 점심 먹을 때 끼웃이 들여다보니까 그도 나를 내다보고 웃으면서 눈인사를 합데다. 아마 저이들과 같은 청년의 어머닌 줄 알았던 모양이야요. 그래 나는 그때부터 기운이 났습네다. 오, 내 아들도 외롭지 않구나. 동무들이 얼마든지 있고 또 뒤를 이어 자꾸 있을 것이라 생각했쇠다. 온 조선 사람이 모두 떠들고 일어나주기를 바랐쇠다. 아니 나부터도 그까짓 놈들 무어 무서울 것 있으랴. 내 아들이 죽는데 낸들 무어 죽는 게 그리 겁나랴 싶었쇠다. 내가 죽느라면 내 뒤에도 사람이 있을 테지.

아니 첫째 우리 장군이 있지 않느냐. 이렇게 뱃심이 생겨서 그담부터는 경찰에 밥을 가지고 가서 내 아들께 먹이겠다고 떼를 썼쇠다. 그러니까 점점 더 간이 커집데다."

"하하하, 작은어머니, 그때 공부 많이 했습니다. 그게 조선 사람 살아나는 공붑니다. 별거 있습니까. 그렇게 해서 싸우는 거고 싸와야 이기는 거지요."

하고 장군이 말해서 숙모는 버쩍 더 신이 나고 말문이 열렸다.

"그리고 어디 경찰서뿐인가요. 숱한 감옥에 잡아넣은 사람이 거지반 그런 일로 들어간 거지요. 다리갱이 물러날 놈들이 그런 사람 때문에 밤낮 눈에 쌍심지를 달고 개처럼 싸댔지 어디 조선 사람 살리러 다녔습네까?"

"만경대 집에도 여러 번 왔다 갔지요? 그놈들이……."

"여러 번이라니요. 이놈들이 밤마다 앞뒷문에 와 섰다가는 한 놈이 호각을 호로로 불면 일시에 문을 와락 잡아채며 무기를 들고 들이닥치는데 맨 처음은 정말 간이 뒤집혀질 뻔했습네. 어른도 어른이지만 첫째 어린애들이 경풍이 날 지경이었쉬다. 놈들이 들어와서는 총끝 칼끝으로 일어나려는 사람의 가슴을 콱콱 냅다 지릅네다레. 그러고는 까딱 말고 여기 숨은 사람을 내놓으랍네다. 장군을 찾아보다가, 영주를 찾아보다가 괜히 이놈들이 우리를 그렇게 해서 집 자리를 날구자는 심사였지요. 그러나 하도 여러 번 당하니까 차차 악심이 나더군요. 그담에는 별로 무섭지도 않아요. 그런데 또 원주 덕에 경찰서 다니게 됐지요. 내가 그 통에 간이 숱해 커졌쉬다."

"하하하…… 됐습니다. 그러나 싸움은 결코 끝나지 않았습니다. 이제부터 또 싸움이 있습니다. 농촌에서 많이 싸와야겠습니다. 그래야 우리 조선은 빨리 행복한 생활을 찾을 수 있습니다."

"나쁜 아닙네다. 할아버지는 안 싸운 줄 압네까. 할아버지 정말 대단합네다. 그러기 놈들이 그렇게 갖은 위험을 다했어도 할아버지는 그놈들이 우리를 왜놈의 성으로 고치랄 때 기어이 안 고쳤습네다. 승냥이 성 보고 사람 안 물어갈 줄 아니, 성을 고쳤대서 놈들이 조선 사람을 안 잡아갈 줄 아니, 하고 놈들의 별 위협 다 해도 막무가내였습네다. 장군 집이래서 놈들이 더했지요. 그래도 안 들었습네다. 할머니를 만주로 끌어가려고 찾아온 놈들이 돈뭉치를 내놓는 걸 할아버지가 되집어 팡개쳤습네다. 늙어도 김일성이 할애비다. 돈과 손줄 바꾸겠느냐…… 하고 호령했습네다."

"참 그때 할머니 무던히 고생하셨지요."

"가을 사과 익을 때에 가신 할머니가 그 이듬해 봄이 되어도 안 오시지요. 그래 우리는 꼭 왜놈한테 잘못된 줄 알았어요. 그래 장군도 할머니 들어가신 소식 들었습데까?"

그때 왜군은 장군을 귀순시킨다고 왜경을 보내어 할머니를 인질로 만주에 잡아다 두고 귀순 안 하면 할머니를 죽인다고 선전하였다.

"그럼요. 어느 날 어느 촌에 다녀가신 것까지 처음부터 다 알고 있었지요. 그러나 왜놈의 술책인 줄 아는데 내가 넘어갑니까."

하는 장군도 그윽히 그때의 감회가 다시금 새로워졌다. 그때 장군은 늙은 할머니가 또 왜놈의 손에 꼭 잘못된다고 생각하였다. 그러나 마음을 더욱더욱 단단히 가졌다. 죽일 테면 죽여 봐라 하고 버틴 장군의 마음도 물론 괴롭지 않을 수는 없었다. 그러나 조선 강토와 조선 민족을 위해서 싸우는 그 가운데서 그 원수를 갚으리라 하였고 또 그렇게 싸우는 데서만 놈들은 질겁해서 할머니도 건드리지 못하리라고 장군은 생각하였다. 그 생각은 적중하였다.

"실상 장군이 끝까지 천하 없는 일이 있어도 눈 한 번 끔쩍 안 하고 피로써 싸웠기 때문에 저놈들이 우리 가족에게도 손을 마음대로 못 댔지요. 저놈들이 참말 장군을 무서워했습네다. 이 근방 주재소 순사놈들이 모여 앉으면 김일성이가 나오면 맨 먼저 우리 목부터 벨 것이라고 하면서 걱정했답네다. 그러기 우리 원주도 그놈들이 그 숱한 사람들 중에서 제일 먼저 내놓으면서 이러더래요. 얘, 너의 형님 나오거든 내가 너를 놓아주더라고 그래라…… 하고 외교를 하더래요 글쎄."

"그놈들이 죽을 판이니까 별소리 다 했겠지요. 그러나 그보다 작은어머니 말이 구수합니다. 살려고 애쓴 사람의 가슴에는 늘 진정한 말이 살아 있는 법입니다."

장군은 농촌에서 압박받던 숙모를 통해서 조선 인민들의 마음을 내다보는 것이 기뻤다. 배우지 못하고, 돈 없고, 권리 없던 한개 농촌 부인에게서 조선의 앞길에 비치는 무한한 희망과 광명을 느끼게 되는 것은 무엇보다 기쁜 일이었다.

그것은 남의 말에서 배운 재주나 말로써 하는 이야기가 아니요. 한개 조선 사람의 육신으로서 하는 이야기였다. 그것은 적나라한 조선의 산 현실이요, 아무것도 단장하지 않은 있는 그대로다.

"그래 장군, 고향 생각 더러 납데까?"

"나구말구요. 이 땅이 나를 낳아 길러주지 않았습니까. 또 일가친척이 있고 나와 같은 수다한 동족이 살지 않습니까. 내가 무엇 때문에 싸웠겠습니까. 동족들이 사는 이 조국을 찾으려는 것이었지요. 이 땅은 우리 조선 동포가 가장 살기 좋고 가장 일하기 좋고 오랜 우리의 핏줄이 흘러온 우리의 향토가 아닙니까. 세계 어디보다도 이 땅이 조선 사람에게는 제일 좋습니다. 헐어도 내 땅이 낙원입니다."

"아버님 어머님, 모두 함께 나올 수 있었더면 얼마나 좋았겠습니까."

"그렇지요. 아버지는 나의 존경하는 스승이었습니다. 나를 이렇게 만들어주려고, 돌아가시는 순간까지 애쓰셨습니다. 어머니도 그렇지요. 내가 왜놈들과 싸우려고 집을 나가 때 어머니는 무거운 병석에 계셨습니다. 그러나 내 뜻을 잘 아시기 때문에 멀지 않은 자기의 앞길을 내다보면서도 나를 붙잡지 않았습니다. 나는 지금도 가끔 어머니 생각이 나면 혼자서 웁니다. 내가 무송 우급학교를 다닐 때 학교가 멀어서 자전차를 사달라니까 아버지는 독립운동에만 쓰실라고 한 푼전을 아끼서서 안 들으셨지만 어머니가 가용을 절약해서 사주셨습니다. 나는 오늘 자동차를 타고 다니면서도 늘 그때 어머니가 사주던 자전차를 생각합니다. 그것이 자동차보다 오히려 나은 것같이 생각됩니다."

"인제 아버님, 어머님 모셔 오셔야지요."

"그렇습니다. 아버지는 꼭 나를 앞세우고서 해방된 조국으로 돌아가시겠다고 하셨고 어머니는 돌아가시면서 내 싸우는 걸 보고 내가 조국으로 개선하는걸 보시겠다고 안도 맨 높은 산에 묻어달라고 유언하셨답니다. 나는 왜놈과 싸우는 때에 어머님 무덤을 찾아가서 일장통곡을 하고 조선이 독립되는 날 어머니 소원대로 꼭 조선을 모셔드린다고 맹세했습니다. 고향 산천이 보고 싶습니다. 작은어머니 인제 우리 만경대로 나갑시다.”

그리하여 이윽고 장군은 오래 그리던 향리 만경대로 자동차를 몰았다.

보통강 언덕배기에는 초라한 오막살이 움집과 달개집들이 지저분하게 딱지 딱지 이마를 맞물고 들어앉아 있다. 이것은 다름 아닌 왜놈들의 학정에 고달프던 조선 인민의 생활을 여실히 말하는 산 재료다. 그것들이 모두 수이 없어지고 말쑥한 새 살림들이 제자리에 깃들이고 앉아야 할 것이라고 장군은 생각하였다.

누가 무어라고 시키지 않더라도 인민들이 저이들의 손으로 제 살림은 제각기 새로 꾸릴 수 있는 넓은 길을 열어주어야 할 것이었다.

평양 서쪽 교외의 산들도 굵은 나무 한 대 볼 수 없는 발가숭이다. 그래도 아직 이처럼 아름다운 금수강산이거든 여기에 만일 푸른 옷을 입히게 된다면 그 얼마나 아름다운 풍경이랴. 조선은 이르는 곳마다 공원이다.

이제 이 강산 무한경을 찾아서 온 세계 사람들이 목을 늘이고 부러워하도록 훌륭하게 만들어놓아야 이 강산을 찾기 위하여 싸운 보람이 날 것이다.

장군은 왜놈들과 싸우던 그 시절의 고단한 꿈속에서도 이 강산이 눈에 선히 보여 자던 잠을 놀라 깨기 버금 몇 번인지 모른다.

전투에 시달린 몸을 만주 깊은 산 고목 등거리에 쉬일 때나 마상에 높이 앉아서 잠시 눈 감고 이제 올 앞일을 생각할 때나 자주 장군의 눈 속에는 뜻하지 않고 꽃 피고 새 노래하는 이 강산과 휘파람 불며 오르내리던 만경대의 산봉우리들이 방불히 눈 속에 뛰어들어 놀란 눈을 뜨고 보면 역시 오늘도 내일도 피비린 바람 속에 싸워야 할 험산 준령 만 리 전장이 장군을 휩싸고 있을 뿐이었다.

고국산천이 한없이 그리웠다. 그러나 그럴 때마다 장군은,

"싸움! 싸움터로!"

하고 속으로 뇌었다.

조국의 자유와 평화를 찾기 위하여 돌진하지 않으면 안 되었다. 또 돌진하였다. 그것은 오직 조국만이 줄 수 있는 힘이었다.

그 힘과 용기를 보여주던 조국산천이 바로 예 있는 것이다.

길 옆 조그마한 초가집들에서도 깃발이 휘날리고 있다.

36년 동안 왜놈의 자동차만 굴러다니던 이 길에 오늘은 꽃과 사랑을 실은 민족의 영웅의 자동차가 달리고 있다. 동네 앞길 옆에 놀고 있던 어린이들이 손을 들고 외친다.

"만세 만세 만세……."

하고 아이들이 지나가는 장군 자동차에 만세를 불러주다가 나중은 자동차를 따라볼 듯이 짧은 다리를 길게 뜨며 쫓아온다.

옛날에는 어린애들이 기차나 자동차가 달려가는 걸 보면 돌을 던지든지 하다못해 빈 주먹질이라도 해주어야 속이 후련하였다. 장군이 창덕학교 다닐 때만 해도 어린 학생들이 길로 지나가는 자동차를 운동장에서 내다보며 그 먼 곳에서나마 돌팔매질을 해서 때려주는 시늉을 했다.

그러나 오늘은 누가 시킨 것도 아니건만 이 버릇이 말끔 고쳐졌다.

어느덧 장군이 출생한 장군의 외갓집 마을 칠고리가 바른편 밋밋한 언덕배기에 올려다보였다. 장군은 잠시 동안이나마 이 동네에 있는 창덕학교로 다녔다. 그때 동무들과 함께 놀던 기억이 어제런듯 새로워졌다.

장군의 우선 우선 빛나는 얼굴을 바라보며 숙모는 문득 노래하며 춤추고 싶었다.

"장군, 칠고리 생각나오?"

"나구말구요. 내가 난 외가도 기억하고 있지요. 아마 지금 다 찌그러졌겠지요?"

"아니오. 지금도 그래도 있습네다. 창송 녹죽이 바람이 분들 쓰러질까…… 하는 조선의 노래 있지 않습네까. 뉘 집이라고─ 뉘 난 집이라고 소홀히 거두겠습네까. 외가에서 명념해 잘 거두고 있쇠다."

차창 밖에 달리는 고국산천은 너무도 아름다웠다. 장군의 가슴에서는 만감이 오고 갔다. 이 강산을 도로 찾기 위하여 목숨을 내놓고 싸웠고 이제는 이 강산과 이 강산을 지킬 부강한 나라를 꾸미기 위하여 싸워야 할 것이다.

큰길에서 만경대 들어가는 왼편 길로 꺾이면서부터 낮고 아담한 산들이 첩첩이 주름잡힌 사잇길로 자동차는 오르며 내리며 달렸다. 이 산들이 영웅을 낳은 숭지(崇地) 만경대의 울타리를 이루고 있는 것이다. 산과 산이 초간히 떨어진 그 사이에 있는 조금 너른 평전을 지나 장군 아버지가 세운 동명학교 뒷고개에 올라서니 단풍이 들기 시작한 마치 꽃송이같이 아름다운 수다한 높고 낮은 봉우리들이 어떤 데는 옹기종기 또 어떤 데는 펑퍼짐히 들어앉은 그 저어편에 높은 포플러 나무들이 들어선 조그마한 마을이 보인다. 그것이 바로 장군의

옛 마을 만경대다.

그 마을 앞 왼편으로 대동강가에 제일 높게 도독히 솟은 운치 있는 다복솔 봉우리가 바로 이름 높은 망경대 자리다. 이 산과 봉우리 사이사이에 있는 집집에서 장군이 돌아온다는 꿈같은 사실에 놀란 듯 반기며 너도나도 뛰어나와 손을 흔들며 만세를 부르고 있다.

어린애들은 장군의 얼굴을 하마 놓칠까 보아 눈에 초롱을 달아가지고 이리 뛰고 저리 뛰며 서로 부르고 달리고 야단법석이다.

"아이구 네가 참말 오는구나!"
하고 장군을 붙들자 눈물부터 앞서는 할머니ㅡ. 그 주위에 사람들이 촘촘 둘러섰다.

장군은 누구누구를 아잘 것 없이 또 아이 어른 할 것 없이 골고루 손을 잡고 흔들며 무너지는 웃음으로 인사하였다.

사람도 반갑고 산천도 반가웠다. 이 백성들 앞에서 언제나 웃음을 주고 싶던 장군이다. 열네 살 봄에 이 강산을 떠나며 조선이 독립되지 않으면

다시 돌아오지 않으리라고 장군은 굳게 맹세하였다.

"내가 언제 이 땅을 다시 밟을 수 있을까. 내가 자라나고 내 조상의 무덤이 있는 이 조국에 다시 돌아올 수 있을까. 조선이 독립되어야 오겠는데 그 날은 과연 언제일까."

하고 장군의 어린 가슴은 못내 아팠다. 그러나 그것은 두말할 것 없이 기어이 조선을 독립시켜야 하며 그 조국으로 다시 돌아오리라 한 믿음과 결심이었다. 어린 장군은 벌써 그때에 그것을 이 강산에 맹세하고 이 앞 강물에 약속하였던 것이다.

오늘은 그 약속과 맹세를 이행하는 날─. 장군은 깃발이 나부끼는 옛집 조그마한 대문으로 들어섰다.

≪개선≫, 1955

안나

이춘진

신포 육대(六台) 부두 가까이 있는 민청 초급 단체 임원회의 20여 명 수용할 수 있는 좁은 사무소는 더 들어설 자리가 없게끔 꽉 차서 호열자 방역특설대 조직에 대한 회의를 계속하고 있었다.

밤 여덟 시부터 시작한 회의가 벌써 열두 시를 넘었다.

바깥은 7월 2일부터 시작한 비가 열흘이 지난 오늘도 그칠 줄 모르고 퍼붓고 있었다.

검푸른 파도는 푸들푸들 뛰어 부두에 매어놓은 목선에 부딪치면서 거품을 냅다 토한다.

6월 24일에 발생된 호열자는 민청원(民青員)을 비롯하여 남녀노소들의 방역투쟁으로 종식될 듯하였으나 일부 리민의 부주의와 계속되는 비로써 다시 만연하기 시작하였다.

교통은 다시 차단되었다. 육대 공회당은 방역본부가 되고 분주소(分駐所)는 경비대 본부가 되어 내무서원 이외에 3천 469명의 경비원이 동원되었으며 신포의사단 9명, 북청 의사단 5명, 함흥 의사단 6명, 평양 의사단 5명이 동원되어 불면불휴의 활동을 계속하였다.

회장은 긴장한 공기가 흐르고 있었다. 20명 가운데서 반수 이상은 경비원, 운반대원, 선전 정보원, 사찰반원들이었으나 고무모자에 고무옷을 입고, 고무장화까지 신은 특설대원도 있었다. 사무실 안은 크레졸, 석탄산수 소독 냄새로 코를 찔렀다.

위원장 이봉주는 일반 특별대원으로 격리병사를 신축하는 데 동원되고, 조직부장인 강을구가 위원장 대리를 집행하고 있었다.

강을구는 며칠 뜨새운 탓으로 충혈된 시선으로 20여 명의 맹원들을 하나하나 보면서 말을 계속하였다.

"동무들! 동물들이 잘 아시다시피 우리 육대에 호열자가 발생한 지 20일도 못되는 사이에 열일곱 사람이 죽었고 지금 스물한 명의 환자가 있습니다. 호열자가 얼마나 무서운 것인가를 우리는 눈으로 똑똑히 보았습니다."

을구는 후— 숨을 내어 쉬면서 말을 계속하였다.

"호열자는 우리의 원쑤이며, 민주 건설의 적이다……."

을구는 원쑤라고 외칠 때 특히 힘을 넣었다. 이미 10일간이나 호열자와 싸워온 20여 명 민청원들은 호열자란 말에 속이 덜컹하였다.

"그러나 동무들!"

을구의 힘 있는 말에 일동은 다시 그를 쳐다보는 것이었다.

"우리가 단결하여 방역을 철저히 할 때 조금도 무서운 것이 아니라는 것을 우리는 금번 경험을 통해 알았다."

이 말이 떨어지자 물친 듯이 조용하던 장내가 뒤숭숭해진다.

"조용하오."

"떠들지 말어!"

이런 소리에 사무소는 다시 조용해졌다.

처마 끝에서 떨어지는 낙숫물 소리가 들려온다. 그리고 부두에 부딪치는 파도 소리가 일정한 간격을 두고 들려왔다. 그리고 앞 봉대산에서 밤을 새우는 경비대원들의 말소리가 드문드문 들려왔다.

"동무들! 우리 민청원의 손으로 무서운 호열자를 박멸하자, 우리 동포의 생명을 구하자!"

을구가 눈을 번쩍이고 소리치자 박수가 일어났다.

"동무들!"

을구는 박수를 제지하고 말을 계속했다.

"이봉주 위원장 동무를 비롯하여 우리 민청원 열한 명이 방역원 가운데서도 제일 힘든 특설대원으로 일하고 있다. 저기 앉은 손길우 동무와 고치욱 동무도 특별대원으로⋯⋯."

을구가 손가락으로 가리키는 두 동무에게 모두가 시선을 던지었다.

그리고 을구는 아직 특설대원이 부족하다는 것을 말했다.

일부 민청원들은 특설대원이라는 말에 얼굴을 찌푸리었다.

특설대원은 방역비상대책위원회 직속으로서 1반 2반으로 나뉘어 있고 1반은 격리병원 경비와 소독, 시체 처리가 임무이고 2반은 환자의 집 교통 차단, 소독, 환자 혹은 시체를 처리하는 사업이다.

이때에 내무서, 분주소에서 대기하고 있던 스물이 되나마나하는 특설대원이 고무장화와 고무외투, 고무모자, 고무장갑을 끼고 마스크를 한 채 사무소에 달려 들어온다.

젊은 특설대원의 몸에서는 빗물이 흘러 방바닥에 떨어졌다.

젊은 특설대원은 숨이 차서 헐떡이며 무슨 말을 하려 하나, 말은 나오지 않고 손만 내어젓는 것이었다.

사무실 안에 있던 젊은이들은 또 무슨 일이 생긴 것을 직감하였다. 젊은 특설대원이 쓴 고무모자 밑에서 눈알만 유난히 빙빙 돈다.

"두선 동무, 무슨 일 났어?"

을구가 특설대원 앞으로 다가서면서 말한다.

"또 환자가 났나?"

유리문 길에 앉아 있던 특설대원인 손길우가 말한다.

"응."

숨을 돌린 두선이가 마스크를 한 채 말하였다.

"부엌녀가⋯⋯."

"부억녀라니, 누구냐?"

한가운데 앉아 있던 민청원이 벌떡 일어나서 묻는다.

"칠성돌이 어미야, 쇠못덩이 같은 고기장수 아즈마니 말이야."

모두가 의외라는 듯이 놀래었다.

손길우와 고치욱 두 특설대원은 일어서서 입에다 마스크를 건다.

달려온 젊은 특설대원은 빨리 오라고 말을 던지고는 그냥 사무소 문을 열어제끼고는 내달아 나갔다.

두 특설대원도 뒤를 따라 (나)섰다.

이 소동에 사무소 안은 갑자기 소란하여졌다.

바깥에서는 여전히 비는 내리고 바다는 더욱 음침한 소리를 지르고 있었다. 뛰어가는 특설대원과 경비대원들의 진흙에 빠지면서 가는 소리가 철버덕철버덕 났다.

호열자가 걸린 부억녀네 집은 서쪽 마을에 있었다. 민청 사무소부터 약 1킬로가 되는 거리다.

두 대원은 길 홈채기에 잦아든 빗물에 절벅절벅 빠지면서 마을 한가운데 가로 있는 길을 건너 서쪽 마을 좁은 골목길에 들어섰다. 비는 자꾸 퍼붓고 어두컴컴하여 앞이 보이지 않았다. 두 대원은 집 울타리에 부딪히기도 하면서 달음질쳤다. 교통 차단한 경비대원들이 군데군데 서서 '누구냐? 누구냐?' 하고 소리를 지른다. 낮은 지대인 여기는 일면 물에 잠겨 있었다. 두 대원이 걸을 때마다 철벅철벅 소리가 빗방울 소리와 합한다. 모래를 실어 들이는 우차와도 부딪히었다.

"수고하오."

"수고하오."

지나칠 때면 서로 마스크를 한 채 이런 인사만 간단히 주고받는다. 어두워서 누구인지 서로 얼굴은 알 수가 바이 없었다.

서쪽 마을 끝에 있는 부억녀 집에 도착했을 때에는 특설대원으로 집 주위는 완전히 교통 차단이 되었다.

세 대원은 펌프 소독기로써 쿠로루카루케 소독수를 뿌리고 있고 두 대원이 쿠로루카루케 가루를 마루니 변소니 할 것 없이 뿌리고 있었다.

전깃불이 휘영히 비치고 있는 부엌녀 집 문은 닫혀 있고 집 안에서 어린 애의 울음소리가 들린다.

"자 들어가."

소독가루를 부린 대원이 이렇게 말한다.

아무리 대원이라 할지라도 이 말에는 소름을 느끼고 주춤한다. 대원들이 쓴 고무모자 밑에서 머리카락이 오싹 일어서는 것이었다.

"빨리 들어가자."

둘러서 있는 대원 가운데서 한 대원이 이렇게 말을 했지만 그이도 앞에 나서지는 않았다.

종이 창문으로 비치는 흐릿한 전깃불은 대원들의 장화를 스쳐 흐르는 소독가루가 떠 있는 진흙물을 비치었다.

지붕에서 떨어지는 낙숫물이 줄창 방울을 짓는다. 집안에서는 울음에 지치어 목이 쉰 어린아이의 울음소리가 가늘게 들려왔다.

대원 중에서도 늘 선코에 나서는 손길우가 크레졸 소독수를 자기 몸에 치더니 앞에 나서 걷는다. 손길우는 오랫동안 어부로서 해방 전까지는 술 잘 먹고 싸움 잘하던 것이 해방 후는 민청에 들어와서 늘 선두에 서서 일하는 어부였다.

손길우는 문을 열어젖히었다. 집 안에서는 형용할 수 없는 악취가 마스크한 코를 찌른다. 길우의 뒤를 따라 아까 민청 사무소에 달려왔던 젊은 대원이 펌프 소독기를 들고 마루에 올라서 집안에다 소독수를 뿌리었다. 집 안으로 소독수는 이슬비처럼 쏘아 들어간다.

길우는 집 안을 보았을 때 놀라서 발을 멈추었다. 좁은 집 안에는 쉬파리가 날아다니고 구린 악취가 코를 찔렀다.

네댓 살 되는 계집아이는 이불 끝을 틀어쥐고 목이 메어서 소리는 지르지 못하고 끽끽거리기만 하였다. 그리고 이불 속에서 반신을 내어민 40가량 되는 부엌녀는 까치 둥우리처럼 헝클어진 머리털을 뒤로 젖히고 기진맥진한 듯 척 늘어져 있었다.

젊은 대원은 넋 빠진 사람처럼 펌프질을 하였다. 집 안은 소독수의 빗발로 뿌얬다.

이불은 소독수가 흐를 만큼 눅신하게 젖는다.

늘어져 있는 부엌녀의 얼굴과 가슴패기에서도 소독수가 흘렀다. 집 안은 크레졸 냄새가 나서 악취는 없어졌다.

길우는 고무장화를 신은 채 집 안 구들 위에 발을 옮기었다. 그리고 부엌녀 가까이 다가갔다. 길우는 아까 문을 열 때 놀란 이상 놀랐다. 등골에서 진땀이 쪽 흐르는 것을 느끼었다.

뚱뚱하고 동네에서 쇠못덩이라고 부르던 부엌녀의 얼굴은 어디 갔는가. 벌벌 기어 다니는 게를 두둑하니 넣은 함지를 이고 양화시장, 영무시장으로 활개 치며 다니던 부엌녀의 형체는 어디 갔는가!

양 뺨에 살이 쑥 빠지고 눈언저리가 오므라들어 홈채기가 되어 있다. 얼굴색은 양초처럼 창백하고 관자뼈가 앙상하게 내어밀었다.

길우는 이불을 젖히고 부엌녀의 몸을 흔들었다. 부엌녀의 몸은 막대 꼬챙이처럼 꼿꼿한 채 옴짝도 안했다.

길우와 치욱과 젊은 대원이 시체를 들것에 담아 메고 나갔다.

밤은 새벽 세 시를 지났다. 퍼붓던 비는 이슬비가 되어 보슬보슬 내리었다. 부엌녀를 운반하는 들것은 바닷가 모래판에 닿았다. 파도가 모래를 씹으면서 쏴쏴 소리를 낸다.

모래판 홈채기에 빗물이 잦아서 물이 무릎까지 온다. 들것을 든 대원들이 물을 건너가는 소리가 철썩철썩 났다.

바람이 불어서 모래 위 풀이 소리를 지르고 있었다.

물을 건너 언덕에 올라가 서자 들것을 내려놓고 가져온 곡괭이로 땅을 팠다.

"이놈의 아즈마니가 죽어서까지 사람을 욕뵌운단 말이야."

"좋은 세상에 이렇게 죽다니……."

대원들은 이런 말로써 기분을 돌리려고 하였다.

그러나 말소리는 바람과 파도 소리에 집어삼켜버리는 것이었다.

부엌녀를 들것에 싣자 어린애는 두 특설대원이 업어서 가족수용소에 가져갔다.

그러고는 부엌녀 집에다 석유를 치고 불을 질렀다. 삽시간에 불길이 올라서 집은 부엌녀의 시체와 같이 사라져 재붙이만 남았다. 부엌녀가 시장으로 팔러 가려고 함지에다 넣어 둔 게도 뻘건 깍지만 재속에 파묻히었다.

"동무들……."

을구가 손을 들어 자리를 정돈시키고 회의는 다시 계속되었다.

"동무들, 특설대원을 희망하는 동무는 손을 들어주시오."

회장은 숨소리 하나 들리지 않으리만큼 고요하였다. 민청원은 서로 얼굴을 마주보며 상대방의 눈치만 슬그머니 엿보는 것이었다.

"동무들! 늙은이들은 말하기를 60년 전에 호열자가 돌았을 때 우리 육대는 공동묘지만 남았다고 합니다. 그러지 않기 위하여 동무들, 손을 드시오."

두 민청원이 손을 들었다. 최병수와 정시협이었다.

"우리 인민들의 생명을 사정없이 빼앗는 호열자와 싸울 용사는 없습니까?"

을구가 이번에는 웃음 띤 어조로 말했다.

정시협은 팔꿈치를 짚고 앉아 있는 오관호를 본다.

관호는 아무것도 아랑곳없이 부처님처럼 고스란히 앉아서 눈 하나 꿈벅이지 않았다.

"나는 관호 동무가 좋다고 제의합니다."

정시협이 일어서서 말했다.

관호는 여전히 앉은 채로 팔꿈치를 짚고 있었다.

모든 시선이 관호에게 집중되었다.

관호는 금년 스물여섯 살이 되는 어부였다. 그는 목선 속에서 나서 목선에서 자라난 어부다. 그의 아버지도 날 때부터 어부로서 지금부터 5년 전에 바다에서 풍파를 만나 고기밥이 되고 말았다.

관호는 키가 크고 발달된 가슴과 쇳덩이 같은 팔뚝을 가졌다. 나서부터 파도와 싸웠고 노 젓기에 발달된 육체다. 구릿빛 얼굴에 붕어처럼 큰 입은 언제든지 다물어져 있었다.

관호는 모든 동장이 뜨다. 그것은 그가 무슨 일이 생겼어도 생각한 끝에 자기 마음에 들어야 그때에 비로소 움직이는 성격이었다. 이래서 모두가 그를 바위라고 별명을 붙이었다.

파도가 세어서 위험하다고 모두 바다로 안 나갈 때에도 그는 구름의 움직임을 보고 일 없겠다고만 생각하면 아무리 만류해도 목선을 노질하며 고기잡이로 나가는 것이었다.

해방되어 젊은이들이 민청에 가입하고 직업동맹에 가맹하여도 그는 생각하고 짐작한 후 나중에 가맹한 것이었다. 지난 6월 24일 천일남이 바다에 나갔다 호열자에 걸려 시체가 되어 돌아온 후 호열자 소동이 일어나고 바다에서 고등어잡이를 금지한 것이 원망스러웠던 것이다.

"고기는 물에서 살구, 어부는 바다에서 사는 거지……."

그는 고등어가 푸들푸들 뛰는 바다를 보면서 중얼거렸다.

바다에 배를 못 나가게 하고, 도로라는 도로는 교통 차단이 되고, 운반대가 모래를 실어들이고, 매일 집 주위를 청소하고 파리를 잡는 것이 그에게는 이해할 수 없는 일이었다.

'한두 사람이 죽었대서 이렇게 떠들 건 무어야?'

그는 방역에 종사하는 사람들을 보고서 속으로 이렇게 중얼거렸던 것이다.

"관호 동무!"

을구가 재촉하듯이 불렀다.

관호는 이때에야 팔꿈치를 떼고 일어섰다. 그는 눈을 꿈벅이지도 않고 큰 입을 벌리면서,

"나는 싫소!"

하였다.

"무엇이, 이 자식아!"

정시협이 벌떡 일어서서 버럭 소리를 질렀다.

"모두 죽어두 좋단 말이냐?"

관호는 여전히 바위처럼 서 있었다.

"이 자식아, 니 여편네두 죽구 너도 죽는다……."

회장이 다시 떠들썩하여지자 을구가 다시 정돈한다.

"좋습니다. 절대로 강제로 안 합니다."

을구는 분한 생각이 치밀어 오르나 꾹 참는다. 을구의 피곤한 눈에는 고독한 그림자가 떠돌다가 그도 사라졌다.

을구는 새로운 용기를 내어 말한다.

"우리의 손으로 호열자를 박멸합시다. 우리는 곤란합니다. 우리에게 약이 부족하고, 의사진이 약하고, 사람의 손이 부족합니다. 그러나 우리는 극복해 나가야 되겠습니다."

을구의 언변이 끝나자마자 한 민청원이 달려 들어온다.

"동무들! 기쁜 소식을 전하겠습니다. 모스크바에서 온 의사단 다섯 분이 약을 기차에다 싣고 금방 신포에 도착하였습니다. 세 분은 남자 의사고 두 분은 여자 의사입니다."

이 소리가 떨어지자 "야!" 하고 소리를 지른다.

"만세!"

"만세!"

장내에는 새 용기와 환희가 넘쳐흘렀다.

모스크바로부터 온 소련 의사단은 인민위원장을 비롯하여 각 정당 사

회단체 간부와 방역에 종사하는 의사들의 환영을 받아 임시 설치한 소련군 방역사령부에 도착하였다.

오전 10시, 면 인민위원장실에서 의사단은 통역을 통하여 육대와, 마양도와, 양화, 신창, 방면에서 호열자가 발생한 경로와 방역 상태, 예방주사 실시 상태, 격리병사 상태를 자세히 청취한 후 오후 한 시에 면 인민위원장과 의사들의 안내로 소련 의사단은 마양도와 육대 지대를 시찰하였다.

오후 여덟 시에 면 위원장실에서 소련 의사단 책임자 스탈리코프가 혈색이 좋은 낯색에 자신 있고 힘 있는 어조로 방역위원회의 결함을 지적하였다.

예방주사를 철저히 할 것, 격리병사를 개조할 것, 환자를 빨리 발견할 것, 소독을 철저히 할 것, 소련 의사단은 이상 네 조목을 특히 강조하고 의사단의 부서 배치하였다.

이날 열 시에 세 의사가 자동차로 신창, 양화로 떠나가고 신포에는 의사단 책임자와 스물다섯 살 되는 여의사 안나가 남아 있기로 되었다.

호열자균은 무서운 세력으로 전파되었다.

호열자는 공교롭게도 오관호 집에 침입하였다.

관호는 마루에서 낡은 그물을 꿰어매면서 마양도 쪽 바다를 바라보고 빨리 고기잡이 갈 생각에 잠기었다. 집 안에서는 해산기에 가까운 그의 안해가 몸이 편치 않다고 하면서 방 안에 누워 있었다.

관호의 곁에 여윈 누런 개가 쪼그리고 누워서 주인의 손이 움직이는 것을 바라보다가는 내려오는 보슬비를 멀거니 보고 있었다. 마양도는 이슬비의 장막 속에 형태를 감추고 바다의 파도 소리만 쏴쏴 들려온다.

"여보!"

방 안에서 이불을 덮고 누워 있던 안해가 부른다.

"배가……."

"열 달이 되우?"

남편은 태연하게 묻는다.

"아직두 한 달이나 있어요."

귀동녀는 배를 부둥켜안고 말했다.

"한 달 빨리 낳는 수도 있지 않소."

관호는 인제 아버지가 된다고 생각했다. 자기도 7월에 난 것을 생각했다. 뱃간에서 낳았고 바닷물로 몸을 씻었다고 어머니가 이야기한 일이 있었다.

"아이구 배⋯⋯."

방 안에서는 귀동녀가 나무토막처럼 뒹굴면서 앓는 소리를 낸다.

"사내앤지 딸앤지 비 오는 날 나올 것은 무슨 영문이란 말이야."

관호는 혼자서 중얼거렸다.

"아파 죽겠다는데 당신은 무사태평이야."

귀동녀의 앙칼스러운 소리가 들리었다.

"몇 시간 더 참으면 되지 않소."

이때 귀동녀가 구토 설사를 시작했다. 마루에 누워 있던 개가 짖기 시작했다.

안해가 배가 아프다고 한 것을 진통인 줄만 알고 있은 관호는 처음에는 이상스럽다고 생각했다.

그러나 귀동녀의 구토 설사의 횟수가 많아질수록 관호는 속에 얼음덩이가 덜컥 내려앉는 것 같았다.

귀동녀는 집 안이 좁다는 듯이 뺑뺑 돌아다니며 "아이구 아이구" 하면서 손으로 삿자리를 뜯는다. 몇 번 이러더니 얼굴 살은 쑥 빠지고 낯색이 귀상하여 형용할 수 없다.

어린애처럼 볼통볼통한 뺨과 귀여운 입을 가진 귀동녀의 얼굴은 어디서든지 찾아볼 수가 없었다.

귀동녀는 부뚜막 곁에 까무러친 듯이 늘어져서 땅바닥에 떨어진 고기처럼 입을 벌리기도 하며 도리질하듯이 머리를 홰홰 돌리기도 하면서 묘한 소리를 낸다. 뒤이어 개구리처럼 헤엄치면서 두세 번 뒹굴다가는 그만 까무러처버렸다.

불쑥한 배가 부풀어 올랐다가는 그냥 내려가고 귀동녀의 입으로는 묘한 비명이 나온다.

관호는 이러한 안해를 보면서 자기가 어젯밤에 한 일이 생각났다.

관호는 새벽 한 시경 해서 교통 차단의 경계망을 넘어서 목선을 타고 바다로 들어갔다. 노를 젓는 양팔에 힘이 나고 얼굴에 스쳐 오는 짭짤한 바닷물이 묘한 맛을 그에게 주었다.

하늘은 개어 새파란 별들이 반짝이고 있었다. 신포공원 위 등대에 빨간 불이 별처럼 깜박거리고 있었다.

봉대산과 마양도가 검은 윤곽을 그리고 공간에 떠 있었다.

관호는 봉대산 기슭을 지나 동해 바다로 나갔다. 마양도 쪽 해안에서 선박의 출입을 경계하는 모타선이 뿡뿡 소리를 내고 있었다.

관호는 노를 멈추고 모타선 소리에 귀를 기울였다. 모타선 소리는 점점 가까워온다. 관호의 배는 탁탁 파도에 부딪치면서 쑥 내려갔다 올라갔다 한다. 모타선 소리는 점점 멀어진다.

관호는 얼른 낚시를 바다에 던지었다. 묘한 쾌감이 그의 가슴에 치밀었다. 호열자에 사람이 죽는다는 것과 바닷물에서 호열자균이 60배나 더 붙는다는 말이 거짓말 같았다. 낚시대가 후뜰하자 줄이 빳빳하여 좌우로 흔들린다.

관호는 양손에 힘을 넣어서 잡아당기었다. 배 밑바닥에서 큰 임연수어가 푸들푸들 뛰었다.

그는 이렇게 몇 마리를 잡았을 때 또다시 경비선의 소리를 들었다. 소리는 점점 가까워왔다.

관호는 그냥 돌아서서 노를 저었다. 이렇게 하여 그는 배를 봉대산 기슭에 붙이고는 그냥 집으로 돌아왔다. 그 고기로 아침에 국을 끓여 먹었던 것이다.

관호는 이렇게 생각하자 그는 금지한 바다로 고기잡이 나간 것을 후회하였다.

'나는 안해를 죽였다.'

그는 속으로 이렇게 생각했다.

관호는 빨리 의사를 불러와야 하겠다고 생각했다.

관호가 뜰에 나왔을 때, 호별 조사로 오는 민청원 김철식과 마주쳤다. 철식은 환자 유무 상태와 만일 환자가 있다면 병명을 조사하러 온 것이다.

"철식이!"

관호는 떨리는 목소리로 불렀다.

"바위, 웬일이냐?"

관호의 변한 태도에 철식은 놀랐다.

"안해가……."

"네 안해가?"

철식은 빗물이 떨어지는 레인코트를 툭툭 털고 있다가 바짝 다가섰다.

"내가 어젯밤에……."

"어젯밤에 어쨌단 말이냐?"

"어젯밤에……."

"이 멍충아!"

철식은 방역본부로 달음질치면서 소리 질렀다.

"철식이, 철식이."

부르면서 관호도 철식의 뒤를 따랐다.

방역본부에서는 철식의 보고를 듣고 의사를 배치하며 특설대가 대기하고 있는 분주소에 전화를 거는 등 분주하였다.

분주소에 대기하고 있는 특설대원 6명은 환자 셋을 운반하러 나가고 없었다.

50 가량 되는 이마가 벗어지고 키가 작은 이상률 의사는 환자의 집에 들어서자 관호에게 말했다.

"예방주사를 맞은 일이 있소?"

"아니."

"왜 주사를 안 맞았소?"

"네! 안해는 한 달만 있으면 어린애를 낳습니다."

"해산두 살구야 해산이지."

의사는 뜰에 서서 말한다.

"선생님!"

"이 병에는 선생두 그만이야."

"좀 보아주시우."

"의사라구 호열자가 생각해주는 줄 아오?"

이렇게 말하면서 상률 의사는 마루에 올라선다. 이때 상률 의사는 웬일인지 등골로 얼음이 지나가는 것 같은 것을 느끼었다.

원래 상률 의사는 내과의사로서 환자를 잘 다루거니와 언제든지 쾌활하고 농담을 잘하는 것으로도 유명하다.

또 하나는 아무리 추운 밤중이라도 환자가 있다 하면 조금도 꺼리지 않고 왕진하는 것으로 유명하다.

그러나 그는 호열자 환자에 대해서는 머리카락이 쭈뼛하고 가슴이 싸늘해져가는 것을 어찌할 수 없었다.

상률 의사는 마루에 올라섰으나 엉거주춤 섰다.

상률은 20여 년간 의사 생활을 하는 사이에 많은 환자와 많은 시체를 취급했다. 한 번은 산에서 죽어 한 달이나 된 시체를 그는 아무 공포도 거리낌도 없이 손을 대어서 검진했던 것이다.

상률 의사는 마음을 가다듬고 문을 반쯤 열어젖혔다.

관호의 안해 귀동녀는 머리털을 헝클고 유방을 내어놓고 육지에 올라온 송어가 뛰다가 기진맥진하듯이 늘어져 있었다.

귀동녀는 막대 꼬챙이 같은 가느다란 손을 들어 허공에 대고 내처 허우적거리면서 알아들을 수 없는 말을 입 안에서 하였다. 그리고 귀동녀의 퀭

하고 기운 없는 눈은 "살려주시오" 하고 애원하다시피 상륙 의사만 고스란히 처다보는 것이었다.

상륙 의사는 한시바삐 환자를 치료하지 않으면 안 되겠다고 생각하면서 마음이 졸이었다.

상륙 의사는 방 안을 향해 발을 옮기려 했다.

"선생님……."

관호가 상륙 의사 곁에서 이렇게 애걸했다.

"빨리 소독하시오."

상륙 의사는 꼬리에 불이나 달린 듯이 이 말을 계속하는 것이었다.

이날 아침 소련 의사 스탈리코브와 안나는 마양도에 건너가서 도서리 격리병사에서 거기 주재하고 있는 의사들과 같이 환자 치료 소독을 하고 오후 여섯 시에 안나만 육대로 건너가게 되었다.

안내하게 된 내무서원과 같이 석정리 부락 배 떠나는 곳에 왔을 때에는 비는 더 퍼붓기 시작하였다. 그 위에 바람이 불어서 해변에 선 백양나무 잎이 떨면서 소리를 내었다. 항상 고요한 신포 바다가 오늘만은 큰 파도를 일으켜 쉴 새 없이 기슭에 서 있는 바위를 삼킬 듯 부딪치고 있었다. 그럴 때마다 바위들은 파도 속에 형체를 감추었다가는 다시 나타났다.

교통 차단에 부락 이외에는 나가지 못하는 소년들이 금빛같이 누른 머리털과 하늘처럼 파란 눈을 가진 여의사를 신기하게 여기며 뒤를 따른다.

안나도 발을 멈추고는 뒤를 돌아 소년들을 본다. 호열자 때문에 마음대로 뛰놀지 못하는 소년들에게 말이 통하지 못해 그저 웃는 것이었다. 소년들도 먼 데서 온 여의사에게 기대와 신뢰와 호기심에 찬 눈으로 안나의 웃음에 대답했다.

부락 입구에서 경비하던 내무서원이 나이 한 50세 가량 되는 배꾼을 데려왔다. 햇볕에 구릿빛으로 탄 배꾼 영감은 안나를 힐끔힐끔 보면서 동행하는 서원에게 파도가 심하여 배가 떠나지 못한다고 말했다.

얼굴이 뚱뚱하고 다부지게 생긴 젊은 서원은 파도가 심하여 배가 가지 못한다는 것을 손으로 여러 번 형용하였다. 안나는 서원의 형용을 보다가는 배꾼 영감을 향해 가자고 말한다. 배꾼 영감은 배가 전복되고 사람이 죽는다는 것을 형용하였다.

"오늘 같은 날은 위태하여 배가 왕래 못합니다."

하고 배꾼 영감은 젊은 서원에게 이렇게 말하였다.

안나는 무어라 기다랗게 말하면서 육대 쪽을 가리킨다. 빨리 가자고 하는 의미다.

서원은 안나에게 여기서 자고 내일 가자고 형용하였다.

안나는 처음에는 서원의 형용을 알지 못했으나 곧 알아차리자 영양 좋은 얼굴을 갑자기 발끈 붉히면서 짜장 노기 띤 음성으로 무어라 말을 했다.

"이 파도에 왜 가지 못해 이래."

배꾼 영감은 무슨 영문인지를 몰라서 의아한 듯이 이렇게 말했다.

안나는 서원에게 싸움이라도 할 것 같은 기세로써 주먹을 흔들면서 어떤 위압을 가진 목소리를 내인다.

"꼬레라."

안나는 자기 말이 통하지 않는 것을 갑갑해하면서 자기 생각을 표현하려 봉대산이 보이는 육대를 가리키기도 하며 그쪽에서 많은 사람들이 호열자에 걸려 죽어가는 것을 형용하기도 하며 바다를 손가락질하기도 했다.

서원은 안나의 형용에서 요행 주먹을 흔드는 의미를 감득할 수가 있었다.

"많은 사람이 죽어 가는데 이까짓 파도가 무서워! 이까짓 거 무서워 하구 호열자를 박멸하나 말이야!"

서원뿐만 아니라 배꾼 영감까지도 안나의 위압에 어리둥절하였다.

신포 바다에서 늙은 배꾼 영감은 파도를 무서워하기보다 외국 손님에게 무슨 실수가 있을까 하는 의구가 더 컸던 것이다.

"영감, 갑시다."

하고 서원이 재촉했다.

"웬만히 위대하믄 이럴라구."

배꾼 영감은 머리를 좌우로 흔들면서 말하고 목선 쪽을 향해 걸어갔다.

"이 여자 열두 크네 그려. 신포바다 고기밥 되는 것도 모르나 봐."

이렇게 말하면서 매어 놓은 뱃줄을 풀기 시작했다.

크로루카루케로 목선을 소독하고 안나와 서원은 목선에 올라탔다.

파도는 쉴 새 없이 쏴쏴 소리를 지르면서 줄달음쳐 와서 목선에 부딪친다. 그럴 때마다 목선은 바람에 날리는 나뭇잎처럼 뺑뺑 돈다. 그리고 안나와 서원과 영감은 전신에 바닷물을 폭 썼다.

"꼼짝 말고 거머리처럼 붙어 있소……."

라고 배꾼 영감은 얼굴에 잡힌 굵직한 주름살을 펴면서 고래고래 소리를 지르고는 철맹이 같은 팔뚝을 재게 놀리어 노를 젓는다.

젊은 서원은 빗물이 흘러내리는 영감의 성긴 턱수염이 바르르 떨고 있는 것을 보고 오싹 머리카락이 곤두 일어서는 것을 느끼었다.

그리고 그는 이마에 흘러내리는 빗물을 손으로 훔치면서 초조한 마음으로 육대 쪽을 고즈넉이 바라다본다.

뽀얗게 끼어 있는 안개 속에 봉대산은 가깝건만 아리숭한 기억 속에서처럼 까마득하게 떠올라 있었다.

안나는 회상에 잠긴 듯한 시선으로 노호하는 파도를 익히 노려보고 있었다. 내부에서 큰 충동이 일어난 듯이 안나의 눈은 빛나고 노란 솜털이 보시시 돋은 윗입술을 아랫입술에 가져다 대인다.

스탈린그라드에서 전투가 벌어졌을 때 배에 탄약을 싣고 노를 저어 볼가 강을 넘은 때의 회상이 안나의 머리에 떠올랐다. 그때의 회상과 함께 의사로서의 의무감이 안나에게 충동을 주었던 것이다.

바다 복판에 들어서면서 파도는 더 심했다. 목선이 뒤집혀질 듯한 때가 여러 번 있었다. 그럴 때마다 영감은 알아듣질 못할 소리를 목구멍에서 내면서 내처 노를 저었다. 그러나 영감은 기진맥진한 듯 노를 바로 젓지 못하였다.

이때 안나는 배꾼 영감에게로 다가가더니 영감과 함께 노를 젓기 시작하였다.

세상에 있는 모든 것을 일순 삼켜버릴 듯한 기세로 집채 같은 파도가 목선을 향해 줄달음쳐 오고 있었다. 배꾼 영감이 목 갈린 소리를 내었으나 파도 소리에 들리지 않았다. 파도가 목선에 부딪치자 목선은 뱅그르 돌면서 흰 물거품 속에 파묻혀버렸다. 목선이 다시 바다 위에 나타났을 때에는 배꾼 영감은 넘어져서 입에 들어간 찝찔한 바닷물을 뱉으면서 몸을 일으키고 있었다. 파도가 목선에 부딪치자 영감은 노를 쥔 손이 미끄러져 허공을 짚고 넘어졌던 것이다.

"빨리 퍼내오!"

배꾼 영감은 일어나면서 고지박으로 배에 들어온 물을 퍼내는 서원에게 다그치듯이 말을 하였다.

안나는 여전히 노를 젓고 있었다. 전신에 뒤집어쓴 물거품이 아직도 좔좔 흐르고 있었다.

노를 젓는 안나의 모습은 짜장 물속에 넣어도 살아나고 불속에 넣어도 그냥 있고 칼로 베어도 칼이 들지 않은 희랍 신화에 나오는 장수와 같았다.

무서운 파도를 여러 번 돌파하고 목선은 육대 부두에 도착하였다.

안나와 서원은 다시 몸에다 소독을 하고 방역본부인 육대공회당으로 향했다.

방역본부에 도착한 때는 관호의 안해가 호열자에 걸렸다는 통지가 와서 상륙 의사가 떠나간 직후였다.

안나는 환자 집으로 곧 안내하라고 하였다.

철식의 안내로 안나가 관호의 집에 당도하였을 때에 상륙 의사는 아직 마루에 서서 집 안을 들여다보면서 경비원에게 소독을 지시하고 있었다.

안나는 마루에 올라서서 들고 온 우산을 집어놓자 상륙 의사를 옆에 나서게 하고는 조금도 서슴거리는 기색 없이 보통 집을 방문하듯이 장화를 신은 채 들어갔다.

이보다도 더 놀란 것은 안나가 환자 곁에 가서 환자의 몸을 만져보는 것이었다.

안나는 귀동녀의 눈 가장자리를 쥐어보며 손가락을 만져 손톱 빛을 살펴보기도 한다.

귀동녀는 다시 웩웩 소리를 내면서 입으로 누런 물을 토한다. 냄새 나는 이불 위에 누런 물이 젖어든다. 귀동녀는 맥이 빠져서 목구멍으로 힘없는 소리를 낸다.

안나는 귀동녀에게 무어라 말하면서 손을 어루만진다. 안나의 말과 손에는 환자에게 신뢰감과 용기를 주는 부드러운 인자(仁慈)가 있었다. 문 바깥에서 들여다보는 관호의 가슴도 뜨거운 감사가 치밀었다.

안나는 귀동녀의 손가죽으로 잡아당기어본다. 수분이 빠진 피부는 안나가 손을 뗀 후에도 그냥 부푼 채로 있었다. 이것은 호열자 환자의 특유한 현상이다.

다음 안나는 환자의 부루퉁한 배를 만져보고는 상을 찌푸린다. 임신 중에 호열자에 걸린 데 대한 동정을 그 표정에서 볼 수 있었다. 안나의 푸른 눈동자에 슬픈 그림자가 지나간다. 귀동녀의 손과 다리는 점점 움직이는 횟수가 적어지고 호흡의 횟수가 적어간다. 귀동녀의 생명은 점점 최후 단계로 들어가는 것만 같았다.

진찰을 끝낸 안나는 환자의 의복 이불 할 것 없이 집 안을 골고루 소독시켰다. 소독약을 가져온 특설대원들이 변소와 뜰을 다시 소독한다.

안나는 대원에게 쿠로루카루케수로 벽과 집 안에 있는 기구 할 것 없이 옻칠 하듯이 칠하라고 지시하고는 대원이 하는 것을 일일이 감시하고 있다. 칠이 부족한 데는 자기가 직접 칠을 하여 모범을 보여주곤 한다.

안나는 뜰을 돌아보고는 일일이 소독 방법을 알려주기도 하며 변소를 보고는 자기가 직접 소독하여 그 방법을 가르쳐주기도 하였다.

소독이 끝나자 안나는 소독한 이불을 대원에게 지운다.

전번 민청 회의에서 특설대원을 자원한 정시협은 마치 벌레나 짐승이 이불을 들었다. 쿠로루카루케 가루에 덮인 이불에서 악취가 코를 찌르는 것만 같았다.

안나는 다른 대원을 집 안으로 들어오라고 불러서는 벽에 걸어놓은 명일이나 잔칫집에 갈 때에 갈아입는 흰 저고리와 분홍색 치마를 벗겨서는 대원에게 쥐어준다.

그러고는 안나는 방 안 구석에서 바느질하기 시작하다가 놓은 어린애 옷을 대원에게 집어준다.

대원은 무슨 영문인지 몰라 멍하니 서서 안나가 주는 대로 받아 쥔다.

'죽어가는 사람에게 이게 무슨 소용이 있단 말이야.'

대원은 속으로 이렇게 생각하였다.

관호는 처음에 안나가 들어왔을 때 큰 희망을 가지었다. 자기 안해에게 부드러운 말을 던져주었을 때 한없이 고마웠다. 그리고 안해는 살았다 하고 생각했다. 그러나 소련 여의사가 하는 태도가 이해할 수 없을 뿐만 아니라 인제는 죽을 것이니 안해에게 관계있는 것은 모조리 가져다 불사르려 하는 것이라고 생각했다.

안나는 방 안을 이리저리 살피다가 벽에 걸려 있는 사진틀을 보더니 떼어 털고 소독수로 닦고는 그것을 대원에게 집어준다. 모두가 조선 속담에 있는 것과 같이 도깨비한테 홀리는 격으로 무슨 영문인지 몰라 어리둥절했다.

이불을 가진 정시협과 양손에 저고리, 치마, 어린애 옷감, 사진틀 등을 싼 보자기를 든 대원이 뜰로 나가자 안나는 숨이 끊어져 늘어져 있는 귀동녀를 일으켜 업는다. 업고는 두 대원을 따라 바깥을 나갔다.

날은 어두컴컴하기 시작하고 비는 여전히 내리었다. 좀 전에 안나가 건너온 바다는 여전히 파도가 사납게 노호하고 있었다.

상륙 의사가 안나의 뒤를 따랐다.

안나는 육대 서해 모래판에 나왔다. 모래판은 비로소 안나의 장화가 모래 속에 박히기도 했다. 풀 위에 비가 떨어지는 소리가 스산하게 들리었

다. 귀둥녀는 양팔을 안나의 양어깨에 축 내려 드리워 안나의 양 가슴에
대고 있었다.

귀둥녀의 해쓱해진 얼굴은 안나의 오른쪽 어깨에 대고 귀둥녀의 흐트
러진 머리카락은 안나의 구슬처럼 조롱조롱 땋아 올린 황금색 머리 위에
부산히 흩어져 있었다.

병사 가까이 가서 귀둥녀는 입에서 오물을 토하였다.

오물은 안나의 흰 소독복에 흘러내렸다.

상륙 의사는 안나에 대한 감탄으로 가슴이 가득 찼다. 이와 같이 환자에
대해서 헌신하는 의사가 세계에 어디 있을까? 스물다섯 살이라는 안나 같
은 처녀가 세계에 어디 있을까?

안나가 환자 곁으로 조금도 서슴지 않고 갈 뿐만 아니라 다소의 공포도
느끼지 않고 환자 몸에 손을 댄 것은 상륙 의사에게 큰 교훈을 주었다.

"환자를 무서워하고 어찌 의사가 될 수 있나 말이야."

상륙 의사의 가슴속 한쪽에서 이런 소리가 들리었다. 자기가 서슴거린
것이 부끄러웠다.

'이 여의사는 과학에 대한 자신이 있기 때문에 저렇게 용감한 것이다.'

상륙 의사는 이렇게 생각했다.

안나는 새로 지은 격리병사에 이르러 공기 좋은 병실을 골라 침대 위에
귀둥녀를 내려 눕히었다.

특설대원들에게 병실을 소독시키어 소독 상태를 일일이 감시하고는 조
금이라도 소홀히 된 데가 있으면 다시 시키었다. 아까 두 대원이 가져온
이불 소지품 등 하나라도 건드린 것이 없는가 점검하여 보고는 귀둥녀의
머리 쪽에다 모양 곱게 쌓아 놓았다.

특히 사진틀은 귀둥녀가 볼 수 있는 위치에다 걸어놓았다. 관호와 결혼
할 때 찍은 사진이 보이었다. 사모관대를 갖추고 섰는 관호 곁에는 족두리
에 장치마를 입고 긴 관댕기를 무릎까지 드리운 뚱뚱한 귀둥녀가 수줍은
자태로 서 있었다.

안나는 귀동녀의 엉치에다 링거 주사를 20분이나 걸려 놓았다. 주사가 끝나 몇 분 지났다. 안나는 손목시계를 들여다본다. 정지되었던 귀동녀의 배는 움직이기 시작한다. 연방 정지 상태에 있던 귀동녀는 호흡도 다시 시작하였다. 그러자 안나는 호열자균을 죽이는 과망간산가리 약을 더운 물에 타서 귀동녀의 입을 벌리고 먹이었다.

이때 관호의 집에서는 교통 차단한 경비대원들이 집을 불사르려 만단의 준비를 하고 있었다.

"하나도 남기지 말고 태워버려야 해."

"관호는 고기밖에 모르고 있더니 재밖에 남지 않겠다."

관호의 처가 시집을 때 가져온 식탁, 관호가 고기잡이로 가겠다고 꿰맨 그물들을 집 안 한 곳에 모아놓았다.

"흥, 전번에 민청회의 때 특설대원이 되라니까 싫다고 하더니 이 꼴이라구."

"바다에 갔다 와서는 여편네 궁둥이에서 떠나지 않더니…… 인제는 볼장 다 봤어……."

대원들은 이런 말을 하면서 불을 지르려 하였다.

바로 이때 안나가 무어라 고함치면서 대원들을 헤치고 들어왔다. 안나는 집을 불사른다는 말을 듣고 달려온 것이었다. 안나는 주먹을 흔들면서 무어라 말한다. 대원들은 무슨 영문인지 몰라 망설이었다.

한 대원이 성냥불을 켰을 때 안나는 그 청년의 손을 잡아당기면서 노여워한다.

"소독하면 균이 죽는데 왜 귀한 물건을 태워버린단 말이에요."

안나가 성을 내어 한 말은 이것이었으나 대원들에게는 통하지 않았다.

안나는 붉게 칠한 식탁을 소독하고는 "호로쇼!"라고 여러 번 말하였다.

안나의 소문은 전 리민에게까지 알려졌다. 의사들은 마음 놓고 환자를 다루었고 환자들은 살 수 있다는 희망을 가지게 되었다. 리민들은 안도의 숨을 쉬었으며 많은 청년들이 특설대원을 지원하였다.

소련 의사단이 온 뒤로는 호열자 발생률이 훨씬 적어지고 사망률이 현저하게 적어졌다.

매일같이 안나의 치료를 받는 귀동녀의 몸은 하루하루 지날수록 몸에 살이 오르고 힘이 났다.

귀동녀는 침대에서 일어나서 어린애 옷을 바느질하기까지 됐다. 귀동녀의 뱃속에서는 어린애가 가끔 꿈틀거리고 있었다.

귀동녀는 혼자서 빙그레 웃었다. 어쩐지 기뻤다.

그러고는 안나가 진찰하러 오지 않는가 하고 기다렸다.

안나가 병사에 나타나는 것이 기뻤다. 안나가 증류수 주사와 링거 식염 주사를 놓을 때에는 어머니 품에 안긴 어린애처럼 기쁜 것이다.

호열자가 난 이후에는 한 번도 집에 가보지 못한 젊은 특설대원들이 심심풀이로 부르는 노래가 들린다. 그러고는 여맹원들이 환자의 식기를 소독하고는 닦는 그릇 소리와 함께 바다의 파도 소리가 쏴쏴 들려왔다.

귀동녀는 어린애 옷을 바느질하다가 이불 속에 들어가 누웠다. 잠은 오지 않고 여러 가지 생각이 눈앞에 떠오르기도 했다.

시집올 때에 가마를 멘 사람들이 고개턱에 올라서서 무겁다고 하던 기억, 바다에 나간 남편이 며칠이고 돌아오지 않아서 밤잠을 이루지 못하고 기다리던 일, 이러자 구슬같이 맑은 황금색 머리칼과 푸른 눈을 가진 안나가 떠오른다.

이때에 장화 소리가 저벅저벅 나자 머리맡에 안나가 나타났다.

안나는 귀동녀를 보자 어느 때나 하는 습관대로 빙그레 웃는다.

귀동녀는 안나와 정답게 여러 가지 이야기를 하고 싶었다. 귀동녀는 안나에게 고향이 어디며 고향에는 바다가 있는지, 부모 형제가 모두 계신지, 이러한 것을 물어보고 싶었다.

안나는 귀동녀에게 주사를 놓고 귀동녀의 배를 만져보았다. 뱃속에서 어린 애가 노는 것을 보고는 또 빙그레 웃는다. 귀동녀도 안나와 시선을 마주치고는 빙그레 웃었다.

안나는 침대 한쪽에 앉아서 벽에 걸린 귀동녀의 족두리 쓴 사진을 손질하면서 웃는다.

귀동녀도 안나의 시선과 마주치면서 빙긋이 웃고는 빨개진 얼굴을 이불 속에다 감춘다.

안나와 귀동녀는 웃음으로써 서로 정다움을 주고받고 하였다.

안나는 걸터앉아서 조용히 노래를 부르기 시작하였다. 귀동녀는 안나의 노래의 의미는 몰랐으나 그 노래를 들으면 처녀 때 정월과 보름 명절에 동무들과 같이 「닐리리」를 부르면서 춤추던 기억이 떠올랐다.

귀동녀의 머리를 쓰다듬으면서 안나는 부드러운 목소리로 조용히 노래를 계속하였다.

관호는 보균자로서 그전 정어리 공장 자리를 수리하여 만든 가족수용소에 수용되었다.

관호는 가족수용소에서 자기 안해가 소련 여의사가 놓은 주사를 맞고 살아났다는 소식과 자기 집을 경비대원들이 불사르려 할 때에 여의사가 와서 중지시키었다는 소식을 들었다.

관호는 말할 수 없이 기뻤다. 낯색이 다르고 말이 통하지 않는 여의사가 아주 가까운 육친 같은 애정으로 떠오르는 것이었다.

"몇 만 리나 되는 먼 곳에서 온 그이는 어떤 분인가?"

관호는 세균 검사를 끝마친 일주일 후에 가족수용소에서 나왔다. 관호는 일편 기쁘고 일편 뛰는 마음으로 집에 돌아왔다.

어쩐지 오래간만에 보는 듯한 자기 집이었다. 벽에는 새빨간 고추가 중의 염주처럼 드리워 있는 것도 그전과 같다. 앞서 그가 빨리 고기잡이를 가겠다고 꿰맨 그물도 그냥 마루에 있었다.

관호는 집 안으로 들어갔다. 집 안 군데군데에 쿠로루카루케 가루만 없다면 자기 안해가 호열자에 걸리어 격리병원에 간 것도 거짓말 같았다.

안해가 시집올 때 가져온 의장걸이도 자기가 바다에서 고기를 잡아오면 베던 칼도 그냥 그 자리에 있지 않은가? 금방 집 안 어디서든지 자기 안해가 "여보" 하고 나타날 것만 같았다.

그러나 관호는 집 안에 쌓여 있는 소독가루를 보았을 때 가슴이 덜컹하였다. 비명을 내면서, 통나무가 구르듯이 뒹굴면서 구토 설사를 한 안해와, 살이 빠져 뼈만 앙상하게 나온 안해의 무서운 자태가 떠올랐다.

그러자 자기 안해에게 부드러운 말로 위로하여주었으며 기절한 자기 안해를 업고 병사로 간 여의사의 모습이 떠올랐다. 관호의 가슴은 뜨거워졌다.

관호는 바깥으로 나왔다.

관호는 육대 시장 길에서 상률 의사와 만났다.

"선생님!"

관호는 허리를 굽혀 인사하였다.

"귀동녀의 남편입니다."

상률 의사는 누군지 몰라 망설인다.

관호의 전후 설명을 듣고서 의사는 알아차렸다.

"선생님, 제 여편네가 지금 어떻습니까?"

관호는 가슴을 들먹거리며 물었다.

"동무 안해 말이지…… 안나 선생 덕분에 아주 좋아요. 인제 며칠 안 가서 돌아올걸……."

관호는 다시금 반가웠다. 그러나 한편 마음이 조마조마했다.

"선생님, 귀동녀지요? 어린애 밴……."

"옳소, 귀동녀 맞았어……."

상률 의사는 빙그레 웃고 번대머리를 끄덕이었다.

"선생님 그리구……."

"그리구?"

상률 의사는 알아차리고 웃으면서 말했다.

"뱃속에 애기도 무사해요. 하하…….."

관호는 이 소리를 듣자 여의사를 만나야 되겠다고 생각했다.

"여선생은 어디 계십니까?"

"지금 본부에 있었는데 병사에 갔을는지도 모르겠네……."

관호는 상률 의사에게 인사하는 것도 있고 그냥 방역본부로 달렸다.

육대 본부 앞에서 관호는 병사로 가는 안나와 마주쳤다.

관호는 아무 말도 없이 안나에게 다가섰다. 안나는 웬일인지 몰라 엉거주춤히 서서 관호를 본다. 관호에게는 안나가 누구보다도 가까운 육친같이 보였다. 관호는 어떻게 인사를 하였으면 좋을지 몰랐다. 또 어느 말부터 끄집어내면 좋을지 몰랐다.

"선생님!"

관호는 허리를 굽히어 말했다.

안나는 영문을 몰라 어리둥절하여 관호를 본다.

관호의 가슴에는 여러 가지 말이 폭풍처럼 일어나서 빙빙 돈다. 관호는 입을 벌렸으나 가슴이 찡하여 말이 나가지 않는다. 관호의 눈에서는 뜨거운 눈물이 솟구쳐 흐르는 것이었다.

관호는 이제야 자기의 잘못을 뼈저리게 느끼었고 자기가 해야 할 일을 똑똑히 알았던 것이다.

관호는 모든 것을 자백하고 특설대원을 자원하기 위하여 민청 사무소로 발을 옮겼다.

관호의 안해는 격리병사에서 남자 쌍둥이를 무사히 낳았다. 한 아이는 해방돌 또 한 아이는 민주바위라고 아명을 붙였다. 지금도 두 쌍둥이는 무사히 자라나고 있다.

관호는 특설대원으로 인민위원장의 표창을 받았으며 지금도 육대에서 모범어부로 고기잡이를 하고 있다.

《개선》, 1955

먼지

이태준

한뫼 선생은 오래간만에 손가방, 그 특별한 종이노가방을 찾아내었다. 손때 묻은 데는 곰팡이가 파랗게 피어 있었다. 조선종이로 꼰 노끈으로 짠 것이어서 틈새에 낀 곰팡은 여간해 털리지 않는다. 한뫼 선생은 손톱으로 투기어도 보고 그 연 봉오리 같은 수염 가까이 가져다 불어도 본다.

일제 말년 가죽 물건이 금제품(禁製品)으로 되었을 때, 고도서(古圖書) 중 개인 성씨가 휴지 값도 안 되는 『사략(史略)』, 『통감(痛鑑)』따위를 뜯어 노를 꼬아 손가방을 짜들고 다니었다. 고졸(古拙)하나 문아(文雅)한 품이 있어, 고서적 수집가이며 조선것과 옛것을 즐기어 아호까지 순조선 고어로 '한뫼'라 한 이 한뫼 선생의 눈은 성씨의 이 종이노가방에 처음부터 무심할 리 없었다. 책 홍정에 들어는 1, 2원 돈을 떨면서도 이 종이노가방에는 후한 값을 쳐 그예 할애(割愛)를 받은 것이다.

한뫼 선생은 아들이 없었다. 딸만 형제였는데 큰딸은 서울 사나 막냉이로 정을 더 쏟았던 작은딸이 평양으로 출가한데다가 일제 말년에 반 소개(疏開)겸 작은딸네 곁으로 내려오고 말았다. 서울 집을 팔고 평양 집을 사노라고 오르내릴 때도 한뫼 선생은 이 종이노가방을 자랑 삼아 들고 다니었고 삼십여 년간 수집한 그 소위 한우충동(汗牛充棟)이라 할 여러 천권 고서적들을 날라올 때도 서적 목록과 운송점 물표를 이 종이노가방에 넣어 들고 오르내리었다.

그 뒤 해방을 전후하여 다섯 해 동안 이 종이노가방은 다락 속 고서적들 옆에서 여름마다 이렇게 곰팡만 피고 있었던 것이다.

한뫼 선생은 해방이 되자 곧 친구들이 많고, 오래 못 본 큰사위네 외손들과, 더욱 일인 학자들의 장서(藏書)가 헐값으로 나와 굴러다닐 서울이 간절하게 가고 싶었다. 그러나 남달리 다심한 한뫼 선생은 좀처럼 평양을 떠나지 못하였다.

해방 후 아직 치안이 자리 잡히지 못했을 무렵, 이곳 평양에도 도적과 화재가 자로일었다. 한뫼 선생은 도적보다 화재가 무서웠다. 전쟁이 끝났으니 폭탄의 염려는 없어졌으나 화재의 염려는 사라지지 않았다. 불에 안심할 만한 서고(書庫)를 따로 갖지 못하고 서적들을 살림집 다락과 웃방에 쌓아둔 것이라 화재의 염려 때문에 꿈자리에까지 번뇌가 생겨 한뫼 선생은 불교 신자는 아니나 그야말로 세상이 화택(火宅)으로만 보여 마음 놓을 찰나가 없었다. 어쩌다 바람을 쏘이러 가까운 연광정에 한 번 나가려 하여도 몇 번씩 되돌아 들어와 안방 아궁과 남에게 세준 뜰아래채 아궁까지 불단속이 회동그랗게 잘된 것을 자기 눈으로 만져보듯 하고야 그러고도 마누라님에게 신신당부를 하고야 나서곤 하였다.

한뫼 선생은 일찍 서울서 한문과 습자 선생으로 한 중학교에만 이십여 년을 있었다. 집에는 학생 하숙을 쳐 많지 않은 식구의 생활을 지탱하면서 자기의 매달 봉급으로는 고스란히 고서적 수집에 바쳐온 것이다.

그때만 해도 일인(日人)들이 아직 조선 전적(典籍)에 손을 대기 전이어서 경쟁자 없이 희귀한 고려판(高麗版)들과 이조 초기(李朝初期) 진본(珍本)들이 어렵지 않게 싼값으로 굴러들어왔다. 한뫼 선생은 배를 퉁길 대로 퉁기면서 낙장(落張)이나 낙질(落秩)된 것은 손에 대지도 않으며 같은 판에도 전래 유서(傳來由緖)가 깊은 것으로만 뽑아 모았다. 권수로는 그닥 방대한 것이 아니나 귀한 책과 알뜰한 책이 많은 것으로 이 한뫼 선생의 장서는 여러 학자들과 도서관들에서 침을 흘려오는 지 오래다. 조선총독부 도서관으로부터, 경성제대 동경제대 도서관들로부터, 모모 하는 일인 학자들로부터 장서의 일부, 혹은 전부의 할애 교섭을 한뫼 선생은 여러 번 받았다. 그러나 한뫼 선생은 돈의 옹색을 견디어가면서도 한 번도 이에 응하지 않았고, 영인(影印)하기 위하여 빌리려는 것도 될 수 있는 대로 피하여왔다.

'내 장서가 오늘 일본 제국이 조선 문화나 역사를 왜곡, 날조하는 데 이바지 할 바엔 차라리 불을 질러 없애고 말겠다! 그래도 뒷날 우리 민족이 다시 우리말과 글을 찾아, 우리 문화와 역사를 자유스럽게 연구 섭취할 날이 오고야 말 것이다! 오직 그날에 대한 희망에서만 나는 나 먹을 것 먹지 않고, 입을 것 입지 않고 모아온 책들인 것이다!'

이것이 한뫼 선생의 은근한 염원이었다. 이런 염원에서 8·15 해방은 한뫼 선생에게 남다른 기쁨을 가져왔고, 이런 염원이었기 때문에 북조선에 '김일성대학'이 창립되고 이 '김대'를 중심으로 모인 학자들로부터 자기에게 경의와 함께 장서의 공개 요청이 왔을 때 한뫼 선생은 우선 눈물겨운 감격과 삼십여 년 공적의 보람 있는 긍지를 느끼었던 것이다.

그러나 한뫼 선생은 그런 한편 서울 생가부터 더욱 간절해진 것이 사실이다. 자기가 이 책들을 모으기에 고심하던 가지가지, 자기 장서 계통 특색을 알며 그전부터 부러워하던 동호인들이 서울에 더 많았다. 어서 통일이 되어 나라도 안정되고 문화에 대한 관심과 열의가 전국적으로 고조될 때 자기의 비장(秘藏) 진본(珍本)들을 비로소 세상에 피로(披露)하는 전람회를 열어 학계에 큰 충동을 주며 여러 친구들과 학자들의 흠망과 치하 속에서 나라에면 나라에 대학에면 대학에 번치나게 헌정하고 싶은 욕망이었다.

'이런 욕망이 반생을 두고 다른 욕심 없이 이것 수집에만 바쳐온 나에게 과분한 것일까?'

한뫼 선생은 가끔 그 연봉 수염을 쓰다듬으며 그것쯤은 자기가 탐내어 마땅하리라 믿어왔다.

한뫼 선생은 '김대'에서 찾아온 학자들에게 장서 목록도 아직 공개하기를 피하고 말았다. 언제까지나 자기 혼자만 비장하기 위하여서가 아니라 자기 장서 속에 어떤 희귀본들이 들어 있나 하는 학계의 기대와 흥미를 공개 전람회 때까지만 보류하고 싶은 것뿐이었다.

한뫼 선생은 어느 친구보다도 그 사람 좋은 고서 중개인 성씨의 반가워할 얼굴을 머릿속에 그려보며 곰팡을 떤 종이노가방에 행장을 챙기었다. 한뫼 선생의 해방 직후부터 벼르던 남조선행은 이제 결행될 단계에 이른 것이다.

한뫼 선생은 북조선 정치 노선이 옳은 줄은 안다. 그러나 북조선 신문들이 보도하는 남조선 사태를 남조선의 진상으로 믿으려고는 하지 않는다. 왜? 자기 눈으로 보지 않았기 때문이다.

한뫼 선생은 60년 생애에 믿을 수 있었던 일보다 믿을 수 없었던 일이 더 많던 세상임을 잘 안다. 남이 다 건너는 돌다리도 자기 손으로 두드려 보기 전에는 결코 건너지 않는다. "어느 고가(古家)에 이러이러한 진본(珍本)들만 몇 간(間)이 된답니다" 혹은 "아무개 종손집인데 애끼던 서화를 내놨답니다. 아직 아무도 가보지 않은 숫자국입니다" 하여 따라가 보면 천 권의 먼지를 털어 한 권의 쓸 책을 고르기가 어려웠고 자기가 첫손이거니 해서 열심히 뒤져보다 나중 알고 보면 벌써 여러 사람이 다녀가 노른자위는 뽑혀나간 것이 예사였다.

'매사가 듣기완 다른 거여! 그저 내 눈으로 본 연후에야…….'

한뫼 선생의 사물에 대한 의심벽은 다년간 고서적 중개인들에게 시달린 데서도 굳어지기만 했다고도 볼 수 있는 것이다.

그가 북조선의 정치 노선을 옳다고 인정하게 된 것도 자기 신변에 국한된 극히 사소한 것이나 자기의 그 가느나 안정(眼精)이 날카로운 눈으로 똑똑히 본데서부터였다.

한뫼 선생은 자기 집 뜰아래채에 한 아버지와 아들만이 와 있는 타지방 사람에게 세를 주었다. 아버지는 산업국 무슨 부장으로 다니고 아들은 김일성대학에 다니었다. 한 국(局)이면 성(省)이나 마찬가지요 거기 부장이면

상당한 고급 간부일 것이나 늘 털레털레 걸어 다니며 아침 일찍 나가면 밤 깊이 돌아와 식은 밥을 몇 술 떠먹는 생활을 한다. 아들도 식모 없이 제 손으로 아버지의 식사까지 해드리며 고생스러운 공부를 하고 있다. 그전 대학생들은 교복도 여름이면 세루, 겨울이면 사지, 바지는 언제나 줄이 서 있었고 책도 가죽 뚜껑에 금자 번쩍이는 술 두꺼운 책들이었다. 지금 이 뜰아래채 대학생은 꾸기꾸기한 목세루 교복에 고작 신발이 좋아야 운동화다. 모자도 비뚤어졌건, 앞이 숙었건, 손에 잡힌 대로 쓰고 나서며 교복 그 채 석탄도 개고 밥도 짓고 방걸레도 치고 한다. 책도 싯누런 로루지에 값싼 잉크 내가 코를 찌르며 제본도 마련 없이 된 것이 많다. 그의 동무들도 가끔 그런 차림으로 찾아오는데, 그들은 만나기만 하면 옆채에 딴 사람들이 자건 말건 밤이 새건 말건, 높은 소리로 토론들이었다. 하나도 잡담은 아니요 '유물사관'이니 '변증법'이니 하는 철학 용어를 많이 썼고 '무자비'니 '타도 분쇄'니 하는 격렬한 말도 많이 썼다. 밤늦게 저희 아버지가 오면 좀 조용해지는 것이 아니라 그 아버지마저 한몫 끼어 '유물사관'이니 '무자비'니 하고 더 와자해진다.

요즘 그 아들은 방학 때라 학교에는 가지 않고, 최고인민회의 선거를 앞두고 날마다 구(區)사무소에 동원되어 나갔다. 구사무소에 가서 종일 일보면서도 점심은 꼭 집에 와 먹었다. 집에 좋은 점심이 있어서가 아니었다. 잘 먹어야 식은 밥이요 반찬이 구비한 것도 아니었다. 그러면서도 그 아버지나 아들은 다 불평 없이 일터와 학교로부터 유쾌하고 전망에 찬 얼굴로 집에 돌아왔다.

이 뜰아래채 대학생은 몸도 튼튼하였다. 원기가 끓어 넘치듯 노어(露語)로 무엇을 읽을 때에도 주먹 쥔 팔을 체조하듯 내어뻗었고 무슨 수학이나 화학 공식을 외울 때도 마당을 뚜벅뚜벅 힘차게 거닐었다. 어떤 날은 파나 콩나물을 다듬으면서도 '측량학'이니 '이론역학'이니 하는 그 잉크 내 코를 찌르는 책을 열어놓고 쑹얼쑹얼 읽었다.

한뫼 선생 눈에 처음에는 모두가 어색해 보였다. 우스꽝스러웠다. 그러나 어느 틈에 당당하여 무시할 수가 없게 되었다. 점점 제격에 어울리고 올차고 여물어 보였다. 그 품에 맞지 않고 꾸겨 졸아드는 교복 속에서도 쇳덩이 같은 몸집은 밋밋하고 틀지게 자라듯, 그 가죽 뚜껑은 아니요 금자 표제(表題)는 아닌 교과서들 속에도 어떤 불멸하는 진리의 기록은 글자마다 안광을 발하는 것 같았고 그 진리의 광채는 이 무쇳덩이 대학생에게 천상천하를 투시할 천리안(千里眼)을 틔워놓는 것 같았다. 한뫼 선생은 어떤 위압을 느끼기까지 하였다.

한뫼 선생은 아직 인민학교 3학년짜리인 자기 집 식모의 아들 대성이란 소년에게서도 범연치 않은 사실을 목격하였다

이 열두어 살밖에 나지 않은 대성이는 가끔 뜰아래채 대학생과 장난도 하고 목청을 돋우어 「김일성 장군 노래」도 부른다. 목소리도 또랑방울로 야무지거니와 한 번은 저희 방에서 저희 또래가 모여 학습회를 한다기에 한가한 한뫼 선생은 넌지시 엿본 일이 있다. 대성이 또래 다섯 명이 모였는데, 복습하기 전에 저희 딴은 무슨 회의를 하는 모양으로, 한 녀석이 일어서서 목에 핏대가 불룩해 가지고 토론을 했다.

"운기 동무는 어제 한 번만이 아니오. 이달에 벌써 세 번째 지각을 했으니까 이건 절대루 용서할 수 없습니다. 이건 절대루 우리 학습반 불명예니까니 이 낙후성을 퇴치하게끔 운기 동무는 경각심을 높여서 다시는 지각 않게끔 해야겠습니다. 운기 동무는 자기 잘못을 자기비판하면서 절대루 지각 안 하기루 우리 앞에 맹세해야 될 줄 압니다."

이 아이가 미처 앉기도 전에 딴 아이 하나가 냉큼 일어서더니 비슷한 내용을 더 강조하고 앉는다. 그다음에는 낙후분자 운기라는 당자인 모양으로 눈물을 한편 손등으로 쓱 문지르며 일어나더니 떠뜸떠뜸 입을 열었다.

"나는 동무들 앞에서 내 잘못을 솔직히 자기비판하면서…… 우리 집엔 시계래 없으니께 어떤 날 아침은 늦은 줄 알고 뛰서 가면 여태 멀었구, 어떤 날은 여태 멀언 줄 알구 가면 벌써 지각이구 했댔는데…… 앞으로는

더욱 경각심을 높여 다신 지각 안 해서 우리 학습반에 준 불명예를 씻갔습니다."

다른 두 아이들은 손뼉을 짤각짤각 쳤다. 그것으로 그만인가 하였더니 손뼉을 치지 않고 있던 대성이 녀석이 코를 쓱 씻으며 일어난다. 두 주먹을 꽉 쥐고 역시 목에 핏대부터 일으켜 말한다.

"동무들 토론이나 운기 동무 자기비판이나 나는 하나도 돼먹지 않았다고 봅니다. 누군 어드렇게 했으니께 나쁘다, 이런 말만 갖구 해결이 된다고 봅니까? 집에 시계가 없는데 경각심만 갖구 시간을 알 수 있습니까? 허턱 경각심만 지적하는 건 하나마나한 토론이구 허턱 경각심만 높이겠다는 건 하나마나한 자기비판입니다. 운기 동무가 다신 지각 안할 수 있게끔 조건을 맹글라 줘야 될 줄 압니다. 나는 이렇게 결론짓습니다. 운기 동무 자신은 부모님헌테 말해서 시계를 빨리 사놓게끔 노력해야 할 것이구, 우리들은 운기 동무네가 시계가 생길 때까지 우리 네 사람이 한 주일씩 돌라가며 아침이면 운기 동무 집에 반드시 들러 운기 동무허구 하낭 학교에 갑시다. 동무들 생각에 내 의견이 어떻습니까?"

운기라는 아이 이외에도 모다 좋다고 찬성이다.

한뫼 선생은 그때 한참이나 벌리고 섰던 입을 다물고 그 애들의 방문 앞으로 갔다. 칭찬을 하자니 이 애들에서도 어떤 위압을 느끼도록 야무진데 오히려 어안이 벙벙해 말이 나오지 않는다. 우두커니 들여다보노라니 문앞에 앉은 녀석이 미닫이를 휙 닫아버린다.

"허, 맹랑한 녀석들 같으니……."

하고 한뫼 선생은 돌아설 수밖에 없었다.

평양에는 어쩌다 나가보면 딴판으로 달라진 데가 많았다. 리어카나 겨우 다니던 좁은 거리가 어느 틈에 운동장처럼 널따란 큰길이 되었고, 하룻밤 새 돋는 버섯처럼 무슨 병원 무슨 신문사하고 4, 5층 집이 불쑥불쑥 올려 솟았다. 쓰레기만 산처럼 쌓이던 곳은 분수가 올려 뿜는 공원이 되었다. 쩔쩔 끓는 삼복지경에도 집채 같은 나무를 옮겨다 심어 난데없는 밀림 속처럼 서늘한 그늘이 우거졌다.

"저 나무들이 하나나 살까?"

걱정하는 사람들이 많았다. 그러나 대개는 싱싱하게 살이 박혔다. 어떤 사람들은 농조로 이렇게 말했다.

"살어라, 허구 명령인데 안 살어?"

사실에 있어 인민 주권의 명령 앞에는 불가능이 없는 것 같았다.

1. 공사(公私)가 분명하여 실천력이 굳센 정치요,

2. 애국적이요 헌신적인 간부들이 하는 정치요,

3. 노동자 농민들이 사람대접을 받고 살 수 있는 정치요,

4. 누구의 자손이나 똑같이 교육받을 수 있는 정치다. 그러나…….

한뫼 성생은 해방 후 2년간이나 자기 눈으로 보고 북조선 정치에서 얻은 결론을 이렇게 내렸는데 끝에 가서 "그러나……"가 달려 있는 것이다.

한뫼 선생은 이 "그러나……"를 아무에게도 설명하지는 않았다. 다만,

"백문이 불여일견, 남조선도 내가 가서 내 눈으로 한번 보고야……."

이렇게 친지간에 더러 말하여왔을 뿐인데 8월 25일, 남북통일 최고인민 회의 선거가 발표되자 한뫼 선생은 이 "그러나……"가 더 강경하게 그의 심경에 작용하게 되었다. 8·15해방 기념도 한 번 남조선에서 맞아보고 싶었다. 북조선서는 두 번씩 맞아보았으나 남조선에서도 한 번 맞아보아 야 해방의 감격을 전국적인 것으로 체험할 것 같았다. 이제는 평양의 치안 도 자리 잡혀 도적과 화재의 염려도 많이 덜리었다.

'에라, 이 김에 데꺽 떠나자! 38선을 그저 두고 남북 통일선거란 난 이해 할 수도 없거니와 비위에 맞들 않어…….'

이리하여 한뫼 선생은 다섯 해 동안 잊어버리고 두었던 종이가방을 뒤 져내어 장마 친 곰팡을 턴 것이다.

차는 정각에 해주에 닿았으나 밤이 꽤 늦어서였다. 해방 후 시가의 면모

가 그전 인상과는 달라 한뫼 선생은 정거장을 나와 길 위에서 한참 두리번 거리었다.

한뫼 선생은 해방 전 생각이 나지 않을 수 없었다. 어디서나 정거장을 나서면 새빨간 불을 단 파출소부터 마주 띄었고, 거기서는 긴 칼을 찬 순사가 이쪽이 조선 사람이기만 하면 덮어놓고 무슨 범인 취급으로 불러 세우고 닦달하다가 나중에 트집 잡을 거리가 없으면 '국민서사'라도 읽어보래서 일본말 발음이 하 숭치 않아야 놓아주던 생각을 하니, 아무도 알은체 하지 않는 이 호젓함이 한뫼 선생은 차라리 해방과 자유를 다시금 느끼는 감격이었다.

한뫼 선생은 수양산 쪽을 향하고 허턱 걸었다. 여긴 저긴지 미연가해서 가끔 걸음을 주춤거리며 좌우를 살피노라니 내무서원 한 사람이 맞은편에서 나타난다.

"말 좀 물읍시다. 옥계동을 이 길로 올라가면 되든가요?"

"이리도 갈 수는 있습니다만 뉘 집을 찾으십니까?"

"윤면우씨라고 옥계동 초입세 있습넨다."

윤면우란 한뫼 선생의 평양 사돈집 일가로서 본래 해주 사람이다. 그전부터 이남으로 가려거든 해주만 오면 자기가 믿을 만한 안내꾼을 붙여주마던 약속이 있는 터이다.

"그 댁 사랑마당에 큰 느티나무가 섰습넨다."

"그럼 알겠습니다. 이리 오십시오."

하더니 내무서원은 앞을 서 그 집 문 앞까지 데리고 왔고 문을 두드려 주인까지 불러내주고 가는 것이었다.

마침 주인 윤씨는 집에 있었다. 윤씨뿐 아니라 한뫼 선생도 초면은 아닌 듯싶은 다른 손님도 한 사람 있었다.

"아니, 욕이나 안 보셨습니까."

자리에 앉자마자 주인은 한뫼 선생에게 이렇게 물었다.

"욕이라니?"

"내무서원이 따라왔게 말씀입니다."

"거 매우 친절합디다. 길을 물었더니 예까지 안내해주는군요!"

"그렇습니까? 그럼 그 내무서원 아니더면 도리어 집 찾게 욕보실 뻔허셨군요."

하고 주인은 다행히 여기는데 아랫목에서, 이건 내 자리라는 듯이 꿈적 않고 앉았는 손님이 힐긋 한뫼 선생을 쳐다보고,

"차가 오늘은 제시간에 오던가요?"

하였고 이내,

"그게 친절한 안내인지 미행인지 누가 아나요, 허허……."

하고 웃었다. 목소리도 귀에 익다. 한뫼 선생은,

"그분 낯이 매우 익은데 얼른 생각이 돌지 않습니다."

하니, 그는,

"요즘은 잠 잘 옵니까."

하고 히죽 웃으며 담배를 피워 문다.

그는 흰 위생복에 청진기를 들고 회전의자에 앉았는 것만 몇 번 보았으므로 진찰실 아닌 데서 평복으로 만나서는 얼른 알아보기 어려웠다. 그는 한뫼 선생도 불면증으로 몇 번 다니다가 너무 호된 약값에 중지하고 만 일이 있는 평양 어떤 내과 의사였다.

"김의사시로군! 여기서 뵙기 뜻밖이올시다."

"그럴 수도 있디요, 허허."

심의사는 갑자기 호인이 된 것처럼 허허 소리가 연달아 나왔다. 한뫼 선생은 과히 자리가 오래지 아니하여 이 심의사가 해주에 와 있음도 자기와 같은 목적임을 알았다.

"그러면 심의사께선 평양을 아주 떠난단 말씀이시지?"

"통일되면 버젓이 옵지요, 허허."

"글쎄, 어떠실까? 우리완 달리 병원도 있구, 생활도 되실 건데 이왕 참으시던 것 통일될 때까지 계시지 않구?"

"겨우 생활이나 되면 뭘 헙니까."

하고 궁상을 떠느라고 부비적거리는 그의 두 손은 너무나 비대하고 기름져 있었다. 주인 윤면우는 그와 무관한 사이같이 이내 농조로 받았다.

"너이 의사들이야 불한당들 아니냐? 불한당질 못하겠으니까 뛰는 거지."

"사실 말이다. 어떤 놈이 겨우 밥이나 먹자구 의사 노릇을 허니?"

"심의사께선 해방 전처럼은 돈을 많이 못 버신 게로군?"

"돈을 벌 재주가 있습니까? 글쎄 보셨지만 구(區)마다 인민병원이 생겨, 중앙병원이니 소련병원이니, 적십자병원이니 좀 많아졌나요. 게다가 우리넨 페니시링 한 대에 2천 원은 받아야 하는 걸 저 자식들은 단 6, 7백 원씩에 놔주구, 소련병원에선 돈 없다면 그냥두 놔주지 않나요? 그러니 어느 미친놈이 개인병원엘 찾아오느냐 말이지요?

의산 고사허구, 그 게이끼 좋던 무당판수들이 북조선선 편편히 파리만 날니답디다요!"

"허긴, 전엔 돈 무서워 병원에 못 가구 무당판수한테 가던 사람이 대부분이었으니까……"

"내란 사람이 궁뎅이가 무거 여직 둥싯대구 그 꼴을 봐왔지, 잇속 밝은 사람들은 해방 직후에 다 뛰구 몇 남았나요 어디."

"가서 후회하는 사람들은 없나 그래?"

주인이 물었다.

"후회?"

심의사는 두리두리한 눈을 부릅뜨며 펄쩍 뛰었다. 그 사람들이 북조선서 몰수당한 토지들 쯤은 아무것도 아니게 큰돈들을 모았고, 그 사람들이 북조선에 버리고 간 병원쯤은 아무것도 아니게 더 큰 일본 사람들의 병원을 차지했다는 것이다.

"서울은 북조선서 간 의사만 해도 서로 경쟁일 터인데 어떻게 그새 큰 돈들을 벌었단 말인가?"

"이 사람이 정신 있나 없나? 지금 서울선 머저리 의사 아닌 담엔 귀에 청진기나 끼구 앉았지 않어!"

"그럼 뭘 헙니까?"

한뫼 선생이 정말 이상스러워 물었다.

"우리 세브란쓰 출신들은 '예스, 노' 소린 다 헐 줄 알지 않습니까. 미국 사람 판인데 뭐러 헌 데나 째구 앉았겠습니까? 이권 하나 통역만 걸러두 하룻밤에 허리띠를 끌르구, 허다 못해 약장살 해두 몇 백만 원이 오락가락 합니다!"

"약장사가 그래 의사보다 나리까요?"

"정말 학자님이시군! 약장사라니까 그전 길거리서 고약이나 파는 약장 산 줄 아십니까? 따이야징이니, 페니시링이니 좀 많이 들어와 퍼집니까? 그 거래 한 끈만 잡어두 노다지판이랍니다."

아무튼 한뫼 선생은 이남에의 이렇듯 열정적인 심의사를 만나 가장 든 든한 길동무를 얻었나 싶었다. 더구나 심의사는 경계선만 넘으면 무서울 게 없노라 하였다. 자기 사촌으로 핫지 장군의 비서와도 친하고 군정청 요 인들을 마음대로 주무르는 행세꾼이 있다 하였다.

이들은 이틀 뒤에 경험 많은 안내꾼을 앞세(우)고 경계선에 접근하여보 았으나 8·15 3주년과 최고인민회의선거 직전이라 경비가 엄중하여 청 난길은 단념하고 시변리로 돌아 삭령, 연천 쪽으로 해서 그 강이 바로 38 선이 되는 학여울을 건너 8·15기념 전으로 이남 땅에 들어서는데 성공 하였다.

남산 밑 심기호의 저택에서는 오늘 저녁에도 미군 관계의 파티가 열리 는 모양으로 미국 군용 발전(發電) 자동차가 초저녁부터 이집 뒷골목을 틀 어막고 서서 저택 안으로 줄을 늘이더니 그 시끄럽기는 딴 집들이 더한 엔 진 소리를 덜덜거리기 시작했다.

반도호텔 자리, '미나까이'자리 같은 미군들이 들어 있는 건물들 이외에는 석유 불 아니면 촛불이나 커놓아 이승만이가 선포한 국호 그대로 대한 시절의 한양성을 방불케 하는 서울에서 심기호 저택은 오늘 밤도 여봐란 듯이 식당, 무도실, 2층의 방방들과 베란다, 그리고 정원까지 눈부시게 휘황해졌다.

사촌간이지만 심기호는 그 눈알 두리두리한 것, 턱에 군턱이 지도록 비대한 것, 대머리 벗어진 것, 친형제 이상 심의사와 서로 닮았다. 다만 심기호는 입술이 좀 얇고 콧날이 좀 상큼한 때문일까 심의사보다 훨씬 잔일에 신경을 쓴다. 심기호는 친히 부엌으로 나려가서 커피 끓여 식히는 것을 맛을 보았고, 아이스크림 만든 것을 맛을 보았고, 제 딸년과 도미화의 화장하고 원삼 입고 족두리 쓰는 것까지 살피면서 딸과 도미화의 인물을 비교해보았다.

염한점으로는 아무래도 도미화가 뛰어나고 반대로 숫된 점으로는 아무래도 제 딸이 나아 보인다. 이래서는 안 되겠다 싶어 심기호는 2층으로 올라와 딸과 도미화를 각각 따로 불러 세웠다. 오늘 저녁 손님 '우드' 각하는 기생에는 멀미가 나 숫처녀를 좋아하기 때문에 상해에서 갓 돌아온 딴사 도미화를 매수한 것이다. 돌아 먹던 계집애라 아무래도 숫된 구석이 적다. 심기호는 우드 각하께서 숫된 맛에 제 딸에 손을 댈까 보아, 딸에게는,

"미국 사람들은 말이다, 숫된 걸 무지로 보고 애교가 세련돼야 교양 있는 집 딸로 존경한단 말이다. 오늘 저녁 손님에게 특별한 써비쏘를 허란 말이다."

하고 반대로 일렀고, 도미화에게는, 자기부터 그 날씬한 손길을 꼭 잡아 조르며 이렇게 일렀다.

"우드 각하께선 숫되고 순진헌 여성을 좋아한단 말이야, 알지? 그리구 일이 제대루만 되면 말이다. 석방이 돼 나오는 사람들도 미화한테 그 공을 몰라줄리 없으니…… 적어두 한 사람헌테 만 원씩은 내 장담허구 떼 낼 테란 말이다……."

어떤 모리사건(謀利事件)으로 걸려, 제 동료 두 녀석이 벌금 2백만 원을

물고도 3년씩의 징역을 받은 것이다. 우드란 자는 이승만계의 미국인으로 군정(軍政)에서 법무국장으로 있었고, 5·10 단선으로 소위 대통령이 된 이승만 정권에게 남조선에 대한 정권 이양(移讓)이 끝나면 이승만의 개인 고문 격으로 있을 자다. 이런 자면 제대로 삶으면 좌익 정치범만 아닌 이상엔 3년 징역은커녕 사형 받았던 죄수도 그날 저녁으로 놓여나온다. 갇혔던 사람이 놓여나올 뿐 아니라, 한번 이런 일로 그들이 소위 '프렌드쉽'을 맺어놓기만 하면 모리와 협잡의 길은 만사형통으로 열리는 것이다.

이 도미화 이외에도 기생 일곱 명이 지휘 받아 왔다. 우드의 통역, 주인 측의 통역 중간에 나서준 군정청 고관도 두 사람이나 오기 때문이다. 그래 군정청 고관들이 어느 권번의 아무개 아무개를 불러달라는 대로 사흘 전에 지휘주었고 그 기생들의 짝패를 모다 불러준 것이다.

미국 사람들은 대개 조선 계란과 조선 고기를 좋아하였다. 심기호는 순 재래종 계란을 구해드리고 암소 고기로 어느 양요릿집 명수를 데라다 삐프데끼를 만들었다. 우드 각하도 조선 쇠고기를 매우 즐기는 모양으로 손벽 같은 삐프데끼를 두 접시째 사양하지 않았다. 겉만 익고 속은 설어야 좋다 하며 이빨에 피가 흥건하면 위스키 잔을 들어 양치질 삼아 마시었고 잣 까놓은 것을 그 투박한 손에 움큼으로 움켜다가 그 두틈한 입에 들여드렸다.

기생 일곱에, 도미화에, 주인딸에, 손님보다 계집 수가 배나 되었다. 우드 각하는 도미화는 떼어논 당상이라 가만두어도 이따 제 자동차 속에 절로 굴러들 것이므로 다른 계집들은 이를테면 개평인 셈이었다. 그 술내, 고깃트림 물큰거리는 입을 이 여자 입에 저 여자 목덜미에 할리우드식으로 함부로 쩍쩍거리었다. 딴스가 초벌 끝난 뒤 정원으로 나왔을 때다. 아이스크림을 가져다 턱밑에 바치며 아버지 명령대로 눈에 추파를 실어 입을 빵긋해 보이는 심기호 딸에게도 우드 각하는 그의 귀를 잡아 족두리를 쓴 얼굴을 뒤로 젖히더니 아이스크림 대신에 입을 맞추어도 쩍 소리가 나게 한 번 쩍지게 맞추었다. 심기호는 못 본 체 슬쩍 얼굴을 돌리는 수밖에 없었다.

"아버지?"

그러나 딸의 비명이 아니라, 안으로부터 튀어나온 아들애가 찾는 소리였다.

"뭐냐?"

"평양서 큰아버지가 왔대요."

"평양서 어디?"

화제에 궁하던 끝이라 모두가 긴장하였다.

"동대문성에서 전화가 왔어요. 이리 돌렸으니 받으래요."

"동대문서라니?"

세 사람 이상 떼 지어 나서거나, 길 가다 발을 멈추거나, 오후 여섯 시 이후에 길에 나서는 사람은 이유여하를 불문하고 쏘아라ー 한 장택상 수도청장(首都廳長)의 포고가 5·10 단선 이후 그대로 서슬이 푸르게 집행되고 있던 서울이라 오후 여섯 시 이후에 동대문 안에 들어선 심의사와 한뫼 선생은 뜻하지 않은 총소리를 뒷통수에 받으며 질겁을 해 고꾸라졌다. 분명히 이쪽을 향해 쏜 총이었다. 아무 문답이 필요치 않았다. 한 사람은 가죽가방, 한사람은 종이노가방과 몸들에 지닌 것이 트집잡힐 물건이 아니어서 포승만은 지지 않고 동대문서로 끌려오는데 길에는 군데군데 담총한 경관들이요 어쩌다 고급 자동차가 한두 대씩 전속력을 내어 지나갈 뿐 어리친 개새끼 하나 얼씬하지 않았다. 바로 이 동대문구에서 입후보 경쟁자 최능진을 불법적으로 몰아 잡아넣지 않았더라면 당선도 될지 말지 했던 이승만 '각하'가 대통령이 되어 가지고 소위 조각(組閣)을 하는 이화장이 있는 특별지구의 오후 여섯 시 이후 광경이었다.

한뫼 선생과 심의사는 총알에 맞지 않은 것만은 다행이나 유치장으로 몰아넣는 데는 기가 막히었다.

"여보? 우릴 뭘루 알구 이렇게 함부로 다루는 거요?"

"잔말 말어."

"우린 글쎄 북조선서 탈출해 오는 사람이라니까…… 우리 신분 증명할 사람이 서울 장안에 몇 백 명이라두 있소!"

"우린 몰라!"

"그럼 누가 안단 말이오?"

"상관들이 모두 동원돼 특별경계 중인데 누가 언제 심문허느냐 말이다!"

새파랗게 젊은 녀석이 똑 떨어지게 해라를 하며 종이노가방을 비롯하여 두 사람의 소지품 전부를 빼앗고 혁대를 빼앗고 이름만 묻더니 한 유치장 안으로 집어넣는 것이다. 심의사는 그 두리두리한 눈을 불거지도록 부릅떴으나 살기가 등등하여 여차하면 권총으로 갈겨버리려는 판에 말도 입에서 나오지 않았다. 유치장 문에 쩔거럭 자물쇠 소리가 나고 순경들의 구두 소리가 저만치 사라진 뒤에야,

"북조선에서두 유치장 산 일이 없는 사람들을……"

하고 심의사의 입이 투덜거리기 시작했다.

대꾸라고는 유치장 안 사람들의 킥킥거리는 비웃음뿐이었다. 심의사와 한뫼 선생이 다시 놀란 것은 발을 옮겨놓을 데가 없게 유치장 안이 초만원인 것이다. 청년들이 많고 소년과 늙은이도 적지 않다. 비웃음 가득 차 쳐다보는 얼굴들이 하나도 도적이나 노름꾼 같은 인상이 아니다.

'대체 어떤 자들인데 유치장에 이렇게 많이 들어왔으며 유치장에 갇힌 주제에 누구를 비웃는 건구?'

심의사와 한뫼 선생은 앉을 자리도 없거니와 녹록히 앉고 싶지도 않았다. 심의사는 유치장 창살을 뒤흔들며 소리 질렀다.

"남조선 경찰이 이럴 수 있소? 심기호가 내 아우요. 심기호에게 전화를 좀 걸어주시오."

구두 소리가 쿵탕거리며 달려왔다. 심의사의 말을 대답하기 위해서가 아니라 노동자 하나를 또 이 칸에 집어넣기 위해서였다. 노동자는 상반신

이 피투성이로서 그저 숨을 헐떡거리며 들어왔고 이상하게도 유치장 안 사람들에서 일어서 그를 맞는 사람들이 있다. 그들은 북조선의 젊은 사람들처럼 서로 '동무'라 불렀고 피를 서로 닦아주었다. 그들은 연판장(連判狀) 이야기를 했다. 이 연판장 이야기에는 갇혀 있는 소년과 늙은이까지도 서로 관련이 있는 듯 이내 한데 어울려 쑥덕공론들이었다.

한뫼 선생은 이 연판장이란 자기가 옳다고 판단한 것을 위해 연명날인 (連名捺印)하는 것임은 알고 있다.

'대체 무엇을 위한 연명날인인가?'

한뫼 선생은 이 궁금증을 오래 끌지는 않았다. 이내 귀뜸이 되었다. 이들의 연판장은 다른 것이 아니라, 미국의 탱크와 폭격기와 군함의 출동으로 억지 조작한 5·10단선과 산물, 소위 '국회'와 '정부'를 반대하고 8·25전 조선 최고인민회의 선거를 위한 남조선에서의 비합법투쟁으로서의 인민대표 선출운동이었다. 남북통일선거는 북조선 선전만이 아니라 사실에 있어 엄연히 진행되고 있었다. 그들은 살점이 찢기고 옷깃에 피혼적이 낭자하였다.

'남조선 사람들도 온통 북조선 편이란 말인가?'

한뫼 선생은 그 가늘고 날카로운 눈을 한참이나 깜박이었다. 서울의 현실은 들어서는 길로 자기 눈을 뜨겁게 하였다.

'불문곡직의 발포(發砲) 불문곡직의 검속, 남녀노소 대중의 결사항쟁……'

한뫼 선생은 3·1 운동 때 자기도 며칠 유치장에 갇히었던 생각이 났다. 그때 자기 자신도 그런 판국에서 잡범(雜犯)으로나 좁은 유치장 안을 쑤시고 들어서는 녀석들을 벌레만도 못하게 미워하고 멸시하던 생각이 났다. 한뫼 선생은 심의사 같은 사람과 짝지어 북조선으로부터 나온다는 것이 이 피의 투사들에게 알려질 것이 슬그머니 겁이 났다.

'그러나…… 그러나…… 한편이 혼자만 지나쳐 나가는 거다. 통일되도록 남북이 화해하도록 그런 정세를 조장시키구 성숙시키는 게 아니라 한 쪽을 무시허구 저만 나가는 거다. 아모리 좋은 정책이라도 먼저 통일하구

합의껏 전국적으로 실시험 좀 좋으나 말이다. 남의 발등을 밟고 먼저 자꼬 나가면 누군 남의 뒤나 따라가길 좋다나? 그러니까 자꼬 엇나갈밖에……'

한뫼 선생의 그 북조선 정치가 다 옳으나 끝에 가서 '그러나……'를 붙이던 이유는 별것이 아니라 이런 것을 가지고였다. 한뫼 선생은 나도 잡범류는 아니라는 듯이 자세를 태연히 고치며 쪼그리고나마 자리를 쑤시고 앉았다.

심의사는 당직순경이 갈려 새 사람이 들어설 때마다 차츰 비겁해지는 애원조로 "내 사촌 심기호에게 전화……"를 애걸해보았다. 그러나 순경들은 심의사의 애원성을 귀담아 들을 겨를이 없도록 검속되는 인민들은 뒤를 이어 들어왔다. 노동자, 학생, 사무원, 부인네, 여학생, 소년들, 노인들…… 나중에는 유치장에 더 틀어박을 수가 없어 2층 방으로 끌어올리기 시작하였다.

심의사도 지치어 나중에는 그 안반만 한 궁둥이로 아무 어깨나 깔고 부비어 결국 자리를 잡고 앉고 말았다. 이들은 크게 기대한 남조선에서의 8·15 3주년 기념도 그만 유치장 속에서 쇠었고 그저 취조도 아무것도 없다가 17일 날도 밤번을 들어온 순경에 겨우 그 심기호의 성세를 짐작하는 자가 있어 비로소 심기호 저택에 전화 연통이 되었고 과연 심의사 사촌 심기호의 셋발은 서슬이 푸르러 전화가 걸리기가 바쁘게 미국 군인 한 명에 군정청 거물 우드각하의 명함이 들려져 번질번질한 자가용 차로 동대문서에 들돌같이 달려든 것이다.

때가 이미 밤이라 한뫼 선생도 따로 나서기가 위험하여 한 차에 심의사를 따라 심기호의 저택으로 오게 되었다.

심의사는 감격스러웠다. 일제 때나 다름없이 여전히 출세하고 있는 원기 왕성한 사촌과 다년 만에 만나는 것이나 군정청 대관, 요인들과 손을 잡는 것도, 벌써 남조선에 온 모든 것이 성공되었다 싶어 감격스러웠다.

한뫼 선생도 세수만 대강 하고는 꾸겨진 대마양복 채 연회석으로 끌려 나왔다. 우드 각하께서 어서 북조선서 오는 사람들과 만나 북조선 이야기를 듣자는 것이었다.

"북조선에서 얼마나 고생들 했냐구 허십니다."

우드 각하는 이쪽에서 인사를 치르기가 바쁘게 통역을 통해 말을 붙인다.

"덕분에 이럭저럭 지냈습니다."

한뫼 선생은 모두들 뚫어지게 쳐다보는 바람에 잠자코 있을 수가 없었다. 우드 각하는 자기에게 마땅히 언권이 있다는 듯이 나프로낀으로 번지르르한 입을 닦으며 계속해 물었다.

"우리 미국이 유엔까지 움직여 조선에 독립정부를 세워주는 걸 북조선 사람들도 감사히 생각하겠지요?"

한뫼 선생은 어떻게 대답해야 좋을지 몰라 우물쭈물하는데 심의사가 선뜻 앞질러 대답해 주었다.

"그렇습니다. 속으로는 다들 감사하며 기뻐들 합니다."

"평양서는 그자들도 선거를 한답시고 더구나 남북을 통해서 선거를 한답시고 떠들어대는데 어떤 모양입니까? 백성들을 꽤 못살게 들볶지요?"

"말해 뭘 합니까? 오죽하면 여태 견디다가 지금이라도 옵니까? 그런데 여기 남쪽에두 북조선 선거를 실시하라고 그냥 내버려둡니까? 경찰서에 잡혀 들어오는 걸 보니 대단 성한 모양입니다요."

"남쪽에는 우리 미국이 있습니다. 유엔 조선위원단이 있습니다. 염려 마십시오. 세계는 소련보다도 미국이 더 큰 세력으로 건재합니다. 불란서를 보십시오, 영국을 보십시오. 또 동양에서 제일 큰 중국을 보십시오. 장개석 국민당이 건재합니다. 아직 유명한 나라와 크고 문명한 나라는 우리 미국 편입니다. 안심하십시오. 여기 남쪽에서도 공산분자들이 비밀선거하는 것은 사실입니다. 그러나 절대로 성공 못합니다. 중국에 미국 대포와 폭격기가 얼마나 많이 가있습니까? 조선도 자꾸 올 수 있습니다. 정치는 훌륭한 사람들이 하지 노동꾼들이 못합니다."

하고 우드 각하는 통역의 말이 끝나기를 기다려 불룩한 배를 내리쓸며 껄껄거리었고 안경알만 한 술잔을 올려 마신다기보다 훌각 털어 넣더니 그 입으로부터 이런 기상천외의 질문이 나왔다.

"평양서는 생활난으로 대동강에 빠져 죽는 사람이 매일 몇 십 명씩 된다지요? 선생께서도 그 비참한 광경을 많이 보셨겠지요!"

이 말에만은 유들유들한 심의사의 입도 얼어버리는 모양으로 힐긋 한 뫼 선생을 쳐다본다. 한뫼 선생은 얼른 우드 각하의 눈치를 살폈다. 움푹한 눈 속에서 정력적으로 번들거리는 눈알은 이쪽에 물어본다기보다 자기가 다 알고 있다는 듯한 긍지와 그 이상이라는 표현의 대답을 강요하는 듯한 압력으로 차 있었다. 그런 음험한 우드 각하의 눈초리는 한뫼 선생에게로 옮겨져 더듬었고 주인 심기호는 귀빈의 질문에 대답이 시원치 못할까 면란하여,

"그까짓 다 아는 사실 씨원히 대답허지 우물쭈물할 건 뭐 있습니까? 우리나라 숭이라구 해서 감출 자리가 따로 있지 조선을 도와주는 미국 어른 앞이 아닙니까?"

하고 시원한 대답을 재촉한다. 한뫼 선생은 그다지 녹록치는 않다. 한뫼 선생의 눈은 작으나 날카롭고 자기 눈으로 본 바에는 소신을 굽히지 않는다. 더구나 평양서는 쌀 대두 한 말에 5백 25원 하는 것을 보고 왔는데 이남 들어서 동두천에서 물으니 3천 2백 원이라 했다. 사람들이 만일 생활난으로 강물에 빠진다면 대동강일 것인가, 한강일 것인가? 한뫼 선생은 이것을 이들에게 되묻고 싶었다. 그러나 그럴 용기라기보다 그런 객기는 부리고 싶지 않았다. 동양 도덕으로 남의 술자리에 뛰어들어 파흥까지 시키는 건 옳지 못하다고 자신을 변명하며 사이다 잔을 집어다 목을 적시었다. 역시 심의사는 사촌 아우의 낯을 본다기보다 우드 각하의 환심을 이 기회에 사두는 것은 우선 내일부터 절박한 자기의 현실문제였다. 그는 한뫼 선생의 눈치를 더 볼 필요 없이 이렇게 대답하였다.

"많이 빠지구 말구요. 송장에 걸려 낚시질꾼들이 낚시질을 할 수 없다니까요, 허허……."

우드 각하는 만족감이 그득한 턱을 끄덕거리며 심의사에게,

"내가 내일 이승만 대통령에게 당신을 소개하겠습니다."

하였다. 심의사는 얼른 일어나 기생들에게 술잔들을 채워 부으라 이르고 이승만 대통령의 건강을 위하는 축배를 제의하였다.

거듭 우드 각하의 건강을 위하는 축배까지 들고 나서야 심의사는 진작부터 궁금하던 조카딸의 족두리 쓰고 원삼 입은 까닭을 물었다.

"저애 혼인인가, 오늘이?"

"허, 형님도 정말 촌에서 오셨구려! 우리 남조선선 요즘 저 어른들 청하는 자리엔 저렇게 채리구 맞는 게 유행이라우, 저분들이 좋아허니까…… 저기 저 사람두 하나 그렇게 채리지 않았소?"

하기는 원삼에 족두리 쓴 것이 자기 조카딸 하나만이 아니었다. 심의사는,

"그거 딴은 니이야까해 보이긴 허는군."

하고 심상히 여겨버리나 한뫼 선생은 이것이 그다지 비위에 맞지 않았다. 생각해 보면 조선 풍속이나 문화에 대한 모독이 아닐 수 없었다.

축음기 소리가 옆방에서 났다. 우드 각하를 비롯하여 손님들은 원삼이며 모시 치맛자락에 휘감기어 그쪽으로 춤추러들 들어갔다. 한뫼 선생은 그 틈을 타 심의사에게 청하여 먼저 회석에서 빠져나왔고 2층 구석방에 자리를 얻어 유치장 속에서 사흘이나 새우등이 되었던 허리를 펴고 눕고 말았다.

아래층에서는 짜쓰소리, 웃음소리, 손뼉 소리, 그리고 꽤 가까운 어느 골목에서는 탕탕 하고 연방으로 총소리가 두 번이나 울려왔다.

이튿날 아침 한뫼 선생은 갓밝이에 눈을 떴다. 좌우 옆방에서들은 그냥 코고는 소리들이 밤중 같았다. 담배를 한 대 피워 물고 머리맡을 둘러보니 신문이 몇 장 놓여 있다. 대동일보란 것으로 「신정부에 기함」이란 사설이 실리고 상공부 장관에 임영신 여사란 제목이며 어느 요인과 요인이 어느 요정(料亭)에서 중대회견을 했느니 풍우불측(風雨不測)의 정계동향(政界動向)

이니, 마치 그전 일제 때 신문들의 인기주의식 그대로다. 상공부 장관 임영신 여사의 취임 소감이 났는데, 자기는 미국 가 있을 때 장사를 좀 해본 경험이 있어 자신만만 하노라 하였다.

'장살 좀 해본 경험? 그럼 서울 종로 바닥엔 상공부 장관 재목이 바리루 들어찼게?'

어쩐지 위태위태스러웠다.

한뫼 선생은 아래층에서 심의사의 기침 소리가 나기 바쁘게 달려 내려와 전후 사의를 표하고 세수도 않고 식전인 채 심기호의 저택을 빠져나왔다. 곧 일인들의 게다 소리가 들릴 듯싶은 남산정을 나려 남대문통에 들어섰다. 큰딸네 집을 오가는 길녘이니 친구들의 거취도 알 겸 고서적 중개인 성씨부터 찾을 셈으로 안국동을 향해 걷는데 정자옥 근처에서부터 담총한 경관이 거의 서로 손에 잡힐 만한 밭은 간격으로 양쪽에 늘어섰다. 굉장히 삼엄한 경계여서 거리 사람들에게 물어보니 이제 한 시간 뒤에 장택상 수도청장이 출근할 것이라 하였다.

한뫼 선생은 비실비실 가녘으로 피하면서 될 수 있는 대로 뒷골목으로 들어섰다. 그러나 뒷골목은 뒷골목대로 걷기가 힘들었다. 쓰레기와 오줌똥이 발을 골라 딛기 어려웠고 그런 위에도 짐 구루마며 빙수 구루마들을 끌어들이라고 그 위에서 자는 사람도 많았으며 부엌이 없어 남의 집 뒷벽에 의지해 솥을 걸고 조반을 끓이는 식구들도 많았다.

성씨는 집에 있었다. 성씨는 얼굴이 바싹 쪼그라들고 옷 주제도 일제 때보다 더 궁조가 흘러 있었다.

"왜 이렇게 늦었소?"

"늦지 않구 어쩝니까! 제나 평양으로 가야 뵐 줄 알았더니 참말 반갑습니다. 어쩐 일루 오셨습니까?"

"나 오는 게 뜻밖이란 말이오?"

"죄진 놈들이나 이 속에 꽤들지 선생 같은 분이 아직 뭐러 오십니까?"

"안방에 가 들면 시에미 말이 옳구 부엌에 가 들면 메누리 말이 옳다군 하지만 양쪽 말을 다 들어두 볼 겸, 양쪽 노는 꼴을 내 눈으로 보기도 할 겸 내 나라나 다니길 도망꾼이 걸음을 쳐 왔소."

하고 한뫼 선생은 우선 세숫물을 청하여 낯을 씻고 성씨로부터 몇몇 친지들의 소식부터 들었다.

어떤 사람들은 서울대학이니, 동국대학이니에 무슨 과장, 교수, 강사 등으로 있었고 어떤 친구들은 해방 직후 정치면에 나서 군정청에까지 덤벼드는 적극성이었는데 자기들이 크게 환상을 갖던 소위 좌우합작(左右合作)에 실망하며 부터는 좌에도 우에도 다 못마땅하여 마치 일제 때처럼 정치를 경원하는 것으로 처세를 삼는 패도 있었다. 한뫼 선생은 이 패들에게 "역시 그럴 테지……" 하는 동감을 느끼었다. 한뫼 선생 장신과 함께 전날 성씨의 좋은 고객(顧客)이었던 소장학자 김씨는 학계에는 눈을 돌릴 새 없이 좌익에 나서 정치활동을 하다가 지난 5·10 단선 반대 투쟁 때 검거되어 아직 공판도 없이 투옥된 채 있으며 그의 가족들은 생활 방도가 없어 부득이 김씨의 그 소중한 장서를 헐어 팔기 시작하는데 그것을 자기 손으로 맡아 흩이기란 마음 아픈 일이라 하며 성씨는 눈물을 머금었다. 그리고 해방 후 전적(典籍) 이야기에 옮아, 서울대학 법문학부 자리에 미군 항공부대가 들어 있었는데 미군들이 총과 구두를 닦기 위해 조선 귀중본 여러 백 권을 찢어 없앤 것과 이왕가 장서에서도 조선에 한 벌밖에 남지 않았던 이조실록이 굴러 나와 휴지로 팔리는 것이 발견되어 일부는 회수하였으나 일부는 가뭇없이 사라지고 말았다는 딱한 이야기도 들었다.

성씨 자신은 집세를 놓아 연명하노라 하였다. 해방 직후에는 일인의 장서들이 빈번히 나도는 바람에 벌이가 괜찮았으나 책을 살 만한 사람들은 차츰 생활에 쪼들리게 되었고 책을 수집할 만한 기관들은 책임자들이 출세에만 눈이 뻘게 밤낮 자리싸움질에 난장판이라 하였다. 자기는 서울에 집 귀한 덕을 보아 문간방과 건넌방까지 세를 주고 다섯 식구가 안방 간반에서 볶아친다 하였다. 아닌 게 아니라 고양이 이마때기만 한 뜰 안에 올망졸망한 장독들과 한뎃솥들이 너저분히 놓여 있고 아이들까지 6, 7명이

한울 안에 찍째거리어 잠시 마루에 걸터앉았기에도 면구스러웠다.

"아이들이 방학 때가 돼서 집에들 몰켜 있군!"

"방학이 뭡니까?"

하고 성씨는 해를 찼다. 자기 큰아들 하나만 휘문중학에 다니는데 요즘 선거 투쟁으로 며칠째 얻어 볼 수 없이 나간다 하였고 둘째 놈은 벌써 작년에 중학에 갈 나인데 돈이 못 되어 입학을 못 시키고 놀린다 하였다. 중학에 들자면 공적 부담금이니 자축금이니 치고 공공연히 받는 것이 6만 원이상이며 그전에 먹이는 것이 최소한 10만 원은 차고 나서야 입을 씻긴다하였다.

"그러니 일제 때와도 다른데 자식을 놀려두다니?"

"어쩝니까? 지금 남조선서 경향을 막론허구 모리배 자식 이외에 학교에 가는 애 몇 되는 줄 아십니까?"

"그래선 큰일인데!"

"누가 아니랍니까? 그러게 이놈의 세상 얼른 뒤집어놓지 않으면 큰일입니다. 북조선선 중학교 하나 드는데 15, 6만 원씩 들진 않습죠? 저렇게 집집마다 학교에 못 가는 애가 많진 않습죠?"

"그건 그래……."

"그러게 북조선 좋은 줄은 남조선 살아 본 사람이 더 잘 알겝니다."

"그래서 큰 녀석이 무슨 투쟁엔가 나다니는 걸 그냥 두는군그래?"

"인심이 천심 아닙니까? 그놈들은 끌려다니구 매 맞구 유치장살이 좋아그러겠습디까?"

"글세 원……."

한뫼 선생은 말이 이어지지 않았다. 성씨가 자기의 한때 솜씨를 반가운듯 만적거리는 종이노가방에서 북조선 담배 남은 것을 꺼내 권하였다. 그리고 첫 끼니부터 밀뜨데기나마 같이 좀 들자는 것을 굳게 사양하고 속으로 '일제 말년에도 그처럼 부드럽던 사람이 아주 날카롭게 모가 섰군!' 한탄하면서 원남동에 있는 큰딸네 집으로 왔다.

사위는 없고 딸과 두 외손자는 있었다. 자라는 아이들은 커서 몰라보게 되었거니와 딸은 성씨에게서 받은 인상 그대로 쪼그라져 몰라보게 되었는데 덜컥 손을 붙들자 울기부터 하는 것은 오래간만에 친정아버지를 만난 반가운 눈물만이 아닌 것 같았다. 그리고 이 집도 조반부터 밀가루 음식을 한댓솥에서 퍼나르며 있는 것도 성씨네와 다름없는 정경이었다. 딸은 어머니와 동생네 안부 다음으로는,

"평양서는 쌀 한 말에 얼만가요?"

하고 쌀 시세부터 물었고, 또 성씨나 마찬가지로,

"여태 안 오신 서울을 통일 전에 뭐러 고행허시며 오셨어요?"

하였다. 한뫼 선생은 그 말에는 대답 안하고 사위는 어디 갔느냐 물으니,

"재 아버진 요즘 집에 못 들어온답니다."

하였다.

"집에 못 들어오다니?"

"형사허구 서북청년 놈들이 무시로 덤벼드는걸요."

"아니, 애 아범두 요즘 좌익이란 말이냐?"

딸은 아버지의 말투를 보아,

"요즘 좌익, 우익이 따로 있나요. 눈 바로 배긴 사람은 다 여기 정치 반대죠 뭐. 아버지께서도 인제 한 달만 계셔보세요."

하면서 아버지를 위해 쌀밥을 지으려는 눈치다. 한뫼 선생은 우선 시장하기도 하려니와 미국의 '원조'식량을 한번 맛보고도 싶어 밀뜨떼기를 먹기로 하였다. 밎은 희나 매캐한 곰팡내에 목이 대뜸 알싸해졌다.

"애 아범은 첨엔 군정청에 취직했었다면서?"

"반년이나 다녔습죠. 광공국에 바로 북조선 전기(電氣) 대상물자 마련해 보내는 과(課)더랬는데 도적놈 되기 싫다구 나왔답니다."

"도적놈이 되기 싫다니? 어디서나 저 하나 청백했으면 그만이지 남 참견헐거야 뭐 있나?"

"원 아버지두! 황인가 유황인가 한 톤에 5만 원씩 하는 걸 대뜸 15만 원

씩이라구 저표를 떼라구 하더랍니다. 그래 조사해보구 떼겠다고 허니까 미국 녀석 과장은 화를 내구, 그담 자리 조선 녀석은 일제 때부터 통독부 관리 해먹던 잔데 돈 2만 원을 싸 가지구 넌지시 변또 그릇에 싸주면서 등을 툭툭 치더라나요.

그걸 애 아범이 아무리 궁허기루 받을 사람이야요? 북조선두 우리 조선인데 이런 도적질을 나는 할 수 없다구 하니까 그럼 좋다구 하더니 그 이튿날부터 은근히 애 아버지 맡어 한 일을 미주알고주알 캐보기 시작하드랍니다."

"아모리 캐기루 나 잘못한 것 없는 바에야……."

"그리게 걸리진 않었습죠. 그렇지만 언제 어떤 모함에 누명 쓸지 아나요? 그만 그길루 사표 내놓고 말었답니다. 그리구 해방 직후 감격해서 그것두 나랏일이 될까 해 들어갔지, 이런 미군정이구, 그런 이승만 정권이라면 애초에 거길 뭐러 취직을 헙니까? 그만 거기 반 년 가 있는 걸 자기 이력에서 생전 지울 수 없는 치욕이라구 자다 말구두 가슴을 친답니다."

"그럼 그 후 어떻게 살어왔느냐?"

그만 딸은 뜨데기 그릇에 덤벼드는 파리만 날릴 뿐 대답이 없었다. 한뫼 선생은 대청에 앉은 채 열려진 문으로 안방 건너방 모두 둘러보았다. 겨울에도 들어서면 답답하리만치 그득 쌓였던 세간이 번듯한 것은 한 가지도 눈에 뜨이지 않았다. 우선 대청에도 쌀뒤주, 찬장, 살평상 등속이 간데없었으며 안방의 체경 한 쌍과 발틀 자봉침이 보이지 않았고 건넌방엔 두 벽으로 쌓였던 책들이 허룩하게 뽑혀 나가고 몇 권 남어 있지 않었다.

"거덜난 집안 같구나!"

"남조선서 집 하나만 지니구 살어두 다행헌 편이랍니다."

"북조선이 옳긴 옳은가 부다. 그러나……."

"그런데 선거 때 선거 않구 오시면 의심 사지 않으시나요?"

"의심할 테면 하라지…… 아모리 잘하는 정치라두 통일과 멀어가는 정치 뭘 하는 거냐?"

"북조선 정치가 왜 통일허구 멀어가긴요?"

"글세 남조선 이런 꼴 내버려두구 저만 무슨 개혁이다 무슨 국유화다 허구 작구 앞질러 나가면 낭중에 어떻게 되느냐 말이다. 점점 엇서나가니 마주 잡어야 할 손목은 넨장 점점 천만리로 달어나는 것 아닌가베!"

"원, 아버지두! 그새 정세가 얼마나 발전했는데 해방 직후 좌우합작을 떠들던 중간과 같은 꿈을 여태 꾸구 계시네!"

"꿈? 홍……."

딸은 속으로, 이것 큰일 났다 싶었다.

'장인께서 북조선에 그냥 계시긴 허지만 거기 노선에 불평객 노릇이나 마서야 헐 텐데' 하던 남편의 의구심이 까닭 없는 것이 아니었구나 싶었다.

한뫼 선생은 서울만 오면 사위에게서 용돈도 좀 마련하고 키와 몸피도 비슷하니 갈아입을 양복도 염려 없으리라 믿고 왔는데 이 두 가지가 다 하나도 여의치 않았다. 우선 고의적삼만 사위 것을 걸치고 앉아 입고 온 양복을 빨게 하였다. 그리고 몰라보게 키들은 자랐으나 영양이 좋지 못한 두 외손자를 가까이 앉히고 야윈 팔목과 종아리를 쓸어볼 때 저윽 속 깊이 창자의 쓰라림을 금할 수 없었다. 한뫼 선생은 유치장 속에서 선거투쟁으로 잡혀온 남녀노소들이 유치장 투쟁에까지 기세를 올리는 왕성한 의기들이면서도 그들의 얼굴과 팔다리들은 하나같이 빈혈적이던 것도 절로 연상되었으며 어젯밤 심기호의 저택에서 본 심기호 종형제간과 그 하마 같은 턱을 불룩거리던 우드란 자의 영양과잉을 연상하는 데까지 이르러서는 한뫼 선행은 베었던 퇴침을 밀어 던지고 벌떡 일어나고 말았다. 큰 외손자를 시키어 가까운 성씨를 불러오게 하였고, 성씨에게는 다시 돈 좀 변통할 능력이 있을 듯한 친구부터 불러다 달래어 이날 저녁으로 딸네 집에 쌀말과 고깃근도 사들이게 하였고 외손자들의 손목을 이끌고 나가 평양서는 3, 4원씩 하는 노랑참외를 40여 원씩 주고 사 들려주기도 하였다.

한뫼 선생은 양복을 빨아 다려 입은 날로 인천으로 내려왔다.

어떤 일본인이 수집했던 조선 전적(典籍)들도 섞여 나오는 서화골동 경매가 있는데 오래간만에 안 가볼 수 없고 가려면 현금 준비가 좀 필요하였다. 성씨말에 의하면 한뫼 선생 자신이 그전부터 눈독들이던『완당집(阮堂集)』을 가졌던 일인의 소장품들이라 그 고판『완당집』이 틀림없이 나옴 직하고 나오기만 하면 연대는 오래지 않다 하더라도 근자의 활판본과는 달러 만 원대는 넘을 듯하다 하였다. 그래 돈 1, 2만 원쯤 난색 없이 돌려줌 직한 친구를 찾아 인천까지 내려온 것이다.

해방 이전부터 소규모나마 종이공장을 경영하던 이 인천 친구는 집에 있었다. 그러나 한뫼 선생이 찾아온 뜻은 흡족히 이루지 못하였다.

이 기업가 친구는 한뫼 선생에게 도리어 하소연하듯 이렇게 말하였다.

"해방이 되었으니 인전 일본 상품에 휘둘리던 것도 면허구 조선 기업가들도 한번 기를 펴보나 부다 허지 않았습니까? 웬걸료! 처음엔 원료와 연료가 딸리죠. 그담엔 대한노총(大韓勞總) 떼거지를 당허는 수가 있습니까? 전평(全平) 노동자들은 가끔 파업은 해두 물건만은 노동자다운 양심에서 기술껏 만들었는데 이 대한노총 놈들은 이건 노동자가 아니라 생 불한당 패들이군요! 기껏 원료를 구해다 대면 파품만 만들어 내구 사무실까지 떡 차지허구 앉어 핑계만 있으면 술을 내라 무슨 비용을 당해라 생떼를 부립니다그려! 게다가 배보다 배꼽이 더 크다구 버는 건 죄다 바쳐두 세금이 모자랍니다그려! 그래두 기곌 멈출 수 없어 장래나 보려구 일제 때두 잽히지 않은 공장을 잽펴가며꺼지 끌어오지 않았습니까? 나중엔 뭡니까? 미국 종이가 어느 날 부산이나 인천에 들어온단 소문만 나두 벌써 종이 값이 폭락입니다그려! 원료 값두 안 되게 떨어지니 이 노릇 해먹을 장수 있습니까. 악을 쓰구 뻗히다 문 닫구 말었습니다. 어디 종이뿐인가요? 경인간(京仁間) 크구 작구 간에 조선 사람 기업 3분지 2 이상이 벌써 문닫었구 지금 몇 군데 남은 것두 나라에서 미국 물건을 막지 못하는 한 견딜 놈 하나 없습니다……."

한뫼 선생은 돈 겨우 5천 원을 돌려가지고 돌아오는 길에 경인선 각지와 영등포 공장지대를 갈 때와 달리 유심히 살펴보니 과연 굴뚝이 열이면 겨우 한둘이 연기를 흘릴 뿐, 지붕까지 벗겨먹고 시뻘겋게 녹슨 기계만 노출된 공장이 많았다. 이런 공장들은 거대한 무덤이요 이런 기계는 거대한 시체 같았다.

차가 용산역에 들어왔을 때다. 한뫼 선생은 기계 시체가 아니라 이번에는 정말 사람의 시체를 목격하게 되었다. 골이 깨어져 피 흐르는 시체가 아직 거적도 덮이지 못한 채 여러 역원들에게 둘러싸여 있는 것을 보았다. 죽은 사람의 옷이 철도종업원인 것으로 보나, 둘러선 동료들이 붉으락푸르락 분노에 찬 얼굴들인 것으로 보나 자기 실수로 차에 치어 죽은 것 같지 않았다. 죽은 사람의 동료들뿐 아니라 듣는 사람마다 분격해했고 분격한 사람들은 자기 일처럼 힘써 말을 전했다.

죽은 사람은 용산역의 조역의 한 사람이라 한다. 급히 영등포에 갈 일이 있어 남행차 홈에 나왔는데 차는 벌써 움직이고 있었다. 우선 아무 찻간에고 매달린다는 것이 미군 전용 찻간이었고, 문밖에 미군 장교는 무어라고 소리를 질렀다. 조역은 올라가서 다른 찻간으로 가겠다고 말했으나 '까-뗌' 한마디에 미군 장교의 구둣발은 조역의 가슴을 차 내던졌다는 것이다. 역원들이 달려가니 조역은 옆의 철길대에 짧은 머리를 들지 못하고 말았고 미군 장교는 권총부터 뽑아 들더니 사라지는 찻간 속으로 유유히 들어갔다는 것이다.

한뫼 선생은 용산서 경성역까지 오는 동안 크진 않으나 안정은 날카롭던 눈이 현기증이 나도록 침침하였다.

'대체 그네들 눈엔 조선 사람들이 뭘로 보이는 건가? 소련 사람들과 달리 인종차별이 심하단 말은 들었지만 설마허니 저런 짓을……'

한뫼 선생은 그다음 날 돈 5천 원을 넣고 성씨와 함께 고미술협회 경매장으로 왔다. 진고개에 있는 그전 '에도가와' 지점 자리 일본집 2층이었다.

진열된 종목은 서적만이 아니었다. 고려 이조 양조의 서화(書畵)들과 도자기(陶瓷器)들도 수천 점이 나열되어 있었다. 손님에도 낯익은 반가운 사람이 많았고 특히 일본 사람들이 안 보이는 대신 미국 사람들이 군복인 채, 구두 신은 채 많이 올라와 서성대고 있는 것이 한뫼 선생에게는 이채로웠다.

"저 사람들두 더러 삽디까?"

"더러가 뭡니까, 덮어놓고 값나가는 건 죄다 사니 걱정이죠."

하고 성씨는 자기 어깨 너머로 내려다보는 미국 장교 앞에 자기가 떠들처 보던 책에서 손을 떼며 물러났다.

한뫼 선생은 눈에 모가 서 찾던 고판 『완당집』을 드디어 발견하였다. 이 『완당집』 놓인 데는 여러 사람이 둘러서 있어 인기부터 유표하였는데 한뫼 선생은 여기 둘러선 사람들 속에서 만나고 싶던 동호가(同好家)들을 여러 사람 만났다.

"이거 누구요?"

"이거 언제 왔소? 해방 후 우리 처음 아닌가!"

"호랑이도 제 말하면 온다드니……."

"이 『완당집』에 오래 공력 들이던 한뫼 형이 오셨으니 우린 선두 보지 말아야 겠군!"

하고 반가워들 할 뿐 아니라 조선 동호자들끼리는 어떤 물건이고 그 물건에 대한 욕망이 자기보다 더 간절한 사람에게는 서로 사양하는 예의가 있음으로 한뫼 선생은 속으로 저윽 안심하면서 벽오동 책갑에 든 『완당집』 다섯 권을 떨리는 손으로 안아 내었다. 고운 때 묻은 뚜껑은 양피처럼 부드러웠고 가벼고 눈결같이 흰 후백지에 송체(宋體)와 명체(明體)에 어중간하여 표일하면서도 전아한 자양(字樣)을 한뫼 선생은 어느 빛깔 고운 꽃이나 향기로운 음식에서처럼 눈이 매끄러워지며 입 안이 홍건해짐을 금치 못하였다.

이윽고 경매가 시작되었다.

미국 사람들은 양편 가에 의자를 놓고 구두 신은 채 걸터앉았고 그 밑에는 그들의 단골인 거간과 상인들이 하나씩 맨바닥에 붙어 앉았다.

미국 사람들은 대개 고려자기에 더 열광했다. 그러나 서화에도 값나가는 것에는 으레 뛰어들었고 이 한뫼 선생이 잔뜩 장을 댄 『완당집』에도 덤벼드는 자가 없지 않았다. 성씨가 첫 번에 5백 원을 부르니 미국 사람의 단골 거간은 첫 마디에 덜컥 3천 원을 불러 으기지름을 한다. 한뫼 선생은 성씨를 향해 약간 떨리는 연봉수염을 끄덕이었다. 성씨는 3천 5백 원을 불러 맞섰다. 저쪽에서는 천 원을 껑충 뒤어 4천 5백 원을 부른다. 한뫼 선생은 이마가 화끈하였다. 가진 돈이 5천 원뿐인데 암만해도 그 이상 올라갈 것 같다. 어떡해서도 이 책만은 놓치지 않고 싶다. 한번 저 사람들 손에 들어가면 조선과는 하직이니 뒷날 어떡해볼 기회도 없는 것이다. 성씨로 하여 자기 최후의 역량 5천 원을 불러버리게 하였다. 저쪽의 미국 장교는 한뫼 선생을 힐금 보고 빙그레 웃더니 자기 앞잡이 상인의 어깨를 툭툭 치며,

"꼬언 꼬언."

하였다. 6천 원이 되었다. 한뫼 선생은 그만 얼굴빛만 퍼렇게 질리고 말았는데 딴 미국 사람 앞에 앉았는 거간이 건너편에서 7천 원을 부르며 대신 나선다.

한뫼 선생이 그만 물러앉는 것을 보고 다른 조선 동호인 하나가 불러보기 시작했으나 그도 기껏 큰맘 먹고 만 원까지 따라가 보고는 떨어지고 말았다. 나중에 미국 사람 판이 되더니 그들은 귀중한 고전 도서를 산다는 태도보다 무슨 투전판이나 스포츠 삼아 장난질이었다. 하나가 천 원을 더 부르면 하나는 2천 원을 더 부르고 그다음 이편에서는 3천 원을 부르며 획─ 휘파람도 불고 딱─ 하고 손가락도 퉁기었다. 귀가 찢어지게 휘파람을 불던 미국 장교가 『완당집』을 2만 원에 차지해 버리었다.

'저 사람들에게 『완당집』이 하관(何關)고!'

한뫼 선생은 눈에 그만 모래가 든 듯 깔끄러워지고 말았다.

한참 더 앉았으려니까 고려자기가 나왔다. 이르는 바 수류포금(水柳蒲禽)의 상감(象嵌)으로 장내가 긴장하는 것부터 다르더니 예서 제서 악쓰듯 덮쳐 불렀다. 조선 사람들은 5만 원 안에 모조리 나가떨어지고 서양사람 판

이 되더니 30만 원에 낙착이 된다. 한뫼 선생은 모두 미국 사람만인 줄 알았으나 이제 30만 원짜리를 29만 원까지 따라오다 떨어지고 만 사람은 소위 '유엔조선위원단' 불란서 대표라고들 수군거리었다.

한뫼 선생의 5천원 따위는 이판에서 돈머리에 들 것이 못 되었다. 한뫼 선생은 더 앉았을 맛이 없어 성씨를 찔러 가지고 중간에 나오고 말았다.

"그거 조선 사람 어디 돈 써보겠다구?"

"이걸 가지구 그러십니까? 서화 골동만이면 좋게요? 만반 경제가 온통 저꼴이니 걱정이지요!"

"그런데 놈들은 웬 돈이 그리 흔헌가?"

한뫼 선생은 의식적이든 무의식적이든 미군 사람에게 '놈'자가 나오고 말았다. 성씨도 그네들을 호놈하며 대답하였다.

"아, 그놈들은 딸라 때문 아닙니까? 한 따라에 요즘 2천 원 한답니다. 이제 그런 놈들은 하급 장교들이지만 월급이 2백 딸라는 된답니다. 그게 벌써 조선 돈으로 얼맙니까? 40만 원 아닙니까. 조선 와 있으면 한 달에 40만 원씩의 월급을 받는 셈이구 또 저 도적놈들로는 여간 머저리 아니군 조선서 생기는 게 월급만 아닙니다. 허!"

"……."

한뫼 선생은 덤덤히 대답 없이 걸었다.

"저놈들은 단 만 딸라만 던져두 벌써 그게 2천만 원 자금 아닌가요? 1원에 같은 1원 하던 일본 자본헌테두 꼼짝 못했는데 3년간에 벌써 2천 배나 차이가 생긴 미국 돈에 몇 해나 지탱할 상 부릅니까? 네? 그런데 미국 사람은 조선에 자유로 오너라 미국 돈은 얼마든지 투자해라, 유형무형헌 걸 마음대로 차지해라, 이게 명색이 원조며 이게 언필칭 원조 받는다는 놈들의 소립니까? 허!"

"……."

한뫼 선생은 그 말에도 씁쓰름한 입을 다문 채 걸었다.

"이제 그 『완당집』으론 논지해두 우린 5천 원을 부르고도 못 샀지요.

저놈들은 2만 원에 샀지만 5천 원의 4배밖에 더 됩니까? 2천 배의 돈으로 단 4배에 사니 저놈들은 말이 2만 원이지 그냥 갖는 셈입니다. 저희 돈으로 고작 단 10딸라에 산 거니까요. 저희 나라선 요즘 책도 웬만한 건 다섯 권에 10딸라로 사기 어려우리다."

"참 그렇겠군!"

"작년까지두 나두 제왕 국가가 아닌 미국더러 어째 제국주의 나라라는지 몰랐는데 지금 와선 삼척동자두 다들 알게 됐답니다."

"……."

한뫼 선생은 거기 대해서 자기는 별로 생각해본 일이 없었다. 그러나 자기도 이 순간 갑자기 좌익이 되어서가 아니라 사고 싶은 책 한 권을 꼼짝 못하고 놓쳐보고는 '딸라'라는 괴물에 대하여 미상불 절실한 관심이 솟아오르는 것만은 속일 수 없었다.

'왜놈들은 합병시키구 먹더니 이놈들은 원조해준다구 하면서 먹는 재주가 있군!'

명치정 골목에 들어서 몇 집 안 내려왔을 때다. 양담배와 껌장사 아이들이 새매본 새떼처럼 납작 엎디며 흩어져 이 골목 저 골목 속으로 숨는다. 그전 취인소 쪽 네거리에는 사람들이 그득 차서 길이 막힌다. 웅성대는 속에서 싸우는 소리가 들린다. 가슴 패를 찬 순경, 바가지 같은 전투모에 흰 빼끼로 영자를 쓴 '엠피'들, 호각을 불며 군중을 헤치고 속으로 들어가려 한다. 잘 헤쳐지지 않는다. 사냥총 소리와는 달리 '딱' 소리로 울리는 권총이 어느 쪽에서 터진다. 군중은 와一 물러서며 그 틈으로 순경과 엠피가 쑤시고 들어간다. 총소리쯤엔 군중은 마비된 듯 다시 조여들었고 이 골목 저 골목에서 사람들은 더 몰려나왔다. 싸움 소리가 아니라 연설 소리였다.

"우리 민족은 하납니다. 남조선에다 단독정불 세울 이유가 어디 있습니까? 여러분! 여러분이 만일 민족이 분열되어 이 남조선 형제들이 또다시 식민지 노예가 되는 것 원치 않는다면 이 8·15 남북통일선거에……."

어떤 상점 창틀에 올라서서 한 손으로는 캡을 벗어 움켜잡고 외치던 젊은 노동자는 다리에 팔에 벌떼처럼 매달리는 순경들과 엠피 때문에 말이 끊어졌다. 청년은 발을 버둥거려 순경을 차버린다. 엠피는 총을 댄다. 청년은.

"쏠 테면 쏴라!"

소리를 지른다. 순경들이 방망이로 청년의 얼굴을 올려 갈긴다. 입이 터져 피가 쏟아졌으나 청년은 소리 질렀다.

"여러분! 우리는 우리 손으로 통일 독립을 쟁취하는 길밖에 없습니다. 그 길을 통일선거에서……."

"옳소!"

"옳소!"

여기저기서 군중들이 맞받아 외치었다. 순경들은 노동자의 몸을 나무 타듯 앞뒤에서 기어올랐다. 상점 창살이 와지끈 부서지며 노동자는 그만 순경들과 한 덩어리 되어 길바닥에 떨어진다. 군중들은 와 ─ 조여들었다. 그리고 서로 등을 떠밀어 순경 위에 엎치고 덮치었다. 확실히 군중들은 노동자의 포박을 방해하는 것이었다.

"똥바가지 짓밟아라!"

"똥바가지 깔아뭉개라!"

똥바가지란 순경들이 쓴 '헬멧'과 엠피가 쓴 전투모를 말함이었다.

이렇게 소란한 속에 이틈 저틈에서는 청년들이, 부인네들이, 소년들이 연판장을 들고 이름을 받았고 또 군중들은 민속하게 서명날인하고 있었다. 성씨와 한뫼 선생 앞에도 중학생 하나가 두루마리를 펴들었다. 성씨는 이내,

"난 우리 구에서 했습니다."

하고 아들 같은 청년에게 경어를 써 존경한다. 한뫼 선생은 당황하였다. 이런 환경 속에서 서명날인 하는 것은 이것이 곧 유혈 낭자한 결사적 투쟁에 가담하는 것이라 느낄 때 한뫼 선생의 손은 움츠러들고 말았다.

"우리 구는 xxx 선생이십니다."

중학생의 화끈거리는 입에서 선출 후보의 성명이 은근히 울려 나왔다.

"자유십니다만은 하실랴면 속히 해주십시오."

중학생의 눈은, '당신이 애국자 편이냐 매국노 편이냐?' 하는 듯한 섬광이 번뜩이었다. 한뫼 선생은 이런 시험을 받는 듯한 압박이 또 불쾌했다. 한뫼 선생은 이 긴박한 순간에서, '나는 좌도 아니오 우도 아니다' 하는 초연한 안색을 고쳐 부채질을 하며 얼굴을 중학생에게서 돌리고 말았었다.

아래쪽으로부터는 순경의 방망이가 이 사람 골패기를 치며 저 사람 등때기를 갈기며 이쪽으로 달려왔다. 한뫼 선생을 따라오는 성씨까지 숨이 차도록 구멍을 빠지듯 길을 쑤시며 걸음을 재우쳤다.

연설하던 노동자는 어찌 되었는지 잡혀가는 그림자는 볼 수 없었고 순경들이 흙투성이 된 옷을 털며 경찰봉으로 닥치는 대로 갈기면서 다시 군중들에게 깔릴 것만 무서워 줄짜를 놓고들 있었다.

경관과 엠피가 흩어지는 듯하자 어느 틈에 골목골목에서 새떼 풍기듯 했던 조무래기 장사꾼들이 길을 덮고 쏟아져 나왔다.

"양담배 삽쇼."

"껌하나 팔아줍쇼."

"미국 치약입쇼, 미국 비눕쇼."

한뫼 선생은 평양집 식모의 아들 대성이 생각났다. 고만쯤씩한 사내아이, 계집애들이 미국 담배, 껌, 화장품, 머릿빗, 칼 따위를 종이곽에 혹은 손바닥에 든 채 저저마다 팔아달라고 아우성이다. 성씨는,

"이 자식들아 귀찮다, 귀찮어……."

하고 화증을 내 쫓아버리곤 하였다.

한뫼 선생은 심기가 매우 편치 못해 딸네 집으로 돌아왔다. 와보니 딸네 세 식구는 더욱 편치 못한 기색들이었다.

외손자 큰 녀석은 얼룩이 져 시뻘겋게 충혈된 눈을 껌벅거리며 다듬잇돌에 걸터앉아 일어나지도 않고 있었고 작은 녀석은 마루 기둥에 기대선

저희 어미 치맛폭에 얼굴을 싸고돌아서 있었다.

"왜, 그 녀석들이 싸웠니?"

"아니야요."

"날두 몹시 쩐다. 아이들두 더위에 지친 게로구나……."

"아버지?"

"왜?"

딸은 용하게도 눈물은 꼬물도 없이 어떤 굳센 적개심에 타는 눈으로 말하였다.

"그 개새끼들이 어째 며칠째 안 찾아오나 했더니 얘 아범이 며칠 전에 붙들려버렸군요!"

한뫼 선생은 잠깐 멍청해 방에 들어와서도 모자를 쓴 채 서 있었다.

"헤, 부질없는 사람 같으니……."

하고 한뫼 선생은 사위를 책망하였다.

"아버진 그 사람 잘못으로 아시나요?"

"수신제가(修身齊家)연후에 국사(國事)니라. 집안을 이 꼴을 만들어놓구 또 제 몸까지 망쳐?"

딸은 잠자코 아버지를 쳐다보았다. 아버지가 아니라 이승만이 패나 한국민주당 사람 같아 보였다.

"아무커나 아버지 좀 얘들 다리구 집에 계세요."

"어디 갈 테냐?"

"그렇지 않아두 요즘 잘 먹지 못해 몸이 약헌데 그냥 내버려둘 순 없군요."

"사식을 넣게?"

"네."

"무슨 돈으루?"

"……."

"뭘 또 팔 테냐?"

"급헌 때 쓸려구 금반진 뒀드랬어요."

"혼인반질 팔어? 부모가 대사 때 해준 예물을."

"……"

딸은 대답은 하지 않았으나 금반지를 팔러 나가려는 눈치다. 한뫼 선생은 책 사려던 돈 5천 원을 꺼내 딸에게 던지었다.

"5천 원이다."

"아버지두 용돈 쓰세야지 어떡하세요? 그리구 사식비 한 달 치를 먼저 내야 허는데 최하라두 만 원이 넘는다구 어제 친구 되는 이가 와 일러주구 갔어요."

"만 원이 넘는다."

한뫼 선생은 그렇다고 해서 어른 된 체모에 더는 모르는 체할 수가 없었다.

"게 있어. 내 어디 잠시 다녀오마."

하고 딸에게 위신을 돋우며 자기가 돈마련을 나왔다.

한뫼 선생은 해가 지도록 서너 친구를 찾아다녔다. 그러나 단돈 천 원이 만만치 않았다. 대개 경매장에서 만났던 친구들인데 그들은 미국 사람들이 돌보지 않는 몇 쪽 편화(片畵)와 간찰류(簡札類)에나마 푼푼치 못한 주머니들을 털고 와 있었다.

한뫼 선생은 아무리 딸이라도 출가한 자식이라 빈손으로 들어서기가 너무 계면쩍었다. 한뫼 선생은 나중에 성씨를 찾아가 의논하였으나 성씨 역시 취대할 만한 자리는 이미 빚지지 않은 자리가 없어 나서볼 데가 없노라 하였다. 한뫼 선생은 벌써 어두워진 하늘의 별들을 쳐다보면서 서울 안자기 친교(親交)의 범위를 훨씬 늘려 더듬어보았다. 그러다가 가히 머리를 끄덕일 만한 한 군데가 떠오른 것이다.

"진작 거길 가볼걸 그랬군!"

"어딘데 말씀입니까?"

"박 교주를 찾어가면 날 돈 만 원 안 돌려주겠소?"

자기가 20년 동안 근속한 중학교 교주였다. 학교를 사직한 뒤에도 한동안 왕래가 있었고 박 교주는 간혹 고서화를 사려면 한뫼 선생을 청하여다 감정을 받았었다.

"가시기만 하면 돈이야 좋아라구 돌려드리죠. 지금 저명한 사람 한 명이라두 더 자기편에 끌어들이지 못해 열광이 난 판인데 좀 반가워하겠습니까? 그렇지만 거긴 가실 생각 아예 마시는데 좋으실 걸요."

"어째?"

"거기서 꿔온 돈이라면 아마 따님께서 받지부터 않을 거구 신랑 되시는 이두 그 사식 먹지 않을 겁니다."

"옳지, 박 교주는 요즘 문자루 뿌루죠아진가 뭔가라구 해서?"

"글쎄 거긴 안 가시는 게 좋으실 걸요. 그자들헌테 신세 진 일 때문에 그자들 문안에 드나들다가 그자들 정당에 옭혀가지구 제 자신 신세완 당치 않게 재산가 옹호에 나선, 그야말로 왜말에 반또니 방겐이니 허는 게 돼버린 자가 한둘이 아니랍니다."

"그 사람 벨소릴 다 허는군! 내가 그래 돈 만원에 박 교주 주줄이 되리란 말이야? 난 바지저구리만 댕기는 줄 아는군!"

하고 한뫼 선생은 화를 내며 성씨 집을 나섰다.

골목은 어두웠으나 박 교주 집 문전은 예나 오늘이나 한결같이 웅성하였다. 자가용 차가 두 대나 서고 미국 군용차도 한 대 멎어 있었다.

'아차 손님들이 있고나!'

이래서 주춤거리고 망설이면서 접근한 것이 외국 군인의 눈에는 더욱 수상쩍게 보인 셈이었다. 키가 9척 같은 자가 지프차에서 뛰어내리더니 뭐라고 떠드는 폼이 뜻은 모르나 대뜸 시비조로 길을 막는다. 이런 때 멀숙해 그냥 물러설 한뫼 선생도 아니었다. 잡담 제하고 들어가려 한즉, 9척 장승은 껍신 허리를 굽히는 듯하더니 야윈 한뫼 선생 눈두덩에 벼락불을 앵겼다. 한뫼 선생은 이것이 그들이 즐기는 권투에서 무슨 종류의 격타법인지 알 리 없이 단번에 '넉 아웃'이 되어 뻣뻣하게 나가떨어지고 말았다.

이튿날 재동 어느 안과병원 2층에 누워 한뫼 선생은 딸을 불러왔다. 딸은 입술이 파랗게 질리었다. 한쪽 관골이 터지어 바가지처럼 붓고 그쪽 눈 하나가 멍이 꺼멓게 든 아버지의 봉변이 분해서만 아니었다. 아버지의 그런 봉변은 차라리 당연한 결과라 하고 싶도록 아버지가 그따위 이승만 도당에게, 자식들이 목숨을 걸어 싸우는 그따위 원쑤 도당에게 자식들의 용감한 투쟁을 무슨 딱한 궁상이나처럼 사정을 하러 갔다는 것이 딸은 치가 떨리게 분하였다. 딸은 아타까워 울었다.

"왜 아버진 그다지두 분별이 없으슈? 왜 그다지두 정세 판단을 못허세요? 지금 어떤 첨예화된 시긴 줄 아세요? 난 엊저녁에 면회하구 왔세요. 우리쪽 순경이 번을 든다구 누가 와 일러줘 잠깐 가 면회했는데 사식 말을 허니까 그 사람은 펄쩍 뛰더군요. 사식 못 먹는 동무들이 얼마나 많은 줄 아느냐구 허면서 정세에 대해 그다지 어두우냐구 꾸지람했어요. 그리고 아버지 오셨다니까 깜짝 놀라면서 어디 자주 나가시지 말게 허라구 신신 당부했어요. 왜 그랬는지 아세요? 박교주 같은 데나 가시구 무슨 말 끝에 북조선에 대헌 당치 않은 비평이나 허실까 봐 그러는 거야요. 곰곰이 생각해보세요? 어디가 옳구 그른가……."

"……."

한뫼 선생은 연봉오리 수염만 가벼이 떨 뿐 붕대에 감기지 않는 눈도 뜨지 않았다. 딸은 말을 계속하였다.

"아버진 북조선이 잘허긴 해두 혼자만 앞질러가기 때문에 통일이 안 된다고 그리셨지? 그건 반동파들이 들으면 좋아 날칠 소립니다. 소미공동위원회 사업을 어느 쪽에서 파탄시켰습니까? 조선에서 소미 양국 군대가 동시에 철거하잔 제의가 어느 쪽에서 나왔으며 이 제의를 반대헌 게 어느 쪽입니까? 도 단독정부를 어느 쪽에서 먼저 세웠나요? 도무지 진상과는 하나두 맞지 않는 말씀을 누가 좋아하라구 허시는 거야요. 매국노들을 변호허는 것 아니구 뭐야요. 아버진 반동이세요.

"뭐야?"

한뫼 선생은 한쪽 눈이나마 최대한도로 부루떴다.

"누가 날 반동이라드냐?"

"생각해보세요. 아버지 지론이 민주 진영에 유리하겠습니까, 반동 진영에 유리하겠습니까?"

"난 불편부당이다! 공정헌 조선 사람인 것뿐이다!"

"아버진 여태 꿈속에 계셔요. 불편부당이란 게 얼마나 모호헌 건지 여태 모르시는 말씀이세요. 지금 어정쩡한 중간이란 건 있을 수 없는 거야요. 자긴 불편부당을 가장 공정한 태도로 알구 중립이라구 허지만 그는 자기도 모르는 새 자꾸 반동에 유리헌 역할을 노는 거야요. 박 교주 녀석 집에…… 조선 인민은 박 교주 녀석 집에 폭탄을 던지러 갈까, 그 외엔 갈 일이 있을 수 없는 거야요."

"나두 내 지각과 내 요량이 있는 사람이야, 너희나 너희 소신대로 나가렴."

"누가 아버지더러 당장 좌익 이론가나 투사가 되시길 바라나요. 아버진 정의감이 계시지 않어요? 아버지 요량에 확실히 원칙이 옳다구 인정되는 편에 왜 결정적으루 가담 못허시나요? 옳다구 인정되는 편에 꽉 밀착허시란 말이야요. 지금 시대가 어떻게 급격한 회전(回轉)인지 아세요? 어름어름 허구 떠도시다간 날려버리구 마십니다. 역사의 주인공은 못 되시나마 역사의 먼지는 되지 마세요……."

"먼지……."

한뫼 선생은 이 말을 딸에게 돌려보내듯 쓴웃음을 침이 튀게 뿜었다.

딸은 집에 아이들만 두고 와서 오래 앉았지 못하고 가버리었다.

이튿날 성씨도 병원으로 찾아왔다.

"이런 봉변이 어디 있습니까?"

"내가 이녘의 말 안 들은 탓이오."

하고 한뫼 선생은 성씨에게만은 박 교주네 집에 갔던 것을 솔직히 후회하였다.

"그놈들을 죄다 권투광인지 길거리에두 권투허는 시늉을 하면서 다닌답니다. 그러다 한 번 진짜루 갈겨보구 싶으면 아무나 때려눕히는 걸요! 뭐시, 아파까트라든가요, 턱을 치받치지 않으면 눈퉁을 갈려 멀정히 지나가다 송장처럼 나가떨어진 사람 많습니다. 그게 미국 녀석인 줄만 알면 그저 멀찍이 피허는 게 상책이랍니다."

"아니, 박 교주넨 뭘 허러 미국 병정을 문간에 세워두누? 그게 요즘 세상 세돈가?"

"아마 미국놈 무슨 요인이 왔던 게죠. 박 교주 녀석 요즘 석유노름에 한 몫 잘 보니까요."

"석유노름이라니?"

성씨는 피우던 담배를 끄며,

"참, 선생께선 여태 남조선 석유노름을 모르시겠군!"

하고 이렇게 요령만 들어 이야기 하였다.

"북조선 전기값을 떼먹구 결국 북조선 전기를 퉁겨버린 건 저희 석유를 더 많이 팔아먹자는 심산이었더군요. 해방 직후 과학자동맹에선 남조선에 두 훌륭헌 석유공장이 있으니 원유(原油)를 들여오지 가공품을 들여올 필요가 없다구 군정청에 항의를 했답니다. 원유 1억 원어치를 갖다 조선서 만들면, 조선 공장두 살구, 노동자두 살구, 1억 원어치 원유에서 3억 원어치 석유, 까솔린, 중유가 나온답니다. 그런데 이 날도적놈들 보슈. 과학자동맹 사람들을 공산당이라구 검거해다 집어넣구, 그런 여론 퍼뜨리지 못하게 허구 저희 석유 재벌 택사쓰니, 썬라이싱이니 하는 장사꾼들헌테 석유 수입권을 줘 석유는 석유대로, 까솔린은 까솔린대로, 중유는 중유대로 들여다 팔어 1억 원어치를 3억 원어치로 팔아먹지 않습니까?"

"저런 도적놈들 있나!"

한뫼 선생은 미국 사람들을 그냥 '놈'이 아니라 이번에는 '도적놈'이라 불렀다. 그리고 한쪽 눈에나마 정채가 돌며,

"아니, 이승만 대통령은 그런 걸 묵과헌단 말이야? 그러구 무슨 건국이

란 말이 될 뻔헌가?"

하였다.

　"저런 말씀 봤나! 묵과가 뭡니까? 그런 불한당 놀음을 원조니 한미협정이니 허구 도장을 떡떡 찍구 앉았으니. 그리게 월가 앞잽이라 매국매족노라 허지 않습니까? 바루 박 교주 놈두 그런 매국정당 두목에 하나구, 바루 그 석유 남조선 각 지방에 퍼지는 이권을 얻어 쥐구 해방 후에 몬 돈이 해방 전 재산의 30배가 넘는다는 겁니다. 그래 북조선에도 이따위 외국 장사꾼 놈들이 판을 치며 제 민족 고혈을 긁어가는 도적놈들의 심부름을 허구 제 뱃대기만 채(우)는 조선 놈들이 판을 치구 있습듸까?"

　"……."

　"한뫼 선생께선 여태 북조선 살어보시구 등하불명이신 것 같어!"

하고 성씨는 한탄하듯 말하였다.

　"등하불명? 그래 난 등하불명이라 칩시다. 그러면 옆에 그런 매국역도들을 두고 남조선 사람들은 여태 뭣들을 했단 말이오?"

　"저런 말씀 보게! 그리게 모두 들구 일어나지 않습니까? 사위 되는 분은 뭐러 붙들린 줄 아십니까? 죽은 사람이 벌써 몇 만 명인 줄 아십니까? 갇힌 사람이 벌써 몇 십만 명이게 그러십니까? 원!"

　"아니, 그래 몇 십만 명이 몇 놈 매국노를 못 당해?"

　"저런 딱헌 말씀 봤나! 그 몇 놈 매국노들이 제 힘으로 꺼떡대는 줄 아십니까?"

　"옳아, 미국이 있지 참!"

하고 한뫼 선생은 스사로 서글피 웃었다.

　"그러나 미국이 열이 오면 뭘 헙니까? 놈들은 철저한 장사꾼들입니다. 잇속이 틀렸다 봐질 땐 그놈들처럼 뒤가 물른 것두 없는 겁니다. 그전 호랑이 담배 먹을 때 말이지 지금은 어림이나 있습니까? 소련 같은 나라가 생긴 걸 노동자들이 모릅니까? 농민들이 모릅니까? 이쪽이 모를 세 말이지 깨닫구, 단결허구, 결사적으로 항쟁허는 마당엔 그놈들이 목숨 내걸구

덤빌 놈은 하나두 아니니까요. 중국 돼가는 걸 보십시오 그려!"

"아니 이승만이나 박 교주 같은 작자들은 장래 어떻게 보길래 민심을 잃구 건드려는 건구?"

"미국으로 뛰겠죠. 그리게 그 녀석들 따라허구 귀금속만 사 모지 않습니까? 서울 안 금강석이니 보석이니 허는 건 이승만이 양첩이 죄다 끌어모(으)구 앉았답니다."

"조선을 버리구?"

"그놈들헌테 조선이 그리울 게 있습니까? 그리게 그놈들이 조선 문활 뭘 애끼는 줄 아십니까?"

"허긴 그렇드군! 미국놈 초대연엔 으레 딸년들을 족두리에 원삼을 입혀 내세(우)드군! 해괴한 일이지, 제 민족 문화풍습을 그렇게 모독헐 데가 있나! 그 미국놈을 어째 사모관대꺼지 시키진 않는지……."

"말 맙쇼. 조선 건 일제 때 이상 천대허구 모두가 경조부박한 미국식이죠. 그리게 매국노들은 세계 어디든지 '딸라'면 그만이게 되구, 미국식 퇴폐 문물로 통일됐으면 제일 편헐 테죠. 어디루 쫓겨가든 조선이 따로 생각 날 필요가 없어지고 말게…… 그리게 요즘 좌익에서들은 미국이 세계 각국더러, 민족적 자존심을 버리라는 둥, 북대서양동맹은 구라파 합중국의 제일보라는 둥, 공공연히 내세우는 세계주의라는 것과두 싸우지 않습니까?"

"그런 타민족 말살 정책과 싸우는 건 옳은 일이지."

"그것만이 아니라 알구 보면 좌익에서 허는 일이 다 옳습디다요."

"봉변은 했어도 박 교주 녀석과 대면 안 되길 잘했군……."

"그렇습니다."

"……."

한뫼 선생은 입을 다물고 말었다. 성씨는 수선스럽지는 않으나 덤덤히 앉았지는 못하는 성미라 다시 이런 화두를 꺼내었다.

"난 요즘 가끔 이런 공상을 해보죠니까……."

"무슨"

"박연암(朴燕巖)이나 김완당(金阮堂)은 한뫼 선생께서 더 잘 아시겠지만, 만일 이런 분들이 지금 세상에 계시다면 어느 편일까? 허구……."

"그거 재미잇는 궁린걸! 그래서?"

"그때 세상에서두 양반놈들을 드러내놓고 풍자했구, 경제사상으로 일관했던 연암이 오늘 있었다면 공산당 안 될 도리 없을 거라구요."

"완당은?"

"실사구시(實事求是)가 뭡니까? 허황한 관념철학인 성리학(性理學)을 배척허구 실지과학을 주장헌 것 아닙니까. 실학파의 거두 완당이 오늘 있었다면 사회과학에 거물이 되지 않을 수 없었을 겁니다. 한뫼 선생께선 어떻게 생각허십니까?"

"거 맹랑헌 문젠걸……."

한뫼 선생은 성씨의 의견을 더 따져가며 듣기만 하고 이날 자기의 의견은 말하지 않았다.

*

한뫼 선생은 그 후 이틀 동안이나 외로이 병원에 누어 맞은편 벽에 걸린 색맹 검사표(色盲檢査表)만 바라보았다.

'낸 눈은 북조선을 보는 데 색맹이었던가? 전체는 보나 어느 한두 가지를 제대로 못 본…….'

창밖 길거리에서는 자동차 달리는 소리가 끊일 사이 없이 지나갔다. 날랜 새매 지나가듯 쌩 – 소리가 나는 것은 보지 않아도 미국 군인의 지프차일 것이요, 거대한 괴물이 용을 쓰듯 으르렁거리며 집을 흔들고 달리는 것은 보지 않아도 그것도 미군의 트럭일 것이었다.

'나는 보았다. 남조선을 이 눈이 터지도록 본 셈이다! 나는 더 보기 싫어졌다! 더 보기 싫어진 이게 내가 반동이 아닌 표다!'

한뫼 선생은 딸의 말이라도 반동이란 말은 노여웠다. 자기 일제하 36년 간 그다지 비굴하게 살지 않아왔다. 자기는 지금 5·10 단선 반대투쟁으로 투옥 되어 그 가족들이 그의 장서를 팔아먹고 산다는 김씨 같은 불평할 줄 아는 인물이 그전부터 좋았기 때문에 나이는 틀리나 친구로 지냈고 그도 역시 연암이나 완당을 누구보다 좋아해서 서화에는 무관심하면서도 완당의 글씨만은 몇 폭 가지고 있었다.

한뫼 선생 자신도 자기가 수집한 책에서 연암의 것을 『열하일기』를 비롯하여 가장 많이 읽었고, 완당집은 활판본을 통하여서나마 그 호한한 전집을 거의 섭렵하였다. 이번에 고판 완당집을 놓치고 만 애석함은 전적 수집벽(蒐集癖)에서보다도 자기가 완당을 숭상해온 후학(後學)의 도리에서 더하였던 것이다.

'연암이나 완당께서 생존하셨다면 그 정의감들과 그 실학정신들이 좌익에 가담하고말고! 가담이 아니라 일선에 나서 지도허실 어른들이지!'

한뫼 선생은 성씨 의견에 합치되지 않을 수 없었다. 그리고 자기는 자기 딸이나 동대문경찰서 유치장에서 본 사람들이나, 명동 골목에서 본 중학생들과 노동자들에게서만 비웃음을 받을 것이 아니라, 자기가 오늘날까지 숭상해오는 연암이나 완당 같은 선현들로부터도 비웃음과 꾸지람을 면치 못할 것이라 생각할 때 한뫼 선생은 이마가 화끈 달아올랐다.

'나를 반동이라는 건 과연 말이다! 그러나 보수적이었던 건 사실이다! 보수파? 내가 보수파?'

한뫼 선생은 병상에서 후닥닥 상반신을 일으켰다. 부채를 집어다 아직도 무거운 얼굴을 발작적으로 부치었다.

'보수파? 이건 내 본의가 아니었다! 보수의 무리는 어느 시대에 있어서나 자기 나라 자기 사회의 발전을 저해한 독충들이었다! 내가 보수파라니?'

한뫼 선생은 아직도 한 이틀 병원에 더 누었어야 할 것을 한쪽 눈을 붕대로 동인 채 뛰쳐나오고 말았다. 울적한 심사는 딸네 집으로도 들어가기 싫어, 전에 서울 살 때, 자주 다니던 취운정(翠雲亭)으로 올라왔다.

울창하던 솔밭이 정자가 벌거벗은 것처럼 드러나 한쪽 눈의 시력만으로도 시가를 전망하기에는 제격이었다. 멀리 남산 밑으로 40년 전 일본 통감부(統監府)자리가 마주 바라보였다. 일본기 대신 오늘은 미국기가 펄럭거리는 미군 헌병대였다.

한뫼 선생은 반청문(半淸門)께로 산등을 타고 거닐었다. '유·엔 조선위원단'이란 것이 들어와 있다는 덕수궁이며 이승만이가 미군정의 대를 물려 매국내각을 차리며 있는 경복궁이 손바닥처럼 내려다보인다. 근정전 마당에는 미군 순사들이 빼곡이 들어섰고 광화문통 넓은 길에는 미군들의 군용차가 개미떼 서물거리듯 한다. 그중에는 번질번질한 승용차도 섞이어 덕수궁으로 경복궁으로 뻔질나게 들락날락거린다.

한뫼 선생은 이 번잡함이 말할 수 없이 서글프고 울분하였다. 어렸을 때 그것도 자기 눈으로 똑똑히 본 한국 말년의 한양 풍경이 회상되었다. 이등박문(伊藤博文)이가 '실크햇'을 쓰고 쌍두마차를 타고 송병준이, 이완용이, 일진회(一進會) 패들이 인력거를 타고 덕수궁으로 경복궁으로 뻔질나게 드나들던 꼴이 오늘 다시 너무나 방불하였다.

'이놈들아 또다시 일진회 놀음을 채린단 말이냐!'

한뫼 선생은 한눈은 붕대로 싸매고 한 눈은 눈물이 글썽해 자못 비장한 한숨을 쉬었다.

한뫼 선생은 딸네 집에 나와 있다가 눈에서 붕대를 끄르기가 바쁘게 그 종이노가방을 들고 서울을 떠났다. 성씨도 어느 친구도 다시는 만나지 않고 재판도 출옥도 가망이 없는 사위도 기다리지 않고 서울을 떠나버리었다.

역시 길은 경험 있는 동두천 쪽으로 잡았다. 동두천에 와 사흘이나 묵으며 안내꾼을 수탐했으나 경비가 심하다고 나서는 사람이 없었다. 좁은 거리에 여러 날 묵는 것도 본색이 드러날 위험성이 있으므로 한뫼 선생은 불과 달포 전에 지나온 길이라 혼자 자신 있게 나서고 말았다.

30리 길을 걸어 할여울 강가에 다달었을 때 어느 마을에서는 두 해째 우는 닭소리가 들려왔고 북조선 첫 마을 전곡 거리는 인민의 집에도 관리의 집에도 함께 전등불이 휘황하여 알른알른 바라보였다.

한뫼 선생은 숨을 죽이고 좌우 동정을 살폈다. 괴괴하였다. 조용히 옷을 벗어 종이노가방과 한데 묶어 등에 걸머졌다. 벌써 가을물이라 올 때보다 수심은 낮으나 얼음처럼 차고 돌들이 미끄러웠다. 아무래도 물소리가 났다. 반도 못 건너서다. 그만 크게 털벙 소리를 내며 넘어졌다. 한뫼 선생이 다시 일어서 몸도 가누기 전이었다.

딱 꿍,

딱 꿍 치르르…….

카빈 총소리는 철교 서쪽 잿등에서이므로 상당히 먼 거리이나, 한두 총구에서 쏟아지는 것이 아니었다. 총알은 강바닥을 덮어 소낙비 퍼붓듯 물방울처 쏟아지고 말았다.

총탄의 소나기는 잠시 뒤에 멎었다.

그러나 사위는 다시 괴괴할 뿐, 그만 북쪽 강기슭에도 남쪽 강기슭에도 사람이 나오는 그림자나 물소리는 나지 않고 말았다.

≪조선문학≫, 1950.3

제2장

1950~1953
'조국해방전쟁' 시기

꿀

김남천

"내가 다시 소생해서 이렇게 오늘 저녁으로 전선에 나가게 된 것은 말하자면 팔순이 가까운 그 할머니 덕분이지요."

하고, 1950년 8월 하순의 어떤 날, 낙동강전선에서 얼마 아니 격(隔)여 있는 합천 관기리 야전병원에서 한나절을 나와 같이 지낸 부상병 동무는 다음과 같이 이야기를 계속하였다.

─아까도 말씀드렸습니다만 안의 전투를 결속 지을 무렵에 나는 다른 두 동무와 함께 거창을 돌아 적의 후방 종심 깊이 침투하여 적정을 정찰하고 돌아오라는 임무를 띠고 본대를 떠났던 것입니다.

당시 안의에서 괴멸의 운명에 봉착하였던 적들은 거창읍에서 합천 땅으로 들어서며 봉산, 묘산을 거쳐 합천읍으로 나가 황강을 따라 낙동강 본류를 넘을 것이 예상되면서, 도중 몇 군데의 방어진지에서 패주하는 병력을 수습할 방도로 완강한 저항을 시도하리라고 추측되었지요. 우리들의 정찰 임무는 거창군 양곡리에서 합천군 권빈리에 이르는 지역에 집결 중인 적 병력의 수량, 화력 및 그 배치 등이었습니다.

부대를 떠나자 이내 교전지대를 돌아 적중 깊숙이 드는 것이므로 세 사람은 임무를 분담하고 세심한 위장을 갖출 것이 필요하였습니다. 그래서 동행 셋 중 두 동무는 권총을 휴대하고 농민처럼 변장하였고 나는 인민군 전사복 위에 국방군의 웃저고리를 껴입고 전사모 위에 철갑모를 눌러쓰고 미국식 자동총으로 무장하였었지요.

셋이 모두 사민의 복색을 하는 것이 적중에 들기는 편하지만 일행이 전부 권총만으로 무장하는 것은 다소 허전하였고 큰 무기를 메자면 역시 사복보다는 군복이 자연스러운데 안팎으로 융통성 있게 써먹자고 나는 철갑모를 쓰고 국방군 웃옷 밑에 우리 전사복을 받쳐 입게 되었던 것입니다. 물론 모두 부대장 동무의 지시로 한 것이지만.

복색 자체가 말하듯 두 동무에 대해서 나는 마치 호위와 같은 부차적 임무를 띠게 되었습니다. 거창 조금 못 미쳐 하고리에서 셋은 길을 갈랐지요. 한 동무는 거창을 북으로 우회하여 남하면으로 들어갔고, 다른 한 동무는 거창 남쪽으로 무림을 꿰뚫고 남상면에 들어가는 대신 나는 동무들이 돌아오는 동안 국군복을 입고 민정을 살피면서 거창 부근에 묻혀 있었지요.

이리하여 두 동무는 양곡리에서 권빈리에 이르는 지역에 집결 중인 적군 주력의 적정을 각각 정찰한 뒤 미리 작정하였던 시간에 하고리에서 거창읍에 이르는 작정한 지점에서 나와 다시금 만날 수 있었습니다. 먼동이 트자 한 사람 국방군에게 호송되는 두 사람 사민을 가장하여 피난민들에 싸여서 우리들은 무사히 산등에 올라설 수 있었습니다.

무명 6백 고지를 넘어선 곳에 마침 아늑한 샘물터가 있어서 세 사람은 여기서 수집한 정보를 종합할 겸 휴대식량으로 아침 요기를 치르기로 했습니다. 나는 총을 풀숲에 눕히고 두 개의 웃저고리를 모두 벗어부치고 샤쓰 바람으로 땀을 들일 수 있었지요.

그것은 참말로 상쾌한 아침이었습니다. 안개가 벗어지면서 멀리 흰 바위틈을 돌아 흘러내리는 푸른 냇물을 좇아 구비구비 휘감긴 하이얀 신작로가 군데군데 소나무 가지에 가려서 숨었다 나타났다 하는 것을 아득히 높은 곳에서 굽어보는 것입니다. 바위틈에서 흘러나오는 샘물 맛은 말도 말고 아침 맛도 별미였고 담배 맛도 각별했지요.

자아 인제 단숨에 본대로 달려가자고 막 우리들은 자리를 뜹니다. 두 번째 옷을 꿰면서 내가 먼저 자리에서 일어났습니다. 일어서서 사위로 눈을 돌리자 아뿔싸 하고 멈칫 단추 꿰던 손을 멈추었습니다. 우리 있는 쪽을 향하여 몰려오는 한 소대 가량의 적의 부대를 발견한 때문입니다.

"5백 메타 전방에 적병 일 소대 가량 출현."

셋이 모두 그쪽을 바라보고 일시에 다시 몸을 숨겼지요. 필시 안의 전투에서 패하고 허둥지둥 산줄기를 타고 후퇴 지점으로 몰려가는 적임이 틀림없어 전의는 상실한 패잔병일 것이나 우세한 적을 상대로 싸우는 것이 우리의 임무가 아니므로 우리는 흩어져서 각각 안전하게 본대로 돌아갈 것을 결정했지요. 두 동무가 우선 골짜기를 따라 풀숲으로 빠져나갑니다. 나는 두 동무가 착탄 거리에서 벗어날 때까지 이들을 엄호할 임무가 있으므로 바위를 안고 전방을 주시하면서 차츰 비스듬히 하향선을 긋고 적이 오는 방향에서 떨어져 나갑니다.

그런데 겁을 집어먹고 허둥대는 패주병일수록 귀는 초롱처럼 밝은가 보지요. 앞서서 오던 몇 놈이 우뚝 서며 두리번거립니다. 나는 바짝 땅 위에 배를 붙였지요. 놈들 중의 한 놈이 손짓을 합니다. 다행히 내가 발견된 것은 아닙니다. 그러나 손가락의 방향을 더듬으면 잔솔포기와 가당나무 숲을 흔들며 산 밑으로 빠져 내려가는 무명 중의에 농립을 쓴 두 동무의 그림자가 보입니다.

"남로당패다."

하고 한 녀석은 카빈을. 또 한 녀석은 엠원을 들어서 연발로 쏘아댑니다. 그러나 이곳저곳서 공연한 총소리를 낸다고 꾸짖어대는 소리가 연방 들려옵니다. "빨리, 빨리!" 서로 서로 짖어가며 우르르 몰려서 선두에 섰던 놈들은 벌써 산 고지를 타고 넘어갑니다. 총도 없이 맨손으로 뛰는 놈으로, 철갑모도 웃저고리도 없이 샤쓰 바람으로 두리번거리는 놈으로, 어떤 놈은 숫제 군복 웃옷을 벗어버리고 베적삼을 걸친 놈도 있어서, 그 행색이

가지각색이지요.

그런데 질색할 일이 생겼습니다. 50메타가량 간격을 두고 뒤따라오던 십여 명의 적병은 저희들 총소리에 놀래어 우르르 내가 엎드려 있는 쪽으로 산개하여 굴러 떨어지듯 몸을 숨기며 총부리를 겨눕니다. 놈들은 총소리의 유래도 모르고 제풀에 놀랐을 뿐 아니라 빨리 가자고 서두르는 앞서 간 놈들의 떠드는 소리에조차 착각을 가집니다. 잔뜩 긴장한 놈의 눈에 나의 철갑모가 보이고 이어서 내가 겨눈 총구에 놈의 총신이 후둘후둘 떨립니다. 그 순간 눈먼 총탄이 무수히 내가 엎드린 바위에 부딪칩니다. 드디어 나도 방아쇠를 닥쳤지요. 침착 한 묘준 우선 두 놈이 침묵합니다. 그러나 유리한 위치에 산개한 적병들이 집중사격으로 쏘아대는 총탄 속에서 잠시는 눈을 뜰 새도 없습니다. 다리께가 후끈합니다. 연이어 어깻죽지가 망치로 후려 맞는 듯 찡하고 울립니다.

한 놈, 또 한 놈, 두 놈의 시체가 굴러 떨어지는 것을 보자 왼팔에 더운 것이 쭈르르 흘러내리는 것을 뿌리치듯 하며 나는 벌떡 일어섭니다. 밸이 틀려서 고성으로 구령을 던지며 자동총을 한바탕 휘둘러댑니다.

"이 분대는 좌측으로 돌고 삼 분대는 적의 측면으로 돌 것이며 일 분대는 정면에서 추격할 것!"

우수수 갈팡질팡 흩어지며 달아나는 적병의 그림자가 차츰 희미해지면서 나는 마침내 몇 발자국을 못 걷고 소나무 밑에 엎드러졌지요. 엎드린 자세를 그대로 유지할 수 없어서 노근해진 육체는 두 고패를 떼굴떼굴 굴러납니다. 사위가 갑자기 조용해집니다.

'나는 이대로 죽는 것일까?'

막연히 그런 생각이 나서 흐려지는 눈자위에 힘을 주며, 노동당 만세, 김 장군 만세를 입속으로 불렀지요. 마지막 만세가 입 안에서 느리게 읊조려지는 것을 남의 의식처럼 느끼면서,

'죽어선 안 된다. 죽지는 않는다.'

그렇게 나 자신에게 타일러보려고 무진 애를 쓰는 것이나 그럴수록 의

식은 자꾸만 희미해져갑니다. 드디어 나는 모든 감각을 잃어버리고 말았지요.

얼마나 그런 상태가 계속되었는지요. 내가 왼편 어깨와 오른다리에 참을 수 없는 동통을 느끼며 다시 정신을 돌이켰을 때, 소나무의 그림자가 길다랗게 의 옆을 두세 줄 건너간 것이 보였습니다.

참말로 이러다가는 아무도 모르는 개죽음을 할밖에 별도리가 없겠다고 나는 기를 쓰고 이를 악물며 총을 짚고 일어서봅니다. 그러나 도저히 일어나서 걸어 갈 기력이 나지 않습니다. 피가 홍건히 흘렀다가 말라들기 시작하는 땅 위에 다시 쓰러졌지요. 갑자기 목이 타올랐습니다. 해가 넘어가기 전 바람 한 점 없는 무더운 순간입니다.

어디에 아까의 샘물터가 있는 것일까? 그것을 찾아 헤매느니 차라리 골짝을 따라 신작로 가에 나서려고 생각합니다. 물과 인가를 찾는 외에 부대와 만나야 살 수 있다는 강한 욕망이 앞을 섭니다. 기어도 보고 미끄럼 타듯 지쳐도 보고 하면서 죽을힘을 다하여 움직입니다. 멀리서 포소리가 나지만 포의 종류도 분간할 수 없고 소리 나는 방향이 어디인지조차 알 수 없습니다.

'두 동무는 돌아가서 임무를 훌륭히 완수했을 것이다.'

'살아야 한다! 찬물로 목을 축이고 길녘으로 나가서 우리 군대가 거창을 향하여 진군하는 것과 만나야 한다!'

땅거미가 기기 시작할 때, 소로에 나섰고 그곳서 한 마장가량을 다시 기어서 나는 어느 쓰러져가는 초가집 앞마당에서 기진했습니다. 인가가 있으니 마실 물이 있을 것이나 우물이나 냇물을 찾아볼 기력이 없습니다. 누가 있으면 들어서 알라고 힘껏 소리를 친다는 것이 아이구 하는 느린 신음 소립니다. 인기척이 있는 듯싶으나 아무도 나타나지 않습니다. 부엌 토방을 미처 넘지 못하고 한 손에 총을 잡은 채 번듯이 누워버릴 수밖에 없습니다.

전신의 피로가 찬물에 씻은 듯이 시원히 풀려나갑니다. 불그레한 노을

이 한옆으로 비낀 넓디넓은 하늘이 차츰차츰 나의 눈 위에 가까워지다가 그대로 그것이 명주 이불처럼 나의 전신을 가볍게 덮어주는 것 같습니다.

펄떡 정신이 듭니다. 확실히 인기척이 난 것에 귀가 번쩍 뜨인 겁니다. 총신을 짚고 몸을 뒤척이려 합니다. 어깨와 다리에 무서운 동통!

"거 누군기요?" 하는 가느다란 목소리.

'군댑니다, 물 한 모금만 주십시오. 부상한 군댑니다' 하며 가까스로 쳐다보는 눈에 방 아랫목에 동그라니, 그러나 터럭보다도 가볍게 앉아 있는 표주박만 한 늙은 할머니. 얼굴이 온통 주름살로 욱여들고 까맣게 탄 이마 위에 가르마를 한 뼘이나 밀어 던지고 은실 같은 머리카락이 얼깃살처럼 갈라 붙어있지요.

"군대몬 와 거창 쪽으로 안 가고. 아침 내로 신작로가 메게거창읍으로 밀려갔는데."

필시 나를 국방군으로 아는 모양이지요. 나는 다시 방 있는 편 맷돌 봉당까지 기어갑니다.

"할머니, 국방군이 아닙니다. 인민군댑니다."

조용히 할머니는 나를 굽어봅니다. 팥알만큼 반짝이는 두 눈에서조차 도시 표정을 찾아볼 수가 없습니다.

"내사 구신 다 된 늙은 거라 아무것도 몰으니더."

다시 얼굴을 돌려 산자 받은 수수깡이 앙상하게 드러난 웃목 바람벽께를 바라봅니다. 찬 서릿발이 이마와 두 눈가에 비수처럼 스칩니다.

"할머니, 이승만네 군대가 아닙니다. 국방군이 아니라 인민군댑니다."

힘을 다해 외치듯 하고는 기운이 지쳐 맷돌 밑에 머리를 부딪고 엎드려 버렸지요.

할머니는 일어서는 것 같았습니다. 나는 그때에야 나의 웃옷이 국방군의 것임을 깨달았으나 그것을 활짝 벗어버릴 기력이 없습니다.

"빨갱인 게요?"

문지방에 서서 묻는 것이 확실합니다. 그러나 선뜻 대답할 수 없었습니다. 할머니 입에서 나오는 냉랭한 그 말이 어쩐지 섬찟하게 느껴졌던 때문이지요.

"남로당팬기요?"

또다시 나직히 가느다랗게 묻는 것이나 눈을 감은 채 역시 이내 대답이 나지 않습니다. 나는 거의 애원하듯 머리를 들고 눈을 뜨며,

"할머니……" 그렇게만 불러보았지요. 할머니는 나를 물끄러미 내려다보다가 소리 나지 않게 방에서 나왔습니다. 그는 나의 옆으로 가까이 옵니다. 이윽고 그는,

"에구 이 피, 어데 다쳤노?"

그렇게 오므라든 입속으로 읊조리듯 하며 나의 군복께를 만집니다. 옷을 두 겹으로 입은 것을 그때에야 비로소 똑똑히 압니다.

할머니는 내 몸을 곁들어서 부축하여 일으킵니다. 방이 누추하지만 안으로 들어가잡니다. 그러고는 혼잣말로 며칠째 우물이란 우물은 국방군것들이 죄 바닥을 냈으니 어디 시원한 냉수가 있어야지라고 나직이 한숨집니다.

나를 안아서 방 가운데 눕히고는 자기도 따라 내 옆에 앉으며 노랑개란 것들이 개 몰리듯 쫓긴다고 아침 한나절 갈팡질팡했는데 어디서 이렇게 상처를 입었느냐고 묻습니다.

부대보다 앞서 거창까지 들어갔다 나오는 길이라니까, 할머니는,

"거창요?" 하고 놀란 듯이 갑자기 눈을 크게 뜹니다. 눈 가장자리로 모여들었던 잔주름이 일시에 치켜 올라갑니다.

"아, 거창!"

그는 무엇을 생각하는지 내 옷소매를 잡은 채 멍하니 앉아 있습니다. 아 거창요, 하고 뇌이면서 할머니는 내 옆에서 소리도 없이 일어납니다. 그는 아무 말 없이 방 안에서 나가버리는 것입니다.

나는 다시 답답한 얼마 동안을 아무것도 없는 봉당내 풍기는 빈 방 안에 혼자 누워서 보낼 수밖에 없었지요. 그때에는 목이 타는 것보다도 온몸에

아픔이 젖어들어 거의 의식을 잃을 성싶습니다. 쿡쿡 쑤시는 아픔이 가쁜 숨결처럼 가슴께를 뚜드립니다.

'어디로 갔을까? 거창읍이 어떻다는 것일까?'

불길한 생각조차 머리를 스쳤으나 인제 모든 것이 될 대로 돼라고, 한편으론 거의 자포자기에 가까운 체념이 가슴을 지그시 누르고 지나가기도 합니다. 골짜기 너머로 물매암이 소리가 자지러지게 들려왔으나 그것조차 어쩐지 구성지기 그지없더군요.

펀뜻 고향 생각이 납니다. 할머니, 어머니, 누이동생 — 그들은 지금 내가 이렇게 하염없이 죽을 경지에 헤매고 있는 것을 알고 있는 것일까? 살그머니 꿈결처럼 들려오는 할머니의 발자취 소리. 나는 일시 그것이 내가 고향에 두고 온 할머니의 발자취 소리로 혼동합니다.

번쩍 눈을 뜹니다. 내가 누워 있는 옆에 할머니가 서 있습니다. 그것은 틀림없는 표주박처럼 작다란 아까의 그 할머니였지요. 두 손에 무엇을 들었던 것을 방바닥에 놓고 그는 부엌으로 나가 한 양푼 냉수를 떠 갖고 들어옵니다.

"자아 은자 정신 좀 채려보소."

목소리는 가느다랗게 야위었으나 아까와는 딴판인 인정이 풍기는 음성인 것을 나는 이내 느낄 수 있었지요.

파초잎을 아무렇게나 그린 팔각이 난 푸르딩딩한 단지기와 그 옆에 중의 동냥자루 같은 자루주머니와 그리고 외올 무명 한끝이 베치마 앞자락 밑에 가지런히 놓여 있습니다. 찬 곳에서 갑자기 꺼내온 것이 분명한 것이 단지기에는 서릿발이 잡힙니다.

단지기 뚜껑을 열어놓고 소복이 담겨 있는 산청 가운데로 놋숟가락을 푹 박습니다. 그러고는 잽싸게 꿀을 떠서 냉수 그릇에 옮깁니다. 물에 알맞게 꿀을 떠놓고는 그 숟갈로 다시 자루에서 미숫가루를 퍼냅니다. 한 손으로 양푼을 누르고 익숙한 솜씨로 숟갈을 젓습니다.

"자아 이거로 좀 드이소. 먼저 기운을 돌려야 되니이더."

아프지 않은 팔로 가슴을 고이며 두 손으로 받쳐주는 손양푼에 입을 댑니다. 입술에 닿는 놋그릇이 선뜩 찹니다. 단숨에 반 양푼을 마시고는 잠시 숨을 돌렸으나 그러나 이내 다시 입을 대어 벌떡벌떡 소리를 내어 들이켜 버립니다. 이마에 땀을 주욱 뿜으며 나는 다시 펄썩 누워버렸지요.

'살았다!'

속으로 우선 그런 생각이 들었습니다. 생기가 금시 샘솟듯 솟아납니다.

'이저 나는 살았다!'

그때 우르르 밖에서 발자국 소리가 소란스럽게 달려듭니다. 가슴이 섬찟했으나,

"어서 다 들오소" 하는 할머니 목소리에 안심이 되었지요.

"이동몹니까?"

씨근거리는 높은 숨결들이 서너 너덧 맞부딪칩니다.

"아아."

감격한 외마디 소리를 제가끔 지르며 숨결 높은 장정들이 누워 있는 나를 가운데로 하고 쭉 둘러섭니다. 나는 눈을 크게 떴습니다. 모든 것을 한눈에 또 대번에 보아버릴 듯이.

"동무!"

다리께를 타고 넘으며 그중의 하나가 불쑥 손을 내밉니다. 그들은 이 동네 노동당원들이라고 하면서 며칠 전에 모두 동네로 돌아왔다고 하였습니다. 나는 그에게 내 오른손을 맡기며 어쩐지 울컥 솟구쳐 올라오는 눈물을 참을 길이 없었습니다.

"기다리고 기다리던 우리 군대의 동무는 첫 분이십니다."

또 하나의 얼굴이 그렇게 외치듯 하며 내 눈앞에 크게 확대되어 보였으나 넘쳐흐르는 눈물에 어리어 나는 드디어 그의 얼굴도 아무의 얼굴도 얼굴의 표정들도 분간할 수 없었지요. 성한 몸으로 늠름히 나타났어야 할 군대 대신에 출혈에 새파랗게 질린 양촛가락 같은 부상병이 한 팔 한 다리로

간신히 엎어지고 기고하면서, 하루를 천추처럼 몇 해째 눈이 빠지게 기다리던 그들 앞에 나타났다는 것은 이 어이 기구한 일이 아니겠습니까?

"여보게들 그만두소. 어서 상처를 이거로 처매고 떠날 채비를 해야지."

그들이 손목을 놓는 대로, 그들이 외올 무명을 끊어서 상처를 동이는 대로 아픔도 괴로움도 모두 잊어버리고 나는 그저 흘러내리는 눈물에 얼굴을 적실뿐이었지요.

출혈엔 꿀물 이상이 없다느니, 이제 여기서 이십 리만 가면 우리 군대의 선발대와 만나게 되리라느니, 곧 달이 뜰 것이라느니, 군대와 만나는 대로 급히 손쓰면 요맛 상처는 이내 아문다느니 서로 두런거리는 것을 마치 응석받이 아이처럼 누워서 몸을 맡기고 귓결로 들으며, 그러나 나는 할머니와의 나직한 대화를 흘려버릴 수는 없었습니다.

"아아니 이 꿀과 미숫가룬 다 웬 겁니까?" 하는 어느 동무의 물음에 할머니는 나직이!

"그 일이 있인 뒤로 가아가 혹시 들르더라도…… 그때 꿀을 찾기로"라고만 대답하는 것이었으나, 그 일이 있은 뒤라니 무슨 일인지? 혹시 그 애가 들르더래두라니 그 애가 누군지 모두 그 당시의 나로서는 풀 수 없는 수수께끼들이 아니겠습니까?

물론 뒤에 부락 동무들한테 물어서 안 일이지만 할머니는 금년에 일흔여덟 나시는데 밑에는 아들네 양주와 손자까지 도합 네 식구가 살아왔답니다.

아들은 1946년 10월 항쟁 때 농민폭동의 선두에 섰다가 놈들의 흉탄에 쓰러졌고 손자는 1948년 2·7 구국투쟁 때 산으로 올라가서 빨치산이 되었답니다.

동무들이 말하는 대로 하면 그때 열아홉의 이 청년 빨치산은 군당 빨치산에 소속되어 금릉산, 덕유산을 근거지로 소백산맥의 등을 타고 5·10 단선 반대투쟁과 8·25 총선거투쟁 등을 거쳐 줄기차게 싸워 나아갔고, 여수 순천 항쟁을 계기로 그 이듬해 이른 봄부터는 지리산 유격대의 휘하에 들게 되었다 합니다. 겨울과 봄에 걸쳐 놈들의 가혹한 소위 토벌작전의 어려운 시련에서 단련된 유격대들은 대열을 정비하여 작년 1949년 이맘때 드디어 저 유명한 도읍 작전인 거창읍 진격을 신호로 소백산맥과 노령산맥을 근간으로 또한 한편으론 호남평야 일대에 퍼져나간 야산대의 활발한 투쟁에까지 그렇듯 광대한 유격지구를 이루었던 것이 아니겠습니까?

그것은 여하튼 거창 진격이 있은 뒤 경찰놈들은 유격대원의 어머니를 데려다가 아들의 거처를 대라고 갖은 고문을 다하였으나 끝내 자기 아들이 거창 진격 얼마 전에 집을 다녀간 사실조차 깊이 가슴속에 품은 채 놈들의 혹독한 심문에는 일찍이 남편이 그러했던 것처럼 목숨을 조국 앞에 바치는 것으로 유일의 대답을 삼았답니다.

그러니 남은 가족은 할머니 한 사람뿐으로 되었지요. 할머니의 '그 애'란 빨치산 동무를 가리킴일 것이요, '그 일'이란 거창 진격 사건과 아마도 며느리의 사건을 함께 몰아서 말함일 것이요, 거창이라는 말 자체에서 할머니가 받는 충격이 큰 것 역시 그 탓인가 합니다. 빨치산 동무는 정보 수집차 고향에 들렀다가 밤을 타서 잠시 집에 들렀던 모양이고 할머니의 대답에서 미루어보면 그때에 지나는 말로 꿀이나 미숫가루가 없는가고 물었던 것 같다 합니다. 이래 일 년 동안 꿀과 미숫가루를 독 속에 넣어 깊이 묻어놓고 기다리는 빨치산 손자는 나타나지 않고 그 동무 대신에 인민군대의 첫 번째 군인으로 내가 그곳에 나타난 셈이 되었지요.

"동무! 인민군대 동무!"

하고 어깨와 다리의 상처를 처매고 난 부락 동무들은 이미 그때에는 어둡기 시작하는 방 가운데 우중충하게들 늘어선 채 나를 정색해서 부릅니다.

감사합니다. 동무들! 하고 나는 오른손을 허공에 들어 사의를 표하려 하나 그들이 나를 찾는 것은 그런 것에 있었던 것은 아니었던 모양이지요.

"우리는 동무를 모시고 우리 군대의 선발대가 진격해 나오는 방향으로 맞받아 출발할랍니다. 야전병원이나 후방병원으로 한시바삐 모시고 가는 것이 무엇보다 시급한 일인께요."

나는 오직 동무들의 분초를 다투는 조처에 눈시울이 뜨거워질 뿐이었습니다.

할머니는 벌써 마당에 나가 들것에 멜빵을 메고 배기지 않게 깔개를 깔고 하며 부산하게 움직입니다. 동무들은 나를 맞들어 뜰 가운데로 나릅니다. 달이 솟으려고 사위가 우렷하니 밝아옵니다.

"할머니!" 내미는 나의 손길에 할머니의 말려 올라간 베옷 자락이 스쳤고 이내 작다란 그의 손이 나의 손속에 들었습니다.

"할머니!"

나는 다시 또 아무 말도 건네지 못하고 덤덤히 이미 팔순이 가까웠을 그의 얼굴만 처다봅니다. 달빛이 팔십 년 동안의 고난의 자국인 잔주름들을 파란 망사로 감추어줍니다.

"어서 속이 나사서 싸움터에 나서야지."

할머니는 내 곁에 서서 그렇게 대답합니다.

"꼭 낫습니다. 나아서 곧 전선에 나서겠습니다."

이윽고 나를 눕힌 들것은 동무들의 어깨에 들려서 소로를 거쳐 신작로로 나섭니다. 들것 옆에 밭게 섰던 할머니의 상반신조차 네 동무가 앞으로 전진함에 따라 나의 시야에선 벗어져나가고 나는 오직 뭇별이 비 오듯 하는 가이없는 파란 하늘을 바라볼 수 있을 뿐입니다. 걸음에 맞추어 북두칠성과 은하수가 우쭐우쭐 춤을 추며 저편 가로 느리게 느리게 이동합니다.

이렇게 하여 우리들은 그날 밤 자정 안으로 진격하여 오는 우리 군대의 척후대와 만났고 나는 곧 접수과로 넘어가서 응급처치를 받고 그 뒤 군의 소로 야전 병원으로 전전하여 오늘날에 이른 것입니다. 한 번도 후방병원에 후송되지 않은 것은 전선과 떠나기 싫은 나의 고집에서였지요.

그러니 내가 이렇게 몸을 고쳐 가지고 오늘 저녁으로 다시 본대를 따라 낙동강 전선에 나서게 된 것은 말하자면 그 팔순이 가까운 할머니 덕분이지 않습니까?

나는 부상병 동무의 이야기를 귀 기울여 듣고 나서 이 짧다란 이야기가 남기고 가는 여운을 따라가느라고 잠시 아무 대꾸도 건네지 못하였다. 이야기를 끝마치면서 그는 무연히 읊조리듯 하는 것이었다.

빨치산의 청년 동무는 그 뒤 한 번쯤 자기 집에 들러볼 수 있었는지? 혹여 아직도 팔순의 할머니는 표주박처럼 빈방을 지키고 앉아서 영웅적인 자기 손자가 나타나는 날을 조용히 기다리고 있지나 않는지?

《조선문학》, 1951.4

악마

이북명

마을은 무풍지대처럼 고요하다. 어디선지 날카로운 눈동자가 무엇을 노리고 있는 듯한 무기미한 정적이다.

박첨지는 다시 한 번 조심스럽게 두리를 보살피고 나서 얼른 바구니를 벼 낟가리 속으로 들이밀었다. 기다리고 있던 낟가리 속의 하얀 두 손이 재빨리 그것을 받아 들었다. 쥐도 새도 모르는 일순의 일이다.

"아버지 웬걸 이리 주세요."

낟가리 속의 젊은 여자의 목소리다.

"엉, 그렇게 먹어야 젖이 잘 난다."

"진욱이네 소식 못 들었나요?"

"알 수 없다. 거 기저귀를 내보내라."

박첨지는 탁 트인 신작로 쪽을 한번 살피고 나서 볏단으로 낟가리 구멍을 틀어막고 뒤뜨락 박우물로 갔다.

며칠 전만 하여도 신작로가 미어지게 북쪽으로 걸음을 재촉하던 인민군의 전사 군관들과 숱한 사람들의 갈(渴)한 목을 축여주느라고 미처 물이 괴일 새가 없었던 박우물이 지금은 충충하게 차서 개구리가 헤엄치고 있다.

우물가 편석 위에 웅크리고 앉아서 핥기라도 하고 싶은 손자 녀석의 똥 기저귀를 한창 기운 좋게 빨고 있던 박첨지는 불시에 나사가 드틴 기계처럼 맥이 풀리면서 가슴이 와락 무너져 내리는 듯하였다. 이것은 이 며칠 동안에 발생한(노인은 이렇게 생각하고 있다) 너무나 급격한 전변과 이 전변에 따라 맏아들과 둘째 아들 일가가 어디론지 자취를 감춘 후, 노인의 신경 변화에서 생긴 중세다.

박첨지는 자기 심정과는 딴판으로 구름 한 점 없이 활짝 갠 가을 하늘을 쳐다보면서 휴우 - 하고 고래 같은 한숨을 내뿜는다.

마른벼락에 뒤질 놈들 - 박첨지는 퉤 하고 가래침을 내뱉는다.

아들도 아들이려니와 그렇게 일구월심이던 첫 손자의 뉘를 본 지가 벌써 며칠이 지났건만 아직 한 번 어루만져주지도 못하고 하루에 몇 번씩 낟가리 둘레를 돌아 겨우 울음소리를 얻어듣는 것으로 울울한 심정을 달래고 있는 박첨지다. 손자의 야무진 울음소리가 어서 밝은 세상을 보게 해달라고 응석을 부리는 듯이 생각되어 노인의 가슴이 아파난 적이 한두 번이 아니다.

무슨 천주악을 맞을 일을 저질렀기에 후끈후끈한 넓은 방을 비워두고 쥐처럼 캄캄한 낟가리 속에서 몸을 풀지 않으면 안 된단 말인가. 게다가 하루 삼시를 남의 눈을 피하여 밥과 국을 넣어주지 않으면 안 되는 것이 어느 놈 때문인가를 생각하니 또다시 뭉클하고 분통이 터져 올랐다.

천지가 영영 개벽된 줄 알았더니만…… 박첨지는 맥없이 일어섰다. 생각하면 할수록 노인에게는 모두가 꿈같은 일로밖에 생각되지 않았다.

충천의 기세로 승승장구하던 인민군대가 그렇게 만만하게 후퇴하다니…… 노인에게는 도무지 모를 일이었다. 일진일퇴 병가의 상사라고 하지만 대구, 부산을 목첩 간에 두고 오늘 내일 하던 용맹스러운 인민군대라는 것을 잘 알고 있으니 만큼 노인에게는 후퇴란 얼른 믿어지지 않았다.

이런 판국일수록 박첨지는 사람이 그리웠다. 특히 자기의 울울한 심정을 툭 털어놓고 하소할 수 있는 그런 말동무가…… 나랏일을 위해서 열성스럽게 일하던 많은 청년 남녀들이 어디론지 몸을 숨긴 동네에는 노장들과 순수한 농민들이 남았다. 남은 그들을 서로 따뜻한 정으로 위로하며 격려하면서 전보다 더 친밀하게 드나들었다.

그러나 미국 병정놈과 국군놈, 게다가 일본 병정놈까지 이리떼처럼 패거리를 지어 가지고 몰려와 행방을 감춘 두 아들 내외를 찾아내라고 수염을 잡아 뽑으면서 박첨지를 행패하고 간 다음부터는 피차에 화가 미칠까 두려워서 버젓하게 드나들기를 삼가게 되었다.

기저귀를 토담 위에 펼쳐놓고 돌아선 박첨지는 배추밭에 들어서 배추벌레를 잡기 시작한다.

그러나 그것도 성수가 나지 않아서 대여섯 마리를 잡고는 손을 털고 앞뜨락 툇마루에 나가 걸터앉아서 한 대 피워 물었다. 곱이 낀 눈을 껌벅거리면서 시름없이 신작로를 내려다보고 있는데 어느새 날아와서 앉았는지 바로 지붕 위에서 까마귀 한 놈이 까우까우 하고 재수 없게 울었다. 까마귀 소리를 듣기가 무섭게 박첨지는 소스라쳐 일어나더니 담뱃대를 마구 내저으면서 후여 하고 쫓아버린다.

악이 돋친 박첨지는 날아가는 까마귀에게 세 번 침을 뱉고 나서도 그대로 버티고 서서 뒷산 등을 날아 넘는 것을 보고서야 도로 툇마루에 앉았다. 까마귀가 울면 불길하다 해서 박첨지는 날짐승 중에서 까마귀를 그중 미워한다. 그러기 때문에 까마귀라면 기를 쓰고 집 근처에 근접시키는 것부터 않았다.

생각 탓인지 이즈음 박첨지의 꿈자리는 사나웠다. 두 아들의 안위가 사뭇 걱정되는 데다 들려오는 소문인즉 미국놈과 검둥이와 그리고 왜놈과 국군 찌스레기들은 '빨갱이'라면 불문곡직하고 3대까지 멸족한다는 것이었다. 이런 듣기만 해도 소름이 끼치는 소문이 밤마다 그의 꿈길에 되살아서 깊은 잠을 이루지 못하게 하였다.

그는 지금 무거운 생각에 잠긴 채 개미 한 마리 찾아볼 수 없는 신작로를 새삼스럽게 아래위로 살펴보는 것이다.

남으로는 원주로 북으로는 춘천으로 통하는 이 국도가 이렇게도 비로 쓴 듯이 인적을 끊어본 적은 20년 가까이 이 고장에서 살아오는 박첨지의 기억에도 드문 일이었다.

사람도 자동차도 대포 수레도 우마차도 북으로 가버리고 아무것도 없다. 있는 것은 다만 공간과 산과 먼지 잦은 신작로뿐이다. 이즈음 와서 노인에게는 신작로가 죽음을 기다리는 지옥의 길로밖에 생각되지 않았다.

그저 넉넉잡고 달 반만 기다리시오. 하룻밤씩 자고 가는 인민군대들은 약속이나 한 듯이, 이렇게 말하고 제회를 언약하였으나 지금의 박첨지의 심경으로서는 그 말도 딱히 믿어지지가 않았다. 지나간 오랜 세월을 너무나 억울하게 숱한 놈한테 속아서 살아온 박첨지가 아니었던가!

아뿔싸―.

박첨지는 물었던 담뱃대를 떨어뜨리면서 황급히 일어서더니 부지중에 신작로로 통하는 오솔길을 시적시적 내려가고 있었다. 땅에서 솟은 듯이 대로 위에 나타난 두 젊은이를 보았기 때문이다. 지팡이에 몸을 의지하고 껑충껑충 뛰다시피 하면서 걸음을 재촉하는 것은 틀림없는 부상병이었다.

"이컨, 이컨 풀숲으로 떨어져라 어서……."

자기 목소리에 놀란 박첨지는 입을 다물고 사방을 두리번거리고 나서 연송 팔을 흔든다. 그때 비로소 노인의 신호를 알아차린 부상병은 허둥지둥 지팡이를 놀리고 있으나 안타깝게도 걸음은 자리가 나지 않는다. 그 모양을 보고 있는 박첨지는 심장이 콩쪽 만큼 쪼그라들어 가지고 매감조감 서성거린다. 연송 앞뒤를 힐끔힐끔 살피면서 노인은 한창 자라고 있는 배추를 뽑기 시작한다. 자기의 행동을 배추 뽑기로 감추기 위하여.

박첨지가 배추 한 포기를 잡아 빼려고 잎사귀를 감아쥐었을 때 따꿍 하고 한 방의 총소리가 두무골 쪽에서 들려왔다. 가슴이 철렁하고 내려앉은 노인은 다 틀렸다는 듯이 배추밭에 철썩 주저앉으면서 천근같이 무거운 한숨을 내뿜었다.

한 방의 총성, 그 다음에 올 결과는 박첨지에게는 보나마나 뻔한 일이었다. 뒤이어 세 방의 총소리가 아까보다 훨씬 가까이서 들려왔다.

아니나 다를까? 난데없는 지프차 한 대가 뽀얗게 먼지를 날리면서 쏜살

같이 달려오고 있지 않은가. 박첨지는 슬며시 눈을 감고 또 한 번 설움 맺힌 한숨을 내뿜는다.

박첨지가 눈을 뜨고 큰 길을 바라보았을 때에는 벌써 두 부상병은 짐짝처럼 지프차에 끌려 올리우고 있었다. 그 차에는 그 외에 몇 사람의 흰옷 입은 청년들이 타고 있었다. 그중 한 청년이 팔을 흔들면서 유별나게 빛나는 눈으로 박첨지를 응시하고 있었다. 제가 누굴까? 노인은 주먹으로 눈을 닦고 바라보았으나 시력이 둔해진 노인의 눈에는 누구인지 통 알아볼 수가 없었다. 혹시 아들놈이 아닐까? 하는 불길한 생각이 떠오르자 그는 억지로 그 생각을 내려 누르면서 머리를 설레설레 흔든다.

저게 누구야 엉─ 알아볼 수도 없으며 그렇다고 해서 놈들의 피비린내 나는 살기 때문에 가까이 나아갈 수도 없는 노인의 마음은 갈갈이 찢어지는 듯하였다.

키가 육 척이나 되는 미국 병정놈이 방망이를 휘두르면서 무어라고 떠들어대다가 획 하고 휘파람을 불자 자동차는 오던 길을 되돌아 쏜살같이 내달았다. 자동차에서는 젊은이들이 팔을 흔들고 있다. 그것은 억울하게도 이 세상을 하직하는 젊은 사람들의 마지막 결별의 인사였다.

아버지 부디 백세무강하소…… 그러나 아들의 이 비통한 기원을 박첨지는 알 리가 없었다.

자동차는 박첨지의 예측대로 공동묘지가 있는 두무골로 사라졌다.

하늘도 무심하지…… 노인은 그 이상 더 보기도 생각하기도 싫지 않아서 뽑아놓은 배추포기를 걷어쥐고 무거운 걸음걸이로 언덕을 올라갔다.

얼마 후에, 두무골에서 콩 볶듯 하는 기관총 소리가 들려왔고 총소리가 멎자 난데없는 까마귀떼가 그 산골짜기를 아우성치면서 날고 있었다.

바로 그날 석양 무렵.

노인이 우물에서 미역을 빨고 있는데,

"영감 있나?"

문돌쩌귀가 빠져 달아날 듯이 우악스럽게 부엌문을 열어젖히는 소리가 들렸다. 그 목소리만 듣고도 박첨지는 누구인가를 대뜸 기찰하였다. 사흘 전에 왔던 미국놈과 국군놈과 일본놈 외에 새로 '가무사리'의 치안대장으로 취임한 아랫마을 허만세가 마당에 서 있다.

"영감, 날새 어떠한가?"

길다란 상아물뿌리를 가로문 채 송곳턱을 치어들고 허대질 하는 허가놈의 꼴이란 눈에 불이 날 지경으로 아니꼬워서 박첨지는 서산을 바라볼 뿐 말이 없다.

"어떤가 말이야."

허만세는 땅을 구르면서 어성을 높인다.

"그저 그렇지오."

"그렇다니 그래, 아들놈은 어데 있어?"

박첨지의 맏아들 박승갑은 리 인민위원장이고 둘째 아들 박승걸은 면 농민동맹 부위원장이었다.

"몰라요. 죽었는지 살았는지."

"둘째 놈 말야. 바루 대. 다 알구 왔는데……."

"알면 처분대로 할 게지……."

박첨지는 치밀어 오르는 분통을 내려 누르면서 짚단 위에 철썩 앉아버린다.

"일어나. 버르장머리 없이……."

뾰족한 돌멩이 같은 것이 엉치를 사정없이 들이갈기는 바람에 박첨지는 허겁지겁 일어섰다. 왼쪽 뺨에 길다랗게 칼 맞은 흠집이 굼벵이처럼 도드라져 있는 구맹호의 구둣발이었다. 막 쥐어 잡은 메줏덩이처럼 생긴 이자는 과거에 권투쟁이로 주먹깨나 쓰던 덕분에 지금 국군 소위로 행세하고 있는 것이다. 항상 무엇을 들부수지 않으면 때려 부수고 싶어서 주먹을 틀어쥐고 후들후들 떠는 버릇은 아직 그대로 남아 있다.

박첨지는 채인 자리를 어루만지면서 힐끔 낟가리에다 시선을 던진다.

간이 콩쪽만큼 되어서 발발 떨고 있을 며느리의 모양이 눈앞에 스친다. 그러면서 또 손자 녀석이 울음을 내지 않을까 생각하니 자기의 아픔은 간데온데없었다. 그때, 노인은 자기가 위험천만하게도 개놈들을 낟가리 곁에다 너무 근접시켰다는 것을 깨달았다.

"이게 무신 개똥이 이리 많을까."

박첨지는 헛소리를 치면서 낟가리에서 멀리쯤슴 물러섰다. 따라서 놈들도 물러섰다.

그때 낚시코에 표독하게 생긴 미국 병정이 휙ー 하고 휘파람을 불고 턱으로 방문 쪽을 가리켰다. 그러자 땅딸보같이 생긴 병정놈이 방문을 차고들어가더니 덜거덕 부스럭거리면서 의롱부터 뒤지기 시작한다.

요시다란 왜놈이다.

이놈은 자기가 왜놈이라는 정체를 감추기 위하여 조선 사람, 그중에서도 미심한 사람들 앞에서는 통 입을 다물고 벙어리 시늉을 하고 있다. 요시다는 성부터 길가라고 고쳐 가지고 삽살개 노릇을 하고 있는데, 이 삽살개는 비상히 눈치가 빨라서 신통하게도 쟉크란 놈의 휘파람과 턱 움직임을 해득하고 영락없이 그대로 행동하고 있는 것이다.

날탕두 같은 놈들의 하는 짓에 심장이 곪아터지도록 비위를 상한 박첨지는 애꿎은 담배만 거푸 두 대씩 태우고 있다.

마도로스 대통을 가로 문 쟉크는 한 묶음으로 된 춘화를 한 장 한 장 뚫어지게 들여다보면서 입가에 음탕한 미소를 띠고 있다. 요시다가 준 일본 춘화다.

"올챙이는 어데 갔어⋯⋯."

교대로 구맹호가 추궁하기 시작한다. 그러나 박첨지는 올챙이란 말을 알 수가 없었다. 그렇다고 해서 묻고 싶지도 않았다.

"올챙이는 어데 갔느냐 말이야."

"올챙이가 뭐유? 논에 있는 올챙이 말이유?"

"이놈의 영감쟁이, 뭐시 어째? 빨갱이 새끼를 뱃대기 속에 가지고 있는 여맹위원장 말이야. 알았나?"

"횡성에 있는 친정으로 몸 풀라 갔지요."

날가리 속에 있는 며느리의 이야기였다. 며느리는 리 여맹위원장이다.

"횡성으로? 언제?"

"한 열흘 되지요."

"열흘? 으음─ 그럼 그것도 외상없군……."

허만세가 구맹호에게 말을 건네고 나서 이어 박첨지에게,

"그런데 황주사네 소작료는 마련됐나?"

하고 묻는다. 인민군대가 내미는 통에 도망갔던 지주 황주사가 돌아오는 도중에 있었다.

"어데 돈이 있나요. 앞으로 좀 좀 갚아가지요."

"흥, 뱃장은 무던하다. 그게 바로 빨갱이 뱃장이라는 기야. 안 돼, 정 그럴 테면 알겠지, 응?"

치안대장 허만세가 위협하기 시작한다.

'마을의 건달'이라는 별명까지 가지고 있는 만큼 이자는 경찰지서를 끼고 한 때 '사설 대서소'를 개업하고 무지한 농민들의 등을 쳐 먹었다.

그러다가 인민군대가 원쑤들을 쳐부수면서 내리미는 통에 방년 된 딸을 미끼로 국군놈의 궁뎅이에 매달려 낙동강을 넘어갔다가 며칠 전에 돌아왔다. 명예와 지위라면 자기의 안해라도 내주기를 사양하지 않는 칙칙한 이자는 먼저 국군놈이 전사한 것을 다행으로 이번에는 '가무사리'에 주둔하게 된 쟉크란 미국 육군 오장놈에게 딸 '만달이'를 바치고 그 대가로 치안대장의 자리를 얻어 한 것이다. 못된 집 송아지는 궁뎅이부터 뿔이 돋는다고 이승만 날탕두들에게서 배운 재간이라 치안대장으로 들어앉은 첫날 벌써 '유엔 군대'를 환영한다는 구실로 동네에서 백미 칠십 말과 소 다섯 마리와 도야지 아홉 마리 그리고 닭을 수십 마리를 강탈해서 하루에도 몇 차례씩 질탕하게 처먹으면서 그도 오히려 부족해서 다시 치안대장 교제비라는 명목으로 매 호당 5백 원으로부터 5천 원까지를 풍겨서 도합 60

여만 원의 금액을 강제로 징수하였다.

박첨지는 도야지 두 마리를 빼앗기고 다시 현금 3천 원을 바쳤다. 그러나 그 뿐인가, 전 지주 황주사가 수일 내로 돌아오니 돌아오자 곧 바치도록 소작료를 마련해두라는 엄명까지 받았다.

박첨지는 신작로의 일점에다 시선을 박은 채 가타나 부타나 통 말이 없다. 집 안에서는 요시다가 바늘 한 개 놓칠세라 말끔 뒤지고 있다.

제발 마른벼락이 떨어져라─ 박첨지는 하늘을 쳐다본다. 그러나 구름 한 점 없는 푸른 하늘은 무심하였다.

그때, 뒤뜨락에서 한 방의 총소리와 함께 닭의 숨 끊어지는 아즈러운 소리가 들렸다. 이어 구맹호가 선지피를 뚝뚝 떨구는 닭 두 마리의 목을 비틀어 쥐고 의기양양하게 나타난다.

"어때? 단방에 두 마리야 단방에…… 흐흐……."

구맹호는 쟉크를 힐끔힐끔 돌아보면서 닭을 치안대장에게 내민다. 쟉크는 춘화에 정신이 빠져서 그런 데는 통 무관심한 듯하다.

"그런 줄 모르고 난 깜짝 놀랐쉬다. 단방에 두 마리씩. 흐─ 또 한상 채려야겠군……."

허만세는 닭의 다리를 지푸라기로 묶어서 배추밭에 내던지고 나서,

"영감, 정 안 대면 영감두 저 닭처럼 돼, 알겠어……."

차츰 허만세의 입에서는 독살스러운 말이 나오기 시작한다.

"이거 알지, 이거……."

구맹호가 권총으로 가슴팍을 들이찌르는 바람에 박첨지는 고목이 번더지듯 맥없이 짚 검불무지에 쓰러졌다.

노인 박대는 나라도 못한다는데…… 박첨지의 가슴속에서는 설움이 와락 북받쳐 올랐다. 태산같이 믿던 것을 잃은 심정은 무한히 고독하였다. 거우 몸을 일으켜 앉은 박첨지는 베돌찌에 묻은 먼지를 털기보다 어루만지면서 그 녀석들은 어디 갔는고…… 하고 두 아들과 인민군대를 생각하

면서 한숨짓는 것이었다. 인차 올 듯도 하고 안 올 듯도 한 노인의 심중에
는 또한 노여움도 있었다.

박첨지가 담뱃대를 주워 가지고 일어섰을 때 요시다가 손을 툭툭 털면
서 부엌문으로 나왔다. 그자는 쟈크 앞에 가더니 머리를 설레설레 흔든다.
아무것도 발견하지 못하였다는 표시다. 그러자 쟈크의 표정이 대뜸 표변
하여진다. 입술이 옴츠러들고 의심을 품은 회색 눈알이 요시다의 얼굴을
무섭게 노려보다가 와락 춘화를 주머니에 찌르더니 요시다의 군복 주머니
를 뒤지기 시작한다.

요시다의 꼴은 영락없이 고양이 앞의 쥐와 같다. 쟈크는 주머니 하나하
나에 털 돋친 손을 찔러 부스럭거리다가 끝내 요시다의 군복 바지 뒷주머
니에서 조그만 종이봉지 한 개를 집어내었다. 그만 요시다의 안색이 겁에
질린다. 쟈크는 종이봉지를 폈다. 아니나 다를까 그 속에서 금반지 한 개
가 나왔다. 그것은 박첨지가 근근이 모든 돈으로 귀여운 며느리에게 사준
금반지다.

"빠가야로."

서툰 일본 말과 함께 쟈크의 주먹이 요시다의 가슴을 들이받았다. 요시
다는 불시의 타격을 받고 툇마루에 가서 쓰러졌다.

"자식, 꼴 곱다. 이거 알겐……"

속 시원한 듯이 구맹호가 곁에서 빙글빙글 웃으면서 주먹을 흔들어 보
인다. 쟈크는 금반지를 주머니에 넣고 비로소 박첨지에게 시선을 옮긴다.

"아들 어데 갔소?"

"몰라요."

"거짓말 없지요?"

"모르니 모른다지요."

"현물세 창고 누가 불 났는지 모르오?"

"몰라요."

현물세 창고라는 처음 묻는 말에 박첨지의 머릿속은 불길한 예감이 스친다.

"좋소. 영감 정직하오. 그 행동이 기특하야 우리 영감에게 줄 선물을 가져왔소. 휙—."

휘파람 소리를 듣자 구맹호가 지프차를 둔 데로 달려 내려가더니 새끼로 열십 자로 결박한 궤짝 한 개를 낑낑거리면서 들고 올라왔다.

"흥, 영감 호박 땄다."

구맹호는 궤짝을 박첨지 앞에 철썩 동댕이치고 손을 툭툭 털면서 돌아섰다.

"선물이오. 열어보시오."

쟉크는 휘파람을 불면서 능글맞게 웃는다. 그러나 서산을 쳐다보는 박첨지에게는 쟉크의 노린내 나는 소리는 마이동풍이었다.

"어서 열어보아."

치안대장에 턱으로 재촉한다. 그러나 박첨지는 장승처럼 서 있을 뿐이다.

"빨리 안 뜯어볼 테야?"

구맹호가 권총으로 노인의 옆구리를 쿡 찌르고 지나친다. 박첨지는 요사스러운 마술사에 둘러싸인 사람처럼 정신이 얼떨떨했다.

"영감, 그런 법 어데 있소. 힘들여 가져온 선물인데 감사히 뜯어보시오."

쟉크는 구둣발로 박첨지의 어깨를 차 밀었다. 쟉크의 잔인한 야수성이 치밀기 시작한 것이다.

박첨지가 열십자로 동인 궤짝의 새끼를 풀기 시작하다 놈들은 비슬비슬 뒤로 물러섰다. 뚜껑을 뜯자 소독약 냄새가 박첨지의 코를 찔렀다. 박첨지는 얼굴을 찡그린 채 가득 들어찬 짚을 한 움큼 집어냈다. 두 번째 그의 손이 짚을 잡아 뽑았을 때, 무엇인지 묵직한 것이 묻어 들렸다. 박첨지는 손아귀에 힘을 주어 부쩍 들어올렸다.

"에크, 이게 뭐냐."

넋 잃은 비명과 함께 노인은 '선물'을 안은 채 땅바닥에 쓰러졌다가 다

두처 뛰어 일어나더니 두 손으로 '선물'을 번쩍 치어들고 금시 빠져나올 듯이 무섭게 부릅뜬 눈으로 쏘아본다. 사지가 후들후들 경련을 일으키고 얼굴은 험상궂게 찡그러져갔다. 심각하고도 비장한 형상이다.

쟉크와 그의 심복들은 재미있는 구경이나 생긴 듯이 비슬비슬 웃고 있다. 박첨지는 그 험악한 얼굴을 그대로 네 놈에게로 돌렸다.

"이놈들, 이 갈가리 찢어 죽일 놈들. 어느 놈이 내 아들을 이렇게 이렇게……."

노인은 벽력같이 소리를 지르면서 놈들에게로 달려들었다. 그러나 구맹호의 구둣발에 가슴을 되싸게 채인 박첨지는 '선물'을 떨구고 땅바닥에 허공 나가 뒹굴었다.

"어이쿠 승갑아, 이게 웬일이냐…… 어이쿠……."

'선물'을 주워 가슴에 꽉 껴안고 노인은 몸부림을 치면서 목메어 통곡하였다.

쟉크가 보낸 '선물'이란 것은 보기에고 끔찍한 피투성이의 인수(人首)였다. 분명히 박첨지의 맏아들 박승갑의 머리가 아닌가!

리 인민위원장 박승갑은 일시적이나마 인민군대가 후퇴를 개시하자 면당과 면 인민위원회의 지도와 협조 밑에 리 세포위원장 권동무와 함께 부락민들을 후퇴시키는 동시에 식량을 후방으로 운반하는 사업에 자기의 전력을 깡그리 바쳤다. 원쑤에게 한 알의 쌀도 주지 않겠다는 동네의 청년 남녀들은 달구지와 지게와 그 밖에 이용할 수 있는 운반기구와 머리와 등으로 운반사업을 열성 있게 협조하였다. 10리 고개와 30리 령을 넘어 80리나 떨어져 있는 '대추골'로 식량을 운반하는 작업은 상상 이외로 곤란한 일이었다. 조직임무를 띠고 권동무가 먼저 산으로 들어간 후 그는 당원들을 비롯한 젊은이들과 함께 장 이레 동안을 꼬박 새우면서 4백여 가마니의 식량을 산 가까이로 운반하였다.

인천 바다로부터 기어든 적이 가평을 거처 가무사리에서 60리 지점에까지 들어왔다는 정보에 접한 날 밤 자정이 가까웠을 때, 박승갑은 십여 일 만에 처음으로 집에 나타났다. 그러나 그때 집에서는 벌써 안해가 매감 조감 몸 풀 앓음을 시작하고 있었다. 첫 아이인지라 안해는 보기에 민망스 러울 만큼 고민을 계속하고 있었다. 안해를 후퇴시킨다는 것은 도저히 불 가능한 일이었다. 게다가 아버지마저 죽어도 제 집에서 죽겠노라고 고집 을 부렸다.

박승갑은 마지막으로 몸 풀 데 대한 주의와 멀잖아서 인민군대가 다시 나올 터이니 그때까지 취할 태도를 신신당부하고 어둠 속으로 자취를 감 추었다. 그 후, 두어 시간 만에 현물세 창고에서 불길이 솟았다. 그러자 그 때, 벌써 동구에까지 들어온 놈들의 기관총이 미친 듯이 불을 뿜었다.

왼쪽 허벅다리에 관통 총상을 입고 체포된 박승갑은 밤낮 나흘을 두고 서른여섯 가지 잔인한 고문을 당하면서도 끝끝내 동지들의 집결 장소와 식량의 은닉처를 말하지 않았다.

쟉크란 놈은 박승갑을 총살한 다음 그래도 시원치 않아서 목을 잘라 박 첨지에게 보내었던 것이다.

강한 열기와 모진 연기에 못 견디어 박첨지는 겨우 혼수상태에서 소생 하였다.

집이 하늘하늘 화염을 뿜으면서 타고 있었다. 그러나 그뿐인가. 낟가리 마저 불덩이로 변하고 있지 않는가!

"며누라 며누라."

박첨지는 불타는 낟가리 속으로 뛰어 들어갔다. 그러나 며느리도 손자 도 없다. 그다 걸어 가지고 나온 것은 기저귀와 똥걸레 뿐이었다.

"새아가 며누라 어이구 새아가 새아가."

기저귀와 똥걸레를 손자처럼 껴안고 박첨지는 미친 듯이 고함을 지르 면서 화염 속에서 뼈아프게 통곡하고 있었다.

장날도 아닌데 읍내 장마당에는 인근 각처에서 남녀노소들이 많이 모여 왔다.

누구 하나 큰소리 내는 사람도 없이 모두가 불안과 공포에 싸인 표정들이다. 발 한 번 크게 굴러도 그들의 놀랜 가슴은 골풍구처럼 설레었다. 치안대장의 엄명을 이기지 못해 모인 그들 가운데는 미국놈과 국방군놈들에게 모욕당한 여성들도 많이 끼어 있었다.

그러기 때문에 미국병정이나 국방군 또는 치안대원이 얼씬 나타나기만 하여도 그들은 숨을 구멍부터 찾느라고 쩔쩔매었다.

모이라는 시간보다 한 시간쯤 늦게 치안대장 허만세를 선두로 쟉크, 구맹호, 요시다 그 밖에 여러 놈들이 장마당에 나타났다.

그러자 겁에 질린 사람들은 슬금슬금 뒷걸음질쳐서 집집 처마 밑에 붙어 섰다.

"이리 나와. 왜 문문이처럼 자꾸만 꽁무니를 빼는 거야."

허만세가 이를 쑤시면서 으르렁거린다. 그 소리에 놀란 사람들이 마지못해 두어 발자국씩 앞으로 나선다.

"더 앞에 나서. 그러구 젊은 여자들은 앞에 늙은 것들은 뒤에 섯."

대장의 명령일하 날탕두 같은 대원놈들이 쌍욕질을 퍼부으면서 방망이로 군중들을 몰아세운다.

젊은 여성들이 앞에 나선 것을 본 쟉크는 그의 졸도(卒徒)들을 데리고 마치 사열이나 하듯이 그 앞을 걸으면서 한 여자 한 여자를 선본다.

"얼굴을 번쩍 들어."

허만세는 어디까지나 쟉크의 비위를 거스르지 않으려고 부지런히 소리를 지른다.

"꾿."

"베리 꾿."

쟉크의 입에서 이런 말이 떨어지기만 하면 구맹호는 그 여자의 이름과

주소를 수첩에 적어 넣는다. 그러면서 속으로 '자식 욕심두 많다. 알맹이는 몽땅 식할 작정이구나' 하고 투덜대는 것이었다.

쟈크는 벌써 '만달이'가 제공하는 홍미만으로는 만족할 수가 없었던 것이다. 따라서 이것은 허만세에게 적지 않은 불안을 던져주었다.

쟈크의 선보기가 끝난 다음 허만세가 소주에 탄 칼칼한 목소리로 연설을 시작하였다.

"에 — 선량한 대한민국 국민인 여러분, 에 — 오늘 여러분을 여기 모이라고 한 것은 에……."

허만세는 다음 말이 생각나지 않아 주머니 속을 부스럭거려서 연설 원고를 끄집어내어 들었다.

"에 — 모으라고 한 것은 다름 아니라 좋은 구경을 시켜주자는 것이니까. 에 — 한 사람도 빠져서는 안 돼. 에헴 그러고……."

목에 솜망치를 틀어박은 듯이 가뿐 숨을 오르내리면서 뒤죽박죽 말을 이었다. 허만세는 대한민국과 이승만 박사에게 충성을 다할 것과 미국에 대하여 만강의 감사를 드린다는 것을 말하고 '빨갱이'는 한 놈도 씨를 남겨서는 안 된다는 것을 도야지 멱찌르는 소리로 강요하고 난 다음, 끝으로 치안대에서 할당한 부렴은 어떤 것이나 기한 전에 납부할 것과 지주 황주사가 사흘 후면 돌아오니까 그의 토지를 부쳐먹은 자들은 소작료를 어김없이 마련하여두지 않으면 큰일 난다고 협박하고 나서,

"그럼 지금부터 좋은 구경이 시작되니 모두 낯반대기를 번쩍 들고 똑똑히 보란 말이야……."

허만세의 심상치 않은 말을 듣고 있는 사람들의 얼굴은 볼 형편없이 침울하여졌다. 큰 숨소리 하나 들리지 않는 장마당은 마치 초상집을 연상시키는 무기미한 분위기에 쌓여 있다. "모두 상통을 번쩍 들어."

구맹호의 호령에 군중들은 머리를 쳐들었다. 그러나 그다음 순간 그들은 눈을 가리고 돌아서서 뿔뿔이 헤지기 시작하였다.

"이자식들, 어데로 가."

치안대원들의 방망이가 군중들의 머리와 어깨를 사정없이 내려 족친다. 비명과 함께 빨간 피가 흰옷을 물들이가 시작하다. 그래도 군중들은 그 '구경'을 구경하자고 하지 않는다.

선혈이 낭자한 남녀들 속에서 울음소리가 들렸다.

"우는 연놈은 빨갱이로 인정한다."

치안대장놈이 소리를 질렀다. 그러나 입술을 깨물고 눈을 감고 있는 그들의 두 뺨을 눈물이 방울방울 흘러내리고 있지 않은가! 방망이가 머리를 들라고 위협해도 그들의 시선은 서산을 또는 창공의 일점을 눈물 어린 눈으로 응시하고 있었다.

'구경!' 그것은 상상조차 할 수 없으며 이 세상에서 두 번 다시 있을 수 없는 미국식 구경이었다.

쇠줄로 코를 꿴 박첨지가 거북이처럼 네 발걸음을 걷고 있다. 그러나 이것만으로 군중들이 입술을 깨물면서 눈물을 흘리고 있는 것은 아니다. 박첨지의 목덜미 양편에 하나씩 달린 것을 보았기 때문이다. 박승갑의 머리와 삼단 같은 머리칼을 풀어헤친 며느리의 머리가 쇠줄에 꿰여 달려 있고 죽은 손자의 발간 몸뎅이를 업고 있지 않은가!

악한들은 불속에서 뛰어나는 며느리를 잡아서 발가벗겨 가지고 온갖 고문을 다하였으나 역시 아무것도 얻지 못한 채 총살을 시키고 어린것은 구맹호란 놈이 발로 밟아 죽였던 것이다.

네발걸음을 치는 박첨지의 꽁무니에는 '빨갱이는 이렇게 죽인다'라고 큼직하게 먹으로 쓴 종이가 달려서 노인이 움직일 때마다 서서히 끌려가고 있다.

"이놈들, 이 칼탕을 쳐서 죽일 놈들."

노인은 마치 영각하는 소처럼 두 눈을 부릅뜨고 건침을 흘리면서 고래고래 소리를 지른다. 그 소리는 마디마디가 눈물을 머금고 덤덤히 서 있는 사람들의 심장을 점점이 도려내었다.

"똑똑히들 봐. 알겠지. 빨갱이는 모두 이렇게 죽인다."

구맹호가 범 잡은 포수처럼 서슬이 등등해서 호통을 부린다. 그러나 그 소리는 벌써 군중들의 심장을 그다지 놀래주지 못하였다. 군중들 가운데는 공포로부터 깨어나서 증오가 찬 서리처럼 맺힌 시선으로 구맹호와 그 일당들은 노려보는 사람들이 많았다.

"이랴― 어서 걸어."

맹꽁이같이 생긴 치안대원놈이 박첨지의 코를 꿴 철사를 당기면서 선소리를 친다. 그 모양을 렌즈에 잡아넣으려고 쟉크란 놈은 사진기를 들고 이리 뛰고 저리 뛰고 한다.

어느새 군중들은 눈물을 거두고 그 광경을 지키고 있다. 무뚝뚝한 표정으로 지키고 있는 그들의 눈동자는 쟉크란 놈이 들고 있는 카메라의 렌즈보다도 열 갑절 백 갑절 더 철저하게 그 광경을 머릿속에 깊이깊이 간직하였다. 판연히 다른 두 개의 정권 밑에서 가지가지의 달고 쓴맛을 보아온 그들이니만큼 그들은 어느 제도가 좋고 어느 제도가 나쁜가를 누구보다도 잘 알고 있었다. 그렇기 때문에 그들은 인민군대가 일시적이나마 후퇴하는 것을 육친의 정으로 애석하게 생각하였으며 미국 병정과 국방군들이 들어오는 것을 강도의 침입처럼 증오하면서 공포 속에서 떨고 있지 않았던가!

또한 강도들을 몰아내기 위하여서 용의주도하게 준비하여오지 않았던가!

인민들의 일이라면 발 벗고 나서주었으며 가려운 데를 제때에 긁어주며 아픈 데를 제때에 고쳐주는 당원들과 인민정권기관의 일꾼들을 가무사리의 주민들은 존경과 감사로써 대하여 왔던 것이다.

그때에 비하여 오늘의 이 판국은 어떤가! 누구의 머릿속에도 판이한 두 개의 세계 풍경이 역력히 교차되고 있었다.

목숨을 내걸고 싸운다면…… 오늘 장마당에 벌어진 광경은 군중들에게 목숨을 아끼지 말고 일어서 싸울 결의를 그들에게 돋워주었다.

이래도 죽고 저래도 죽는 바에는 그대로 앉아서 죽을 것이 아니라 싸워서 원쑤의 한두 놈을 없애버리고 죽는 것이 마땅하다고 생각하는 사람이 많았다.

이것은 쟉크나 허만세가 노리고 있던 선전과는 완전히 배치되는 결과였다. 만약 쟉크란 놈이 이 사실을 알았던들 눈이 뒤집혀져서 적어도 기관총 두어 대쯤으로 장마당을 피바다로 만들었을 것이다.

그날 밤, 몇 사람의 동네 청년들이 두 개의 머리와 죽은 어린것을 두무골로 가지고 가서 목 없는 시체와 함께 매장하고 박첨지가 거처할 움집 하나를 재만 남은 집터에 꾸며주었다.

그 사흘 후부터다. 읍에는 남루한 입성에 밥 바가지를 허리에 찬 미친 영감 하나가 나타났다. 박첨지였다.

"나으리, 내게는 죄 없수, 밥 한술 주우……."

이런 소리와 함께 헛웃음을 치면서 박첨지는 치안대본부와 병사 부근을 하루에도 십여 차례씩 돌고 있었다. 발길로 채이고 굴뱀이가 도드라지도록 따귀를 얻어맞으면서도 노인은 그곳을 떠나지 않았다.

그렇게 며칠이 지난 어느 날 밤이었다. 그날은 바로 쟉크가 28주년을 맞은 생일이어서 밤에 성대한 축하연이 벌어졌다. 박첨지에게서 이 정보를 받은 가무사리 빨치산의 대장인 면 당 위원장은 제2중대 즉 박첨지의 둘째 아들 박승걸 부대를 야음을 타서 가무사리에 들여보냈다.

"인민군대는 정말 온다더냐?"

무장한 아들을 만나자 박첨지는 첫마디에 이것부터 물었다.

총을 멘 젊은 사람들은 보니 사뭇 마음이 든든하였다. 그러면서도 인민군대에 대한 안부는 지금에 있어서 박첨지의 유일한 기원으로 되어 있다. 노인의 가슴속에는 인민군대를 기다리는 마음으로 가득 차 있었다.

"염려 마시오, 아버지. 지금 인민군대는……."

아들에게서 인민군대의 따근한 근황을 얻어들은 박첨지는 청년 시절의 젊은 기운을 소생시키면서 만족해하였다.

"한 놈두 남기지 말구 모주리 죽여다구."

시퍼렇게 간 낫을 들고 앞장을 선 노인은 빨치산에게 길 안내를 하였다. 개가 진똥 먹듯이 질탕하게 노는 판에 뛰어든 빨치산들은 혼비백산해서 갈팡질팡하는 놈들에게 복수의 명중탄을 퍼부었다.

"한 놈두 남기지 말어라, 한 놈두……."

노인의 원한에 사무친 호령은 빨치산들의 용기를 한결 북돋아주었다. 오늘밤을 준비하기 위하여 미친 행세를 하면서 다닌 박첨지가 아니었던 가!

"원쑤를 갚아다구."

발악하는 원쑤의 총탄 한 방이 노인의 왼쪽 팔을 관통하였다. 그러나 노인은 거꾸러지지도 않고 그대로 서서 낫을 휘두르고 있었다.

쟈크도 허만세도 구맹호도 요시다도 그 밖에 한 20명 되는 놈들이 피투성이가 되어 요릿상 머리에 쓰러졌다. 그와 동시에 악마의 소굴이던 병사와 치안대 본부가 화염에 싸였다.

"이놈……."

낫자루가 휘어지도록 든든히 틀어진 박첨지는 팔에서 선지피를 뚝뚝 떨구면서도 기운을 잃지 않고 원쑤에게 달려들어 쌓이고 쌓였던 원한을 풀었다.

그날 밤, 첫 전투에서 빛나는 승리를 얻은 박승걸 빨치산 부대는 많은 전리품을 노획하여 가지고 유유히 가무사리를 떠났다.

"목숨만 애끼지 않는다면 못할 일이 없구나."

이것이 박첨지가 참변을 통하여 오늘에 도달한 체험담이다. 기지로 이동하는 빨치산 대오에는 새로 아홉 명의 가무사리 청년들이 끼어 있었다. 팔을 수건으로 싸맨 박첨지는 대오 앞에 아들과 나란히 서서 산길을 올라가고 있었다.

≪조선문학≫, 1951.4

불타는 섬

황건

 1950년 9월 12일 밤이 깊어 해군 통신수 김명희는 같은 통신수 두 어린 여성 동무와 함께 월미도에 있는 이대훈 해안포 중대에 배속되어 나갔다.

 '지구'에서 차를 내려 인천 시가지를 뚫고 섬에 나가는 사이 내내 명희는 자와 사방에 캥캥캥 쿵쿠궁 하고 쉴 사이 없이 날아와 떨어지는 함포에 엎드렸다가는 일어나고 또 엎드리고 하며 마음이 한 줌만 해 달려야 하였다. 바다 먼 해안에서는 전짓불을 켰다 껐다 하듯 포들이 연속 아가리를 벌리고 머리 위에는 비행기가 으르렁대며 맴돌고 있었다. 시가지는 여기저기 불길에 싸이고 역한냇내가 멀리까지 쿡쿡 코를 찔러왔다.

 월미도는 그보다도 더하였다.

 월미도는 이미 이틀 전부터 건물도 초목도 죄 잿더미의 발가숭이로 되어 화광은 보이지 않으나 함포는 줄곧 이곳을 제일 노리고 있는 듯 다섯 발짝 걸음이 어려웠으며 거의 기다시피 하여야 하였다. 연잇다시피 하는 포탄 구덩이 가생이에서 가생이에로 길이 아니라 생판 험산 묏등을 더듬는 것 같았다. 그리고 머리 위에는 조명탄이 둥둥 떠 있고 무엇을 쏘는지 뚜루룩 뚜르룩 귀 아픈 기총사격 소리가 계속되었다. 미처 흠기를 못 찾고 등을 못 넘는 흙더미를 의지하고 누워서도 턱밑에 물결이 선연한 세라복의 통신수들은 포탄과 기총사격을 피하느라 가슴이 수시 지지눌리워야 하였다.

"수고했소. 함께 싸워봅시다."

하고 아무렇지도 않은 얼굴로 중대장이 가리키는 대로 무전기 앞에 나란히 앉아서도 한동안은 마음을 진정시키기 어려웠다.

월미도는 줄창 몸서리치는 지진, 염병 속에 허덕였다. 낮은 밤보다도 더하였다. 거만스런 놈의 함포들은 이른 새벽부터 아가리를 일제히 쳐들고 북 치듯 땅을 흔들고, 하늘이 까맣게 덮어 오는 비행기들은 연속 폭탄을 퍼붓고 휘발유통을 던지고 기총사격을 하였다. 연기와 흙먼지에 가리어 태양은 종일 달걀 속처럼 흐리었다. 불사르고 파헤치고 또 뒤집어 엎었다.

조국의 작은 섬은 이 악독한 짐승들의 발악 앞에 맞고 할퀴우고 불에 지지웠다.

포중대 동무들은 계속 부상당하고 죽고 하였다.

그러나 명희는 그리고 명희의 동무들까지도 해안 포중대원들과 함께 그들의 말 못할 싸움 가운데 있는 사이 자기 두려움은 어느새 잊고 말았다.

그 무서운 포화 속에서 포중대 동무들은 두려움도 없이 지칠 줄도 모르고 얼마나 슬기로운 것인지…… 명희는 그들 생각에 눈물이 날 지경이었다.

포중대 해병 동무들은 윗도리는 거의 셔츠 바람이나, 무서운 폭풍에 찢기우고 너덜이 나 그 사이로 살결이 비죽비죽 드러났다. 그리고 그 살결은 폭풍에 모래가 박혀 피가 발갛게 배어 나왔다. 동무들은 포 곁을 떠나려고 하지 않았으며 졸음도 배고픈 줄도 몰랐다. 포를 쏘기에, 무너진 전호를 파 올리고 위장하기에, 부상당한 동무들을 나르기에, 해병들은 한시도 가만히 섰지 않았다. 물레방아처럼 중대장 이대훈을 축 삼아 동무들은 나무랄 것 없는 충직한 수채가 되고 물레가 되고 방아에 방아확이 되었다. 매 명 가슴들은 원쑤에 대한 굴할 줄 모르는 투지와 전우에 대한 한없는 애정에 끓었다.

그중에도 중대장 이대훈은 바다를 향하여 섰는 눈에 갈수록 불길이 줄기차지며 성난 범이 몸 둘 곳을 몰라 하는 형상이었다. 굳게 다문 입술은 강직하게 일어선 이마와 함께 굳은 투지와 그 어떤 자랑을 말해주었다. 그 역시 군복은 폭풍에 찢기우고 너덜이 나 그 사이로 비죽비죽 드러난 어깨며 팔이며 가슴은 모래돌에 박히우고 찢기워 피가 발갛게 배어 나왔다.

중대원들의 한결같은 투지와 충직한 마음들은 더욱이 이런 중대장과 함께 있으므로 하여 더할 것이라 생각되었다.

그는 함포가 그칠 사이 없는 속에도 포가 있는 전호와 전호 사이를 집안 드나들 듯하며 전투 지휘를 하였고 묘준경에 달려 있었다.

그는 무너진 전호를 자신 파 올렸으며 위장하였다. 죽은 동무의 시체를 자기 손으로 파묻고 부상당한 동무들의 후송을 일일이 보살폈다.

부상당한 동무는 동무의 등에 업히우지 않으며 두 번 세 번 팔을 뿌리쳤다.

"싫어요, 나는 안 가요. 나는 아직 싸울 수 있어요. 같이 남아 끝까지 싸우겠습니다."

무거운 눈길로 지키고 섰던 중대장은,

"업히우오! 동무는 자기 생각만 했지 동무들에게 오히려 짐이 되리라는 생각은 못하고 있소." 하고 엄하게 꾸짖었다.

중대장은 부상당한 동무가 끝내 업히어 중대부에서 교통호로 하여 밖으로 나갈 때까지 그 자리를 떠나지 않았다. 중대장은 초연에 싸인 어둠 속을 더듬듯 사라지는 동무들의 뒷모습이 보이지 않을 때까지 오래 지키고 섰었다. 그러던 중대장은 이쪽에는 눈길도 돌리지 않고 감정이 격한 사람처럼 곧장 포진지로 나갔다.

저녁 무렵이었다. 하늘의 날강도들이 돌아간 다음 취사병 동무는 동무들의 식사를 근심하다 물가로 내려갔다. 물거품이 바위에 얽힌 물가에는 놈들의 함포에 얼을 먹은 보가지가 서너 마리 밀려나와 푸들거리고 있었다. 그런데 취사병 동무가 물가에 닿았을까 말았을까 한데 때마침 날아온 포탄은 취사병 동무를 거꾸러뜨리고 말았다. 그것을 본 동무의 '앗!' 하는 소리가 들렸다.

깨어진 포를 수리하던 중대장은 '앗!' 하는 그 동무의 눈길을 좇아 물가를 바라보았다. 그리고 다시 동무를 돌아보던 중대장 이대훈은 눈길에 팍

열이 끼치는 듯싶더니 아무 말 없이 전호를 나가자 성큼성큼 물가로 내려 갔다. 포탄에 허옇게 이즈러진 바위 옆에 다다르자 넘어진 동무의 상처를 살피고 가슴에 손까지 대었다 난 다음 안아 일으키자 팔을 이끌어 등에 업었다. 좀 떨어진 물속에 또 포탄이 떨어져 물기둥을 세웠으나 대훈은 돌아도 보지 않았다. 중대장은 넘어진 동무를 업은 그대로 일어나 도로 올라왔다. 취사병 동무는 이미 숨이 넘어갔다. 중대장은 동무의 시체를 묻은 다음 다시 포 수리에 착수하였으나 오래도록 말이 없었다.

이 모두를 명희는 바로 곁에서 목도하였다. 중대 동무들의 수가 적어지고 포탄이 더하면 더할수록 중대장의 주위에 더욱 뭉쳐 도는 이유가 환해지는 것 같아 명희 또한 가슴이 긴축되고 끓어오르는 것이었다.

포중대 동무들은 이틀 낮과 밤을 꼬박 전투로 보냈다. 전투를 쉬는 참에는 무너진 전호를 파 올리고 교통호를 파고 포를 수리했다.

10일 이후 나흘 동안 꼬박 함포와 비행기 폭격으로 눈코 뜰 사이 없게 하던 놈들은 13일 오전 11시를 넘어 함포를 멈추자 해안에 다가들기 시작하였다.

동무들은 전신이 땀 먼지투성이가 되어 포탄을 나르고 포를 쏘았다. 하얀 수주가 계속 일어섰다. 순양함 구축함들을 뒤로하고 경비정 상륙정 상륙보트…… 크고 작은 각색 함선의 움직임과 뱃전에 거슬리는 높은 물결과 일떠서는 수주가 통신수들에게는 너무도 아름차고도 분에 겨운 목메는 광경이었다.

저 속에는 3백여 척의 대소 함선이 있다고 하였다. 신호수는 두 번 세 번 명중을 고했으나 배 기울어지는 것은 좀처럼 볼 수 없었다. 원쑤들이 미운 생각은 박박 가슴을 찢는 듯하였다.

12시경이었다. 마침내 구축함 한 척이 한쪽 꼬리를 꺼먼 연기를 토하기 시작했다. 그러던 놈은 거의 흑연에 가리워지면서 함체를 기울이며 도망치기 시작했다.

동무들은 기쁨에 서린 얼굴을 서로 쳐다보며 어쩔 줄을 몰랐다.

중대원들은 땀투성이 흙투성이 그대로 포를 계속 쏘았다.

10분 후에는 또 구축함 두 척이 거의 동시에 선체에 불길을 올리고 흑연을 뿜으며 도망치기 시작하였다.

동무들의 눈에는 눈물이 글썽글썽하였다.

"자식들 꼴 봐라! 꼴을……."

하고 자기를 잃고서 중얼거리는 동무도 있었다.

중대장 이대훈은 흥분을 누릴 길 없어 높은 소리로 명회를 부르자 무전으로 보고할 것을 명령했다.,

기세를 꺾이운 놈들은 진격을 멈추자 다시 함포질을 시작했다.

비행기가 까맣게 덮여 와 섬을 아주 말아먹을 작정을 했다.

전투는 오후 네 시가 가깝도록 계속되었다. 놈들은 거듭거듭 흑연을 올리며 함체를 기울이고 바다 속에 대가리를 거꾸로 박고 도망쳤다.

중대원들은 단 네 문의 포로 하루 동안에 구축함 한 척을 격침시키고 네 척은 격파하고 상륙정 상륙보트 여덟 척을 격침, 격파했다.

밤에 전선 사령관에게서는 축하문이 내려왔다. 동무들은 다시금 눈물이 글썽글썽해 어쩔 줄을 몰랐다.

중대장 이대훈도 여전히 타는 듯한 열 오른 눈을 명회에게 돌렸으나 기쁨에 거북스레 눈을 껌벅이었다. 물 흐르듯 하던 땀이 아직 채 잦아들지 못한, 흙먼지에 얼룩이 진 얼굴이며, 너덜이 난 셔츠며, 바지며, 그 사이로 비죽비죽 내어민 피 흘리는 살이며 명회는 중대의 모든 동무들과 함께 그에게 벌써부터 마음이 흠뻑 사로잡혀버렸다.

이들과 함께면 죽음의 두려움 외로움까지도 잊어버릴 것이었다.

그러나 이날의 전투에서 중대의 손실 또한 적지 않았다. 포가 두 문 다 파괴되어 완전히 쓸 수 없게 되고 전투원들이 많이 부상당하고 죽었다.

새벽녘이 가까워 섬에는 포탄이 한 자동차 운반되었다. 같이 떠난 한 차는 폭격에 중도에서 타버렸다고 하였다.

한 차마저 제대로 돌아가낼는지 알 수 없었다.

14일은 일곱 시부터 전투가 시작되었다. 놈들은 먼 해상에 함정들은 멈춰 세우고 미친 듯이 함포를 퍼부었다. 섬은 온통 포탄에 가루가 되고 티끌이 되어 날아날 것 같았다.

오후 1시경이 되자 놈들은 다시 상륙을 기도했다. 전호 깊숙이 도사리고 섰던 포중대 동무들은 일제히 포에 매어 달렸다. 놈들이 3마일 지점까지 다가왔을 제 포는 불을 토하기 시작하였다. 포탄은 연거퍼 놈들의 심장부를 헤치고 날아 들어갔다. 드디어 구축함 한 척이 또 연기를 뿜으며 도망쳤다.

이어 경비함 상륙함에도 불이 달렸다.

중대는 이날도 대소 적함을 여섯 척이나 물속에 매장했다. 놈들은 두 번째 상륙 기도를 포기하고 말았다.

그러나 중대에는 포 한 문에 포탄이 얼마 남지 않았다. 중대 인원 역시 그랬다.

이대훈 중대장은 그러나 조금도 당황한 빛을 보이지 않았다.

그는 대원들에게 전혀 대비도 되지 않는 힘으로 이틀이나 놈들을 막은 위에 엄청난 전과를 올린 것을 역설하면서 오히려 더 투지만만해하였다. 동무들 또한 몇 명 못 되나 그를 따라 투지 완강한 가운데 싸움에서 살아 남겠거니는 이미 생각하지 않고 있는 것이었다.

명회는 송신키의 키를 부지런히 눌렀다.

"현재 중대원 8명, 포 한 문 남았음. 포탄을 보내어 달라, 포탄을⋯⋯."

밤이 깊도록 명회는 같은 내용의 무전을 세 번 쳤다. 사령부에서는,

"임무 중함. 계속 중대의 용맹을 바람. 한 시간 한 초라도 더 놈들의 상륙을 막으라. 포탄은 수배 중⋯⋯."

그러더니 새벽이 가까운 조금 전 사령부에서는 다시, '무전수들은 전부 들어오라'는 명령이 내려왔다.

같이 나온 두 동무에서 명령을 전달하기에 앞서 명회는 어쩌면 좋을지 모를 괴로운 생각에 잠겨버렸다. 싸움을 중간에 놓고 포중대 동무들과 헤

어지겠거니는 명희는 조금도 생각 못했었다.

일종의 절망에 가까운 말 못할 쓰라림 없이 당장에 명희는 이들과 헤어질 일은 생각할 수 없었다. 그중에는 싸움 속에 마음도 몸도 불붙는가 싶은 대훈의 모습은 지울 길 없는 진한 영상으로 혈육과도 같이 가슴에 하나 가득해왔다. 그리고 명희는 벌써 오래전부터 하여온 생각이면서 지금에야 한 생각처럼 생명을 내어놓고 싸우는 한 자기도 함께 남아 생명을 바치는 것은 자기의 가장 귀중한 의무라는 생각이 들었다. 자기 생애에는 이보다 더 절박하고도 더 중대한 시간이 있지도 않았지만 있을 것 같지도 않고, 이 시간이야말로 자기의 가장 귀중한 것이 결정되는 시간이라는 생각이 가슴 허비듯 했다. 아직도 적정은 보고되어야 할 것이고 중대는 사령부와 연락되어야 할 것이고, 또 포중대 동무들의 싸움은 모든 부모 형제들에게 전하여져야 할 것이었다. 어려운 이 전국에 당하여 중대원 자신들의 비장한 각오도 그러려니와, 사령관도 또 뒤에 있는 모든 사람들도 비장한 마음 없이 지금 월미도에서 싸우는 이들을 생각할 수는 없을 것이었다.

명희는 동무들에게 명령을 전달하기 전에 키를 두들겼다. 가슴이 왁작 저려오고 손끝이 떨렸다.

"1번수는 남을 것을 허가하라. 1번수는 남아 계속 보고할 것을 허가하라."

회답이 없는 사이 명희는 동무들 쪽에 당황한 얼굴을 겨눴다 앗아왔다 하며 또 키를 눌렀다.

"1번수는 남아 적정과 포중대원들의 전투를 끝까지 보고할 것을 허가하라. 꼭 허가하라."

이윽고 사령부에서는 1번수는 남아도 좋다는 회답이 왔다.

명희는 동무들의 손을 정다웁게 잡았다. 동무들은 돌아가기 싫어하고 갈라지기 애석해하였다. 동무들은 교통호를 나가 포중대 동무들을 일일이 만나고 왔다. 깨어진 전호를 나가 초연과 어둠 너머 멀리 이 밤도 불바다를 이루고 있는 인천 시가를 바라보며 눈에 눈물이 자욱하던 동무들의 뒷

모습을 바라보며 명희는 눈굽이 뜨거워오는 가운데도 알 수 없는 가라앉은 마음으로 행복감이 목을 치받듯 했다.

"동무, 몸을 주의해요."

"난 염려 말구, 동무들 주의해 들어가요."

"또 만나!"

"그래…… 잘 싸워요……."

"그래……."

전호에 들어왔을 제 무전기가 놓인 책상 옆에는 이대훈 중대장이 우두머니 서 있었다.

명희를 보자 대훈은 적이 무거운 얼굴을 지었다.

"동무는 왜 들어가지 않소?"

명희는 잠깐은 당황한 속에 대답을 못했다.

"남아 있으라는 명령을 받았어요."

"명령……?"

하던 대훈은 중얼거리듯 말했다.

"그렇지만 이제는 동무 할 일두 없을지 모를 것이오."

"왜 없어요. 중대장 동무두 중대두 모두 그냥 싸우구 있지 않아요……?"

"……."

명희의 얼굴을 뚫어지게 바라보고 섰던 대훈은,

"동무의 마음을 알 수는 없소만…… 어떻든 고맙소."

하자 눈길을 먼 바다로 가져갔다. 무슨 말을 더 할 것처럼 입술을 씨물씨물하던 대훈은 자기감정에 얽힌 사람처럼 말을 못하고 외면한 채 더딘 걸음으로 전호를 나가버렸다.

대훈이마저 돌아간 다음 혼자 남은 명희는 이상하게도 갑자기 마음속이 회오리바람 일듯 허전해졌다. 그러면서도 명희는 자기 한 일을 끝내 후회하는 마음은 없었다.

벌써 날이 새는 듯 바다 먼 섬 봉우리들이 희끄무레 밝아왔다.

송신기에서 손을 놓은 지 이슥한 명희는 나무 걸상에 걸터앉은 채 전호 출입구 너머로 어둠 속에 괴괴한 바다를 어느 때까지고 지키고 앉았다.

그 왼켠 뒤에는 대훈이 그 역시 말없이 한 방향을 바라보고 섰다.

지난밤은 수리도 못하고 만 포탄에 무너진 전호 출입구 위턱에는 허리 부러진 통나무가 드나드는 사람의 이마를 찌를 듯 드리워 있다. 통로에 가득 쏟아진 흙이며 돌은 포중대 동무들이 포 주위에서 떨어지지 못하는 사이 명희가 혼자서 간신히 쳐내어 통행할 수 있게 하였었다.

바다 먼 어둠 속에서는 함포들이 계속 아가리에서 불을 토했다. 지진에 울리듯 전호는 간단없이 울렸다. 이따금 가까이에 떨어지는 포탄 폭풍에 먼지가 전호 속까지 홱 풍겨들었다.

아직 채 가시지 않은 별빛 아래 거밋거밋 멀고 가까운 섬들을 뒤에 두르고 인천 바다는 새벽 대기 속에 마치 혓바닥들을 다시는 피에 주린 악귀들의 소굴처럼 생각되었다. 크고 작은 함정들은 바다 한가운데 한 해적 도시를 이루고 있지만 지금도 히뜩히뜩 눈에 띄는 마스트며 굴뚝이며 포 아가리며 선체가 피 묻은 이빨로, 발톱, 손톱으로 살기 어린 눈깔들로 보였다.

"이젠 포탄 오기두 틀렸어……."

혼잣말하듯 대훈의 굵은 음성이 느릿느릿 들려왔다.

"날이 다 밝는군요."

명희 역시 혼잣말처럼 중얼거렸다.

대훈은 더 말이 없었다.

다시 둘은 묵묵한 속에 아직 어두운 바다 멀리 시퍼런 불이 번쩍이는 함포 아가리들만 바라보았다.

명희는 자기도 모를 힘에 끌려 대훈의 얼굴을 돌아보았다. 어쩐지 명희는 이 시간의 대훈의 얼굴 표정이 마음에 걸리는 것이었다. 어둠 속에 희미는 하나 대훈은 여전한 투지만만한 긴장된 얼굴이어서 명희는 다시금 안도되는 마음이었다.

대훈이에게서 도로 고개를 돌린 명희는 무슨 이야기를 해야 할지도 생각 못했으면서 어쩐지 바로 이 시각에 기어코 나누어야 할 것 같은 이제껏 못한 서로의 마음속 그 어떤 이야기를 나누고 싶은 간절한 충동을 어쩌는 수 없었다. 명희는 적이 말성이던 가운데 다시 휙 고개를 돌렸다 난 다음 몸을 일으켜 나무 걸상 한 귀를 내어주며,

"좀 여기 낮으세요. 중대장 동무……."

하고 대훈에게 권했다.

"좋소."

하고 대훈은 걸상을 굽어볼 뿐 머뭇머뭇했다.

명희는 몸을 일으킨 그대로,

"앉으세요. 좁은 대루 앉으세요."

하고 재차 권했다.

대훈은 그러고도 얼마를 머뭇거리다 말없이 걸상에 걸터앉아 오른팔은 책상위에 버리듯 눕혀 놓았다.

거북스런 가운데 둘은 다시금 한동안 묵묵히 앉아만 있었다. 명희는 자기도 모르게 가슴이 왁작 저려왔다. 명희는 이제는 서로 마지막 시간이 가까워왔다는 생각이 절실하게 들었다. 그러며 명희는 지금 이 동무는 무슨 생각을 하고 있을까 그 생각이 들었다. 어쩐지 명희는 자신에 대한 생각보다도 중대장에 대한 생각이 가슴에 가득했다. 그런데 불쑥 대훈은,

"동무는……."

하고 느린 어조로 혼잣말처럼 말했다.

"지금이라두 들어가는 것이 좋지 않겠는지……."

"왜요?"

하고 명희는 얼굴을 들었다.

"포탄이 안 오는 한 월미도는 오전 중에 저놈들에게 주어야 할 것이오."

명희는 그 말에는 대답을 하지 않았다. 명희 자신 이미 그것을 생각하고 있었다. 그보다도 명희는 딴 간절한 이야기가 나누고 싶은 것이나 생각도 말도 나가지 않고 가슴만 저렸다.

다시 얼마의 막막한 시간이 지나간 다음 대훈은 어성을 고치듯 갖추매 없는 굵은 음성으로,

"동무는 죽음이 무섭지 않소?"

하고 물었다.

말은 하는 사이도 눈은 바다 속 놈들의 함정들을 겨누고 있었다.

명희도 한 곳을 지키며 말을 못하다가,

"아니오."

하고 나직이 대답했다. 그러나 명희는 자기도 모르게 흥분에 적이 창창한 목소리로,

"그보다두 저는……."

하고 다시 입을 열었다. 말은 무엇에 걸리듯 멈춰 서는 때도 있었다.

"그보다두 저는 중대장 동무며 중대 동무들과 알게 된 시일이 짧은 게 안타까운 생각을 하구 있어요…… 그렇지만 저는 두렵거나 슬픈 생각은 없이…… 어떻게 말루 표현할 수는 없어두 기쁘구 행복한 마음이에요. 참말 저는 중대장 동무며 중대 동무들 때문에 지금은 제 일생의 그중 귀중한 시간에 있다는 생각이 들어요. 저를 욕하지 않으시겠지요?"

대훈은 입을 열지 못했다. 대훈은 명희의 일로 벌써부터 마음이 괴로웠다. 그의 마음이 무조건 고맙고 귀중하게 생각되면서 자기도 모르게 그에 대한 생각에 잠기게 되고 그것은 또 이상하게 마음을 무겁게 하였다. 대훈은 얼마 후에야 말이 목에 걸리듯 거북스레 입을 열었다.

"지금이야 나는 동무의 일루 마음이 괴로워지오. 무어라구 해야 할지 동무에게 나는 그저 감사하는 마음이오. ……어쩐지 나는 동무를 10년두 전에 안 것 같은 그런 생각이 드오. 같이 있을 시간은 한정이 목전에 있지만 목숨을 바쳐 싸우려는 여기서 동무에 대한 생각까지 겹치게 된 것은 너무나 기이하게 생각되오. 물론 이것은 안타까우면서두 나에게는 기쁘고도 찬란한 일이오…… 그러나 나는 그만큼 또 동무가 괴롭게 생각되오."

"저를 용서해주세요. 저를 참된 길루 그냥 채찍질 주세요."

하고 명희는 자기 생각만 하듯 외우듯 말했다.

대훈은 더 말은 없이 말 대신 책상 위에 가지런히 놓인 명희의 두 손을 꼭 잡았다.

서로 겨눈 방향은 달라도 눈들은 타는 듯했다.

바로 전호 앞 얼마 떨어지지 않은 곳에서 포탄이 터졌다. 폭풍이 확 전호 안에 밀려들고 모래 돌짝과 먼지가 날아들었다. 그러나 대훈이도 명희도 고개를 약간 들었다 났을 뿐 그와도 관계없는 사람들처럼 앉아 있다.

명희는 그냥 높기만 한 이름 못할 감정에 가슴이 찢어지는 것 같다.

대훈은 한결 어성을 고치어 명희에게 물었다. 이제사 이것을 묻는 것이 새삼스런 생각이 들었다.

"동무는 고향이 어디지요?"

"청진이에요."

"입대하시기 전에는 무얼 하셨소?"

"방직공장에 있었어요. 47년도부터 방직공으루 있다가 작년에 군대에 들어왔어요. 들어오자 이내 해군기술학교에 가게 되구 졸업한 지 반 년 만에 이번 전쟁에 나오게 되었어요."

말을 하는 간간이 검은 속눈썹을 내려 덮은 명희의 전에 없이 친근하게 생각되는, 어쩐지 펑펑 첫눈이 내리던 날을 연상시키는 탐스럽고도 밝은 얼굴에서 떼지 못하다가 눈을 명희의 손을 잡은 자기 손등으로 가져갔다. 대훈은 회상하듯 입을 열었다. 자신 무엇 때문에 이 이야기를 하고 싶은지 이유 없이 쑥스러워지며……

"나는 고향이 충청남도요. 어렸을 제 이민 열차로 동북에 들어가 크고 거기서 해방을 맞구 의용군에 들어갔댔소. 전쟁이 끝나면 고향에 돌아가 어렸을 적 그리운 이들을 찾은 뒤 마을을 위해 무척 많은 일을 하려고 마음먹어왔소. 욕심꾸레기처럼 무슨 일이든 많이 하지 않으면 한 것 같이 않은 것이오. 오늘 이렇게 싸우는 것만도 한은 없지만 또 내 아니라두 얼마든지 열렬한 동무들이 고향을 위해 일을 해주겠지만 진격하는 길에 잠깐이라두 고향 마을에 들러보고 싶었었소."

"친척들도 아직 계세요?"

"삼촌 사촌들이 있습니다. 동무는 제사공장에 만나고 싶은 동무들이 많으시지?"

"많아요. 그렇지만 거의 전쟁에 나왔을 거예요. 저는 동무들과 책 읽은 이야기를 하는 게 제일 기쁜 일이었어요. 읽던 책이 너무 감동돼서 밤중에 미치광이처럼 동무네 집에 달려가 동무한테 읽어준 적도 있었어요."

기쁨에 서린 눈들은 다함없이 서로의 눈길을 찾았다.

낡은 더욱 밝아오고 함포는 더 세차게 주위를 울렸다. 둘은 싸움 속에 있지 않은 사람들처럼 또 모든 이야기를 이 시각에 죄 털어놓아야 하는 사람들처럼 어렸을 적 자라던 이야기며 군대에서 공장에서 지나던 이야기를 시름없이 하여갔다. 시간이 가면 갈수록 애정은 더 깊이 얽혀가는 듯했다.

문득 명희는 이야기를 바꿔,

"지금 우리들이 월미도에 이렇게 앉아 있을 줄을 장군께서는 아실까요?"

하고 웃으며 말했다. 대훈이 역시 웃음 어린 눈길을 치떴다 놓으며,

"알구 계실지두 모르지요."

하고 혼잣말처럼 중얼거렸다.

"어떻게요?"

"장군은 지금 지도 앞에서 월미도를 꼭 보구 계실 겁니다. 원쑤들이 더러운 발을 쳐드는 조국 땅 어디에나 자기의 사랑하는 아들딸들이 그중에도 미더운 당원들이 총칼을 들고 서 있을 것을 사람들은 모든 정을 기울여 눈앞에 지키고 있을 겁니다."

역시 이것은 얼마나 귀중한 일인가. 조국은 말로는 표현도 할 수 없는 얼마나 큰 것인가. 명희는 이런 생각에 더 말은 못했다.

적함들의 움직임이 현저하게 눈에 띄었다.

점점 밝아오는 바다를 묵묵히 지키고 앉았던 대훈은 부스스 걸상에서 일어섰다.

"적정 보고를 부탁하오. 놈들은 또 상륙할 작정이오."

대훈은 이제껏 이야기하던 것과도 달리 다시금 전신에 탄력을 모두고 눈에 불길이 성성해서 교통호를 나갔다.

명희는 미진한 가슴을 누릴 길 없어하며 무전기 키를 두들겼다.

어느덧 바다는 눈앞에 환하게 떠올랐다. 크고 작은 가지가지 배들은 가로세로 움직이며 가까워오고 있고 함포들은 발악하듯 포탄을 퍼부었다. 전호 안이 뒤집힐 듯 울리고 출입구 밖이 초연(硝煙)에 뿌옇게 되었다.

더 가까이에 기어들 때를 기다리는 듯 우리 포는 단 한 문 남았으되 아직 침묵을 지켰다.

이윽고 먼 바다 속 섬 봉우리에 햇살이 비치자 이번은 하늘을 가릴 듯 항공기가 날아와 날쳤다.

앉은 자리가 마구 구겨지고 숨이 콱콱 막히는 것 같은 질둔한 시간이 계속 되었다.

함포와 폭격이 좀 뜸해지는가 싶자 또 놈들은 뱃머리에 흰 물결을 세우며 가까워오기 시작했다.

드디어 우리 포가 불을 토했다. 먼 해면서 싯허연 수주가 일떠섰다. 그리고 또 일떠섰다. 그러나 포탄은 한 발씩 한 발씩 너무나 외롭고 안타깝다. 단 한 문이 쏘는 포탄이 맞춰주었으면 하는 미운 적의 함정들은 짐승의 무리처럼 얼마나 욱실득실한가! 배마다 마스트마다 날리는 붉고 푸른 깃발들은 세상에도 악착스러운, 어떻게 저처럼 눈엣가시 같은 미운 물건일 수 있을까! 짐승들에게는 죄 없는 조선 사람의 간장이 ― 간장의 피가 요구되는 것이다. 선한 생명의 모든 피가 요구되는 것이다.

마침내 단 한 문의 우리 포탄은 적의 구축함에 명중되었다. 바로 기관부에 맞은 듯 시커먼 연기가 용트림쳐 올라가더니 연기는 함체를 완연히 덮기 시작했다. 폭음 속을 새듯 포좌지 전호에서 동무들의 기쁨의 아우성 소리가 들렸다. 그리고 단 한 문의 포탄은 또 경비함을 갈겼다. 경비함은 이내 수중에 함체를 기울였다.

계속 우리 포는 해상에 외로운 수주를 올렸다.

그러나 우리 포 소리는 그만 멈춘 채 울릴 줄을 몰랐다.

명희는 두 손을 무릎에 놓은 채 교통호 쪽에만 귀를 기울였다. 포진지에서는 아무 소리도 들려오지 않았다.

명희는 걸상에서 일어서자 초연에 눈을 뜰 수 없는 교통호를 달음박질로 나갔다.

전호 안에는 포를 쏘다 만 수병복이 남루한 땀투성이 먼지투성이의 동무들이 손을 드리운 채 늘어서고 그 가운데 중대장 이대훈이가 왼팔을 동무에게 맡기고 눈살을 찌푸리며 서 있다. 대훈의 팔을 잡은 동무는 그 팔에 붕대를 감고 있고 붕대는 필에 벌써 발갛게 물이 들었다.

그러나 대훈은 명희를 보자 태연한 얼굴로,

"구축함 한 척이 격파되고 경비정 한 척이 격침된 걸 보고했소?"

하고 물었다.

"네. 보고했습니다. 이젠 포탄이 다 떨어졌습니까?"

하고 명희는 부상당한 것은 묻지 못했다.

"떨어졌소."

하고 무심하게 대답한 다음 대훈은 옆 동무에게,

"자 그만해 놓소."

하고 나머지 붕대를 받자 오른손으로 아무렇게나 끝을 매굴귀 팔을 그냥 드리워버렸다.

"이젠 모두 수류탄에 따바리들을 드오. 그리고 사장으로 기어나가야겠소."

하고 대훈은 자기부터 전호 구석에서 수류탄을 집어 띠에 차고 호주머니에 넣기 시작했다.

명희는 먼저 중대부에 돌아왔다. 명희는 걸상에 앉을 생각도 못하고 무전대 앞에 멍해 서 있었다.

바다 속에 해적의 무리는 흰 물살을 더욱 거칠게 울리며 가까이에 퍼져다가왔다.

이윽고 교통호로부터 이대훈 중대장을 선두로 중대원들이 각자 따바리에 수류탄들을 차고 나타났다. 명희는 동무들의 얼굴을 유달리 일일이 살펴졌다.

중대장 이하 전원 여섯 명 누구나가 여전한 한결같은 기개 드센 얼굴이었다.

명희는 눈물이 날 것 같았다.

잠깐 동안 대훈이도 명희도 동무들도 한 곳에 우중충 모여서 바다 속 놈들의 함체며 움직임이며 흰 파도를 지켰다.

놈들은 훨씬 가까워지면서 함포를 멈추었다. 비행기도 뒤로 물러갔다.

중대장들은 대원들에게 전호를 기어나가 물가에 진을 칠 것을 명령했다. 동무들이 나가는 뒷모양을 일일이 살피던 대훈은 명희 쪽에 돌아섰다.

"부상당하셨어요?"

하고 기다렸듯 명희가 먼저 물었다. 대훈을 생각하는 그리고 동무들을 생각하는 뜨거운 물결이 끓듯 가슴을 소용돌이쳤다.

"파편에 좀 맞았소."

"많이 다치셨나 분데."

중얼거리며 명희는 자기 손을 대훈의 피 더욱 배어나 흐르는 팔 가까이에 다치지 않을 정도로 엉거주춤 가져갔으나 지금 어쩌는 수도 없었다.

그러나 대훈은 그것에는 생각도 돌지 않는 듯 다시 놈들이 밀려드는 바다 쪽에 고개를 돌렸다 난 다음,

"자, 서루 마지막 임무를 깨끗이 수행합시다."

하며 성한 오른손을 내어밀었다.

뜨거운 눈길이 서로 맞부딪치며 말들이 나가지 않았다.

명희는 힘들여 들어가듯 자기 손을 대훈에게 주었다.

"전국이 어려워지는 것 같소. 그렇지만 우리 뒤에는 또 딴 동무들이 이를 갈며 나설 것이오."

명희는 가슴에 고패치는 마음 어쩔 길 없어 대훈의 손을 두 손으로 잡자 끌었다. 그 등에 얼굴을 묻었다. 그러던 명희는 휙 고개를 들자 메어오는 목을 겨우 가누며,

"중대장 동무. 저두 함께 나가 싸울 수 없어요? 저두 나가 싸우게 해주세요."

하고 간원하듯 말했다. 그러자 대훈은,

"안 되오. 동무의 임무는 그것이 아니오."

하고 엄하게 말했다. 그래도 얼마를 대훈의 얼굴을 간절하게 바라보던 명희는 단념하듯 이윽고,

"저한테 수류탄을 하나 주세요. 보고를 더 계속할 수 없을 적에 쓰겠어요."

대훈은 그 불길 같은 눈으로 명희를 뚫어지게 바라보다 말없이 바지 주머니에서 수류탄을 꺼내 주었다.

그리고 한 발짝 다가서던 대훈은 경련하듯 충동적인 동작으로 다시 오른팔을 들어 명희의 목을 안자 자기 얼굴을 명희의 얼굴에 부비듯 맞대었다.

명희는 무전대 앞에 단정히 앉아 키를 잡았다.

전건(電鍵)옆에는 쪽철을 펴놓은 수류탄이 이내 손이 닿을 수 있게 놓여있다.

명희는 무전기 키를 두들겼다. 다행히 명희는 지난밤 헤어져 돌아간 3번 통신수를 찾아냈다. 명희는 타는 듯한 마음으로 키를 눌렀다.

"이것은 나의 마지막 통신이 될 것이다. 통신이 그칠 때 그때에는 전건옆에 쪽철을 펴놓은 수류탄이 터질 것이다. 마지막 나의 통신을 정성껏 받아다고. 너와 모든 동무들에게 굽힐 줄 모르는 싸움과 싸움의 승리가 있을 것을 빈다…… 1번수."

명희도 다시금 몸을 단정히 하며 눈을 바다로 가져갔다.

바다를 가르며 바다를 덮듯 놈들의 상륙 보트들이 물가를 향하여 쏜살같이 다가왔다. 놈들은 물결을 차며 배에서 쏟아져 내리자 물가에 개무리처럼 까맣게 밀려들었다.

서울시 봉래 인민학교 교실 한 모퉁이 유리창 아래 무선대 앞에서는 턱밑에 물결이 선연한 세라복의 3번 무전수가 눈물 고인 눈도 씻지 못한 채전 정신을 수신지 위에 기울이고 있었다. 자줏빛 연필이 수신지 위를 넘어지듯 달렸다. 이윽고 무전수는 수신지들을 책책 겹친 다음 자리에서 일어서자 옆에 따로 밀어놓았던 자기에게 온 수신지를 잡고 망설이다가 그것까지 겹쳐 들자 사령관실로 들어갔다. 사령관은 방 안을 거닐던 그대로 발을 멈추자 전문을 읽기 시작했다. 먼저 3번수에게 온 첫 전문을 읽은 다음분초의 사이를 못 두고 다음 수신지로 옮아갔다.

'8시 47분…… 중대장 이해 중대원 여섯 명 수류탄과 따바리를 휴대하고 물가로. 배에서 내린 놈들은 개무리처럼 까맣게 물가에 오르기 시작. 해안포 용사들은 바위틈에서 포탄 구뎅이에서 따바리를 휘두르며 수류탄을 던지며 일떠선다. 놈들은 물가 긴 흙탕에 까맣게 쓰러져간다. 거품이어지러운 조수는 피빨래 풀리듯 붉게 물들어간다. 우리 범들은 몸도 감추지 않고 물 가까이 나가 감탕 속에 버티고 섰다. 용사들의 탄환 수류탄은겹쳐 나오는 놈들의 배통 골통을 그대로 가르고 마순다. 놈들의 전진은 수라장을 이루고 있다…… 1번수.'

'8시 57분…… 뒤따라 나온 놈들의 상륙정은 물가에 탱크를 내려놓았다. 탱크는 중기 경기를 미친 듯이 휘두르며 흙탕 속을 기어온다. 우리 동무들은 저마다 엎드렸다 또 일어났다 가르는 엎드린다. 그냥 보이지 않는동무도 있다. 불쑥 오른손에 수류탄 묶음을 든 이대훈 중대장이 일어섰다. 탱크를 향하여 수류탄 묶음을 던졌다. 수류탄이 터진 뒤 탱크는 무한궤도가 끊어진 듯 감탕 속 한 자리에서 뭉갠다. 또 하나 탱크가 그 옆을 기어 나온다. 중대장은 더 보이지 않는다. 놈들의 세찬 불길 속에 또 한 동무가 일

어섰다. 수류탄은 던지지 못한 채 넘어지고 말았다. 우리 동무는 더 볼 수 없다…… 1번수.'

'9시 5분…… 놈들의 탱크는 벌써 내 전호 우측을 뒤로 달리고 있다. 또 한 대가 그 뒤를 따라 올라온다. 그도 보이지 않고 또 딴 탱크와 탱크…… 그리고 개무리들이…… 미국놈 검둥이에 일본놈까지 또 까맣게 따라 올라오고 있다…… 전호 출입구에 미국놈 한 놈이 막아섰다. 놈은 총을 겨누며 나를 향하여 다가…….'

밤잠을 못 자 눈이 부석부석한 사령관은 다 읽은 뒤에서 수신지에서 눈을 못 떼다 손을 떨궜다.

시체에 덮인 감탕이 피에 물드는 거품 흐린 조수가 어수신히 눈앞에 떠올랐다.

옆에 와 선 참모장이 수신지에 손을 내어밀었다.

사령관은 참모장에게 수신지를 주며 혼자 생각에 얽혀 중얼거리듯 말했다.

"이 사람들을 잊지 말아야 하겠소."

≪화선(火線)≫, 1953

상급 전화수

박웅걸

우박처럼 퍼붓는 적의 포사격에 고지는 짙은 안개라도 낀 듯이 흐렸다.
아깟번 적기가 떨어뜨린 까소린통에서 일어 난 불ㅅ길이 골짜기에서 아
직도 너울너울 불타오르고 있었다. 연기와 흙먼지와 화약 냄새 때문에 목
이 막히고 눈을 뜰 수가 없었다.

그 속을 더듬어 포탄에 절단된 전화선을 이으며 남길은 대대 지휘부로
돌아 왔다. 포탄은 대대지휘부 근방에도 이따금씩 떨어져서 하늘 높이 흙
먼지를 파 일으켰다. 그는 호 안으로 들어가려고 출입구 앞 교룡호에 껑충
뛰여든 순간 두 다리에 맥이 아운하게 풀리며 그대로 그 자리에 주저앉은
채 한참 동안 움직이지 못했다. 다만 코구멍만 벌룸거리며 여기만은 흐리
지 않은 맑은 공기를 마치 샘물이라도 만난 듯이 탐내여 들여 마셨다.

가슴이 탁 트이고 시원해지며 쉴 새 없이 목구멍을 치받치던 기침도 가
라앉는 것이었다.

한참 동안 숨을 돌린 그는 전호 벽에 의지하며 피곤한 몸을 일으켰다.
그리고 아까 룽선에 올라섰을 때 적의 포탄 터지는 바람에 한 메터나 나가
떨어졌던 때의 일을 회상하고 어디 파편이라도 스친 데가 없나 해서 자기
몸을 이리저리 굽어보았다. 상의 소매와 궁둥이켠을 스쳐 지나가서 천쪼
각이 너덜거리고 몇 군데 불탄 자국이 있을 뿐 아무데도 상처가 없었다.

뺀찌도 허리춤에 꽂은 채 있었고 예비선도 몇 갈피 꿍무니에 달려 있었다. 아무데도 다치지 않은 자기 몸을 보자 어린애 같은 또렷한 얼굴에 볼우물이 패여지며 저절로 웃음이 떠올랐다.

대대가 접방을 한 지 사흘 동안 七○여 차에 걸쳐 탄우 속을 뚫고 다니며 보선을 했건만 아직 한 군데의 상처도 입지 않았다는 것을 생각하자 끝없이 유쾌해지는 것이었다.

포탄이 아무리 우박치듯 해도 자기만은 죽이지 못할 것 같이 생각되며 어깨가 으쓱해지는 것이었다. 그렇게 생각하니 군의소에서 전투가 시작됐다는 소식을 듣고 뛰여 나올 때 군의장이 래일은 마라리아가 또 나올 텐데 안 된다고 굳이 붙잡던 그 마라리아도 나오지 않았다. 목이 타고 혀가 말라서 견딜 수 없건만 물 한 모금 안 먹고 열흘은 견디여 낼 수 있을 것 같았다. 그는 목을 돌려 자기가 뚫고나온 탄우 속을 돌아다보았다. 아래로부터 이렇게 쳐다보니 고지는 전체가 불바다로 보였다. 그의 대대가 처음 접방을 했을 때는 울창한 소나무와 다래덩굴로 엉기였던 고지는 폭격에 불타고 포탄에 뒤집혀서 발목이 빠지는 모래밭으로 변해 버렸다. 군데군데 남아 있는 소나무들도 파편에 찢기우고 불에 그슬러서 볼꼴이 없게 되었다. 지금도 포는 그 얼마 남지 않은 소나무마저 산산이 쪼개내고 있었다.

"개새끼들, 쏠대로 쏴라 — 흙이나 뒤집었지 수가 있나?!"

그는 혼잣말로 이렇게 중얼거렸다.

이 포사격이 끝나면 뒤미처 폭격을 시작할 것이였다. 폭격이 끝나면 또 그 히질린 반돌격이 시작되는 것이다. 이틀 동안에 三○여 차의 반돌격이 있었고 오늘은 오전중만 해도 열 차례나 기여 올라 왔다. 마치 파도가 밀려 나오듯 앞의 대렬이 쓰러지면 뒤의 대렬이 기여오르고 뒤의 대렬이 쓰러지면 또 그 뒤의 대렬이…… 이렇게 미친 듯이 달려들었다. 대대부에서는 수시로 중대부의 보고에 따라 새로운 지시를 주고 수류탄과 탄약을 보내 주고, 증원 부대를 보충하고 적이 올라오는 방향을 따라 포사격을 지휘해줘야 했다.

그는 대대장이 늘상 하던

'통신망은 전투에서 신경과 같다'는 말을 다시 한 번 회상하며 머리에서 레씨바를 떼여 들고 다리에 힘을 넣어 땅을 디디며 호 안으로 걸어 들어갔다. 가스불은 켜 있으나 밖에서 들어 온 그의 눈에 호 안은 어둑컴컴했다. 눈을 껌벅거리며 사방을 살피고 있는데

"어떻게 됐소?"

하는 목소리가 맞받아 나왔다. 귀에 익은 굵은 목소리로 대대장인 것을 알아 차렸다. 가스불에 비치여 널직한 대대장의 얼굴이 떠올랐다.

"대대장 동무, 상급 전화수 리남길은 보선을 끝마치고 돌아 왔습니다."

그러나 그의 보고가 끝나기도 전에

"끝나기는 뭐가 끝나, 전화가 안 통하는데도 끝났어?"

하고 성급히 맞받아채는 목소리는 상급 부관이였다. 남길은 아까 호 밖에서 유쾌하던 그 기분이 한꺼번에 모래성처럼 무너지며 맥이 탁 풀렸다. 그는 밖에 나가서 갖은 애들 다 쓰다가도 한 군데만 끊어져서 통화가 보장 못 되면 모든 로력이 수포로 돌아가는 전화수의 남모르는 서운한 심정을 다시 한 번 맛보았다.

그리고 어떻게 했으면 좋을는지 몰라 그 자리에 못 박힌 듯이 서고 있었다. 한쪽켠에서는 목이 쉬도록 "락동강, 락동강" 하고 그가 보선한 一중대를 찾는 통신 소대장의 목소리가 들려왔다.

"수고했고. 가 쉬시오."

몸 둘 곳을 모르고 서 있는 그를 동정하는 듯 대대장은 이렇게 말하고 다시 앞에 있는 련락병에게 무엇인가 묻기 시작했다. 그는 소대장 곁으로 갔다. 소대장은 그에게는 아무 말도 없이 계속해서 "락동강, 락동강" 하고 부르고 있었다. 다만 그 곁에 불면 날아라도 갈듯이 쪼크리고 앉아있던 늙은 신전사가 솥뚜껑만큼 한두 손으로 남길의 손을 덥석 쥐면서 반겼다.

어른이 나어린 사람을 위로하듯 한 태도였건만 도리여 남길에게는 고향에 있는 삼촌들을 련상시키며 그 소박한 마음이 고마웠다.

상급 부관이 자리에서 일어나 앞뒤로 왔다갔다하며 고아 대다가 소대장에게서 수화기를 빼앗았다. 그리고 마치 제 목소리가 더 높다는 듯이 또 "락동강, 락동강" 하고 큰 목소리로 불러 대였다. 그러다가 마치 수화기에 죄나 있는 듯 내동댕이치고는 혼잣말처럼

"통신 때문에 一중대는 다 죽인다니까, 벌써 네 시간이나 련락이 끊어졌는데 이거 원……"

하고 중얼거렸다. 그러나 그 말은 혼잣말도 아니고 통신병들이 들으라고 하는 말인 것을 남길이도 짐작할 수 있었다. 그러면 통신 소대장은 마치 그 말을 제 목소리로 지워 버리기라도 하려는 듯 더 큰 소리로 "락동강, 락동강" 하고 불러 대였다.

바른팔에 하얀 붕대를 감아 목걸이를 하고 목이 쉬도록 부르고 있는 그의 모습이 남길에게는 애처롭게 보였다. 상급 부관은 견딜 수 없다는 듯이 그만 밖으로 뛰여나갔다. 소대장이 맥이 진한 모양으로 수화기를 놓고 이마의 땀을 씻었다. 그리고 그에게 향해

"수고 했소. 인제 그만 쉬오."

하고 말했다. 몹시도 부드러운 목소리였다. 자기의 심정을 알아주는 소대장의 말소리에 남길은 눈물이 핑 돌았다. 갑자기 포사격이 이쪽으로 돌아오는 듯 호 안이 울리며 천장으로부터 흙이 우시시하고 떨어져 내려 왔다. 가스불이 펄럭펄럭하더니 꺼져 버렸다. 어둑컴컴한 호 안에는 잠간동안 어색한 침묵이 흘러갔다.

련락병에게 중대부 정형을 듣는 대대장의 굵은 목소리가 더욱 크게 들렸다.

"탄약은 얼마나 남았소?"

"수류탄 二〇 발과 자동총탄 두 탄창밖에 없습니다. 적이 또 올라올 것 같은데 三〇 분 이내로 보충해 달라고 二중대장이 부탁했습니다."

"一중대 정형은 전혀 모르겠소?"

대대장은 이렇게라도 一중대 정형을 알아보려는 모양이였다. 남길은

그 말이 마치 자기 책임을 추궁하는 것 같아서 더 송구스러웠다.

　"잘 알 수 없습니다. 오늘은 포사격이 그쪽으로 많이 집중되는 것 같았습니다."

　련락병은 간단히 대답하였다. 대대장은 련락병을 보내 놓고 성냥을 그어 불을 켠 다음

　"통신 소대장, 一중대는 아직도 소식이 없소."

하고 물었다. 통신 소대장은 괴로운 듯 미간에 주름을 세우고 한참 동안 생각하다가

　"통화는 불가능합니다. 련락병을 한 명 더 보내 보는 것이 좋으리라고 생각합니다."

하고 대답하였다.

　그리해서 다섯 번째 련락병이 一중대로 향해 떠났다. 나가는 련락병의 등 뒤를 바라보고 있던 남길은 앉았던 자리에서 일어나며

　"소대장 동무, 또 나가겠습니다."

하고 말했다.

　소대장은 한참 동안 그의 얼굴을 바라보다가 왼손으로 그의 옷섶을 잡아당겨 앉히며

　"안되오. 동무는 좀 쉬오. 동무는 지금 극도로 피로해서 얼굴빛이 좋지 않소. 연락병을 파견했으니 좀 기다려봅시다."

하고 말했다.

　"련락병은 련락병이구 전화는 전화수의 임무입니다. 나가겠습니다."

　나이는 열아홉밖에 안 되었으나 군인다운 위엄성 때문에 몹시 날카로워 보이는 얼굴이 사람들에게는 더욱 미더워 보였다. 그와 함께 그를 더욱 아끼고 싶은 마음을 자아내게 했다. "동무는 그만 쉬오. 七〇여 차나 나갔는데…… 그런데 다른 전화수들은 뭘 하구 있소. 一중대에도 두 명이나 있지 않소?"

　한참 동안 그들의 이야기를 듣고 있던 대대장이 말참견을 했다.

“두 명 다 부상당했습니다.”

소대장은 힘없이 대답했다.

남길은 그 자리에 도로 주저앉았다.

호 안은 한참 동안 또 조용해졌다. 대대장은 쉴 새 없이 담배만 뻑뻑 빨고 있었다. 담배라야 가랑잎과 다래 잎사귀를 훑어다 피우는 것이었으나 대대장은 한 대가 다 타면 그 불이 꺼지기 전에 또 한 대를 말아 붙이고 하는 것이었다. 남길은 그것이 몹시 초조할 때 하는 그의 버릇이라는 것을 잘 알고 있었다.

남길은 몹시 피곤했건만 그러나 좀처럼 졸음도 오지 않았다. 벽에다 몸을 기댄 채 눈을 감고 있으면 귀 속에서 무엇인가 쟁장 울리는 소리가 들리는데 그것이 어떤 때는 전화 베루 소리로 들리여서 눈을 뜨고 정신을 가다듬어 보면 전화는 아무데서도 오지 않았다. 다시 눈을 감으면 아까 바라보던 불타는 고지며 동강이난 전선이며 어떤 때는 빨찌산을 떠났다는 어머니의 모습이며 여러 가지가 아무런 련관성도 없이 뒤섞여서 눈앞에 어른거린다.

“상급 전화수 동무.”

누군가 귓가에서 나지막하게 부르는 소리에 정신을 버쩍 차렸다. 고개를 돌려 보니 아까 그의 손을 잡고 반겨 주던 빨찌산 출신인 늙은 신입 대원이었다. 그는 담가 대대로부터 통신 소대에 보충 대원으로 어제 들어 왔는데 남길이와는 같은 전라도 광양 출신이고 또 고향에 혼자 남겨 둔 그의 어머니의 소식을 알고 있어서 그는 인차 남다른 관심을 갖게 되었다.

四〇이 가까와 눈언저리에 잔주름이 간 그의 농민다운 순박한 얼굴은 어렸을 때 그를 귀여워해주던 고향에 있는 삼촌들이며 이웃 사람들을 련상하게 했다.

“왜 그러우?”

“이번에는 내가 나가 볼가유?”

그는 마치 자기 목소리가 다른 사람들에게 들리는 것이 송구스러운 듯 이렇게 은근히 말했다.

"선 이을 줄도 잘 모르며 나가문 뭘 해유."

남길은 자기도 모르게 고향 사투리가 나왔다. 전사는 아까도 남길이와 같이 나가자고 졸랐다. 그러나 포사격이 심한 때 혼자 나가도 될 걸 아직 생소한 그까지 끌고 나갈 필요가 없으리라고 생각하고 혼자 나갔던 것이다. 그러나 한편으로는 이 전사에게서 느낀 남다른 애정이 그를 아끼게 했다는 것을 그 자신도 알고 있었다.

"지금 배워 가지구 나가문 되유. 이래뵈두 려수 항쟁 때는 총을 들고 전투도 했는데 그리 멍텅구리는 아니라우. 이런 곤난한 때 호 안에 앉아만 있을라니 밑구멍에 바늘을 깔고 있는 것 같아서 못 견디겠시유. 나가겠시유."

그리고 부득부득 자리에서 일어나는 폼이 말렸대야 좀처럼 들을상 싶지 않았다. 남길이도 그의 심정을 잘 알 수 있었다. 전우들이 모두 싸울 때에 군복을 입고 임무를 받지 못하고 있는 것처럼 자기 자신이 값없이 보이는 때는 없다. 군인으로서의 자기 의무를 다하겠다는데 굳이 붙잡을 무슨 리유가 있으랴. 이렇게 생각한 그는 소대장에게 동의를 얻고 그를 내여 보내기로 했다. 그리고 배선 정형과 련결할 때 주의해야 될 점들을 가르쳐 주었다.

우선 선이 포탄에 맞아 쉴 새 없이 끊어져서 여러 겹이면 나으리라고 생각하고 세 줄로 복선을 늘였다는 것, 그 복선을 또 다시 토마토막 끊어져도 어느 한 줄만 남으면 통할 수 있게 군데군데 세 줄을 가로 련결해 놓았다는 것, 그러므로 세 줄이 한꺼번에 끊어진 데서도 어느 가닥이던 서로 한 줄만 련결하면 통할 수 있다는 것 등을 이야기해 준 다음 포탄을 피하는 방법과 '쏘구역'을 가리켜 주며 특히 포탄에 주의하라고 두세 번 일러주었다. 나이로 치면 자기에게는 아버지뻘이나 되였건만 어딘지 모르게 어린애를 강가로 보내는 것 같은 심정이였다.

출입구 밖에까지 바래다주고 다시 들어온 그는 인차 수화기를 귀에 대고 기다리기 시작했다.

빨랐대야 三〇분은 걸려야 되리라는 것을 모르는 바는 아니었으나 거저 앉아 기다릴 수 없기 때문이다.

수화기를 가만히 귀에 대고 있노라면 불 속에서 선을 찾아내느라고 헤매는 그 전사의 순박한 얼굴이 눈에 선히 떠오르군 했다. 그와 함께 그 전사에게서 들은 자기 어머니의 모습이며 고향 마을들이 눈앞에 떠올랐다.

어머니와 리별한 것은 려수 항쟁 사건이 있은 다음해 봄이었다. 항쟁이 끝나자 그의 아버지는 동지들과 함께 지이산으로 들어가고 집에 남은 어머니와 그는 경찰에 끌려 가 갖은 고문을 다 겪었다.

어머니는 남편이 간 곳을 모른다는 것이 죄목이였고 그는 아버지의 심부름으로 레포를 나른 것이 죄목이였다.

고문 중에서도 견딜 수 없이 가슴 아픈 기억은 그의 앞에서 어머니를 전기 고문하는 것이였다.

량쪽 엄지손가락에 전기선을 매고 파수를 돌리면 어머니의 팔은 감전으로 푸들푸들 떨리는 것이였다. 고생 때문에 거칠었으나 아직도 일손을 잡으면 젊은이들에게 짝지지 않는 그 아귀 센 팔이 지금도 눈에 선히 떠오르군 했다. 그 팔을 보고 난 후부터 그에게 대한 전기 고문쯤은 아무것도 아니였다. 모자는 끝끝내 갖은 고문을 이겨 내고 석방되여 나왔다. 그러나 원쑤들의 감시는 한시도 떨어지지 않아 경찰과 테로단은 그의 집을 마치 자기 집 변소간 출입이라도 하듯 드나들고 남길이는 하루 건너로 불리여 갔다.

봄볕이 다양한 어느 날이였다. 경찰에서 돌아오던 그는 뒷산 고갯길 대밭 속에서 기다리는 어머니를 만나자 서로 껴안고 진종일 울었다. 멀리 남해 바다에서는 갈매기가 훨훨 날아다니고 오고 가는 기선들의 기적 소리가 구슬프게 들렸다. 어머니는 울음을 거두고 아들에게 몸을 피해서 떠날 것을 권고했다. 그날 저녁 어머니가 싸주는 밥보퉁이를 옆에 낀 남길은 기차를 타고 서울로 올라 왔다.

서울에 어떤 의지할 곳이 있는 것도 아니건만 사람 많은 데는 품을 팔아서라도 놈들의 눈을 피하며 살아 갈 수 있으리라고 생각했기 때문이었다.

그는 인천 부두 로동자로부터 정거장 수화물 운반부, 선반 견습공 등으로 품을 팔다가 인민군대가 서울을 해방시키자 의용군으로 입대한 것이었다.

신입대원의 말에 의하면 어머니는 고향 사람들과 함께 후퇴하다가 그가 지금 싸우고 있는 이 태백산맥 남쪽 끝에서 산으로 들어갔다는 것이었다. 벌써 四〇이 가까운 녀자의 몸이니까 전투원은 아니겠지만 곤난한 밤 행군이며 추운 겨울밤을 어떻게 이겨 냈을가?

三〇분이 가깝도록 一중대는 여전히 침묵을 지킨 채였다. 다섯 번째 련락병도 돌아오지 않았다. "락동강, 락동강" 하고 목이 쉬도록 부르노라면 때때로 '한강'이나 '대동강'이 나오군 했다.

보선을 나간 신대원에 대해서도 자꾸만 불길한 예감이 떠돌며 그 자리에 앉아 있기가 거북스러웠다. 예감이란 것이 과학적으로 설명할 수는 없다 치더라도 이런 전투 마당에서는 묘하게 들어맞는 수도 있다는 것을 그는 전투 경험을 통해 알고 있었다. 수화기를 놓고 몇 번이나 자리를 일어서려고 생각하면서도 혹시나 놓는 그 순간에 무슨 대답이 있을 것만 같아서 마음을 죄이며 그대로 기다렸다. 기절한 전우의 숨소리가 다시 살아 나오기를 기다리거나 한 듯 안타까운 一분 一초가 흘러갔다. 기어코 그는 수화기를 놓고 일어섰다.

"소대장 동무, 나가겠습니다."

옆에서 레씨바(보조 수화기)를 귀에 대고 그와 함께 기다리던 소대장은 한참 생각하다가 정면으로 바라보며

"좋소, 나가시오."

하고 간단히 대답했다. 그리고 레씨바를 떼여 그에게 쥐여 주었다.

마치 자기의 출발을 축원이라도 하는 듯 여러 개의 눈이 바래우고 있는 것을 등 뒤로 느끼며 그는 호 밖으로 나왔다.

초겨울 추운 바람이 락엽과 연기를 휩쓸며 골짜기마다 감돌아쳤다. 호에서부터 선을 더듬어 올라간 그는 얼마 안 가서 포알이 새로 흙을 파헤쳐 놓은 자리와 함께 선이 끊어져 날아간 데를 발견했다. 거기를 이어 놓고 그는 다시 작은 가랑나무 무더기와 짜개진 소나무 아채기들이 불타는 데를 지나 선을 더듬어 올라갔다.

어떤 데는 포탄이 파일으킨 흙 속에 깊이 파묻히기도 하고 또 어떤 데는 산산이 부러진 나무 아채기에 찬찬히 감겨들기도 했다.

선을 늘인 교통호도 포탄 바람에 뒤죽박죽이 되였다. 그는 선을 집어 들고 그 앞에 끊어진 데를 찾기 위해서 잡아 당겨 보기도 하고 흔들어 보기도 했다.

그리고 선이 팽팽하게 죄여 들면 또 그 앞으로 전진해 나갔다.

포탄은 쉴 새 없이 날아와 앞뒤에서 터졌다.

그럴 때마다 날아올랐던 흙먼지와 조약돌들이 우시시하고 머리 우에 내려 씌웠다.

포탄 튀는 소리를 듣고 처음에는 엎디기도 했으나 인제는 엎딜 생각도 안 했다. 엎디였대야 워낙 많이 날아오고 보니 직격탄엔들 맞지 않으리라고 생각할 수 없기 때문이였다.

다만 떨어지는 방향을 살펴 '쏘구역'을 되도록 피하려고 애쓰며 앞으로 나갈 뿐이였다.

고지 중턱에 거의 올라서게 될 무렵에 그는 다시 선을 잡아 당겼다.

거기에서도 끊어졌는 듯 선은 그가 당기는 대로 한 메터 가량 무겁게 끌려 왔다. 그러나 끌어 당겼던 선을 놓는 순간 웬일인지 잡아 당겼던 고무 줄이 도로 졸아 들듯 제자리로 움츠러들어갔다. 남길은 이상하다고 생각하며 다시 잡아 당겨 보았다. 그러나 이번에도 또 졸아들듯 끌어갔다.

혹시 잘 휘여 드는 나무 아채기에라도 걸렸으리라고 생각하며 앞으로 더듬어 올라갔다.

그 앞에서 선은 또 포탄이 파 일으킨 흙 속에 파묻히였다.

선은 그 흙 속으로 좁아 들어 가는 것이였다.

몇 걸음 더 나가서 남길은 그 흙무더기가 움즐거리는 것을 보았고 다시 사람의 머리와 팔을 발견했다. 그는 직각적으로 흙 속에 파묻힌 사람이 누구라는 것을 알아차릴 수 있었다.

아까 보선을 나온 그 신대원이였던 것이다. 전사는 자기 몸에 덮쌓인 흙은 털고 일어나려고도 하지 않고 간신히 움직일 수 있는 손으로 선만 끄집어 당기고 있었다. 남길은 흙을 헤치고 그를 안아 일으켰다.

코를 흙 속에 박고 엎디였던 전사는 후― 하고 긴 숨을 내여 뿜고 흙투성이 된 얼굴에서 겨우 눈만 떴다.

그리고 새여 나오는 듯한 목소리로

"고향 동무, 뺀찌하구 예비선이 여기 있소. 나는 버려 두구 빨리 이어 주."

하고 말했다. 그리고는 다시 눈을 감아 버렸다.

"동무, 정신 차리오. 동무, 동무."

두세 번 쥐여 흔들었으나 전사는 그대로 맥을 버리고 만다. 남길은 무거워지는 전사의 몸뚱이를 땅에다 내려놓았다. 그리고 그의 손으로부터 여러 벌 찬찬히 감아 쥔 선을 조심히 풀어 내여 들고 일어섰다. 두 줄기의 눈물이 천천히 흘러 내려 그의 옷섶을 적시였다. 그는 팔소매로 눈물을 닦은 다음 다시 고지로 올리걸었다. 릉선을 넘어 저격탄이 날아오는 고지 남쪽 이마에 가서도 그는 마치 탄환은 못 보는 듯 같은 걸음으로 걸어 내려갔다. 거기까지 가는 동안에 열두 군데를 이었다. 예비선도 다 써버리고 그래도 선이 모자라니 땅 속에서 파묻혀 있는 끄트레기들까지 파내여 이었다.

얼마 안 내려가서 고지 중턱 떨어져 나가 앉은 바위 뒤에 중대부가 있었다.

문 밖에서부터 "대동강, 대동강" 하고 높이 웨치는 ―중대장의 목소리가 들려왔다. '통하는 걸까?―'

그는 가슴을 두근거리며 호 안으로 다급히 뛰여들었다. 그러나 "대동강, 대동강" 하는 중대장의 목소리는 여전히 높을 뿐이였다. 큰 눈으로 들

여다보고 있는 남길이를 발견한 중대장은

"동무, 또 끊어졌소. 금방 통했는데 한 마디도 못 했소. 그런데 큰 일 났소. 적이 또 올라오려는 기세를 보이는데 수류탄도 없고 탄환도 다 썼소. 빨리 련락을 취해야겠는데 동무 부탁하오. 몇 마디만 통하면 되오."

남길은 숨이라도 돌리고 싶었으나 중대장의 초조한 말소리를 듣고는 앉을 수도 없었다.

"중대장 동무, 그럼 수화기를 놓지 말고 계십시오. 몇 군데 안 끊어졌을 테니까 곧 련결하겠습니다."

그는 돌아서서 호 밖으로 나왔다. 그리고 다시 선을 따라 릉선을 올리걸었다. 릉선으로 올라서기 시작하자마자 마치 약속이라도 한 듯이 중기 탄환이 뒤따라 날아 왔다. 탄환은 발자국마다 따라 와서 먼지를 풀썩풀썩 일으키며 흙 속에 박혔다. 솔포기에 탄환이 맞을 때마다 마치 가위로 잘라 놓기라도 하는 듯 잎사귀가 부슬부슬 떨어졌다. 어떤 것은 뿅뿅하고 날카롭게 공기를 가르며 귓전을 스쳐 앞에 떨어지기도 했다. 그러나 그는 역시 제 걸음대로 걸었다. 릉선 마루턱에서 잡아당기던 선이 휘청하고 앞으로 끌려 왔다. 끌려오는 무게로 짐작해서 三○메터 앞에서 끊어진 것으로 짐작되었다. 그는 끊어진 데를 발견하자 빠른 걸음으로 찾아 나갔다. 얼마간 더 가면 자기 몸이 릉선에 감추어지리라고 생각하는 순간, 귀가 딱 막히는 폭음과 함께 몸뚱이가 공중에 허영 들려 나는 것을 느꼈다.

정신이 아찔했다. 그는 또 포탄 바람에 날리운거라고 생각하며 땅을 짚고 일어서려고 애썼다. 그러나 왼쪽 가슴에 돌이라도 올려놓은 듯 무거워서 일어 날 수 없었다. 단추를 벗기고 가슴에 손을 넣어 보니 손갈피에 뜨스한 액체가 감촉 되었다.

"에익 개새끼들!"

그는 혼자말처럼 이렇게 중얼거렸다. 호주머니에서 붕대를 꺼내여 우선 상처를 틀어막았다. 그리고 누가 없나 해서 주위를 살펴보았으나 거기는 붕대 감아 줄 사람 하나 있을 리 없었다.

주위에는 포탄이 파헤친 흙구덩이와 그가 끌고 올라 온 전화선과 피여 오르는 연기와 그리고 그 사이로 바라보이는 푸른 하늘이 보일 뿐이였다.

선을 빨리 이어야 되겠다고 생각하며 자기 앞에 놓인 선을 집어 들었다. 그리고 다른 한쪽 끄트머리를 찾아보았다. 자기가 앉은 자리로부터 열 메터나 떨어진 데서 그것을 찾아냈다. 일어서려고 했으나 가슴에 오는 아픔 때문에 한켠 손을 짚고 앉은걸음으로 그 곳까지 갔다. 집어 들고 당겨 보니 팽팽하게 죄여 드는 것이 대대부 쪽은 끊어지지 않았다. 그 선을 끌고 다시 먼저 있던 자리로 돌아 왔다.

그리고 피복을 벗기려고 뻰찌를 찾으니 허리춤에 뻰찌가 없었다. 뿌리여 떨어졌던 자리를 둘러보았으나 어디 파묻혔는지 뻰찌는 보이지 않았다. 잇발로 벗기려고 물고 잡아당기는데 입안에서 불이라도 이는 것 같으며 잇발이 시여서 견딜 수 없었다. 그는 즉시 알아 차렸다. 대대부 쪽에서는 중대를 찾느라고 파수를 틀고 있는 것이였다. 지금 중대장도 수화기를 귀에 대고 기다리고 있을 것이였다. 문제는 지금 그가 틀어쥐고 있는 이 한 곳 뿐이였다. 여기만 이으면 보고가 올라가고 명령이 전달될 것이였다. 그의 마음은 더욱 조급했다. 빨리 이어야 되겠다고 생각하며 다시 중대부 쪽 선 피복을 잇발로 물어 벗기고 량쪽을 맞대이려고 당겨 보니 벌린 팔이 맞대여지지 않았다. 가운데가 날아 나서 한 메터 가량 모자라는 것이였다. 버릇처럼 허리춤으로 손이 갔으나 예비선도 없었다. 어디 파묻힌 끄트레기라도 없나 해서 사방을 살펴보았으나 아무것도 보이지 않았다. 인제는 흙을 팔 기운조차 없었다. 피복을 벗긴 선 끄트머리를 다시 한 번 다쳐 보니 손이 찌르릉하고 떨리는 것 같았다. 그 순간 그의 머리에는 어디선가 감전 때문에 푸들푸들 떠는 팔을 본 기억이 퍼뜩 스쳐 갔다. 그 팔은 괴뢰 경찰에게 고문 받던 어머니의 팔이였다.

'내가 이 선을 잡고 있는다면?' 그는 이렇게 생각해 보았다. 그의 전화수 로서의 경험은 전류가 통하니 말도 통할 수 있으리라는 결론을 얻기가 그리 힘들지 않았다.

'그래 내 몸을 바쳐서 전투가 보장될 수 있는 일이라면 무슨 일인들 못 하랴.'

이렇게 생각하니 초조하던 그의 마음은 아까 본 그 푸른 하늘처럼 맑아 지는 것이였다. 그와 그의 어머니는 원쑤들의 전기 고문에도 견디여 냈는 데 지금 그 원쑤를 갚기 위한 명령을 전달하는 전화선을 붙잡고 견디는 것 쯤 그리 큰일은 아니였다. 그 선을 잡고 그냥 죽어도 아무 한이 없을 것 같 았다. 상처에서 오는 아픔과 자꾸만 맥이 풀려 가는 것이 자기는 정말 죽 을는지도 모르는 일이였다. 그러나 그는 조금도 슬프지도 않고 두렵지도 않았다. 다만 자기 맥이 진해서 지금 이 통화를 보장하지 못하고 죽지 않 을가 하는 것이 근심이였다. 그는 있는 힘을 다 가다듬으며 정신을 차리려 애썼다. 그리고 인차 자리를 고쳐 앉고 량손에 선 끄트머리를 감아 쥐였 다. 예상했던 대로 팔이 푸르르 떨렸다. 그는 통하는가 시험하기 위해서 귀에 댄 레씨바 끄트머리를 한쪽 컨에 걸고 감전 때문에 손이 놓쳐지지 않 도록 다시 감아 쥐였다. 상처가 아파 왔다. 마치 칼을 넣어 우벼 내기라도 하는 것처럼 몹시 아파 왔다. 그는 그대로 포탄 구덩이에 드러누웠다. 그 리고 레씨바를 댄 귀에다 전 신경을 집중했다. 어느 쪽에선가 파수를 트는 소리가 레씨바를 통해 오래동안 들려 왔다. 상처가 몹시 아팠다. 그는 이 를 악물고 참았다. 몸에 통하는 전류가 약해졌다.

"락동강, 락동강, 락동강 – "

그 소리는 소대장의 목소리였다. 웨치는 소리는 도간도간 끊겼다가 는 계속되군 했다. 접촉이 잘 되지 않는가 생각하고 그는 있는 힘을 다 내 여 량손을 단단히 틀어 쥐였다.

그러나 그 소리를 중대부 쪽에서는 듣지 못하는 듯 이번에는 그쪽에서 파수를 틀기 시작했다.

그는 다시 이를 악물고 고통을 참지 않으면 안 되였다. 레씨바가 울리여 서 귓구멍을 쑤시는 것 같았다. 그러나 그가 지금 틀어쥐고 있는 이 곳 밖 에는 끊어진 데가 없다는 것을 뚜렷이 알게 되자 그는 기뻤다. 전화는 틀림없이 통할 수 있는 것이었다.

그와 함께 끊어지기 전에 빨리 통화시켜야 되겠는데 초조하기만 했다. 또 몸에 통하던 전류가 약해졌다. 그러나 이번에는 "대동강…… 대동강……" 하고 부르는 소리가 흘러들어 왔다. 그러나 대대부 쪽에서는 그 소리를 듣지 못했는 듯 잠잠했다. 그는 안타까왔다. 자기가 레씨바로 중계해주고 싶었다. 그러나 량손에다 선을 틀어쥐고 나니 귀에 붙은 레씨바를 떼여 입으로 가져 올 손이 없었다. 그렇다고 한쪽 손을 레씨바로 가져 오면 이번에는 선이 끊어지는 것이다. "대동강, 대동강" 하는 소리는 여전히 들려왔다. 레씨바가 입으로 오게 하려고 목을 기울여 어깨에다 대고 비비였으나 워낙 단단히 졸라 매여서 돌아오지 않았다. 그는 저도 모르게 허공에다 대고 중대장과 같이 "대동강 대동강" 하고 불러 대였다.

"락동강 ― 락동강 ―"

이번에는 딴 목소리가 흘러 들어왔다. 그 소리는 분명히 소대장의 목소리였다. 그는 숨을 죽이고 듣고 있었다.

"락동강이요……?"

"네!"

"락동강이요? 정말 락동강이요?"

흥분한 소대장의 목소리였다. 중대부 쪽에서 그렇다고 대답하니 전화를 바꾸는 모양으로 이번에는 다른 사람의 목소리가 들려 왔다.

"여보! 틀림없이 락동강인가? 여보 정말 살아 있소?"

흥분과 기쁨을 못 이기는 대대장의 목소리였다.

"틀림없습니다. 대대장 동무십니까?"

"그래 정형은 어떻소, 견딜 만하오."

인제는 완전히 통하는 것이었다. 그는 기뻤다. 배 속으로부터 솟아오르는 기쁨이 가슴에 꽉 들어차서 숨이 가빴다. 두 줄기의 눈물이 천천히 흘러 내려 귓망울로 흘러들어 갔다. 이 기쁨을 아무에게도 말할 수 없는 것이 더욱 안타까왔다. 대대장과 중대장의 대화가 지금 그의 몸을 통해 오고 가건만 그는 그들에게 말 한 마디 할 수 없을 뿐더러 아마 말하는 사람들은 영원히 이 사실을 모르고 지날는지도 모른다. 아니 만약 그들에게 이 사실을 알릴 수 있었다 치더라도 남길은 말하지 않았을 것이다. 그의 마음은 지극히 위험한 고비에 전투 임무를 완수했다는 그것만으로 무한히 만족했던 것이다. 레씨바를 통해 량쪽 대화는 계속해 흘러들어 왔다. 그는 자기 몸에 기운이 자꾸만 진해져 가는 것을 느꼈다. 지금 이 순간에 말소리가 중단될가 싶어 안따까왔다. 그는 량손에 더욱 힘을 넣었다.

"포를 속히 쏴 주시오. 아까 지점에서 좌측으로 백 메터, 거리는 같습니다. 적들은 지금 그쪽으로 이동합니다. 이번에는 그쪽으로 올라올 모양입니다."

대화는 계속 되었다.

"적의 병력은 얼마나 되오?"

대대장이 묻는 말이었다.

"한 대대 가량 됩니다, 그런데 제일 큰 문제는 수류탄입니다. 지금 전부 세 알밖에 없습니다."

"알았소, 인차 보내겠소. 그리구 말이요……"

대화는 한참 동안 계속되더니 수화기를 놓는 소리가 들렸다. 전화는 끝난 것이었다. 그의 몸에서는 맥이 일시에 풀렸다.

무한히 만족한 그의 입가에서는 평화스러운 미소가 저절로 흘러 나왔다.

멀리 창공에서 무수한 별들이 나타나 가물거리다가 또 그것이 무성한 대밭이 되어 보이기도 하고 그 사이로 어머니의 얼굴이 커다랗게 나타났다가는 사라지군 했다.

통신 소대장이 안아 일으켰을 때 남길은 마지막으로 의식을 회복했다. 심한 출혈 때문에 앞가슴이 새빨갛게 물들어 있었다. 기절한 그를 맨 처음에 발견한 위생 지도원은 붕대를 감아 주며 소대장에게 머리를 좌우로 흔들어 보였다. 워낙 치명상이고 보니 별도리가 없다는 것이었다. 눈을 뜨고 전우들의 얼굴과 소대장의 얼굴을 알아 본 그는 핏기 없는 입술을 겨우 놀리며 이렇게 말했다.

"소대장 동무, 상급 전화수 리남길은 보선을 전부 끝마쳤습니다."

"수고했소 동무, 정신을 단단히 채리구 군의소로 갑시다. 알아들었소?"

소대장은 목멘 소리로 이렇게 말했다. 그러나 남길은 모든 것을 다 알고 있다는 듯이 고개를 좌우로 흔들어 보였다.

적의 반격을 물리친 고지에는 포탄 한 방 떨어지지 않고 푸른 하늘만이 곱게 비껴 있었다.

『상급 전화수』, 조선작가동맹출판사, 1959

구대원과 신대원

윤세중

구대원들이 전선에서 신대원들을 맞는다는 것은 커다란 즐거움으로 되고 있었다. 경기사수이자 부분대장인 장수철은 바로 이런 즐거움을 요즈음 가지게 되었다.

1차 진공 때부터 적후투쟁을 거치여 재진공과 진지방어전투에 이르기까지 40여차의 큰 전투를 실지로 치른 로련한 구전투원인 장수철의 가슴에는 네 개의 전사영예훈장이 빛나고 있었다. 그 훈장 하나하나에는 그의 영웅적 공훈과 수많은 미 제국주의 원쑤들을 살상한 복수의 기록이 낱낱이 새겨져 있었다.

그러나 수철은 자기 공훈을 한 번도 자랑하고 싶은 생각은 없었다. 다만 자기가 이렇게 싸울 수 있었다는 것은 자기 앞에서, 자기 옆에서 또는 자기 뒤에서 자기보다 더 용감하고 씩씩한 수백수천의 참다운 젊은 동무들이 같이 싸워준 때문이라고 생각하였다.

수철은 조용한 때면 자기와 같이 싸우던 전우들을 머릿속에 그려보는 버릇을 가지고 있었다. 많은 동무들, 전우들이 늘 머릿속에 떠올랐다가는 사라지고 사라졌다가는 떠올랐다.

전쟁터에서의 세월은 수철이로 하여금 수없는 동무들을 만나게 하고 헤여지게 하였다. 그러나 수철은 그 얼굴들을 하나도 잊어버리지 않았다.

그 얼굴들은 마치 구면의 친구같이 똑똑한 영상으로 가슴 깊이 남아있었다.

'이번에도 어떤 동무들이 오려나.'

며칠전이였다. 소대장은 별안간 보충대원이 후방에서 오게 되였다고 하면서 이렇게 말하였다.

"이번에 신대원들이 나오면 좀 잘 환영을 해야 할 터인데 어떻게 했으면 좋을가?"

대원들은 소대장의 말에 모두 귀를 쳐들었다.

"좋은 수가 있습니다. 소대전부가 모여서 오락회를 굉장하게 조직했으면 좋겠습니다."

누구인가 서슴지 않고 이렇게 대답하였다.

"오락회? 그것도 좋겠지ー"

소대장이 받는 말이다. 그러나 딴 동무가

"후방에서 특별공급으로 나온 고기까지 모아서 그 동무들에게 본때있게 대접을 했으면 좋겠습니다."

하였다.

"그것도 좋을 거야ー"

소대장이 빙긋이 웃으며 받았다.

"소대장동무, 신대원들 환영에 대한 준비는 제게 일임해 주셨으면 좋겠습니다."

아주 큼직하게 도맡아 나서는 것은 소대초급선동원동무였다.

"오 참 그게 좋겠소. 동무가 맡소. 그 대신 잘못되면 동무가 전적 책임을 질 것……"

하고 소대장은 웃었다.

이런 공론으로 한참 떠들썩하는 동안 수철은 그저 뒤에 잠잠히 앉아있기만 하였다. 그러나 마음속은 사뭇 설레였다.

수철은 어떤 대원들이 올가? 그 상상부터 먼저 하였다.

똑똑하고 령리하고 날파람 있는 그런 대원들을 상상하였다.

혹은 나이가 들어 무딘 듯은 하나 어딘지 모르게 믿음직스러운 동무도 상상하였다 또는 키가 껑충하며 싱거이 우스개소리를 곧잘 하는 그런 동무도 상상하여 보았다.

'어떻게 생긴 동무들이 올가?'

그러나 수철이에게는 어떤 대원이 오건 무방하였다. 어떤 동무이건 만나보았으면 하는 생각이 앞섰다.

그 후 사흘이 지나서였다.

수철이가 고대하던 신임 보충대원 세 동무가 모두 이소대로 배속되여 왔다. 수철은 벅찬 가슴으로 세 동무를 맞이하였다.

세 동무 다 농촌 출신인 듯 순하고 부드러워 보였으나 어깨가 벌어지고 풍부한 체구를 가진 두 전사에 비하여 작고 어려보이는 동무 하나가 또렷또렷한 눈알을 굴리며 두 젊은이 사이에 끼여 있었다.

수철은 어쩐 일인지 그 어린 동무에게로만 시선이 자꾸 쏠리였다. '야무지게 다문 입, 둥근 얼굴, 짤막한 귀, 날씬한 허리' 어디 한 군데 빠진 데가 없는 어린 동무는 수철이가 제일 많이 상상해보던 바로 그런 동무였다.

처음 모였던 자리가 일단 흩어지자 수철은 어린 전사 앞으로 성큼성큼 다가가서 손을 내밀어 새삼스럽게 악수를 청하였다.

"수고했소. 여기까지 나오느라고 고생스러웠지요?"

"아니요."

어린 전사는 하얀 이를 내보이며 대답하였다. 수철은 더욱 마음이 유쾌해졌다.

"이름은 무어라구 하슈."

"박성구라고 해요."

수철은 피뜩 1차 진공 때 같은 분대에서 용감하게 싸우던 박천구를 생각하였다.

"형님에 혹 박천구라는 사람 있수?"

"저는 형님이 없어요. 어린 동생들만 집에 있어요."

"그래?"

수철은 자꾸 성구를 들여다보았다. 들여다볼수록 그 얼굴은 지난날의 치렬한 전투에서 용감하게 같이 싸우던 어떤 전우가 련상되였다. 그러나 누구였던가는 생각이 종시 떠오르지 않았다.

"고향은 어데지?"

"성천이예요."

"아버지는 농사를 하시우?"

"아버지는 안 계서요. 어머니가 동생들을 데리고 농사를 지으셔요."

"아버지가 돌아가셨소?"

"미제놈들이 들어왔을 때 로동당원이라고 학살당하셨어요."

"그래?…… 에잇 개새끼들."

수철은 버릇처럼 소리를 버럭 질렀다.

"그럼 동무는 사회에서부터 민청원이였겠군—"

"네……."

선동원동무의 환영인사가 있은 다음 오락회가 벌어졌다.

참나무와 자작나무숲사이로 단풍나무가 유난히 붉게 끼여섰다. 그 그늘 밑으로 해빛이 새여 들어와 단풍은 더욱 빛나뵈였다. 그래서 그 밑을 어른거리는 전우들의 얼굴까지 붉어 보이였다. 이 그늘에서 룽선을 타고 30리를 가면 놈들이 화력을 배치하고 있는 화선이지만 대낮 불질이 서로 없을 때는 심산유곡그대로의 정적이 한동안씩 흐르고 있었다.

오락회는 흥이 한창 고조로 올라갔다. 성구는 두 동무와 함께 좌석중앙에 어색하게 앉은 채 어느덧 흥에 끌려 들어가고 있었다. 불그스름하게 홍조가 올라 어딘지 모르게 애티가 어른거리는 얼굴에는 수집어 하면서도 상냥한 웃음이 자주 지나갔다. 수철은 오락회보다도 그 귀여운 웃음을 보는 게 더 즐거웠다.

'우리 뒤에는 얼마든지 저렇게 똑똑한 용사들이 있다. 미제 침략자놈들이 아무리 간악해도 우리를 이겨낼 수는 없을게다.'

수철은 전우들의 노래와 춤 뒤에서 이런 흐뭇한 감정에 혼자 취해있었다.

오락회가 끝이 난 후 전우들은 흥이 아직도 사라지지 않은 얼굴로 산비탈에 깊이 파서 만든 병사로 끼리끼리 패를 지어 들어갔다. 수철은 다시 성구 앞으로 다가갔다.

"어때?"

"아주 재미있어요."

성구는 얼른 대답하였다.

"후방에서 오락회하던 것보다 더 잘하지? 씩씩하고 활발하고—"

수철이 마치 자기가 오락회를 지휘나 한 것처럼 자랑스럽게 말하였다.

"네 참 잘들 하세요."

저녁 늦게 선동원동무는 민청분 조장동무와 소대장 앞에서 무엇인가 열심히 이야기하고 있었다. 그 이야기들 중에서 수철이가 얼핏 들으니까 오늘 온 세 동무에게 전투경험을 주기 위하여 개인지도를 할 데 대한 이야기였다. 수철은 그 말에 귀가 번쩍 띄었다.

"선동원 동무! 박성구 동무는 제게 맡겨주십시오."

하고 당장 청원해보고 싶었으나 그럴 수도 없는 자리라 꾹 참았다.

밤이슥히 전우들이 다 깊은 잠에 잠긴 후에야 선동원과 민청분 조장은 자기 병사로들 돌아가려고 소대장 앞에서 물러섰다. 수철은 조용히 그들의 뒤를 따라 병사에서 나왔다.

"선동원 동무!"

수철이는 민청분 조장 뒤를 따라 나오는 선동원을 문 옆 어둠속에서 가만히 불렀다.

"누구요? 수철 동무?"

"네!"

"웨?"

"저 박성구 지도를 제가 맡을 수 없을가요?"

의외의 질문에 잠시 덤덤했던 선동원은

"그래도 좋지요. 그럼 전적으로 그 동무를 맡아보겠소?"
하고 뒤를 따지였다. 언제나 신중히 생각한 후에야 대답을 하는 수철이였다. 무춤해서 서있는데 선동원이 다시 말을 꺼냈다.

"좋소, 래일 아침에 다시 이야기합시다."
선동원은 자기 전호를 향하여 사라졌다.
놈들의 탐조등불빛이 맞은편 봉우리를 핥듯이 지나가자 꾸릉꾸릉하는 포성과 함께 포탄이 작렬하는 섬광이 여기저기서 살기를 띠고 번쩍거린다.

이튿날 수철이는 성구를 만나서 대뜸 이렇게 말하였다.
"성구 동무! 무슨 얘기부터 먼저 했으면 좋겠어? 응? 어떤 얘기가 먼저 듣고 싶어? 얘기가 너무 많으니까 말야!"
혼자 신명이 나서 주어 섬기는 수철이를 성구는 그저 멍하니 바라다만 보고 있었다.
"동무! 나는 동무에게 전투얘기를 해줄 책임이 있어. 그래서 그러는 거야."
성구는 겨우 수철의 말귀를 알아들었다.
"네 좋아요. 아무것이나 먼저 말해주세요."
성구는 어린애같이 반기였다.
"응, 그럼 해주지. 제일 처음 내가 경기로 미국놈 열넷을 잡던 얘기부터 하지……"
수철은 성구 앞에서 자기의 전투경험 이야기를 하기 시작하였다.
수철이의 이야기는 무진장하였다. 수철이는 하루에도 몇 차례씩 틈만 있으면 성구와 마주앉았다. 수철이의 입은 퍽 컸다. 거기다가 입술은 두텁고 아랫잇몸이 윗잇몸보다 밖으로 더 나왔다. 거세고도 검은 눈썹이 덮인 아래로 가로찢긴 눈은 어떤 때는 무섭도록 크게 떠지고 어떤 때는 실같이 가늘어져서 매섭게 뵈였다. 그것은 이야기내용에 따라 변하였다. 수철이는 화술이 능하고 구수하였다. 성구는 무슨 동화나 듣는 것처럼 그의 이야기에 쏠리였다.

수철은 용감하게 싸운 이야기만이 아니라 가끔 실수하던 이야기도 하였다.

"내가 생각해도 그때는 참 우둔했거던."

수철은 또 다음과 같은 이야기를 하였다.

"…… 그때는 말야, 미제놈들과 꼭 두 번째 붙던 싸움이였어. 놈들이 중화기를 잔뜩 배치하고 검질기게 방어하던 고지였어. 돌격조들은 올라갔다가는 내려오고 또 올라갔다가는 내려오고 - 그런데다가 더러는 돌아오지 않는 동무들도 있잖아? 그걸 보니 정말 속이 타더군. 이놈의 새끼들 올라만 가면 씨도 없이 해버릴테다 이를 부득부득 갈고 있었지. 나는 경기사수니까 돌격조에는 참가를 안 시키였지.

그러다가 저녁때 우리는 끝내 놈들의 고지 앞에 있는 등성이에 올라서게 되였어. 나는 거기다가 경기를 버티여 놓고 막 갈겨대지 않았겠어? 그러자 돌격조동무들이 소대장의 구령으로 와하고 올라가니 놈들이 당황망조해서 고지 저쪽으로 뛰는 게 달빛 속으로 완연히 보이더군. 나는 신명나는 결김에 경기를 메고 쫓아 갔거던. 그때 나는 지형이 좀 나뻐 우측으로 돌았지. 얼마쯤 쫓아가는데 바로 옆에 있는 전호 속에서 미제놈 10여 명이 그냥 내뛰는게 아니야? 미처 경기는 버틸 새는 없고 하여 그냥 놈들의 뒤를 쫓았지…….

동무 실제 싸움할 때 기분이란 그런 거요. 적과 맞붙어놓으면 보이는 놈은 모조리 다 잡고 싶은 생각밖에 아무런 생각도 없다니까. 놈들이 뛰지, 그러면 어디까지나 쫓아가고 싶거던. 가뜩이나 이가 북북 갈리던 판인데 놈들이 뛰는걸 보니 안 쫓아가고 견디겠느냐 말야.

그때 나도 무슨 정신에 쫓아갔는지 모르지. 마냥 릉선을 타고 골짜기 아래로 쫓아갔지. 손을 들고 서면 쏘지 않겠다고 소리를 지르며 갔으나 경기를 메였으니 따라갈 수가 있어야지 - 얼마를 쫓아가다가 생각이 나서 문뜩 서니 사방에서 따꿍총 소리가 들리지 않아? 가만히 보니 적진속이야.

놈들은 벌써 없어지고 – 생각하니 참 우습더군."

"그래 어떻게 돌아왔어요?"

성구가 눈이 둥그래서 물었다.

"거기서 혼자 적정도 모르겠구. 또 뒤에 따르는 아군부대도 없고 경기를 가지고 어떻게 할 수가 있어야지 – 그런데다가 온델 돌아다보니, 우리가 점령한 고지가 달밤이 되여 그런지 아주 까마득하게 보인단 말야. 할수 없이 그냥 돌아갔지 – "

"그놈들한테 들키진 않았어요?"

"들키긴 – 미제놈들은 그런 점에서는 '국군'놈들보다 더 어수룩하다니까 – 아무턴 부대까지 돌아오는데 한 시간은 더 헤매였을게야. 겨우 찾아오니까 소대장동무가 그런 적개심과 용감성은 좋은데 전투정황을 잘 판단하지 못하고 혼자 행동한데 대해서는 눈물이 날만큼 막 꾸중을 하겠지……."

이 이야기를 하면서 수철은 다른 이야기를 할 때와는 아주 딴판으로 여러 번 괴로운 표정을 지었다. 그것만 아니라 여러 차례 말을 끊고 회상에 잠기군하였다.

다음에 락동강을 건너서 원쑤들과 싸울 때 놈들의 반돌격을 최후로 세 동무가 남아서 중대부와의 련락이 끊긴 채 이틀 동안을 아무것도 먹지 못하고 총탄 한 알도 없이 돌로 고지를 사수하던 치렬한 전투이야기를 하였다.

성구도 이야기를 들을 때는 손에 땀이 흥건히 괴임을 깨달았다. 이 이야기가 채 끝나기도 전에 성구는 조바심이 나서 질문을 하였다.

"이틀씩이나 굶고 배고파서 어떻게 싸웠어요?"

"배? 물론 고프지. 그러나 원쑤들이 눈앞에 있을 때는 배가 고파도 고픈 줄을 모르는 법이라오. 다만 한 놈이라도 더 원쑤를 잡고 싶은 생각밖에는 없으니까. 원쑤가 미우면 미울수록 먹지 않아도 기운이 나는 법이요. 그때 만일 우리에게 그런 증오심이 없었다면 우리 셋은 끝까지 견뎌내지 못하였을게요. 증오심, 복수심 이것이 약하면 약할수록 전투에서 용맹하지 못한 법이거던."

이때 성구의 눈은 반짝반짝 빛났다.

"그러자면 어떻게 해야 됩니까?"

의외의 질문에 수철은 잠시 어리둥절하였다. 한참 뒤 생각을 가다듬은 수철은

"첫째 — 위대한 수령님의 전사로서 최고사령관동지의 명령을 무조건 수행할 것, 둘째 아버지 학살된 것으로 — 미제국주의자들이 우리 조선에 들어와 저지른 만행이 무엇인가를 알 것, 셋째 전쟁은 누가 하려고 하며 또 하지 않으면 안 되게 하는가를 알 것, 그리고 넷째는 우리가 이렇게 싸우지 않으면 우리의 행복, 우리의 부모형제, 우리의 고향, 우리조국의 운명이 어떻게 되리라는 것을 똑똑히 알 것, 이런 것을 알기 위하여는 첫째도 학습, 둘째도 학습, 셋째도 학습 — 우리가 지금 하고 있는 학습만 잘하면 되는게야 — 알겠어?"

이렇게 한 번 억양을 붙이여 강연조로 말을 하고난 수철은 자기도 싱거운지 싱긋 웃어 보이였다.

그러나 성구는 눈섭 하나 까딱하지 않고 수철이의 얼굴만 빠히 쳐다보았다.

수철은 성구의 그 열성이 늘 기뻤다. 또 한편 미더웠다. 이야기는 언제나 수철이가 먼저 입담이 풀리여 그만두었다. 그날 할 이야기는 그것으로 끝이 났는데도 불구하고 무엇인가 듣고 싶어 턱을 치켜들고 앞에서 일어설 줄을 모르는 성구를 보며 수철이는 속으로 이렇게 생각하였다.

'됐다. 그저 용감하고 대담하고 적 앞에서 물러설 줄을 모르는 그런 사람만 되었다구. 지금까지 애써온 내 소원은 그것 하나뿐이다.'

며칠이 지나갔다. 수일 째 이상할 만큼 조용하던 적들은 한낮이 지나서부터 별안간 집중포격을 개시하였다. 놈들이 가끔 늘 하는 짓이라 별로 새삼스러울 것은 없었으나 한 가지 새로운 점은 포탄 떨어지는 구역이 달라

진 것이였다. 수철이의 소대부가 주둔하고 있는 골안지점이 목표인 듯싶게 이렇게 가까운 거리에 작탄하여 보기는 여직껏 처음이였다.

골안은 갑자기 뿌연 먼지와 연기로 덮어버렸다. 허공으로 뿌려진 돌가루와 중등이가 부러져 날으는 나무가지들은 쉴 새 없이 우드둑 우드둑 떨어졌다. 포탄 터지는 소리는 온통 산을 흔드는 듯 울리였다. 놈들의 포격은 지긋게도 오래 계속 되였다.

수철은 옆에서 포탄이 터지는 것만 보면 자기도 모르게 흥분되였다. 자기가 지금 있는 곳이 제일 화선은 아니라는 것을 번연히 알면서도 이런 환경 속에서는 어느 사인지도 모르게 마음은 벌써 전투준비가 다 되여졌다. 수철은 경기를 자주 만진다. 장탄도 했다가 또 빼보기도 한다. 포격이 끝나면 당장 놈들이 고지로 기여오르는 것만 같은 착각이 일어나 무의식중에 전호 밖으로 뛰여나가졌다. 전우들은 벽에 등을 대고 일정한 간격을 두고 정연하게 앉아있었다.

전호가 울리는 대로 뽀얀 먼지가 전호 안에 안개처럼 서렸다가는 사라지고 하지만 전사들은 눈도 거들떠보지 않는다.

다만 수철이만이 서성댔다.

수철은 일어나는 심사를 걷잡을 수 없어 드나드는 편이 더 많았다.

"개새끼들, 네놈들의 포탄을 모조리 갖다가 쏟아 부어보아라 네놈들이 되나 힝ㅡ"

얼마 뒤 수철은 문득 성구 생각이 났다. 전호안을 둘러보니 성구가 보이지 않는다. 수철은 금시에 눈이 휘둥그래졌다.

'응? 왠일일가?'

수철은 밖으로 나왔다. 혹시나 하고 다음 전호로 뛰여들어갔다. 다른 동무들은 다 있는데 성구만이 보이지 않았다. 동무들에게 물어보았으나 조금 전까지 있었더라면서 시원찮은 대답뿐이다.

"이 사람이 대체 어디로 갔담!"

수철은 잠시 생각해보았다. 이런 집중포격을 처음 당해보는 동무들에게는 간혹 있을 수 있는 일이기는 하나 혹 대렬을 떠나 혼자 산우로 멀찌 감치 피신하지나 않았을가ー그러나 성구가 변이라도 당했으면…… 이렇게 상상하는 것조차 불쾌하였다. 그렇다고 해서 나타날 때까지 기다릴 수는 없는 일이었다.

잠시 망설이던 수철은 찾아보기로 하였다.

한참동안 수철은 포탄을 피하면서 비탈을 타고 전호주변 아래 우를 더듬으며 찾아다니였다. 그러나 성구는 보이지 않았다.

이미 골짜기에는 땅거미가 들기 시작했다. 포탄 날아오는 수효는 좀 뜸해졌으나 포연은 골안에 의연 안개처럼 자욱하다.

수철은 이마에 땀을 흘리며 다시 고지 쪽으로 더듬어 올라갔다. 도중에서 옆에 떨어지는 포탄 때문에 세 번이나 엎디였다가 일어났다. 수철은 성구가 불현듯 야속스러웠다.

'이게 도대체 어찌된 셈인가?'

그러자 수철은 눈앞에서 얼마 안 되는 큰 바위 밑에 바짝 엎드린 전사의 등어리를 발견하였다.

"거 누구요?"

수철은 소리를 질렀다. 그 순간 포탄 한 발이 10 메터 우측지점에서 작렬하였다. 폭음이 귀청 떨어질 듯 울렸다. 전사는 여전히 움직이지 않는다.

"누구야!"

수철은 소리를 지르며 다가갔다. 그제서야 전사는 머리를 들고 돌아다본다. 바로 성구였다. 수철은 욕이 와락 치밀었다. 그러나 꾹 참고

"성구 동무! 이게 무슨 일이야!"

하고 부드럽게 말하였다. 성구는 놀란 눈으로 벌떡 일어났다.

"아니 파편이 위험한데 전호로 들어오지 않고 여기서 무엇을 하오ー개새끼들이 여기다만 대구 쏘는데ー"

"포탄 터지는 것을 좀 구경하려구요."

성구는 마치 철없는 아이들처럼 이렇게 대답했다.

"구경?"

성구의 말에 수철은 잠시 말문이 막히였다. 그러나 그의 명랑한 얼굴을 보자 도리여 반가웁다. 생각했던 바와는 전혀 달랐기 때문이였다.

"구경이라니 원, 동무도 정신이 없군! 빨리 전호로 갑시다. 전쟁을 구경한다는 사람은 내 처음 봤소……."

수철은 도무지 어이가 없었다.

그날 밤이였다.

놈들은 온종일 수백발의 포탄을 퍼부었으나 오직 참나무뿌리를 뽑아내고 바위를 부셨을 뿐, 아군부대에게는 아무런 손실도 줄 수 없었다. 그러나 단 한 가지 불행한 일이 바로 수철의 소속부대에 발생되였다. 그것은 수철의 옆 전호에서 외부근무를 나갔던 전우 한 동무가 희생된 사실이였다.

이것은 외부에서 당한 일이였기 때문에 저녁까지 부대에서는 통 모르고 있었던 터이다. 이 비보가 돌자 전우들은 격분을 참지 못하였다.

희생된 동무는 밤사이로 전우들의 손으로 고지우 양지바른 비탈에 묻혔다. 달이 산봉우리로 올라오자 주위는 갑자기 환하여지고 달빛은 새 무덤을 잠재우듯 폭 싸주었다.

성구도 수철의 뒤를 따라 끝까지 함께 행동하였다.

달빛을 이마에 받으며 동무들을 묻고 뒤떨어져 내려오는 수철은 생각할수록 남의 일 같지 않아 옆에 따라오는 성구를 몇 번이고 돌아다보았다. 사실은 낮에 바위 밑에 엎드렸던 일을 틈을 타서 성구와 말해보려던 터이다.

"동무 보았지?"

하고 수철은 걸으면서 밑도 끝도 없이 성구에게 불쑥 말을 걸었다.

"네?"

성구는 채 말귀를 알아듣지 못했다.

"지금 저 우에 묻힌 동무말이요. 아침까지 펄펄 뛰던 그 동무가ー"

"……"

성구는 아무 말 없이 수철을 쳐다만 보았다.

"-동무는 아까 포탄 터지는 것을 좀 구경한다고 그랬지?…… 전쟁이 라는 것은 장난이 아니요. 그러다가 사고가 나면 어떡할라구…… 저 동무 는 근무 중에나 그랬지- 그렇게 장난이나 하다가 놈들의 파편에 개죽음 을 하면 무엇이 되겠소…… 나는 아까 참말 안타까왔소. 동무 찾기에-"

수철이가 이렇게 나무라듯 성구에게 말해보기는 이것이 처음이었다. 성구는 자기 혼자 해보려던 일인데 뜻밖에 걱정을 시켰구나- 하고 생각 하니 미안한 생각이 와락 들었다.

"부분대장동무! 미안합니다. 앞으로는 절대로 그런 일이 없도록 하겠습 니다."

성구는 정색으로 사과의 뜻을 표하였다.

"나는 아무래도 동무가 그런 짓을 하고 싶은 마음이 생긴 원인을 모르 겠어! 동무는 무서운 생각이 없어? 그러다가 맞으면 어쩔 번 했어?"

성구는 대답이 얼른 나오지 않았다.

수철이가 다시 말을 이었다.

"동무는 생애에 대하여 생각해본 일이 없어? 우리 청년들의 생애에 대 해서 말야-"

"네, 생각해 본 일이 있습니다."

"좋소, 그걸 한 번 이야기해보오."

"오직 수령님만을 위한 생애가 가장 영예롭고 아름다운 생애라고 여기 지요. 후방에 있을 때 민청학습에서도 배웠구요. 제가 생각해본 보람 있는 일생이란 그것입니다."

"옳소, 바로 그것이요."

수철은 신이 나서 말을 받았다.

"그리고 어버이수령님을 위하여 죽는 죽음! 그 죽음이란 아무데서나 아 무렇게 죽는 죽음과는 근본적으로 다르단 말이요. 우리의 원쑤를 단 한 놈 이라도 잡고 죽는 그런 죽음이여야……."

말을 뚝 끊은 수철은 달을 한 번 쳐다보고는 길 옆 돌에 걸터앉았다.

"성구 동무! 좀 쉬었다가지 ─ 나 오늘 동무에게서 참 좋은 이야기를 들었어. 가슴이 막 시원한데 ─"

수철은 담배를 꺼내들었다. 그러나 성구는 앉지 않고 그 앞에 머뭇거리였다.

"부분대장동무, 한 가지 말씀드릴게 있습니다."

"뭐요?"

"…… 사실 제가 한 일은 장난이 아니였습니다."

성구의 목소리는 약간 떨리였다.

"그래? 그럼 이야기를 좀 하오."

수철은 모자를 벗어 가리우고 담뱃불을 붙이였다.

"그럼 제가 다 말하겠습니다. 저는 후퇴 때 폭격에 되게 혼난 일이 있습니다. 그 뒤로는 기총소리만 들어도 놀라군 했습니다. 저는 자신을 비겁하다고 생각했지요. 그러다가 입대했습니다. 저는 입대할 때에 두 가지 결심이 있었습니다. 우선은 위대한 수령님께서 마련해주신 혁명의 전취물을 목숨으로 지키는 것이고 또 하나는 아버지의 복수를 하는 것이였습니다. 이전 지주놈의 아들이 들어와 동네에서 5년 동안 소작료를 한 톨 안 내고 잘 해먹은 것 다 내놓지 않으면 가족들을 전멸시킨다고 위협하여 우리 집 재산과 동내 재산을 빼앗아간 그놈을 단단히 복수하리라 별렀던 것입니다.

이 복수의 대상자가 바로 미제놈들이라는 것을 알았습니다.

만일 그놈들이 우리 조국 땅에 기여들지 않았다면 제가 당한 그런 불행을 우리 조선인민은 누구도 당하지 않았을 게 아닙니까."

성구는 말을 끊었다가 다시 이었다.

"저는 여기 와서 부분대장동무의 말씀을 열심히 들었습니다. 저도 그렇게만 싸울 수 있다면 저는 미제원쑤놈들에 대한 복수를 충분히 할 수 있다고 생각했습니다.

그러나 제가 지금 고민하는 것은 총탄, 포탄이 비처럼 쏟아지는 화선에서 얼마나 제가 대담해지고 침착해져서 적과 싸울 수 있을가? 그 점이 도무지 자신이 없었습니다. 저는 오늘 참말 죽음을 무릅쓰고 자신을 시험하려고 했습니다.

저는 창피해서 부분대장 동무에게까지도 속이고 가만히 나갔었습니다 ……."

수철은 벌떡 일어났다.

"동무! 그게 정말요?"

"네. 정말입니다. 저도 부분대장동무만큼 복수를 하고 싶습니다. — 참말 그렇게 싸우고 싶습니다……."

성구는 차렷을 하였다.

"야 — 나는 몰랐소. 동무가 그런 줄은 참말 몰랐소. 고맙소. 나의 전우!"

수철은 와락 달려들어 성구의 어깨를 껴안았다.

"동무! 좋소. 같이 싸웁시다. 나도 동무와 같은 사람이요. 내 고향은 바로 금화땅이요. 여기서 백리요. 우리 가족은 놈들에게 몽땅 학살당하였소. 나는 죽어도 다시는 내 고향을 놈들에게 내주지 않을 테요. 천만 번 죽더래도 — "

부대는 돌연 출동명령을 받았다. 일화선에서 놈들과 싸우는 전초부대와 교체를 하기 위한 출동이었다.

출동명령을 받은 지 네 시간 후 — 부대는 이미 직선거리 백 메터 건너편 고지에 있는 적들 앞에서 어둠을 리용하여 교대하고 전투준비를 끝마치고 있었다.

날이 밝기가 무섭게 미제군대들은 아군고지 방어선전면에 대부대로 공격해왔다. 며칠 전부터 보충을 받은 미제놈들은 사흘 동안 매일같이 결사적으로 공격해왔다. 놈들은 아군의 교대를 전혀 모르는 것 같았다. 그래 오늘 되게 공격하면 아군방어선은 돌파될 것이라고 생각한 모양이었다.

전투는 새벽부터 저녁 때까지 하루 진종일 계속되였다.

이 전투에서 아군부대는 놈들의 공격을 좌절시키는데 적지 않은 힘을 들였다. 그것은 린접부대와의 접촉점인 좌측 릉선우에 모두라지게 올라붙은 봉우의적 한 개 소대가량이 발악적인 측면사격을 해옴으로써 애를 먹었던 것이였다.

적들이 많은 시체를 남기고 퇴각하자 대대장은 그쪽 중대장에게 접촉지점에 강력한 잠복조를 배치할 것을 명령하였다. 중대장은 소대장을 불러 잠복조를 파견할 데 대한 상의를 한 다음 물었다.

"몇 동무나 파견할 수 있소?"

"두 동무 내지 세 동무를 보낼 수 있습니다."

소대장은 자기 소대의 력량을 생각한 후 대답하였다.

"좋소. 그럼 두 동무만 단단한 동무로 내게 보내오. 책임 지울만한 동무가 있겠소?"

"제1분대 부분대장 장수철 동무가 적당하다고 생각합니다."

소대장은 서슴지 않고 대답하였다.

"그 동무는 경기사수가 아니요?"

"경기는 맡을 동무가 있습니다."

"그럼 좋소."

조금 뒤 중대장 앞에서 수철 부분대장이 전사 한 동무를 데리고 나타났다.

"중대장동무! 2소대 1분대 부분대장 장수철은 당신의 명령대로 전사한 동무를 인솔하고 방금 도착하였습니다."

"수고했소."

중대장은 손을 내밀었다.

"저 동무는?"

중대장은 수철이 옆에 오똑 서있는 전사를 가리키였다.

"같은 1분대에 있는 전사 박성구라고 하는 동무입니다. 이번 휴식기에 새로 편입된 신대원입니다."

"신대원?"

중대장은 이렇게 반문한 다음 다시 물었다.

"대개 무슨 임무를 받으리라는 것을 알고 왔겠지?"

"넷, 소대장동무한테서 들었습니다."

이 말이 떨어지자 중대장은 성구를 아래우로 훑어본다.

"담당해낼 만 하겠소?"

역시 수철이에게 묻는 말이다.

"넷 ─ 본인이 강력하게 자원했기 때문에 저를 믿고 소대장 동무가 허락하였습니다."

"그럼 좋소."

중대장은 그제야 직접 임무를 주기 시작하였다. 끝으로 중대장은 다시한 번 다짐하여 말하였다.

"만일 두 동무가 임무를 완수 못할 때는 전부대의 방어에 큰 혼란이 온다는 것을 명심하시오."

"넷, 들었습니다."

두 동무는 각각 따발총탄 세 탄창씩과 다섯 배낭의 수류탄을 둘러메고 시간을 다투어 주봉과는 훨씬 낮은 봉두라지로 내려갔다. 5백 메터는 실히 되는 거리였다.

중대장이 지적해준 지점에 도착하자 지형을 살펴본 수철은 놈들이 제일 쉽게 올라올 수 있는 목에 공병삽을 박았다. 성구도 말이 없이 수철이를 따라 땅을 팠다. 돌과 모래에 부딪치는 삽소리가 주위의 고요한 공기를 성급하게 흔들었다. 건너편 적들의 진지에서도 휴식하는지 이따금 따꿍총 소리가 산을 울릴 뿐 주위는 깊은 적막에 잠겼다.

새벽으로 잡아드는지 갑자기 바람이 차겁다. 잠복호가 다 될 때까지 두 사람사이에 단 한 마디도 오고가는 말이 없었다. 그저 전력을 기울여 호를 팔 뿐이었다.

잠복호는 5 메터 가량 간격을 두고 두 개를 팠다. 사이에는 홈타기를 리용하여 엎디여 길수 있는 교통호를 만들었다.

작업이 끝나자 두 사람은 약속이나 한 듯 한쪽 잠복호에 서로 무릎을 대고 마자 앉았다. 수철은 부시럭부시럭 하더니 담배를 뒤져냈다.

"담배 한 대 피우지."

오래간만에 수철이가 성구에게 거는 말이었다.

수철은 종시 성구 일이 마음에 걸리였다. 수철은 아직도 성구를 잠복조로 데리고 나오고 싶은 생각은 조금도 없었다. 좀 더 경험을 쌓고 훈련되여 좋은 전투를 하게 되기까지는—

그러나 이렇게 된 바에는 할 수 없는 일이였다.

용감하고 유쾌하게 잘 싸울 수 있게 해주는 수밖에 없었다.

수철은 지금까지 성구에 대한 생각은 말끔히 털어 버리였다. 그리고는 자기부터 유쾌해졌다. 수철은 벌떡 일어서며

"에이 오늘은 오래간만에 미제놈들을 좀 잡아보자—"

혼자말 같이 하고는 죽 펴서 기지개를 켠 다음 가슴을 벌리였다.

"자 동무! 배고프지? 우리 밥이나 먹고 기다리지. 날도 다 밝아오는데—"

수류탄이 든 다섯 배낭 중 한 배낭에는 두 사람이 하루 동안 먹을 주먹밥이 들어있었다. 날이 밝으면 놈들의 포탄과 저격탄 때문에 또는 아군전호가 발견될 념려도 있어 식사운반은 일체 중지되고 있었다. 그렇기 때문에 그 다음날 밤까지의 밥을 하루치 미리 가지고온 것이다.

두 사람은 밥 배낭을 벌려놓고 기분 좋게 소근 거리며 밥을 먹었다. 동쪽하늘이 벌겋게 물들기 시작하였다.

조금 뒤 담배 한 대씩을 말아 붙이였을 때다. 별안간 와르릉하더니 쏴—쏴—쏴 소리가 나며 아군방어 고지 우에서 쿵쿵하는 폭음이 난다. 바로 잠복호우에까지도 가까이 들린다.

"또 시작이군."

수철은 긴장한 얼굴로 잠복호에서 머리를 내밀고 주위를 살폈다.

하늘과 땅은 우르릉거리는 진동 속에 빠지고 고지는 삽시간에 포연에 묻혀버렸다.

"자, 동무 위치로 가오. 전투준비를 합시다. 그런데 아무리 적이 가까이

와도 내가 행동하기 전에는 절대 움직이지 마오. 동무는 꼭 내가 하는 대로만 하오. 동무는 적보다 나를 더 많이 보시오."

이렇게 말하는 수철이의 얼굴에서는 서리발 같은 위엄이 뿜기였다.

"넷."

성구는 별안간 전신이 얼어붙은 것 같은 기분을 느끼였다.

수철이와 성구는 수십 개씩의 수류탄을 던지였다. 단 5분 동안을 휴식할 사이가 없었다. 그만큼 놈들은 계속해서 올라왔다. 이 산봉우리로 한 개 중대의 병력을 올리려고 하였다.

놈들은 선두에 몇 놈을 전초로 세우고 다음에는 한 개 분대 그 다음에는 한 개 소대 그 밑에는 두 개 소대 건너편 화점에서 중기와 로케트포 기타 포의 엄호밑에 이렇게 피라미트형으로 기여 올라왔다.

이렇게 올라오는 적들은 잠복호 턱밑에서 수철이와 성구의 수류탄에 쓰러져 분쇄되였다. 분쇄되면 다음 놈들이 달려 붙고 한다. 이것은 마치 밀려오는 파도와 같이 일정한 간격을 두고 계속해 올라왔다. 고지 방어선 전면을 중심으로 배치된 아군 중포들이 앞에 달려 붙는 적들을 갈기느라 미처 돌릴 틈을 못 가지는 기회를 리용하여 놈들은 아래골짜기에서 공공연하게 올라붙군 한다.

그들은 30개, 40개, 50개…… 이렇게 수류탄을 던지였다.

수철은 수류탄 고리를 잡아채기에 손가락에서는 피가 흘렀고 오른쪽 팔은 장작개비같이 뻣뻣해졌다. 수철은 손가락으로 고리를 뺄 수가 없어 입으로 빼다가 이가 아파지자 나중에는 신을 벗고 발가락에 걸어서 빼였다.

수철이의 두 눈은 충혈이 되였고 얼굴과 몸뚱이는 흙과 먼지를 뒤집어 써서 범벅이 되였다. 잠시도 쉴 새가 없는 그는 마치 심장병환자처럼 숨을 헐떡이였다. 성구도 똑 같았다.

성구는 수철이와 적을 번갈아 보느라 그의 둥근 눈은 더욱 두리번거렸다. 그의 팔은 수철이를 따라 기계처럼 움직이였다. 수철이가 몸을 숙이면 자기도 숙이고 수철이가 따발총을 들면 자기도 따발총을 들었다. 성구는 마치 수철이의 그림자처럼 움직였다.

'그만하면 되었다.'

수철이는 그 정황 중에서도 성구를 생각하였다.

문짝 나딩굴어지듯 하는 놈들의 시체는 늘어갔고 중상을 당한 놈들은 왜가리소리 같은 신음소리만 귀 아프게 질렀다. 두 잠복호는 놈들의 포탄에 반이나 묻혀버렸다.

다섯 배낭의 슈류탄이 점점 줄어들었다.

"수류탄을 애끼오. 두세 놈쯤은 얼려서 따바리로 갈기오."

수철은 몇 번이나 성구에게 소리를 질렀다.

"수류탄이 떨어지면 우리는 맨주먹으로 싸우게 되오―"

그러나 아무리 아끼자 해도 사태는 꼭 수류탄을 쓰게끔만 되었다. 수철은 점점 안타까왔다. 이렇게까지 줄기차게 계속적으로 대들 줄은 수철이로서도 예측을 못했던 것이었다.

아군방어선 중심고지 쪽에서는 대량의 미제놈들이 의연히 고지 밑 룽선에 거마리처럼 달라붙어 떠나지 않는다. 아군진지에서 쏟아져나가는 중기, 경기, 박격포 기타 포와 수류탄은 이것들을 쓸어내듯 갈겨댔으나 놈들도 그에 지지 않는 중화기의 엄호밑에 오히려 올려 붙는 병력은 늘어갔다. 전투는 시간이 갈수록 점점 벅차기만 했다.

잠복호 앞에서 두어 개 소대가 분쇄되자 올려밀던 적의 파도는 잠시 중단되었다. 수철은 땅에 쓰러져 잠시 의식을 가다듬었다.

수철은 솔포기 밑으로 기여나와 아래를 내려다보았다. 당장 올라오는 놈들은 없다. 그러나 아직도 두 개 소대쯤 되여 보이는 병력이 그대로 웅성거리고 있었다. 해는 아직도 정오를 벗어진 채 그대로 높다랗다. 전면적 전투태세로 보아 아래놈들이 또 올라올 것은 뻔한 일이다.

여섯 개 남은 수류탄과 반 탄창씩 남은 따바리를 앞에 놓고 수철이와 성구는 서로 마주쳐다보았다.

얼마 뒤에 수철이가 무겁게 입을 열었다.

"아무래도 수류탄을 가져와야겠소."

"넷."

성구는 냉큼 이렇게 쉽게 대답하였다. 수철은 성구의 얼굴을 한 번 더듬은 다음 그 대답에는 상관없이 말을 이었다.

"중대부까지 가려면 풀포기 하나 제대로 남지 않은 룽선을 적어도 백 메터는 적에게 등어리를 보이며 가야 하오."

여기서 잠시 말을 끊은 수철은 불현듯 호 밖으로 기여나가 아래 적정을 살피고 들어왔다.

"적정은 아직도 별일 없소. 단단히 얻어맞았으니까. 동무 여기서 혼자 20분만 지켜주오. 내가 중대부까지 갔다 오겠소."

성구는 대번 눈이 둥그래졌다.

"아닙니다. 제가 갔다 오겠습니다."

"아니요. 여기서 잠시 동안 적정만 살피고 있소. 왕복 1 키로쯤 15분이면 올수 있소. 별일 없을게요."

성구는 부득부득 나섰다.

"부분대장동무, 제가 단거리에 일등 먹은 일이 있습니다. 제가 갔다 오겠습니다."

"아무리 단거리선수라도 적의 총탄보다 빠를 수는 없소. 시간이 없소. 그럼 부탁하오."

수철은 자기 따바리를 둘러메고 성큼 호우로 나섰다. 중대부로 뛰여 가려던 수철은 무엇을 생각하였는지 다시 솔포기 쪽으로 간다.

한동안 솔포기를 의지하여 열심히 아래를 노려보던 수철은 다시 기여 오르기 시작하는 약 한 개 소대의 적을 발견하였다. 그는 성구를 이곳에 두고 가는 것은 위험한 일이라 생각하고 몸을 홱 돌려 도로 호안으로 뛰여 들었다. 왠일인가 싶어 쳐다보는 성구에게 수철은 한 번 히죽 웃어보이고는 다급하게 말하였다.

"단거리선수! 동무가 중대부에 갔다오오."

"네? 참말입니까?"

"그렇소, 빨리 가오."

"그럼 제가 갔다 오겠습니다."

흥이 나서 후닥닥 일어서며 따바리를 메고 인사를 하려고 수철이의 얼굴을 보았을 때 성구는 그의 표정에서 이상한 것을 느끼였다.

'응? 적들이 또 올라오나?'

성구의 머릿속에는 이런 생각이 번개같이 스치였다. 그러나 성구는 랭정하였다.

"부분대장동무! 그럼 갔다 오겠습니다. 5분간에 다녀오겠습니다."

경례를 쩍 붙이고 호를 솟구치는 성구를 무슨 오랜 리별이나 하는 것처럼 굳게 잡아 쥐며 수철은 정답게 성구의 얼굴을 쳐다본다.

"단거리 선수! 될 수 있으면 3분간에 돌아와 주오."

하고는 좀 딴 어조로 다시 말을 이었다.

"중대장에게 가면 이 잠복호에 20분 이내로 증원부대를 보내 달라 하시오. 그리고 이 장수철은 끝까지 싸웠다고 중대장동무 앞에 전해주오."

"네. 들었습니다."

"그럼 동무의 전투공훈을 비오."

"넷."

"부디 포탄에 조심하시오."

"넷."

이 대답과 함께 성구는 이미 중대부를 향해 달리고 있었다. 수철은 성구가 뛰여가는 뒤모습이 보이지 않을 때까지 바라다보고 있었다. 마지막으로 부탁하는 말을 리해하지 못하고 그저 네, 네 대답만 하고 뛰여가는 것은 아직도 어린 탓이겠지만 그러나 어디까지나 귀엽고 령리하고 씩씩한 전우였다. 그런 전우와 더 오래오래 같이 원쑤와 싸울 수 없게 되는, 눈앞에 박두하는 사태가 천만 한스럽기도 했다.

장수철은 얼근 성구를 뒤로 보낼 수 있었다는 게 무엇보다도 다행하였다. 어쩌면 인제는 모든 것과 마지막인지도 몰랐다. 수철은 각오하였다. 그러나 한 가지 가슴 아픈 것은 전투임무를 끝까지 완수하지 못하는 것이 새삼스럽게 느껴진 것이다.

그러는 동안에 적들은 벌써 50 메터 앞까지 접근하여 하나둘 대가리를 내밀기 시작하였다.

"오냐 오너라. 내 목숨이 있는 한 네놈들은 천 명이 와도 한 놈도 이 고지에 발을 붙이지 못할 것이다."

수철은 무기를 있는 대로 다 옆에 모아놓고 기여드는 원쑤들의 대가리를 성난 사자와 같이 노리고 있었다.

잠복호에서 뛰여 나온 성구는 단거리경주를 하는 것처럼 중대부를 향하여 달렸다. 적들이 빤히 건너다보이는 로출지점도 똑같은 속도로 뛰였다. 포탄이 앞에서 터져 먼지가 얼굴을 가리거나 말거나 저격탄이 귀전을 스치거나 말거나 그는 결승선을 향하여 내닫는 달리기 선수처럼 있는 힘을 다하여 뛰였다. 성구는 탄알에 맞으리라는 것은 생각지 않았다. 포탄파편에 맞아 쓰러지리라는 것도 생각지 않았다.

도대체 죽음이라는 것을 생각지 않았다. 그의 머릿속에는 다만 수철부분대장만이 있었다. 잠복호 앞에 달려드는 원쑤 놈들만이 있었다. 그는 한치의 땅도 원쑤에게 내주어서는 안 되는 잠복호를 생각하였다. 조금 후에는 단 여섯 개의 수류탄으로 몇 놈이 올라오는지도 모르는 그 독사같이 징그러운 미제놈들과 혼자서 싸울 부분대장을 생각하였다. 그는 달리였다. 달리고 또 달리였다.

성구의 얼굴을 본 중대장은 성구를 격려하였다. 그리고 자신이 직접 모든 것을 보장하였다. 그리고 또 뒷일도 약속하였다.

수류탄과 탄창이 든 두 개의 배낭을 걸머멘 성구는 다시 달리였다. 잠복호까지 달리였다.

"부분대장동무!"

잠복호로 뛰어든 성구는 수철이가 있고 없는 것을 알아내기 전에 호 밑으로 붙었다가 자기가 부르는 소리에 주춤하는 5~6명의 미제놈을 발견하였다.

성구는 수류탄 한 개를 던졌다. 세 놈이 쓰러져버리자 두 놈은 내리 뛰였다. 성구는 두 놈마저 기관단총으로 눕혀버렸다. 그리고는 흙에 턱을 대고 호 밑을 노려보았다. 시체들만이 너저분히 널려 있을 뿐 살아있는 놈이라고는 한 놈도 보이지 않았다.

성구는 그제야 다시 부분대장을 찾을 생각이 났다. 그러나 아무리 찾아도 부분대장은 보이지 않는다. 이상했다.

"웬 일이야? 귀신이 곡할 노릇이로군."

성구는 중얼거리며 무심히 호 밑으로 시선을 돌렸다. 순간 성구의 시선은 한 시체에 가서 딱 붙어버리였다.

"응?"

상체를 아래쪽으로 향하고 모로 쓰러져 누운 시체는 우는 보이지 않았으나 분명히 미제놈은 아니였다. 틀림없이 부분대장 같았다. 거리는 30 메터나 되어보였다.

성구는 수류탄을 찰대로 차고 기관단총을 든 다음 잠복호를 기여 나왔다. 놈들에게 발견되지 않기 위하여 시체처럼 가장하며 극히 느른 속도로 기기도 하고 구르기도 하며 다가갔다. 그러나 마음은 급했다.

시체까지 기여간 성구는 그게 분명 부분대장인 것을 확인하자 자기도 모르게 몸을 일으켰다.

성구는 눈에서 불이 확 일었다. 아무것도 보이지 않았다. 다만 거기서 일직선으로 내려다보이는 골짜기에 아직도 다시 올라오려고 웅성거리고 있는 원쑤들이 마치 항아리 속에 들어있는 벌레 떼같이 눈에 어른거렸다. 성구는 잠시 그 원쑤들을 노려보았다. 그저 단숨에 내려가 한꺼번에 짓이기고 싶은 생각밖에는 없었다.

성구는 시체사이를 기기도 하고 나무포기와 돌덩이를 의지하기도 하며 내려갔다. 바로 정수리가 내려다보이는 높직한 바위 우에 성구는 성큼 올라섰다.

"이 개새끼들, 우리 부분대장 복수 받아라!"

수류탄 네 개를 한꺼번에 내려던지며 성구는 힘 있는 대로 소리를 지르고 기관단총을 휘둘렀다.

기습에 놀란 놈들은 와락 흩어졌다. 무더기무더기 모여 있던 놈들은 참말 벌레 떼처럼 짓이겨졌다. 2~30명이 단꺼번에 뻐드러져 보이였다. 나머지 안전지대로 뿔뿔이 흩어진 놈들은 성구를 향하여 반사격을 시작하였다. 성구는 바위 뒤로 납작 엎드리며 그쪽으로 몇 개의 수류탄을 던졌다.

지휘관을 잃은 졸병들은 실패와 죽음만이 있는 고지 돌격전을 그래도 강요당하고 있던 판인데 지휘관이 죽어 넘어진 것을 알자 기회라고 분산하여 뛰였다. 성구는 총알에 여유가 있는 한 한 놈이라도 더 잡으려고 바위에 붙어 더 사격을 계속하였다.

어느덧 주위는 허전해졌다. 성구는 문득 잠복초를 떠나서는 안 된다는 중대장의 말이 떠올랐다. 동시에 고요해진 주위에서 한시도 머뭇거리고 있고 싶지 않았다. 성구는 나무포기와 바위를 의지하여 잠복초로 올라왔다. 올라오다가 수철부분대장이 누워있는 옆에 와서 그 몸을 안고 자기도 쓰러졌다.

"응?"

성구는 순간 이상한 촉감을 느끼였다. 그것은 시체의 촉감이라기보다도 산사람의 촉감이였다. 성구는 정신이 펄쩍 들었다. 손을 가슴으로 가져갔다. 심장이 움직이고 있었다.

"부분대장동무!"

성구는 너무나 반가운 나머지 소리를 질렀다. 역시 대답은 없다. 성구는 약간 몸을 흔들며 계속 불렀다.

"푸ㅡ"

입이 움직이며 긴 한숨이 막혔던 공기처럼 뿜겨 나왔다.

"부분대장동무! 접니다. 성굽니다. 5분 만에 돌아왔습니다. 골짜기에 있는 개새끼들까지 다 쫓아버렸습니다. 정신 차리십시오……."

주방선에서도 적들은 점차 퇴각하는 모양이었다. 총소리가 이따금씩 났다.

수철 부분대장은 어두워서야 잠복호 옆 바위 밑에까지 옮겨졌다. 허벅다리와 배와 어깨에 여러 발의 탄알을 받았으나 다행히 급소를 면하여 생명에는 지장이 없었다. 그러나 여러 상처와 출혈로 의연 중태를 면치 못하였다.

수철 부분대장은 오래도록 성구의 손을 쥐고 놓지 않았다.

"동무는 훌륭하게 전호를 지키였소."

"아닙니다. 부분대장동무가 그렇게 뛰여나가서 싸우지 않았다면 제가 도착하기 전에 놈들은 올라섰을 것입니다."

정치부중대장을 비롯하여 소대장, 세포위원장, 민청위원장 등이 내려왔다. 위생지도원이 주사를 놓자 수철은 아주 기운이 돌았다.

정치부중대장이 위로의 말을 하자 수철은 미소를 띠웠다.

"정치부중대장동무, 저를 아무래도 후송하시겠지요? 네 좋습니다. 저는 안심하고 후송되겠습니다. 저 대신 나의 친우 성구 동무가 있으니까요."

수철은 담가에 실리여 지휘부일행과 함께 룽선을 타고 사라졌다.

"…… 저 대신 나의 친우 성구동무가 있으니까요……."

일행을 배웅하고 다시 고요해진 잠복초에 우두커니 서있는 성구의 귀에는 언제까지나 수철 부분대장의 목소리가 울리고 있었다.

별들은 쏟아질 듯 머리 우에서 반짝이였다.

『승리자들』, 문예출판사, 1976

제3장

1953~1967

'전후복구건설과
사회주의 기초건설을 위한 투쟁' 시기

직맹반장

유항림

나무 한 그루 없이 헐벗은 만달산은 바위로 한 벌 온통 뒤덮이고는 그 틈을 흙으로 메워놓은 것 같다. 바위가 많은 산이지만 앙상하지 않고 모가 없이 둥그스름하다. 뿐만 아니라 흙 밖으로 드러난 바위들은 모두 물속에서 녹다 남은 얼음덩이들같이 둥글둥글한 것은 석회석 산의 특징이다. 이 특징 있는 산의 한편 기슭에는 시멘트 공장이 널따랗게 자리를 잡고 앉아 있고, 산 너머 반대편 기슭으로는 시멘트 공장의 부속 직장인들인 석회로들이 여기저기 분산되어있다.

누각이 없어진 정문 모양으로 위는 반반하고 아래에만 아치형의 문이 있는 석회로들은 그 형태로 보다는 주위를 들씌운 하얀 횟가루 빛으로 먼저 눈에 띄운다. 해는 이미 맞은편 산마루에 올라섰건만, 아직 작업 개시 시간 전인 제4석회로는 인기척이 없다.

석회로가 있는 경사면을 골짜기 밑까지 내려온 곳에 사무실이 한적히 외따로 서 있다.

아침 해가 비끼기 시작한 사무실에서는 수염이 텁수룩한 중년 노동자 한 명이 책상 위에 펴고 잔 모포를 걷어치우고 청소를 하고 있었다. 허리가 늘씬한 그는 문을 활짝 열어놓고는 책상 위를 털어내고 방바닥을 쓸기 시작했다.

느릿느릿 청소를 하던 그는 사무실 안으로 들어오는 젊은 여자를 쳐다보았다. 그러나 아무 말도 없이 다시 비질을 계속했다.

"저어, 여기가 4석회 직장이지요?"

그러나 청소하던 사람은 대답이 없다.

"직공장 동무 안 나오셨나요?"

다시 물었을 때야 겨우 대답이 있었다.

"예, 아직 안 나왔쉐다."

여자는 무언가 다시 물으려다가 그만두고 한편 구석에 서서 청소하는 것을 보고 있다. 직공장이 오기를 기다릴 셈인 듯싶다. 말 한 마디 없이 다 끝내고 나서 우물로 나가 세수까지 하고 돌아온 중년 노동자는 거기 그냥 서 있는 여자를 보더니 아무 말도 없이 걸상 하나를 들어다 앞에 놓아주었다. 앉으라는 표시다. 그리고는 저편 구석으로 가서 무언가 보꾸러미 하나를 풀어놓고 뒤적였다. 보매 간단한 살림이 들어 있는 듯싶다. 보꾸러미를 다시 묶어서 본시 있던 자리에 놓으며 여자 편을 한 번 거들떠보고 그제야 입을 열었다.

"일을 해보려구 왔소?"

"예ㅡ."

"거기 앉아서 좀 기다리소."

여자는 잠자코 걸상에 앉아 있다가 얼마 만에 입을 열었다.

"수직(守職)을 하셨나요?"

허리가 늘씬한 노동자는 텁수룩한 턱을 쓸며 하품을 하고 나서 고개만 끄덕인다. 숱이 많아 꺼먼 눈썹 밑으로 눈이 우묵 패어 들어갔고 광대뼈가 두드러진 얼굴은 무척 침울해만 보이는데 고갯세로 대답하는 것이 말하기도 귀찮다는 빛이다.

"수직은 혼자서 하군 하나요?"

"예."

"혼자서야ㅡ 자지 않구는 못 견딜 텐데요."

"자지 않다니요? 하루 이틀이라면 모르지만 그렇게 매일 자지 않구야 견디어낼 장수 있갔소?"

"아저씨 혼자서만 늘 수직을 하시나요?"

"합숙방이 좁길래 여기서 자구 있쇠다."

이렇게 대화가 시작된 둘이는 차츰 자기 사정 이야기들을 서로 주고받게 되었다.

이 중년 노동자는 전쟁 전까지 남포에서 리어카도 끌고 노역도 하고 자유노동을 해왔는데, 폭격에 가족을 전부 잃고 리 인민위원회에서 알선해주는 대로 이 시멘트 공장에 온지 반년이라고 한다. 그런데 넘어켠 시멘트 공장에서 일한 때는 합숙에 있었으나 여기 석회 직장으로 온 뒤는 합숙에는 잘 자리가 없어서 한 달 동안은 사무실에서 자고 있다는 것이었다. 나이는 마흔셋이고 이름은 김용식이라는 것까지 말했다.

금년에 스물여섯이라는 여자는 이름이 최영희라고 하며, 자기도 해주에서 살다가 내각 결정 153호에 의해서 이 공장에 들어왔다며, 지금껏은 압축기에서 일하고 있었으나 이번에 이리로 배치되어 오는 길이라고 했다.

둘이 다 내각 결정 153호로 직장 전출을 해온 사람들이란 점에서 서로 가까움을 느끼는 것도 사실이겠지만, 용식이가 미국놈의 폭격으로 가족과 집을 몽땅 잃고 헤매던 이야기를 하는 동안 영희는 눈물이 글썽해지며 목이 멘 소리로 그를 동정하는 것이 용식으로 하여금 오랜 친지같이 느끼게 했다.

영희는 남의 이야기에 곧잘 눈물을 머금기도 했지만, 둘의 이야기가 공장 안의 크고 작은 사건에 미치자 자주 웃었다. 그런데 그 웃는 모습이 젊은 여자들이 항용 그러하듯이 손등으로 입을 가리어가며 태를 내서 조심성스럽게 웃는 것이 아니라 남자들 모양으로 입을 활짝 벌리고 약간 뻐드렁니인 앞니를 잇몸까지 드러내놓으며 웃었다. 마음에 숨기는 것이 없음을 느끼게 하는 웃음이다.

둘이 이야기하고 있는 사이에 작업 개시의 사이렌이 울었다. 그러나 사무실에는 아무도 나타나지 않았다. 몇 사람의 노동자가 사무실 안을 들여다보고는 우물가에 서 있는 버드나무 밑으로 가서 이야기판을 벌여놓았을 뿐이다.

영희는 밖을 내다보았다. 새하얀 회를 뒤집어쓴 소성로 앞에서 누군가 어른거리기는 하지만 작업하는 기색은 보이지 않고, 여기저기에 한 패씩 모여 앉아서 아직 한가스러이 잡담들을 하고 있다.

고동이 운 지 십 분이 남짓해서야 국방색 당꼬바지를 입고 검정 캡을 쓴 사내가 사무실로 들어오더니 최영희 편을 흘겨보고는 두 개 놓여있는 책상중의 하나로 가서 그 앞에 앉았다. 삼십이 조금 넘었을까. 이발을 하고 수염자리가 파랗도록 수염을 단정히 민얼굴이었지만 아직도 졸음이 잔뜩 담겨 있어서 정신이 들어 보이지 않았다.

김용식이는 기지개를 한 번 켜면서,

"통계원 동무, 그럼 난 조반 먹으러 갔다 오갔쇠다" 하고는 밖으로 나가 버렸다.

영희는 노동부에서 받아 가지고 온 배치증을 꺼내들고 통계원 앞에 내놓았다. 통계원은 담배부터 한 대 피워 물고야,

"전엔 어디서 일했소?"

하고 물어보면서도 아무 흥미도 없다는 듯이 배치증을 되는 대로 밀어놓고 서랍에서 서류들을 꺼내 놓았다.

"분탄 직장 압축기에서 일하였어요…….."

그러나 통계원은 다시 묻거나 지시를 주는 법도 없이 자기 일을 시작했다. 무언가 숫자가 가득한 통계였다. 자기 일만 한참 하고 난 뒤에야 책상 머리에 그냥 서 있는 영희를 또 한 번 쳐다보며,

"앉아서 좀 기다리소. 이제 직공장 동무가 올 테니까."

하고 걸상을 가리켰다.

영희는 창밖으로 작업장을 내다보며 오래 앉아 있었다. 작업이 시작된 모양이다. 로(火爐)앞에서는 생석회에 물을 쳐서 하얀 횟가루가 김과 함께

뽀얗게 피어오르기 시작했다. 그러나 아직도 그늘 밑에는 태연히 이야기만 하고 앉아있는 사람들이 더러 보였다.

"통계원 동무, 직공장은 언제 옵네까?"

하는 말소리에 뒤를 돌아보니, 머리에서 발뒤축까지 온통 회투성이가 된 노인이 통계원 앞에 서 있었다. 오십이 좀 넘어 보이는 노인의 염소수염은 본시가 그런지 횟가루 탓인지 아주 희다.

통계원은 쳐다만 보고 대답이 없다.

"오늘 아침 생석회를 꺼내기 전에 꼭 봐달라고 했는데두…… 반출하기 전에 생석회가 어떻게 귀졌는지 그 꼬락서니를 보기만 하면 이 로로만 일해선 안 된다는 건 알 테니까……."

"그렇게 잘 알면 직공장 찾을 것 없이 창선 동무가 한 번 멋지게 귀내소 고레. 피지 않는 돌만 반출하지 말구……."

통계원은 빙그레 웃으며 희롱조로 대꾸하는데 웃음에서는 가시가 느껴졌다.

노인이 혀를 낄낄 차며 나가버린 후 오래지 않아서 창가에 마주 보이는 소성로 앞에서 꽥꽥 고함을 지르는 소리가 들려왔다. 안개같이 피어오르는 횟가루 속에는 어물거리는 사람들을 내다보면서 누가 싸우는가고 생각하고 있느라니 고함 소리는 멈칫하고, 그리로부터 키가 홀쑥한 사내가 혼자서 게두덜거리며 내려왔다. 그는 사무실로 들어와서까지 투정을 했다. 직공장이었다.

"잠시만 눈을 떼두, 키들거리구 농질만 하지, 어디 일을 해줘야지……."

직공장은 중얼거리다가 통계원에게 물었다.

"준호 동무, 어떻게 됐소, 통계 보고는?"

"점심때까지는 되갔쉐다."

직공장은 자기 자리에 앉으려다가 영희께 눈이 가자 물색하듯 훑어본다.

"무슨 일루 왔소?"

영희는 통계원의 책상에 놓여 있는 자기 배차증을 직공장 앞으로 가지고 갔다.

"또 여자야?"

직공장은 얼굴을 찡그리더니,

"어디에 붙여줄까? 밀차엔 세 명밖에 안 나왔던데, 거기 붙여줄까?"

하고 통계원에 의논하려 했으나 대답이 없으므로 혼자 중얼거린다.

"그래도, 거긴 여섯 명 정원이 다 차 있지, 아마……."

그때야 통계원은,

"웬걸, 정원이 찼겠소."

하며, 서류를 들춰보더니, 역시 직공장의 말이 맞은 모양이다. 머리를 긁으며,

"그런 것쯤 기술적으루 좋도록 해두지요. 어디든 결원 있는 데가 있을 테니까……."

하고 서류를 덮어 치우자, 직공장은 앞섰다.

"그럼 저리루 나갑시다."

영희는 그를 따라 횟가루 안개 속에 덮여 있는 소성로 앞마당으로 올라갔고 다시 그 옆을 지나 위로 올라갔다. 거기서 직공장은 발을 멈추었다. 영희도 옆으로 다가서서 발밑을 들여다보았다. 집터같이 반반한 바닥에 흡사 김칫독을 묻어놓은 것 같은 둥근 구멍이 둘 나 있다. 직경이 한 발 남짓한 구멍에서 무연한 연기가 김 오르듯 하는데, 주먹만큼씩이나 되게 깨뜨린 돌을 차근차근히 넣고 있었다. 소성로에 돌을 넣는 작업을 잠시 보고 서 있다가 옆을 보니 직공장은 밀찻길을 따라 저리로 가고 있다. 이 밀찻길은 멀지 않은 곳에 채석장으로 통해 있었다.

채석장에서는 남자 둘이 남폿구멍을 뚫고 있고, 바로 그 아래쪽에서는 어제 남포로 터뜨린 돌덩이를 남자 한 명과 여자 한 명이 굴려 내려오고 있었다. 이렇게 밀찻길 가까이까지 온 돌을 여자 두 명과 남자 한 명이 마치로 두드려서 깨뜨리고 있었다.

그런데 이렇게 해서 깨뜨린 돌을 싣고 있는 밀차에는 세 명밖에 없었다. 여섯 명 정원이 차 있는 것으로 돼 있지만, 한 명은 문서에만 밀차공으로 돼 있고 실지 일은 딴 부서에서 하고 있으며, 두 명은 결근이었다.

밀차 곁으로 간 직공장은 적재함 안의 돌을 들여다보더니 욕설부터 했다.

"그새 뭘 했어? 또 사설질만 하구 놀았구만…… 제길, 요즘 처녀 색시들은 거저 새서방 생각이나 하느라고 어디 일을 해줘야지…… 내, 참!"

밀차에 돌을 싣던 삼십 전후의 여인과 십팔구 세의 처녀는 새침해서 직공장편을 돌아보지도 않았고, 얼굴이 너부죽한 중년 남자만이 머리를 겁죽 숙여서 인사를 했으나, 영희 편을 보면서는 입술을 비죽여 웃으며 직공장 편을 눈질했다.

영희에게 작업 방식을 대강 말해주고 직공장이 횟가루 피어오르는 로 앞마당으로 내려가자, 지금껏은 열심히 일하는 듯싶던 여럿의 일손이 모두 알아보리만큼 떠졌다. 그뿐만 아니라, 아까 입을 비죽이던 중년 노동자는 침을 뱉어가며 중얼거렸다.

"직공장이나 된 게 숱해두 장한가 부다…… 그게 무슨 입버릇인지, 여자를 보구는 못살게만 구는구만!"

그러자 마치로 돌을 까고 앉았던 여인 하나가 맞장구를 쳤다.

"여자들은 만만하니까 그러지요. 잘난 체하구 싶기는 하구, 남자들은 줌 안에 들지 않구……."

이렇게 쩔고 까부는 말을 듣자 영희는 깔깔 웃었다. 직공장에 대한 평이 마음에 든 모양이다.

새로 온 이 여성 노동자는 첫 날부터 동무들의 눈에 띄었다. 천성이 무척 쾌활한 모양으로 웃기를 잘해서 몇 시간이 지나자 모두와 곧 친해졌다. 무엇보다도 꾀를 부리지 않고 일을 수격수격 열심히 하는 것이 표났다. 여럿이 함께 일할 때 슭을 돌며 꾀만 부리고 일을 안 하는 것보다는 더 아니꼬운 일이 어디 있는가? 여럿 하는 일에 몸 아끼지 않고 일하는 사람은 주위에 호감을 준다.

영희는 이날 열아홉 살 나는 처녀 밀차공 춘실이와 아주 친해졌다.

영희가 처음으로 춘실이와 둘이서 밀차를 몰았을 때의 일이다. 밀차가 내리막에 다다르자 춘실이가 하는 대로 영희도 밀차 뒤에 성큼 올라탔다. 그런데 옆에서 보기와는 달랐다. 차는 매달리면서 잠시도 가만있지 않고, 등에 탄 사람을 골리려 드는 노새 모양으로 까불어댔다. 그래서 처음은 남들이 하는 대로 몸을 곧추고 섰었으나, 차츰 빨리 달림에 따라, 적재함 변두리를 두 손으로 꼭 붙잡고서 금시 떨어질 듯 엉덩이를 쑥 내밀고 엉거주춤해 땅만 들여다보게 되었다. 흰자위 많은 눈은 둥그레지고 입에서는 "애개개, 애개개……" 걱정스러운 소리가 새 나오기 시작하더니 나중에는 "에그머니 —" 하고 비명까지 질렀다.

그것이 하도 우스워서 허리를 쥐고 웃던 춘실이는 얼마간 미안스러워져서 슬그머니 고개를 돌렸다. 그러나 시뜩해지거나 부끄러워한 줄만 알았던 새 동무는 차에서 내리자 와락 춘실에게 달려들어 끌어안고 웃어댔다. 그래서 둘이 함께 한참이나 웃고 나니 그만 오랜 친구사이 같아지고 말았다.

"나두 처음엔 혼났어……."

춘실이는 격려하듯이 위로했다.

"괜히 질겁했지. 시침을 따구 이렇게 뚝 버티구 섰으면 되는 걸 가지구……."

영희는 눈을 부릅떠 보이고서는 또 한 번 웃어댔다.

다음번에는 춘실이는 미리부터 웃을 차비를 하고 있었다. 그러나 밀차를 타고 내리막을 내달리는 사이에 춘실의 얼굴에는 떠오르려던 웃음이 어느 샌가 걷혔다. 이번에도 허리를 채 펴지 못하고 적재함만 꽉 붙잡고 내려가는 자세가 우습지 않은 바가 아니었다. 그러나 뾰족해진 입술을 꼭 악물고 눈을 부릅뜬 그 얼굴, 특히 이상스레 번뜩이는 눈의 흰자위가 춘실로 하여금 웃지 못하고 엄숙한 마음을 품게 했다.

이렇게 시작한 영희는 종일토록 꾸준히 일했다. 남들이 쉬는 때도 "석탄이 딸린다는데……" 혹은 "돌이 딸린다는데……" 하고 춘실이를 추동했고, 그러면 춘실이도 쉬려고 앉았던 엉덩이를 들고 그와 함께 나서곤 했다.

소성로에는 돌과 석탄을 한 도리씩 번갈아 넣는다. 그리하여 이 석탄이 타는데 따라 석회석은 생석회로 구워지는 것이다. 그러므로 둘 중 하나만 없어도 소성로에서는 하늘만 쳐다보게 마련이다.

채석장을 조금 지나친 곳에 석탄이 쌓여 있다. 골짜기 밑에서 등짐으로 져올린 것이다. 여기서 석탄을 밀차에 싣고 춘실이와 영희가 채석장 앞을 지나려니 영희에 대해서 이야기들이 있었던 모양으로,

"두구 보소, 오늘은 첫날이니까, 눈에 들려구 그래보는 거지, 매일 저렇게 일하구야 견디어내겠소."

하는 말소리가 들렸다. 처음에 직공장을 두고 입을 비죽거리던 밀차공 이달수의 목소리다.

그러나 이튿날도 영희는 꾸준히 일을 했다.

영희가 이리로 온지 사흘째 되는 날 아침, 작업 개시 전에, 전체 노동자가 사무실 앞에 모였다. 무슨 일인가고 모두 옆 사람의 낯을 살피는 눈치를 보였다. 영희는 자기가 온 후로 처음 일이고 또 그것이 이틀 동안에만 그러했던 것이 아니라는 것을 알 수 있었다.

작업 시간이 이윽고 지난 뒤에야 앞에 나와 선 직공장은 확실히 심사가 좋지 않아 보였다.

"어제두 상부에 불리어가서 직사하도록 욕만 먹었쉬다."

그는 먼저 이렇게 서두를 내놓고는 이달도 이제 며칠이 안 남았으니 이달 생산 실적도 30퍼센트나 겨우 될 모양이고 전국에서 제일 낙후했다고 하면서 여기엔 건달꾼만 모여서 참 야단났다고 한탄과 욕설을 뒤섞어서 퍼부었다. 모두 일할 생각은 없어 그저 배급이나 받고 보수나 타면 그만으로 안다며, 그건 국가의 양곡과 돈을 도적질하는 것이고 반동이라고 단정해놓았다.

"반동이라면 뭐 별건 줄 압네까. 이따위가 다 반동이지…… 반동두 아주 악질반동이랍네다."

그러고는, 누구누구하고 세 명의 이름을 부르면서 목을 뽑아, 왔는가 찾아본 뒤에,

"동무들은 특별히 정신 차리라우요. 괜히 그 투루만 일하다가는 재미없쇠다."

하고, 눈알을 굴리는 것이었다. 무엇 때문에 구체적인 지적은 없이 이런 협박 비슷한 경고를 주는 것일까, 영희는 얼굴이 달아오르며 어떤 모욕감까지 느꼈다. 지적 받은 세 명이 모두 여자들이고 그중에는 춘실이도 들어 있어서 더욱이 불쾌감을 주는 것 같았다.

영희가 이렇게 약간 흥분했을 때 직공장은 표정이 부드러워지며 그를 불렀다.

"최영희 동무, 어디 있소…… 아 거기 계시군, 이리루 나오시소…… 동무들, 소개합네다. 최영희 동무는 사회 경험도 많구, 압축기에서는 직맹반장 사업을 모범적으루 해온 동무외다. 나는 앞으루 이 동물 우리 직맹반장으루 선거하는 게 좋을 것 같쇠다."

영희는 이보다 퍽 많은 군중 앞에 나섰던 일도 있었지만 이때처럼 난처해 본 적은 없었다. 직공장의 옷자락을 당기며,

"그건 직맹회의 때 하실 말씀 아니야요."

하고 귀띔했으나 그는 아주 태연했다.

"일없어요, 아무래면 멜 합네까……."

그러니 하는 수 없이 영희 자신이 변명을 하지 않을 수 없게 되었다.

"저는 이틀 전부터 운반에서 일하고 있습니다. 직공장 동문 저를 직맹반장으루 선거하는 게 좋겠다고 했으나 그런 건 직맹반 총회에서나 할 것이니까 여러분의 의향에 달려 있습니다."

이런 말을 군중 앞에서 하는 것만도 쑥스럽고 난처한 놀음인데, 직공장이 열적은 김에 껄껄 웃었고 거기 따라 통계원 기타 몇몇이 웃었기 때문에

정색해보려 했던 것이 허사가 되고 말았다.

　이 일이 있은 날 저녁에 직맹반 통회가 있었고 이 회의에서 직공장의 제의대로 영희는 반장으로 피선되었다. 행정 책임자로부터 임명되다시피 한 이 선거는 영희의 뜻에 맞지 않고 마음에 거리었다, 그래서 회의가 끝난 후 통계원 준호에게 그런 말을 했더니,

　"모루 가두 서울만 가면 된다구……."

하고 그도 웃기만 했다.

　이 통계원은 첫인상이 나쁘지 않았다. 사업에 열심인 사람으로 보였기 때문이다. 노동자들을 대하는 데 너무 무관심해서 무시하는 것 같은 인상도 없지 않았으나 사귀어보니 인사성 있고 삽삽했다.

　적맹반장으로 선거 받은 이튿날, 작업을 끝내고 사무실로 찾아갔을 때, 통계원이 혼자 있는 것을 본 영희는 마침 잘되었다고 생각했다. 직맹 사업을 착수하는 것과 관련해서 직공장과 몇 가지 의논하려는 것이었으나, 언사나 거동이 거칠어 보이는 직공장과 이야기하기 전에 먼저 통계원에게 몇 가지 물어볼 수 있는 것이 잘된 일이라고 생각했던 것이다.

　"여기선 늘 그러나요?"

　"뭘 말이오?"

　"일을 하다가 보니까 퇴근 시간에 벌써 하나 둘 없어지군 하지 않아요."

　"하하! 거참 야단이외다. 그래서 직공장 동무두 늘 핏대줄을 세우군 하지만 무슨 사람들인지, 아무리 말해두 도무지 듣질 않는구만요."

　"우선 출퇴근 시간을 지키도록 그것부터 시정해야 할 것 같아요."

　"그렇구 말구요. 반장 동무가 수고하시게 됐수다."

　"수직하는 법두 없는 모양 아녜요?"

　"수직을 안 하다니요. 그럴 리가 있나요."

　"합숙방이 좁아서 여기 와 잔다는 동무가 하나 있을 뿐 아녜요?"

　"뭐 그러면 되지 별 게 수직이오."

　"그래두 자기나 할 바에야……."

"그거면 돼요. 일없어요. 이 구석까지 밤에 누가 검열을 오겠다구……."

"검열은 오든 안 오든 그게 문젠가요."

"그렇긴 하지만 출근 시간두 안 지키는 사람들더러 수직까지 하라면 듣겠소?"

"규율을 세워야지요."

"좌우간 난 모르겠쇠다. 직공장 동무가 하라는 대루 할 뿐이니까……."

직공장께 책임을 밀고 마는 그에게 더 물을 수도 없어서 문제를 바꾸었다.

"합숙이 반토굴이구, 좁은 모양 아네요?"

"예. 합숙은 지금 짓구 있으니까 다 되면 문제없을 거외다."

"그래두, 지었으면 벌써 들었을 걸 짓다가 말구 내버려두었다는데요?"

"재료가 안 들어오는 걸 어떡허겠소. 기와가 없는데 하는 수 있나요."

"그럼 상부에 건의해서 빨리……."

"직공장 동무가 늘 상부에 가군 하니까……."

다시 직공장에게 밀어버리는 격이었다. 그러나 그때 마침 돌아온 직공장은 대답이 아주 선뜻했다. 너무 쉽게 나와서 믿기지 않으리만큼, 그가 들어서는 참, 수직 문제를 다시 꺼냈더니, "그렇구말구요. 사고라두 나면 머리 깎는 놀음인데…… 준호 동무. 오늘은 내가 여기서 자군하는 용석 동무와 둘이서 수직을 할 테니까 내일부터는 두 명씩 수직을 시킵시다. 그리구 수직하기 싫다는 놈은 이번엔 내쫓구 말아. 그런 것들은 두어둬서 뭘 해!"

하고, 엄포를 보이면서 영희에겐 호의를 표한다는 듯 웃어 보였다. 그러나 합숙 문제를 다시 꺼내자 머리를 흔들었다.

"생산 실적이 나쁘니까 어딜 가두 욕만 먹었지 말이 통합네까. 꼭 의붓자식 대접이외다래……."

하고, 한탄만 했다. 영희는 그 이상 들을 필요도 없을 듯싶어 다른 문제로 넘어 갔다.

"직공장 동무, 그런데 왜 출근표에 출근 퇴근을 기입하지 않구 있나요?"

이 문제는 여기 형편으로는 가장 긴급한 고리라고 생각했기 때문에 영희는 얼굴에 약간 긴장을 띄며 물었다. 그러나 직공장은 대수롭지 않다는 듯이 받았다.

"도합 몇 명이나 된다구…… 그까짓 것쯤 아무래두 일없어요."

그러나 준호는 눈치가 빨랐다. 영희의 부드러운 물음 속에도 만만치 않은 힐난을 느꼈는지 학선의 대답을 가로채듯이 얼핏 얼버무렸다.

"출퇴근을 기록하지 않다니요. 그럴 수야 있나요. 거저 우리 현장은 다른 곳과는 달러서 40여 명밖에 안 되니까, 여기서 내다보기만 해두 출근했는지 안 했는지 일일이 알 수 있거든요. 그래서 기계적으루 꼬박꼬박 수속을 밟지 않는 때가 더러 있기는 합네다마는…… 뭐 마찬가지니까……."

"그래두 출퇴근을 우선 엄격히 해야 할 것 같애요. 규정으루 봐두 그렇지만 여기같이 직장 규율이 아주 문란한 곳에서는 더욱이나 그렇지 않아요."

그러자, 이 문제에 대해서 길게 말한댔자 향기로운 일이 없으리라고 짐작했는지 준호는 영희의 깔끔한 눈초리를 피하면서 다시 얼버무렸다.

"에에, 반장 동무의 지신데 물불인들 사양하겠소. 그저 죽으라면 죽지요."

하고 껄껄 웃더니 아직 부족해서,

"난 본시가 여자들의 말이라면 거역을 못하는 위인인 데다가……."

하고, 한마디 첨부하면서 눈 하나를 지그시 감아 보였다. 영희는 그의 능청거리는 거동은 알은체 안 하고 말뜻만 다시 따졌다.

"그럼 내일부터 출퇴근을 꼭꼭 등록해주시면 저두 사업하기가 좋겠어요."

영희는 이걸로 그 문제도 끝낸 셈치고 다시 학선이를 향해 딴 문제를 꺼냈다.

"직공장 동무, 제 생각애서는 여기서두 매일 작업 전에 한 이삼 분씩이라두 그날 할 일에 대해서 지시를 주구, 또 작업이 끝난 뒤에두 잠깐 모아

놓구서 그날 작업은 어떻게 됐는지, 누군 열성적으루 일했구 누군 작업이 빈둥빈둥 놀았다는 걸 간단히 총결짓군 하면 좋겠어요. 그 기회에 저 두 사업을 좀 하게요."

둘이는 다 대답이 없었다. 준호는 입을 비죽이며 얼굴을 찡그렸다. 대답이 없이 시뜩해서 한참 앉아 있던 학선이는,

"그렇게 잘 알면 반장 동무 마음대로 하소고레. 내야 뭘 압네까. 지금껏 마치 자루나 잡구 뛰드려먹던 놈이……."

하고, 고개를 돌리며 외쳤다. 영희는 주춤했다.

"내 원 팔자가 사나우니까, 하필 말썽 많은 현장을 맡아 가지구서는 어딜 가두 4석회 4석회 하구 욕만 먹는다니까…… 그것두 부족해서 우리 현장에서까지 반장 동무는 오자마자 뭐이 문란하고 뭐이 낙후하구 야단이 아닌가, 귀 아파서 모두 내놓구 말아야지, 거저 뛰드려 먹는 게 제일이야."

직공장이 이렇게 게두덜거리는 것은 무엇 때문인지 알 수 없었다. 영희는 덤덤히 앉아만 있었다. 아직은 될수록 충돌을 피해야겠다고 생각했기 때문이다. 다른 직장 어디서나 엄격히 준수해오는 일이니까 그들도 끝내 반대하지는 못하리라는 생각에 마음이 든든하기도 했다. 한참 동안 말없이 씨근거리며 앉아 있던 직공장은 음성을 낮추어서 한탄하듯이 다시 말을 이었다.

"반장 동무는 처음 왔으니까 사정을 모르지만 이래 가지구야 어떻게 계획량을 냅네까. 전쟁 전만 해두 석탄을 끌어올리는 것쯤 문제없댔쉬다. 윈치루 윙하면 덜덜덜 끌어올리댔는데 지금은 등짐으로 져 나르지 않소. 물두 그렇구…… 또 말썽 많은 회 치는 작업두 전에는 기계루 하던 건데 요즘은 횟가루를 먹어가며 일일이 채로 쳐야 하니 놀음이 됐소? 거기다 또 일꾼이라는 게 모두 생판 풋내기구 태반이 여자들이지…… 그리구서두 자꾸 계획량만 말하자니까 참 야단이외다."

이 말은 근거가 옅은 불만이고 변명이라는 것을 영희는 알 수 있었다. 그러나 반박하려 들지 않고 더욱 부드럽게 말했다.

"그러기에 말예요. 기계가 하던 일까지 사람이 해야 하는 형편이니까 더욱이나 노동 규율을 빨리 세워야 하지 않아요?"

조금 후, 직공장은 더 반대할 일이 못 된다고 반성했는지, 그럼 내일부터는 그렇게 하자고 말수 적게 언약을 주었다.

영희는 자기 사업 착수에 얼마간 만족까지 느끼며 일어섰는데, 사무실을 채 나서기도 전에 등 뒤에서 "체ー" 하고 혀를 차는 소리가 들렸다. 돌아보지는 않았지만 준호가 분명했다.

집으로 돌아가는 길에 산을 넘으려니 경사는 가파롭고 다리가 후둘후둘하는 것 같아 몹시 피로했음을 느꼈다. 한소나기 오려는지 날씨는 무덥고 땀은 적삼을 흠뻑 적시고 있다. 바람이 산들거리는 산마루에 올라선 영희는 좀 쉬어가고 싶기도 했으나 내처 걸었다. 집에서 애들이 기다릴까 해서다.

피로한 것도 사실이다. 며칠 전까지 일 해온 압축기에서도 육체노동이었던 것은 틀림없지만 지금 일은 육체노동이라기보다는 근육노동이다. 또 전에 해주에 있을 때도 시멘트 포대를 꿰매왔으니 여기서와 같이 벅찬 힘으로 해내는 일은 아니었다. 그러나 갑절이나 더 피로한 것은 마음이었다.

당 위원장 동무한테서 미리 듣고 온 일이지만, 와보니 생각했던 것보다도 심하다. 이런 직장이 공화국 내에 있으리라고는 상상도 못했을 정도로 너무나 어지럽고 기력이 없어서 통 마음이 붙지 않았다.

압축기로 되돌아갈 수 있다면 얼마나 좋을까. 힘에 넘치는 임무를 섣불리 맡은 거나 아닐까…… 그런 일쯤 문제도 없으려니 생각했던 일에도 직공장과 통계원이 우선 반발해 나서는 것을 보고 오는 지금 길이 너무나 아득히 먼 것만 같아지는 것이었다. 오늘 일에 비하면 몇 십 배 더 곤란한 일들이 있지 않을까. 압축기로 돌아갈 수는 없을까?

그러나 그럴 수는 없다는 것을 알고 있었다. 당이 준 임무다. 당 위원장이 간곡히 일러주며 맡기던 과업이다. 그는 한숨을 쉬며 이마로 내려 덮이는 몇 올의 머리카락을 추켜올렸다.

"아주 곤란한 임무를 맡길까 해서 영희 동무를 오라고 한 건데……."

하고, 선참 각오부터 물어보던 당 위원장의 목소리는 지금도 귓속에 있다. 그때 자기는 서슴지 않고 무슨 일인지는 몰라도 당에서 주는 임무면 사양치 않겠다고 대답하지 않았던가?

"그러면 행정 측과도 토의한 일이니까 내일로라도 노동부에 가서 배치증을 받아 가지고 4석회로 가시오."

4석회로 공장 이동이 되는구나. 항용 우스운 말도 잘하는 당 위원장은 농담조를 섞어서 어마어마한 말로 시작한 게로구나, 생각해서 처음은 부쩍 긴장했던 마음이 풀리고 웃음조차 떠올랐었다. 그러자 그의 표정에 나타나는 변화를 알아차렸는지,

"4석회루 가라는 말만 듣고서 혹은 예사롭게 생각할지 모르겠소. 그러나 우선 계획량의 30프로밖에 생산하지 못하고 있는 직장이라는 걸 알아야 합니다."

하며 자기 얼굴을 자세히 들여다보고 나서 다시 강조했다.

"전쟁에서 우리는 자유와 독립을 지켜나갈 수 있는 민족이라는 걸 증명했소. 그러나 그것만으론 아직 부족합니다. 우리는 이제 살기 좋고 아름다운 나라를 만들어놔야 합니다. 다시는 침략자들이 엿볼 수 없는 튼튼한 조국을 만들어놔야 합니다. 피를 흘리며 싸워 이긴 것도 그것 때문이오. 그런데 말이오. 전후 복구 건설에서 제일 먼저 복구하고 생산해야 할 가장 중요한 건재 부분의 일꾼인 우리가 계획량의 30 몇 프로를 생산한다는 것은 무엇을 말합니까. 조국과 인민 앞에 그리고 경애하는 수량 앞에 낯을 들 수 없는 일이외다. 죄악이외다."

뒤이어 4석회 작업장의 실정을 자세히 설명했다. 첫째로는 마흔일곱 명 노동자 중에서 마흔 명이 신입 노동자인데 새로 받아들인 노동자를 고착시키지 못하여 유동이 그치지 않는다는 것과 노동 규율을 확립하지 못하고 있는 것이 결정적인 흠집이라고 했다.

다음으로는 본공장과 거리가 떨어져 있고, 또 직장장은 3석회, 4석회, 5석회의 세 곳을 맡아 보는데 본시 축로공이던 직장장은 주로 소성로 복구를 책임지고 있기 때문에 지금은 3석회 소성로 복구에 매달려 있고 4석회의 석회 생산은 직공장이 책임지고 있다는 특수 조건을 말했다. 또 4석회의 소성로는 우선 둘만이 복구되었으나 3석회의 복구가 끝나는 대로 나머지 다섯 개를 복구하게 되리라고 했다. 당원은 세 명밖에 안 되어 분세포는 따로 구성되지 못하고 5석회 분세포에 소속되어 있다는 것도 알았다.

　　이런 환경에서 이번에 불상사가 생겼다. 직맹반장이 노동자들께 돌아갈 원호 물자를 횡령해먹고 도망쳐버린 것이다.

　　그래서 이 기회에 당과 행정 측에서 4석회에 나가보고 그 사업을 검토한 결과 대책들을 세웠는데 그 첫째가 분탄 직장 직맹반장이던 영희를 그리로 보내는 것이라고 했다.

　　"동무두 아다시피 우리는 지금 거창한 시멘트 공장 복구에 대부분의 역량을 집결하지 않으면 안 됩니다. 4석회의 딱한 실정을 알면서두 우리 당의 단련된 역량을 거기에 많이 포치 할 수는 없소. 그러나 수효만 많이 보내는 것이 가장 좋은 방법은 아니오. 중요한 고리에 결정적 역할을 할 만한 동무를 보내는 것이 중요합니다. 알 만합니까? 동무가 늘 명심해야 될 일은 지금은 복구공사에 우리의 전력을 들이고 있을 때라고 하더라도 이미 복구된 부분에서 충분한 생산을 내지 못한다면 우리 공장 전체에 씻을 수 없는 불명예를 줄 뿐 아니라 기본 복구공사에두 커다란 장애를 준다는 것이오. 지금의 4석회는 불과 40여 명밖에 안 되는 현장이구, 우리 공장 전체로 보자면 불과 5프로밖에 안 되지만, 이 5프로가 우리 공장 전체에 씻을 수 없는 불명예와 장애를 주고 있다는 것이오. 이미 복구된 조그만 부분에서 생산성과를 올리고 생산 의욕을 높인다는 것은 곧 기본 복구공사에 간접적으로 도움을 주는 일이고, 앞날의 전체 생산을 위해 좋은 터전을 닦아놓는 일이오."

　　이렇듯 간곡히 일러주고 격려하면서 당 위원장이 맡기던 임무에 대해서 무슨 주저가 있을 수 있는가. 그러나 실지에 본 결과, 한 달 안으로 생산 계획을 완수할 수 있는 수준에까지 끌어올려야 한다는 과업은 힘에 넘치는 것만 같았다.

이런 때 그이나 계셨으면 좋으련만 의논도 하고 가르침도 받고⋯⋯.

서쪽 하늘에 길게 누운 구름들은 빨갛게 타오르고 산 밑으로 굽어보이는 들에는 벌써 어둠이 들기 시작해서 전등불이 까마득히 먼 곳까지 별같이 연달았다. 이제는 불빛이 새 나갈까 조바심을 하지 안항도 된다. 불빛은 멀리서 보아도 역시 반갑고 아름다운 것이구나!

정전되던 날 저녁, 자기 집에서도 문을 활짝 열어놓고 전등을 내건 밑에 온 식구가 마당에 나앉아서 밤 가는 줄도 모르고 재깔거리던 일이 생각키웠다. 전쟁 중에 낳은 세 살잡이 경숙이는 말할 것도 없이 아홉 살과 열 살에 나는 명자와 길녀도 등 밝힌 마당에서 기를 펴 뛰노는 것이 무척 희한한 모양으로 재깔거리며 좋아했다. 전 같으면 잘 시간이 지났건만 날파람만 뜨고 있는 애들을 보고 앉아 있노라니,

"경숙이 어미야, 너 어디 편치 않니?"

하고 어머니께서 물어보는 바람에,

"아니요."

대답은 하고도 눈 못 보는 이 앞에서 무엇을 숨기는 것이 도리어 어렵구나 하고 새삼스럽게 느끼지 않을 수 없었다, 무얼로 아시는 걸까. 앞 못 보는 대신 마음을 넘겨다보는 데는 능하신 어머니다. 거듭 묻지 않고 가늘게 한숨만 내쉬는 품이 영희 마음을 알아차린 것에 틀림없었다.

자나깨나 하늘의 날강도를 머리 위에 이고 살았고, 죽음과 불행을 보아오던 전시 생활은 이제 끝이 났고, 오금을 쭉 펴고 살 수 있거니 생각하는 마당에서 가슴이 미어질 듯이 사무치는 것은 남편의 생각이었다. 이 평화로운 날을 이미 함께 맞이할 수는 없어진 남편의 추억은 경숙이의 아직도 위태로운 걸음에 맞춰서 얼른거렸다. 말을 배우느라고 쉴 새 없이 종알거리는 애는 한 바퀴 돌아서는 엄마 무릎으로 되돌아오곤 했다. 그때마다 남편

이 죽은 뒤에 흘러간 세월이 무릎에 느껴지면서 그는 눈물 어리곤 했었다.

영희는 산길을 걸으며 눈시울을 닦았다. 믿고 의지했으나 사랑 가운데서 생활을 배워온 그 남편이 없는 지금, 자기의 임무가 자꾸만 힘에 벅차고 외롭게만 느껴지면서…….

집에서는 기다리다 못해 마침 저녁을 들여다 놓고 먹으려던 참이었다, 마당에 들어서자, 오늘도 눈 못 보는 어머니가,

"마침 오는구나……."

하고, 먼저 알은체했고, 성미가 성큼한 길녀는 술을 놓고 부엌으로 나갔다. 길녀보다는 성미가 좀 야무진 편인 명자는 돌아앉아서 책보를 풀더니, 새침히 종이쪽지 한 장을 내주었다.

"국어 시험 쳤어."

"그래. 잘 쳤니, 어디 보자."

맞받아 나오듯이 시험지부터 내놓는 것만 보고는 짐작했었지만 5점이다.

"길녀는 잉, 4점이란다."

"난 뭐 몰라서 못 썼나 뭐……."

밥그릇을 들고 들어오던 길녀가 마음이 좀 편치 않은지 입을 비죽거렸다.

"그럼 왜 못 썼니?"

"잊어먹구 한 줄 빼놨지 뭐……."

"넌 그렇게 덤벙거려서 늘 탈이드라."

아홉 살 나는 명자나 열 살 먹은 길녀가 다 2학년에 다니지만 한 살 위인 길녀는 성미가 덤벙거리기를 좋아해서 실패가 많다. 너무 실망하지 않도록 머리를 쓸어주고 있는데 눈먼 할머니는 놓았던 술을 다시 잡으며 일러주었다.

"경숙이년은 저녁두 안 먹구 잠이 들었나 부다."

저녁 후 길녀와 명자가 공부하는 곁에서 영희도 책 하나를 펴 놓았다. 『대중 정치 독본』이란 조그만 책자다. 남편이 읽던 책이고 그에게서 자기도 배운 책이다. 한편 구석에는 적기의 야만적 기총소사로 구멍이 뚫려서

장마다 한 구석은 읽을 수가 없었지만 영희에겐 그래도 무방이었다.

결혼하기 전에 성인 학교에서 글자는 배웠지만 글 읽기는 결혼 후 남편에게서 배운 영희다. 글을 배운다는 것이 곧 생활을 배운다는 것이었고, 남편 곁에서 글을 읽고 있으면 행복과 만족만을 느끼던 그는 책상 위에서 이제는 돌아오지 않는 이의 추억을 더듬게 되고, 지난날의 그 행복을 못 잊어 하는 나머지 추억이 현실로 돌아옴을 느낄 때마다, 커갈수록 아버지를 닮아가는 경숙이의 잠자는 얼굴을 안타까운 눈으로 들여다보곤 했다. 딸의 얼굴을 보지도 못하고 돌아가신 그의 아버지를 보는 듯이.

마지막으로 작별의 말을 나눌 수 있었던 그 짧막한 시간에도 그이는 뱃속의 자식에 대해서는 한 마디도 하지는 않았다. 경찰대 유치장 그 비좁은 틈에서 영희의 귀에 속삭이던 남편의 목소리는 지금도 귓전을 뜨겁게 하고 있다.

"서른다섯이란 나이가 아깝다는 말은 그만 하시오. 나보다 더 젊어서 죽은 혁명 열사는 얼마든지 있으니까…… 이 자리에 와서 부끄럽고 안타까운 것은 내가 왜 좀 더 하지 못했을까 하는 것 그것뿐이오."

그러고는 아무 말도 없이 한참 동안이나 남산 같은 안해의 치마 앞만 들여다보며 묵묵히 서 있었던 것이다. 갖은 악형이 기다리고 있는 그 지긋지긋한 생지옥에서는 뱃속의 새 목숨보다도 모체의 목숨이 더 안타까워서 애달픈 눈을 뗄 수 없어 하던 것이겠지만, 지금에 보자면 그것이 뱃속에서 자라던 자식에게 향해진 아비의 마지막 눈길이고 작별이기도 했거니 하는 생각에 가슴이 찢기우는 듯싶었다.

남편이 마지막으로 하던 말과 함께 그의 시체 앞에서 맹세하던 자기의 결심은 저절로 입술에 올랐다.

"당신의 목숨을 더 길게 해 올리지는 못했어도 당신이 다 못한 일은 제가 하리다."

남편의 목숨을 짓밟은 자들에 대한 복수심으로 하늘과 땅도 좁아지는 듯 오직 한 길 복수의 길만을 그리며 외쳤던 것이었으나, 한 해 두 해가 지

나 두 돌 반이 넘는 사이에 이 맹세는 스스로를 의탁하는 기둥이며 지팡이
가 되어버렸다.

그렇다. 그이가 채 하지 못한 일을!

"어마……."

잠에서 깬 경숙이는 엄마가 곁에 있는 것이 만족한 듯 일어나지도 않고
생글생글 웃으며 누워 있다. 영희는 서슬에 흰 잇속이 드러나며 눈이 가늘
어졌다.

"오냐, 우리 경숙이가 깼구나……."

딸을 덥썩 안아 일으킨 영희의 얼굴에는 벌써 어두운 그림자가 없었다.

아침마다 출근표에 출근을 기록하는 것이 시행되기 시작했다. 준호는
자신이 늦어지는 일도 있고 일러도 고동이 울 때쯤 해서야 나오곤 했으나
차츰 일찍 나와 작업 전에 기록을 끝내도록 힘쓰게 되었다, 언제나 시간
전에 나와서는 일찍 온 노동자들과 이야기하면서 통계원이 나오기를 기다
리며 앉아 있고, 통계원이 기록을 끝내고 작업이 시작될 때까지는 거기를
떠나지 않는 직맹반장을 통계원은 달갑게 여기지는 않았으나 무시 할 수
는 없어졌다.

영희는 작업 전과 작업 후의 짬을 이용하여 출근률을 높이고 여덟 시간
노동을 보장하도록 여러 번 해설, 호소할 수 있었다.

직장 노동을 해본 경험이 없이 제멋대로만 일하며 살아온 사람이 그 대
부분인 여기서는 8시간 노동에 대한 이해조차 정확치가 못한 사람이 간혹
있었다. 출근 시간까지 와 닿으면 그만이고 독 틈에도 용수가 있다는데 한
십 분쯤 늦어졌다고 해서 꼬박 꼬박 지각으로 지적하는 것은 용렬한 소견
이거니 생각하는 사람도 있었다. 시간 전에 나와서 준비를 갖추고 있다가
정확히 여덟 시 반부터는 작업을 시작해야 한다는 말을 듣고는 마치 새로
생긴 딴 법같이 말하는 사람조차 있었다.

어느 날 점심시간에 그늘에 모여 앉아 이야기판이 벌어졌었는데 소활

이라고 돌을 잘게 깨뜨리는 작업을 해오는 기덕 어머니는 영희더러 이렇게 물었다.

"반장 동무, 언제부터 그렇게 됐나요?"

"뭐 말이에요?"

"여덟 시간 노동이라구 하더니만 어디 여덟 시간만 됩네까? 요즘은 매일 십 분이나 십오 분은 일찍 나와야지요. 그리고 저녁엔 시간이 된 뒤에야 세수하구 옷 갈아 입구 회의까지 하구 나면 결국 여덟 시 조금 넘어서 왔다가 여섯 시쯤 해서야 헤지게 됩네다. 그러니까 열 시간이나 거의 되는데, 게다가 10리나 되는데서 다니는 사람은 올적 갈적 다 합해서 열한 시간두 넘는데요⋯⋯."

하고 고개를 비틀었다. 그러자 한편 구석에 앉아 있던 화약을 맡아 보는 정순일이가 더듬는 말로 쏘아주었다.

"지 집에서 바 밥해 먹구 자 자는 시간은 안 꼽나?"

모두 웃었다. 영희도 따라 웃다가 무안해할까 해서 위로하듯이 물었다.

"집이 멀어서 고생하시겠어요. 어디쯤이나 되시나요? 집이 멀드래두 지각은 하지 않으셔야 하지 않아요."

그새 지나보는바 신 분 십오 분 전에 오기는커녕 늘 시간이 지나서야 나오는 아주머니라는 것을 알기 때문에 하는 말이다.

"집이 머다뿐이겠소."

생석회 반출공 김창선 영감이 염소수염을 쓸며 대답을 가로맡았다.

"바로 저 집이외다."

사무실 있는 곳에서 한 2백 미터 되는 곳에 서 있는 남향집을 가리킨다. 영희는 그만 입을 벌리고 말았다.

"기덕 어머니는 여덟 시간 아니구 한 시간 노동을 해두 꼭 늦어지게 마련이외다."

여기서 제일 오래 일해 왔다는 창선 영감은 계속했다.

"밥 먹구 설거지까지 해치우구두 고동 마기만 기다리고 있으니까⋯⋯

고동이 난 담에야 세수를 한다 머리를 빗는다…… 하여튼 고동 난 담에두 빨래 한 가마를 삶아서 빨구야 온다구 손문이 났으니까……."

"얘개개 망측해라. 원 별말을 다 듣네."

"그래, 내가 없는 말을 했나? 들은 대루 소문 돌아가는 대루 말했다뿐인걸!"

"괜히 박동무가 소문을 내서 그랬지…… 언젠가 애들 적삼 한 가지를 빨구 있는데, 박동무가 헐떡이며 뛰어오다가 '난 늦어졌다구 막 뛰쳐오는데 아주머닌 빨래만 하십네다레' 하더니만 그날부터 괜히 그런 소문을 내서 성화를 받구 있지 뭐……."

이렇게 변명하는 것이 더욱 우스워서 또 한 번 웃음소리가 높아졌다. 영희는 다시는 늦어지지 않도록 간곡히 부탁하고 나서 좌중을 돌아보며 물었다.

"그래두 누군가 10리나 되는 데서 다니는 이가 있다는 말을 들었는데요."

"먼 데서 다니는 건 저 아주머니외다. 문석골이니까 한 10리는 될 거외다."

최동무라는 젊은 노동자가 뒤를 돌아보며 한 여인을 가리켰다. 삼십이삼 세의 키가 날씬하고 얼굴이 갸름한 이 여인은 늘상 한편 구석에 앉아서 눈을 내리뜨고 생글 웃기만 하고 있어서 언제 보나 무척 조용하다. 생석회에 치는 물을 우물에서 져나르고 있는 이 여인은 언제나 선참 출근하는 것도 영희는 알고 있었다.

"옥분 동무가 그렇게 먼 데서 다니시댔어요? 늘 일찍 오시군 하기에 집이나 가까운가 했는데…… 결근두 지각두 없이 참 용하세요."

"나보다 우리 어머니가 더 열심이에요. 얘 늦어지겠다 어서 가봐라, 하구 어디 늦어지게 굴어야지요."

옥분이는 어머니 덕으로 밀고 겸손해버리더니, 조금 후에 다시 설명했다.

"아버지는 일찍 돌아가셨구 우리 어머니는 나 하나를 데리구 외삼촌 집에 가서 살았어요. 그런데 어둑새벽부터 한밤중까지 그냥 일을 해두 결국 오라비네 집에서 얻어먹는 신세밖에 안 되더래요. 그뿐인가요. 우리 두 식구를 먹여 준다구 해서 외삼촌네 내외가 싸움만 하니 얼마나 딱해요. 그런데 우리 주인이 또 작년에 말달구지를 끌구 나갔다가 폭격에 죽구 보니, 나보다두 어머님이 더 낙망을 했어요. 자기는 의지할 만한 오라비라두 있었으니 좋았지만 늙은 어미와 어린것 셋을 데리구 누구를 의지하느냐구 한탄이 여간 아니댔어요. 그러니까 여기 다녀서 그런 걱정을 할 필요가 없어진 것이 너무 대견해서 늘 재촉해주시군 해요."

잔잔한 목소리로 이렇게 말하는 옥분이는 영희에게도 퍽 마음에 들었다. 그러나 너무나도 조용하고 나약해 보이는 것이 조금 불만했다. 그를 격려해주고 싶어졌다.

"옥분 언니는 한 가지 내 마음에 들지 않는 게 있어…… 왜 그렇게 죄진 사람같이 구석만 찾아서 앉구, 기침 소리에두 놀랄 듯이 쪼그리구 앉아 있어요? 뭣 때문에 황송하다, 고맙다 하는 얼굴만 하구 계서요?"

그러나 옥분이는 고개가 더욱 숙어지면서 울상이 되도록 움츠러드는 것이었다. 영희는 다시 계속해서 자기 자식이나 어머니를 벌어 먹이는데 황송해할 것이 무언가 물었다. 남자가 자기 식구를 벌어 먹이는 것과 무엇이 다른가, 옥분 언니는 왜 버젓해지지 못하는가, 여기서 남자들만큼 일을 못하는가, 남자들보다 보수를 덜 받는가…….

마치도 책망을 듣듯이 고개를 수그린 옥분이를 향해 영희가 열이 담긴 목소리로 달래고 있을 때, 한쪽에 모여 앉은 남자들 사이에서는 키들키들 웃는 소리와 함께 쑤군거리는 말소리가 커갔다.

"응, 그렇댔나? 난 몰랐지……."

"그렇구 말구, 말하는 거만 들어두 여맹위원장 냄새가 나지 않아?"

가만가만 주고받던 말소리가 커지면서 뭐라고나 했는지 웃음이 터졌다.

"여맹 위원장이란 말을 듣더니 달수 동무는 겁이 나는 모양이지……."

"겁날 것까지야 뭐 있겠나. 그래두 아닌 게 아니라 그땐 혼났네……."

영희는 해주 있을 때 한 일 년 간 리 여맹위원장 사업을 한 일이 있었는데 어디서 들었는지 그것이 말밥에 오른 모양이었다. 영희는 모른 체할 수 없어서 머리를 긁고 있는 달수에게 물었다.

"달수 아주버니는 뭣 때문에 여맹위원장이라면 기급을 하나요?"

그러나 항용은 무척 입이 질던 달수는 이번은 말하기를 좋아하지 않았다.

"별거 아니외다."

"작은 댁이라두 얻으셨던 것 아니에요? 여맹 무서워하는 걸 보면, 아마……."

"아니요, 작은댁이 다 뭐요. 거저 내가 입이 부질없어서 우리 동네 여맹위원장과 공연한 말을 했다가 땀을 좀 뽑았쇠다."

"뭐라구나 하셨기에요?"

"아니요. 그만둡시다. 날더러 말하라구 해놓구서는 나중에 들구 나선 '동무 옳지 않소!' 할 건 뻔한데 뭐……."

사연을 아는지 싱글싱글 웃는 사람이 많다 그때 옆에 있던 춘실이가 갑자기 생각난 듯이 물었다.

"반장 동무, 사무실에서 통계원 동무나 직공장 동무와 뭐라구 다툰 일 있어?"

"아니."

"그래두, 암탉이 울면 집안이 망한다구 하더라는데……."

그러자 달수는 정색하며,

"반장 동무, 이번엔 내가 그러지 않았쇠다. 이번엔 그런 말한 일이 없으니까."

하고, 앞질러 변명하려 하므로 옆에서,

"도적놈이 발이 자린 모양이지……."

"소등깨보구 놀라는 격이지"

하고, 반고채기로 놀려주어서 또 한 번 웃음이 터졌다. 영희까지 함께 버무려서 웃는 것을 보자 춘실이만은 의외인 듯이 얼굴이 새침해졌다.

그때 마침 오후 작업의 고동이 울어서 모두 일손을 잡았다. 그런데 춘실이는 끝내 참지 못하여, 돌을 실어다 부리우고 둘이 함께 밀차를 밀며 돌아오는 길에 다시금 말을 꺼냈다.

"암탉이 울면 어떻다구 하는 말을 듣구두 심상해? 골나지 않아?"

"그런 걸 가지구 매양 화를 낼래서야 끝이 있나. 해주서 여맹 일을 볼 때 얼마나 들은 말이라구…… 남자들이 암탉 타령하는 건 대개 경우가 몰렸을 때야."

"뭐이 잘났다구 그러는지 몰라! 사내답지두 못한 것들이 사내라구……."

춘실이는 아무래도 직공장이나 통계원이 아니꼬워 못 견디겠는 모양이다. 그래서 영희에게 불을 대고 키질을 하려는 심사 같다.

"특별히 못났다구두 할 수 없지……."

"그럼 뭐 사내 녀석들이 군대에두 안 나가구, 후방에 편안히 앉아서 여자를 보구나 못살게 구니까……."

하나밖에 없는 오빠가 군대에 나간 춘실이는 군대 아니면 사내 아니라고 보는 경향이 일상에도 없지 않다.

"후방도 전선이라는데, 모두 다 전선으로만 나갈 수두 없지 않아?"

두 사내를 두둔하는 것으로만 생각한 춘실이는 한참 동안 차만 밀었다. 일할 때도 하고 싶으면 결기 있게 하지만 심사가 틀리면 무고 결근도 식은 죽 먹기인 폐로운 성미다. 그리고 보니 언젠가 직공장이 여럿의 앞에서 하던 말이 떠올랐다.

"춘실 동무는 왜 직공장의 눈 밖에 났어? 춘실 동무 보구는 뭣 때문이지 특별히 주의를 주더군 그래.:

"흥 실컷 지껄이래지…… 글쎄 분하지 않갔나 생각해보라요. 나하구 박동무하고 둘이 함께 늦어졌는데 남자니까 박동무보구는 아무 말두 못하면서 나더러만 욕하지 않아. 그래서 맞서줬지. 그랬더니 한 시간이나 세워놓구, 막 잡아먹을 듯이 덤비는 거야. 옆에서는 통계원이 비위만 깎아내리지…… 분해서 죽겠어, 그래서 이튿날부터 한 이틀 동안 놀았지 뭐……
그랬더니 담부터는 맞대놓구는 쓰다 달다 안 하는데, 회의 때면 선참 나부
터 지적하는 걸 뭐…….”

이 생매 같은 처녀의 성미와 직공자의 버릇을 대비해보면 그런 일도 있
었음직했다. 영희는 춘실의 성격을 좋아했지만 직장 규율로 길들지 못해
서 모든 문제를 감정적으로 가져가는 그의 행동을 잘했다고 할 수 없는 일
이다.

“그거야 춘실이두 잘못하지 않았어? 우선 자기가 출근두 잘 하구 일두
잘하구 그래놓구야 남더러 불공평하다구 대들 수두 있구 싸울 수두 있지
않아?”

“반장두 으레 그럴 줄 알았어, 홍!”

춘실이는 그만 새파래지더니 그날은 한마디도 다시는 건네지 않았다.

개별적인 담화를 통해서도 그때그때 노동자들을 교양주는 데 힘써왔었
지만, 그사이에 반 총회도 한 번 가졌었고 독보회와 작업 전 시간, 작업 후
시간 등을 이용하여 계통적인 교양 사업을 시작하는 것과 함께 군중 문화
사업도 시작했다. 군중 문화 사업이라고는 하지만 처음부터 무슨 써클이
니 하고 이름을 붙일만한 것은 될 수 없는 것을 안영희는 점심시간마다 오
락회를 조직했고 오락회에서는 처음은 목침돌림으로 재주껏 한 가지씩 하
는 것으로부터 시작했다. 이 목침돌림에서 피리를 잘 부는 동무가 나타났
고 명변가(明辯家)로 인기를 끈 동무가 생겼다. 장기판도 생겼다. 벽보판도
생겼다.

글씨가 서투른 영희는 벽보를 처음은 통계원 준호에게 맡겨왔으나 벽보
하나 나오는 데도 일주일이나 걸리고 도무지 진전이 안 되어 영희가 쩔쩔매
며 돌아가는 것을 본 정순일 동무가 자신해서 벽보를 맡은 뒤로는 그리 풍
부한 내용이라고는 할 수 없어도 어쨌든 제때에 벽보가 나오기 시작했다.

당원인 정순일이는 영희를 손 도와줄 생각은 매양 있었으나, 본시가 말
이 굳어서 해설 사업이나 개별 담화에는 도움을 줄 수 없었다. 그래서 허

를 놀리지 않는 사업에는 열성을 냈다. 직맹 초급 단체 위원회에 자주 찾아가서 화보와 포스터를 사오기도 하고 얻어오기도 해서는 벽보를 효과적으로 만드는 데 힘썼을 뿐만 아니라 사무실 안을 장식했다.

정순일이가 영희의 사업을 또 한 가지 적극적으로 도와준 것은 노동자들의 집을 개별 방문하는 사업에서다.

결근한 사람은 그날 안으로 집에 찾아보기로 작정한 영희는 혼자서는 다해낼 수 없음을 느꼈다. 40여 명밖에 안 되는 작업 현장이었지만 결근률이 많고 집들이 뿔뿔이 흩어져 있었기 때문에 영희는 우선 당원인 정순일, 김창선 두 동무와 의논해서 방향과 거리에 따라서는 그들에게 개별 방문을 부탁하지 않을 수 없었다. 후에는 경우에 따라서 춘실이나 옥분이 기타에게도 같은 부탁을 했고 그들은 차츰 자진해서 결근한 동무의 집을 찾아가주었다. 이렇게 하기를 얼마가 안 되어서 출근률은 현저히 나아지기 시작했다.

출근률이 나쁘던 어떤 노동자는 정순일에 대해서 감탄한 일도 있었다. 그가 결근한 날 저녁이면 순일이가 으레 찾아오는데 여러 말 없이 결근한 이유만 듣고는 간다. 그러나 이튿날 아침에는 일찍 찾아와서 그가 조반을 필하기를 기다린다는 것이다. 그래서 한때는 예전에 하던 행상이나 다시 해보려고, 한 발을 직장 밖에 놓고 한 발만 직장에 들이밀고 마음이 들떠 있었으나 요즘은 차츰 직장에 마음이 붙기 시작했다는 것이었다.

김창선 노인과 함께 생석회 반출공 강병도도 결근이 많았다. 그래서 창선 영감이 집으로 가는 길에는 들러보곤 했었지만, 그는 직장 안에 한 발만 들여놓은 태도를 좀체로 고치지 않았다. 어느 날 강병도는 또다시 결근했다. 영희는 소성로에 돌을 실어다 부리우고 아래를 내려다보며 물었다.

"강동무는 왜 안 나왔는지 모르세요?"

"글쎄 말야, 지금두 그 말을 하댔는데……."

창선이는 맡든 들것의 생석회를 쏟아놓고야, 염소수염을 쓸어가며 대답했다.

"무슨 일이 있었나요?"

"어제 하는 날이 어머님이 노환으루 앓으시는데 오래 갈 것 같지 않다구 하댔는데 원 무슨 일이나 없는지."

"강동무의 집은 어디쯤이나요?"

집을 묻는 것부터 창선 영감은 퍽 반가워서 차근차근히 가르쳐주고는,

"저녁에 내 한번 들러보지……."

하고 자진해 나섰다. 병도네 집은 꽤 멀었다. 그러나 뛰어가면 점심시간에도 갔다 옴 직도 했다.

"점심 때 제가 갔다 오지요."

"응, 갔다 오겠어?"

창선이는 무척 기뻐했다.

"그럼 반장 동무가 수고를 좀 하라구."

점심시간이 되자 혹여 늦어지는 일이 있을까 해서 직공장에게 사연을 말하고 승낙을 얻은 다음 뛰쳐갔다.

염려했던 것과 마찬가지로 강동무의 어머니는 그날 새벽에 죽어서 아랫목에 돌려 눕혀 있었다. 초상집 같다는 말이 있지만 병도네 반토굴집은 너무 고즈넉해서 도무지 초상집 같지가 않았다. 사람이 의젓한 병도는 몇 마디 인사로써 영희를 반기어 맞아들이긴 하고도 다소곳이 숙인 두 볼로 눈물만 자꾸 흘려냈을 뿐 말이 없었고, 그의 안해 또한 조문객을 맞아 곡하는 법도 없이 남편 곁에 묵묵히 앉아만 있었다. 넷이나 되는 어린애들은 방 안에는 들어오지 않고 그렇다고 멀리 가지도 않고 집 앞에 조용히 앉아 있었다.

얼마 동안이나 앓으셨는가 몇이나 나셨는가 묻는 말에도 초면인 병도 처가 주로 대답하는데, 예순다섯에 탈이 진해 가셨으니 그거야 하는 수 없는 일이지요만두…… 하면서 끝을 맺지 못하여 두 손바닥에 얼굴을 파묻고는 흐느꼈다.

폭격 맞고 타향 나서 천상을 만나고 보니, 장례 치를 것이 망연하고 갑

절이나 더 외로워져서 할 바를 모르고 두 내외는 울고만 있는 것이었다.

"강동무, 장례 치를 걱정 마세요. 동무들과 의논해서 좋도록 할 테니까요."

위로보다 그를 안심시키고는 영희는 바삐 돌아와 그길로 직공장을 만났다.

"거 참 야단났는데…… 야단인데……"

우선 관이 있어야 하지 않겠느냐는 말에 직공장은 걱정만 했다.

"상부에 말해보면 관 하나쯤 될 수두 있지 않을까요?"

"글쎄 밑져야 본전이라구, 말해보는 게 좋긴 한데…… 반장 동무가 지배인더러 한 번 말 해보소고레…… 난 좀……."

직공장이 주저하는 것을 본 영희는 자리를 차고 일어섰다.

산을 넘어가는 참, 영희는 언제나 분주해 돌아가는 지배인을 마침 전기직장 옆에서 만날 수 있었다. 마음이 급한 영희는 뛰어가서 인사를 한 다음 숨이 차서 헐떡이면서 관 하나 감의 널판자 줄 것을 요청했다. 몸집이 뚱뚱하고 얼굴이 다부진 지배인은,

"뭐? 널이요? 널빤지는 지금 곤란하데요."

하며, 걸음을 멈추고 영희를 다시금 본다. 영희는 그제야 차근차근히 널판자의 용도를 다시 설명했다. 묵묵히 서서 듣던 지배인은,

"좋소, 우리 사람의 일인데 우리가 도와야지 누가 돕겠소.

하더니, 선 채로 수첩 한 장에 글 몇 줄을 적어주며, 널판자 받을 곳을 지시했다.

이렇게 하여 관 문제를 해결해 가지고 산을 넘어 돌아가자, 직공장은 먼발치서 보고 마주 나오더니,

"어떻게 됐소? 에? 됐어요, 그 참 잘됐쉬다. 반장 동무, 수고하셨쉬다."

하고 무척 기뻐하며, 수고했다 고맙다 여러 번 곱놓아 사례하는 것이었다. 영희는 직공장을 말끔히 쳐다보고 나서 머리를 절레절레 흔들었다, 산 하나를 넘어서 갔다 오기도 싫어하던 그가 이처럼 좋아하는 것은 곡절 모를

일이기 때문이다.

그날 저녁 병도네 반토굴은 조문객으로 들끓었다, 방안은 물론이고 멍석을 간 마당에도 한 직장 동무들로 차 있었다.

방 안에서는 창선 영감이 상주와 마주 앉아서 긴 설명을 하는 중이다.

"……그랬더니, 지배인 동무가 말이지 '좋소, 우리 사람을 우리가 도와야지 누가 돕겠소' 하더래, 그렇지 않아, 지금은 미국놈 덕분에 고생두 많구 없는 것 모자라는 것두 많지만, 그러나 우리 사람들 속에서 살구 있는 이상 무엇에든 낙망할 건 없단 말야……."

이튿날은 작업을 한 시간 당겨서 일곱 시 반에 시작되어 점심시간 없이 일하고 두 시간 일쩍 끝났다. 작업이 끝나는 것과 함께 수직할 사람만 남기고 모두 줄지어 상가로 갔다.

그런데 영희가 또 한 번 의외로 생각한 것은 직공장 학선이가 선참 상여를 메고 나선 것이다. 어제 일로 미안한 마음이 든 때문일까, 다른 동무들이 굳이 말려도 학선이는 우겨서 끝내 상여를 메고 나섰다.

하루는 김창선 영감이 영희를 보고 기뻐했다. 소성로가 숨을 돌리기 시작했다는 것이었다. 그게 무슨 말인가고 물었더니 소성로에 탄과 돌을 정상적으로 넣지 못하면 석탄이 적당한 열도로 타오르지 못하게 되고 따라서 생석회를 반출하는 시간이 더디어 반출 횟수가 준다는 것이다. 또 생석회의 반출량이 적어질 뿐 아니라 채 구워지지 못해서 물을 쳐도 피어오르지 않는 돌, 즉 아직도 생석회 그대로 남아 있는 것이 많이 섞이게 된다. 그런데 소성로의 불은 한 번 기세를 잃으면 하루 이틀에 회복이 안 되고, 열흘 보름 꾸준히 돌과 석탄을 보장하면서 제때에 생석회를 반출하곤 해야 다시금 제 열도를 올리게 된다. 여기 소성로 두 개가 모두 복구된 후 한 번도 시원히 기세를 올리지 못하고 간신히 연명해가는 형편이었는데 어제 오늘 보면 확실히 로가 숨을 돌리기 시작한 기미가 보인다는 것이다.

"이 돌과 저 돌을 비교해 보라구."

창선 영감이 가리키는 돌들을 들여다보았으나 영희로서는 구별할 수가 없었다. 물을 붓자, 빨간 숯불에 물을 부은 때 모양으로 끓어오르며, 횟가루와 김이 피어오르고는 땅에 하얀 횟가루가 소복이 남았다. 창선이가 발 끝으로 횟가루 속을 헤치자 생석회 한 덩이만은 아주 소석회로 변하고 말았는데 한 덩이는 겉만 피어서 회가 되고 속은 돌 그대로 남아 있었다.

"반장 동무가 온 뒤로 우리 직장두 조금씩 자리가 잡히고 오늘 아침 반출하면서 보니까 확실히 로가 기운을 냈거든……."

창선 영감이 기뻐하는 것을 보고 영희도 기뻤다.

그러나 모두가 다 그와 같은 의견을 가지지는 않았다. 영희와 한 부서에서 밀차를 모는 이달수는 그중의 한 사람이다. 춘실이가 영희와 마음이 맞아서, 열성을 내게 되고 다른 동무들도 차츰 그들의 뒤를 다라 나서게 되어, 지금껏은 하루에 잘해야 여덟 차씩 때로는 하루에 네 차씩밖에 못 실어가던 돌을 하루에 열다섯 차다 열여섯 차다 기운을 내어 싣곤 하는 것이 달수에게 반갑지 않아졌다.

"좀 쉬어서 담배나 한 대씩 피우구서 합시다. 하루 이틀두 아닌데, 몸이 무쇠루 됐어두 이렇게만 일해내구서야 견디어내겠소?"

처음은 이렇게 자주 꾀곤 했고, 또 응하기도 했다. 그러나 차츰 일이 드물어지고 나중에는 그런 꾐에 대답 대신 날카롭게 흘겨보는 눈초리를 겪게 되었다. 달수는 차츰 앙심을 먹기 시작하여 밀차 일은 못해먹겠다고 혼자서 중얼중얼 불평만 하면서 사무실로 갔다 왔다 하더니만 어떻게 말했는지 소활로 넘어가서 돌을 까게 되었다.

본시가 행상꾼이고 입이 진 달수는 소활에서 돌을 까게 된 것을 좋아했다. 한 자리에 모여 앉아서 하는 일이라 종일토록 수다를 떨 수 있는 말상대가 옆에 있는 것이 마음에 흡족한 모양이었다. 손은 쉬어도 입은 잠시도 쉬지 않는 그가 가끔 오는 말 가는 말에 걸고 늘어지며 영희나 춘실이가 너무 열성을 내서 일한다고 빈정거렸다.

소활과 밀차는 늘 가까운 곳에서 연관성을 가지고 일하는 만큼 능청거리는 달수의 입진 비양청이 듣기 싫고 마음에 역한 것도 사실이지만, 영회가 불쾌히 생각한 것은 어째서 달수를 소활로 옮겨주었는가 하는 것이었다. 일하기를 싫어해서 꾀를 부리고 놀고먹을 자리만 찾아다니는 사람에게 제 마음대로 부서를 옮겨주는 것은 무슨 일인가고 나무러워졌다.

그러나 다시 생각해본 그는 그 편이 차라리 잘된 일이라고 인정했다. 어느 날 통계원도 있는 자리에서 영화는 밀차에서 한 명을 더 뽑아서 다른 부서로 돌려주었으면 좋겠다고 직공장에게 말했다. 밀차 일은 둘씩 하는 만큼 여섯이 일하던 것이 하나 없어져서 다섯이 되는 것보다는 넷이서 하는 편이 차라리 낫고 또 넷이서 충분히 감당해낼 만하다고 했다. 직공장도 반대하지 않았다. 그러고나서 달수를 소활로 옮겨준 것은 좋아 보이지 않는다고 첨부했다. 일이 벅차졌다고 밀차 일을 피하는 달수가 소활에 가서는 열성을 낼 생각이 아니라, 도리어 게으름뱅이 버릇이나 거기서 퍼뜨리고 있다는 사실을 말했다.

그랬더니 어떻게 된 일인지 그 이튿날로 영회가 직공장에게 한 말이 달수 귀에 들어갔다. 영회는 자기가 없는 자리에서는 달수가 비꼬아 말하더라는 이야기를 한두 번만 듣지 않았다.

대체로 직장 규율이 자리 잡혀지고 노동자들의 각성이 차츰 높아짐을 따라 한편에서는 일이 힘들어졌다고 불평을 쑤군거리는 축들이 생기고 심지어 한 주일 사이에 세 명이나 직장을 떠나는 현상까지 생겼다. 기덕 어머니는 고동이 운 다음에도 이제는 출근하지 않게 되었다. 그는 날마다 강냉이를 쪄 가지고 행길에 나가 앉아 있다.

이런 현상들이 나타나고 있는 때이므로 직공장의 처사가 더욱이나 마음 한구석을 어둡게 하는 것만 같았다. 당적을 5석회 분세포로 옮겨온 후는, 당원인 창선 노인과 정순일 동무와는 당이란 큰 가정 안의 사람들로서 서로 숨김없이 직장 일을 협의하기도 하고 모르는 건 물어볼 수도 있었지만, 긴밀한 연계를 가져야 할 직공장 학선에게는 그렇게 되지 않는 것이 안타까웠다.

어느 날 회를 치는 여성 노동자에게 무엇 때문인지 야비한 욕설을 퍼붓
는 것을 본 영희는 직공장이 사무실로 내려가는 것을 기다려 뒤달려가서
잘잘못은 고하(高下)간에 여성에게 그런 말을 해서야 되느냐고 타일러본
적이 있다. 그랬더니 직공장은 아직도 진정치 못한 채 버럭 고함을 질렀다.

"반장 동무는 그저 여자라면 역성을 들고 나선다니까…… 내가 그럼
괜히 욕을 했단 말요?"

사연을 듣고 보니, 직공장의 비위가 거슬릴 정도로 그 여성 동무가 태공
을 하고 있었던 것은 사실이다. 그러나 그런 욕설로 노동자의 인격을 손상
시켜서는 안 되지 않느냐, 도대체 욕설과 위협으로 노동자를 추동시킬 수
는 없지 않느냐고, 또 한 번 강조하지 않을 수 없었다. 학선이는 찌푸득한
얼굴로 말없이 있을 뿐 다시는 대꾸도 하지 않았다.

학선이는 언제나 초조한 마음에 쫓기우고 있었다. 생산 과제를 실행하
지 못한다고 상부에서는 추궁하고, 일은 생각대로 안 되고 갈팡질팡했다.
4석회를 책임졌을 때 그는 문제없거니 생각했었다. 그러나 맡아 놓고 보
니 전쟁 전과는 모두가 달랐다. 설비도 전 같지 못했지만 일하는 사람들이
마음에 안 들었다. 본시 성격이 침착지 못했지만 생산이 마음 같지 않은
데 초조해서 더욱 덤비기 시작했다. 침착성을 잃고 혼자 몸이 달아서 이리
가보고 저리 가보고 일하는 본새가 마음에 안 든다고 투정도 하고 나무람
도 하고 그러다가는 결국 욕설이 나온다. 고함을 지르고 욕질을 하면 한두
번이나 효과가 있다. 다음부터는 직공장은 버릇이 그런 사람이거니 생각
하는 모양으로 고함도 욕질도 한 귀로 흘러버리는 듯 모두 태연하다. 그러
니까 위신을 세워보려고 더 초조해지고 고함과 욕질이 더 심해질밖에, 직
공장의 위신은 말할 나위 없이 떨어져 있고 그의 사나운 언사는 헛되이 불
평불만을 조장하고 산업 노동자들로 하여금 자기 직장에 애착심을 가지는
데 방해가 될 뿐이었다.

학선이는 한참 안타까워서 돌아가다가는 기진맥진해서 모두가 귀찮아
지고 작업을 돌볼 흥미조차 없어지는 때가 가끔 있었다. 학선이가 요즘 가

장 마음이 편할 때는 자신이 손을 대서 두어서너 시간 작업을 하고 난 뒤이다. 작업이나 하라면 손에 익어 자신이 있었다.

학선이는 새로 온 직맹반장을 처음은 눈나즈레 여겨서 제가 무얼 안다고 일마다 캐고 들어 간섭하려 하는가고 아니꼽게 보았다. 4석회 직공장 학선이라면 요즘은 누구나 반편같이 보는 경향이 보이니까 풋내기 여자까지 매사에 간참하려 든다고 고깝게 여겼었다. 그러나 요즘 와서는 직맹반장을 차츰 피하기 시작했다. 웃기 잘하고 무척 쾌활해 보이기는 한데 이따금씩 눈초리가 깔끔해지면 어딘가 붙접을 못할 것만 같았다.

영희도 학선이를 충분히 이해하지 못했다. 무엇 때문에 매양 옹이가 진 태도로 자기 말을 받아주는가고 이상스레만 생각했다. 꼭 고쳐주었으면 하는 그의 사업 작품에 대해서도 이 이상은 직접 말해볼 용기가 나지 않았다. 그래서 창선 영감과 정순일 동무에게 그런 말을 해본 적이 있었다.

"학선 동무는 전에는 그렇지가 않댔는데…… 일 잘하구 사람이 용쿠……"
하고, 창선 노인은 고개를 비틀고 다시 생각했을 뿐 해답을 주지 못했다.

"그 사람이 우 우쭐해진 게 타 탈이야."
하고, 정동무는 말이 굳은 사람이 대개 그러하듯이 긴말을 피했다.

직공장이 그냥 그렇게만 사업해나간다면 사업이 개선되기 어렵다는 것을 차츰 더 느끼게 된 영희는 드디어 5석회 분세포 위원장과 의논하지 않을 수 없었다.

그 결과 학선의 사업 작풍 문제를 세포회의에서 토의하게 되었다.

영희는 자기가 목격하고 관찰한 자료들을 들어서 학선의 관료주의적이고 비계획적인 작풍을 비판했다. 창선 영감도 꽤 긴 토론을 했다. 그의 비판 중에서 영희에게 새삼스럽게 느껴진 것은 학선이와 비당원인 통계원과의 관계에 대해서다. 학선이는 통계원의 말에만 귀를 기울이는 모양인데, 통계원은 무슨 일이고 형식적으로 어물쩍해 넘길 줄만 알고 있으며 일 대신 말로 꿰매나가는 데만 능한 인물이라는 것이었다. 영희는 창선의 토론을 들으면서 고개를 끄덕이었다. 다른 동무들의 토론들이 있은 후 맨 나중에 말이 굳은 정순일이가 토론에 참가했다.

누군가 영희 뒤에서 "정동무의 토론은 처음 듣는걸" 하고 속삭이는 소리가 들렸다. 사실 듣는 사람조차도 힘이 들고 거북스럽도록 순일이는 땀을 뻘뻘 흘려가며 여느 때보다도 더 심히 더듬었다.

말인즉 간단했다. 학선이는 왜놈의 십장 밑에서 일해 본 사람이고 왜놈십장을 미워도 했다. 그런데 자기가 지금 직공장이 된 뒤로는 꺼떡거리던 왜놈십장의 본을 따르려고 한다. 왜놈을 미워했던 게 아니라 왜놈이 부러웠던 모양이다. 겨우 이런 말을 하고서는 또 무언가 말하려다가 그만 단념한다는 듯이 앉아버리고 말았다.

학선이가 토론하려고 일어섰을 때, 영희는 약간 긴장했다. 지금껏 그와 상면해본 결과 으레 반발하여 나서는 것만 보아왔기 때문이다. 그러나 학선이는 그저 얼굴이 수수떡 같아져서 아는 것이 없다. 배운 것이 없다. 성미가 고약하다. 당성이 없다. 하는 말을 중언부언하면서 동무들의 비판이 다 옳고 자기가 다 잘못했노라고 하는 것이었다.

출퇴근이 엄격히 됨을 따라 낙후한 층에서 불평이 생기리라는 것은 이미 예상할 수 있었던 일이지만 무시할 수는 없는 불평들도 있었다. 일반 노동자에게는 시간 엄수를 엄격히 요구하면서 어떤 일부 노동자에게는 지각 조퇴를 묵인해주고 심지어는 결근을 해도 출근으로 잡아준다는 불평이 그러했다.

영희는 전에 춘실의 말에서 느낀 바가 있었음으로 문제를 해명하지 않을 수 없었다.

"통계원 동무, 어떤 사람은 늦어지면 안 되고 어떤 사람은 늦어져두 무방이라구 불평을 하는 사람이 있는 모양인데, 어떻게 된 일인가요."

준호는 혼자 있는 틈을 타서 조용히 말을 꺼냈다.

"뭐요? 원 별별 말을 다 듣지 않나?"

준호는 펄떡 뛸 듯이 정색하며 돌아앉았다. 영희는 모른 체하고 계속했다.

"한두 사람의 지각을 묵인해준다는 것 자체두 국가를 속이는 일이구 옳지 않은 일이지만, 그 영향이 더 나쁘지 않아요. 지금 겨우 노동 규율이 틀잡혀가는 형편에 그런 일들이 공연한 불평과 좋지 못한 분위기를 만들어 놓을 수 있지 않아요?"

"하, 그 참 딱하군! 내가 그걸 모른답네까. 대관절 뭘 가지구 그러는지 모르갔쇠다."

"아니 땐 굴뚝에 연기 날 리 없지 않아요?"

"좌우간 반장 동무는 노동자들의 말이라면 덮어놓구 믿어버리구는, 행정 측과 대립시키려는 경향이 있습니다. 아니 땐 굴뚝에까지 연기를 내려구 한단 말이외다."

준호는 영희를 말끔히 쳐다보며 얼굴을 찡그렸다, 고함은 지르지 않지만 시끄럽고 귀찮아서 못 참겠다는 표정이었다. 역습해 나서는 것을 본 영희는 얼굴빛이 따라 변했고 눈이 번뜩였다.

"그런 일이 전혀 없다는 말이세요? 없는 일을 이루러 꾸며 가지구 말썽이란 말이세요?"

"누구나 긁어 부스럼으루 공연한 생채기를 내는 법은 아니거든요."

"그러면 김용식 동무가 요전 월요일에두 반시간이나 늦어서 출근했는데, 정각 출근으로 한 건 무어예요?"

증거를 내대자 준호는 영희의 눈을 피하면서 어름어름하더니, 조금 후점잖게 타이르려 들었다.

"반장 동무, 거 뭘 그렇게 메주알고주알 캐자고 듭네까? 그렇지 않소? 우리서로 사업의 한계가 있구 피차에 사정들두 있는 건데, 괜히 말썽을 부려서 마찰만 생기면 일이 잘돼나갈 리가 없지 않소?"

"불평이 자라나는 요소들을 뒤두구 구경만 할 수는 없어요."

"반장 동무?"

준호는 그의 말을 막았다.

"나두 한 가지 충고하는데, 제발 그렇게 말썽을 부리지 말아주소. 전에는 말썽거리가 없는 직장인데 지금은 벌 둥지를 쑤셔놓은 것 같지 않소? 동무가 온 후로 벌써 세 명씩이나 그만두게 되는 것도 알 만한 일이지…….”

“물론 내 탓도 있겠지요, 그러나…….”

“상부에 보고해보소. 세 명 유동이면 그저 세 명 유동이지 무슨 긴 변명이 필요 있소?”

준호는 책상 위의 책을 홱 밀어놓으며 윗손질 치듯이 돌아앉아버렸다.

영희는 담시 그를 바라보며 서 있다가 그만 돌아서 나왔다.

이날 안으로 벌써 많은 동무들이 둘이 사이에 일어난 일을 일방적인 해석이 붙여져서 알고 있다는 말을 듣고 영희는 놀랐다. 준호가 김용식이를 사무실로 불러들여서 둘이서 무언가 쑤군거렸다는 말도 들려왔다.

영희는 열성 노동자들의 의견이며 요구들을 들어가며 반 총회를 준비했다. 이것이 그가 온 후 두 번째의 총회다.

이런 말들을 들었을 때, 영희는 멍청해짐을 느꼈다. 감정만 앞서고 침착히 처리해나갈 자신이 없어지는 것만 같았다. 그래서 그는 5석회 분세포위원장에게 의논했다. 세포위원장이 그의 설명을 나중까지 듣고 나서,

“직맹반 총회를 열도록 합시다.”

하고 간단한 해답을 주는 것을 듣자 영희는 처음 불만한 얼굴로 세포위원장을 쳐다보았으나 곧 그의 의도를 알았고 나중엔 자신이 부끄러워졌다. 감정을 앞세울 아무런 일도 없었다는 것을 알았다.

총회를 가지기로 했던 전전날 지배인과 당 위원장이 4석회를 돌아보려 넘어왔다. 지배인과 당 위원장은 작업을 세심히 돌아보며 각 부서의 노동자들과도 여러 가지로 담화한 끝에 사무실에 직공장, 통계원, 직맹반장을 모아놓고 사업토의가 있었다.

이날 영희는 직공장이 상부를 대하는 태도를 새삼스러이 느꼈다. 학선이는 아주 황망해서 할 바를 몰라하는 것이 눈에 띄었다. 비굴하다기보다 전전긍긍한다고밖에 볼 수 없는 그가 가긍히도 생각되었다. 낙후한 현장

책임자는 이렇게 자굴해야 하는가……

이런 인상은 그뿐이 아니었다. 당 위원장은 불쾌한 표정으로 보고 있더니 그를 격려했다.

"학선 동무, 당원의 긍지를 가지시오. 쩔쩔매구 할 바를 몰라하는 것만 같구만요. 전달엔 계획량의 34프로를 생산했구 요즘 좀 나아졌대야 어제 하루 생산량을 57프로 생산한 것이 최고니까 버젓하지 못해할 건 짐작이 됩니다. 그러나 당원은 어떠한 실패에두 낙망할 줄을 몰라야 합니다. 용기를 내시오."

학선이는 예예 하면서 아직도 머리를 자주 숙였다. 지배인도 보조를 맞추어 격려해주었다.

"용기를 내시오. 요즘은 호전되어가는 기미두 보이는데……."

지배인은 다시 계속했다. 자기는 정전 후에 비로소 왔지만 학선이에 대해서는 모두 좋게만 말하는 것을 들었다고 했다. 전전(戰前)과 전쟁 중을 통해서 모범 노동자였고 석회를 구워내는 덴 귀신이라고 하는 사람들까지 있다. 그러나 직공장으로 4석회 현장을 책임진 뒤로는 평판과 반대의 사실만 나타났다. 그렇다면 무엇 때문인가고 지배인은 물었다.

"상부에서 우선 내가 지도하고 방조를 주는 것이 부족했다구 생각합니다. 지금 시멘트 소성로 복구에만 모두 정신이 팔려서 여기로는 자주 와보지두 못했소. 나두 책임을 느낍니다. …… 오늘은 우리 서로 가슴을 툭 털어놓구 이야기 해봅시다. 우선 애로 조건이라든가 요구할 것이 있으면 말해보시오."

그러자 학선이는 고개를 들고 물었다.

"윈치하고 폼프는 언제나 옵니까?"

"폼프는 수일 내루 놓게 될 거요. 윈치두 이달 안으론 옵니다."

지배인은 학선의 얼굴을 자세히 살피며 대답했다.

"그런데 동무가 기계 설비만 자꾸 독촉하는 건 모를 일이오. 윈치나 폼프가 없어서 계획량을 완수하지 못하는 것이 아니라구 전 번에두 말해주지 않았소. 기계 대신 수공업으루 하려니까 더 많은 사람이 필요하구 생산 원가가 높아지는 건 사실이지만, 지금 생산이 낙후한 것은 원인이 딴 데 있을 거요. …… 좌우간 기계 설비는 이달 안으루 되니까 그 점은 안심하구 다른 건 요구할 게 없소?"

학선이는 또다시 대답이 없다. 옆에서 당 위원장이 물었다.

"학선 동무, 비판을 받은 뒤로는 말버릇을 좀 고쳤소?"

"예, 이전 그런 일은 절대루 없습니다. 반장 동무보구두 물어보십쇼."

"좋소. 그런데 동무는 내달까지는 틀림없이 계획량을 완수하도록 만들어 놓는다구 장담합네다만은 동무의 그런 장담만으론 믿기 어렵거든요."

"아닙니다. 자신 있습니다. 내달엔 목숨을 내놓구라두……."

"그런 장담은 처음이 아니오. 그러나 아무두 동무의 목숨을 요구하지는 않소. 회를 요구할 뿐이지……."

"이번엔 정 자신이 있습니다. 소성로가 확실히 기운을 내기 시작했습니다."

"내달이라면 아직 멀었거니 생각해서는 안 되오."

지배인이 다시 입을 열었다.

"늦어도 이달 말까지는 일일당 목표량을 내야만 내달 생산량이 보장될 거니까…… 그런데 지금 소성로가 기운을 내기 시작했다면 그건 무엇 때문인가, 또 앞으로 더 기운을 내게 하려면 무엇이 필요한가, 애로 조건은 무엇인가, 요구할 것이 없는가, 이런 것들을 우선 알아야 하겠단 말이오."

"예예, 지금 조금씩 나아지는 건 반장 동무가 온 뒤로 노동 규율이 썩 나아진 탓입니다. 출근률두 썩 좋아지구 지각 조퇴두 없어지구……반장 동무가 퍽 애썼지요."

"알겠소, 여러 동무들한테 그런 말을 들었소. 노동 규율이 강화된 것은 확실한 것 같소. 앞으로 출근률 100프로를 보장하도록 동무들이 노력해주리라고 믿소."

지배인은 말하다 말고 고개를 갸웃거리며 잠시 생각한 끝에 다시 말을 이었다.

"그런데 사실루 보자면 전달까지는 출근률 88프로이던 것이 이달엔 93프로루 겨우 5프로가 높아졌소. 출근률 5프로가 높아진 것 그 하나만 가지구서는 이렇게 낙후한 직장의 능률을 제 궤도에 올려놓을 수 있다는 설명이 안되거든요. 그러구 보면 최근까지두 노동자의 유동은 계속되구……."

지배인은 곡절을 모르겠다는 얼굴을 했다. 듣고 보니 의심이 생겼다. 전에 비하여 출근률이 5프로밖에 높아지지 않은 것으로는 생각되지 않았다. 그는 준호를 바라보았다.

준호는 학선이와 반대로 아주 태연했다. 준호는 늘상 번둥번둥 놀고만 있다가 보고를 내야 할 때는 갑자기 서둘러서 통계를 꾸며대곤 하는 눈치가 느껴졌다. 전에는 출퇴근을 기록하지부터 않았고 요즘에 와서까지도 출퇴근을 기록하는 데 낯을 가려가며 되는 대로 하는 그가 전에 어떻게 보고하곤 했는지, 또 그 88프로라는 것이 어떤 것인지 짐작이 갔다. 그러나 자기가 오기 전의 일이고 확실한 일을 증명할 수도 없어서 준호의 거동만 바라보고 있었다. 그러나 준호는 조금도 당황해하는 빛이 없었을 뿐 아니라 태연하게 말했다.

"노동자의 유동에 대해선 이렇습니다. 본시 일할 생각은 전혀 없구 어름어름 시간이나 보내구서 배급이나 타자꾸나 하던 자들이 없지 않았어요. 노동 규율이 강화되는 데 따라 그런 자들이 그만두는 예들이 있습니다. 그런 자들이 그만두는 걸루 생산은 저하되지 않구 도리어 제고된다구 생각합니다."

영희는 준호의 얼굴을 고쳐 보았으나 그는 태연했고, 득의만면했다.

아무리 요구할 것이 없는가고 물어도 직공장이 요구를 내놓지 않는 데 불만을 느낀 지배인은 영희더러 물었다.

"반장 동무는 뭐든 요구할 게 없소?"

"예, 전 다른 게 아니구" 영희는 며칠 전부터 생각해오는 것이 있어서 곧 대답했다.

"회 치는 동무들에게 기름하구 비누를 배급해줬으면 좋겠어요."

"회 치는 동무들은 손이 터져서 야단이에요. 일하기 전에 소기름 같은 거라두 좀 발랐다가 일이 끝난 담에 비누루 씻군 하면 손이 터지지 않는대요."

"그렇겠소, 음……."

지배인은 눈을 내리뜨고 방바닥을 들여다보며 잠시 생각하더니 당 위원장을 돌아본다.

"사람이 욕심이 앞서면 눈이 어두워진다고 하더니 그 말이 맞았소. 아까두 회 치는 걸 한참이나 보구두 그걸 생각지 못했으니까. 그저 생산만 높일 욕심밖에 없어서 그게 탈이오. 좋소, 비누와 기름, 소기름보다 글리세린이 좋을 거요. 그러나 그보담 애여 고무장갑을 끼구 작업하도록 하는게 좋지 않겠소. 그리고 작업복과 마스크두 필요할 게구……."

지배인은 수첩에 적으며 다시 변명했다.

"전에 기계가 하던 작업이 돼서 미처 생각을 못했소. 안전기사 동무가 석회직장에 대해선 관심을 돌리지 않았다구밖에는 할 수 없고…… 그 밖에 또 요구할 것 없소?"

영희는 직공장을 쳐다보았다. 낙후한 직장이라고 의붓자식 대접만 한다고 하소연하던 말이 생각났기 때문이다.

"직공장 동무."

영희가 가만히 불렀다.

"말씀하시오."

"에? 뭐요?"

"합숙 건축 문제 말이에요."

그러자 학선이는 당황해하며 눈짓을 한다. 영희는 곡절을 몰라 어리둥절해 있는데, 당 위원장이 캐고 들었다.

"합숙 건축 문제라니요?"

영희는 학선이가 대답하기를 기다렸다. 그러나 그는 말이 없다. 영희 자신이 설명할 수밖에 없어졌다.

"합숙 짓던 것 말이에요. 집을 세워만 놓구 기와가 없어서 내버려둔 채에요."

지배인은 수첩을 책상에 덮어놓으며 학선이를 흘겨본다.

"반장 동무의 말이 사실이오?"

"예, 저어……."

학선의 고개는 푹 숙어졌다. 지배인은 벌떡 일어서더니 방 안을 거닐기 시작했다.

"이런 일이 있으니까 믿을 수가 없어진단 말야……."

몸집이 뚱뚱한 지배인이 넓지 않은 방 안을 왔다 갔다 거니는 것은 폭발하려는 분노를 참으려 하는 때문이었다.

얼굴을 찌푸리고 앉아 있던 당 위원장은 학선이를 노려보며 입을 열었다.

"무슨 필요루 그런 거짓말을 했소? 그거나 말해보오. 내 사무 실적 사업 작풍의 자기비판 재료두 되니까…… 조그만 현장이라구 해서 자주 돌보지두 못했구 보고만 믿구서 사택 공사엔 가보지조차 않은 걸 우선 나부터 자기비판합니다."

정전 후 복구공사를 착수하는 것과 함께 시급한 문제로 제기된 것이 노동자 사무원의 사택과 합숙을 하루 속히 짓는 문제였다. 그러나 건축 자재는 한꺼번에 들어오지를 못했다. 기와와 돌기와도 마찬가지였다. 숙사 공사들은 기일보다 늦어질 징조들이 보이기 시작했다.

그래서 행정기술협의회가 열리고 그 자리에서는 미처 들어오지 못하는 자재만 기다리지 말고, 유휴, 매몰, 또는 산재한 내부 자재들을 극력 회수 사용하여 공사를 기한 전에 준공할 것이 제의되었고 토론되었다. 그때 학선이도 토론했다. 4석회의 합숙은 목재로 세워만 주면 다음은 시간 외 사회 노동과 회수 자재로 자체 해결할 수 있다고 맹세했다. 합숙 건축 지점에서 멀지 않은 곳에 파락된 반토굴 창고가 있는데, 그 기와를 벗겨다 쓰겠다는 것이었다.

착상은 물론 좋았다. 학선이는 일을 남보다 뛰어나게 해놓고 남들이 우러러보는 것을 꿈꾸었다. 그러나 실행이 따르지 못했다.

합숙 공사가 시작되어 마루 도리가 올라가고 서까래가 걸리우고 수장 (修粧)들도 제자리에 들었을 때는 석회 생산이 예상같지 않아서 초조해지던 시초였다. 학선이는 초조하고 당황해 돌아가느라고 합숙 공사를 돌볼 마음의 여유가 없었다. 통계원과 전 직맹반장에게 일임해두었는데, 시간외 노동의 동원이 잘 안 된다고 둘이는 앙탈만 하고, 외 맺고 산자 받는 데도 시일이 걸렸다.

그러는 사이에 준공 기일은 지나가고 상부로부터 독촉을 받을 때마다 내일된다 모레 된다 장담만 되풀이되었었다.

그런데 이 시기로부터 학선이는 상부를 만나기 꺼리는 마음이 생기고 있었다. 석회 생산에 대해서 너무 쉽게 장담만 거듭해온 결과에 거짓말을 거듭한 결과가 되고 거짓말한 책임을 추궁 받는 것이 두려워서 할 수 있는 대로 상부를 피하려는 심리였다. 며칠 전에 강동무의 어머니가 죽었을 때도 그런 심리 때문에 자기는 관감을 청하러 가지 못했던 것이다.

그래서 자신이 가야만 할 일에도 통계원을 상부에 보내는 일이 많았는데, 어느 날 지배인이 통계원더러 합숙 공사 진행 상황을 물었을 때, 통계원은 준공이 되었다고 말했었다. 언제까지나 내일모레로만 말할 수가 없었기 때문이다. 합숙은 4석회 현장에서도 보이지 않는 구석진 골짜기에 있는 것을 기화로 한 거짓말이다. 그래 놓고도 공사를 빨리 했으면 끝내 속일 수도 있었을지 모른다. 그러나 다시 어물어물 시일을 보내다가 하루는 보니까 가져다 쓰려고 벼르기만 하던 반토굴 창고의 기와는 간 곳이 없어졌다. 이런 일이 없어도 상부에 가기부터 꺼려하던 학선이는 지금 기와를 청구할 수도 없고 벙어리 냉가슴 앓듯 하면서 하늘이 무너져도 솟아날 구멍이 있다는 말만 하늘같이 믿고 있다.

경과를 다 듣고 나서 지배인과 당 위원장은 한참동안이나 말이 없었다. 팔소매로 이마의 땀과 눈물을 씻어가며 실토하는 학선이의 말이 끝난 지 얼마 후, 당 위원장은 입을 열었다.

"동무가 한 직은 전번 직맹반장이란 자가 한 짓과 꼭 마찬가지요."

지배인은 간단히 내일 자기한테로 오라는 지시를 주었을 뿐 더 길게 말하지 않았다.

이튿날엔 벌써 작업장 안에 여기 대한 소문이 퍼졌다. 상부에서는 노동자들의 생활 안정을 위해 많은 관심이 있건만 중간에서 매양 협잡을 한다는 여론이 주로 돌아갔다. 직공장도 이번엔 톡톡히 경치게 되었다며 개운해하는 사람이 많았다. 그러는 일방 직맹반장 영희가 앙큼스레도 직공장을 잡아먹으려고 고자질을 했다며 영희는 허투루는 볼 수 없는 무서운 계집이라고 하는 말도 돌아가고 있는 것을 알았다. 이런 말은 매양 준호가 퍼뜨려놓는다는 것을 이제는 의심할 수 없어졌다.

지배인한테 갔던 학선이는 오후에야 커다란 짐을 하나 지고 아주 풀이 죽어서 돌아왔다. 어제 지배인이 약속한 작업복, 고무장갑, 비누 등을 지고 온 것이었다.

이튿날 오후 직공장이 밀차로 왔을 때 영희가 직맹반 총회를 열 것을 의논했더니 그는 의외로 가벼운 어조로 대답했다. 그러고 나서 한숨을 한 번 쉬더니 빙그레 웃었다.

"그저께 밤은 꼬박 세웠는데, 어제는 잘 잤쇠다. 난 꼭 철직 맞구 당에서 쫓겨나는 줄 알았어요. ……이번 반 총회에선 자기비판을 꼭 해야갔쇠다."

공장 지도부에 갔던 학선이는 자기 사업 작풍의 결함들에 준엄하게 비판을 받고 돌아온 그는 도리어 마음이 가벼워졌다.

직맹반 총회가 열렸다. 주석단에는 김창선이와 박춘실이와 이옥분 등이 앉아 있었다. 영희는 보고를 하고 있었다.

"……미국 날강도들이 파괴해놓은 잿더미 속에 우리는 전보다두 더 큰 공장, 전보다두 더 좋은 도시들을 만듭시다. 그러면 이 많은 공장과 도시를 누가 복구합니까. 다름 아닌 우리 노동자들이에요. 우리 근로 계급은 우리나라의 주인이에요. 우리는 나라의 주인답게 많은 물건들을, 우리는 회를 더 많이 더 빨리 생산해야 돼요. 그래야 공장과 집들이 더 빨리 복구될 거 아니에요. 후에 우리 아들딸들은 물어볼 겁니다. 이 훌륭한 도시와 공장들이 복구될 때 아버지 어머니는 무엇을 하고 계셨소, 하고 말이지요. 그때는 어떤 사람은 '저 훌륭한 집들을 지을 때 나는 장마당에 앉아서 일 원짜리 참외를 일 원 오십 전에 파느라고 해를 지우군 했을 뿐이다' 하구 대답할 수도 있을 거예요. 그러나 우리 노동자들은 그렇게 대답하지 않지요. '이 하얗고 매끄럽고 아름다운 담들을 보아라, 이건 우리가 만든 회란다. 우리가 만든 회는 수많은 담이 됐단다.' 그렇지만 우리들 가운데는 자기 자식들 앞에서 떳떳이 말할 수 없는 사람도 있을 수 있습니다. 그러면 이중에서 어떤 대답을 들을 애들이 자기 부모를 우리나라의 주인으로 생각하며 또 자기를 나라의 주인으로 생각할 수 있겠어요? 우리 집에두 딸이 셋 있습니다. 나는 우리 딸들이 자기 어머니가 한 일로 낯을 붉히는 일이 없도록, 또 자기 어머니가 해온 일을 누구에게나 버젓이 자랑할 수 있는 그런 일을 하고 싶어요."

보고의 서론이 되는 부분인 이 대목까지 이야기가 이르렀을 때 군중 속에서 쑤군거리는 소리가 더러 들려왔다. 영희는 같은 뜻의 말을 벌써 여러 번 강조 했던 일이 있다. 노동 계급의 긍지를 채 가지지 못한 신입 노동자가 많은 관계로 다소 귀에 못이 박힐 정도로 계급적 긍지에 대해 강조할 필요가 있다고 생각해서다. 그래서 오늘도 또 그 말인가고 긴장이 풀리는 것으로만 해석하고 영희는 곧 본론으로 들어갔다.

그러나 그런 것만도 아니었다. 어떤 노동자들은,

"반장 동무는 말을 참 잘해! 어떤 사람은 써 가지구 나가서도 선개장 뜯듯 하는데, 적어 가지구 나간 것도 없이 언제 보나 청산유수라니까……."

"청산유수뿐인가, 하는 말이 모두 옳은 말이지."

하고 감탄했다. 영희가 군중 앞에서 말할 때는 그 언변보다 정열이 느껴졌다. 그것을 통틀어 말을 잘한다고 하는 것이다.

한구석에서는 여성 노동자 둘이서 서로 이마를 맞대고 쑤군거렸다.

"저것 보라우, 얼마나 앙큼한가, 그따웨 딸이 셋이란 걸 자랑까지 하지 않아?"

"제 어미 행실루 보자면 딸들이 낯 붉히지 않게 되기는 애여 콧집이 찌 그러졌는걸……."

"저런 비위니까 공연한 사람을 고자질해서 앙큼스레 잡아먹지……."

"저 깔끔한 눈추리를 좀 보라우."

이렇게 쑤군거리다가 앞에 앉았던 여자가 뒤를 돌아보자, 둘이는 그만 입을 다물었다. 물론 이런 속삭임이 영희 귀에까지 들리지는 않았다. 그러나 설혹 들렸다 하더라도 그게 무얼 말하는 것인지 영희 자신은 몰랐을 것이다.

영희는 본론으로 들어가서 지금의 생산 정형을 밝히고서 이달 하반기까지에는 1일당 목표량은 완수할 수 있는 수준까지 제고해야 한다는 과업을 내세웠다. 그러고는 요즘 점차로 높아지는 생산량과 생산 의욕을 더욱 높이자고 하면서, 모범적으로 일한 동무들의 실례들을 상세히 소개하고 이 동무들의 모범을 따르자고 호소했다. 다음으로 결근이 많은 동무도 아직 있고 지각하는 현상도 근절되지 않았다는 것을 지적하고, 김용식이가 지각한 것을 통계원은 융화해서 묵인해준 사실이 있다고 폭로했다. 끝으로 이번에 지배인이 특히 고무장갑과 작업복 등을 주었다는 것과 오래 해결하지 못하던 합숙의 기와도 오게 되었다는 소식을 전하면서 생산으로 이에 보답할 것을 호소했다.

보고가 끝난 뒤 질문이 있는가고 물었더니 용식이가 일어서지도 않고 앉은 채로,

"내가 언제 지각했단 말입네까?"

하고 볼멘소리로 질문을 했다.

"지난 월요일에 지각하시지 않았어요?"

준호와 용식이 사이에 무언가 쑥덕거리더라는 말을 들은 일이 있기에

약간 진장해서 반문했다.

"언제요? 난……."

용식이는 다시 부인하려고 했으나 그때 몇 자리 건너 앞쪽에 앉았던 준호가 돌아보며 눈짓을 하자 그만 말을 멈추고 고개를 숙여버렸다.

토론은 직공장이 제일 먼저 했다. 그는 자기가 왜놈의 본을 땄다는 것을 말하면서 언사를 함부로 한 것이나 합숙 건축을 늦어지게 한 것이 모두 동무들을 깔봤던 때문이라고 상당히 조리 있는 자기비판을 했다. 여러 번 비판을 받는 가운데 자기 잘못에 대해서도 심각한 반성이 있었던 모양이다. 그는 합숙 문제를 상당히 자세하게 설명하고 모든 책임이 자기에게 있다고 솔직히 인정했다. 그는 합숙 문제에서 준호에게도 일부 책임이 있다는 것을 말하지 않았다. 현장 책임자로서 책임을 깨끗이 혼자 지는 태도라고 생각되었다.

다음에 일어선 준호도 합숙 문제에는 언급하지 않았다. 김용식이는 여러 가지 잡일로 사무실 일을 손 도와주곤 했던 관계로 그런 정실에 끌려서 지각한 것을 묵인하게 되었노라고 자기를 인정 많은 사람으로 묘사하면서 간단한 자기비판을 했다.

누군가 뒤에서 "체, 출근 매기는 데 사정 두는 일이 뭐 그것만이댔나?" 하고 중얼거렸다.

학선의 토론이 좋은 인상을 준 모양으로 다음 동무들은 모두 성실한 토론들을 했다. 반 총회는 그만하면 성과를 거두었다고 영희는 생각했다.

총회가 있은 후 직장 안의 분위기가 퍽 밝아진 것을 느낄 수 있었다. 학선이는 전 같은 언사를 다시는 쓰지 않았고, 다른 동무들이 그를 쾌씸히 여겨오던 경향들도 없어졌다.

그러나 통계원이 아직도 뒤에서 용렬한 장난을 계속하는 것이 영희에게는 항상 마음에 걸렸다. 누가 결근을 해서 진단서를 청구할 때도,

"뭐 전 같으면야 괜찮았지만, 이즘은…… 난 모르겠쉬다. 반장 동무한테 물어보소."

하고 자기 사정을 보아줄 줄 알건만 반장이 야박하다는 것을 늘 암시했다.

누가 작업시간에 잡담을 해도,

"그러다가 반장 동무한테 들리면 또 비판이야."

하고 웃어 보이곤 한다. 심지어는 누가 지각을 하면,

"또 반장 동무한테 걸렸군!"

하고 중얼거린다.

이런 비열한 장난을 하고 있다는 말을 여러 번 들을 수 있었다. 준호의 예상과는 달라서 준호를 좋아하던 사람이 그리 많지가 않아서 그날 안으로 영희 귀에 들어오곤 하는 것이었다.

그 때문일까? 대개는 영희와 친해져서 크고 작은 일을 의논하러 그에게로 왔고 심지어는 집에서 부부 싸움이 생겨도 해결해달라고 그에게 오는 형편이었지만 일부에서는 그만을 따돌리고 자기네들끼리 영희를 두고 쑤군거리는 기미도 없지 않았다. 이 직장으로 오는 첫 날에 친해졌던 용식이는 요즘은 인사를 해도 못 본 척하고 돌아서버리는 일까지 있었다.

하루는 달수가 돌 까던 손을 멈추고 어두운 데 홍두깨 격으로 물었다.

"반장 동무는 딸이 삼형제라지요?"

영희는 밀차에 돌을 싣기가 한참 바쁘던 때라 돌아보지 않고 그렇다고 대답만 했다.

"몇에씩이나 났소?"

"제일 큰애가 열에 났구, 담에는 아홉, 그리고 끝 애가 셋에 났어요. 왜 물으세요?"

그러나 달수는 더 묻지도 대답하지도 않았다. 중뿔난 물음 같아서 그제야 돌아보니 달수는 고개를 끄덕이며 능글능글 웃고만 있는데 무언가 징그러운 것이 느껴졌다.

'무엇 때문일 까, 왜 중뿔나게 물어보다 말았을까?'

이런 경우에도 얼핏 준호의 얼굴이 떠올랐다. 요즘 날이 갈수록 준호에 대해서는 마음에 갈피가 두어지는 것을 자신도 막을 길 없어 하는 영희다.

기와가 왔다. 합숙 공사는 시간 외 사회 노동으로 다시 계속되었다.

합숙에 초벽을 바르고 온돌을 놓던 날 저녁, 늦게야 집으로 돌아가는 길에 영희는 창선 영감과 이야기한 일이 있다.

"직공장 동무는 요즘 사람이 아주 달라졌어요. 합숙 짓는 데두 제일 열성적으루 일하지 않아요? 직공장 동무가 온돌 놓는 걸 보니까, 흥이 나구막 재미가 있어서 하는 일 같아요."

"그래 참 잘하두군. 그런데 그게 본시 그 사람의 일하는 본새야. 그 사람이 일이야 뭐든 오죽 잘 하나, 또 사람두 좋지."

"그런 이가 한때는 왜 별스레 굴었을까요?"

"거야 내가 알겠다구."

그때야 문득 깨달아지는 것이 있어서 영희는 다시 물었다.

"통계원 동무는 전에 뭘 하댔나요?"

"평양서 어느 리회에서 서기 노릇인가를 했다구 하더군. 그건 왜 물어?"

"그렇게두 감쪽이 일하기 싫어하는 사람은 처음 봤어요. 처음엔 일을 시키는 체하더니, 뭐 시키구 말구가 있어야지요, 그러니까 개신개신 돌아가면서 일손이 남아도는 곳만 찾아가서 뭘 좀 하는 척하면서 말참견만 하구 있지 않아요."

"본시가 노동은 안 해본 사람이니까."

"학선 동무가 잘못을 니여 고칠 수 있는 건 일하기를 놓아하는 때문 아닐까요."

"그럴지두 모르지…… 반장 동무두, 이제는 그 사람을 용서해주고 싶은 거지?"

"제가 뭐 용서 여부가 있어요."

"학선 동무가 한때는 여자들 보구 표 나게 굴었으니까…… 그런데 내하나 아르켜줄까?"

"뭐가요?"

"학선 동무가 말이지, 직장에 나와서는 한때 여자들 보구 못살게 굴었지만 집에선 마누라한테 꼼짝 못하네, 언감생심이지⋯⋯."

"예? 그래요!"

"그 집 마누라가 여북한가⋯⋯."

석회 직장의 사택에서 시멘트 소성로 복구공사에 다니는 노동자가 있었다. 그 동무가 영희더러 사택을 서로 바꾸자는 말을 해왔다. 산을 넘어 오릿길이나 통근해야 하던 영희는 물론 두말없었다. 그래서 어느 일요일에 이사해 들게 되었다.

춘실이 옥분이를 비롯해서 일곱 명씩이나 이삿짐을 날라주러 왔다. 모두 여성동무들이다. 이삿짐이라야 해주서 폭격에 몽땅 없애버리고 남은 것이 없이 온 신세라 그렇게 많은 사람이 나를만한 것이 없었다. 이부자리를 하나 지기도 하고 솥을 이기도 하고 보따리를 하나씩 들기도 하고⋯⋯ 그러나 모두 짐은 가볍고, 여럿이 함께 넘는 산길은 마치 산놀이와도 같이 느껴지는 모양이었다. 모두 와짝 지껄이며 애들같이 좋아했다. 누군가,

"야, 신통히도 여자들만이구나!"

하고도 모두 공연히 웃어대고, 영희가 진 이부자리가 한편으로 기울었다고도 웃어대고, 너무 웃기만 해서 길 가는 사람들이 미친년들이라고 하겠다면서도 웃고⋯⋯ 오릿길을 웃음이 그칠 새 없이 걸었다. 주인인 영희부터 웃기 잘하는 성질인데 직장에서와는 달라서 정색해야 할 일도 없고 더욱이 많은 동무들이 도와주러 왔다는 것이 기뻐서 자꾸만 웃었다. 애들은 본시가 이사라면 영문도 모르고 덮어놓고 좋아하는 법인데 아주머니들이 이렇게 여럿이서 돌봐주며 걷자 하니, 명절날과 생일날이 겹친 것같이 좋아했다.

길녀 등에 업혀서 집을 떠난 경숙이는 이 아주머니 등에서 저 아주머니 등으로 벌써 여러 번째 바뀌어가며 혀가 돌지 않는 조각말을 쉴 새 없이 종알거렸다. 명자에게 손목을 잡힌 할머니도 모두가 웃어댈 때마다 무슨 재미나는 일이 있는가고 귀를 들어 두리번거리며 왜들 웃느냐고 명자에게

물어보곤 한다. 명자는 야무지고 새침한 성미라 웃을 때도 벌쭉 소리 안내고 웃지만, 길녀는 성큼하고 붙임성이 있어서 아주머니들의 치마폭에 묻어 돌아가며 보고 들은 이야기를 죄다 할 셈 치고 오릿길을 입을 닫치지 않았다.

새집에 와 닿은 뒤에도 할 일이 손에 비해 많지 않았다. 방 안과 마당을 쓸어내고 보니 부엌에서 솥 붙이는 사람들밖에는 할 일이 남지 않았다. 영희와 또 한명이 솥을 붙이고 있는 사이 방안에서는 웃음이 다시 한자리에 벌어졌다.

영희가 부뚜막에 매질을 끝내고 석탄불까지 피워놓은 뒤에 방 안으로 들어오는 것을 보고 춘실이가 대뜸 물었다.

"반장 동무, 우리 지금 무슨 말들을 하구 있었는지 알아요?"

"애들 데리구 지나온 옛말을 듣나 부더군."

"아냐, 것두 있지만, 통계원 놈의 자식을 때려죽여야 한다고 의논했어……."

"이사 두 번만 하면 정말 살인날까 부다. 그건 또 왜?"

"그 녀석 참 흉측한 놈이야."

"춘실인 통계원이라면 괜히 눈알을 뒤집더라."

"그럼 반장 동무는 무슨 말을 들어두 성내지 않을 테야?"

"나야 성날 일이 있나, 뭐……."

"그럼 성내지 않나 볼 테야. 통계원이 반장 동무를 두구 뭐라구 소문을 퍼뜨렸는지 알구서 말하라요. 반장은 딸이 삼 형젠데 셋이 모두 성이 제가끔이라면서, 스물여섯에 벌써 애아버지만두 셋은 되니 그새 새서방을 몇이나 바꿨는지 모른다구 하지 않아, 입이 더러워서……."

"그러면 멜 하나? 사실 딸 셋이 모두 따루따룬걸 뭐…… 하나는 이가구 하나는 박가구 하나는 강가구……."

영희는 성내지 않는다고 장담했던 뒤니만큼 태연자약한 듯이 대답했다. 그러나 목소리가 여느 때와는 달랐다. 목에 걸렸다가 나오는 것 같고

거세어지는 듯싶었다. 다른 동무들은 모두 말없이 웃지도 않고 보고만 있
는 것이 조금 이상하다 했더니 그런 말이었는가, 애들에게 들어서 지금에
야 알았나 보군하고 태연하려고 했으나, 낯이 뜨거워지고 가슴이 울렁거
리며 불쾌감이 치솟아 옴을 차츰 누를 수 없어졌다.

"반장 동무가 그렇게 시침을 딸 땐 난 정 싫어. 그게 뭐예요, 우리가 다
분해 죽겠는데…… 부모 없는 전쟁고아를 둘씩이나 맡아서 기르는데, 칭
찬은 못할망정 그따위로 아가리를 놀려서 음해를 하는걸? …… 난 분해
죽겠어."

춘실이는 평시에도 영희와 너나들이를 하고 때로는 존대해서도 말하지
만 흥분한 김에 마구 뒤섞어 써가며 발을 동동 구를 듯이 눈물까지 글썽해
서 대들었다.

춘실이가 너무 격해서 말이 지나쳤다고 생각한 옥분이는 언제나와 마
찬가지로 눈을 내리뜨고 잔잔한 목소리로 설명했다.

"벌써 그런 욕이 돌아가는 걸 들었지만 욕이 하두 추잡해서, 동무들한
테 물어두 못 보고 있었어. 진작 물어봤으면 좋았을걸…… 욕 치구두 여
자들한테는 제일 싫은 욕 아니냐.…… 그런데 영희 동무는 왜 이 애들의
이야기를 숨기구 있었어?"

"그럼 뭐 제 자식으루 생각하는 애들을 두구 제 딸이 아니라구 광고할
필요는 없지 않아요."

"그렇긴 하구만, 그래두……."

옥분이는 다시 말을 계속하려다가 영희의 얼굴을 쳐다보더니 말을 끊
었다.

영희는 생각할수록 분해졌다. 다시 분한 생각도 지나가고 준호에 대한
증오만이 가슴에 가득 찼다.

옥분이는 잠시 영희의 낯빛을 살피다가 주시하면서 물었다.

"내 말 듣구 성내지 않을래?"

"언니 보구야 성낼 일 없지 않아요."

"다른 게 아니구, 반장 동무는 어쩌다가 눈매가 변하면 깔끔하구 사나운 것 같아서 건드리지 못할 듯싶어지는 때가 있어……."

"내 눈이 그렇게 사나워요?"

"조금 전에두 바로 그렇던데……."

그러자 다른 동무들까지 모두 옥분의 말이 사실이라고 해서, 영희는 그만 그런 눈매를 보이지 않기 위해서라도 웃지 않을 수 없었다.

"그건 아마 사지판을 겪은 탓인지 모르겠어요. 전선에서 오래 싸운 사람들 중에 눈매가 달라지는 동무가 있다는 말두 들었는데…… 나두 전쟁 후부터 눈매가 사납다는 말을 더러 듣군 했어요."

이런 말로 시작되어 영희는 자기가 남편과 함께 후퇴 도중에 적에게 붙들렸다는 것과 악형을 받은 끝에 자기는 인민군대의 신속한 진격으로 구출되었으나 남편은 그만 적에게 학살되었다는 사연을 말했다. 그리고는 모진 악형을 받았는데도 뱃속에 있던 경숙이가 무사했던 것은 지금 생각해도 이상하다고 첨부했다.

구출된 지 한 달 후 유복자인 경숙이를 낳았고, 산후의 몸이 추서자 리 여맹 사업을 했었는데, 그때 부모를 잃고 의탁할 곳 없어진 강명자와 박길녀를 자기가 거두어 기르게 되었노라고 했다.

내각 결정 154호가 나왔을 때 영희는 리 여맹위원장으로 이를 해설 선전하여 전재민과 도시 세궁민들이 많이 국가가 알선 방조해주는 대로 직장으로 전출하도록 힘써왔고, 말로만 해설했을 뿐 아니라 저 자신 솔선해서 직장을 지원하고 나섰던 것이다. 전쟁 전에 해주 시멘트 공장에서 노동해왔기 때문에 이곳 시멘트 공장으로 배치된 것이 퍽 기뻤다고 했다.

"아무려나 용하외다. 전쟁고아를 하나두 아니구 둘씩이나 맡아서 기르느라구……."

한 동무가 감탄하자, 영희는 곧,

"그러기에 우리 국가의 혜택을 특별히 받구 있지 않아요? 경숙이 아버지가 학살됐기 때문에 사회 보장으루……. 그리구 우리 오라비가 군대루

나갔기 때문에 어머니도 혜택을 받구, 애들 둘이는 국가에서 배급을 주
구……."
하고 영희는 겸손해버렸다.

　소성로는 기운을 내기 시작하자 돌고 석탄을 더 많이 먹어 삼켰다.
　밀차에서는 여섯 명이 하던 일을 네 명이서 해냈고 오히려 그보다 더 능
률을 내게 되었다. 소성로에서 돌과 석탄을 요구하는 데 따라 밀차에서는
채석장에 더 많은 돌을 요구했다. 성화같이 독촉하니까 대활이나 소활에
서도 일손들이 빨라지고 달수의 입진 수다에도 귀를 기울이지 않게 되었
다. 그래도 채석장에서 미처 돌을 내지 못해서 밀차에서도 소성 동무들한
테 미안한 낯을 하지 않을 수 없는 일이 많아졌다.
　석회의 생산이 제고되는 데 따라 직장 안이 온통 활기를 띠었지만 학선
이가 눈에 보이리만큼 침착해지고 사람이 좋아져서 동일 소성로에 붙어
있었다. 생석회를 반출할 때마다 로 안을 들여다보며 창선 영감과 함께 어
디가 좋다 어디가 부족하다 어디가 병집이다, 다음번은 언제 반출하는 것
이 좋겠고…… 하면서 매양 의논하는 것을 볼 수 있었다. 그 직공장이 돌
을 더 요구한다는 것을 안 영희는 자기를 소활로 옮겨달라고 제기했다. 학
선이는 그의 의도를 알고 곧 소활의 한 동무와 부서를 바꾸어주었다.
　춘실이는 서운히 여겼고, 소활에서는 달수가 다시 영희와 함께 일하게
된 것을 달갑게 여기지 않았다. 낯빛만 보아도 알 수 있었다. 그러나 그 밖
에 다른 동무들이 달갑게 여기지 않는 것은 영희가 아니고 달수였다. 그칠
줄 모르는 수다로써 쉬는 참을 만들어내고, 또 쉬는 시간을 늘리곤 하던
것도 통용이 안 되는 요즘, 달수는 담배를 피운다는 평계로 자주 일손을
놓곤 했다. 그래서 자기는 놀기만 하고 남이 한 일에 얹혀서 자기도 일한
척하려는 그를 누구나가 싫어하게 되었던 것이다.
　영희가 소활로 넘어온 지 며칠 후 벽보판 앞에서 웃음이 터졌다.
　벽보에는 '이달수 동무에게 물어볼 산수 문제'라는 제목으로 다음과 같

은 글이 나붙어 있었다.

"이달수 동무는 하루 여덟 시간 노동하는 사이에 담배를 마흔다섯 대씩 피운다. 여덟 시간 중에서 마흔다섯 대의 담배를 피우고 나면 남는 노동 시간은 얼마나 되는가? 동무들 한 사람도 빠짐없이 해답을 이달수 동무에게 물어봅시다."

달수는 성을 냈고 며칠 후 그는 직장을 그만두었다. 그런데 달수가 직장을 떠나게 된 것도 준호가 뒤에서 불평을 조장시킨 형적(形迹)이 보였다. 그러고 보면 지금껏 직장을 그만두고 나간 사람들은 대개 준호와 비교적 가까이 지내온 신인 노동자들이었다는 것이 생각났다.

소활에는 사람은 하나 줄었지만 돌은 줄지 않았다. 그후 펌프가 설치되는 것과 함께 물을 지던 옥분이까지 소활로 옮겨오게 되어서 소성에서 요구하는 돌을 오히려 여유를 두고 대주게 되었다.

생석회의 반출량은 부쩍 늘고 석회는 쏟아져 나오기 시작했다. 이렇게 되고 보니 이번에는 회를 치는 데서 미처 처내지 못하고 마당에는 회가 노로 쌓여갔다. 작업 전과 작업 후를 이용하여 또는 작업 중에도 영희는 회 치는 동무들을 고무 추종했다. 그러나 호응하는 기색이 보이지 않고 김용식이는 노골적으로 반발해 나서기까지 했다.

"누군 놀기만 하는 걸루 생각합네까? 어디 반장 동무가 좀 쳐보소고레."

영희는 그 생각이 없지도 않았다. 그러나 직공장이 찬동하지 않았다. 소활로 간 지 며칠이 안 되고 그가 떠나던 거기면 지금의 기세가 다시 어떻게 될지 모른다는 것이었다. 영희도 수긍했다.

그러는 사이에 노로 쌓인 횟더미가 커져서 비가 오면 지붕 밖으로 나간 회는 못쓰게 될 위험성이 생겼다. 비상 대책으로 다른 부서에서 몇 명을 빼서 회 치는데 임시로 응원을 보내기로 되었다. 그러나 체를 비롯하여 도구들이 여벌이 없었기 때문에 회치는 작업만은 임시로 2부 교대를 하게 되었다.

임시로 되는 2부 교대 작업은 닷새 동안 계속되었는데, 영희는 매일 밤

야간작업하는 동무들과 함께 있었다.

마지막 날이었다. 낮에는 작업하고 밤에도 또 거의 새우곤 해서 영희는 피곤해 있었다. 저녁에 두어 시간 함께 머물러 돌아가다가 사무실로 내려와서 신물을 뒤적이면서 쉰 뒤에 열시쯤 다시 작업장으로 돌아갔다.

회를 치던 용식이가 제자리에 없었다. 그는 으슥한 구석에서 자고 있었다. 밤 작업을 해보지 못한 사람이라 낮에 충분히 자두지 못한 모양이라고 생각하면서 그를 깨웠다.

또 한 바퀴 돌아보며 동무들과 웃음의 말도 건네고, 밤 작업도 오늘이 끝이라며 격려도 하고 나서 그는 사무실로 내려왔다.

자정쯤 해서 다시 작업장으로 올라가보니 이번에도 용식이는 제자리에 없었다. 그런데 회를 가마니에 넣어서 묶어놓은 것은 그사이에 다섯이 더 늘었다는 것을 알았다. 그 사이에 열심히 쳤다면 물론 그보다 더 칠 수도 있지만 영희는 의심이 생겼다. 그는 횟가마니 속에 손가락을 들이밀어 봤다.

"에그머니……."

손가락이 뜨끈했다. 생석회에 물을 친 지 오래지 않은 소석회는 뜨겁다는 것을 잊어버렸던 것이다. 조심히 또 한 번 손가락을 넣어보았다. 무심 중이었으니까 놀랐다 뿐이지 견디지 못하리만큼 뜨거운 건 아니었다. 비집고 낸 가마니 틈으로 손가락 하나를 들이밀어 두 손가락으로 만져보니 돌이 잡혔다. 그리하여 나중으로 작속 된 다섯 가마니에는 돌이 섞여 있다는 것을 알았다. 영희는 용식이가 자고 있는 곳으로 가서 그를 깨웠다.

"지금 방금 누웠댔쇠다."

용식이는 눈을 뜨자 묻지 않는 말로 발뺌부터 했다. 영희는 용식이가 제자리로 돌아가는 것을 기다려 횟가마니를 가리켰다.

"이 가마니들에는 돌이 섞여 있으니 어떻게 된 일인가요?"

"그럴 리가 없겠는데……."

"그래두 있습니다."

"거 웬일일까."

용식이는 가마니를 비집고 손가락을 넣어본다.

"뭐이 있다구 그러는지 모르겠군!"

그가 쑤셔보는 곳마다 돌은 없었다. 그러나 영희가 쑤셔보았던 자리에서는 이번에도 돌이 나왔다.

"거 조화 났는데……."

"조화는 무슨 조화예요. 한 가마니만두 아니구 다섯 가마니가 다 그런데……."

"졸리는 걸 일했더니 이렇게 좀 잘못된 거외다."

그는 회 치기를 시작하려고 한다.

"이건 어떻게 하실래나요. 다시 쳐야지요?"

"……."

"밑에하구 위에하구만 친 회를 넣구 가운덴 안 친 회를 넣지 않았어요?"

"원 천만에, 일부러 그따위 짓을 했으면 벼락을 맞겠쇠다."

"그럼 왜 그래요, 가마니마다."

"거야…… 졸다가 아마 잘못해서……."

용식이는 말이 막히면서 횟가마니들을 풀어서 쏟아놓았다.

다음날 아침 영희는 직공장에게 이 사실을 보고했다.

"에익, 상게두 정신을 못 차리구……."

학선이는 성을 내며 고함을 지르려다가 뒷머리를 긁으며 히죽 웃었다. 또 무언가 욕설이 나가려는 것을 참는 모양이었다.

"어떻게 했으면 좋겠소. 내버려둘 수두 없구, 이번 기회에 본때를 뵈는 게……."

"비판을 주어서 개전시키는 것밖에 없다구 생각돼요. 자유노동을 하던 때의 버릇이 아직두 남아서 그러는 거니까요."

그리하여 작업 전 시간에 영희는 용식의 일을 비판하게 되었다. 오작품을 낸다는 것은 국가와 인민 앞에 얼마나 손해를 주는 것인가를 설명하고, 용식이가 한 일은 의식적으로 오작품을 낸 것이므로 더 나쁘고 해독적이라는 것을 지적하면서 자기비판을 요구했다.

용식이는 마지못해 일어섰다. 숱이 많아 꺼먼 눈썹 밑으로 우묵 패어 들어간 눈에는 침울한 빛과 함께 노기를 띠고 있었다. 떠듬떠듬 전줄어가며 이야기하는 그는 목소리까지 음침해 보였다.

그는 오작품을 낸 것은 인정했다. 그러나 그것은 졸려서 정신이 없었기 때문에 버렸던 돌이 깨묻어 들어간 모양이지 의식적으로 한 일은 아니라고 했다.

영희는 다시 일어나서 작업 시간이 가까우니까 회의는 이만하고 말지만 다음 기회에는 김용식 동무가 솔직히 자기비판을 해주기 바란다며 회를 닫았다.

그날 저녁녘에 볼일이 있어서 직맹 초급단체 위원회에 갔다 오는 길에 영희는 심술궂은 비를 만나 물에 빠진 생쥐처럼 흠뻑 젖었다. 떠날 때는 안 오던 비가 집하나 없는 산길에서는 사정없이 내려붓더니 4석회 현장이 내려다보이는 내리막에 다다른 때는 그만 개고 말았다.

집으로 곧장 갈까 했으나 추워서 몸도 떨리고 옷도 말리워서 입고 가는 편이 좋을 듯싶어 소성로 있는 편으로 내려갔다. 로 위에서는 김이 무럭무럭 오르고 있었다. 로 위는 불 쬐며 옷이나 말리우기에는 십상 좋았다.

해는 져서 어슬해오는데, 회를 뒤집어쓴 마당이며, 로며, 바위가 모두 비에 젖어서 희스무레하게 번들거렸다. 이제까지에 밀렸던 회를 작속해 치웠으니 다행이지 그렇지 않았다면 오늘 비에 손해가 있었을 거라고 그런 생각을 하며 불을 쬐고 앉아서 아래쪽을 내려다보며 있는데 누군가 올라오는 것이 보였다.

누굴까, 키가 큼직하고 동작이 느릿하고…… 회 치는 마당까지 온 것을 보니 용식이었다.

"반장 동무요?"

용식이는 대답도 기다리지 않고 위로 올라온다. 영희는 저도 모르게 펄떡 일어섰다.

"반장 동무, 조용히 만나려고 기다렸쉐다."

용식이는 댓 발자국 앞에 서면서 말을 꺼냈다. 한 발자국이라도 더 가까이 왔으면 영희 편에서 물러섰을 것이다. 영희는 그의 일거일동을 똑바로 지키고 있을 뿐 잠자코 다음 말이 나오기를 기다렸다. 꺼먼 눈썹 밑에서 자기를 노려보고 있는 그 음침한 눈을 마주보면서 영희는 고함지르고 싶은 충동을 가까스로 누르며 서 있었다. 용식이는 천천히 고개를 돌려 사무실 쪽을 내려다보면서 물었다.

"반장 동무는 나한테 나무람 간 일이라두 있소?"

영희는 침을 꿀꺽 삼키고 높아지려는 숨결을 간신히 진정하며 대답했다.

"나무람은 무슨 나무람이에요."

"날 내쫓으려구 한다고 그럽데다."

"누가 그래요?"

"이젠 자식들두 없구 여편네두 없구 남은 게 없쉐다. 홀가분한 몸이외다. 발바닥에 종처만 안 나면 되는 신세외다. 내쫓으면 나가지요."

허리춤을 추켜올리는 그의 손에서 영희는 눈을 뗄 수가 없었다. 그러쥐었다폈다 하는 그의 두 주먹을…….

"내쫓긴 누가 내쫓아요? 여기가 동무의 일터 아니에요?

"오늘까지는 그랬지요."

"내일이라고 뭐 달라질 게 있어요. 우리는 누구나 노동할 권리가 있어요."

"그럼 나보군 왜 못살게만 굽네까?"

용식이는 한 발 앞으로 다가섰다. 그와 함께 영희는 한 발 뒤로 움쳤다. 용식이는 무언가 결심을 못하고 판단을 못 내리워 주저하고 있다는 것을 느꼈다. 영희는 마음을 다잡았다. 원쑤들 손에 붙잡혀서도 굴하지 않은 남편을 생각했고 굴할 수 없었던 자기 자신을 돌이켜보았다.

"누가 못살게 굴어요? 나두 노동자구 동무두 노동자 아니에요? 동무두 미국놈한테 가족을 잃었구 나두 미국놈한테 제일 귀한 사람을 잃었어요.

동무와 내가 뭐이 달라서 못살게 굴어요?"

"그럼 날더라 어떡허란 말이외까?"

"모를 일이 뭐 있어요. 동무두 요전에 신발 배급 탄 게 며칠 안 신구 찢어졌다구, 그따위로 신발을 만다는 놈은 손목을 꺾어놔야 한다고 하지 않았어요? 그러니까 동무 자신두 그런 욕을 먹지 않게 하라는 것뿐이에요."

"그럼 담부턴 오작품 안 내면 될까요."

"되구말구요."

용식이는 한숨을 내쉬며 이마의 땀을 소매로 씻었다. 영희도 따라 숨을 내쉬었다. 위험이 지나간 것을 느꼈다.

"그럼 직공장한테두 말씀이나 잘해주소. 담부턴 일을 잘하겠다구……."

"그러실 것 없어요. 내일 아침에 동무들 앞에서 직접 말씀하시라요."

"제발 그 자기비판만은 용서해주소. 그건 정 질색이외다."

"어려울 것 있어요? 사실대루 말하면 되지 않아요."

"사십 넘어 오십이 가까운 놈이 도중에 나서서 난 협잡을 했쇠다. 하구야 어디 입이 떨어집네까, 그 대신 일은 열심히 하겠시다. 지금까지는 서른 가마니밖에 못 쳤지만두 내일부턴 쉰 가마니씩 칠겐 그것만 용서해주소."

"정말 쉰 가마니씩 칠 수 있어요?"

"하자꾸나 하면 할 수 있어요."

"그런 좋은 말을 왜 나한테만 하려구 하셔요? 그 결심을 들으면 모두 좋아할거구 동무를 어러러볼 거 아니에요."

"그래두 그것만은 죽어도 못하겠쇠다."

용식이는 공개적으로 자기비판할 것만은 끝내 승낙하지 않았다. 영희는 밤새라도 한번 다시 잘 생각해보라고 타이르고 헤어졌다.

이튿날 아침 작업 전 시간에 영희로서도 뜻밖의 일로 용식이가 자진해서 자기비판을 했다. 그가 오늘부터는 회를 쉰 가마니씩 치겠다고 맹세까지 했을 때는 모두 박수를 했고 놀라기도 했다. 그러나 그보다도 모두가 더 놀란 일은 통계원이 영희를 때려주도록 추겼다는 사실이었다. 반장이 늦게야 돌아온다는 말을 통계원에게서 듣고 길목을 지키면서도 용식이는 채 결심을 못하고 주저했었다. 그런데 영희를 만나 이야기하는 가운데 통계원은 자기를 나쁜 목적에 이용하려고 한다는 것을 깨닫게 되었고 직맹반장의 말대로 하는 것이 자신을 위한 길이라는 것을 깨달았다는 것이었다.

모두 통계원을 찾아 두리번거렸다. 준호는 처음 턱없는 거짓말을 듣는다는 듯이 비웃는 얼굴을 지으려 했다. 그러나 차츰 고개가 숙여졌다. 그는 그 자리를 슬그머니 빠져나오려고 했다. 그러나 노동자들은 그의 길을 막았다.

준호는 내무기관의 신세를 지게 되었다. 그가 전번 직맹반장의 횡령사건에도 관계가 있다는 것이 판명되었다. 낙후한 신입 노동자들 속에서 불평을 조장시켜 그들이 직장에 마음을 붙이지 못하게 해온 것도 실토했다. 전쟁 전에도 어느 국가기관에 근무하다가 횡령사건에 관계하여 교화를 받고 나온 일이 있고 적의 강점 시기에는 적 기관에 복무했던 사실도 드러났다. 준호란 이름도 본명이 아니었다. 지금까지도 적 기관과 연계를 가졌었는지 아닌지는 앞으로 내무기관이 알아낼 것이다.

4석회에서 1일당 목표량을 초과해서 생산하게 된 지 닷새 만에 석탄을 끌어올릴 윈치가 4석회에 도착했다.

석탄을 져나르던 노동자들은 기뻐하기보다도 눈이 둥그레졌고 어리둥절해서 할 바를 몰라 했다. 윈치가 왔으니 노력(勞力)이 많이 여유가 생길 것이고 따라서 석탄을 지던 사람은 대부분 할 일이 없어질 거라고 앞질러 걱정하는 것이었다.

영희는 이를 눈치 채리고 곧 격려했다.

"동무들 걱정 마세요. 윈치가 와서 석탄 나르는 덴 사람이 줄지만 여기 또 할 일이 많이 생겨요."

"예? 그럼…… 우린 또 딴 데로 가게나 되지 않나 해서……."

"이제 나머지 소성로 다섯 개를 복구하기 시작해요. 복구공사에두 많은 손이 필요하지만 복구가 끝난 담에두 사람이 더 필요하지 않아요?"

그제야 모두 안심하는 것이었다. 그사이에 모두 직장에 대한 애착심들이 커져서, 여기를 떠나게 되지나 않을까 해서 걱정하던 그들은 영희의 설명을 듣고 앞으로 복구될 소성로들을 밝은 얼굴로 돌아보았다.

≪건설의 길≫, 1954

궤도

김형교

  선로공들이 탄 밀차는 깎아지른 듯한 청암절벽을 끼고 짧은 굴이 겹겹
이 늘어선 해안선으로 숨어졌다 나타났다 하며 달리고 있다. 폭양이 궤도
위를 쨍쨍 내려쬔다. 푸른 하늘가로 흰 구름이 둥실 둥실 떠가고 있다. 해
적들이 물러간 고요한 바다에는 고기잡이 범선들이 돛에 바람을 가득히
싣고 떠있다.

  남수는 콧노래를 부른다. 그는 줄창 벙실거리고만 있다. '세상이 왜 이
렇게 즐겁고 아름다운가……' 가슴이 부풀어 오르고 무엇인가 흐뭇하게
안겨온다. 세상이 불시로 더 밝아진 것 같다. 몸은 또 어째서 이렇게 홀가
분해지는가. '행복……' 한 마디로 이런 것일 것이다. 남수는 스물둘에 나
는 오늘에 이르기까지 일찍이 가져보지 못한 느낌이었다. 며칠 전 그는 오
랜 숙망이던 당원이 됐고 또 작업반장을 임명 받고 정전 후 누구보다 앞서
서 선로 복구 현장으로 나오게 된 기쁨을 참을 수가 없었다.

  남수는 함포에 맞아 망가진 철뚝 옆의 콩크리트 벽이며 벌집 같이 구멍
이 숭숭 뚫어진 철뚝의 폭탄 구덩이들을 유심히 바라본다. 선로 위의 모든
것에 그의 손길이 닿지 않은 데 없는 것 같고 그리고 그 어느 것에나 그는
영원히 지워지지 않을 그 무슨 이야기들을 담뿍 남긴 것 같았다. 적의 군
함과 비행기들은 패망할 무렵에 더욱 극성스럽게 거산, 라홍간 선로를 목

표로 발악을 쳤다. 남수는 '꽝……' 하고 터지는 함포 소리를 듣는 것 같았다. 빗발치듯 퍼붓는 폭탄 속을 미처 피하지 못하고 흙에 파묻혀 숨이 막힐 지경이던 일들이 아직껏 눈앞에 선했다. '누가 이기나 해보랬지……강도 놈의 새끼를……' 남수는 가슴속에서 이렇게 외우며 갸름한 얼굴을 찌푸리고 주먹을 불끈 쥐었다. 전쟁 기간에는 형편에 따르는 림시 조치로 선로를 지탱해왔지만 전후 복구 건설을 위한 철도의 정기적 운행을 위해서는 선로는 전반적으로 개수돼야만 했다. '그렇다 우리의 일이 여간 급하지 않구나……' 남수의 머리속으로 번개가 지나치는 것 같았다. 그는 눈이 버쩍 띄였다. 감동되기 쉬운 남수의 가슴은 이내 뛰였다. 그는 오늘 자기들이 걸머진 임무가 이처럼 중대하게 여겨지는 일은 없었다.

그런데 자꾸 서먹서먹하기만 하고 한 사람의 선로공으로 일할 때보다 알지 못할 근심걱정이 얼마나 더 들씌워지는지 몰랐다. 남수는 문득 먼 하늘만 우두커니 바라보는 약삭빠른 땅딸보 정일이와 얌전한 모범 녀선로공 순이와 밀차의 뒤에 등을 지고 돌아앉은 말성꾸러기 박두호와 느리광이 도령감의 뒷모양을 한 번 휘둘러보았다. 아무것도 그의 앞을 막을 것은 없었다. 모든 일이 대수롭지 않게 여겨졌다. 밀차는 바다물이 발밑에 와서 치닫는 바다 옆으로 달리고 있었다. 파도가 처와서 바위에 부딪치면 물방울이 밀차 위에까지 날아들었다. 동네 어구에 버드나무가 늘어선 홍진 나루를 바라본다. 쩌른 굴도 하나를 눈 깜빡 사이에 지냈다. 바로 마주 건너다보이는 산마루턱에 빨간 산 개나리꽃들이 뭉쳐서 불타는 듯이 피여 있었다.

중태령 골로 펼쳐진 강은 홍진 나루 어구에 와서 두 줄기로 갈렸다. 큰 줄기는 평퍼짐한 평리쪽들 가운데로 흘렀고 작은 줄기는 좁고 경사진 홍진 뒷 개울로 뻗었다. 개울 바닥은 흰 돌멩이로 깔렸다. 노상 말라가지고 있다가도 산비만 내리면 순식간에 큰물을 지우고 사태를 내리우곤 했다. 개울 바닥에는 폭탄 구덩이가 무수히 널려 있었다. 철교의 비야는 네 토막으로 나누어져 여기저기에 딩굴고 있었다. 파괴된 철교의 웃쪽에 넓이가 이십 메타 가량 되는 목교가 나직히 가설돼 있었다. 목교의 량 끝머리 언 저리의 철뚝도 반 남아 허물어져 있었다.

선로공들은 개울 옆에 삽 곡갱이 철장대 등 공구며 침목 철선 등 보수 자재를 내려놓았다.

남수는 작업할 현장으로 분주히 돌아다녔다. 다리의 아래위로 왔다 갔 다 하다가는 철뚝 허무러진 데로 뛰여가기로 했다. 그는 전루 가방 속에서 수첩과 만년필을 끄집어내 들고서 무엇인가를 적고는 도로 집어넣었다. 가끔 그는 수첩과 만년필을 끄집어내 들고 우두커니 서서 무엇을 생각하 다가 아무것도 적지 않고 도로 집어넣는다. 선배들의 본을 받아 작업을 시 작하기 전에 동무들에게 줄 말을 생각하고 있었다. '동무들……' 하고 말 머리를 뗀 다음…… 남수는 김일성 원수의 교시의 구절들을 생각해보았 으나, 술술 외울 수는 없었다. 그는 수첩과 만년필을 또 끄집어냈다. 그러 나 아무것도 쓸 것이 없었다. 그는 좀 초조해졌다. 그는 가볍게 한숨을 쉬 고 나서 수첩을 펴고 오 일간 작업 공정을 그려놓은 셋째 번 란에다가 동 그라미를 커다랗게 그리고 말았다. 그는 수첩을 펴들고 철뚝 밑에서 쉬고 있는 동무들의 앞으로 갔다. 그리고

"모두 들소…… 공정은 닷샌데 사흘에 다하기로 합시다. 오늘과 래일 은 여기서 목교를 보호할 방축 만들기와 또 저기 저……"

하고 목교의 량 끝머리가 련못처럼 두리벙하게 패운 철뚝을 가리키며

"폭탄 구덩이를 메우고 허무러진 철뚝 옆을 쌓는 축담 작업을 하겠소 …… 동무들도 의견을 말하오. 어떻게 했으면 좋겠는지……"

했다. 남수는 손등으로 얼굴의 땀을 훔쳤다. 한참 있다가 정일이가 일어서서

"반장동무의 의견을 말하시오."

하고 앉는다.

"그럼 내가 말하겠소. 나는 사실상 중요한 것은 다리라고 생각하오. 오늘 은 모두 방축 작업을 합시다. 이것이 끝나면 철뚝의 축담 작업을 합시다."

그러는데 박두호가 서슬이 딩딩해서

"시방 당장에 급한 건 철뚝 작업이라구, 기차가 왕왕 다니는데 선로를 튼튼히 하는 일부터 하잖고 무얼 하겠다는 말이요. 다리가 금시 떠가나…… 십년은 견딜 다리를 가지구…… 대체로 남수 동무는 요령이 부족한 것 같다구……"

했다. 그는 전쟁이 일기 직전에 선로공으로 남수와 같이 잠간 일한 일이 있었다. 전쟁 첫 시기에 폭격에 의해 다리를 조금 다친 것을 빙자해가지고 다친 데가 다 나은 뒤에도 줄곧 어디 가서 숨어 있다가 지난 오월에야 비로소 보선구로 돌아왔다. 그 때 남수는 박두호의 비겁함을 뼈에 사무치게 비판했다. 그 뒤로 박두호는 동무들의 앞에서는 흔연스럽다가도 뒤에 돌아서서는 "애국자는 남수 한 사람 뿐이니까…… 나는 전쟁 기간에 반동질이나 한 줄 아는가……"라고 누가 묻지 않는 발명까지 아울러 뇌이며 남수를 반대해 나섰다. 기실 박두호는 전쟁 초기에 작업 현장에서 놈들의 폭격을 맞아 다리를 부상하였다.

심한 중상이 아닌 그는 입원할 필요도 없고 하여 집에서 치료하고 부상이 낫는 대로 곧 현장에 나오겠노라고 한 마디 남기고 간 채 그는 그 길로 전에 살던 환전골로 들어가 배겼다.

그런데다가 그는 과거에 이곳저곳 떠다니는 자유로동 일을 할 때의 습성이 많이 남아있는 탓인지 줄창 술을 마시고 또 술이라면 오금을 못 쓰는 버릇이 있었다.

남수는 박두호를 한참이나 쳐다보았다.

"괜히 나먹은 사람의 의견도 들을 줄 알아야 하오."

남수는 쓰거운 듯이 군입맛을 한번 다시고 나서 도령감을 향해

"아바이는 어떻게 생각하오."

했다. 도령감은 무색해 앉았다가 좀 당황한 표정을 띠우고

"내, 생각에도 오늘은 다리 방축작업보다 철뚝 축담 작업을 했으면 좋을 것 같구만…… 철뚝 무너진 데로 기차가 지내가는 것이 아슬아슬해서

못 견디겠소."

했다. 남수는 뜻밖이였다. 도령감까지 반대하는 바람에 저도 모르게 배알이 비틀렸다.

"홍수가 질건 생각지 않소……."

박두호가 입술을 비죽거리며

"글세 반장의 말을 어느 명령이라고 거역하겠소, 아바에……"

도령감은 무안한 듯이

"반장 동무의 말을 반대하는 게 아니라 철뚝의 방축 작업이야 얼마 걸리지 않을 거니까 하는 말이지."

하고 발뺌을 했다. 박두호가

"…… 철딱서니가 없다니까……"

하는데 난수가 어성을 높여

"동무…… 동무…… 일을 할 작정이요 안할 작정이요. 싫으면 그만두오. 어디 갔다 이제 와가지고…… 무슨 잔소리요……"

성급한 남수는 더 참을 수가 없었다. 그의 가슴속으로 치밀어 오르는 불기둥 같은 격분을 그로서는 억누를 수 없었다. 박두호도 지지 않고

"장이 크긴 크다…… 싫거던 그만 두라구. 그래 사람을 어떻게 보고 하는 말이야. 그 따위 말버르쟁이가 어디 있나. 선배도 모르나. 응……"

하며 도리여 뒤집어 걸고 남수한테 대들었다. 남수도 벌떡 뛰였다.

"동무…… 동무 문제는 조직적으로 취급하겠소…… 조직적으로……"

도령감이 두 사이에 나섰다.

"왜들 이러오, 미운 것은 원쑤놈들이겠지 동기끼리 눈을 부라리고, 뭐란 말이요."

남수는 성난 얼굴로 박두호를 한참 바라보다가 한켠 구석에 가서 덤덤히 앉았다. 박두호는 죽을 둥 살 둥 모르고 덤벼친다.

"그래 좋은 의견을 말하는 것이 잘못이야, 돼먹지 않게서 저 따위 햇내기가 다 관료주의를 부리니 일이 될거 뭐야."

이번에는 정일이야 얼굴이 빨개서

"박동무기 돼먹지 않았소. 일을 망쳐먹으려고만 드는 일이 웬 일이요."

하고 박두호에게 대들었다. 도령감은

"정일이도 그만두어 참소. 자…… 일이 늦어지겠소."

하며 정일이의 입까지 막으려 들었다. 순이도

"박동무 동무가 무원칙하게 반장의 말을 반대하니 말성이지요."

하고 박두호를 꾸짖었다.

"하…… 순이도 그만두라니까……"

도령감이 굳이 말리는 바람에 모두 더는 말을 하지 않았다.

남수는 공연히 흥분해 가지고 신경질을 부린 까닭에 드디여 혼란을 일으킨 것을 뼈저리게 뉘우쳤다. 남수는 과격한데다가 고집이 셌다. 거게다가 일에 대한 유다른 의욕이 덮쳐서 그만 지나치게 서두는 때가 종종 있었다. 동무들은 그때마다 충고와 비판을 주었다. 남수는 두호가 저따위 햇내기까지 관료를 부리니 일이 잘 되겠나 하든 말이 판박은 듯이 머리속에 남아 있었다. 그는 동무들의 따뜻한 충고를 아직껏 시정하지 못하고 있는 자신이 무한히 부끄러웠다. 그는 처음으로 쑤시는 듯한 아픔을 맛보았다. 남을 지도하는 일이 이렇게도 어려운가 싶었다.

선로공들은 목교를 보강하는 방축 작업부터 시작했다. 그들의 땀에 젖은 구리 빛 잔등이 해볕에 번들거렸다. 박두호도 하려고만 들면 혀 빠지는 줄 모르는 로동자의 근면한 기질은 가지고 있었다. 박두호에게 우악스럽고 비겁한 부정적인 면이 있음에도 동무들이 오히려 버리지 않는 것은 그 소박한 기질을 사랑하기 때문이기도 했다. 리정일이와 박두호는 곡괭이로 교량의 밑도리를 파고 있었다. 남수는 구덩이에다가 침목을 나란히 세우고 밑도리를 파묻고는 철선으로 교각에 가져다가 비끌어 맸다. 도령감과 순이는 "영치기 영치기…… 놓고!" 하며 목도로 돌멩이를 날라다가 새로 세운 침목과 교각 사이에 처넣었다.

분홍치마에 흰 무명 적삼을 입은 후리후리한 젊은 새악씨가 작은 보따

리 하나를 머리에 이고 철뚝 옆길로 지나갔다. 정일은 일손을 놓고 멍청해 바라보다가 남수가

"정일 동무 일은 빨리 자리를 낼 작정 않고 뭐해."

하고 고아치는 바람에 놀래 곡괭이를 쳐들며

"신고산이 으르룽 기차 가는 소리…… 구고산 큰 애기가 반보따리만 싼다네……" 하고 간드러지게 한 곡조 넘겼다.

오후 세시쯤 돼서 여기를 지내는 평양행 여객 열차가 고동을 울리며 그름 속에서 솟아나오듯 연기에 찬 굴로 나와서 뿌직뿌직하는 목교 위로 가만가만 지내갔다.

"벌써 이런 시간이 됐나."

남수는 혼자 소리로 웅얼대며 도령감을 보고

"아바에 우리도 점심을 먹읍시다."

했다. 모두 일손을 멈췄다. 일은 예상외로 진척이 빨랐다. 남수는 공구와 자재 모아놓은 것과 일 뒷자리를 한 번 휘돌아보고 나서 수첩과 만년필을 끄집어내가지고 작업 공정 셋째 번 란에다가 一六〇푸로라고 조그맣게 적었다. 그는 반가웠다. 오래 가슴 속을 지질이 어둡히든 울적함도 썻은 듯이 가셨다. 그는 기쁨을 참지 못하는 듯 벙실거리며 전루 가방과 점심 그릇을 들고 동무들의 뒤를 따랐다. 일행은 한 백 메타 떨어져 있는 바위가 많은 바닷가로 갔다. 갈매기들이 뭍에 가까운 뾰족한 바위섬을 둘러싸고 까욱까욱 울며 날아다녔다.

"반장 동무 함경선에는 언제나 복선을 놓게 될까요."

정일이가 밥을 씹다가 문득 묻는다. 남수도 여기 대해서 생각해본 일이 없었으나 선뜻

"거창한 평화 건설을 하자면 단선으로서는 충분치 못할 것이요…… 철교랑 선로랑 철도 공장이랑 정거장이랑 다 복구한 다음에는 복선 공사 차례라고 생각해도 무방할 것이오."

이렇게 대답할 수가 있었다. 어디서 이런 지식이 쏟아져 나오는지 저도

모른다. 다만 반장이 된 뒤로는 이전의 자기와는 어디라 없이 달라진 것 같을 뿐이다.

"정부에서는 벌써 계획하고 있겠지."

"그것만은 틀림없을 거요, 다만 실천이 문제지."

"복선 공사만 시작되면 많은 간부가 필요 하겠지요 반장 동무."

"정일 동무도 어서 철도 기사가 돼야지."

남수는 아주 어른답게 말하며 시무룩히 웃었다. 정일은 빈농가의 출신으로 해방 전에는 학교 문 앞에도 가보지 못하다가 해방 후 그의 나이 열다섯에 비로소 한글부터 배우기 시작해서 성인 중학교까지 마쳤다. 전쟁이 시작되던 때에 철도에 들어와서 선로공이 됐다. 그는 철도 기사가 될 꿈을 꾸기 시작했다. 마침 정전이 됐다. 그 때부터 그는 철도 전문학교에 보내 달라고 구장 동무를 졸랐다.

"하기야 복선 공사는 쉬운 일이 아니야."

하고 도령감이 불쑥 말참견을 했다.

"그러나 왜정 때와 지금하고 한가지로 치겠소다. 아바이는 사상부터 틀렸소다."

정일은 패기가 없는 도령감을 몰강스럽게 껴여주었다. 도령감도 성을 내며

"나라나 사람을 가지고 누가 말하나 남의 말은 채 알지도 못해가지고…… 누가 하던지 복선 공사는 어려운 일이야."

했다. 남수도 말하고 싶었다. 속에 있는 것을 깡그리 털어놓아도 시원치 않을 것 같았다. 될 수 있는 대로 많은 것을 생각해내 가지고 훌륭하게 말하고 싶었다. 이것도 그가 반장이 된 후부터 새로 생긴 버릇이다.

"복선 공사는 결코 용이하지 않소 그러나 우리에게 국가의 계획을 내주고 실천하라면 우리는 틀림없이 해놓고야 말 것이오, 왜놈들이 우리 강토를 침략하고 대륙을 침범할 목적으로 서둘러 한 복선 공사와 오늘 우리가 자기 조국의 자유와 독립을 수호하는 조국 해방 전쟁에서 외적들을 무찌

르고 승리한 우리가 민주 기지를 강화하기 위해서 하는 일과는 근본적으로 다른 것이오……"

남수는 서슴치 않고 이렇게 말할 수 있었다. 정일은 남수의 말에 덧붙여서

"미국놈을 보지, 하루에 수천 톤씩 가져다 퍼부어대도 기차는 한번이나 멎었나…… 아바이 머리를 고치오다."

했다. 도령감은 무안한 듯 얼굴이 그만 홍당무가 됐다.

점심 휴식 후 일터로 돌아오는 길가에서 박두호는 피난민 윤가를 만났다. 해말쑥하게 생긴 윤가는 베적삼에 무명 고의를 받혀입고 검은 로동화를 신었다. 그는 무엇에 쫓기우는 사람 모양으로 허둥지둥 뛰여오는 도중이였다. 그는 일행과 마주치자 벗어들었든 농립모를 마치 얼굴이나 감추듯 눌러 쓴다. 그리고 박두호의 옆으로 다가왔다.

"박선생 오래간만이오."

"전번에는 많은 폐단을 끼쳤소다."

며칠 전에 박두호는 선로 순회를 나왔다가 점심집에서 윤가를 우연히 친해서 술잔간이나 록록히 얻어 마신 일이 있었다.

그날 박두호는 몇 잔술을 얼근히 마시고 한참 기분이 오르게 취한 기세로 보선 공사가 어쩌느니, 철다리가 어쩌느니 하고 되는대로 술집 안주인과 주정을 하고 있었다.

"노인장 철도에서 일하구 계시는가부지요, 수고합니다, 나도 전엔 보선일을 한 일이 있었지요."

윤가와 박두호는 곤드레만드레 취하였다.

"또 술 생각이 나면 한 번 마십시다. 술이란 좋은 거요 단번에 타인이 지기가 되니깐."

그렇지 않아도 그는 윤가를 만났으면 오늘 같이 기분상하는 때에 술이나 기껏 먹어 주리라고 은근히 기대를 가지고 있었다. 윤가는 그 자신의 말에 의하면 원래 보선공이였는데 그것은 벌써 오래전 일이고 원산서 미곡상을 했었는데 폭격에 온 식구들 몽땅 잃고는 혼잣몸이 돼 있다가 먼 친

척을 찾아 이 고장으로 왔으나 그들 역시 어디론가 이주하고 없어 아무데
나 이렇게 피난하고 있다는 것이다. 윤가는 더는 이러고 있을 수 없는 듯이
　"오늘은 내가 분주해서…… 또 만납시다."
하고는 뒤도 돌아보지 않고 마을 쪽으로 뛰여간다. 박두호는 닭 쫓든 개
지붕 처다보기로 윤가의 뒷모양을 멀거니 바라보다가
　"재수 없는 날일세."
하고는 군입맛만 쩍쩍 다셨다.

　일행은 홍진 나루 석갑준의 집에서 하루밤을 머무르게 됐다. 주인 석갑
준은 바다에서 돌아오지 않았고 아낙네와 딸 귀둥녀는 앞마당에 그물을
펼쳐 놓고 뙤진 그물코를 꿰메고 있었다. 일행이 뜰악으로 들어서자 귀둥
녀네 모녀는 일어서서 반가이 맞아들였다.
　"아주머니 또 페단을 끼치겠습니다."
하고 남수가 먼저 인사를 건니였다.
　"어서 오시우다, 페단은 무슨 페단이겠소다, 변변치 못해서 늘 걱정인
데오다."
　귀둥녀 어머니도 웃는 얼굴로 말했다.
　넓직한 아래 웃방이 깨끗이 치여 있다. 동무들은 공구를 마루 위에 내려
놓고 몸 씻으려 바닷가로 나갔다.
　포구는 저물기 시작했다. 오래 가문 날씨가 돼서 서쪽 하늘가는 어느 때
까지나 말갛고 흰했으나 중태령 봉우리에 저녁노을이 절을 무렵에는 바다
는 어둑어둑해졌고 갈매기들은 도래굽이로 찾아들어 분주히 지껄이며 떠
돌았다. 아침에 포구를 떠난 어선들이 하나 둘 돌아온다. 아낙네들 늙은이
들 어린것들이 아우성치며 배 옆으로 모여 간다. 동해 바다에서는 한창 고
등어가 잡히는 계절이였다. 푸른 바탕에 검은 점이 얼룩덜룩한 고등어가
은빛 배때기를 회뜩회뜩 보이며 배겉장에서 푸들푸들 뛰였다.
　정일이가 뱃머리로 뛰여왔다. 그는 배겉장에 있는 귀둥녀 아버지를 보고

"주인님 수고하시오다."

했다. 귀동녀 아버지도 마주 건너다보고

"참 왔다는 말은 들었소다. 수고들 하시오다."

하며 반가워했다. 귀동녀 어머니와 귀동녀는 함지와 대야로 고등어를 나르고 있었다. 정일은 귀동녀 아버지가 들고 선 함지 앞에 손을 내밀고

"자 이리로 내 주오다."

했다.

"고만두오다, 바쁜 일이 없소다."

정일은 귀동녀 아버지가 이렇게 사양하는 말도 듣지 않고 고등어 함지를 받아주거니 날라주거니 했다. 그는 귀동녀와 자주 마주쳤다. 그 때마다 실떡실떡 건드려놓고는 귀뿌리까지 빨개지는 귀동녀를 정신없이 쳐다보다가 돌부리를 차는 줄도 몰랐다.

동무들이 멍석을 깐 토마루 위에서 딩굴고 있는 동안에 순이는 부엌으로 들락거리며 귀동녀 어머니의 식사 짓는 것을 도와주고 있었다.

저녁 밥상에는 귀동녀네 모녀가 성심으로 만든 반찬으로 가득 찼다. 산 고등어로 회를 쳐서 큰 접시에 흠뻑 담아놓았다. 질그릇에는 고등어를 통 채로 끓여 놓았다. 공치는 소금을 쳐서 구웠다.

아까부터 박두호가 보이지 않았다. 동무들은 밥상을 벌려놓고도 한참 기다렸으나 그는 나타나지 않았다. 순이는 바닷가로 정일은 동네로 한 바퀴 돌아보았으나 아무데서도 그의 그림자를 찾아내지 못했다.

"식기 전에 어서 드시오다 뒤에 손님은 따로 차리면 되지 않겠소다."

하는 주인의 권고에 못 이겨 모두 식사를 시작했다

식사를 끝내고도 박두호가 돌아오기를 퍽이나 기다렸으나 종시 나타나지 않음으로 하는 수 없이 넷만 멍석 위에 모여 앉아 오늘 작업을 간단히 총화하게 됐다.

모기불이 피여 오르며 흥클한 쑥내를 풍긴다. 날이 궂치려는지 갑자기 하늘이 컹컹해지며 몹시 무더워졌다. 뒷들에서 개구리들이 극성스럽게 운

다. 남수는 어두워 보이지는 않으나 전루 가방 속에서 수첩과 만년필을 쓰집어 내서 펼쳐 들었다. 남수는 입을 열었다.

"동무들이 수령의 교시를 높이 받들고 열성적으로 일했기 때문에 오늘 작업은 오전 중에 一六〇푸로 오후 八〇푸로 二四〇푸로나 초과 달성이오. 그러고 보니 닷새의 작업 일수를 사흘에 필할 자신이 보이오. 래일은 오전 중으로 방축 작업을 끝내고 오후에는 철뚝 허무터진 축담 작업을 합시다…… 그런데 박두호 동무가 어디로 갔는지 모르겠소 동무들……"

"어디 멀리 갈 데 있소다? 가도 여기 동네에 있겠지오다, 술이라면 오금을 못 쓰는 사람이니까 어디가 정신없이 나자빠지고 있는 게지……"

도령감이 이렇게 말했다. 정일이가 격분한 어조로

"박두호 동무는 더 말할 수가 없는 자유주의자며 탁후 분자요 술만 마시고…… 앞으로 작업에 얼마나 지장을 줄지 모르겠소 나는 무슨 대책이 있어야 하겠다고 생각하오 조직적으로……"

했다. 말 가운데서 특히 조직적으로……란 말은 남수가 잘 쓰는 말이였다. 그도 어느새 배웠다. 도령감이

"일은 시원시원이 잘 하는 사람인데 누가 바로 인도해만 주면 좋은 사람이 될 수 있을 거요."

했다. 남수가 덤덤히 앉아 있다가

"모두…… 모두 나의 잘못이요. 나를 비판해 주오 동무들이 나를……
사랑한다면……"

하는 목소리는 떨렸다.

좌석이 흩어진 다음에도 남수는 안절부절 하며 박두호만 기다렸다. 또 새로운 걱정이 생겼다. 도령감은 주인을 상대로 장기를 두었고 정일은 등 잔불 앞에서 열심히 책을 들여다보는데 순이는 귀동녀네 안식구들하고 세상 돌아가는 형편 이야기들을 도란도란 펼쳤다. 열아흐레 달이 떠올랐다. 날은 흐렸어도 사방은 훤해졌다. 남수는 울적해 불견디어 앉아 있을 수가 없었다. 그는 밖으로 나갔다.

나루터에는 해초 썩은 냄새와 고기 비린 냄새가 자욱히 잠겨 어촌의 독특한 향취가 느껴졌다. 남수는 모래불로 걸어 나갔다. 시원한 바닷바람이 품안에 가득히 안겨왔다. 바다는 고요했다. 구름이 째여지는 틈으로 으스름 달이 나타났다가 다시 구름 속으로 숨어졌다, 구름은 센 물결처럼 움직이였다.

잔잔한 파도가 밀려와서 사르르 사르르…… 소리를 내며 물가의 돌자갈을 씻어 내린다. 무한한 그리고 신비로운 이야기처럼 바다는 이 일을 번복했다. 남수는 흰 모래 위에 배를 붙이고 엎디렸다. 모래밭에서는 낮의 따뜻한 볕 기운이 느껴졌다. 남수는 알지 못할 불안이 안겨왔다. 박두호가 왜 나를 비방하는가…… 정말 그는 내가 관료 부리는데 못 이겨 결국 국가사업까지 내치고 말지 않을가…… 남수는 나서 처음으로 이런 세심한 생각까지 해보게 됐다. 그는 일에 자신을 잃은 것만 같았다. 그는 가볍게 한숨을 내쉬였다. 누가 저 컨에서 바삭바삭 발자국 소리를 내며 걸어가고 있었다. 남수는 한참 바라보다가 일어나며

"순이 동무요." 하고 불렀다. 순이도 뜻밖인 듯 깜짝 놀래 발을 멈췄다.

"반장 동무시오. 깜짝 놀랬네……"

"소풍하려 나왔소?"

"잠도 오지 않구 해서……"

"두호 동무가 왔소."

"아니…… 주인집에서 그 동무 때문에 밥상을 벌려 놓고 쉬지도 못하지 않소."

둘은 눈앞이 끝없이 열린 흰 모래 사장으로 동쪽을 향해 거닐기 시작했다. 달이 구름 속으로 비스듬히 나타나 세상을 비치면 사장에 지여진 두 사람의 그림자도 딴 존재처럼 우줄우줄 따라온다. 문득 남수가

"순이 동무 나는 아무래도 래일 아침 일찍 보선구를 다녀와야 할 것 같소."

하며 한숨을 지였다. 순이는 호기심에 찬 눈으로 어스름 달 그림자에 그늘

이 져서 더욱 근엄해 보이는 남수의 얼굴을 들여다보면서

"무슨 급한 일이 생겼나요 박두호 동무 때문에……"

하고 부드럽게 말 뒤꼬리를 높였다.

"글세 순이 동무 생각해 보우. 나는 아직 남의 지도를 많이 받아야할 사람이요 내가 당초에 구장보고 얼마나 거절했기 그러오. 거저 선로공으로 일하는 것이 옳은 것 같소. 결국 박두호 동무를 끌고 가지 못하는 건 모두 나의 실력 부족 때문인 줄로 생각하오."

"그럴 리 없어요…… 그런 생각은 옳지 못해요. 반장 동무 왜 그렇게 자신 없는 말을 해요."

순이는 울상 싶은 얼굴이 돼서 말했다.

"자신 없는 말이라고요? 순이 동무……"

하며 남수는 발을 멈췄다. 그는 순이의 말이 채 이해되지 않아 의아스러운 표정으로 순이를 빤히 쳐다보았다.

"반장동무…… 반장 동무는 자기를 너무 낮추어요…… 필요가 없어요."

순이는 말을 박아지게 똑똑히 외였다. 그리고 그의 얼굴에는 어디까지나 랭철한 표정이 떠 있었다. 남수는 더는 응대하지 않았다. 둘은 말없이 다시 걷기 시작했다. 하늘이 불시로 컴컴해졌다. 갈매기들이 까옥까옥 울며 도래굽이로 분주히 떠돌아다니기 시작했다. 바람이 일었다. 날이 궂치기 시작했다.

"순이 동무 나는 동무가 나를 가장 옳게 비판해 주고 나를 진심으로 도와줄 사람으로 믿고 있소…… 순이 동무 내가 동무한테 한 마디만 물어볼 말이 있소."

남수는 이렇게 말하고는 입을 그만 봉한다. 바다가 차츰 거칠어지기 시작했다. 먼 하늘이 시꺼매져 왔다.

"어기여차 당겨

어기여차 당기세……

신랑 각씨두 다 자고

　　닭 개 짐승도 다 자는데

　　일진 광풍이 일었네

　　어기여차 당겨

　　어기여차 당기세……"

　어부들이 사장으로 배를 끌어올린다.

　순이는 공연히 가슴이 두근거렸다. 그는 남수의 말이 몹시 기다려졌다. 남수가 이렇게 입을 다물고 있는 동안이 마치 몇 시간이 되는 것처럼 오래게 여겨졌다.

　"순이 동무, 동무는 내 사업 작풍을 어떻게 생각하오. 숨김없이 말해주오."

　"반장 동무, 동무가 시방 묻는 말은 잘 알아듣겠소. 동무도 기억하겠지만 초급당 위원장이 지난번 조국해방 전쟁 기간의 사업 총화 보고에서 지적한 말씀을…… 최남수 동무는 선로 복구를 위해서 목숨을 아끼지 않는 동무요. 더욱이 시한탄을 다섯 개나 제거한 용감성을 높이 평가한다…… 동무들은 혹시 반장 동무의 가끔 있는 신경질을 나쁘게 말하지만 그건 일에 대한 열성의 표현으로 자연히 그렇게 될 수도 있겠지요. 나는 반장 동무를 믿어요 힘을 내세요. 전체 보선구에서 반장 동무에게 대한 기대가 여간 크지 않아요 반장동무……"

　"순이 동무 좋게 꾸며 말하지 마오. 나에게는 허물이 많소. 신경질…… 그것이 곧 전후 복구 건설을 좀 먹는 해충 같은 관료주의가 아니였든가요. 나는 오늘 똑똑히 알았소. 나는 동무들을 보기 부끄럽소."

　"반장 동무 단순히 생각지 마세요. 만약 동무 생각에 그것이 그렇게 뉘우쳐 진다면 한시바삐 시정하면 되지 않겠어요. 힘을 내세요…… 그래서는 안돼요."

　한참 있다가 남수는 몹시 감동된 듯이 몸을 크게 움직여 돌아서서

　"순이 동무…… 고맙소 …… 순이 동무 ……"

하고 외치며 순이의 손을 힘 있게 잡는다. 순이도 남수의 손을 마주 꽉 잡았다. 바람이 기승을 부리며 일었다. 모래가 흰 구름처럼 날렸다. 파도가 귀를 세우고 거세게 밀려와서 도래 옆을 휩쓸기 시작했다.

남수와 순이가 숙소로 돌아왔을 때에 빗방울이 뚝뚝 떨어졌다. 남수는 방으로 들어가고 순이는 정짓간으로 들어갔다. 귀동녀의 어머니는 돌아오는 순이를 보고 박두호가 아직껏 저녁상을 받지 않음을 몹시 걱정했다.

남수는 잠자리에 드러누웠으나 잠이 오지 않았다. 그는 어두운 천정의 어느 한군데를 응시하고 있었다. 자기를 원망하는 것도 같고, 자기를 비웃는 것도 같은 박두호의 어두운 얼굴이 다시 가슴을 괴로웁게 내려 눌렀다.

드디어 비가 억수로 쏟아졌다. 바람이 태를 치며 불면 버드나무 가지가 우지끈 우지끈 하고 부러져 달아났다. 비는 이내 억수로 퍼붓기 시작했다. 바위 같은 파도가 동네 앞 나루턱에까지 밀려들어 꽝꽝 부딪쳤다. 비는 한참 억수로 퍼붓다가 가끔 멎곤 했다. 그러다가 다시 억수가 됐다. 뒷 개울로 흘러내리는 도량물 소리가 요란했다.

남수는 잠자리를 떨치고 일어났다. '좀 더 빨리 서둘렀으면……' 하며 다리 작업을 마저 필하지 못한 것을 무한히 걱정했다. '이 비 내리는데 박두호 동무는 대체 어디 가서 무얼 하는 세음인가……' 남수에게는 이 일도 빗바람만 못하지 않게 걱정됐다. 그는 아무래도 앉아 붙견디기 어려웠는지 옷을 주섬주섬 집어 입고 일어섰다. 이제까지 자는 줄로만 알았든 정일이가

"반장 동무 어디를 가실라우."

하며 부수수 떨고 일어난다.

"작업 현장이 어떻게 됐는지 가 보구 오겠소."

"비가 좀 멎은 담에 함께 갑시다."

"동무는 자오. 비를 맞으며 둘씩 뭘 하러 가겠소. 내가 보구 오지."

남수는 삽을 들고 비속으로 뛰여갔다. 정일이도 삽을 둘러메고 부덕부

덕 그의 뒤를 따라섰다.

누런 흙물이 소리를 치며 경사진 좁은 골짜기로 흘러내렸다. 파도가 올리 밀려 개울의 물은 빠지지 못하고 소용돌이를 치며 웅덩이에 충충 괴기만 했다. 허물어진 철뚝 옆의 흙이 부실부실 떨어진다. 비는 조금도 멎지 않는다. 이러다가는 얼마 가지 않아서 선로며 다리가 물속에 잠기고 말것만 같았다. 물이 철뚝을 끊고 다리를 흘러버리지 않으리라고 누가 믿을 수 있겠는가…… 남수는 금시 드높은 물결이 밀려들어 림시로 가설해 놓은 나무다리며 그 언저리를 단꺼번에 휩쓸어 버릴 것만 같아 몸서리가 치였다. 그는 겁이 덜컥 났다.

"큰일 났다…… 물이 이쪽으로 쓸리지 않게 큰 물 쪽으로 빼돌려야겠다……"

남수는 이렇게 외치며 개울 웃쪽 물갈래 어구로 뛰여갔다.

남수와 정일은 개울 바닥을 파 올리기도 하고 언저리의 둔덕을 허물어 뚝을 쌓아 강물을 큰 물줄기 쪽으로 몰아버리려 했다. 그러나 쓸어내리는 물은 디 던지는 흙을 흘러버리고 돌멩이는 삼켜버린다. 두 사람의 손으로는 도저히 막아낼 수 없었다.

"정일 동무 안 되겠소. 어서 동무들을 다리고 오오."

정일은 대꾸도 할 사이가 없었다. 그는 담숨에 뛰여 숙소로 왔다.

"큰일 났소. 물이 났소. 다리가 위태하오……"

"다리가?"

도령감이 잠고대처럼 소리를 지르며 벌떡 일어났다.

"리 동무 어떻게 됐어요."

정지간에서 자든 순이도 놀래 깨여 방으로 뛰여 들어갔다. 귀동녀의 아버지도 따라 들어오며

"이놈의 데는 비만 오면 이내 물을 지운다 오다…… 동네에 알려야겠군……"

하고 밖으로 나갈 차비를 한다. 정일이가

"그런데 박두호 동무는 상금도 돌아오지 않구 뭘 하는 셈인가…… 윤 간지 하는 작자가 있는 곳이라도 알았으면 찾아보지 않겠나…… 빌어먹 을……"

하고 골을 내며 두덜대는데 귀동녀의 아버지가 발을 멈추고

"윤가라는 건 요새 와서 돌아다니는 피난민 윤가인 게로군…… 철길 건너 산 밑에 토굴집이 셋이 있는데 그 맨 앞집이 과부댁이 사는 집입넨 다. 그리로 찾아가 보오다 거게 거처하는가 봅데다."

했다.

도령감과 순이는 작업 현장으로 가고 귀동녀의 아버지는 횃불을 켜 들 고 동네로 나가고 정일은 고시라니 철길 넘어 산 밑에 있는 과부네 토굴 집으로 찾아갔다. 어구에서부터 놈팽이들이 술이 취해서 떠들어대는 소리 가 들려왔다. '여기 있구나……' 정일은 주인도 찾을 겨를 없이 문을 와락 열고 봉황으로 후닥닥 뛰여들었다. 어슴푸레한 등잔불 밑에다 술상을 벌 려놓고 박두호는 윤가와 마주 앉았다. 과부는 아랫목에서 잠을 자고 있었 다. 정일은 입이 쓰거워 얼른 말이 나가지 않았다.

"박동무 상구도 여기서 술을 먹고 있소다. 물이 나서 모두 야단을 치는 데……"

박두호는 술이 잔뜩 취해 곤죽이 돼가지고 혀가 꼬부라든 소리로

"비가 왔으니 물이 났지 약석바른 사람아, 큰일 날것 뭐 있나, 어서 와서 한 잔 들잔 말이야…… 젊어 청춘에 놀지 않으면 늙어서 한이 많다네……"

하고 떠버린다. 정일은 안타까워 발을 구르며

"박동무 이러구 있을 때가 아니라니까…… 어서 현장으로 가자요."

하며 두호의 팔을 잡아끄는데 윤가가

"불청객이 무단 뛰여든 일은 그만두고라도 그래 八시간 로동이라면서 밤에도 강제로 일을 시키나……"

하고 깔깔댔다. 정일은 하도 말 같지 않아서 여러 말을 않고

"당신은 어딧 사람이요. 조선 사람이 아니고 미국놈이요."

하고 눈을 부라리며 쏘아 갈겼다. 윤가는 술도 그다지 취하지 않았다. 그는 무어라고 입안에서 중얼중얼 씨버리다 말며 흉악한 눈추리로 정일을 노려만 보았다. 어디서 우르르……하는 사태 무너지는 소리가 들려왔다. 정일은 윤가 따위를 상대할 여유가 없었다. 그는 참다못해 어성을 높였다.

"다리가 위태하오다…… 철뚝이 끊어질 것 같소다…… 박동무……"

박두호는 이 바람에 가까스로 정신을 차렸다. 그는 흐리터분한 눈딱지를 떠서 정일을 한 번 훑어 보고나서 아무 소리 없이 비틀 거리며 일어섰다.

"어서 정신을 차리오다 박동무."

정일은 일어서는 박두호를 보고 마음을 놓고 먼저 작업 현장으로 뛰여 갔다.

윤가가 게걸음치는 박두호의 팔을 잡아끌어 주저앉힌다.

"정전이 됐다구 안심 말라구 원자탄이 쾅……하는 때에는 천지가 잿더미야, 수백 수천 년을 가도 풀 한포기 안 돋는 황무지가 되고 만단 말이야 정신 차려……"

"야…… 야…… 그놈의 비행기 꼬락시만 안 봐두 살이 진다…… 무시무시한 소리 마라."

그러지 않아도 우악스런 박두호인데 술기운까지 빌고 보니 안하에 무인이다. 그는 부덕부덕 캥겨드는 윤가의 손을 몰강스럽게 뿌리쳤다.

어지러운 발자국 소리가 퉁탕 퉁탕하고 지동을 울린다. 뒷집 아낙네들이 찢는 듯한 소리로

"앞집형님에 사태가 자꾸 무너지는데 자고 있소다."

하고 아우성을 치며 지나간다. 과부가 그만 찔린 듯이 놀래 벌떡 일어났다. 그는 눈이 동글해서

"이거 어쩌겠소다 사람 살리오다."

하고 호들갑스럽게 덤벼 치며 보따리 한두 개를 걸어 안고 밖으로 뛰여 나간다.

"북벌로 조선을 통일한다구 한 번 선언했으면 그만이지 달리 생각할거

없어, 원자탄 앞에 무에 있나, 정신 차려……"

윤가는 엷은 입술을 뱀의 혀처럼 날름거리며 박두호의 귀에 대고 연송 속닥인다.

"원자탄이 네 작은 에미야! 어서 술이나 먹어 철뚝이 무슨…… 네 하래 비냐 술이 얼마든지 있구 계집두 얼마든지 골라잡을 수가 있지. 내 말만 잘 들으면 살길이 나진다니까 좋은 수가 있지."

"술…… 술 먹을 데라면야…… 빌어먹을…… 젠장……"

곤드레만드레 돼가지고 옥신각신 하는데 문을 와락 열어제끼고 남수가 들어왔다.

"박동무 사태가 자꾸 무너지는데 저녁도 안 먹고 뭐하오, 어서 일어서 오."

그는 막 달려온 듯 숨이 차서 헐떡헐떡 하면서도 냉큼 박두호의 겨드랑에 팔을 둘러 거들어 일으켰다. 남수는 박두호가 정일의 뒤를 이내 따라 올 줄만 알았는데 얼른 나타나지 않아 조바심하다가 뛰어 온 것이다. 가까운 데서 우르르 하고 사태 무너지는 요란한 소리가 나드니 토굴을 그냥 떠갈 듯이 뒤흔들어 놓는다. 윤가가 놀래 후닥닥 뛰여나갔다. 남수도 비청거리는 박두호를 껴안고 밖으로 나왔다. 비는 여전히 억수로 퍼부었다. 박두호는 몸을 비틀며

"웨 이래 놓라구."

하고 껴안은 남수의 가슴을 떠밀었다. 그래도 남수는 아무 소리 없이 박두호를 꽉 붙잡고 끌고 갔다. 그는 속으로 이 동무가 왜 말썽만 부리나 번번히 이렇다면 누가 해먹겠나 하여튼 조직적으로 한 번 단단히 까주어야겠다, 조직적으로……하고 생각 하면서 반장 책임이 어지간히 어려운 것이 아닌 것을 새삼스럽게 느꼈다. 그런데 어쩐 일인지 남수는 박두호가 아무리 반항해도 이전처럼 성을 내거나 어성을 높일 수는 없었다. 남수가 박두호를 껴안고 골짜기의 오솔길을 더듬어 십여 메타 지나 흙이 떨어져 나간 벼랑 밑에 이르렀을 때다. 하늘이 무너질 듯한 요란한 소리가 울렸다. 뒷

골짜기로부터 세찬 바람이 쓸어 내렸다. 남수는 무의식중에 껴안았든 박두호를 놓았다.

　"박동무 뛰오 빨리 빨리."

하고 고함을 치며 그는 앞서 뛰었다. 그러다가 박두호가 걱정돼 뒤를 돌아보았다. 술이 취한 박두호가 걱정돼 뒤를 돌아보았다. 술이 취한 박두호는 정신을 차리지 못하는 것 같았다. 그는 남수를 따라 오지 못했다. 남수는 사태가 무너져 내리는 앞에다가 자기의 작업반원을 남겨 두고 혼자만 달아날 수는 없었다. 남수는 덤벼치며 뒤로 돌아서서 비청거리는 박두호의 팔을 끌어당겨 더욱 꽉 껴안았다. 사태가 밀려 내렸다. 무엇인가 무거운 것이 왈카 안겨오며 몸을 저지르는 것을 감각했다. 남수는 그만 쓰러졌다ㅡ 햇불이 철뚝 위에 흩어져있다. 햇불 그림자가 물 위에서 흔들거렸다. 사람들의 아우성을 치는 소리가 들렸다. ㅡ그는 이런 환경을 어슴푸레 의식할 수가 있었다. 그 다음은 눈앞이 어지러워지며 공중으로 둥둥 떠나가는 것 같은 기분이 됐을 뿐이었다. 얼마나 시간이 흘렀는지 모른다. 남수는 전신이 축축함을 느꼈다. 그는 좁은 골짜기로부터 졸졸 흘러내리는 개울물 속에 잠겨 있었다. 그는 정신을 버쩍 가다듬었다. 그리고 무엇보다도 자기의 작업반원이 보이지 않음을 비로소 깨닫고 놀래

　"박동무 박두호."

하고 소리를 질렀다. 그러나 비바람 소리와 개울물 흐르는 소리밖에 아무 소리도 없었다. 남수는 일어나려다가 그만 주저앉고 만다. 어디 다친 데는 없는 것 같은데 왼쪽 허벅다리가 부듯해서 다리를 옮겨 놓을 수가 없었다.

　"반장 동무."

　"박동무."

하고 사람들이 부르는 소리가 들려왔다. 햇불들이 어질어질하며 가까워왔다. 누가 남수의 앞으로 어정어정하며 다가온다.

　남수는

　"누구요."

하고 고함을 쳤다. 힘없는 소리로

"나요 반장 동무."

하며 쓰러져 있는 남수를 안아 일으키려드는 사람은 박두호다. 남수는 너무나 반가워서 어쩔 줄을 몰랐다. 감격한 그는

"박동무 살았소."

하고 소리를 지르며 두 팔을 벌려 박두호를 힘껏 부둥켰다.

사람들이 줄달음쳐 왔다. 모두 남수와 두호의 얼굴을 보고야 안심되는 듯이 후 하고 큰 숨을 내쉬며 답답하든 가슴을 열었다. 순이가 주저앉은 남수의 등허리를 어루만지며

"어디 다치지나 않았수, 아픈 데는 없수?"

했다. 도령감이

"참 다행이오다 조금만 늦었더면 사태에 깔렸지 에 무시무시해라."

하고 넌덜머리를 떨었다. 정일이가

"나는 정말 눈물이 나오다. 그놈의 데서 박동무를 진작 데려내오지 못한 일을 얼마나 후회했는지 모르겠소다."

했다. 그러는데 남수가

"동무들 박동무를 빨리 숙소로 데려갑시다 몹시 다친 것 같은데요."

하며 고아쳤다. 그러는데 박두호가 남수 앞에 다가서며

"반장 동무 내가 머저리였수다. 술이라면 오금도 못쓰고…… 반장 동무가 아니였으면 나는 나는 물귀신이 될 번 했소다."

술이 말끔이 깬 박두호의 눈물이 그렁그렁하여 남수의 손을 꾹 틀어 쥐였다.

남수는 박두호의 등을 껴안으며

"다 잘 됐수다 잘 됐습니다."

박두호는 남수에게 등을 들이 대고 두 팔을 펴며

"반장 동무 내게 업히오다 어서."

"아니요 나는 괜찮소 아니요."

했다. 그리고 그는 혼자 일어서려다가 그만 주저앉고 말았다.

　"반장 동무 어서…… 어서……"

하고 박두호가 부덕부덕 등을 들이댄다. 남수는

　"아니요 나는 괜찮소."

하고 또 두호의 등을 떠밀었다.

　결국 남수만이 잘 걸을 수 없는 사람으로 박두호와 순이에게 부축을 받게 됐다. 남수는 동무들이 숙소로 인도하는 것을 굳이 거절하고 작업 현장으로 갔다. 박두호도 숙소에 들어가라고 굳이 말리는 남수의 말을 듣지 않고 기어이 현장까지 가보자고 하면서 남수를 따라 섰다. 남수는 차차 걷기 시작하니 부듯하던 다리가 풀리는 것 같았다.

　홍진 나루 사람들은 강 위쪽 물갈래에서 뚝을 쌓고 있었다. 비도 좀 멎었거니와 큰 강 쪽으로 물이 많이 빠지게 되니 개울의 물은 퍽퍽 줄어들기 시작했다. 남수는 강에 물이 줄어든 이 틈을 놓치지 말고 무너진 다리 옆의 철뚝을 쌓기로 작정하고 강웃쪽의 사람들을 불렀다. 삽과 목도채와 가마니를 든 홍진 나루 사람들이 철뚝 옆으로 모여왔다. 궤도에까지 와서 닿았든 물이 다리 기둥의 가름장에까지 내렸다. 사람들이 물속으로 뛰여 들어갔다. 물은 그래도 허리에까지 닿았다. 한편에서 돌을 날라다 섬기면 한편에서는 철뚝 밑에서부터 담을 쌓아 올린다. 샛바람이 불어왔다. 검은 구름이 모여들었다. 훤하든 하늘이 별안간 캄캄해졌다. 번개가 치고 우뢰가 울더니 큰 빗방울이 뚝뚝 떨어지기 시작했다. 비는 드디여 억수가 됐다.

　남수는 모든 일을 미리 알고 하는 것 같았다. 다리의 방축도 八〇푸로 정도는 돼 있고 철뚝의 축담 작업은 잠간 동안에 필할 수 있는 일이다. 거기다가 홍진 나루 사람들이 물갈래에 뚝을 쌓아주었다. 비가 아무리 퍼부어대도 다리를 흘려버리거나 철뚝을 끊을 념려는 없을 것 같았다. 남수는 비로소 모든 일이 제대로 되는 듯싶었다. 그는 목교의 보강을 위해 방축 작업부터 할 것을 굳이 주장했고 또 그것을 실천해낸 첫 성과를 무한히 자랑하고 싶어졌다. 그는 이만하면 반장 실력이 어떤가 하고 철뚝의 축담 작업부터 하자든 박두호나 도령감 앞에서 한 번만이라도 뼈져보고 싶은 충동을 이기지 못했다.

뚝쪽에서 돌아 부딪치는 쇳소리가 들렸다.

왠 사람인가? 띠음 띠음 소리는 계속 났다.

"방금 쌓아올린 뚝이 아닌가, 그것을 파는 놈이란?"

"누구냐."

박두호는 흐리터분하던 머리가 간 듯이 개이는 것 같았다. 그리고 과부 집에서 만취하여 자빠졌던 때 윤가가 뱀의 눈처럼 치뜨고 박두호에게 쏘아 부친 말이 번개처럼 머리를 스쳤다.

'철뚝이 무슨 네 하내비냐?'

'원자탄이 네 작은 에미야……'

박두호는 반장의 손을 틀어쥐고 외쳤다.

"윤가놈!! 그 놈이 수상하우다, 그놈이."

"누구냐."

고함을 치며 강 위쪽을 향해 둘이는 뛰여갔다. 무엇인가 희슥 희슥한 그림자가 뛰여 나와서 산 쪽으로 내뺐다.

남수는

"누구야."

하고 불렀으나 그림자는 아무 응대 없이 도망만 쳤다. 뚝 위에 땅을 나직히 파고 묻은 지뢰의 도화선에서 빠직 빠직 불꽃이 탄다. '간첩……' 남수는 직각적으로 이런 생각이 떠올랐다. 그는 달려가서 불심지를 발로 문다져 껐다.

"간첩이야 간첩이야."

하고 고함을 지르며 남수와 박두호는 도망치는 놈의 뒤를 쫓아 가파로운 언덕으로 뛰여 올라갔다. 강 쪽에서 사람들의 아우성치는 소리가 들렸다 횃불들이 강 웃쪽으로 향해 흩어졌다. 놈은 소나무가 우거진 컴컴한 속으로 자취를 감췄다. 남수도 다 쫓아 숲 속으로 들어갔다. 별안간 놈의 발자국 소리가 감감해졌다. 남수도 발을 멈추고 앞을 살폈다. 한참 있다가 다시 바삭바삭하는 소리가 들려왔다. 남수는 만약 놈이 총을 가졌더라도 자기의 위치를 알리는 것을 두려워서 쏘지는 못하리라 생각하고 마음 놓고 놈의 뒤를 바싹 대여섰다. 그는 허둥지둥 도망치는 놈의 뒷덜미를 잡을 지척에까지 이르렀다. 놈은 돌연 뒤를 돌아서며 숨 가쁜 소리로

"깜짝마라 쏜다!"

남수는 두려움 없이

"쏠 테면 쏴라."

하고 외치며 번개 같이 놈의 가슴을 향해 뛰여들었다. 놈은 손을 써볼 사이 없이 뒤로 허궁 나가 떨어졌다. 남수는 냉큼 놈의 가슴에 올라탔다. 그리고 쇳덩어리 같은 주먹으로 놈의 대갈통을 되는대로 답새기였다. 박두호는 놈의 요동을 못 쓰게 손아귀를 벌려 놈의 모가지를 눌렀다. 놈은 죽어가는 소리로

"선생님…… 다 같은 조선 사람인데……"

"이 자식아 뻔뻔스런 자식아…… 네가 다 조선 사람이라구."

박두호는 "테테" 윤가놈에게 침을 뱉았다.

번개가 치고 우레가 울고 나드니 소나무 잎사귀를 적시는 비 소리가 한결 더 요란스러워졌다.

새 날을 당기면서부터 한의바람이 솔솔 불었다.

중태령 골짜기에 꼈든 짙은 안개가 차츰 가시기 시작했다. 사태가 무너진 홈챙이들은 우묵히 패였고 물에 밀린 개울 바닥은 허울 모르게 거츨어졌다. 하늘은 폭풍우가 지난 흔적 없이 깨끗이 비켰으나 바다에는 바람기가 깔앉지 않아 흰 파도가 일어 있었다. 동쪽 하늘이 붉게 물들었다. 햇살이 활짝 퍼지자 쭈구러들었든 풀 잎사귀들이 생기를 띠우고 쭉 뻗는다. 새기 쉬운 여름밤은 날만 밝으면 이내 아침이 되었다. 선로공들은 이미 손을 붙인 일이나 끝내느라고 서두는 동안에 밤을 꼬박 새우고 말았다. 지난밤

으로 윤가놈을 평리 분주소로 끌고 갔던 홍진 나루 사람들이 돌아왔다. 귀동녀 아버지는 신바람이 나서

"글세 그 놈이 정전이 되니 바빠마저서 배들 훔쳐 타고 도망갈 생각으로 우리 동네에 기여들었소다. 그런데 놈들은 무슨 공을 세우지 않고 가기만하면 군법에 걸려 죽는다오다. 그래서 윤가놈이 뚝이라도 끊고 공을 세우려 들었소다. 어쨌든지 경각성을 높여야겠소다 놈이 평리에 친척이 있다면서 이사람 저사람 주어대는 바람에 우리가 깜쪽 같이 속았소다 멀정한 간첩을 가지고…… 이것도 큰 경험이오다……"

하며 윤가놈이 자백한 것을 대강 옮겨 외웠다. 늦은 아침때나 돼서 일행은 홍진 나루를 떠났다. 동네 사람들이 밀차 옆에까지 와서 전송해 주었다. 남수는 귀동녀 아버지의 손을 잡고

"대단히 폐단을 끼쳤습니다."

했다. 귀동녀 아버지도 서운해하며

"원 별말씀을 다하오다. 하두 쉬여 갈걸."

했다. 귀동녀도 어머니의 뒷꽁무니에 따라섰다. 도령감이 정일의 옆구리를 쿡 쥐여지르며

"귀동녀가 마음에 들지, 내 중매 서줄까."

하며 싱글싱글 웃었다. 정일은 눈을 동그랗게 그리며

"아바이 봉건사상을 버리오다. 누가 중매 서주기를 기둘이겠소다. 련애를 하지오다."

하고 시치미를 뗀다. 귀동녀는 무슨 눈치를 차렸는지 얼굴을 붉히며 어머니의 등 뒤에가 숨는다.

밀차에 삽 곡팽이 등 공구를 걸어 실었다. 밀차가 굴러가기 시작했다. 궤도 위에서 손을 흔드는 사람들이 점점 적어졌다.

정일이가 남수의 얼굴을 빤히 쳐다보다가

"반장 동무 이번학기에는 꼭 입학하게 걱정해 주오다. 믿소다. 꼭 꼭……"

하며 다짐받듯 했다. 남수도 시물시물 웃으면서

"함경선 복선 공사를 지도할 철도 기사가 돼주겠소 동무……"
하고는 순이를 쳐다보았다. 순이도 같이 생글생글 웃었다. 도령감이 태연해서
　"사람은 죽을 때까지 배와도 다 못 배운다데…… 어서 기껏 배우게……"
하고 말참견을 했다. 박두호는 이들의 이야기를 뒤에서 들으며 허허허……하고 반가운 듯이 웃었다.
　밀차는 흰 모래 사장으로 뻗어진 해안선 궤도 위로 쏜살 같이 달아난다. 남수는 전투 가방 속에서 수첩과 만년필을 끄집어 내들고 작업 공정을 그려 놓은 첫째 번 란에다가 三〇〇푸로라고 적었다. 그러면서 그는 생각했다. 우리의 일은 결코 쉽지 않다. 우리의 앞에는 바람도 있고 비도 있을 것이다. 그러나 우리는 궤도를 지킬 것이다…… 지킬 것이다…….

≪조선문학≫, 1954.4

애착

권정룡

협동조합 창립 준비 위원회에서 가입 문제가 거수가결에 부쳐졌을 때, 단 한 사람 홍 령감만은 고개를 떨구고 심각한 표정으로 묵묵히 앉아 있었다.

그는 오늘 저녁 이 회의에 참석한 걸 뉘우쳤다.

기왕 이럴 바에야 애당초 오지나 않았던들 창피한 꼴을 보일 까닭도 없었다. 곰곰히 생각할수록 저쪽 앞줄에, 며느리인 옥순이와 가지런히 앉아서 뒤를 돌아다 볼 때마다 그의 시선과 마주치는 마누라가 한스러웠다.

오늘 회의는 품앗이 반원들을 중심으로 협동조합을 만들 데 대한 문제들이 토의된다는 이야기를 듣고, 처음에 홍 령감은 자못 망서리다가 조합이 된다 해도 누가 누굴 억지로 가입시키는 일은 결단코 없다는 며느리의 설득과, 또한 홍 령감 자신이 품앗이 반원의 한 사람이였던 만큼 어떤 말들이 나오나 하는 궁금증에서 미처 태도를 결정하지 못한 채 회의에 나왔던 것이다.

그런데 막상 와보니 품앗이 반원들이였던 스물다섯 명 외에 열세 명이 더 끼워 있는데, 그중에는 양덕맹산에서 자드락밭만 다루던 입주민이 열 명이고 나머지 세 명은 제대군인이였다.

홍 령감은 벌농사를 잘할 것 같지 않은 이 친구들이 못마땅했고, 게다가 품앗이 반의 경험에 비추어 보더라도 제 것만 먼첨하려 들고 남의 일을 할 때는 어떻든 힘을 적게 들이기 쉬웠는데, 땅을 합쳐서 하는 날이면 자기처럼 제일 좋은 땅을 가진 사람이 손해를 볼 것이고, 더우기 땡땡이꾼들 등살에 못 배겨 날 거라고 생각되였다. 이 생각이 머릿속에서 지배적으로 떠돌고 있었기 때문에, 내부 질서 규정과 규약 초안을 들을 때 솔깃이 쏠리던 마음조차도 어느덧 사라지고 말았다.

그러나 오늘 저녁나절까지도 며느리가 취하던 태도로 미루어 보아 의례껏 조합에 들 것은 뻔한 일로 짐작 되였다. 그렇기에 홍 령감은 리 위원회에 오는 사이 속심으로 이런 궁리 저런 생각해보았다. 설마 시부모가 안 들면야 며느리인들 제 뱃장대로 우기지는 않을 것이다. 그러나 한편 온순하면서도 일에 부닥쳤을 때는 물불을 헤아리지 않고 달라붙는 며느리의 성미를 아는 터이라 만약 끝끝내 고집을 부린다면 어쩔 것인가. 실상 까놓고 말한다면 여니 때의 그의 주장은 거의가 옳았다.

인민 학교 一학년에 다니는 딸 하나 밖에 달리지 않은 옥순이로 말한다면 전쟁 전에 이미 살림을 나서 바깥채에서 살았다. 그러던 것이 아들 두 형제가 모두 전선에 나가게 되자 홍 령감은 부부가 외롭다 해서 안채로 다시 불러 들여 함께 살아오는 터이였다.

맏아들 삼돌이가 전사한 지금에 있어서 옥순이가 이참에 정 조합에 든다면 땅을 도로 떼여주고 전과 같이 바깥채로 살림을 내는 수밖에 없다고 홍 령감은 내심으로 작정했다.

그런데 뜻하지 않던 마누라가 뚱딴지 같이 손을 번쩍 쳐드는데 이르러서는 야밤중에 귀쌈을 얻어맞은 것처럼 얼굴이 홧홧 달아올랐고, 이렇게 만든 마누라의 행위가 더욱 괘씸했다.

'어찌된 셈판이야!'

홍 령감은 준비 위원들을 선거한다는 사회자의 말이 떨어지기가 바쁘게 불쑥 자리에서 일어나 밖으로 뛰쳐나왔다.

봄비가 푸근히 온 뒤끝이라 도랑물소리가 제법 요란했다. 선선한 밤공기를 마시며 슬렁슬렁 걸어가는 홍 령감의 발길은 어느덧 오뚝한 논뚝을 따라가고 있었다.

네 귀가 반듯한 뚝과 검실검실한 혹토질 논판을 바라보는 그는 마음이 한결 후련해졌다.

홍 령감에게는 자타가 인정하는 두 가지 자랑이 있었다. 하나는 문전옥답인 이 논이고, 다른 하나는 살찐 그의 황소였다. 다른데도 논이 한 필지 있기는 하나 토질로 보나 수확에 있어서나 이 논에 비할 바가 아니였다.

그래서 그는 즐겨 이 논을 닭알의 「노란자위」라고 말한다. 원래는 이 논이 그리 좋은 편이 못 되였다. 머슴살이로 자라난 홍 령감이 해방 후 인민 정권으로부터 이 땅을 분여 받게 되자 그는 곧 개답을 시작했다. 수로를 끌고 뛰를 떠다가 풀고 거름을 나르고 그야말로 갓난 애기 어루듯 가꾸었다. 가물을 타지 않고 거의 매년 풍작을 이루는 이 논의 소출은 그의 생활을 유족하게 만들었다.

이런 래력이 있는지라 홍 령감을 부지런하고 일 잘한다고 칭찬하는 건 그리 달갑게 받아들이지 않으나, 논에 대해서 누가 말하면 어깨가 저절로 으쓱해짐을 어쩔 수 없었다.

홍 령감이 오랫동안 주저하다가 마침내 결정적으로 조합에 안 들기로 작정한 것도 이 땅 때문이였다.

회의가 끝났음인지 리 위원회 쪽으로부터 두세두세하는 말소리와 녀성들의 깔깔대는 웃음소리가 들려왔다.

논뚝에 우두커니 서서 생각에 잠기고 있던 홍 령감은 그제서야 집으로 발길을 돌렸다.

마을에 조합이 생기면서 새벽 여섯 시가 되면 종이 울렸다. 덩덩 울려오는 아침 종소리와 함께 조합원들은 한 덩어리가 되여 움직이고 있었다. 그들 중에는 날씬한 키에 얼굴에 죽은깨가 다른다른 박힌 옥순이도 끼여 있었다.

홍 령감은 안해가 회의에서 돌아오자마자 한바탕 퍼부어댔고, 이에 겁이 더럭 난 안해는 그 즉시 조합에 안 들기로 락착됐다. 그러나 옥순이는 홍 령감이 예측한 바대로 끝내 버티였기에 그에게 논 한 필지, 밭 천 평을 떼여주어 바깥채로 살림을 냈다.

이사하는 날, 옥순이는 아침 일찌기 일어나 솥을 걸고 여름 옷 가지와 그릇 나부랭이를 약간 옮겼을 뿐 의롱이던가 가장집물은 거의 손도 대지 않았다.

부엌의 흙매질을 거들고 있던 시어머니가 짐 옮길 걱정을 하니 옥순이는

"어머니두! 그것들은 가져와서 뭘 해요. 언제까지나 따로 살겠어요."

하고 웃었다.

홍 령감은 며느리 이사하는 게 보기 싫다 해서 새벽녘에 외양간에서 소를 끌어내더니 보섭을 걸머지고 밭으로 나가 버렸다. 그는 밭을 갈면서도 온 종일 성이 나서 전에 없이 누렁소를 욕하고 그리고 때렸다.

이렇게 두 가지 다른 생활은 시작되였다.

홍 령감은 전보다 더 부지런히 일을 했다. 그러나 한 사람의 힘은 한도가 있었다. 때로 일손을 얻으려고 품앗이를 묶을래야 그럴만한 사람이 없었다. 낯익은 품앗이꾼들은 모두 조합원이였다.

물모 이앙이 가까워 오고 있었다. 논을 갈고 써레질을 하는 건 그래도 누렁소가 있어 그럭저럭 했다.

그러나 일 년 농사를 거의 결정짓다싶이 하는 모내기만은 손을 빌어 빨리 내야 했다. 옥순이가 집에 있던 작년만 같아도 이맘 때 쯤은 누구보다 일찍 모를 꽂았을 터인데…… 이럴 때의 제비같이 날쌘 옥순이의 손은 천금 같이 귀해보였다.

홍 령감은 네벌김을 끝내고 아지를 친 랭상모가 탐스럽게 자라나는 조합 논뚝을 지나면서 슬며시 울화가 치밀였다.

이날 저녁상을 물리고 난 홍 령감은 때마침 바깥채에서 불을 지피고 있는 옥순이가 들으란 듯이 집안이 뜨르르 울리게 큰 소리를 버럭 질렀다.

"남남끼리도 그럴 수 없지, 그럴 수 없어. 내가 누굴 위해 애를 태우는 거야. 내 혼자 잘 먹고 잘 살겠다는 거냐 말이야. 모판의 모가 회뜩 나자빠지게 자라도 모낼 꿈도 안 꾸고 있으니."

안해는 너무도 어이가 없는 듯 잠자코 있었다. 안해는 완고한 남편과 의지가 군군한 며느리와의 사이에서 괴로울 때가 한두 번만 아니었다. 옥순이가 하는 일이 뻔히 옳은 줄 알면서도 그렇다 해서 옥순이의 편만 들 수도 없는 노릇이었다. 그는 어떻든 두 사이를 서로 다 좋게 하려고 애를 쓰는 것이었다.

"그 앤들 왜 생각이 없겠수. 오늘도 그럽디다. 달도 있으니까 석반을 먹구 나서 모를 찌구. 래일 밤엔 모를 내겠다구 합디다."

"이럴 때는 집안일을 위해서 하루쯤 조합일을 공치면 어떻단 말이요. 밤에 모를 꽂아 제대로 될게 뭐요?"

두 부부의 떠들썩하는 말다툼 소리를 듣고 있던 옥순이는 쌀을 안치고 나서 안마당으로 들어섰다.

"아버님! 전쟁 기간에도 밤에 모를 냈는데 지금 왜 안 되겠어요."

"그때는 그때고 지금은 지금이지."

홍 령감은 퉁명스럽게 말하다가 인차 어성을 낮추었다.

"낮에 허리가 부러지도록 조합모를 내고 밤에 또 어떻게 하겠니. 무쇠덩어리가 아닌 담에야."

홍 령감의 마음은 저윽이 누그러졌으나 붉다 못해 까맣게 된 며느리의 얼굴이며 손가락 까풀이 홀딱 벗겨진 그의 손이 어쩐지 가슴속 한구석을 후벼 당기는 것 같아서 그만 외면을 하고 말았다. 그는 며느리가 있을 때 소여물을 썰어야 하겠다고 생각하고 작두가 놓인 외양간 앞으로 걸어갔다.

홍 령감을 도와 묵묵히 짚단을 먹이기 시작한 옥순이의 얼굴에는 어딘가 모르게 수심이 깃들이고 있었다.

홍 령감은 이참에 늘상 가슴 속에서 꿈틀거리는 진정을 한 마디 터놓고 싶었다. 옥순이가 하루에도 몇 번씩 문지방을 넘나들면서 집 안팎을 보살펴 준다기는 하나, 일에 부닥칠 때마다 통절히 느껴지는 가지가지의 불편과 장마구름처럼 머리 우를 떠다니는 고독감이 말 못할 비애를 자아내고 있는 것만 틀림없었다. 홍 령감은 이런 상태가 조만간 그냥 계속되지 못하리라는 예감을 받고 있었다.

'그렇게 힘들일 것 없이 조합에서 나오렴' 이 말이 금방 그의 목구멍까지 넘어오다가 반듯한 이마와 또릿또릿한 며느리의 눈을 보자 그만 입을 다물고 말았다.

이튿날이였다. 중낮경이나 되여서 술이 거나하게 취한 박일만이가 모를 찌고 있는 홍 령감을 찾아 왔다.

"허, 허, 매형! 자넨 참 억척이군. 아침나절 혼자서 이렇게 많이 모를 쩠나?"

량 옆구리에 손을 얹고 있던 박 일만은 논물에 잠겨 있는 모춤을 쑥 훑어보며 논뚝에 걸터앉았다.

"조합이 생기더니 농사도 점점 어려워져서 어디 해먹겠나?"

"조합원들 량식이 떨어지면 품 사 쓰겠다고 큰소리치더니 왜 벌써부터 우는 소린가?"

소나 일품을 빌리러 온줄 아는 홍 령감은 고개도 안 들고 말했다.

박일만은 수면에 반사된 태양 광선이, 물그늘과 함께 주름진 홍 령감의 얼굴에 와서 서물거리는 걸 유심히 바라보다가 입을 뗐다.

"농민 은행에서 三○만원 대부 받았답데. 관개공사 폼푸와 모타를 사고 그 나머지로 농량을 사서 곤난한 조합원들에게 논아 준 모양이거던— 그는 잠시 말을 끊었다가 다시 이었다— 암만해도 올 농사만 짓고는 읍에 가서 살아야 할가보네."

처남 매부지간이나 각별한 사이는 아니였다. 빈둥빈둥 놀기 좋아하는 처남이 근한 홍 령감의 성미에 맞을 리가 없었다. 그러나 그가 떠난다는데 이르러서는 정리상 서운했다.

"나는 자네가 전쟁시에 우리 마실에 소개 와서 농사짓게 된 걸 무등 기껍게 생각하는 참인데. 왜 또 전에 하던 쌀장사놀음이 잊혀지지 않는 모양일세 그려, 자네도 따지고 보면 원래가 농사꾼의 아들이 아닌가."

읍에 가겠다는 의도를 빤히 아는 홍 령감은 앞질러 말했다.

"낸들 농사가 싫은 건 아니네마는 너무 힘들어서……"

"힘 안들이고 되는 일이 세상에 어디 있나."

농사를 건둥으로 처먹으려는 박 일만의 태도가 얄미운 홍 령감은 앉은 그 자리에서 모만 쪘다. 눈치를 차린 박일만은 담뱃불을 당기고 나서 화제를 옮겨 갔다.

"아 - 참. 이지간 자네 때매 어떤 말이 마실에 떠돌아다니는지 아나? 조합에서 나온 말입네마는."

"어떤 말?"

짚오라기로 모춤을 묶던 홍 령감의 투박한 손이 흠칫했다.

실상 그는 조합과 의가 나빴다. 논갈이 때만 해도 조합논들 사이에 앙바름하게 끼운 그의 논을 빼 놓고는 뜨락또르가 움직이기 힘들다고 조합에서 함께 간 뒤 논뚝을 세워 주겠다는 걸 쌈싸우다싶이 하여 진종일 논에 나와 지킨 일이 있고, 게다가 엎치는데 덮치기로 조합 논에 물을 대려면 수로 물목을 잡고 있는 그의 논을 통과하지 않으면 안 되였다. 물 때문에도 두어 번 다툰 일이 있던 홍 령감은 어데인가 덜떠름한 구석이 있었다.

홍 령감은 새로 놓은 꼿꼿한 조합 수로 간선을 힐금 엿보고 머리를 추켜 들었다. 당황한 기미를 안 박 일만은

"옥순이가 조합을 만들자고 나선 첫 발기인이랍데."

하고 넌지시 말을 건니였다.

"금시초문인데."

홍 령감은 숱 많은 눈썹을 치켜떴다.

"그러게 자네는 깜깜 밤중이라니. 암탉이 먼첨 울면 집안이 안 되느니."

박일만은 옥순이를 아니꼽게 보고 있었다. 홍 령감은 고집은 있어도 술잔깨나 들어가면 소도 빌리고 품도 빌려주었다. 그러나 옥순이는 품앗이

반 때부터 품앗이를 안 묶는 박일만을 꺼려했고, 게다가 읍에서 국수 장사를 하는 과부와 살기 위해 현재 마누라와 리혼하려는 걸 리 녀맹을 동원하여 정면으로 극력 반대해 나오는 것도 옥순이였다.

박 일만은 담배를 뒤모금 런거피 빨고 나서 도랑에 휙 집어 던졌다. 도랑 넘어로 멀리 큰 개울이 보이고 개울이 두 갈래로 갈라지는 그 어구에 자리 잡고 있던 평평한 늪을 개간한 큰 논배미로부터 조합원들의 노랫소리가 들려 왔다.

물가리를 끝낸 논바닥에 六월의 태양이 금빛을 뿌리며 어른거렸다.

"옥순이가 곤경에 빠진 모양입데. 조합을 만들고 응당 들어 왔어야 할 자네가 쑥 빠져 버렸으니 조합원들 앞에서 떳떳할 게 뭐인가. 그러나 저러나 정신 차리게, 옥순이가 자네를 어떻게든 조합에 끌어 들여 놓겠다고 어느 회의에선가 장담했답데."

박일만은 홍 령감의 속심을 낌새 보려고 능글맞게 웃었다.

"원 당치도, 안할 소리……"

상을 찡그린 홍 령감은 자존심이 깎이우는 감을 가까스로 억제하고 염낭에서 쌈지를 꺼내들며 성큼 성큼 뚝으로 걸어왔다.

"그러니 옥순이가 자네 말마따나 '노른자위' 이 땅에 농사가 잘 되길 바랄게 뭔가. 고 령리한 애가 자네 고집을 꿰뚫고 있거던. 인제 무슨 수단을 쓸지도 누가 아나?"

박 일만은 진짜 닭알 '노른자위'를 약간 우으로 밀듯이 홍 령감의 논을 에워싸고 있는 조합 논배미를 곁눈질 해본다.

"옛기 이사람! 리간질인가 뭔가?"

홍 령감은 노여운 듯 고개를 획 돌렸다. 그러나 그의 눈앞에는 협동조합에 대해서 이야기 할 때의 옥순이의 열렬한 표정이 난가리처럼 떠올랐다.

궁둥이를 털고 일어서던 박일만은 눈을 쪼푸리고 골돌히 생각에 잠긴 홍 령감의 어깨를 툭 쳤다.

"두고 보세. 내 말이 틀렸나. 자네 눈이 잘못 됐나. 열 길 땅속은 알 수 있어도 한 치 사람 속은 모르는 법입매."

박일만은 뚱뚱한 몸집을 뒤뚱거리며 논뚝길을 걸어 가다가 고개를 돌렸다.

"한 잔 생각나거던 저녁에 오게."

어느새 큰배미의 모를 다 꽂았는지 조합원들은 주룻이 방뚝을 타고 아랫마을로 내려가고 있었다. 그들의 선두에서 무어라 손짓을 해가며 활기 있게 걸어가는 옥순이의 탄력 있는 몸집에 싸인 검정 치마자락이 멀리 사라질 때까지 홍 령감은 그에게서 시선을 떼지 않고 오랫동안 담배만 빨고 있었다.

'윙윙 잘도 밀려 다닌다'

산들바람이 일며 거울 같이 조용하던 논물은 갑자기 잔주름을 지어 나가고 그 우로 비를 머금은 떼구름이 수를 놓듯 천천히 미끄럼질 쳐 갔다. 공기가 눅진한 품이 비가 내릴 것만 같다.

이때, 점심 함지를 인 안해가 수로 간선 우에 그림자를 거꾸로 박은 채 방뚝을 타고 분주히 오고 있었다.

저녁녘에는 이미 구월산 봉오리에 비가 묻어 넘어 오고 있었다.

'민충이 같은 것. 왜 늦차부냐 말이야. 논 자랑 말고 모 자랑 하랬는데'

모를 꽂고 있던 홍 령감은 입시울을 비죽거리며 옥순이를 원망했다.

반 마지기 넓이쯤이나 실히 모를 꽂았을 때 아랫마을에 갔던 조합원들이 구불구불한 달구지 길을 따라 홍 령감의 논배미 쪽으로 오고 있었다.

'치마폭이 얼마나 넓길래 동릿사람 다 잘 살게 한다고, 앞장서서 조합을 만들었다면서 당장 제시아범 못 사는 꼴은 왜 못 본담' 홍 령감은 그에게로 차츰 가까워 오는 행렬 중에서 옥순이를 찾아내려고 눈총을 쏘아가며 이렇게 뇌까렸다. 이때, 오고 있던 조합원들은 달구지길을 버리더니 논뚝 길로 올라섰다. 그들은 바로 홍 령감의 논배미로 오고 있었다.

잔잔한 빗방울이 논물 우에 뜨기 시작할 때, 홍 령감의 등 뒤로부터 쩽쩽한 녀성들의 말소리에 뒤섞여 작업반장 달호의 묵직한 목청이 울려 왔다.

"동무들! 두 분조가 각각 한 배미씩 맡읍시다. 한 시간도 채 못 걸릴 거요."

벌써 팔을 걷어부친 조합원들이 첨벙첨벙 물속으로 뛰여든다. 홍 령감은 본숭만숭하고 그냥 모를 꽂았다. 모춤을 섬겨 주던 마누라가 참다못하여 그의 곁으로 와서 옆구리를 꾹 찔렀다.

"여보! 입이 붙었소. 한마디 하오."

"말은 무슨 말. 벼포기나 분지르지 않고 제대로 꽂으라고 그러오. 남의 일을 제일처럼 잘할게 뭐요. 게다가 공짜로 하는 일……"

잠시 후, 달호가 모춤을 움켜쥐고 그들의 곁으로 왔다. 고개를 수그린 홍 령감은, 허리띠에 당그랗게 달린 수건에 싸인 빈 밥주발과 거머리에 뜯기운 피자국이 군데군데 있는 달호의 아랫동아리가 눈에 띠이자 마지못해 입을 열었다.

"수고들 하네."

"혼자 손에 힘들죠. 오늘 우리들은 수모 이앙을 전부 다 끝마쳤습죠. 이 일은 덤입니다."

"어쨌던 고마우이."

"아닙지요. 치하는 저보구 하지 마십쇼. 나두 미처 생각 못했는데 저 동무들이 자청해서 나섰죠. 모를 다 쪄놓고 늙은이들 손에 장마나 들면 어찌겠느냐고요."

"응…… 그런가."

홍 령감은 허리를 쭉 펴고 일어섰다. 경기장의 운동선수 같이 한 줄로 늘어선 조합원들의 등 넘어로 바둑판 그리듯 한포기도 허실 없이 모는 깐중하게 꽂혀져 나오고 있었다. 홍 령감은 뺨을 때리는 빗방울을 그냥 받으면서도 그의 눈길은 비에 젖은 조합원들의 뒷모습을 하나하나 더듬으며 논배미에서 논배미로 옮겨 간다. 무엇인가 뜨거운 것이 눈굽을 적시는 것만 같다.

'품앗이를 묶어도 비가 이렇게쯤 내리면 쉬여서 했다. 그런데…… 노래

까지 부르는 이 사람들의 그 힘과 즐거움이 어데서부터 우러나오는 걸가?'

홍 령감은 등골수를 달음질 쳐가는 싸늘한 그 무엇을 느끼며 머리를 설레설레 흔들었다.

'개미가 천 마리면 망짝을 굴리겠다.'

여름이 되었다. 마을 사람들은 김매기가 한창이였다. 홍 령감은 논에 비료를 치고 있었다. 그는 뚝 하나를 사이에 두고 엄청나게 차이가 나는 조합모가 눈에 거슬렸다. 그러나 농사는 끝장을 봐야 알지. 지금 저렇게 잘 자라다가도 낟알을 맺을 때 봐야 안다니. 이렇게 자신을 위로했다.

홍 령감은 끈적끈적한 논흙이 발바닥에 달라붙는 촉감을 느끼면서 기름진 자기 논에 대하여 확신을 품고 있었다.

그의 눈앞에는 얼마 후이면 암모니야 비료를 먹은 벼포기가 웅성웅성 자라나고, 가운데는 싯누런 이삭이 대가 부러지게끔 달릴 그 광경이 떠오른다.

한 낮의 햇볕은 따겁게 내려 쬐였다. 뜨스한 논물우로 김이 몰몰 날 것만 같다.

'올해도 풍년이 들겠군'

비료를 치고 난 홍 령감은 더위를 피하여 언덕으로 가서 밤나무 밑에 앉았다.

그의 시야에는 그가 나고 자라났으며 장차 그의 뼈가 묻히울 고향마을의 전원 풍경이 전개된다. 바닷가 섬 모양으로 듬성듬성 놓여 있는 밋밋한 야산을 배경으로 옹기종기 몰켜 앉은 농가집들이며, 가리마 같이 갈라진 수로 간선을 따라 멀리 푸른 평원과 잇닿은 마을 앞벌은 옛 모습 그대로이다. 그러나 눈여겨 살펴보면 여기도 가혹한 전쟁을 이겨 낸 생활의 거센 움직임은 마을 풍모를 전변시키고 있었다.

마을 한끝에 높이 솟은 협동조합 연초 건조장 굴뚝에서는 검은 연기가 무시로 떠오르고 어슬어슬한 밤나무 언덕 기슭에 새로 지은 돈사들, 첫 눈에도 조합 논을 분간할 수 있는 큼직한 논배미들을 전에 없던 것이다. 곧추 닦아진 행길 우로 두필씩 메운 조합 말달구지 제바리가 흙먼지를 일쿠며 천천히 오고 있었다.

'조합에선 또 비료를 배급받은 모양이군'

홍 령감이 그렇듯 자랑삼던 논과 소도 이제는 자랑이 못 되었다. 풀을 뜯고 있는 누렁소의 중뿔나게 돋우라진 엉치뼈와 금시 이삭이 빼여날 것만 같은 조합벼를 번갈아 바라보며 홍 령감은 한숨을 쉬었다.

'세월은 바뀌는구나.'

저녁이 되었다. 쑥불을 피워 놓은 마당가 멍석에 앉은 홍 령감은 조기작물 현물세 가마니 짤 새끼를 스적스적 꼬고 있었다. 단조로운 개구리의 울음소리가 끊임없이 들려오는 한여름 밤은 깊어 간다. 그는 아까부터 마누라와 다리미질을 하고 있는 며느리를 붙들고 조합에 대하여 이야기하고 싶은 생각이 간절했으나, 정답게 주고받는 그들의 말문을 깨칠가 저어하여 잠자코 귀를 기울이고 있었다. 이윽고 그들의 화제는 박일만에게로 돌아갔다.

"나는 정말 오라범 때문에 걱정이다, 무슨 쌀장사를 하겠다고 읍으로 간다느니……. 엊저녁엔 술을 먹고 오라범댁을 또 못살게 주정을 부렸다누나."

다리미의 숯불을 불던 시어머니가 한숨을 지으며 조용히 입을 열었다.

"어머님! 그 어른 때문에 조합에서두 말이 많아요. 조합을 비방이나 하고 남의 험구나 들구 다니면서 일은 안 하려드는 그런 락후한 어른은 우리 농촌에 있을 수 없다고들 모두 말한답니다. 아주머니가 불상하지요."

무엇에 놀랐는지 담 밑의 귀뚜라미가 별안간 울음을 그치다가 다시금 천천히 울기 시작한다.

"그것두 그렇지만 너이 아버지는 한술 더 뜬단다. 오라범의 술장단에 춤을 추니……"

"원 말이면 다 하는 줄 아오?"

홍 령감은 찔리는 데가 있어 담박에 퇴박을 놓았으나 이전처럼 노여워하지는 않았다.

"아버님! 그런 술은 이제 그만 하십쇼. 아버님의 몸에 좋지 않습니다. 뭐라고 할가요. 독술?……"

옥순이가 부드럽게 말했다.

"허, 허, 독술이라……. 오냐 그럼 그런 술은 네 말대로 이담부터 아예 먹지 않으마."

홍 령감은 허전한 웃음을 웃고 나서 쑥 묶음을 풀어 불에 척척 걸쳐 놓는다.

이때, 담 모퉁이에서 바스락하는 기척이 났으나 아무도 주의를 돌리지 않았다. 품을 얻으려고 홍 령감을 찾아오던 박 일만은 진작부터 담벽에 기대여 그들의 대화를 엿듣고 있었다. 그는 입술을 깨물고 더욱 바싹 귀를 도사렸다.

"조합에서들 나 때문에 말들이 많다더구나."

홍 령감은 언젠가 박 일만에게서 들은 말도 있고 해서 넌지시 물었다. 옥순이는 돌연한 물음에 잠시 말이 없었다.

"말해 무엇 하겠수. 묻는 당신이 딱두 하우. 그 애가 뭐라고 대답하리까……"

"그래 내가 누구만치 일을 안했단 말이요. 농사가 판이 났단 말이요. 두고 보오마는 올 농사도 우리 논만치 소출이 나는 논은 드물 걸……"

"아버님! 그렇지만 지금 같애서는 조합벼가 더 잘 됐으니 어떻게 합니까? 가을에 가서 아버님이 지시면 그때는 조합에 드시겠어요?"

옥순이가 던진 이 말은 홍 령감을 당황케하였다.

"글쎄…… 그건…… 좀 더…… 생각해 봐야겠다마는……"

홍 령감은 새끼 꼬던 손을 멈추고 어물어물 대답했다.

"땅 짚고 헤염치깁네다. 이번에 조합밭 밀 판정에 열 가마가 났답니다. 우리 건 네 가마나 될는지."

안해는 옥순이를 보고 실죽이 웃었다.

"듣그럽소."

홍 령감은 발끈 성을 냈으나, 인차 화 낼 아무런 건덕지도 없다는 걸 깨닫고 옥순이에게로 고개를 돌렸다.

"악아! 네 말마따나 박 일만이는 락후했으니까 조합에 들겠다해두 안 들여 놓겠구나?"

홍 령감은 능청스럽게 말을 했으나, 말을 입 밖에 내구 보니 결국 자기를 두고 한 말도 같아 낯가죽이 근질근질했다.

"왜요. 조합은 농민들 거니까 농민들이 원한다면 누구나 들어올 수 있습지요. 그렇지만 조합에 들어와서두 시외삼촌처럼 그렇게 할 수는 없습지요. 조합은 농민들의 새 가정이구 또 좋은 학교입니다."

옥순이의 윤기 나는 입술에는 보일락 말락한 웃음이 떠돌았다. 이를 본 어머니가 맞장구를 친다.

"아 그럼 그 학교에서 고집쟁이 병집도 대뜸 고쳐 버리겠구나."

"호호호."

"허 ― 허 ― 그것 참 내 성미에 꼭 맞는 데로구나……"

홍 령감은 비록 대수롭지 않게 말은 했으나 이것은 그의 가슴속 한구석에 이미 자리잡기 시작한 진심의 한 토막이기도 했다.

협동조합 구락부 쪽에서 울려오던 스피카소리도 끄치고 은싸락을 뿌려 놓은듯한 하늘의 뭇 별들만이 짙어 가는 밤하늘을 더욱 맑게 비친다.

"어머니! 자정이 훨씬 넘었는가봐요, 논 물꼬 교대를 가 봐 줘야겠어요."

광에서 호미를 찾아 든 옥순이는 벌을 향해 걸어갔다.

담벽에서 물러난 박일만은 입시울을 실룩거리며 들었던 술병을 내동댕이치려다가 출렁 술이 엎질러지자 손을 멈칫했다. 그는 얼핏 술병을 흔들어 보고 나서 씩 웃었다.

"흠…… 요사스러운 것 같으니……. 무슨 량심?…… 독술?…… 그래

이게 독술이야?……"

박일만은 울타리의 호박덩굴에서 잎사귀를 뚝 따서 병마개를 막은 뒤, 잠간 생각하더니 이윽고 두툼한 그의 입술에는 음험한 미소가 떠돈다.

'어디 두고 보자!' 병을 거머쥔 박일만은 코를 벌름거리며 어둠 속으로 급급히 사라졌다.

다음날, 이른 아침 일어난 뜻하지 않은 사건은 하마터면 홍 령감을 기절케 할 번 하였다.

물꼬를 보고 돌아 온 옥순이가 자기 방으로 들어 갈 때, 여니 때와 마찬가지로 홍 령감은 외양간에서 소를 끌어내고 있었다. 그는 들일을 나가기 전에 누렁소에게 꼴을 뜯어 먹이는 것이 습관처럼 되여 있었다. 홍 령감은 길섶의 풀을 뜯는 소를 서서히 몰아 논뚝으로 향하였다.

하룻밤 사이에 벼가 크면 얼마나 자랐으련마는 그는 이렇게 한 바퀴 돌아보지 않고는 못 견디였다. 어제 비료를 친 만큼 약간 흥분하고 있었다. 자욱한 새벽안개 속에서도 박 일만의 논뚝을 지나면서 유독히 노란 벼포기를 보고 속으로 비웃기까지 했다.

'노란자위' 논뚝에 다다른 홍 령감은 입을 벌리고 멍하니 섰다가 별안간 소고삐를 내여 던지고 굴르듯이 물꼬를 향해 뛰여 갔다. 그러더니 태질을 당한 사람처럼 앞으로 팍 엎으러졌다.

물꼬가 터진 논물은 조용히 조합논으로 흘러내리고 있었다. 물꼬 언저리에는 아직 손자국이 그냥 생생하다.

홍 령감은 논뚝을 허비적거리려 물꼬를 막다가 그만 땅에 펄썩 주저앉고 말았다. 생판 남의 농사를 망치려 들어도 분수가 있지. 이럴 수 있겠는가?

일평생을 근면과 정직으로 일관하여 살아 온 그에게는 앙숙 질 사람도 없었다. 홍 령감은 정신을 가누려고 두 무릎 우에 백발이 성성한 머리를 얹었다.

어제 그가 자기 손으로 뜨스한 논물에 비료를 치며 기뻐하던 그때와 이 순간 사이에는 기나긴 운명적인 시간이 흘러가는 그런 감을 느꼈다. 뒤숭숭한 기억들은 떼를 지어 몰켜 오다가도 락엽처럼 떨어져 가군하였다. 그러나 그중에도 한 가지 생각만은 집히는 데가 있었다.

물꼬…… 조합…… 옥순이…… 그러나 이것은 어버이로서 너무도 야비한 생각이였기에 이를 뿌리치려고 머리를 흔들었다.

얼마 후, 홍 령감은 무심코 최뚝 우로 걸어 간 발자국을 발견했다. 고무신에 짓밟힌 잡초가 미처 일어서지 못하고 있었다. 오이같이 갸름한 신발자국은 녀자 고무신이 틀림없다. 조합논과 잇닿아 있는 이 논을 오늘 새벽까지 옥순이가 물꼬 보는 순번이였다면 돌아보지 않을 리가 없지 않느냐? 호미 자루를 허리에 차던 며느리의 딱딱한 표정이 가슴에 콱 앵겨 들며 한 가지 생각이 얼핏 떠올랐다.

그제서야 정신이 번쩍 든 홍 령감은 주먹으로 땅바닥을 치고 일어서며 남의 목소리로 부르짖었다.

'믿던 도끼에 발등이 찍히는구나.'

이날부터 홍 령감은 자리에 눕게 되였다. 일부 마을 사람들은 옥순이가 한 짓으로 여기는 축도 있고 그렇지 않다는 사람도 있었다. 옥순이는 이 일에 대해서 종시 침묵을 지켰다. 다만 며칠 후 조합에서 꿔준 비료를 옥순이가 치고 있는 것을 마을 사람들이 보았다.

어느 날, 홍 령감은 당장 인민군대에 있는 둘째 놈을 만나러 가겠다고 말하였다. 몸을 돌봐서 다음 기회에 가라는 집안사람들의 만류도 소용없었다. 홍 령감은 농량이 곤난할 때도 손을 얼씬 못하게 하던 오지단지의 찹쌀로 인절미를 쳐자지고 곁을 떠나갔다.

아들을 만나보고 돌아 온 홍 령감은 떠날 때보다는 좀 원기가 있어 보였다.

그러나 불룩한 입이라든지 숱 많은 눈썹 밑에서 조용히 움직이는 그의 눈으로 보아 골돌한 생각에 사로잡혀 있는 것만은 숨길 수 없었다.

홍 령감은 오는 즉시로 마누라를 보고 조합에 대한 것이며 옥순이의 살림살이에 대하여 이것저것 물었다. 그리고 나서야 잊었던 듯이 집농사에 대하여 묻는 것이었다.

그러나 기실은 홍 령감은 이미 집에 오기 전에 남몰래 벌판을 한 바퀴 둘러 왔던 것이다. 그의 논의 벼도 제대로 되였지만, 그보다도 푸짐하게 나락이 달리기 시작한 조합벼를 손으로 훑어보고 놀라기까지 하지 않았던 가?……

안해는 몇 번이고 베짜던 손을 쉬여 가며, 남편을 바라보고 아들의 이야기가 나올 것을 기다렸으나 끝내 말이 없다.

전 같으면 아들의 얼굴빛갈이 더 거머진 것까지도 즐겨 말하던 그로서는 례외의 일이였다.

너무도 답답한 안해는

"여보! 그녀석이 어떻게 하고 있습디까? 무슨 말을 합디까? 속 시원히 좀 말해 보우."

하고 안타까이 물었다.

담배를 피우고 있건 홍 령감은 실죽해서

"남의 속으로 난 자식만 그런가 했더니 제 속으로 난 자식도 마찬가지 드군……"

하고 벽에 걸린 사진들을 쓱 흘겨보고 나서 미진한 말을 잇대였다.

"일 년 만에 만났는데 첫마디가 조합에 들었느냐고 묻거던……"

"그래서요?"

홍 령감은 대꾸도 않고 벌떡 일어서서 잠시 생각 하다가

"당신들의 눈총을 받아 가면서도 내가 발버둥 친 것은 다 저이들을 위하느라고 한 것이였소. 그런데…… 그게 그렇게 못됐드란 말이요. 그래서……"

하고 그는 채 말을 끝맺지 못하고 획 밖으로 나가버렸다.

안해는 남편이 사라진 문 쪽을 오랫동안 응시하다가 마침내 쓸쓸히 웃

으면서 바디집을 서서히 당겼다.

홍 령감은 지금 결정적인 그 어떤 순간이 조용히 자기 앞에 닥쳐오고 있는 것을 직감으로 알았다. '노란자위' 땅에 대한 완고한 그의 애착도 엄숙한 현실 앞에서는 시간과 함께 하나 또 하나 허물어져 가고 있었다.

그러나 홍 령감은 아직도 그의 가슴속 구석구석에서 완강히 버티고 있는 며느리에 대한 감정으로 말미암아, 자기의 태도 결정에 있어서 어데인가 마음에 걸리는 데가 있었다. 그래서 그는 박일만의 의견에 걸리는 데가 있었다. 그래서 그는 박 일만의 의견이 듣구 싶었다.

비가 내리고 있었다. 홍 령감은 마을에서 좀 외따로 떨어져 있는 박일만의 집을 향하면서 박일만이야 말로 그의 애틋한 고적감과 괴로움을 덜어줄 수 있는 유일한 사람이리라고 생각하였다.

그러나 홍 령감이 박일만의 사립문을 열고 뜰악에 들어서자, 곧 이런 환상은 방안으로부터 들려오는 부부싸움으로 인하여 깨여지고 말았다.

"당신이 정 그런다면 자라나는 애들 앞날을 생각해서두 나는 혼자라도 들어가겠수. 읍에 가서 살자. 말이 좋소. 또 무슨 바람을 피우고 누구 속을 썩일려고…… 나는 안가겠수."

톡톡 쏘는 박일만의 처의 음성에 홍 령감은 문득 걸음을 멈추었다.

'부부싸움은 칼로 물 가르기겠다'

홍 령감은 적적해서 그 자리에 그냥 섰다.

"이것아! 생각을 좀 해 보란 말이야. 그래 우리 같은 게 조합에 들어가서 아무리 한들 억척같은 그 젊은 축들을 따라가 낼 도리가 있겠는가, 웅…… 로력 점수로 분배를 받는데. 공연시리…… 이젠 농사도 파이니 읍으로 가잘 밖에."

박일만의 성난 목소리다.

"듣기만 하면 늙은이들은 늙은이들로서 할 일이 있구두 남는답니다. 지금은 농산 작업반과 연초반만 있지만, 올 가을부터는 가축반도 생기고 양어장도 만들고 꿀벌도 치고 허다못해 소채반까지 생긴답니다. 병신이 아닌 담에야 기중 어느 것을 못하겠소."

박일만의 처는 지지 않았다. 홍 령감은 리치가 당연한 처남댁에게 동정이 갔다. 그는 싱긋이 웃었다.

"건 누가 그래?"

늘어진 목소리다.

"옥순이가 그럽디다. 당신은 눈이 없소. 돼지우리 진 거라든가 몇십 년 소풀이나 뜯어 먹이던 높이 조합 사람들의 힘으로 옥답이 된 걸 왜 못 보오. 거게서 나올 벼만해도 五백 가마니는 실히 될거라고들 말합디다."

"홍 그렇게 잘 알아서 옥순이는 제 시아범을 조합에 못 들여 놓고 있더구나. 그 늙은이가 관속에 발을 들여 놓기 전에 조합에 드나 보지."

박일만의 독기를 품은 이 말 한 마디는 울타리 가름대를 짚고 섰던 홍 령감의 가슴을 푹 찔렀다. 그는 으스러져라고 가름대를 잡는다.

"옥순이를 나무럼 마오. 그게 다 당신이 한 짓이지. 남편 없는 불상한 조카며느리 하나 있는 걸 왜 시부모와 함께 못 살게 만들려 든단 말이요."

"누가 못 살게 해. 제 좋아하는 짓을."

박일만은 빈정거렸다.

"남을 물에 빠트리려면 제부텀 먼첨 물에 들어 서기 마련입네다. 옥순이가 얼마나 우리때매 걱정하고 돌봐주는지 아우. 어린 것이 홍역 끝에 리질로 다 죽게 될 번한 걸 의사를 데려 온 것도 옥순이라우. 사람은 량심이 있어야 합네다, 그게 없다면야 짐승이나 다를 게 뭐－유. － 그는 한숨을 쉬고 나서 말을 잇대였다 － 비료 친 논물만 하더라도 그렇지. 애꿎은 옥순이가……"

"뭐－ 이 어쩌구 어째. 니가 뭘 안단 말이야. 논물? 어디 말해 봐!"

"철걱" 무엇인가 호되게 물체에 부딪치는 소리가 들려온다. 홍 령감의 주름진 이마에 푸드득 움직이더니 그의 눈은 점점 커지고 그가 짚은 가름대가 흔들거리며 빗물이 후둑후둑 떨어졌다.

"그날 밤새껏 나한테 술주정을 부리더니 샐녘에 갑자기 밖으로 달아나가지 않았수. 그것두 내 신발을 신고……"

"그게 어쨌단 말이야. 웅…… 변소에 갔댔어."

빨곤 성난 박일만의 갈라진 목소리가 문풍지를 울릴 듯이 들려온다.

"도깨비에 홀린 사람모양으로 동뚝 기슭을 살살 기지 않았소. 나는 무슨 큰 변이나 난줄 알고 뒤따라 갔수……"

눈물 섞인 박일만의 처의 음성은 홍 령감의 심장을 갈갈이 찢어 놓는다.

"뭐?……"

"사돈집 논 앞에서 물꼬를 보고난 옥순이가 사라지는 걸 기다려 그리로 가지 않았수. 그러더니……"

"입을 닫혀라! 닫혀! 닫히지 못해!"

우르르 뛰여 가는 구둣발 소리가 홍 령감의 고막을 때렸다.

"우…… 우……"

분에 치바친 홍 령감은 몸서리를 쳤다. 그는 이미 푸른 힘줄이 울퉁불퉁한 두 주먹을 부르쥐고 있었다.

"멋대루 해라. 네깟 것하구 안 살면 그만이다."

방문이 "카" 열리며 불빛과 함께 박일만이가 튀여 나왔다.

"엣 더러운 놈!"

홍 령감은 눈을 부릅뜨고 떨리는 주먹을 번쩍 처들었다. 눈을 휘둥그렇게 뜬 박일만은 홍 령감을 알아내자 파랗게 질린 얼굴을 푹 죽이더니 피하려 하지 않았다.

홍 령감의 투박한 주먹은 당장 우둥퉁한 박 일만의 볼따구니에 우물을 팔 것만 같았다. 그러나 다음순간 빽빽 우는 어린 것을 안고 방안에서 내다보는 처남댁의 헝클어진 머리와 애련한 눈과 마주치자 홍 령감은 그만 천천히 주먹을 내렸다.

"자네나 내나 이젠 나이 값을 하고 사람 구실을 할 때가 되였나보이."

홍 령감은 내뱉듯이 말하고 줄기차게 퍼붓는 비속으로 느릿느릿 걸어 갔다.

먼 지평선에서 해가 뜬다. 八月의 아침은 맑고도 푸르렀다. 소꼴을 한 짐 지고 온 홍 령감은 안마당에 짐을 부리고 나서 바깥채를 기웃거린다. 그는 요 며칠 동안 옥순이를 붙들고 꼭 한마디 할 말이 있었다.

군 당 선동원 쎄미나르에 참가하려고 이날 옥순이는 조합을 쉬고 있었다.

노릿노릿한 베치마 적삼을 입고 노트를 든 옥순이가 방에서 나와 신발을 신다가 뚫어지게 자기를 바라보는 홍 령감을 보고 아침 인사를 했다. 홍 령감은 잠간 머뭇거리다가 옥순이의 곁으로 왔다.

"악아! 조합에서 청원 마감 한다드구나. 너 대신 가서 좀 빨리 해 주렴."

홍 령감은 떨리는 목소리로 띠엄띠엄 말하였다.

"아버님두! 가입 청원은 대신 안 된답니다. 아버님이 직접 하셔야죠."

홍 령감은 입이 불룩해서 두어 번 눈을 껌벅이다가 쌩 밖으로 나가버렸다. 성이 나서 걸어가는 홍 령감의 뒷모습을 한참 바라보던 옥순이는 급기야 안채로 뛰여들며 소리쳤다.

"어머님!……"

두 가지 다른 살림은 이로써 끝났다.

홍 령감은 돌다리 목에 와서, 앞에서 거름을 이고 오던 박일만의 처와 마주쳤다. 홍 령감은 요 얼마 전에 있은 일도 있고 해서, 그의 남편에 대하여 한 마디 물어보지 않을 수 없었다.

"암만해도 그이는 무슨 큰 병이 날것만 같군요. 어제 아침에 아주 간다고 그러면서 읍으로 가더니, 밤에 술이 잔뜩 취해 돌와서부터는 이불을 뒤집어쓰고 꿍꿍 앓고 있습네다. 묻는 말에는 대답도 않구……. 자꾸만 혼잣말처럼 국수장사 녀편네 욕만 하고 있군요. 아마 채인 모양이죠?……"

예까지 말하고 난 박일만의 처는 점직한지 고개를 옆으로 돌렸다.

"가만 뒤두시우. 저 두 사람이지…… 인제 그 고바가 지나가면 알 때가 있을 거웨다."

홍 령감은 부드럽게 말하고 바삐 걸어갔다.

홍 령감이 코스모스가 만발한 협동조합 마당가에 이르렀을 때, 모여 섰던 사람들의 의아한 시선은 일제히 그에게로 쏠렸다. 그러나 홍 령감은 눈도 거들떠보지 않고 고개를 든 채, 그냥 바로 관리 위원장실로 걸어 들어가고 있었다.

≪조선문학≫, 1955.3

아버지와 아들

김북향

가물에 준 샘'줄기처럼 수채를 졸졸 흐르는 시뻘건 쇠'물을 한동안 바라보고 있던 제련 직공장 박종호는

"이 꼴인데두 장입충만 낮추는군 젠장!" 하고 누구를 나무라듯 중얼거렸다.

그때 그에 대꾸라도 놓듯

"직공장 동무 자제분이 왔수다." 하는 소리가 송풍 소리며 기중기 구는 소리들이 뒤엉킨 소음 속에서 아렴풋이 들려 왔다. 종호는 그 소리에 귀가 번쩍 띄여 문 쪽을 돌아보았다.

'기어쿠 왔구나. 일각이 삼추 같았다. 이 녀석!'

종호는 기쁜 마음 같아서는 당장 달려가 와락 안아주고도 싶었으나, 애써 그런 감정을 누르며 그 자리에 서서 입가에 자못 흐뭇한 웃음을 머금었다.

이 용광로 앞에서 함께 늙어 온 보리가다반장인 교창이는 말할 것도 없고 전에 아들이 여기 있을 때 풋낯이라도 익혔던 젊은 패들이 잠시 일'손을 멈추고 아들을 둘러싸고서는 손을 잡아 흔든다, 얼싸안는다, 등을 두드린다 법석이다.

종호는 그들 속에서 곤색 양복을 입어 유표나는 아들 주섭이의 름름한 모습을 선뜻 알아보고 왼손으로 밤'송이 수염턱을 쓱쓱 긁었다. 흡족할 때

하는 버릇이다.

"여보게 종호? 주섭이가 왔어."

교창이가 답답하던지 이쪽에다 대고 고래고래 소리를 치며 손'짓한다.

'아따 저 사람이 제 아들 돌아온 것만이나 하이.'

그런데 주섭이는 벌써 부친을 알아보고 이쪽으로 성큼성큼 걸어온다.

공업 대학을 졸업하고 실습생으로 쏘련에 이태 동안 가 있는 동안에 어디라 없이 듬직해진 몸'집이며 갸름한 얼굴에 우뚝 솟은 코며 생기가 도는 눈매며 전보다 한결 인끔이 돋아 나 보인다.

그러자 어쩐지 오늘 올 줄 번히 알면서도 이렇게 장한 아들을 맞으러 정거장까지 나가지 않은 일이 마음에 걸린다. 아버지 되고서 너무도 섭섭하게 아들을 맞은 것만 같다.

종호는 부지불식간에 다가오는 아들을 마중하여 그에게로 몇 발'자국 떼 옮겼다.

"아버지 안녕하셨습니까? 이 제련소로 배치됐습니다."

하고 주섭은 허리를 굽혀 깍듯이 인사를 드린다.

귀국한 참에 잠시 집에 들리러 왔거니 생각했던 종호는 아들이 이리로 오게 되였다는 뜻밖의 말에 더우기 기뻐서

"거 참 잘 됐구나. 어미가 춤을 췄겠다."

하고 입술을 시물거리며 아들의 왼쪽 어깨를 덥석 그러쥐였다.

말로는 안해 핑계를 했지만 안해의 마음이자 그 자신의 심정이기도 했다. 외국에 가서 몇 해를 떨어져 있지 않으면 안 되였던 아들이 막상 돌아온다는 소식을 듣고서는 은근히 이 공장에 와 있게 되였으면 하는 외아들을 둔 늙은 어버이다운 소원이 없지도 않았던 것이다.

어느 결에 교창이서껀 우 밀려 와서

"여보게 오자 떠나보내는 것도 아니니 눈물을 짜며 말며 하잖아도 되겠네."

"좌우간 한 시름 놨수다. 우에서라구 그런 인정 몰라주겠소."

"이젠 며느리 얻을 걱정을 해야겠네."

하고들 너스레를 치며 와자그르 곤다. 맞장구 한 번 치지 않고 그저 싱글거리며 밤'송이 수염턱을 긁기만 하던 종호는 캡을 매만지고 열적어 하는 주섭에게

"지배인, 당 위원장 동무를 만나 봤나?"

하고 목소리를 가다듬어 위엄기 있게 물었다.

"아직…… 들어오는 길로 여길 왔습니다."

"그분들을 만나 인사를 드려라. 당 위원장은 그때 그분이시다. 명식이 아버질 알겠구나. 가 보도록 해라."

주섭은 그 말에서 예전이나 다름없이 의리에 밝으신 아버지가 새삼스레 정다와 보였다.

빡빡 깎은 성성한 머리며 구리줄 같은 주름이 죽죽 건너간 이마며, 희슷희슷 센숱 많은 눈'섭 아래로 푹 패워 들어간 눈이며 무척 늙으셨구나 싶어졌다. 하지만 꺼진 볼 우에 두드러진 광대뼈며 불쑥 솟은 코허리에는 의연히 의지적이고 고집이 세고 남에게 만만히 숙어들 줄 모르는 옛 모습이 력연했다.

쏘련에 가 있는 몇 해 동안에 주섭은 얼마나 집에 돌아가면 아버지에게 걱정을 끼치지 않고 그를 기쁘게 해 드리고 싶어 했던가! 계절이 바뀔 때마다 그리웁기 절절한 조국도 항상 어버이를 생각는 그 심정으로 느껴지며 사무쳐졌었다.

"네, 가보겠습니다."

주섭은 그 길로 돌아 서 캡을 눌러 쓰며 문 쪽으로 바삐 걸어갔다.

그러다 갑자기 무슨 생각이 났던지 우뚝 멈춰 서서 용광로를 쳐다보았다.

'아마 아비가 평생을 바쳐 오고 또 자기도 땀을 흘리며 일하던 용광로 앞에 다시 서게 된 감회 때문이렸다, 알 만하다. 이 녀석.'

종호는 이런 생각을 하며 한동안이나 서 있다가 문으로 나가는 아들의 뒤'모습을 흐뭇하니 바래주었다. 그에게는 아들이 미더웁고 자랑스럽게

여겨질수록 나라의 은혜로움과 함께 당 위원장 생각이 간절했다. 학교도 변변히 다니지 못하고 목구멍이 포도청이어서 힘에 부친 용광로 일을 하게 된 지 얼마 안 있어 해방을 맞게 된 주섭을 친자식 같이 돌보아 배우도록 해 주고 어엿한 기사로까지 길러준 그…… 애비로서야 다만 똑똑하다는 것밖에 물려 준거라곤 없다. 사람치고 어찌 은공을 모른다 하랴……

"아들 훈계가 됐네. 그래야 쓰느니." 하고 교창은 메기입을 시물거리였다.

"그럼 알아볼 사람들이야 알아 봐야지……" 하고 종호는 돌아서 땅'바닥에 놓인 강침을 집어 들고 신이 나서 로의 바람주둥이께로 가다 제련 책임 기사인 최 기사를 만났다.

"아드님이 오셨다지요? 반갑겠군요." 하고 최 기사는 그 해쓱한 얼굴을 이쪽으로 돌리며 먼저 알은 체 했다.

종호는 주춤 서서 잠시 최 기사를 번히 보다가 눈을 끔벅이고 웃음을 지으며

"반갑다마다, 여기루 오게 됐다네."

하고 인사를 인사대로 받았다.

그러나 최 기사의 세모난 조그만 눈이 갑자기 빛나며

"여기루요? 허 그거……"

하고 뜻 모를 소리를 내고는 인차 말머리를 돌렸다.

"용광로 상태가 괜찮은가요?"

"뭐 그 식이 장식이네."

그때 투입(投入)인 2층에서 송봉진이가

"최 기사 동무? 올라 와 장입층을 좀 봅시다."

하고 소리쳤다. 봉진은 기술부에 적을 둔 기수인데 최 기사의 실험에 동원되고 있는 터이다.

종호는 봉진을 흘끔 쳐다보고는 최 기사와 헤여져 용광로 앞으로 갔다.

종호는 교대를 마치고 로에 별다른 게 없음을 다시금 확인한 다음 지배

인실을 에둘러 당 위원장실을 찾아 갔다.

당 위원장과는 한날한시에 같이 이 제련소에 들어 와 20여 년을 한용광로 앞에서 늙어 오며 고락을 나눠 온 둘도 없는 친우이다. 그 뿐더러 그는 주섭을 자기 자식 같이 돌봐 주고 사람 구실을 하도록 힘써 주었었다. 종호에게는 오늘따라 그의 은공이 새삼스러워졌다.

문을 열자 막 나오려던 당 위원장은 반색을 하며

"반갑겠네."

하고 손부터 내밀었다.

당 위원장은 종호를 데리고 도로 제자리에 가 앉으며

"놈이 됐더군. 몇 마디 건네 봤는데 우선 중심이 있단 말이야. 이젠 우리가 좀 덕을 볼 만두 하잖은가?"

하고 쩍 버러진 어깨를 흔들며 티 없는 웃음을 웃었다.

종호는 당 위원장이 권하는 담배를 받아 쥐고 먼저 성냥을 그어 그에게 붙여 주었다.

"태산 만하게 은혜를 진 것 같수다."

당 위원장은 그 말이 귀에 거슬렸던지

"여보게 그따위 쓸개 빠진 소리는 하지두 말게."

하고 꾸짖듯 했다.

그건 서로 죽자 살자 지내던 그때 같이 당 위원장은 단 둘이 마주 앉으면 종호에게 노상 여보게로 대했다. 공식 회의에서도 그런 버릇이 튀여 나와 모인 사람들을 대하기가 면구스러울 때도 있었다. 그러나 종호로서는 오히려 그럴수록 당 위원장과의 옛정리가 새삼스러워지고 그에 대한 존경의 념이 두터워졌다. 그리고 그의 말이 어렵게 여겨지는 것이었다.

당 위원장은 종호가 좀 무안스러워하는 것 같아

"일이 두루 잘 됐네. 자넨 외아들을 거느리구 있게 되구 우리 제련소루선 유능한 기사를 맞게 되구……"

하고 웃으며 찌르릉 울려 온 전화 수화기를 들었다.

"여하간 앞으루두 계속 그 녀석 고삐를 잡아 줘야겠네."

"그야 어디 나 뿐이겠나. 자네나 당원들 모두가 책임져야지. 또 자넨 주섭에게 고삐를 잡힐 수도 있을게구……"

둘은 손을 잡으며 너털웃음을 쳤다.

새벽이면 새'별이 스러진 동쪽 하늘에 볼그레하니 해'빛이 어리고 자정이 지나면 북두칠성이 거북산에 기울었다.

주섭은 매일 새벽같이 공장에 나와 현장을 둘러보고 밤에도 늦도록 용광로 곁을 떠나지 않았다. 쏘련에서 실습만기를 앞두고는 하루 바삐 조국에 돌아가 보람 있는 일을 하고 싶어 얼마나 가슴을 안타까이 죄였던가! 은혜로운 나라의 품에서 행복하게 배웠다고 느낄수록 어려운 전쟁을 치르고 전후 재건에 일어선 조국이 그립고 그리고 어서 돌아가 힘껏 일해 보리라고 마음을 다잡아 먹군 했다.

그런 주섭은 이 제련소에 부임하던 그 이튿날 첫새벽부터 출근했었다.

지금 생산이 딱 막혀 가슴들을 쥐여 뜯고 있는데다 첫날 당 위원장, 지배인을 만났을 때에도 쏘련에서 배운 기술이 반드시 생산에 도움이 될 줄 믿는다면서 그들은 자기에게 간곡한 부탁을 하지 않았던가!

아버지도 자기에게 끔찍한 기대를 걸고 입 밖에 내진 않지만 매번

'너 바쁜 때에 마침 잘 왔다'

하는 눈치를 보이신다.

그런저런 생각을 하면 정말 한 시가 새롭다. 밤늦게 돌아와 자리에 누워도 잠이 오지 않았다.

주섭이가 온지 이틀째 잡히는 날이였다. 그날도 주섭은 일찍 공장으로 나갔다.

그는 용광로 전상을 둘러보고 2층인 투입으로 올라가자 우선 먹장구름처럼 시꺼먼 연기가 이는 용광로 속을 들여다보고 젊은 투입공에게 물었다.

"장입층이 얼마나 되지요?"

"1 메터 반은 되겠지요."

"예? 그밖에 안 된단 말이요? 어제보다두 더 낮췄군요."

"지금 시험 중이잖아요."

투입공에게는 어제도 꼭두새벽에 나와서 묻던 새로온 이기사의 물음이 새삼스러운 모양이다.

"생산이 나지 않는데 충만 낮추면 어떡하지요?"

"글쎄요. 그거야……"

하고 투입공이 어름거릴 때 마침 최 기사가 올라 왔다.

"저 기사 동무한테 물어 보시구려." 하고 최 기사에게 미루었다.

"뭘 그러오?"

주섭이와 투입공을 번갈아 보며 그 어느 쪽에 묻는지 종잡기 어려운 최 기사의 첫 말투는 곱지 않았다.

그는 밤새워 해본 저층 실험이 시원치 않은 데다 잠 한 번 못 잔 탓에 눈에 피'발이 서고 신경도 곤두설 대로 곤두섰다.

그런데 오자마자 주섭이가 오늘 아침에도 어제 같이 새'별 스러지자 나와서는 용광로를 둘러보고 이것저것 따져 묻는 게 수상했다. 그리고 마치 자기가 애써도 여의치 않은 일을 흠잡으려는 듯 싶이 저으기 불쾌했다.

바로 어제 저녁 주섭이가 찾아 와서 실험 정형에 대해서 꼬치꼬치 묻더니 당돌하게도

"저층 실험이지만 2 메터 이하까지 낮추는 거야 어떨가요?" 하고 머리를 기웃거리는지라 최 기사는 아니꼬운 생각이 들어

"아직 실험 중이니까 더 두고 봐야지요. 단김에 뿔을 뺄 일이 따루 있잖소."

하고 더는 말을 걸지 못하게 밀막아 버린 뒤여서 더우기 그랬다.

주섭이가 오던 날 종호에게서 그가 이리로 오게 되였다는 말을 듣고 최 기사는 한순간 자기 귀를 의심했는데 지금 생각하면 그때 벌써 이럴 줄을 예감하고 있었던가 싶다.

"어째 자꾸 층만 낮추는가구 묻잖아요."

하고 투입공은 턱으로 주섭을 가리켰다.

"층을, 좀 높여야 하잖을가요? 암만해두 너무 낮추는 것 같군요." 하고 주섭은 먼저 알은체를 하고 최 기사에게로 돌아 섰다.

'종호 말 본때를 그대루 외는구나, 가재는 게 편이라더니.'

이런 생각이 든 최 기사는

"아직 결론을 얻지 못한 실험에 시비를 걸지 마시오."

하고 쌀쌀하게 대답하고는 돌아섰다.

'아버지 말씀대로 고집이 만만찮군. 혹시 내 잘못이나 아닌가? 오자마자 그런 걸 묻는다는 게? 그렇지만……'

이런 생각을 하며

"오해 마십시오. 실정을 알아 볼려는 건데……"

하고 한 말이 변명으로 밖에 들리지 않는 모양이다.

"좋소, 그만둡시다."

하고 최 기사는 돌아 서려는데 교창이가 그 앞길을 가로막아 서듯 나섰다. 교창은 한동안이나 그들 뒤에 서서 곱지 않은 말을 주고받는 둘을 의아스레 바라보고 있었던 것이다.

"어째들 이러는 거요, 기술자들끼리…… 막다른 판에 좋은 기사 한 동무가 더 왔는데 우리루서야 그보다 더 좋은 일이 어데 있겠소. 그렇잖소?"

하고 최 기사를 눈'여겨 보았다. 놀란 듯 교창을 마주 보는 최 기사의 눈은 유독 꼿꼿해 보였다.

"이를테면 공동으루 큰'일을 해내자는 게 아니요? 허허……"

하고 교창은 너털웃음을 쳤다.

그때 아래층을 둘러보고 난 종호가 2층으로 올라 왔다. 그는 멀리서 누구인지 이쪽으로 등진 사람과 마주 서서 웃어 대는 교창이와 그 옆에 선 주섭을 알아보고 싱긋 웃으며

'무슨 약조나 한 것 같이 아침마다 한 자리에서 만나는군' 하고 입안으

로 중얼거렸다.

그러자 어제 아침 일이 문득 떠올랐다.

주섭이가 오던 그저께 저녁 교창이서껀 교대 동무들이 되들이 술'병을 차고 밀려든 통에 오래간만에 술을 마신 종호는 이튿날 아침 여니 때보다 늦게 깨났다. 머리가 터분해진 그는 우선 담배를 한 대 피우려고 머리맡에 손을 더듬었다. 늘 가게 마련인 그 자리인데 손끝에 닿는 촉감이 좀 다른 것 같아 머리를 들어 돌아다보니 쌈지가 저만큼 밀려난 그 자리에 '금강과 성냥'갑이 가지런하다.

종호는 대견한 웃음을 입가에 머금으며 한 대 꺼내 피워 물고 진한 연기를 후 내뿜노라니 안해가 부엌으로 난 문을 열고 들어왔다. 종호는 눈'짓으로 웃방을 가리키며

"앤 아직 자우?"

하고 속삭이듯 물었다. 김씨는 남편의 배포 유한 소리에 비위가 거슬렸다.

"공장에 나간 지가 옛날이라우."

"응?! 벌써 시간이 그렇게 됐소?"

"일곱 시 싸이렌두 울리지 않았는데 시간이야 아직 멀었죠. 밤낮 일만 아는 당신 성밀 닮아서 그렇지. 어쩌문 그렇게두 뚝 떼다 붙였는지 모르지."

"거 좀 쉬라구 못 하우. 꼭 내가 해야만 맛인가. 눈 뜨고 번히 보면서 나가게 한단 말이요. 지배인두 며칠 푹 쉬라구 했어."

하며 종호는 요를 걷어차고 일어 나 부랴부랴 서둘러 차비를 하고 나섰다.

언제나 남 먼저 직장에 나가 교대 전에 미타한 데를 미리 손써 고치군 하는 종호는 우선 전상을 둘러보고 2층으로 올라갔다. 그런데 그는 사무실에 들렀으려니 했던 주섭이가 뜻밖에도 새 작업복을 입고 투입 앞에서 교창이와 무슨 말인지 주고받는 것을 보고 놀랐다.

"여보게 교창이? 일쩍 나왔네나. 젊은 사람이 다르긴 하군 술을 퍼 먹구두."

하면서도 그의 눈'길은 아들에게로 갔다.

"늦게 나와가지구 이 사람이 어른 행세까지 하려 드는군 허허…… 그러나저러나 웃물이 맑아야 아래'물이 맑다는 옛말이 자네 부자를 두구 한 말이나보이. 용광로 불 앞에 평생을 살아 온 자네나, 오자마자 현장으로 달려 나온 주섭이나 뭐가 다르겠나, 특제품들이거던."
하고 교창은 큰 입을 째지게 벌리며 너털웃음을 쳤다. 종호는 눈을 부릅뜨며
"에끼 못할 소리가 없군. 버릇없이."
하고 건성으로 올러놓고는 어느덧 손으로 밤'송이 수염턱을 긁으며
"로 상태가 괜찮네."
하고 딴전을 뗐던 것이다.

이런 생각에 자못 흡족해서 그들에게로 다가 간 종호는 등친 사람이 바로 최 기사임을 알았다. 그런데 어째서인지 주섭이와 최 기사의 기색이 언짢다.
"로 상태가 시원찮은걸."
종호는 자기가 말하지 않고는 이 자리가 더 어색할 것 같아 먼저 입을 열었다.
"이 두 기사를 사이두 썩 시원찮네나고려. 내가 아니더면 어째 장입층이 낮으냐 마냐 시비가 일어날 번 했네."
하고 교창은 또 소리 내여 웃었다.
"어제보다두 더 낮춘가부야, 꼴이. 용광로 탈은 바루 거기 있단 말이야. 사람두 그렇지, 먹으리만큼 먹어야지, 배가 고프니까 맥을 줄 택이 있는가 말일세."
하고 종호는 마음먹은 대로 쏟아 놓았다.
"고층을 할 만한 설비가 돼 있지 않은것두요."
하고 최 기사가 역겨웁게 대답하며 종호를 홀깃 보았다. 최 기사는 주섭이와 이러니저러니 하던 끝에 종호에게 서로 그 말을 듣게 되자 심지에 불을

달인 것처럼 심사가 뒤틀려졌다. 그는 종호와 맞설 적마다 애써 그런 감정을 누르려고 했지만 마음뿐일 때가 많았다.

최 기사가 종호에게 그런 감정을 품게 되기는 꽤 오래전부터인데 이번 저층 실험을 둘러싸고 그들 사이는 더처졌다.

사실 최 기사는 지금과 같은 낡고 부족한 설비를 가지고는 도저히 층을 높일 수 없다고 믿었다. 원료 부원료를 조합해서 소결로에서 귀낸 덩어리 '소결괴'를 용광로에 장입하게 마련인데 우선 소결로를 증설하지 않고서는 층을 높일 만한 소결괴의 량을 보장해낼 수 없는 것이다. 종호의 제기는 물론 생산을 많이 내 보자는 욕심임에는 틀림없지만 그러나 다리도 이 불길이 보아 가며 펴라고 하지 않았는가?

이 제련소의 절박한 생산 문제의 해결여부는 지금 자기가 책임지고 하고 있는 그 방법 밖에 딴 도리가 없다. 즉 중건대로 저압 저층을 하면서 그 속에서 가능성을 탐구해 내는 것이다.

이 문제는 지난해보다 25%로 증대된 증산 의무를 몇 달째 하지 못하게 되면서 긴박하게 제기되었는데 최 기사는 지도부의 위임을 받고 그것을 해결하기 위하여 해당한 기술 조치를 취해 온지가 이러구러 달포가 되는 것이다.

비록 아직은 이렇다 할 만 한 성과가 없지만 그렇다고 손 떼고 주저앉을 수는 없는 노릇이다.

최 기사는 어떻게 하던지 이것으로 끝장을 낼 작정이었다.

그런데 종호가 노상 눈 우에 혹처럼 걸리군 한다.

최 기사는 못내 안타깝고 못마땅했다. '게다가 이런 일이 한두 번일세 말이지……'

누가 이러니저러니 해도 최 기사는 이 공장 기술자들 가운데서 가장 년한이 오래고 경험도 있었다. 그런데 종호의 숙련된 기능 앞에서 그는 번번이 꿀리고 쪽을 쓰지 못했다. 어떤 어려운 문제가 제기되면 때로 자기의 조리 있는 론리보다도 오히려 종호의 경험이 제련공들의 지지를 받을 적

마다 최 기사는 얼굴이 더욱 해쓱해져서

"어째선지 리론적으로 설명하시오."

하고 따지며 들었다.

이번 문제도 그랬다. 최 기사의 실험이 달포가 지나도록 그저 그럭인지라 전번 생산 협의회에서 종호는

"암만 층을 낮춰야 별수 없으니 어디 좀 높여 봅시다."

하고 제기했다.

최 기사는 물론 리론적으로 따지려 들어 서로 옥신각신했던 끝에 좀 더 두고 보기로 하고 회의를 끝냈는데 그는 지금도 그 일이 생각되어 참을 수가 없었던 것이다.

"그럼 성북 후에 약이란 셈오루 일 년 열두 달이 지난 담에야 급해 맞아서 들볶아 대겠나."

하고 종호도 지지 않고 엇섰다.

그때 최 기사가 미처 대꾸도 하기 전에 그들 뒤에서

"올라가지 못할 나무는 처다보지두 말랬다구 되지 않을 일을 우기기만 하면 장땡인 줄 아는 모양이군."

하고 아닌 밤'중에 홍두깨 내밀듯 받아 채는 소리가 들렸다. 언제 올라 왔는지 봉진이가 좀 떨어진 자리에 버티고 서 있었다. 그리더니 자기를 돌아보는 종호와 주섭을 흘깃흘깃 번갈아 보고는

"또 어디 그렇게 실컷 먹일 소결괴가 있기나 합디까."

하고 이죽거리며 오른손에 쥔 수갑으로 묻은 것을 털 듯 왼손을 툭툭 치며 그들 옆을 지나갔다.

제련 기술 학습회가 있던 날이다.

종호는 그날 애는 애 대로 먹으면서 10톤밖에 내지 못한 데다 두 시간 동안이나 송 봉진이 꼴을 보고 울며 겨자 먹기로 견딜 생각을 하니 짜증만 났다.

그런데 뜻밖에도 주섭이가 교단에 나타났다.

종호는 금시 딴사람이 되여 흡족한 마음을 어쩌지 못하며 밤'송이 수염 턱을 쓱쓱 긁었다.

"좌우간 열성이군! 여기 번쩍 저기 번쩍!"

"그러구서 일만 잘 하문 좀 좋은가."

"허기사 그렇지, 꼭 제 아빌 닮았네."

하고들 술렁거리며 종호를 흘깃흘깃 돌아보았다.

"낳논 지가 엊그제 같은데 이젠 자네가 그놈한테 배우게 됐네나그려."

하고 옆에 앉은 교창이가 종호의 옆구리를 꾹 찌르며 귀에다 속삭인다.

종호는 겉으로는 그런 말을 들은 둥 만둥 했지만 속으로는 자못 대견스러웠다.

녀석 서두르는 솜씨가 보통'내기가 아니다. 어덴지 미더워 보이고 십상 큰'일을 치러 냄직도 하다. 외아들을 만 리 타국에 보내고 몇 해 동안을 늙은 내외만 남아 있게 되였을 때는 미상불 자식을 주렁주렁 둔 사람을 얼마나 부러워했는지 모르지만 이제 와서는 더럭 많아야만 맛이냐 싶기도 했다.

종호는 아래'자리에 앉아 교단을 쳐다보며 그런 아들에게 버젓이 배우자!'

오히려 반원들과 함께 아들에게 배우게 되였다는 게 그지없이 기쁘고 자랑스럽기도 했다.

주섭은 출석부를 펴들고 이름들을 불러 내려갔다.

그런데 김 교창을 부른 다음에 주섭은

"박……"

성을 불러 놓고는 움찔 놀라며 벌린 입을 오므리고 머무적거렸다.

주섭은 아무리 자기가 가르치는 립장에 섰다지만 차마 아버지 이름을 부르기 송구스러웠다. 그렇다고 그냥 뛰여 넘어 가기도 어색한 노릇이고 ……

주섭은 한동안 난처해하다가 그 이름 란에 출석표를 긋고는 그 다음을 불러 갔다.

'음, 녀석이 됐거던.'

종호는 대견한 나머지 자기도 모르게

"에헴!"

하고 헛기침을 치자 누군지

"박 종호 왔소!"

하고 실내가 쩡 울리게 올려 바치는 통에 구석구석에서 키득거렸다.

그러나 종효는 그것도 다 아들 잘 둔 탓이거니 생각되여 거듭 헛기침을 치고 연신 밤'송이 수염턱을 긁적거렸다.

기술 학습은 처음부터 이목을 끌었다.

"…… 저는 쏘련 가기 전에 우리나라의 제련 방법과는 아주 다른 방법이 있다는 것을 알고 있었습니다만 정작 쏘련 가서 제련소들을 돌아 보구 놀랐습니다. 글쎄 수채로 이런 통물'줄기가 흐르잖겠어요."

하고 두 손으로 굵다는 형용을 해 보였다.

"여기'거 몇 배 굵고 세찬지 모릅니다. 그래 저는 우리나라 현 설비를 가지고 이 방법을 도입할 수 없을가 하는 생각에서 연구해 봤습니다.……"

이렇게 허두를 떼여 꼭 수수께끼를 풀 듯 저압 저층 방법인 우리나라 용해법과는 판판 다른 쏘련의 고압 고층 방법을 조리 있게 설명해 갔다. 이 제련소의 장입층은 2 메터가 고작이지만 쏘련에서는 투입 언저리까지 높이니까 못 되여도 150톤로 잡고 6 메터가 넘을 것이며 풍압은 2배, 그러면 생산은 3배가 넘는다.

"3배면 하루에 90톤 이란 말인가?"

하고 교창은 입을 쩍 벌렸다.

"그렇습니다. 100톤을 넘기도 합니다."

"허 그런 방법이 있다는 건 들었네만 그렇게두 차가 엄청나단 말인가?"

"그렇게 되면 못 낸 생산을 넉넉히 봉창 하겠군."

"그래두 뭐 다른 게 있게다 그렇지?"

하고들 이론이 분분했다.

"가만들 있소 마저 들어 봅시다."

확실히 그것은 생산이 나지 않아 안타까운 그들의 맘을 동하게 해 주었다.

설명이 끝나자 실내는 더한층 술렁거렸다.

"우리두 한 번 해 볼만 하잖은가? 어떻소? 우리 제련소엔?"

하고 교창이가 묻기는 강사에게 물었는데 왕청같이 전등이 없어 어둠침침한 뒤켠에서

"하면 다 되는 줄 아우. 현실 조건이 맞아 떨어져야지."

하고 비양거리듯 한 입빠른 소리가 장내에 쨍 울렸다. 뒤를 돌아 본 뭇시선들은 사무실로 통한 문이 있는 데서 언제 들어왔는지 모를 송 봉진을 알아보고 놀라며 한동안은 멍해졌다.

마침내 그 눈'길들은 그 무엇을 힐책이나 하듯 서슬이 져서 봉진을 쏘아보았다. 그중에서도 단 우에게 자기를 내려다보는 주섭의 눈'길이 봉진에게는 어덴가 도전하는 것만 같아 맞서 보려는 충동이 불'길이 일듯하기도 했다.

그러나 그러지 못하는 자신에게 반발이나 하듯 봉진은

"온통 뒤죽박죽이라니, 학습 진도가 떨어졌는데 딴소리만 들이대면 어떡한다?"

하고 홱 돌아서 나왔다. 실내에서는 그 뒤에다 대고

"심술두 나게 됐지, 똘려났으니."

하고들 쏘아부치는 목소리가 풀매'돌같이 울렸다.

사실 송 봉진은 그렇게 욕을 먹어 쌌다. 그가 전련에서 기술부로 넘어온 지는 석 달이 되나마나한데 제련 기술 학습반을 책임지고도 이 평계 저 평계를 대고 제대로 해 본 적이 없었다. 출연한대도 전혀 성의가 없을 뿐아니라 자기 마음대로 시간을 뒤바꾸고 잘라 먹었다.

그래서 한 번은 기술 학습 문제를 가지고 직맹 회의에서 토의하던 때 종호는

"그뿐사로 하겠으면 보따리 꿍지든가 어쩌든가 하라구. 개똥참외 맡듯

맡아 놓구 뒤'감당을 못 해 쩔쩔매 돌아가지만 말구."

하고 송봉진을 호되게 비판했었다.

그러자 그 다음 학습회 때 송봉진은 결석자들을 하나하나 들춰 가지고
학습 규률을 세워야겠다면서 결석한 사람을 종호에게 당장 불러오라고 고
아쳤다.

종호는 어처구니가 없어

"앓는 사람두 데려 오라우?"

하고 빗대 놓고 물었다. 사실 한 동무가 오후에 갑자기 신열이 나서 집으
로 돌아갔던 것이다.

"앓긴 뭐가 앓아, 기술 학습에 참가하기 싫으니까 꾀병이 났지, 어서 데
려 오시오."

하고 내려 먹었다.

"그런 내 갔다 오겠소."

하고 어느 동무가 일어섰다. 모두들 누가 규률을 지키는지 두고 보자고 잔
뜩 벼르는 마음으로 송봉진에게 맞서게 되였던 것이다.

"자넨 가만있게, 내 갔다 오겠네. 내 책임이니까 책임진 사람이 갔다 와
야지."

하고 종호는 교창이서껀 말리는 것도 뿌리치고 나갔다.

얼마 만에 종호는 그 환자가 그날 병원에 가서 떼 온 진단서를 가지고
돌아 와 강사에게 바쳤다.

"학습 규률이 이만큼은 세야지."

그날 저녁 송봉진은 진땀을 쪽쪽 빼며 강의를 진행했다. 그리고 한동안
은 제대로 하는 것 같더니 제 버릇 개 못준다는 셈으로 어느덧 또 그전 쪼
가 되였다. 이번에는 강습생들이 규률 문제를 가지고 송봉진에게 들이 대
였다.

그가 이런 일을 당해 보기는 물론 처음이 아니였다. 그 때문에 회의에서
비판도 받고 땀도 뺐다. 그러나 그때 뿐 사흘이 멀다 하게 또 말썽을 부렸다.

그의 말을 어느 정도 믿어야 할지 모르겠지만 그는 자기가 왜정 때, 공업학교를 나왔는데 동창 중에는 성 간부나 큰 기업소 기사장급도 있다는 것이다. 그런데 터놓고 말하면 그가 기수 자격을 어떻게 얻었나 싶을 만큼 엉터리고 또 일 할 념도 안 했다. 후퇴 시에도 그랬다. 그 당시 그는 'ㅎ'제련소에 있었는데 염병에 걸려 죽느니 사느니 했다. 강점자들이 제련소를 돌리려고 사람을 보내자 봉진은

"병이 원쑤외다. 이렇지만 않으면야 당신들이 찾아오실 땔 기다리구 있겠소."

하고 눈물까지 흘렸었다. 아마 병이 아니였던들 놈들이 달아날 때 여기 남아 있지 않았을 것이다. 그러고도 우리 동무들이 돌아오자

"놈들이 날 부려 먹을려구 총으로 협박 하면서 내끄는 걸 버티구 안 나갔소. 목을 내놓구 말이요."

하고 혀 둘 가진 뱀처럼 혀'바닥을 놀렸다. 그리며 한 자리 바랬다. 의례 장'자 붙은 자리 하나쯤 차례지리라고 목을 빼고 넘보았으나 결국 헛물을 켜게 되니까 거기 있댔자 신신한 일이 없을 것만 같아 어찌어찌해서 이 제련소로 조동되였다. 처음에는 일도 하느라 하고 기술 일'군들도 귀한 터이라 어쩌다 제련직 공장 자리에 게바라 올라갔으나 두 달이 못 가서 사고를 치고 종호에게 그 자리를 물려주고는 기술부에서 통계나 주무르는 평기수로 굴어 먹는다.

그런데 남들이 알가 보아 기이는 이 비밀을 맨 먼저 폭로한 사람이 바로 종호였다. 종호와 함께 여기에 있다가 'ㅎ'제련소로 조동된 동무가 봉진이가 이리로 온지 얼마 안 되여 종호에게 알려 왔던 것이다.

생각할수록 봉진은 울화가 치민다. 그리고 닥치는 사람이거나 일이거나 눈꼴시고 아니꼽고 심술만 났다.

그런지라 기술 학습회가 잘 될 리 없었다.

끝내 어제 저녁 지배인실에서 열린 행정 회의에서 기술 학습회 정형을 검토하게까지 되였는데 그때 봉진이가 대표적으로 비판 되였을 뿐 아니라

주섭이와 교체하기로 결정 되였던 것이다. 오늘 학습부터 주섭이가 나오게 된 것은 그 때문이였다.

그러나 봉진에게는 그전 종호에게 직공장 자리를 내주던 일도 그렇고 죄다 종호의 작간이라고 여겨졌다. 물론 그로서는 시끄러운 일'감 하나를 남에게 홀내 맡긴 것 같아 속 시원하지 않은 것도 아니였지만 막상 물러나 앉게 되자 마치 마음 당기는 일을 억울하게 주섭에게 떼운 듯 분했다. 심술이 부글부글 끓어올라 견딜 수 없었다. 그래 저 혼자 날치던 끝에

'네가 하면 얼마나 잘 하겠냐?'

하는 앙심을 먹고 학습 도중에 슬금슬금 민주 선전실에 들어가 어둠침침한 뒤'자리에 앉았던 것이다. 그런데 일은 들어가지 않으니만 같지 못하게 되고 말았다.

밖으로 나온 봉진은 돌'부리에 발끝을 채우면서도 아픈 줄 모르고 씩씩거리며 공장 정문을 벗어났다. 생각할수록 이가 갈리고 치가 떨린다.

'흥, 좀 두고 볼걸.'

봉진은 종호 부자를 단단히 별렀다. 그들에게 분풀이를 하지 않고서는 자기 간이 마르든가 어쩌든가 할 것 같다. 그 누구를 붙들고 통사정이라도 해 보고 싶다.

그러자 최 기사가 생각이 났다. '주섭이가 최 기사를 헐어 뜯더라고 그의 가슴에 불을 질러 주리라'

봉진은 최 기사가 그가 맡은 소결 직장 기술 학습을 끝내는 대로 돌아오겠거니 생각하고 그의 집을 찾아 갔다.

간밤 기술 학습회에서 주섭이가 한 이야기는 그날 밤으로 온 공장 안에 쫙 퍼졌다. 더우기 제련의 다른 브리가다 동무들은 만나자 인사'말로

"그 이야기 들었는가? 쏘련서 한다는 방법을."

"우리 형편으룬 될지 말지 하다덴?"

"쏘련서 되는 일이 우리라구 안 될 리 있나?"

하고들 주고받게 되었다.

　일이 이렇게 되고 보니 이 며칠 동안 종호 부자는 궁금해서들 미주알고
주알 캐여 묻는 동무들과 씨름을 하여야만 했다.

　종호만은 누가 물으면

　"내야 뭐 아는가. 그 녀석한테 물어 보게나."

하고 밤송이 수염턱을 쓱쓱 긁으며 아들에게 미루었지만 한두 마디씩 덧
붙이는 말을 잊지 않았다.

　"하면 될 것 같네."

　"'우리'거 3배나 난다는데 누가 마다겠나."

　사실 종호는 이즈음 생산이 나지 않아 답답한 판이라 참말 제때에 아들
이 돌아 왔구나 했다. 그리고 녀석이 누구보다도 아비의 답답한 심정을 알
아주고 원을 꺼줄 것만 같이 믿어졌다. 녀석 서두는 품이 여간하잖다. 우
선 대빈에 용광로공들의 마음을 잡아끌게 될 고압 고층 용융법만 하더라
도 지나가는 풍월이 아니고 꼭 무슨 속궁리가 있어서 한 말인 것 같았다.

　바로 그 첫 기술학습이 있었던 날 저녁 종호는 주섭이와 함께 집으로 돌
아오던 길에

　"네 먼저 일어나는 날엔 날 깨워라."

하고 일깨워 주고는 넌지시 물었다.

　"아예 되지부터 않을 일을 꺼낸 것 같진 않은데 우리게두 가망이 있어
뵈느냐? 쏘련서부터 그런 생각 했다니까 짐작이 가겠구나."

　주섭은 어쩐지 가슴이 따끔해졌다. 여럿에게 말 할 거면 아버지와 사전
토의쯤 하는 게 마땅하잖으냐고 꾹 찌르는 것 같았던 것이다.

　"그렇잖아두 아버지에게 말씀 드릴려구 했습니다만…… 며칠 더 두구
공장 실정을 알아 봐야겠습니다. 아버지 생각엔 어떠세요?"

　"글세 난 아직 잘 모르겠다만…… 그런데 그 고층이란 게 말이다. 전번
에 최 기사와 해 보자거니 안 된다거니 시비를 하다 결국 그 리론에 내가
막히구 말았다만 오늘 저녁 네 말을 듣고 보니까 될 것두 같더구나……

고층이란 게 그 리론적으루 말이다……"

"리치야 명백하지요. 층이 낮으면……"

그때 뒤 따라온 당 위원장이 종호의 어깨를 툭 쳤다.

"지성이 끔찍하군그래. 아버지는 아들을 데리구 아들은 아버지를 모시구. 제멋에 산다구들 하지만 자네네들 멋만 한 게 없을 걸세."

하고 너털웃음을 쳤다.

"어째 분대를 통솔하구 다니지 못해 걱정인가, 이 사람."

하고 종호도 맞웃음을 쳤다.

당 위원장은 딸 하나에 아들 여덟을 거느린 착실한 아버지였던 것이다.

"그렇잖아두 내 한 번 만날려구 했는데……"

하고 당 위원장은 금시 웃음을 치던 사람 같지 않게 정색을 하며

"내 나오다 동무들한테 얘길 들었네만 고층 방법이 우리와 노상 인연이 없는 것 같잖더군."

하고 주섭을 돌아보았다.

주섭이가 얼추 설명을 하자 당 위원장은 종호에게

"자넨 그걸 어떻게 생각하나?"

하고 물었다. 짐짓 묻는 말이였으나 종호에게는 아닌 때 물음 같아 이내 대답을 못 하고 머무적거리다

"그래서 지금 자꾸 문구 캐는 중일세."

하며 열적은 웃음부터 앞세웠다.

"아마 그 제기를 누구보다도 지지하구 나설 사람은 자네가 돼야 할 것 같아. 어쨌든 구미가 당기네, 허허."

당 위원장과 헤여져 집으로 돌아 온 종호는 저녁상을 물리기가 바쁘게 주섭이 곁으로 갔다.

"아까 말하다 만 그 고층의 리론 말이다. 최 기사와 맞섰다 내 땀을 뺐다만 그게……"

하고 노트를 펼쳐 들었다.

"그건 이렇습니다. 장입층이 낮으면 녹여 낸 다음에 또 새로 원료 부원료를 넣어 녹여 내기 때문에 용해 시간이 오래 걸립니다만 고층이면 계속 녹이면서 뽑고 뽑으면서 녹이며 하게 될 게 아닙니까. 즉 층 높은데 광석은 이미 일정한 열도에 녹기 시작하게 되니까 밑에 내려 와서 속히 용해될 수 있습니다. 그러니까 생산이 많이 날 수 있습지요."

그러자 종호는 무릎을 탁 치며

"글세 그렇다니까, 될 것 같았거든……"

하고 그때 최 기사에게 리론으로 대답 못 한 일을 생각하고 허거프게 웃었다.

"그런데 설비 문제가 걸리는 모양인데 그건 어떡할 셈이냐? 우선 고층이고 보면 소결괴를 더 많이 넣어야 하겠는데 지금 소결로 가지구야 부족할 거구……"

하고 담배를 꺼내 물고 성냥을 그어 붙이면서도 눈길은 아들 얼굴을 흘금흘금 살폈다.

주섭은 그런 아버지에게 가슴이 뭉클해지는 것을 가까스로 누르며 조합 비률을 변경하여야 할 것을 차근차근 설명해 드렸다.

물론 생산은 중하다. 하지만 그것을 걱정하는 마음 한구석에는 또한 아버지 성에 찰 만한 일을 해놓아 그로 하여금 늘 웃음으로 주름을 펴고 턱수염 굵게 하고 평생을 용광로에 바쳐 온 아버지의 생애를 더 보람되고 자랑스럽게 해드리고 싶은 간절한 념원이 있었던 것이다.

아버지는 주섭의 말을 듣고 나자 담배를 재떨이에 비벼 끄며

"그래 어떠냐? 리론은 그렇구 실제로 될 것 같으냐 말이지."

하고 빛나는 눈으로 빤히 쳐다보며 물었다.

주섭은 그 당장 아버지에게

'됩니다. 되구말구요.'

하고 대답 못 하는 자기가 안타까와 견딜 수 없었다.

"어쨌든 좀 더 실정을 따져 보구…… 되도록 해얍지요."

하고 가까스로 대답했다. 두 손을 마주 낀 손'가락이 으스러져도 시원치

않을 것 같은 심정이였다.

"음!"

아버지는 뜻 모를 소리를 내고는 또 담배를 꺼내 물었다. 주섭은 얼른 성냥을 득 그어 붙여 드렸다.

종호는 기술 학습회에서와 집에서 아들에게 개별 지도를 받는 덕에 그 새 방법의 틀리에 어느 정도 자신도 생겼다. 물끄러미 용광로를 쳐다보며 지금의 8배나 되는 쇠'물이 쏟아져 나올 때를 머리에 그려 보기도 했다. 그리고 당 위원장 말마따나 가능하다면 누구보다도 자기가 먼저 그 방법의 도입을 위해 선두에 서야겠다고 생각했다. 아들에 못지않은 아비 노릇을 해야 할게 아닌가.

그런 어느 날 한낮인데 주섭이가 제련째호로 급히 들어오더니 용광로 바람 주둥이를 보고 난 종호에게로 고추 달려오며 소리부터 쳤다.

"아버지, 될 것 같습니다."

종호는 그 소리에 귀가 번쩍 띄여 뒤를 돌아보았다.

주섭은 씨근거리면서 종호 앞에 와 멈춰 서며 마치 장한 일을 보고나 하듯

"될 것 같습니다. 타산이 됩니다."

하자마자 종호는 주섭의 어깨를 덥석 그러쥐었다.

"어 자식! 정말이냐? 응?!"

"네, 정식으로 제기하겠습니다."

"오냐 잘 됐다. 하긴 우리 제련소 형편이 해 보지 않구선 못 배기게 되기두 됐어. 모두들 들썩대는 게…… 아무튼 해보자꾸나."

하고 아들의 어깨를 다시 한 번 움켜쥔 종호는

'제발 일이 잘 되여지라'고 지성스레 비는 것 같은 심정이였다.

그동안 얼마나 주섭에게서 좀 더 실속 있는 대답이 있기를 기다렸던가! 그리며 아들에게 열성껏 배웠으며 그 자신도 될 수 있을 것 같은 믿음을

가지고 그 제기의 실현을 위하여 어떤 어려움이라도 감당해 낼 각오가 되여 있다.

"가 보지 않겠냐? 당 위원장한테." 하고 종호는 아들에게 묻고 대답도 기다리지 않고 앞장을 섰다.

그리고 당 위원장실에 들어 가 자리를 잡으며 주섭이 먼저 고층의 리론을 설명하면서 그 도입을 제기했다. 주섭의 설명까지 듣고 난 당 위원장은 의자 등거리에 기대였던 몸을 용수철처럼 일으키며

"좋소, 나두 찬성이요. 당위원회에서 토의해 보겠소. 행정에두 제기하도록 하시오."

하고 자리에서 일어 나 누를 수 없는 흥분에 사로잡힌 듯 실내를 왔다갔다 했다. 그러다 종호 곁에 바싹 다가서서 그의 등에 손을 얹고

"전투 준빈 됐겠지!"

하고 너털웃음을 쳤다.

"주섭 동무, 오늘이 기술 학습 날이지요? 출석에 내 이름을 적어 놓소. 잊지 말구."

아니나 다를까 그날 저녁부터 기술 학습회에 당 위원장이 쑥 나타났다. 들어오자마자 그는 종호와 교창이 사이를 비집고 들어앉았다. 그 통에 한 자리 밀려나게 된 교창이는

"거 딱하군. 굳이 앉는 걸 물리랄 수는 없구. 자리 가지구 의리를 상해서야 될 처진가 말일세."

하고 여럿이 들으라는 듯 메기입을 너불거리며 웃기는 바람에 실내는 웃음으로 좌그르르 했다.

학습회는 뒤떨어진 진도를 따라 잡아 가면서도 여전히 고압 고층법 이야기로 흥성거렸다. 이제는 그 이야기를 안 할래야 안 할 수 없게끔 돼 버렸다. 그전 시간에 한 이야기가 다음 시간에는 숯한 질문을 제기하면서 그 해명을 요구하게 되었던 것이다.

주섭은 물론 그동안 그 문제를 들고 최 기사를 개별적으로 만나고 또 기

술부회의에서도 한두 번 그와 론쟁하게 되었지만 최 기사는 끝내 그것에 동의하지 않았다.

그런 분위기는 은연중 주섭이 부자와 최 기사 사이를 버그러지게만 하였다.

최 기사로서는 더욱 그랬다.

그날 저녁 최 기사를 찾아간 봉진은 정말 그의 가슴에 불을 질러 놓았다.

봉진이 생각에는 지금 종호 부자와의 관계에서 비록 최 기사와 자기가 그들과 시새우고 덧나게 된 내막이야 이랬든 저랬든 간에 그들과 맞선다는 그 점에서는 거의 리해가 같고 립장도 비슷했다.

그래서 봉진은 그런 기미를 알아 차리자부터 최 기사의 심중도 떠보고 번번이 그를 편역도 들어 주었다.

봉진은 처음 최 기사를 경원했다. 그리고 그가 자기를 어떻게 대하는가 눈치를 살폈다. 자기가 전련에서 기술부로 조동된지 미구하여 저층 실험을 거들어 주러 제련 현장에 나오면서 최 기사와 아침저녁으로 얼굴을 마주하게 되었다는 그 사실부터가 봉진에게는 꺼림직하고 마음 내키지 않는 일이였다.

바로 봉진이가 전련으로 조동되기 전에 있은 일이다. 그 때 그들은 제련의 직공장으로서 교대들을 하나씩 책임지고 교대 간 치렬한 증산 경쟁을 전개했다. 그때 봉진네 교대는 연거푸 두 달이나 아슬아슬한 차이를 두고 최 기사네 교대에게 지고 말았다. 세 번째 달 경쟁에서도 역시 꿀리게 되자 봉진네 교대에서는 월말 어느 날 교대 림박해서 넣을 만큼 넣어야 할 원료를 투입하지 않고 용광로 안에 있는 쇠물을 몽땅 녹여 빼내고 그 우에다 최 기사네 교대에서 눈치 채지 못하게 원료를 쏟아 부었다. 봉진은 그러는 줄 뻔히 알면서도 슬쩍 눈을 감아 두었던 것이다. '그러면 그 교대에서는 생산을 많이 내지만 다음 교대에서는 용해 상태를 회복하기에 애를 먹는다.' 경쟁에서 이기겠다는 욕심도 있었지만 마음 한구석에는 여기에 오기도 때를 같이했고 나이도 한두 해 차이밖에 안 되는데 최는 기사인데다 늘 자기가 꿀리게만 되는 그에 대한 앙심도 없지 않았다.

과연 최 기사네가 인계 받아 가지고 시원치 않은 로 상태를 회복하기에 모두들 쩔쩔매 돌아가는 판에 인후가 툭 터져 불을 확확 내뿜었다. 그때 마침 인후를 둘러보던 최 기사는 미처 몸을 피하지 못하고 화상을 입어 보름 동안이나 입원 치료를 받았던 것이다.

물론 직장에서는 그 사고에 대한 비판이 있었고 봉진이도 책임을 추궁 당해 진땀을 뺐다. 그리고 마침내 직공장 자리를 종호에게 물려주고 얼마 뒤 그는 전련으로 조동되여 최 기사와는 별로 상종하지 않게 되였다. 간혹 회의나 있으면 만나게 되는데 최 기사는 그 일을 별르 탓하지 않는지 늘 무표정하고 해쓱한 그 얼굴로 보고 못 본 체는 하지 않았다.

그러다 이번 다시 제련에서 최 기사와 아침저녁으로 상종하게 되자 봉진은 도적 제 발 저리다는 셈으로 새삼스레 그 일이 꺼림해지기도 했다. 허지만 그보다도

'뭐 그까짓 다 지나간 일인데.'

하는 배짱이 섰다. 막상 아침저녁으로 얼굴을 마주하게 되니까 역시 인사를 주고받고 때로는 롱도 걸었다.

봉진은 그를 찾아 가자 기술 학습회에서 주섭은 고압 고층 용융법을 선동하면서 최 기사를 보수주의 경험주의로 헐어뜯더라고 불을 지르고 호호 불었다.

봉진이가 쏜 화살은 과녁을 면바로 맞힌 셈이 되었다. 그가 겨눈 대로 최 기사는 그날 밤 잠을 이루지 못했다.

물론 그는 봉진의 말을 그대로 믿지 않았다. 별로 깊이 사귀여 오진 않았지만 한 직장에서 지내오는 동안에 속을 두고 지낼 만한 사람은 못 된다고 접어둔지 오래다.

또 지금 그가 종호 부자를 먹지 못해 하는 것도 알고 있었다. 그리고 그 전의 그 화상 입던 일을 생각하면 괘씸하기 짝이 없다. 그랬다고 그런 자

와 맞서는 것이 치사스런 것 같기도 해서 그런 내색을 하지 않고 오늘까지 겉으로는 나쁘지도 좋지도 않게 지내 오긴 왔지만 그 일로 늘 꿍한 가슴이다.

그러나 아무리 봉진이의 그 말을 에누리하고 듣는대도 때지 않은 굴뚝에서 연기 날리는 만무하다. 또 사실 그 기술 학습회 다음날부터 고층법을 해보자고들 용광로 동무들이 떠들썩 고아대는 것으로 보아 그 말은 믿지 않을 수 없었다.

'그럴 수야 있는가? 아무리 쏘련 가서 배워 왔다기로 여기 오래 있던 사람의 의견을 그렇게도 무시할 수 있겠는가?'

하긴 일부러 자기를 찾아 온 주섭이기도 했고 또 그가 제기한 고압 고층법을 토의하는 기술부 회의나 생산 협의회에 그는 참가하지 않은 것은 아니지만, 최 기사에게는 그것이 모두 마치 주섭이가 자기를 걸고 드는 것으로만 생각되었다.

그런지라 그는 새삼스레 옛 기술 서적들과 노트들을 뒤져 보며 단단히 잡도리를 해 가지고 그 문제가 최종적으로 토의되는 행정 기술 협의회에 참가하였던 것이다.

행정 기술 협의회에서는 주섭이가 맨 먼저 발언하게 되었다. 그는 두꺼운 노트를 펼치며 일어서 천천히 입을 열었다. 이 제련소의 지금 형편으로서는 혁신 없이는 생산을 해결할 수 없다는 허두를 놓고 차근차근 설명해 갔다.

시설을 확장할 수 없는 이 제련소로서는 기술 공정을 개편해야 된다. 즉 증산의 결정적 방법인 고압 고층법을 도입하기 위해서는 소결괴를 많이 귀 내야 하는데 그러자면 정광 100에 80으로 넣던 소재를 35~40으로 비률을 낮추고 그만큼 정광을 더 넣자는 것이다. 다만 소재를 적게 넣어서 소결 과정에서 류황 성분이 제거되겠느냐는 것인데 주섭은 그것이 가능하다고 했다.

귀담아 듣고 있는 종호에게는 주섭의 그 한 마디 한 마디가 그 동안 자기네 부자가 겪어 온 가지가지 일들을 그림처럼 머리 속에 펼쳐 주는 것이었다. '고달픔 모르고 주섭에게 배우던 밤을, 공장 당 위원회에서 토의되던 날 밤의 흥분……' 차라리 자기가 주섭의 처지였던들 종호는 그처럼 속을 태우진 않았을 것 같았다.

말을 더듬기까지 하며 말하는 주섭의 코등에는 어느덧 땀방울이 송글송글 내돋았다. 한두 번만 이야기한 것이 아닌데 저럴 적에야.

종호는 아들의 심정이 가히 짐작되였다. 그 자신도 고르롭지 못한 주섭의 목소리에 저절로 숨이 가빠지는 것 같았다.

"결국 장입층을 높이고 바람을 올리기 위해서 원료 부원료의 조합 비률을 변경시켜야 합니다."

"흥, 말이 쉽지요."

하고 송봉진이가 툭 내쏘았다. 말문이 막힌 주섭의 얼굴에 피가 몰렸다.

종호는 가슴을 쥐여 질린 듯했으나 아닌 보살하고 애꾸지게 주먹만 꾹 쥐였다.

"가만있소. 다 들어 놓고 토론하도록 합시다."

하고 의자 등거리에 기댔던 몸을 일으키며 당 위원장은 주섭을 빤히 건너다보았다.

"자 문제는 거기 있는 것 같소. 소재를 적게 넣구서도 탈류(脫硫)되는가 하는데……"

"될 수 있다구 생각합니다."

하고 주섭이가 대답했다. 그리고 마치 그것을 강조하려는 듯 한숨 돌리고 나서 자신 있는 어조로 말을 이었다.

"그건 가능합니다. 저두 쏘련 있을 때 실험을 해 봤습니다만 류황 성분은 워낙 가연성물이기 때문에 소재를 40% 조합한 조건에서 완전 탈류가 될 수 있습니다."

"음!"

하고 주섭이를 빤히 건너다보면 당 위원장이 머리를 끄덕이며 몸을 도로

의자 등받이에 눕혔다.

　"결국 불붙기 쉬운 류황 성분을 역리용하자는 것입니다."

　"알 만하오!"

하고 당 위원장은 주섭의 말에 맞장구를 쳤다.

　주섭이가 앉자 한동안 실내에는 침묵이 흘렀다.

　"그럼 말해봅시다. 의견들을 말해보시오."

하고 지배인이 자리를 둘러보았다.

　송봉진이가 일어났다.

　"전 주섭 동무의 의견이 좋다고 생각은 합니다."

하자 교창이가 어이없는 듯

　"그럼 반대는 아니구먼."

하고 그를 쳐다보았다.

　송봉진은 뜻하지 않은 말에 당황해져서 좀 어성을 높였다.

　"아니지요. 의도는 나쁘지 않으나 조합 비률을 변경하는 건 반댑니다. 될지 안 될지 모르는데 위험한 장난을 할 필요가 어데 있단 말이요."

　"그럼, 좋다, 안 된다? 어떻게 된 거요? 이랬다저랬다, 좀 똑똑히 놀라구."

하고 교창은 오금을 박아 주었다. 송 봉진은 약이 올라

　"뭐가 이랬다 저랬다야?"

하고 목에 피'줄을 세웠다.

　"자 그만두오. 토론을 계속합시다."

하고 지배인이 책상을 두드리며 재촉했다.

　회의가 순조롭게 되자 종호 부자는 등'골에 식은땀을 쪽 뺐다.

　주섭은 자신을 가지고 이 문제를 제기 했지만 웬일인지 그것을 토의하는 자리에 나서면 마치 자기의 조직 문제를 보는 회의에라도 나선 듯 했다.

　종호 역시 그런 주섭의 증인으로나 불린 것 같았다. 그러나 어찌 사실을 증명하는 그런 증인으로만 되어서 쓰랴…… 그의 제기를 지지하며 그 실

현을 위해 모든 것을 아끼지 않고 기꺼이 자랑스럽게 바칠 그런 자기를 아들과 모든 사람들에게 보이고 싶었다. 얼마나 좋은 아버지가 되고 싶었던가!

송봉진이가 리론적으로 막힐 만하자 최 기사가 일어났다. 그는 자기도 주섭의 제기를 반대한다면서 일련의 제련 리론을 말한 다음 계속했다.

"요는 류황 성분의 완전 제거냐 불완전 제거냐에 있는데 소재 40 - 35 가지군 안 됩니다. '류황 성분이 소결 과정에서 제거되여야만 로에서 용해가 잘 된다.'

왜정 때에도 그것은 절대 기준이였던 모양인데…… 요는 80이란 정확한 과학적 계산에 의해서 산출된 만큼 설비를 개조하기 전엔 고압 고층법은 불가능합니다……."

주섭이가 다시 일어섰다.

"문제를 그렇게 설정해서는 안 됩니다. 높은 요구에 상응한……"

"그렇잖습니다. 문제는 소재 80이래야만 탈류가 잘 되는 것으로 보아 박 기사의 리론과는 다른 실제적인 모순이 존재 합니다. 요는 현 상태로는 설비 개조도, 조합 비률의 변경도 그림의 떡과 같은 것만큼……"
하고 최 기사가 자기 의견을 고집 세게 우기는데 당 위원장이 나섰다.

"좀 가만있소. 동무가 말한 과학적 계산이란 것도 처음부터 해서 맞아 떨어진 게 아닐게요. 하구 또 하구 몇 번씩 거듭되는 실천 과정에서 검토되고 심의되고 또 계산 기준이 달라져서 된 게 아니겠소. 우리가 지금 하자는 게 바로 그겁니다."

"생산을 망치면 어떡하구요?"
하고 송봉진이가 날쌔게 껴들었다.

"그러니까 혁신해 보자는 게지. 그것도 허공 뜬 게 아니구 일정한 과학적 근거를 가지구 있단…… 말입니다."

"글쎄 그 과학적 근거라는 바루 거기에 문제가 있습니다. 우리 공장 실정을 무시하구 눈 감고 범 잡자는 게지 뭡니까?"

하고 봉진은 어처구니없는 듯 웃음을 쳤다.

종호에게는 그것이 주섭에 대한 참을 수 없는 모멸로 느껴졌다.

"여기가 자네 집 아래'방일 줄 아나. 그 따위 웃음을 치게."

종호는 앉은 채 내질렀다. 봉진은 금시 얼굴이 거멓게 질리며 종호를 무섭게 쏴 보았다.

"그래, 난 우리 집 아래'방인 줄 알구 그런다 치지만 동문 집안 운력을 믿구 큰 소리요?"

"닥쳐!"

소리치며 종호가 일어섰다.

"그래 부자간엔 옳은 것두 나쁘다구 해야겠소? 그렇잖아도 난 내 아들이 제기한 거기 때문에 동무들 앞에서 할 소리도 못했소. 꾹꾹 참구…… 층을 높이자는 것도 그렇소. 리론 리론 하는 최 기사 앞에서 내 말을 못했는데 그 대답을 지금 해 드리리다. 동무가 꼭 들어보라구 해야겠단 말이요……"

하고 종호가 팔을 걷어붙이자 교창이가

"옳은 말이요. 할'일이야 대가리가 열세 쪼각이 나드래두 해야지. 그게 용광로 사람이잖겠나."

하고 입이 불어 가지고 맞장구를 쳤다. 정색을 할 때면 그의 메기입은 늘 보아야 부루퉁해지는 것이었다. 된다거나 될 일이 따로 있다거나 하고들 주섭 부자와 최 기사, 봉진이가 옥신각신하는 판인데 누구인지

"밑져야 본전밖에 더 되겠소. 해 봅시다나."

하고 롱조로 말을 걸었다.

별안간 당 위원장의 노여움을 띤 얼굴이 시뻘겋게 단 쇠빛 같이 되어 손바닥으로 책상을 탁 치며

"그걸 말이라구 하우? 시험 때문에 한동안은 생산을 영 내지 못할 수도 있을 게요. 그런데두 밑져 본전이란 말이요. 밑천을 뭉청 잘라 먹는데두 예? 만일 안 되면 목을 내놓을 각오를 가지구 달라붙어야 할 일이요. 그래

이걸 장난으루 치부하구 있소?"

하고 좀 불거진 눈'방울을 뒤굴리며 여럿을 죽 훑어보았다.

실내는 침묵이 흘렀다. 비소리는 좀 잦아지고 먼데서 울려오는 파도 소리 같이 제련 송풍기 소리가 쏴쏴 밀려 왔다 사라지군 했다.

결국 주섭의 제기가 통과되고 회의가 파하는 대로 봉진은 최 기사를 따라 지배인실을 나서자

"아마 머리가 좀 복잡할 게요. 그러나 기왕 이렇게 된 바에 단순하게 생각하구 행동하지 않구선 아마 정말 복잡한 통에 걸릴걸요."

하고 두덜거리며 힐금힐금 최 기사의 동정을 살폈다.

최 기사는 아직 흥분을 식히지 못했는지 여전히 씨근거릴 뿐이다.

정말이지 그가 오늘'밤 회의에서처럼 생산 기술 문제 때문에 사면초가를 당해 보기는 처음이었다. 그건 자주 종호와 대립되긴 했지만 그래도 주섭이가 오기 전까지는 이런 일은 없었으며 또 있을래 있을 수도 없었다. 종호도 전에는 그렇게까지 기승스럽지는 않았었다.

그런 속에서 봉진이가 자기를 편들어 주긴 했다.

그러나 최 기사에게는 그런 봉진이가 조금도 달갑지 않았다. 아무런 기술적 타산도 없이 그저 종호 부자를 어째 보려고만 하는 봉진임을 누구나 다 짐작하고 있다. 그런데 자기주장이 겨우 그런 자의 지지밖에 받지 못하였음을 생각할 때 최 기사는 제물에 울화가 치바쳤다. 그리고 찰거머리처럼 지꿎게 따라 나서는 봉진을 피할 작정으로 옆으로 홱 몸을 돌리는데 뒤에서

"최 기사 동무하구 봉진 동무, 당 위원장 동무가 좀 만나자우."

하는 궁글은 목소리가 들렸다.

둘은 주춤 섰다.

"이건 어째 오라는 거야?"

하고 봉진은 볼부은 소리로 투덜거렸으나 최 기사에게는 그 순간 생산이 막힐 때마다 당 위원장이 자기를 찾고 몸소 찾아오군 하던 그 전날들이 새

삼스레 생각되였다.

지금까지는 어려운 생산 문제가 나서면 당 위원장은 의례 자기와 종호의 의견을 듣거나 서로 제 말만 제 말이라고 우기는 둘을 말없이 바라보고만 있기도 했다. 그런데 결국에 가서는 종호가 하자는 대로 되는 경우가 많았는데 그런 때 당 위원장은 자기에게보다도 일수 종호편에 치우쳤다. 최 기사에게는 그것이 당 위원장이 기술 문제를 잘 모르기 때문이라고 여겨졌다.

그게 섭섭하긴 했지만 틀이 잡히고 기술일군들의 의견을 존중하려고 애쓰는 그만한 당 위원장도 조련하지 않을 게라고 생각하면서 그를 존경했다.

그러나 오늘'밤 회의에서의 당 위원장은 아주 속 다른 사람 같았다.

회의를 앞두고 최 기사는 당 위원장을 만났는데 그때 자기는 그것은 그림의 떡을 먹으려는 것 같이 헛수고일 뿐더러 생산만 더 망쳐먹는다고 했다.

그런데 회의에서 당 위원장은 애당초부터 종호 부자의 제기를 관철시키려고 그 반대되는 의견을 막아 낼 든든한 방패를 미리 들고 접어든 듯싶다. 그러다보니 자기는 결국 고군분투한 셈이 되고 만 것이다.

'어쨌든 만나자.'

그는 여전히 무어라고 게두덜거리는 봉진이를 앞서 울렁거리는 가슴을 누르며 당위원회로 발'길을 돌렸다.

김씨는 저녁 밥그릇을 보자기에 싸 들고 부리나케 공장으로 들어왔다. 남편이나 아들이 집에 들어오지 않아 걱정이긴 했지만 아침 낮 저녁으로 끼니마다 부자의 밥그릇을 들고 '부자간'을 찾아가는 어머니의 마음은 대견했다.

실험이 시작되고 종호 부자가 거의 직장에서 지내게 되자 제련 직장 민주 선전실 옆에다 간을 막고 조그맣게 꾸린 방이 연구실이자 침실로 되였다. 식사도 김씨가 가지고 드나들었다. 야금학에 관한 기술 서적들도 죄다 이리로 끌어 내왔다.

어느 누구의 입에선지 렬차의 '모자' 간에다 빗대여 그 방을 "부자 간"이라고들 외워쳤다.

"종호 못 봤나?"

하고 찾으면

"'부자' 간에 들렸댔나? 거기 없으면 현장에 있겠지."

하고들 히히덕 거렸다.

사실 종호 부자는 밤'중을 가리지 않고 그 방에서 나와 용광로로, 소결로로 원료로, 조합장으로 바쁘게 오르내리며 살피고 지시를 주고 몸소 손을 대군 했다.

"고단하실 텐데 아버진 집에 들어 가 주무시지요."

하고 주섭이가 눈에 피'발이 선 아버지에게 간곡히 부탁할라치면 종호는

"어서 내 걱정 말아라. 오늘'밤 할 일이 뭔지 내게 일러 주고 네나 들어 가렴."

한다. 그리고 주섭이가 고집을 부리지 못하게

"아비가 그렇게두 못 미덥단 말이냐?"

하고 아픈 데를 꾹 찔러 준다.

"원 아버지두, 그런 수법으룬 이제 제게 통하지 못합니다. 누가 아버지 속을 모르는 줄 아십니까?"

"수법이라구? 네게야 어디 그것밖에 더 있어야지, 이 녀석아."

"그럼 모르는 체 하랍니까? 어서 그럴 테니 오늘은 아버지가 먼저 들어 가 주무시구려. 래일은 제가……"

하고 싱글거린다. 어덴지 엉큼하다.

이 녀석 배속에 애비보다도 더 묵은 능구렁이가 들어 있는지……

"자식부터 애비 말을 들어야 써!"

부자는 서로 속이 트이게 웃어 대고는 결국 현장에서 새게 된다.

그들이 간간이 함께 집에 들어왔을 때나 밥그릇을 들고 공장에 나갔다가 이러는걸 보게 될라치면 김씨는 그만 눈물이 날 지경이였다. 새삼스레 령감을 잘 만나고 외톨이지만 남 축에 빠지지 않는 아들을 뒀다 싶은 기쁨에 걷잡을 수 없이 가슴은 울렁거리는 것이였다.

민주 선전실까지 온 김씨는 주춤 서서 문에 써 붙인 종이쪽지를 들여다보았다. 성인 학교 덕에 겨우 눈이 뜨게 된 밭은 한글 지식으로 그는 읽을 수 있었다.

"이 안에서 누가 무슨 소리를 지르든지 들어가지 마십시오. 교창."

'웬일일가?'

김씨는 이상한 생각이 들어 혹시 무슨 소리가 나지 안나 하고 귀를 강구었으나 간간하다.

그러자 그는 어쩐지 수상쩍어서 사방을 휘휘 둘러보고는 얼른 문을 열고 들어 가 되닫았다.

참 모를 일이다. 부자'간 문에는 광재를 잔뜩 넣은 가마니가 열리지 못하도록 지질러 있지 않는가.

조그만 창문으로 들여다보니 남편이 침대 우에서 세상모르고 자고 있다. 여북 고달프면 저러랴 싶었으나 주섭이를 두고 자기 혼자만 자는 게 못 마땅히 여겨져서 정말 젖 먹는 힘까지 내여 가마니를 치워 놓고는 문을 열고 들어가 남편을 흔들어 깨웠다.

남편은 눈을 번쩍 뜨고 일어나더니

"어떻게 들어 왔소. 그걸 용케 치웠군 그래."

하고 눈을 쓱쓱 비빈다.

"앤 좀 잤소? 어른이 렴치두 좋수다."

"좋잖으믄 어떡하는가. 주섭이가 나간 담에 잠간 눈을 붙였다 뜨니까 문이 열리지 않는구려. 소리쳐두 누가 들은 체나 해 줘야지."

"들어 줄게 뭐유. 문엘 좀 나가 보구려."

"어째?"

안해가 그 이야기를 하니까 종호는 허리를 꺾으며 웃었다.

"그런 걸 젠장! 그렇다구 이 창문으루야 빠져 나갈 수 있소. 그러니 또 자는 수밖에, 허허……"

그때 교창이가 부자'간으로 쑥 들어오며

"주섭이가 하 아비 걱정을 하길래 딱해서 내 독단으루 자네 자는 사업을 조직했는데 아주머니가 훼방을 놨군요. 그러나 저러나 간에 마츰 잘 꼈네."

하고 여늬 때 같으면 너스레를 치지 않고 못 배길 그가 긴 눈'섭을 미간으로 모아 세우고 수갑을 벗으며 의자에 털썩 앉는다.

"뭐 일이라두 생겼는가?"

"교대두 끝나 가는데 있다 작업 총화 때 보게나, 땅땅 벼르는 모양인데."

"뭔데 이 사람?"

"실수률이 낮아졌다는군 1, 5%나……"

하고 교창은 수갑을 책상 우에 던지고 담배'갑을 꺼냈다.

"그거야 어디 이번뿐인가? 종종 있었던 일인걸."

"그래두 눈을 뒤집어 밝히는 사람들에게야 어디 그런가. 시비를 걸구 들지 못해 기를 박박 쓰는데……"

최 기사는 주섭의 제기가 최종적인 토의를 거쳐 도입하기로 되자 밤'잠을 이루지 못하며 남모르게 속을 앓았다.

'어쩔가? 내버려 두구 보기나 하자. 죽이 되건 뭐가 되건.'

그러면 당 위원장의 말이 그런 자기를 나무라듯 떠오르는 것이었다. 그때 행정기술 협의회가 있던 날 밤 당 위원장을 찾아가자 그는

"…… 과학적 계산이란 게 처음부터 해서 맞아 떨어진 게 아닐게요. 아마 그런 경우는 극히 드물 겝니다. 하구 또 하구……"

하고 회의에서 한 말을 되풀이해 강조하면서 비록 자기의 주장과는 맞지 않는다고 하더라도 일단 회의에서 결정된 것인 만큼 주섭이를 도와야겠다는 부탁을 자기에게 했다.

최 기사는 다시금 주섭이의 제기가 무모하다고 한댔자 군말밖에 되지 않을 것 같아서 울며 겨자 먹기로 네 하고 나왔지만 일이 이렇게 되고 보니 자기의 립장만 딱해진 듯했다.

'되지 않을 줄 뻔히 알면서 그 일이 되도록 도와주다니…… 아니 도와주어야만 하다니…… 물론 당 위원장의 말은 옳다. 그러나 어느 경우나 그런 것은 아니다. 될 거야 처음부터 그럴 수 있는 무엇이 보이는 것이지만 이거야 어데 그런 게라고 있을 세 말이지……'

결국 그 때문에 빳빳하게 해 오던 생산 계획까지 미달하고 말 것을 생각하면 감았던 눈도 떠졌다.

그러나 기왕 일이 이렇게 된 바에야 별도리가 없지 않은가? 어쩔가?

그런 최 기사는 기어이 마음을 갈피 잡지 못한 채 새 실험의 거센 바람 속에 휩쓸려 들게 되었다.

이 실험이 시작되자 다른 직장 동무들까지 동원되여 전 공장이 법썩 끓었다. 그 통에 기술부 성원들도 전원이 각 공정들을 뜯어 맡고 그날그날 총화를 짓게 되었다. 최 기사도 전상 관리를 떠맡고 송 봉진은 투입을 돌보아야 했다.

최 기사로서는 물론 그것들이 달가울 리 없었고 불만으로 되였다.

그런데다 각 공정들에서 지금까지 자기 지시대로 해오던 일이 별안간 뒤바뀌여진 게 꿈같기도 했다. 새삼스레 눈'길이 그리로 쏠리고 아까운 걸 잃은 것처럼 서운해 견딜 수 없었다. 그리고 어쩐 일인지 그것들은 자기를 꺼리여 보고도 못 본 체 하고 자기 눈이며 손이 미칠가 보아 겁나듯 질겁을 하며 멀리멀리 달아나는 것만 같았다.

동무들이 자기를 대하는 태도도 그전 같지 않다고 생각되군 했다.

날이 갈수록 그런 감정은 더해지고 때로는 참기 어려운 모욕을 받으면서도 구질구질 성미를 삭이고 있는 듯한 자신에 울화가 치밀기도 했다.

그러다 당 위원장의 부탁이 생각되면 그는 참말 갈피를 잡지 못해 어쩔 바를 몰랐다.

'이번 실험은 되지도 않을 뿐더러 생산을 망쳐 먹는다. 그럼 어째 당 위원장이 그런 일을 지지하는 것을가?'

그것은 역시 당 위원장이 기술을 모르기 때문이리라……

이렇게 생각되자 최 기사는 이런 고비일수록 주'대가 있어야 하며 기술자다웁게 떳떳이 행동해야겠다고 마음먹었다. '당 위원장도 자기를 알게 될 날이 있으리라……'

'그렇다고 지금 당장 실험을 걷어 부치자고 할 수는 없는 노릇이고 이번 실험이 한 매듭 질 때를 기다릴 밖에……'

그럴수록 그는 전상에만 눌러 있지 않고 각 공정들을 둘러보아야만 마음이 놓였다.

자기의 주장이 정당하다고 믿고 또 주'대 있게 행동하라고 자신에게 채찍질하듯 타이르지만 어쩐 일인지 종호 부자의 불'덩어리 같은 열의에 눌리워 지어 어떤 불안까지 느끼게 되는 자신을 어쩌지 못했다.

최 기사도 저층 실험을 책임졌을 때 밤을 새고 몸을 돌보지 않기도 했다. 고됨과 피로에 지쳐 며칠 몸살을 한 적도 있었다.

그런데 종호나 주섭은 그런 정도가 아니다. 옷이야 거맹이 투성이 되건 말건 밤이건 낮이건 몰라볼 만치 측간 얼굴인데 언제나 긴장된 빛을 띠고 아래 우로 오르내리며 이것저것 돌보고 손을 쓰군 한다. 그들에게는 마치 어느 날이고 결전을 하지 않는 날이라군 없는 것 같다.

최 기사는 은연중 그들에게서 어떤 중압을 느끼고 있는 자신을 깨닫고는 소스라치기도 했다. 그리고 자기도 그들 못지않게 무엇이든 해야겠다는 반발심에 사로잡혀 자기가 하던 저압 저층법과 이번의 고압 고층법의 실험 과정을 대비 검토하며 그것이 용해 상태와 생산에 주는 영향이며 결과를 세심히 관찰하고 연구하였다. 물론 그것은 어디까지나 이번 실험을 통해서 자기가 해오던 방법이 이 제련소 실정에 적응한 유일한 방법임을 더 확인하며 실증하기 위해서였다. 또 그런 것을 굳이 찾아 내지 않고서는 종호 부자에서 받는 그 어떤 강박 관념에 더욱 사로잡히는 것이었다.

그런 최 기사는 각 공정들을 둘러보다가 종호 부자와 마주치기 일수였다.

그러면 저쪽에서는 이따금 인사를 할가 말가 주춤거리는 기색이 눈에 띠우기도 했다. 허지만 최 기사는 일부러 그들을 피해 돌아가거나 본 체 만 체 하며 그들 옆으로 지나쳐 버리군 했다. 최 기사는 속으로

'그럴 것까지야 있는가? 하는 인사야 받구 지나면 어떤가? 그것이 오히려 신념을 가진 기술자다운 떳떳한 행동이 아니겠는가?'

하는 뉘우침도 없지 않았으나 웬일인지 감정이 앞서군 하는 것이었다.

당 위원장을 만났을 때만은 최 기사가 먼저 알은체를 했다.

"어떻소? 경과가!"

하고 당 위원장이 궁금해서 물으면 최 기사는 무어라고 대답해야 좋을지 몰라 망서리다가는

"위원장 동무, 좀 더 두구 보시면 알게 될 것입니다."

하고 얼버무렸다.

"동무가 열성스레 실험에 참가하구 있다는 말을 들었소. 어쨌든 좋은 끝장을 내도록 합시다. 부탁하오."

하고 당 위원장은 최 기사의 등을 두드리였다.

최 기사는 자기를 잘못 알고 있는 당 위원장에게 자기의 심정을 털어 놓지 못하는 안타까움과 함께 마치 자기가 그를 속이고 있는 듯한 미안스러움을 느꼈다.

그런 최 기사를 봉진이가 늘 찾아 와서는 은밀히

"어떻소? 케상태가?"

하고 능글맞게 말을 걸었다. 최 기사는 무표정하나 경계하는 얼굴로

"글쎄요."

하고 쌀쌀하게 대꾸할 뿐이였다.

최 기사로서는 행정 기술 협의회날 밤 봉진이와 함께 당 위원장에게 불리어 갔을 때 일을 생각하면 할수록 불쾌했다.

회의에서는 제가 제로라 떠들어 댔는데 당 위원장이 몇 마디 타이르자

마자 금시 굽실거리고 맞장구를 치며

"그렇습지요. 회의 때 말한 건 어데까지나 저의 개인적 의견이였구요. 일단 회의에서 결정된 다음에야 거게 복종해얍지요. 그게 원칙이 아니겠습니까."

하고 마치 최 기사를 비난하는 듯한 말투였다. 그러자 당 위원장도 돌연히 변한 그의 태도에 이마'살을 찌프리며 봉진을 날카로운 눈매로 쏴 보더니 최 기사를 홀핏 돌아보았다. 사실 최 기사는 당 위원장 앞만 아니더면 그를 그냥 두지 않았을 것이였다.

그런데 당 위원장과 헤여져 나와 최 기사와 단 둘이 되자 떡심 좋게 봉진은 코'방귀를 뀌며

"말이 말 같아야 맞서 보든지 하지. 기술은 쥐뿔 알지도 못하면서 누굴 타이르러 들긴, 젠장."

하고 당 위원장 험을 뜯었다.

최 기사는 그만 울컥해져서

"자기가 한 말에 책임을 질 줄 아우."

하고 씹어 뱉듯 하며 먼저 힝힝 걸었던 것이다.

그 뒤로는 더욱 그를 대하기가 싫었다.

"혼뜨검을 할 날이 있을게요. 저들이 놓는 덫에 걸려서, 허허……"

그 웃음에는 어딘지 모르게 소름이 쭉 끼치는 여운이 있었다.

그는 짬짬이 치근스레 최 기사를 찾아 내려와서는

"장입층을 높이지 않았수다."

"조합에 가 보니까 조합공들이 새 조합 비률이 스끄럽다구 혜를 찔찔 깔던걸요."

하고 고해바치듯 했다.

사실 봉진으로서는 이번 실험이 되고 안 되고 그런 기술적 타산에는 자신이 없었다.

다만 주섭의 제기보다는 최 기사의 주장이 옳은 것 같고 만일 주섭의 뜻

대로 되어 간다면 어떻든 종호 부자를 그냥 두지 않겠다는 앙심을 품고 있었다. 아니, 종호 부자들 뿐 아니라 종호 부자를 싸고도는 모든 사람들이 아니꼽고 닥치는 대로 뒤집어엎고 싶은 충동을 느끼기도 했다.

그런데 최 기사는 암만해도 자기를 시답게 여기지 않는 눈치다. 아마 그 때 화상을 입은 그 원이 아직 꺼지지 않는가부다.

'그러문 어떤가? 내가 더럭 그의 덕을 입자는 것보담 그를 리용하자는 거니까……'

곱건 밉건 그를 구슬리고 빌붙어 보자꾸나. 밑져야 본전밖에 더 되겠는가? 하는 심산이었다.

그랬던 만큼 봉진은 총화 때거나 기회 있을 적마다 어디서 주어 모았는지 시시껍지한 것까지 들춰 내여 거품을 물고 시비질이었다.

한 번은 어느 회의에서 역시 그런 봉진에게

"그것두 개인적 의견이요. 어느 게 진짜요?"

하고 힐문했다.

봉진은 당황해져서 어름어름하다가

"글쎄 안 되는 일을 대구 붙들구 늘어지기만 하면 어떡헙니까."

하고 처진 볼을 불룩거렸다.

"좀 주'대를 가지오. 이랬다저랬다 말구."

하고 당 위원장은 봉진을 날카롭게 훑어보았다.

당 위원장에게는 그의 사람됨이며 말썽을 부려 온 모든 일들이 새삼스럽게 생각 키워졌던 것이다.

봉진은 그때 그 자리에서는 당 위원장에게 더는 아무 말도 못했지만 회의가 파하자마자

"이놈의 실험이 되면 내 손톱에 장을 지지라지."

하고 게두덜거렸다.

그럴 참에 실수률이 1.5%로 낮아졌다는 자료를 얻은 봉진은 땅땅 별렀다. 하기야 그전에도 그 이상 떨어진 때가 있었지만……

그날 중간 총화 때 봉진은 그 문제를 가지고 실험을 중지하자고 했다. 최 기사는 입을 다물었다, 그것만으로 실험을 그만두자는 것은 역시 억지가 없지 않다. 그러자 이튿날에는

"일찌감치 걷어치우지. 밑천까지 들어 먹구 나자빠지는 꼴 보기 전에."

"아닌 게 아니라 이러단 이번 달에두 생산을 망쳐 먹겠는걸."

하는 말들이 동무들 사이에 떠돌았다.

그런 소리를 들을 때마다 주섭은 불 속에 들어간 듯 얼굴이 뜨끈뜨끈해졌다.

되지도 않을 일을 멋모르고 덤벼들지 않았나? 싶어 자기가 따져본 가능성들을 머리속으로 다시금 검토해 보는 것이었다. 그리고 아버지를 대하기가 어째 그다지도 어려운지 몰랐다.

종호는 벌써 그것을 눈치 채고 어느 날 어깨가 쳐져서 '부자' 간'으로 들어 가려는 주섭을 불러 세웠다.

"주섭아 몸이 편찮으문 집에 들어가렴 응?"

"아닙니다. 어서 아버지나 들어가세요."

그러자 종호는 갑자기 얼굴'빛이 엄해져서 주섭을 쏘듯 보며

"들어 가? 하라구 먼저 제기하구 나선 놈이 풀이 죽어서 늘어졌는데 뒤'일을 어떡하구 들어간단 말이냐? 응?"

하고 어성을 높였다.

주섭은 일순 정신이 번쩍 들었다. 그리고 아버지를 쳐다본 채 말을 못했다.

"좀 말해 봐! 네가 그렇게 하면 일이 어찌 되겠는지 알기나 하냐? 앞날이 창창한 녀석이 그렇게두 패기가 없단 말이냐? 신념은 뒀다 뭣에 써먹자는 게구?"

주섭은 머리를 숙이고 말았다. 얼마 만에야 아까보다 누그러진 아버지의 목소리가 뜨거운 숨'결을 품으며 귀'전에 들렸다.

"그래선 못써! 이러니 저러니들 한다구 그런 데 기를 꺾여? 그보다 억만

배 큰 힘을 보지 못 하구. 용광로에 내 평생을 바쳐 왔다만 그 동안 무슨 일인들 없었겠니. 네가 지금 겪는 것쯤……"

그러자 주섭은 머리를 번쩍 쳐들고

"알았습니다. 아버지!"

하고 목 메인 소리를 내며 종호를 빠히 쳐다보았다.

그제서야 종호는 흐뭇이 웃으며

"오냐 알았다. 그래야지."

하고 밤'송이 수염턱을 긁었다.

"고단할 텐데 오늘'밤은 집에 들어 가 푹 쉬렴. 어서 뒤'걱정 말구."

"전 괜찮습니다. 아버지나 들어가시지요."

"나 역시 괜찮다. 허허……"

주섭이도 아버지를 따라 울적한 가슴이 탁 터지는 것 같은 웃음을 웃었다.

그런 어느 날이다.

그날은 여니 날보다도 더 일이 비틀려져만 갔다.

주섭은 등이 달아올랐다.

그는 밤이 깊도록 씨근거리며 땀벌창이 되여 여기저기 둘러보다 투입에 들리게 되었다.

그는 첨경 로안을 들여다보고

"동무 누가 층을 낮추랬소?"

하고 봉진을 쏴 보았다. 봉진은

"누군 누구겠소. 최 기사와 토의해서 했소."

하고 코웃음을 쳤다.

주섭은 어처구니가 없어 멍하니 바라보다 치미는 분을 가까스로 참으며

"다시 층을 높이시오."

하고 타이르듯 말했다.

"못 올리겠소. 탈류두 되지 않은 걸 녹이는데 대구 층만 높이면 어쩌재?"

하고 봉진은 아니꼽다는 듯 홱 돌아 섰다.

주섭은 더는 참아낼 수가 없었다.

"결정이요. 결정! 높이란 말이요."

하고 주섭은 돌아서 가려는 봉진의 한쪽 팔목을 잡았다.

"이건 어째 이 모양이요. 못 높이겠어. 되지 못하게."

하며 잡힌 팔목을 홱 뿌리쳤다.

바로 그때다. 언제 올라 왔는지 종호가 뿌리치는 팔목을 덥석 쥐며 벼락 같은 소리를 쳤다.

"그래두 잘 했대? 뭐? 최 기사가?"

그의 눈에는 불이 퍼렸다. 분을 어쩌지 못해 몸을 부르르 떨기까지 했다.

송봉진은 너무도 뜻밖이여서 어안이 벙벙했다. 그러나 인자 정신을 차리고

"두 부자가 대들면 어쩔테요? 끝판을 두구 보잔 말이요. 생산은 오투 잡아먹으면서 큰소린……"

하고 팔을 뿌리쳐 빼며 홱 돌아 서려는데 소결 직장과 통한 문에서 최 기사가 들어 왔다.

최 기사는 벌써 첫 눈에 봉진이가 또 무슨 작간을 쳤구나 하고 넘겨짚었다. 그는 문턱을 넘어 섰으나 한동안 주춤주춤 거렸다. 되돌아 나가버릴가 하다가 다투는걸 보고 못 본 체 한다는 것은 역시 어엿하지 못한 것 같아 최 기사는 성큼 성큼 그들에게로 갔다. 그는 불문속절하고 봉진의 한쪽 팔을 잡고 내끌었다.

"층을 낮출 만 하게 낮춘 건대 저 야단 아니요. 부자가 대들어서……"

하고 봉진은 기가 나서 떠들어 댔다.

그 끝을 보자 종호는 밸이 꼴리는 대로 최 기사에게 대들었다.

"최 기사두 옳지 않소. 어째 아무 토의두 없이 층을 높이라 낮추라 하우? 하길!"

봉진의 팔을 잡고 끌고 나가려던 최 기사는 어안이 벙벙해서 종호를 돌

아보며 물었다.

"내가요? 누가 그런 터무니없는 소리를 합디까?"

"누군 누구겠소, 봉진이가 그러지. 그래선 못쓰오. 기술자문 기술자다운 량심이 있어야지. 심'보가 틀려먹었소!"

그러자 최 기사는 얼굴이 백지 같이 되며 봉진을 그 세모진 눈으로 총알 같이 쏴 보더니 씹어 뱉듯

"그 버릇 개 주기가 그렇게두 아까우냐 개자식!"

하며 봉진의 팔을 홱 뿌리치고는 힝힝 밖으로 나갔다. 그러자 새삼스레 희의들에서 기껏 그런 자의 지지밖에 받지 못하고 곁을 준 일이 견딜 수 없는 치욕으로 느껴졌다. 그자 때문에 화상을 입어 고생을 하고 나서도 그래도 정신을 못 차린 자기가 씹도록 미워지기도 했다.

그전 기술 학습회가 있었던 날 밤 찾아 와서 주섭이가 자기를 헐어 뜯더라고 너덜대던 봉진이의 그 말도 꾸며 낸 새빨간 거짓 같기도 하다.

사실 종호와는 이따금 아웅다웅했지만 그 뒤에 그가 자기에 대해서 뒤'소리 했다는 걸 들어 보지 못했다. 주섭이도 어덴지 종호다운 그런 데가 있기도 하다.

자기가 공연히 나서 봉진이 장단에 춤을 추고 놀아 가지나 않았는가?

그런 최 기사를 입을 삐죽거리며 바라보던 봉진은 자기깐에도 그 자리에 있기가 면구스러운지 흥 코'방귀를 뀌며 투입철판 뒤로 사라졌다.

어이없이 그들 뒤를 천천히 번갈아 보던 종호는

"봉진이가 제 저질러 놓군 최 기사 평계를 댔구나. 고얀 놈 같으니."

하고는 주섭을 돌아보며 정 어린 부드러운 목소리로

"주섭아 가 봐라 내 여기 있으마."

하고 강침을 잡았다.

최 기사와 봉진이와의 관계를 비로소 깨달은 듯한 주섭은 아버지의 그 말에 정신이 들었다.

"괜찮습니다. 아버지."

하고 주섭은 아버지 앞서 운반공이 밀고 들어 온 광차로 갔다.

한 시간이나 걸려서 층을 높이자 종호는 주섭이가 자기도 오늘' 밤에는 일찍 집에 들어가겠으니 먼저 들어 가 주무시라고 하두 권유하는 데다 오늘따라 그 말이 고맙고 몸도 찌뿌드드해서 못 이기는 체 하고 먼저 집에 들어와 쓰러졌다.

그러나 새벽 네 시 싸이렌 소리에 놀라 번쩍 눈을 뜬 종호는 웃방을 기웃해 보았다. 들어 올 줄 알고 깔아 놓게 한 이부자리가 편편하다.

'이 녀석이 기어쿠 나를 속였구나. 속은 내가 변변찮지.'

이런 생각에 옷을 주섬주섬 주어 입고 공장으로 달려 나갔다. 장마철이여서 날이 구질거리고 비바람이 귀뽕을 갈기며 지나갔다.

옷이 흠질해서 공장에 들어 선 종호는 우선 그 '부자간'부터 들려 보았다. 아니나 다를까 방안은 텅 비여 있었다. 그는 주섭이가 들리게 마련인 그 코스를 더듬어 용광로 소결로를 돌았으나 없었다. 동무들에게 물어 보면 어데서나 얼마 전에 왔다 갔다는 것이다.

탄갱 굴속 같이 전등'불이 흐리터분한 조합장에 들어선 종호는 무춤했다.

뜻밖에도 당 위원장이 주섭이 곁에 붙어 서서 조합 핸들을 조종하고 있지 않는가! 흐른 전등 불빛 속에서도 땀이 번질번질한데 거맹이가 얼룩덜룩한 얼굴에 긴장의 빛이 깃들어 보였다.

"핸들을 돌리십시오."

주섭이 말대로 당 위원장이 핸들을 틀고 나자

"자 보십시오. 조합이 비률대로 됐습니다."

하고 주섭은 펼친 노트를 당 위원장 앞에 내보였다.

당 위원장은 그것을 받아 들고 한동안 들여다보더니

"됐구면 엉?"

하고 주섭을 쳐다보는 눈이 빛났다.

"그런데 한 가지 실험 과정에서 난점을 발견했습니다."

"뭔데? 그건?"

"조합 비률을 기준 대로 하긴 했는데 성분들이 잘 맞지 않습니다."

  "그건 어째?"

하고 당 위원장은 주섭이와 면바로 서며 재우쳐 물었다.

  "비에 원료 부원료가 흠씬 젖어 놔서 조합의 질이 보장되지 않는 모양입니다."

  "음 그걸 누가 알았는가."

하고 당 위원장은 언제나 생각에 잠길 때 그렇듯 입술을 옥다물며 머리를 기웃거렸다.

  "저두 시험 과정에서야 그런 줄 알게 되였습니다."

  "어쨌든 교훈이요. 그만이라도 일찍 알아내기가 다행이지."

하고 당 위원장은 주섭의 등을 툭툭 두드려 주었다.

  "용기를 잃지 말게. 처음 달려들 때의 그 결심 말이요. 일이 되구 안 되는 건 바루 그 용기의 강도에 달렸소."

  얼굴에 금시 생기가 솟아나고 입술을 거물거리던 주섭은 마치 상관에게 대하듯 차렷 자세를 취하고

  "네 알겠습니다. 당 위원장 동지!"

하고 힘 있는 대답을 했다.

  종호는 가슴이 울먹울먹해졌다. 그렇다! 당은 굳은 신념과 힘과 높디높은 그 무엇을 가지고 자기들의 뒤를 꼬나주며 격려해 주고 있다!

  그런 당 위원장과 함께 밤을 새우는데 무엇이 고달프랴. 그러자 종호는 간밤 초저녁부터 들어 가 누워 버린 일이 부끄러웠다. 허지만 일찌기 느껴보지 못했던 미더웁고 큰 힘에 안긴 듯 마음은 얼마나 대견해졌는지 모른다.

  "당 위원장 동무? 언제부터 조합공이 됐나."

하고 그들 앞으로 가며 벙싯 웃었다.

  당 위원장은 들어가자는 줄만 알았던 종호가 아닌 새벽에 나타난 것이 조금도 이상잖다는 듯 너그럽게 웃으며

"이 사람아 자네가 내게 다 그걸 물으면 어떡하나? 용광로는 왜 떠났는가고 들여대야 할 처지에."

하고 종호의 어깨'죽지를 쿡 질렀다.

종호는 그 전날 용광로 앞에서 야야하고 롱을 걸고 험담도 흉허물 없이 렬러 놓던 그때의 그 사람을 오래간 만에 만난 것 같다.

"당 위원장이 그래선 못 쓰네 못 써! 당의 위신을 봐서라두."

하면서도 너무나 기쁜 김에 당 위원장 허리를 껴안고 오래 동안 팔을 풀지 않았다.

그들을 부러웁게 바라보는 주섭의 눈에는 눈물이 글썽했다.

그러나 첫 번째 실험은 종당 실패하고 말았다. 주섭이 말 대로 장마 통에 원료 부원료가 젖어서 변경된 조합 비률의 기준을 엄격하게 준수할 수 없는데다가 조합공들이 새 비률에 익숙해지지 않은 데 있었다.

그러다나니 그 달 계획을 60%밖에 하지 못했다.

제련 직장뿐만 아니라 전 공장이 뒤숭숭해졌다. 제련에서 나오는 제품을 가져다 그 속에 함유(含有)된 금 은 등 회금속을 빼는 전련 직장에서도 생산을 제대로 내지 못했다.

그 달 그믐날 저녁 최 기사는 당 위원장을 찾아가

"응당한 결론이 나왔습니다. 달리야 될 수 없었으니까요."

하고 고압 고층 실험을 중지할 것을 제기했다. 이것은 종호 부자에 대한 감정 문제 여부가 아니다. 마땅히 그래야 한다. 최 기사는 그럴 의무가 그 어느 누구에게보다도 자기에게 있다고 믿었다.

당 위원장은 미간에 주름을 모으고 잠잠히 듣고만 있더니 갑자기 튀여 오르듯 의자에서 벌떡 일어 나 최 기사에게로 다가오며

"난 동무에게 그런 말을 들을려구 하진 않았소. 어째 실패 했는가 밝혀진 실패의 원인이 틀림 없는가 그걸 말해 달란 말이요?"

하고 힐책하듯 말했다.

"원인이야 무엇이던 어떠한 대책을 취하던 결과는 마찬가집니다. 기술

상으로 그렇게 밖에 되지 않습니다."

하고 최 기사는 옆에 바싹 다가 선 당 위원장을 턱을 쳐들고 빠히 쳐다보았다.

"아니요, 그렇지는 않소. 나는 글쎄 기술문제에 전문가는 아니지만 장약을 하구 불을 다리면 폭발하듯 뚫고 나갈 구멍이 있을 겝니다. 바루 그 구멍을 찾아내는데 동무의 기술이 한 몫 하리라구 난 믿구 있소. 박 기사 동무와 협력해서 말이요."

"그러나 이미 얻어진 기술적 결론을 뒤집어엎는다는 것은 무모한 일입니다."

"그렇게만 생각하다나면 우린 아마 밤낮 한 자리에서만 머물구 말게요 달리지두 못 하구 비약하지두 못 하구 말게요. 청소하구 무장두 완비되지 않았던 우리 인민군대가 소위 최강을 자랑하던 미군 정예 군대를 섬멸하구 끝내 승리한 원인을 영영 수수께끼루만 남겨두구 말겝니다. 왜놈들이 떠들던 기계의 공정 능력이란 신화를 우리들이 때려부신 것을 동무두 아마 믿지 않을래야 믿지 않구는 못 배길게요."

최 기사는 답답한 가슴을 쥐여 뜯고 싶은 심정이였다.

그는 더는 대답을 못 했으나 끝내 고압 고층법을 중지하려는 자기의 주장이 옳다고 믿었다.

그런 때 성에서 이번 실험에 대한 검열 그루빠까지 내려온다는 말이 돌아 공장은 한층 뒤숭숭해졌다.

종호는 참말 동무들을 대할 면목이 없었다.

무엇보다도 당 앞에 그리고 동무들에게 못할 짓을 한 것만 같았다. 자기네 부자를 믿어 주고 돌바준 그들이 아니던가. 최 기사, 송봉진이며 반대하던 사람들이 쑤군덕거릴 때마다 종호는 괴로웠다.

'내가 이럴 적에야 주섭은 오죽하랴. 사회생활에 익숙치 못한 녀석이 과연 아름찬 이 시련을 견디겠는가? 어떻게 하든지 넘어지지 않도록 부축해

주고 힘겨워하는 짐을 덜어 주어야 할 것이다. 끝까지 아비다웁게 녀석을 붙들고 나가야 한다!'

종호는 이 문제를 의논하기 위해 우기대책이 되어 있지 않는 원료 건물 보수문제를 그 직장장과 토의하고 나서 당 위원장을 찾아 갔다.

방문을 열고 들어 선 종호는 놀랐다.

푹 머리를 숙이고 앉은 주섭에게 당 위원장이 무엇인지 타이르고 있지 않은가?

종호와 눈이 마주친 당 위원장은 반색을 하며

"마침 잘 왔네. 내 좀 할 말이 있어 주섭을 오랬는데 자 앉게."

자기 옆 의자를 가리켰다.

종호는 문을 조용히 닫고 그 자리에 앉았다.

"내 지금 하느니 그 말이요만 주섭에겐 이번 일이 사회에 나와 첫 번 겪게 되는 시련이나 다름없지 않소. 굴하지 않고 첫 번 갖췄던 전투태세를 계속 견지하는 게 필요하오. 레를 들어 어느 고지를 점령할 전투 명령을 받은 부대가 한 번 실패했다고 그 전투를 포기해서야 되겠는가? 그럴 순 없거던 절대루! 그렇지 절대루! 우리들에겐 점령 못 할 요새라군 없소. 첫 번 해서 안 되면 두 번 세 번 다섯 번…… 참 우리에겐 좋은 속담이 있잖소. 열 번 찍어서 안 넘어 가는 나무가 없다는…… 실험은 계속하기루 됐소."

"정말인가?"

놀라며 기뻐하며 묻는 아버지의 시선을 따라 주섭은 당 위원장을 빛나는 눈으로 쳐다보았다.

"하하 안 할가봐 근심이 노랬었군 그래. 결정됐소. 당에서는 실패한 기본 원인을 더 밝혀 내구 해당한 대책을 취하도록 하겠소. 내 생각엔 역시 사상 동원이 잘 안 된 것 같소. 하여간 우리는 거센 투쟁의 첫 발자국을 떼 놓았을 따름이요. 승리를 쟁취하게 위해서 더 힘 있게 무기를 잡아야겠소.…… 용광로를 떠나서 어떻게 한신들 우리가 살 수 있겠소. 물을 떠난 고기지."

종호는 당 위원장의 말을 잠잠히 듣기만 하고 한 마디도 입 밖에 내진 않았다.

　주섭이로서는 첫 번 실험이 실패로 돌아가고 더구나 성 검열 그루빠까지 내려온다는 말을 들었을 때 정말 긴장되였다.

　물론 그도 해서 대번에 되리라군 믿지 않았지만 그렇게 된 고비들을 넘어야 할 줄은 몰랐다.

　주섭은 당 위원장의 말이 옳다고 생각은 되였다. 그리고 실험을 계속하게 되였다는 것은 얼마나 반가운 일인가! 그렇게 당이나 행정 지도부에서는 자기를 믿고 도와주고 있는 것이다. 그만큼 자기의 책임이 더 무거워졌다고 느껴지자 주섭은 어쩐지 마음이 설레였다.

　당 위원장실을 나온 주섭은 아버지와 함께 천천히 포플라가 늘어 선 검사부 앞을 걸었다. 비를 머금은 스산한 바람에 잎새들이 들레인다.

　“지배인두 말씀하더라만 며칠 쉬게 하렴. 이제 또 바쁠 때가 나질 텐데…… 일두 일이지만 몸두 돌볼 줄 알아야 한다.”

　엄하면서도 끔찍한 정이 담긴 아버지 말이 유독 가슴을 에이고 뜬다. 그렇게도 자기 걱정을 해주시는 아버지에게 기쁨을 드리지 못한 아픈 마음…… 이번 일이 제대로만 되였더라면 좋아 어쩔 줄 모르는 아버지를 보게 되였을 것을…… 그러자 그 동안 아버지와 밤낮을 가리지 않고 지내던 일들이 삼삼이 떠오른다…….

　“괜찮습니다. 전…… 아버지나……”

　“내 걱정을랑 말아, 난 그런 일루 쇠’덩이 같이 굳어진 사람이야.”

　도중에서 아버지와 헤여져 분석부에 들렀다가 제련 직장으로 가던 주섭은 원료 직장 앞을 지나치다가 북적거리는 소리에 그쪽을 돌아보고 멈칫 서 버렸다.

　아버지가 어느새 원료 창고 지붕에 계시지 않는가? 아버지는 사다리를 타고 올라 간 사람이 내려놓는 기와’장을 받아 들고 룡마루께로 가더니 깨진 기와장을 뽑아내고 새 것과 갈아대였다. 그러더니만 아래쪽에다 대고 소리를 쳤다.

"뭣들 하구 있나. 어서들 서두르게. 허 이놈의 굼벵이 보게. 이것들까지 껴들어 원료에다 오줌을 찍찍 내려 갈렸겠지."

하고 희멀건 놈을 아래에 내려 던졌다. 그와 거의 동시에 롱마루 저쪽에서 교창이가 불쑥 일어서며

"여기두 있네. 이놈들이 제법 공동 전선을 폈는걸."

하고 굼벵이를 이쪽에다 휙 내쳤다.

"에크!"

하고들 가마니 소쿠리 등'짐으로 기와를 져 올리던 동무들이 땅'바닥에 떨어진 굼벵이를 보고 기겁을 했다.

"지붕이 이 꼴이니 원료가 비물 속에 잠긴 밖에 더 있어. 빌어먹을!"

하고 아버지는 또 깨진 기와장을 빼냈다.

주섭은 마치 보아서는 안 될 것을 본 것 같아 아버지를 도와주고 싶은 충동이 불일 듯 치미는 것을 꾹 참으며 얼른 그 자리를 피하고 말았다.

'시험은 계속된다! 끝장을 내야만 한다!'

열 번 찍어서 넘어가지 않을 나무가 없다던 당 위원장의 말도 새삼스럽다……

주섭이가 새로운 희망과 신념을 가지고 착수한 두 번째 실험은 계속 날이 구질거리고 좍좍 소나기가 쏟아지는 가운데 진행되였지만 그제는 보송보송한 정광부원료가 조합장으로 올라왔다.

이번 실험은 무엇인지 모르게 들끓는 분위기를 자아냈다. 더구나 첫 번째 실험이 실패되자 당위원회에서는 공장 당열성자 회의를 열고 당 핵심들을 각 공정에 배치하여 책임 지우게 한 것이였다.

그런데 그것 보아서는 여전히 실험은 굼떴고 눈에 띠울 만한 무엇이 보이지 않고 생산만 뒤떨어져 갔다.

그러는 동안에 이 달도 벌써 중순에 접어들자 이번에는 공장 지도부에

서 실험을 계속하느냐 마느냐 하고 등이 달게 되었다.

최 기사와 송 봉진의 집요한 제기가 맥을 추게 된 것이다. 이제는 그들의 의견이 정당한 것으로 우에서 인정받을 만큼 생산 사정이 절박했던 것이다.

지배인실에서는 매일같이 밤늦도록 그 문제를 가지고 회의를 거듭하던 끝에 이 달 20일까지 되지 않으면 일단 실험을 중지했다가 우선 생산을 좀 메꿔 놓고 다음 기회로 미루자는 일종의 절충안이 채택되고 말았다.

최 기사는 모두숨을 내쉬였다. 가슴에 쌓이고 쌓였던 울울한 기분이 말끔히 가시여지고 겨드랑이에 날개라도 돋친 것만 같았다.

역시 기술자로서 옳고 결바르게 처신해온 자기가 자랑스럽기까지 했다. 당 위원장도 아마 이제는 기술 문제가 얼마나 어려운 것인지 그리고 굽히지 않고 한결같이 정당한 주장을 내세워온 자기를 리해하여 줄 것이리라……

하긴 첫 번째 실험이 실패한 뒤 열린 총화 회의에서 최 기사는 의연히 종호 부자를 거들고 실험을 계속할 것을 주장하고 나서는 당 위원장과 다시금 시비를 가르지 않으면 안 되였었다.

그리고 그제도 결국 최 기사는 봉진을 비롯한 몇 사람의 지지밖에 받지 못했지만 이제 와서야 사정이 달라지지 않았는가. 우선 발등에 떨어진 불을 끄기 위해서라도 자기가 하던 그대로 해야만 한다. 바로 최 기사가 주장해 오던 그대로……

그렇다고 지금 곧 당 위원장을 찾아가서 그런 이야기를 하고 싶진 않았다. 며칠만 더 있으면 시간이 모든 것을 보여주고 해결해 줄 게 아닌가.

이런 생각을 하며 휘파람이라도 불 것 같은 기분이 되여 2층으로 올라간 최 기사는 아래로 내려오려는 봉진이와 마주쳤다. 봉진은 느물느물한 웃음을 입가에 띄우며 최 기사를 보았다.

최 기사는 본 둥 만 둥 그 앞을 스쳐 지나갔다. 그때 그가 종호 부자 앞에서 층을 낮춘 책임을 터무니없이 자기에게 뒤 씌운 일이 있고서부터는 아예 상대를 하지 않는다. 상대를 하지 않는다기보다 그를 의심스럽게 보고 있는 터였다. 그도 이제는 당 위원장서껀 봉진을 경계하고 있음을 알고 있었다.

그런데 그가 소결 직장을 돌아서 다시 투입으로 들어서려는 때다. 바로 문'간 안쪽에서 봉진이 목소리가 들렸다.

"이젠 기를 펴게 됐어, 의례 그렇게 될 게였거던. 꿩 잡는 게 매 아니요. 결국 내 말대루 됐단 말이야 허허……"

"그렇지만 두구 보아야죠 20일까진 상구 나흘이나 남지 않았소."

투입공의 말이다.

"흥 그 며칠에 겁이 날 줄 알구, 여차직하면 다 방도가 있는데두."

"방도라니요?"

"글쎄 두구 보지 어떻게 되나. 나만 믿어."

최 기사는 어쩐지 갈마드는 불길한 예감에 몸서리를 치며 안으로 들어가려던 발길을 되돌렸다.

바로 그때 당 위원장은 부자'간으로 종호 부자를 찾아 왔다.

"얘기 들었나?"

하고 당 위원장은 문턱을 넘어 서며 비장한 빛을 띠고 있는 종호 부자를 날카르운 눈초리로 번갈아 보았다.

주섭은 그 눈'길을 피하듯 머리를 숙이고 빽빽 담배를 피우던 종호가

"들었네."

하고 례사 때 같이 태연스레 대답했다. 그러나 광대뼈가 유독 도드라져 보이는 그의 얼굴 표정은 무뚝해 보였다. 잔뜩 골을 낸 것도 같고 트집을 잡으려고 벼르는 듯 하기도 했다.

"그래 자넨 어떻게 생각하나?"

하고 당 위원장은 종호와 무릎을 맞대고 앉으며 그를 빤히 보았다. 마치 종호의 시선이 자기에게로 돌려지기를 안타까이 바라듯……

"어떡허긴? 해야지!"

하며 종호는 여전히 밖을 내다보았다.

"옳네 옳아. 문제는 앞으로 며칠 안 남았다는데 있는 게 아닐세. 그때까지 꼭 해내야 하는 데 있는 걸세. 내 생각에는 그만하면 될 수 있는 모든 조건이 다 갖춰졌다고 생각하네. 그중에도 내게는 며칠 안 남았다는 게 제일 큰 가능성일세. 왜? 난 일찌기 지금처럼 긴장돼 본 적이 없었으니까. 자네두 그럴 걸세 자네두! 그리구 주섭이두……"

하고 당 위원장은 가슴 속에서 치미는 그 어떤 무서운 충동을 이겨낼 수 없는 듯 의자가 뒤로 번더지게 뛰여 일어서 두 주먹을 부르쥐고 사뭇 우들우들 떨었다.

그러나 뒤미처 종호가 피우던 담배를 내던지며 벌떡 일어서더니 당 위원장을 불꽃이 튀게 쏘아 보내 실내가 쩡쩡 울리게 소리쳤다.

"내가 기가 꺾일 줄 알구, 난 당원이야! 20일까지 안 되문 내 목을 내놓겠네."

하고는 당 위원장과 주섭의 팔을 한손씩 덥석 거머쥐고 문밖으로 끌고 나갔다.

정말 긴장된 하루하루가 지나갔다.

그런데 만단의 준비를 갖추며 오늘일가 래일일가 가슴을 조이며 단단히 접어든 판에 송풍기 고장이 나서 옹군 이틀을 이것도 저것도 못하고 말았다.

최 기사로서는 그 하루하루가 한 달 맞잡이가 되게 지리했지만 한편 초조하기도 했다.

20일! 마침내 그날이 되여 수리가 끝난 송풍기의 바람을 60 미리로 올린 제련에는 사람으로 꽉 찼다. 타직장 동무들까지 몰켜와서 모두들 궁금하고 긴장된 눈초리를 쇠'물이 용솟아 소용돌이치는 싸이폰이며 수채에 집중시키고 별로 입도 열지 않았다. 그들 뒤에서 최 기사는 얼굴에 초조한 빛을 띠고 서성거렸다. 어쩐지 그에게는 비단 종호 부자뿐만 아니라 자기의 운명도 결정되는 그런 엄숙한 시각 앞에 선 것 같았다. 그러면서도 그는 역시 이 실험이 실패하리라는 믿음을 버릴 수 없었다.

래일이면 그전 그가 하던 대로 저층 실험을 계속할 것을 생각하면 미상불 솟는 기쁨을 금치 못하기도 했다.

2층에서는 송봉진이가 뜻 모를 웃음을 가끔 입가에 머금고 아래를 내려다보군 했다.

그는 오늘따라 당 위원장이나 종호 부자가 아래 우로 바삐 돌아가는 짬짬을 타서 용광로에 소결괴를 대구 쏟아 부었다. 낡은 용광로의 설비를 참작해서 우선 4 메터의 장입층을 기준하고 실험을 하고 있음을 뻔히 알면서 5 메터나 되게 층을 높여 이를테면 용광로가 가쁘도록 짐을 실어 놓은 셈이다.

주섭은 전보다도 곱절 높아진 송풍관 바람 소리에 귀를 기울이면서 아버지, 당 위원장 등과 나란히 인후와 싸이폰 사이에 선 채 솟아오르는 쇠'물을 지켜보고 있었다. 거의 무표정하다고 할 얼굴, 여니 때 같지 않게 날이 서 보이는 우뚝한 코, 움푹한 두 눈은 타오르듯 이글거렸다. 평상시 같으면 한 번 쉴 숨을 가쁜 듯 몇 번씩 꺾어 들여 내쉬는가 하면 몇 분씩 참았다가 길게 모두 숨을 내쉬기도 했다.

당 위원장과 아버지도 꼼짝 안 하고 마치 뿌리 깊이 박힌 나무 같이 서 있다가는 답답한 듯 서성거렸다.

"여보게 우습잖은가? 자네나 내나. 앞으로 혁신은 바루 우리가 끌어 댕겨 오는 걸세. 그런데 꼭 하늘에서 복 떨어지기를 기다리는 것 같군그래."
하고 당 위원장이 아버지의 어깨를 툭툭 치며 허거프게 웃었다.

"……"

아버지는 아무 말이 없이 긴 한숨을 내쉬는 것 같았다.

그러나 그런 순간에도 주섭은 그들의 눈'길이 자기를 지켜보고 있는 듯했다. 마치 싸이폰이나 수채로 쇠'물이 넘쳐흐르게 할 그 기적이 자기의 동작 여하에 달린 것 같이……

그렇게 생각될수록 주섭은 초조해지고 속이 달아올랐다.

아무리 눈 한 번 깜박 안 하고 지켜보아야 싸이폰이나 수채의 쇠'물은 그저 그 꼴이다.

그는 물론 이것이 득 그었다고 인차 켜지는 성냥 놀음이 아님을 모르지 않는다. 아마 바람을 걸고도 못 돼야 한 시간, 어쩌면 두세 시간이 걸릴지도 모른다.

그러나 언제 그때까지 이 모양으로 기다려야만 하겠는가?

'왈칵 쏟아지렴!'

그때다. 별안간 옆에 섰던 아버지가

"터졌다! 인후가 터졌어!"

벼락치듯 웨치며 몸을 뒤쳤다. 소스라쳐 옆을 돌아 본 주섭은

"앗!"

외마디 소리를 질렀다. 터진 인후에서 분수처럼 불꽃을 사방으로 내뿜으며 쇠'물이 울컥 내솟구친다. 다음 순간 아버지는 범 같이 날쌔게 수채 밑에 비상용으로 뭉쳐 둔 흙덩어리를 안고 들어가 터진 데로 훅 들여 던졌다. 붙는 불에 풀무질을 한 듯 흙덩어리에 부딪친 불이 아버지에게로 확 퍼졌다. 그 바람에 아버지는 불똥을 온몸에 뒤집어썼다.

그 순간 동무들을 헤치고 앞으로 썩 나선 최 기사는 온몸에 소름이 쭉 끼치며 숨이 칵 막히는 듯했다. 그리고 그 순간

"여차직하면 방도가 있는데두."

하던 며칠 전의 봉진이의 말이 번개처럼 머리를 스쳐 갔다.

최 기사는 재차 몸서리를 치며 웃층을 쏴 보았다. 어깨를 으씰거리며 돌아서 가는 봉진의 뒤'모습을 본 그의 눈에서 불이 났다.

'개자식?'

그때

"여보게? 이 사람?"

하고 당 위원장이 다급히 소리치며 가마니를 들고 종호에게로 달려갔다. 뒤'이어 교창이가 다우쳐 들어갔다. 둘이 약속이나 한 듯이 교창은 아버지

앞에 나서며 가마니를 펴들어 불을 막아서고 당 위원장은 푹 쓰러졌다 일어서며

"이 사람들, 빨리 막게. 흙을 들여 먹여."

하고 소리치고 되쓰러지려는 아버지를 옆에 끼고 끌어 내였다.

이 모든 일은 눈 깜짝할 사이에 버러진 것이였다.

모두들 대들어 그들을 부축해 내며 가마니를 들고 터진 데를 흙으로 메꾸군 했다. 최 기사도 뻔질나게 가마니를 날랐다.

종호는 병원에 가자는 것을 뿌리치고 터진 데를 다 막을 때까지 당 위원장에게 부축되여 서서 지켜보고 있었다. 비장한 빛을 띤 얼굴에는 안타까운 그의 심정이 엿보였다.

'이젠 영 글렀다구. 저걸 보수만 하재두 오늘을 넘기겠지! 20일을!……'

최 기사는 동무들 틈에 섞여 땀에 검댕이 묻어 얼룩이 진 얼굴을 씻을 념도 안 하고 그런 종호를 번히 바라보고 있었다.

종호를 입원시키고 인후 보수를 진행하는 한편 지배인실에서는 회의가 열렸다. 결정한대로 당장 래일부터 최 기사가 하던 그대로 저층 작업을 해야 할 문제를 토의하기 위해서였다.

주섭이만은 몇 시간 이내로 수리를 끝내고 오늘'밤으로 실험을 계속하겠다고 현장에 남았다.

최 기사는 구석 자리를 차지하고 입을 다물었는데 처진 볼에 유난히 윤기가 도는 송봉진은 서슬이 좋았다.

"…… 종호 부자에게 책임을 추궁해야겠습니다. 물론 그들의 의도는 나쁘지 않았지만 생산을 두 달씩이나 말아 먹게 한 책임은 간과할 수 없으니까요.

물론 집체적으로 토의되고 결정되여 한 노릇이지만 지배인 동무나 당 위원장 동무가 기술 문제에 대해서야 어쩌겠습니까. 거야 제기자 당자가 책임져 마땅합니다……"

최 기사는 종호가 화상 입을 때 2층을 쏴보던 그런 눈길을 봉진에게 돌

렸다. 그가 어찌도 뻔뻔스러운지 몰랐다. 그만이라도 그가 떠벌리게 내버려 둔 자신이 밉기까지 했다.

마침내 최 기사가 벌떡 일어섰다.

그는 물론 자기주장대로 일이 된 게 다행이였지만, 그럴수록 오늘'밤이 지나면 래일부터 그전대로 응당 해야 할 저층 실험을 량심 있는 기술자로서 또 우월한 기술자로서 다시 자기가 책임지고 계속하기 위해서는 어디까지나 어엿해야 한다고 믿었다. 어차피 실험이 이렇게 될 것이였기 때문에 더욱이 봉진이가 작간을 부리고 종호에게 화상을 입힌 일을 참아낼 수가 없었다.

"난 이 사실을 도저히 감춰둘 순 없습니다."

하고 봉진의 비행을 폭로했다. 증오에 찬 눈들이 봉진에게로 쏠렸다. 별안간

"정작 책임 추궁해야 할 사람은 동무요."

하고 당 위원장이 탕 책상을 치며 봉진에게 눈총을 쏘았다.

회의는 봉진이의 문제까지 제기되여 밤늦도록 걸렸다. 그리고 그 엄중성에 비추어 따로 심의할 것을 결정하였다. 막 지배인이 폐회를 선언하려는데 전화벨이 요란스레 울렸다.

수화기를 든 당 위원장은 놀란 듯 갑자기 목소리를 높여

"뭐요? 쏟아진다구? 정말이야?!"

하고 수화기를 탁 놓으며

"쏟아진다우 쏟아진대!"

하고 서둘러 문으로 달려갔다.

모두들 자리를 걷어 차고 우르르 밖으로 몰려 나갔다.

당 위원장서건 착 용광로 직장에 들어섰을 때다. 별안간 용광로 쪽에서

"쏟아진다, 쏟아져!"

하고 고았다치는 환성에 쩨흐 건물이 들썩했다. 그 소리에 밀려들어가던 사람들은 얼을 먹은 듯 잠시 주춤했으나 여니 날보다도 짙은 노을이 비친 듯한 로 앞으로 인차 와 내달렸다.

"이 사람들, 쏟아지네, 쏟아져!"

교창이가 모여 드는 동무들에게 또 소리를 쳤다.

아니나 다를까 수채로는 장마에 불은 도랑물처럼 굵은 쇠물줄기가 굽이치고 있다. 순식간에 용광로 앞을 둘러 싼 사람들은

"야! 저걸 이루 다 어떻게 주체하겠나."

"안 나서 걱정, 너무 많이 나서 걱정일세 그려."

"하하……"

하고들 떠들썩했다.

그들 뒤에 선 최 기사는 한순간 눈앞이 아찔아찔했다. 콸콸 소용돌이치며 흐르는 쇠물을 멍해서 바라보는 그의 머리속은 텅 비여 있는 것도 같고 그 무엇이 가득 차 있는 것도 같았다. 그리고 꿈 깬 사람처럼 정신이 번쩍 든 그의 가슴은 답답해 견딜 수 없었다. 장마철 도랑물 같이 세차게 흐르는 저 쇠'물에 좍좍 훑어 내여 씻어 버리고만 싶은 마음……

"주섭 동무!"

"당 위원장 동무!"

감격에 겨운 듯 당 위원장은 주섭을 그러안았다.

바로 그 때 누군지

"종호가 왔어."

하고 소리쳤다.

숫한 눈'길이 쏠린 문턱에 붕대로 머리를 칭칭 휘감은 종호가 서 있었다.

≪조선문학≫, 1958.11

채광공들

지봉문

온밤을 옥주는 자지 못했다. 날이 희고무레 밝아왔다. 금방 솟아 오른 그믐달은 소리 없이 희미하게 창을 비쳤다. 이때에야 옥주는 잠이 깜빡 들었다. 옥주는 그동안에 꿈을 꾸었다. 그는 꿈에 동발을 끌고 막장으로 들어가고 있었다. 동발을 빨리 가져 오라는 소리가 들려왔다. 그는 재촉해서 동발을 실은 밀차를 빨리 밀려고 했으나 바퀴가 질기어 잘 구르지 않았다. 교대시간은 바득 바득 다가오고 있었다.

"틀렸구나, 오늘도 발파를 넘기고 말았구나!"

하고 웨치다가 옥주는 제바람에 잠이 깨였다. 잠이 깨여서도 옥주는 한참 화가 나서 있었다.

"일이 자꾸 꼬이기만 마련이로군!"

하고 중얼거려 보기도 했고

"그가 우리 브리가다를 배신한걸, 일이 잘 될 택이 뭐야!"

하고 창호 브리가다장을 원망해 보기도 했다.

그러나 오늘은 어쨌든 동발 문제부터 해결하자는 브리가다의 구호를 상기하고 그는 자리에서 바삐 일어났다. 일어나던 길로 그는 벽에 걸린 체경 앞에서 잠간 머물렀다가 부엌으로 나갔다. 부엌에서는 벌써 어머니가 조반을 서두르고 있었다.

"애, 창호 브리가다장은 벌써 동틀 무렵에 현장으로 올라가더구나, 내가 물 길러 갔을 때 그는 나를 보고 '어머님 안녕하세요. 제가 한 짐 길어다 드릴가요?' 하고 깍듯이 인사를 하겠지. 그는 례 바르기도 하지만 그처럼 부지런한 사람을 처음 본다 애, 글쎄…… 사람이 됐거든 제구실을 착실히 하겠어, 너는 참 좋은 랑군을 골랐어……"

하고 어머니는 말했다. 그러나 그것은 옥주의 신경만 거슬리게 할뿐이였다. 그는 아무 말 없이 솥뚜껑을 쳐들었다. 밥은 아직 덜 끓었다. 그는 아궁에 불을 더 지피였다. 아직은 이른 봄이라 불 앞이 그리웠다. 그는 그대로 아궁 앞에 앉아 있었다. 밥 짓는 데는 정신이 없고 무슨 부질 없는 생각만 쫓으려 함인가.

그는 할 일없이 부지깽이만 들고 투덕거리고 있었다.

"너 무슨 생각을 그렇게 하고 있니, 밥 타는 줄도 모르고!"

어머니는 찬거리를 썻어 가지고 들어오다 말고 문지방에 걸터 서서 말했다. 어머니의 머리는 한결 더 희쓱희쓱해 보였고 구리줄 같은 주름살이 더욱 더 부드러워 보였다. 그가 청춘과부로 허덕 늙어 버린 것이 가엾기도 했다. 그러니까 '어머니는 더 빨리 사위를 보자는 거겠지' 하면서 옥주는 아궁이의 불을 끄고 솥뚜껑을 쳐들었다. 어머니는 밥솥에다 덧물을 두고 다시 반찬을 만들면서 옥주에게 말했다.

"넌 요새 뭣 때문에 속이 상해 그러니, 얼굴까지 해쓱해 가지고……"

아침을 퍼 들여 놓고 두 식구가 단촐하게 앉아 밥을 먹을 때 어머니는 저으기 흥분한 듯한 어조로 이야기하였다.

"넌, 어서 잔치를 안 하련? 넌, 뭘 밤낮 그렇게 재고만 있니. 그러다간 내 생전에 네 시집가는 걸 못 보고 죽겠다. 내 오늘 당장 택일을 할 테다!"

옥주는 별안간 어머니의 말을 가로막았다.

"아니애요, 더 생각해 봐야 해요."

어머니는 옥주의 입술이 떨리는 것을 보고 얼마간 침묵을 지키다가 다시 입을 열었다.

"얘, 너 그게 무슨 소리냐? 뭘 더 생각해야 하겠단 말이냐?"
하고 어머니는 약간 불안해하는 어조로 물었다.

"……"

옥주는 대답이 없었다.

"언제나 저렇다니까. 글쎄 나하고는 조용히 이야기도 하랴 하지 않거든!"
하고 어머니는 시무룩해서 말하였다.

"……"

옥주는 또 잠자코 있었다.

"내 신세가 외롭지, 외로워!"
하고 어머니는 들었던 숟가락까지 놓아 버렸다. 또 푸념이 터져 나올 것 같아 옥주는 할 수 없이 입을 열었다.

"창호는 바보애요."
하고 옥주는 한 마디 톡 쏘아부치듯 말했다.

"무엇이? 바보라구?"

어머니는 놀란 듯이 옥주의 앞으로 바짝 다가앉았다.

"나는 그런 사람한테 얼른 시집갈 생각이 적어요."

옥주는 후하고 숨을 한입 내뿜더니 뒤'이어 또 숨을 한입 쑥 들이켰다.

"아니 무엇이 바보란 말이냐?"
하고 어머니는 저으기 안심찮은 듯이 또 물었다.

"글쎄 그는 제가 잘되려는 생각은 조금도 하잖아요. 제가 발명한 상향 계단식 채굴 방법을 경쟁자에게 죄 털어주었어요……"

옥주의 입술은 흥분과 격동으로 조용히 떨었다.

"그래 지게 됐단 말이냐?"
하고 어머니는 물었다.

"글쎄 난 창호를 리해할 수 없어요. 우리와 맞선 것은 형빈네가 안예요. 형빈네는 광산에서 제일이거든요. 그만 경쟁에서 이거 놓으면 창호가 그 우에 올라 설게 안예요."

하고 옥주는 불끈 오른손 주먹을 틀어쥐며 엄지손'가락을 내밀어 어머니에게 상아'대질하듯 해 보이며

"글쎄 그가 광산에서 이렇게 될게 안예요."

하고 옥주는 몹시 흥분하여 말하고는 뒤'이어 좀 어색한 감을 느꼈다.

어머니는 잠자코 옥주의 말만 듣고 있었다. 옥주는 다시 말을 이었다.

"형빈이는 공훈 광부로 추천됐대요. 공훈 광부로 추천된 그를 경쟁에서 이겨 내면 창호에게도 무슨 평가가 있을게 아니애요. 넉넉히 이길 수 있었어요. 창호가 자기의 창안을 작업에 도입했을 때 그들은 막 뒤떨어졌댔어요. 그들이 뒤떨어 진 것을 보고 그는 바보같이 뭘 했어요. 글쎄 그는 누가 잘 한달가봐 자기의 비밀을 툭 털어 막 대여 주었거든요. 그래서 형빈네는 또다시 올라서게 됐어요. 우리는 또다시 그들에게 깔리우게 되구, 난 그가 무슨 사람인지 몰라요. 글쎄 세상에 제가 잘 되기를 싫어하는 사람은 처음 보거든요."

이 순간 옥주는 한참 동안 몸을 떨었다. 그가 온밤을 두고 잠을 자지 못했음을 어머니는 알았다. 어머니는 생각해보고 머리를 끄덕이며 다시 밥숟가락을 들고 타일렀다.

"옥주야 진정해라. 그가 높은 사람이 될 것 같으면 너 같은 건 거들떠보지도 않는단다. 짚신도, 제 날이 제일이라잖니!"

"그래도 난 싫어요."

하고 옥주는 어머니마저 자기를 몰라주는 것을 못마땅하게 생각했다.

"싫긴 글쎄 뭘 싫단 말이냐?"

딸의 그 빽빽한 소가지를 나무라듯 말했다.

"글쎄 보아요. 요즘에는 동발 작업까지 잘 안돼요. 자꾸 발파를 넘겨요. 남을 이기기는커녕 개망신이애요. 이제 그는 머리도 못 쳐들어요. 모두 자기 탓이애요. 그는 공연히 또 로력 절약을 하느니 해 가지고 동발공을 줄였어요. 정말 안타까와요. 정말 어떻게 했으면 좋아요."

홀떡홀떡 옥주의 심장은 더 세게 뛰였다.

"그래, 그런 일이나 바로잡으렴!"

어머니는 주섬주섬 상을 걷어치우기 시작했다.

"어머니?"

하고 옥주는 어머니가 서두르고 있는 택일을 기어이 말리려고 했다.

"왜 그래?"

"택일은 차차 해요. 난 더 생각해 봐야 해요."

"안 된다. 안돼! 너희들끼리 한 일이지만 한 번 언약한 다음에는 일구이 언을 못 하느리라."

하고 어머니는 저으기 화를 내며 문을 열었다.

옥주는 문을 닫고 나가는 어머니의 뒤통수에 대고 "그럼 맘대로 하세요." 하고 언짢게 말하였다. 그리고는 자기도 자리에서 벌떡 일어나서 거울 앞으로 다가갔다. 거울 앞에 다가 서서 머리를 빗으며 옥주는 또 창호의 생각을 했다.

그와의 사랑은 로력 속에서 맺어진 사랑이였다. 그의 하는 모든 일이 마음에 들었었다. 부지런하고 열정적이고 사업에서 발전성이 많아 보였기 때문에 나는 그를 존경했다. 그리고 또 그는 선량하고 순박한 사람이기 때문에 사랑까지 하게 되였었다. 그런데 그의 선량성과 순박성은 지나쳤다. 그에게 무엇인가 부족한 데가 있다고 느꼈는데 그게 바로 이런 것이거든…… 글쎄 그는 왜 출세하기를 싫어한단 말이야. 정말 그는 바보야. 천 치야. 정말 분하지 않구 뭐야…….

옥주는 거울 앞에서 돌아 서다가 문득 어느 날 직장 신문에 실린 자기에 대한 기사를 상기했다.

직장 신문에는 창호 브리가다를 찬양하는 기사가 먼저 나왔는데 다음 에는 옥주 한 사람만을 취급한 기사가 나왔었다. 옥주의 온 하루의 일과 또 일분일초를 아껴서 일하는 그 모든 약삭 바르고 꾀 있는 솜씨가 상세하 게 기록되여 있었다.

이것을 상기하여 보고 그는 의미 있게 미소를 지었다.

그는 거리로 나왔다.

해는 아직 산마루 우에 솟아오르지 않았다. 울창하고 경사가 급한 산들에 첩첩히 둘러싸인 깊은 계곡 속으로 아득히 뻗어 나간 길에는 광부들로 가득 차있었다.

옥주는 탈의실에서 작업복을 갈아입고 갱도로 들어갔다.

굴 속엔 또 굴이었다.

그가 갱내에 들어 온 지 1년 남짓하지만 아직도 그는 어디가 어딘지 잘 분간 하지 못했다. 그러나 자기 채굴장만은 서슴치 않고 찾아 갔다.

갱구에서는 훈훈한 바람이 얼굴을 스쳤다. 어느 굴로 가든지 인도 절상 관통이 되어 바람이 저절로 들어 와서 외기와 같은 신선한 바람맛을 본다.

옥주는 칸텔라불로 앞을 밝히면서 자기네 채굴장을 찾아 깊이 들어간다.

갱내의 생활은 한 순간도 조용해지지 않았다. 련달아 푸르릇거리는 착암기 소리, 덜커덩거리는 광차 소리, 우르릉거리는 권양기 소리, 전차는 도로리선에서 퍼런 불을 번개처럼 일쿠면서 달리고 있었다.

옥주가 현장에 들어서자 벌써 많은 동무들은 동발 토막을 타고 혹은 광석 덩이 우에 걸터앉아 땀을 들이고 있었다.

옥주는 인도 절상을 타고 내리기에 숨도 가빴고 땀도 찼다. 그도 그들과 자리를 나란이 하고 숨을 돌리려고 했다. 그런데 맞은편에 웬 낯선 사람의 얼굴이 칸텔라 불빛에 비쳤다. 그는 벌써 온 지도 오래고 오래 전부터 이야기를 꺼내고 있는상 싶었다.

"…… 때문에 창호 브리가다장 동무의 창안은 훌륭하다는 것입니다." 하고 그는 말하고 있었다. 옥주는 누굴가 하고 생각했다. 같은 운방공인 혜숙이란 녀자가 귀띔을 해 주었다.

"형빈 브라가다에서 왔대. 곤난한 우리의 지주 작업을 도와주러 왔대 ……."

"형빈 브리가다에서?"

하고 옥주는 의아한 생각부터 했다.

"별'일인데. 래일은 해가 서쪽에서 뜨겠다 얘……."

그러나 그는 인차 "흥" 하고 코웃음을 쳤다. 형빈 브리가다에서 보냈다는 낯선 동무는 새파랗게 젊은데다가 유약해 보였던 것이다.

"일이나 할 걸 보내면 제법이게. 저따위나 보내 놓고 그래도 협조를 보냈다고 생색이나 내려 들겠지……."

옥주는 또 입을 삐쭉거렸다.

그러나 낯선 동무는 꼴 보기와는 달리 아주 활발했다.

"사실 창호 브리가다장 동무밖에 그럴 생각을 못 할 것입니다. 우리는 그것을 받아들이고 자기 사업에 도입한 결과 정말 큰 성과를 거두고 있습니다."

창호는 빙그레 웃고 있었다. 옥주는 생각했다. 창호는 저따위 칭찬이나 받자고 자기의 창안을 대여 준 것이 아닌가…….

옥주는 그들의 그 시시껍질한 이야기를 더 듣지 않으려고 했고 오늘 작업이 자꾸만 걱정이 되는 채굴장 안만 들여다보고 있었다. 그러나 그들의 이야기는 좀해 빨리 끝날 것 같지 않았다.

"그런데 말입니다. 그 방법에는 무엇보다도 의지의 통일이 보장 되여야 하겠습니다. 제마끔 놀 수도 없지만 놀아서는 안 되겠습니다."

옥주는 참지 못하고 한 마디 했다.

"그만하면, 충분해요." 하고 옥주는 젊은이의 말을 중간에서 멈췄다.

"얘기들을 하는 것은 좋아요. 그러나 우리는 오늘 밀린 굿을 죄 꾸려야 해요."

이때 젊은이는 무색해하면서 얼굴을 붉혔다.

"미안합니다. 얘기를 하다 보니 그렇게 됐습니다. 그렇습니다, 동발 문제를 해결해야 합니다. 나도 그 때문에 왔습니다." 젊은이는 얼굴빛을 바로잡아 가지며 말했다. "우리는 동무들의 창안을 대여받구 가만히 있구 싶지는 않았습니다. 우리 동무들은 나를 보내면서 내게 선물을 위탁했습니다."

하고 젊은이는 자기가 온 데 대한 설명을 하기 위하여 서두를 떼였다.

그러나 옥주는 주제넘은 소리를 다 한다고 생각했다. '선물은 무슨 뚱딴지같은 선물이여, 남의 일을 도우러 왔으면 어서 다우쳐 일이나 해줄게지, 남이 등달아하는 것을 저들이 알게 뭐야.' 하며 옥주는 점점 더 불평이 많았다.

"그럼 이제부터 내가 가져 온 선물을 끌러 놓을가요? 먹을 것도 입을 것도 아닙니다. 우리는 그 동안 볼트 지주법을 실험했습니다. 그것은 확실히 좋은 방법이란 결론을 얻었습니다."

젊은이는 목청을 돋구어 말하고 좌중을 훑어 보았다. 별안간 좌중은 웅성웅성하기 시작했다. 그것은 자기들이 현재 지금 당장 해결해야 할 문제였다. 다른 무슨 이야기보다도 제일 반가운 이야기였다.

"그것을 우리에게 대여 주려고 왔소?"

하고 누가 질문을 했다. 갑자기 젊은이의 위신이 올라 서기 시작했다.

"그럼 어서 얘기해 보시우!"

하고 또 누가 말했다. 옥주도 별안간 잠잠해졌다.

"그럼 말하겠습니다. 볼트 지주법은 아주 간단한 방법입니다."

하고 젊은이는 쟁쟁한 목소리로 말을 시작하더니 갑자기 말을 툭 끊어 버렸다. 채굴장 안의 전체 동무들은 호기심을 가지고 그를 바라보았다. 그러나 그는 곧 볼트 지주의 우월성에 대한 이야기부터 시작했다.

그것은 첫째 숙련공이 필요 없고 동발이 필요 없다는 데 모두 처음부터 입을 딱 벌렸다. 자제 운반 로력도 적게 들고 맥폭이 제아무리 크다 할지라도 재료도 더 들 필요가 없다는 이야기를 듣고 모두 원가도 현저하게 저하될 수 있다는 것을 감촉할 수 있었다.

젊은이는 계속해서 말했다.

"볼트 지주법은 막장에서 다른 공정에 장애를 주지 않는 게 특징입니다. 즉 착암 작업을 하려면 하고 충진을 하려면 하고 운반을 하려면 하고, 마음대로 할 수 있습니다."

모두 신기한 방법이라구 마음속으로 생각했다. 옥주도 후에 생각이 가는지 젊은이의 입을 지켜보기 시작했다.

"그리고 굴착 직후에 지주 작업을 들이댈 수 있으며 특히 발파 후 막장까지 인차 지주를 할 수 있음으로써 안전을 기할 수 있습니다."

젊은이는 창호를 의미 있게 보고 싱긋 웃었다. 창호도 마주 싱긋 웃었다. 이것을 제일 먼저 훌륭한 일이라고 지지하고 나선 것은 동발공이였다. 그리고 평시에 좀 덜덜거리는 혜숙이가 손'벽을 치고 환성을 올렸다.

"이거야말로 정말 우리를 살려 주누나!"

순간 옥주는 무슨 가책을 받았는지 머리를 숙였다. 그는 무릇 어떠한 용무로 온 사람임을 막론하고 자기들을 찾아 온 손님이면 혼연스럽게 대접했어야 할 것을 잘못했다고 후회까지 했다.

젊은이는 또다시 작업 방법에 대하여 말하고 있었다. 그는 천천히 자리에서 일어나서 우선 작업장 안을 둘러보는 것이였다. 모두 그의 동작만 살필 뿐이였다.

"동발이 필요 없는 대신 약간의 철재로 된 볼트와 쐐기와 나또와 밀반치개가 필요합니다." 그는 천반을 쳐다보고 손으로 가리키며 말을 계속했다. "보시오 이렇게 공간이 생기지요. 공간이 생긴 후에 일정한 시간 내에 이러한 붕락권이 일어나는 것이 아니겠습니까. 바로 이러한 붕락권이 나타난 초기에 붕락권 바깥까지 천공을 합니다."

하며 젊은이는 천반에다 천공할 자리에 칸텔라'불 그을음으로 동그라미를 쳤다.

눈썰미가 있고 리해력이 빠른 동발공은 벌써 납득된 것처럼 고개를 끄덕였다. 혜숙이는 젊은이에게 매혹되여 따라 돌아 가다가 옥주의 얼굴을 피뜩 보았다. 그의 얼굴이 어쩐지 침울해 보였다. 혜숙이는 속으로 깊은 곡절이 있구나 생각하고 그를 못 본 체 하였다.

작업 방법에 대하여 설명을 끝마친 젊은이는 또 이렇게 말하였다.

"말로만 대여 주는 것으로 나의 임무는 다한 것이 아닙니다. 실지 작업을 통해서 이제 배워 드려야겠습니다."

하고 그는 팔을 둥둥 걷어 붙이였다.

어느새 그는 볼트 지주의 자료들을 가지고 와 있었다.

그는 천반을 뚫는 작업에서 돌'가루가 섞인 뽀얀 물안개를 뒤접어쓰며 일하였다. 처음에 보기에 그가 너무도 젊었고 유약해 보였기 때문에 일을 하면 몇 푼어치나 하랴 하던 의심도 단박에 풀어졌다. 그는 약삭 바르고 오달지고 힘차게 일하였다.

일은 아지 간단했다. 그는 말한 그대로였다. 그러나 한 번 박아 놓은 볼트는 천반을 움찍도 못 하게 하고 있었다.

채굴장은 전보다 더 안전하고 굿을 빨리 꾸리지 못해 일 못 하겠다는 구실은 전혀 서지 않게 되였다. 뿐만 아니라 한사날 세웠어야 할 채굴장 안에서 아무렇지 않게 지주와 병행해서 착암을 하게 되였었다.

창호는 아침부터 스탠드를 세우고 그 우에 착암기를 걸었다. 착암기는 압축된 공기의 힘으로 푸릉푸릉 돌았다. 불꽃을 튕기며 정'대가 마구 돌아갔다. 이럴 때마다 창호는 자기에게 집중되는 모든 힘이 북돋아 오르는 그 즐거운 감촉을 언제나 느끼는 것 같았다. 창호는 발판에 발을 뻗당기면서 몸으로 착암기를 밀어댔다. 착암기의 격렬하고 흥미 있는 리즘은 온몸에 전해졌고 그 손잡이의 맹렬한 진동은 량팔에 울려 창호는 자기가 착암기와 한 마음 한 뜻으로 합해버린 듯싶었다.

착암기의 폭음 속에 사람의 목소리는 가라앉고 말았다. 그러나 창호는 이런 소음 속에서도 충진공, 운방공, 운광공 들을 격려 추동했다.

"어제보다 오늘 더 많이 해야 하고 오늘보다 래일은 또 더 많이 해야 하오……"

창호는 늘 긴장해서 막장을 바라보며 어떻게 하면 광맥을 더 성과 있게 천공 할 수 있겠는가를 생각하며 다시 새로운 천공 자리를 골랐다. 그가

정을 바꾸고 있을 때 옥주는 슬그머니 창호를 바라보았다. 공교롭게 이때 창호도 주먹으로 얼굴의 땀을 쥐여 뿌리면서 고개들 들어 그를 보게 되자 두 사람의 시선은 마주쳤다. 옥주는 어색하여 인차 창호의 시선을 피하여 볼트 지주를 하고 있는 형빈 브리가다에서 온 젊은이를 보는 척 하였다.

교대를 아직 두 시간 앞두고 창호는 천공 구멍마다에 벌써 폭발 장약을 하고 발파를 했다.

이날따라 성과는 매우 컸다. 그 넓은 채굴장 안은 암흑색 쇠돌로 꽉 차게 되었다.

"이젠 살았구나!"
하고 모두 함성을 올렸다. 그래도 옥주만은 아직도 침울해 있을 뿐이었다. 그의 머리속에서는 무슨 투쟁이 버러진 것 같았다.

작업 총화를 할 때 형빈 브리가다에서 온 젊은이는 말했다.

"그래 어떻습니까? 우리도 동무들에게 한 가지 대여 드렸습니다."

"참 고맙습니다."
하는 이러한 대답은 이구동성으로 나왔다. 옥주도 가느다란 목소리로 부르짖는 듯싶었다.

"이제 어떻게 되겠습니까? 우리의 증산 경쟁은?"
하고 젊은이는 무슨 시험관처럼 질문했다.

"생각컨대 우리의 증산 경쟁은 열렬한 것으로 될 것입니다."
하고 누가 대답했다.

"그렇습니다. 우리의 경쟁은 비상히 열렬한 것으로 될 것입니다. 우리는 이제 비약 앞에 들어섰습니다. 우리에게는 바로 이 비약만이 필요합니다. 비약이 크면 클수록 나라에 강재가 더욱 더 많아지니까요. 그리구 또……"

젊은이의 말이 채 끝나기 전에 여럿은 모두 "아무렴요" 하고 찬동했다.

"그리구 또 계속해서 동무들은 그 어떤 새롭구 더 한층 높은 것을 창안해 주기 바랍니다. 꼭 더 한층 높을 것을 말입니다. 우리는 뒤떨어졌고 남보다 못 살기 때문에 남이 한 걸음을 걸을 때 열 걸음을 걸으며, 남이 열 걸음을 걸을 때 백 걸음을 걷는 기세로 나아가야 합니다."

이밖에도 그는 말을 많이 하였다.

옥주는 계속 침울하게 하고 앉아 있었다.

때마침 갱내를 뒤집어 놓을 듯한 요란한 소리가 울려 왔다. 다른 굼뜬 채굴장의 때늦은 발파 소리였다. 폭풍에 칸텔라불이 꺼졌다. 앉은 자리가 들었다 놓는 것처럼 들썩하였다.

칸텔라'불이 다시 켜졌을 때 젊은이는

"참 내 말 한 마디 시정할게 있습니다. 아까 나는 '열렬한' 것이라구 말했는데 요즘 적절한 말로 바꿉시다. "천리마를 탄 기세로……" 천리마를 타야 기분이 상쾌합니다. 창호 브리가다장 동무도 그런 분이시지요." 하고 말하고는 궁둥이를 털고 일어섰다. 모두 따라 일어서며 수고를 했다고 하면서 굳게 악수들을 했다. 혜숙이는 남달리 두 손으로 그의 한 손을 덥석 잡고 "고마와요" 하며 너스레를 쳤다. 그리고 모두 채굴장에서 우—몰려 나갔다. 그러다 보니 옥주 혼자만이 동떨어지고 말았다.

아무도 없는 채굴장 안은 고요했다. 이처럼 안온한 정적은 오직 외부와 멀리 떨어져 있고 사람이 왕래하는 바깥과는 판이한 채굴장 안에서만 있을 수 있는 일이었다.

하루 동안에 채굴장 안에서는 많은 전변이 있었다.

옥주는 저으기 놀랐다. 여태 그가 알기에는 서로 자기가 생각해 낸 것은 남을 대여 주지 않고 혼자 해 먹었고, 한편 남이 그것을 알가봐 쉬쉬하던 것이였다. 그런데 어느새 사람들은 이렇게 발전하였는가……

어쩐지 가슴이 답답해졌다. 그는 가슴을 쓸고 또 쓸었다. 한참 후에 그의 가슴은 호흡이 아주 가벼워졌다.

그가 남늦게 사갱까지 걸어 나와서 스키프를 타려고 할 때 촐랑이 같은 혜숙이를 또 만났다. 그는 그 동안에 또 어디를 싸다니다가 왔는가 싶었다. 물론 현빈 브리가다에서 온 젊은이나 창호 브리기다장 동무를 자랑하러 다녔을 것이었다.

배좁은 스키프 안에서 그들은 무릎을 맞대고 앉았다. 어디 가나 말을 하지 않고는 못 배기는 혜숙이가 먼저 말을 꺼냈다.

"얘 옥주야, 그들의 열은 정말 대단하지. 그래 그렇지 않니, 열을 낼진댄 커다란 열을 내야지!"

옥주는 잠자코 있었다. 사갱에서는 축축한 바람이 풍겨 왔다.

"너는 어떻게 생각하니? 우리가 달성한 것을, 또는 우리가 달성하려는 것을. 조그마한 성과, 조그마한 열, 조그마한 모험으로써 얻어 냈으며 또 얻어 낼 수 있겠니?"

옥주는 또 아무 말을 못 했다. 스키프의 철판 바닥이 발을 끌어당기는 듯 싶더니 스키프는 속력을 내였다.

"그렇다. 그래 서로 방조를 하고 서로 모든 것을 할 수 있게 하는 경쟁이야말로 우리 시대의 합당한 경쟁이 아니겠니?"

하고 혜숙이는 말했다. 옥주는 한참 후야 무슨 생각을 하다가

"그렇다 네 말이 옳다!"

하고 대답하였다. 중간 브라뜨들이 얼씬얼씬 지나갔다.

"어떠냐, 창호 브리가다장이 그래 제일이 아니냐?" 혜숙이는 창호의 이야기를 꺼내기 시작했다. "나는 창호 브리가다장을 존경한다. 그는 참 훌륭한 분이다." 하고 혜숙이는 막 떠들었다. 옥주는 아침에 어머니 앞에서 한 말을 다시금 생각하고 가느다랗게 한숨을 지었다. 한숨을 짓고는 자신을 비웃으며 가만히 웃었다.

"세상에 그런 사람도 드물지?"

하고 옥주는 말했다.

"그럼 그렇잖고. 창호 브리가다장 동무는 겉보기에 못생기고 단순하고 극히 말이 없어 동무들 축에서 잘 나타나지 않았으나 그의 엉큼한 궁리는 남이 미치지 못하는 엉뚱한 것이라니……"

이윽고 건국 사갱의 습기 찬 동발들이 회쓱회쓱 보였고 마침내 휘황한

바깥세상이 화경 속으로 보는 것처럼 내다보였다.

"참 넌 언제 결혼하니, 나도 초청하겠니?"

옥주는 약간 당황하면서 이렇게 말하였다.

"쉬 할거야, 그럼 너를 청하잖구."

스키프에서 내린 그들은 저녁 노을을 얼굴에 담으면서 갱구 밖으로 나왔다. 맑은 공기를 쏘이기에 마음은 상쾌했다. 한종일 해'볕에 쪼인 흙은 메마르고 어딘지 모르게 구수한 냄새를 풍겼다.

혜숙이는 버럭더미 우에 간부들의 그림자를 보고 앞으로 달아 가 버렸다. 그는 어데고 얼굴을 내밀기를 좋아했다. 그래서 옥주는 혼자 탈의실로 먼저 들어왔다. 그는 탈의실로 들어오자 인차 거울을 들여다보았다. 먼지 투성이로 땀 흘린 흔적이 나타나 보이는 얼굴은 홍분해 있었다.

그는 바삐 옷을 벗고 목욕탕으로 들어갔다. 목욕탕 물은 따뜻했다.

옥주는 목욕을 감으면서 갑자기 이러한 것을 상기했다.

"그래 오늘 아침에 어머니가 어서 택일하자는 것을―자기는 왜 반대했을가. 그리고 왜 창호는 바보라고 말했을가?"

다음 순간 그는 혜숙이가 "나도 창호브리가다장 동무를 존경한다." 하고 엄숙하게 '옥주가 보기에는 그랬다.' 한 이야기까지 상기했다.

그는 이렇게 생각했다. "바보라고 했더니 그는 얼마나 사랑을 받아, 그럴 수밖에 없지! 그는 자기 사업에서 많은 성과를 내고 있으니까. 성과를 내고도 우쭐해 본 적이 없지. 누구한테나 진지하고 한 번도 누구 보고 나는 어쩌구 너는 저쩌구 한 일이 없거든…… 그와 한해 남짓하게 정상적으로 꾸준히 일해 왔지만 나는? 아주 환상을 즐기며 자기의 애정을 몹시 귀히 여기며 자기가 환상하구 있는 애인은 아주 뛰여난 인물이라고만 생각했구…… 또 거울이나 자주 들여다보고 직장 신문에 난 것이나 가지구 우쭐하구……"

그는 갑자기 탈의실 안에서 떠드는 소리를 들었다.

"동무들한테 기쁜 소식을 하나 전해 줄게 있소. 내가 상급에서, 지도 온

간부들에게서 들었는데 그것은 우리 광산을 확장할 계획이래. 우리 광산은 앞으로 조국을 위하여 더 좋은 광산으로 될거야 동무들! 그래 기쁘지 않소."

이렇게 말하는 사람은 아까 버럭더미 우에 간부들한테로 달려갔던 혜숙이였다.

"우리들에게는 이제 수많은 일들이 기다리고 있다니까!"

하고 그는 손'짓 발'짓을 다 하는지 탈의실 마루'장이 쿵쿵거렸다. 그는 또 말을 계속했다.

"장래 형편으로 보아 지금의 상향 계단식 채굴법도 볼트 지주법도 문제가 아닐거야. 우리는 많은 것을 창안하고 창조해야 할거야."

…… 반들반들한 목욕탕 바닥이 발밑에서 매끈매끈하고 천장에 서리였던 차거운 물'방울이 이마에 떨어지군 하였다. 옥주는 탕에서 올라오자 자기의 몸에서 풍기는 향긋한 비누 냄새를 맡았다.

그는 또다시 창호와 형빈이와 그리고 모든 로동자들의 태도를 상기해 보았다. 그는 한 번도 그들을 유심히 연구해 보지 않았기 때문에 그들이 헌신적 로동으로써 새로운 생활을 건설한다는 것을 모르고 있었다.

옥주는 밖으로 나왔다.

민주 선전실에서는 당 회의가 열리고 있었다. 옥주는 짐작했다. 보다 아름다운 새 생활의 창조에로 우리를 불러일으키는 회의리라!

이 회의에서 창호도 열렬히 토론에 참가할 것이다.

≪조선문학≫, 1958.12

백일홍

권정웅

　낙석 감시원 현우혁은 방한모를 푹 눌러 쓰고 눈이 잔뜩 묻은 왕바신을 털썩거리며 철둑길을 걷고 있었다.

　눈보라는 점점 더 기승을 부린다.

　하루 한낮 함박눈이 펑펑 쏟아지더니 저녁때에는 난데없는 서북풍이 터지면 서 온 골 안을 발칵 뒤집어놓는다.

　전선줄이 몸부림치고 강가에서는 얼음이 쩡쩡 소리를 내며 터진다.

　사위는 캄캄하고 눈보라는 촌보(寸步)를 가릴 수 없게 앞을 흐려놓는다.

　현우혁은 선로에 짓궂게도 들이쌓이는 눈을 초저녁부터 치다가 밤 한시가 실히 넘어서야 일손을 뗐다.

　공인역에서 3킬로나 상거한, 해발 1,500미터의 높은 산상에는 눈이 많이도 온다.

　독로강과 청천강의 분수령을 이루는 이 높은 영마루로 모진 바람이 거슬러 올라와서는 철길이 뻗은 손가락짬 같이 좁은 산협으로 용을 쓰면서 냅다 빠져나가곤 한다. 그러면 온 천지가 뒤흔들리는 듯한 요란한 소리를 내면서 숲이 흔들리고 산봉우리의 눈은 한 알도 남지 않게 언덕진 이 철둑으로 들이몰리곤 한다.

　그중에도 현우혁이가 배치된 239제표 지구는 좀 심한 편이었다.

겨울이면 눈보라와 싸워야 하고 여름이면 물과 사태와 싸워야 한다.

예전에 모진 장마가 졌을 때 산이 뭉청 떨어져 내리밀리다가 걸렸다는 '홀러 온 산' 지점은 전쟁 때 폭격을 심히 받아 사철 돌이 굴러 내리고 연년이 낙석 사고를 일으키는 곳이다.

현우혁은 오늘도 두 사람 몫을 하느라고 모진 고생을 했다.

240제표 지점을 담당한 감시원이 병결을 하고 강계로 간 후 보름이 넘도록 돌아오지 않기 때문이다.

현우혁은 밤 12시 평양행 여객 열차를 통과시키고도 한 시간은 실히 눈을 쳤다. 1,000 미터가 넘는 구간을 몇 번이나 왕복하면서 걸싸게 해제끼었다. 워낙 바람이 심해서 돌아서면 또 도루메기가 되곤 한다. 굴간의 얼음 까기도 마찬가지다.

그러나 현우혁은 밤이 들면서부터 더 기운차게 눈을 쳤다. 그 바람에 눈보라도 어지간히 기운이 눌렸는지 좀 뜸직해졌다.

철길이 훤히 트이었다.

이쯤 하면 서너 시간은 실히 견디어냄 직하다.

현우혁은 어깨가 느른하고 속도 출출해나서 그만 일손을 뗐다.

목덜미가 척척하고 얼굴과 손발이 홧홧 달아난다. 그중에도 오른다리가 뿌듯하고 오금이 숭숭 쑤시어서 견디기 뻐근하다. 전쟁 때 파편이 관통한 다리인 데 겨울이 되고 또 이렇게 고되게 다루면 통세가 나곤 하였다.

그는 절뚝거리며 징검다리를 건넜다.

그리하여 풀어놓은 댕기오리처럼 오불꼬불한 물줄기를 따라 산모퉁이 집으로 향했다.

한겨울인데도 독로강 상류인 이 강물은 얼지 않고 야무진 소리를 내면서 흘러 내린다.

들판 위로 난 오솔길은 발을 붙일 수 없이 쭐쭐 미끄러진다.

그는 저려나는 다리를 겨우 옮겨놓으면서 한참 걷고 있노라니 무심중

집이 너무 멀다는 것과 어차피 두일이가 돌아오지 않을 바에는 아예 239
와 240제표 지점의 중간인 바윗골 어귀로 집을 옮겼으면 한결 헐하게 되
리란 생각이 들었다.

그러나 곰곰 생각하면 이 눈 속에 어디다 가미를 붙이며 또 안해가 선뜻
찬성해 나설 것 같지도 않거니와 두일이가 되돌아올 희망이 바이없지도
않은 것이어서 이사에 대한 생각은 곧 흐리마리해지고 말았다.

마당에서 발을 탁탁 굴러 눈을 터는 소리가 나자 부엌문이 방싯 열리더
니 깜장 치마저고리를 입은 안해—금녀가 사분사분 걸어 나와 눈가래와
지렛대 그리고 연장 망태를 받아 들면서 어깨의 눈을 털어준다.

"아유 이 날씨두 온…… 왜 이리 늦었어요?"

"아직 기다렸소? 영호가 학교 갔다 혼쌀났겠는걸."

"혼쌀이 다 뭐예요. 방금까지 아버지 오시는 길을 친다고 가래를 들고
야단 이댔는데 이 마당을 갸가 다 쳤다우."

"허허 참, 자식두."

방 안으로 들어간 현우혁은 간데라 불부터 돋우어놓았다. 불줄이 쭉 늘
어나자 도배를 한 벽이 눈부시게 희어지고 방 안은 한결 더 아늑해진 것
같았다.

뒷벽에는 금녀가 손수 수를 놓은 흰 옷보가 걸렸다. 흰 바탕에 백일홍이
활짝 피었는데 꽃송이 위에는 범나비 한 쌍이 나래를 펼치고 있다.

옷보에는 잔잔하고 섬세한 금녀의 솜씨가 잘 드러났고 그것으로 하여
방 안은 언제나 따뜻한 봄날처럼 아늑하게 느껴졌다.

그래 그런지 현우혁은 어느새 백일홍을 무척 좋아하게 되었고 선반에
얹어 둔 백일홍 꽃씨 봉투를 며칠에 한 번씩은 으레 내려 보는 손버릇까지
생기었다.

그럴 적마다 간절하게 봄이 그리웠다.

아궁에서는 우직우직 봇나무 장작이 타고 솥이 벌렁벌렁 끓는다. 금녀
는 재빨리 저녁상을 놓았다.

두루반에 두부찌개, 도라지 무침, 고사리, 갓김치 그리고 국, 숭늉들이 챙겨지자 현우혁은 한 걸음 나앉아 국사발부터 들어 마시려 하였다. 그때 금녀가,

"여보! 이거."

하면서 두 장의 편지봉투를 상 위에 올려놓았다.

현우혁은 사발을 놓고 봉투를 뜯었다.

한 장은 영호 담임선생한테서 온 것인데 성적이 좋고 품행도 모범인데 지각이 잦다는 통지고, 또 한 장은 두일이한테서 온 통사정이었다.

"……고질인 위병이 도졌는데 좀 오랜 치료가 요구된답니다. 그렇게도 극진히 도와주었지만 은혜에 보답 못해 미안합니다. 더구나 나에게 조석을 끓여주었고 신변을 보살펴준 아주머니에게 면목이 없습니다. 웃방에 있는 내 트렁크와 책들은 아무 때든 제가 가서 처리하겠습니다. 나의 후임에 대해서는 선로반장에게 부탁……."

다음은 보나마나하였다.

현우혁은 딱한 얼굴을 짓고 입맛만 쩝쩝 다시다가 이윽해서 국사발을 든다.

의아쩍게 보고 있던 금녀가,

"두일 동무가 앓는대요?"

하고 물으니 현우혁은 입이 쓰거운지 국만 후후 불고 있다.

현우혁은 두일의 눈치를 벌써부터 알고 있었다. 240제표 지점에 온 지 석 달도 못 되어 한다는 소리가 늘 불평뿐이었다.

보는 것은 산과 하늘뿐이요 듣는 것은 기적 소리와 물소리, 새소리뿐이라는 것이다. 감시원은 백 년 가야 더 발전할 길이 없다, 초소 근무는 한 달에 한 번씩 윤번제로 해야 한다 등 모름지기 오래지 않아 어디로 뺑소니칠 기미가 보였던 것이다.

상을 물리고 금녀가 부엌에서 올라오는 것을 기다려 현우혁은,

"여보!"

하고 신중한 어조로 부르더니,

　"당신과 좀 의논할 일이 있소."

하였다.

　이때 현우혁은 집을 옮겨볼 생각이 불연간 떠올랐던 것이다.

　금녀는 행주치마를 벗어 말코지에 걸더니 방긋 웃으며 옆에 와 앉는다.

　"다름이 아니라 두일 동무가 못 오게 되니 대책을 세우자는 거요."

　하자 금녀는,

　"아유 그게 무슨 의논할 일이에요. 내일쯤 선로반에 나가서 대신으로 누굴 보내달라면 되잖아요? 그리구 반에서도 어련히 대책을 세우고 있잖을라구요." 하면서 호호 웃는다.

　금녀는 남편의 심산을 벌써부터 알고 있었다. 그래 미리부터 짐작해오던 차에 아나나 다를까 딱 들어맞았다.

　"그런 것이 아니라 당신의 결심이 있어야 하는 건데, 뚝 찍어 말하면 240제 표 중간에 이사를 하자는 거요."

　"에그 망칙해……."

　금녀는 벌써 어지간히 기분이 처졌다.

　"내 그럴 줄 알았어요, 까놓고 말해서 밥 한 그릇을 게 눈 감추듯 하는 사람이 위병은 무슨 위병이에요, 꾀병이지. 좀 어루만지지 말고 톡톡히 비판을 하세요. 머리를 바로잡아줘야 하잖아요. 하긴 당신 같은 이나 자원해서 무기한으로 이 산중에서 살 작정을 하지, 이 세상에 하늘로 머리 둔 사람이 어디서 이런 데서 한평생 살겠다고 하겠어요."

　금녀는 귓부리까지 새빨개지고 어깨가 달싹거린다.

　"이사야 뭐 당신 결심이면 그만이죠. 의논은 무슨 의논이오. 강계서 공인, 공인서 여기 굴러온 신세에 이제 십 리 아니라 게서 더한 덴들 못 들어가겠나요."

　어지간히 속이 비탈렸다.

　현우혁은 금녀에게서 대번에 시원시원한 대답이 나오리라고는 생각지 않았다. 그러나 금녀의 옹고집이 이렇게까지 뿔을 세우고 일어날 줄은 몰랐다.

현우혁은 너무 어처구니없어서 하하 한바탕 웃고 나서 예쁘장하니 끝이 뚫린 깜찍한 들창코를 호되게 튕겨주려고 손을 슬며시 턱 밑으로 가져갔다.

금녀는 눈치를 채자 냉큼 한 걸음 물러앉으며 고개를 돌리었다.

그 바람에 둘이서 한바탕 웃었다.

한참 있다가 금녀가 입을 열었다.

"낙석 감시원은 당신이니까 당신 맘대로 해요. 그러나 영호가 그럼 몇 리를 걸어야 하는지 알아두세요. 25리예요. 두일이 편지만 생각지 말고 학교에서 온 편지도 고려하세요. 솔직히 말해서 내가 낳은 자식이라면 25리가 아니라 그보다 더 멀어도 난 반대 않겠어요……."

절절 끓는 구들 아랫목에 누워 자던 영호가 낑 하고 몸을 뒤채면서 발길로 이불을 걷어찬다.

금녀는 얼른 이불을 여미어주고 머리맡에 놓았던 책들을 접어 한쪽으로 밀어 놓는다.

"그리고 여보! 영호도 영호려니와 당신 몸도 생각해야죠. 당신의 그 다리로써 하루에 몇 리를 걸을 수 있어요…… 당신이 정 못 가면 내라도 선로반에 가서 두일이 대신 누굴 보내 달라 하리다."

금녀는 남편의 성격이 소탈하고 너그럽다는 것을 잘 알고 있다. 하지만 그런 성격으로 하여 건달뱅이 두일이와 같은 사람의 몫을 맡아 고생을 한다고 생각 하니 그 어떤 억울한 생각이 치밀었다. 그러나 짐짓 성을 누르며 은근히 남편을 타이르는 것이었다.

사업도 사업이려니와 건강도 돌봐야 할 게 아니냐는 것이었다.

현우혁은 건강에 대한 이야기(부상당했던 우측 다리)가 나오자 울컥 분이 치밀었다.

"그게 날 위해서 하는 소리요?"

정색해서 금녀를 쳐다본다.

"……."

금녀는 고개를 숙이고 고름 끝만 만지고 앉았다.

이들은 작년에 결혼한 신혼부부다.

현우혁은 삼십을 갓 넘은, 생김새부터 의젓하고 틀이 잡힌 건장한 청년이고, 금녀는 바야흐로 활짝 핀 꽃처럼 온몸에서 젊고 생신한 기운이 풍기었다.

언제 보나 옷매무시가 단정하고 깨끗한 것을 좋아했다.

남들 보건대도 그럼 직하거니와 금녀 자신도 이런 젊은 때에 이 심심산중에 묻혔다는 것은 참기 어려운 노릇이 아닐 수 있었다.

허나 금녀는 영예군인인 남편에 대해서 더없이 극진하였으며 그를 위해서라면 산속이건 물속이건 가릴 바가 아니었다.

그러길래 결혼하는 날로 현우혁은 열 살짜리 더벅머리 영호더러 금녀를 어머니라고 부르라 했지만 총각이라던 사람이 아이가 웬 거냐고 묻지도 않았고 제법 어머니 구실을 척척 해냈던 것이다. 또 그런 지 한 달이 되나마나 해서 강계에서 공인으로 자원해서 전근하게 되었을 때도 아무 말 없이 남편을 따라 선뜻 나섰던 것이다.

하긴 강계에서 공인으로 올 때도 노(상) 의견이 없는 것은 아니었다. 살림을 차리잣바람으로 짐을 싼다는 것도 문제려니와 강계 보선구에서도 천리마도 타고 혁신도 일으키고 창의 고안도 얼마든지 할 수 있는데, 또 성한 사람도 많은데 하필 다리를 상한 영예군인이 걸음을 많이 걸어야 하는 산중으로 자청해 갈 필요가 무어냐고 까박할 수 있었다. 그러나 내색을 하지 않고 속을 썩이고 말았다.

그런데 공인에 와서 이삿짐을 부린 지 한 달도 못 되어 다시 도로리에 이삿짐을 싣고 온다는 게 아흔아홉 굽이 비탈을 에돌아 바위벽이 이마에와 맞부딪칠 듯한 벼랑 짬사리에 초막을 치고 가마를 걸게 되었다. 그때는 막 배알이 뒤 틀리고 목구멍까지 울화가 치미는 것을 겨우 눌러 버텼었다. 더구나 이렇게 끌고 오는 남편의 속심도 알 수 없거니와 몸이 편치 않은 그가 으등으등 어깨를 들이밀고 고생을 맡아 나서는 것을 도무지 이해할 수 없었다.

그래도 살면은 고향이라더니 239제표 지점인 여기 와서 반년이 되는 동안 박우물도 파고 빨래터도 만들어놓고 오 리쯤 가서 인가가 서너 집 있는데 찾아다니면서 사귀어도 놓고, 차츰 정이 들만하니 또 자리를 뜨지는 것이다.

그렇지 않아도 한 달 가도 인기척을 볼 수 없는 여기서 또 가면 어디로 간단 말인가?

바람 소리 물소리에다 밤마다 소쩍새 소리만 들리고 마당가에는 산짐승이 욱실거린다. 하루 몇 번씩 기적 소리를 듣는 것이 그중 낙이다. 기적 소리는 처음 얼마쯤은 무엇인가 새 소식과 환희를 가져오는 듯하였다. 그러나 그것도 차차 역겨워나고 이제는 오히려 더 마음을 뒤숭숭하게 만들어놓는다.

산모퉁이로 열차가 꼬리를 감추고 길고 요란한 기적 소리가 메아리를 일쿠었다가 그 여음도 차차 사라질 때면 왜 그런지 가슴이 허전하고 텅 비는 것 같다. 가슴속에서 무엇이 왈칵왈칵 무너져 내리는 것 같다. 이럴 때면 돌등에 무료히 앉아 하염없이 그 무엇을 더듬어 생각하게 되었다.

왜 거리에서 남들처럼 난 보람 있게 살지 못하고 천하를 들추어봐도 단 하나 밖에 없을 이런 산중의 길목지기를 한단 말인가?

남편은 노상 철길에서 사철 살다시피 하고 텅 빈 방 안만 지키고 앉았어야 한다. 이것이 무슨 낙인가. 꿈꾸어오던 행복들은 다 어디 갔단 말인가?

그는 눈에 빤히 보이고 손에 잡힐 듯 잡힐 듯 하는 그 무엇을 잡지 못하고 애타게 헤매는 것 같았다.

역장이었던 아버지를 따라 기수 없이 이사도 했건만 그래도 가는 곳마다 비록 한적하기는 하지만 언제나 자그마한 거리가 있었다. 그래 고중도

순순히 나올 수 있었으며 또 이런 생활은 그에게 거의 타고난 것처럼 느껴졌었다.

한데 일 년도 못 되는 동안 급자기 신세가 거꾸로 서는 듯하였다.

금녀는 영호의 통학 거리를 내걸기는 했지만 실은 이제 더 물에 뜬 나뭇잎처럼 정처 없이 밀려다니고 싶지 않았다.

남편은 야속하게 남의 사정을 몰라주는 듯했다.

광부의 아들이며 포병 일곱 해, 그리고 선로원을 시작한 그는 너무나 생각이 단순하고 고지식한 것 같다.

방 안에 침묵이 흐른다.

……현우혁은 구들이 뜨거워나서 두세 번 자리를 고쳐 앉으며 속으로 안해의 심정을 그려보고 있다.

옆에 누운 이마가 번듯하고 안창코인 영호가 팔을 내저으면서 잠꼬대를 한다.

영호를 보고 있노라니 옛일이 물밀 듯이 떠오른다.

영호 아버지는 전쟁 때 이 지점의 선로 감시원이었다. 시한탄을 제거하다가 폭발되어 순직하였다. 그러나 현우혁이 호송하던 포탄 열차는 무사히 통과하였다. 그후 제대되어 선로 감시원의 가족을 찾았다. 그리하여 3년 만에 폭격에 어머니마저 잃고 고아원에 있는 영호를 찾아내고야 말았던 것이다.

그 후 현우혁은 되도록 영호를 제 아버지의 뜻을 이은 믿음직한 철도 일꾼으로 키울 결심을 했다.

'영호의 통학 거리를 연장시키고 내가 헐하게 일해서는 안 되지.'

이렇게 생각한 현우혁은 모든 것을 다 잊어버리려고 고개를 가로저었다.

바람이 분다. 모래알 같은 눈이 창문을 후려갈긴다.

"여보, 자오. 난 240지점을 좀 순회하고 오겠소."

현우혁은 움쭉 일어나 모자를 벗겨 든다. 그리고 께따라 일어서려는 금녀의 어깨를 눌러 앉히고 밖으로 나섰다. 눈보라가 얼굴에 뿌려친다.

금녀는 며칠 동안 눈치를 봐가다가 하루는 영호를 불러 앉히고 지각하는 까닭을 캐기 시작했다.

"조반이 늦냐?"

"……."

"그럼 다리가 아파 가다 쉬니?"

"……."

이래도 저래도 도리질뿐이다. 금녀는 우습기도 했지만 한편 속이 상해 얼굴이 발그레해지며 별의별 수단을 다 쓴다.

그런데도 마구답답이로 영호는 벙글벙글 웃기만 한다.

"그럼 너 중간에서 장난하는구나?"

"아니래두요."

금녀는 안타까웠다. 그러다가 문득 좋은 꾀를 생각해냈는데 그 이튿날 아침 일찌감치 밥을 해주고 영호의 뒤를 밟아 학교까지 가보리라 생각했다.

이튿날 아침이 왔다.

"지각하지 않게 장난 말구 빨리 가거라."

"네, 갔다 오겠습니다."

영호는 귀엽게 모자를 벗어 꾸벅 절을 하고는 엉덩이에서 책가방이 털썩털썩 뛰게 총총걸음을 쳐 산모통이로 사라지는 것이었다.

금녀는 길차비를 하고 바삐 뒤를 따랐다.

한 오 리쯤 가서 이깔나무 숲을 빠져 나서였다. 영호는 곧은 길을 버리고 철둑길로 올라서는 것이었다. 신바람이 나는지 목청을 돋우어 노래를 뽑는다.

'옳지, 요녀석…….'

금녀는 영호가 뒤를 돌아다볼까 조마조마해서 바위 그늘에 숨었다. 영호가 철길에 들어서서 레일에 올라 줄타기를 하듯 팔을 벌리고 뒤뚱거리며 재주를 피우는 것을 보자 금녀는 웃음이 탁 터질 것 같아 입을 싸쥐고 홈이 진 웅덩이로 슬쩍 내려섰다.

'고 깜찍한 장난꾸러길 어쩌문 좋아.'

금녀는 숨바꼭질이라도 하는 것처럼 마음이 간질간질하고 고소하기도 했다.

아니나 다를까 책가방을 벗어 놓더니 두리두리 사방을 살피다가 큼직한 돌을 집어서 레일을 대고 땅땅 두드린다.

'네가 못하는 짓이 없구나, 곧은길로 가지 않고 철길로 오 리나 에돌면서. 게다가 장난이야. 그리고도 아니라고 도리질이지. 요 깜찍한 것……'

어느새 50 미터 거리에 다가갔다.

한데 영호는 허리를 꼬부리고 한참 땅바닥을 긁적거리다가 냉큼 일어나 가방을 집어 들더니 꽁지가 빳빳해서 달아난다. 짧은 다리가 어떻게나 빨리 침목을 번갈아 디디는지 마치 재봉틀 바늘이 오르내리는 것 같았다. 영호는 잠시 동안에 산 굽인돌이에 사라졌다가 다시 저쪽 산모퉁이에 나타났다.

그러더니 이번에도 또 아까처럼 가방을 벗고 돌을 집어 든다.

금녀는 차차 얄궂기도 하고 수상한 생각도 들고 해서 영호가 앉았던 자리로 달려갔다.

금녀는 영호가 앉아서 돌을 부숴뜨리던 장소에 이르자 그만 굳어진 듯 그 자리에 서버리고 말았다.

철장에 대고 돌을 두드린 것은 끝이 뽀죽한 돌을 얻기 위한 것이었다. 돌을 깨뜨려 그중 모가 나고 뽀죽한 놈을 골라 그것으로 산에서 흐르다가 밤사이에 붙은 얼음보키를 까낸 것이다.

철길을 향해 밀려든 얼음을 돌로 쪼아내고, 물이 흐르다가 곬으로 빠져나가게 움푹하니 도랑도 째놓았는데 손으로 얼음을 긁어낸 자리가 역력하다.

이것을 보고 섰던 금녀는 온몸이 오싹해졌다.

'손이 오죽 시렸으랴.'

남편이 여름에 타온 면장갑을 내주고는 한 해 겨울이 지났다. 그런데도 그 장갑은 아직 새 것대로 있다. 장갑이 어지러워질까 봐 맨손으로 얼음을 닭은 것이 분명하다.

금녀는 두 손을 모두어 가슴에 대고 한참 섰다가 영호가 앉은 쪽을 바라보았다.

영호는 또 침목을 밟으며 아까처럼 달아난다.

'네가 지각을 할까 봐 그러는구나.'

금녀는 콧마루가 저리고 눈굽이 뜨거워졌다. 눈에는 안개가 낀 듯이 앞이 차차 흐려진다.

'뛰기는 왜 뛰나, 저러다가 넘어질라구.'

금녀는 그렇게도 기특한 영호를 믿지 않았던 자신이 너무 옹졸하고 미련하였다는 생각이 울컥 치밀었다.

영호는 5리나 더 먼 길을 에돌면서 아버지가 관리하는 선로를 손수 보살피고 있는 것이다.

지각이 좀 있었던들 무슨 상관이랴.

그는 벌써 장난꾸러기가 아니라 철도를 위해 목숨을 바친 아버지의 넋을 이어받고 있는 것이다.

그날 저녁 세 식구가 마주 앉은 밥상머리에서 금녀는 영호의 이야기를 했다.

그런 다음 우선 학생은 지각이 있어서는 안 된다고 타일렀다.

"너 이제부턴 철길로 돌아다니지 말고 직발 지름길로 가라, 응!"

현우혁은 머리를 쓸어주며 포동포동한 그의 얼굴을 들여다본다.

"괜찮아요. 아버지가 거기까지 돌아오시자면 다리가 아프시잖아요. 난 다리가 튼튼해요…… 낼부터는 좀 더 빨리 뛰어갈래요, 그럼 돼요."

이 말을 듣자 금녀는 눈굽이 뜨거워졌다. 다리를 절고 있는 아버지를 도우려는 거다. 그런데 안해 된 자신은 아무것도 도움을 주지 못하고 있는 것이 아닌가. 이렇게 생각한 금녀는 쏟아지려는 눈물을 참지 못해 물사발을 들고 얼른 부엌으로 나와버렸다. 통학 거리를 코에 걸고 바윗골로 이사하는 것을 반대한 것이 얼마나 우직했던가 후회가 났다.

이런 일이 있은 후 금녀는 팔을 부르걷고 이사 차비에 나섰다. 그리하여 따뜻한 어느 날을 택해 짐을 옮기기로 했다.

현우혁은 바윗골로 가서 초소를 손질했다. 이미 지었던 집에다가 온돌을 놓고 부엌을 붙이고 불을 땠다.

이제 천반이나 흙매질 같은 것은 우선 옮겨놓고 할 작정이다.

현우혁은 지게에 농짝을 올려놓고 뒤에 따라섰고 그 앞에는 금녀가 고리짝과 트렁크를 겹쳐 이고 보따리를 손에 들었다. 영호는 털모자를 제껴 쓰고 책가방과 배낭을 메고 달랑달랑 앞서서 걸어간다.

따뜻한 날씨다.

눈이 덮이었던 철둑이 군데군데 드러났고 아늑한 바위벽에는 밤새 유리알 같은 알른알른한 얼음이 얼었다. 양지쪽에는 나뭇가지들에 아이들 손가락 같은 고드름이 달리었다. 가문기 떼는 알룩알룩한 날개를 펴고 산 허리를 에돌면서 한가롭게 지저귄다.

산봉우리 위에 해가 쑥 올리 밀었다. 눈에 덮인 산발은 은백색 빛을 뿌린다. 골짜기에서는 신선한 아침 공기가 흘러오면서 코가 찡하니 시려나게 한다. 사위는 깜박 조을 듯한 정적이 깃들었다.

"영호야! 너 선반에서 꽃씨를 걸었니?"

저만치 앞서 나간 영호에게 현우혁이 고함을 지르면서 지게를 추슬러 올렸다.

"꽃씬 웬 거요?"

하고 금녀가 받으니,

"저 강계서 받아 둔 백일홍 있잖아?"

영호는 징검다리를 다 건너 손에 쥔 꽃씨 봉투를 내흔들었다.

"있어요!"

그런 후 얼마 동안 말없이 걸어가다가,

"백일홍이 어느 달에 피죠?"

하고 금녀가 방긋 웃으며 물었다.

"아마 6월에 가야 필걸."

"그럼 그때까지 거기 계시게요?"

"글쎄. 가봐야 알지. 그때가 되겠는지, 그보다 더 있겠는지."

"그럼 꽃은 혼자 보시게 되겠는데요. 두고 보세요, 백일홍이 피기 전에 나는 혼자라도 내빼겠는걸요. 호호."

"여보, 생각해보오. 그래두 크나 적으나 집이라구 꾸려놓은 사람이 단 몇 해두 안 살구 집어치우는 법이 어디 있소. 암만 허술해두 삼사 년이야 살아봐야지, 하하."

입이 써서 그런지 금녀는 억지로 웃기는 하지만 더는 대꾸를 하지 않는다.

"어때? 응?"

"백 보 양보해서 내 이사는 하지만요, 두고 보세요. 5·1절이 지나면 내가 가서 도로릴 끌고 오지 않나."

"잔소리 말구 저거나 좀 봐."

현우혁은 짐짓 딴전을 피우려고 작시미를 들어 분다나무 가지를 가리켰다. 멧새 한 쌍이 울긋불긋한 가슴을 쑥 내밀고 부리를 맞비빈다. 그러다가 인기척에 놀랐는지 말똥말똥한 눈으로 금녀를 의아적게 쳐다본다.

장수봉 위 활짝 트인 군청색 하늘에는 수리개 한 쌍이 빙빙 원을 그리며 돌아간다.

금녀는 짐을 내려놓고 소녀들처럼 황홀해져서 맑은 하늘을 쳐다본다.

"참 하늘도 곱네!"

금녀는 저도 모르게 소리를 지르는데 영호는 허리를 굽히어 눈을 움키고 있다.

금녀는 대야에 냉수를 떠다가 수건을 짜서 남편 머리에 얹었다.

현우혁은 얼굴이 벌겋게 돼서 가슴을 들먹이며 누워 있다. 감기가 온 모양이다.

눕고 보니 잔소리가 심한 축이다.

어느 모퉁이에 물도랑을 가보라, 어느 비탈에 매부리 같은 돌이 걸렸었는데 떨어지지 않았나 보라, 상호등에 불이 잘 켜지는가 미리 손질하라. 이런 따위로 사람을 들볶으면서 하라는 몸 간수는 통 하지 않는다.

며칠 전부터 몸이 지긋지긋하다 할 때 좀 누웠다면 얼마나 좋았으랴.

금녀는 속이 바질바질 타들어갔다.

이틀째 뜬눈으로 밤을 샌다.

그러니 고였던 물목이 터진 듯 아무 소리나 막 내뱉게 되었다.

"에그 속상해 죽겠네, 병원이 있나, 오 리나 십 리가 돼서 업고라도 어딜 가겠나……."

혀를 쯧쯧 차면서 현우혁이 들고 있는 책을 뺏는다.

"책을 놓고 머리를 좀 쉬우세요. 낙석 감시원이 뭐 박사가 되겠나요. 밤낮 책만 들구. 초소 근무 기한이 얼마나 넘은 지나 아세요. 게다가 두 사람 몫을 하면서, 6월이 다 가는데도 끔적 않고 있다가 이게 뭐예요. 몸이 건강해야 사회주의 건설두 하고 혁명두 할 수 있는 게 아니예요?"

아닌 게 아니라 현우혁은 요새 무척 과로를 했다.

선로를 감시하는 데는 눈보라 치는 겨울도 어지간하지만 눈석이 때와 여름 장마철은 그보다 갑절이나 힘이 든다.

산에는 가을이 빨리 온 벌충으로 봄도 한량없이 늦잡는다. 그러나 산의 봄도 역시 들에서처럼 몰래 오는 버릇이 있다.

양지바른 쪽에 이미 다 고삭아버린 묵은 쏙새 그루 밑에서 노르끄레하고 야들야들한 싹이 돋아 오르면 골짜기마다에는 시뻘건 눈석이들이 사태를 일군다. 이럴 때면 삽과 괭이를 메고 산으로 올라가야 한다. 도랑을 째고 둑을 치고 웅덩이를 메우기도 해야 한다.

어느새 맷새들이 흐듯흐듯 봄볕이 내리쪼이는 양지바른 가지에서 조을게 되고, 까치란 놈이 삭정 가지를 물고 꽁지를 까불면서 마을로 드나들게 된다. 그러면 산봉우리들에 오르내리며 산불을 봐야 한다. 구배가 심한 이 대목에서는 기관차에서 불꽃이 튕기고 그것이 날리어 먼 산에 불을 일구는 수가 있기 때문이다.

산에서 산으로 덤불을 헤치고 가지를 휘어잡으면서 기어오른다. 벼랑 낭떠러지에서 굴러 떨어지는 수도 있다. 부상당했던 다리는 못 견디게 쑤신다. 그러나 이를 악물고 어석어석 눈을 밟으며 능선을 따라 나아간다. 몸이 노근해 난다. 그러면 따뜻한 양지쪽에 앉아 다리를 쉬며 담배를 한대 피우는 맛이란 천하일미라고 할 수 있다. 그런 후는 바위에 기대어 깜박 존다.

얼마쯤 쪽잠이 가물가물 깊어갈 무렵 머리 위에서 궁상맞은 뻐꾸기 우는 소리가 나면 눈을 번쩍 뜨게 된다.

먼 산비탈에 불을 본다. 소스라쳐 일어나 눈을 비비면 그것은 불이 아니라 진달래다.

산허리에 붉은 띠를 휘감은 듯한 진달래, 그 건너에 해를 묵은 눈, 그 위에 푸르러가는 이깔나무 숲, 발밑에 곤청색 댕기오리 같은 독로강 물줄기, 흘러가는 목화송이 같은 구름떼…… 들이 절경을 이룬다.

쟁기 망태를 거느적이 메고 산에서 산으로 오르내린다. 산에서 자고 산에서 먹으며 몇 순 지내는 동안 진달래에서 철쭉꽃으로 봄은 옮겨가고 미구에 장마철이 온다.

이때면 벼랑과 병풍바위를 톺아 오르내려려 한다.

억수로 쏟아지는 비, 굴러 내리는 돌과 일종 전투를 한다.

그러다가 맥이 빠지고 다리가 쑤시면 돌등에 앉아 무릎을 주무른다.

"내 다리야. 너는 내 사정을 잘 알지? 참아다오. 참아야 해, 미제가 조국 강토에 발을 붙이고 있는 한 우리 전투는 끝나지 않았어. 너는 전쟁 시기의 여기 늙은 감시원을 기억하고 있지? 폭탄을 안고 걸어 나간 그이의 다리를 알지 않니. 그렇게 너두 싸워야 한다. 참아다오……."

그는 다리를 물끄러미 들여다보며 이렇게 타이른다. 그러고는 잔디밭에 드러누워 청청 맑은 하늘을 쳐다보며 통일된 조국의 앞날을 그려본다.

저주로운 분기점 팻말을 탕탕 찍어 던지고 무너지고 쑥이 길로 자란 철둑을 다시 쌓아 올려 끊어졌던 철길을 맞 이어놓을 제, 언덕에 선뜻 올라 푸른 신호기를 번쩍 쳐들면 만포발 부산행 열차가 막 살같이 달려 나가리라.

그는 후더워진 가슴을 만져보며 일어나 앉는다.

회상기를 뒤 제목 읽는다. 그러면 한결 기운이 난다.

현우혁은 다리를 절면서 또 높은 산으로 향한다.

옷은 갈기갈기 찢어졌고 신발은 형체를 알기 어렵게 해졌다. 그래도 그는 벼랑을 기어올라 돌을 안아 낸다.

이렇게 며칠 동안 지내며 비를 맞고 밤을 세웠더니 그만 몸살이 온 것이다.

"여보! 잔소린 됐다 하고 불이나 좀 돋우오. 잠을 이룰 수 없군그래. 자, 한 제목 더 읽어주오, 응!"

현우혁은 안해가 뺏어놓은 『항일 빨치산 참가자들의 회상기』를 집어 들고 싱긋 웃으며 눈짓을 한다.

금녀는 억지로라도 뺏고 싶지만 하는 수 없이 다시 읽기 시작한다.

벌써 몇 번인지 모르게 『돈화의 수림 속에서』를 읽어 허두만 떼면 줄줄 내려간다.

명화 어머니의 초상이 우렷이 떠오르고 잣나무에 기어오르는 그의 모습이 눈앞에 나타난다.

금녀는 어느덧 감동되어 눈물이 앞을 가려 글줄을 잘 가리지 못한다. 자주 눈물을 훔친다.

명화 어머니가 나무에서 떨어져 정신을 잃은 것이다.

더는 글줄을 잇지 못한다.

현우혁은 잠든 듯이 누워서 돈화의 수림과 이 낭림산맥의 수림을 번갈아 그려본다.

방 안은 물 뿌린 듯 조용한데 도란도란 울리는 금녀의 말소리는 자주 끊어진다.

창밖에서는 구성진 밤새 소리가 손에 잡힐 듯이 들려오고 바로 문턱 넘어 백일홍 씨를 뿌린 꽃밭에서 새록새록 귀뚜라미 소리가 다정스럽게 흘러온다.

그 이튿날 중낮이 되어 공인 선로반 반장이 뜻밖에 나타났다. 1주일에 한 번씩 순회하는 계획대로면 사흘은 더 있어야 할 것이었다. 그래 무슨 좋은 소식이라도 있나 해서 금녀는 매우 마음이 조급해났다.

본래 말수가 많은 반장은 그간 선로반에서 있은 일부터 두서없이 늘어놓기 시작했다.

국에서 부국장이 왔다 간 이야기, 직맹반장네 쌍둥이 난 이야기, 상점에 뉴똥 치맛감이 잔뜩 온 이야기, 선전차가 왔는데 서클이 무척 재미있더란 이야기 등등(심지어는 뉘집 내외가 싸운 것, 앞으로 비가 많이 올 기상 통보가 있다는 것 등을 늘어놓았다. 그리고 보태서 강계 보선구에서 6·25를 지나 곧 선로원 회의가 있다는 것과 6·25 때 반에서 강연회가 있다고 하였다).

반장은 병에서 물 쏟듯 내리욌었다.

다음은 가져온 보따리를 풀었다.

신문 「선동원」 「천리마」 「회상기」, 그 밖에 소설책들이 수십 권 쏟아져 나왔다.

현우혁은 앓는 체도 하지 않고 일어나 앉아 신이 나서 맞장구를 친다.

듣고 앉았던 금녀는 가슴이 알찌근하고 어지간히 기분이 상했다.

서클이 오면 뭘 하며 상점에 물건이 온들 무슨 소용이 있겠는가. 붙는 불에 키질이라고 사람을 무작정하고 이런 산중에 두면서 그런 말이나 전해 무엇하랴! 언제 한 번 보란 듯이 차리고 나서서 구경인들 하며 구색이 갖게 물건을 사들여 방치레도 하고 집안을 계란 노랑자위처럼 알뜰히 꾸리고 살아본단 말인가? 한 달이 멀다 하게 솥을 떠 이고 초소막을 찾아다니는 형편에…….

게다가 박달나무 같던 몸에 병까지 들고…….

화가 나는 대로 한다면 모두 앉은 자리에서 사실이 여차여차하여 몸도 약해졌고 앞으로도 계속 두 사람 몫을 할 수 없을 뿐더러 더구나 초소 근무 기한이 6개월이나 지났으니 당장 후임을 정해 보내달라고 들이대고 싶었다.

더구나 다친 다리가 도져날 수 있으니 온천에도 한 번 갔다 올 겸 휴가도 해야겠다고 사정을 털어놓고 싶었다.

그러나 남편 앞에서는 꾹 참았다.

한바탕 이야기를 주고받은 다음 선로반장은 부시럭부시럭 신문 꾸러미를 펼치더니 도라지색 뉴똥 치맛감을 하나 꺼냈다.

"자! 이건 반의 동무들이 아주머니에게 보내는 선물이외다. 어떻소? 이걸 척 해 입고 이젠 공인으루 이살 나와야겠는데…… 하하."

현우혁은 담배를 붙이고 금녀는 어리둥절하여 반장의 얼굴만 쳐다본다.

"아주머니, 안됐습니다. 벌써 교대두 하고 두일이 대신두 보내야 했을 건 데…… 현동무!"

반장은 지금 금녀에게가 아니라 현우혁에게 말할 꼭지를 따고 있는 셈이었다.

벌써 몇 달째 초소 근무 교대를 하자고 사람을 여러 번 보냈는데 번번히 현우혁은 거절해버렸던 것이다. 두일이 대신도 보내지 말라고 완강하니 뻗쳤다.

"현동무! 오늘은 확답을 해줘야겠소. 난 동무 때문에 보선구장한테 갈 적마다 다 꾸중을 듣는데 더는 나도 참을 수 없소. 동무 몸도 몸이려니와 아주머니나 영호 생각두 좀 해얄 게 아니오. 모든 것을 다 참작해서 당과 행정에서는 초소 근무 기한을 정했고 노력 기준도 만들어놓은 건데…… 이삼 일 내루 교대할 준비를 해주오."

선로반장은 차차 엄격한 어조로 말을 한다.

금녀는 가슴이 확 트이는 것 같았다, 아무렴 그렇겠지. 당에서야 산중에다 사람을 이렇게 오래 처박아두라고는 하지 않을 거니까…….

그는 남편이 얼른 "좋수다" 하고 시원시원히 대답을 하든지 정 대답이 내키지 않으면 고개라도 끄덕이었으면 했다.

금녀는 속이 조마조마해서 치맛감을 펼쳐 보는 척하면서 남편의 눈치를 슬슬 살폈다.

현우혁은 묵묵히 앉아 담배만 빨다가 입을 열었다.

"걱정해주시는 뜻은 알겠습니다. 그러나 난 자릴 뜰 생각이 없습니다. 더 권하지 말아주십시오, 참."

"하하. 이런 고집 봤나."

반장이 큰소리를 치는데 금녀는 너무도 놀라 들었던 치맛감을 떨어뜨리고 만다.

금녀는 눈물이 찔끔 쏟아질 지경으로 속이 탔고 가슴이 얼얼하였다. 이 자리에 반장이 없었던들 남편에 와락 매어달려 한바탕 행패라도 부리고 싶었다. 억울하고 분한 생각이 북받쳤다.

반장은 더는 말을 하지 않았다. 말해봤대야 듣지 않을 것이 뻔했다.

그래 강계 보선구에서 있는 모범 선로원 회의에 꼭 참가해달라는 부탁과 토론 준비도 잘해야겠다고 다짐을 두고 저녁 무렵에 떠났다.

금녀는 굴 근처까지 따라 나가서 속에 맺혔던 울화를 다 쏟아놓고야 말았다.

"며칠 후에 도로리를 들여보내주십시오. 그러면 제가 억지를 써서라도 짐을 싸게 할 테니까요. 난 더는 여기서 견디지 못하겠습니다. 감기가 놓이는 대로 짐을 싸겠습니다."

금녀의 말을 듣고 있던 반장은 웬일인지 히죽히죽 웃고 있다가 말하였다. 우리끼리는 힘이 모자라서 더는 방법이 없으니 이번에 강계 회의에 가도록 하고 회의하는 동안 보선구장한테 연락을 해서 아예 명령으로 강계에 눌러앉게 짜놓자는 것이었다.

들고 보니 닭 대신 꿩도 좋다는 격으로 강계에 있게 되면 더욱 좋을 것이었다. 그래 쌍수를 들었다.

머리를 짓누르던 검은 구름이 차차 금이 가고 방긋이 트인 짬으로 햇살이 내리비치는 것 같았다.

금녀는 기쁘다고 할까 괴롭다고 할까 하여간 종잡을 수 없는 어수선한 감정에 휩싸여 하루를 지냈다.

금녀는 시름없이 앉아 맘이 깊어 가는데 남편이 하라는 대로 책을 읽고 있었다.

책장 위에는 반장의 얼굴이 자꾸 얼른거린다. 글줄이 오락가락한다.

그럴 적에 벽시계가 열한 시를 땡땡 쳤다.

"좀 나가보오."

현우혁은 몸을 일쿼 세울 수가 없어 안해더러 11시 55분 평양행 열차를 봐달라고 하였다.

금녀는 자리에서 일어나 감시 초소로 나갔다. 상호등에 불을 켜서 현우혁의 모자가 걸린 벽에 가지런히 걸어 놓고 감시창을 향해 쪼그리고 앉았다. 차가 산모퉁이를 돌아서서 기적을 울리면 얼른 나가려는 것이다.

안개비가 뿌려치고 뿌옇게 달무리가 낀 축축한 밤은 을씨년스럽기 그지없다.

금녀는 눈썹은 꼿꼿하고 눈이 자꾸 내리 감긴다. 눈을 거무룩하고 앉아 있으려니까 오늘 낮에 반장이 왔던 일이 물밀 듯이 떠오른다. 왜 그런지 어떤 불길한 예감마저 떠오르며 머리를 짓누른다.

그는 기껏해야 한 보름 있다가 이삿짐을 꾸려 지고 이 골짜기를 아예 훌쩍 떠나리라 굳게 다짐을 했다. 그러고 보니 모든 일이 귀찮아졌다.

그러다가 그는 깜박 잠이 들고 말았다.

기적 소리가 귀청을 때려 화닥닥 일어난 그는 얼결에 벽에 건 상호등을 들고 밖으로 뛰쳐나가 팔을 쳐들었다.

열차는 차고 눅눅한 바람을 금녀의 온몸에 들씌우면서 쾅당쾅당 땅을 구르며 지나간다.

금녀는 넋 없이 팔을 들고 서 있다.

그때 방 안에 누웠던 현우혁이 문을 열어젖히더니 다급한 소리를 지르면서 달려 나왔다.

"어떻게 됐소. 무슨 사고요? 왜 응답 신호가 없이 통과하오."

열차는 으레 통과 신호를 받으면 응답 신호를 하게 되어 있는 것이다.

그때야 금녀는 정신을 차리었다.

"신호를 했는데두⋯⋯."

"상호등이 어디 있소?"

"이거⋯⋯."

금녀는 손에 든 것을 내들었다.

그것은 상호등이 아니라 모자였다.

얼결에 금녀는 상호등과 가지런히 걸렸던 모자를 들고 나온 것이다.

현우혁은 나는 듯이 초소막으로 달려가더니 벽에 걸린 상호등을 들고 나와 발을 돋우며 팔을 높이 쳐들어 휘두르는 것이었다. 정거하려고 서서히 속력을 죽이던 열차는 늦게야 신호를 받고 숨가쁜 기적 소리를 길게 뽑으면서 다시 속력을 내기 시작했다.

기적 소리는 침침한 밤하늘을 울려놓으면서 오래오래 어음(語音)을 끌었다. 내의 바람에 맨발로 뛰어나갔던 현우혁은 고개를 떨구고 방 안으로 들어와 안해를 불러들이었다. 한참 침묵이 흘렀다.

"인민 앞에 죄를 지었소. 규율을 위반했소. 사회주의 건설을 위해 달리는 열차에 내가 부레끼를 걸었소⋯⋯."

현우혁은 무릎을 꿇고 고개를 다소곳이 숙인 안해의 어깨를 주시하면서 엄격히 말을 이었다.

"우리에게 맡긴 일이 비록 적고, 보잘것없고, 벅찬 일이 아니라 합시다. 그러나 이것은 필요한 것이고 따라서 중요한 것이오, 열차가 1초 더디게 달린다는 것은 그만치 우리의 사회주의 건설 속도가 지연된다는 것이나 다름없소. 그렇다면 임무 초소가 산이건 물이건 (심)지어는 바다 속이건 가릴 것이 없소⋯⋯ 그런데 당신은 졸고 있었다니⋯⋯."

그는 잠시 끊었다가 다시 이었다.

"당신은 감시원의 안해답지 않소. 더구나 노동당원의 안해답지 못하오."

듣고 앉았던 금녀는 삿바닥에 털썩 엎드려 흐느껴 울기 시작했다.

노동당원의 안해답지 못하다는 말이 그의 가슴을 모질게 들이찔렀던 것이다.

가슴이 갈기갈기 찢기는 것 같았다.

그래도 그는 여적까지 당원인 남편을 진심으로 존경했고 극진히 공대를 해 왔다. 그렇길래 그 어떤 괴로움도 참을 수 있었고 울어야 할 때도 웃으며 지내 왔었다. 그로서는 모든 것을 고스란히 영예군인이며 감시원이며 당원인 남편에게 바쳐온 것이라고 생각했다. 그리고 이것만은 남편도 그렇게 믿고 있었을 것이며 또 바랄 것은 오직 그것뿐이라고 생각해왔었다.

허나 지금에 와서는 공들인 모든 것이 졸지에 산산이 부서져 허공에 날아가는 것 같았다. 앉은 자리가 꺼져 내리는 것 같다.

'감시원의 안해답지 못하다. 노동당원의 안해답지 못하다. 사회주의 건설을 더디게 한다……'

금녀는 이 말마디를 열 번 스무 번 곱씹어 외우면서 울고 또 울었다.

울 수밖에 없었다…….

방 안은 물 뿌린 듯 고요하다.

강물 소리가 들려온다.

장수봉 쪽에서 담담한 밤공기를 흔들며 소쩍새 우는 소리가 흘러온다.

돌담 위에 후둑후둑 빗방울이 듣는다.

현우혁이가 공인으로 떠나게 된 전날은 6월 24일, 일요일이었다.

그는 해가 뿌리 뽑힐 무렵에 금녀와 영호를 데리고 500미터 추도 있는 데로 갔다.

그는 지게에다 시멘트와 석회를 지고 금녀는 점심 그릇과 물동을 이었으며 영호는 삽을 메고 활개를 치며 걷는다.

현우혁은 뒤를 따라가며 끝없이 뻗어나간 두 줄기 레일을 보고 있노라니 전쟁 때 일이 갈피갈피 회상된다.

그는 다리를 절면서 이 길을 기수 없이 걸었다. 그러나 그 어느 한때도 전쟁 시기 바로 이곳에서 있은 일을 잊은 적이 없다.

삼 년 동안이나 온 조선 고아원을 다 찾아다니면서 기어이 영호를 만나고야만 일이며 또 자청해서 이 감시 초소로 오게 된 것도 다 전쟁 때문이다.

현우혁은 가슴에 서리서리 엉킨 이야기를 가족들에게 낱낱이 이야기하리라 마음먹었다. 그리하여 그는 6·25를 앞둔 이날에 가족을 데리고 바로 그 이야기가 깃들어 있는 5백 미터 추도 있는 데로 가고 있었다.

추도 입구에는 전쟁 시기에 입은 상처가 많았다. 로케트포에 맞은 바가지만큼한 구멍, 기총 사격에 맞은 크고 작은 구멍들, 그리고 폭탄 파편에 맞아서 모서리가 떨어진 것들이 보기 흉하게 한 벌 널리었다. 물을 길어다가 시멘트와 모래를 섞어 이기고 그것으로 구멍을 메운 다음 그 위에 회칠을 한다.

현우혁은 다 준비를 해놓고 영호더러 구멍을 메우라고 하였다. 영호는 시멘트로 보기 흉하게 뚫린 구멍을 바른다. 사다리가 모자라는 높은 데는 현우혁의 어깨에 목말을 타고 바른다. 수십 개소의 전쟁 상처가 어린것의 손으로 하나하나 지워져나간다.

한낮이 되어서는 벌써 시멘트를 다 바르고 빗자루에 석회를 묻혀 색칠을 했다.

세 사람은 모두 온몸에 석회투성이가 되었고 땀을 쫙쫙 흘리며 회칠을 했다.

굴문은 눈부시게 희어져 새로 준공한 것처럼 생생하다. 일이 끝난 다음 그들은 잔디가 포근한 철둑에 둘러앉아 점심을 먹었다.

현우혁은 담배를 한 대 피우고 나서 영호와 금녀를 가까이 불러 앉히고 입을 열었다.

"영호야! 나는 이미부터 너한테 말해오기는 했지만 너는 너의 아버지가 어디서 어떻게 돌아가셨는지 자세히 모를 것이다, 그리고 당신에게도 한번 자세히 말한다는 것이 그럭저럭 밀려왔댔소. 아다시피 바로 10년 전 내일이오. 그때 6월 25일은 일요일이었소. 나는 광산에 있었는데 일을 끝내고 돌아와 잠들고 있었소. 날이 맑으면 개울에 물고기 잡으러 갈 작정이었던 것이오. 헌데 바로 그날 아침 미제는 조선에 불을 질렀소. 때문에 모든 조선 사람이 불행을 겪게 되었고 영호도 역시 그렇게 되어 부모를 잃었고……."

현우혁은 목이 메어 오는지 말을 중단하고 기침을 몇 번 하더니 그때 있은 일을 눈에 선히 보듯이 말을 하였다.

……1951년 무더운 여름날 새벽녘에 현우혁은 포탄을 실은 유개차에 앉아 순천을 향해 만포를 떠났다. 따발총올 멘 그는 호송 임무를 수행하기 위해 무진 애를 썼으며 차간에서 밤을 세웠다. 열차는 강계를 지나 공인을 거쳐 2킬로 지점을 달리었다. 그 대목에 갑자기 한 방의 총소리가 나더니 열차는 급정거를 하였다. 현우혁은 열차에서 뛰어내렸다. 만포에서부터 줄곧 강계까지 적기가 꽁무니를 따랐지만 요행 별 일 없이 온 그는 좁은 산골짜기와 굴이 많은 데 접어들어서는 적이 마음을 놓았던 것이다. 사위를 살폈지만 정황에 별로 위험이 있는 것 같지도 않았다. 선로에서 50 미터 좀 떨어진 벼랑 밑에 선로 감시초소가 있었는데 거기서 신호했던 것이다. 달려가보니 50 가량 되는 아바이와 20세 되나마나한 젊은 선로 감시원이 있었다.

50 미터 전방에 30분 전에 시한탄이 수십 발 떨어졌다는 것이다,

곰방대를 손으로 가리고 담배를 피우는 감시원 아바이는 담뱃불에 비치어 벌거우리한 낯에 큼직한 코가 유독 눈을 끌었고 진한 눈썹이 하늘로 치켜 오른 사납게 생긴 장대한 늙은이였다.

"아바이, 어떡하문 좋습니까. 좋은 수가 없습니까?"

현우혁은 바쁜 소리를 쳤다.

"글세……."

시간은 10분, 20분, 30분 급히 흘러갔다.

동켠이 훤히 트인다. 차차 산봉우리들이 드러난다. 산굽이를 에돈 철길

이 유독 잘 나타난다.

시간은 없다. 추도는 바로 2백 미터 앞에 있는데 전진할 수가 없다. 퇴행을 하재도 경사가 급해 위험하고 모험을 한다 해도 뒤에는 20 차량이나 되는 긴 열차를 은폐할 만한 추도가 없었다.

원쑤들도 이런 대목을 노렸던 것이다.

현우혁은 기관사더러 10분 내에 퇴행해서 두 개소의 추도를 분산 은폐시키자고 요구했다.

시간이 얼마 흘러서였다.

기관차가 퇴행 기적을 울리며 움쭉 자리를 뜨자 감시소에서는 또 퇴행 정지 신호 총소리가 야무지게 울렸다.

감시소에서 뒤로 물러나는 것을 보고 아바이가 또 쏜 것이다. 한 걸음도 뒤로 물러서서는 안 된다고 생각한 것이다.

이윽고 아바이는 철길에 나섰다. 터벅터벅 침목을 밟으며 시한탄이 있는 데로 다가간다. 시한탄이 여기저기 널린 곳에 이르자 아바이는 한숨을 크게 몇 번 내쉬면서 잠시 침묵하고 있더니 드디어 허리를 굽히었다.

아바이는 불이 이글거리는 눈을 치켜뜨면서 시한탄을 그러안고 허리를 폈다. 그러고는 저벅저벅 철둑을 넘어 절벽 낭떠러지까지 이르자 낑 하고 안간힘을 쓰면서 시한탄을 언덕에 내(리)굴리었다.

하나…… 또 하나…….

아바이는 비칠거린다. 떨리는 다리로 겨우 몸을 지탱하면서 같은 동작을 반복한다.

현우혁이도 기관사도 아바이 뒤를 따라 나섰다.

열한 개째가 마지막이었다.

마지막 포탄을 안고 아바이가 철둑을 넘어섰을 때다.

폭탄이 고만 폭발하고 말았다…….

요란한 폭음은 마치 아바이가 그 어떤 어마어마한 큰 총으로 열차 통과 신호라도 내리는 것 같았다.

열차는 순식간에 추도로 달리었다.

"아바이는 이렇게 싸우다 돌아가셨고 나는 파편이 관통되어 피가 흐르는 다리를 싸매고 포탄차에 앉아 원산으로 갔소…….

영호야, 바로 그 아바이가 너의 친아버지였더란다. 나는 제대되면 이 만포선으로 올 것을 언제나 생각했댔다. 그리하여 제대 후 3년 만에 돌도 못돼 어머니마저 폭격에 잃은 영호 너를 내가 만났고 또 너와 함께 내가 이 초소에 너의 아버지의 뜻을 이어 이 자리에 서 있는 거란다. 이 굴이 바로 그 굴이다."

현우혁은 담배를 붙여 물고 깊숙이 빨아들이면서 감시소에서 곰방대를 빨고 앉았던 아바이를 그려보았다. 시한탄을 안고 저벅저벅 발걸음을 옮겨놓던 아바이의 영상이 눈앞에 삼삼히 떠오른다.

말을 끝내고부터 먼 산을 바라보던 현우혁은 흘러내리는 눈물을 참을 수가 없었다. 금녀도 영호도 말없이 고개를 숙이고 있었다. 그는 손수건으로 눈물을 씻으며 혼잣소리로 웅얼거린다.

"석회가 눈에 들어가더니만 고약하게 쓰리구만…… 아!" 그때 고개를 든 영호는 눈물을 떨구는 현우혁을 보자 와락 가슴에 안기며,

"아버지!" 하고 소리를 지른다. 얼굴을 가슴에 비비며 목을 꼭 그러안는다. 가느다란 팔목이 바르르 떨린다.

"아버지!"

현우혁은 울음을 터뜨린 영호의 잔등을 쓸어주고 있다.

금녀는 수건으로 얼굴을 가리고 돌아앉는다.

여지껏 현우혁에게서 영호에 대해서 많은 이야기를 들었었다. 그러나 이렇게 뼈에 시무치는 심정을 이해하지는 못했었다.

그는 가슴에 아픈 상처를 할퀴인 듯하여 높이 들먹이는 젖가슴을 움켜잡고 눈을 내리감았다.

왜 이다지도 어리석었는지 알 수 없다.

현우혁은 다리를 절면서 눈이 오나 비가 오나 이 철길을 걷고 있지 않은

가 영호는 손끝이 얼어드는 것을 참으면서 학교 가던 길에 얼음을 까낸다. 한데 내가 선로원의 안해답게 한 일이 무엇인가? 더구나 노동당원의 안해 다운 점이 나에게 바늘 끝만치라도 있었는가? 그는 영호를 그러안고 실컷 울었으면 좋을 것 같다. 그래서 지난날의 잘못들을 모두 사과하고 싶었다.

금녀는 밤이 깊었는데도 바느질감을 무릎에 놓은 채 고개를 다소곳이 숙이고 앉았다. 내일 길을 떠날 남편의 옷을 손질하고 있었다. 바느질감은 보이지 않는데 눈물만 자꾸 쏟아진다.

그는 낮에 "아버지!" 하고 소리를 지르며 목에 매어달리던 영호를 생각했다. 누운 그의 얼굴과 석회를 다루어서 손끝이 빨갛게 충혈된 것을 보고 있노라니 목이 꽉 메어왔다. 지각을 하지 말라고 한 번 타이른 다음부터는 통학 거리가 5리나 멀어졌으나 한 번도 지각을 해본 일이 없는 기특한 아이다. 아버지의 넋을 그대로 이어받았다. 바늘을 든 금녀의 손이 파르르 떨린다. 눈물은 바느질감에 쉴 새 없이 떨어진다.

자던 현우혁이 끙 하고 돌아누우면서 앓음 소리를 한다. 얼굴을 가리웠던 책이 미끄러져 툭 떨어진다.

금녀는 깜짝 놀라 눈물을 훔치고 밀려나간 이불을 끌어다 덮어준다. 현우혁은 이불을 젖히면서 손을 자꾸 내두른다.

금녀는 남편의 손을 얼른 잡아보았다. 손바닥은 돌에 긁히고 째져서 만신창이다. 피가 터진 자리에 검은 딱지가 앉았는데 그것이 조여드는 모양이다.

그리고 보니 저녁상을 받고 얼른 숟가락을 들지 못하던 일이며 밥을 몇 술 뜨다가 숟가락을 덜렁 떨어뜨리던 까닭을 이제야 알 수 있었다.

현우혁은 오전 중에 추도에 회를 바르고 오후에는 강습 갈 차비를 하느라고 고되게 일을 했다. 강습 가 있는 동안 사고를 내지 않게 하자면 많은 일을 미리 해놓아야 했다. 떨어질 만한 돌을 탐사해서 미리 떨구어 치워야 했다.

그는 망태에다가 쐐깃감, 망치, 밧줄, 뺑끼 통을 넣어 가지고 벼랑턱을 기어올랐다. 드노는 돌에다가는 쐐기를 쳐놓고 미타한 놈은 지렛대로 미리 떨구어 버린다. 균열이 간 벼랑에다가는 뺑끼를 칠해서 먼 데서도 알아보게 해둔다. 발을 붙일 수 없는 데는 허리에 밧줄을 메고 허공에 데룽데룽 달리어 돌을 까낸다. 총대봉, 장수봉, 왁새봉을 오르내리는 동안 수갑은 거덜이 나고 손은 긁히어 쓰렸다.

이렇게 하루를 보낸 현우혁은 지금 고단히 잠이 들었다.

금녀는 남편의 손을 쥐고 몸을 떨었다.

왜 내가 벌써부터 도와 나서지 못했는가. 내가 남편을 사랑했고 그를 위한다는 것이 과연 무엇이었던가. 밥을 짓고 옷을 손질하고 그저 고스란히 남편 일을 구경한 것밖에 더 뭣이 있는가. 영예군인이고 선로 감시원이며 당원인 그를 위한 것이 무엇이었던가 생각하니 제 손은 너무나 희고 부드럽다. 한 일이 너무 없다.

금녀는 남편의 손을 끌어다가 가슴에 대었다.

그는 부르짖었다. 여보! 차라리 이 주먹으로 나를 칵 때려주구려. 이 미련하고 우둔한 계집이 정신을 버썩 차리게…… 네? 왜 나를 이렇게 버려두시우. 언제까지 버려두시려우. 당신은 너무 야속해요. 내가 왜 당신의 팔다리가 될 수 없겠어요. 너무 약한가요. 내 손은 너무 가늘고 희지요. 허나 나는 살이 찢기고 뼈가 가루가 되어도 좋아요, 당신을 도울 수 있어요…… 종잇장도 맞들면 낫다지 않아요. 그는 지나온 모든 것이 후회되었으며 부끄러워졌다.

바윗골로 이사하는 것을 반대한 어리석은 짓이며, 산이래서 나무리고 들떠서 거리 생활만 바라보고 선로반장에게 한 불평이며 초소 근무 기한만 따지던 일들이 단꺼번에 떠올랐다. 더구나 가슴을 오려내는 듯 아프게 한 것은 저녁상을 받고 남편이,

"거 무슨 천 쪼박이 좀 없겠소? 굴러내림 직한 돌짬에다가 먼 데서도 알 수 있게 깃발을 만들어 꽂았으면 좋겠는데, 뺑끼로 짬을 바르기는 했어두

이제 색이 날고 풀이 성하면야 알아볼 수 있어야지. 생각해보니 대를 해서 깃발을 꽂으면 돌이 기울어들자 깃발도 자연 기울 거란 말야. 그럼 소경 막 대질하듯 아무 데나 벼랑을 기어오르지 않아두 미리 알 수 있거든……."

했을 때 금녀는 탐탁히 듣지도 않았거니와 오래 생각지도 않고 얼른,

"그런 천이 어디 있어요."

해버린 것이다.

금녀는 얼굴을 싸쥐고 돌아앉았다. 몸이 부르르 떨린다.

그는 빗어 세운 듯이 넋 없이 앉았다가 정신이 들자 농짝 문을 열고 옷 가지를 꺼내기 시작했다.

양복, 내의, 치마, 저고리, 그 밖에 광목과 비단천도 나왔다. 어느 하나 깃발이 됨 직한 것이 없었다. 흰 것, 검은 것, 초록, 모두 수풀 속에서 잘 나 타나기 어려운 빛깔이다.

그는 재빨리 일어나 선반에서 고리짝을 내리었다. 거기에는 한지에 싼 홍치마가 있었다. 시집을 때 어머니가 입었다는 것을 대를 물린다면서 넣 어준 것 이다.

"좋아, 이게 어디서나 잘 뵐 거야."

금녀는 이렇게 중얼거리며 눈이 부시게 붉은 홍치마를 폭을 갈라 활짝 방바닥에 펼쳐 놓았다.

'어머니도 그런 데 썼다면 오히려 기뻐하실 거야.'

금녀는 가위를 들고 숨을 기껏 들이그었다가 후– – 내쉬었다.

한결 가슴이 가벼워지는 것 같았다. 가위는 다홍치마 한복판을 사박사 박 가르며 나간다. 가로 자르고 세로 자르니 책장만큼씩 한 기폭이 되었 다. 금녀는 가슴이 헌헌히 트이는 것 같았다. 애지중지 건사해오던 치마폭 이다. 어머니가 대를 물린 치마폭이다. 그러면 어떠랴! 폭탄을 안고 걸어 나간 영호의 친아버지의 넋이 이 철길에 깃들었고 영호의 원한의 눈물이 잦아든 이 철길을 지키는 것이라면 아까울 것이 무엇이랴. 3년 간이나 고 아원을 돌아다니며 영호를 기어 이 찾아낸 지성의 천분 만분의 일이라도

이것으로 보답이 된다면 그것으로 기쁠 것 같았다.

목숨으로 지켜낸 철길이다. 휘황한 공산주의 내일을 향해 온 나라가 이 길로 연결되고 있다. 비가 오나 눈이 오나 다리를 절며 이 길을 걷는 것은 한 노동 당원이 이 선로를 떠받들고 있는 것을 의미한다. 아니. 영호 친아 버지는 가슴으로 이 철길을 받들고 있는 것이다. 거기에서 나도 침목 밑에 깔린 자그마한 한 개 돌처럼 되어야 한다.

금녀는 벌써 치마가 아니고 붉은 기폭으로 된 다홍치마를 집어 들었다. 붉은 바탕은 윤이 돌고 눈이 부시다.

금녀의 가슴은 높이 들먹이었다. 눈물이 볼을 적시며 치마폭에 굴러 떨어진다.

그는 다시 가위를 든다.

반나마 열어 놓은 창문으로는 교교한 달빛이 흘러든다. 마치 흰 명주필을 엇가로 내리드리운 듯하다.

그 이튿날 현우혁은 회의에 떠나게 되었다.

금녀와 영호는 멀리까지 따라 나갔다.

"영호야, 너 백일홍을 잘 가꾸어라. 이제 곧 필 게다."

"네!"

영호는 제법 손을 내밀어 악수를 한다.

널찍한 마당가에는 키가 한 뼘이나 자라고 도톰하고 야들야들한 잎이 몇 장 씩 달린 백일홍이 봉긋한 망울을 모두 하늘로 쳐들고 있다.

"여보! 그동안 잘 부탁하오. 그리고 이 백일홍을 철길가에 옮기면 어때?"

"염려 마세요."

"그리고 또 숙제가 있는데 몇 번이고 짬이 있는 대로 읽소, 응?"

이렇게 말을 하며 염낭에서 회상기를 꺼내 준다. 금녀는 하도 여러 번 읽어 이제는 줄줄 외우다시피 한 것을 뭘 또 새삼스레 그러느냐고 하는 듯이 상긋 웃어 보이며 책을 받아 든다.

현우혁은 시물 웃으며 금녀의 어깨를 두드린다.

"읽고 또 읽어야 하는 거야. 몸에 푹 배게. 그리구 내가 없는 동안 반에서 대신으로 누굴 보내 게 하지……."

"네?"

금녀는 흠칫 놀라며 한 걸음 뒤로 물러나며,

"그럼 당신은 나를 아직…… 믿지 못……."

현우혁은 껄껄 웃어 뵈며 믿지 못해서가 아니라 농담을 했다고 얼른 둘러대고 나서 손을 내저으며 성큼성큼 내처 걸었다.

금녀는 얼굴을 살짝 붉히며 고개를 숙여 인사를 한다. 그러면서 그는 감시원의 안해답게, 노동당원의 안해답게 초소를 지킬 터이니 염려 말고 다녀오라고 말하려 하였으나 입을 열 수가 없었다.

현우혁이 떠나간 후 금녀는 곧 집으로 돌아와 집 안을 치우고 싸리를 꺾으러 산으로 올라갔다. 치마를 오린 기폭에다가 대를 만들자는 것이다.

싸리로 대를 만들어 가지고 노동복을 입고 노동화를 단단히 조여 신은 다음 '흘러온 산' 쪽으로 갔다.

거기에는 석축을 쌓고 콘크리트도 했지만 워낙 낙석이 심해서 어제 하루 현우혁이 무진 애를 쓴 곳이다. 뺑끼칠을 해놨다고 하지만 물이 흐르면서 빛이 벌써 낡아져서 철길에서는 알아볼 수 없게 되었다.

날씨는 마뜩지 않다. 동해 쪽에서 구름떼가 몰려온다. 날은 무덥고 침침하다. 필경 비가 올 징조다.

금녀는 벼랑 밑에 가 섰다. 거의 90도의 절벽인데 군데군데 불쑥불쑥 내민 바위 뿔이 있고 진달래가 바위짬에 검질기게 뿌리를 박았다. 그 새짬으로는 자질구레하니 물이 흐르고 돌등에는 이끼가 한 벌 돋았다.

금녀는 벼랑에 기어오르기로 결심했다.

바위 뿔을 든든히 잡고 조심조심 한 발씩 옮겨 디딘다. 한 걸음 한 걸음 절벽을 정복해 나간다. 올려다보면 구름이 흐르면서 하늘이 빙빙 도는 것 같고, 발밑을 굽어보면 아찔하다. 벌써 두 길이나 올라왔다.

그럴 때에 발이 미끄러지면서 굴러 떨어졌다. 몇 번 기어올랐지만 거듭 미끄러져 내렸다. 그는 다시 일어나 이를 악물고 벼랑에 달라붙었다.

'올라가야 한다. 그래서 깃발을 꽂아야 한다.'

그는 아슬아슬한 벼랑턱을 기어올랐다. 이번에는 곧추 오르지 않고 엇가로 질러 올라가기로 했다. 아차 발을 빗디디면 또 떨어질 수도 있다. 그러나 그는 입술을 깨물면서 팔에 힘을 주어 몸을 추어올렸다.

영호 아버지가 목숨으로 지킨 철길을 위한다고 생각하니 못할 일이 없었다. 그리고 또 귀에서는 돈화의 수림 속을 헤매는 명화 어머니의 말소리도 들리는 것 같았다.

'금녀! 용감하라! 응 굴하지 말라!'

'그렇다! 굴하지 말아야 한다. 저 산에 오르자. 그래서 기를 꽂자.' 금녀는 얼결에 가슴을 만져보았다. 가슴에는 싸리로 대를 만든 붉은 깃발들이 그냥 꽂혀 있었다. 금녀는 팔을 벌리고 바위벽에 든든히 달라붙었다.

그는 머리를 쳐들어 산봉우리 한끝을 주시하며 발을 옮겼다.

명화 어머니를 생각하니 마음이 든든하다. 아래에서 떠받들어주기라도 하는 것 같다.

그는 무서울 것이 없고 오르지 못할 벼랑이 없을 것 같았다.

금녀는 드디어 '홀러온 산' 높은 봉우리에 올라섰다. 그리하여 현우혁이가 뺑끼를 칠한 위험 개소에 붉은 기를 꽂았다.

금녀는 소리 높이 외치고 싶었다.

'명화 어머니, 내가 올라왔어요.'

하면 어디선가 화답해 나설 것만 같다.

금녀는 해가 저물도록 30개소에 깃발을 다 꽂고 산을 내려왔다.

산을 내려서서 뒤를 돌아보았다. 장수봉에는 철쭉꽃이 붉게 피었고 와새봉 에는 개나리가 한솟 깔렸다. 그런데도 유표나게 눈이 부시게 붉고 나풀거리는 금녀의 다홍치마폭 깃발은 어디에서나 잘 보이었다.

금녀는 무거운 발길을 천천히 옮겨 디디면서 집으로 돌아왔다.

날이 어두워지자 안개비가 굵어지더니 차차 빗발이 서기 시작한다.

집에 오니 영호가 비를 맞으며 철둑 가장자리에 백일홍을 옮겨 심고 있다.

줄을 지어 가지런히 심어놓은 어린 백일홍은 봉긋한 망울을 일제히 하늘로 쳐들었다. 해만 나면 금방이라도 아이들 손바닥 같은 꽃송이가 짝짝 퍼질 것 같다. 빗방울이 봉우리에 떨어지면 한들한들 흔들리면서 진주알 같은 물방울을 뱉어놓는다.

영호는 손에 진흙을 잔뜩 매닥질쳐 가지고 성수가 나 돌아간다.

"내일 아침이면 피겠소?"

"그래."

"어째 이 꽃 이름이 백일홍이나요?"

"오래오래, 백 날두 더 붉게 피어 있다고 백일홍이란다."

"난 새빨간 빛이 참 좋아!"

금녀는 영호를 도와 백여 포기나 되는 꽃을 다 옮기고 저녁을 했다.

밤이 들자 비는 대줄기처럼 쏟아지고 바람은 사납게 울부짖었다.

금녀는 자리에 누울 수 없었다.

그는 등불을 들고 철길에 나섰다.

먹물을 부은 듯이 맘은 캄캄하다.

얼마 가지 않아 비옷은 흠뻑 젖어 속으로 꿰뚫고 물이 스며든다. 등골로 허리로 찬물이 흘러내린다. 그런데도 온몸은 오그라지고 무릎은 잘 놀려지지 않는다. 몇 걸음 나가다는 침목에 발부리를 걸고 엎어진다. 그러면 등불은 어딘가 굴러 떨어진다. 눈알이 뽑힌 듯이 사위는 캄캄한데 벌벌 기며 손더듬을 해서 등불을 얻어낸다. 골짜기에서는 와와 물 흐르는 소리가 들리고 어디선가 쿵쿵 돌담 무너지는 소리도 난다.

금녀는 졸음을 쫓느라고 벼랑에서 떨어지는 물에다가 머리를 들이댄다. 그러면 얼음물처럼 찬물이 머리를 식히고 한결 기운이 솟는다. 그리고는 또 걷는다. 돌을 안아 낸다. 물도랑을 친다.

비바람은 짓궂게 기승을 부리면서 밤을 지새는 금녀를 철길에 자빠뜨리기라도 하려는 것 같더니 먼동이 훤히 트이면서 차차 머리를 숙이려 들었다.

지쳐버린 금녀는 감시소에서 아무렇게나 몸을 던지고 눈을 잠시 붙였다가 일어났다.

날씨는 동컨 하늘이 푸르스름해지고 선들바람이 불면서 가랑비로 바뀌었다 그러나 재빨리 손을 써야 했다. 골짜기에서는 차차 더 물이 터져 나왔고 6시 평양행 여객 열차 시간이 박두하였다.

금녀는 급히 서둘러서 지렛대를 메고 철길에 나섰다. 학교 갈 시간이 멀었다면서 영호도 씩씩거리며 뒤따라 나섰다.

금녀는 언제나 위험 감시 지점으로 되어 있는 '흘러온 산' 쪽으로 달려갔다. 철길에는 군데군데 너저분하니 돌이 굴러 내려와 있었다. 골짜기에서는 벌 건 흙탕물이 철둑을 넘어 침목 밑을 들이 파면서 요란한 소리를 낸다. 금녀는 나는 듯이 달려들어 철길에 돌을 안아 나르고 물에 패인 웅덩이에다가는 돌을 넣어 준비해두었던 비상용 가마니를 끌어다가 틀어막았다.

이렇게 네다섯 군데를 손질하면서 계속 240제표 지점을 향해서 달리었다. 눈치 빠른 영호는 금녀를 따라오지 않고 그의 반대쪽인 239제표 지점으로 달려갔다.

한참 나가다가 금녀는 서 말들이 독만 한 돌과 맞다들었다. 그는 지렛대를 밑에 들이박고 어깨를 추어올렸다. 독테처럼 둥글게 생긴 이놈은 앉은 자리에서 끄떡하지 않았다.

그때 벌써 산 너머에서 들릴락말락한 기적 소리가 울린다. 레일은 열차 바퀴에 울리어 아릉아릉 울기 시작한다.

금녀는 초조하고 불안해났다. 팔다리가 후둘후둘 떨린다. 덤벼서 그런지 지렛대는 자국에 박히지 않고 자꾸 벗어져 나간다.

또 한 번 기적 소리가 울린다. 이번에는 확연히 추도를 넘어서는 신호

같다. 이쯤하면 3분 아니면 기껏해야 5분이면 여기에 와 닿는다,

금녀는 온몸의 힘을 모아 지렛대를 메고 일어선다. 돌은 움쭉하더니 내리막 도랑으로 미끄러져 내렸다.

금녀는 안도의 숨을 흐ㅡ 내쉬면서 허리에 찼던 신호 깃발을 뽑아 들었다.

그런데 생각지도 않았던 반대 방향인 239제표 지점 쪽에서 영호가.

"엄마ㅡ."

하고 다급한 고함을 지른다. 고개를 피끗 돌린 금녀는 철길 한복판에 엎드려서 돌을 안고 빙빙 돌아가는 영호를 보았다.

'아! 늦었구나.'

하는 순간 금녀는 허리춤에 넣고 온 비상용 정차 신호 뇌관을 생각했다.

뇌관을 레일 위에 놓으려다 말고 금녀는 영호 있는 데로 달려가며 위험하다고 고함을 지르며 허리를 안아 일으켰다.

영호는 돌을 그러안고 떡 들러붙어 떨어지지 않는다.

"영호야. 차가온다!"

"엄마!"

영호는 울상이 되어 처다본다.

금녀는 이 순간에 영호가 무엇을 생각하고 있는지 짐작하기 어렵지 않았다. 폭탄을 안고 철둑을 걸어 나간 친아버지며 다리를 절며 밤낮을 철길에서 지내는 양아버지를 생각하는 것이리라!

하지만 이제는 벌써 때가 늦었다. 그는 다급히 허리춤에서 뇌관을 꺼냈다. 이것을 철장에 놓기만 하면 열차가 통과하다가 신호를 받게 된다. 그러면 열차는 멎을 것이다.

금녀가 철장을 향해 허리를 굽히려는데 영호의 고함 소리가 또 들려왔다.

"엄마! 빨리ㅡ"

금녀는 고개를 들었다. 영호는 손짓을 하다가 다리에 매어 달린다.

순간 금녀의 머리는 찡해 나고 귀가 멍멍해졌다. 별안간 그 언젠가 조을다가 신호등 대신에 모자를 들고 나왔을 때 남편이 하던 말이 귀에 쟁쟁

울려왔다.

"사회주의 건설을 위해 달리는 열차를 지체시킨다는 것은 인민 앞에 범죄요…… 노동당원의 안해답지 못하오……."

금녀는 나는 듯이 달려들어 영호와 한 덩어리가 되어 돌을 그러안았다. 굴릴 수도 없고 들 수도 없는 뿔이 나고 밑이 널찍한 놈이 철길 복판에 들이박히었다. 둘이서 기를 써야 한켠 귀가 뻐금히 들렸다가는 또 털썩 주저앉곤 한다.

'어떤 일이 있어도 차를 세워서는 안 된다. 그렇다! 이 철길은 영호 아버지가 목숨을 바쳐 지켜온 길이다.'

이렇게 생각하니 눈앞에서 불이 이글거리고 수십 개의 영호의 얼굴과 그 아버지의 얼굴이 번갈아 빙글빙글 돌아간다. 명화 어머니의 얼굴도 보인다. 남편의 얼굴도 나타난다.

금녀는 눈을 질끈 내리감고 돌을 안았다. 두 발을 레일에 벗디디고 안간힘을 썼다.

돌은 한 바퀴 뒤치었다.

다시 '옥' 소리를 지르며 금녀와 영호는 허리를 폈다.

도랑 밑으로 두 사람이 돌을 따라 데굴데굴 굴러 내리었다.

그때에 산굽이를 돌아선 열차는 경적 소리를 요란히 울리며 쏜살같이 다가 왔다.

금녀는 자리를 차고 일어났다. 그리고 허리에 찼던 신호 깃발을 뽑아 들었다. 고개를 돌려 질주해오는 열차를 주시하면서 금녀는 푸른 깃발을 내들었다. 그리고 발을 돌우며 팔을 흔드는 것이었다.

열차는 산이 쩡쩡 울리 게 길고 요란한 기적 소리를 울리었다.

통과 신호 응답이다.

열차는 질풍처럼 내달리면서 금녀와 영호에게 거센 바람을 들씌운다.

기적 소리는 오래오래 여음을 끌면서 독로강 물줄기를 감기며 풀리며 흘러내리는 산골짜기들을 울려놓는다.

마치 은은한 북소리가 미구에 닥쳐올 여명을 알리는 것 같다.

금녀는 가슴에 희열이 넘쳐흘렀다. 팔다리는 마냥 진정할 수 없이 뛴다.

그의 눈에서는 두 줄기 눈물이 볼을 적시며 흘러내린다.

그래도 그는 열차가 사라진 산굽이를 뚫어지게 바라보고 있다.

이때 문뜩 그 언젠가 남편이 들려준 한 마디 말이 떠올랐다.

"분계선 팻말을 찍어 던지고 끊어졌던 레일을 다시 이을 때 거기에 가서 우리 이 푸른 깃발을 쳐듭시다. 우리가 다음 이사 갈 곳은 거기요."

또다시 산 너머에서 기적 소리가 울린다. 둔중한 그 음향은 온 천지를 진감 시키면서 끝없이 메아리를 일구며 멀리멀리 울려 퍼진다.

금녀는 팔을 더 높이 쳐들며 발을 돋운다.

대가 꺾일 듯이 깃발이 나부낀다. 금녀의 옷자락과 치마쪽도 물결친다.

열찻간에서는 활짝 들어 올린 창문으로 사람들이 얼굴들을 내밀고 있다.

철둑에는 치마저고리가 물에 흠뻑 젖고 온몸에 흙투성이를 한 젊은 여인과 볼꼴 없이 어지러워진 어린 소년이 팔을 내젓는다.

이윽고 소년은 발을 모으고 오른팔을 들어 소년단 경례를 한다.

동쪽 산봉우리에는 일 년 감빛 아침 해가 솟아오른다. 비가 오다 멎은 초여름의 산골짝에서는 싱그러운 바람이 불어온다.

사람들은 바로 이것들— 낭림산맥의 아아한 연봉들과 운무가 흐르는 이 산협에서의 해돋이에 매혹되었을 수도 있고, 철쭉꽃이 만발한 독로강 기슭 살뜰한 풀향기에 취했을 수도 있었으리라.

하지만 철둑에 나선 이 사람들이 누구이며, 그들의 생애에는 과연 어떤 사연이 깃들어 있으며, 더구나 달리는 열차를 바라보는 그들의 얼굴에는 왜 그렇게도 희열이 넘쳐흐르는지…….

이것을 아는 사람은 아마도 없었으리라!

더구나 달리고 있는 열차 밑에 끝없이 뻗어 나간 레일들이며 그것을 떠받들고 있는 침목이 얼마인지, 그리고 그 밑에 자그마한 한 개 한 개의 돌들이 그 육중하고 또 질풍처럼 달리는 열차의 괴임들이 되고 있음을 누구나 다 이때 알고 있지는 못했으리라…….

　철둑에 이슬을 담뿍 먹은 한 떨기 백일홍이 피었다.

　바람에 꽃잎이 흔들린다. 춤을 춘다.

≪조선문학≫, 1961.9

제4장

1967~1980

'주체사상화를 위한 투쟁' 시기

력사의 자취

권정웅

밤.

눈보라.

수림 속.

대렬이 흘러가고 있다.

정월 그믐께, 그리도 몹시 바람이 불어대는 백두산의 저 서북쪽 골짜기에서 동남을 향해 항일유격대의 한 부대가 허리까지 치는 눈길을 헤치며 행군을 계속하고 있었다.

얼마 전에 부대는 격렬한 전투를 치르었다. 적이 앞으로 다가오고 뒤에서 따라오는 위급한 순간이였다. 사령부에서는 척후대를 보내여 앞의 적을 끌어오고 뒤의 적을 당겨오는 령활한 전술을 써서 산 좌우편에 끌어붙인 다음 부대는 릉선을 타고 감쪽같이 빠져나왔다.

적들은 제놈들끼리 불질을 하였다. 이 틈을 타서 그들은 신속히 멀리 옮겨가야 하였다. 기관총소대장 오태수는 얼굴에 흘러내린 땀을 팔소매로 문지르며 허리를 폈다.

조선인민혁명군 사령관 김일성동지께서 계신 선두가 저쯤 나아가고 있다.

눈보라는 허공에서 휘휘 뒤말리기도 하고 아득히 치달아 오르기도 하고 또 내리꽂히기도 하면서 제 생각나는 대로 광란을 부리였다. 언제 한 번 개여볼 것 같지 않은 날씨다.

오태수는 물론 또 다른 전우들도 이때 이 고난이 유격대생활에서 흔히 볼 수 있었던 그런 것은 아니라 하더라도 먼 후날에까지 모든 사람들이 기억해두게 되는 그런 것이라고는 미처 생각지 못 하고 있었다. 모든 위대한 력사가 매양 당시에는 평범하게만 느껴지는 것처럼 이때도 이 한 시각 한 시각이, 그리고 이 한 걸음 한 걸음이 그저 심상하게 흘러가고 있는 것이였다.

일제 '토벌대'의 주목표는 조선인민혁명군 사령부를 '소멸'하는 것이였고 따라서 조선인민의 항일혁명무력을 영영 '말살'해보려는 것이였다. 어떤 무리는 '진드기전술'로 사령부의 뒤에 붙어서 떨어지지 않았고 어떤 부대는 산야를 톱질하듯 썰고 또 썰었으며 또 어떤 부대는 '참빗전술'이라 해가지고 유격대의 활동구역을 산릉선, 중턱, 골짜기 할 것 없이 한쪽 끝에서부터 저쪽까지 박박 빗어놓는다는 것이였다.

오늘도 60리를 행군하는 동안에 일곱 차례의 전투를 해야 하였다. 그리고 보니 대원들을 좀 쉬웠으면 좋겠다는 오태수의 생각은 매우 간절하였다. 그러나 이때 휴식할 수 없다는 것을 그 누구보다 그가 잘 알고 있는 것이다. 이들은 초인간적인 인내력과 투지를 가지고 이 부닥친 난관을 헤쳐나가고 있다.

마침내 대렬이 숲에 들어서 섰다.

"쉬엿!"

누군가가 앞에서 소리쳤다.

"모여 앉지 말고 그 자리에서 휴식하랍니다."

"뒤로 전달, 그 자리에서 쉬엿!"

오태수는 뒤에다 대고 소리를 지르고 나서 바위 등에 기대려고 털썩 주저앉았다.

"오태수소대장동무!"

누군가 선두에서 달려오다가 뚝 멈춰서며 거쉰 목소리로 불렀다.

"사령부에서 전달입니다. 저 서쪽기슭에서 무슨 소리가 나지 않는가 들어보랍니다."

"서쪽에서 무슨 소리가 나는가를?"

"그렇습니다. 한데 바람이 어떻게나 기승을 부리는지 분간할 수 있어야지."

잠시 동안 귀를 강구었으나 아무소리도 들을 수 없었다. 누군가 아까 그쪽에서 총소리 같은 것이 얼마간 난 것 같다는 것을 상기했을 뿐이였다.

"총소리? 그럼 적정이 아닌가?"

"지금에야 적정은 어데나 있을 판이지."

"그렇게 생각해서 그런 거 안야?" 그러고 있을 때

"오태수 대장동무, 사령부에서 부른답니다."

하고 전달이 왔다.

"뭐요?" 오태수는 정신이 번쩍 들었다.

"사령부에서 찾으신대요."

여느 때와 마찬가지로 옷깃을 여민 다음 총을 한 번 추슬러 올리고 급히 앞으로 달려 나갔다.

오태수가 당도했을 때 사령부에서도 선 채로 휴식을 하고 있었다. 몇 명의 전령병들이 숙영을 준비하는 것인지 아니면 잠시 쉴 자리를 보는 것인지 얼기설기한 관목들을 꺾어 눕히고 있었다.

"이쪽으로 오시오, 오동무!"

진대나무가 누워있는 쪽에서 웅글은 목소리가 들렸다. 귀 익은 사령관동지의 음성이다.

오태수는 허리를 쭉 펴면서 거수경례를 하였다.

"어떻소? 동무들이 모두 지쳤겠지?"

사령관동지께서 몇 걸음 앞으로 다가오시더니 경례를 붙인 손을 잡아 내려주시면서 다시 말씀을 이으셨다.

"이제는 좀 쉬어야겠소, 그동안 모두 무리를 했으니까. 어떻소, 동무의 의견은?"

"네, 알았습니다!"

그이께서 물으시는 그 순간 오태수는 자신도 모르는 사이에 몸이 굳어지면서 그리 적중치도 않은 대답을 드리고 말았다. 그렇게 활달하고 주눅이 좋던 그였건만 사령관동지 앞에서는 이렇게 굳어지군 한다.

그러면서도 오태수는 사령관동지를 우러러보고 있었다.

사령관동지의 얼굴에는 여전히 부드러운 웃음이 깃들어 있었다. 밤이여서 자세히 보이지는 않지만 그 모습은 긴장한 이쪽 마음을 부드럽게 쓰다듬어 주시는 듯하였다. 털외투자락은 활짝 열려져있었고 어깨에서는 눈이 푸실푸실 떨어졌다.

"자! 저리 좀 가서 앉읍시다."

오태수는 길을 비켜드리며 사령관동지의 옆모습을 다시 살펴보았다.

여전히 름름한 자세로 걸음을 옮기신다.

왕청에 계실 때나 또는 몽강에서 뵙던 그 모습 그대로이시다. 만나뵈오면 마음이 놓이고 힘이 솟는다.

사령관동지시라 해서 왜 피곤하시지 않으시겠는가.

잡관목들을 휘여 눕히고 눈무지를 대강 뭉개여 자리를 만든 곳에 10여명의 지휘관들과 전령병들이 모여 앉았다.

사령관동지께서는 진대통 우에 비스듬히 걸터앉으셨다. 될수록 바람을 막아드리기 위해 모두 오른쪽으로 치우쳐 앉았지만 별로 보람이 없었다. 바람이 획 지날 때마다 떡가루 같은 보드라운 눈이 안개처럼 말려 올라서는 주위를 몽롱하게 만든다.

구슬땀이 숭글숭글 내돋고 몇 오리의 머리카락이 내리 드리웠던 이마전을 수건으로 닦으시며 사령관동지께서 말씀을 시작하시였다.

"동무들! 여기서 하루쯤 쉬여가는 게 어떻소? 그동안 식량공작도 하고……"

입김이 안개처럼 그이의 오른쪽 어깨로 날아 넘어간다.

휴식, 하루쯤……

그들은 바람결이 잠시 멎는 것 같은 그런 짧은 휴식의 한때라도 그것이 얼마나 귀중한 것인가를 잘 알고 있었다.

"모두 고대했겠지. 반대 없소?"

"없습니다!"

"없다? 하하하……"

호탕한 웃음소리가 총총히 들어선 이깔나무 그루 사이로 울려 퍼진다.

사령관동지께서는 계속해서 대원들의 형편을 일일이 물으셨다. 발을 얼군 사람이 없는가? 환자는 누구인가? 탄약들은 얼마나 남아있는가? 그리고 대원들이 지금 무엇을 생각하며 무엇을 바라고 있는가까지……

그 다음에는 적정에 대해서 간단히 알려 주시었다.

그리고 휴식조직을 어떻게 할 것인가에 대해서 설명하시다가

"동무들! 가만……"

하고 사령관동지께서는 말씀을 중단하시고 웬일인지 귀를 강구시였다.

"무슨 소리가 들리지 않소?"

좌중은 숨을 죽이였다.

오태수도 귀를 강구었다. 그러면서 그는 아까 휴식구령이 전달되기 전에 무슨 정황이 느껴지지 않느냐고 전달되였던 것이 사령관동지께서 직접 물으신 것이라는 것을 알았다.

모두 귀를 도사리였지만 아무것도 들을 수 없었다. 바람이 함부로 숲을 휘저어놓는 소리, 나무들이 얼어터지는 소리 그것이 전부였다.

다만 전령병 정동무가 저 산 너머에서 몇 방의 총소리 비슷한 음향을 들었다는 것을 말씀드렸을 뿐이다.

"그건 나도 들었는데 이번엔 그런 것 같지도 않아. 그 무슨 신음소리 비슷하다고 느꼈소. 이런데서 신음소리가 들릴 리는 만무한 일이지만……"

그이께서는 전령병을 부르셨다.

'토벌대'놈들이 따르고 있는 방향과는 다른 서남쪽에서 총소리, 또는 그무슨 소리가 났는데 산마루에 올라가서 들어보고 또 냄새를 맡아보고 그래도 알 수 없거든 그 무슨 느낌이라도 보고하라고 명령하시였다.

오태수는 이때 그쪽 근방에 한 10여 호 되나마나한 조선 사람들의 부락이 있을지 모른다는 것을 말씀드렸다. 그는 1937년 국내진출당시에 이 근방에서 식량공작을 한 적이 있었다.

토의는 계속되였다.

사령관동지께서는 적정설명을 더 보충하시였다.

전령병은 한 20분도 되나마나한 사이에 되돌아왔다. 소리는 아무것도 들을 수 없고 다만 분명히 무엇이 불타고 있는 듯한 냄새가 난다는 것이다.

"좋소! 수고했소!"

사령관동지께서는 뜻밖으로 그 문제에 대해서는 별로 생각하시는 것 같지 않게 이미 토의하시던 문제를 마저 끝내시였다.

전 대렬에 숙영명령이 내렸다.

래일 아침까지, 때에 따라서는 래일 하루 종일 여기서 휴식하게 될 것이다.

귀중한 시간이 왔다. 자리를 만들고 짐을 내려놓았다. 유격대생활에서는 불의에 생기는 일이, 그야말로 말 그대로 돌발적인 일이 하도 많다. 고난도 위험도 불의에 닥치기 마련이고 이렇게 속이 트이고 일도 눈섭에서 떨어지는 수가 많다. 하지만 그들은 벌써 그런 생활에 익숙해 있는 것만큼 곧 그에 적응하는 것이였다.

휴식을 가장 효과적으로 보내기 위해 모두 서둘러 댄다. 유격대원들은 바람이 아늑한 모퉁이를 찾아서 소대별로 자리를 잡았다. 휴식이라야 나뭇가지를 꺾어 눈 우에 펴고 그 우에서 쉬는 것이다.

모두 곤히 잠들어버렸다.

대원들의 잠자리를 다 돌아보고 난 오태수는 그중 좀 둔덕이 진 우에 자리를 잡았다. 눈을 감고 다리를 폈다. 온몸이 땅으로 잦아드는 것 같다. 땀이 식어가자 등골이 으시시 해온다. 그러나 추운 생각보다도 그의 눈앞에는 방금 전의 사령관동지의 모습이 환히 떠올랐다.

모임이 끝날 무렵에 사령관동지께서는

"어떻소? 우등불 없이 하루 밤 견디여낼 만하오?"

이렇게 물으시고는 잠시 말씀을 잇지 못하셨던 것이였다. 그때 사령관동지의 안색에 그늘이 비껴있었다.

박달나무도 얼어서 비틀어지는 이 혹한의 야밤삼경, 대원들에게 우등불 한 무지를 일구어 더운 물이나마 한 모금씩 마시게 하여 잠시라도 몸을 녹이게 하지 못하는 것을 못내 괴로워하시는 것이였다.

"동무들!"

다시 말씀을 시작하신 사령관동지께서는 자애로운 시선으로 좌우를 둘러보시면서 말씀을 이으시였다.

"동무들에게 잘 전해주오. 고난을 참아나가야겠소. 이제 이 밤만 넘기면 되오. 그래 견딜만하오?"

"네, 참을 수 있습니다."

모두 힘 있게 대답을 올렸다.

"좋소! 이겨냅시다."

사령관동지께서는 대견하고 확신에 찬 표정을 지으시면서 옆에 앉았던 오태수의 어깨를 두드려 주시였던 것이다.

오태수는 지금도 그이의 손이 어깨에 와 닿아있는 것 같은 느낌이였다.

사령관동지께서는 지금도 우리들을 념려하시여 자리에 누우시지 않고 계실지 모른다. 아니, 이 밤을 뜬눈으로 새우실 수도 있다. 이렇게 생각이 미치자 그는 자기가 누워있는 것조차 송구스러웠다. 그는 자리에서 몸을 한번 뒤채였다.

얼마 후 스르르 잠이 왔다.

그때 누군가 그를 흔들어 깨웠다. 아까 그 전령병이다.

사령관동지께서 부르신다는 것이다.

화닥닥 자리를 차고 일어났다.

대원 한 명을 데리고 오라는 명령이시였다.

그는 늘 옆에 눕군하는 인식 동무를 깨웠다.

오태수가 사령부에 이르니 거기서는 모두 잠들고 있었다. 다만 사령관 동지께서 혼자만이 대원들의 휴식을 방해하지 않으시려고 멀찍이 떨어진 나무 밑을 천천히 거닐고 계시였다.

"오 동무!"

가까이 다가서자 나직이 부르시였다.

"피곤하지?"

"괜찮습니다."

"조용히 말하오."

그이께서는 잠든 대원들을 죽 훑어 보시고 나서 오태수 뒤에 차렷 자세로 선 인식의 손을 잡아 주시며 말씀하시였다.

"오태수 동문 아까 말하던 그 마을을 꽤 찾아낼 것 같소? 거기를 좀 갔다 와야겠소. 이 추운 겨울 한 밤 중에 불이 타고 있다면 과연 그것이 무엇이겠소. 내 생각 같아서는 동무가 말하는 그 마을일 것이 분명하오. 그렇다면 왜 마을이 불타겠소? 그건 뻔한 일이요. 만일 그렇다면 우리의 갈 길이 아무리 바쁘다 하더라도 그냥 버려둘 수야 없지 않소. 겸해서 또 우리의 행동에 필요한 자료도 얻어낼 수 있을 것이요."

"알았습니다! 갔다 오겠습니다."

이리하여 그들은 보총 한 자루씩을 멘 홀가분한 몸으로 령을 내렸다.

밤 두시다. 날이 밝기 전에 돌아오라는 명령이였다. 길이 험하다보니 자주 걸채여 넘어졌다. 낭떠러지에 굴기도 하고 눈무지에 빠지기도 하였다. 그러나 그들은 다른 때의 명령 수행과 마찬가지로 과감하게 앞길을 헤쳐 나갔다.

벌써 3년 전의 일이고 그것도 밤중에 얼핏 다녀갔던 만큼 좀체로 길을 찾을 수 없었다. 얼마간 헤매다가 드디어 그들은 그을음내를 붙잡고서야 마을로 찾아 들어갈 수 있었다.

마을은 아직 불타고 있었다. 아니 정확히 말하면 이미 다 타버리고 말았다.

오태수와 인식은 마을 어구에 엎드려 정황을 살피었다. 불길한 정적이 흐를 뿐 인기척 하나 없다. 불탄 집터우를 지나가는 바람결이 연기를 간신히 날릴 뿐 아무 소리도 내지 못한다. 사람들은 다 어데로 갔단 말인가? 마을사람들도 또 적들도 보이지 않는다.

황량한 벌판 한켠에 오붓하게 들어앉았던 농가 10여 호는 몽땅 재가 되였다. 알아보나마나 흔히 있던 왜놈들의 '토벌'이 이 지경으로 만들어 놓은 것이 틀림없다.

오태수는 가슴속에서 분노가 끓어오르고 총을 잡은 팔이 떨리였다. 닥치는 대로 마구 쏘아 눕힐 기세였다. 그러나 흥분을 가라앉히고 우선 적정을 탐지해야 한다. 그는 마을 안으로 쑥 들어가 더 자세히 알아보기로 하였다.

첫 집은 그저 폭삭 무너져 타버렸다. 다음 집은 반쯤 기울어졌는데 아직 기둥그루에 불이 달려있었다. 마당에 있는 농짝이며 옷가지 같은 것들이 보기에 가슴이 아팠다.

오태수는 들먹이는 가슴을 부둥킨 채 그때 식량공작을 하던 그 무던한 할아버지가 계시던 집으로 달려가 보았다. 형체도 알아볼 수 없게 불타버렸다.

다리가 휘청휘청해진다. 이런 때 무엇을 어떻게 하면 좋은가?

"악귀 같은 놈들!"

오태수는 어느 한 집터 앞에서 이렇게 원한에 사무쳐 부르짖는다.

인식이도 분격에 떨며 웨친다.

"이놈들 어데 있는지 찾아가서라도 한바탕 해치우구 갑시다."

그때 무너진 집 뒤 담장모퉁이에서 무엇이 얼씬하였다.

재빨리 격발기를 당기며 사격할 태세를 취하는데 그것은 개였다. 눈에 푸른 불을 켠 개가 으르렁거리며 이쪽을 노리고 있다. 개 뒤에 무엇이 또 보이였다. 자그마한 두 개의 그림자이다.

"오! 사람이 아니가? 사람!"

두터운 구름장 사이를 간신히 빠져 내린 희미한 달빛이 두리를 희멀젛게 비치였는데 분명히 그 쪽에 인기척이 있다.

오태수는 두개의 그림자를 향해 다가갔다. 그것은 어린아이들이였다. 감자움 어구에 옹송그리고 앉았다.

두 아이는 난데없이 나타나 자기에게로 다가들고 있는 사람을 보자 기겁해 달아나기 시작한다. 아마 '토벌대'놈들이 어덴가 숨어 있다가 불의에 달려든 줄 아는 모양이다.

"엄마!"

"엄마야—"

밤공기를 찢는다.

"애들아, 가지 마."

"이리 온, 이리 와! 일 없다."

그러거나 말거나 두 아이는 눈이 쌓인 언덕으로 넋 없이 달아난다.

오태수와 인식은 따라갔다. 마침내 눈 우에 쓰러져 할싹거리는 아이들을 안아 일으켰다.

아이들은 머리를 내두르며 발버둥을 친다.

"애들아! 우리는 너의 편이다. 우지 마, 우린 너힐 해치지 않는다."

그래도 막무가내다.

"엄매야 —엄마—"

그다음은 숨이 막혀 울지도 못한다. 새파랗게 질려 할딱이기만 한다.

그들은 얼마 후에야 겨우 아이들을 진정시킬 수 있었다. 하나는 기껏해야 예닐곱이나 났을 단발머리처녀애였고 또 하나는 그 아래인 네댓 살짜리 사내애였다.

섧게 울어서 그냥 흐느끼는 것을 겨우 얼리여 물었다.

왜놈'토벌대'가 온다면서 아버지가 감자굴에 아이들과 어머니를 숨겼다고 한다. 입구에는 거적을 마구 덮어놓고, 총소리가 나고, 불이 일고, 말도 많이 오고, 총을 많이 쐈다고 한다. 감자움이 열리더니 총 끝이 들어오고 불이 확 일고 귀가 맹맹하자 엄마가 쓰러졌다고 한다.

오태수와 인식은 맨발인 아이들을 들어 안았다. 천쪼각들을 얻어 발에 동여주었다. 그러고 나니 어쨌으면 좋을지 몰랐다.

마을을 샅샅이 뒤졌지만 아무도 없다. 맡길 데가 없다. 두고 갈 수는 더욱 없다. 데리고 간다는 것도 난처한 노릇이다.

그러면 어떻게 할 것인가? 우선 이 아이들을 살리고 보아야 한다. 이대로 이 빈 마을에 버려둔다면 몇 시간 안가서 어린것들의 생명은 끝이 나고 말 것이다. 기다려 보았대야 어데 피난 갔던 사람 하나 나타날 것 같지 않다. 생각던 끝에 오태수는 어쨌든 아이들을 산으로 데리고 가기로 하였다.

한 사람이 하나씩 업었다.

그간 시간도 퍼그나 갔다. 구름이 언뜻언뜻 흘러갈 때마다 서산마루에 빠드름히 드리운 삼태성이 보인다. 새벽녘에 이르러 추위는 한결 더 매워졌다.

아이들은 몸을 한껏 옹송그리고 잔등에 파고들었다. 숨소리마저 없다. 이따금씩 힘껏 추슬러 올려서야 꼼지락거리는 것이 알린다.

드디어 그들은 숙영지에 도착하였다. 보초와 신호를 교환하고 났으니 이제 사령부가 자리 잡은 언덕으로 오르면 된다.

이제까지는 빨리 되돌아와야겠다는 한 가지 목적이 마음을 끌었지만 이제 정찰결과를 보고해야 한다고 생각하니 갑자기 마음이 뒤숭숭해진다. 그런데 아이들에 대해서는 어떻게 설명하며 또 앞으로 어떻게 해야 할 것이가? 허덕허덕 언덕에 오르고 있는데 저편에서 누가 맞받아 내려온다.

"오, 빨리 돌아왔소. 수고했소!"

사령관동지이시다. 그이께서는 팔을 벌리시고 다가오시더니 앞에 선 오태수 어깨를 잡으신다.

"수고했소, 수고했소. 무척 추웠지? 저리로 갑시다."

모임을 가지던 그 자리로 왔다.

오태수와 인식은 덤덤히 서있다.

"왜 그러오, 앉소. 응? 등에 진건 뭐요?"

사령관동지께서는 오태수 앞으로 다가오시더니 불룩한 등을 어루만져보신다.

"아이입니다."

그이께서는 잠시 의아해하시는 것이었다. 그러다가 곧 심상치 않은 어떤 사연이 있었으리라는 것을 간파하시고 오히려 더 부드럽게 말씀하시였다.

"어서 내려놓소."

오태수는 깍지를 꼈던 손이 말을 듣지 않아 잠시 꾸물거려서야 아이를 내려놓았다. 처녀아이는 자지 않았던 모양인지 초롱초롱한 눈으로 새로 나타난 사람들을 쳐다본다.

"귀여운 처녀애로구만."

그이께서는 처녀애를 덥석 안아 올리시였다.

인식이도 업었던 아이를 내려놓았다.

사령관동지께서는 사내애까지 한 품에다 안아 드시였다.

"애들이 큰일 날 번했군. 손이 얼었군……"

사령관동지께서는 자신의 몸으로 바람을 막으시며 두 어린것들의 얼굴을 들여다보신다.

오태수는 어느 정도 흥분을 가라앉히고 정찰결과를 보고하기 시작하였다. 우선 마을의 정경부터 알려드린 다음 '토벌대'놈들이 얼마나 잔인하게 마을을 불태우고 살륙하였는가를 말씀 드리였다. 그러나 몸서리쳐지는 마을정경이 그의 목을 꺽꺽 막히게 하였다.

"좋소, 그만하면 알겠소, 자세한 것은 천천히 들읍시다."

사령관동지께서는 외투앞자락을 헤치시더니 두 아이를 그 속에 품으시였다. 그러시더니 아이들의 네 개의 주먹을 단꺼번에 꼭 쥐시며 입에 대고 녹여주시는 것이었다. 입김을 내부실 때마다 푸름한 것이 고드름 달린 외투깃을 스치며 뒤로 날아 흩어진다. 손도 주물러주시고 또 발도 만져보신다. 손은 얼어서 오그라들었고 발은 헝겊을 감아 북망치처럼 되였다.

"안됐소. 오 동무, 불을 피우오."

"네?! 불 말입니까?"

"그렇소, 어서 불을 피우오. 얘들의 손발이 꽁꽁 얼었소. 와들와들 떨고 있잖소."

불을 피워서는 안 된다는 것을 오태수는 잘 알고 있는 터였다.

"사령관동지! 불은……"

"어서 피우오, 괜찮소!"

오태수는 눈무지를 헤쳐 삭정이를 꺾고 봇나무를 찍어 눕혔다. 잠시 후 우둥불이 타오르기 시작하였다. 처음에는 한 점의 불꽃이 마른 나뭇가지에 달리더니 마침내 봇나무 가지가 피직피직 소리를 내면서 불길을 일구었다. 불길은 널름거리면서 먹물 같은 어둠을 밀어제끼고 사위를 환히 비치였다. 희미하던 모든 것들이 자기 자태를 드러내기 시작하였다. 눈무지, 나무그루, 그리고 둘러앉은 사람들의 얼굴들, 그 중에서도 두 어린 것의 새별 같은 눈……

"아주 좋소, 역시 유격대생활엔 우둥불이 제격이거던. 자 앉읍시다!"

사령관동지께서 맞은편에 앉으시고 그 좌우에 오태수와 인식이가 앉고 이쪽에 전령병들이 앉았다.

"어디 말해보우, 마을이 어떻게 됐다?"

오태수는 조리 있게 보고를 하였다.

보고를 하고 있는 사이에도 사령관동지께서는 줄곧 아이들에게 시선을 돌리고 계셨다. 어찌 보면 이 일을 걱정하시는 것 같기도 하고 또 어찌 보면 더 귀중하고 더 커다란 그 무엇을 생각하고 계시는 듯도 하였다.

어쨌든 오태수는 이 모든 일이 마치 자기의 그 어떤 실책으로 된 것처럼 믿어져 몸 둘 바를 몰랐다.

그러나 사령관동지께서는 곧 낯색을 달리 하시더니 여느 때 늘 볼 수 있었던 그런 너그러운 웃음을 지으시며 어린것들과 이야기를 하시는 것이었다.

"춥지? 자, 손을 녹이자."

한쪽 무릎에 하나씩 앉힌 아이들의 손을 불에 쪼여주시며 주물러주신다.

토스레잠뱅이를 걸친 작은 몸뚱이, 헝겊으로 두루마리를 한 발, 그리고 배가 고프다는 것을 강렬하게 호소하고 있는 눈빛, 그런 것을 하나하나 살펴보고 계시던 사령관동지께서는 아이들의 심정을 다시 알아보시기나 하시려는 것처럼 또 말씀을 하시였다.

"넌 몇 살이지? 응?"

갸름한 얼굴에 유독 광채가 도는 쌍가풀진 눈을 치켜뜨며 처녀애가 빤히 올려다본다.

"일곱 살!"

"일곱 살? 똑똑하구나, 동생 너는?"

"이렇게!"

눈을 빠짝이며 불쑥 내대는 것은 채 펴지지 못한 다섯 손가락.

"오! 다섯 살, 아주 똑똑하다. 그래 이름은 뭐지?"

"처어리."

"뭐?"

"처어리."

"철이에요, 내 동생 이름은."

"응! 철이, 이름이 좋구나, 철이니까 강철같이 굳세겠지, 하하, 넌?"

처녀애는 옥이라고 대답을 올린다.

금시 단란한 한가정의 분위기처럼 되였다.

아이들이 조잘대며 마을에서 당한 일을 서슴없이 설명하기 시작했다.

얼마간 시간이 흘렀을 때 사령관동지께서는 전령병을 부르시더니 아이들에게 뭘 좀 줄 것이 없느냐고 물으시였다. 식량은 떨어진지 오래다. 전령병은 대답을 드리지 못한다.

사실 그는 한 홉 되나마나한 미시가루를 사령관동지께 드릴 비상용으로 가지고 있을 뿐이다.

"없다는 건 나도 알고 있소. 비상용 미시가루라도 가져오오."

눈을 옮켜다가 녹이고 두어 숟가락 되나마나한 미시가루를 넣어서 물에 풀었다.

오태수가 아이들에게 죽을 떠 넣어주고 다른 사람들은 더운 물만을 마시였다.

주렸던 아이들은 한 그릇 꿇숨한 죽을 게 눈 감추듯 하고나서 입술을 감빨고 있다.

사령관동지께서는 물을 마시다가 가슴 아프신 표정을 지으시더니 그 물그릇을 아이들의 입에 대여주신다. 아이들은 꿀떡꿀떡 물도 맛나게 넘긴다.

"더운 물이라도 많이 마서라."

이때 사령관동지의 음성은 약간 갈린듯하였다. 지금까지 아이들의 얼굴에서 잠시도 떼지 않으시던 그이의 시선이 맞은편 이깔나무그루로 옮겨가더니 한참동안 움직이지 않으셨다.

그이의 시선에서는 어린것들을 보고 계시는 동안 그들의 운명을 다시한 번 념려하시는 심정을 력력히 읽을 수 있었다. 오태수의 가슴은 금시 저릿저릿해왔다.

"조국의 비운이 너희들에게까지 미쳤구나. 세상은 넓고 넓은데도 작은 너희들의 이 몸뚱이 하나를 편안히 의탁할 곳이 없더란 말이지……"

사령관동지께서는 격정을 누르시는 듯 잠시 말씀을 끊으셨다. 아이들은 무슨 영문인지 알지 못하고 말끄러미 올려다만 본다.

어느덧 우등불가에는 대원들이 빽빽이 모여섰다.

오태수는 사령관동지의 말씀 한 마디 한 마디가 가슴을 뭉클뭉클 울려놓는 것을 느끼였다. 벌써 10년 가까이 유격대생활을 해오면서 그이께서 하신 수많은 이야기를 들었지만 이때처럼 가슴을 옥죄이기는 처음이였다.

"땅도, 집도, 어머니도 빼앗아갔단 말이지? 그러나 애들아, 서러워말아

라. 조선은 죽지 않고 조선 사람들은 살아서 싸우고 있다. 지금 우리 민족의 수난의 력사는 끝이 나고 조국광복의 새 력사가 시작되였다. 우리는 악귀같은 일제놈들을 쳐물리치고 너희들을 조국의 품에 안겨주고야 말겠다."

또다시 말씀이 중단되였다. 그이의 얼굴에는 비장한 빛이 어리시고 눈에서는 불이 활활 타 번지는 듯 빛을 내시였다.

사령관동지의 일거일동을 놓치지 않고 지키던 오태수는 뿌지지 끓어오르는 가슴을 움켜잡았다.

우등불은 점점 더 세차게 타올랐다. 불길은 널름거리면서 진하게 내리드리운 어둠을 쉴 새 없이 쓸어버리고 있다. 사람들의 얼굴은 모두 타는 듯이 붉다. 하지만 누구 하나 말이 없다.

사령관동지께서는 무릎에 앉힌 두 아이의 얼굴을 들여다보고 계시다가 이윽해서 고개를 드시여 사위를 살피시면서 다시 말씀을 이으셨다.

"지금 헐벗은 채 한지에서 떨고 있는 너희들을 이제 조국은 반드시 따스하니 품어줄 것이다. 일제침략자놈들을 내몰고 조국이 독립되는 날에는 너희들에게 응당 세상에서 가장 좋은 것이 차례질 것이다. 조국 땅 어디를 가나 너희들은 한결같이 사랑을 받을 것이며 배움의 길은 열려있을 것이다. 철들기도 전에 그토록 억울하고 통분하게 흘린 그 눈물의 대가는 응당 웃음과 행복으로 보상 되어야 한다. 제 나라 제 땅에서 너희들은 떳떳한 주인이 되여야 한다.……"

잠시 말씀을 끊으신 김일성 장군님께서는 끓어오르던 격정을 가라앉히시고 타이르시듯 조용히 아이들에게 말씀하셨다.

"너희들은 이제 커서 아버지, 어머니의 원쑤를 갚아야 한다. 총을 메고 싸우고 나라도 지키고……"

처녀애는 그 뜻을 알겠다는 듯이 고개를 까닥까닥한다. 그러다가 쟁쟁한 목소리로 말을 하였다.

"나 아저씨가 누군지 알아요."

"오, 네가 날 알겠다구? 허, 이런 참."

"아저씨, 유격대죠?"

"유격대! 하하, 네가 유격대를 다 알구 대단하구나."

"울 아버지가 유격대는 좋은 사람이라구 했어요!"

처녀애는 무엇인가 더 많은 것을 알고 있기나 한 것처럼 입을 나불거리다가 잠시 후에

"아저씨, 김일성 장군님 봤어요?"

하고 불쑥 물었다.

"……"

사령관동지께서는 웃으시는 얼굴로 곁에 서있는 대원을 바라보시였다.

"나 이제 김일성 장군님 보문 대줄래, 울 아빠 엄마를 '토벌대'놈들이 다 죽였다구……"

여기까지 말하고는 그 어린것도 목이 메여 더 계속하지 못한다. 부모생각이 갑자기 더해지는 모양이다. 금시 얼굴이 이그러지고 입이 비죽비죽하더니만 끝내 "으앙" 하고 울음을 터뜨리고 말았다. 작은 것도 곁따라 운다. 아이의 울음소리는 팽팽히 얼어든 새벽 밀림의 공기를 흔들어놓으면서 듣고 있던 사람들의 폐부를 사정없이 들이찔렀다.

오태수는 마른기침을 몇 번 하였다. 다른 대원들도 고개를 틀고 돌아앉는다. 그렇게도 억센 사람들이였건만 두 어린 것이 눈물로 하소하는 그 사연, 투쟁에 일떠선 전 인민의 항변, 그것을 그저 듣고만 있을 수 없었던 것이다.

'그래 대드리자! 사령관동지께 대드리자!'

오태수는 우지지 땀이 배여 오르는 손으로 총탁을 굳게 틀어쥐면서 아이들을 다시 처다보았다.

두 아이는 사령관동지의 넓은 품에 얼굴을 파묻었다. 아이들을 꼭 껴안으시고 내려다보시던 사령관동지의 눈굽에는 이슬이 맺혔다.

그이께서는 지금 무엇을 생각하고 계시는지, 아이들을 자애롭게 품고

계시는 그 모습은 조국의 운명을 한 몸에 지니신 분만이 가질 수 있는 그런 숭고한 초상으로 부각되어 왔다.

그이께서는 지금 신음하는 겨레의 목소리를 들으시는 것인가, 아니면 항쟁에 일떠선 인민의 웨침소리를 듣고 계시는가, 그것도 아니면 그이를 우러러 만백성이 구원을 바라는 그 손길들을 감각하고 계시는가…… 사령관동지의 모습을 바라보는 오태수의 가슴은 위대한분을 모신다는 영예로 하여 한없이 높뛰였다.

"자, 세수를 할가?"

사령관동지께서는 마음을 다시 진정하시고 아이들을 내려놓으신 다음 더운 물을 따르시여 수건을 적시셨다. 아이들의 얼굴을 닦아주신다. 대원들이 부러뜨린 총가목을 고쳐주시던 그 손, 연필대를 잡으시여 ㄱ, ㄴ을 익혀주신 그 손, 총칼의 숲을 헤치고 적구로 떠나가는 공작원의 손을 굳게 잡아주시던 그 손이다. 그이께서 잡아주신 그 손길, 따스하게 미쳐온 그 체온, 그것이 엄동 콩크리트 감방바닥에 누워서도 추위를 모르게 했고 천리 타곳에 있으면서도 외로움을 모르게 하지 않았던가. 그 손이 지금 아이들의 눈물을 닦아주시고 있는 것이다.

"착한 애들은 울지 않지? 응? 용타. 울지 않는다. 그래야 훌륭한 사람이 될 수 있다."

아이들은 언제 그랬더냐싶게 얼굴이 맑아지고 눈이 초롱초롱해졌다.

"나 크문 총을 주지?"

사내애의 말이다.

"응, 주구말구."

"아 좋아!"

짝자꿍을 한다.

이렇게 되여 분위기가 어느 정도 완화되였을 때 사령관동지께서는 나직이 말씀하셨다.

"동무들! 오늘밤 여기서 더 쉬지 말고 떠납시다. 동무들이 매우 지쳤다는 것을 나도 아오. 그러나 보시오. 조국의 동포들이 우리를 하늘같이 믿고 기다리고 있소. 우리는 어떤 곤난이 있다 하더라도 하루빨리 조국으로 나가야하오. 그래서 동포들에게 승리의 신심을 안겨주어야 하겠소. 우리는 이 새 력사의 로정에서 한시도 지체할 수 없소." 말씀을 중단하시고 좌우를 둘러 보시였다.

"오 동무! 이만하고 행군을 계속하는 것이 어떻소?"

엄숙하게 울리는 사령관동지의 음성이다.

오태수는 그이의 뜻을 충분히 리해할 수 있었다.

전 대오에 행군명령이 하달되였다.

굶주리고 추위에 떨고 지칠 대로 지친 그들이였건만 푸근히 쉴 예정을 변경하기에 서슴지 않았다.

대오가 정렬되였다.

희미한 달빛을 받아 대원들의 어깨가 무쇠통처럼 번들거린다. 입김이 확확 내풍긴다.

가슴이 높이 들먹인다.

사기충천한 그들이 이제 한 걸음 발을 옮겨놓기만 하면 산악도 갈라지고 대하도 길을 비켜설 것 같다. 그리하여 단숨에 달려가 피에 젖은 붉은 땅을 한아름으로 들어 일구며 '사람들이여! 조국이 해방되였다!' 할 것 같다.

오태수는 대렬 맨 우측에 붙어 서서 명령이 내리기를 기다렸다.

사령관동지께서는 두 아이를 단꺼번에 안아 외투자락에 싸시더니 성큼 자리를 뜨시였다.

"자! 떠납시다."

나직한 그이의 한마디 말씀을 받아 전 대오에 출발명령이 하달되였다.

사령관동지께서는 맨 앞에 서시여 성큼성큼 걸어 나가시였다.

오태수는 그이의 뒤에 바투 따라섰다.

왜 그런지 마냥 가슴은 설레이기만 하여 마음을 진정할 수가 없었다. 아이들은 제가 건사하겠노라고, 저희들에게 맡겨주시기 바란다고 말씀 드리고 싶었지만 종시 입이 열려지지 않았다. 그저 온몸에 감격이 넘쳐흐르고 용기가 솟을 뿐이였다. 그러면서 그는 줄곧 마음속으로 같은 말을 되씹고 있었다.

'옥이야, 그리고 철이야, 너희들은 결코 불행하지 않다. 너희들은 벌써 조국의 품, 그이의 품에 힘 있게 안겼다. 너희들은 지금 모를 테지만 이 날 이 밤에 그이의 가슴에 안겨 걷고 있는 이 길이 어떠한 걸음이라는 것을 이제 앞날에 알게 될 것이다.'

오태수의 가슴은 활랑거리기 시작했고 그 무엇인가 뜨거운 것이 목구 멍에 뿌듯이 울리 밀었다.

"동무들! 여기 진대나무가 있소!"

눈길을 헤치시며 앞서나가시던 사령관동지께서 뒤를 돌아보시며 이르 신다.

눈가루가 우수수 쏟아지는 속으로 그이의 어깨가 앞에서 움직인다. 덩 굴을 헤치고 나가신다.

사령관동지를 따르는 이 길이 천 리라도 좋고 만 리라도 좋다. 휴식 없 는 이런 밤이 열흘, 백날 아니 10년이 몇 번 겹쳐도 좋다. 그이를 모시고 라 면 설사 이 길에서 한줌의 재가 되고 한 방울의 이슬로 사라져도 원한이 없다. 오직 이 길에서 사령관동지를 위해 이 한 몸을 바치리라!

희디 흰 숫눈길 우에 사령관동지의 발자국이 찍힌다. 성큼성큼 옮겨 디 디신 자취이다.

그 자국을 따라 오태수, 그가 가고 그 뒤에 전 대오가 잇대섰다.

설한풍속, 이 광활한 대지 우에 찍히는 사령관동지의 발자국, 말 그대로 전인미답의 이 땅, 력사의 대로 우에 찍히는 그 발자국! 안도에서부터, 아 니 그보다 먼저 만경대의 초가집으로부터 포평나루를 지나 로야령을 넘고 장백의 산발들을 주름잡아 수천수만리, 원시림의 숲속, 사득판의 수렁길, 층층절벽, 포연탄우 속 불타는 산허리를 꿰지르기를 그 몇 번인가!

력사는 지금 그이의 발밑에서 크게 한 바퀴 뒤채면서 온 인류 앞에 소리

높이 웨치고 있다.

"모든 것은 다 길을 비켜라, 여기 조선혁명의 불패의 대오가 나가고 있다."고.

마냥 설레이는 가슴을 진정할 줄 모르는 오태수는 그저 묵묵히 사령관동지의 뒤를 따라가고 있다.

대오는 흐르고 있다.

앞이 활짝 열리였다. 수해천리가 한눈에 안겨온다. 푸른 대지와 검은 하늘이 저 한끝에서 맞붙었다. 하나 그사이에서는 벌써 닥쳐올 아침을 예고하면서 려명이 비쳐오기 시작한다. 뭉게뭉게 구름이 피여오르는 것이 보인다.

바야흐로 지금 우주에서는 새날이라는 또 하나의 위대한 력사를 낳아놓기 위해 장엄한 태동을 일으키고 있다.

"애들아, 저기 훤한 하늘이 뵈지?"

사령관동지께서는 손을 드시여 동터오는 하늘을 가리키신다.

"저기에 우리 조국이 있다. 너희들이 대를 이어 행복하게 살아갈 우리 땅이 있다. 저기로 우리는 가야 한다."

사령관동지의 말씀은 대원들의 심장을 다시 한 번 힘 있게 울리였다.

모두가 그이께서 가리키시는 곳에 시선을 보내고 섰다.

아이들을 안으신 채 바위 등에 올라 서시여 앞을 바라보고 계시는 사령관동지의 털모자 한끝에 한줄기 빛이 와 닿았다.

높은 산봉우리 한끝에 미친 아침해살의 첫 한 가닥이다. 해살은 순식간에 확대되더니 그이를 환히 비친다.

두리에는 아침 해빛을 받은 대기에 가득 찬 서리꽃이 마치 은가루를 뿌려놓은 듯이 찬란한 빛을 뿌리고 있다. 하늘이 높이 들린다. 어둠이 총퇴각을 시작했다.

아침이다!

대렬이 흘러가고 있다.

조국이 다가온다.

다가온다.

『력사의 자취』, 문예출판사, 1978

큰 심장

최학수

"다그칩니다만 사정이 뻔하지 않습니까? 베트는 한 절반 깎았습니다. 대형절삭기가 있으면 이렇게야 애먹겠습니까? 네? 배 풍기본체 말이지요? 어림도 없습니다. 나도 방금 현장에서 나왔는데 그것만은 도저히 안 되겠습니다…… 네, 그래서 저두 거기 보내서 가공해오자는 의견입니다. 빨리 보내도록 하겠습니다."

출근하자바람으로 현장을 나돌던 문동철은 현장에서 직장사무실에 돌아오자마자 전화를 받았다. 그가 수화기를 내려놓기도 전에 문 두드리는 소리와 함께 량볼이 붉은 처녀가 들어왔다.

"직장장동지, 어제 말씀드린 겁니다."

"……"

그는 결재문건을 흘끔 들여다보고는 군말 없이 수표해주었다.

처녀는 다소곳이 머리를 숙이고 나갔다. 문동철은 제일이 못마땅하여 여전히 이마살을 찌프렸다. 마음은 어수선하기만 하다.

잔뜩 벌려놓은 일들이 마음같이만 돼가지는 않았다. 이웃공장에서, 전국 방방곡곡에서 박차를 가하는 천리마의 발굽소리는 거기에 보조를 맞출 것을, 아니 보다 앞설 것을 요구하였다.

그는 자기네의 전진속도가 남들만큼 된다고 자신 있게 말할 수 없었다.

한가지만은, 그것만 풀려져도 자신 있을 것인데…… 걸린 문제들 중에서 가장 중요한 것은 있어야 할 기계설비가 없는 탓이라고 여겨졌다. 특히 대형기계들이 없었다. 례컨대 'ㅎ'제철소에 보낼 압연기의 소재 중에서도 가장 큰 1,500마력 감속기 대형 베트는 기대 앞에 운반할 수 없었으므로 마당에 둔 채 그 우에 천막을 쳐놓았다. 그리고 그것을 가공할만한 대형기계가 없기 때문에 하는 수없이 열두 대나 되는 단능 선반들을 다닥다닥 붙여서 가공하고 있다. 큰 기계가 있기만 하다면 그렇게 궁한 일은 집어치워도 될 것이었다. 그건 어쨌든 그러루하게 깎아댈지 모른다. 하지만 집채 같은 배풍기의 본체는 그런 식으로도 가공할 수 없다. 그래 그는 방금 그것을 가공할만한 큰 절삭기가 있는 먼 'ㅅ'기계공장에 의뢰해달라고 우에 재삼 말해둔 것이다. 계획은 전년보다 거의 배나 불궈서 뻐근하게 안았지…… 벌써 이해의 첫 분기도 앞으로 열흘이면 다 지나갈 터인데 앞길은 좀처럼 트이지 않는다.

대형기계가 문제야, 문제라니까……'

그는 한숨을 내쉬고 담배를 꺼내 물었다. 전화종이 울렸다.

"말씀하시오. 문동철이 받습니다."

담배불을 비벼 끄며 수화기를 든 그는 곧 허리를 꼿꼿이 폈다. 얼굴은 지나친 흥분과 긴장으로 하여 붉어졌다.

"…… 그렇습니다!…… 언제라구요?…… 네, 알겠습니다."

그는 일어섰다. 관자노리에서 피줄이 뛰였다.

그는 다시 앉았다. 일력장을 뒤적여 몇 자 적다 말고 또 일어서서 방안을 거닐었다. 책상과 의자 주위를 한 바퀴 돌고나서 창가에 멈춰 섰다. 바다바람이 정문 쪽으로 빠져나가는, 양수기를 만재한 화물자동차의 꽁무니에서 먼지를 말아 올렸다.

구내 저 켠 자재창고 뒤쪽의 음달진 곳에만 군데군데 눈무지들이 남아 있었으나 찌뿌둥하니 흐린 하늘에서는 또다시 눈이 내릴 것 같다.

아직도 겨울이었다.

'어버이수령님께서 오신다니!'

그는 버릇대로 턱을 만지며 혼자 소리로 거듭 중얼거렸다.

'이것 봐, 리발부터 해야겠군.'

사실 그는 분주해서 머리를 깎은 지도 보름이 넘었다.

흠모! 환호! 흥분!

깨끗이 면도질을 하고 보통 때에는 입지 않은 훈장과 메달의 략장이 달린 새 양복까지 입어 멀끔해진 동철이도 사뭇 흥분되여 있었다.

경애하는 수령 김일성동지를 모시고 공장일군들과 함께 구내를 걷고 있는 그의 얼굴에는 넘쳐흐르는 영광과 또한 동시에 조심스러운 표정이 떠나지 않고 있었다. 밤중에 내린 때늦은 눈이 구내 어느 길가에 남아있지나 않는지, 눈무지들은 말끔히 치워졌는지, 기대들은 반들반들한지 공구들은 질서정연한지…… 눈앞에 띄우는 모든 것에 마음을 썼다.

몇몇 직장을 돌아보시면서 위대한 수령님께서는 아주 만족해 하시였다. 우선 로동자들의 혈색이 썩 좋아지고 활기에 넘쳐있는 것이 무엇보다 기쁘다고 하시였다. 그리고 로동자들이 전보다 많아지니 더 흥성거린다고 하시였다. 새 공작기계도 많이 들어앉고 공장이 확장되여 초라하던 티가 벗어지고 기계공장다운 체모가 잡히지 않았는가? 그렇게 묻기도 하였다.

돌이켜보면 동철이에게도 감개무량한 변화였다.

그가 제대된 정전직후만 해도 공장에는 파편에 긁히고 칠이 벗어진 여라문대의 공작기계가 전부였다. 지금 직장에서 제일먼저 천리마작업반운동에 궐기한 전동무는 벽체기둥만 남아있는 조기직장 한 모퉁이에 이설했다가 가지고 온 낡은 선반과 직립볼 반을 어설프게 들여놓고 밥통을 깎았고 박인섭 아바이는 도람통을 뜯어 로라고 하는 것을 축조해놓고 수돗물 같이 쇠물을 뽑았다.

그러던 것이 전선과 각지에서 사람들이 돌아오고 장엄한 복구건설방침이 나온 뒤에 달라졌다.

특히 재작년에 어버이수령님께서 몸소 공장에 찾아 오시여 공장의 물질 기술적 토대를 구축하기 위해 국가적 투자를 아끼지 말라고 교시하신 후 면모는 일신되였다.

수많은 최신기계들이 들어왔다. 사람도 배로 늘었다.

'이제 부족한 것이 있다면 대형공작기계들이지.'

이 순간 그에게는 대형기계의 부족과 관련하여 꼭 한 가지만 청 드리고 싶은 생각이 불쑥 떠올랐다. 그러나 그 말씀을 드리긴 주저되였다.

지난 2년 동안에 공장의 기술 장비가 일신된 정형을 들으신 위대한 수령님께서는

"동무네는 괜찮거던!" 하시며 오른손 엄지손가락을 쳐들어 보이셨다.

"이게 아니요? 저 구호를 보오."

바람에 펄럭이는 붉은 천의 프랑카드에 흰 글씨로 '철과 기계는 공업의 왕이다.'라는 구호가 큼직하게 씌여 있었다.

"그렇소. 저것이 현 시기 공업발전의 중심고리기 때문에 당은 저 구호를 내놓았소. 당은 이 기계공장의 발전전망에 큰 의의를 부여하고 있소. 국가가 투자를 아끼지 않은 까닭이 거기에 있소. 그래 새 기계를 많이 받은 문동무네 직장은 금년계획이 어떻게 돼가오?"

자기에게 돌려진 뜻밖의 질문에 동철이는 어떻게 할지 몰라 잠시 망설이였다. 아름찬 계획을 안고 갈피를 잡을 수 없이 돌아쳐온 동철이다.

그렇게 배려를 받고도 첫 분기 계획을 미달할 것 같다는 말씀을 드리기는 죄스러운 일이였다. 그러나 그는 솔직하게 실정을 보고하고 그 중요한 원인은 대형설비의 부족에 있는 것 같다고 말씀드렸다. 말을 끝낸 뒤에 그는 방금 전에 청을 드리고 싶었던 것을 마저 이야기했어야 할 것이였다고 후회했다.

어버이수령님께서는 외투허리에 두 손을 얹으시고 동철의 이야기를 주의 깊게 들고 계셨다. 수령님께서는 동철의 어조와 표정 속에서 이 일군이 무엇을 바라는지를 꿰뚫어 보시였다. 수령님께서는 알릴락 말락한 미소를

띠우셨다.

'설비와 로력이 부족하다? 더 투자해달라는 셈이군!'

수령님께서는 이번에 지도하신 도의 몇몇 기업소 일군들이 하던 것과 류사한 이야기를 여기서도 하고 있는데 대하여 레사로이 들으실 수 없었다.

금년계획이 새롭고 방대한데로부터 예상치 않은 결함들이 나타날 수 있으리라는 것을 미리 통찰하신 수령님께서는 상동지들에게 해당한 주의를 돌릴 데 대하여 강조하시였던 것이다.

그리고 얼마 후에 무엇보다도 먼저 상승일로의 천리마진군을 저애하고 있는 결함의 고리들을 즉시 풀기 위하여 이미 당중앙위원회 지도그루빠 성원들을 내려 보내신 그 ××도에 현지지도를 나오셨던 것이다. 근 20여 일에 걸쳐 도의 남단으로부터 북변에 이르기까지 각 군과 산간오지의 농장들도 찾아가시여 세세히 돌아보시고 인민들과 담화하시는 과정에 결함의 종처들을 찾아내시고 몸소 수술해주시기도 하시였다. 한편 작년 9월 전체 당원에게 보낸 붉은 편지를 받들고 일대 비약을 일으키고 있는 대중 속에서 새로운 귀중한 싹들도 찾아 보시였다. 그리고 바로 어제 오전까지는 도당확대전원회의에 참석하시여 지도사업을 총화해주시였고 오후에는 또한 'ㄱ'기업소 로동자들과 자리를 같이 하시였다.

일은 엊저녁 늦게 끝났다. 그러나 어버이수령님께서는 수원들더러 곧 밤길을 떠나도록 지시하시였다.

중요한 사업들로 분망하신 가운데 장기간 ××도를 현지지도하시고 또 먼 먼 밤길을 떠나신 것이다.

숱한 대내외문제를 두고 잠시라도 여유 있게 지내실 시간이 없으셨다. 평양으로 돌아오시는 걸음에 비날론 공장터도 몸소 잡아주시고 겸하여 다른 도의 실정도 잠간이나마 살피시고 전국에 일반화할 수 있는 대책을 취하며 불씨를 심어야 하셨다. 그리하여 밤새 차를 달려 이곳에 도착하시자마자 이 공장부터 찾으신 것이였다.

한데 여기서도 설비와 로력의 부족에 대해 말한다. 확실히 일부 성이나 관리국들, 공장, 기업소들에서는 현저히 증가된 금년계획을 있는 설비를 잘 리용하고 로동 생산능률을 높여 실행하려고 하는 것이 아니라 설비와 로력의 증가나 방대한 투자로 실행하는 경향들이 나타나고 있었다. 그렇게 강조했는데도 대중의 열의와 창발성에 확고히 의거하는 기풍과 사상들이 부족했다. 자금이나 기계가 아니라 바로 사람이 모든 문제해결의 결정적 요인이라는 것을 깊이 깨닫지 못하고 있었다.

우리 인민은 지난날 남보다 뒤떨어졌고 못 살았기 때문에 남이 한걸음 걸을 때 열 걸음 걸으며 남이 열 걸음 걸을 때 백 걸음 걸어 앞서려는 결의를 가지고 있으며 시시각각으로 창조적적극성과 혁명적 열의를 높이고 있다. 여기에 의거하고 이것을 발양시키면 못할 일이 없다.

문동철의 이야기를 들으시면서 어버이수령님께서는 바로 앞으로 소집하려고 계획하시는 당중앙위원회 상무위원회 확대회의에서 취급할 문제들에 대한 구상을 이으셨다. 회의에서는 완강한 혁명적전개력으로써 이번에 새로 발견한 귀중한 싹들을 대중의 혁명적열의의 토양 우에 광범히 번식시키실 예상이시었다. 물론 이 공장에도 그러한 토양, 그러한 싹은 잠재하리라고 믿고 계시는 터이었다.

"아직두 설비와 로력이 부족하다?"

동철이의 말이 끝나자 이렇게 반문하신 어버이수령님께서는 발걸음을 다시 옮기시며 목형직장의 간판에 시선을 멈추시었다.

"여기 들어가 봅시다."

무엇이가를 은근히 기대하고 있던 동철이는 수령님께서 아무런 말씀도 없으실 뿐더러 흔히 기계공장에 오시는 분들은 지나쳐버리기 십상인 목형직장에 들어서시자 멍하니 섰다가 창황히 뒤따랐다.

"수고를 합니다."

어버이수령님께서는 기쁨에 넘친 로동자들에게 웃음으로 답례하시면서 첫 작업대 곁에 서 있는 되람직한 청년 앞으로 다가가시였다. 길들지 않은 짧은 머리칼이 빳빳이 일어선 그 청년은 벗어들고 있던 학생퇴물림의 모자테를 주무르며 가슴을 들먹거렸다.

"동무가 일하는 걸 좀 보기요."

청년은 그렇게도 흠모해온 어버이수령님께서 이처럼 가까이 바로 자기 앞에 다가서실 때까지 그냥 우러러보고 있었다. 보매 스물 안팎일 이 청년이 자기 생애에서 가장 황홀한 이 순간을 영원히 기억에 아로새기고 싶어서 그랬던지 아니면 저도 모르게 마음속에 파도치는 그 흠모의 물결에 휘감겨 그랬던지 어쨌든 문동철이는 청년이 대패를 빨리 잡을 생각을 않고 그이를 보고만 있는데 조바심이 났다. 그래 그는 일손을 잡으라고 몇 번이나 헛된 눈짓을 하였다. 다른 사람들도 안타까왔던지 목형 직장장은 끝내 대패를 쥐라고 귀뜸해주기까지 했다. 그제야 청년은 모자를 작업대 우에 놓고 대패에 손을 뻗쳤다.

"작업할 때엔 모자를 써야지."

어버이수령님께서는 모자를 손수 집어주시였다. 청년은 황송해서 마치 남의 모자를 받듯 하고는 똑바로 쓰려고 애쓰면서 입술을 감빨았다.

청년의 대패질은 서툴렀다. 대패날이 나무에 몇 번이나 걸리였다. 그러자 어버이수령님께서는 대패를 보자고 하셨다. 수령님께서는 손가락으로 대패날을 쓸어 보시였다.

"날이 너무 올라 왔구만. 그 나무토막을 이리 주오."

수령님께서는 나무토막으로 대패앞머리를 몇 번 치고 다시 가늠해 보시였다.

"됐소. 인젠 걸리지 않을 거요. 그런데 동무에게는 작업대가 좀 높은 것 같애. 키가 좀 더 자라야겠군. 이걸 고이라구."

수령님께서는 친히 절두목을 청년의 발쪽으로 밀어주셨다.

"어때, 맞춤하지? 덤비지 말구 밀어보오."

수령님께서는 절두목을 내려다보며 어쩔 바를 몰라 하는 청년을 고무해주시였다. 청년은 목덜미까지 빨개져서도 귀염성스럽게 싱긋 웃었다.

모두 그의 손을 주시했다.

청년은 한동안 벼르고 견주다가 힘주어 당겼다.

대패는 하얀 띠를 길게 말아 올리며 얼음판에서처럼 미끄러져 나갔다.

"그렇지, 동무는 견습공이겠구만?"

청년은 무의식중 뒤 머리에 올라가던 손을 내리우고 몸을 바로잡았다.

"네."

"모표자리를 보니 고중졸업생이군, 왜 공장에 왔지?"

"우리들에게 부강하고 문명한 나라를 물려주겠다고 모두 천리마의 기세로 사회주의건설에 떨쳐나섰는데 저라고 공부만 하다가 행복을 누릴 순 없었습니다. 공장대학에 다니겠습니다."

미리 준비해둔 것 같은 대답이였다.

"공부만 하는 대학에 간다구 사회주의건설에 덜 참가한단 법이 있나? 졸업하구 해두 되구 웅? 어떻소?"

"그렇지만……"

청년은 머뭇거렸다. 얼굴이 또 빨개졌다. 분명히 대답할 말은 있었지만 자신이 덜한 모양이였다.

"어디 말해 보라구."

이 다정한 말씀에 청년은 용기를 내였다.

"그렇지만 직접 일하면서 배우면 두 사람의 몫을 담당하는 것으로 된다고 생각합니다. 아버지도 로동 현장에서 단련된 다음 대학에 가라고 했습니다."

어버이수령님께서는 만족한 웃음을 띠우셨다.

"옳소. 아주 똑똑한 동무구만. 아버지는 어디 다니시는가?"

"주물직장에 다닙니다."

"누구요?"

"박인섭이라고 합니다."

"그래?!"

어버이수령님께서는 정겹게 보시며 고개를 끄덕이시였다. 2년 전 주물직장에서 만나신 직공장을 잊지 않으신 것이였다.

"듣고 보니 눈길이 비슷해."

눈길은 아버지와 비슷했다. 그리도 잘 아는 인섭 아바이의 아들을 알아보지 못했던 동철이는 전날 장난꾸러기소년의 이름을 상기하려고 했으나 떠오르지 않았다. 제대 되여와서 박아바이와 한 직장에서 일하던 동안은 홀몸으로 있었던 터에다 오랜 기능공인 박아바이와 상론할 일도 많고 해서 그의 집에 자주 다녔지만 한자리 드티고 살림도 차리고 직장 일에만 매달리다보니 거의나 가본 기억이 없다. 그는 아바이네가 부은 주물품을 매일 받아오고 늘 상종하면서도 아바이 뒤로 저렇게 자라난 사람에 대해서는 관심이 덜했던 자기를 발견하였다. 그러고 보면 자기 직장 청년들에 대해서도 살뜰히 보살펴준 편이 못 되였다.

어버이수령님께서는 수원들을 돌아보시며 감회 깊게 말씀하셨다.

"이 동무의 아버지는 일제시기부터 이 공장에서 일하던 오랜 로동 계급이요. 전쟁이 끝난 다음날로 공장에 돌아왔는데 로는 다 마사졌지, 당장 인민들은 밥을 끓일 가마도 만들고 호미도 만들고 공장을 복구할 삽과 곡괭이도 만들어야겠지, 그래서 도람통밑을 뜯어 500키로짜리 용선로를 만들어 첫 쇠물을 뽑았다는 아바이요. 이 공장의 기둥이라구 할 수 있는 분이지…… 아버지는 낮교대를 하시는가? 오늘 나왔소?"

청년은 아버지가 주물사를 가까이에서 해결해보겠다고 며칠간 조사를 떠났다는 말씀을 드리였다.

"그게 가능성이 있소?…… 있다?! 그럼 큰 예비군, 훌륭하오. 꼭 성공시키시오. 동무 이름은 뭐지? 덕구라구? 덕구 동무, 학교 다닐 때는 뭘 좋아했소?"

"…… 많았습니다. 물리, 화학이 마음에 들었습니다. 그리고 연극도 좋아합니다."

"욕심이 많은데……? 그래 다 잘해야지. 공장에서도 연극을 잘하오. 예술은 생활과 생산에 중요한 영향을 미치오. 동무가 만드는 목형도 예술이요. 이것은 단순한 로동이 아니라 예술창조이며 목형은 예술품이요. 목형이 아름다와야 기계 제품도 아름답소."

수령님께서는 덕구의 어깨를 다정히 어루만져 주셨다.

"기술두 련마하고 공부를 잘하오. 그리구 천리마두 타야지. 동무는 홀륭한 아버지를 모시고 있소. 아버지의 일본새를 배우오. 그래서 혁명적이며 문화적인 로동 계급이 돼야지."

방금까지 별처럼 빛나고 있던 덕구의 눈에는 금방 이슬이 괴여 올랐다. 덕구는 그 자리를 떠나시는 어버이수령님께 감격에 목 메여 머리를 숙인 채 아무런 대답도 못 드렸고 모자를 벗고 인사드릴 것도 잊고 있었다.

"아버지와 아들, 세대가 차츰 바뀌는군…… 참 얼마나 믿음직한 사람들이요!"

목형직장을 나서시며 위대한 수령님께서는 깊은 생각에 잠기시였다. 그리고는 잠시 걸음을 멈추시였다.

"공장에서 저런 새 동무들을 잘 키워야겠소."

"명심하겠습니다. 수령님!"

동철이는 자기의 수첩에 방금 하신 말씀을 급히 적어두었다. 수첩을 접으려던 그는 그 아래에 '덕구 집 방문할 것'이라고 더 적어 넣음으로써 마음이 한결 개운해짐을 느끼였다. 무엇인가 미진했던 것을 해결한듯한 기분이다.

"이건 어디 보낼 기계요?"

어버이수령님께서는 동철이네 직장의 문 어구에 멈춰 서시여 집채 같은 배풍기 본체를 가리키시였다.

동철이는 'ㄱ'기업소에 보낼 것이라는 대답을 올렸다.

"빨리 보내줘야겠소. 내가 이번에 거기 들렸는데 그 동무들이 몹시 기다리오. 어디서 가공하오?"

문동철직장장은 자기네가 가공하지 못하게 된 사정을 말씀드렸다. 이렇게 큰 소재를 가공할만한 기계가 없으므로 부득이 'ㅅ'기계공장에 부탁할 수밖에 다른 도리가 없다고, 이 순간 그는 아까부터 청을 드리자던 것을 상기하고는 불시에 조바심이 났다. 그의 마음은 몹시 두근거렸다.

"다른데 보내서 깎는다? 그럼 그 동무들의 건설기일이 몹시 늦어지겠는데……"

어버이수령님의 걱정 어린 안색을 살핀 문동철은 드디어 결심을 내렸다. 그는 단정하게 몸을 바로잡았다.

"수령님, 한 가지 말씀드려도 좋겠습니까?"

"어서—"

순간 수령님의 얼굴에는 걱정이 아니라 그 어떤 기대와 신뢰의 표정이 떠오르신다.

문동철은 대형절삭기를 한대만 수입해주셨으면 대형소재의 가공에서도 걸릴 것이 적겠다는 말씀을 드리였다.

말을 끝내자 온몸에 땀이 솟았다.

그는 눈 내린 아침의 찬 대기 속에 수령님을 오래 멈춰서시게 했다는 것도 주위의 공장일군들이 한결 긴장해진 것도 깨닫지 못한 채 수령님의 말씀만 기다렸다.

일순 수령님의 안색은 너그러운 표정으로 변하신다.

"한 대만?…… 많지는 않은데!"

수령님께서는 외투주머니에 량손을 넣으신 채 선 자리에서 발을 옮겨디디시면서 생각에 잠기신다. 언 땅이 밟히는 소리, 비질한 눈 우에 찍히는 구두 자욱……

문동철은 숨을 죽이고 서있었다. 드디어 언 땅은 조용해지고 기계들도 소음을 멈춘듯하다. 수령님께서 돌아서신 것이다.

"이제 달라구 한다면 5개년계획이 끝난 뒤에나 올거요. 우린 금년 중으로 5개년계획을 끝내려고 하는데…… 2년 이상 앞당겨 말이요……"

수령님께서는 배풍기 본체를 다시 한 번 돌아보시고는 직장 안으로 곧추 들어 가시였다. 장엄한 기계의 소음이 환영곡을 울리는듯했다. 선반공들은 어느 직장에서나 다름없이 흠모와 열광적인 정열로 맞이했다.

기대마다 생화가 꽂혀있다.

어버이수령님께서는 문 어구 가까이에서 한창 작업 중인 중형 절삭기쪽으로 걸어가시였다.

수령님께서는 육중한 면판이 돌아가는 것을 묵묵히 살펴보시였다.

문동철은 2년 전에 자기네 직장으로 들어오시여 바로 지금처럼 깊은 생각에 잠기시였다가 중형기계들로써 여기를 튼튼히 꾸리라고 하셨던 일을 상기하고는 새로운 희망에 가슴을 불태우면서 그동안에 새로 설치한 기계 중의 하나라는 것을 말씀드렸다.

"문동무, 저것보다 두 배쯤 큰 절삭기가 있으면 아까 그런 소재도 다른 데 보낼 걱정은 없겠군? 가공에서는 완전히 자립하구……"

"네."

활기 띤 직장장의 대답을 들으신 수령님께서는 이윽고 동철이쪽으로 몸을 돌리시였다. 그 순간 동철은 수령님의 안광이 밝게 빛나는 것을 보았다. 동철이 이제 결정적이고도 귀중한 말씀이 있으시리라는 것을 직감하였다. 그는 가슴을 울렁거리며 기다렸다. 오랜 후날까지도 그는 이 몇 초 동안의 일을 잊을 수 없었다. 이때에 하신 어버이수령님의 말씀은 그 뒤에도 자주 그의 귀속에서 생생하게 울리군 했다.

"문동철 동무, 우리 손으로 한 번 만들어보자는 생각은 못했소? 동무가 요구하는 것보다 좀 더 큰 놈을, 저것보다 두 세배쯤 되는 걸 말이요?"

"……!!"

동철은 놀라움과 격정에 사로잡혀 미처 대답을 드리지 못하였다. 만들 데 대해서는 엄두조차 내지 못하고 수입해줬으면 했던 자기 자신이 부끄러웠던 것이다. 그래서 그의 얼굴이 붉어졌다. 그러면서도 그는 동시에 감격으로 가슴이 마구 끓어 번졌다. 뜻밖에 순간적으로 충격을 받았으므로 그 충격은 가장 격동적이였다.

'수입할 것이 아니라 우리자신이 만든다!!'

동철이에게는 이것이 자기들 자신의 능력에 대한 위대한 발견으로 되었던 것이다.

"우리나라 로동 계급은 가장 창조적인 계급이며 혁명적인 계급이요. 창조—이것이라야 그 성미에 맞지."

이렇게 말씀하신 위대한 수령님께서는 '천리마작업반운동에 궐기한 ×작업반'이라는 표판을 써 붙인 선반공들에게로 다가가시었다.

기계의 동음으로 소란스럽고 감격의 귀속말로 기대마다 술렁대던 이 순간에도 경애하는 수령 김일성동지께서는 그 새로운 발기를 성숙시키고 계셨다. 문동철이나 공장일군들과 수원들에게는 뜻밖의 발기같이 여겨졌을지 모르지만 수령님께 있어서 그것은 오래전부터의 원대한 구상과 우리나라 사회경제발전의 합법칙적 과정에 대한 명철한 분석에 기초한 필연적인 분출이였으며 생활적요구의 절박성에 림하여 튀기 시작한 혁명적전개력의 또 하나의 불꽃이였다.

열흘 전에 수령님께서는 그 도의 주민들에게조차 그런 공장이 있는지 없는지 그리 알려지지 않은 자그마한 'ㅈ'공장을 현지지도하시다가 아무도 못본 새싹을 보셨다. 누구에게나 그것은 얼마나 귀중한가를 느낄만한 감격을 주지 못하는 사소하고 미미한 사실이였다. 오로지 대중의 동향을 예민하게 통찰하시며 때로 평범한 형식을 취하는 자그마한 사실에서도 거대한 가치를 도출해내시는 비범한 안목에 의해서만 밝혀질 수 있는 현상이였다.

그 사실이란 작은 공장에서 선반의 부족을 면하려고 구식선반으로 단능선반을 만들어본 것이다.

여느 사람들에게는 그 사실이 선반의 부족을 우에서 타개해줘야겠다는 생각을 불러일으킴에 불과했겠지만 그이께서는 그것이 붉은 편지를 받들고 대중 속에서 움튼 싹이며 대중 속에서 찾으시려던 귀중한 새것임을 간파하시였고 이러한 경험의 전국적 확대야말로 발전하는 우리의 자립적인 기계공업을 일대 비약시킬 수 있는 열쇠임을 포착하시였다.

수령님께서는 '공작기계새끼치기운동'이라고 이름 지을 이 새롭고 위대한 대중적 운동 전개하실 결심을 다지시였다. 평양에 올라가시면 상무위원동지들과 협의하시고 5월경에 확대회의를 열고 다른 문제들과 함께 이 운동을 결정적으로 채택하실 의향이셨다. 그러므로 거대한 운동의 전개를 앞둔 바로 지금 완강하고 대담하게 대형기계를 자체 제작하도록 하는 이 포치사업에 매우 중요한 의의를 부여하시고계셨다.

수령님께서는 난관에 굴하지 않고 승리에 자만하지 않으며 새로운 승리를 향하여 부단히 전진하며 부단히 혁신하는 것이 영웅적 우리 인민의 혁명적 기개임을 간파하시였고 기계공장도 아닌데서 보잘 것 없는 낡은 선반으로 최신식선반을 만들어낸 것처럼 여기서도 최신식소중형공작기계로 대형 공작기계를 만들 수 있을라는 것을 믿으셨다. 문제는 대중이 결심하며 그들의 혁명적 열의와 창조적적극성이 어느 만큼 발휘되는가에 달려있다. 이 사람들이라고 그 공장 동무들과 다를 바 있는가? 다 우리의 믿음직한 로동 계급이다. 박인섭 아바이와 그 아들이나 저 동무들이나……!

수령님께서는 채광창에서 비쳐드는 푸르스름한 해살을 받으시며 선반공들 앞에 서계시였다. 그들의 일손도 살펴보시고 이 직장에서 맨 처음 천리마작업반운동에 궐기한 작업반장 전 동무와는 작업반원들의 정신 상태를 물으시고 고무해주시기도 하셨다.

그리고 그가 창안한 새 바이트의 작업정형도 자세히 살펴보시였다. 그이께서는 바이트 끝에서 말려 떨어진 절삭밥을 쥐여보시려고 허리를 굽히시였다.

"수령님, 뜨겁습니다."

반장은 자기가 얼른 한줌 쥐여 수령님 앞에 보여드렸다.

"동무 손에는 안 뜨겁겠소?"

어버이수령님께서는 유쾌히 웃으시고 반장의 손에서 한 개를 집어 드시고 유심히 보시였다. 동철 직장장은 그것이 몇 배의 능률을 내며 어떻게 창안됐는가를 말씀드렸다.

수령님께서는 천리마작업반칭호를 꼭 쟁취하라고 하시였다. 그리고 또한 작업복을 만져보시며 모양이 마음에 드는가, 작업에 불편하지 않은가, 얼마나 오래 입을 수 있는가를 알아보시였다.

"…… 몇 해만 참아야겠소. 그러면 돌에서 실을 뽑아 작업복도 해주겠소. 우리나라 학자들은 우리나라에 무진장한 석회석에서 비날론섬유를 뽑을 수 있는 연구를 완성했소. 내가 학자들에게서 선물로 받았는데 아주 질기오. 동무들, 우리 학자들이 주체 있게 연구 완성했으니 그런 공장의 설비와 기계도 우리가 만들어야 하지 않겠소? 그러자면 저런 기계도 좀 더 큰 것이 있어야 하오."

이렇게 말씀하신 수령님께서는 천천히 발을 옮기시여 다시 그 절삭기 쪽으로 다가가셨다.

수령님께서는 면판이며 이송대를 눈여겨보시면서 거물의 주위를 한 바퀴 돌아오셨다. 그리고 다시 돌기 시작하신다. 또 한 바퀴…… 이번에는 뒤로 멀찍이 물러서신 그이께서는 그 절삭기의 전모를 한눈에 보시며 깊은 생각에 잠기시였다.

수령님의 입가에는 완강성이 비끼시였다.

동철이의 눈에는 그이의 주위에 있는 모든 것이 자기들은 물론 지어 그 중형절삭기까지도 아주 작은 것으로 보이는 것이였다.

"문 동무."

수령님의 목소리는 부드럽게 들렸다.

동철이는 자기들을 고무해주실 말씀이 있으리라는 것을 예감하면서 몸을 바로잡았다.

"우리가 산에서 싸울 때 줄칼로 재봉기바늘을 만들었소. 덕구가 대패로 나무를 깎는 것이나 저 반장동무가 기계로 쇠를 깎는 것이 거기에 리치상 별다른 차이는 없을게요. 물론 저렇게 크고 정밀한 기계는 만들기 좀 힘든 것만은 사실이지. 그러나 사람이 만든 것이요. 세상의 모든 재부와 생산수단과 현대기술의 창조자는 로동자요. 자연을 개변하는 것도 혁명을 하는 것도 근로하는 사람들이요. 특히 우리나라 사람들은 지금 비상한 혁명적 열의를 발휘하고 있소. 이 창조적 정열로 들끓는 사람들이 마음먹고 달라붙으면 못 만들 것이 없소. 우리 저 동무들과 함께 의논해봅시다."

수령님께서 선반공들에게로 다가가시는 그 한순간에 문동철은 문득 1211고지에서 싸우던 군대시절과 인섭 아바이랑 처음 만나서 마사진 로에서 얼어붙은 얼음을 까내던 피 끓던 시절을 회상하였다.

백 수십 차례의 침략전쟁에서 단 한 번의 패배도 몰랐다던 오만한 미국놈들을 무릎 꿇어앉힌 조선인민군, 원쑤놈들이 백년이 걸려야 복구하리라던 우리나라, 페허로 된 이 철공소자리에 5년 반이 지난 오늘 어버이수령님의 가르치심대로 현대적 공장을 일떠세운 이 공장 로동자들!

6만 톤 능력의 분괴압연직장에서 강선의 로동 계급이 12만 톤 생산했던 것도, 3~4년이 걸려야 할 해주—하성간 광궤철도부설공사를 단 75일간에 해제긴 것도 호미나 만들던 농기구공장에서 설계도 없이 몇 달 전에 뜨락또르를 만들었던 것도 처음에는 오르지 못할 나무와 같이 보였었지만 우리는 그이의 가르치심을 받들고 하지 않았던가!

그는 이 순간 대형절삭기가 이 직장 안에서 거연히 자리 잡고 돌아가게 될 멀지 않은 앞날을 보는듯하였다. 그는 열이 올랐다. 최고사령관동지께 드리는 맹세문을 쓰던 어제 날 중위의 숭엄한 표정이 그이의 곁으로 재우쳐 걸어가는 동철이의 얼굴에 떠올랐다.

로동자들은 어버이수령님의 주위에 빽빽이 둘러서서 누구에게도 그처럼 세세히 들을 수 없었던 나라의 사정과 대내외의 형편에 귀를 기울였다.

그들은 더욱더 강유력한 자립경제를 가질 휘황한 앞날을 내다보고 눈을 반짝이기도 했고 혹은 싸우는 남녘형제들을 더 적극 지원할 각오에 숙연해지기도 했고 혹은 우리의 눈부신 발전에 배 아파하는 원쑤들의 앓음소리에 대해서는 고소해했고 그들의 발광질에는 분개했고 다 낡은 선반으로 새 공작기계를 만든 작은 공장의 경험에 대해서는 자신만만한 기색을 남김없이 표현하여 두 손을 힘주어 비비기도 했다. 젊은 축들은 될수록 수령님의 곁에 가까이 가려고 남모르게 바시락 거리기도 하였다. 그 광경은 아버지의 말씀에 귀 기울이고 흥미 있게 듣고 있는 대가정의 다정한 분위기를 그대로 련상시켰다.

"…… 그 동무들이 한 것두 별 게 아니요. 동무들이라구 못할 게 없지! 아니 기계공장 로동 계급이 기계를 못 만들어? 큰놈은 큰 맘 먹구 달라붙으면 되지. 혁명을 하자면 대담성이 있어야 하오. 동무들, 큰놈을 대담하게 만들어봅시다. 어떻소, 동무들 할 수 있겠소?"

로동자들은 목청을 다투어 대답을 드렸다.

그들 모두의 얼굴에는 밝은 웃음이 피여있었다.

"할 수 있습니다!"

"우리라고 못하겠습니까!"

"수령님, 비날론 연구를 우리가 했으니 기계도 우리가 만들겠습니다."

"수령님 말씀대로 꼭 해내겠습니다…… 꼭 해내겠습니다!"

하는 웨침소리도 뒤에서 들린다. 꼭 해내고야말겠다는 자기들의 열정을 달리는 표현할 수 없었던 청년들이 그이께서 자기의 목소리를 못 들으실가보아 안타까운 모양이다.

수령님께서는 아주 만족해하시며 동철이를 돌아보시였다. 동철이는 머리를 높이 들고 군대시절마냥 힘차게 대답을 올렸다.

"기어코 만들고야 말겠습니다, 수령님."

"좋소! 만듭시다. 대담하게 우리 손으로 만들어봅시다. 동무가 요구하던 것보다 두 배 세 배 큰 것을 말이요."

만면에 웃음을 띠우신 수령님께서는 동철이의 등을 가볍게 두드려 주시였다. 수령님께서도 몹시 흥분하신 것이였다. 동철이는 가슴속으로부터 뜨거운 것이 불쑥 솟아오름을 어쩔 수 없었다. 그는 눈물을 감추지 못하였다.

수령님께서는 여전히 만족하신 웃음을 띠우시고 압연기 조립장으로 발길을 돌리시였다.

동철이는 벌써부터 거창하고 자랑스러운 창조사업에 대한 령감에 사로잡히면서 가벼운 걸음걸이로 기계들 사이를 헤치고 나갔다.

"저것 보오, 동철동무!"

이때 수령님께서는 조립공들의 작업 모습을 한참 살펴보시다가 압연기를 가리키시였다.

"신비주의가 동무네 주먹 앞에서도 부서졌구만! 우리가 중앙에서 토의한지 얼마 안 됐는데 동무들은 벌써 만들었소. 장한데! 장해!"

수령님께서는 가까이 온 동철이를 돌아보시며 말씀을 이으시였다.

"저 설비들을 깎는데 좀 가봅시다."

동철이는 난처했다. 너무도 초라한 '분직장'에 모시고 가야 했고 또 볼꼴 없는 가공 상태를 보여드려야 했기 때문이다. 하지만 주저하고 있을 사이가 없었다. 수령님께서는 한발 앞서시면서 어딘고 물으신 것이다. 동철이는 아까 지나왔던 배풍기 본체 옆을 지나 넓고 높다란 천막 안으로 모시였다.

높직하게 전등을 달아놓은 천막 속은 어수선하다. 속이 궁글은 거대한 무쇠덩어리와 곁에 붙은 발판과 널판자들이 얼기설기하다. 그 우에, 아래에, 옆에 소형쎄빠, 보링그, 빠찌깔 등 무려 열두세 대의 공작기계가 붙어서 쇠밥을 조금씩 깎아내고 있다.

동철이는 어설픈 광경을 보여드리게 된 것이 송구스러워서 거대한 소재를 기대 옆에 운반할 수 없었다는 것과 운반한다 하더라도 대형선반이 없었으므로 이런 식으로밖에는 가공할 수 없다고 말씀드렸다.

위대한 수령님께서는 허리에 량손을 짚으시고 연공들이나 다름없이 일하고 있는 선반공들을 보시였다.

"무슨 수를 써서든지 만들면 그만이지. 훌륭하오! 이건 개미가 뼈다구를 깎아먹는 격이로군, 동무들은 더 큰 기계라도 능히 만들 수 있소. 여기도 이런 좋은 경험이 생겨나고 있구만! 이것도 귀중한 싹이요."

수령님의 말씀은 정열에 불타고 있었다. 수령님께서는 외투단추를 벗겨 앞자락을 헤치시며 동행하신 일군들을 돌아보시였다.

"동무들, 이게 우리가 수입하려다 그만둔 기계입니다. 우리가 토의한지 얼마 되지 않았는데 이 동무들이 자력갱생하여 만들었습니다. 이제는 뜨락또르나 자동차에 쓸 박판이 문제없소! 보시오. 누구에게 청을 댈 게 있소? 대담하게 목표를 세우고 달라붙으면 못해낼 일이 없소. 혁명가는 그렇게 일해야 살맛이 있지, 그렇지 못할 바에야 차라리 깊은 산에 들어가서 중노릇이나 하구말지. 머리를 빡빡히 밀구."

그리고는 호탕한 웃음을 터뜨리시였다.

일군들도, 수원들도, 로동자들도 ―모든 사람들이 즐거이 웃었다. 그것은 조선의 존엄, 조선의 신념, 조선의 결의, 조선의 열정이 피운 웃음꽃이였다. 만발한 화원이였다.

"동무들, 수고하시오. 대단히 훌륭하오."

수령님께서는 로동자들의 기름 묻은 손을 일일이 잡아주시고 천막 밖으로 나오시면서 동철이의 팔을 잡고 나란히 걸으셨다.

"동철동무, 마음을 크게 먹소. 심장이 커야지. 조선 로동 계급의 심장은 보통 심장이 아니오. 큰 심장이요."

수령님께서는 이렇게 말씀하시며 미소를 지으셨다.

"저 사람들이 기계로 기계를 만드오? 아니요. 머리와 사상으로 만든다고 생각해보오. 사람들의 마음을 들여다보오. 그들의 마음속에 끓고 있는 혁명적 열의와 창발력을 보오. 그러면 어떤 곤난 앞에서도 마음이 든든해지오……"

동철이는 위대한 수령님의 말씀을 새겨들으시면서 덕구와 인섭 아바이, 천리마작업반운동에 궐기한 선반공들 그리고 저 천막 속 사람들을 련상했다.

자기 세대에 차례질 래일의 부강하고 문명한 조국을 그저 앉아서 물려

받을 수 없다는 덕구, 언제나 나라 일에 충성스런 아바이, 수령님 앞에서 대형절삭기를 넘려하시지 말라고 맹세한 전동무의 작업반원들, 어떻게 해서라도 자기들 손으로 깎아내리려고 달라붙은 저 천막안의 사람들…… 이들 전체의 불같은 마음을 련상하자 그는 엄청난 힘이 자기의 내부에 축적되는 것을 느끼였다. 가슴이 부풀어 오른다. 심장은 대형 함마마냥 고동친다.

어제까지, 아니 아까까지만 하여도 초라한 작업광경이라고 여겼던 저 천막 속에 뜻밖에도 대형절삭기의 비밀실로 들어가는 어느 한 열쇠가 있다는 것은 신기할 정도다. 막히는 일마다 왜 자기는 설비, 로력, 자금의 추가로써만 풀려고 했던지? 귀중한 경험도 귀중한줄 모르고……

위대한 수령님께서 오신 이 몇 시간 사이에 동철이는 자기의 눈앞에 확트인 것을 깨닫고 스스로 놀랐다.

하늘이 맑고 푸르렀다. 바다 쪽으로부터 햇솜마냥 희고 부드러운 뭉게구름이 피여 올랐다. 그곳으로는 갈매기들이 끼륵거리며 활개쳐 날아올랐다.

이 몇 시간 사이에 겨울이 아니라 완연한 봄기운이 공장구내에도, 저 하늘에도 그리고 동철의 마음속에도 찾아들었다.

어디선가 멀리서 풍금소리에 맞추어 부르는 유치원조무래기들의 '빨간 앵두 골라서……' 하는 애된 노래소리에서도 봄이 느껴졌다.

어버이수령님께서는 잠시 걸음을 멈추시고 아이들의 노래소리에 귀를 기울이신다. 태양과 같이 찬란한 미소가 회색중절모를 벗어 드신 그이의 만면에 피여난다.

"먼지가 묻어서 꼬마들한테는 못 들리겠군."

수령님께서는 기름 묻은 손과 외투를 내려다보시며 서운해 하셨다.

"후날 오면 들리지. 직장장동무, 로동자동무들과 잘 의논해서 꼭 만드오. 나는 동무들을 믿겠소!"

"신임에 보답하겠습니다. 꼭 만들겠습니다."

그는 하마트면 '조국을 위하여 복무함'이라고 대답할 번하였다.

이튿날 아침, 직장장은 전화를 받았다.

"네…… 그건 우리 힘으로 꺅도록 하겠습니다. 네…… 그렇게……"

이때 량 볼이 붉은 처녀가 문건을 들고 들어섰다.

"봅시다. 이건 토의해보겠소만 그만둡시다. 그보다 천막 안에 난로를 놔야겠소."

"……?! 알겠습니다."

처녀는 알 수 없다는 표정으로 물러섰다.

"가만, 좀 서오. 알겠다구? 아니 모를거요. 동무도 알아야지."

그리고나서 동철이는 왜 문건에 요구한 것이 긴요치 않고 난로부터 놓아야 하는지를 간명하게 설명해주고 돌려보냈다. 처녀가 나가자마자 무슨 일에나 민감한 방기사가 들어와 설계를 주문해야 되겠다고 말했다.

"외국에 말이요? 무슨 소릴?"

그는 오늘 처음 낯을 찌푸리며 통명스럽게 반문하였다.

"만들기야 우리 손으로 만들지요. 그렇지만 보지두 못한 설계도야 어찌……"

"아니, 기사장이나 설계일군들과 더 토론해보시오. 어제 밤 당 위원장, 지배인동지들과 의논했는데 수일 내에 종업원회의를 할게요. 회의목적은 수령님의 위대한 발기와 나라의 형편을 알려주고 방책을 얻자는데 있소."

종업원궐기대회는 들끓었다. 불타는 가슴속을 말로 다 표현할 수 없는 사람들은 연단을 두드렸다.

박인섭 아바이는 목형만 주면 아무리 큰 소재라도 부어내겠다고 하였다. 그리고 년말까지 아니라 9.9절 생산계획을 수행하면서 대형절삭기를 만들 것을 제의하였다. 설계일군들도, 목형직장사람들도 그런 결의를 다졌다. 물론 동철이네 직장사람들도 그랬다.

문동철이는 분주했지만 앞을 내다보았고 그럴수록 즐거웠다. 그는 거의나 현장에서 지냈고 대중과 협의하고 거기서 지휘, 결론, 처리하고 우에 보고했다. 사택마을에도 자주 나갔다간 자기 직장 사람이건 아니건 돌격대원들의 집에 들러서는 구미를 당길 수 있는 음식을 해주도록 아낙네들에게 권고하기도 하고 때로는 자기가 직접 그들의 점심곽을 날라다주기도 했다.

선과 수자로 묘사된 대형절사기의 첫 도안이 그려졌을 때, 자기들이 앞으로 만들려고 하는 것이 어떻게 생겼는지 처음 보았을 때 그는 얼마나 기쁨에 넘쳤던가!

열흘이나 앞당겨 목형이 다 제작되었을 때 그는 미래의 창조물이 구체적으로 어떤 부분품으로 될 것인지 만져보았다. 그렇게도 어마어마하게 큰 기계의 목형들은 그대로 예술작품이나 다름없이 아름다웠다.

여섯 발이나 되는 주형치차를 부을 때에는 그 자신이 직접 손을 댔다. 그는 지난날의 경쟁 대상이었던 인섭 아바이와 함께 복구하던 시기처럼 합심하여 솜씨 있게 부어댔다.

이제 그야말로 완전히 그의 직장차례였다. 그 큰 치차는 마지막 삼아 '人'기계공장에 보냈지만 수천 개의 부분품, 부속품들은 누구보다 동철이네가 많이 맡았다.

그런데 수십 톤이나 되는 면판가공품을 올려놓고 깎을 기계가 없었다. 그 어떤 방법으로도 불가능할 것이라고 일부 사람들은 락심천만이였다.

동철이는 직장당 위원장과 함께 자기네 선반공들과 의논했다.

"정면반으루 해봅시다."

전동무네 젊은 축들과 로기능공들은 이런 제기를 했다.

"정신 나간 소리, 기계가 박산나라구?"

기계속이나 안다는 사람들은 머리를 가로저었다. 동철이는 해보자는 사람들과 밤새워 토론했다. 그리고 미끈하게 깎아내는 것을 보고서야 자기 사무실에 돌아왔다. 책상 우에는 딸이 쓴 글쪽지와 함께 두 개의 점심 그릇이 보자기에 싸인 채 그를 기다리고 있었다.

7월이였다. 공장계획은 아주 긴장해졌다. 야금설비와 전기설비, 관개설비…… 이리해서 긴급한 설비의 생산이 걸렸다. 일부 지령원들은 대형절삭기든지 계획과제든지 어느 한쪽을 중지하고 모를 박아 하자고 제기하였다.

어느 것도 긴급하고 어느 것도 죽일 수 없는 형편에서 어느 것을 죽이겠는가? 어느 것도 다 어버이수령님께서 주신 과제가 아닌가. 우리는 동시에 밀고나가야 한다. 모든 비생산활동, 로력, 자재, 자금, 시간 및 기타는 여기에 복종되여야 한다.

결국 동철이네 직장 로동자들의 제기에 의하여 량자를 함께 밀고나가며 그 이외의 부문에서 가능한 모든 예비를 탐구하는 동시에 ××전기공장과 ××조선소에 전기, 금속, 관개 설비부속품들을 속히 보내달라는 호소문을 채택하기로 되였다.

8월말에 'ㅅ'기계공장에 의뢰했던 대형치차가 사정에 의하여 가공되지 않은 채 되돌아왔다. 앞으로 10일 내외, 최후의 령마루 턱밑에 이르러 대형절삭기의 중심부가 생명을 구하러 갔다가 숨 못 쉬는 무쇠덩이채로 되돌아온 것이다.

벌써 한대의 기초기둥은 세워져있었다.

대형절삭기의 다른 모든 크고 작은 5천여 개의 부분품과 부속품들은 기름칠까지 되여있었다.

동철이는 인섭 아바이를 찾아갔다.

"어떻게 할가요? 이제는 몇 달이 걸릴지 모릅니다."

아바이는 권연을 빨면서 동철이의 찌프린 얼굴을 넘겨다보았다.

"해야지."

"잠에 취하신 게 아닙니까? 정말 충혈 되였군요. 좀 쉬시지요."

"내가 취했다면 자넨 벌써 노그라졌네, 얼굴이 말이 아니군. 나는 이런 생각을 했네. 주방 품으루 하자구 말이야."

문동철은 아바이가 말한 것은 주물력사에는 없는 제안이라는 것쯤 잘 알고 있었다. 그런 엄청난 대형치차를 어떻게 가공하지 않고 그대로 기계에 쓸 수 있겠는가? 미리를 다투는 치차를 주물품으로 하다니?

"다시 붓겠다는 말씀이요? 치수를 맞춰서…… 설명해보십시오. 될 수 있는 근거를 말입니다."

"이렇게 큰 건 해보지 못했네만 전쟁 때 더러 그렇게 했지. 어떻게 해서라두 그때 방법대루 만들어내야 돼. 아니 안 되면 수령님 앞에서 자네들이 한 맹세는 어쩔 셈인가? 그리구두 우리가 그분을 모시구 사는 이 나라 로동 계급이라구 할 수 있겠나?"

"저두 글쎄 그래서……"

현장에 주물직장 통계원이 뛰여왔다. 문동철직장장을 찾아서 주물직장 사무실에 시외전화가 걸려왔다는 것이다. 그것은 박인섭 아바이의 아들 덕구에게서 온 것이였다. 9.9절 전국 로동자 예술축전에 올라가게 된 예술소조원들은 9월 9일에 대형절삭기를 시운전하는 기쁨을 가무극으로 준비했다. 무대에서는 모형이 돌아가게 되였다. 모형은 그대로 예술이였다. 다섯달 전에 어버이수령님께서 잡아주신 그 대패로 덕구는 이 모형의 많은 부분을 밀어냈고 그것은 색칠되여 무대에 오른 것이다.

도에서의 공연을 성과적으로 마친 그들은 오늘 저녁 평양에로의 출발에 앞서 자기들의 수도공연이 생활의 외곡으로 되지 않을지 심히 걱정되여 마감을 결속지을 문동철에게 9·9절에 시운전을 하게 될지 또 유감스럽게도 불가능한지 물어온 것이였다.

"그래 안 될 것 같으면 아예 올라가지 않겠다구?…… 그렇지 않으면 그 종목을 빼겠다?"

문동철은 자기의 목소리가 떨리는 것을 느꼈다.

그는 생각하기 위하여 담배를 붙여 물었다.

징—전류가 흐르는 소리.

"아— 여보시오."

그러면 동철이는 저쪽에서 대답을 독촉한다는 것을 깨닫군 한다. 그는 바로 지금이야말로 전 직장사람들과 이 문제를 의논하고 싶다. 그러나 여기에는 단 한사람 단발머리의 통계원밖에 없다.

"아 여보시오."

"좀…… 좀 기다리시오."

그는 송화구를 손으로 틀어막았다.

"통계원동무, 동무는말이요. 저—우리 공장 써클원들 말이요, 이번에 준비한 것 있지 않소?……"

통계원은 고개를 쳐들고 말똥말똥하니 직장장을 쳐다보았다. 도무지 두서없는 그 말이 자기에게 무엇을 요구하는지 알 수 없기 때문이다. 동철이도 자기가 그렇게 말하여서는 한정이 없고 리해시키기도 어려우리라는 것을 뒤늦게나마 깨달았다. 그는 이 순간처럼 자기가 말하고 싶은 표현을 찾지 못해 애써본 적은 일찍이 없었다.

"무엇을 하랍니까?"

처녀는 안타까와 물었다.

"앓소, 의견을 묻자는 거요, 동무는 9·9절까지, 9월 9일까지…… 이날까지 시운전될 것 같은가?"

이런 엄청난 질문에 통계원은 놀라서 자리에서 일어났다. 그러나 그 처녀는 문동철이의 눈에서 진심으로 그가 자기를 믿고 솔직한 대답을 기대하고 있다는 것을 알았다.

"되지 않구요. 될 거예요."

"그렇게 무책임하게 말하면 안돼, 대형치차가 되돌아온 줄은 아오?"

"그걸 왜 몰라요? 압니다.…… 저는 오늘아침 우리 아바이가 침울한 기색이 사라지구 침착하게 주형조직을 하는걸 보았어요."

처녀의 말은 문동철의 마음속에 움트고 있던 말이기도 하였다. 동철이의 눈은 밝아졌다. 그는 송화기에서 손을 뗐다. 자기가 그 누구의 결론도 받지 않았지만 큰마음을 먹고 확신성 있는 대답을 줄 수 있는 것을 기쁘게 생각했다.

"여보시오. 덕구지? 동무네 아버지랑 믿소. 우리 직장 아니 온 공장 로동 계급을 믿소. 올라가시오. 세상 사람들 앞에서 선포하시오. 어디서 공연하오? 모란봉극장? 그럼 모란봉에 전보를 치겠소. 9월 9일에 시운전을 하구 전보를 치겠소. 어버이수령님께서도 동무들의 공연에는 꼭 오실 거요. 오시구말구, 로동자 써클은 꼭 보실 거요. 수령님 앞에 우리 공장 전체 로동자들을 대표하여 보고하시오."

"알았습니다. 전보를 받으면 모란봉언덕에서 수령님께서 계실 당중앙위원회와 우리 공장, 그리고 온 세상을 향하여 우리는 만세를 부르겠습니다. 우리 공장 로동자들의 이름으로 어버이수령님 앞에 보고를 올리고 무대 우에서 돌아가는 대형절삭기를 보여드리겠습니다."

열흘 후 평양을 향하여 승리의 전파가 날아갔다.
모란봉언덕에서는 분장까지 다 하고 조마조마하게 기다리던 이 공장 예술소조원들이 감격의 눈물을 흘리며 만세를 불렀다.
공연에는 어버이수령님께서 오셨다.
눈물에 얼룩진 분장을 미처 다시 할 사이 없이 무대 우에 나선 덕구네는 수령님 앞에 방금 시운전이 성과적으로 진행되었다는 보고를 드리고 막을 올렸다.
그 누구보다 많은 박수를 쳐주신 수령님께서는 막이 오르자 곁에 앉은 수원에게 조용히 말씀하시였다.
"나도 극장에 오기 전에 보고를 들었는데 벌써 무대 우에서 대형절삭기가 돌아가고 있소! 장한 동무들이요. 주역하는 저 동무는 목형공이지, 얼른 꽃바구니를 준비해주시오."

『큰 심장』, 문예출판사, 1978

자기 위치 앞으로

엄단웅

　우리나라 ××지역에 새로 일떠서는 대야금기지건설장의 어느 한 중요 건설대상을 맡은 ××건설사업소지배인 전창민은 말없이 창문가에 버티고 서서 밖을 내다보고 있었다.

　그는 아침마다 사업을 착수하기 전에 의례히 이렇게 하는 버릇이 있다.

　릴대강 지휘감시소에서 전선을 감시해오던 몸에 밴 군대생활의 관습인지도 모른다.

　창밖의 모든 것은－ 솟아오르는 아침 해도 푸른 바다도 짙은 안개 속에 잠겨버리고 지붕을 채 씌우지 못한 혼선로의 트라스와 삐죽이 머리를 내민 탑식기중기의 거밋한 륜곽만이 뚜렷이 드러나 보였다. 어디선지 아무진 호각소리와 함께 검은 물체 하나가 공중으로 불쑥 솟아오른다. 기중기에 매달린 검은 그 물체 － 철판에는 어느덧 햇솜 같은 안개가 휘감겨 돌아간다. 안개 덮인 지붕판은 천천히, 갈수록 속도를 죽여가며 지붕을 향해 내리 앉는다. 이윽고 트라스에 맞물리는 장쾌한 철판 부딪침소리가 찌르릉! 하고 사무실의 유리 창문을 두드리며 건설장의 넓은 공간으로 번져나간다……

　창밖을 내다보고 섰던 지배인은 초조하게 자리에 와서 앉았다. 지배인의 책상 우에는 용수철처럼 타래진 초록색 전화줄이 달린 다섯 대의 전화기가 주런이 놓여있다.

지배인은 그중에서 수화기 하나를 집어 들었다.

"기사장실에 대시오."

지배인은 수화기를 귀에 갖다 대고 다른 한손에 쥔 붉은색 연필 끝으로 복잡한 선과 점이 교차된 도면 우를 훑어나가는가 하면 연필을 거꾸로 세워 책상 우에다 꽉 누르며 그 어떤 생각 속에 파고들기도 했다.

수화기에서는 아직도 응답이 없다. 지배인은 못마땅한 듯이 전화기를 툭툭 잡아 두드렸다. 이때 손기척소리와 함께 문이 열리며 키가 후리후리한 기사장이 들어섰다.

"지금 전화로 찾고 있는 길이였소. 기중기문제는 어떻게 됐소?"

지배인은 수화기를 내려놓으며 기사장이 자리에 채 앉기도 전에 못마땅한 목소리로 조급하게 물었다. 기사장은 말없이 한동안 서있었다. 그는 책상 앞에 있는 의자를 당겨놓고 자리에 앉은 다음에도 잠시 그냥 말이 없었는데 길쯤한 그의 얼굴에는 어딘지 모르게 피로의 그늘이 져있었다.

"아직 신통한 방도를 찾지 못했습니다. 기술부장의 제안을 다시 검토해보았으나 덮어놓고 소극적이라고 나무랄 근거가 없습니다."

"그러니 25톤 기중기 하나를 15리 밖에서 옮겨오는데 넉 달이 꼭 걸려야 된단 말입니까?"

지배인의 목소리는 거칠었다.

"지배인동지도 아시다싶이 우리가 그것을 처음 접수해올 때는 6개월이 걸리지 않았습니까. 그래도 그때에 비하면……"

기사장은 말을 중도에 끊어버렸다.

지배인은 주먹으로 이마를 받치고 앉아있었는데 진한 그의 두 눈섭이 이그러지면서 미간에다 깊은 주름살을 지어놓았다. 침묵이 흘렀다……전화종소리가 요란스럽게 울렸다. 건설국장으로부터 온 전화였다.

"산소로 건물 조립작업 말입니까? 언제 착수 하겠느냐구요?"

지배인은 대답을 못하고 잠시 망설이다가 말을 이었다.

"곧 착수하려고 합니다. 그런데 지금은 권양기 능력에 걸려 있습니다. 25톤 기중기를 여기에 인입하려고 하는데 옮겨오는데 상당한 시간이 걸립니다. 이 문제가 해결되는 대로 정확한 계획 날짜를 보고하겠습니다."

지배인은 수화기를 내려놓자 말없이 옷걸개에서 작업모를 벗겨 머리에 푹 눌러썼다. 그리고 양복저고리우에다 작업복을 껴입었다. 기사장도 책상에 놓았던 사업수첩을 쥐고 자리에서 따라 일어났다.

"기중기 문제는 더 연구해보겠습니다."

기사장은 작업복을 껴입고 있는 지배인의 등에 대고 말하였다. 지배인은 못 들은 것처럼 아무 말 없이 문으로 걸어 나갔다. 그러다가 갑자기 걸음을 멈추고 뒤따라선 기사장에게 말하였다.

"기사장동무는 지금 자기가 어떤 위치에 서있는가를 생각해봐야겠소. 중대나 소대가 아니라 한개 사단을 책임진 참모장의 립장에서 말이요."

그는 이렇게 말하고 나서 작업복주머니에 두 손을 깊숙이 지르고 머리를 수그린 채 빠른 걸음으로 층층대를 내리기 시작했다.

건설사업소 앞마당은 늘 외부에서 찾아오는 손님들과 자동차들로 붐비였다. 방송위원회 기자가 방송차를 마당에 세워놓고 사무실로 달려 올라가는가 하면 도면을 말아 쥔 설계일군들과 자재인수원들, 신문기자들이 분주히 드나들기도 하고 경제선동사업을 위해 파견돼 내려온 배우들과 예술인들, 지원 나온 사람들이 마당에 앉아 자기들의 인솔자가 사무실에서 나오기를 기다리기도 하였다.

전창민 지배인이 작업복차림에다 모자를 눌러쓰고 현관에 나타나자 대기중에 있던 운전자가 지체 없이 '갱생' 승용차를 발동시켜 현관에다 갖다 대였다.

전창민은 차에 오르려다가 잠시 멈춰서버렸다. 사무실에서 계획부지도원이 비준문건을 들고 달려 나온 것이였다.

"무엇이요?"

지배인은 자동차 디딤판에 한 발을 올려놓은 채 뒤를 돌아다보았다. 지도원은 어찌나 급히 달려 나왔던지 말을 꺼내지 못하고 숨을 가라앉히느라고 씨근거렸다.

전창민은 그가 내민 비준문건을 대충 훑어보고 나서 그것을 무릎 우에다 올려놓고 수표를 해주고 차에 올랐다.

"지배인동지, 몇 시쯤 돌아오십니까? 아직도 비준 받을 문건이 남아 있습니다."

지배인은 문을 닫으며 밖을 향해 소리를 쳤다.

"지도원동무, 밤에 봅시다."

계획부지도원은 걱정스러운 듯 배기가스를 내뿜으며 달리는 자동차를 바라보고 있었다.

……자동차는 흰모래불우에 새로 다진 건설장 구내길을 달리고 있었다. 강철기둥들이 백사장 여기저기에 거목처럼 뿌리를 박고 서있었다. 자동차는 그 강철기둥의 숲을 이리저리 헤치며 갈색 도색칠을 한 엄청나게 큰 기둥 밑을 스쳐 지나갔다.

새로 아연도금을 한 고압전주탑이 해빛에 번쩍거리고 아직 불을 지펴본 적이 없는 새 굴뚝들이며 탑식기중기들이 하늘을 찌를 듯이 솟아올랐다. 하늘과 땅 곳곳에서 용접봉의 푸른 불빛이 번쩍거리고 눈길이 닿는 곳마다 오색기발이 펄럭이었다. 화물차들이 꼬리를 물고 허공에다 먼지를 말아 올리며 내달리는가 하면 굴착기와 기중기차들이 포신을 추켜든 땅크처럼 육중한 몸체를 끼우뚱거리며 지나갔다. 손에 용접면을 든 나이 많은 로동자 한사람이 길을 내주느라고 길가에 비켜 서있었다. 지배인은 불시에 차를 멈춰 세웠다. 그리고 차에서 내려 정중하게 모자를 벗어들었다.

"아바이, 그새 안녕하십니까?"

머리가 이미 백발이 된 용접공은 처음에는 어리둥절해 있다가 반색을 하며 마주 걸어왔다. 지배인은 웃사람과 나이 많은 년장자를 존대할 줄 알았다.

그는 아무리 바쁜 길에도 나이 많은 이 용접공 앞에서는 반드시 차를 멈쳐 세우고 짤막하나마 인사를 나누군 하였다. 해방직후 용광로를 복구하여 첫 쇠물을 뽑아낸 공로자의 한사람인 오랜 이 용접공은 년로보장 년한이 지난 지 이미 오랬으나 거듭되는 권고에도 불구하고 손에서 용접봉을 놓지 않았다. 그는 지금도 사람들과 마주앉으면 해방직후 용접면이 없어서 돋보기안경에다 고무신을 태워 그슬음을 올리가지고 용접을 하던 때 위대한 수령님께서 용접공들이 자외선을 받아 눈을 앓는다는 소식을 들으시고 친히 용접면을 보내주시던 일들을 감회깊이 회상하군 했다.

"그러지 않아도 지배인을 한번 찾아가자고 했네. 조용히 할 말도 좀 있고…… 그런데 좀처럼 지배인을 만날 기회가 있어야지."

로인은 마침 잘됐다는 듯이 길가에 쭈크리고 앉아 담배를 꺼내 물고 성냥을 그어댔다. 전창민은 난감하여 잠시 망설이다가 손에 쥐었던 모자를 눌러썼다.

"급한 일이 생겨 제관직장으로 가는 길입니다. 후에 다시 찾아뵙겠습니다."

전창민은 서운해 하는 로인에게 거듭 량해를 구하고 나서 차에 올라앉았다.

그러나 차는 얼마 못가서 다시 멈춰 서지 않으면 안 되었다. 바로 한시간전에 굴착기가 와서 제관직장으로 들어가는 자동차길을 거의 한길나마 파헤쳐놓았던 것이다. 지하 배관공사였다. 거창한 이 건설장은 끊임없이 땅을 파 헤집고 시시각각 지각을 변형시키 놓았다.

지배인은 차를 그 자리에 세워놓고 배관구뎅이를 기운차게 훌쩍 뛰여넘었다. 그러나 그는 얼마 못가서 맥이 빠지기 시작했다. 모래판에 발목이 푹푹 빠져 걸음을 옮길 수 없었던 것이다. 모래판을 벗어나자 이번에는 발밑에서 사각사각 슬라크가 밟히는 새 자동차길이 나타났다. 지배인은 다시 모자와 작업복 어깨 우에 용접봉의 불꽃이 내려앉는 고층 용접작업장 밑을 지나갔다.

건설장은 끝없이 넓다.

지배인은 바쁜 몸이였다.

25톤 기중기는 건설장의 거인이다. 그와 어깨를 겨루는 것은 고압전주탑과 아찔하게 새로 일떠선 굴뚝밖에 더는 없다. 그와 다정하게 속삭일 수 있는 것도 지나가는 흰 구름과 기러기 떼뿐이다.

25톤 기중기는 힘장수이다. 짐을 실은 60톤 화물자동차도 손을 내뻗치면 장난감처럼 닝큼 들어 높은 지붕 우에 올려놓을 수 있다.

지배인이 이곳에 당도하였을 때 기중기는 트라스우에 철판을 물어 올려 지붕을 씌우고 있었다. 지배인에게 있어서 이 탑식기중기는 결코 처음 보는 낯선 물건이 아니였다. 그러나 이 며칠째 이 기중기 때문에 신경을 써온 그에게 있어서 이전에는 평범하게 대하였던 이 물체가 오늘은 그 어떤 새로운 의의를 가지고 눈앞에 나타나는 것이였다.

전창민은 우선 25톤 탑식기중기의 거대한 몸체 앞에서 알지 못할 그 어떤 위압감을 느끼지 않을 수 없었다. 그는 머리를 힘껏 뒤로 제끼고 하늘을 찌를 듯이 아찔하게 솟아오른 기중기 끝을 오래도록 지켜보고 있었다. 지금 그의 마음을 사로잡고 있는 것은 다만 25돈기중기의 거대한 그 위용만이 아니였다. 이 육중한 물체가 가지고 있는 다른 한 측면, 신기하리만치 자유롭고 기민한 그의 움직임에 끌려들어가고 있는 것이였다. 마주보이는 지붕 우에 젊은 연공 하나가 서있었다. 그는 호각과 날랜 손동작으로 이 거대한 물체를 자유자재로 조종하고 있었다.

그가 가리키는 손길을 따라 기중기는 육중한 몸을 움직여 앞으로 걸어나가기도 하고 혹은 뒤로 움쭉 물러서기도 하였다. 때로 기중기는 허공에다 팔을 휘저으며 반원을 쭉 그리다가 높은 트라스 우에 문득 멈춰서기도 하였다. 기중기는 마치 감각을 가진 동물 같았다.

그 건물은 마치 신호공의 손끝을 지켜보며 그의 호각소리에 귀를 기울이는 곡마단의 길들인 짐승 같았다.

지배인은 어마어마한 이 괴물을 손가락으로 조종하고 있는 지붕 우의 그 연공이 마치 그 어떤 신기한 힘을 가진 장수와도 같이 돋보였다.

지배인은 밑에서 철판 네고리에다 기중기 고리를 물려주고 있는 한연공의 곁으로 다가갔다. 그리고 기중기 바줄고리에다 철판고리 하나를 걸어주며 물었다.

"저 동무가 누구요? 우에서 지휘하는 저 신호공동무말이요."

"우리 조장동무말이요?"

얼굴에 주근깨가 약간 있는 연공은 철판쇠고리에다 바줄을 매느라고 전창민을 쳐다보지도 않고 반말을 하다가 그가 지배인인줄 알아차리자 당황하여 삐뚤어진 안전모를 바로잡으며 군대식으로 대답하였다.

"최영길 동무입니다."

"뭐 최영길 동무라구?"

"예, 작년가을에 우리 작업반에 왔습니다. 군대에서 제대되자 바람으로 말입니다."

지배인에게 있어서 그것은 뜻밖의 대답이었다. 그가 연공경험이 불과 반년밖에 안 되는 젊은 제대군인이라는 것은 지배인도 알고 있다.

"그런데 벌써 신호조장으로 임명됐단 말이요?"

전창민은 믿기 어렵다는 듯이 다시 물었다.

"우에서 누가 임명한 것도 아니지요. 신호공에 대한 선택권은 전적으로 기중기운전공처녀들에게 있으니까요. 말하자면 행운이라고도 볼 수 있지요."

연공은 익살스럽게 이렇게 덧붙이고 나서 점직하듯 스스로 낯을 붉혔다.

제관조립직장에서는 연공들과 기중기운전공처녀들로 작업조를 무을 때 기중기운전공들이 마음에 드는 신호수를 선택하는 것이 상례로 되고 있었다. 그것은 운전공들과 신호수간의 긴밀한 협동동작만이 어려운 설비 조립작업을 성과적으로 보장할 수 있는 담보로 되기 때문이였다.

호각소리가 길게 울렸다. 땅에 늘어졌던 바줄이 차츰 팽팽해지면서 지배인이 딛고 섰던 철판이 움쩍움쩍 움직이기 시작하였다. 전창민은 머리를 뒤로 제끼고 서서 공중으로 높이 떠올라가는 철판을 한참 바라보다가 기중기의 운전실을 향해 걸음을 옮겼다.

지배인이 쇠사다리를 톺아 올라 운전실문을 처음 열었을 때 안에서는 낯익은 처녀 하나가 운전대에 올라앉아 한창 기중기를 운전하고 있었다. 두발이 땅에 닿지 않아 발밑에다 발판을 놓고 있었으나 퍽 야무지게 생긴 처녀였다. 지배인은 그의 작업에 지장을 주지 않으려고 잠시 비켜 서있었다. 처녀는 물어 올렸던 철판 하나를 지붕 우 제자리에 내려놓고서야 자리에서 일어나 깍듯이 인사를 하고 곁에 있는 걸상을 내놓았다. 그러나 처녀는 지배인과 마주앉아 다음 말을 미처 꺼내지 못한 채 다시 운전대에 돌아앉지 않으면 안되었다. 신호공의 호각소리가 들려왔던 것이다.

전창민은 쪽걸상에 걸터앉아 창밖을 내다보았다. 여기서는 아까 땅 우에서보다 훨씬 가까이 연공들의 작업 모습이 바라보였다. 안전띠로 몸을 가뜬히 죄여 맨 젊은 신호공이 쳐다보기만 해도 어질어질한 그 높은 곳에서 외나무다리와 같은 천장 트라스 우를 날쌔게 오르내리면서 작업을 지휘하고 있었다. 운전공처녀는 잠시도 놓칠세라 그의 일거일동을 지켜보면서 연공의 손과 호각소리에 따라 손에 익은 능숙한 동작으로 운전대의 손잡이를 조종하고 있었다. 처녀의 빛나는 두 시선이 측정계기의 예민한 바늘 끝처럼 연공의 손끝을 따라 움직일 때마다 육중한 25톤 기중기는 엄청나게 큰 그 팔을 허공에서 휙 내돌리기도 하고 연공의 호각소리가 처녀의 예민한 청각을 자극할 때마다 기중기는 아래로 쇠바줄을 천천히 내리우기도 하고 우로 감아올리기도 하였다.

지배인은 혼연히 정신을 잃고 운전공처녀를 바라보았다.

처녀의 빛나는 두 눈! 그것은 어마어마한 이 25톤 기중기의 눈이였으며 귀여운 처녀의 귀! 그것은 장대한 이 거인의 청각이였다. 커다란 이 거물의 충추신경이 바로 여기에 있는 것이였다.

지배인은 이 며칠 동안 자신이 어째서 이 25톤 기중기의 높이와 중량과 장대한 그 체대에 대해서만 정신을 팔고 이 거물의 중추신경인 운전공처녀를 보지 못했는지 리해할 수 없었다.

지배인은 오늘 하루의 행동계획을 바꾸어 잠시 만나보고 가려던 연공작업반에 눌러앉아 마술사의 채찍을 휘두르는 신호공도 만나보고 이 기중기의 중추신경인 처녀운전공과 더불어 기중기 이동문제를 상론하리라 결심하였다.

기중기이동문제를 풀기 위한 소참모회의는 밤 10시부터 지배인실에서 시작되었다. 지배인의 제의에 의하여 제관조립직장의 인공들을 대표하여 신호조장 최영길을 포함한 몇 명의 연공들이 여기에 참가하였다. 지배인은 낮에 기중기운전공 순금이를 여기에 꼭 참가시키라고 당부하였으나 근무교대를 채 하지 못한 관계로 오지 못했다는 얘기를 듣고 몹시 서운해 하였다. 그는 낮에 작업현장에 눌러앉아 그들의 일손도 도와주고 점심도 같이 나누면서 이 문제를 연공들과 진지하게 토론하였다. 아직 이렇다 할 묘안이 나온 것은 아니였으나 한 가지 결심만은 뚜렷해졌다. 그것은 공사기일로 보나 로동자들의 충천한 기세로 보나 이 기중기 하나를 이동하는데 종래대로 몇 달씩 긴 시간을 소비할 수는 없으며 로동자들의 힘을 잘 발동한다면 시간을 훨씬 앞당길 수 있겠다는 신념이였다. 기술자들의 의견을 종합하여 작성한 기술부장의 제안으로부터 토의가 시작되였다. 기중기의 팔을 해체하고 동체부분을 다시 세 토막으로 크게 분해하여 운반하자는 것이였다. 그렇게 되면 시간을 두 달로 단축할 수 있다는 것이다.

최소한도 넉 달이 걸려야 된다던 시초의 제안에 비해 시간을 절반으로 단축한 대단한 제안이였다. 혁신적인 대담성과 과학적인 타산이 안 받침된 이 제안을 기사장이 적극 지지하였다.

전창민 자신도 기술부장의 이 합리적인 제안을 나무랄 근거는 아무것도 없었다.

그러나 당장 새 구조물 조립전투를 벌려야 되겠는데 앞으로 두 달 후에야 기중기를 쓸 수 있다는 막연한 불만이 그의 가슴에서 꿈틀거렸다.

방안에는 담배연기만이 가득 차있었다.

지배인은 자리에서 일어나 환기창을 열어 제꼈다. 이때 신호조장 최영길이 자리에서 벌떡 일어났다.

"우리는 지금 강철고지를 점령하기 위하여 강행군을 하고 있습니다. 군대에서 말하면 기중기는 포와 같다고 말할 수 있습니다. 그런데 우리가 기중기 하나를 옮기는데 두 달씩 걸려서야 어떻게 적과 싸워 이길 수 있습니까. 때문에 저는 이 제안을 반대합니다."

지배인은 머리를 끄덕였다. 기술부장 역시 흥미 있는 표정으로 연공의 얼굴을 바라보았다.

그러나 기사장은 침울한 얼굴로 젊은 연공의 빳빳하게 일어선 앞머리를 지켜보고 있었다. 기사장은 그 어떤 경우에도 흥분을 억제하고 웃는 낯으로 상대방과 이야기할 줄 알았다.

"옳소, 동무의 말이 옳소. 그러자면 문제는 더 좋은 방도가 나와야 될게 아니겠소. 이 자리에서 우리가 들자는 것도 바로 그것이요. 다른 방도가 있으면 내놓고 토의해봅시다."

기사장은 웃으면서 그렇지 않느냐는 듯 좌중을 돌려보았다.

신호공은 흥분을 억제하느라고 앞사람의 의자등받이를 두 손으로 꽉 움켜쥐고 서있었다.

"아까 지배인동지가 돌아가신 다음에 우리끼리 모여앉아 방도를 더 연구해보았습니다. 우리의 의견은 기중기를 분해할 것이 아니라 통채로 자동차에 실어 옮기자는 것입니다."

"통채로?"

"네!"

"자동차에?"

"그렇습니다."

놀란 것은 기술일군들만이 아니였다. 지배인자신도 자기 귀를 의심하지 않을 수 없었다. 젊은 연공은 조리 있게 말을 이어나갔다.

"물론 25톤 기중기를 한꺼번에 실을만한 큰 자동차는 아직 이 세상에 없습니다. 그러나 작은 통나무들을 무이 큰 떼목을 뭇듯이 자동차 떼를 뭇는다면 이보다 더한 물체라도 능히 실을 수 있으리라고 저는 생각합니다."

회의장은 술렁거리기 시작하였다.

"자동차 떼를 뭇잔 말이지?"

"그렇습니다. 지배인동지도 아시겠지만 공병들이 여러 척의 작은 도하창(철선)우에다 널판을 놓고 큰 도선판을 만들어 땅크며 포를 운반하지 않습니까? 그런 식으로 60톤 견인차 몇 대로 말하자만 자동차도 선판을 만들어 싣자는 것입니다."

지배인은 그럴듯하다는 듯이 감탄하여 머리를 련속 끄덕였다.

"좋아, 싣는 것은 그렇게 싣는다 치고 그 큰 기중기가 움직이는 차 우에서 자빠지지 않고 서 있을가?"

지배인은 흡족한 얼굴로 능청스럽게 눈을 꿈벅거리며 그의 얼굴을 바라보았다.

"거기에 대해서도 좀 생각해보았습니다. 소형기중기차의 팔로 25톤 기중기를 량익측에서 부축해줄 수 없을가 하는 생각입니다. 말하자면 나무를 심고 받침대를 세워놓듯이 작은 기중기 팔들로 받침대를 받들어 따라가면서 부축해주자는 것입니다."

"동무의 말대로 자동차에 싣고 온다는 그 15리 길이 어떤 길이라는 것을 생각해봤소?"

말없이 앉아있던 기사장이 불쑥 물었다. 그의 음성은 점잖았으나 그 속에는 칠부지의 무모함을 꾸짖는 년장자의 너그러운 웃음이 섞여있었다.

"길이 물론 험한 줄 저도 잘 압니다. 그렇다고 이 바쁜 때 언제 로반을 닦고 침목을 깔아 레루를 놓겠습니까? 기중기 앞에서 불도젤로 직접 길을 닦으며 나가자는 것입니다. 공병들이 통로를 개척하듯이 불도젤로 길을 닦으며 그의 뒤를 따라 나간다면 두 달이 아니라 하루면 될 것 같습니다."

장내는 물을 뿌린 듯 조용하였다.

아무도 입을 여는 사람이 없었다.

지배인도 기사장도…… 회의장은 한동안 너무도 대담하고 너무도 엄청난 발기 앞에서 넋을 잃은 듯싶었다.

그러나 침묵은 오래 계속되지 않았다.

기술부의 어느 한 기사는 책상 우에 사업일지를 펼쳐놓고 연필을 달리더니 류동 상태에서의 25톤 기중기의 력학적인 중심모멘트에 대한 계산수자를 인용하면서 이 제안의 부당성을 론중하였다.

"이 동무가 납득할 수 있게 좀 더 쉽게 설명을 하면……"

곁에 앉았던 기사장이 주머니에서 상아물부리를 꺼내 성냥갑 우에다 거꾸로 세워놓고 물체의 관성법칙과 류동 상태에서의 중심모멘트의 변화과정을 젊은 연공이 납득할 수 있도록 설명하기 시작하였다.

기사장의 이야기가 끝나자 지금까지 한마디 말이 없던 기술부장이 자리에서 일어났다.

"25톤 기중기를 통채로 떠 옮긴다는 것은 흥미 있는 일입니다. 나는 기술적인 타산에 앞서 우선 연공동무들의 대담한 발기가 마음에 듭니다. 한 번 통이 크게 대담하게 생각하고 판을 크게 벌리는 것이 어떻겠습니까? 기술적인 난관은 연공동무들과 함께 우리 기술부가 해결해보겠습니다."

사람들이 술렁거리기 시작하였다. 기사장의 아량 있는 설명에 기울어지던 방안의 분위기는 다시 일변하였다.

결국 소참모회의는 연공들의 제안의 무모성을 론중하는 기사장의 너그러운 설명과 그 주장에 반격을 가한 기술부장의 제의로 하여 아퀴를 짓지 못하였다.

회의는 끝났으나 지배인은 흥분을 가라앉힐 수 없었다. 그는 뒤짐을 지고 텅 빈 사무실 안을 왔다갔다 하였다.

'자동차 떼를 못잔 말이지? 작은 도하창으로 큰 도선판을 무어 땅크를 운반하듯이 음……'

그는 문득 가렬하던 전생시기에 포의 리용률을 높일 데 대한 최고사령관동지의 명령을 높이 받들고 76 미리 련대포를 분해하지 않고 통채로 직접 고지 우에 끌고 올라가서 통쾌하게 적을 답새우던 일이 되살아났다.

'그때 나도 포병구분대 전투원들과 함께 련대장 견장이 달린 이 어깨 우에 포신을 떠받들고 험한 산벼랑을 기여오르지 않았던가? 포와 기중기, 비록 환경과 물체는 다르지만 본질적으로 무엇이 다른가. 그때의 그 정신 그 기백으로 오직 위대한 수령님의 교시 관철을 위해 어깨에 25톤 기중기를 떠받들고 일어선다면 못해낼 일이 무엇인가……그런데 관성의 법칙, 그 놈의 중심모멘트가 앞을 가로막는단 말이지……?'

지배인은 잠시도 앉아있지 못하고 방안을 왔다갔다 하였다.

"똑, 똑, 똑……" 문기척소리가 들렸다. 지배인은 걸음을 멈추었다.

"들어가도 좋습니까?"

녀자의 조용한 목소리와 함께 가볍게 문이 열리면서 기중기운전공 순금이가 들어섰다. 지배인은 반색을 하며 그를 향해 마주 걸어 나갔다.

"이제야 왔나? 앉소! 어서 여기 와 앉으라구."

그는 순금이 앞에 의자를 내놓았다. 그러나 운전공처녀는 의자에 앉으려하지 않고 서서 똑바로 지배인의 얼굴을 쳐다보았다.

"지배인동지! 이제 오다가 최영길동무를 만났어요. 그 동무가 지배인동지보고 뭐라고 하는지 아세요?"

전창민은 조금 허리를 굽히고 처녀의 깜박거리는 두 눈을 흥미 있게 들여다보았다.

"그래 영길이가 나더러 뭐라고 하던가?"

순금이는 난처한 듯 고개를 떨구었다.

"지배인동지는 군대 출신이기 때문에 통이 큰 분인 줄 알았더니 영 담이 작고 결단성이 없다고 해요."

"뭐? 내가 담이 작고 결단성이 없다? 하하하……"

지배인은 통쾌하게 웃음을 터뜨렸다.

"그러면 왜 참모회의에서 기중기문제를 뒤로 미루셨어요?"

"어째서 뒤로 미루었는가구?"

지배인은 여전히 미소를 띠운 채 천천히 뒤짐을 지고 방안을 돌아갔다. 그는 어쩌면 자기 집 응석꾸러기 딸애와도 같은 이 기중기운전공처녀와 이야기를 하는 것이 못내 즐거웠다.

"거기엔 상당한 원인이 있지. 알겠나? 지금 '힘의 물리적인 중심모멘트', '관성의 법칙'이 내 앞을 가로막고 있소. 그놈의 '중심모멘트'가……"

그러자 처녀는 눈빛을 빛내며 방실 웃었다.

"저도 영길 동무한테서 들었어요. 우리가 내놓은 의견을 반대하는 동무들은 물리학의 법칙만 알았지 인간이 그 법칙의 주인이라는 주체사상의 본질은 모르거든요. 그래서 '중심모멘트'에만 포로 돼 있는 거야요. 그리고도 우리더러 모른다고 오히려 깔보거던요."

지배인은 즐거운 마음으로 의자에 걸터앉아 담배를 꺼내 물었다.

"그래 '포로병'들이 동무들을 깔보고 있단 말이지?"

"지배인동지, 저희들을 믿어주세요. 우리는 25톤 기중기에서 나사못하나 풀지 않고 그냥 통채로 두 달이 아니라 단 하루 동안에 당이 요구하는 장소에 옮겨놓겠어요."

"그런데 무슨 방도라도 있나?"

"있어요. 우리는 다람쥐원리를 리용하려고 해요."

"뭐 다람쥐원리?"

"예."

처녀는 손등으로 입을 가리우며 웃었다.

"지배인동지는 다람쥐가 긴 꼬리를 가지고 몸의 중심모멘트를 조절하고 있다는 말을 듣지 못하셨어요?"

전창민은 입에서 물부리를 뽑아 쥐고 흥미 있게 처녀의 얼굴을 바라보았다.

"다람쥐가 회초리 같은 나뭇가지 끝에도 자유롭게 오르내릴 수 있는 것은 긴 꼬리를 가지고 몸의 균형을 옳게 조절하고 있기 때문이예요. 말하자면 다람쥐는 긴 꼬리를 가지고 몸의 중심모멘트를 조절하고 있는 거예요."

"아, 그렇군!"

지배인은 처녀의 이야기에 그만 정신이 팔려 자기도 모르게 피우던 담배를 재털이에 비벼 껐다.

"그래서 지배인동지."

처녀는 한걸음 지배인 앞으로 다가섰다.

"우리는 25톤 기중기의 팔을 떼지 않고 그 팔을 리용하려고 해요. 다람쥐의 꼬리처럼 말이예요."

"그렇지!"

지배인은 손으로 책상을 탕 치며 자리에서 벌떡 일어섰다.

"옳아, 이렇게 말이지. 이렇게 교예극장배우들이 줄타기를 하는 것처럼……"

지배인은 두 팔을 벌리고 몸을 좌우로 흔들며 동작을 시험해보았다.

지배인은 25톤 기중기를 이제는 통째로 자동차에 옮겨 싣고 갈수 있겠다는 흥분으로 하여 심장이 높뛰였다.

그러나 다음순간 그 어떤 불안감이 불쑥 머리를 추켜들었다.

'그러다가 만약…… 아니다, 아니다.'

지배인은 정색을 하고 머리를 설레설레 내저었다.

"지배인동지, 할 수 있습니다. 제가 책임지고 하겠습니다."

"안되오. 그렇게는 할 수 없소. 그런 위험한 기중기우에 나는 귀중한 우리 동무들을 올려놓을 수 없소."

운전공처녀는 한걸음 더 지배인 앞으로 다가섰다.

"안심하세요. 지배인동지. 제가 꼭 할 수 있어요. 기중기는 저의 몸과 같은 거예요. 저는 자기 팔을 놀리듯이 기중기 팔을 마음대로 움직일 수 있어요.

경애하는 수령님의 교시를 관철하는 길에서 난관이 제기되었다고 우리가 어떻게 주저하고 동요하고 물러설 수 있습니까.

지배인동지! 건설을 착수하는 첫 궐기모임에서 지배인동지자신이 말씀하지 않았습니까. 혁명하는 길에서는 죽어도 영광이고 살아도 영광이라고 말입니다."

지배인은 갑자기 눈앞이 콱 흐려져서 창문을 향해 돌아섰다. 어둠속 여기저기에서 용접의 불꽃이 튀고 있었다. 불비처럼 쏟아져 내리던 용접의 그 불꽃들은 차츰 하나로 융합되면서 갈수록 커다란 하나의 불덩이로 흐려졌다. 그의 눈앞에는 트라스 우를 오르내리며 기중기를 지휘하던 신호공의 모습이며 량손에 운전대를 틀어쥐고 잠시도 놓칠세라 연공의 일거일동을 지켜보던 처녀의 빛나는 두 눈이 자꾸 어른거렸다. '나는 어째서 여직 한 대오 속에 있는 이 동부들조차 알지 못하고 지내왔는가?'

'경애하는 수령님께서는 일군들이 항상 군중들 속에 들어가 사업해야 한다고 그토록 간곡하게 가르치시지 않으셨는가.' 그는 문득 아침 기사장에게 지휘관으로서 자기의 위치를 지켜야 한다고 말한 일이 되살아났다. '그러면 여직 지휘관으로서의 나의 위치는 과연 어디에 있었는가? 항일유격대지휘관들처럼 공격전투시에 맨 앞장에 서고 어려운 후퇴시기에 맨 뒤에 서 있었는가? 행군하는 때에는 대오 한복판에 서서 힘겨워하는 전사의 총과 배낭을 메다주기도 하고 부축해주기도 하였는가?'

전창민은 할 말이 없었다. 심심히 뉘우쳐지는 자기를 발견하는 순간 그는 몹시도 가슴이 아팠다.

전창민은 그래도 자신이 로동자들을 리해하고 있다고 생각하고 있었다. 늘 현장에서 로동자들과 함께 생사고락을 같이 한다고 생각하고 있었다.

그러나 지금 다시 돌이켜보면 그는 순금이 같은 이 건설장의 주인들을 알지 못하고 있었으며 그들의 곁을 바람처럼 스쳐지나가기만 하였다.

오늘아침 구내길에서 지배인을 붙잡은 용접공로인의 곁을 분주히 지나가벼렸듯이 그는 로동자들 속에 깊이 들어가 그들의 목소리에 귀를 기울일 줄 몰랐다.

'자기 위치에 들어서자! 항일유격대지휘관들처럼 전사들 속으로!

포병중대 전사들과 함께 76 미리 런대포를 어깨로 떠밀며 벼랑을 기여 오르던 그때와 같이 또다시 자기 위치에 들어서자!

전창민은 돌아섰다.

"한순금 동무! 돌아가서 오늘저녁은 푹 쉬시오. 그래야 앞으로의 강행군을 보장할 수 있소. 동무의 의견대로 25톤 기중기를 통채로 떠 옮깁시다. 그러기 위하여 우리는 늦어도 래일 중으로 행군출발준비를 끝내야겠소."

순금이 얼굴에는 감격의 파도가 물결쳤다.

"알았습니다."

처녀는 문을 열고 밖을 나가자 2층 층계를 구를 듯이 달려 내려갔다.

지배인은 쿵쿵 계단을 울리는 그의 잰 발구름 소리가 귀전에서 멀리 사라질 때까지 두 눈이 글썽해진 얼굴에 미소를 지으며 한자리에 굳어져 있었다.

출발준비는 해질 무렵에 끝났다. 지배인은 새벽부터 기중기를 차에 싣느라고 담배 한대 피울 짬도 없이 분주히 돌아갔다. 제판조립직장의 연공들이 어려운 이 사업을 직접 감당하였다.

그들뿐이 아니었다. 온 건설장이 떨쳐 나와 어려운 이 작업을 도와 나섰다.

기사장을 비롯한 기술일군들이 작업의 기술직지도를 맡아 드바삐 돌아갔다. 그리하여 25톤 기중기를 3대의 60톤 견인차로 무어진 련결차 때목우에 옮겨 실을 수 있었다. 대기하고 있던 4대의 소형기중기차의 무쇠팔들이 하늘높이 솟아오른 어미기중기의 량 옆구리를 떠받들었다. 견인차 앞에는 길을 다지는 두 대의 로라차가 서고 다시 그 앞에는 석대의 대형불도젤이 정렬하였다. 그리고 앞과 뒤에는 지휘차들이 서있었다. 그것은 마치 공격 출발진지를 차지하고 전투명령을 기다리는 기계화군단을 련상시켰다.

출발시간이 다가올수록 전창민의 가슴은 불안과 흥분으로 조여들었다. 그는 머리를 제껴 허공높이 솟아오른 기중기 한끝을 쳐다보기도 하고 견인차의 고무바퀴를 발끝으로 툭툭 다져보기도 하였다.

출발에 앞서 지배인은 기계화 행군대오에 망라된 전체 성원들을 한곳에 모아놓고 준비상태를 검열하였다. 그는 행군에서 지켜야 할 주의사항을 곰곰이 상기시키고 나서 오래간만에 군대식으로 구령을 쳤다.

"자기 위치 앞으로!"

정렬됐던 대오는 힘차게 첫걸음을 내디디며 각기 제자리로 흩어져갔다.

이동방송실의 확성기에서 울려 퍼지는 항일유격대행진곡이 사람들의 심장을 격동시켰다.

자동차들은 벌써 발동을 걸어 부르릉거리며 출발구령이 내리기를 기다리고 있었다.

25톤 기중기를 통채로 차에 실어 떠옮긴다는 소문은 이미 온 건설장에 퍼져 군중들이 떼구름처럼 밀려들었다.

지배인은 출발준비상태를 최종적으로 확인하고 나서 25톤 기중기를 옮겼다.

승용차 한대가 급히 달려오더니 그의 곁에 와서 멈춰 섰다. 그것은 항상 지배인을 따라다니던 그의 승용차였다.

운전사는 출발시간이 늦을세라 차에서 뛰여내려 지배인이 오르기를 기다렸다. 그러나 전창민은 그냥 차의 곁을 스쳐지나가면서 운전사에게 말하였다.

"차를 들여다 세워놓소. 나는 이제부터 이 동무들과 같이 가야겠소. 내 위치는 저기요."

지배인은 25톤 기중기의 운전실을 손으로 가리켰다. 그는 기중기를 향해 걸어 나가다가 긴장해서 기중기의 운전실을 바라보며 흥분한 목소리로 기술자들에게 무엇인가 작업지시를 주고 있는 기사장과 마주쳤다. 석양이 비낀 기사장의 얼굴은 오늘따라 몹시 수척해보였다.

전창민은 너그럽게 웃었다.

"기사장동무. 경애하는 수령님께서는 우리 일군들이 항일유격대의 지휘관처럼 언제나 로동자들 속에 들어가야 한다고 간곡히 말씀하시였소. 우리 지휘관들은 가장 어렵고 가장 힘들 때 싸우는 전사들 곁에, 전호 속에 같이 있어야 하오. 그러나 지난날 우리는 그들과 너무도 멀리 떨어져 지내왔소."

전창민은 기중기의 쇠사다리를 오르다가 걸음을 멈추고 밑을 굽어보며 큰소리로 웨쳤다.

"기사장동무는 맨 앞에 서서 불도젤로 새 길을 닦으며 나가시오. 출발 시간이 다 되였습니다. 빨리 자기 위치에 들어서시오!"

기중기운전실에서 곧추 내다보이는 지휘차 우에는 젊은 연공인 신호수 최영길이 기발을 손에 쥐고 출발을 기다리고 있었다.

지배인이 운전 칸에 나타나자 긴장하게 운전대를 틀어쥐고 앉았던 순금이 놀라운 듯 자리에서 일어섰다.

"앉소, 앉소. 나도 오늘은 여기 순금 동무 곁에 있어야겠소."

"네?……"

한동안 어리둥절해있던 순금의 얼굴에 감격의 물결이 세차게 파도쳤다.

운전대를 틀어쥔 순금의 손이 가늘게 떨렸다.

"준비들은 다 됐소?"

"네!"

"그럼 떠납시다."

신호공이 기발을 휘젓자 발동기소리가 갑자기 높아지면서 자동차 떼가 몸을 떨었다.

"출발!"

자신만만하고 신심에 넘친 지배인의 구령과 함께 어마어마한 기중기를 실은 련결차 떼가 움찔 앞으로 움직였다. 순간 건설장이 떠나갈듯 만세소리가 폭풍처럼 터져 나왔다. 운전대를 틀어쥔 순금의 손은 더욱 날쌔게 움직이였다.

지배인은 문을 열고 운전 탑으로 나갔다.

머리 우에서 기중기 팔이 다람쥐가 꼬리를 휘젓듯이 자유롭게 움직이면서 거대한 기중기체의 '중심모멘트'를 조종하고 있었다. 불도젤은 움찔움찔 용을 쓰면서 번뜩이는 삽날로 마치 이 땅 우에 아직 남아 있는 온갖 낡은 것들을 쓸어버리듯이 땅바닥을 고루 깎으면서 길 없는 벌판 우에 길을 내고 있었다. 그의 뒤를 이어 로라차가 땅을 다지며 지나갔다. 가지런히 늘어선 견인차들은 적진을 향해 밀려나가는 땅크서렬처럼 아무도 아직 밟아보지 못한 새길 우에 커다란 고무바퀴자국을 찍으며 서두르지 않고 천천히 앞을 향해 움직이였다. 요란한 발동소리가 벌판의 대기를 꽉 채우고 그들이 스쳐 지날 때마다 대지는 무거운 바퀴에 짓눌려 몸을 떨었다.

"순금이! 무섭지 않아?"

전창민은 몸에 익은 손동작으로 능숙하게 운전대를 조종하고 있는 기중기운전공처녀에게 말을 걸었다.

"무섭지 않아요. 지배인동지가 곁에 계시니 어쩐지 마음이 든든해요."

순금은 글썽한 눈으로 지배인을 쳐다보았다.

날이 어두워지자 여러 갈래의 탐조등이 그들의 앞길을 환히 비쳐주었다. 건설장의 수많은 자동차들도 불빛으로 이에 합류하였다. 오가던 자동차들도 잠시 길을 멈추고 그들에게 불빛을 한동안 던져주고서야 다시 길을 떠나군 하였다.

멀리서 바라보면 그것은 전등불이 환한 하나의 큰 도시가 어디론지 움직여가는 것 같았다. 지상과 공중의 곳곳에서는 무수한 용접봉의 불꽃이 밤하늘에 튀여 오르고 있었다. 25톤 기중기를 실은 장엄한 이 행진대오는 눈부신 그 축하의 꽃보라 속을 헤집으며 위대한 수령님께서 밝혀주신 강철고지를 향해 앞으로 전진하고 있었다. 1974.

『조선단편집3』, 1978

해빛을 안고 온 청년

리종렬

어디를 돌아보나 제련소의 모든 직장 주위는 깨끗이 정리되고 공지마다 록지를 산뜻하게 가꾸어 놓았으나 굴뚝직장 앞을 흐르는 물도랑만은 사람들의 관심 밖에서 망각되여 버린 듯 드러내놓인 채로 있었다. 도랑에 다리로 건너놓은 콩크리트 블로크가 언제, 무슨 까닭으로 동강이나 내려앉았는지도 알 수 없다.

물은 블로크우를 넘쳐흐를 뿐 아니라 건너가고 건너오는 사람들이 발을 적시지 않으려고 돌멩이나 슬라크 덩이들을 제멋대로 던져 넣어 넘쳐난 개울처럼 밖으로 흘러나와 질척한 들판을 넓혀갔다.

볼일이 있어 어쩌다가 굴뚝직장에 오는 사람들은 한 마디씩 욕설을 던지고 건너갔으나 굴뚝직장사람들은 웬일인지 군소리 없이 지나다녔다.

김준오는 고무장화를 신고 물도랑에 들어서서 삽으로 바닥을 파올렸다. 허리를 굽석거리는 바람에 작업복 웃주머니에서 삐죽 내민 계산척을 팔굽으로 툭 처넣고는 삽질을 계속했다. 그는 삽날에 굳은 것이 부딪칠 때마다 흐린데다가 기름얼룩까지 떠있는 물속에 손을 깊이 넣어 물때가 감탕흙같이 올라 미끈거리는 슬라크 덩어리들이며 돌멩이들을 더듬어 찾아 밖으로 들어냈다. 손바닥은 물로 팔굽 우까지 말할 수 없이 더러워졌다.

젊은 나이에는 이러한 일을 하노라면 어딘가 못 견디게 가려워나는 듯

한 착각에 이끌리기 쉽다. 김준오는 뒤덜미가 가려워났으나 손이 덮어서 어쩌는 수 없다. 그는 얼마를 더 삽질을 하다가 숨을 돌리느라고 얼굴을 쳐들어 앞을 바라보았다.

경사가 밋밋한 야산 우에 하늘 끝을 찌를 듯이 아찔하게 솟은 굴뚝이 보인다. 굴뚝에서는 재빛 연기가 소리 없이 뭉게뭉게 피여 오르고 있다. 옛날에는 저 연기 속에 섞여서 하루 수십 톤의 유색금속광석먼지가 날아났다고 한다. 재빛 연기는 속에서 거대한 활력이 뻗치는 듯 꿈틀거리며 피여 오른다. 그 연기를 넋 없이 치다 보느라면 이상야릇한 적막감을 체험하게 된다.

여러 생산부문으로부터 야산의 밋밋한 경사를 따라 굴뚝 밑동으로 기여오른 연도들이 밖에 드러내놓은 거목의 뿌리들처럼 보인다. 그 연도를 따라 광석을 처리하는 이 제련소의 모든 연기와 먼지들이 모여와서 굴뚝으로 빠져나가는 것이다. 줄달음쳐온 연도들이 한데 모인 곳에 전기수진실이 자리 잡고 있다. 전기수진이란 량극판의 심선들에 고압전류를 보내어 전기전도체인 먼지를 잡는 방법이다. 잡은 먼지들은 전기수진실 밑의 호빠에 끝을 붙인 관을 따라 야산기슭의 바다 쪽 면에 자리 잡은 회전로로 운반되여 다시 처리된다. 그 소형회전로가 생산하는 유색금속량은 물론 얼마 되지 않는다.

이 전기수진실 작업반과 회전로 작업반을 합해서 굴뚝직장이라고 부르는데 기술협의회나 행정모임에 참가해보면 그대로도 부르지 않는다.

"굴뚝! 굴뚝에서 왔소?"

"굴뚝에서 사람을 좀 내야겠소!"

이 직장 사람들도 누가 어느 직장이냐고 물으면 "굴뚝이웨다" 하고 대답했다.

김준오는 이런 부름이 제련소의 오랜 관습이려니 하고 리해해 보려고도 하였으나 사람들의 그런 모습에 비쳐볼 때 타협할 수 없는 것으로 귀에 거슬렸다.

그는 사람들의 출근길에서 마음을 흐려놓는 이 물도랑부터 치기로 마음먹었다. 이렇게 아무 소리 없이 앞장서 하노라면 사람들이 마음이 움직여 달려올 것이다.

김준오가 꺾어져 내린 블로크장을 들어 올리려 끙끙 힘을 쓰는데 뒤쪽에서 꽥하는 소리가 울렸다. 그것은 마른번개처럼 뒤더수기를 후려치는 소리였다.

"그만두라 ─ ."

돌아봤다. 용광로직장 옆을 에돈 길을 따라 걸어오던 굴뚝직장장 곽창억이 무춤 선다. 일을 하고 방금 나온 듯 거푸시시한 인상, 검스레한 얼굴…… 열기를 뿜으며 사납게 번뜩이던 눈이 그를 보자 부드러워진다.

곽창억이 사과하듯 어색하게 웃는다.

"하, 이거…… 소조원동문줄 모르고…… 회전로 영일이놈인줄로…… 이거 안됐수다."

이러한 때에는 걸쭉한 롱말로 맞장구를 쳐야 하는 건데 김준오는 그렇게 되지 않았을 뿐 아니라 생활에서 흔히 있을 수 있는 일을 가지고 오십이 넘은 사람이 사과의 말까지 하자 도리어 죄송스러워 얼굴이 뜨거워났다.

곽창억은 도랑에 들어서서 준오가 하던 일을 함께 거들었다.

그는 와살스럽게 일했다. 첨버덩거리며 흙탕물을 튕기였다. 자기 몸이며 정력을 마구 탕진해버리고 싶어 하는 사람 같았다. 그의 눈에서는 분기가 펄펄 타오르고 있었다.

'지배인실에 올라갔다더니 무슨 일이 있은 게구나……!'

김준오는 그 까닭을 파고들지 않았다.

얼마 후 두 사람은 전기수진실로 올라가는 비탈길을 가지런히 걷고 있었다. 굴뚝부근에는 어디라없이 연재가 깔려 발을 옮길 때마다 먼지가 일었다.

그들은 한동안 말없이 걸어갔다. 정서나 감정으로 보면 세월의 풍운 속에서 모든 것이 나무등걸처럼 굳어진 듯한 아바이와 미풍에도 잎새를 살랑대는 어린 백양 같은 젊은이, 나이로 보면 아버지와 아들벌이 되는 두 사람이었다.

굴뚝 밑을 거두는 일에 한생을 바쳐온 곽창억에게는 궂은일에 몸을 내바치는가, 뒤걸음질치는가로 사람을 가려보는 것이 골수에 깊이 박인 사고 방법이었다. 하여 그는 물도랑을 치는 이 젊은이에게 은근히 마음이 끌렸다.

바람에 옷자락이 날렸다.

곽창억은 바람에 이마살을 지프리며 젊은이의 얼굴을 훔쳐보았다. 남다른데 없이 수수하나 만만치 않아 보이는 얼굴에서 방정한 속마음이 그대로 내비칠듯한 유난히 맑은 눈이 은근한 온정을 날리며 웃고 있다. 그는 젊은이의 한쪽 눈섭 끝이 보일 듯 말듯 가느다란 흠집에 동강이 난 것을 보자 어릴 적에는 장난이 심했던 게라고 생각했다. 문득 그에게 제살붙이에게와 같은 정이 갔다. 그러자 곽창억은 무거운 숨을 후— 내쉬고는 풍상고초를 수많이 겪은 년장자의 도량을 보이며 슬그머니 귀띔했다.

"어째 하필이면⋯⋯"

김준오는 그를 돌아봤다.

"이런 데로 오겠소⋯⋯ 평양에서 이 한끝에 와서 혁명소조원으로 수고하는 바치고 왜 이런 데로 오겠소. 우리는 생산직장이 아니 돼서 성과를 못 내오. 전도가 양양한 나이인데 이왕이면 세상에 빛을 내고 돌아가야지⋯⋯ 공장에 소조가 왔다는 말을 듣고도 허, 설마 이 굴뚝 밑에까지야 오랴 하고 생각했다니까⋯⋯"

김준오는 머리를 수굿하고 걸으며 그의 말을 듣기만 했다.

"⋯⋯ 우리는 생산부문이 아니요. 이 제련소란 몸뚱이에서 생기는 모든 고약한 것들을 한데 모아서 배설해버리는데요. 왜정말기에 내가 첨 여기에 일자리를 구했을 때 왜놈십장이란 놈은 내 귀를 잡아당기며 '이놈아, 여기가 어딘 줄 알아? 어딘지 아는가 말이다.' 하면서 제 놈의 뒤⋯⋯ 망측스러운 데를 척척 때려보였소⋯⋯ 지내보니 제련소판로동자치구 우리처럼 수모를 당하며 사는 사람들이 없었소. 해방된 다음에야 그렇게 대하는 사람이 없었지만…… 어쨌든 우리를 좀 차요시하는 건 낡은 사상 잔재가 아니겠소. 우리는 꼭 있어야 되는 기관이면서두 눈밖에 나있는 셈이요. 생산을 내는 데가 아니니 지배인이 첫자리에 놓지 않을 수밖에 없지요…… 내 조용히 하는 말이니 새겨듣고 옮기지는 마시오."

그는 문득 걸음을 멈추더니 두 팔로 가슴을 부여안고 부르르 몸부림쳤다.

"젠장 뜰 작정이요!"

"직장장동지, 무슨 말입니까?!"

김준오는 가슴에 쌓인 분격을 터뜨려 부르짖었다.

곽창억은 주먹으로 제 다리를 치며 펄펄 뛰어올랐다.

"저 회전로에…… 로에 모래를 멕인다오! 지배인의 결심이요!"

"예?!"

"모래를…… 어헉, 모래를 멕이오."

곽창억은 목이 걸리여 회파람같은 소리를 냈다.

"직장장아바이, 좀…… 좀…… 차근차근 말해주십시오."

지배인실에서 열린 직장장들의 협의회는 한 시간이 지나도록 끝날 줄 몰랐다. 시에서는 도시를 새로운 면모로 꾸리는데 제련소가 도로포장용 아스팔트와 모래를 구워서 보장하기로 되었다. 로력과 운수기재도 긴장했지만 그 엄청난 량의 모래와 아스팔트를 빠른 시일에 구워내는 문제가 두통거리였다. 모두 머리들을 짜내고 속들이 상해서 줄담배를 피우면서 론의들이 오고가던 끝에 깊은 생각에 잠겼던 엄영선 지배인이 손바닥으로 책상을 탕 내리쳤다. 별수 없다. 지금 관계통이 고장이 나서 세워둔 회전로를 살려 모래를 구워내자. 운수직장의 대형화물차 10대에 시에서 보내주겠다는 자동차 10대를 합쳐 모두 스무 대로 금산포의 모래를 실어 나르자……

곽창억은 반대했다.

그 많은 모래를 구워내면 회전로가 못쓰게 되어 파철로 돼버릴 수 있다.

그것이 어떤 회전로인가, 관계통이 고장이 생긴데다가 회전로까지 그 모양이 되면 전기수진실에서 잡은 먼지는 자동차를 들이대고 호빠 밑으로 뽑아내서 버려야 한다. 그렇게만 되면 우리 직장 사람들은 내내 먼지 속에서 일해야 한다!

엄영선 지배인은 이것저것 고려해보는 것 같았으나 결국에는 그의 의견을 눌러버렸다……

"지배인동지야 넓은 범위의 사업을 맡아보니 여기 사정이나 사람들의 고충을…… 여기 사람들처럼이야 모를 수 있지 않습니까. 납득이 가게 설명하면서 왜 끝까지 주장하지 못했습니까!"

그 말에 곽창억의 얼굴에는 차거운 미소가 스쳤다.

"그 사람이 모르다니……"

"……?!"

"1차 5개년 계획 때까지만 해도 여기서 일했소. 허, 이 괴짜하고야 막역한 사이였지. 잔등을 때려달라고 하면 신통히 가려운 데를 알아맞히고 주먹찜질을 해주었거던……"

그의 눈에 따뜻한 빛이 어리는듯했다.

"마음이 후하고 텁텁한 사람이었는데 전화기가 주런이 놓인 책상에 앉으니 생산만 보이지 옛 친구야 눈에 들겠소. 엄영선이 그 사람하고 내 ……"

곽창억은 갑자기 말을 중동무이하고 서글픈 표정을 지으며 바다 쪽 하늘가를 바라보았다. 동지간의 의리를 저버린 엄영선에 대한 원망이 커서인지 아니면 나이로 보아 손아래인 젊은이 앞에서 옛 친구에 대한 험구를 한 것이 가책이 되어서인지 입을 다물어버렸다.

이때 저 우쪽 수진기실 호빠 밑에서 호각소리, 웨침소리…… 사람들이 뛰여나오고 화물차가 뒤걸음질쳐 들어가더니 소리 없는 폭발이 일어난 듯 먼지구름이 풀썩 피여올랐다. 그 재빛 먼지구름은 땅으로 기여가는 연기처럼 경사지를 따라 퍼져 내려오는가 하면 공중으로 솟구쳐 오르면서 그들, 두 사람까지 삼켜버렸다. 순식간에 눈앞이 흐릿해지고 숨이 막혔다.

곽창억은 먼지구름을 물리치려는 듯 손을 홱홱 저으며 역중을 터뜨렸다.

"생산이 끓는 데로 가야지. 이거야 어디……"

"사람들을 이런데 두고 혼자서…… 혼자서…… 간단 말입니까?!"

곽창억은 허리를 구부정하고 아래쪽으로 피하려다가 호빠 쪽으로 냅다 뛰여올라가며 무엇이라고 소리를 질렀다.

김준오는 머리를 수긋하고 먼지구름 속에 그대로 서있었다.

'지금이 어느 땐데…… 우리 공업이 자동화, 원격조종화의 시대에 들어 가는데 일군들의 무책임성으로 이런 구석이 남아있단 말인가. 투쟁하자!'

그는 가슴에서 터져 오르는 분격이 몸을 불사르는듯하여 자신을 깡그리 잊고 있었다.

엄영선 지배인의 승용차 '갱생 – 68호'가 발동이 걸린 채로 정문 앞에 서있었다. 운전사가 기관실뚜껑을 들어 올리고 안을 들여다보고 있었다. 스치는 눈길로 차안을 들여다보니 공장에서 나온 그대로인 검소한 좌석만 자리 잡고 있다.

이곳으로 처음 올 때 역으로부터 타고 와서 구면인 운전사가 김준오를 보더니 얼굴빛이 흐려졌다. 지배인동지를 만나러 오는가고 물었다. 그렇다고 대답했다.

"도에 올라갈 시간이 지났는데 너무 오래 붙잡지 마시오. 늘 늦어가지구는 빨리빨리…… 다그니 이 차만 녹아나지요."

대여섯 사람의 기술일군들에게 둘러싸여 설계문건을 보아주던 엄영선 지배인은 문을 열고 들어선 그를 보더니 반겨 눈인사를 하며 좀 기다려달라고 벽에 붙여놓은 장의자 쪽을 손으로 가리켰다.

김준오는 이런 푹신한 장의자에 앉아본 일이 없었던지라 모서리에 몸을 옹색하게 붙이고 잠시 앉아 있다가 복판으로 옮겨 앉으며 몸가짐을 편안히 하였다. 그는 가슴에서 후둑후둑 드노는 뜨거운 것을 달래려고 애쓰며 엄영선 지배인만 바라보았다.

　몸이 보기 좋게 난 엄영선은 이마가 벗어진 편이고 얼굴은 해볕과 바람에 그슬려 검스레 했다. 그는 회색 데트론양복 우에 흑곤색 작업복저고리를 걸치고 있었다. 기술일군들에게 조언을 주고 있는 그의 은근한 목소리, 몸 움직임이며 손놀림에서는 넓은 범위의 사업을 책임진 일군다운 미더운 인격과 유능한 자질이 느껴졌다. 저쪽구석에 서있는 옷걸개에는 겨울용 솜옷이며 고무비옷, 세면주머니까지 걸려있고 그 밑에는 고무장화와 로동화가 가지런히 놓여있다.

　기술일군들이 나가자 엄영선 지배인은 김준오 쪽으로 돌아앉아 무슨 일로 왔느냐는 듯 주의 깊은 눈길로 그를 보았다. 지배인의 한쪽 코바퀴에는 큼직한 기미가 붙어있다. 그것을 보자 곽창억의 말에서 받았던 인상과는 달리 이 사람도 보통 수수한 사람이구나 하는 느낌이 들면서 격렬한 론쟁을 예견하여 가슴속에 선뜩선뜩 별러두었던 말들이 무디여지는 듯했다.

　"지배인동지, 회전로문제를 의논해보자고 왔습니다."

　김준오가 곽창억의 말에 자신의 분석을 보태면서 이야기하기 시작하자 지배인은 신중한 얼굴로 수첩을 펼치더니 새 페지를 번져놓고 쓰기 시작했다.

　지배인이 자기가 제기하는 문제를 심중하게 들을 뿐 아니라 쓰기까지 하는 것을 보자 김준오는 한 마디 한 마디를 책임감을 가지고 말했다. 그의 말마디들은 타자지우에 찍히우는 활자처럼 선명하고 똑똑했다.

　그의 말을 마감까지 다 듣고 난 엄영선 지배인은 몸을 뒤로 젖히며 한숨을 내쉬였다.

　"굴뚝직장동무들이 나한테 의견이 많을 것입니다. 내내 생산만 안고 씨름하다나니 그 사람들한테 내려 가본지도 오랩니다. 무슨 협의회요, 여러 단위들의 회의요, 결재요, 예산토의요, 자재문제요, 판매문제요, …… 일을 할 줄 모르다나니 이렇게 뱅뱅 돌면서 몸을 빼지 못합니다."

　엄영선은 주먹으로 이마를 몇 번 두드리다가 말을 이었다.

"경제적 측면에서는 어디가 고장이 생겼다고 로를 그냥 세워놓기보다는 유용하게 쓰는 편이 낫습니다. 내라고 왜 가슴이 아프지 않겠습니까 …… 협의회가 끝나고 저 문으로 나가는 곽창억 동무의 얼굴을 보니 말이 아니였습니다. 그 사람 성미에 참기 어려웠을 겝니다…… 우리한테서는 모든 생산단위들의 수천 명 로동자들이 다 맑은 공기 속에서 일하는데 그 직장 사람들만…… 굴뚝에서야 어떻게 하겠습니까. 좀 참아야……"

엄영선은 이야기를 계속하면서 곽창억이와는 달리 옛 우정에 대하여서는 한 마디도 상기하지 않았다. 그 감정을 가슴속깊이 귀중하게 간직하고 아껴서인지, 그 시절을 까마득히 잊어서인지 그를 직장장의 위치에만 놓고 이야기했다.

"이 도시에서는 우리가 제일 큰 기업소입니다. 시행정위원회에서는 무슨 일이 생기면 우리를 크게 믿고 의거합니다. 로동 계급에 대한 사회적인 믿음인데 좀 괴롭더라도 참아야지요. 나는 이런 관점으로 일군들에게 늘 이야기하고 요구합니다……"

지배인은 또다시 큰 숨을 내쉬었다.

"언제까지나 이렇게 바삐 돌아치겠습니까. 이제…… 한숨 돌리게 되면 회전로도 계획에 물려 고쳐봅시다. 잘 고쳐봅시다. 그때에는 곽창억이네도 원격조종이 된 다른 직장들에서처럼 넥타이까지는 몰라도 좀 환해지겠지요……."

엄영선 지배인은 그날을 그려보는 듯 흐뭇한 미소를 지으며 두 팔굽으로 책상을 짚으면서 그를 마주보았다.

지배인의 몸에서 풍기는 책임일군의 름름하고 믿음직한 체취는 그의 말마디에 진실감의 무게를 달아주었다.

김준오는 어느덧 자기가 그를 납득시키고 있는 것이 아니라 그에게 설복되여가는 자신을 발견하며 물러지려는 마음을 다잡았다.

"지배인동지, 위대한 수령님께서 밝히신 3대혁명이 온 나라를 휩쓸고 있는데 어느 작은 구석에서라도 사람들이 먼지봉당에서 일하는 것을 보고 참을 수 있습니까?!…… 한순간이라도…… 정말 한순간이라도 참을 수 있습니까?!"

김준오는 지배인의 손을 뜨겁게 잡으며 말하고 싶었으나 그렇게는 하지 않았다. 장의자의 복판에 앉은 채로 말했다.

"저는 여기 와서 위대한 수령님의 현지교시를 연구했습니다.…… 위대한 수령님께서는 우리 제련소에 오시여 조금 남아있는 유해로운 가스와 먼지마저 말끔히 없앨 데 대하여 말씀하시지 않았습니까."

"그래서 전기수진장치를 설치하지 않았소."

"설치만 해서 무얼 합니까? 제대로 은을 내게 해야지요."

김준오는 더 말이 나가지 않았다.

엄영선은 얼굴이 근엄하게 굳어지며 분격에 떠는 거칠은 목소리로 조용히 말했다.

"내 립장에서 할 소리는 아니지만…… 유색금속연구소동무들이 일을 쓰게만 했더라도 이런 일은 애당초 생기지부터가 않았을 게요. 알고 있는지 모르겠는데…… 윤성학 동무는 학사학위도 있는 사람이요…… 그 사람이 책임지고 설계도 하고 시공도 봐주었다는 회전로가 며칠 돌아가다가 멎으니 그만이오. 티각태각 말썽이 생기니 얼굴도 안내미오. 창피해서 그러는지 왜 그러는지…… 유능한 기술 집단을 가지고 있는데 좀 와서 봐주었으면 인차 수습됐을 게 아니요…… 내 그저 섭섭해서 하는 소리지요……"

이때 전화종이 다급하게 울렸다.

엄영선 지배인은 송수화기를 들고 저쪽에서 오는 말을 한참 듣더니 책상에 펼쳐놓았던 수첩을 그대로 들고 몇 가지 통계수자를 불러주었다. 그의 눈길은 분명히 아까 번지였던 새 페지에 꽂히고 있다.

'내가 제기하는 문제만을 적은 것이 아니였구나!'

엄영선이 그를 흘끔 돌아봤다. 눈길이 마주쳤다. 순간 김준오는 뜨거운 물을 들쓴 듯 얼굴이 화끈 달아올랐다. 김준오는 엄영선을 외면하여 창문 쪽을 뚫어지게 쏘아봤다.

엄영선의 목소리가 아득한 곳에서 울려오는 소리처럼 들렸다.

"누구하고 띠를 풀어놓고 이야기할 사이도 주지 않지요. 전화가 온다, 사람들이 찾아들어온다……"

지배인은 문 쪽으로 걸어가는 것 같았다.

"이걸 좀 보시오 자, 이렇소!"

돌아봤다.

엄영선은 문걸개가 떨어져나간 자리를 가리켰다.

"두 시간 학습시간에라도 공부를 하면서 조용히 사색에도 잠겨보려고 며칠 문을 안으로 걸고 앉아있었더니 그사이에도 숱한 사람이 찾아와 문을 두드리는 것이 아니겠소. 허허허…… 생산만 따지면서 사람과의 사업을 안 한다는 비판을 받을 때면 좀 마음이 괴롭지요."

차창유리를 닦던 운전사가 눈을 크게 뜨고 그를 돌아봤다. 김준오는 지배인 방에서 어떻게 나왔는지 몰랐다. 귀안에서 바람소리 같은 것이 울었다.

자동전화수자판이 불이 일제 돌아갔다. '유색금속연구소! 유색금속연구소!' 윤성학 연구사는 몸이 아프다고 하면서 병원에 갔다고 했다. 시병원 접수과를 부르니 내과에 물어보라고 했다. 내과가 나왔다. 윤석학은 심장에 만성질환을 가지고 있는데 본인의 호소처럼 그렇게 중한 것은 아니라고 하며 며칠 쉬라고 진단서를 떼줬으니 집으로 돌아갔을 것이라고 알려주었다.

김준오는 저녁 무렵에 그의 집으로 찾아갔다. 동사무장이 대준 'ㄱ'자형 5층 아빠트를 찾아서 인민반장이 가리켜준 2층 9호실의 문을 두드리었을 때 직장에서 방금 퇴근해온 듯한 얼굴이 해사하고 눈이 아름다운 30대의 젊은 녀인이 그를 반겨 맞았다. 제련소에서 왔다고 하자 녀인은 얼굴이 해쓱해지며 눈길을 아래로 떨구었다. 가슴을 섬찍하게 하는 랭기가 풍겼다.

녀인은 새여 나오는 한숨을 감추며 남편이 집으로 들어오지 않았다고 말했다.

김준오는 이튿날 같은 시각에 또 찾아갔다. 문에 큼직한 자물쇠가 걸려 있었다. 밤중에 다시 찾아갔다. 자물쇠…… 깊은 밤중에 또다시 찾아갔다. 자물쇠……

'혹시……?!'

그는 불길한 예감에 사로잡혀 체신소로 달려갔다. 병원에 전화를 걸었다. 전화를 받은 직일녀의사가 어디로 갔다오는듯하더니 윤성학은 그 후에 병원에 온 일이 없다고 알려주었다. 다시 그 집으로 갔다. 그의 이런 행동에는 정의를 향하여 내달리려는 정열의 맹렬한 분출이 엿보였다.

김준오는 그 집 문 옆 벽에 비스듬히 기대서서 기다렸다. 팔을 깍지 끼고 머리를 수긋하며 눈을 내리감는다. 후야근으로 나가는 집들에서 들려오는 그릇들의 달그락 소리, 기침소리, 웅웅거리는 말소리, 웃음소리, 갓난아기의 울음소리…… 단란한 가정들에서 흘러나오는 생활의 화음에 몸이 녹작지근해지고 가슴에 따뜻한 것이 안개처럼 서린다. 그의 고향집은 여기로부터 천 리 밖 탄광마을의 불빛들 속에 있다.

김준오는 얼굴 바로 옆의 벽에 붙어있는 편지통에 눈길이 간다. 남의 집 편지통이나 자기의 고향집과도 잇닿아진 것 같다. 무심결에 편지통의 모서리에 볼을 스쳐본다.

'보고 싶은 어머니…… 고향의 탄부들을 잊지 않고 있습니다. 고향을 생각하면 밤하늘에 펄펄 타오르던 버럭산의 불길까지 떠오릅니다……'

마음속으로 어머니에게 편지를 써보는데 밑에서 웬 녀인이 와작 떠들어대는 소리가 났다.

"아니 이거 윤선생네 탄무지가 아니요. 비가 오면 어쩌누, 저 집에서 무슨 변이 났다니까. 량주가 온다간다 말 없이 다 없어졌으니…… 안사람이야 무슨 벼락이 쳐두 탄 건사야 해야지."

"오마니 - 어쩌겠수 - 안팎이 다 직장에 다니니 우리가 도와주자요.."

김준오는 아빠트 뒤뜰로 뛰여 내려가서 구멍탄들을 날라올렸다. 두 어머니가 시내에 시동생이 있다더니, 그런가고 묻자 적당히 대답해놓은 것이 그만 그렇게 인정되고 말았다. 입이 건 두 어머니는 탐나는 눈으로 그의 용모를 이리저리 여겨보고는 점잔을 빼면서 물러났다.

김준오가 그의 집 옆 복도벽에 구멍탄을 보기 좋게 쌓아놓고 옷을 털고 한숨 쉬는데 뒤에서 발자국소리가 났다.

외랑식복도의 흐릿한 불빛아래 키가 껑충하고 얼굴이 강마른 사람이 걸어오고 있었다. 그 옆에 가지런히 서서 걸어오는 얼굴이 해사하고 눈매 고운 젊은 부인을 보자 김준오는 그 사람이 윤성학이란 것을 인차 알았다. 그를 보자 녀인은 반사적으로 남편을 쳐다봤다.

윤성학의 얼굴에는 탐구적인 사색의 흔적이 력연했고 현명해 보이는 큰 눈에는 의분의 빛이 번뜩이였다.

"저…… 제련소에서 왔다던……" 하고 안해가 속삭였다.

김준오가 앞으로 다가서며 의논할 일이 있어 왔다고 하자 윤성학은 바다바람같은 찬 기운을 풍기며 그의 앞을 말없이 지나가버렸다. 그의 이런 행동은 가라고 소리치는 것보다 더 아프게 가슴을 찔렀다. 김준오는 밤길을 더듬어 몇 번이고 찾아왔던 일이며 체신소로 뛰여가던 일들이 떠올라 가슴이 뒤집혀지였으나 모든 것을 누르려고 머리를 수긋했다.

안해가 환자인데 너그럽게 여겨달라고 사과의 말을 두서없이 하며 팔을 끌었다.

그 녀자는 문 옆의 구멍탄무지를 보자 한숨을 지었다.

"동생네 집에 좀 들렸더니……"

김준오는 걸상에 앉아있고 윤성학은 창 곁에 서서 단풍잎무늬가 수놓인 휘장을 팔굽으로 건드리며 격한 소리로 웨쳐댔다. 흐느적이는 휘장에서 단풍잎들이 흩날려 오르는 듯 했다.

"……회전로에서…… 그 회전로에서 구워낸 모래와 아스팔트로 포장한 대통로로 나와 내 자식들이 걸어다니란 말이요?! 그 회전로는 물론, 금속먼지를 관으로 빨아들이기 위한 특수진공장치는 다년간의 탐구와 고심분투의 결과에 얻어진 창조물이요. 회전로에서 구워낸 모래와 아스팔트로

도로가 준공되면 사람들은, 저 녀석이 자기 노력을 헛되이 길바닥에 넣어 놓고 밟고 다니면서도 멀쩡하다고 할게란 말이요. 그늘진 뒤골목길로만 다니면서는 살수 업소. 나는 이 도시에서 살며 내내 가책…… 괴로움을 당하며 살아야 하오. 내가 무엇 때문에 그렇게 살아야 하오?! 그렇게는 살 수 없소…… 살 수 없소!"

윤성학은 처음에는 말을 삼가는 것 같더니 김준오의 저고리웃주머니에 꽂혀있는 계산척을 보자 같은 기술일군으로서의 리해력을 믿었던지 이렇게 날카로운 말을 탕탕 내쏘았다. 그는 이전의 일들을 상기하며 제련소에 대하여 예리한 말로 욕을 퍼부었다.

김준오는 자기가 없었던 때의 일로 험한 원망의 말을 듣는 것은 억울하지 않았으나 그가 '내 자식들', '나의 창조물'을 두고 운운하는 것은 마음에 걸렸다.

그는 상대편의 분기가 좀 누그러진 듯하자 의논조의 목소리를 내리려고 애쓰며 물었다.

"회전로는 며칠 돌아 안가서 왜 말썽이 생겼는가요! 원인이 어디에 있었는가요?"

그는 아픈 상처를 건드리면 발작을 일으키는 사람처럼 또다시 격해졌다.

"지금에 와서 그게 무슨 상관이요?!…… 나는 아무것도 모르오. 동무네 지배인하구 물어보시오."

그리고 윤성학은 그에게 등을 돌리고 창문 쪽으로 돌아서서 열려진 휘장짬으로 어딘가 거리 쪽을 내다보았다. 제련소 사람들과는 의사가 통하지 않아 말했댔자 헛된 공기의 배설에 지나지 않는다는 자세였다.

이런 외면에 격해진 김준오는 그의 오르내리는 등을 보다가 그만 참지를 못하고 의분을 터뜨렸다.

"저는 성학동지에게 기대를 가지고 찾아왔더랬습니다. 그런데…… 털어놓고 말합니다만…… 3대혁명이 벌어지는 우리 시대 높이에서 볼 때 낡은 관점에 물앉아 분격하고 있는 것 같습니다. 자신의 명예가 훼손된 게 그렇게 분한가요?!…… 로동자들이 먼지 있는데서 일하는 건 가슴 아프지 않습니까?! 누구를 위한 과학이고 기술인가요?!…… 먼저…… 무엇보다 먼저 로동자들을 놓고 생각해야 할 것입니다. 우리 시대 과학기술일군의 관점은 이래야 된다고 생각합니다. …… 낡은 관점입니다! 낡은 생활 감정입니다. 이게 어디 새 말인가요. …… 다 알면서도…… 분한 일이 아닙니까!"

김준오는 너무 지나쳤다고 생각했으나 그 지나친 것이 효과를 낸 듯 입을 닫아맬 기상이었던 윤성학이 반발대신 홍미와 호기심에 끌린 눈길로 그를 돌아봤다.

"그럼 내 한 가지 묻겠소."

"……?"

"일이 잘돼가다가 비뚤어지면 아무런 행정적인 힘도 없는 기술일군에게만 책임을 넘겨씌우려는 건 뭐로 되오. 낡은 관점이 아니요?…… 어째서 이런 일이 벌어졌는가. 원인은 간단하오. 회전로공사와 관조립을 설계대로 안 했소. 20미리 관을 써야 하는데 12미리짜리로 조립해버렸소…… 우리가 회전로공사를 한창 다글 때 공교롭게도 비료직장 보수공사가 겹치게 됐소. 그쪽에서도 20미리 관이 막대하게 필요했소. 지배인은 비료와 우리를 저울질해보다가 생산적의의가 더 큰 그쪽에 20미리를 다 주고 우리한테는 12미리를 내려먹였소. 그걸로도 된다는 거요. 기술협의회에서도 그 의견을 지지하는 사람이 많았소.

그런데 일이 어떻게 되었는가.

처음에 관이 메더니 그다음에 무서운 련쇄반응이 일어났소. 알겠지만 현대적 기계설비는 사람의 유기체처럼 모든 부분들이 정교하게 련관되어 있소. 사람이 구강이나 식도에 탈이 생긴 걸 제때에 고치지 않으면 위를 해치고 그 영향이 간으로, 폐로, 신장으로 퍼지며 합병증을 일으키는 것처럼 기계에서도 마찬가지요. 관이 메자 호빠 밑의 변조절장치들과 특수진 공장치들에 고장이 생겼는데 그것을 수습하지 않은 채로만 자꾸 돌리자고 하니 회전로 부속에도 이상이 생겼소…… 그러자 엄영선 지배인은 회전로전체가 설계에서부터 부족점이 많았다느니 시공도 잘못했다느니 하면서 나를 비난하기 시작했소. 학사가 했다는 게 이 꼴이냐고……"

관이 멘 것을 그대로 두고 회전로에서 모래를 구워내면 흐름이 막힌 강물처럼 먼지가 수진실에 차오른다. 전기전도체인 먼지더미의 웃면이 고압전류가 흐르는 극판의 심선들에 닿기만 하면 불꽃이 일고 고열이 생기면서 그것들이 녹아 끊어지고 맞붙을 수 있다.

"……이렇게 되는 판인데 정신들이 있는가 말이오! 그걸 막자고 로동자들 보고는 호빠에서 먼지를 자주 털어내라고 한다는데 여기저기서 자동화, 원격조종화 바람에 넥타이를 매고 일하게 됐다고 소리치는데 누가 그 일을 하기 좋아하겠소. 과연 누가 로동자들을 먼저 생각하오?"

김준오는 놀라움에 얼굴이 해쓱해졌다.

"그럼 누구나 수진실에 들어가 봐야 하지 않겠습니까?"

"일이 옳자면 엄영선 동지부터 들어가서 제 눈으로 하나하나 확인해보고 그런 일을 벌려야지…… 그러나 그걸 못 하오…… 흠, 모두 'O'가스를 꺼려하지, 수진실에 있는 'O'가스는 얼마 안 되오……. 제정된 시간 내에 나오면 아무 일도 없소. 그런데도 안 들어가오."

"윤성학 동지는 들어가 봤습니까?"

"유감스럽게도…… 생활이 유족해지고 사회적 지위도 마련되니 남의 고통쯤은 대수롭지 않게 여기게 됐소. 허허 글쎄 나야, 이래서 그랬다 치고 주인인 그 사람들은 어떻소? 로동자들을 사랑한다!

말로야 량심에 무슨 도색칠인들 못하겠소. 저대로 나가다가는 수진실이 어떻게 되는가보오."

"그래서 빨리 수습하자고 합니다. 우선 모래를 굽는 일부터 그만두게 해야 하겠습니다. 우리한테 힘과 지혜를 보태주십시오…… 도와주십시오!"

김준오는 진심을 담아 호소하였다.

"엄영선 지배인동무를 돌려세울 자신이 있소?"

"옳은 일이라면 왜 못 돌려세우겠습니까."

윤성학은 아까보다 더 짙은 호기심이 어린 눈으로 그를 바라보았다.

"참, 어느 부서에서 일한다고 했지……?"

당적직책이나 행정직위를 묻는 말이었다.

김준오는 가슴에서 새로운 분격이 치밀어 올랐다.

"저는 그 어떤 직책이나 직위가 문제를 해결하지 않는다고 생각합니다. 어버이수령님의 심려를 덜어드리려는 충실성이 중요하다고 생각합니다."

"옳은 말이요."

대답은 이러했은 그 눈빛에서는 '청녀, 어디 해 보게나……' 하는 대사가 울려나오는 듯했다.

윤성학의 안해가 바람결에 저고리고름을 날리며 그를 멀리에까지 바래주었다.

"…… 전…… 부엌에서 다 들었어요…… 불쾌해 말아요…… 평소엔 말이 적던 사람이 회전로문제가 생기자 어디가 잘못된 것처럼 신경이 날카로와져서 저래요. 사람이 막 거칠어지고…… 리해해 주세요.…… 첫 애기를 낳았을 때 들여다도 안 보던 이가 회전로를 조립하자 내내 나가 붙어살았지요. 그러다가 발을 뚝 끊었지요. 제련소와 담을 쌓았지요…… 글쎄…… 글쎄…… 본인이 저러니 전들 훤한 날이 있겠어요……"

부인의 목소리는 눈물에 젖어 떨렸다.

"아주머니, 용기를 불러일으켜주십시오.…… 연구소와 우리가 힘을 합치면 회전로를 소생시킬 수 있습니다. 저는…… 위대한 수령님의 믿음으로 제련소에 파견되여온 혁명소조원입니다. 김준오라고 합니다."

김준오는 무너지는 운명을 떠받드는 기둥처럼 한없는 기대에 차서 자기를 쳐다보는 녀인의 눈에서 눈물을 보았다.

작별하고 한동안 걸어가던 김준오가 뒤를 돌아보니 녀인은 그 자리에 움직일 줄 모르고 서서 지켜보고 있었다. 그는 다시 돌아서서 녀인에게로 다가가 어서 들어가라고, 윤성학에게 힘을 불어넣어달라고 부탁했다.

그는 녀인의 모습이 저쪽 아빠트 모퉁이에 사라진 뒤에야 돌아섰다.

가슴이 천근무게로 무거워났다.

저 멀리 시가 변두리에 우뚝우뚝 솟은 탑식 아빠트들에서도 몇 개의 창문들만이 불빛을 밝혀 그 모양이 바둑무늬처럼 보였다.

제련소로 들어가는 큰길에도 인적기가 드물어졌다.

형광등의 불빛이 밝고 시원하게 흐르는 길을 따라 김준오는 무거운 발걸음을 옮겨갔다.

앞에서 걸어가는 처녀들이 몇 개의 성부로 갈리여 은은하게 노래를 불렀다. 뒤에서 따라오는 청년들은 무엇에 대하여서인지 떠들썩하게 이야기하다가 숨이 끊어지는 소리로 웃어댔다.

이 깊은 밤에 도시의 수십만 명 주민들은 단잠에 들었고 자지 않는 젊은이들은 저렇듯 노래 부르고 웃으며 청춘을 즐기였건만 김준오, 그만은 얼굴에 그림자를 담고 사색에 사색을 거듭하며 걸어갔다.

과학기술의 론리적 사유에 습관된 그는 곽창억, 엄영선, 윤성학을 미지수의 자리에 놓고 그들과 나눈 이야기, 인상, 인간됨, 세 사람이 서로 얽힌 관계들에 대하여 분석, 종합, 추리하면서 하나의 뚜렷한 결론, 해답을 끌어내자고 애썼다. 여러 가지로 떠오르는 해답의 흐릿한 륜곽들을 지워버리고 또 지워버리고 다시, 또다시 분석, 종합, 추리…… 인간문제풀이에는 만능의 방정식이나 항수가 없는지라 사람들의 얽힌 관계에 대하여 처음으로 책임적인 립장에서 생각해보는, 그것도 자기 아버지벌이 될 뿐 아니라 경제부문의 중요한 위치에 있는 사람들에게 실질적인 도움이 될 결론을 끌어내자고 사색을 집중하는 이일처럼 그에게서 어려운 일은 없었다.

물도랑을 치며 그 밑바닥에서 풍겨오는 악취에 대하여는 혼연했으나 사람의 넋에서 흘러나오는 부정의 앞에서는 참지 못하여 인차 분격을 드러내는 것이 그의 약점이었다.

지금도 깨끗한 심장의 예민한 반응으로 흥분이 앞서고 피가 뛰여올라 랭철한 분석과 과학적인 처방을 내릴 수 없다.

'안 되겠어…… 같이 흥분해서 펄펄 뛰어올라서는 안 되겠어……!'

그는 길에서 물러나 어두운 공지 속으로 걸어 들어가서 넙적한 콩크리트 구조물에 걸터앉았다.

머리를 싸쥐었다 '…… 곽창억은 엄영선이 생산만 알면서 관심을 돌려주지 않는다고 영예감마저 없다. 엄영선에 대하여 옛 우정의 의리마저 저버렸다고 원망을 품고 있다…… 엄영선은 로동 계급에 대한 사회적인 믿음을 운운하면서 곽창억이더러 괴롭더라도 좀 참으라고 한다. 옛 우정에 대하여는 웬일인지 상기하지 않는다.…… 중요한 책임이 유색금속연구소에 있다고 말한다.…… 윤성학은 근본원인이 로동 계급에 대한 엄영선의 그릇된 관점에 있다고 본다. 그는 명예가 훼손된데 대하여 분격하며 엄영선을 원망하고 있다. …… 책임적인 자리에 있는 세 일군이 주인다운 립장에 서지 못하고 서로 책임을 밀며 원망을 품고 멀리하고 있는 그 어간에서 로동자들만이 괴로움을 받는다. …… 굴뚝직장사람들은 먼지에서 해방되지 못한다. …… 여기에서 사업범위로나 행정권한으로 보나 영향력이 큰 엄영선 지배인이 중요하다. 그 때문에 윤성학은 제련소와 담을 쌓았고 곽창억은 원망을 품고 있다. 한 책임일군의 사상과 작풍이 사람들의 마음을 이렇게 이그러뜨려 놓는가!…… 곽창억이나 윤성학이 주인다운 립장에 섰다면 투쟁해야지…… 아니 이 문제는 생각지 말자. 당분간 묻어두자…… 우선…… 누구보다도 우선 지배인이 중요하다…… 어째서 20미리관이 아니라 12미리 관을 돌렸는가? 관문제가 아니라 사상관점문제다. 그때 마침 비료생산이 긴장하게 물렸을 것이다. 그러니 굴뚝직장사람들이 먼지 속에서 일하는 것쯤은 뒤전에 돌렸을 것이다. …… 이번에는 생각지도 않았던 도로포장문제가 나섰다. 그런데 굴뚝직장 로동자들 문제가 또 제기되었다. …… 발등에 떨어진 불을 끄면 다른 고리에서 튄다. 그것을 수습해놓으면 또 다른 고리, 다른 고리에서 무엇이 튄다. …… 이렇게 피동에 빠져 바삐 돌아치다나니 3대혁명이라는 당의 중요한 로선에 서서 일을 능동적으로 내밀지 못하는 것이 아닌가…… 기본은…… 이 모든 것은 사람에 대한, 로동자들에 대한 그릇된 관점에서부터 생긴 것이 아닌가……'

생각에 생각을 거듭할수록 어제 엄영선 지배인 방에서 끝장을 보지 못한 채 나와 버린 일이 가슴 저리도록 후회되였다.

'위대한 수령님께서는 크나큰 믿음을 주시였는데 무엇에 눌려 그랬던가…… 푹신한 장의자에도 편안히 못 앉았지…… 에익, 못난 것!'

가책, 초조감, 알 수 없는 조바심이 가슴을 들볶았다.

김준오는 공지에서 나와 제련소 쪽으로 걸음을 다그쳤다. 지배인을 만나야 했다.

지배인실 방문은 굳게 잠겨있었다. '또 팔짱을 끼고 기다려볼 것인가……'

조직계획부 지도원이 복도로 지나가면서 지배인이 용광로직장으로 나갔다고 알려주었다. 용광로직장에서는 비료직장으로 갔다고 했다. 비료직장으로 쫓아갔다. 지배인은 거기에도 없었다. 좀 전에 항사업소에 급한 볼일이 생겨 차를 타고 나갔다는 것이다.

김준오는 여러 직장들로부터 뻗어온 길들이 합쳐져 소광장 비슷하게 넓어진 갈림 길목에까지 걸어 나와서는 허망한 생각에 어찌할 바를 모르고 서성거리였다. 이때 정문 쪽으로부터 뻗어온 중앙구내길로 여러 대의 화물자동차들이 먼지바람을 일으키며 들이닥쳤다. 차 행렬의 뒤쪽에서 울리는 웨침이 채찍소리처럼 고막을 때렸다.

"그게 뭐요?"

"보면 몰라, 금산포모래요－"

김준오는 가슴이 철렁 내려앉았다.

'아니…… 벌써……?!'

코앞을 스치는 화물차의 바람에 그는 뿌리워나가듯 뒤걸음질 쳤다. 련달아 들이닥치는 차의 전조등불빛이 얼굴을 후려 갈기였으나 그는 손으로 눈앞을 가릴 넘도 못했다.

그는 화물차 행렬이 다 지나간 뒤에도 한동안 서 있다가 회전로 쪽으로 뛰여갔다.

회전로둘레에서는 화물차들에서 모래를 부리우느라고 벅적 끓어 번지였다. 여기저기에서 모래폭포가 쏟아져 내렸다. 그 옆에 뜬 분위기에 휘말려들어 아무 일도 손에 잡지 못하고 헛 뛰여다니는 곽창억의 모습이 보였다. 적재함 모래더미 우에 삽을 짚고 서있는 로동자가 그를 보며 큰 소리로 웨쳐댔다.

"여보게 창억이, 잠잠하던 회전로가 기세를 올리게 됐구먼—"

머리며 어깨에 모래를 들쓴 곽창억이 그를 향하여 팔을 크게 벌리였다.

"자, 내 입에두 모래를 퍼넣게, 퍼넣어."

김준오는 탄알처럼 날아들어 그의 팔을 잡아 외딴 데로 끌어냈다.

"그러지 말아요! 사람들 앞에서…… 사람들 앞에서 뭡니까?!…… 그러지 말아요!"

그의 눈에서는 불꽃이 튀였다.

곽창억의 크게 뜬 눈이 '그럼 어떻게 하라우?' 하고 묻는듯했다.

"직장장동지까지 여기서 한데 섞여 돌아가면 어떻게 합니까, 수진실을 돌봐야지요!"

"수진실?!…… 이런 판을 벌린 지배인이 어련히 생각하지 않을라구."

"그래도 주인이야 직장장동지가 아닙니까. 책임지는 립장에 서야지요."

"주인…… 주인…… 내가 진짜 주인이라면 지배인이 우리 고충을 알아줘야 할게 아니요. 그런데 어디 의견이나 들어주오?! 귀맛이 좋아…… 말로야 무슨 치레인들 못하겠소."

"직장장동지!"

이때 저쪽에서 누구인가 그를 다급하게 불렀다.

"직장장동무, 이거 어떻게 하랍니까?"

"젠장!"

곽창억은 홱 돌아서서 그쪽으로 걸어갔다.

김준오는 그에게서 자기로서는 감당해낼 수 없는 완력과 비슷한 그 무엇을 느끼자 억울한 눈물 같은 것이 목구멍을 채우며 숨이 막혔다.

"직장장동지! 저보다 나이로 봐도 어버지벌인데 이렇게 무책임할 수 있습니까?!"

분명히 소리를 내여 웨친 것도 아닌데 걸어가던 곽창억이 흠칫 놀란 듯 뒤를 돌아봤다.

"그럭저럭 잘되겠지요. 소조원동무, 들어가 쉬시오－"

김준오는 자기 존재가 여느 때 없이 왜소하게 느껴지면서 둘레에서 거창한 안개바다가 소용돌이치는 듯 모든 것이 흐려졌다.

그는 어디라 없이 걸어갔다. 끝 모를 어둠속을 헤염쳐가는 듯싶었다.

가로질린 쇠가름대 같은 것이 앞을 막았다. 어느 건물의 울타리였다.

김준오는 쇠가름대를 으스러지게 잡고 거기에 이마를 박고 비비였다.

……대학생 김준오는 알루미니움합금공업의 전문가가 되려고 공상했었다. 모든 것이 검은빛으로 물든 탄광촌에서 나서 자라 철없는 어린 시절부터 남달리 희고 번쩍거리는 것에 대한 동경이 이 길로 이끌었던가. 아니 그런 것도 아니다. 알루미니움합금공업, 그것은 조국의 현대화에 필요했다. 조국이 필요로 하는 그 초소에서 한생을 바치려는 청춘의 열망, 열망만 하면 이루어지기 마련인 우리 사회의 고마움, 이 두 요인의 결합이 휘황찬란한 대학 강당에 앉혀주었다.

그는 대학 첫 학년에서 일반과목학습이 끝나자 곧잘 알루미니움공업에 대한 탐구에 투신하였으며 그 일에 첫사랑에 빠진 사람처럼 열중했다. 그는 강실에서 강의를 받은 것에 만족하지 않고 대학도서관과 국립도서관에서 알루미니움광산의 개발, 새 생산기지의 창설, 알루미니움공업에서 준칙으로 삼아야 할 전력소비량의 감축, 알루미니움합금공업, 그 합금강의 다양한 용도에 대한 지식을 넓혀갔다. 그는 젊은 열정을 외딴 데에 헛 흘려버리지 않아 내내 다니는 길은 대학과 도서관사이의 지름길이었다. 미래에 대한 희망에 대한 가슴이 벅찼던 그는 대학과 도서관의 층계를 두세 계단씩 건너뛰면서 오르내렸다.

어느 날 그를 이 알루미니움의 세계에서 이끌어낸 격동적인 일이 생겼다.

대학 학장이 강당에 졸업반학생전체를 모아놓고 다음과 같이 말하였다. 래일 만수대의사당으로 가니 모두 준비하라, 짤막하나 의미심장한 지시였다.

대학기숙사의 공기는 설레였다. 모두 소리 없이 목욕을 하고 리발을 하고 밤새워 옷들을 다리고 구두들을 닦았다. 그리고 새 수첩을 준비하는 것도 잊지 않았다.

형광등 불빛이 휘황찬란한 의사당 안은 전국의 대학생들로 가득 찼다.

어버이수령님께서 연단에 나오시였다.

대학생들은 대양의 파도처럼 일어나며 환호하였다. 폭풍처럼 장내를 휩쓰는 감격과 흥분의 선풍아래에서는 눈물의 소나기가 흩날렸다.

어버이수령님께서는 손을 거듭 저으시며 진정을 하고 앉으라고 이르시였다. 오랜 순간이 흐른 뒤에야 물을 뿌린듯한 정숙이 깃들었다.

어버이수령님께서는 대학생들에게 세계혁명과 나라의 혁명정세, 나라의 전반적인 경제형편을 터놓고 말씀하시였다.

수령님께서는 오래동안 당에 충실하여온 경제부문일군들의 준비정도와 그들의 사업형편에 대하여 말씀하시며 청년 인테리들이 나라의 모든 경제부문으로 내려가서 그들을 도와줄데 대하여 간곡히 가르치시였다.

의사당 장내의 뒤쪽에 앉아 어버이수령님의 말씀을 심장에 새기던 김준오는 그 사랑, 그 믿음을 가슴에 안기에는 너무나 아름이 차 앞좌석 등받이 뒤에 머리를 숙이고 뜨거운 것을 삼키였다.

그날 김준오는 의사당에 갔던 기숙사의 동무들과 함께 밤이 깊도록 수도의 거리들을 거닐었다.

혁명의 전위에 세워주신 어버이수령님의 크나큰 사랑과 믿음에 청년들은 새 인간으로 탄생된 듯 전에 없이 름름하고 당당해보였다.

고요가 깃든 수도의 하늘에 새벽3시를 알리는 평양역사 시계탑의 구성지고 장중한 종소리가 은은히 흐를 때 김준오는 기숙사로 돌아와 행복에 겨워 침대에 몸을 던졌다. 그리고 잠에 들었다.

　혁명소조원들을 태운 렬차는 환송의 꽃보라와 취주악 속을 누비며 조국의 각 방향을 향하여 시간에 따라 련이어 떠났다.

　그날은 하늘에서 해빛이 쏟아지는가 하면 누눅한 봄눈이 푸실푸실 날리는 류다른 날이였다.

　김준오는 차창밖에 얼굴을 내밀고 수도의 하늘이 날려 보내는 눈송이를 한껏 맞았다. 그는 정든 모든 것에 작별의 눈인사를 보냈다. '천리마거리, 체육관, 보통강유보도…… 아, 국립도서관은 어디인가…… 비파거리…… 높아지는 차륜소리…… 거리들이 흐른다. 고층건물들이 흐른다. …… 어디를 보나 조국의 수도는 새 비약의 시기에 들어선 듯 생신한 활력으로 거창하게 약동하고 있다. 차륜소리, 차륜소리……' 얼굴을 스치는 눈송이들이 녹아내려서인가 뺨으로는 뜨거운 것이 흘러내렸다. 옆 차창에서 어느 다감한 친구가 즉흥시를 읊조렸다.

　수도여 잘 있으라!
　대학이여, 거리여, 가로등이여, 유보도여!
　우리 청춘을 즐겼던 모든 곳이여 잘 있으라!
　동무들이여!
　어버이수령님의 품에서
　3대혁명의 큰 길에 날아오른 혁명 전위여!
　위대한 태양의 해발로 되어
　천백만 대중의 심장을 불태우며
　조국을 떠메고 앞으로,
　3대혁명의 큰 한 길로 앞으로!
　'이 길에서 우리 청춘을 다한들, 한 목숨 진들 아까울 것 무엇이랴

떠나자, 혁명 전위여
잘 있으라 수도여!'
　김준오는 쇠가름대를 잡은 채 머리를 쳐들어 밤하늘에 한 벌 깔린 별들
을 쳐다보았다. '그들은 지금 어디서 무엇을 할 것이며 어떠한 난관에 부
딪쳤을까……'

　이 길에서 우리 청춘을 다한들, 한 목숨 진들 아까울 것 무엇이랴.

　김준오는 이 밤 소조책임자를 만났다. 그리고는 곽창억을 찾았으나 모
래 실으러 가고 없었다. 그는 로보수가 끝나가는 용광로직장에 찾아가서
이것저것 살펴보다가 열풍기 옆으로 갔다. 그는 열풍기 곁에 선 로동자에
게 로에는 언제부터 열풍을 보내며 그때 굴뚝 밑 연도안의 온도는 몇 도인
가, 지금은 연도안의 온도가 몇 도인가고 물어보았다. 로동자는 대학생의
탐구심에 감동하였던지 모든 것을 친절하게 가르쳐주었다. 김준오는 정류
기실에도 들리여 수진기실에 보내는 고압전류의 총스위치 앞에 걸상을 놓
고 앉아있는 아바이에게 이 총스위치를 끄면 전기수진실안의 극판들에서
몇 분이 지나 전기가 완전히 가시여 지는가, 그때 수진기실안의 'O'가스의
희석도가 얼마나 낮아지는가를 두루 물어보았다. 늘 한적하게 지내던 아
바이는 말동무가 생긴 것이 기뻤다. 그리고 대학생이 사업상용무가 아니
라 젊은이의 호기심으로 묻는다는 것을 알고 전기수진실로 내려가는 망호
루 문짝까지 열어 보이며 지난 세월의 고생살이 옛말도 섞어가면서 즐거
운 이야기판을 벌렀다.
　김준오는 아바이와 오래동안 마주앉아 있었는데 이 밤 그들이 무슨 이
야기를 했는가를 아는 사람은 아무도 없는 듯싶었다.

　이튿날 오후 전기수진실우의 콩크리트 바닥은 돌사태가 쏟아지는 듯한
발자국소리들에 울리고 정류기실문이 벌컥 열리고 사람들이 뛰여들며 나

오며 부딪치기도 하고 좁은 복도로 뛰여오며 붐비기도 했다.

곽창억이 정류기실아바이의 팔을 와락 잡아 홱 돌려세우며 천장이 허물어져 내리게 소리쳤다.

"왜 - 알리지 않았는가 말이요 - ?! 제일 아껴야 할⋯⋯ 아껴야 할 소조원동무가 연도에 들어갔는데 왜 - 알리지 않았는가 말이요 - ?!"

정류기실 아바이는 눈에 불을 번뜩이며 그보다 더 기세를 높여 부르짖었다.

"아껴?⋯⋯ 아긴다구 - ?! 입에 연재를 한 삽 떠 넣기 전에 입을 닫아 - !"

아바이가 직장장이고 뭐고 가리지 않고 년장자라는데 턱을 걸고 험한 소리로 줴박는 통에 그 괄괄한 곽창억이도 기가 꺾이고 말았다.

"소조원이⋯⋯ 젊은이가 우리 굴뚝직장사람들을 먼지에서 해방시키겠다구 그렇게 속이 타서 돌아갔는데 어떻게 도왔어?⋯⋯ 어떻게 도왔는가 말이야?!⋯⋯ 다 같구 같애! 그런 소리 말구 이 신작칙의 모범이나 배우는 게 좋네⋯⋯"

아바이는 우들렁거리며 사람들을 정류기실에서 떠밀어내고 열어놓은 전기수진실 총스위치에 눈길을 흘깃 주었다. 그리고는 걸상에 앉아 젊은이가 맡기고 간 대학생 모자를 무릎 우에 올려놓고 쓰다듬어보며 눈을 꾹 내리감았다.

김준오는 미궁과도 같이 아무것도 가늠할 수 없는 어둠의 나락 속으로 자기 몸이 날아 떨어지는 순간 '발을 헛디뎠구나!' 하는 생각이 가슴을 쳤다. 그는 연재가 가슴을 치는 연도 속에 빠지고 말았다. 어둠속에서도 눈앞이 뿌옇게 흐려지며 숨이 컥 막혔다. 후끈한 기운이 몸을 휘감았다. 밋밋하게 경사지어 올라간 듯한 연도우로부터 맹수의 영악한 표호 같은 '우 -우 - 욱' 하는 소리가 나면서 불가항력적인 힘이 가슴을 서서히 떠미는 것이었다. 소름이 끼쳤다. 연도바닥에 쌓였던 먼지들이 그가 떨어지는 충격에 정지상태의 균형이 파괴되면서 아래로 내밀리는 것이다. 그는 뒤걸음질 치면서 손바닥으로 연도벽을 쓰다듬었다. '쇠꼬챙이 같은 것이 손에 잡힌다. 연도로 오르내리기 위한 발디디개인가? 전신의 힘을 손아귀에 모아 그것을 꽉 틀어잡는 순간……' 아니 그 찰나적인 순간보다 먼저인지도 모른다. 쇠몽둥이같이 미욱하게 사정이 없는 힘이 그의 몸 밑둥을 탁 쳤다. 그의 몸은 먼지의 사태 우에서, 강물의 급류 속에 내리 드리운 나무가지처럼 춤을 추었다.

쇠꼬챙이를 두 손으로 틀어잡은 김준오는 팔굽이며 어깨박죽이 빠져나가는듯했으나 그 아픔을 느끼지 못했다 만수대 의사당의 그날이 떠올라서였다. 그리고 어머니와 동생들…… 밤마다 타오르던 버럭산의 불길…… 그는 팔을 힘껏 잡아당기며 몸을 우로 끌었다. 김준오는 썩 후날에도 자기가 무슨 힘과 기지로 한 뽐이 되나마나한 쇠꼬챙이 우에 몸을 올려 세울 수 있었던가를 설명하지 못할 것이다. 두 번째 우의 쇠꼬챙이를 틀어잡은 그는 연도벽의 발디디개들을 따라 수진실로 기여오를 수 있었다.

흐릿한 조명등빛이 수진실안을 어슴푸레하게 비쳤다. 한결 가슴이 시원해졌다. 비로소 가슴이 방망이질 하는 것을 느꼈다. 그는 숨을 험하게 몰아쉬며 입안에서 깔깔한 것들을 내뱉었다.

'먼지…… 먼지…… 퉤…… 원쑤처럼 가증스러운 놈…… 퉤…… 퉤……'
그는 혐오감이 가라앉은 다음에야 수진실안을 둘러보았다.

그는 전기수진실이 있다는 것을 알았지만 이렇게 어마어마하게 큰 세계인 줄은 몰랐다.

고압전류가 흘러들게 된 극판들로부터는 먼지를 잡기 위한 심선들이 촘촘히 아래로 드리워져있다. 아, 어버이수령님께서는 로동 계급을 먼지에서 해방시켜주시기 위하여 이런 어마어마한 설비를 사람들의 눈에 보이지도 않는 곳에 갖춰주시고 나라에 그처럼 긴장한 전력을 아낌없이 보내주시였구나! 이 순간 그의 눈에는 그것들이 단순히 심섬들인 것이 아니라 땅 우의 모든 생활을 비쳐주고도 모자라 지심 속 깊이에까지 뚫고 들어온 어버이수령님의 위대한 사랑의 빛살로 보였다. 갑자기 심선들이 눈부신 광채로 번쩍이며 자기 가슴도 환히 비쳐주는 듯했다. 가슴속에서 뜨거운 것이 설레였다.

'수령님……!'

청년은 울었다. 로동 계급을 아껴주시는 어버이수령님의 사랑에 목이 메고 가슴이 벅차올랐다.

두 가닥의 심선이 한데 녹아 붙은 것을 발견한 것은 얼마 후였다. 그는 자기 눈을 의심했다. 가까이 가서 만져보기까지 했다.

'이러구이 무슨 충실성을 말할 수 있는가……?!'

눈에 불을 켜고 심선들을 살펴보고는 다음 수진실로 가보았다. 거기에도 한 가닥의 심선이 아래 부분이 녹아서 끊어진 것이 보였다. 그는 자기의 피줄 하나가 끊어진 듯한 저린 아픔을 느끼며 심선들을 살피고 또 살펴보았다. 물론 화김에 한 소리겠지만 여기를 뜨고 싶다던 곽창억의 얼굴이 떠올랐다. 분격이 치밀었다. 들어올 때 정류기실아바이하고는 첫 수진실만 보고 나오겠다고 약속한 그였건만 이제는 그냥 돌아설 수 없었다. 어디엔가 또 끊어진 심선이 있을 것 같은 불안감이 가슴을 옥죄어서였다. 그는 눈에 불을 켜고 다음 수진실, 다음 수진실로 옮겨갔다. 그러다가도 끊어진 데를 발견하면 한동안 그 앞에 멈춰있었다. 기억력이 비상한 그였으나 그 자리를 눈에 익히며 머리속에 깊이 새겨두는 것이었다. 분격에 가슴이 후들후들 떨렸다. 이러한 분격으로 하여 그는 'O'가스 속에서 있을 수 있는 시간의 한계를 넘어서고 있다는 것을 깡그리 잊었다. 일군들의 무책임성으로 하여 손길이 가닿지 못했던 거기에로, 끝까지 가보고 싶은 불길 같은 충동이 그를 앞으로, 앞으로 떠밀었다.

먼지를 들어서 사람의 형체를 잃은 그는 초인간적인 민첩성으로 극판과 극판사이를 훌쩍훌쩍 뛰어넘어 수진장치의 구석구석을 날렵하게 기여다니면서 심선들을 살폈다. 극판을 쓰다듬고 심선들을 만져보며 기여가고 또 기여가는 그의 눈앞에서 조명등불빛이 흔들거리고 심선들이 합쳐지며 물결치는듯했으나 젊은이는 그 원인을 깨닫지 못했다. 그는 기여가면서 엄영선 지배인과 마음속으로 끝없는 이야기를 나누고 있었다.

'엄영선 동지…… 지배인동지…… 당신은 여기로 이 땅 밑으로 몇 번이나 들어와 봤습니까…… 이것들이…… 이 심선들이 어버이수령님의 위대한 사랑의 빛살이라고…… 깊은 땅속까지 뚫고 들어온 사랑의 빛살이라고 생각해본 적이 있습니까?!…… 지배인동지가 관심을 안돌리니 사람들이 이렇게 일하고 있습니다. …… 곽창억 동지…… 당신은 누가 관심을 돌려주건 말건 주인다운 립장에 서서 일해야 하지 않습니까…… 당신은 어느 개별적인 사람의 관심 속에 들자고 일하는 것입니까?!…… 이렇게 끊어진 데가 있다는 것을 알고 있었습니까…… 엄영선 동지, 당신은 책임적인 일군입니다. 자기가 로동 계급적 립장에서 원칙적으로 일을 잘해야 어버이수령님의 사랑을 로동자들에게 고스란히 안겨줄 수 있다는 것을 생각해봤습니까. 그렇게 해야 충실성이 빈말공부로 되지 않는다는 것을 깊이…… 깊이…… 생각해봤습니까?!'

일곱 번째인가, 여덟 번째 수진실에 옮겨온 김준오는 어디서 인기척이 난 것 같은 환각에 이끌려 뚝 멈춰 서서 놀라움에 더욱 빛나는 눈으로 수진실안을 둘러보았다. 괴괴한 정적만 느껴진다.

'누구요?!…… 거기 누가 있소?!'

역시 정적…… 다시 움직이려고 극판을 짚은 손을 앞으로 내밀려는데 '달그락!' 하는 소리가 울렸다. 끝 모를 정적의 바다에 파문을 던진 그 소리가 사람의 기침소리로 들리였던지 소름이 끼친다. 그는 내밀었던 손앞을 쏘아본다. 먼지가 뽀얗게 오른 자그마한 마치가 보인다. 쌓인 먼지로 보아 한두 해 전이 아닌, 그 어느 때엔가 여기까지 누가 기여왔다가 떨어뜨린 것이 분명했다.

김준오는 자기의 선행자가 있었다는 것이 기뻤다. 그것은 무인지경의 어둠속에서 길잡이의 자취를 찾은 기쁨 그대로였다.

그는 마치를 쓰다듬으며 가슴에도 안아보다가 조명등 밑으로 기어가 유심히 살펴보았다.

마치마루에는 세 글자가 새겨져있다.

'엄 조 민' 부저가락 같은 것으로 지지며 새겨 넣은 것이 분명하다.

수진실로 내려갔던 곽창억에게 이끌려 망호루 문밖으로 나온 김준오는 달려와서 모여선 사람들을 둘러보며 이렇게 말했다.

"제8 수진실까지 가봤는데 심선이 끊어진 데가 여러 군데입니다. …… 저…… 그리고…… 이 직장에…… 엄조민이라고 있었습니까?"

"없었는데……" 누구인가 입속말로 대답했다.

김준오는 현훈중이라도 나는 듯 몸을 비칠거리다가 인차 수습했다. 그는 취한 듯한 목소리로 어디로인가 가볼 일이 있다고 얼버무리며 인차 그 자리를 떴다.

얼마 후 비탈길을 내려가던 김준오는 앞으로 푹 고꾸라지고 말았다. 의 아해서 뒤따르던 곽창억이 그를 업고 진료소로 뛰여갔다.

이날 굴뚝직장에 나타난 엄영선 지배인이 사태의 진상을 알아보고 돌아서 나오는데 정류기실 복도 쪽에서 이런 말소리가 들렸다.

"이제 뻔질나게들 찾아오게 됐구만. 'O'가스 때문이라고 하지만 사실이 그런가?…… 동무 생각은 어때……?"

"갑자기 머리들이 굳어졌나. 회계를 따질 줄도 모르거던……"

"글쎄말이요."

"우리가 일을 쓰게 못한 탓에 그렇게 됐지……"

"심선이 끊어진 게 나지고 또 나지니까 시간이 지난 줄도 모르고 젊은 정의감에 자꾸 기여갔겠지…… 그래두 'O'가스 때문이라고 할거네."

"아무렇지도 않는 걸 가지구 쩍하면 'O'가스야."

"가스한테야 비판을 주겠나, 처벌을 주겠나, 어쩌겠나…… 그게 무난 하지……"

엄영선은 날카로운 것에 찔리운 듯 가슴이 저렸다. 그는 목깃을 열어놓고 무거운 숨을 내쉬고는 비탈길을 정신없이 내려왔다.

시병원 입원실의 창문으로는 다음날의 신선한 아침 해빛이 줄기차게 쏟아져 내리였건만 김준오는 중독 상태에서 벗어나지 못했다.

병원 뒤뜰의 나무가지들에서 야단스럽게 날아다니는 새들의 우짖음소리가 해빛에 실려 방안으로 흘러들었다. 어찌 생각하면 새들은 창문틀이 비그러지게 가득차서 쏟아져 내리는 저 해살 속에서 자연의 사절인 듯 날아돌면서 그에게 용기를 주자고 삶의 노래를 부르는 것 같기도 하다.

침대보며 이불이며 베개며…… 모든 것이 눈부시게 하얀 것들 속에 묻혀있는 김준오의 가느스름하게 뜬 눈에서는 알 듯 말 듯한 물기가 떨었다. 이따금 얼굴근육이 씰룩거리고 입술이 떨었다.

혼미한 의식 속에서 헤매는 그의 눈앞에는 대학의 휘황찬란한 계단식 강당이 떠올랐다. 층층의 계단식좌석들에 가득 차게 앉아서 그를 보고 있는 하급생들의 빛나는 눈들이 보인다.

그는 눈을 크게 떴다. 까딱 움직이지 않는 동공의 깊은 속에서는 섬광과도 같은 것이 타올랐다.

'동무들…… 그때 의사들은 아마 병력서에 "O'가스에 의한 질식'이라고 써넣었을 것입니다. ……

나는 부정하고 싶지 않습니다. …… 그러나 할 말이 있습니다. ……우리 생활 속에서는…… 공산주의의 사상적 요새와 물질적 요새를 빨리 점령하고 이 땅 우에 공산주의 락원을 앞당겨 오시려는 어버이수령님의 위대한 구상의 높이에서 볼 때…… 우리 생활에는 극복하지 않으면 안 될 낡은 요소들, 타협할 수 없는 현상들이 아직 남아있습니다. …… 동무들, 리상과 현실의 차이, 리론과 실천의 차이에 놀라지 말라…… 그것은 일군들의 낡은 사상 관점과 그릇된 사업작풍 때문에 생기는 것이다. 우리는 정당한 길을 가고 있기 때문에 무지개 비낀 하늘처럼 모든 것이 아름답고 신선하며 일이 저절로 잘 되여간다 – 시대긍정의 감정으로 가장된 이따위 사고방법에 물젖지 말라. 그것은 투쟁정신을 마비시키는 해이이며 라태이다. 사람들의 머리속에 낡은 사상이 남아있는 한 우리 생활에는 락후한 요소, 어두운 구석이 있을 수 있다. 어느 한 책임적인 일군에게라도 낡은 사상, 낡은 관점이 남아있다면 그것은 더욱 큰 영향력으로 우리의 전진을 가로막는다. 시대가 비약적으로 전진하며 생활이 눈부시게 밝아질수록 그것은 뚜렷이 드러나며 악취처럼 참을 수 없는 것으로 된다. 심장을 설설 끓이며 그것을 반대하여 투쟁하라…… 동무들, 사상혁명을 앞세워야 기술혁명도 잘해나갈 수 있다는 어버이수령님의 가르치심이 얼마나 정당하고 심오한 진리인가를…… 나는…… 현실에서 가슴을 치고, 치며 깨달았습니다. ……'

그는 눈을 스르르 내리감았다. 눈굽에 물기 같은 것이 방울져 맺혔다. ……

이날 낮 그는 침대에서 태질을 하듯 몸을 뒤척이다가 간신이 일어나 앉았다. 난바다를 헤쳐 가는 배의 선실에 앉은 것처럼 몸이 오르내리는듯했다. 그는 한동안 눈을 지그시 감고 있다가 번쩍 떴다. 어떻게 되여 이런 곳까지 오게 되었는지 도무지 생각나지 않았다. 그는 창문으로 다가가서 창턱을 짚고는 밖을 내다보았다. 높은 하늘에서는 흰 구름이 자유를 향유하듯 둥둥 떠가고 있다. 그는 다음 창문, 다음 창문으로 가서 빛나는 눈으로 밖을 내다보았으나 고층건물들과 탑식 아빠트들이 앞을 가려 제련소의 굴뚝은 보이지 않았다. 문득 이름 할 수 없는 조바심이 가슴을 들볶았다.

빨리 나가야 했다.

그는 저쪽 벽의 한 점을 목표로 삼고 곧추 걸어가 봤다. 다소 어지러운 감이 있으나 걸을 수 있다. 다음에는 원을 그리며, 그 다음에는 '8'자형으로 걸으며 팔운동을 해봤다.

이때 주사기통을 들고 들어오던 간호원이 놀라서 눈을 크게 뜨며 서버렸다.

"간호원동무, 나가야 하겠소!"

"안돼요."

"나는 이렇게 걸을 수도, 팔을 움직일 수도 있소. 자, 어디 보겠습니까?!"

그는 눈을 감고 간호원을 향하여 곧바로 걸어갔다.

"어마나!"

간호원은 뒤걸음질 쳤다.

병원일군들은 김준오의 완강한 요구에 설복되고 말았다.

김준오는 곧장 도서관으로 갔다.

그는 전기수진법에 대한 기술참고서적들을 열람실 책상에 펼쳐놓고 심선들이 끊어진 극판들을 수리할 대책과 새로 생길 수 있는 고장들에 대하여 생각하고 또 생각했다. 책장의 글줄들은 그의 눈이 내뿜는 탐구의 열정에 새까맣게 타서 더 또렷하게 도드라지는 듯싶었다.

그는 계산척을 재게 놀리며 극판을 흐르는 전류와 저항의 세기, 심선이 밑에서 차오르는 연재에 닿을 때 생기는 열량을 계산해보았다. 엄중한 사태가 생길수도 있었다.

김준오가 직장으로 나갔을 때 정류기실복도에서 곽창억이 앞을 떡 막아섰다.

곽창억은 그의 어떠한 설명도 들으려 하지 않고 막무가내로 병원에 돌아가 달라고 간청했다.

"아, 도서관에 있은 걸 그렇게 찾았구만. 소조원동무를 벌써 내보냈다고 병원동무들이 얼마나 꾸중을 들었는지 아오?!"

그 말에 김준오는 주춤해졌다. 그렇다고 물러설 수는 없었다.

혁명소조원에 대한 로동 계급의 뜨거운 사랑으로 하여 생긴 이 옥신각신은 그가 공장야간정양소에 들어가 있으면서 직장일을 보게 된 것으로써 락착이 되었다.

바다기슭의 풍치 좋은 곳에 자리 잡은 야간정양소에 들어온 김준오는 곧 깊은 잠에 들어 코까지 드렁드렁 골았다.

그가 맑은 정신으로 눈을 떴을 때는 창문에 어둠이 비끼고 방안에는 아늑한 고요가 깃들어있었다.

언제부터 와있었는지 엄영선 지배인이 침대 곁에 갖다놓은 걸상에 앉아서 그를 내려다보고 있었다.

김준오는 반겨 웃으며 일어나 단정히 앉았다.

엄영선은 근심이 실린 눈으로 그를 보며 조용히 말했다.

"병원에 더 있을 걸 그랬소…… 기분상태는 어떻소?"

"……어쩐지 좀…… 악몽을 꾸고 난 것 같습니다."

청년은 자기의 느낌을 스스럼없이 터놓았다.

"음…… 'O'가스란 나쁜게요."

임영선은 자신에 대하여 질책하듯 괴로운 얼굴로 속삭였다.

"일없습니다. 정신이 더 맑아졌습니다."

"좌우간 허 - "

엄영선은 몸을 의자등받이에 약간 젖히며 눈길을 천장 쪽에 주었다가 다시 그를 정어린 눈으로 바라보았다.

이윽고 두 사람은 즐거운 한담을 나누었다. 엄영선은 자기가 병원으로 세 번이나 찾아갔던 일은 빼놓고 하루 사이 공장에서 있은 가지가지 일들을 죄다 이야기하다가 문득 말머리를 돌려 무심결에인 듯 이렇게 물었다.

"나한테 왔을 때 할 말이 많았겠는데…… 오늘 밤엔 시간도 넉넉한데 띠를 풀어놓고 들을 테니 다 털어놓고 이야기해주오."

김준오는 얼굴에 홍조가 타올랐으나 눈을 조용히 내리깔았다.

이윽고 그는 엄영선을 똑바로 바라보며 수진실의 먼지 속을 기여다니며 자기가 생각했던 것, 끊어지고 녹아 붙은 심선들을 쓰다듬으며 분격에 떨면서 속으로 부르짖던 말들을 털어놓았다.

엄영선은 턱을 깊이 끌어들인 채 호주머니에서 네모반듯하게 접은 손수건을 천천히 꺼냈다. 그는 이마에서 번들거리는 것을 꾹꾹 찍어내고 의자등받이에 몸을 기대며 엄엄하게 굳어진 얼굴을 들어 구슬픈 눈길로 어둠이 비낀 창문 쪽을 바라보았다.

김준오는 내친김에 조용하면서도 폐부를 쿡쿡 쑤시는 말을 계속했다.

"1호수진실에서는 심선 두개가 녹아 붙었습니다. 2호수진실에서는 심선 한 개가 밑 부분이 녹아 떨어졌습니다. …… 4호수진실에서는 심선 한 개가 완전히 타 없어졌습니다.…… 6호수진실에도 심선 두개가 녹아 붙은 것이 있습니다. …… 이제 회전로에 모래를 구워내면서…… 판을 통해 특수진공장치로 먼지를 빨아들이는 저 설비를 내팽개쳐두면 수진실에는 정말……

저는 일이 답답하여 윤성학 학사도 찾아가서 그의 의견을 들어봤습니다. 그 동무는 제련소에 불만이 많습니다."

"나에 대한 의견일테지……?"

엄영선의 얼굴에 피기가 벌겋게 살아 올랐다.

"그렇습니다. 지배인동지는 어째서 그가 설계에 밝힌 대로 20 미리 관을 쓰지 않고 12 미리짜리를 내리 먹었습니까?!…… 저 회전로가 없을 땐 도로포장공사를 어떻게 했습니까?!…… 다 굴뚝직장 로동자들에 대한 지배인동지의 낡은 관점 때문이라고 생각합니다."

자기의 두 무릎을 움켜잡은 엄영선의 손등이 부들부들 떨었다.

"그만두오!"

"……?!"

"소조책임자동지도 같은 말을 하는데…… 동무들은 왜 나를 그렇게만 보오."

"그건 어떻게 하는 말입니까?"

"동무들이 된다, 안 된다 갈라주고 이렇게 하자, 저렇게 하자 결심을 해주면 내 왜 이런 괴롬을 당하겠소!"

"지배인동지가 여기서 기업 관리를 책임진 일군이 아닙니까. 지배인동지길에 소조원이 내내 붙어 다니며 대행을 해준다면 제련소에 지배인동지가 무슨 필요가 있겠습니까…… 관점을 바로세우고 사업하는데 습관이 되어야지요. …… 그러면 괴로움도 덜어지고 부딪침도 없고 일하기도 썩 헐하지 않겠습니까."

"모르겠소!…… 가슴에서 낡은 사상이 앙탈을 부려 그런지 요새처럼 괴로운 때는 없었소. 후— 모르겠소!"

엄영선은 의자에서 일어나 창 결으로 걸어가더니 어둠이 내린 밖을 하염없이 내다보았다.

김준오는 그의 뒤모습을 흘깃 쳐다보고는 조용히 눈을 내리떴다.

무거운 침묵이 흘렀다.

문득 엄영선이 육중한 몸을 가볍게 돌렸다. 그는 취기에 불깃불깃해진 듯한 얼굴에 미소를 가득 담고 활기찬 목소리로 웨쳤다.

"이걸 좀 보란 말이요. 무슨 판이 벌여졌나. 올 때는 병문안만 하자 했는데 또 사업 얘기가 튀여나왔소.

이래서 나는 아무데 가나 사람들을 따분하게 만든단 말이요!"

그리고 배심이 좋게 껄껄 웃었다.

김준오는 그의 인간됨됨의 바탕을 보는 듯싶어 마음이 끌리며 가슴이 뜨거워 올랐다.

엄영선은 성큼성큼 걸어와서 걸상에 도로 앉았다.

"동무가 일어나 똑바루 앉는 통에 나두 그렇게 됐단 말이요. 자— 척 눕소!"

"원 지배인동지두…… 그럼 재미나는 이야기나 좀 하십시오."

김준오는 물기가 빛나는 눈을 슴벅이며 베개를 침대머리에 세워놓고는 지배인의 말대로 엇비스듬히 척 누웠다.

"몇 살이요?"

"스물여섯 살입니다."

"부모는 다 계시오."

"어머니가 계십니다."

"형님은……?"

"탄광에서 일합니다. 어머니를 모시고 있습니다."

"아버지두 탄광에서……?"

"예……"

"동생은 없소?"

"둘이 있습니다."

"그럼 동무가 둘째인가?"

"예."

"대학에서는 무슨 과목을 전공했소?"

"이건 뭐 심문입니까?! 하하……"

"아니요…… 아니요!…… 동무가 희생성을 보인 소문이 시내에 자자하게 퍼졌소. 시에 회의 갔더니 사람들이 모두 나를 둘러싸고 물어대는데…… 나는 동무에 대해 아무것도 아는 게 없단 말이요. …… 아무것도 모르고 있소!"

엄영선은 진심으로 괴로운 낯빛이 되여 말했다.

김준오는 펄쩍 일어나 앉으며 당황한 빛을 감추지 못했다.

"아니, 이건 정말 큰 오해입니다. 제가 무슨 특별한 일을 했다고…… 전에도 많은 사람들이 그 밑으로 들어갔는데…… 저는 거기서 누가 잃어버린 마치까지 주었어요. …… 이것 보십시오! 제 선행자의 것입니다."

그는 요 밑에서 마치를 꺼내 지배인에게 내밀었다.

마치를 받아 쥐고 유심히 살펴보는 지배인의 얼굴이 큰 무안을 당한 사람처럼 시뻘겋게 되면서 어줍게 웃는 것 같더니 점차 해쓱하게 질리였다.

"허 – 이걸…… 좀…… 나를 주오……"

그는 말을 더듬거렸다.

야간정양소앞뜰에 세워놓은 차 곁에서 돌아치며 걸레질을 하면서 코노래를 흥얼거리던 운전사는 현관 쪽에서 나오는 지배인을 보자 그만 돌처럼 굳어지고 말았다. 지배인은 치통이 도졌는지 얼굴이 험하게 이그러졌고 걸음걸이도 온전치 못해보였다.

운전사는 날렵하게 차로 뛰여들어 발동을 걸었건만 지배인은 먼저 가라고 손을 저으며 외면을 했다. 차를 몰고 가는 운전사는 의아스러움을 금치 못하여 몇 번이고 뒤를 돌아보게 되었다.

　아직 깊은 밤중이 아니여서 해안통거리에는 사람들의 물결이 흘렀다. 상점들을 장식한 찬란한 네온등 불빛에 사람들의 얼굴은 더욱 정열에 넘치고 행복에 겨워보였다.

　엄영선은 사람들의 물결에서 곽창억이 과일구럭을 들고 숨을 헐헐거리며 가는 것을 봤으나 인사를 안 하고 지나쳤다.

　'정양소로…… 소조원동무를 찾아가는 게로군……'

　그는 아는 사람을 만나는 것이 싫었다. 가로수의 그림자 속으로 들어서서 발걸음을 무겁게 옮겨갔다. 얼마나 걸어갔던지 옆에서 사람의 그림자 같은 것이 얼씬거려 놀라서 멈춰 섰다. 자기처럼 사람들을 피해 가로수의 그늘 밑으로 걸어오는 두 사람이 있었다. 그들도 걸음을 멈추고 이쪽을 보았다.

　윤성학이와 그의 안해였다.

　엄영선을 알아보자 윤성학은 안해를 돌아봤고 안해 역시 뜻있는 눈으로 남편을 쳐다봤다. 엄영선은 그것이 언짢았다.

　"지배인동지 아니십니까?"

　"……"

　"어디 갔다 오십니까?"

　엄영선은 윤성학이 번연히 알면서도 이렇게 묻는다고 생각하였다.

　"소조원동무한테 갔다 오는 길이요."

　엄영선은 이렇게 한마디를 던지고는 더 거들떠보지 않고 지나가버렸다.

　"저 사람이 혹시 정양소로 가는 게 아닌가?…… 저들사이에 무슨 단단한 약속이라도 있었는지 모르지……'

　엄영선은 인차 자기 모대김에 빠져 이 생각을 더 끌지 못했다. 바지 호주머니 속에 묵직이 드리운 마치가 툭툭 건드리며 가슴을 자극했던 것이다.

　그는 손바닥에 땀이 내배도록 그것을 꽉 쥐었다.

이로써 그는 김준오를 두 번 기만한 셈이다.

첫 번째는 그의 말을 적으면서 도에 급히 보고해야 할 통계수자가 떠올라 그렇게 되었었다.

이번은 사정이 다르다. 그 앞에서 이것은 내 마치라는 두 마디의 말을 입 밖에 낼 수 없었던 것이다. ……

엄영선은 번화한 거리를 벗어나자 어느 가로등 밑에서 마치를 다시 꺼내서 살펴보며 뜨겁게 쓰다듬었다. 마치는 흘러가버린 자기 청춘의 한 부분처럼 느껴지면서 많은 생각을 불러일으키는 것이었다. 문득 그는 사랑이나 우정에는 비길 수 없이 큰 감정을 잃었다가 다시 찾은 듯한 환희를 체험했다.

이 마치는 그가 소년공으로 제련소에 취직했을 때 아버지가 준 것이다. 그날 아버지는 부지깽이 돌로 자루에다 할아버지의 이름을 새겨주며 이렇게 말했다.

"우리 집에서는 할아버지 대로부터 로동을 해왔다. 로동자는 로동대중이라고도 하구 무산대주이라고도 해…… 외토리로 돌아가서는 벌어먹지 못한다. 대중에 째여서 살아야 돼. 그러자면 너 중뿔나게 놀게 아니라 로동대중을 혈육처럼 믿구 아끼면서 맘이랑 잘 써야 돼…… 맘은 가는 만큼 오는 게야, 알겠니!"

마치는 그의 길동무로 되었다. 공장구내가 좁다하게 육체로동의 땀을 휘뿌리며 젊음을 자랑하던 그 시절에 마치는 혈맥으로 이어진 육체의 한 부분처럼 그의 몸에서 떨어질 줄 몰랐다. 언제나 그것이 필요했고, 그 도움에 의해서만 일하며 살아갈 수가 있었다.

그는 발부리에 무엇이 자꾸 길채이고 질쩍거리는 것에 미끈거리는 이 밤길만을 걷는 것이 아니라 반세기를 넘어 흘러온 자기의 한생을 거슬러 올라가면서 많은 생각을 하는 것이었다. 걸음걸음에서 추억의 격랑이 가슴을 칠 때마다 그 포말인 듯 후더운 이슬이 어둠속에 흩날렸다.

'아, 첫 5·1절 시위!' 제련소 로동자 시위대렬은 커다랗게 만든 마치의 가장물들을 어깨마다에 메고 도도하게 흘러갔다. 온 거리를 메우며 마치의 숲이 설레였다.

마치는 로동 계급의 상징이였다.

마치는 로동 계급의 리해관계, 권리, 투쟁, 단결, 계급적 형제들에 대한 련대성의 상징이기도 했다. 마치는 남의 로동에 기생하지 않고 자기의 성스러운 로동으로 주인 된 나라의 부를 창조하는 로동 계급의 량심, 긍지, 자랑, 이 세상 모든 어머니들의 모성애를 합쳐도 비길 수 없이 큰 계급적 형제들에 대한 웅심깊은 사랑…… 로동 계급의 이 모든 훌륭한 감정들의 상징이기도 했다.

위대한 수령님께서 창건하신 우리 당의 마크에 마치가 새겨진 것을 봤을 때 엄영선은 자기 마치를 빼서 비교해보다가 그 모양이 비슷한 것을 알자 얼마나 기뻐했던가……

엄영선이 마치를 쓰다듬어보는데 새로운 생각이 가슴을 아프게 쑤시였다.

'나는 어찌하여 이것을 잃었던가……'

15년 전 어느 날, 엄영선이 수진실로 들어가서 마치소리를 뚝뚝 내며 심선을 갈아대고 있는데 망호루 굴뚝에서 누구인가 안에다 대고 꽥꽥 소리질렀다.

"어 - 어 - 영선이 - 빨리 올라오게 - 급한 일이야 - "

"뭐요 - ?!" 그는 언짢게 소리쳤다.

"자네 이마빼기에 무지개가 걸렸네 - 하, 하, 하 - "

분명히 그때에 마치가 일하던 자리 어느 구석에 떨어진 것 같은데 그냥 두고 땅 우로 기여 올라왔다. 그날 엄영선은 공장의 책임일군들과 담화를 하고 필요한 문건을 쓰고, 분주히 돌아가다가 며칠 후에는 인민경제대학으로 공부하러 갔다. 2년 간의 공부를 마치고 다시 공장으로 돌아온 그는 직장장, 부지배인을 거쳐 지배인이 되였다. 그사이 육체로동에서 멀어져 있어 그 필요성을 느끼지 못해서였던지 마치에 대하여 생각해본 일이 없었다. 공장적인 넓은 범위의 일에 묻혀 맴돌아 치면서 굴뚝직장 쪽에 갈

일이 드물어졌던 그의 머리속에서는 자기의 첫 땀이 스민 로동의 고향에 있던 모든 것의 인상이 점점 희미해져갔다.

그는 비로소 하나의 로동도구를 잃어버렸던 것이 아니라 무엇인가 보다 크고 귀중한 것을 잃어버린 채 빈 가슴으로 살아오지 않았는가 하는 몸서리치는 의혹이 들면서 눈앞이 아찔해졌다.

'아, 그랬기 때문에 굴뚝직장 로동자들에 대해서도……'

앞에서 거대한 힘이 험하게 소리를 치며 막아서는 듯한 느낌이 들어 걸음을 멈추고 얼굴을 쳐들었다.

제련소주변의 벌판과 야산에 층층을 이루어 밤을 환히 밝히는 주택지구의 불빛바다였다. 그 불빛들은 힐난의 눈길로 그를 쏘아보는듯했다.

엄영선은 집으로 돌아가고 싶지 않았다.

그는 사무실로 가서 한손에 이마를 얹고 오래동안 앉아있었다.

문이 열리며 곽창억이 꿈속에서처럼 소리 없이 들어와서 장의자에 앉았다. 그의 얼굴에는 '좀 인간적으로 이야기하고 싶어 왔네' 하는 표정이 어려 있었다.

두 사람은 서로 마주보지 못하면서 오랜 순간 말없이 앉아있었다. 더운 숨만 몰아쉬던 임영선이 외면한 채로 응접탁 우에 놓여있던 마치를 곽창억이 쪽에 밀어주었다.

"잃어버렸던 걸…… 찾아주었네……"

곽창억은 그의 말에서 보다 의미심장한 뜻을 느끼며 마치를 쥐고 유심히 살펴보다가 눈을 크게 뜨고 엄영선을 쳐다보았다.

"소조원동무는…… 수진실 심선 하나가 끊어진 것이 피줄이 끊어진 것처럼 아프고 저렸다고 했네. …… 그 동무는 내 아들과 같은 나이인데 생각이 이렇게 간단 말이요. 우리는 뭘 좀 어쩌면 해방 후 30년이나 혁명을 했노라고 벌떡해지며…… 머리칼 센 자랑이나 했지, 생각이 어떻게 돌아갔는가 말이요! 당장…… 래일 당장 회전로에 모래를 굽는 놀음을 집어치우겠어!"

곽창억은 이 밤에 해내자고 기상이 도도해서 왔던 노릇이 엄영선이 먼저 깨닫고 이렇게 나오자 마음이 달리 움직였다.

"그랬으면 얼마나 고맙겠어…… 우리야 태판이지…… 한데 여보게, 자넨 여기 지배인이 아닌가? 오늘 결심한 것을 래일 취소하면 체면이 서겠나…… 날이 서야 일하기도 헐할 건데……"

엄영선이 주먹으로 탁자를 탕 치며 뛰여 일어나 몸을 부들부들 떨며 부르짖었다.

"오래간만에 마주앉았는데 고작 하는 소리가 그따윈가! 엑 - 체면이구 나발이구…… 난…… 난…… 저 망치로, 저걸루…… 나를 사람들 속에 못 가게 하는 내가 만들어 놓은 잡다한 회의, 문서놀음, 반복되는 통계 …… 다 짓모고 싶네."

이번에는 곽창억이 뛰여 일어나며 더 큰소리를 질렀다. 그 바람에 두 사람 사이의 탁자가 찌그러질 듯이 삐걱거렸다.

"왜 - 제 관점을 짓모겠단 소린 못해? - 굴뚝에서 일하는 사람들 사정을 모르던가. 제 고향 사람들을 업수이 여겼지. 굴뚝이 여기서부터 구만리 밖인가 - 회의가 많아 못 왔던가?! - "

"내가 바빠하면 제가 와야 할 게 아닌가 - 의견이 있으면 터놓고 얘기할 처지가 아닌가 - 계집애처럼 앵돌아졌지 - "

"여보게 - "

"여보게 - "

"영선 동무 - "

"창억 동무 - "

주대가 쇠기둥 같은 사나이들의 우정은 이것으로 회복되었다. 두 사람은 불같은 눈으로 쏘아보고 있었으나 눈에서는 쇠물방울 같은 것이 뚝뚝 떨어졌다. 방안에는 고요가 흘렀다.

곽창억이 돌아간 다음에도 엄영선은 방안에 오래동안 남아서 회전로와

관, 특수진공장치들을 보수할 계획을 짜보았다. 윤성학의 방조가 필요했다.

그는 전화로 유색금속연구소를 찾았다. 교환수가 통화중이라고 알려주었다.

엄영선은 전화기우에 손을 무겁게 얹은 채로 눈을 지그시 내리감았다. 거리에서 윤성학이와 그의 안해를 만났던 일이 생각나고 련이어 그에 대한 불쾌한 인상들의 살아 오르면서 가슴이 번거로와 졌다. 이윽고 전화종이 울렸다. 교환수가 유색금속연구소가 나왔다고 알렸다.

그는 전화를 걸지 않고 송수화기를 소리 나게 내려놓고는 방안을 뚜벅뚜벅 거닐었다.

'그 사람에게?…… 아니, 우리 손으로…… 우리 손으로 하지!'

"나는 턱주가리가 떨어질 번했네."

이른 아침에 김준오의 방으로 뛰여든 곽창억은 이렇게 꼭지를 떼놓고는 자기가 엄영선의 체면을 걱정했다가 된벼락을 맞던 이야기를 하며 눈물이 그렁하여 벙글거렸다.

김준오는 베개를 안고 침대에 걸터앉아 눈을 크게 뜨고 이야기를 들었다.

"지배인동무는 원래 바탕이 그런 사람이요, 허, 내가 옹졸했지…… 오늘아침에 발표하겠다고 했는데 회전로보수를 며칠 안에 끝낸다오. 지배인이 저렇게 내미니 이제 공장이 벌컥 뒤집힐게요!"

"됐습니다! 됐어요!"

김준오는 베개를 침대에 내동댕이치고는 맨발로 마루바닥 우를 걸어서 창문결에 가서더니 머리를 수긋하고 돌아설 줄 몰랐다.

곽창억은 입을 하 벌리고 의아한 눈으로 그의 뒤모습만 지켜보았다.

이윽고 돌아선 그의 눈, 잊을 수 없이 유난히 맑은 그 눈에는 이슬같이 깨끗한 눈물이 반짝이고 있었다.

"모두 이렇게 쉽고 좋은 분들인데 전…… 첨엔 정말…… 용서하십시오."

"하, 이러지 말게."

김준오는 다시 그의 곁에 앉았다.

"지배인이 더 골치가 아프게 됐는지 모르겠네. 회전로를 살리는 건 좋은데 도로공사는 어떻게 보장한다……? 어떻게 도와주는 재간이 없을가……?"

김준오의 얼굴에 행복한 홍조가 타오르며 눈에 생기가 빛났다.

"제가 이 일을 혼자서 시작한줄 아십니까. 우리 혁명소조동무들이 내내 뒷받침해 줬어요. 소조에서는 미리 예견하고 시내 주택보수와 건설사업소들에 소조원 두 동무를 파견해서 대책을 세워놓았습니다."

"하, 그랬구만, 됐-네-" 곽창억은 김준오의 손까지 잡아 흔들었다.

"아바이……"

"음……?"

김준오의 맑은 눈에 장난기 비슷한 미소가 어리였다.

"굴뚝직장…… 굴뚝…… 굴뚝…… 하는 게 맘에 들어요?"

"이름이 그렇게 붙은걸 어떻게 하겠나."

"고치면 어때요?"

"고치다니?!"

"고치자요!"

"수십 년 불러온 직장이름을 고친다- 사람들의 머리에 인이 백인건데 헐할가……?"

온 제련소가 활기에 넘쳐 들끓었다.

선전차가 구내길을 따라 천천히 달리며 굴뚝직장의 로동계급을 지원하기 위하여 20 미리 관 예비를 찾아내자고 호소했다. 노래…… 호소…… 노래…… 순식간에 공장이 벌컥 뒤집혀졌다. 어떤 직장에서는 땅을 파헤치고 배수관으로 묻었던 20 미리 관을 끌어내는가 하면 다른 직장에서는 환기용연통을 잘라냈으며 또 다른 직장에서는 사명을 다한 불필요한 시설물의 가름대를 들어냈다.

석탄 적하장 울타리 곁에서 김준오가 로동자들과 함께 땅을 파헤치고 관을 들어내려고 욱욱 힘을 쓰는데 그를 가볍게 밀치며 들어서는 사람이 있었다. 얼결에 돌아봤다. 우습강스럽게 작아 보이는 작업복을 **빠듯**하게 입은 윤성학 학사였다.

"아니, 이거……?!"

김준오는 그저 이런 소리만 나갔다. 윤성학이도 어색하게 웃었다.

들어낸 관을 구내운반차에 실어 보낸 다음 두 사람은 적하장 울타리 곁을 따라 천천히 걸어갔다.

"오늘 아침에…… 지배인동지가 우리 집에 찾아오지 않았겠소. 지배인 동무 성미에 조만한 일이요…… 얼마나 큰 내부극복이 있었겠고. 나 같은 게 뭐라고…… 이른 아침에…… 나는 정말…… 아, 정말 생각되는 바가 많았소!"

윤성학은 자책감에 흐려진 얼굴을 외로 돌리였다. 김준오는 그에게 괴로운 말을 더 시키고 싶지 않았다.

그는 윤성학의 팔을 잡아끌며 생기에 넘쳐 말했다.

"회전로 쪽에 가보지 않겠습니까?!…… 빨리 가봅시다!"

그들은 구내길을 따라 굴뚝직장 쪽으로 달려갔다.

윤성학의 정력적인 방조 밑에 회전로, 특수진공장치, 송수관보수공사는 열흘도 안 되는 사이에 완전히 끝났다.

그 일이 끝나자 김준오는 로동자들과 함께 굴뚝직장 앞을 흐르는 오수도랑에 콩크리트관을 들여놓고 깨끗이 묻어버렸다. 그리고 온 직장이 떨쳐나서 굴뚝둘레와 야산경사지에 여러 가지 나무들을 심었다.

알뜰하게 심어놓은 나무들을 돌아보고 나서 엄영선 지배인은 그날 저녁에 있은 직장장들의 모임 끝에 굴뚝직장의 이름을 '전기수진 및 회전로 직장'으로 고친다고 공포했다.

그리고 지배인은 래일 중으로 공장안의 모든 게시판이나 문건 같은데서 굴뚝이란 이름을 지워버리라고 지시했다. 이튿날 공장의 모든 부서들의 문건들에서, 경쟁도표판, 전투속보판, 심지어는 정문의 편지통, 음료수통, 후방부의 각종 대장들에서 '굴뚝'을 지워버리는 '전투'를 벌렸다. 그것

이야말로 가장 어려운 '혁명'인 듯싶었다. 다 지워버렸는가 하면 어디에서
또 '굴뚝'이 나타나 소동이 벌어졌다.

엄영선 지배인은 밑에서 올라온 문건이나 통계들에서 '굴뚝'을 보기만
하면 엄격하게 비판하면서 당장 고쳐 써오도록 했다.

인간의 사유령역에 스며들었던 먼지의 그림자까지 가시어버리려는 그
들의 완강한 지향과 노력에 의하여 공장은 짧은 사이에 눈부시게 변모되
였다.

석달 후 혁명소조원들은 새로운 사업단계로 넘어가면서 초소들을 옮
겼다.

엄영선 지배인은 전기수진 및 회전로직장으로 내려가서 김준오가 로동
자들과 작별하는 것을 보아주었다. 마침 그 자리에는 윤성학이도 와있었
다. 공장안의 가까운 곳으로 떠나가나 작별은 역시 작별이었다.

로동자들과 작별인사를 나눈 김준오가 간편하게 꾸린 자그마한 려행가
방을 들고 비탈길을 내려가는데 곽창억이 뜻밖의 괴짜를 부렸다. 그는 요
동을 치듯 힝 달려 내려가 김준오를 덮쳐 업고 도로 올라왔다.

바래던 사람들의 와— 웃음을 터뜨렸다가 인차 그치고 저마다 뜨거운
것을 삼키었다. 윤성학이도 엄영선을 보며 껄걸 웃었으나 눈에 물기 같은
것이 번들거렸다. 엄영선은 말없이 그의 손을 뜨겁게 잡아주었다.

곽창억은 그래서는 안 되겠다고 생각했던지 젊은이를 꽉 잡아 업은 채
로 우두커니 서 있다가 다시 돌아서 비탈길을 천천히 내려갔다.

"이게 무슨 짓입니까…… 내려놓으십시오. …… 사람들이 봅니다."

그의 억센 팔뚝 힘에 옴짝을 못하는 김준오는 그저 이렇게 나직이 타이
르기만 했다.

"내 자기비판이네…… 자기비판이야 사람들 앞에서 해야지……"

곽창억의 목소리는 갈리였다.

김준오는 문뜩 이 비탈길이 언제인가 물도랑을 치고 그와 함께 걸어 올
랐던 길이란 것이 생각되자 그만 뜨거운 것이 목 아래를 막아 더 말을 못

하고 대들보 같은 곽창억의 목만 재려다봤다.

곽창억의 목소리는 떨리였다.

"……안심하구 가라구…… 내…… 심선 하나라두 피줄로 여기면서 직장을 잘…… 거두겠소……"

혁명소조원들은 생활 속으로, 사람들 속으로 깊이 들어가고 있었다.

엄영선 지배인은 가슴이 든든해졌다!

그는 이날 풀향기 싱그러운 구내길을 돌아보다가 느닷없이 걸음을 멈추고 머리를 한껏 뒤로 젖히며 하늘을 쳐다보았다. 눈앞이 아물거리도록 하염없이 쳐다보아도 그 높이를 가늠할 수 없는 푸르디푸른 하늘로부터는 눈부신 해살이 대지에 넘치도록 쏟아져 내리고 있었다. 그의 눈에는 눈물이 가득 괴었다.

엄영선 지배인은 구내길 옆의 풀밭으로 들어가 애어린 황철나무의 줄기를 만지작거리며 눈을 슴벅이었다. 1976.

『조선단편집3』, 1978

발걸음

백보흠

송화요양소 부기원 박연희는 지나간 생활의 한 걸음 한 걸음들이 얼마나 보람찬 것이었던지 가슴 뿌듯이 느끼며 니탄탄광마을을 걸어가고 있었다.

아득한 '하늘의 벌판'인 풍수덕 고원에서는 눈보라가 창살에 찔린 맹수같이 사납게 울부짖으며 밀려다녔다. 하늘을 휘젓고 다니는 눈보라의 광란에 겁을 먹은 듯 탄광마을 하난계의 수은주들은 밑으로 다 움츠러 들어간다.

춥고 감때사나운 북방고원의 이 성미로 하여 지금 연희의 가슴은 오히려 그리운 옛 고향을 찾은 듯 아늑한 마음에 젖어 있었다. 어쩌면 먼 옛일 같기도 하고 또 어찌 생각해보면 어제인 듯 기억도 새로운 처녀 시절, 연희는 여기서 처녀 측량소 대장으로 지형도를 그렸었다.

짓궂게 달라붙는 깔따구들에 살점을 뜯기우고 수렁길 감탕물에 정갱이를 절구면서 풍수덕의 지형도를 그리던 그때로부터 10여 년의 세월이 흘러 이미 두 아이의 어머니로, 측량 생활과는 인연이 멀어진 요양소의 부기원이 된 연희다.

비록 어깨 위에서 측량기를 내려놓았지만 연희는 그동안 처녀 측량공들의 많은 웃음과 눈물이 깃들어 있는 옛 일터인 풍수덕 고원의 측량 생활을 어느 한 때도 잊어본 적이 없었다.

하지만 사람들은 풍수덕의 지형도를 그려낸 여성 측량공들을 너무도 쉽게 잊어버린 듯싶었다. 무성한 나무와 무시무시한 흙들레판과 포악한 맹수들의 보금자리만이 있었던 이 황무지에 유연탄광과 카리 비료 광산이 생기고 니탄이 나올 때까지도 측량공들을 생각하는 사람들은 없었으리라. 먼 훗날에도 웅장한 건물과 광산, 언제 따위의 창조물들을 바라볼 때 사람들은 설계가들과 지질 조사원들, 광부, 연공, 건축공들을 놓고 존경 어린 추억을 할 수 있겠지만 그들의 첫 길잡이로 나섰던 측량공들이야…….

측량공들이란 지형도를 그려놓고 자리를 뜨는 그것으로 영원한 이별이 되는 듯싶었다.

그처럼 세상에 알려지지 않는 생활이어서 측량기사인 연희는 힘을 들여 미립을 틔운 측량기술과 지식을 아낌없이 내버리고 요양소 부기원으로 되었는지 모른다. 하지만 지금 연희는 지나간 측량의 길 위에 펼쳐진 아득한 니탄대지를 바라보니 자기들이 찍어간 측량의 자욱들이 얼마나 빛있는 것인지 비로소 새삼스레 느끼게 되는 것이었다.

연희는 지금 니탄탄광 사람들의 부름을 받고 옛 일터를 찾아오고 있었다.

니탄탄광에서 지형도를 작성한 여성 측량소 대장을 긴급히 찾고 있다는 말을 처음 들었을 때 연희는 너무도 뜻밖의 일이라 눈이 둥그레졌었다. 마침 출장을 떠나려던 바쁜 서슬에 전화 연락을 받은 요양소 소장도,

"모를 일인데. 니탄탄광에서 연희 동물 좀 보내줄 수 없겠는가 사정하더군. 구체적으로 내용을 알아보려다가 차 시간 때문에…… 어버이 수령님께서 심려하시는 중요한 탄광인데, 어서 가보우" 하고 서둘러 전하고 떠나갔었다.

직원들이 술렁거리고 요양소 책임 담당의사인 남편은 은근히 근심까지 했었다.

풍수덕 니탄탄광으로 말하면 한랭전선에 대한 이야기와 함께 이름이 높아진 탄광이었다.

벌방 니탄과는 질적으로 다른 풍수덕 니탄은 주민 연료로도 쓸 수 있었

지만 한랭전선의 심술궂은 바람 속에서 논밭의 곡식들을 보호하는 밑거름이 되는 것이다. 그래 얼마 전에도 어버이 수령님께서 풍수덕 니탄탄광 사람들이 나라의 농사에 큰 도움을 주었다고 치하의 말씀을 주시고 친히 귀중한 선물까지 내려 보내주셨다.

연희는 이런 소식을 들을 때마다 자기 일처럼 기뻐하였고 직원들 앞에서 풍수덕의 측량 생활을 즐겁게 회고하였었다. 그러나 이 탄광에서 10년 전의 측량소 대장을 찾게 되리라고는 꿈에도 생각지 못하고 있었던 연희였다.

연희는 탄광 사무실 앞에서 잠시 걸음을 멈추고 옛 일터를 다시 한 번 쭉 둘러보았다. 십 년이면 강산이 변한다더니 정말 몰라보게도 달라진 풍수덕이었다.

아득히 넓고 인적기 하나 없이 적막하던 이 땅에 이제는 숱한 살림집과 건물들이 줄지어 늘어서 있었고 무성한 숲자리와 진펄이었던 곳에 가로세로 대통로가 틔어져서 자동차, 뜨락또르들이 분주히 오고 갔다.

바퀴에 쇠사슬을 친 '자주'호가 깊은 눈자국을 내며 사무실 앞으로 다가왔다. 그 뒤에서 뜨락또르가 시커먼 연기를 내뿜고 돌격대 청년들이 행진곡을 부르며 밀려온다.

갑자기 어디선가 산이 무너지는 듯한 천둥 같은 소리가 울리고 땅이 움씰거렸다. 뒤를 돌아보니 은빛 설광과 저녁노을이 한데 어울려 신비로운 채색을 펼친 지평선 쪽에서 화산이 터진 듯 불기둥과 돌모래가 불끈 솟아오르고 혹은 떨어져 내리고 있었다.

연희의 입에서는 저절로 탄성이 새어 나왔다.

처녀 측량공들이 표척을 세우며 다니던 그때는 이 끝없이 넓은 땅에 애오라지 보위색 천막이 나래를 펴고 있었다. 거기서 밤이면 처녀들이 우등불을 지펴놓고 수리부엉이의 울음소리를 들으며 고적을 물리치느라 노래를 부르곤 했었다. 밝은 한낮에도 들리는 인적기란 측량선을 틔우기 위해 나무를 찍는 도끼 소리와 측량기를 세워놓고 표척수를 부르는 처녀들의 애타는 목소리뿐이었다. 외롭고 무섭고 힘겨운 때가 많았다.

어느 날인가, 단 한 번 지방 신문기자가 풍수덕 측량공들을 찾아온 사실이 있었는데 그는 처녀들의 생활을 보고 감탄한 나머지,

"동무들은 영웅이오! 동무들이 무슨 일을 하든지 상관없이 이런 무인지경이 땅에 인간의 첫 생활을 펼쳤다는 이 하나만으로도 동무들은 영웅이오!" 하고 홍분하여 뇌이었다.

처녀들은 기뻐했으며 자기들의 생활이 세상에 소개될 신문을 기다렸다. 그러나 측량기를 떠메고 풍수덕을 떠날 때까지도 신문기사는 나오지 않았다.

"하지만 사람들은 이 길을 처음으로 걸어간 우리들을 잊지 않고 있어 …….."

연희는 깊은 회상에서 깨어나자 마치 그날의 처녀 측량공들이 옆에 서 있기나 한 듯 조용히 속삭이었다.

이윽고 사무실 현관으로 들어선 연희는 책임일꾼들의 방에 모두 자물쇠가 매달려 있어 '기술준비실'이라는 문패가 붙어 있는 첫 방문에 대고 조심스레 손기척을 했다. 응대가 없었다.

그는 방문을 빠끔히 열고 살며시 들여다보았다. 라크를 칠하여 반들반들하니 윤기가 나는 책상들에는 임자들이 없었다.

연희는 얼마 동안 망설이다가 방 안으로 들어섰다. 커다란 톱밥난로 밑에 싸늘하게 식은 재가 무드기 쌓여 있고 담벽마다 서리가 하얗게 불려 있었다. 어쩌면 며칠 동안 주인 없이 비어 있은 방 같다.

"어쩌나, 여기서 좀 기다릴까?"

연희는 문가에서 발범발범하다가 얼음살이 하얗게 오른 창문 곁으로 다가갔다.

이때 복도 쪽에서 발자국 소리가 나더니 서른 살 안팎의 키가 성큼한 청년이 찬기운을 확 풍기며 방 안으로 들어섰다. 벙어리장갑을 낀 그의 한 손에는 하얗게 성에가 불린 털모자가, 다른 한 손에는 기다란 도면 두루마

리가 들려 있었다.

"주인 없는 방에 이렇게 들어와서 안됐어요."

연희는 첫눈에 유순한 인상을 주는 청년의 얼굴을 바라보며 사죄하듯,
어줍은 미소를 그리었다.

"괜찮습니다. 어서 앉으십시오. 그런데 어디서……?"

청년은 예절 있게 의자까지 권하고 연희의 하얀 양털 목도리며 밤색 외
투를 눈여겨 바라보았다.

"송화요양소에서 왔어요. 탄광에서 찾는다기에."

"아, 그러면 아주머니가 바로 박연희 측량소 대장이 아닙니까?"

"예, 그래요."

연희는 반색을 하는 청년 앞에서 무안을 타는 소녀처럼 얼굴을 살짝 붉
히었다.

측량소 대장, 오래간만에 들어보는 옛 칭호가 '부기원'이라는 말이 몸에
배어 있는 그의 가슴을 야릇하게 흔들었다.

"그렇구만요, 먼 길을 오시느라 수고하셨습니다. 그러지 않아도 오늘
내일 오실 듯싶어 기다렸지요."

청년은 자기를 소개하였다. 탄광 설계기사 채동식이었다.

"가만, 그런데 방이 이렇게 차서 어쩐다. 잠깐만 기다리십시오."

청년은 손에 들었던 것들을 책상 위에 던지고 난로 앞에서 불쏘시개를
마련한다. 재를 퍼 담는다 야단스레 서둘렀다.

자기가 지금까지 밖에서 얼었던 몸은 생각지도 않고 손님의 추위만을
걱정하는 청년의 따뜻한 인정을 느끼자 연희는 불이 없이도 온몸이 후더
워 올랐다.

연희도 팔소매를 걷어붙이고 바께쓰에 톱밥을 날라왔다.

채동식이 능숙하게 지핀 불이 어느새 욱욱 소리를 지르며 번져 오리기
시작한다.

"자, 이젠 난로 곁으로 어서 오십시오. ……참 측량을 하고 여길 떠나신

후 처음 와보시지 않습니까?"

채동식은 난로 앞에 의자를 끄당기고 뜻있게 연희를 바라보았다.

"예, 10년 만이죠. 정말 그립던 옛 고향을 찾아온 것 같아요. 그런데 탄
광에서 저를 왜 부른답니까?"

"차츰 이야기하지요."

채동식은 한참 만에 무겁게 입을 열고 방 안을 둘러보았다.

후끈하게 온기가 퍼지자 성에가 불렀던 천장에서 물이 뚝뚝 떨어졌다.
유리창들로 즐펀해졌다.

채동식은 이윽고 나무꼬챙이로 나무통에 담겨 있는 톱밥을 쿡쿡 찌르
면서 말하였다.

"아주머니를 보내주도록 제기한 사람은 바로 저입니다."

"예—."

연희는 반문도 아니고 대답도 아닌 길게 떨리는 소리를 내며 동식의 얼
굴을 새삼스레 바라보았다.

동식은 한동안 심각한 표정을 짓고 빨갛게 달아오른 난로를 물끄러미
바라보고만 있었다.

"우리 탄광에서는 얼마 전에 어버이 수령님의 배려에 의하여 삭도탑 준
공식을 아주 크게 하였습니다. 그런데 그때 아주머닐 부르지 못한 것이 얼
마나 미안한지 모르겠습니다."

"아이 참. 별 말씀을……."

연희는 발가우리하게 피어난 얼굴에 미소를 그렸다. 탄광 사람들이 십
년 전의 측량공들을 잊지 못해하는 것을 보니 연희의 가슴에는 행복감과
안도감이 잦아들었다. 그는 문득 어떤 즐겁고 기쁜 일이 자기를 기다리고
있다는 예감을 느끼며 넌지시 동식의 표정을 살피었다.

동식은 창밖에 고개를 돌리고 가라앉은 소리로 말하였다.

"저는 탄광에 배치된 첫날부터 아주머니네가 만든 지형도를 가지고 설
계를 하면서 지난날 측량공들이 여기서 얼마나 수고했겠는가를 생각했습

니다. 더구나 이 지형도의 주인들이 여성들이었다는 것을 알게 되던 날 많은 것이 생각되어 잠을 이루지 못하였습니다."

"그렇게 생각해주셨다니 정말 고마워요."

연희는 고개를 다소곳이 한 채 조용히 대꾸하였다. 그는 진정 보통사람들이 쉬이 잊어버릴 수 있고 생각 못할 수 있는 측량공들의 숨은 노력을 귀중히 여길 줄 아는 젊은 기사에게 존경과 고마움이 갔다.

채동식은 얼마 후 도면 두루마리를 책상 위에 펼쳐놓았다.

너무도 눈에 익은 풍수덕 지형도가 아닌가!

벌떡 일어난 연희는 지형도 앞으로 다가갔다. 여성 측량소대의 역사가 담겨진 그 부드럽게 굽이지며 흘러간 지형도의 연보라색 등고선들을 바라보자 연희는 오랫동안 헤어져 있던 사랑하는 사람들과 만나는 순간처럼 가슴이 마냥 설레이기 시작하였다.

채동식은 한 손으로 처녀들의 숨은 위훈을 더듬듯이 지형도를 어루만지었다.

"보십시오. 지형도는 얼마나 정확하고 섬세합니까. 이 지형도를 들기만 하면 마치 우리의 누나들이 '여기는 길세가 사나우니 조심하세요. 여기는 진펄이 많아서 걷기가 힘들 거예요' 하고 다정하고 친절하게 속삭이며 길안내를 해주는 듯싶어 가슴이 뜨거워지곤 했습니다. 바로 이런 지형도가 있었기 때문에 삭도탑이 설계되고 니탄개발지가 이렇게 빨리 마련될 수 있었지요."

연희는 동식의 갈린 듯한 목소리를 들으며 가슴속이 뻐근하여 눈을 감았다. 일찍이 맛보지 못했던 생활의 회열이었다. 지그시 눈을 감았으나 처녀 시절의 꿈과 낭만이 되돌아온 듯 그의 마음은 하늘로 땅으로 활개 치며 날아갔다. 어느덧 연희는 탄광 개발자들이 보내주는 우레와 같은 박수와 화려한 꽃다발 위에 둥둥 떠받들린 자기를 생각하게 되었다.

동식의 목소리가 또다시 은근하게 울려오기 시작하였다.

"정말, 이 지형도를 보기만 하면 조국 땅의 높이와 크기뿐만 아니라 무게까지도 느끼게 했지요. 모든 것이 다 명확했습니다. ……그런데 뜻밖에도 며칠 전에는 전혀 이해할 수 없는…….”

연희는 갑자르며 말끝을 흐리는 채동식의 가느다란 한숨 소리를 듣고 고개를 들었다.

지형도를 물끄러미 내려다보고 있는 동식의 얼굴은 여전히 심각한 표정이었다.

침묵이 흘렀다. 바로 이때 얼굴이 시꺼멓게 언 건장한 청년 하나가 손기척도 없이 불숙 방 안으로 들어섰다. 그는 요란한 발자국 소리를 내며 동식의 책상 앞으로 다가서더니 대뜸.

“여보, 채동식 동무…… 이거 어쩌자는 거요. 보충 설겐지 뭔지 빨리 넘겨줘야 일하질 않겠소” 하고 푸념하듯 뇌까렸다.

“거 자꾸 우물에서 숭능 달라는 소릴 그만 해라두. 며칠만 좀 참소.”

채동식은 돌연희 나타난 그 청년과 무람없는 사이인 듯 농처럼 말을 건네었으나 얼굴엔 당황한 빛이 떠올랐다.

“기다리라, ……거 뭐요, 측량공인지 뭔지…….”

“중대장 동무!”

채동식이 웬일인지 청년의 입에서 터지는 말을 급기야 막아버리며 일어났다. 그리고 난처해하는 기색으로 떠듬거리면서 연희를 소개하였다.

연희는 동식의 앞에서 우락부락하는 그 청년이 니탄탄광 철도건설중대 중대장이라는 것을 알고 다정한 인사를 보냈다. 그런데 저편에서는 한순간 놀라는 듯하다가 인차 무표정한 얼굴로 연희를 뚫어지게 바라보았다. 연희는 얼굴에 달라붙는 그 눈빛이 너무도 강렬하여 외면하였다.

“음, 나도 모르겠소…….”

청년은 기운 없이 중얼거리고 아무런 인사도 없이 바람처럼 나가버렸다.

어정쩡해진 연희의 시선이 동식의 얼굴을 찾아갔다. 번개처럼 들어왔다가 나간 중대장의 거친 행동은 한껏 부풀어 올랐던 연희의 가슴에 알 수 없는 불안을 끼얹어주었다.

"기사 동무, 무슨 일 때문에 절 부르셨는지 알았으면 좋겠어요."

"피곤하시겠는데 오늘은 들어가 쉬십시오. 내일 아침에 저하구 현장에 직접 가서 제기된 문젤……."

"아니에요. 현장에 가야 할 일이 있다면 이제 곧 가지요 뭐."

연희는 적이 떨리는 소리를 내며 몸을 일으켰다.

연희는 동식의 뒤를 따라 깊은 의혹에 잠긴 채 달그림자가 비낀 어둑시근한 이깔 숲 속을 빠져나가자 눈발 건너 저 외딴곳에 반토굴처럼 기둥허리 절반이 눈에 파묻힌 기다란 귀틀집이 바라보이었다.

"저 큰 집이 바로 철도건설중대 합숙입니다."

그때까지도 연희를 찾게 된 사연을 말하지 않은 채 묵묵히 눈길을 헤치던 동식이 귀틀집을 가리켰다.

"아니, 여기에 철길을 놓는가요?"

연희는 조금 놀라며 동식을 쳐다보았다. 세월은 멀리 흘렀어도 지나간 측량의 길들을 아직 잊지 않고 있는 그는 지금 자기가 동계수 쪽에 걸어왔다는 것을 알고 있었다.

진펄과 진대나무가 많고 이끼와 나무풀들이 무성해 있던 곳, 여기서 연희는 처음으로 사랑이란 무엇인지 알았고 가슴을 울렁거리며 연인의 첫 편지를 읽었었다. 여기로 우편통신원도 찾아올 수가 없어 한 주일에 한 번씩 처녀들이 겨끔내기로 삼십 리 길을 걸어 산중 역의 역장실에서 편지를 날라오곤 했었다.

연희의 애틋한 그 추억을 소중히 묻어놓은 듯 하얀 눈발이 그날의 진펄과 진대나무와 검푸른 이끼밭들을 모조리 덮어버렸다. 얼마 후에 키를 넘는 눈무지를 양옆으로 헤쳐 놓은 기다란 눈 골짜기가 시작되었다. 철길이었다.

"우리는 한 달 전부터 여기서 철길 공사를 시작했습니다. 제가 설계했지요. 철도 부문이 전문이 아니지만 니탄 수송문제를 해결하자면 반드시 구내 철길을 내야 했기 때문에 달라붙었습니다."

동식은 눈에 파묻힌 철길 받침대들을 밟으며 이야기를 계속했다.

"진펄이 많기 때문에 전투가 조련치 않습니다. 그러나 이젠 벌써 10리 길을 이어 댔으니 절반은 나간 셈입니다."

"정말 수고들 하는군요. 그전 날 우리는 측량을 하면서 이런 황무지에 철길이 나지리라고는 생각도 못했지요."

연희는 먼 하늘을 보며 말하였다.

이지러진 차가운 달덩이가 눈보라 속에서 숨바꼭질을 하고 있었다.

동식은 마주 물어오는 바람 때문인지 고개를 짓수굿하고 걸어갔다.

"우리는 삭도탑 준공식을 하는 날 어버이 수령님께 남은 한 달 동안에 철길 공사를 끝내겠다는 맹세문을 드렸습니다. 우리 탄광을 늘 생각하시는 어버이 수령님께서는 아무리 바쁘셔두 우리들이 드린 그 맹세문을 읽으셨을 겝니다."

"동무들은 꼭 해낼 거예요."

연희는 가슴속에 뜨거운 것이 한가득 차오르는 것을 느끼며 속삭이었다.

얼마 후 채동식이 걸음을 멈췄다.

연희도 뒤따라 서버렸다.

"아주머니, 우리는 여기서 멎어야 합니다."

연희는 앞을 내다보았다.

아득히 뻗은 10리 철길이 여기서 뭉청 끊어져버렸다.

"제가 아주머닐 부르게 된 것은 이 앞에 있는 늪 때문입니다."

동식은 도면마리를 들어 통나무들과 얼음 조각들이 어지럽게 널려 있는 눈밭을 가리키었다.

연희는 의혹에 찬 눈으로 사방을 휘둘러보았다. 모든 것이 눈에 덮이어 어디에 늪이 있는지 알 수 없었다. 그전에 측량을 할 때 여기서 늪을 보았던지 기억도 아리숭했다.

연희는 그것을 확인하기 위하여 말없이 동식의 손에서 도면을 받아 쥐었다. 긴장해진 그의 눈길이 동식의 전짓불에 비쳐진 도면 위로 빠르게 헤엄쳐 다녔다.

"아니, 도면엔 늪이 없는데요."

"예, 도면엔 늪이 표시되지 않았는데 실지 철길을 놓자구 보니까 여기가 늪이었습니다. 우리는 그 때문에 철길 공사를 잠시 중단하게 됐습니다."

"예?"

연희는 눈이 둥그래졌다.

"우리는 늪에다 철길 다리를 놓자고 숱한 역사질을 했지요. 그러나 늪의 지질 조건이 나빠서 끝내 그만두고 말았습니다."

가볍게 한숨을 내긋는 채동식의 입에서 연기 같은 김이 날리었다.

연희는 쇠망치에 정수리를 되게 얻어맞은 듯 머릿속이 땡하고 눈앞이 아찔했다.

한줄기 세찬 눈바람이 몰려오더니 마침 지난날의 측량의 길을 돌이켜보라는 듯 차디찬 눈가루를 연희의 얼굴에 사정없이 뿌려졌다.

"아니에요. 절대로 그럴 수가 없어요."

연희는 연거푸 도리질을 하고 지형도를 다시 들여다보았다. 아무리 들여다보아도 늪은 표시되어 있지 않았다.

"그럴 수가 없겠는데 정말……."

연희는 통나무들이 널려 있는 눈밭으로 뛰어들었다. 얼음 조각들을 들어보고 꽉 얼어붙은 통나무들을 발길로 차보기도 하면서 늪을 확인하기 위하여 정신없이 돌아쳤다.

무득 나무통 옆에 커다란 얼음 구멍이 나타났다. 허리를 구부리고 들여다보니 거무틱틱한 물이 어떤 괴물처럼 연희를 노려보며 일렁거렸다.

"정말 모를 일이군요. 늪은 빠뜨리다니. 그럴 수 없는데……."

연희는 신음하듯 중얼거리었다.

"글쎄 말입니다. 지금까지 보면 풍수덕 지형도에는 자그마한 홈타구니 하나 빠진 것이 없었습니다. 그런데 어떻게 여기서…… 어쨌든 잘못은 눈이 덮였다구 현장답사를 구체적으로 하지 않은 저에게 있습니다."

기실 한겨울에 철도 설계를 한 채동식은 어디나 눈이 키를 넘게 쌓여 있는 조건에서 현장답사를 제대로 할 수 없었다. 그러나 많은 설계를 통하여 풍수덕 지형도를 너무도 확신하였기 때문에 비록 현장답사가 어설프게 됐지만 측량공들의 깨끗한 양심 위에 철길을 놓는다고 믿으며 아무런 거리낌 없이 설계도에 철길 선을 그었던 동식이었다.

"그러니 이젠 어쩌면 좋아요?"

"어차피 철길을 늪 옆으로 돌리는 수밖에 없게 되었습니다."

채동식은 철길을 늪 옆으로 돌리기 위한 보충설계도를 만들어야겠는데 눈이 덮였기 때문에 늪의 윤곽을 전혀 짐작할 수 없는 것이 문제라고 했다. 그래 채동식은 지난날 측량공들이 어떤 이유로 늪을 못 그렸는지 알 수 없으나 이제라도 늪의 윤곽을 빨리 확정하려면 풍수덕의 지형 습성을 누구보다 잘 알고 있고 늪 주변의 측량 자료들을 가지고 있을 뿐 아니라 지형지물의 특성을 예리하게 판단할 줄 아는 측량 전문가의 도움을 받아야 되겠기에 할 수 없이 연희를 찾게 되었다고 했다. 또한 그는 지형도와 관련하여 앞으로 설계 변경 문건을 내자면 지형도 작성자의 수표를 받는 실무적인 문제도 제기된다고 하면서,

"사실 처음엔 제가 지형도를 가지고 아주머닐 직접 찾아가려고 생각했었지만 이와 같은 사정 때문에 아주머니한테 먼 걸음을 시키게 되었습니다."

하고 거듭 미안스러워했다.

동식의 말소리는 바람 소리에 흩어지며 멀리 꿈결에서처럼 연희의 귀에 들려왔다.

연희는 멍청하니 서서 저쪽 눈밭에 널려 있는 시뻘겋게 녹이 슨 철근들과 눈덩지가 붙은 콘크리트 벽체며 통나무들을 가슴 아프게 바라보았다.

차디찬 늪물 속에서 다리 공사를 버리는 광경들, 자기를 이상하게 바라보던 중대장의 강렬한 눈빛이 새삼스레 떠오르자 연희는 터져 나오려는

오열을 가까스로 참으며 되뇌이었다.

"정말 모를 일이에요. 어쨌든 제가 모든 걸 알아보겠어요."

늪 때문에 생각이 깊어진 연희는 그날 밤 자기가 어떻게 역전까지 걸어왔으며 어떻게 남행열차에 올랐고 옛 직장인 중앙측량대 현관문으로 들어갔는지 알 수 없었다.

이튿날 뜨물빛처럼 시뿌옇게 흐린 하늘에서 푸실푸실 떨어지는 눈송이들을 온몸에 맞으며 또다시 풍수덕을 찾아오는 연희의 발걸음은 더욱 무거워졌다.

오랜 세월 문건 보관실 철문 속에 갇혀 있던 10년 전의 측량 야장들은 들춰보는 과정에 모든 것이 석연해지자 연희는 견딜 수 없는 번민 때문에 아침, 점심을 번지는 것도 다 잊고 풍수덕을 찾아왔다.

핏발이 선 눈으로 설계도면을 붙안고 씨름하는 채동식을 보자 연희의 마음은 한층 번거로웠다.

채동식은 맥없이 들어서는 눈투성이의 연희를 보고 마주 달려와서,

"벌써 오십니까. 이거 정말 수골 끼쳐서 안됐습니다" 하고 반색하며 난로 곁에 의자를 내놓았으나 연희는 넋을 잃은 사람처럼 책상 모서리를 꽉 붙들고 우두커니 서 있었다.

"가셨던 일이 어떻게 됐습니까?"

채동식은 침울한 연희의 표정을 불안하게 바라보았다.

"모든 것이 명백해졌어요."

연희는 채동식의 설계도면 위에 지형도 한 장을 올려놓고 쓰러지듯 의자에 주저앉았다.

채동식은 붉은 점들이 드문드문 박혀 있는 지형도를 긴장한 눈으로 훑어보았다.

"그 붉은 점들이 표척을 세워놓고 측량한 지점들이에요."

연희는 의자 가름대에 이마를 비비며 앓는 사람처럼 가는 목소리로 말하였다.

새 늪이 발견된 구역에는 붉은 점이 없었다. 채동식의 얼굴에 의혹의 빛이 어리었다.

"왜 이렇게 측량점들이 드문드문 찍혀 있을까요?"

측량점들이 성글다는 것은 그만큼 측량을 세밀히 하지 않았다는 것을 의미한다. 그런데 연희는 채동식의 의문에 거리낌 없이 대답하였다.

"거기에는 아무런 잘못이 없었어요."

사실 측량점을 드문드문 성글게 박은 데는 아무런 잘못이 없었다.

새 늪이 발견된 동계수 북쪽 구역은 풍수덕에서도 가장 지형이 평탄하고 단조로워 측량점을 조밀히 박을 필요가 없는 구역이었다. 그것은 연희네 지형도의 등고선과 등고선 사이의 높이의 차가 5 미터인데 동계수 북쪽 구역은 지형 기복의 차가 평균 1 미터도 되지 않는 무연한 대지이기 때문이었다. 그러니 이런 지역에서는 측량점을 조밀히 박지 않고도 지형도를 그릴 수 있으며 따라서 기술 규정에도 그것이 허용되고 있었다.

"표척을 드문드문 박았기 때문에 늪을 보지 못한 게 아닙니까?"

"물론 나무가 많으면 그럴 수도 있지요. 그러나 지형이 평탄하고 나무도 무성치 않았으니 그 늪은 측량점 '1005'에 표척을 세운 측량공의 시야 속에 들어 있었을 거예요."

"그런데 왜 늪을 그리지 못했을까요?"

채동식은 점점 더 깊은 이혹의 심연 속으로 빠져 들어갔다.

연희는 그 질문에 위경련을 일으킨 사람처럼 몸을 비틀며 입술을 깨물었다.

그는 얼마 후에야 들가방 속에서 측량 야장을 꺼내었다.

풍수덕의 증건자인 10년 전의 측량기록 문건은 채동식의 가슴을 쿡 찔렀다.

측량점 '1005'를 적은 측량 야장의 '날씨' 난에는 '오전—눈, 오후—흐림'이라고 씌어 있었다.

그렇다. 연희네는 풍수덕의 측량 작업을 끝내갈 무렵, 살얼음이 지고 첫 눈이 덮였던 때에 이 구역을 서둘러 측량하였던 것이다. 그러므로 새 늪의 얼음장을 덮어버린 첫 눈이 먼발치에 서 있는 측량공의 눈을 속일 수 있었다.

"아, 그랬구만…… 결국은 측량공에게 잘못이 있는 게 아니라 기술규정에 빈틈이 있는 게 아닙니까?"

"아니에요. 측량점은 비록 드물게 박는다 해도 측량점들 사이를 교차법으로 행군하면서 지형지물을 관찰하게 되어 있어요. 그런데……."

사실 측량점 '1005'에서부터 측량점 '1006'을 향하여 직선행군을 할 때에는 새 늪을 비키게 되어 있지만 측량점 '1005'에서 '1007'을 향하여 직선교차 행군을 한다면 새 늪을 통과하게 되어 있었다.

연희는 그때 직선교차 행군을 어떻게 했던지 기억이 잘 떠오르지 않았으나 측량 야장에 '측량점들 사이에 다른 지형지물이 없음'이라는 자기의 글자가 너무도 명백하게 적혀 있어 얼굴이 화끈거렸다.

'만일 늪을 통과했다면 아무리 눈이 덮여 있어도 첫눈인 조건에서 미끄러운 얼음판을 감측했을 것이 아닌가. 살얼음이 꺼져 물에 빠질 수도 있었다. …… 이것은 내가 행군을 조직하지 않았다는 것을 말한다.'

연희는 10년 전의 일이었지만 측량문건들을 보며 조용히 더듬어보니 아직도 뚜렷이 남아 있는 기억들이 있었다.

떨어지는 첫눈을 보며 초조와 불안 속에서 측량을 서두르던 일, 이제 풍수덕의 지형도를 안고 본부로 돌아가면 사랑하는 사람을 만나게 되리라는 달콤한 꿈…….

또한 연희는 그때 적막한 황무지를 바라보며 그것이야말로 사람을 위하여 아무런 혜택도 베풀지 않은 불모의 땅이라고 생각했었다.

여기에는 니탄마저 없으니 지질조사원이 오지 않을 것이며 진펄이 많고 진대나무와 어설픈 잡관목뿐이니 농장 개간지로도 될 수 없고 벌목공이 기계톱을 가지고 찾아오지도 않을 것이다.

'옳아, 나는 그때 풍수덕의 본산구역에서는 지하 보물을 찾으러 지형도를 들고 뒤따라올 지질조사원들의 눈을 은근히 두려워했지만 이 구역에서는 누구도 우리 지형도를 시비하며 뒤따라올 사람이 없을 것이라고 생각했지. 측량공의 발걸음이 처음이자 마지막으로 되는 그런 가치 없는 땅이라고 생각했지. 나는 바로 그 때문에 일을 설치었어. 아…….'

연희는 측량의 길에서 잠시 헛디딘 그 한순간의 걸음 때문에 먼 훗날까지 조국이 얼마나 손상을 받게 된다는 것을 모른 채 10년 세월을 마음 편히 살아온 자신이 부끄럽고 죄스러웠다.

어버이 수령님의 말씀대로 이 땅을 평방으로가 아니라 입방으로 재이기 위하여 조국의 한 지점도 지형도에서 흘리지 말아야 한다고 늘 소대원들에게 일러주던 자기가 아닌가!

"동식 동무, 제가 이제 어떻게 얼굴을 들고 다닐 수 있을까요."

"있을 수 있는 실수였습니다. 알고 보니 더 한층 측량공들의 수고를 생각하게 됩니다. 눈이 떨어질 때까지도 천막을 거두지 못하고……."

채동식은 창밖을 내다보았다. 함박눈을 맞으며 표척을 세워나가던 측량공들의 모습을 그려주듯 하늘을 가득 메운 소담한 눈송이들이 여전히 소리 없이 떨어지고 있었다.

"동식 동무, 눈차(탄광에서 창안한 눈 치는 차)만 대주면 제가 내일 중으로 늪의 윤곽선을 완전히 확인해드리겠어요."

연희는 송글송글 내돋친 이마의 땀을 씻으며 애원의 눈길로 동식을 바라보았다.

"아주머니, 이젠 아무 근심 마십시오. 여기에 있는 측량점들을 참고로 하면 우리 힘으로 늪의 윤곽을 빨리 확인할 수 있을 것 같습니다."

"아니에요. 여기서 늪이 있는 곳에 대체로 위험한 수렁밭이 있기 때문에 철길을 돌리자면 수렁밭까지 윤곽선을 그어야 될 거예요. 겨울철에 수렁밭과 보통 진펄을 구분하는 것이 힘든 일이에요."

채동식은 도면 위에서 오랫동안 연필방아를 찧으며 생각에 잠겨 있다가,

"직장에서두 기다리고 아이들도 어머닐 찾겠는데……" 하고 중얼거리었다.

"요양소에는 전화 연락을 했어요. 그리고 비록 철없는 아이들이지만 그 애들도 어머니가 저지른 잘못을 생각하면……."

연희는 목이 꺽 메어올라 말을 중둥무이하였다.

"부탁이에요. 오늘 저녁부터 눈차 운전수 한 사람만 동원시켜주시면……."

연희의 너무도 강경한 거동에 채동식은 뜨거운 것을 느끼며 얼굴을 수그리었다.

연희는 이틀 동안에 늪과 수렁밭의 윤곽을 지형도에 그려놓고 현장에서 철길이 돌아갈 한쪽 변두리에 표식 말뚝까지 박았다.

새 늪은 지금까지 풍수덕에서 제일 큰 늪이라고 한 수렁늪과 비슷한 면적을 가지었다.

연희는 닭알 모양의 긴 타원형을 이룬 윤곽선 안의 몇 개 지점에 늪물의 깊이까지 적어 넣었다.

연희는 늪의 정체를 다 까밝히고 채동식의 손에 도면을 넘겨주고 나면 마음이 좀 후련해질 것이라고 생각했었다. 그러나 정작 그렇게 하고 보니 오히려 마음이 더 쓰이고 가슴 한구석에서 불안의 구름장이 떠돌았다. 처음에는 빨리 윤곽선을 그려내야겠다는 그 한 가지 생각 때문에 미처 몰랐었는데 일손을 떼고 보니 무엇인가 가슴이 켕기어 그대로 떠나갈 수가 없을 듯싶었다.

연희는 동식의 권고에 못 이겨 말동무도 없는 호젓한 손님방, 부드러운 포단위에 몸을 실었으나 잠을 이룰 수가 없었다.

연희는 잠자리에서 뒤치다꺼리다가 끝내 채동식을 찾아가게 되었다.

마침 보충설계도 초안을 완성한 동식은 문득 들어서는 연희를 보자.

"아니, 왜 주무시지 않습니까?" 하고 말하고는 인차 즐거운 마음으로 수정한 설계도 초안을 내놓았다.

"솔직히 말해서 처음 윤곽선을 볼 때 좀 당황했었지만 실지 따지고 보니 그저 1 킬로미터의 철길을 더 놓는 것으로 됩니다."

연희는 설계도를 들여다보았다.

새 늪까지 곧추 뻗어나갔던 철길선을 지워버린 자리가 첫 눈에 띄었다. 동식은 고무지우개를 대고 그 지운 자리를 몇 번 더 문지르고 나서 파릿한 종이밥들을 입김으로 훅 불어버렸다.

이윽고 연희는 진한 색채를 먹인 푸른 줄기가 새 늪의 붉은 윤곽선을 에돌아 저 수렁늪 쪽으로 완만한 곡선을 이루며 흘러간 것을 보았다.

문득 연희의 눈앞에는 곧추 뻗은 궤도를 따라 쾌속으로 달리던 니탄열차가 늪 아근에 이르자 차츰 속도를 낮추며 멀리로 에돌아가는 것이 아른거렸다.

드티고만 측량의 한 걸음이 쾌속열차에 제동을 걸게 된 것을 생각할 때 연희는 그만 눈앞이 아뜩했다.

"아주머니, 몸이 편치 않았구만요. 이 며칠 너무 무리했습니다."

채동식의 얼굴빛이 흐려졌다.

"아니에요."

연희는 가볍게 머리를 흔들고 멍하니 설계도를 내려다보다가 말을 이었다.

"제가 만약 지형도에 늪을 제대로 그렸더라면 동식 동문 여기다 철길 설계를 하지 않았겠죠?"

채동식은 연희의 말에 대꾸가 없이 고개를 숙이었다.

"정말 저희들의 주인답지 못한 행동으로 너무나도 큰 손실을 가져오게 한 걸 생각하면……."

말끝을 맺지 못하는 연희의 입술은 일그러졌다. 그는 40미터의 늪 너비로 하여 그 25배나 되는 구부러진 철길이 생긴 것을 생각하니 가슴이 천근 무게로 짓눌리우는 듯했다. 그것은 마치 조국 땅의 한 지점을 내버리고 멀리 에돌아간 자기의 구부러진 측량의 길을 그대로 그려놓은 듯싶어 씩어지는 마음을 좀체로 묵새길 수 없었다.

무엇인가 안타까이 가슴을 드달기는 연희의 모습을 보자 동식은 비로소 입을 열었다.

"그걸로 해서 너무 상심 마십시오."

채동식은 늘 1 밀리의 작은 수치도 다투어온 측량기사이기에 1 킬로미터의 철길선이 무척 큰 숫자로 느껴질 수 있다고 생각했다.

연희는 설계도면 위에서 손끝으로 철길선을 여러 번 덧그려보았다.

"동식 동무, 참, 철길 다리를 놓다가 왜 실패했던가요?"

"늪 밑에 깔린 물렁물렁한 진흙층이 너무 두껍기 때문이었지요."

그 무른 진흙층 때문에 철길 다리를 놓자면 10 미터 이상의 굴착 작업을 하고 특수 시멘트를 물 쓰듯 해야 했다. 이것은 거리에서는 비록 이익을 보지만 노력과 자재와 시간에서 엄청난 손해였다.

두 사람은 침묵 속에서 오랫동안 설계도를 들여다보았다.

얼마 후 연희는 시뻘겋게 달아오른 난로 때문에 무더움을 느끼며 창문가로 다가갔다. 은하수가 남쪽으로 기울어가고 있었다.

연희는 수없는 항성들을 이윽토록 바라보다가 동식을 향해 돌아섰다.

"동식 동무, 저……."

"말씀하십시오."

"구부러진 철길을 볼수록 정말 마음이 별스럽군요. 어버이 수령님께서 우리 측량공들이 남긴 지형도의 오점 때문에 귀중한 철길 건설이 지장을 받고 있다는 것을 아신다면 얼마나 심려하실까요."

연희는 울먹거렸다.

채동식은 갑자기 의자 밑이 불편해졌는지 자꾸만 불안하게 움직거리며 흐려진 얼굴로 설계도를 내려다보았다. 그제사 연희의 고민이 무엇인지 느껴져 무거워진 머리를 젖힌 동식은 의자 등에 몸을 내맡긴 채 지친 듯 눈을 감았다.

설계도에 줄을 긋고 점을 박는 자기의 마음이 너무도 단순하고 실무적이었다는 뼈저린 뉘우침이 일어났다.

'참으로 1 킬로미터의 레일의 값을 모르고 20리 남짓한 철길선을 설계

하지 않았는가.'

문득 채동식의 귀에는 훗날에 사람들이 이 구부러진 철길을 놓고 많은 이야기를 하게 될 것이라는 연희의 목소리가 다시 한 번 들려오는 듯했다.

자기의 설계도가 지형도의 오점을 내내 남겨놓고 측량공들의 가슴에 영원히 아픈 상처를 주게 될 것이라고 비로소 생각하게 되니 그는 가슴이 미어지는 듯 했다.

니탄열차를 몰아가는 기관사의 눈, 통근열차의 탄부들과 학생들과 출장원들의 무수한 눈들이 저 새 늪을 바라보며 어찌하여 이 평탄한 대지에서 철길을 구부리게 되었는가를 서로 묻고 이야기할 때 그들은 설계원과 측량공에 대하여 무엇을 생각하게 될 것인가. 그들은 한 킬로미터의 철길을 필요 없이 늘여놓은 이 기하학적인 곡선을 결코 무심히 대하지 않을 것이다. 사실 구부러진 철길이 지금은 별로 손해를 주지 않는 듯싶어도 '만년대계'라는 이 오랜 시간을 두고 한 킬로미터의 철길 위에서 손해를 받게 되는 속도와 연료와 노력을 계산한다면 천문학적인 숫자로 치달아 오르는 것이었다.

채동식은 자기의 비뚤어진 양심이 설계도에 비쳐진 것을 보는 순간 시뻘건 난롯불이 그대로 얼굴에 들씌워지는 듯싶었다.

'그렇다. 만약 이 설계도대로 철길을 놓는다면 훗날에 사람들은 지형도에 늪을 빠뜨린 측량공보다도 늪을 정복하지 못하게 한 이 설계가를 더욱 꾸짖을 것 이다. 그러면 그때 가서 나도 역시 지나온 생활 때문에 참을 수 없는 고통을 받을 것이다.'

채동식은 의자 등받이에 젖혔던 몸을 바로 세우고 사죄하는 눈으로 연희를 바라보았다.

그는 이윽고 책상에 팔굽을 고인 채 손으로 두 볼을 주물럭거리며 설계도면을 새로운 눈으로 바라보기 시작하였다.

"동식 동무, 이젠 눈을 좀 붙이세요."

동식은 연희의 발자국 소리가 문 쪽으로 멀어져가는 것을 듣고 몸을 일으컸다.

"아주머니!"

"오늘은 좀 주무세요."

"아주머니, 고맙습니다."

채동식은 고개를 숙이었다.

"동식 동무."

"아주머닌 저에게 중요한 걸 깨우쳐주시었습니다. 전 이 설계도를 죄 버리겠습니다."

"그게 무슨 말씀이세요?"

"애초의 설계대로 직선 철길을 놓겠습니다. 철길 다리를 어떻게 하나 손해 없이……."

채동식은 문 쪽으로 다가갔다.

연희는 잠시 굳어진 사람처럼 서 있었다. 얼마 후에야 그는 공포인지 기쁨인지 알 수 없는 야릇한 시선으로 채동식을 지켜보며 목소리를 떨었다.

"할 수 있을까요?"

"탐구해보겠습니다. 그러니 아주머니, 이제는 마음 편히 돌아가십시오."

"고마워요. 동식 동무."

연희는 울어버릴 듯 고개를 돌리고 눈귀에 손을 가져갔다.

연희는 그 밤을 지새우며 요양소 당위원회와 남편에게 보내는 긴 편지를 썼다.

채동식은 그 밤부터 더욱 촉박한 시간을 보냈다. 현장을 돌아보기도 수십 번, 잠들 수 없는 긴 겨울밤, 불같은 재촉들…….

이렇게 이틀이 지나 드디어 철도건설중대 현장사무실에서 보충설계도에 대한 군중심의를 가지게 되었다.

참모부, 기술준비실 성원 전원, 철도건설중대 소대장 이상, 각 현장중대 중대장들이 다 모였기 때문에 어지간히 넓은 방이었지만 들어설 자리가 없이 빼곡하였다.

뒤늦게 들어온 연희는 문짬에 끼우다시피 하고 서 있었다.

주석단처럼 사람들을 마주 향하여 앉은 기사장은 '철길다리'라는 표제가 붙은 설계서를 들여다보고 있었다.

경량 소고도 시추기로 열 개의 쌍구멍을 뚫고 거기에 철기둥을 박아서 철길다리를 놓게 한 이 설계도 앞에서 기사장은 사뭇 긴장한 표정을 짓고 있었다.

설계자는 정확하고도 치밀한 계산들을 하였다. 철기둥의 양 옆을 받치는 지지대를 세우는 데도 열차의 움직임에 의하여 일어나는 수직 수평 방향의 힘을 고려한 역학적 계산이 있었다.

계산 자료에 의하면 철길 다리의 안정성이 콘크리트 통기둥보다 오히려 높고 수명도 역시 길다. 노력과 자재는 엄청나게 절약된다. 1 미터의 굴착 작업도 없으니 사람들이 물속에 들어갈 필요도 없다. 잘하면 일주일 안으로 다리를 완공할 수 있었다. 그런데 좀 까다로운 것은 구멍이 작은 경량 고속도 시추기로 진흙층을 지나 좋은 땅이 나올 때까지 뚫어야 하기 때문에 가늘고 긴 철기둥을 써야 하는 것이었다. 이런 조건에서는 모든 기둥들이 조그마한 하나의 만곡점도 없어야 할뿐더러 완벽한 90도의 수직선을 보장할 때에만 철길 다리의 안정성과 수명을 담보할 수 있는 것이다.

기사장의 목소리가 들려왔다.

"많은 고층과 진지한 탐구의 노력이 엿보입니다. 늪의 지질 조건에 가장 알맞은 합리적인 작업 방법을 찾아냈습니다. 특히 기쁜 것은 최대의 정밀도를 요구함으로써 최대한으로 노력과 자재와 시간을 절약한 것입니다."

물을 뿌린 듯 조용하던 방 안이 홍성거리었다. 연희도 금시 철길 다리가 일어서는 듯 가슴이 울렁거리었다.

"조용하시오! 그러나 정밀도를 보장하는 문제가 그리 쉬운 것이 아닙니다."

한때 대학 교원으로 있었고 공업역학에 밝은 기사장은 설계자 이상으로 설계도를 잘 이해하고 있었다. 그는 설계도가 요구하는 철기둥은 가늘고 길기 때문에 완벽한 수직선, 더 정확히 말해서 완전무결에 무한대로 접근하는 그런 수직선으로 세워야 한다고 하면서 시공자들이 여간 깐깐하지 않으면 안 된다고 했다.

기사장은 만약 이러한 철길 다리가 정밀성을 보장하지 못하는 경우에는 만회 할 수 없는 무서운 후과(後果)를 가져올 수 있다고 그림을 그려 보이면서 설명하였다.

기사장은 사람들을 각성시키기 위해 좀 과장하여 형상적으로 말하였기 때문에 연희는 다리가 무너지고 열차가 허공에 뿌려나가는 무서운 상상을 하며 오싹 몸을 떨었다.

"그렇지만 수직선만 잘 보장하면 만년기둥이 될 것입니다. 왜 그런가? 중력 중심 또는 중력의 균형점들에 놓인 완벽한 수직선은 자기 무게의 몇 백 배 이상의 무게를 받들 수 있기 때문입니다. 지렛대의 원리를 발견한 고대 학자가 지렛대로 지구를 들어 올리겠다는 말을 한 것처럼 아마 수직선의 중력저항을 처음으로 계산한 학자는,

"'나에게 완전한 수직선만 보장해 달라, 그러면 나는 가는 바늘로써도 당신의 누각을 떠받들 수 있다' 하고 말했을지 모릅니다. 경량 고속도로 시추기 구멍에 의한 철길 다리 설계는 바로 이런 역학적 원리에 기초한 것입니다. 어떻소, 시공지도를 책임진 김동무, 자신 있소?"

"어이구, 전 자릴 내놓겠습니다."

"하하하……."

방 안에는 갑자기 웃음이 터져 나왔다.

사실 시추 굴진을 할 때 추관을 조금도 구부리거나 비뚫지 않게 완전한 수직으로 보장하기란 조련치 않은 일이었다.

더욱이 설계도는 연추를 매달고 수직선을 보는 정도가 아니라 현미경적인 관측을 요구하고 있기 때문에 선뜻 나서는 시공지도원이 없었다.

기사장이 잠시 채동식이와 설계도를 놓고 무슨 이야기를 하는 사이에

방 안이 소란해졌다.

　"거 너무 까다롭구만, 차라리 대형 시추길 써서 굵은 기둥을 박지 뭘 그래."

　"뻐꾸기 같은 소리, 대형 시추길 쓰면 이 얼음판이 견디는가. 물귀신이 되고 싶어!"

　"그리구 그건 모기 보고 대폴 쏘는 격이야."

　"그렇지만 그 설계의 요구대로야 수직선을 보장해내는가 말이오. 그야말로 이론적인 수직선이오!"

　"설계가라는 건 그저 늘 요구성이 높게 마련이야. 그저 보통 기둥처럼 쑬쑬히 세우면 되겠지 뭘 그래"

　"또 촌놈의 일본새가 나온다. 이게 열차 다리라는 걸 생각하라구. 심중한 문제요 심중한……."

　이윽고 기사장이 방 안을 둘러보며 조용하라는 말을 하자 저마끔 이야 기판을 벌이던 사람들의 시선이 기사장에게 쏠리었다.

　기사장은 시공 그루빠를 조직하려고 몇 사람 이름을 불러 세워놓고 의견을 물었다. 그러나 여전히 모두 머리만 기웃거릴 뿐 선뜻 나서지 못했다. 하긴 설계의요구대로 정밀성을 잘 보장하지 못하여 만약 사고라도 일어나면 시공자에게 큰 책임이 돌아오는 문제여서 그럴 수 있었다.

　그리하여 마지막에는 시추기 구멍에 철기둥을 세워본 경험도 없을 뿐아니라 철길 건설이 어지간히 긴장하게 된 조건에서 안전하게 늪 옆으로 철길을 돌리자는 의견이 다시 살아나게까지 되었다.

　설계도에 매혹되었던 기사장까지도 곡선 철길에 다시 기울어질 듯싶어 연희는 안타깝고 조마조마하였다.

　'수직선! 수직선!'

　연희의 눈앞에는 측량공들이 세우는 표척이 떠올랐다.

　측량공들에게는 "표척을 네 양심처럼 곧게 세우라!" 하는 말이 있다 그것은 표척을 약간만 비뚤게 세워도 측량 수치에서 그 몇 배의 오차가 생기게 되기 때문이다. 그래서 측량공들은 언제나 완벽한 수직선을 지향하는 것이다.

'그래 수직선의 명수들은 바로 측량공들이야. 나는 수백 수천 개의 표척을 세워보고 관측해본 측량기사다.'

연희는 어느덧 시공자의 입장에 자기를 세워보았다. 가슴이 떨리었다.

'아니야, 한 번 실수를 저질러 너무도 큰 고통을 맛본 내가 무엇 때문에 그 아슬아슬한 외나무다리를 건너간단 말이야.'

연희는 도리질을 했다. 그러자 그의 눈앞에는 푸념을 하듯 칙칙거리며 새 늪을 돌아가는 니탄열차가 측량 렌즈에 확대된 표척의 눈금처럼 예리하고 뚜렷하게 나타났다.

'아니야, 노력하면 될 수 있는 좋은 일을 기피한다는 건 무엇을 말하느냐!'

연희는 슬며시 눈을 감았다.

심장이 튀어나올 것처럼 쿵쿵 힘찬 박동을 한다. 그는 두 손으로 가슴을 지그시 눌렀다가 종이 한 장을 꺼내었다.

'동식 동무, 건축적인 문제만 도와주면 철기둥의 수직선은 제가 시공자의 입장에서 책임지겠어요. 전 시추기 만곡 측정도 해본 경험이 있어요. 수직선을 보장하기 위해선 측량공의 눈이 필요합니다. 맡겨주도록 제기해 주세요. 연희.'

글쪽지가 동식에게 전달되었다.

그 후 연희는 시간이 얼마 흘렀는지 가늠하지 못하였다. 다만 시공 그루빠 성원들의 이름을 부르는 기사장의 목소리를 똑똑히 들을 수 있었다.

다섯 명이었다. 연희의 이름은 없었다.

한참만에야 연희는 가사장의 목소리를 다시 들었다.

"동무들, 그리고 당위원회와 또 해당 요양소와 토의하고 요양소 부기원 박연희 동무를 시공 그루빠에 망라시키려고 합니다."

약속이나 한 듯 사방에서 동시에 웅성거리었다. 기술준비실과 참모부 성원 몇 사람밖에는 거의 다 연희를 모르고 있었다.

"요양소 부기원은 그 전에 여기서 측량을 한 여성 측량소 대장이었으며 재능 있는 측량기사입니다."

채동식의 목소리가 들려오기 시작했다. 그런데 바로 이때 저켠 창문 쪽에서,

"가만, 그건 또 무슨 말이오?" 하는 소리가 연희의 가슴에 대포알처럼 날아와 박혔다. 철도중대 중대장이었다.

"운동장 같은 늪을 보지도 못한 그런 측량기살 여기에 망라시키잔 말이오? 그만둡시다. 차라리 우리끼리 합시다."

젊은 중대장은 억센 주먹으로 채동식을 후려칠 듯이 노려보고 있었다. 그도 그럴 것이 늪 때문에 굴뚝처럼 속을 태우고 있는 사람은 바로 이 중대장인 것이다.

채동식의 얼굴이 방금 피를 뽑아낸 사람처럼 하얗게 변해버렸다. 그는 방 안의 모든 사람들을 향하여 말했다.

"늪을 보지 못한 데는 그럴 만한 이유가 있었습니다. 얼마 전만 하여도 동계수 북쪽 구역은 무인지경의 황무지가 아니었습니까. 게다가 측량 당시에는……."

"채기사 동무, 여러 말을 듣지 않겠소. 우리에게 기술자가 모자라서 그러우?"

"물론 그래서 그런 건 아니오. 그러나……."

"솔직히 말해서 나는 양심이 없는 그 여자를 믿을 수가 없단 말이오. 한 번 쓴맛을 봤으면 됐지 또……."

연희는 더 견딜 수가 없어서 뛰쳐나왔다. 향방도 없이 걸어갔다. 눈무지에 엎어지고 쓰러지면서…….

우듬지에 소담한 흰 고깔을 쓴 키 낮은 이깔나무 한 그루가 앞을 가로막았다.

연희는 거기에 몸을 기대고 하늘을 올려다보았다. 모든 것이 시뿌옇게 흐려 보였다.

'중대장 동무 그럴 수 있어. 있구 말구. 그렇다고 내가 주눅이 들거나 물러서서는 안 돼! 나는 내가 빠뜨린 이 늪 앞에서 바로잡은 나의 양심을 보여주어야 돼!'

연희는 멀리서 부르는 동식의 목소리를 들으며 이깔나무 등어리에 비스듬히 기대었던 몸을 곧바로 세웠다.

그날부터 연희는 외투 대신 솜옷을 바꿔 입고 시추탑이 서 있는 늪 얼음판으로 나갔다.

연희는 만곡측정기(시추기 추관의 경사도와 만곡도를 측정하는 기구)를 들고 시추공들과 함께 현장에서 살았다.

시추공들은 조금이라도 편차가 생기면 용서 없이 추관을 끌어올려서 굴진을 새로 시작하게 하는 그 낯모를 아주머니의 만곡측정기를 제일 두려워했다. 그래 시추공들은 '만곡측정기 아주머니'가 나타나면 자기들의 간식, 사탕 과자와 가장 따뜻하고 편한 자리를 저마끔 내놓으면서 은근히 '타협'을 기대하였다.

시추공들을 바라보는 연희의 얼굴에는 언제나 다정한 미소가 그려 있었고 두 눈에는 누나와 언니의 애정이 반짝이고 있었으나 조금도 타협할 줄을 몰랐다.

사흘이 지나서부터 해맑던 아주머니의 얼굴이 새까맣게 얼고 입술이 트기 시작하자 시추공들은 '타협'을 원해서가 아니라 진심으로 그에게 편한 자리와 간식 봉투를 내놓았다. 나흘째 되는 날에야 그들은 비로소 '만곡측정기 아주머니'가 누구인지를 알고 은근히 눈시울을 적시었으며 시추 기동체에 자기들의 양심을 비춰 보면서 책임성을 더욱 높이었다. 그리고 그들은 아주머니에게 무엇인가 따뜻하고 살뜰한 말을 해주려고 했으나 그날부터 그는 나타나지 않았다.

연회는 그날 철기둥의 수직선을 '최종심의' 하기 위한 측량 검측탑을 설계하였다.

측량 검측탑은 15 미터의 높이를 가지는 네 면의 사다리로 된 사각 수직 나무탑인데 이것은 철기둥의 수직선을 15 미터의 높이로 연장한 상태에서 관측하기 위한 것이었다(수직선은 길이가 길수록 그 편차가 명확히 나타나기 때문에 검측탑을 만든다. 검측탑은 기중기로 떠옮기게 되어 있다).

드디어 철기둥의 수직선을 마지막으로 검측하는 날이 왔다.

얼음판을 까버리고 진대 나무들을 걷어낸 소택 기슭에 많은 사람들이 모여들었다. 기중기차가 긴 팔을 드리우고 서 있는 작업장의 여기저기에는 불무지들이 타올랐다. 늪을 건너간 열 쌍의 기둥들이 타오르는 불길 속에 마치 자기의 굳은 절개를 시위하듯 번들거리며 하늘을 향해 곧추서 있는데 철기둥(늪 가운데 있는 철기둥) 위에 아슬히 솟은 사각 나무탑 밑에는 연회, 동식이, 중대장이 작업 준비를 하고 있다.

"연회 아주머닐 잘 돌봐야 하겠소."

검측탑 위에 오르게 될 연회를 두고 하는 기사장의 말이었다.

"알겠습니다."

탄광에서는 남자 측량공을 검측탑에 올려 보내려고 한 것인데 연회가 강경히 나서기도 했고 또한 최대의 정밀도를 요구하는 작업이므로 더는 유능한 측량공이 연회를 말리지 못했다.

멀리 측량기가 서 있는 맞은편에서 호각 소리가 울리며 천천히 붉은 신호기가 올라갔다.

그들은 탑을 오르기 시작했다.

눈보라가 흩날렸다.

사나운 바람이 회오리칠 때마다 뿌연 장막이 덮인 공간에서는 눈꽃이 아우성치며 맴돌았다.

연회는 그 모든 자연의 광란을 물리치면서 한 걸음 한 걸음 톺아 올랐다. 숨이 가빴다.

그는 몽이 휘우뚱 옆으로 기울어지며 허공으로 내리꽂히는 환각이 이는 순간 무엇이 자기 어깨를 꽉 부축해주는 것을 느꼈다. 밑에서 안전띠를 죄어준 것이다.

"측량기사가 다르군요"

동식이가 연회의 날렵한 동작에 감탄하여 소리쳤다. 그러나 중대장은 그 어떤 깊은 생각에 잠긴 듯 고개를 수긋하고 묵묵히 사다리를 오르기만 한다.

헛디딘 한 걸음을 두고 그것을 씻기 위하여 아글타글 노력하는 한 여인의 행동 앞에서 중대장은 참으로 많은 것을 생각하고 있었다.

'어린 처녀 측량공들이 무거운 배낭을 지고 이 사득판과 숲속을 어떻게 다녔을까…… 지치고 힘들어 눈물을 떨구면서도 표척만은 똑바로 세우고 다닌 그 처녀들의 숨은 노력이 있었기에 우리 탄광 사람들이 오늘 세상 사람들 앞에 떠받들리고 칭찬을 받고 있지 않는가. 그러나 우리는 그 측량공들에게 꽃다발 하나 안겨준 적이 없다. 오히려 나는 그들의 조그마한 실수를 지나치게 대했고 심지어 그들을 우리 탄광에 들여놓지도 말라고 하지 않았는가…….'

"중대장 동지, 뭘 그렇게 생각하세요?"

중대장은 연회의 부드러운 목소리를 듣고 고개를 들었다.

"……아주머니! ……그동안……."

중대장은 갑자기 사다리에 얼어붙었다.

"어서 오르자요, 중대장 동지!"

연희는 억대우 같은 사나이의 눈굽에서 번뜩이는 은구슬을 보며 목메어 속삭이었다.

이윽고 세 사람은 탑 정점에 올라섰다.

수직선 연장점을 찾아내고 표척을 든 연회를 동식이와 중대장이 옹위하듯 부축하고 서 있었다.

높은 탑 위에는 소름이 끼치게 바람이 세찼다. 그러나 수직선 연장점을 열심히 가늠하며 푸른 신호기가 오르는 넓은 눈벌을 바라보는 연희의 동그스름한 얼굴에는 오래간만에 찾아오는 기쁨의 미소가 조용히 피어오르고 있었다.

눈이 쌓여 하얗게 단장한 크고 작은 늪들, 아득히 곧게 뻗어간 철길, 그 어떤 짓궂은 광풍에도 흔들리지 않고 거인처럼 서 있는 삭도탑, 억센 굴곡을 이루며 길게 누워 있는 저 먼 조국의 산발들······.

이 모든 정들고 아름답고 사연 많은 풍수덕의 정경이 눈앞에 펼쳐지자 연희는 그만 저도 모를 감격에 목이 메어 온몸을 떨었다.

연희는 동식이와 중대장을 새삼스럽게 돌아보았다.

"전······ 어버이 수령님의 심려를 덜어드리게 될 이날을 평생 잊지 않을 거예요."

세 사람은 햇빛이 번쩍이는 넓은 하늘을 향해 손을 높이 흔들었다.

티 없이 순결하고 곧은 마음으로 영원히 조국을 떠받들고 나갈 그들의 맹세에 화답하듯 검측탑을 향하여 푸른 신호기가 또다시 날새의 깃처럼 나부끼었다.

연희는 철기둥의 수직선에 맞추어 똑바로 세운 표척의 눈금들을 마음속에 새기며 오래도록 탑 위에 서 있었다.

≪조선문학≫, 1978.2

광주의 새벽

남대현

도시는 살벌했다.

학교 교문이며 거리의 요소마다에는 바리케이드가 구축되고 건물들 옥상에도 중기관총이 도사렸다. 탱크며 장갑차가 때 없이 유리창을 즈릉즈릉 울리는가 하면 야무진 총성이 몰방으로 터지기도 했다. 드디어 파쑈 악당들이 오늘부터 봉기자들에 대한 무장공세에 들어선 것이었다.

도시는 하루 사이에 온통 뒤죽박죽이었다.

밤이 왔다.

시내에서 멀리 떨어진 양림동, 자그마한 수경천을 사이에 둔 언덕에 자리 잡고 있어 재동이라고 불리우는 60여 호의 마을에도 어둠이 깃들었다. 여느 때 같으면 까까머리 소년들이 한창 석간을 날려대거나 두부 장사의 풍경 소리 같은 손종이 울릴 때지만 지금은 삽살개 한 마리 얼씬거리지 않는다. 그러나 무지무시한 정적은 오히려 태고연한 밀림에 호곡을 불러오는 폭풍 직전인 양 그 무엇이 밑굽이에서 세차게 꿈틀거리고 있다. 실상이들 어느 집에서나 지금은 사무친 원한의 울분으로 하여 잠 못 이루고 있었다. 파쑈 무리들의 구둣발에 차여 실신한 아들을 지켜보며 처절한 분노를 터뜨리는 사람, 원쑤들의 만행으로 하여 일시 좌절된 폭동을 두고 비통한 심정을 금치 못해하는 사람, 그런가하면 백배의 복수를 가다듬고 무자비한 철추를 안길 비장한 결심을 새기는 사람도 있었다. 하나 모든 사람들이 다 그런 것은 아니었다. 그중에는 항차 이 일이 어떻게 되려누 하는 불안에 휩싸여 있는 사람도 있었다. 그는 바로 마을의 첫 어구, 커다란 미루나무가 솟아 있고 육각 무늬 회벽 담벽에 빙 둘러싸여 있는 아담한 양옥채의 주인 유원일씨였다.

그는 아까부터 그런 듯이 창가에 서 있기만 했다.

대학을 졸업하고 낙향한 지 스무 해, 그 사이 운이 틔어서 요행 시내에 적지 않은 운송점까지 차려놓은 그였다. 이 일판에서는 잔등이며 볼따귀에 동그라미를 하고 그 안에 한 일 지를 가로 그은 그의 '원일상회' 화물차를 아무 때나 볼 수 있었다. 초라하게나마 이런 번성에는 부모들이 남겨놓은 밑천도 있었지만 보다는 등치고 간 빼 먹는 어지러운 세파 속에서도 천성으로 타고난 듯한 그의 순박성이 오히려 신용 본위라는 거래 법칙에 어느 정도 분칠을 한 것인지도 몰랐다. 그의 말대로 하면 운송업이란 '현대 지게꾼'이고 '달리는 날품팔이'인 것만큼 결코 악덕 상인처럼 야바위 쳐서 걸어 들이지 않는 '근로상업'이라는 것이었다. 그래서 그런지 모르나 어쨌든 누구에게 악하게 구는 일이 없어 인근에서 이름 대신 '호원만'으로 불리우는 그였지만 요즘은 통 이맛살이 퍼지지 않았다. 한 것은 지금 해운대에 가 있는 안해한테서는 당장 현아를 데리고 그것으로 오라는 독촉의 연발이었으나 그처럼 안해가 걱정하는 현아는 되려 봉기의 제1전선에서 그것도 역원으로 활약하고 있기 때문이었다.

"참! 당신두 아직 철없는 계집애 소행에 생각은 무슨 생각이에요. 정말 답답해,"

안해는 방금 전에도 토라진 소리를 했다.

사실 돈깨나 있다는 사람들은 벌써 봉기의 심상찮은 조짐을 간파하고는 다른 곳으로 내뺀 지도 오랬다. 그들은 사람들의 속주머니를 지빨리 들여다볼 줄 알았지만 시국의 대세도 놀랄 만치 예민한 촉수로 감각하곤 했다.

그들이 떠나면서 하는 말은 모두가 하나같았다.

"행세(형세)가 가당찮다카이. 기양 있시문 밑천 쪽딱 녹는 팡이라."

"자동차라꼬 안심 마세. 이번 폭동은 웬통 자동차로 바리케이트를 쌓더랑께. 뛰지 안 하믄 망한당께."

그러나 원일은 뜰 수 없었다. 이런 때 여기를 뜬다는 것이 어쩐지 양심에 못을 박는 모진 일처럼만 여겨지는 것이었다. 정의를 위해 목숨을 각오한 이 사람들을 피한다는 것이야말로 불이 붙는 아파트에서 자기만 살겠다고 달아나는 그런 비열한 행동이 아니고 뭐랴. 그럴 수는 없었다. 그렇다고 또 현아를, 아무리 의롭고 자랑스러운 행동이라 하여도 불길이 널르거리는, 당장 와그르 무너져버릴 수도 있는 그 사지에 마구 뛰어드는 현아를 그냥 수수방관할 수만은 없었다. 그런 자기의 심정도 모르고 현아는 안타깝게도 제 기분에만 사로잡혀 있었다.

"아버지, 자동차 두 대만 쓰게 해줘요."

어제는 집에 뛰어들기 바쁘게 이런 청을 했었다.

"자동찬 왜?"

"바리케이드를 까부셔야죠? 다른 학교에 대표도 파견하고."

"헛 참!"

그렇지 않아도 어제 아침 밥풀떼기 하나(소위)를 단 새파란 녀석이 본소에 나타나 헛바닥을 납땜이라도 했는지 꼿꼿한 소리로 을러멨던 것이다.

"오늘부터 일체 자동차를 단속한닷. 번호에 의해 차주를 엄단하겠단 말이닷."

그게 무서워서라기보다 자동차까지 쓰자는 걸 보니 그 어떤 커다란 움직임이 뒤에 있고 그 앞에서 철없는 현아가 날뛰는 것 같아 불안스럽기만 했다.

"얘, 그걸 누가 시키던?"

"그저 우리가 생각한 거죠. 옛날 아버지처럼."

아직 생활을 수학 교과서의 공식처럼 생각하는 딸이었다. 하긴 사진첩을 펼칠 때마다 4·19 시위 때의 자기의 모습, 커다란 중탱크의 포신 옆에서 플래카드를 휘두르는 자기를 마치 하늘이 내린 영웅호걸이라도 되는 듯이 신기하게 바라보는 딸인데야!

"자동차 안 돼."

"왜 안 돼요?"

"글세 안 돼!"

촛불처럼 따듯하게 빛나던 현아의 두 눈이 일시에 둥그레졌었다.

"비겁해요. 아버진!"

다시 애걸하는 일도 없이 뺑 돌아서버리는 현아가 이럴 땐 고등학생이라기보다 마치 유치원생 같았다.

그래 오늘은 좀 안정을 시켜볼까 했댔는데 돌아오잣바람으로 침대에 쓰러져 흐느껴대기만 했다. 어떻게도 서럽게 우는지 달랠 엄두조차 나지 않았다.

'소란스런 세상이여!'

통금시간이 가까워오는지 나발차가 또 거리를 휩쓸며 부산을 피웠다. 오늘은 무등산이 있는 뒤쪽에서 뭐라도 왕왕 떠들어댄다. 낮에 보니 조선대학교의 하얀 7층 청사 꼭대기의 군모들이 욱신거리더니 거기서 아가리를 터쳐 놓은 모양이었다.

그는 옆에 있는 포의자에 몸을 잠그며 지그시 두 눈을 감았다.

4·19 때의 일이 떠올랐다. 대학가에서 동대문으로, 동대문에서 세종로를 거쳐 '중앙청'으로 육박해 들어가던 질풍노도의 시위 물결, 우렁찬 외침, 만세의 환호, 그 파죽지세와 같던 기세야말로 얼마나 장관이었던가! 경찰들이 버리고 달아난 백차에 마이크를 걸고 '학우여 나가자 자유를 위해' 하고 노래를 부르면 저쪽에서 '앞으로 앞으로' 하고 화답하지 않았던가. 그런데 결국은?

원일은 그때 자기들이 그처럼 열렬히 구가하던 아롱진 꿈이 일조에 너무나도 허무하게 흩어진 때를, 그것이 흩어지기 바쁘게 더 모진 광풍의 세례가 휘몰아쳐온 것을 회상하자 저절로 탄식이 쏟아졌다. 청년들이 목숨

바쳐 헤쳐 놓은 그 길로 더 악독한 새 독재자가 군림했을 뿐이었던 것이다.

'빌어먹을! 마디를 쳐갈기니 옹이라더니.'

그때부터 그는 일생 속히우며 살아야 하는 것을 자기의 숙명으로 받아들이게 되었고 어지러운 현실을 직시하는 것조차 귀찮아졌다. 그저 지긋지긋하지만 한 현실을 홀 떠나서 어느 고요한 섬에서 혼자 살았으면 싶었다. 대학 시절에는 강의시간에도 문제가 너무도 쉽게 본질로 육박할 때면 오히려 불만을 느꼈고 인류가 아직 해명하지 못한 그런 미지수라고 강사가 말하면 기를 쓰고 달라붙던 그였으나 이제 와선 그랬던 자신이 더 없이 가소롭게만 여겨졌다. 이놈의 세상에서 진리를 찾으려는 것이야말로 시궁창에서 보석을 바라는 게 아닐 텐가!

그에게는 곧 하나의 새로운 버릇이 생겼다. 그것은 세상만사를 건성으로 대하는 것이었는데 그 본의 아닌 묘리를 터득하고 보니 얼마나 편안한지 몰랐다. 고뇌에 시달리거나 울분에 몸부림치기는커녕 모든 일이 그저 다 순평하고 무난하기만 했다. 그것이야말로 생활의 훌륭한 만능 공식이었다.

'살아가는 구멍수가 있기는 다 있는가 뵈야.'

결국 이러는 사이에 그는 점점 본래의 자기를 달팽이처럼 갑 속에 숨기고 타인에게 피해를 주는 일 없이 호감을 사는 그런 사람으로 되어갔다. 그러나 지금은 주위를 둘러싼 세찬 불길이 자기를 그냥 갑 속에 둬두지 않았다. 하나 정작 그 불길에 휘달려들자니 미친 듯이 막아서는 광풍이 무서웠고 그렇다고 그냥 배겨 있자니 그건 또 양심이 허락지 않았다. 더욱이 수많은 사람들이 바로 자기의 그 양심의 벽을 무시로 두들겨대는 것이었다. 그들은 곧 현아였고 봉기자들이었으며 민주화를 그처럼 피타게 외치다가 쓰러진 4월의 전우들이었고 아직껏 옥고에 시달리는 잊지 못할 친구들이었다.

그는 한숨을 내뿜었다.

도무지 질정할 수 없는 마음이었다. 그러나 문득 아무 죄도 없으면서도 쫓기고 있는 듯한 자신을 발견하자 공연히 화가 나서 담배를 입에 물고는 성냥을 득 그었다. 그 순간 확 - 하고 불이 달리는 그 소리가 너무도 큰데 그는 또 깜짝 놀랐다.

나뭇잎을 스치는 바람 소리마저 스산하게만 들린다. 그런가 하면 당장 무엇이 터지고 와치끈 부러질 듯싶은 숨 막히는 정적이 또다시 온몸을 엄습하기 시작한다.

이때였다.

쏴 - 하는 미루나무 잎이 설레이는 소리와 함께 어디선가 가느다란 여인의 목소리가 들려왔다. 누구를 찾는 듯한 가냘픈 목소리였다. 귀를 기울이고 자세 히 듣노라니 분명 '인 - 수 - 야 - ' 하고 외치는 듯싶었다.

'인수?'

갑자기 원일은 불쑥 몸을 솟구쳤다.

'인수라니? 뚱보라는 소리가 아닌가! 그럼 저 여인은?'

사방을 두리번거리던 그는 얼른 현아가 있는 윗방으로 시선을 던졌다. 그러 나 현아는 아무 감촉도 못 느꼈는지 여전히 흐느끼고만 있었다.

다시 숨을 죽이고 귀를 강구었으나 더는 들려오지 않았다. 창문가로 다가가 신경을 도사려보았지만 역시 바람 소리뿐이다. 착각인가? 지나친 과민 때문인가? 그러고 보니 정말 그런 소리가 들리는 것 같기도 했다.

그는 천천히 방 안을 거닐었다.

'뚱보라……'

돌개바람에 휘날린 가랑잎이 고요하던 호수에 파문을 새겨놓듯이 느닷없이 떠오른 뚱보에 대한 생각은 깊은 망각의 심연을 헤치고 사정없이 추억의 물결을 거슬러 올라갔다. 그 추억의 동그라미는 먼 대학 시절, 돈암동 막바지에서 같이 하숙하던 막역 친구 진호에게 가닿았다.

호방한 성격에 구 척 같은 키, 누구나 마주보면 위압감부터 느끼게 되는 그런 친구, 그가 바로 주진호였다. 원래 살갗이 검은데다가 일 년 내내 감장 학생복 하나로 살아가는 그여서 '까마귀'라는 별명까지 둘러메고 다니던 친구였다. 그러나 이 괴상한 별칭에는 부패한 것이라면 서슴지 않고 파헤치는 그의 강개한 결백에 대한 호감이 숨어 있기도 했다. 학생회 회장인 그가 시위대의 선두에서 날뛸 때면 그야말로 성난 갈범을 연상시키곤 했다. 그의 한 마디에 수만 학도가 파도처럼 설레이곤 했다. 교정에서는 그 누구도, 심지어는 총장까지도 함부로 범접케 하지 않는 그런 당당한 위용을 갖추고 있었으나 하숙 생활에 들어선 영 망태기였다. 새벽마다 밥을 짓는 것도 자기였고 찬거리를 구해야 하는 것도 자기였다. 고향의 늙은 아버지한테서는 드러내놓고 '1급 빨갱이'라 는 딱지까지 얻어 붙인 그여서 여유푼전 한 잎 받아쓰지 못하는 터였지만 그런 궁색한 빛은 전혀 나타내본 적이 없었다. 그는 뭐이 그리 바쁜지 늘 통금 사이렌에 쫓겨 들어오는가 하면 어떨 땐 새벽녘에야 이불 안에 기어드는데 아침이면 대들보 같은 장딴지를 빨래판으로 몇 대 갈겨서야 겨우 눈을 비비곤 했다.

차려 놓은 밥상에 마주 앉기가 민망스러우면 다른 말이라도 좀 했으면 좋으련만 밤낮 똑같은 소리다.

"자네가 처녀라면 내가 홀딱 반하겠는데 고만……."

"아이구 맙시사. 난 자네 '시집살이'에 이젠 지칠 대로 지쳤네. 억지로라도 후임을 앉히는 수밖에, 도대체 어떤 '오토바이'가 견뎌낼는지……."

모르긴 해도 원일은 그의 안해 될 사람은 영낙없이 팔다리가 튼튼하고 웬만한 핀잔쯤에도 눈썹 오리 하나 까딱 안 할 그런 여장부라야 된다고 믿었다. 그런데 웬걸 매주에 꼭꼭 한 번씩 라면(해면국수)이 아니면 식찬을 사들고 찾아오곤 하는 여대생은 더없이 갈람하고 이쁘게 생긴 처녀였다.

얼마나 단정하고 아리따운지 얼핏 스쳐도 다시 한 번 돌아보지 않을 수 없는 그런 처녀였다.

"아니 자네 춘향(애인)인가?"

"그럼 좋기나 하게. 아 우리 대학에 연대 호소문을 가지고 와서 낭독하던 그 권영옥이도 몰라? 그렇지 않아도 한 번 찔러봤다가 영 혼이 났네."

"어째서?"

"자긴 꼭 혼자 살겠다는 거야. 그래 나도 혼자 살 텐데 둘 다 혼자 살 바엔 집세, 물세, 전기세를 반 부담씩 하면서 한 집에 있는 게 어떠냐구 말이지!"

"하하!"

"그랬더니 대뜸 새파래서 돌아보며 '모욕하시는 건가요?' 하잖겠어. 할 말이 있어야지. 그래서 '대낮에 한지에서 모욕은 무슨 모욕' 하고는 얼른 내빼고 말았지!"

"하긴 어떻게 그런 이쁜 처녀가 자네한테……."

그런데 대학을 졸업한 그해 결혼 초청장을 받고 그의 고향에 갔던 원일은 그만 깜짝 놀라고 말았다. 아버지의 완고한 고집으로 할 수 없이 구식 혼례를 하게 됐다는 진호의 얘기를 들으면서 신부 방으로 들어섰는데 칠보단장을 하고 다소곳이 앉아 있는 새 각시가 다름 아닌 그 영옥이었던 것이다.

'엉큼하기란…….'

시골에서 성례를 올린 탓으로 동창들이 많이 모이진 못했지만 그 대신 축전들은 굉장히 날아들었다. 그러나 그것들은 예의 '행복의 꽃을 피우라'는 문구보다 '영원한 투쟁의 불씨가 되소서' 하는 것이 더 많았던 것이다.

그날 진호는 이런 말을 했었다.

"앞으로 10년, 아니 20년 후에 여기 있는 친구들이 어떻게 변하는가 보세. 음달에 핀 사쿠라가 되는가 아니면 햇빛을 부르는 우뢰로 진동치는가!"

"그래 자넨?"

"아니 그건 기원을 담은 신부의 말을 들어보기로 하세."

누군가 옆에서 이렇게 맞정을 대자 영옥은 조용히 미소를 머금었다.

"우습네요. 세월이 흐른다구 까마귀 백로 될 순 없지 않아요."

일시에 박수갈채가 터져 올랐다.

"그래, 난 언제나 까마귀여, 구린내 나는 그 한복판에 서 있을 테네."

그러면서 진호는 '까마귀 검다고 백로야 웃지 마라'라는 시조 한가락을 멋들어지게 읊었다.

　그런 진호가 결혼한 지 3년 만에 그만 놈들에게 연행되었던 것이다. 신문에서 ××사건 주모자라는 요란한 기사와 함께 그의 사진을 봤을 때 원일은 아연실색하지 않을 수 없었다. 그때부터 무척 알아보려 했으나 종내 소식을 알길 없던 영옥이가 글쎄 몇 해 전에 불쑥 자기 집에 나타날 줄이야!

　그때 그는 여남은 살 돼 보이는 사내아이의 손목을 잡고 있었다.

　"아들이에요."

　굽적 허리를 굽히는 사내아이의 얼굴은 신통히도 진호 모색 그대로였다. 복역 중에 있는 진호의 생각이 치밀어 올라 저절로 눈시울이 뜨거워졌다.

　영옥이도 그 사이 상하기는 했으나 아직 단아한 옛 모습 그대로 간직하고 있었다. 그저 그 사이 돌아다니며 이일 저 일을 했달 뿐 딱히 밝히기를 저어하던 그는 방 안에 들어서서도 줄곧 망설이기만 했다. 뭔가 몹시 난처한 사연이 있는 듯싶었다. 왜 그렇지 않으랴! 이 각박한 세상에서 남편도 없이 아들을 키우려니 힘인들 얼마나 들 것이며 마음고생인들 오죽할 텐가. 원일은 그의 부탁이 아무리 어려운 것이어도 힘자라는껏 도와주고만 싶었다.

　"차마 말씀드리긴 죄송스러워서…… 대학 때부터도 원일씨 신세를 너무도 많이 졌고요. 그렇지만 또 할 수 없군요. 앨 몇 달만 집에 좀 맡길까 해서…… 자리를 잡으면 곧 데리러 올 테예요."

　원일은 기꺼이 응했다. 옥중에서 고생하는 진호를 위해서라면 그까짓 게 무슨 대수랴! 바로 이런 때 도리를 지키는 게 참다운 벗이었다. 그렇지만 대학 시절 셋방살이를 같이 하던 자기들 사이가 오늘은 너무도 상반되는 현격한 생활상 차이로 나타난 데 대한 새삼스런 느낌은 피할 수 없었고 그것으로 하여 어쩐지 영옥이를 대하기가 송구스럽기도 했다. 자기만 아니라 영옥이 역시 지금 그런 감정으로 자기를 대하며 그런 감정에 속박되어 옹색한 입장에 있다는 것을 감촉하고 원일은 부러 호탕한 웃음을 터뜨렸다.

"하여턴 날 못살게 구는 친구라니. 대학 땐 '시집살이' 시키더니 이제 와선 또 '보모살이'라, 어쨌든 품삯을 단단히 받아낼 테니 그리 알아두라고 전하슈. 굿나젓나 영옥씬 결국 처녀 때 각오를 이행하시는 셈이군요. 그 혼자 살겠다시던…… 하하."

이렇게 되어 이날부터 원일네 집에는 한 식구가 더 늘어났던 것이다. 원일 부처는 더없이 살뜰한 정으로 새 식구를 대했으나 그보다 두 살 아래인 현아는 자주 깔끔한 눈길로 쳐다보곤 했다.

"너, 이름이 뭐니?"

첫날 현아는 이렇게 물었었다.

"인수야! 그런데 본랜 뚱보고."

"뚱보? 호호. 시장도 아닌데 뚱보야?"

"아버지가 붙인 이름이래. 내가 나서 뚱뚱하니까 그렇게 불렀다나. 후에 이름을 달아주겠다구선 가막소에 갔지 뭐."

"가막소?"

"가막소도 모르니? 행무소 말이다."

"그럼 인순?"

"인수란 건 할아버지가 단 건데 성이 주가니까 주인수야. 근데 그건 주인이 누구냐는 소리라나? 한문으로 말이야. 그래서 그 이름을 부를 때문 어머니가 우서."

"그래? 그럼 난 뚱보라고 부를게. 좋아?"

두 어린것의 이야기에 눈물을 흘린 것은 원일이 부부였다. 이들은 어떻게 해서라도 인수의 얼굴에 그늘이 지지 않게 해야 한다는 도의감에 더욱 휩싸였다. 그래 월사금 납부 기일이 되면 어린 게 민망해하지 않도록 달력에 표시해 두었다가 꼭꼭 하루 전에는 주었고 용돈을 주는 경우에도 똑같이 나누어주곤 했다.

한데 약속한 몇 달이 지나도 영옥이는 나타나지 않았다. 그해가 다 가고 이태가 저물 때까지도 전혀 소식이 없었다.

"분명 털어놓지 못한 그런 사연이 있는 거예요. 생각해보셔요. 아무렴 그런 미인이 어떻게……."

안해가 이런 말을 할 때면 원일은 대뜸 면박을 주었다.

"천만의 말씀이오. 당신 같으면 혹시 그럴지도 모르지만 그는 그런 여성이 아니란데."

어디선가 분명 남다른 일을 하고 있을 영옥이겠지만 돈 때문에 고생하리라는 생각이 들자 애초에 조금이라도 도와주지 못한 것이 더없이 후회되었다. 그때까진 아직 밑천이 밭기도 했지만 마음이라도 표시할 수 있지 않았던가.

원일은 뒤늦게나마 혹시나 하는 기대를 가지고 신문사로 찾아가 영옥이 앞으로 광고를 냈다. ××은행에 위약금 얼마를 지불해놓았으니 찾아가라고, 그의 인격에 각별한 주의를 돌려 위약금이라는 것을 찍어 밝혔던 것이다. 그러나 그 선행도 몇 달째 은행에 보금비만 무는 것으로 끝나고 말았다. 이쯤 되자 은연 중 그도 안해가 걱정하던 그 '털어놓지 못한 사연'에 은근한 위구를 품지 않을 수 없었다.

그 사이 인수는 중학생이 되었다. 이전처럼 현아와 허물없이 지내긴 벌써 서로가 부끄럼을 먼저 생각하는 시기였다. 그런데 하루는 눈이 댕그래서 들어온 현아가 인수의 책상 빼람 밑창에 돈이 수두룩이 있다면서 요즘 밤늦게 들어오는 게 아무래도 수상쩍다고 소곤거렸다.

대뜸 윗방으로 올라간 원일은 그의 책상 빼람에 있는 돈을 몽땅 꺼내놓았다.

"이 돈이 어디서 났니?"

인수는 당황한 눈길을 어디로 돌렸으면 좋을지 몰라 갈팡질팡했다.

"어디서 났어?"

잠자코 고개를 숙이고 있던 인수는 이윽고 현관문 쪽으로 다가가더니 신발장 뒤에서 구두닦이 통을 꺼내놓는 것이었다.

"아ー니?"

원일은 입이 딱 벌어졌다.

"누가 너보고 구두를 닦으라던?"

구두통을 보자 원일은 더 화가 치밀었다. 어쩐지 목이 꽉 메어 오르기도 했다.

"누가 구두를 닦으라던가?"

눈물을 떨구던 인수가 띄엄띄엄 기어들어가는 소리로 중얼거렸다.

"어디 밥이 목구멍으로 넘어가야죠. 아저씨한테 너무 미안해서……"

원일은 아무 말도 못하고 인수를 물끄러미 바라보기만 했다. 옆에 있던 현아도 얼굴을 숙이고는 얼른 자기 방으로 달아났다.

영옥이가 나타난 것은 바로 그해 겨울이었다. 그 사이 너무도 변모된 영옥의 모습에 원일은 그만 어안이 벙벙했다. 본래 감스레하던 얼굴은 온통 백지장같이 하얬고 탄력이 넘치던 몸매는 한 둘레나 더 작아진 것 같았다. 오직 변함이 없는 것은 두 눈뿐이었다. 그 어글어글한 눈동자만은 이전처럼 아니 이전보다 더 억센 광채를 뿌리고 있었다.

"용서하세요 절, 이 은혜를 어떻게 갚아야 할지."

원일은 그가 걸음을 옮길 때마다 한쪽 다리를 약간씩 절고 있다는 것을, 그 것이 눈에 뜨일까 봐 안간힘을 쓰며 감추고 있다는 것을 대뜸 알아차렸다. 그 사이 무슨 일을 했으며 어디에 가 있었는가를 구태여 물을 필요조차 없었다. 그런 줄도 모르고 그를 일시나마 곡해했던 자신이 더없이 죄스럽고 수치스럽기만 했다. 그러면서 오해했던 그만큼 그를 위해주고 싶은 충정이 불길처럼 솟구쳐 올랐다.

'과연 무서운 여성이여!'

새로 꾸린 응접실이며 그 사이 들여온 새 가구들을 바라보고 있는 영옥의 눈길에서 원일은 지금 그가 주단이며 전축이며 수은등이며 하는 외계들보다는 자기의 정신적 내면을 응시하고 있다는 것을 곧 느낄 수 있었다.

그것은 어쩐지 이제까지 없었던 그와의 그 어떤 커다란 간격과 서글픔을 자아내게 했다. 확실히 그것은 이전에 느끼던 단순한 생활상 차이에서 오는 그런 간격이 아니라 그보다 더 큰, 말하자면 서로 융합될 수 없는 다른 세계에서 살고 있는 듯한 괴로운 느낌이었다. 하지만 원일은 그런 감정을 애써 일축해버리면서 이전처럼 무람없이 대하려고 했다.

"진호군도 이젠 출옥할 때가 된가 본데."

"네, 멀지 않아 만기랍니다."

영옥의 얼굴에는 순간 옛날 대학 시절 단정한 교복 차림으로 하숙집에 찾아 와 던지곤 하던 그 미소가 방긋하고 피어올랐다.

"참 기막힌 세월이지! 부자지간 15년 만에 상봉이라니 왜 이렇게 살아야 하는지 원……."

"다 우리 책임이죠. 이런 세상을 한탄만 하고 뒤집어엎지 못하는."

뒤집어엎어야 또 그 꼴이라고 말하고 싶었던 원일이었으나 잠자코만 있었다. 그러나 그런 눈치를 알아채기라도 한 듯 영옥의 눈길은 사뭇 직심스러웠다.

"가지나 옹이가 돋기 마련이라는 거죠? 물론 그래요. 그러나 그것도 뿌리를 뽑아 던지기만 하면 그만이잖아요. 그렇죠?"

그의 말에서보다는 타는 듯한 그의 눈빛에서 원일은 이제까지 느끼던 소외감을 다시 한 번 절감하지 않을 수 없었다. 다소곳이 앉아 있는 그가 갑자기 어떤 슬기로운 거인의 영상으로 보이기까지 했다.

생각 같아서는 일자리도 잡고 옥고를 치른 몸이 얼마만큼 추선 다음에 인수를 데려가라고 권하고 싶은 원일이었으나 이 순간에 와서는 어째선지 그런 호의조차 입에 담기 어려웠다.

한동안 침묵이 흘렀다.

"약소하지만……."

원일은 지폐를 만 두툼한 종이뭉치를 그 앞에 내밀었다. 어쩐지 얼굴이 확 달아올랐다.

"아니, 이러지 마세요. 여태 폐를 끼친 것만 해도……."

"진호군을 생각해서라도……."

"고마워요 정말, 그러나 그이가 이걸 알면 오히려 괴로워하실 거예요. 그인 서로가 서로를 인간의 존엄으로만 대하는 그런 세상에 미친 사람이니깐요. 그리고 더 이상 원일씨의 신세를 질 수도 없잖아요. 저에게도 아직 약간의 양심은 남아 있다는 걸 사람들한테 보이게 해주세요."

그의 눈은 사려 깊게 빛나고 있었다.

이날 자기들은 서로 서먹서먹한 채 헤어졌지만 현아와 인수의 작별에는 눈물겨운 그 무엇이 있었다.

"잘 가."

"잘 있어."

서로가 땅만 보며 하는 말이었다.

"또 와."

"또 오게."

그러고는 눈 내리는 밤길에 서서 오래도록 서로 지켜보고 있었다.

눈 내리는 그날, 바로 그렇게 헤어졌던 영옥이와 인수였다. 그러니 그것도 벌써 이태 전 일이다. 그 사이 어디서 무슨 일을 하고 있는지 몸들이나 무사 한지.

현아의 눈치로 봐서는 확실히 자기네끼리는 가끔 만나는 것 같았다. 자기만의 비밀을 마음속 깊이 품고 있을 나이지만 또 그 비밀을 숨기지 못하는 그런 시절이기도 했다.

현아의 입에서는 가끔씩 인수에 대한 말이 오르곤 하는데 그것은 더없이 교묘하면서도 조심스레 나타나곤 하는 것이었다. 그런 현아를 볼 때마다 원일도 은근히 즐거웠다. 하긴 인수도 인젠 고등학교에 다닐 나일 테니까.

이런 생각에 젖어 있던 원일은 갑자기 거리 쪽에서 일어나는 소요에 흠칫하고 놀랐다.

여러 사람들의 발자국 소리가 들려오는가 하면 무슨 무거운 물체가 맞부딪치는 소리도 났다.

얼른 윗방 창문으로 다가선 그는 창문보를 열어젖히고 수경천 다리목, 오동나무가 휘늘어진 유원지를 바라보았다. 순간 그는 더욱 놀라지 않을 수 없었다. 풍치는 좋지만 개병대(해병대)라 불리우는 망나니들의 술놀이 터와 싸움터여서 누구나 접근하기조차 꺼려하는 바로 거기로 사람들이 모여들고 있지 않는가! 이런 곳을 골라 택한 것을 보면 틀림없이 시위대 역원들 같았다. 아니 놈들이 목에 현상금을 몇 십만 원씩 걸어놓은 용맹한 봉기 지도자들인지도 몰랐다. 원일은 저도 모르게 가슴이 후두두 뛰었다.

구름처럼 모여들었던 그들은 얼마 안 있어 다시 바람처럼 사라지기 시작했다. 관청이 있는 충장로로 가는가 하면 임동으로 또 무등산 쪽으로 가는 사람도 있었다. 그러나 여럿 되는 사람들 속에서 그중 한 사람만은 곧추 이쪽으로 걸어오고 있었다. 자세히 보느라니 그는 뜻밖에도 굽슬굽슬 보기 좋게 흘러내린 머리칼에 또렷한 곡선이 드러나는 바지를 입고 있는 날씬한 몸매의 여인이었다. 놈들의 삼엄한 경계를 경원하는지 자주 이쪽 저쪽을 돌아보기는 하면서도 밋밋한 등성이로 걸음발을 잦히고 있었다. 무심코 그를 여겨보던 원일은 불현 듯 눈살이 꼿꼿해졌다.

'아니?'

그는 더 바싹 창가로 다가섰다. 짐작에 대한 확신이 굳어질수록 그 어떤 기쁨과 알지 못할 불안으로 가슴이 소용돌이 쳤다. 설마 하고 다시 보았으나 틀림없는 것 같았다. 아니 틀림없었다. 그는 바로 영옥이었던 것이다.

'역시 그 한길에서 살고 있구나!'

반가웠다. 그러면서 어쩐지 저절로 고개가 숙어졌다. 체소한 한 여성이 너무도 거대하고 벅찬 짐을 지고 있는 데 대한 더없는 감사와 격려의 감정과 함께 한편으로는 너무도 그 짐이 무겁고 너무도 그 길이 가파롭기에 우려와 위구의 불안한 심정도 없지 않았다.

'얼마나 고생이 많을 텐가!'

조용히 귀를 기울이고 있노라니 발자국 멎는 소리와 함께 드디어 귀에 익은 다정한 목소리가 들려왔다.

"인수야 — ."

'인수?'

분명 아까 울리던 그 목소리다. 그러니 우리 집에 인수가 와 있는 줄 아는 모양이구나. 도대체 이 녀석은 어딜 나다니기에?

안뜰을 거쳐 현관문으로 향하던 원일은 어느새 거기에 서 있는 현아와 마주쳤다.

"그래 너도 인수가 어데 있는지 모르니?"

"……."

현아는 아무 대꾸도 없이 통통 부어오른 눈길로 물끄러미 쳐다보기만 했다.

"……?"

문득 현아의 눈빛에서 이제까지 본 적이 없었던 쓰라린 비애와 타오르는 증오의 섬광을 감촉한 순간 원일은 어쩐지 가슴이 섬찍했다.

"그는…… 인젠 우리 옆에…… 있지 않아요."

"뭐라구?"

원일은 믿을 수 없었다. 믿어지지 않았다.

금시 심장이 멎는 것만 같았고 온몸의 피가 얼어붙는 듯싶었다. 아니 펄떡이는 심장이 당장 흉곽을 터치고 밖으로 쏟아질 것만 싶었다. 인수가 죽다니? 그처럼 사랑스럽던 뚱보가!

"시외로 호소문을 가지고 떠나다가…… 그만…… 놈들은 그를 나무에 비끄러매 놓고 총창으로 마구…… 형체도 알아볼 수 없이……."

얼른 두 손에 얼굴을 묻은 현아는 어깨를 떨며 서글프게 흐느끼기 시작했다. 온몸이 부르르 떨렸다 이가 갈렸다 세상에 이런 원통한 일도 있단 말인가! 이전 깡패가 그의 아버지를 가두어 넣더니 오늘은 새 강도가 또 그 아들을 죽였구나! 도대체 이 원수를 어떻게 갚는단 말인가!

"그러니 영옥씬 아직……."

그런 것도 모르고 인수를 찾아다니는 영옥이를 생각하노라니 가슴이 더더욱 터지는 것 같았다.

"알고 계셔요. 그 어머닌 다 알고 계셔요."

"우리 모두가 오늘부턴 인수씨의 이름을 따기로 했어요. 그의 피맺힌 복수를 위해서, 그리고 너무도 일찍이 스러진 그의 소중한 넋을 꽃피우기 위해서죠."

현아의 표정에는 서릿발 같은 증오가 서려 올랐으나 두 볼로는 여전히 뜨거운 눈물이 줄지어 흐르고 있었다.

"전 오늘부터 인수씨가 하던 시위대 지역 책임을 맡았어요. 그 어머닌 지금 행동 지시를 주기 위해 역원들을 찾아다니시는 거예요. 인수씨의 이름을 부르면서, 저렇게 마지막으로 사랑하는 아드님의 이름을 부르면서 우리들의 가슴에 백 배의 힘과 용기를 주시는 거예요. 아니 자신이 그 이름을 부르면서, 천만 배의 투지를 다지시는 거예요."

"⋯⋯."

원일은 이름 할 수 없는 감정에 휩싸였다.

순간, 그는 호되게 얻어맞은 것처럼 머리가 뎅— 했다. 새로운 충격이 커다란 해머가 되어 가슴을 쿵— 울리는 것이었다. 놈들에게 희생된 인수, 그 아들을 잃고도 굳건히 투쟁을 지도하고 있는 영옥이. 그런 사람에 비해 자기란 과연 어떤 사람인가! 도대체 어떻게 살아온 인간이었던가! 이제야 말로 그들과 자기 사이에 가로놓였던 커다란 장벽을 뚜렷이 느끼지 않을 수 없었다. 자기야말로 어지러운 세상이 보기조차 역겹다는 '지성인'의 미명 아래 그놈들이 이 땅에서 살판치게 만든 범죄적인 방관자가 아니고 뭔가! 바로 자기야말로 그 악착 한 놈들이 독을 쓸 뿌리를 내리게 한 더러운 거름이 아니고 뭐였단 말인가! 현실을 도피한 변절자, 그 응달에서 피어난 사쿠라.

"겉 희고 속 검은 이는 너뿐인가 하노라."

진호가 외치던 시구절이 새로운 의미로 가슴을 쳤다.

"인수야—."

다시금 영옥이의 목소리가 들려왔다. 그것은 결코 아들은 잃은 어머니의 서글픈 목소리가 아니었다. 그것은 바로 이 나라의 주인은 누구냐고 외치는 불같은 호소였고 썩은 것을 뿌리째 불살라야 한다는 뇌성 같은 외침이었다. 아니 그것은 또 자기같이 현실을 외면하며 살아온 사람의 부식된 가슴을 도려내는 서릿발 같은 비수였고 그런 자기까지도 장벽을 헤치고 떨쳐 나와 일어서기를 바라는 피 타는 절규였다.

문밖으로 나서려는 현아를 붙들어 세운 원일은 사나운 눈길로 딸을 노려보았다.

"그래 넌 왜 벌써 이 병든 가슴을 두드려 주지 못했니, 왜 갈기갈기 찢어 주지 못했는가 말이다. 아ー참! 가자! 이제라도 같이 가자!"

원일은 문을 활짝 열어젖히고 밖으로 나섰다. 그러고는 영옥이를 향해 힘차게 걸어 나갔다.

놈들의 진압에 일시 무춤했던 항쟁은 이날 저녁부터 화산으로 터져 올랐다. 진을 쳤던 군경들은 모조리 뺑소니쳐 달아나고 바리케이트와 군용차들은 산산조각이 났다. 그처럼 으리으리하게 도사리고 있던 건물 위의 중기관총들도 어느새 봉기자들의 손에 쥐어졌다.

"파쇼를 때려죽이자!"

"테러 정치 불사르자!"

천지를 진감하는 군중들의 외침은 노호한 파도마냥 온 도시를 휩쓸었다. 캄캄한 질곡을 불사르며 도도히 굽이쳐 나가는 봉기자들의 흐름은 점점 더 거세찬 격류가 되어 두터운 암흑의 장벽을 두드려댔다.

"전두환을 찢어 죽이자!"

"유신 잔당 몰아내자!"

"민주 승리 이룩하자!"

휘넓은 금남로를 따라 흐르는 시위대의 물결, 그 맨 앞장에는 영옥이가

서 있었고 그 옆에는 보람찬 새 삶의 궤도에 들어선 원일이가 따라서고 있었다.

바로, 그 시각, 현아는 목포를 향해 쏜살같이 달리는 자동차 안에 앉아 있었다. 그는 자기가 타고 있는 자동차의 문에 어떤 표식이 새겨져 있다는 것도 모르고 이제 학교며 부둣가에서 연설해야 할 호소문만 열심히 들여 다보고 있었다.

밤이었다.

아직은 밤이었다. 그러나 먼동에는 벌써 광휘로운 새벽빛이 황홀하게 어려 있었다.

≪조선문학≫, 1980.8

제5장

1980~현재
'현실주제문학' 시기

번개잡이 비행선

조희건

용이는 텅 빈 로케트연구소조실에 혼자 앉아있었다. 도도록한 이마아래 반짝이는 쌍까풀진 두 눈과 함치르르한 곱슬머리는 만만치 않은 느낌을 준다.

이마를 덮으며 흘러내린 까만 앞머리칼을 손가락으로 쓸어 넘기며 용이는 창가로 다가갔다.

창밖은 어디에나 가을빛이 짙었다.

"끼룩- 끼룩-"

파아랗게 열린 높은 하늘로 기러기 떼가 유유히 날아간다. 휘- 어디선가 불어온 가을바람에 운동장둘레를 따라 키 높이 자란 백양나무들에선 누런 나무잎들이 슬렁슬렁 떨어졌다.

'성혁이가 나를 왜 만나자고 했을가?'

용이는 이런 생각을 굴리며 나들문으로 눈길을 돌렸다. 아직 성혁이는 나타나지 않았다.

다시금 창가에서 물러선 용이는 소조실 한가운데 놓여 있는 원반모양의 번개잡이 비행선에 다가갔다.

흰색 바탕에 빨갛고 파란 두 개의 줄을 허리에 두른 접시모양의 둥근 비행선은 보기만 해도 산뜻하고 멋있었다.

"드르륵―"

용이는 비행선의 유개창을 열어제꼈다. 책상크기만한 조종탁 우에는 크고 작은 여러 가지 계기들과 신호등들이 촘촘히 달려있다.

용이의 가슴은 한껏 부풀어 올랐다. 팔다리가 절로 움직거렸다.

그도 그럴 것이였다. 몇 달 전 학교에서는 학생들의 창안품 및 소론문 발표회가 있었는데 용이는 여기서 단연 첫자리를 차지하였다. 그가 발표한 소론문「번개잡이 비행선에 대하여」와 그 모형은 학생들 속에서 커다란 파문을 일으켰던 것이다.

유치원 때부터 고등중학교 3학년이 되는 오늘까지 학습에서는 그 누구에게도 뒤져본 적이 없는 용이였다.

특히 고등중학교에 올라오면서부터 물리학과 전자공학 등 최신과학기술에 대한 깊은 지식으로 해서 어린 수재로 이름을 날리고 있는 터였다.

용이가 이렇게 된 데는 그럴만한 사연이 있었다. 그의 아버지와 삼촌 그리고 맏형까지도 모두 과학원의 한다하는 연구사들이다. 로케트 공학의 권위자이며 박사 교수인 아버지는 막동이 용이를 끔찍이도 생각해 주었다. 아버지는 짬만 있으면 그를 연구소에 데리고나가 여러 가지 실험설비들을 다루는 법과 로케트 조종법에 대해 가르쳐주군 하였다.

아버지를 몹시 따른 용이는 일요일이면 늘 아버지의 연구소로 달려가 하루해를 넘기군 하였다.

이런 용이였기에 자기의 소론문에 기초하여 만드는 번개잡이 비행선 제작에 모든 것을 깡그리 바쳤다.

학교에서는 번개잡이 비행선을 10월에 열리게 될 전국청소년발명품전시회에 내놓기로 결정하였다. 그래서 로케트연구소조가 새로 조직되고 학교적인 사업으로 번개잡이 비행선 제작을 다그쳐오고 있었던 것이다.

하지만 용이의 가슴속 한켠 구석에는 은근이 걱정되는 점도 없지 않았다. 그것은 음전기와 양전기로 엉켜있는 번개구름밭을 찾아내는 탐지기를 여직 만들지 못했기 때문이다. 만들기는 고사하고 어떻게 만들겠다는 똑똑한 방안조차도 가지고 있지 못했다.

발명품 전시회 날자는 코앞에 다가왔다. 이제 겨우 한 달 밖에 남지 않았다.

용이는 초조해지는 마음을 다잡지 못하며 그 자리에서 서성거렸다.

"오래 기다렸니?

내 반가운 소식을 가져왔어……"

문가에 선채 조바심에 들떠있는 용이를 바라보는 성혁의 갸름한 두 볼엔 샘이 옴폭 파졌다.

"반가운 소식?"

"다른 게 아니구 정희를 우리 로케트연구소조에 받아들이자는 거다."

생물소조실에 방금 들렸다오는데 생물선생님도 대찬성이야. 정희가 번개구름을 탐지하는 개구리눈알모양의 탐지기를 만들 수 있는 열쇠를 찾아냈는가봐.

"뭐? 개구리눈알 모양의 탐지기……"

"응. 그래서 그 애가 번개잡이 비행선을 완성하는 기간 로케트연구소조에 옮기겠다구 단위원회에 제기했대."

"내 참……."

성혁이, 비행선을 만드는 게 뭐 유치원 애들의 장난인 줄 아니?

아, 그 앤 전자공학에 대해서 쥐뿔도 몰라. 난 여태껏 아버지한테서 최신식 탐지기에 대하여 많이 들어왔지만 개구리눈알모양의 탐지기란 말은 아직 들어보지 못했어."

어처구니가 없다는 듯 용이는 코끝을 찡긋거렸다.

"그래두 정희의 말을 들어보는 게 어때. 우리가 생각 못하는 걸 그 애가 생각하고 있을지 아니."

순간 용이의 두 눈이 치떠졌다.

"성혁이 너두 참. 소조책임자라는 게 고작 생각이 그게 다냐?

이런저런 애들을 다 소조원으로 받아들이구 어쩌자는 거냐? 전시회 날

자두 인젠 한 달밖에 없어. 한 달!"

"그렇게 여러 동무들의 방조를 받자는 게 아니니."

성혁은 알 수 없다는 듯 용이의 얼굴을 뚫어지게 바라보았다.

"글쎄 생각해 봐, 정희 그 애야 생물소조원 인데다가 또 어디 기초가 있는 앤가 말이야."

"뭐, 기초?……"

"그 애 아버진 도예술단 지휘자구 또 어머닌 피아노연주가지?! 집안이다 예술가란 말이야."

"그렇다구 과학자가 못될 건 없지 않니, 또 정희는 한다하는 생물소조원이야, 미래의 생물학자란 말이야!"

"생물학자? 홍, 밤낮 손풍금만 치는데두…… 남들이 다 소조에 드니까그 애도 할 수 없이 든 게지…… 그리고 과학연구는 말이야 실력 있는 몇몇의 과학자만 힘을 합쳐두 얼마든지 할 수 있어, 연구 성과는 어디까지나개별적 과학자들의 독자적인 뇌수활동의 산물이거든."

"뇌수활동의 산물?"

성혁은 용이의 말에 무어라고 반박할 수가 없었다. 어쨌든 전자공학에들어서서 용이를 따를 수 있는 애는 학교적으로 한 명도 없지 않는가. 자기도 용이에 비하면 전자공학지식이 못한 것만은 사실이였다.

"자, 난 도서관에 가겠어. 나에겐 시간이 귀중해, 시간이."

용이는 모자를 푹 눌러쓰더니 책가방을 들고 밖으로 나가버렸다.

성혁이는 용이가 나간 뒤에도 한참이나 그 자리에 못 박힌 듯 서 있었다. 아무리 생각해도 용이의 말을 도무지 리해할 수가 없다.

운동장을 꿰질러 달려가던 용이의 모습도 더는 보이지 않았다.

한참 뒤에야 성혁은 문 쪽으로 발걸음을 떼였다.

도서관에 들여 박혀 책과 씨름을 하던 용이는 열람시간이 끝났음을 알리는 종소리를 듣고서야 비로소 자리에서 일어났다.

벌써 서쪽 하늘가에는 진한 쇠물빛 노을이 불타고 있었다. 쌀쌀한 바람이 불어왔다.

맥없이 집안에 들어선 용이는 침대 우에 벌렁 누워버렸다. 사람의 몸에서 나가는 열선을 받아 자동적으로 켜지게 되어 있는 형광등이 몇 번 껌벅껌벅하더니 눈부신 빛을 방안에 담뿍 쏟았다.

골이 지끈거리고 속이 답답해났다. 속에 재가 앉는 것 같았다. 오늘도 그는 이렇다 할 탐지기제작의 실마리를 쥐지 못했다.

무엇인가 씨원한 것을 먹고 싶었다.

용이는 움쭉 몸을 일으켜 세웠다. 그러고는 침대 옆에 달려있는 여러 개의 단추가운데서 얼음 보숭이가 그려져 있는 단추를 살짝 눌렀다.

이윽고 방문이 열리더니 얼음 보숭이 그릇이 놓여있는 쟁반을 든 로보트가 들어왔다. 부업에서 일하는 큰 인형모양의 봉사 로보트였다.

얼음 보숭이 그릇을 받아 쥔 용이는 이렇게 말했다.

"저녁은 씨원한 국수를 줘. 30분 후에 먹을 테야. 여기서, 알아들었니?"

그러자 로보트는 '이마'에 붙어있는 빨간 신호등을 감박거렸다. 알아들었다는 신호다.

"됐어, 그만 나가봐!"

용이의 말이 떨어지기 바쁘게 로보트는 공손히 물러났다.

차거운 얼음 보숭이를 입안에서 녹이면서도 용이는 한 가지 생각에 골몰했다.

탐지기를 어떻게 만들가?

아무리 생각해야 잘 떠오르지 않았다.

'아버지의 도움을 받았으면…… 에이 참 딱 요런 때 출장을 가실게 뭐람…….'

뾰족한 턱을 한 손에 고인 채 용이는 토달거렸다. 아버지는 며칠 전 중요한 연구사업 때문에 지구밖에 띄워놓은 인공위성도시에 출장을 가셨던 것이다.

'이젠 오실 때가 됐는데…… 전화라도 걸어볼까?……'

용이는 아버지의 서재로 들어갔다. 그곳에 자동 텔레비죤 전화기가 있는 것이다.

텔레비죤 모양의 영상전화기 앞으로 다가간 용이는 지구 – 위성도시사이의 교환 로보트를 통하여 아버지를 찾았다.

"안녕하십니까, 선생님, 어디를 찾으시나요?"

늘쌍 아버지의 호출신호만을 받아온 교환 로보트인지라 이번에도 용이를 보고 '선생님'이라고 불렀다. 역시 로보트는 창조적으로 생각 못하는 자동기계에 불과했다. 용이는 제김에 피식 웃어버렸다.

"위성 도시 과학자려관을 부탁합니다."

"알겠어요."

잠시 후 붉고 푸른 줄이 어지럽게 흔들리던 전화기화면 우에 려관 안내원인 듯한 뚱뚱한 아주머니의 모습이 천연색으로 나타났다.

"학생은 누구를 찾나?"

웅글은 목소리가 용이의 귀에 들려왔다.

"저 방은 잘 모르겠는데 김학겸이라구 저의 아버지를 찾습니다."

"아 김박사 선생 말이냐? 학생이 그분의 아들인가?"

"예, 막내예요."

대번에 자기 아버지를 알아보는 것이 용이에게는 더없이 기뻤다. 하긴 뭐 그럴 만도 하지, 박사 교수인 아버지를 모를 사람이 있을라구…….

"가만 내 그럼 선생님이 계시는 2층 8호실과 련결해주지. 좀 기다리라구."

다시 밝아진 화면에 아버지의 모습이 나타났다.

용이는 너무도 반가운 나머지 전화로 만났다는 것도 잊고 늘쌍 하던 버릇대로 아버지에게 매달리려고 손을 뻗쳤다.

"원 저런…… 고등중학교 3학년생이라는 게 아직 어린애 같던."

아버지는 손을 내저으며 허허 웃으시였다. 용이도 쑥스러웠던지 머리를 긁적거리며 고개를 숙였다.

"그새 앓지 않고 공부를 잘 했느냐?

참 그 번개 잡이 비행선이 어떻게 됐니? 잘 되겠지?"

"예, 그런데 저…… 번개구름 탐지기 때문에……"

막상 아버지를 만나고 보니 말이 잘 나가지 않았다. 번개구름 탐지기를 만들 실마리조차 쥐지 못하고 있는 것이 부끄러웠기 때문이었다.

"아직 탐지기를 만들지 못한 모양이구나. 하긴 그게 그리 간단한 문제가 아니지."

이때라고 생각한 용이는 응석어린 목소리로 졸라대기 시작하였다.

"아버지, 그래서 내 아버지의 도움을 받자고 그래요. 빨리 집에 돌아와요."

"그래, 오늘까지 회의가 끝나니 래일쯤 지구로 내려가겠다. 갈 때 좋은 책을 가져다주지. 아마 도움이 될게다."

"정말이예요?!

야, 우리 아버지 이거야."

용이는 엄지손가락을 내보이며 말을 이었다.

"이젠 됐어요. 씨 - 고것 때문에 애를 먹었는데……

아버지 꼭 기다리겠어요!"

"그래라."

아버지는 웃음을 띠우시며 고개를 끄덕이였다.

영상전화를 마친 용이의 마음은 고무풍선마냥 둥 부풀어 올랐다. 용이는 코노래를 부르며 두툼한 책들이 빼곡이 꽂혀있는 아버지의 서가 앞에 뒤짐을 지고 서있었다. 금박 은박으로 찍은 제목들로 하여 서가는 온통 번쩍번쩍 빛났다. 박사가 다된 기분이다.

용이의 눈앞에는 구름사이를 떠돌아다니며 번개를 잡아먹는 번개잡이 비행선의 모습이 선히 떠올랐다. 그리고 시창 밖으로 환호하는 동무들에게 손을 들어 답례를 보내는 비행사인 자기의 모습도 얼른거렸다.

다물려있던 용이의 입귀가 벙실 벌어졌다.

'괜찮아, 괜찮거든. 뭐 개구리눈알모양의 탐지기? 참 성혁이두 답답하다니까!'

오래간만에 용이는 기쁜 마음으로 잠자리에 들었다. 포근한 이불이 용이의 몸을 따스히 감싸주었다.

먹장같은 구름이 두텁게 덮인 하늘로 번개잡이 비행선이 씽─ 떠오른다.

번개구름사이를 재빨리 오가며 번개와 벼락을 잡아먹는 비행선 안에는 비행모를 눈썹까지 푹 눌러쓴 용이의 얼굴이 보인다. 용이가 단추를 누르는데 따라 구름안의 '+'와 '─'로 대전되여 있던 전기들이 시뻘건 불줄기를 이루며 비행선 안으로 빨려 들어간다.……

어느덧 하늘은 파랗게 열리고 솜 같은 흰 구름이 유유히 떠다닌다.

용이는 눈을 들어 앞을 내다보았다. 그의 눈앞에는 고도로 발전된 아름다운 도시가 한 폭의 그림처럼 황홀하게 펼쳐졌다.

산악처럼 일떠선 고층건물들, 시원하게 뻗어간 거리들, 하늘에는 형형색색의 자기용비행기들이 날아예는데 댕기처럼 펼쳐진 푸르른 강에서는 유람선이 뽀얀 물갈기를 일으키며 줄달음친다. 태양열과 번개구름전기로 돌아가는 공장들, 황금이삭 출렁이는 교외의 논벌들에선 로보트들의 가을걷이가 한창이다. 지금처럼 나서 자란 도시가 정답게 안겨온 적은 없었다.

시창을 열어제긴 용이는 비행모를 이마우로 밀어제꼈다. 시원한 바람이 달아오른 용이의 얼굴을 식혀준다.

요란한 환영곡이 올려 퍼진다.

백발의 로교수가 전국청소년발명품전시회에서 1등의 영예를 지닌 용이에게 발명증서와 함께 금메달과 금컵을 안겨준다. 또다시 울려오는 요란한 박수갈채, 가슴 가득 안겨지는 꽃다발,……

저기 아버지의 얼굴도 보인다. 만족하게 웃으며 용이더러 어서 오라고 손짓한다.

"아, 아버지─!"

손을 내저으며 아버지를 찾던 용이는 두 눈을 번쩍 떴다. 꿈이었다.

창문으로는 눈부신 아침 해빛이 방안 가득 비쳐들고 있었다.

'에잇 참, 아쉬운데……'

속으로 중알거리며 용이는 또다시 두 눈을 스르르 감았다. 방금 꾼 꿈을 다시 꾸고 싶어서였다. 하지만 정신만이 새록새록 밝아질 뿐 그 황홀하던 광경이 펼쳐지지 않았다.

'오늘 아버지가 오신다고 했지……'

기껏 기지개를 하고 난 용이는 벽시계를 바라보았다.

벌써 아침 8시다.

오늘도 번개잡이 비행선 만들기로 온 학교가 들끓고 있었다. 인민반 꼬마들까지 '용이', '용이' 하고 수군거리며 소조실문 앞에 모여들곤 하였다.

그러는 것이 용이는 싫지 않았다.

아침부터 용이는 전자계산기에 기초 자료를 넣어준다. 매 소조원들에게서 계산결과를 받아낸다 하며 분주히 돌아쳤다. 꼭 저만이 해야 되는 것처럼 분주탕을 피우는 용이를 못마땅한 눈길로 바라보는 축들도 더러 있었다. 그러나 소조원 모두 깊은 사색과 열정을 깡그리 쏟으며 말없이 비행선제작을 다그쳐갔다.

이때였다.

성혁이가 정희를 데리고 소조실로 들어섰다.

"자, 인사를 해라, 생물소조원인 정희가 자진해서 우리 소조에 왔어, 번개구름 탐지기를 함께 만들자구 말이야!"

그러자 이미 기다리고 있었다는 듯 소조원들이 와그르 정희를 에워싸며 반가워들 했다.

콧날이 곧고 눈가장자리가 다소 파르스름해 보이는 정희의 얼굴에 수집은 듯 발그레한 빛이 엷게 비끼었다.

'끝내 데려왔구나!'

용이가 얼굴을 찡그리며 자리를 피하려는데 누군가 어깨를 툭 치는 것이였다. 성혁이였다.

픽 돌아서려다가 그렇게 하면 자기가 너무 졸장부같이 보일 것만 같아 용이는 입맛만 쩝쩝 다시였다.

"정희가 구상한 개구리눈알모양의 탐지기원리가 아주 그럴 듯 해, 우리 한번 들어보지 않겠니?"

"체, 들어보나 마나야, 아, 그렇게 쉽게 될 것 같으면 내가 벌써 만들지 않았으리, 이 용이가 말이야, 래일이면 좋은 안을 내놓을 테니 너희들은 탐지기 만들 준비나 해!"

아버지의 도움을 받기로 하였다는 것을 말하려다가 용이는 그만두었다. 웬일인지 그렇게 말하기가 싫었다. 그래서 용이는 이렇게 퉁명스런 목소리로 잘라 말하며 정희 쪽을 흘끔 바라보았다.

'아차!―'

용이는 혀를 깨물었다. 자기의 말에서 모욕을 느낀 듯 정희는 입술을 옥물고 깔끔한 눈초리로 이쪽을 쏘아보는 게 아닌가!

순간 용이는 성혁이가 고깝게 여겨졌다. '데려오지 말라고 그만큼 말했는데 종시……'

흥성거리던 소조실은 조용해졌다.

용이를 바라보는 성혁의 눈가에는 이름 할 수 없는 안타까움이 짙게 서렸다.

'두고 보라니까. 내가 다 만들지 않으리.'

성혁의 마음에는 아랑곳없이 용이는 속으로 중얼거리며 소조실문을 나섰다. 성혁이에게는 도서관에 가겠다고 했지만 실은 집에서 아버지를 기다리기로 마음먹었다.

집에 돌아온 용이는 이제나 저제나 아버지를 기다렸다. 하지만 저녁때가 되도록 아버지는 돌아오지 않으셨다.

"땡―" 벽시계는 벌써 밤 10시를 쳤다. 얼마나 시간이 흘렀는지……

책상 우에 팔을 엇걸고 살풋이 선잠에 들었던 용이는 귀 익은 아버지의 목소리에 눈을 번쩍 뜨며 일어났다.

아버지는 방안에 들어서고 있었다.

얼마나 기뻤던지 용이는 금방 잠들었던 아이 같지 않게 한달음에 달려가 아버지의 품에 안겼다.

"왜 이렇게 늦었나요? 아까부터 얼마나 기다렸는지 아세요?"

"음, 그럴만한 일이 있었다."

아버지의 얼굴빛은 웬일인지 무거웠다. 용이는 오늘따라 별스러워 보이는 아버지의 몸가짐을 의아한 눈길로 쳐다보았다.

"너희 동무들이 개구리눈알모양의 탐지기를 만들고 있다지?"

"예? 아버지가 어떻게 그걸?……"

용이는 놀라서 되물었다.

"난 다 알고 있다. 그런데 넌 어째서 이렇게 집에 들어와 있느냐, 모든 소조원들이 밤 깊도록 그걸 만들고 있는데……"

아버지의 말에 용이는 대뜸 두 눈을 둥그렇게 떴다.

"집으로 오다가 보니까 학교 로케트연구소조실에 불이 환히 켜져 있더구나. 그래 혹시 네가 있지 않는가 해서 잠간 들렀댔다."

'그랬댔구나, 성혁이가 다 말을 한 게지…….'

기분이 상한 용이는 고개를 돌렸다.

"그런 탐지기를 가지구 뭐 번개구름을 가려내기나 하겠어요. 애들 장난감 같겠는데……"

용이는 불부은 목소리로 말했다.

"뭐라구? 너 이제 보니 나쁜 버릇이 붙었구나.

동무들의 힘을 믿지 못하고 저만 똑 잘난 체하며 으시대는 못된 버릇 말이다!……"

아버지는 잠시 용이를 바라보다 조용한 목소리로 타일렀다.

"됐어요, 어서 탐지기에 대한 참고서나 주세요."

"그건 필요 없게 됐다. 그 애들이 벌써 그 책에 소개된 개구리눈알모양의 탐지기를 만들고 있더구나."

"예?!"

용이는 깜짝 놀랐다.

"어서 나가 봐라. 정희가 생각해낸 게 얼마나 신통한지 움직이는 물체만을 갈라보는 개구리눈의 구조와 기능을 모방한 탐지기야말로 번개구름의 운동방향과 속도를 알아내는데 꼭 맞는 탐지기란다.

수십 수백만 볼트의 전압과 수천수만 암페아의 전류가 흐르는 번개를 잡아내는 번개잡이 비행선을 만들었다 해도 거기에 탐지기가 없으면 어떻게 되겠니, '눈'이 없는 비행선을 만든 거나 다름없지 않으냐,

용이야, 내 말을 명심해 들거라.

과학과 기술이 발전할수록 과학탐구분야는 더욱 세밀해지고 뭘 하나 새로운 걸 만들자구 하면 그만큼 더 여러 부문 과학자들의 지혜와 힘이 합쳐져야 한다.

지금에 와선 집단의 힘에 의거하지 않으면 과학연구 사업은 그만큼 빛을 볼 시간이 늦어지는 법이란다."

용이는 머리를 푹 떨구었다. 아버지의 말이 이때처럼 가슴에 파고든 적이 없었다. 눈굽이 핑 젖어들었다.

"어서 동무들을 찾아가거라."

아버지는 다소곳이 고개를 숙이고 있는 용이의 손목을 꼭 잡아 일으켜 세워주었다.

무거운 마음으로 집을 나선 용이는 로케트연구소조실로 향했다.

가로등을 대신하는 커다란 고무풍선모양의 인공달은 아빠트들이며 거리며를 대낮처럼 밝혀준다.

그렇게도 스스럼없이 드나들던 소조실문 고리를 쥐였지만 용이는 선뜻 당길 수 없었다. 성혁이며 정희 그리고 소조원들이 날 보구 뭐라구 할가.

안에서는 탐지기를 만드는지 '달그락', '달그락' 하는 소리가 간간히 울려나온다. 동무들의 숨소리마저도 하나하나 가려 들릴 정도이다.

용이의 가슴은 이상하리만치 쓸쓸해졌다.

"자, 레이자발진기를 조립해놓았으니 탐지기는 완성된 셈이다. 정희야, 어서 스위치를 넣어봐."

기쁨에 넘친 성혁의 목소리다.

"성혁이, 네가 넣어."

또랑또랑한 정희의 목소리.

이윽토록 소조실에서는 아무린 말소리도 들려오지 않았다.

"아무래도 내가 잘못한 것 같애. 용이를 데려왔어야 할 걸. 아까 저녁에도 용이 아버지가 얼마나 걱정 했니, 비행선의 주인이야 어디까지나 용이가 아니냐."

성혁의 말을 들은 순간 용이의 눈에서는 눈물이 왈칵 쏟아져 나왔다.

생각 같아서는 지금이라도 당장 달려 들어가 성혁이 앞에 자기의 좁은 마음을 터놓고 용서를 빌고 싶었다. 그러나 용이에겐 그럴 용기가 나지 않았다. 동무들을 깔보며 자기만 제노라고 우쭐렁거리던 것을 생각하니 가슴이 미여지는 듯 했다.

"그럼 내가 데려 올가. 좀 기다려 줘. 아무래도 오늘 새벽 중으로 비행선에 탐지기를 달아야겠는데 용이가 없으면 어떻게 하니."

정희의 목소리가 울려왔다.

순간 용이는 저도 모르게 문고리를 당겼다.

초롱 같이 밝은 동무들의 눈동자가 일시에 용이에게 확 미쳐왔다.

용이는 목이 칵 메여 아무 말도 할 수 없었다.

"용이!"

성혁이며 정희, 정다운 소조원들 모두가 용이를 무르며 문가로 달려왔다. ……

기다리고 기다리던 번개잡이 비행선의 첫 시운전날이 왔다.

날씨는 찌는 듯 무더웠지만 비행장에는 수많은 학생들과 선생님들, 학부형들이 손에 손에 꽃묶음을 들고 모여 있었다.

동쪽하늘가에 떠있던 먹장구름이 뭉글뭉글 피여 오르더니 금시 한 소나기 쏟아 부을 듯 우중충 밀려왔다. 서쪽으로 밀려드는 먹장구름을 살펴보며 흰 색 비행복을 입은 용이와 성혁이, 정희는 비행선에 올랐다.

이제 곧 요란스런 번개가 터지고 우뢰가 울리리라.

대낮이건만 소낙구름으로 하여 사위는 밤처럼 어두웠다.

"쫘르릉 ─ "

잠시 후, 은백색의 번개잡이 비행선이 흰 분사연기를 날리며 하늘로 날아올랐다.

사람들은 손에 땀을 쥐고 비행선을 바라보았다.

'동무들의 기대에 어긋나서는 안 된다.'

용이는 단단히 결심하며 성혁이와 정희를 바라보았다. 성혁이와 정희도 용이를 바라보았다. 그들은 마주보며 뜻 있는 웃음을 지었다.

"앞으로 전진!"

용이는 명령하였다. 번개잡이 비행선은 두터운 구름 속으로 살같이 날아들었다.

"정희, 번개구름의 상태를 보고할 것!"

용이의 말이 떨어지기 바쁘게 정희의 목소리가 수화기를 타고 들려왔다.

"구름 두터이 천 메터, 운동방향 서쪽, 이동속도 초당 8 메터, 분포 넓이 64평방키로메터 이상!"

개구리눈알 모양의 탐지기영상막에 나타나는 수자들을 부르는 정희의 목소리는 자못 긴장해있었다.

"성혁이, 비행선주변 2 키로메터 거리까지 방사선 발사할 것! 알았는가?"

"알았다."

"발사!"

"발사ㅡ"

성혁은 발사단추를 눌렀다. 눈에 보이지 않는 방사선이 주위공기를 이온화시키며 퍼져나갔다. 바로 이 이온화된 공기층을 따라 번개가 비행선으로 들어오게 된다. 그러니 비행선과 번개구름사이에는 보이지 않는 '선'이 련결된 셈이다.

이제 용이가 '기동단추'만 누르면 번개가 '선'을 따라 비행선의 '전기창고'에 들어오게 된다. 비행선중심부에는 초전도상태로 넘어간 가락지 모양의 커다란 고리가 있는데 비행선에 잡혀 들어온 번개는 바로 이 초전도고리에 '잡혀' 들어온다.

전기저항이 '0'인 초전도고리에 들어온 번개는 계속 고리를 따라 돌면서 전류로 저축되게 된다.

하지만 용이는 쉽게 '기동단추'를 누를 수 없었다.

번개잡이 비행선을 만들던 지난 몇 달 전의 일들이 주마등처럼 용이의 눈앞으로 지나갔다.

……번개구름이 생기기전에 구름 우에 고체탄산을 뿌려 미리 비를 쏟아지게 함으로써 번개를 막던 지난 날의 방법에 종지부를 찍고 이제는 번개를 잡아 기계를 돌릴 때가 되였다고 열변을 토하던 자기, 그러는 자기에게 아낌없는 박수를 보내주던 동무들의 모습, 저만 꼭 제일이라고 우쭐대며 동무들의 힘을 믿지 못하던 자기를 두고 그토록 안타까와 하던 성혁이며 정희, 그리고 아버지의 심려 깊은 모습……

"용이, 어서 단추를 누르라! 빨리!"

용이는 절호의 기회를 놓칠 번하였다.

번개잡이 비행선은 번개구름이 밀집되여 있는 속으로 날고 있었다.

용이는 아래 입술을 지그시 깨물었다. 그러고는 '기동단추'를 힘 있게 눌렀다.

"쉬ㅡ익, 쉬ㅡ익"

아츠러운 소리를 내며 번개구름 안에 들어있던 음이온과 양이온들이 시뻘건 불줄기를 이루며 비행선 안으로 쓸어들기 시작하였다.

이렇게 하기를 몇 번…… 이윽고 막대한 량의 전력이 번개잡이 비행선의 '창고'에 저장되었다.

먼 옛날부터 사람들에게 공포와 재해만을 주던 번개와 벼락이 우리의 어린 과학자들에 의하여 길들여지게 된 것이다.

하늘이 파아랗게 열렸다.

저장한 전기를 넘겨주는 땅 우의 급전망을 향하여 번개잡이 비행선은 고도를 낮추기 시작하였다.

"와—"

함성이 터져 오르는 비행장은 온통 꽃바다가 되어 술렁인다. 하더니 그 꽃바다가 출렁이며 비행선을 향해 달려온다.

"용이—"

자기를 부르며 달려오는 사람들의 맨 앞장에 로케트연구소조원들의 정다운 모습이 보였다. 만족한 듯 아버지도 용이를 향하여 손을 흔든다. 용이에게는 그 모든 것이 뿌연 안개 속에서처럼 들여다보였다.

두 눈에 고였던 뜨거운 눈물이 주르륵 두 볼을 타고 흘러내렸다.

"성혁이, 정희, 정말…… 정말…… 고마워."

용이는 성혁이와 정희의 손을 꼭 쥐었다.

성혁이와 정희의 눈가에도 맑은 이슬이 빛나고 있었다.

『번개잡이 비행선』, 금성청년출판사, 1988

희열

정현철

    우리 작업반에는 리춘삼이라고 30여 년 동안 수리공으로 일하고 있는 아바이가 있다. 턱과 코밑에 이틀에 한 번씩 밀어야 한다는 수염자리가 푸릿하여 첫눈에 벌써 수더분한 인상을 준다. 가느스름한 눈가녁에는 바늘 끝으로 그어놓은 듯한 실주름들이 부채살 모양으로 간잔지런히 잡혀 있어 웃지 않을 때도 노상 웃는 것처럼 보인다. 그래서 누구 말마따나 '인상은 만점'이였다. 마음은 또 얼마나 좋은지 모른다. 물이 깊으면 고기가 많이 모여든다고 그리하여 안 찾아오는 사람이 없다.

    우선 유능한 수리공이다보니 공장의 큰 기계가 고장 나도 그를 찾았고 작은 기계가 멎어도 그를 불렀다. 지어 어떤 처녀들은 가방열쇠를 고쳐달라며 퇴근길을 막아서기도 했다. 마치 자기 집의 삼촌처럼 무람없이 불러대기도 하고 찾아오기도 하며 무슨 일이든 그와 함께 의논하기를 즐긴다. 한 번은 직장의 한 녀인이 처녀들을 보고 "얘얘, 난 저런 무던한 시아버지가 있는 집이라면 새 서방 보지도 않고 시집가겠다야." 했다는 것이다.

    "어마나! 언니두 참, 그 아바인 '딸딸이'예요."

    딸들만 있다는 소리였다.……

    아니다! 녀인들은 춘삼 아바이를 다 모르고 하는 소리다. 그는 어떤 경우에나 마음이 너그러운 것이 아니다. 그것은 매일 코를 맞대고 일하는 우리 작업반 사람들이 더 잘 안다.

어느 날 춘삼 아바이와 나 그리고 작업반장은 분공장에 나가서 일하게 되었다.

우리는 한 기대씩 맡아서 수리하였다. 나의 옆에서 조력하는 운전공 처녀는 웃음이 헤펐다. 말끝마다 웃음이 따라 나왔다. 공구를 섬겨주는 것도 잊고 웃군 하였다. 처녀의 웃음소리가 높아질 때마다 나는 그에게 눈을 흘기였다.

"챠, 이런…… 누가 보면 일은 안하고 웃기만 하는 줄 알겠소."

그리고는 아바이가 일하는 쪽을 힐끔 바라보았다. 그것은 그가 욕할가 봐서가 아니라 시간도 장소도 잊은 듯 일에만 취해있는 그에게 미안한 생각이 들어서였다. 아바이의 옆에서 공구와 부속을 섬겨주는 운전공처녀는 우리가 부러운지 이쪽으로 자꾸만 눈길을 판다.

"저기 좀 보세요. 얼마나 지루하고 따분할가요. 웃지도 않고 일하기가……"

나의 조력자는 종달새 삼씨까듯 끊임없이 이야기를 만들어낼 줄 알았다. 하긴 웃고 말을 해야 일이 힘든 줄 모른다.

나는 기분이 좋았다. 애교가 찰찰 흐르는 처녀가 노상 옆에 붙어 서서 해해 호호 하고 웃겨서만이 아니였다. 사실 나에게는 호들갑스러운 이 처녀보다 더 어여쁜 처녀가 있다.

그 처녀는 인민대학습당에서 사귀였다. 어떻게 알게 되였는가는 우리의 기본이야기에서 중요치 않기 때문에 설명을 피하련다. 다만 갓 시작된 우리의 련애가 요즘 한창 단물이 오르고 있다는 것만은 부끄런 생각도 들지만 솔직히 말해둬야겠다. 오늘도 우리는 대동강유보도에서 만나기로 약속했다. 내가 빨리 퇴근시간이 되기를 기다리는 것은 바로 이 때문이다.

어느덧 오전시간도 다 되였다. 나는 기름 묻은 손을 걸레로 닦으며 일어섰다. 저쪽에서 일하는 춘삼 아바이는 아직도 조립을 하기에 턱 떨어지는 줄도 모르고 있다.

"아바이, 점심시간이예요."

아바이는 천천히 머리를 들었다. 해빛에 눈이 부실 때처럼 두 눈섭을 모아붙이고 나를 바라본다. 코잔등에는 거뭇한 손가락자리가 났는데 피발이 선 듯한 눈에는 왜 찾았는가, 방금 뭐라고 했는가 하는 의문이 담겨져 있었다.

"점심시간이란 말이예요."

"어? 벌써 그렇게 됐나?"

그는 얼핏 손목시계를 보고나서 다시 손에 쥔 볼트를 내려다보는 것이었다.

"허 이런…… 조그만 더 빨리 다그쳤더라면 마저 끝내는 건데……"

그는 혼자소리처럼 중얼거리며 주섬주섬 공구들을 거두었다.

"빨리 가자요. 오후에 또 쓰겠는데 뭘…… 발이 달렸다구 달아나겠나요."

"허, 무슨 소릴. 공구가 절반 일한다네. 수리공이라는 게 공구 귀한 줄도 몰라."

점심식사 후에 나는 책을 펼쳐들었다. 나는 공장대학 졸업반이었다. 번역숙제를 하기 위해 사전을 펴놓았으나 글줄은 점차 아슴푸레 멀어져가고 대신 오늘 저녁 만나기로 한 처녀의 아릿다운 모습이 선명히 떠오르는 것이었다.

오늘은 30분 정도 먼저 가야겠는데…… 가다가 리발소에 들려 면도랑 할 생각이었다.

나는 싱숭생숭한 마음에 저도 모르게 책을 덮고 말았다. 춘삼 아바이는 담배를 입귀에 삐뚜름히 물고 앉아서 낚시바늘을 손질하고 있었다. 아마 저 담배를 손 한번 대지 않은 채 다 태워버릴 것이다.

나는 웃으며 롱을 던졌다.

"참, 아바이도 낚시질을 해봤어요?"

"허, 내 이래뵈두 낚시질에선 8급공에 속해. 이제 자네 잔치상에 중강아지만한 숭어를 척 올려놔 주지. 허허……"

입보다 눈가장자리의 주름살이 더 많이 웃는 듯한데 후더분한 인정이 함뿍 내비친다.

오후작업에서도 나는 운전공처녀와 재미나게 일을 하였고 춘삼 아바이네는 따분히 일을 했다.

작업시간이 끝나기 몇 분 전에 나는 일손을 놓고 일어섰다. 힘든 부분은 다 해제겼다. 이제는 크랑크실덮개를 맞추고 볼트로 고정한 다음 기계를 슬슬 돌려보면 되는 것이다. 그러나 나는 더 이상 주무르고 앉아있을 시간이 없었다. 떠날 시간이 된 것이었다. 반장한테는 이미 조용히 승인을 받았다.

"가야지. 그런 일이야 못 보장해주겠나. 다 생활인데……"

그는 선선히 응했다. 고마웠다. 확실히 그는 리해력이 있는 사람이였다. 젊은 사람이니 런애경험도 있을지 모른다.

나는 옷을 갈아입고 나오다가 나무칼로 귀를 베도 모를 정도로 일에만 파묻혀있는 아바이의 옆을 그냥 지나가기가 미안하여 한마디 인사치례를 했다.

"아바이, 마저 수고해 주십시오. 난 일이 있어서 먼저 좀 가요."

"어?" 하고 그는 돌아보았다.

"자네 오늘 조퇴를 신청했던가?"

"아바이두 참."

나는 픽 웃었다.

"아, 외딴 분공장에 나와서까지…… 이제 30분밖에 안 남았어요."

"허, 엉터리군."

그의 눈가녁주름들은 걱정이 깃들어 갑자기 더 깊어진 듯하였다.

"왜 그래요? 반장한테 다 승인을 받았는데……"

"뭐 반장? 허, 이거 여기저기 고장이군. 중수리감이야……"

속생각을 흘리듯 중얼거리는데 나는 그만 화가 났다.

"아, 우리 세 명이 나와 일하는데 누가 보기를 합니까. 알기나 합니까."

"헛참…… 누가 본다구 해서 지키구 안본다구 해서 안 지키겠나. 그리구 반장이 뭐가 돼서 로동시간을 제주머니의 떡처럼 30분씩이나 뚝뚝 선심 쓰듯 떼 준단 말인가. 반장이 아니라 그 할애비래도 그럴 권리가 없어."

"참 아바이두……" 하고 나는 쓴웃음을 지었다. 그러나 인차 얼굴색을 고치고 타협조로 말했다.

"아, 누가 그걸 몰라서 그러나요. 사람이 살아가느라면 이런 사정도 있고 저런 경우도 있는 건데……"

"그러지 말구 돌아서게. 지금은 길게 말할 새가 없네만 하던 일을 다하지 못하구 일어서는 건 로동자의 일본새가 아니야. 한두 해 일 했다구 그걸 몰라."

아바이는 피끗 팔목시계를 내려다보고나서 다시 일손을 잡으며 중얼거린다.

"저런! 25분밖에 안 남았군."

얼핏 들으면 나에게 하는 말 같지만 다시 생각해 보면 자신에게 하는 말인 듯도 하였다. 분명한 것은 그 목소리에 아쉬워하는 심정이 다분히 슴배여 있는 것이었다.

나는 이러지도 저러지도 못하고 서있었다. 이제 옷을 벗느라면 퇴근시간이 다 될 것이다. 25분이란 작업뒤거두매를 하면서 천천히 손을 씻는 시간이라고 해도 크게 시비할 사람은 없을 것이다.

그런데 30여 년씩 로동생활을 했다는 사람이 이렇게도……

흐려졌던 나의 기분은 처녀를 만나서야 해빛 받은 안개처럼 흔적 없이 사라졌다. 우리는 유유히 대동강유보도를 걸었다. 물리학연구소의 조수인 처녀는 자기들의 연구 사업을 현장 로동자들이 팔을 걷고 나서 도와주고 있는데 대하여 감동에 겨워 이야기하였다.

"우리 로동자들은 다 그렇소."

나는 저도 모르게 긍지높이 말하고 나서야 실수를 깨달았다. 지금까지 나는 처녀에게 내가 일용품공장 수리공이라는 것을 숨겼던 것이다. 그러나 처녀는 나의 말을 새겨듣지 않은 모양인지 아무런 눈치도 채지 못하고 하던 말을 계속하는 것이었다.

　우리는 달콤히 속살거리는 정신에 시간 가는 줄도 어디에 서있는지도 모르고 있었다. 문득 처녀가 "오늘도 낚시군들이 많군요." 하고 말했을 때에야 나는 주위를 둘러보았다.

　유보도에는 낚시군들이 주런이 늘어서 있었다. 낚시줄을 대여섯 개 늘여놓고 지그시 앉아있는 사람이 있는가 하면 당장 부러질 것처럼 해친해친하는 낚시대를 붙잡고 동동거리는 깜부기를 긴장하게 지켜보는 사람도 있었다. 물기를 머금은 한줄기 서늘한 바람이 우리의 머리칼을 가벼이 건드리며 지나갔다. 거울처럼 맑고 번들번들한 물결 우에 물어리떼들이 가는 듯 마는 듯 동동 떠서 저녁한때를 즐기고 있었다. 저쪽 앞에서는 쬐꼬만 아이들 한패가 낚시군 뒤에 오구구 모여 서서 옥작벅작 떠들어대고 있었다.

　우리도 낚시군이 잡은 물고기를 구경하고 싶어 그곳으로 다가갔다. 정말 그물주머니에는 팔뚝만한 숭어가 다섯 마리나 들어 있었다. 입을 쩝쩝 다시다가 푸들쩍 꼬리를 쳤다. 비릿한 냄새가 풍겼다.

　솜씨 있는 낚시군은 귀밑머리가 싯허옇는데 앞가슴에서는 3대 혁명 붉은 기 휘장이 빨갛게 빛나고 있었다.

　나는 또 구경군의 호기심으로 일여덟 발자국 떨어져 앉아있는 사람을 보았다. 밀짚모자를 푹 내려쓴 그 사람은 낚시대를 물 우에 척 드리우고 웬 젊은 사람과 저쪽으로 돌아앉아 이야기를 하고 있었다. 눈여겨보니 무슨 도면 같은 것을 담배갑과 라이타로 네 귀에 지질러놓고 토론을 하는데 젊은 사람이 열정적으로 설명하고 밀짚모자는 고개만 끄덕인다.

　바로 이때 물 우에서 동동거리던 깜부기가 꼴깍 숨어들어가며 자맥질을 했다.

"아아…… 저, 물렸다!" 내가 소리치자 밀짚모자는 홱 돌아서며 날쌔게 낚시대를 잡아챘다. 그러나 때는 늦어 먹이를 떼운 허전한 낚시만이 허공중에 아수히 떠올랐다가 유보도에 맹랑하게 떨어져 내렸다.

"허허, 또 떼웠군." 밀짚모자가 이쪽으로 고개를 돌리는 순간 나는 "아!" 하고 입속으로 부르짖었다. 아바이, 우리 작업반 춘삼아바이가 아닌가?!

입귀에 담배를 삐뚜름히 물고 새 미끼를 꿰고 있는 그의 얼굴에는 온통 웃음이다. 그 웃음은 샘물처럼 입에서 솟아올라 눈으로 넘쳐나는 듯싶었다. 불현듯 점심식사시간이라고 찾는 소리에도 무슨 영문인지 몰라 눈길을 들던 땀이 송송히 맺힌 이마가 떠올랐다.

얼마나 뚜렷한 대조를 이루면서도 서로 잘 어울리는 모습인가!

그런데 유보도에까지 찾아와 설계도면을 토론하는 저 사람은 누군가?

아니 내가 지금 여기서 이런 생각을 하고 있을 땐가.

나는 황황히 처녀를 이끌고 그 자리를 피했다. 아바이가 나를 알아보면 야단이었다. 앞서도 말했지만 나는 처녀에게 내가 로동자라는 것을 정확히 그리고 떳떳이 밝혀두지 못했다.

처음에 처녀는 "전 물리학연구소 조수에요. 그런데 동문?" 하고 물었다.

"예 전……" 순간 나는 처녀에게 짝지지 말아야 한다는 자존심이 불쑥 솟아오름을 의식했다. 그리하여 그것이 어떤 결과를 빚어낼지 모르면서, 하지만 그것이 부끄런 행동이라는 것을 동시에 느끼면서도 나는 순간의 자존심에 못 이겨 웃음까지 보태며 천연스레 말했다.

"저 역시…… 일용품공장에서 그 비슷한 일을 하지요."

하지만 시간이 흐를수록 얼굴이 뜨거워졌다. 기회를 봐서 잘 이야기하려 했으나 선뜻 입이 떨어지지 않았다. 마음 한 구석에서는 얼마 안 있으면 대학을 졸업하겠는데 그러면 정말 수리반에서 뜰 수도 있지 않을가 하는 생각이 자라 올라 그것으로 자신을 두둔하기도 하고 위안도 하였던 것이다.

그날부터 보름 정도 지났을가? 처녀는 예고도 없이 우리 공장에 전화를 걸어왔다. 후에야 안 일이지만 그는 내가 어느 부서에서 일하는지 알 수 없어 교환수에게 내 이름만 대였던 것이다. 다행히도 교환수는 몹시 바빴던 탓인지 내가 수리반에서 일한다는 걸 말하지 않고 그냥 우리 작업반을 찾았는데 일이 안될 때라 전화기 옆에서 춘삼아바이가 앉아있었다. 나는 그때 다른 작업장에 나가있어 이 모든 내용을 모르고 있었다. 그리하여 일이 끝난 다음 아바이가 조용히 만나자고 했을 때도 무슨 영문이지 전혀 몰랐던 것이다.

"임자, 요즘 처녀를 사귀는 모양이더구만."

"예?"

"허. 아까 낮에 전화가 왔댔어. 아, 자네 '춘향'이 말일세. 오늘저녁 갑자기 일이 제기되여 그러는데 래일모레 만나자고 전해 달라더구만."

"그래요?……"

그제서야 나는 어색하게 웃었다.

"그런데 뭐 다른 말은?……"

혹시 아바이가 나에 대해서 무슨 말을 하지 않았을가?

그러나 아바이는 내 말을 못 들은 듯 "헌데 참……" 하고 의심스러운 눈으로 나를 새새 바라보는 것이었다.

"거짓말이야 하지 말아야지."

"예?"

나는 가슴이 뜨끔했다.

"혹시 자네 수리공 일을 하는 걸 부끄럽게 생각하는 건 아닌가?"

"아니요."

나는 머리를 흔들며 필요이상의 큰 목소리로 부정했다.

사실 나는 다년간의 로동생활을 통하여 로동하는 사람들의 훌륭한 우점들을 잘 알고 있었다. 그러나 드물기는 하지만 일부 사람들은 현장에서 일하는 사람들을 하찮게 보면서 사무실에나 앉아있어야 큰일을 하는 것처럼 생각하는 폐단도 없지 않은 것이었다.

며칠 전에도 나는 그것을 체험했다.

그날 나와 춘삼 아바이는 분공장으로 가다가 책방에 잠간 들렸었다. 아바이는 소설책 한 권을 샀다. 나에게는 새로 출판한 로조사전이 번쩍 눈에 띄웠다. 이게 웬 떡이냐, 가는 날이 장날이라더니…… 나는 얼른 돈을 꺼내 들었다.

"저, 이 사전을 좀 삽시다."

도서판매원 녀인이 이쪽으로 걸어왔다. 책을 집어 드는데 "나도 하나 삽시다." 하고 내 뒤에서 또 점잖은 목소리가 울렸다. 얼핏 돌아보니 머리가 휘연히 벗어진 학자풍의 사나이였다.

"어쩌나, 책은 하나밖에 안 남았는데……"

보매 녀인은 우리 두 사람 중에서 어느 한쪽이 양보하기를 바라는 눈치였다. 그러나 나는 그럴 생각이 없었고 내 뒤에 선 사람도 물러설 차비가 아니였다. 일은 아주 딱하게 됐는데 그런대로 판매원 녀인이 절충안을 생각해 냈다.

"손님은 어디서 무슨 일을 보십니까?"

녀인은 내 뒤 사람에게 먼저 물었다.

"전 공업대학 박사원에 있습니다."

"아, 그러세요?!"

녀인의 얼굴에 웃음이 피여 났다.

"동무는?……"

"예. 전……"

나는 얼른 대답할 수 없었다. 자신의 직분을 밝히기가 부끄러워선지 아니면 사람을 대조하여 차별하려는 듯한 예감을 느껴선지…… 스스로도 내 심리를 알 수 없었다.

아니다. 나는 다음순간 반발심과도 같은 격렬한 감정의 충동에 떠밀리우고 있는 자신을 분명히 깨달았다.

"전 일용품공장 로동잡니다."

나는 그저 로동잡니다 하면 될 것도 일용품공장이라고 구태여 똑똑히 찍어 밝힘으로써 따지듯 묻는 녀인에게 그래서 어쩔 셈이요? 하는 감정을 로골적으로 내비쳤던 것이다.

이것은 결코 긍지와 존엄의 웨침이 아니였다. 자존심의 반발과도 같은 저속한 감정의 투레질에 불과한 것이였다.

"그럼 동무가 양보해야 겠구만요."

녀인은 상냥스레 웃었다.

나는 격분이 주먹처럼 솟아올랐다. 녀인의 웃음이 이렇게 혐오스러울 줄은 몰랐다. 세상에 이런 모욕이 어디 있는가. 책은 내가 먼저 사자고 했다. 그런데?

"사람을 업수이 보지 마시오!"

"아이, 그런 게 아니예요. 동무, 책이란 단순히 상품이 아니지 않겠어요. 그래서 필요한 사람한테 먼저 주는 게……"

"그만두십시오! 그 책은 나에게도 필요합니다. 도대체 사람을 어떻게 알구……"

나는 내 목소리가 얼마나 높아졌는지 의식하지 못하고 있었다. 어떻게 책방을 뛰쳐나왔는지도 기억되지 않는다. 한참 씩씩거리며 가다가 돌아보니 아바이는 그때에야 책방문을 나서고 있었다. 그는 나를 따라와 나란히 서면서 엄하게 꾸짖었다.

"이사람, 그게 무슨 망동인가?"

"아, 사람을 차별하는데두 가만 있겠나요. 로동자의 배짱은 됐다 어디 쓰겠어요."

"허, 로동자란 이름이 뭐 그런 막된 밸풀이 때 함부로 휘두르는 막대기 구 간판인줄 아나. 그럼 못쓰네. 이쪽 사람은 박사원에 있구 자넨 로동자 라니까…… 괜히 우둘쩍거리면서…… 자 옛네!"

뜻밖에도 아바이가 내미는 것은 사전이였다.

"?"

나는 선뜻 받지 못하고 그를 바라보기만 했다.

"자네가 공장대학생이라고 했더니 그 박사원에 있다는 량반이 선뜻 양보하더구만, 뭘."

"모르겠수다. 무슨 소린지?…… 뭘 또 구차스레 빌붙진 않았어요?"

"아니라니까."

"어떻든 로동을 한다면 우습게 보지요.……"

그때부터 내가 처녀에게 자기를 밝혀두지 않은 것을 오히려 잘한 일이라고까지 생각하면서 대학을 졸업한 다음 인차 직업부터 바꿀 결심을 더욱 굳히웠는지도 모른다. 말하자면 은근히 '발전'을 꿈꾸고 있었던 것이다.

그런데 지금 일이 이렇게 시끄럽게 될 줄이야……

"그래서 전화할 때 아바인 내가 여기서 일한다구 말했어요?"

"아니. 그런 건 본인이 얘기해야 되는 거야. 헌데 왜 그러나?"

"솔직히 말하면……"

나는 일이 이렇게 된바하고는 툭 털어놓고 말하여 마치 억울한 루명에서 벗어나듯이 그 리유를 분명히 해둬야겠다고 생각했다.

"처녀한테 짝지는 것 같고 로동자를 어떻게 생각할지 몰라서 그랬지요."

"어떻게 생각하다니? 그럼 그 체네가 로동자를 싫어한단 말인가?"

"참, 아바이두. 아 지금 어디 내놓고 싫어하는 사람이 있습니까. 다 겉으로야 로동자? 아, 로동자가 좋지 하면서도 그 뒤부터는 현장에서 일하는 사람을 은근히 낮추본단 말입니다."

"허……"

그는 입을 항 벌렸다. 눈에는 서글픈 빛이 언뜻 비껴들었다.

"그렇다면 임잔 좋은 일도 남이 싫어하는 눈치면 하지 않겠구만?"

"아, 뭐 문제를 그렇게 까다롭게……"

나는 가슴이 후끈 달아올랐다.

"툭 털어놓고 말하면 아바이두 어디 가서 자기 신분을 밝힐 때 내 어디 부장이요 하는 것보다 일용품공장 수리공입니다 하는 것이 더 좋습니까?"

"음……" 그는 듣기가 괴로운 듯 고개를 쳐들었다. 지그시 눈을 감는다. 가슴 속 감정의 반응처럼 고개가 몇 번 끄덕이더니 슬며시 눈이 떠졌다.

"임잔 지금까지 로동을 헛했구만. 대학 공부두 잘못하구. 그런 맘을 가지구 10년을 일해선 뭘하구 20년을 배워선 어디 쓰겠나. 그래 자넨 간판이 필요해서 대학엘 다니구 발전하는 기초를 닦자구 로동을 하나. 이보라구. 직위가 곧 그 사람 전부인건 아니야. 사람이란 참된 인간으로 되는 것보다 더 큰 목적두 또 더 높은 발전두 없다네."

그는 근심이 하늘같은 듯 한숨을 푹 내쉬였다.

"총화시간이 다 돼서 지금은 길게 말할 새가 없네만 우선 그 체네를 만나서 용서를 빌게."

"알겠수다."

나는 그의 말을 리해하고 공감해서가 아니라 소뿔은 단김에 뺐랬다구 말이 난 김에 아예 그 처녀한테까지 툭 털어놓아 무슨 죄지은 듯한 마음에서 벗어나야겠다고 생각했다.

그리하여 내가 그 처녀를 만날 계획을 짜느라고 밤새껏 골머리를 앓았으나 신통한 수가 떠오르지 않아 후줄근한 모양으로 출근한 다음날 아침이였다.

춘삼아바이가 새벽 봉창 두드리듯 "자네 <춘향전> 가극 봤나?" 하고 묻는 것이였다. "싫증나도록 봤수다." 내가 심드렁히 대답하자 그는 "그래두 한 번 더 보라구. 난 아직 못 봤네만 볼 적마다 재미있다더구만." 하며 초대권 두 장을 척 내미는 것이 아닌가!

순간 나는 나의 사랑하는 처녀를 생각했다. 얼마나 멋들어진 기회인가. 호박이 이렇게 저절로 굴러오다니…… 꿀을 바른 찰떡을 두 손에 받쳐준들 이렇게까지 기쁘고 군침이 돌 수 있을가?

"고맙수다. 아바이. 그런데 어디서?"

"어제 극장에 다니는 우리 막내가 갖다주더구만. 헌데 참, 나랑 함께 가도 괜찮을가?"

그는 벌써 내 마음속 계획을 알아차렸는지 제 생각을 조심히 비치며 초대권을 또 하나 내들어 보이는 것이었다.

"아 일 없지 않구요."

이렇게 혼연히 말해놓고 보니 차라리 잘된 것 같았다. 아바이는 처녀와의 관계를 잘 아는 유일한 사람으로서, 그리고 오랜 로동 계급으로서 내가 로동자라는 것을 밝히는데 도움이 되면 되었지 나쁘지는 않을 것 같았다.

이리하여 우리는 그날 일이 끝난 후 함께 거리에 나서게 되었다. 처녀에게는 이미 극장 앞에서 만나자고 전화를 했다.

우리는 뻐스를 탔다. 뻐스에는 언제나 각이한 직업과 성격을 가진 사람들이 모이는 곳이다. 우리 앞에는 간부인 듯한 풍채 좋은 사람과 할머니가 앉아있었다. 차창으로 서늘한 바람이 불어오는데 가벼운 향수 내가 코를 자극했다. 돌아보니 셋은 배추줄거리처럼 희여멀쑥한 얼굴에 유난히도 맑은 안경을 낀 청년이 서있었다. 나는 낯이 익다고 생각했으나 어디서 봤던지 기억나지 않았다. 그는 의자 우에 별스레 불룩한 악어가죽가방을 놓고 서있었다.

기세 좋게 달리던 뻐스는 문득 재채기하듯 탁탁 소리를 내지르더니 점차 속도가 떠지였다. 이어 천식중환자처럼 풀떡풀떡 숨찬 소리를 내면서 뻐스는 멈춰 섰다. 모빌유 타는 냄새가 풍겼다.

사람들의 눈길이 운전수에게 모아졌다. 운전수는 뭐라고 투덜거리며 문을 열고 내려섰다.

5분 또 5분…… 시계를 보는 사람이 점차 많아지고 뻐스에서 내려 운전수가 뚝딱거리고 있는 두 바퀴사이를 들여다보는 사람도 있었다. 아바이도 어느새 내려서 허리를 굽히고 운전수를 바라보고 있었다.

"이사람, 어디가 고장인가?"

그는 네발걸음으로 엉금엉금 버스 밑으로 들어가는 것이었다.

"스빠나를 이리 주게. 내 좀……"

"아니 괜찮습니다. 챠, 이런……"

나는 허리를 꺼꺼 부정하니 굽히고 서서 그들을 바라보고 있었다.

"잡으라구. 같이 껴도네. 가만, 이거 크게 상한 모양인데?…… 이것 보라구. 이 실린다를…… 인차는 안 되겠어……"

"에이 참……" 하고 운전수는 맥살이 나는 듯 엉치를 털썩 땅에 붙이고 잠시 앉아있더니 "할 수 없지……" 하며 바퀴 밑에서 벌렁벌렁 기여 나왔다. 아바이만 그 자리에 남아서 떽깍거리고 있었다.

운전수는 뻐스에 올라섰다.

"저…… 미안합니다. 뻐스가 고장 나서 고쳐야겠습니다."

그러자 뻐스 안은 술렁거렸다.

"얼마나 걸려야 하우?"

"시간이 좀 걸릴 것 같은데 다음 차를 리용해……"

"허 참, 한심하군. 시간이 바쁜데……"

"동무, 차를 잘 정비해 가지고 다녀야지 이게 뭐요?"

운전수는 한 마디도 대꾸하지 못하고 얼굴이 뻘개서 서있었다.

무중 뒤쪽에서 "기계라는 거야 뜻밖에 고장날수도 있지요." 하고 동정하듯 말하자 "아, 그렇지 않구요. 리해해야죠." 이렇게 녀인의 목소리가 맞장구를 쳤다.

"에이구. 난 어떡허면 좋수? 이 짐을 들군 내렸다 올랐다 하재두 힘든데."

할머니가 푸념처럼 말했다.

"할머니, 죄송합니다. 저…… 그럼 늦는 셈 치고 좀 기다려보지 않겠습니까?"

운전수는 모든 사람에게 사과하듯 할머니의 손을 잡으며 곰살궂게 말했다.

그러자 술렁거리던 사람들은 운전수에 대해 말하기를 그쳤다.

이때 "동무!" 하는 날카로운 목소리가 차 안의 공기를 다시 얼쿠어 놓았다. 안경 낀 젊은이가 맑고 투명한 안경알너머로 운전수를 쏘아보고 있었다. "그런다고 동무의 실책이 덜어지는 건 아니요. 동문 지금 이 숱한 사람들의 바쁜 사업을 방해하고 있다는 걸 알기나 하오. 그만큼 우리 혁명의 전진이 지연된다는 걸!"

"뭐요? 다시 한 번 말해 보오!"

운전수가 발끈하여 맞섰다.

사람들은 이 급작스런 충돌에 말릴 념도 못하고 긴장한 눈길로 두 젊은이를 지켜보고 있었다. 안경 낀 청년은 손목을 들어 얼핏 시계를 보고나서 말했다.

"달리야 어떻게 설명되겠소. 그래 동무에게 인민을 위해 복무하는 정신이 있다고 말해야 옳겠소. 동문 우선 운전대를 잡기 전에 우리 시대의 5분, 10분이 얼마나 귀중한가 하는 것부터 알아야 할 것 같소."

맺고 끊는, 그 가차 없는 목소리처럼 그는 홱 돌아섰다. "실례했습니다. 용서하십시오." 하고 사람들에게 깍듯이 례절을 차리며 서둘러 뻐스에서 내려갔다. 다시 한 번 손목시계를 보고는 바삐 가는 것이었다.

운전수는 받지 못한 황소처럼 씩씩 더운 숨만 내쉬고 있을 뿐이였다. 다른 사람들도 말 한마디 없이 멀어져가는 청년을 바라보고만 있었다.

문득 누군가 "아, 가방." 하는 소리에 사람들은 의자 우에 놓여 있는, 배가 볼록하여 볼 모양 없는 악어가죽가방을 바라보았다.

"뭘 하는 사람이라오?"

"글쎄요? 옷차림이랑 말하는걸 봐선…… 전부 '멋쟁이'로구만요."

"몹시 바쁜 사람이란 게 헨둥히 알립디다…… 오죽 속이 탔으면……"

이때 그 청년이 뛰여왔다. 안경은 벗어서 손에 쥐고 있었다. 뛰여오는데 불편했던 모양이었다. 그제서야 나는 도수 없는 안경일수도 있다는 생각이 들었다.

그는 곧바로 뻐스에 올라가 가방을 들고는 역시 올 때와 같이 바삐 뛰어내렸다. 그 순간 그의 가방이 문에 부딪치면서 철그덕 하는 쇠소리가 났다. 나는 가방에 무엇이 있길래 쇠 부딪치는 소리가 날가 생각했으나 하나

둘 흩어져가는 다른 사람들과 함께 다른 차를 타야겠기에 더 신경을 쓰지 않았다.

"아바이, 우리도 빨리 갑시다."

나는 아직도 뻐스 밑에서 뚝딱거리고 있는 춘삼 아바이를 향해 말했다.

"가만…… 혼자 좀 가게. 난 아무래도 손을 댔던 김에……"

"예?"

"어찌겠나. 우리마저 가버리면 운전순 길바닥에서 혼자 고생할 게 아닌가."

허 참…… 쓴입을 다시며 나는 허리를 폈다. 소금 팔러 가는 날 비가 온다더니 일이 이렇게 삐뚤어질 줄이야…… 시계를 보니 공연시간까지는 얼마 남지 않았다. 그렇다고 아바이를 버리고 혼자 갈수는 없었다. 범의 꼬리를 잡은 겸이였다. 운전수는 아직도 분을 삭이지 못했는지 투덜거리며 뻐스 밑으로 들어갔다.

"이거 정말 고맙습니다. 참, 아바인 어디 계십니까?"

"난 일용품공장 수리공이네. 자, 같이 조입세. 아니 복스로, 그래…… 꽉."

나는 그들의 말소리를 흘러들으며 또다시 시계를 보았다. 초침은 시간을 이끌고 부지런히 달리고 있었다. 나는 저도 모르게 "저 정말" 하고 말하다가 "오래 걸리겠습니까?" 하면 그들이 미안할 것 같은 생각이 들어 입을 다물었다. 함께 일손을 잡지 않고 있는 것이 죄송하기도 했다. 그래서 "제가 도울 건 없을 가요?"해버리고 말았다.

"아니, 자네 아직 안 갔나? 가라구, 어서. 체네가 눈이 까매서 기다릴 텐데." 그러자 바빠 맞은 것은 운전수였다.

"아니, 그럼 두 분이 어디……? 어서 가보십시오. 제 혼자서도 합니다."

"아니 이게 어디 혼자서 어림이나 있는 일인가. 함께 제껵 해제낍세. 하던 일이야 끝을 보는 멋이 있어야지. 그 쪽을 치게. 아니, 망치로! 그래 힘껏!"

내 립장도 딱하게 되었다. 그냥 서있자니 운전수가 죄스러워하고 혼자

가자니 반대로 내가 죄를 짓는 것 같았다. 불현듯 나를 기다리다가 그만 어깨를 처연히 떨어뜨린 채 가고 있는 처녀의 모습이 떠올랐다. 아, 속으로 얼마나 욕할가? 에이 참……

버스 밑에서는 여전히 송구스런 목소리가 울려나오고 있었다.

"이젠 정말…… 빨리 가보십시오."

"어서 붙잡기나 하게. 뭐 미안해할거나 있나. 손이 손을 돕구 발이 발을 돕는다구 사람은 원래 서로 돕기 위해 태여난 거야, 허허. 그건 그렇구. 빨리 고쳐야 또 운행을 보장할게 아닌가."

이제 아바이를 데리고 극장에 가기는 코집이 글렀다. 에이 참, 괜히 아바이와 함께 떠났지……

"뭐니 뭐니 해도 그저 우리 로동자들이 제일이지요."

운전수의 감동에 겨운 목소리였다.

"어떤 사람들은 말은 멋들어지게 하는데……"

"허허, 사람들의 비판이 가슴에 언친 게 아닌가?"

"아니 난 뭐 다른 사람들에게는 의견이 없는데 물에 뜬 해파리 같은 그 안경쟁이의 말만은…… 운전수를 우습게 본단 말입니다. 말치장이나 잘하면 누가…… 우레소리가 크면 비방울이 작다구 다 수수대에 기름발린 소리지요. 참, 어디서 뭐나 해먹는 사람인지?"

"허허, 그 사람도 로동자라네."

"예?"

그 소리에 나도 펄쩍 놀랐다.

"그게 정말이에요?"

극장생각은 벌써 십 리밖에 달아났다.

"아바이가 그걸 어떻게 알아요?"

"어쩐지 목소리가 귀에 익어서 내다보니 글쎄 우리 인민반 사람이더구만. 난 세대주반장이거던. 허허."

"그래요?……"

"그 사람이 자그만치 7급기계공이야. 시적으로 손곱히는 창의고안명수기도 하구. 그러다보니 늘 시간에 쫓겨 댕기는 사람인데 요새두 무슨 발명을 하느라구 일전엔 내 낚시터에까지 찾아와 도면을 봐 달라고 성화더군."

순간 나는 낚시터에서 본 네귀에 담배갑과 라이타를 지질러놓은 도면이 생각났다.

"그거 참, 겉보기엔 삽자루 한 번 안 잡아본 것 같던데……"

나는 감동하면서도 한편 의문에서 채 벗어나지 못한 목소리로 중얼거렸다.

"허허 참…… 그럼 그 사람이 지금이라두 당장 스빠나를 같이 잡으면 로동자로 믿겠나? 아니야. 단순히 육체로동을 한다구 해서 로동자가 아니지. 글쎄 사무실에 앉아 글만 쓰는 사람도 로동 계급다운가 하면 현장에서 10년 동안 일했어도 그렇지 못한 사람들이 있거던."

나는 생각에 잠겼다. '나도 십년 가까이 매일과 같이 손에 기름을 묻히며 일하고 있지 않는가. 그런데 내가 지금 자신을 참된 로동 계급이라고 당당히 말할 수 있을가?

나에게 부족 되는 것은 무어인가? 긍지인가 아니면 로동에 대한 사랑인가?

나는 실린더를 맞추느라고 씨름질을 하고 있는 아바이를 바라보며 생각했다.

아바이는 지금 저기에 누워있는데 나는 어디에 서 있는 것인가? 이것을 단순히 시간약속의 조급성 때문이라고만 자신에게조차 리해시킬 힘이 있는가?'

나는 문득 악어가죽가방이 생각났다.

'별스레 불룩하던 가방에는 무엇이 있었을가? 공구? 부속? 분명 쇠부딪치는 소리였는데?…… 겉과 내용이 너무나 다른 가방이었다. 바로 그것이 아닐가? 그 젊은이와 나의 차이점은……'

이윽하여 수리를 다 끝냈을 때는 공연시간이 퍼그나 지나서였다. 춘삼 아바이는 나에게 미안스레 말했다.

"나 때문에 오늘 좋은 구경을 못
했구만. 약속두 어기구. 이제라두 가봅세."

그는 앞서 걸으며 나를 돌아보았다.

"혹시 그 체네가 성이 나서 가진 않았을가?"

"글쎄요? 그렇다면…… 할 수 없지요."

나는 가슴이 알찌근했지만 이렇게 대범한체할 수밖에 없었다.

"허허. 그래두 체네랑 함께 보는 재미를 놓쳤으니……"

"참, 아바이도 련애를 해 봤어요?"

"글세…… 이런 것두 련애라면…… 복구건설 땐데 난 벽돌을 더 지우라구 떡 버티고 섰구 지금 우리 로친은 몸을 돌보면서 하라구 떠밀군 했지. 허허. 우린 그렇게 련앨 했구 평생 지팽이가 됐어. 참, 자네 세상에서 제일 재미난 게 뭔지 아나?"

"그야 뭐…… 낚시질이겠지요."

그는 요즘 낚시질에 얼마나 정신이 팔려있는가. 나는 낚시질에 재미를 붙이면 세상 못된 버릇까지도 뚝 뗀다는 옛말이 떠올랐으나 속된 말 같아 입에 올리지는 않았다.

"허, 모르는 소리."

"그럼 뭐예요?"

"일일세."

"일이요?"

"그래 자네도 한 번 일에 재미를 붙여보게나. 땀 흘려 일하지 않구서야 낚시질인들 그렇게 재미있을 턱이 있나. 허허…… 우린 로동으로 수령님 뜻을 받들어야 하구 로동으로 당과 국가에 충실해야 하는 거야. 그래서 로동은 보람이구 세상없는 재미라는 거지. 사는 맛을 주거던. 허허……"

나는 걸음걸음 생각이 깊어졌다.

로동에서의 성실성, 그것은 충실성의 마음이 아닐가? 인간은 모범을 보일 때 가장 높은 곳에 오른다고 했다.

어느새 우리가 극장 앞에 이르렀을 때 나는 문득 저쯤 앞에 네온등 불빛을 등지고 서있는 처녀를 보았다. 그것은 분명 나의 사랑하는 처녀였다.

아직 기다리고 있었구나!

그러자 나는 가슴이 벅차올랐다. '기다린 그 마음으로 나의 모든 것을 리해해 줄 거야……' 나는 스스로 이렇게 확신하며 처녀를 향해 걸음을 빨리했다.

'그렇다면 아바이의 도움이 필요 없지 않을가?

아니! 아바이가 정말 텔레비죤에서 두 번씩이나 방영한 <춘향전>을 못 봤을가?' 나는 걸음을 멈추고 춘삼 아바이를 돌아보았다. 그는 저쯤 뒤에 서서 구레나룻자리를 손으로 슬슬 어루쓸고 있는데 흐뭇한 미소가 입이며 눈으로 넘쳐나 온 얼굴로 함뿍 넌즈러진다.

≪조선문학≫, 1990.6

사랑

리태윤

군적으로 한 명뿐이던 련포리 처녀관리위원장이 시집을 갔다.

그의 후임으로 온 리현심은 어제 저녁 관리일군들 앞에서 부임인사를 했다. 부임인사라야 자기소개 같은 것은 략하고 그저 힘을 합처 일을 잘하자는 식의 공식적인 말이였다. 3년씩이나 이 고장에서 3대 혁명소조원으로 일한 현심이고 보면 구태여 자기소개가 필요 없었던 것이다.

사람들은 련포리에 물이 좋아 번마다 덜덩이 같은 처녀들이 관리위원장으로 온다고 떠들썩 웃으며 만나는 사람마다 반가와 어쩔 줄 몰라 했다.

새 사업에 대한 의욕과 근심 속에 뜬눈으로 밤을 새운 현심은 오전 한것을 사무실에서 영농준비실태료해에 바쳤다.

지금은 기계화반으로 나가는 길이다. 뜨락또르 운전수 림욱이를 만나야 했다.

바람이 불었다. 먼 산, 가까운 들이 모두 바람꽃에 가리워 새뽀얗다. 그저 들리느니 바람소리뿐이다. 길 아래 모판자리에서 방풍장을 치던 청년이 휙 불어치는 바람에 나래를 안은 채로 나동그라진다. 맞잡고 일하던 아주머니는 깔깔거리며 웃었다. 현심이 달려가 일으켜주려 하자 그 녀인은 손을 흔들며 소리쳤다.

"애구, 놔두라요. 그 동무 요새 약해져서 그래요."

여기저기서 그를 놀려주는 소리가 쏟아져 나왔다. 결혼식을 한 후 오늘 첫 출근을 했다는 것이었다. 바람이 웃음소리를 토막 냈다.

현심은 얼른 돌아서고 말았다. 좀 체로 저런 롱담에 익숙될 수 없는 그였다. 하긴 도시에서 나서 자라 도시에서 공부했고 점잖은 선생님들과 학우들 속에서 고상한 것만을 몸에 익혀온 그가 어떻게 그런 '점잖지 못한' 말에 익숙할 수 있겠는가.

아무튼 이런 광풍 속에서도 웃을 줄 아는 농장원들이 장했다. 그리고 시야에 드는 모든 것이 대견했다. 새삼스럽게 친근한 감정이 솟구쳐 올랐다. 이제 저 황량한 대지에 푸른 옷을 입히고 알심 있게 가꾸어 풍만한 가을을 안아 오리라. 하여 온 나라가 련포리를 알게 하자.

현심은 온몸에 뿌듯한 힘이 솟구치는 것을 느끼였다. 그것은 소조원시절의 그것과도 판이한, 좋은 풀판을 만난 꼴군의 감정과 비슷한 희열 넘친 의욕이였다.

한낮의 기계화반은 조용했다. 기계화반장 우길섭이 사람 좋은 웃음으로 그를 맞이했다. 봄 날씨가 맞스러워 퇴비반출에 애를 먹는다고 몇 마디 중얼거리고 난 길섭은 무겁게 몸을 일으키더니 림욱을 데리러 나갔다. 퉁트무레한 몸집처럼 언행에도 무게가 있는 사람이다.

현심은 창문가에 서서 사방을 둘러보았다. 누르끼레한 회벽에서는 쓸쓸한 대진내와 함께 사내들한테서만 맡을 수 있는 텁텁한 냄새가 풍겼다. 앉은뱅이책상이며 전화기, 책장들도 헤여질 때 본 그대로다. 먼지가 휩쓸고 다니는 너렁청한 구내에는 새라새형의 련결 농기계들이 꽉 들어찼다. 논두렁 뜨는 기계며 제초기, 비료 산포기, 벼동가리 싣는 기계…… 저것들은 전부 이 울안에서 자체로 만든 것들이다. 하얗게 회칠을 한 꽃바자 안에 자름자름한 자갈을 깔고 종류별로 들어앉힌 기계들은 폐유를 발라 새까맣게 번들거리는데 어느 전람관의 농기계 전시장을 방불케 했다.

흐뭇했다. 감개무량했다. 이 자리에서 다시금 이 모든 것과 마주설 수 있는 것만으로도 그는 만족스러웠다.

림욱은 문 밖에서 신발 털개를 요란스레 구를 때와는 달리 의젓하게 방에 들어섰다. 벌쭉 웃으며 성큼성큼 다가온 그는 현심이 내미는 손을 따뜻이 감싸 쥐였다. 무슨 일을 하댔는지 손에도 얼굴에도 기름얼룩이 투성이다. 그 손으로 뒤더수기를 긁적거리며 능청스럽게 현심을 쳐다보았다.

"내가 또 졌구만요."

"?!"

"돌아왔으니 말입니다. 난 믿지 않았댔습니다."

현심은 빙긋이 웃었다. 누군들 믿었겠는가. 현심이자신도 자기가 꼭 돌아올 수 있으리라고는 생각지 못했었다. 다만 정든 마을사람들과의 작별이 섭섭했고 곳곳에 하다가만 일감을 그냥 두고 가는 것이 너무 아쉬워 꼭 돌아오겠다고 했던 것인데 일이 될 때라 마침 결원중인 관리위원장자리에 자기가 임명되였던 것이다.

유쾌한 롱담과 반가운 인사말이 한동안 오간다음 현심은 림욱에게 넌지시 말을 건넸다.

"한 가지 부탁하자요."

그 부탁인즉 지금껏 자기가 주인이 되여 하던 비탈밭가는 기계를 림욱이가 맡아서 완성시켜달라는 것이였다.

림욱은 놀라와 하면서도 선선히 응했다. 어찌 보면 그래주기를 은근히 기다리고 있은 듯 싶다. 그것이 도리여 현심의 불안을 자아냈다. 혹시 이 동무가 기계를 너무 쉽게 생각하는 것이 아닐가? 한 번 뻐기여 보려는 실없는 욕망이 일을 망칠지도 몰라. ……

그래서 저도 모르게 이것저것 잔걱정 섞인 소리를 하게 되였는데 림욱은 아마 그것이 퍽 지루했던 모양이였다.

"참 관리위원장동무두. 그러다간 나이 서른도 되기 전에 할머니가 되고 말겠습니다."

말허리를 툭 분지르며 눈꼬리로 흘겨보는데 책망하는 듯도 싶고 안심시키려는 듯도 싶다. 그 우슙강스러운 표정에 현심은 소리내여 웃었다.

"하긴 그래요. 제가 비탈밭가는 기계를 착상한 주인을 몰라 봤군요."

그 말에 림욱은 손을 저으며 황급히 변명했다.

"아, 아닙니다. 난 오히려 관리위원장동무를…… 열매도 못 볼 나무에 두엄만 줄가봐 그럽니다."

"예?!"

"그렇지 않습니까. 처녀들이란 아무 때건……"

말끝을 흐리며 싱긋 웃는다. 뻔하지 않습니까 하는 능청이 뼈대처럼 박혀있다.

현심은 슬며시 얼굴을 돌렸다.

"사람두. 별 실없는 소리 다 하지 않나."

길섭이 책망하려드는걸 현심이 말렸다.

"괜찮아요. 뭐 롱담인 걸요."

말은 그러하나 마음속의 따뜻하던 감정은 서서히 식어들고 있었다.

'나를 여전히 나그네로 보는구나!'

현심은 섭섭한 생각을 감추려고 눈을 내리깔고 손가락으로 장판바닥을 빡빡 문질렀다. 하지만 한번 들뛴 가슴은 좀체 진정되지 않았다.

임명을 받고 런포리로 돌아오면서 현심은 한 번도 이런 질문을 받으리라고는 생각지 못했었다. 반가와 하리라. 그리고 소조원시절처럼 믿고 사랑해주리라. 그래서 그의 가슴은 꿈으로 부풀었으며 수많은 구상과 설계로 머리는 현훈증을 일으킬 지경이였다. 그런데 그 꿈을 실현할 첫걸음을 내딛기도 전에 왕청같은 질문이 제기되는 것이 아닌가. 마치 그 어떤 자격을 심의하는 심사원이 시험문제를 내놓듯이……

반면에 림욱은 현심이가 스치듯 얼핏 던진 '비탈밭 가는 기계를 착상한 주인'이라는 말을 흡족한 마음으로 되뇌여 보고 있었다.

지난해 어느 봄날이였다. 소제등 비탈밭을 갈러 갔던 아버지가 희한하게 고운 손수건 들고 돌아왔다.

"옜다. 너나 써라."

아버지는 맵시쟁이 누이동생이 볼세라 손수건을 얼른 림욱의 손에 쥐여 주며 눈을 끔쩍했다. 빨갛고 소담한 함박꽃이 얼핏 눈에 띄였다.

"웬 거예요? 어디서 났어요?"

"현심소조원이 날 쓰라고 준거다. 어서 감추래두."

'도에 회의 갔다더니 벌써 왔나?'

림욱은 고개를 기웃거리면서도 손수건만은 얼른 바지주머니에 쑤셔 넣었다.

그런데 저녁을 먹으면서, 자리에 누워서 곰곰히 생각해보니 뭔가 석연치 않은 데가 있었다. 땀을 씻을 것이 아니라 아예 땀 흘리지 않고 밭을 갈수 있게 해야 하지 않을가?

며칠 후 림욱은 하얀 종이장에 땅크 비슷한 그림 하나를 그려가지고 현심을 찾아갔다. 작업반장과 함께 논머리에 앉아있던 현심은 "비탈밭 가는 기계입니다." 하며 내놓는 림욱의 그림을 들여다보더니 입을 싸쥐며 웃었다.

"왜요? 안될 것 같습니까?"

"아, 아니예요."

현심은 당황해서 손을 젓는데 곁에 앉아있던 작업반장이 웃으며 말했다.

"자네 욕심이 소똥구리 한가지네 그려. 들걸 들겠다구 해야지."

졸지에 '소똥구리'가 되어 버린 림욱은 잠시 어이없는 표정이더니 곧 태연한 자세로 손수건을 꺼내 이마며 입언저리를 닦았다.

"도대체 요즘은 미술가들까지 농장원을 그리라면 목에 수건을 걸쳐놓는단 말입니다. 땀 씻는 수건이 뭐 농장원들의 치레거린가요?"

맥락이 닿지 않는 앞뒤말을 풀이하느라 반장은 눈만 뜨무럭 거리는데 현심의 얼굴은 서서히 달아올랐다.

그것이 동기가 되여 그 후 소조에서는 현심을 중심으로 비탈밭 가는 기계를 만들기 시작했다. 그 현심이가 관리위원장으로 부임되여 오자마자 가뜩이나 그 운명을 걱정하던 비탈밭 가는 기계를 자기에게 맡겼으니 림욱이로서는 벙어리총각 장가든 것만치나 기쁜 일이 아닐 수 없었다.

한낮의 싯누런 해볕이 창문으로 엇비슷이 비쳐들어 세 사람의 얼굴을 환하게 채색했다. 그것은 반가운 사람들의 상봉이 이루어진 이 자리의 화기애애한 의미를 상징적으로 말해주는 듯싶었다. 하지만 그 해볕도 제각기 다른 생각에 잠겨있는 세 사람의 마음속까지는 한 가지 색갈로 물들여주지 못했다.

"그럼 믿고 가겠어요."

현심은 조용히 방을 나섰다. 우길섭이 담장 밖에까지 따라 나와 그를 바래였다. 흔연히 웃으며 이말 저말하지만 퍽 미안해하는 기색이였다. 허나 실은 미안해할 것도 없다. 현심은 지금 세대주의 자격을 가지고 나그네대접을 받은데 대해 괴로워하는 것이 아니라 자기가 과연 이 땅의 영원한 주인으로 될수 있겠는가 하는 것을 장담할 수 없어 괴로워하는 것이였다. 어째서 진작 이런 생각을 못했는지 알 수 없는 일이였다.

'림욱 동무, 동무는 오늘 또 나를 딱하게 하는군요.'

현심의 머리에는 문득 그와 처음 만나던 때의 일이 떠올랐다.

재작년, 그가 이곳 련포리에 3대 혁명소조원으로 온지 2년째 되던 해 가을이였다. 농장에는 한꺼번에 일곱 명의 제대군인이 왔다. 농장문화회관에서는 성대한 환영모임이 진행되였다. 그날 담당인 3작업반에 나갔다가 늦어서야 돌아온 현심은 회관에 들어서다 우뚝 서버렸다. 여느 때 없이 흥성거리는 분위기가 여기서부터 느껴졌던 것이다.

넓은 홀 한복판에 놓인 탁구대에서는 단식경기가 한창인데 어깨성을 쌓은 구경군들 속에서는 연방 환성이 터져 올랐다. 농장탁구팀의 기둥선수인 수리분조장과 마주선 사람은 면내의바람인데 차림새로 보아 이번에 온 제대군인이 분명했다.

둘 다 솜씨들이 여간 아니였다. 특히 제대군인 청년의 외로치기는 경탄할만했다. 끝내 수리분조장이 3대 2로 지고 말았다.

"에에--나두 이젠 늙었어. 주장 자리를 넘겨줘야겠다니까."

아쉬워하면서도 너그러운 척 청년의 손을 잡은 수리분조장은 그를 넌

지시 자기네 분조로 초청했다.

"3반 림령감의 아들이라지? 땅크병 출신이구."

"그렇습니다."

"장가갔나?"

"안 갔습니다. 딸이 있습니까?"

대답이 희떱다.

처녀들은 입을 싸 주며 키들거렸다.

"누이동생이 있지. 우리한테 오면 매부 삼을 수 있어."

"비탈밭을 소로 갈더군요."

아직도 소로 밭을 갈도록 내버려둔 당신네 수준을 알만하다는 소리다. 폭소가 터졌다. 쓰겁게 입맛을 다시며 돌아서던 수리분조장은 사람들의 뒤에 서있는 현심이와 눈길이 마주치자 환성을 질렀다.

"아, 소조원 동무, 어데 갔댔소?"

제잡담 손을 잡아끌며 복수전을 부탁했다. 황급히 달아나려 했으나 처녀들이 야단치며 등을 떠미는 바람에 현심은 하는 수 없이 탁구판 앞에 나서게 되였다.

"림욱입니다. 많이 배워주십시오."

청년은 발뒤꿈치를 딱 소리 나게 모으며 깍듯이 례의를 표했다. 어깨가 넓고 허리가 늘씬한데 부리부리한 눈이 인상적이였다.

"전 잘못합니다."

하면서도 현심은 은근히 승벽이 살아나는 걸 어쩔 수 없었다. 중학교 때부터 탁구소조원으로 활약해온 그는 농업대학에 와서 두 차례나 전국대회에 출전한 전적을 가지고 있었다.

경기가 시작되였다. 처음에는 녀자라고 얕잡아 보았던지 강타에도 그닥 힘을 넣는 것 같지 않던 림욱이 두세 차례의 공방전을 통해 상대가 풋내기가 아니라는 걸 알았던지 본격적인 완력전에로 나왔다. 그럴수록 현심은 여유작작하게 경기를 운영하면서 짧은 깎아치기와 함께 순간강타를 들이대여 전수를 당황케 했다.

응원소리가 어찌나 자지러졌던지 도고하기로 소문난 처녀관리위원장과 리당비서까지 나왔다.

이렇게 되자 현심은 생각을 달리하게 되였다. 실력은 뻔하다. 품들인 재간이야 어데 가겠는가. 이왕 고향에 돌아온 제대군인들을 기쁘게 해주자는 행사인데 처음부터 승리자의 쾌감을 맛보게 하자.

현심은 남이 눈치 채지 못하게 탁구판에 공간을 만들기 시작했다. 림욱의 외로치기 강타가 연거퍼 두 알이나 성공했다. 머리를 기웃거리던 림욱이가 탁구채를 내려놓았다. 그리고는 처음처럼 또 두발을 딱 모으며 "미안합니다. 제가 졌습니다." 하고는 저고리를 찾아들고 회관 밖으로 나가버렸다.

사람들은 아연해졌다. 현심은 자기의 실책에 혀를 깨물었다. 우월감이 강한 제대군인청년에게 쓸데없는 자비심을 베풀었다는 걸 때늦게야 깨달았던 것이다.

'까다롭겠어. 저런 사람은 상대하기가 어려워.'

그 후 지나보니 과연 그는 대상하기 조심스러운 데가 없지 않았다. 터무니없이 너그럽다가도 때로 별치 않은 일에 울컥하군 하는데 그 한계점이 어디인지 알 수 없었다.

지금도 그렇다. 뭣 때문에 나를 못미더워하는가. 혹시 도시로 출가간 전 관리위원장에 대한 불티가 나한테까지 튀여오는 것이 아닐가? 사실이 그렇다면 그것은 너무 편협한 생각이다. 사랑이란 심장이 하는 것이다. 사랑에 불타는 심장이 어떻게 도시와 농촌을 갈라볼 수 있겠는가. 이것을 모르기 때문에 저 사람이 여직껏 로총각 소리를 듣고 있는 것이 아닐가 하고 생각하던 현심은 혼자 어이없는 웃음을 웃고 말았다.

아무튼 수이 다시 한 번 만나봐야겠다는 생각이 들었다. 만나서 똑똑한 대답을 주어야 할 것이다. 비록 그것이 롱담으로 한 말일지라도 말속에 말이 있다지 않는가. 지휘관이 그런 까치둥지같이 엉성한 믿음에 의지해서 무슨 일을 하려고 한다면 그것은 실패를 면치 못할 것이다.

믿음, 믿음을 주자면 어떻게 해야 하는가?

하지만 현심은 몇 달이 지나도록 그럴 기회를 얻지 못했다. 씨뿌리기가 인차 시작된 데다 한 달 강습까지 갔다 오고 보니 부임 첫날의 일은 까마 득한 옛일처럼 잊혀지고 말았던 것이다.

그만치 그에게 있어서 관리위원장사업은 벅차고 힘거우면서도 열정을 깡그리 쏟아붓게 하는 보람찬 사업이었다.

림욱이가 비탈밭 가는 기계 제작에 착수했다는 말을 우길섭이한테서 들은 것은 한 달 강습에서 돌아온 날 저녁의 일이였다. 잘돼간다고 했다.

"부탁해요."

현심은 이 말 한 마디로 그에 대한 믿음을 표시했고 농장의 어느 한두 가지 일에만 몰두할 수 없는 자기의 립장을 밝혔다.

과연 그는 바빴다. 사람들은 그를 두고 랭정한 처녀라고 했으며 손탁 센 일군이라고 했다.

오늘도 그는 이른 새벽부터 벌판을 돌아보고 있었다. 이신작칙을 일군 의 첫째가는 미덕으로 알고 있는 현심은 오전 한것은 늘 포전에서 보냈다. 그는 자기뿐 아니라 관리일군들 모두가 그렇게 하도록 요구했다.

벌은 벌써부터 끓고 있었다. 김매는 기계가 통통거리며 달려오더니 순 식간에 빙그르 돌아 까마득히 미끄러져간다. 조종손잡이를 잡은 처녀의 머리에서 파란 수건이 기발처럼 날렸다.

현심은 걸음을 멈추고 논판을 살펴보았다. 방금 김매는 기계가 짓이기 고 지나간 자리에 벼포기 몇 대가 쓰러져있다. 현심은 얼른 논에 들어가 그것들을 일으켜주었다. 이번에는 여기저기 김이 눈에 띄었다. 김을 뜯고 벼뿌리를 긁으며 나가다나니 어느덧 일이 되었다. 흙은 부드럽고 물은 따 스하다. 고랑이 메게 아지를 친 벼포기 밑에서 개구리와 미꾸라지가 숨박 곡질을 한다.

아침 해가 솟아오르고 있었다.

현심은 허리를 폈다. 주위는 삼시에 열배나 더 밝아지고 벼숲이 환희롭게 술렁거렸다. 잎사귀에 맺힌 이슬방울이 반짝거리는 모습은 푸른 실에 꿰인 구슬알 같았다. 바다기슭까지 쭉 뻗어나간 광활한 대지가 하나의 거대한 무지개로 되어 태평스레 누워있다. 그 우에서 밤을 샌 물안개가 서서히 떠오르며 백양나무우듬지를 가락지처럼 둘러쌌다.

뚬, 뚬 물닭의 울음소리, 꽈악, 꽈악 개구리소리, 개 짖는 소리조차 아슴프레 들려오는 먼 들판에서 맞는 아침은 언제보나 신비의 세계이다.

"좀 쉬고 하자요."

김매는 기계를 타던 처녀가 쟁쟁한 목소리로 소리친다. 그는 현심을 향해 "관리위원장동지!" 하고는 밭 최뚝을 손으로 가리켰다. 여기저기서 기계 소리가 멎고 발로 물을 차는 소리만이 절버덕거린다. 벌써 강냉이밭머리에서는 캐드득거리는 처녀들의 간지럼 타는 듯한 웃음소리가 들려온다. 현심은 천천히 그쪽을 향해 논판을 가로지르기 시작했다. 빳빳하게 쉰 벼이파리가 장딴지를 알알하도록 스친다.

"야 이런 떡!"

낮으나 경탄에 찬 목소리가 울렸다.

"오늘이 우리 조카 생일이야요."

뽐내듯 쟁쟁하게 울리는 목소리의 임자는 아까 소리치던 처녀 같다.

"응 그런 걸 난 또 …… 가슴이 다 철렁했댔네."

"왜요?"

"동무가 약혼식을 하지 않았나 했거든."

"호호, 우습다. 아무러문 동무가 무슨 상관이야요?"

"상관있지, 내 이래뵈두 동무 오빠를 처남 삼으려는 사람이야."

"애개-"

바스라지는 듯한 소리와 함께 종주먹을 쥐고 달려드는 처녀의 모습이 보였다. 닫고 쫓기며 아우성이 일어났다.

현심이가 밭머리에 이르렀을 때 처녀는 태를 지어먹은 새초롬한 표정으로 떡그릇을 덮은 보자기를 벗기며 옹알거리고 있었다.

"씨 누가 동무 같은 사람을 본대요?"

"그럼 동무두 누구처럼 도시로 갈테야?"

총각은 그냥 느물거렸다.

"그걸 날보고 물어보면 어떻게 해요. 내 심장에 물어보라요."

현심은 그렇게 말하는 처녀의 얼굴을 찬찬히 쳐다보았다. 롱담이면서도 도무지 롱담같이 느껴지지 않는 것이 이상했다. 혹시 이 동무들이 내 마음을 들여다보고 '재담'을 하는 것이 아닐가?

마침 관리위원회 부위원장이 찾아오는 바람에 현심은 딱한 처지를 모면할 수 있었다.

"하 거참 일두……"

그는 현심이를 따로 불러놓고는 선뜻 말을 못했다. 차림새를 봐선 수산 분조에서 들어오는 길이 분명한데…… 혹시 일이 잘 안됐나?

현심은 잠자코 서서 그의 거동만 살폈다.

솔밭 덕에 있는 40여 채의 집을 남산봉 밑으로 옮기기로 하고 군 농촌건설대가 달라붙은 것은 지난 봄이었다. 좋은 땅도 얻어내고 마을도 규모 있게 정리하자는 것이었다. 그런데 군농촌건설계획에도 딱 쪼아 박혀있는 이 일이 뜻대로 진척되지 않았다. 문제는 나무였다. 50여 리밖에 있는 롱안림산작업소에서 나무를 받게끔 계약은 되어 있으나 온 군에 롱안 하나를 믿고 벌려놓은 건설이 많다보니 일은 한정 없이 밀리기만 했다.

"어찌겠어요. 우리가 살 집인데…… 무슨 수가 없을가?"

며칠 전 관리위원회회의뒤끝에 현심이가 걱정을 했더니 부위원장이 방도를 내놓았다. 요즘 잡기 시작한 전어생선이나 한차 싣고 가면 뚫어볼 승산이 있다는 것이었다.

썩 좋은 안은 아니였다. 우선 떳떳한 국가 일을 하면서 누구에겐가 무엇을 들고 가서 머리를 조아려야 한다는 것이 현심의 비위에 맞지 않았다.

이틀을 생각해보았다. 끝내 다른 방도를 찾지 못한 현심은 하는 수 없이 부위원장한테 이 일을 맡겨버렸다. 어제 저녁 전어배가 들어왔을 때만 해도 그는 신심에 넘쳐있었다. 래일 아침 일찌기 룡안엘 다녀오겠다고 했다. 그러던 사람이 갑자기 왜 이러는지 알 수 없는 일이였다.

마침내 현심이가 수산분조장을 만나봤느냐고 물어서야 그는 "농장원들 먹이라는 물고기를 가지고 그런 짓 해서야 되우?" 하더라는 말을 힘겹게 했다.

현심은 말없이 돌아서고 말았다. 몇 걸음 옮기다 되돌아와서 논머리에 놓인 신발을 찾아들고 수로 쪽으로 재빨리 걸어가는 그의 마음은 나이 들어 이제는 과단성이 적어진 부위원장에 대한 측은한 생각으로 무거웠다.

……수산분조실 앞마당은 물고기 비린내로 들썩했다.

뜨락또르 한대가 그물건조장 곁에 서있었다. 손바닥 만한 뙤창으로 머리만 버섯처럼 내민 림욱이가 그물을 뒤적이는 어로공들과 씩둑거리며 너털웃음치고 있는 것이 보였다.

소형자동차에 물고기통을 싣던 수산분조장이 현심을 보자 허리를 펴며 알은체했다.

등이 파랗고 갸쭉갸쭉한 전어는 통통하게 살이 올라 보기만 해도 먹음직스러웠다. 이 아까운 걸 수고하는 농장원들한테 맛도 보이기전에 남의 집에 들고 갈 일을 생각하니 분하기 그지없었다. 어떻게 다른 방법이 없을가?

불시에 배속에서 쪼르륵 소리가 났다. 뒤이어 싸늘한 전율 같은 것이 온몸을 휩쌌다. 현심은 그제서야 자기가 여직껏 아침도 안 먹고 돌아치고 있다는 것을 깨달았다. 온몸이 노근해지며 땀이 오싹 났다. 얼른 주머니에 손을 넣어보았다. 하지만 거기에는 아무것도 없었다. 이런 때에 먹으라고 합숙 어머니가 콩을 닦아서는 바가지에 담아 머리맡에 늘 놔주는데 다른 일에 옴해있다나니 빈번히 이런 실수가 되풀이된다.

'참 코코에 말썽이라니까.'

현심은 딱히 무엇이라고 찍어 말할 수 없는 것에 화를 내면서 분조장을 불러가지고 분조실로 들어갔다. 앞뒤창을 활짝 열어놓아 방안은 바깥보다 오히려 서늘했다.

"얼마나 잡았다구요?"

앉은뱅이 책상 옆에 쪼그리고 앉으며 현심은 분조장은 치떠보았다. 껑충한 키에 가슴이 홀쭉한 분조장은 벌써 뭔가 좋지 않은 예감에 앉지도 못하고 문 곁에서 서성거렸다. 그것이 또한 현심의 부아를 더 돋게 했다. 자기의 정당성을 확신한다면 내 앞에서도 당당해야 할 것이다.

관리위원장동무, 난 그렇게 못 하겠수다.

왜 이 말 한 마디를 못하는가.

안타깝게 쪼그리고 앉아 초들초들 마른 입술만 감빠는 현심의 모습은 보기에도 측은하리만치 초췌했다. 살이 쏙 빠지고 눈확이 꺼먼데 '멋쟁이 소조'라고 불리우던 그 시절의 자취는 어디서도 찾아볼 수 없었다. 그것이 분조장의 동정을 자아냈는지 한참만에야 심드렁한 목소리로 띠엄띠엄 말했다.

"뒤톤이면 될가요?"

"……"

"림욱이 차에 실을가요?"

"그래줬으면…… 고맙겠어요."

고개를 돌린 현심은 림욱이한테로 어정어정 걸어가며 수산분조장이 혼자 중얼거리는 소리를 들었다.

"저 녀석이 말을 듣겠나…… 운전수들 반찬감 때문에 왔댔는데……"

실없는 걱정 다 하지 하고 현심은 생각했다. 반찬감 실러 왔다면 룡안가는 몫에 덧붙여 싣고가다 부리워주면 될게 아닌가. 아무튼 빨리 들어가야겠다. 누에가 석잠에서 깨났다고 했는데 양잠반지원사업도 조직해야 할게고…… 장마철도 다가오는데…… 머리속에 뒤번지는 생각에 파묻힌 현심은 밖에서 무슨 일이 벌어지는지도 몰랐다. 갑자기 발동소리가 높아지는 바람에 정신을 차려보니 뜨락또르가 마당을 가로질러 곧장 들길로 접어드는 것이었다. 뭐라고 소리치며 몇 걸음 따라가던 수산분조장이 싯누런 먼지 속에 말뚝처럼 서 있었다.

눈을 깜박거리며 멀어져가는 뜨락또르 뒤꽁무니를 쫓던 현심은 이윽해서야 저 차가 어딜 가느냐고 물었다. 팔을 척 드리운 분조장은 아무 말도 않는데 그물 깁던 어로공들이 한마디씩 했다.

"하 그 사람 성미두 참……"

"꼭 불 안 깐 수퇘지 같다니까."

그리고는 키들거리며 웃었다.

모든 것으로 미루어보아 짐작이 갔다. 분조장이 륙안에 올라가라니까 우둘렁거리며 내뺐을 것이다. 그리고 작업반에 가서는 관리위원장이 농장원들의 생활에 무관심하다고 투덜거리겠지.

까맣게 잊고 있던 부임 첫날의 일이 떠오르면서 림욱에 대한 못마땅한 생각이 가슴속에 소용돌이쳤다.

탁아유치원에 공급되는 물고기를 실은 소형자동차가 앞에 와 멎더니 운전수가 차문을 열어 잡고 소리쳤다.

"타십시오. 관리위원장동지."

현심은 무심히 한발 내짚다가 이내 도리를 저었다.

"가세요. 잠간 들렸다 갈 데가 있어요."

얼결에 거짓말을 하고나서도 그는 자기가 왜 거짓말을 했는지 알지 못했다. 실은 림욱의 차를 타고가려 하지 않았던가.

길을 벌써 뜨겁게 달아있었다. 그 길로 현심은 걸어 들어왔다.

두고 보자, 가만두지 않을 테다.

걸음마다 옥버르며 마을에 다달은 현심은 합숙이 아니라 관리위원회로 곧장 들어갔다. 전화로 기계화반을 찾았더니 마침 우길섭이 나왔다.

"림욱이 말입니까?…… 보이지 않습니다. 무슨 일이 있습니까?……"

현심은 말없이 송수화기를 내려놓았다. 웬일인지 자기가 너무 옹졸하게 처신하는 것 같은 생각이 들었던 것이다. 감정을 앞세우면서 직권으로 아래 사람들을 눌러보려 하는 것은 옳은 처사가 아니다. 리성은 그러나 감성적으로 그것을 극복하기는 조련치 않았다.

림욱이가 제 발로 현심이를 찾아 합숙마당에 들어선 것은 해질 무렵이였다.

식당어머니를 도와 토방 앞에서 풋배추를 다듬던 현심은 그를 거들떠보지도 않았다. 다만 팔을 내밀면 닿을 듯 바투 와 멎은 신발코숭이의 기름얼룩을 보며 신발이나 좀 빨아 신을 게지 하고 생각했다.

"래일 나무를 싣기로 했습니다."

림욱의 말소리는 머리 우에서 울렸다. 그의 말에는 언제나 서론이 없다. 그는 작업지시나 하듯이 동원되여야 할 차 대수며 도착시간을 말했다.

"돌아가겠습니다."

림욱의 발이 빙그르 돌아갔다. 현심이 머리를 들었을 때 그는 벌써 대문가에 가있었다.

"저……"

현심은 일손은 놓고 일어섰다. 여직껏 풀지 못하고 있던 까부장한 속을 그냥 품고 있기에는 그가 가지고 온 소식이 너무나도 희한했던 것이다.

"어떻게 된 거예요? 갑자기……"

처다보는 눈빛은 깔끔했으나 말소리는 떨렸다.

림욱은 사연을 설명하려 하지 않았다. 그저 룡안림산작업소장을 만났댔다는 소리만 했다.

미덥지 않았다. 그길로 관리위원회에 나가 전화를 걸었더니 소장은 없고 지령원이 받았다. 그런 지시가 있었다고 했다.

서쪽 창문으로 비쳐든 노을빛이 방안을 보라색으로 물들이고 있었다. 그 속에서 점점 희미해지는 방안의 기물들처럼 뭐가 뭔지 종잡기 어려운 생각 속에 현심은 한식경이나 멍하니 앉아있었다. 갑자기 무슨 생각이 나서 룡안을 다녀왔을가? 작업소장과는 어떤 사인가? 친척인가?……

다음날아침 림산작업소에 올라와서야 현심은 그 의문을 풀 수 있었다.

"내 산판일을 30년 나마 해먹어도 손 내밀며 턱 아래소리 하는 사람은 수태 봤어두 저런 녀석은 첨 봤소."

오달진 체격에 당돌하게 생긴 작업소장은 마당에서 배구를 치느라 휘젓고 돌아가는 림욱이를 턱짓하며 어이없어 했다.

느닷없이 달려든 '젊은 녀석'이 눈을 부라리며 을러메더라는 것이었다. 우리가 농사를 지어 당신들한테 보낼 때 언제 값을 받자고 하던가. 그 쌀을 먹으며 나무를 찍은 당신들이 자기를 먹여 살린 우리더러 나무를 빨리 받겠거던 '인사'를 치리라니 이런 물상식이 어데 있는가……

"허허, 남의 밥상을 넘보면서 입다심이라도 했더라면 큰 일 났겠소."

작업소장은 어처구니없다는 듯 껄껄 웃었다.

그랬었구나! 그런 것도 모르고 나는 갖은 추측을 다 해봤지.

현심이가 대신 용서를 빌자 작업소장은 손을 홱 내리그었다.

"농사군의 배짱이 그쯤이야 해야지요."

마치 훈장이라도 달아주는 것 같았다. 그리고는 창밖을 향해 소리쳤다

"이 사람 우뜰래미. 마당 깨지겠네. 밉다면 깨꼬한다더니 넨장놈의 배구는 무슨……"

림욱이도 지지 않았다. 뽈과 함께 떴다 내려지군 하며 신이 나서 떠들었다.

"아바이두 성냥이나…… 한 곽 준비하시라요. 새집들이에…… 청할테니."

게으른 산골해가 골 안에 퍼질 무렵 림욱의 차에 나무를 싣기 시작하는 것을 보며 현심은 토장을 떠났다. 이왕 예까지 왔던 김에 륭안돼지종축장에 들려볼 생각이었다. 거기에 좋은 종자돼지가 있다고 했다. 보고 맘에 들면 새끼라도 한 쌍 뽑아갈 작정이다.

몸은 오늘도 가볍지 않았다. 욕심스레 차려놓은 누에 때문에 요즘 농장에서는 불이 일었다. 현심이도 어제 밤늦도록 뽕을 땄다. 입안이 소태같이 쓰고 기운이 없다. 게다가 아까 작업소장한테서 들은 말이 그냥 속에 얹혀 있다. 림욱에 대한 칭찬이겠지만 꼭 자기를 비웃는 것만 같았다. '너한테

는 왜 그런 배짱이 없느냐? 그래도 어제날의 소조원이였다구? 과단성 있는 일군이라구?'

오르락내리락한 산골길을 자전거로 달리기란 짜증날 일이였다. 또 언덕받이다. 엿가락처럼 꼬이는 다리로 자전거를 밀며 그냥 생각한다.

'나의 과단성과 림욱의 과단성은 어떤 차이가 있을까? 확실히 나에게 없는 것이 그에게는 있다. 그것이 무엇일가?'

뜨락또르 소리가 덮칠 듯 다가오고 있었다. 림욱이가 탔을 것이다. 차도 주인을 닮아 성급하고 우뚤거린다. 이상한 사람이야. 남들과 대하는걸 보면 더할 나위 없이 서글서글한데 날보고는 왜 그럴가?

소조원시절에 그들은 퍽 자별한 사이였다. 종종 책을 들고 와서는 수학 공식이나 외국어단어를 물어보군 했고 비탈밭 가는 기계를 시작하자부터는 열정적인 토론상대가 되어 주었다. 저 기계가 지금처럼 크기가 유모차만해진 데는 림욱의 사색이 깃들어 있다. 현심이가 관리위원장으로 올 때까지만 해도 림욱은 지금 같지 않았다. 일을 잔뜩 벌려놓고 그 일에 빠져 현심이가 눈코 뜰 새 없이 돌아치자부터 그는 웬일인지 슬며시 멀어지기 시작했다.

'혹시 내가 무슨 잘못을 저지른 게 아닐가?'

나무를 가득 실은 뜨락또르가 곁에 와 멎은 것은 그가 언덕받이를 절반도 오르기 전이였다. 운전칸에 탔던 호송원이 뛰여 내리더니 앞을 막아섰다.

"타십시오."

자전거를 잡은 그는 다른 손으로 현심의 어깨를 부축했다. 현심은 시키는 대로 했다. 림욱이가 근심어린 눈으로 그의 얼굴을 지켜보다가 슬며시 눈길을 돌렸다.

"수고했어요."

현심은 그에게 웃어 보이고 싶었으나 잘되지 않았다.

차는 떠났다. 현심은 등받이에 몸을 실었다. 그 담에는 무엇이 어떻게 되였는지 모른다.

군병원 앞에 멎은 뜨락또르에서 현심이를 안아 내릴 때 그의 주머니에서 닦은 콩 몇 알이 땅에 떨어졌다. 뒤따르던 의사가 그것을 집어 들더니 림욱을 무섭게 노려보았다.……

그날 저녁이였다. 밥상둘레에 모여 앉은 식구들 앞에서 림욱은 낮에 있은 일을 빠짐없이 이야기했다.

"집에 재목 좀 장만한 것 있지요? 아버지."

그의 기분은 침울했다.

"왜, 재목이 모자라겠더냐?"

"예."

"아침에 차를 가지고 오려무나."

아버지는 혼연히 대답했다. 제 것이라면 고뿔도 남 주기 아까와 하는 어머니도 이번만은 아들의 말을 긍정했다.

"쉽지 않은 처녀지. 그러니 사람들이 따를 수밖에…… 뭐니뭐니해두 자식한테 정성을 다한 부모라야 봉양두 깍듯이 받는 법이란다."

참으로 그런가 보다. 누가 시키지 않았는데도 온 동네가 떨쳐나는 바람에 걸린다던 재목은 쓰고도 남으리만치 모아졌다.

새집들이가 늦어져 첫눈이 펑펑 내리는 날에야 김장을 담그느라 법석이는 새마을을 돌아보며 현심은 감개무량함을 금할 수 없었다.

"이보라구 현심관리위원장!"

보는 사람마다 손목을 잡아끌며 자기네 양념맛을 보라고 야단들이다. 부르는 말투부터 달라졌다. 마치 집난이의 이름이나 부르듯이 스스럼없다. 저렇게 불리웠던 소조원 시절이 생각났다.

무엇이 우리들을 이처럼 가깝게 하였는가?

현심은 갑자기 부닥친 일에 어리둥절해서 몸 둘 바를 몰라 했다.

민들레, 바랭이, 길짱구들이 앞 다투어 움터나는 언덕길로 현심은 쫓기듯 걷고 있었다.

겨울과 봄이 함께 사는 계절이였다. 흰 눈이 웅크리고 있는 웅뎅이 우에 냉이꽃이 노랗게 피여있다.

'괜한 소릴 해가지구…… 내가 어쩌자구 점점 이 모양일가?'

고개마루에서 현심은 거듭하여 얼굴을 쓰다듬었다. 아직도 뜨거운 얼굴이다.

오늘아침 군에서 전화가 왔다. 마지않아 중앙농기계전시회가 열리는데 새로 창안한 기계가 있으면 알려달라는 것이였다. 급히 기계화반으로 나갔다. 림욱은 없었다. 기계시험을 위해 나갔다고 했다. 가벼운 무한궤도 자리가 샘고개 쪽으로 뻗어 있었다. 그 자욱을 따라가는 길에 현심은 이사람 저사람 만나게 되고 결국 벼모판 씨 뿌리기 작업장을 돌아보는데 반나절을 보냈다. 샘고개 밑 7반 3분조랭상모판에 다달은 것은 하루해가 설핏 해질 무렵이였다.

이날따라 이곳 농장원들은 흥이 난 얼굴들이였다. 방풍장 너머 집에서 아들이 장가를 간다고 했다. 그러고 보니 고소한 기름 냄새며 흥성거리는 분위기가 여느 집과 달랐다.

"자, 날래 해치우구 용락이 색시구경이나 가자구요."

"좋겠다. 혈기 좋은 청춘에 냉이꽃 피는 봄철이라. 기나긴 봄밤이 왜 이다지 짧으냐."

풍월조의 너스레에 이어 여기저기서 걸쭉한 덕담들이 쏟아져 나왔다. 녀인들도 곧잘 맞장구친다.

처녀들은 큰일 날 소리 한다는 듯 눈을 할기죽 거리면서도 입가에 방글거리는 웃음만은 감추지 못했다.

산산한 봄바람이 떠도는 방풍장 안에 때 아닌 화기가 넘쳐흐른다. 땀을 철철 흘리며 연방 복토 흙을 파 올리는 사람, 들것채를 맞잡고 오리처럼 어기적거리며 내닫는 사람, 으쓱으쓱 어깨 춤추며 고물개질을 하는 사람……

손발이 딱딱 맞았다. 일자리가 푹푹 났다. 확실히 여기에는 그 어떤 들리지 않는 가락이 있었다. 춤추는 무희에게 안땅이나 휘모리장단이 제격이듯이 육체 로동이라는 률동에는 '덕담'이라는 장단이 제격인 것 같았다. 그것으로 해서 단조로운 팔다리의 운동에는 예술적인 매력이 부여되고 딱딱하고 고된 자연과의 싸움에는 달콤하고 향긋한 즙이 도는 상 싶었다. 자기가 여직껏 '점잖지 못한' 것이라고 멀리하던 그것이 마치 잘 쉰 **빵** 반죽에 떨어진 중조마냥 생활을 부근부근하고 감칠맛 있게 한다는 것을 느끼기 시작한 것은 언제부터였는지 그 자신도 잘 모른다. 이제 문득 정신을 차려보니 자기는 어느덧 그 생활에 익숙되였을 뿐만 아니라 매우 친숙해져 있었다.

"용락 동무 색시가 그렇게 곱대요."

풍선처럼 부풀어 오른 새말간 비닐박막 뒤에서 처녀가 속삭이는 말이였다. 그와 박막을 맞잡은 녀인은 뚱뚱보였다.

"인물이나 고우면 뭘 하니. 일을 잘해야지."

"인물도 고와야지요 뭐."

현심이가 참네했다. 그는 지금 분조장과 함께 파상너비를 재보고 있었다.

"그래야 이 련포골안이 더 환해질게 아니나요."

그는 두 팔을 학의 날개처럼 벌리고 빙그르 돌았다. 그에 따라 벌을 끼고 앉은 샘산이며 자성산이며 하는 조막 같은 야산들이 곁따라 돌아갔다. 참말로 이 동화같이 아름다운 자연 속에서 사는 사람들은 마음처럼 인물도 꽃 같기만을 바라는 그의 마음이였다.

사람들이 떠들썩 웃어댔다.

"에그, 관리위원장 욕심두……"

뚱뚱보 녀인이 징 치듯 법석였다.

"아무럼 인물맵시치구 현심관리위원장만한 녀자가 또 있을라구."

이렇게 되여 화제는 현심이한테로 돌아왔다. 나중에는 관리위원장은 언제야 국수를 먹겠느냐는 소리까지 나왔다.

"자자, 일들이나 하자구요."

분조장이 닭 쫓는 시능을 하지 않았던들 무슨 소리가 나왔을지 모른다.

현심은 어떻게 모판을 빠져나왔는지 알지 못했다. 고개마루에 올라와서야 뒤돌아보니 웃음소리, 말소리가 여름강변의 아이들 뛰노는 소리같이 들려왔다.

참으로 웃기 좋아하는 사람들이다. 무슨 웃을 일이 저리도 많을가. 일은 힘겹고 애로와 난관도 없지 않다. 그런데도 저 사람들은 그저 태연히 웃는다. 뭐나 다 수월하고 가능할 뿐이다. 땅과 빛과 씨앗만 있으면 걱정할 것 없다는 배짱인 것 같다. 은연 중 현심이한테도 그런 버릇이 생겨 우에서 무슨 지시가 내려오면 별로 생각해보지도 않고 대답해 버린다. 방도는 그 다음에야 찾아보게 되고 또 찾는 것이다. 책에서는 이런 것을 가리켜 '필요성은 창조의 어머니'라고 정식화했지만 저 사람한테는 그런 리론이 없다. 그러면서도 그들은 그 리론의 정당성을 실천으로 증명하고 있는 것이다.

소독탕크 곁에서 문득 앞을 막아서는 것이 있었다. 비탈밭가는 기계였다. 그제야 현심은 자기가 림욱을 찾아 떠났던 길임을 상기했다.

급히 둘레를 살펴보았다. 림욱은 우묵한 잔디판에 팔베개하고 번듯이 드러누워 있었다. 무슨 생각에 잠겼는지 눈귀를 한껏 쪼프리고 하얀 이새에선 잔즐거리는 미소가 흘러나온다. 머리맡에 핀 파란 조팝꽃이 유난스럽다.

저도 모르게 가슴 속에서부터 키득 하는 웃음이 솟구쳤다. 반가왔다. 장난기가 살아났다. 발은 벌써 그쪽을 내짚는다. 허리는 고양이처럼 착 까부라지고 숨소리는 쌔근거린다.

'귀구멍을 간지럽혀줄테야!'

길고 가는 풀대 하나를 낚시대 마냥 앞으로 내민 현심은 아득히 흘러가 버린 장난바치시절의 계집애로 돌아가는 자신을 아렴풋이 느끼며 림욱이 곁으로 살금살금 다가갔다. 한 걸음, 한 걸음만 더……

발밑에서 삭정이가 딱 하고 부러졌다.

림욱은 튕기듯 일어났다. 위험할 지경에까지 다가온 현심이를 멍하니 바라보던 림욱은 불시에 상체를 뒤로 제끼며 소리높이 웃었다.

제풀에 놀란 것은 현심이였다. 풍당 주저앉은 그는 손바닥을 딱 마주치며 새된 소리를 질렀다.

"뭐예요? 여기서……"

그것은 오래간만에 자기를 드러낸 처녀 리현심의 진짜 모습이였다.

또 한바탕 웃고 나서야 림욱은 넙적한 턱을 들썩이며 "보십시오, 저 하늘…… 얼마나 맑습니까." 하고 중얼거렸다.

처다봤다. 가없이 푸른 하늘에 하얀 구름송이 몇 개가 가볍게 떠 있을 뿐이다. 날씨 때문에 자주 처다보는 하늘에는 어제도 그제도 저런 구름이 떠있었다. 하지만 그것들은 지금처럼 아름답지도 순결하지도 않았었다.

어찌된 일인가. 태양이 가까와서인가? 아니면 둘이서 함께 보는 자연이여서?……

"어릴 때 우리는 봄이면 이 등판에 자주 와서 티티새를 잡군 했습니다."

림욱은 새 창에 딱장벌레를 끼워놓고 이 웅뎅이에 들어와 앉아 새창 튀는 소리가 찰칵하기를 숨 막히게 기다리던 그 시절을 감회 깊게 회상했다. 그때도 여기는 잔디가 이렇게 좋았다고 했다.

"한 번은 아버지의 담배를 몰래 훔쳐 가지고와서 피워봤지요. 쓰더군요……"

그날 저녁 담배곽이 없어진 것을 알아낸 아버지는 아들의 종아리를 호되게 답새겼다. 저녁도 못 먹고 쫓겨난 림욱은 제 또래 두 명과 함께 다시 이 웅뎅이에 기여들었다. 바람은 쌀쌀하고 밑에 깐 강냉이 짚은 푹신한데 하늘의 뭇별은 계집애들처럼 새실새실 잘도 웃었다.

다음 날 아침 따스한 이불 밑에서 잠은 깬 림욱은 어리둥절해서 사방을 살펴보았다. 그리고 어머니한테 간밤의 이야기를 했다.

"원 애두. 꿈을 꾼 게로구나!"

어머니는 웃으며 여느 때 없이 닭알지짐을 듬뿍이 지져 그의 앞에 놔주었다.

"썩 후날에야 나는 그날 밤 아버지, 어머니가 우리를 찾아 얼마나 헤맸는가를 알았습니다. 군대에 나가서도 이 언덕은 늘 고향의 향기처럼 가슴속에 그려지더군요……"

이 동산과 관련된 그의 추억에는 끝이 없을 상 싶었다.

고향이란 그런 곳이다. 그곳 도시에 가면 현심이한테도 그런 추억이 수없이 많다. 명절날 부모님 손잡고 거닐던 강안유보도며 넘어져 무릎 깨졌던 그네터……

허나 여기에는 그런 것이 없다. 여기에는 다만 그의 현재만이 있을 뿐이다. 그 '현재'가 마련된 동기는 매우 순진한 꿈으로부터 시작되었다. 중학교 높은 학년 때의 어느 봄날 그들은 교외에 있는 농장에 농촌지원을 나갔었다. 강냉이영양단지를 옮기는 일을 했다. 일은 힘겨웠으나 대신 풍요한 자연이 소녀를 현혹시켰다. 여기서는 높은 산과 넓은 들을 파랗게 장식하는 나무와 풀잎을 제 손으로 직접 만져볼 수 있었고 책이나 영화에서만 듣던 종다리 울음소리를 목을 젖히고 하늘을 쳐다보며 싫도록 들을 수 있었다. 검누런 흙은 또 얼마나 부드럽고 따뜻한가. 땅을 파고 물을 주면 야들야들한 잎새를 쳐들고, 가볍게 춤추는 깜찍한 강냉이모에서 팔뚝 같은 이삭이 달린다는 것은 믿어지지 않으리만치 신기했다. 현심은 여름 내내 그 강냉이를 그리워했다. 얼마나 컸을가? 정말 강냉이가 달렸을가?……

그 후 중학교를 돌업한 그는 농업대학에 갔다. 하여 오늘의 이와 같은 '현재'가 마련된 것이다. 비록 높은 리상을 안고 내디딘 걸음은 아니지만 그 우연한 첫걸음이 가져다준 '현재'는 결코 하찮은 것이 아니었다. 그것이 '어린 시절'만 못지않다는 것을 그는 체험을 통해 잘 알고 있었다.

얼마전이였다. 어머니가 몹시 않는다는 기별이 왔다. 현심은 한달음에 달려가 보았다. 어머니가 앓는다는 것은 공연한 소리고 좋은 혼처가 나졌다는 것이였다. 만나봤다. 총각은 나무랄 데 없이 똑똑하고 잘 생겼다. 의학대학을 나와 어느 방역기관에서 일한다는데 그는 농사일의 중요성과 농장원들의 수고에 대해 깊이 알고 있었다.

현심이가 리해해줘서 고맙다고 말하자 그는 오히려 얼굴을 붉혔다.

"중요한 거야 아는 것이 아니지요. 나한테는 현심 동무와 같은 용기가 부족하답니다. …… 농장을 떠나오기가 조련치 않겠지요?"

현심은 고개를 숙이고 애꿎은 손가락만 비틀었다.

총각을 멀리까지 바래주고 돌아온 딸의 어깨에서 눈을 털어주며 어머니는 은근히 물었다.

"어떻니?"

현심은 한숨을 푹 쉬고 나서 말없이 침대에 몸을 던졌다. 흥떡이는 침대의 파동에 몸을 맡긴 채 현심은 마음속으로 빌었다.

'현심, 제발 마음만은 흔들리지 말려무나.'

끌끌 혀를 차며 머리맡에 와 앉은 어머니가 칠칠한 딸의 머리를 쓰다듬어주었다. 허나 그 애무도 그의 마음을 달래주지는 못했다. 현심은 어머니를 부르며 이미 오래전에 말라버린 그 품에 파고들었다. 그리고는 자기가 떠나올 수 없는 그 고장과 그 고장 사람들에 대해 두서없이 중얼거렸다. 아 투박하고 무뚝뚝한, 그러면서도 뚝배기의 장맛처럼 푸수한 그들 하나하나가 어쩌면 이다지도 살뜰하게 안겨오는 것인가.

"어머니, 난 괴로워요. ……그 동무가 날 건방지다고 욕하겠지요?"

"총각이 네 맘에 들었던 모양이구나!"

현심은 응석부리듯 고개를 끄덕거렸다. 그러면서 마음속으로 생각했다. 차라리 맘에 들지 않는 총각이라면 얼마나 좋을가……

"내가 괜히 너를 오라구 했는가보다. 벌써 농사군이 다 된 아일 가지구……"

어머니는 심란해서 중얼거렸다.

"그렇게 보세요? 어머니."

어머니는 빙그레 웃었다. 그 웃음은 딸의 마음속까지 환히 들여다볼 줄 아는 어머니만이 지을 수 있는 그런 웃음이었다.

"고마와요 어머니."

현심은 어머니의 목을 꼭 끌어안으며 목 메여 부르짖었다. 달콤한 유혹을 이겨낸 자신이 스스로 생각에도 장해보였던 것이다.

고향에서의 하루는 답답하고 무료했다. 창밖을 내다보면 누가 심었는지도 모르는 가로수가 흰 눈을 소복이 들쓴 채 서있고 거리에 나서면 화려하나 생소한 사람들이 곁눈 한번 팔지 않고 그의 곁을 지나갔다. 일감을 찾아보았으나 할 만한 일감도 없었다. 손발이 편안한 것이 이렇게 괴롭다는 걸 현심은 처음 깨달았다.

딸의 거동을 민망스레 지켜보던 어머니는 그를 청량음료점으로 데리고 갔다. 거기서는 창턱에 쌓이는 흰 눈을 바라보며 얼음 보숭이를 먹을 수 있었다.

"야. 우리 사람들한테도 이런 걸 먹였으면……"

달고 시원한 것이 목젖너머로 스르르 넘어가는 순간 현심은 저도 모르게 중얼거렸다. 두엄생산에 바쁠 마을사람들의 얼굴이 하나하나 떠올랐다.

마을에 돌아오자 현심은 기술자들을 모아놓고 그 일부터 의논해봤다. 이왕 판을 벌려놓을 바엔 빨래집까지 차려놓자는 그의 말에 사람들은 싱글벙글 웃기만 했다. 반대한 것은 우길섭이 뿐이었다. 기본생산시설도 아닌 그런 것에 품을 들인다는 건 탈선이라는 것이었다.

현심은 아무 말도 하지 않았다. 오히려 곁의 사람들이 야단쳤다.

"이사람 길섭이 자네 뙤약볕아래서 김을 매봤나?"

"저 친구 마누라한테 일러줘야 해. 당장 저녁두 못 얻어먹구 쫓겨나게시리."

"합시다. 우리 애들이 알면 얼마나 좋아하겠소."

기계는 벌써 제작이 끝나가고 있다. 머지않아 4월의 명절에는 첫 시제품을 뽑아 유치원아이들과 농장원들에게 먹일 계획이다.

마을에 새로운 그 무엇이 생길적마다 사람들은 더없이 좋아하면 현심의 수고를 치하했다. 그때마다 현심은 아들이 아버지의 인사를 받은 것만치나 황송해했다. 자기야말로 부러운 나머지 몇 마디 말이나 했을 뿐인데 손발이 닳도록 애쓰며 자기의 꿈을 현실로 꽃피워준 사람들이 도리여 고맙다고 하지 않는가.

순박한 사람들! 성실한 사람들!……

이제는 이 땅에 소중한 것이 너무나도 많아졌다. 이제 문득 이 모든 것과 헤여지게 된다면 현심은 아마 목 놓아 울 것이다.

아, 녀자의 행복이란 꼭 정든 것과의 작별 속에서만 꽃펴나는 것일가?

끝없는 상념 속에 잠긴 현심은 자기의 두 눈이 촉촉하게 젖어드는 것을 알지 못했다. 그리고 그 눈을 림욱이가 몰래몰래 훔쳐보고 있다는 것도 알지 못했다.

문득 림욱이가 허리를 꼿꼿이 펴며 일어섰다.

"내가 쓸데없는 말을 했나봅니다. 봄철이다 보니……"

그의 거동에는 어느덧 제대군인의 팽팽한 탄력이 살아있었다.

"아, 아니예요. 재미있게 들었어요."

쌀쌀하게 대꾸하며 따라 일어서는 현심의 몸에서도 관리위원장의 기품이 느껴졌다. 지금 그는 불쾌감을 애써 누르고 있었다. 제 말만 말이라고 떠벌이고는 엉치를 툭툭 터는 이런 사람을 진종일 찾아다닌 것이 어이없었다. 다들 웃고 노래하는 오락회에서 지명 한번 받아보지 못하고 일어서는 듯한 기분이랄가.

'하긴 사업상용무로 찾아왔던 것이니까……'

"림욱 동무, 오늘 아침 군에서 전화가 왔는데……"

마침내 현심은 똑바로 서서 림욱을 쳐다봤다. 엄정한 그 눈빛 앞에서 덩지 큰 사내는 순식간에 부동자세를 취했다. 현심의 말을 들은 림욱은 벌쭉 웃었다.

"해야지요."

대답이 너무 수월하다. 미덥지 않았다. 그 기미를 느꼈는지 림욱은 뒤덜미를 문지르며 "저두 이젠 대학생이 아닙니까." 하고 웅얼거렸다.

그렇다. 그도 이제는 농대 통신생이다. 저러다 혹시 청춘시절을 다 보내지 않을가?

당치않은 걱정이라는 생각에 쫓기면서도 현심은 저도 모르게 그의 신발을 굽어보게 되었다. 고운 흙이 묻은 새 신발에는 이미 기름얼룩이 없었다.

'어마. 발두 꽤나 크네!'

그것은 림욱에게서 발견한 또 하나의 새로운 면모였다.

그날 밤 밖에서는 바람이 불었다. 바람에 우는 문풍지소리를 들으며 현심은 오래도록 잠들지 못했다.

'머지않아 꽃이 피겠구나.…… 장차 나는 어떻게 해야 하나.'

요즘도 현심은 하늘을 쳐다보군 한다. 그때마다 그는 과수원 잔디판에서 바라보던 하늘을 그려보는 것이였다. 웬일인지 그날부터 하늘은 늘 아름다왔다. 지어 구름 끼고 바람 부는 날에조차 그것대로 아름답게 느껴지는 것이였다.

군 협동농장경영위원회에서 진행된 모내기총화모임에서 돌아오는 지금도 그는 하늘을 바라보고 있었다.

들쑹날쑹한 지평선우로 불같은 노을이 타고 있었다. 창공을 향해 치솟아 오른 형형색색의 구름들은 거대한 불기둥을 형성하면서 누리를 하나의 색갈로 물들었다. 바람을 받아 룡트림하는 화염 같았다.

'저러다 온 벌판을 깡그리 태워버리지 않을가?'

아닌 게 아니라 논벌은 쇠물처럼 끓고 있다. 그 성급한 색갈에 비해 오종종 줄지어선 벼포기들은 너무나도 연약하고 가냘파보였다. 붉은 하늘 붉은 대지사이로 왁새 한 마리가 날고 있었다. 불은 그놈의 날개에서도 번쩍거렸다. 퍽 쓸쓸해보였다. 자신의 외로움 때문에 그렇게 느껴졌는지도 모른다.

언제부터인가 현심은 때 없이 찾아드는 외로움에 시달리고 있었다. 그것이 나이찬 처녀의 가슴속에 지펴진 불 때문이라는 것을 알았을 때 현심은 여간 놀라지 않았다. 빨라 3~4년 후에 일로 생각했던 일이 이렇게 급히 닥치다니!

이미 그에게는 이런 체험이 있었다. 스무 살을 쳐다보는 대학입학초기의 일이었다. 그때의 불은 초원에 붙는 불처럼 참으로 맹렬했었다. 하지만 지향은 없었다. 그저 바람부는 대로 마구 내달릴 뿐이었다. 그때로부터 많은 세월이 지나 보다 원숙해진 처녀 리현심의 가슴속에 다시 지펴진 불은 그때와는 완전히 달랐다. 그것은 마치 서서히 타들어가는 겨울처럼 겉으로는 보이지 않아도 지속적이고 지향이 명백했다. 따라서 외로움의 첫 파도가 들이닥쳤을 때는 그 자신도 그 까닭을 몰랐다. 마침내 자기가 그 누군가를 그리워하고 있다는 것을 깨달았을 때 문득 떠오른 것이 림욱의 얼굴이었다.

'무슨 일이야?!…… 어마. 내가 어쩌자구……'

처음에는 자지러지도록 놀랐고 다음은 당황했다. 아니라고, 절대로 그럴 수 없다고 강경히 부정해보았으나 허사였다. 치면 칠수록 더 넓게 퍼지는 것이 불인 것처럼 부정하면 부정할수록 더더욱 가까이 다가서는 림욱이었다.

그의 무엇에 반했는지 알 수 없었다. 그저 그의 전부가 훌륭하게 느껴졌다. 지어 심술스럽게 오른쪽으로 약간 찌글써한 두툼한 입술까지도 남성다운 그의 기질을 보여주는 듯했다.

현심은 핑게를 만들어 종종 작업장에 찾아가보군 했다. 림욱은 태연하고 정중하게 그를 대해주었다. 깍듯이 '관리원장동지'라고 그를 존대해 불렀고 그의 말을 귀담아들었다. 롱담세고 활동적인 그의 이와 같은 태도는 현심의 기분을 자극했다. '우정 저러는 거야, 골려 주느라구…… 원래 저런 사람이니까!'

돌아오는 길에 현심은 매 번 눈두덩을 내리깔고 입술을 감쳐물군 했다.

어느 날 저녁 무렵 우길섭이한테서 전화가 왔다. 며칠째 시험작업을 하던 비탈밭 가는 기계가 돌부리에 보습날을 거는 바람에 리대편을 모조리 끊어먹었다는 것이었다.

현심은 송수화기를 귀에 댄 채로 고개를 돌려 창문 밖 멀리를 바라보았다. 여기서는 기계가 가있다는 밤나무골이 빤히 건너다보였다. 모든 나무들이 앞을 다투어 꽃피고 잎 피는 때에 유독 거기서만은 여전히 잠자듯 침울한 겨울빛이 떠돌았다. 그 침울한 기분을 가시려는 듯 밖에서는 바람이 불고 있었다.

"하필 바쁜 대목에 그렇게 됐군요."

현심은 한숨을 쉬며 전화를 끊었다.

그날 밤 밤나무골에서는 밤새껏 모닥불이 탔다. 그 불빛을 바라보며 현심이도 온밤 사무실창문가를 지켰다. 아직도 밤이면 서리가 하얗게 내리는 계절이었다.

밖에서 얼마나 추울가. 내가 괜히 우는 소리를 했다니까……

현심은 몇 번이고 문밖에 나섰다가 돌아서군 했다. 자기가 나타나면 그가 더 우쭐해질 것만 같았던 것이다.

'하긴 요즘 두엄실이 하느라고 밤일하는 사람이 한둘이라구.…… 하지만 추울 거야……'

날이 밝자 그는 서둘러 밤나무골로 건너갔다. 수리를 끝낸 림욱은 밭을 갈고 있었다. 밭을 갈며 노래를 불렀다.

……

수령님 주신 땅에 봄이 오며는
하늘로 울려가라 밭갈이노래……

……

기계의 진동으로 가느다랗게 떨리며 높이 울리는 그의 노래 소리는 아침하늘의 종다리소리마냥 랑랑하고 멋스러웠다.

뚜껑을 잡아 제낀 땅에서는 뽀얀 김이 피여올랐다. 벌레를 쪼아 먹으려 모여온 새들은 그의 두리를 환희롭게 날아돌며 대륜무를 펼쳐놓았다. 그 속으로 걸어가는 림욱은 하늘나라의 신선 같았다. 아니, 자연을 길들여 자연의 시중을 받으며 자연궁전을 거니는 자연의 왕자 같았다. 참으로 인간 이야말로 이 세상의 주인이라는 것을 확언하는 듯한 저와 같은 상징적인 형상은 도시에서는 물론 어느 예술가도 창조할 수 없다는 것을 현심은 안다.

그 날 아침 림욱은 현심이가 들고 온 빵을 맛있게 썹으며 처음으로 피곤하다는 말을 했다.

"좀 쉬세요."

꺼멓게 꺼진 듯한 림욱의 눈확을 바라보면 현심은 가장 상냥하게 말했다. 이 사람도 피곤에 지칠 수 있다는 것이 왜 이다지도 기쁜지 알 수 없는 일이였다.

그때로부터 두 달이 지났다.

림욱은 요즘 주행부분에 무한궤도대신 유압식다리를 만들어 붙이고 있다. 어떤 일이 있어도 위대한 수령님께서 가르쳐 주신대로 15도까지의 경사지밭을 갈수 있는 기계를 만들어내고야 말겠다는 것이 그의 결심이였다. 오늘로 조립을 끝내고 시험운전을 해보겠다고 했는데 어떻게 됐는지 궁금했다.

관리위원회에 들어선 현심은 전화로 기계화반부터 찾았다. 그러는데 곁에 앉아있던 창고장이 문득 생각난 듯 "참 림욱이가 다친 것 압니까?" 하고 빤히 쳐다보았다.

"다치다뇨?! 무슨……"

현심은 너무 놀라 송수화기를 놓는다는 것이 잉크병우에 올려놓았다. 그 바람에 잉크병이 땅에 떨어져 박산이 났다. 창고장은 바빠 맞았다. 유리쪼각을 줏는다 걸레질을 한다 하며 부영게 변명했다.

"큰 사고는 아니고 다리가 좀…… 처치가 끝났을 텐데……"

병원 쪽을 기웃이 내다보기도 했다.

현심은 아무 말 없이 병원으로 건너갔다. 마침 림욱이가 병원 문을 나서고 있었다. 우길섭이 곁에서 부축했으나 붕대감은 다리가 땅을 짚을 적마다 그는 몸을 기우뚱거렸다.

현심은 가슴을 움켜잡으며 못 박힌 듯 서버리고 말았다. 림욱의 전체는 깡그리 무시되고 허연 다리만이 눈앞에 가득 찼다. 곁에 놓인 긴 의자에 주저앉은 림욱은 거기에 상한 다리를 올려놓았다. 그리고는 현심이를 향해 락원기계련합기업소에 한번 다녀와야겠다고 뚱딴지같은 소리를 했다. 그를 안심시키려는 것이 분명했다.

우길섭이 상한 경위를 설명했다. 유압피스톤이 제멋대로 작용하면서 기계가 굴러났다는 것이었다.

그 말을 들으며 현심이가 상한 부위를 가만히 어루만지자 림욱은 전기에라도 닿은 듯 다리를 가늘게 떨었다.

"아파요?"

림욱은 고개를 끄덕이였다. 허나 실은 아프다는 감각보다 흡족하고 유쾌한 감정이 더 우세했다. 맵짜게 넘어진 아이가 용타고 추어주는 바람에 으쓱해서 뛰처 일어나는 것과 비슷한 숫기라 할가……

'미련둥이. 우둔쟁이…… 기계가 굴러나도록…… 제 몸 상할 줄을 왜 모를가.'

설음이 북받쳐 올라 현심은 얼른 일어서고 말았다.

사무실에는 창고장이 그냥 앉아있었다. 뭔가 끄적이다가 이상한 눈초리로 현심을 쳐다보았다. 되돌아 나왔으나 갈 곳이 없었다. 잠시 복도에서 서성거리다 찾아간 곳이 경비실 부엌이였다.

아, 이런 때 집이 있었으면 얼마나 좋을가.

현심은 아궁 앞에 쪼그리고 앉아 두 손으로 얼굴을 감싸 쥐였다. 놀란 듯 쾡한 유리창문이 묵묵이 처녀를 지켜보고 있었다.

무거운 쇠붙이가 든 배낭을 지고 렬차에서 내렸을 때 림욱은 앞을 막아서는 현심이가 자기를 마중 나왔으리라고는 생각지도 못했다.

"회의 왔댔습니까?"

"회의도 있구…… 이게 그 유압식다린가요?"

현심은 자전거 뽐프처럼 생긴 쇠붙이를 꺼내보며 좋아서 어쩔 줄 몰라 했다.

그들은 배낭끈을 맞잡고 표 받는 곳으로 향했다. 걸으며 림욱은 락원기계련합기업소에 갔던 이야기를 했다. 다 잘됐다고 했다. 성공의 문어구에 확고히 이른 그는 좀 흥뜬 기분이였다.

"이제 보십시오. 우리 기계화반 '진렬장'의 것들을 전부 벌판에 내다 세우겠습니다. 일을 해야 기계지요."

"개조하세요. 그럼 나는 우리 농장의 모든 논밭을 기계화포전으로 만들겠어요. 늦어도 5년 안으로…… 그 담에는……"

"거짓말 마십시오. 그때까지 그냥 있겠습니까?"

"왜요? 쫓아내겠어요?"

그들이 웃으며 역을 나서자 거기 자전거 우에 웬 짐이 또 하나 있었다. 성냥을 샀다는 것이였다. 현심이 변명하듯 중얼거렸다.

"새 집 구경을 가야할 텐데……"

림욱은 처음 무슨 소린가 했다. 잠시 후에야 그 뜻을 깨닫고는 큰소리로 웃었다.

"아니 '관리위원장님'도 그런 봉건을 믿습니까?"

떠들썩 고아대는 바람에 지나가던 사람들이 쳐다봤다. 현심은 몸 둘 바를 몰라 했다.

아무튼 그것은 놀라운 발견이였다. 어찌다 도시물림의 이 처녀가 이다지도 속속들이 농촌의 세태적인 관습에 물젖어버렸는지 알 수 없는 일이였다. 유쾌했다. 필경 그 유쾌한 기분이 림욱이로 하여금 무모한 강행군길에 나서도록 부추겼는지도 모른다.

"산보도 할 겸…… 우리가 언제 이렇게 걸어 보겠어요."

사뭇 두 눈을 새물거리며 내놓는 현심의 제안에 선뜻 응해버렸던 것이다.

쇠붙이는 자전거에 싣고 성냥은 현심이가 들었다. 그리고는 좀 질러간다는 여위천 제방뚝을 따라 걷기 시작했다.

해는 뉘엿뉘엿 지평선너머로 잦아들고 있었다. 모살이가 한창인 논에서는 고랑이 메게 벼숲이 우거졌다. 가늘고 긴 두 사람의 그림자가 엄청나게 먼 동쪽 포전 벼포기 우에서 꾸물거리고 있다. 현심은 벌써부터 축 늘어지는 성냥보퉁이를 이쪽저쪽으로 자주 옮겨 쥐며 종종걸음으로 따라온다. 그때마다 림욱은 뒤돌아보며 걱정스러워했다.

"무겁지요?"

입은 그러하나 눈은 마냥 처녀의 얼굴을 살피고 있었다.

오늘 그는 무척 아름다왔다. 미색 바지에 까만 소매 짧은 샤쯔를 입었을 뿐인데 그것은 이 세상 어느 처녀도 따를 수 없는 세련미를 나타냈다.

마을에서도 늘 저렇게 입지 않았던가. 수많은 녀인들 속에 내다 세운 탓에 더 눈에 뜨이는 것이 아닐가?

가뜩이나 소조원시절부터 '멋쟁이소조'라는 말을 듣던 처녀의 이와 같은 아름다움은 림욱이로 하여금 야릇한 위축감을 느끼게 했다. 늘씬한 키, 미츨한 다리, 설렁한 목…… 어울리지 않는 것은 혹처럼 어깨에 둘러멘 성냥보자기뿐이다.

"좀 쉬여갑시다."

마침내 림욱은 어느 한 수문 옆에다 배낭을 내려놓으며 멈춰 섰다. 현심이도 섰다.

"무겁지요?"

손수건을 꺼내 이마의 땀을 자근자근 누르며 이번에는 현심이가 걱정했다. 손수건의 함박꽃이 낯익다. 림욱이도 손수건을 꺼내 들었다. 례의 그 손수건이었다.

"아이 그걸 아직까지 가지고 있군요."

현심의 눈에 기쁨이 철랑거렸다. 소슬한 저녁 바람에 그 녀자의 자분치가 살랑살랑 나붓긴다.

"아직까지라니요. 두고두고 보면서 관리위원장 동무를 추억해야지요."

림욱은 걸걸한 목소리로 웃었다.

불시에 현심의 눈까풀이 바르르 떨리더니 살풋이 내리 드리웠다. 그가 언짢을 때마다 나타내는 버릇이다. 그는 입술을 오무작거리며 뭔가 골똘히 생각한 끝에 조용히 입을 열었다.

"림욱 동문 제가 가길 바라나요?"

"그, 그야 뭐…… 무슨 재간에……"

"그럼 또 귀먹은 욕을 하겠군요."

"욕이야 무슨…… 으, 응당……"

림욱은 불현듯 현심이와 탁구치던 생각이 났다. 어쩐지 그때처럼 피동에 빠진 자신이 화가 났다. 자기도 '처넣기'를 해야 할 텐데 '공'을 손에 잡을 수 없는 것이 안타깝다.

"자 또 갑시다. 타십시오."

이번에는 둘이가 다 자전거에 올라앉았다. 배낭은 림욱이가 앞에 걸쳤다.

자전거가 저녁바람을 헤가르기 시작했다. 여위천 물 우에 한 줄금 바람이 스치자 엷은 잔파도가 일었다. 번들거리는 물가에 웅크리고 앉은 하얀 그림자들이 드문드문 보인다. 낚시군들이였다. 그것은 어둠의 포근한 담요를 덮고 깊은 명상에 잠겨 하루의 피곤을 풀고 있는 자연의 침상을 지켜선 초병들처럼 엄숙했다.

현심은 조용히 노래를 불렀다. 무슨 고향에 대한 노래였다. 노래 소리는 가벼운 풍선처럼 천천히 떠오르면서 푸르른 달빛과 암청색 어둠이 어우러진 동뚝길로 살몃살몃 퍼져갔다.

기분이 좋았는걸! 하고 림욱은 생각했다. 허나 반대로 현심은 불안에 쫓길 때마다 이렇게 노래를 부른다는 것을 그는 알지 못했다.

오늘 오후였다. 기계화반장 우길섭이 자동차를 가지고 관리위원회에 왔었다. 림욱의 마중을 가겠다는 것이였다. 현심은 단마디로 잘라치웠다.

"반장동무 빈차운행이 죄스럽지도 않아요?"

"……"

"그럴 시간이 있으면 논판에 가루비료라도 한 차 더 실어주세요."

"옳지 않습니다. 관리위원장동무."

길섭이 눈꼬리가 길쭉해졌다.

"앙갚음을 그런 식으로 해서야 되오."

그가 이렇게 화를 내는 것을 처음 보았다. 길섭이 짜개져라 문을 후려 닫고 나간 다음 현심은 창고에서 자전거를 꺼내가지고 읍으로 향했다.

이렇게 마련한 30리 길이 지금 자전거바퀴 밑에서 빨리도 줄어들고 있는 것이다. 벌써 멀리 남산봉의 우중충한 봉우리가 보인다. 밤나무골은 그보다 더 지척에 있다. 그 언덕만 넘어서면 마을이다. 참으로 맹랑한 '산보'였다. 차라리 유길섭이 나섰을 때 그냥 내버려둘 걸 하는 후회도 났다.

"관리위원장동무."

림욱이가 가만히 불렀다.

"왜 노래를 부르지 않습니까?"

"난 노래를 좋아하지 않아요."

"아니 좋아합니다. …… 뜨겁게 부를 줄 알지요!"

"……"

"난 이제 노래를 들으며 생각했습니다. 관리위원장동무가 떠난 다음의 마을은 퍽 쓸쓸할 거라고 말입니다."

그것은 그의 진심이였다. 지금 그자신이 성냥보자기를 들고 가지만 현심이야말로 성냥 같은 처녀였다. 자기의 한 몸을 깡그리 태워 더 큰 불을 일으키는 일군, 우리의 모든 일군들이 이처럼 자기의 한 몸을 아낌없이 태울 줄 안다면 가뜩이나 밝은 우리 사회는 얼마나 더 밝아질 것이며 생활에서는 또 얼마나 큰 변혁이 일어날 것인가. 마을에서 일어나는 전변이 그것을 말해주고 있다. 올해 농장에서는 '1만 톤 농장'의 봉화를 추켜들었다. 사람들은 그 목표를 향해 료원의 불길같이 일떠섰다. 과연 리현심 관리위원장이 불씨가 아니란 말인가!

"이봐요. 림욱 동무."

현심의 목소리는 떨렸다. 어느덧 개구리소리는 뒤로 멀리 물러가고 풀

벌레 우는 소리가 비발치듯 한다. 길은 나무그림자들로 얼룩얼룩했다.

"난 요즘에 와서야 그때 동무가 열매도 못 볼 나무에 두엄만 줄 거라고 하던 말에 왜 대답을 못했던가를 알았어요. 뜨거운 사랑이 없었던 거예요. 이 땅과 우리 사람들에 대한…… 참다운 행복은 뜨거운 사랑을 바친 사람에게만 찾아온다는 말뜻을 나는 이제야 알 것 같아요."

"참 관리위원장동무두. 그걸 아직……"

"현심이라고 불러주세요. 현심동무 하고 말이예요."

"예?!"

"저도 영영 련포땅의 주인이 돼야할 게 아니나요."

말을 마친 현심은 가슴 울렁이는 두려움과 함께 먼 길에서 돌아온 듯한 홀가분함을 느끼였다. 몸과 마음을 다 바쳐왔고 처녀의 고결한 넋마저 기꺼이 바치고 싶어지는 이 땅에 더욱 가까이 다가설 마지막 대문을 그는 마침내 두드린 것이다.

그것은 그대로 뜨거운 불덩어리가 되어 총각의 가슴, 바로 한복 심장 한복판에 콱 들이박혔다. 림욱은 와뜰 놀라며 뒤돌아봤다. 그 서슬에 자전거가 모로 군드러졌다. 두 사람은 산비탈 밋밋한 풀판 우에 번듯이 나가넘어졌다. 명랑한 웃음소리가 방울소리처럼 줄달음쳤다.

머리 우 사슴뿔마냥 얼기설기한 나뭇가지 사이로 푸르른 달빛이 쏟아져 내렸다. 밤꽃향기가 골 안을 진동했다. 하지만 그들은 아직도 밤꽃이 피였다는 것을 의식하지 못하고 있었다.

≪조선문학≫, 1992.9

직장장의 하루

강복례

    청춘의 열정과 로동의 희열이 약동하는 공장의 아침은 출근길에서부터 시작되는가 싶었다. 방직공장으로 가는 산업동 네거리는 출근길을 재촉하는 젊고 발랄한 처녀, 총각들의 롱담과 익살, 인사말과 웃음소리로 차고 넘친다.

    활기에 찬 사람들의 흐름을 마중하듯 동쪽 하늘에 솟아오른 태양은 황금빛 아침노을을 펼치여 온 누리를 붉게 물들였다. 대기는 맑고 신선했다.

    하르르한 진곤색 달린 옷을 가뜬히 입은 2직포직장장 김명옥은 사람들의 물결을 뒤에 떨구며 걸음을 다그쳤다. 남편이 있고 두 아이의 어머니인 그는 언제나 아침시간이 제일 바빴다.

    올해 인민학교 4학년 학생인 맏딸 은희는 그래도 제 손으로 학교에 갈 차비를 할 수 있었지만 작년가을에 인민학교에 입학한 아들애 경수는 책가방을 메워 문밖으로 내보내기까지 일일이 어른의 손이 가야하고 잔소리를 해야 한다.

    농업대학에서 강좌장으로 교편을 잡고 있는 남편에게도 안해로서 마음을 써야 할 일이 한두 가지가 아니였다. 그러니 언제 한 번 바쁘지 않는 날이 있겠는가! 더구나 김명옥이 책임지고 있는 2직포직장은 다른 직포직장들과 마찬가지로 수백 대의 직기와 수백 명의 종업원을 가진 큰 직장이다.

공장에는 혼타직장으로부터 완성직장에 이르기까지 수많은 직장이 있지만 그 모든 직장들은 결국 천을 짜는 직포직장들을 위해서 존재한다고 말할 수도 있었다. 공장이 국가 앞에 내놓아야 할 생산물은 꼬치나 실이 아니라 천인 것이다.

김명옥은 방직공장에서 12년 간 직포공으로 일했다. 그중 5년 간은 일하면서 경공업대학에서 공부했다. 대학을 졸업한 후 지금까지 직장장으로 일하고 있다. 그는 대학에 다니면서 결혼했고 두 아이를 낳아 키웠다. 언제 한 번 바쁘지 않는 때가 없었지만 직장장이 된 후에는 그 책임의 중요성으로 하여 더 바쁘고 어깨가 무거웠다.

홍조가 비낀 희고 갸름한 얼굴이며 숱 많은 까만 머리는 녀성적인 데가 있었지만 억실억실하고 리지적인 눈은 상냥하다기보다 대바르고 강직한 성미를 더 강하게 느끼게 했다. 하긴 그는 별로 상냥하지 못했다. 같이 사무실에서 일하는 책임기사나 통계원은 물론 늘 얼굴을 맞대야 하는 교대부직장들도 그를 녀성으로 대학기보다 설비나 생산에 파고들면 용서가 없고 사정을 모르는 직장장으로 알고 있었다. 가정생활은 그와 달랐지만 그는 때때로 아이들이나 남편을 위해서 마음을 써야 할 시간이 너무도 적은 것이 안타까왔다.

오늘아침의 일도 그랬다.

아침상을 거두느라 부엌에서 어물거리는 사이 남편이 아래 방에서 큰소리로 물었다.

"여보, 흰 와이샤쯔들은 다 어떻게 했소?"

"빨아서 넣어두었어요. 왜 그래요?"

남편이 옷장을 뒤지는듯하더니 찾지 못했는지 신경질적으로 소리쳤다.

"어데 있단 말이요? 들어와서 찾소."

김명옥은 행주치마에 손을 닦고 방으로 들어오며 무의식적으로 중얼거렸다.

"갑자기 흰 와이샤쯔는 왜 찾아요?"

"입어야 되겠으니 찾지 왜 찾겠소. 오늘 졸업반 학생들의 론문발표모임이 있단 말이요."

남편의 음성은 벌써 곱지 않았다. 명옥은 흰 와이샤쯔 하나를 찾아냈으나 구김살이 가서 다림질을 해야 했다. 남편은 성이 나서 딸애에게 말했다.

"은희야, 다리미를 꽂아라."

그리고는 다림질을 하기 위해 물그릇을 가지러 부엌으로 나가는 명옥이를 멈춰 세웠다.

"여보, 당신의 일이 바쁘다는 건 나도 알지만 그래도 필요한 옷이야 손질해두어야 하지 않겠소. 이건 초보적인 요구란 말이요."

김명옥은 참으려고 했지만 그만 대답이 나갔다.

"내 잘못도 있지만 그런 건 어제저녁에 말하면 되지 않아요."

그 대답에 남편은 벌컥 성을 냈다.

"그쯤 한 거야 준비되여 있어야지 일일이 말해야 되겠소?"

그러더니 무슨 생각이 들었는지 은희가 꽂아놓은 다리미줄을 잡아 뽑고 늘 입고 다니는 연회색 샤쯔를 그대로 입었다. 그리고는 넥타이도 매지 않은 채 나섰다.

남편이 가방을 들고 밖으로 나간 후 김명옥은 한숨을 내쉬며 부엌에 우두커니 서있었다.

'이제 직장장의 일을 그만두고 좀 한가한데로 일자리를 옮겨달라고 할가. 항상 자기가 다리미를 들게 되고 때로는 부엌일도 손을 대야 하니 신경질이 날수밖에 없지…… 이젠 그이도 평교원이 아니고 강좌장이다. …… 그렇다고 내가 중요한 직장장의 일을 허술히 할 수도 없지 않는가.'

어수선한 생각에 잠겨 진정하지 못하던 김명옥은 공장을 향해 걸음을 다그쳤으나 대학생들의 론문발표 모임에 참가할 남편의 옷차림이 자꾸 마음에 걸렸다. 남편에게 안됐다는 미안한 생각과 사람들이 자기를 얼마나 욕을 하랴싶어 언짢은 생각은 머리에서 떠나지 않았다.

사무실에서 옷을 작업복으로 갈아입은 김명옥 직장장은 작업장을 돌아보기 위해 사무실을 나섰다. 이것은 언제나 그의 아침 첫 일과였다.

　수백 대의 직기가 천을 짜고 있는 아득히 넓은 작업장은 고르롭게 울리는 기계소리와 직기사이를 누벼 다니는 직포공들과 수리공들의 움직임으로 하여 이 아침도 변함없는 활력을 간직하고 있었다. 작업장에 나서자 명옥은 집에서 있었던 불쾌한 일과 마음의 동요, 남편에 대한 미안한 생각들은 가뭇없이 사라지고 다시 전신이 팽팽해지는 긴장을 느꼈다. 그는 직기사이를 누벼 다니는 직포공들과 수리공들의 옆을 지나 넓은 작업장을 한바퀴 돌았다.

　밤교대가 짜놓은 천이 밀차들마다에 산더미같이 쌓여있고 금방 기대에서 떨어진 천퉁구리들도 많았다. 허나 오늘아침부터 시제품생산에 들어가게 되어 있는 기대들 중에서 396호와 421호, 522호는 아직도 틀거리를 바꾸지 못한 채 멎어있었다. 시제품으로 짜야 할 새 룽직 도투마리가 다 오지 않았다는 것이다.

　명옥 직장장은 급히 사무실로 발길을 돌렸다. 사무실에서는 책임기사와 통계원이 그를 기다리고 있었다. 김명옥은 그들과 아침인사를 나누고 자기 책상 앞으로 가서 의자에 앉으며 물었다.

　"책임기사동무, 새 룽직 도투마리가 다 오지 않았더군요. 직포준비직장에 알아보았어요?"

　"예, 아직 생산된 게 없답니다."

　작년가을에 경공업대학을 졸업하고 공장에 배치되여와서 림시 기술준비실에 있다가 얼마 전에 현장 책임기사로 내려온 윤영섭은 어질어 보이는 인상 그대로 어줍게 대답했다.

　김명옥의 억실억실한 눈에 못마땅한 기색이 떠올랐다.

　"그래 언제까지 기대를 세우고 기다려야 하나요?"

　책임기사는 마치 자기의 잘못이기나 한 것처럼 당황해하면서 대답했다.

　"낮교대에는 기대를 돌리게 하겠답니다…… 그래서 좀 빨리 해달라고 말했습니다."

김명옥은 자기도 모르게 목소리가 예리해졌다.

"그렇게나 말해서 준비직장 사람들이 뜨끔해할 게 뭐예요. 구실이 없는 일이 있나요?…… 책임기사 동무, 이걸 알아야 해요. 직포준비직장이나 직포수리직장이 다 직포직장들을 위해서 일 한다고 하지만 천을 직접 짜는 우리들처럼 안타깝지는 않아요. 목이 마른 사람이 먼저 우물을 판다구, 우리 자신이 먼저 보채고 독촉하고 뛰여다녀야 해요."

젊은 책임기사는 대답을 못하고 얼굴이 불깃해서 앉아있었다.

김명옥은 목소리를 좀 낮추어 말을 이었다.

"책임기사동무, 새 제품을 짜게 된 기대들은 어떻게 하나 빨리 다 생산에 들어가게 해야겠어요. 직포준비직장엔 나도 알아보겠어요."

"예. 알았습니다."

윤영섭은 조용히 대답하고 일어서서 밖으로 나갔다. 김명옥은 책임기사가 좀 더 이악하고 결패 있고 아글타글했으면 하고 바라면서 한숨을 내쉬였다. 그는 통계원에게 어제 오후교대의 생산실적을 요구하고 나서 수화기를 들고 직포준비직장을 찾았다. 마침 준비직장장이 나왔다.

"안녕하세요. 2직포직장장입니다. 오늘아침부터 시험생산에 들어가야할 새 룽직 도투마리가 아직도 다 오지 않아서 그럽니다."

김명옥이 직포공으로 있던 시절부터 직장장으로 일하는 직포준비직장장은 무뚝뚝하게 대답했다.

"우리도 다 알고 있소."

김명옥은 침착해지려고 애썼다.

"직장장동지, 그 도투마리들은 언제 보내주겠습니까?"

"오후 교대에 보내겠소."

김명옥은 긴장해졌다. 그는 목소리를 높였다.

"직장장동지도 직기 한대가 한 교대만 서있으면 천을 얼마나 못 짜는지 아시지 않습니까?"

"그건 내가 책임지겠소."

김명옥은 준비직장장의 무책임한 대답에 코웃음치듯 말했다.

"직장장동지, 책임지는 게 문제가 아닙니다. 우리가 늦장을 부리면 인민들에게 돌려져야 할 천이 그만큼 못나오는 게 문제지요."

준비직장장은 느닷없이 성을 냈다.

"그걸 내가 모르오. 직물조직이 한꺼번에 여러 가지로 바뀌니 우리도 어쩔 수 없지 않소. 너무 이악을 부리지 말고 좀 기다리오."

"직장장동지, 우린 천을 짜야 할 사람들이니 이악을 부릴 수밖에 없습니다. 이제 우리 책임기사동무를 거기로 보내겠습니다."

"와보오. 다섯 개 직포가 저마다 독촉인데 어디 와보오." 하는 수 없는지 직포준비직장장은 탄식하듯 말했다.

김명옥은 10시부터 있게 될 부문별 소참모회의에서 직접 따끔하게 말하리라 마음먹고 수화기를 놓았다.

마침 교대를 끝낸 부직장장들이 가동일지며 인계인수대장들을 들고 사무실에 들어섰다.

김명옥은 밤교대 부직장장 조성만으로부터 설비가동정형과 생산정형, 로동자들의 출근정형에 대한 보고를 받았다. 그는 부직장장의 보고에서 다기대공 한탄실이 벌써 이틀째 안 나오는데 주의가 갔다.

"부직장장동무, 탄실이 왜 안 나오는지 알아보았어요?"

조성만부직장장은 무뚝뚝한 성미그대로 시답지 않게 대답했다.

"아이가 아파서 병원에 입원했답니다."

"예? 아이가 어떻게 앓는대요?"

김명옥은 금시초문이여서 다그쳐 물었다.

"모르지요. 아이들이야 쩍하면 앓는걸요."

그의 대답은 여전히 시답지 않아하는 내심을 그대로 드러냈다.

김명옥은 사업일지에 '탄실이 병원에 입원'이라고 적었다. 그를 찾아가 보아야겠다는 생각이 들어서였다. 그가 사업일지에서 얼굴을 들자 조성만

부직장장은 기다렸다는 듯이 말했다.

"직장장 동무, 탄실이 같은 애기어머니들을 당분간 보조부문에 돌리면 어떨가요? 아이가 아파서 못나와, 나와도 탁아소에 다닐래 어데 일을 제대로 합니까?"

김명옥은 한 작업반에 애기어머니들이 두세 명만 있어도 생산이 떨어진다고 작업반장들이 달가와 안하고 부직장장들도 골치거리로 여긴다는 것을 알고 있다. 하지만 그는 조성만부직장장의 제의를 받아들일 수 없었다.

"부직장장 동무는 잘못 생각하고 있어요. 처녀들은 의례히 시집가기 마련인데 방직공장에서 애기어머니들을 보조부문에 돌리면 기능이 높은 기대공들을 다기대에서 떼게 된다는 말인데 그렇게 해서야 되겠어요. 그러지 않아도 기대가 늘어나서 기능공들이 더 요구되는데."

"다른 직장에선 그렇게 하는데도 있던데요."

조성만부직장장은 딱한 듯이 대답했다.

"글쎄 다른 직장에선 그렇게 하는지 몰라도 난 그렇게 하지 않겠어요. 부직장장동무는 애기어머니들을 시끄럽게 생각하는 그 관점부터 고쳐야겠어요."

김명옥은 부직장장들이 다시는 그런 생각을 못하도록 따끔하게 말했다. 그래선지 부직장장이 된지 얼마 되지 않는 아침교대 부직장장은 그 일에 대해서는 말 한 마디 하지 않았다.

조성만부직장장은 참지 못하고 지나가는 말처럼 한마디 했다.

"이러나저러나 탄실인 공장을 그만두겠다는 것 같습디다."

"탄실이가 공장을 그만두어요? 누가 그래요?"

직장장이 하도 놀라서 묻자 조성만부직장장은 어물어물 대답했다.

"작업반에서 그런 말이 돌던데요."

인계인수정형에 대한 보고가 끝나고 부직장장들이 작업장으로 나가자 김명옥은 잠시 생각에 잠겨 앉아있었다. '탄실이가 공장을 그만두다니……'

김명옥은 아무리 생각해도 탄실이의 일을 리해할 수 없었다.

그를 빨리 찾아가보아야겠다는 생각이 더 강해졌다.

전화종이 다급하게 울려서야 김명옥은 자기 생각에서 깨여났다. 10시부터 직포직장들의 소참모회의가 있다는 련락이였다. 김명옥은 수화기를 놓고 시계를 보았다. 그는 곧 사업일지를 들고 사무실을 나섰다.

산업동에서 대성동까지의 시내뻐스는 점심시간에도 사람이 붐비였다. 김명옥은 집에 들려 급하게 점심을 먹고 산업동 네거리에 나섰다. 초여름이라 하지만 한낮은 무척 더웠다.

사람들은 모두 더위를 피하려는 듯 그늘을 찾았다. 그제야 김명옥은 날씨에 비해 자기 옷 색갈이 너무 틱틱하다는 것을 생각했다. 마침 시내에서 나오는 대형 뻐스가 정류소에 와 닿았다. 붐비는 사람들 속에 섞여 뻐스에 오르자 계절에 대한 그의 생각은 뒤전으로 물러섰다. '탄실의 어린애가 무슨 병으로 잃는지…… 아이 때문에 공장을 그만두겠다고 했는지……' 궁금하기도 하고 초조하기도 했다. 처녀 시절부터 다기대공으로 이름난 한 탄실은 직장뿐 아니라 공장적으로도 귀중히 여기는 직포공이다. 탄실이와 같은 기능이 높은 직포공이 있어 직장장도 자랑스러울 때가 많았다.

병원 고유의 소독약냄새를 맡으며 복도에 들어서자 어린애를 안고 식당에서 돌아오던 탄실이 먼저 직장장을 알아보고 반기며 다가왔다.

"어마나 직장장 동지, 바쁜데 왜 나왔어요?"

"아무리 바빠도 애가 아파 입원했다는데 나와 보아야지…… 영호야, 어떻니?"

김명옥은 탄실이 안고 있는 어린애의 손을 잡으며 애가 알아듣기나 할 것처럼 이렇게 물었다. 그런데 첫돌이 채 못 된 사내애는 좀 해쓱해지기는 했으나 잃는 아이 같지 않게 발죽발죽 웃었다.

김명옥은 저절로 얼굴에 웃음이 떠올랐다.

"이 녀석 아프다면서 웃긴."

그는 또다시 어린애에게 웃음의 소리를 하고나서 탄실이와 같이 걸음을 옮기며 물었다.

"애가 무슨 병으로 입원했나?"

"그저께부터 소화불량증으로 앓기 시작했어요. 어제 오후에 열이 더 심해져서 입원했는데 밤에 집중해서 치료를 받고 이젠 퍽 나았어요. 인차 퇴원하겠어요."

"퇴원을 서두르진 말아요. 병원에서 일없다고 할 때까지는 치료를 받아야 돼."

그들은 같이 입원실에 들어섰다. 침대 넷이 놓여있는 양지바른 입원실은 밝고 따뜻했다.

김명옥은 창문 곁에 있는 탄실이의 침대에 걸터앉으며 어린애를 받아 안았다.

"영호가 어머니를 놀래웠겠구나! 하긴 첫 아이 때는 언제나 그런 법이야! 조금만 아파도 큰 변이 나는 것 같지."

직장장의 말에 탄실이도 마주앉으며 웃었다.

"정말 어저께는 얼마나 겁이 났는지 몰라요. 입원하라는 담당의사의 말을 듣자 난 정신없이 병원으로 달려왔어요. 그런데 밤에 점적을 하니까 아침엔 열도 내리고 설사도 멎지 않겠어요."

"첫 아이 때는 그렇다니까. 아무튼 이제도 치료를 잘 받아야 해요."

김명옥은 시름을 놓는 듯한 한탄실을 타이르고 얼굴에서 웃음을 거뒀다.

"탄실이, 나 하나 묻겠어. 공장을 그만두겠다고 했다면서?"

탄실이는 어색한 웃음을 지으며 잠시 입을 다물고 있다가 어렵게 말을 건넸다.

"영호 아버지가 공장을 그만두라고 해서……"

"남편이?"

김명옥은 놀라듯 되뇌였다. 그는 방금 전까지도 그 말이 사실이 아니기를 바랬다.

한탄실은 직장장의 눈을 피해 시선을 떨구었다.

"그래 탄실인 어떻게 생각하나? 남편이 하라는 대로 공장을 그만두겠어?

탄실이는 한숨을 내쉬고 어물어물 대답했다."

"저도 어떻게 했으면 좋을지 모르겠어요."

"탄실인 하루에 400 메터씩 천을 짜는 다기대공인데 공장을 그만두고 집에 들어가면 뭘 하겠어? 남편에게 매달려서 편안하게 살자는 건가? 지금 온 공장이 천 생산을 늘이겠다고 들끓고 있는데 공장의 자랑인 동무가 어쩌면 그런 생각을 다 하나. 아무래도 내가 동무의 남편을 만나보아야겠어."

고개를 숙였던 탄실이 직장장을 쳐다보며 애원하듯 말했다.

"직장장동지, 남편도 남편이지만 제가 그이를 제대로 돌봐주지 못해서 …… 그러다나니 별치 않는 일에 가정불화도 생기구 전 그게 안타까워요."

김명옥은 불현듯 아침에 집에서 있었던 일이 생각났다. 그때 자기도 이제는 직장장의 일을 그만두고 편안한 일자리로 옮겼으면 하고 바라지 않았던가! 자신도 그랬으니 첫 애기 어머니인 탄실이야 더 말해서 무얼 하겠는가! 그는 음성을 낮추어 탄실이에게가 아니라 자신에게 하듯 진지하게 말했다.

"탄실이, 나도 동무의 그런 심정을 충분히 리해해요. 나 자신도 직장장의 일을 그만두고 시키는 일이나 했으면 하고 생각할 때가 한두 번이라구. 하지만 우리가 쉬운 일자리나 찾고 남편에게 매달려 산다면 거기에 무슨 사는 보람이 있겠어…… 잘 생각해봐요…… 그럼 난 바빠서 가겠어."

김명옥은 안고 있던 어린애를 탄실이의 가슴에 안겨주고 일어섰다. 그는 어쩐지 할 말을 다하지 못한 것 같았으나 무슨 말을 더 해야 할지 인차 생각이 떠오르지 않았다. 탄실이는 대답이 없었다.

그는 밖으로 따라 나와서야 조용히 입을 열었다.

"직장장동지, 저도 지금까지 공장을 떠난 자기 생활을 상상하지 못했댔어요. 공장을 그만두면 제게 무슨 사는 기쁨이 있겠어요. 저도 그걸 알아요. 허지만……"

탄실이는 문뜩 말을 끊고 입을 다물었다.

"남편이 탄실이의 그런 마음을 리해해 주지 못 하는 건 아닌가?"

김명옥은 탄실이의 얼굴을 찬찬히 보며 물었다.

"그렇지도 않아요. 애아버지도 공장을 아주 그만두라고 한건 아니예요. 아이가 클 때까지 얼마 동안만……"

"그렇다면 탄실이는 어떻게 생각하나?"

탄실이는 말을 못하고 고개를 숙였다.

김명옥은 모든 것이 명백해졌다.

"탄실이, 그러고 보니 이건 남편들보다 우리 녀성들 자신의 문제가 아닐가? 집살림도 더 알뜰하고 깐지게 하고 아이도 더 잘 키우고 그러면 어느 남편이 공장에서 큰일을 할 수 있는 혁신자를 집에 들어와 놀라고 하겠어…… 그런데 우리스스로가 사소한 곤난을 이기지 못해서 공장을 그만둘 생각부터 하니 이건 얼마나 의지가 약한 표현이냐. 난 탄실이 만은 매우 강한 사람인줄 알았댔어."

탄실이는 고개를 들었다. 얼굴에는 계면쩍은 미소가 떠올랐다.

"직장장 동지, 너무 근심하지 마세요. 생각해 보겠어요."

김명옥이도 웃음을 지었다.

"잘 생각해 봐요. 그럼 치료를 잘 받으라요."

그랬으나 버스 정류소로 나오는 김명옥의 걸음은 가볍지 않았다. 녀자들이 가정을 가지고 아이를 키우면서 공장에 나와 천을 짠다는 것이 결코 쉬운 일은 아니다. 탄실이 같은 기능이 높은 동무들도 시집을 가고 아이가 생기니 공장을 그만둘 생각부터 하고 있지 않는가…… 때문에 여기에는 우리 녀성들 자신의 강한 의지와 함께 남편들의 리해와 적극적인 도움이 있어야 한다. 같이 나라와 인민을 위해서 일하는 혁명동지로서의 리해와 방조가 있어야만 녀성들 자신의 나약성도 극복해나갈 수 있을 것이다. …… 앞으로 시간을 내여 기계공장에 다니는 탄실이의 남편을 꼭 만나보아야겠다.

김명옥이 공장에 돌아와 직장사무실에 들어서니 책임기사와 통계원이 제각기 자기 책상에 마주앉아 일을 하고 있었다.

김명옥은 외출복을 갈아입으며 책임기사에게 물었다.

"그새 무슨 일이 없었어요?"

"396호와 421호가 생산을 시작했습니다. 522호도 방금 도투마리가 도착했습니다."

"그래요? 수고했어요."

김명옥은 이렇게만 말했으나 어질어 보이는 책임기사가 용케도 도투마리들을 빨리 받아 왔다고 생각하니 마음이 가벼웠다. 그는 선 자리에서 인차 작업장으로 나갔다. 책임기사의 말대로 396호와 421호 기대는 새 제품의 시험생산에 들어갔으며 522호 기대도 틀거리 작업을 다그치고 있었다.

김명옥은 522호 기대 앞에서 걸음을 떼여 직업장을 한 바퀴 돌았다. 직포공들의 걸음도 빨랐고 수리공들의 일손도 민첩했다. 한편 생산된 천통구리들이 밀차에 실려 완성직장으로 운반되고 있었다. 모든 교대들이 이렇게만 일해 준다면 증산계획까지도 어렵지 않게 수행할 수 있을 것이다.

이렇게 생각하며 작업장을 돌아보고 사무실로 오던 김명옥은 어느 한 기대 앞에서 걸음을 멈췄다. 수리공 김정남이와 직포공 허선애가 다투고 있었던 것이다. 김정남과 허선애는 다 같이 기능이 높은 우수한 수리공이며 직포공이다.

기계의 동음으로 하여 그들의 말소리를 알아들을 수 없었으나 성난 얼굴표정으로 보아 다투고 있다는 것을 알 수 있었다.

김명옥은 그들에게로 다가가서 기계소리를 누르듯 큰소리로 물었다.

"무슨 일이예요?"

두 사람은 직장장을 흘깃 돌아보고 입을 다물었다. 허선애는 얼굴을 붉히며 자기 기대로 돌아갔다. 직장장 앞에는 김정남이만 서있었다.

김명옥은 작업장에서 이야기가 제대로 될 것 같지 않아 정남이의 팔을 잡았다.

"무슨 일인지 사무실에 가서 이야기하자요."

김정남은 순순히 직장장을 따라왔다. 사무실에 들어서서 직장장이 자기 자리에 앉기도 전에 그는 자기 요구를 제기했다.

"직장장 동지, 교대를 바꿔주십시오."

"교대를 바꿔요? 왜요?"

김명옥은 의아해서 그를 쳐다보았다.

"하여간 바꿔주십시오. 전 이 교대에서 일을 못하겠습니다."

정남이의 태도는 단호했다.

"교대를 바꾸는 문제는 토론해야 돼요. 부직장장동무의 의견을 들어 봐야겠어요…… 그런데 선애하군 왜 싸워요?"

"직포공들도 기대관리를 잘해야지 기대는 어찌되던 천만 짜면 된다고 생각해서야 되겠습니까? 그래서 다퉜습니다."

"정남동무의 말이 옳아요. 직포공들도 기대관리를 잘해야지 기대는 어찌되던 천만 짜면 된다고 생각해서야 되겠습니까? 그래서 다퉜습니다."

"정남 동무의 말이 옳아요. 직포공들도 기대관리를 주인답게 해야 돼요. 그렇다 해도 잘 타일러야지 다투어서야 되겠어요? 나도 선애한테 말하겠어요."

마침 아침교대 부직장장이 책임기사를 찾아 사무실에 들어섰다. 정남이는 자기 부직장장을 보자 얼른 돌아서서 작업장으로 나갔다.

교대부직장장은 아랑곳없이 책임기사에게 멀지 않아 있게 될 수리공들의 기능급수시험 세칙들을 문의하고 돌아섰다. 김명옥이 그를 불러 세웠다.

"부직장장동무, 정남동부하구 선애가 다투길래 알아보려고 정남동무를 데리고 왔는데 그 동무는 무작정 교대를 바꿔달라는 거예요. 무슨 일이 있었어요?"

부직장장은 짐작이 가는지 고개를 끄덕였다.

"그 동무들은 서로 사랑하는 사이였습니다. 그런데 요새 선애네 부모들이 선애를 덕천인가 어데로 시집보내려고 한다는 말이 돌더니 그때부터 두 사람은 쩍하면 다투군 합니다."

"예? 선애가 덕천으로 시집간단 말이예요?

김명옥은 뜻밖의 사실에 놀랐다. 그는 기다리지 못하고 따지듯 다시 물었다.

"부직장장동무, 선애가 정말 덕천으로 시집간대요?"

"글쎄 아직은 잘 모르겠습니다."

"교대가 끝나면 선애를 나한테 보내 주세요."

부직장장이 대답하고 사무실을 나갔으나 김명옥은 한동안 그대로 앉아 있었다.

선애만한 기능공을 키우자면 적어도 5~6년은 걸려야 한다.…… 공장대학에 다니는 정남이도 지향이 높고 열성이 있는 좋은 동문데 왜 그를 마다하고 덕천으로 시집갈려고 할가? 아무튼 선애를 만나보아야겠다.

아침교대와 낮교대의 인계인수시간이 박두해오고 있었다. 교대당 생산량과 하루 총생산량이 종합되기까지 실히 한 시간이 남았다.

이제 한 시간 후이면 교대당 생산량과 직장의 하루 총생산량이 종합된다.

통계원은 언제나 그러하듯 오늘도 한시간전에 교대의 기록공에게서 생산실적을 료해하였다.

그는 사무실로 돌아와 다소 불안해하는 시선으로 직장장에게 말했다.

"직장장동지, 아침교대에서 계획을 하려면 아직 3백 메터를 더 짜야겠는데 아무래도 좀 긴장할 것 같습니다."

김명옥은 고개를 끄덕였다. 직물조직이 바뀌는 조건에서 응당 있을 수 있는 변화였다. 기능이 높지 못한 직포공들은 직물조직이 바뀌면 얼마동안은 일손이 굼떠지기 마련이다.

그러나 김명옥 직장장은 긴장한 생산량을 앞에 놓고 이대로 방임해둘

수가 없었다. 그에게 있어서 계획은 법이며 당적량심의 거울이였다. 어떤 일이 있어도 한 시간 내로 3백 메터를 기대에서 떼 내야 한다. 그는 자리에서 일어섰다.

"책임기사동무, 현장에 나가서 도투마리가 10 메터씩 남은 기대를 30대만 골라냅시다. 그 30대에 힘을 집중해서 한 시간 후에는 3백 메터를 완성직장으로 보내야겠어요. 책임기사동무는 1반에서 5반까지 맡고 나머지 작업반은 내가 맡겠어요."

책임기사는 말없이 자리에서 일어섰다. 두 사람은 같이 사무실을 나섰다. 잠시 후 그들은 30대의 직기를 선발하였고 거기에 유능한 수리공들을 붙였다. 직장장도 책임기사도 현장에서 떠나지 않고 직포공들과 수리공들의 일손을 도왔다.

그리하여 시간이 되기 전부터 기대에서 천통구리들이 떨어지기 시작했다.

직장장이 직접 천통구리들을 들고 완성직장으로 갔다. 시간은 빨리도 흘러갔다. 시간과 함께 천의 메터수도 늘어났다. 책임기사가 30대의 직기 중 마지막 기대에서 떨어진 천통구리를 들고 완성직장 측정기 앞으로 오자 가슴을 조이던 교대의 기록공이 환성을 올렸다.

"직장장 동지, 계356 메터입니다."

김명옥은 안도의 숨을 내쉬며 책임기사를 돌아보았다.

"책임기사동무, 수고했어요."

교대간 인계인수가 끝난 오후 5시 직장의 하루 총생산량이 종합되었다. 통계원은 계획보다 넘쳐 한 생산일보를 직장장의 책상 우에 갖다놓았다.

김명옥은 생산일보를 일별하고 일생산총화를 위한 공장 참모회의에서 제기할 문제들을 사업일지에 적고 있었다. 그러느라 사무실문이 열리고 직포공 허선애가 들어온 것도 그는 미처 몰랐다.

"직장장 동지, 절 찾았어요?"

책상 앞으로 다가온 허선애의 목소리를 듣고서야 김명옥은 시선을 들었다. 퇴근할 차비인지 하늘색 나뵌 옷을 갈아입어 더 날씬하고 키가 커보이는 허선애는 언제보나 시원스럽고 활발한 인상을 주는 처녀였다.

김명옥은 그제야 허선애를 불렀던 생각이 났다.

"선애 동무, 정말 부모님들의 요구대로 덕천으로 시집가려고 하나?"

직장장의 단도직입적인 물음에 선애는 얼굴이 발깃해졌으나 눈에는 터무니없어하는 웃음이 떠올랐다.

"아닙니다. 직장장동지, 난 부모님들에게 싫다고 말했어요. 내가 왜 나서자란 고향을 두고 덕천으로 가겠어요."

"그렇다면 왜 정남동무를 멀리 하나? 그 동무는 열성이 있고 좋은 동문데. 그리고 이제 2년만 지나면 기사가 돼."

"직장장동지두, 내가 그 동무에게 뭐랬나요. 제가 공연히 시뜩거리지, 내 기대의 고장신호대는 보면서도 그냥 지나가니까 나도 화가 나지 않을게 뭐예요."

김명옥의 마음은 흐렸던 하늘에서 금시 해빛이 비치듯 확 밝아졌다.

"그러니 정남동무가 공연한 트집이구나! 교대까지 바꿔달라고 하면서……"

"예? 그 동무가 교대를 바꿔달래요? 어이가 없구나!"

선애의 얼굴에서 웃음이 사라졌다. 그러나 김명옥은 명랑한 표정을 지으며 심각해진 선애에게 말했다.

"그럼 됐어. 정남 동무는 래일 내가 다시 만나겠어, 일이 다 잘 될거야. 피곤할 텐데 어서 가 봐요."

"저도 만나서 말하겠어요. 난 그 동무가 그렇게 옹졸할 줄은 몰랐어요."

선애는 새침해서 돌아설려고 했다.

김명옥은 그를 불러 세웠다.

"선애, 그건 옹졸한 게 아니야, 사랑할 땐 별 오해가 다 생기게 돼. 정남동무를 만나서 공연히 오똘거리지 말구…… 그 동무는 좋은 동무야."

선애는 언제 성이 났던가싶게 방긋 웃었다.

"직장장동지, 저도 알아요."

김명옥은 사무실을 나서는 선애의 뒤모습을 바라보며 오늘 처음으로 시름이 놓이는 밝은 미소를 지었다.

일생산총화를 위한 공장참모회의는 날이 퍽 어두워서 끝났다. 김명옥은 기사장실을 나서자 또다시 직장으로 걸음을 다그쳤다. 오늘저녁에 제대군인인 수리공 김성철의 결혼식이 있어 아무리 바빠도 결혼식에는 가야 했다.

더구나 김성철은 자재과에서 일하는 덕배 아바이의 아들이다. 작년 여름에 제대해온 그는 수리공으로 배치되여 반년 남짓하게 일했으나 열의가 높고 꾸준하여 남달리 일을 빨리 습득하였고 성실한 품성으로 하여 동무들의 사랑을 받고 있었다.

김명옥이 직장사무실에 들어서자 통계원은 기다렸다는 듯이 말했다.

"직장장동지, 결혼식에 늦지 않게 오시랍니다. 부직장장동지랑 기다리다 먼저 갔어요."

김명옥은 낮에 결혼선물을 준비하라고 통계원에게 말했던 생각이 나서 물었다.

"통계원 동무, 결혼선물은 어떻게 됐어요?"

"공장 상점에서 사왔습니다."

통계원은 자기 철궤 안에서 공예품같이 묘하게 만든 탁상시계와 리도령과 성춘향을 형상한 벽에 거는 희한한 공예품을 꺼냈다.

김명옥은 결혼선물을 보자 환성을 올렸다.

"결혼선물이 좋구만! 그럼 어서 포장해가지고 떠나자요."

책임기사는 낮교대에서 해야 할 일이 있어 공장에 남고 통계원이 직장장과 같이 가기로 했다.

이윽고 김명옥 직장장과 통계원은 결혼선물을 싼 보자기를 들고 공장을 나섰다.

둥실해진 달이 구름 한 점 없는 하늘중천에 걸려 있으나 밝은 가로등들과 고층 아빠트 창문들에서 비치는 환한 불빛으로 하여 달빛은 무색해졌다.

두 사람은 부지런히 걸어 공장 합숙을 지나고 산업동 네거리에 들어섰다.

김명옥은 잠간이라도 집에 들려 아이들에게 저녁 먹을 차비를 해주어야겠다는 생각이 들어 걸음을 멈추었다.

"통계원동무, 이 선물을 가지고 먼저 가요. 난 아이들에게 국수라도 바꿔다주고 가겠어요."

그리고는 돌아서서 집 쪽으로 달려갔다. 그는 3층까지 올라가 문을 열고 현관에 들어서며 소리쳤다.

"은희야?"

"웅. 엄마."

열한 살 난 딸애가 부엌에서 얼굴을 내밀며 반겼다. 그런데 손에는 식칼이 들려있었다. 김명옥은 눈이 둥그래서 물었다.

"은희야, 너 뭘 하니?"

"파 썰어."

딸애는 자랑스럽게 대답했다.

"네가 뭘 한다구?"

"아버지가 해보라고 했어."

"아버지 오셨니?"

"웅. 세면장에서 경수 씻어줘."

김명옥은 남편이 어쩌다 이렇게 일찍 들어왔나 싶어 의아해했다. 또다시 아침에 있었던 일이 떠올랐고 남편에게 죄를 진 것 같은 느낌이 들었다. 문을 열어놓은 방안에는 아이들의 책가방이며 그림책들이 마구 널려있었다. 김명옥은 얼른 신을 벗고 방으로 들어가 방안을 대충 치웠다.

공장에 나가면 수백 명 로동자들을 지도하며 하루에도 수만 메터씩 천을 짜는 직장의 직장장이지만 그도 집에 들어오면 한가정의 주부이며 안해이며 아이들의 어머니인 것이다.

김명옥은 방안을 치우고 나서야 세면장으로 나와 문을 열었다.

딸애의 말대로 남편이 아들애의 얼굴을 씻어주고 있었다. 어머니가 세면장에 들어서자 경수는 잔뜩 비누칠을 한 얼굴을 돌리고 큰소리로 자랑했다.

"엄마, 철남이 나한테 졌다."

"가만있어. 얼굴이나 씻고 말해라."

남편이 아들애의 머리를 돌리며 나무랐다.

김명옥은 남편에게 물었다.

"당신이 어쩌다 이렇게 일찍 들어왔어요?"

"더러 그런 때도 있지."

남편은 대답하고 나서 세면장에 들어서려는 안해를 만류했다.

"여보, 들어오지 마오. 방금 전에 덕배 아바이가 왔다 갔소. 직장장이 결혼식에 오지 않는다고 섭섭해하두만."

"지금 가던 길이예요. 아이들에게 저녁 먹을 차비나 해 주고 갈려고 들렸어요."

"은희가 국수를 바꿔왔소. 그런 건 이젠 은희한테 시키오. 곧잘 하던데."

"그래요? 그럼 됐어요."

김명옥은 기뻐하면서 세면장에서 나와 부엌에 들어섰다. 그리고는 딸애가 바꿔다놓은 국수를 그릇에 나누어담고 국수국물을 만들었다.

다 씻은 아들애를 데리고 세면장에서 나오던 남편이 나무라듯 재촉했다.

"여보, 빨리 가보오. 그래도 직장장이라구 로인이 찾아왔댔는데…… 집일이야 집에 있는 사람이 하면 되지 않소."

남편의 말에는 안해가 직장장으로서 지켜야 할 도리에 대한 타이름도 있었지만 가정일의 부담을 조금이라도 덜어주려는 성실한 마음도 비껴 있었다.

김명옥은 가벼운 마음으로 일손을 놓고 방안으로 들어가 진록색 조선 치마저고리를 갈아입었다.

그는 집을 나서면서 남편의 너그러운 리해와 성실한 마음을 다시금 가슴 뿌듯이 느꼈다. 생각해보면 자기가 지금까지 6년 동안 직장장으로 일할 수 있은 것도 남편의 이런 리해와 적극적인 도움이 있었기 때문이 아닌가싶었다. 간혹 신경질도 부리고 짜증도 내지만 그것은 본질적인 것이 아니다. 그도 안해가 직장장으로서 생산에서나 사람들과의 관계에서 미흡한 점이 없기를 바라고 있으며 마음을 쓰고 있는 것이다.

김명옥은 자기가 아침에 품었던 마음의 동요는 스스로 자신을 구속한 나약한 마음이였다고 심심히 돌이켜보았다. 그래선지 한탄실의 남편도 반드시 리해하며 안해를 도와주리라고 그는 믿고 싶었다.

결혼식집은 김명옥의 집에서 멀지 않는 방직공장 사택마을의 한 다층주택 2층에 있었다.

김명옥이 문을 열고 현관에 들어서자 방안에서는 벌써 취기가 오른 사람들의 말소리가 새여 나왔다. 부엌에서 일하던 성철이 어머니가 먼저 김명옥을 알아보고 방안을 향해 소리쳤다.

"원 이제야 오누만. 성철아, 직장장이 왔다."

그러자 덕배 아바이가 방에서 나왔다. 주름살 많은 로인의 얼굴에 행복한 웃음이 활짝 피여났다.

"직장장이 안온다고 욕을 했는데 이제야 나타났군."

"덕배 아바이, 오늘 기쁘시겠어요. 축하합니다."

김명옥은 허리를 굽혀 로인에게 축하의 인사를 했다. 덕배 아바이는 몹시 감동되여 김명옥의 손을 잡았다.

"직장장, 바쁜데 이렇게 와주어 정말 고맙소."

그때 결혼식 례복을 차려입어 전에 없이 키가 후리후리하고 잘나 보이는 성철이 방에서 나왔다.

"직장장 동지 오셨군요. 감사합니다."

김명옥은 성철이를 축하해주고 덕배 로인에게 이끌려 방으로 들어갔다. 넓은 방안에는 신랑신부의 상을 마주하고 상 앞에 몇몇 사람들이 앉아 있었다. 모두가 낯익은 공장사람들이였다.

그들 속에 낮에 기대 앞에서 다투던 수리공 김정남과 직포공 허선애가 나란히 앉아있었다. 김명옥은 인차 그들을 알아보고 이제는 자기가 김정남을 따로 만나지 않아도 되겠다는 생각이 피뜩 떠올랐다.

공장사람들이 마주앉은 상우에는 갖가지 음식들과 청량음료들, 유리고뿌들이 놓여있었다. 김명옥 직장장이 들어서자 유쾌해진 사람들의 시선이 일제히 그에게 쏠리며 반겨주었다.

김명옥은 사람들에게 답례를 하고 덕배 로인이 이끄는 대로 신랑신부의 상 가까이에 있는 자개과 아바이들 곁에 앉았다.

김명옥은 자리에 앉자 비로소 신랑신부 쪽을 자세히 바라보았다. 연한 노을빛의 화려한 조선옷을 입은 신부도 고왔고 성철이도 오늘은 류달리 잘나고 의젓해보였다. 김명옥은 좌중을 둘러보며 기뻐서 말했다.

"동무들, 신랑신부를 축하해서 우리 함께 잔을 들것을 제의합니다."

좌석은 명랑해졌다. 모두가 신랑신부의 행복을 빌며 잔을 내였다.

김명옥은 다음으로 덕배 로인의 잔에 술을 붓고 오늘의 그의 기쁨을 다시 축하해주었다.

덕배 로인은 김명옥이 따라주는 술을 마시고나서 김명옥의 잔에다 술을 부으며 말했다.

"직장장, 이번엔 내가 직장장에게 술을 권하겠네. 직장장은 잊었는지 모르겠지만 나는 지금도 생각나네. 직장장이 책가방을 메고 학교에서 돌아와 어머니를 찾아 우리 혼타직장으로 오면 나는 늘 '명옥아, 너 왜 또 공장으로 나오니, 집에 가거라' 하고 욕을 하군했소. 그러던 명옥이가 이제는 우리 공장의 기둥이 되였소. 직장장, 그때 욕을 하던 이 덕배의 술을 받으라구."

덕배 로인의 얼굴에는 잊지 못할 추억을 더듬는 듯 감개무량한 표정이 함뿍 어렸다.

김명옥은 자리에서 일어서서 로인이 부어주는 술잔을 들었다.

"덕배 아바이 고맙습니다."

그는 술잔을 든 채 서서 감회 깊은 어조로 말을 이었다.

"아바이, 저도 기억이 생생합니다. 그때 우리 어머니가 일하던 혼타직 장장이였던 덕배 아바이는 저를 욕도 했지만 저의 학습장을 보아주고 공부를 잘한다고 머리를 쓰다듬어주기도 했습니다. 저는 그 나날을 잊을 수 없습니다."

김명옥은 신랑신부 쪽을 돌아보고 자기들의 이야기에 열이 오른 젊은 이들을 둘러보며 조금 큰소리로 말을 계속했다.

"동무들, 나는 오늘 기쁜 날을 맞이한 신랑신부와 이 자리에 온 젊은 동무들에게 하고 싶은 말이 있습니다. 동무들은 덕배 아바이나 여기 계시는 자재과 아바이들의 지난날을 알아야 하며 잊지 말아야 합니다. 이분들은 전쟁시기에는 산골짜기에 방공호를 짓고 거기서 군복천을 짰으며 전후에는 잿더미 속에서 온갖 고난을 무릅쓰고 공장을 일으켜 세웠습니다. 그리고 우리나라 방직공업을 오늘에로 발전시켜왔습니다. 한때는 직장장, 부직장장, 혁신자, 고급기능공들로 공장의 핵심이였고 기둥이였던 이분들을 우리는 존경해야 하며 잊지 말아야 합니다. 그리고 이분들의 뒤를 이어 공장을 굳건히 떠메고나가야 하며 우리의 방직공업을 더욱 발전시켜야 합니다. 우리는 온 나라 사람들을 더욱 곱게 내세우는 방직공이라는 영예와 책임감을 더 깊이 간직하고 천을 더 많이 짭시다."

가슴에 북받치는 감격에 도취되여 김명옥은 마치 선동연설을 하듯 격동적으로 말했고 그 말은 사람들의 공감을 불러일으켰다. 젊은 동무들은 자기들의 이야기를 그치고 김명옥의 말을 주의깊이 들었으며 나이 많은 분들은 고개를 끄덕이며 다난하고도 보람찼던 자신들의 지난날을 회고하였다.

김명옥이 이야기를 끝내고 자리에 앉자 마침 공장회관의 손풍금수가 왔다. 사람들은 흥성거렸다. 모두가 손풍금반주에 맞추어 노래를 부르고 춤들을 추었다. 추억의 노래들, 행복의 노래들, 희망찬 래일에로 부르는 전투적인 노래들을 많이 불렀다.

로인들도 불렀고 젊은이들도 불렀다.

한 공장 사람들이 모인 결혼 연회는 매우 흥겨워서 시간가는 줄 몰랐다. 모두 유쾌한 기분으로 덕배 아바이의 집을 나섰다.

김명옥은 공장 합숙으로 가는 직장의 수리공들이며 직포공들과 함께 걸어갔다. 그들은 직장장이 연설을 잘한다고 추어주었고 직장장의 노래를 처음 듣는다고 신기해하기도 했다. 김명옥은 그들과 같이 롱담도 하고 웃기도 하며 떠들었다.

자기 집이 있는 살림집 앞거리에서 로동자들과 헤여진 그는 이제는 퍼그나 한적해진 밤거리를 혼자서 천천히 걸었다. 몸은 가벼운 피로감에 휩싸였으나 결혼식 집에서 받은 환희에 찬 흥분이며 로동자들과 같이 걸으며 떠들썩 웃어댄 유쾌한 기분은 가슴속에 그대로 남아있었다.

김명옥은 부지중 아침부터 바삐 돌아친 하루 동안의 일을 돌이켜보았다. 그렇다. 오늘은 바쁜 하루였다. 하긴 오늘만이 아니라 자기 일은 언제나 이렇게 바빴다. 수백 명의 로동자들을 지도하여 하루에 수만 메터씩 천을 짜야 하는 한 개 직장의 직장장이니 언제 하루 바쁘지 않는 날이 있겠는가!

어제도 오늘처럼 바빴으며 래일도 모레도 이렇게 바쁠 것이다. 그러나 이 바쁜 속에 참된 삶의 가치와 보람이 있는 것이 아니겠는가! 만일 자기가 한가한 일자리에서 남의 뒤꼬리나 따른다면 이런 삶의 환희와 보람은 결코 향유하지 못할 것이다.

이렇듯 끝없이 솟구치는 흥분을 안고 걸음을 옮기던 김명옥은 자기 집을 바라보았다. 불이 꺼져서 모든 창문들이 캄캄했으나 오직 한집 3층에 있는 자기 집 창문에서만 불빛이 환하게 내비치고 있었다.

김명옥은 자기를 기다리며 강의안을 쓰거나 책을 읽고 있을 남편을 생각하며 기쁜 마음으로 걸음을 다그쳤다.

≪조선문학≫, 1992.8

'행운'에 대한 기대

한웅빈

나는 오래간만에 출장을 가게 되었다. 이제껏 연중 겨우 한 번이나 휴가를 떠나는 것이 고작이던 내가 이렇게 갑자기 출장을 떠나게 된 데는 그럴 만한 사정이 있었다. 공장에서 긴급히 필요하게 된 추가 자재 때문이었다.

내가 출장 간다는 것을 알고 누구보다 기뻐한 것은 안해였다. 남편이 집 떠나는 것을 안해가 기뻐한다면 좀 이상할 수도 있지만 나의 안해가 기뻐한 것은 출장 자체보다 출장 목적지 때문이었다.

"여보, 거기 가면 여관에 들지 말고 집에 가 있으세요."

그곳에 바로 안해의 친정집이 있었던 것이다. 나는 혀를 찼다.

"놀러 가는 줄 아는 게로군. 공장에서 얼만지나 아오? 25리요. 30리가 거의 될 텐데……."

"그게 뭐 멀어요? 시외버스 타면 고댄데."

이쯤 되면 나는 잠자코 있는 편이 낫다는 것을 알고 있었다. 이제 몇 마디 더 한다면 대뜸 자기네 집에 관심이 없다는 둥, 자기 부모들이 언제 나를 섭섭하게 해준 적이 있는가는 둥 하고 따지고 들 것이며 나중에는 자기에 대한 관심이 없다는 데로까지 말이 번질 것이 뻔한 때문이었다. 물론 그곳에 출장 가라는 말을 들었을 때 내 머리에도 그 생각부터 떠올랐던 것은 사실이었다. 처갓집에 가서 장인 장모에게 떠받들리우며 대접받는 것이 굉장히 기분 좋은 일이라는 것을 나는 이미 생활을 통해 충분히 체험한 바였다. 게다가 "아저씨, 아저씨" 하며 따르는 처제는 또 어떻고…….

"아마, 아버지 어머닌 깜짝 놀랄 거예요."

침묵을 자기에게 유리한 쪽으로 해석한 안해는 가기로 결정이라도 된 듯 얼굴이 환해져서 말했다.

"그리고 영옥이가 얼마나 좋아하겠어요? 편지마다 아저씨 보고 싶다는 소리 댔는데…… 참, 여보, 이번엔 그 사진을 가지고 가세요."

"사진?"

"아이 참, 요전에 당신도 보시지 않았어요? 가만, 내가 그 사진을 어데 두었드라?"

안해는 한동안 여기저기를 들추며 부산을 피우더니 나중에는 자기 가방 옆 주머니에서 찾아냈다.

"이것 말이에요!"

그제야 나도 생각이 났다. 사진에서는 눈이며 코, 입 등 이목구비가 큼직큼직하고 인상 좋은 청년이 점잖게 나를 쳐다보고 있었다. 그 사진에 따라왔던 설명도 떠올랐다. 직업도 좋고 성격도 좋다던, 건강은 사진만 봐도 알 수 있었다. 중요한 것은 지난해에 우리 집에 놀러왔던 처제가 안해와 함께 다니는 것을 그 청년이 본 적이 있으며 매우 좋은 인상을 받았다는 사실이었다. 처제에게는 아주 좋은 짝이었다. 처제의 인륜대사라고 생각하니 하루 희생하는 것쯤은 하찮은 일로 느껴졌다.

"좋소, 내 들르지!"

나는 큰소리로 말하며 사진을 주머니에 집어넣었다.

안해는 나의 시원스런 대답에 더 말할 것 없이 좋아했다.

"영옥이 마음에도 꼭 들 거예요!"

나도 물론 그렇게 생각했다.

그리하여 저녁은 평화롭고 화기애애하게 지나갔다.

안해가 아쉽게 여긴 것은 두 가지였다. 내가 출장차로 가는 것이어서 자기네 집에 크고 작은 보따리들을 보낼 수 없게 되었다는 것이 첫 번째였다 (나로서는 여간만 다행스럽지 않았다).

다음으로 아쉬워한 것은 우리 집 문제를 진척시키지 못하게 되었다는 것이다. 시내에 새로 일떠선 살림집 거리의 완공과 관련하여 안해는 그 집을 받도록 하자고 한두 번만 말하지 않았다.

"시 주택배정처에도 가보세요. 그렇게 가만 있으면 거기서 알 수 있어요? 보채는 아이 젖 준다는 걸 몰라요?"

보채는 아이 젖 준다는 말에는 할 말이 없었다. 그런 분야에서는 아이를 낳아 길러본 안해가 전문가적인 식견을 가지고 있을 것이기 때문이었다.

그러나 붙임성 없고 말주변 없는 나로서는 아는 사람도 없는 주택배정처로 가려면 이만저만한 용기가 필요하지 않았다. 무슨 말을 해야 하는지 무슨 말부터 시작해야 하는지…… 그런데 안해는 매일 저녁 같은 말로 성화를 먹였다. 그것 때문에 다툰 적도 한두 번이 아니었다.

그러나 이날 저녁은 한두 마디로 그치고 말았다. 출장길은 시 행정경제위원회 쪽으로가 아니라 안해의 집 쪽으로 향해 있는 때문이었다. 이것 역시 나로서는 다행이었다.

물론 나도 새집에 가고 싶은 생각이 없거나 방이 한 칸쯤 더 있으면 더 좋으리라는 생각을 하지 않은 것은 아니었다. 안해보다 더 간절했을지 몰랐다. 그러나 그 일로 뛰어다니고 싶지는 않았다.

또한 저절로 뭐 어떻게 되겠지 하는 행운을 믿는 듯한 기대 때문이기도 했다. 나에게 대체로 그런 습관이 있었다. 습관이란 저절로 생기는 것이 아니다. 어떻든 지금 생각해보면 나에게서는 그런 기대가 떠나본 적이 거의 없었고 또한 그럭저럭 때늦게나마 실현되곤 했다.

나는 자리에 누어서 처제에 대하여 생각해보았다. 지금 스물세 살이니 한창 나이라고 할 수 있었다. 내가 그를 본 게 언제였던가. 처갓집에 갔던 것이 작년 말이었으니 반 년 나마 지난 셈이었다.

그때 그는 나를 바래주려 역까지 25리를 걸어 나왔었다. 장모의 지나친

'배려' 덕분에 버스를 놓쳐버린 때문이었다. 배낭에 이것저것 쑤셔 넣다가 채 못 넣으니 보따리를 하나 또 만들었다.

"가만있으라니, 남자들이 뭘 안다구? 도시 생활엔 이런 게 다 그립다네."

그는 도시에는 풀도 밭도 없고 집과 사람만 있는 것으로 생각하는 것 같았다. 내가 부정해도 부담을 끼치지 않으려는 아량으로만 해석했다. 나는 자식에게 무엇이든 줄수록 더 커지는 법인 듯한 어머니의 행복에 양보할 수밖에 없었다. 게다가 몇 번 우리 집에 와본 적이 있는 처제까지 어머니의 그 행복에 부채질을 해댔다.

"그것두 넣으라요, 저것두요!"

결국 보따리가 하나 더 '태어나는' 사이에 버스는 떠나버렸다. 그리하여 나는 처제와 함께 역으로 걸어 나오게 되었다. 양옆에 크지 않은 포전들이 널려 있는 산길이었다. 처제는 무척 즐거워했다. 줄곧 이것저것 묻거나 마을에서 있은 일을 이야기했고 별찮은 말에도 깔깔 웃어댔다. 길에서 만나는 동무들이 어데로 가느냐고 물으면 자랑스럽게 대답하곤 했다.

"우리 아저씨야. 바래드리는 길이야."

누구를 만나든 그에게는 죄다 아는 사람이었다.

"모르는 사람이 없구나?" 하는 내 말에 그는 의아해했다.

"같은 리에 사는데 모르겠어요? 아저씬 뭐 같은 동에 가는 사람들을 다 몰라요?"

"동이 뭐냐? 같은 현관에 있는 사람도 다 모르는데."

"어마나!"

처제는 깜짝 놀란 소리를 했다.

"어떻게 그럴 수 있어요?"

그는 진정으로 놀라워했고 이해되지 않아 했다.

"서로 모르고 어떻게 살아요?"

나는 웃었다.

"너도 이제 도시 생활을 해보면 알게 된다."

"제가 어떻게 도시 생활을 해본단 말이에요?"

"시집오면 되지."

"어마나!"

처제는 깔깔 웃었다. 그러더니 잠시 후에 말했다.

"제가 어떻게 그곳에 가요?"

"왜? 영옥이가 어째서?"

"저야 촌뜨기지요 뭐. 참, 아저씨, 엄마가 삶아준 닭알은 넣었어요?"

이야기는 다시는 그 문제에로 돌아가지 않았다. 그는 웃고 계속 재잘거리며 나를 즐겁게 했다. 역에서 헤어질 때에는 웃음 대신 눈에 갑자기 물기가 어렸다.

"아저씨, 언제 또 올래요?"

"인차 와야지."

"자주 오세요. 예?"

눈물 어린 맑은 두 눈을 보며 나는 그때 그 애를 꼭 내가 사는 도시로 데려가야겠다는 생각을 했다. 집에 와서 안해에게 이야기하니 자기는 벌써 그런 작정을 한 지 오래라고 고백했다. 사회적으로 농촌 처녀들을 도시로 끌어내오는 것이 비난을 받는 때여서 말을 못하고 있었을 뿐이었다. 그는 벌써 어지간히 일을 진척시켜놓았었다. 사진도 그 결과에 생긴 것이었다.

그때부터 나는 처제에게서 아저씨가 보고 싶다는 편지가 올 때면 그 일을 빨리 진척시켜달라는 일종의 부탁으로 받아들이곤 했다. ……눈물이 어렸던 맑은 두 눈이 다시 떠올랐다. 마치 그 눈물 속에는 간절한 부탁이 어렸던 듯했다. 그래! 하고 나는 단호히 결심했다. 이번에 가서 결정지어야겠다. 아무리 바쁘고 힘들어도 시간을 내어 찾아가지. 처제의 일생 문제인데! 나는 적이 가벼워진 마음으로 잠이 들었다. 영옥아, 나를 기다려라……!

이튿날 아침 나는 역으로 나갔다. 나가는 길로 안해가 자기 동무라고 하던 안내원을 찾았다.

아침 식사할 때 안해가 밤새 생각해낸 듯 그에 대한 말을 꺼냈던 것이다.

"차표 사는 데 사람이 많을 수 있는데, 안내실에 찾아가세요. 거기 우리 동무가 있어요. 차표를 떼줄 거예요."

"뭐라고 말한다?"

"여기에 다 썼어요. 여기 이름도 썼으니 찾아가서 주기만 하면 돼요."
하고 안해는 글쪽지를 내놓았다. 역시 여자들이란 이만저만 다심하지 않았다. 밤새껏 길 떠날 나를 생각하며 이 방도를 찾아냈을 것을 생각하니 콧등이 시큰해졌다. 이래서 부부간이 촌수는 없어두 제일 가깝다고 하는 것인지.

역에는 아닌 게 아니라 사람들이 많았다. 대합실의 그 많은 의자들도 모자라 앉지도 못하고 서성거리는 사람들이 적지 않았다. 차표 떼는 데는 더 복잡할 것 같았다. 그래서 나는 안내실부터 찾아갔던 것이다.

안내원은 친절해 보이는 직업적인 미소로 나를 맞이했고 글쪽지를 보고는 반가운 미소를 지었다.

"여기서 기다리십시오."

이제는 만사가 그야말로 태평해졌다. 여기저기 둘러보느라니 나를 기다렸던 듯 의자에 앉았던 몇 사람이 일어나 매표구 쪽으로 갔다. 나는 얼른 그 자리에 앉았다. 이제는 만단 시름이 없어졌다.

눈앞에서 분주히 오가는 사람들에게 동정이 가기까지 했다. 한 사람이 나의 앞에 와서 물었다.

"×열차 차표를 지금 뗀답니까?"

그것은 내가 타야 하는 열차였다. 나는 머리를 흔들었다.

"글쎄 잘 모르겠습니다."

"어느 차를 탑니까?"

나의 대답을 듣는 그는 의아해했다.

"벌써 차표를 뗐습니까?"

"아니, 난 저―."

나는 안내원이 나타날 쪽을 보면서 어물어물했다.

"다른 사람에게 부탁을……."

"아, 그런가요?"

그는 부랴부랴 매표구 쪽으로 달려갔다.

나는 걸상 아래로 다리를 쭉 폈다. 얼마나 편안한가. 나에게는 차표 걱정이란 애당초 없었다. 안해에 대한 고마움을 다시 느꼈다. 이 와중에서 차표를 떼려면 얼마나 동분서주해야 할 것인가. 나는 만족감에 겨워 눈을 감았다. 그러나 곧 눈을 떴다. 안내원이 나를 찾고 있을 것 같아서였다.

아직도 보이지 않았다. 그런데 이상한 것은 그 많은 사람들이 거의 다 없어진 것이었다. 빈 의자들이 여기저기 보였다. 알고 보니 그들은 방금 전에 지나간 열차를 타는 손님들과 바래주는 사람, 마중 나온 사람들이었던 것이다. 대합실은 조용해졌다.

"아직 시간이 멀었는가?"

하면서 옆에 털썩 앉는 사람이 있어서 돌아보니 조금 전에 나에게 말을 묻던 사람이었다. 나는 의아해졌다.

"차표 뗐습니까?"

"뗐습니다."

나는 놀랐다.

"그렇게 빨리요?"

"사람이 별로 없더군요."

매표구 쪽을 보니 서너 사람 서 있을 뿐이었다.

나는 대합실을 둘러보았다. 안내원은 아직 보이지 않았다. 어찌 된 일일까. 왜 이렇게 늦을까.

"차표를 뗐습니까?"

"글쎄요."

그는 무릎을 흔들며 앉아 있었다. 무릎은 왜 저리 흔든담. 별난 습관도 다 있지…… 그는 차표를 뒤적거려 보며 콧노래까지 부르고 있었다.

"제길할!"

안내원이 나를 잊은 것이 아닐까. 혹시 아까 자기를 따라오라고 한 게 나일까. 기다리라고 한 것 같았는데…… 왜 이렇게 늦을까…….

"나가지 않겠습니까? 개찰하는데……."

"먼저 나가십시오. 난 좀 있다가……."

그는 이해된다는 듯 미소를 지으며 머리를 끄덕했다.

"그럼 천천히 따라오십시오."

천천히라니? 차 시간까지는 10분밖에 남지 않았다. 차가 들어오기 5분 전이면 개찰구를 닫아버린다.

이미 대합실에는 남아 있는 사람이 없었다. 개찰구는 텅 비어 있었다. 그런데 왜 아직 나타나지 않을까. 나를 잊은 것이 아닐까. 안내원의 직업이란 끝없는 물음에 대한 대답의 연속이며 찾아오는 사람들과 만나야 하는 귀찮은 '면담'의 연속이다. 그러니 잊을 수도 있다. 그러면 큰일이다. 오늘 못 떠나게 되는 것이 아닐까.

대합실 벽시계의 팔뚝 같은 분침이 차 시간 5분 전에 거의 이르렀을 때에야 안내원이 나타났다. 나는 고맙다는 생각도 나지 않았다.

대합실 고성기가 웅웅거렸다.

"×열차를 타실 손님은 빨리 홈에 나가십시오. 차가 들어올 시간이 되었습니다."

나는 서둘러 개찰구로 달려갔다. 개찰구에 서 있던 처녀는 곱지 않게 나를 치떠 보았다.

"손님은 어데 갔다 이제야 나와요? 차가 들어올 때가 됐는데!"

"이거 미안합니다."

나는 서둘러 개찰구를 나가려 했다. 그러나 처녀의 날카로운 목소리가 뒷덜미를 잡았다.

"손님! 차표도 안 찍고 나가요?"

"아, 참."

그런데 차표를 어느 주머니에 넣었던지 인차 찾을 수 없었다. 주머니를 다 뒤져서야 겨우 찾아냈다.

"개찰할 때야 차표를 준비해 가지고 나와야지요."

"미안합니다."

돌아서 나가려는데 처녀의 성난 목소리가 또 멈춰 세웠다.

"손님! 차표는 안 가지고 가요?"

"차표?"

나는 차표를 처녀의 손에 맡긴 채 그냥 나가려 했음을 깨달았다. 덤벼치며 차표를 받았다.

"빨리 나가라요. 차가 들어와요!"

"예, 예, 미안합니다."

뒤에서는 처녀의 깔깔대는 웃음소리와 종알대는 소리가 들렸다.

"별 떨떨한 손님 다 보겠네."

나는 차에 겨우 매달려 오를 수 있었다. 그러다 보니 차 안에는 빈자리가 없었다.

"자리를 못 잡았는가요?"

하는 소리에 내려다보니 역에서 만났던 그 사람이었다. 그는 편안하게 자리 잡고 앉아서 신문까지 펼쳐 들었다. 무릎을 흔들거리며 동정하는 눈길로 나를 쳐다보는 것이었다.

내가 대답 대신 어색하게 웃어 보이자 그는 자리를 좁혀주었다.

"여기라도 걸터 앉으시우. 이 손님이 한 시간 후에는 내린다는데……."

나는 동정의 한 조각위에 엉덩이를 붙이고 앉았다. 생각할수록 어처구니없는 일이었다. '안면'을 찾지 않고 그냥 차표를 뗐더라면 초조해할 것도 없이 모든 일이 편안하게 되었을 것이 아닌가. 처제보다도 더 어린 처녀에게 미안하다는 말을 세 번이나 했고 '떨떨한 사람'이라는 결론가지 받았다. 겨우 차에 탔고 자리도 못 잡아 무릎 흔드는 고약한 버릇이 있는 이웃의 동정을 받아서야 겨우 몸을 걸쳤다. 꼭 무슨 놀림감으로 된 듯했다.

차창으로 불어드는 바람이 얼굴을 선뜩선뜩하게 했다. 그제야 나는 얼굴이 땀에 젖었음을 깨달았다. 나는 허구프게 웃고 말았다.

한 시간도 더 지나서야 나는 비로소 앉게 되었다. 등받이에 기대앉아 열차에서 의례적인 것으로 되어 있는 통성(通姓)을 무릎 흔드는 이웃과 시작했다. 어디까지 가는가, 어디서 일 하는가 등등…….

나의 대답은 조금도 놀라울 것이 없었다. 별로 크지도 않은 공장 사무원. 가는 목적지도 별로 큰 도시가 아닌 농촌을 끼고 있는 중간 지대의 도시였다. 용무도 평범했다. 자재인수차.

그러나 그의 대답은 나를 이만저만 놀라게 하지 않았다. 무릎 흔드는 버릇도 더는 고약하게 느껴지지 않았다.

"시 주택배정처에 있습니다."

"배정처에 있다구요?"

"왜 그렇게 놀랍니까? 아는 사람이라도 있습니까?

하는 말에 나는 적이 당황했다. 안해와의 이야기에서 배정처가 하루에도 몇 번씩 물망에 올랐다는 것을 이야기할 수는 없었다. 나는 심상한 척하려고 애썼다.

"배정처라니 무척 바쁘겠군요."

"바쁜 정도가 아니지요. 요즘은 새 살림집 거리가 완공을 앞둔 때여서 눈코 뜰 새 없습니다. 건설자들은 완공 때문에 잠을 못 자겠지만 우리는 그 살림집 배정 때문에 잠을 못 자지요. 입사시킬 대상들을 정확히 장악한다는 게 간단합니까?"

"거야 물론 그렇겠지요."

하고 얼빤하게 맞장구치면서 나는 머릿속으로는 다른 생각을 분주히 쫓고 있었다. 배정처, 한 번 찾아가려면서도 용기가 없어서 못 갔던 곳이 아닌가. 그런데 이렇게 배정처가 나를 '찾아온' 것이었다.

이런 기회란 억지로 만들려고 해도 어려울 것이다. 이런 기회에 낯을 익혀두면 찾아가는 것이 자연스러울 것이 아닌가. 말이나 몇 마디 주고받아서는 안면이 두터워질 수 없다. 열차에서 친분 관계란 원래 열차의 속도처럼 가속도적으로 이루어지지만 열차 여행이 끝나면 그만큼 빨리 스러져버리는 것이다.

마침 가방 안에는 장인에게 부어주려고 넣은 목이 오리목처럼 긴 '고려 인삼술' 한 병과(안해가 넣어준 것이었다) 다른 용무에 쓸 '대평술' 한 병이 들어 있었다. '대평술' 한 병이면 안면을 어지간히 두터이 할 수 있을 것 같았다.

"이거 이렇게 그냥 가려니 지루하구만요."

나는 지나가는 말처럼 한 마디 했다.

"별수 있습니까?"

하고 상대방은 꾸준하게 무릎을 흔들며 철학가처럼 대답했다.

"열차 여행이야 지루한 법이지요."

"그렇다면 지루하지 않게 만들어야지요."

하고 나는 가방에 손을 넣어 매끈매끈한 병 모가지를 잡아 뽑았다.

"자ー 한 잔씩 하면서……."

하고 큰소리치며 병을 올려놓은 나는 그만 당황하고 말았다. 손에 잡혀서 나온 것은 '대평술'이 아니라 장인에게 부어주려던 '고려 인삼술'이었다.

"아니? 이거 혹시 대사에 쓸려고 가져가던 술이 아닙니까?"

상대방의 놀란 소리에 나는 서둘러 대답했다.

"그런 걱정은 마십시오."

개 잡으려고 든 몽둥이에 소가 맞아 넘어진 격이었다. 그러나 이제 와서 바꿔 꺼낼 수는 없었다.

"아, 마개를 열지 마십시오, 난 술은 영 못합니다."

"나도 술은 못합니다. 그저 적적치나 않게……."

장인에게 미안한 생각도 들었고 뾰루퉁해진 안해의 얼굴도 떠올랐으나 차라리 잘됐다 하는 생각도 들었다. 배정처 지도원은 아마 열차에서의 '고려 인삼술'이 인상적이어서도 나를 잊지 않을 것이다. 울긋불긋한 상표와 황금빛의 술 색깔을 통해서라도 나를 기억해낼 것이다.

그러는 그는 병마개를 다리는 내 손을 잡았다.

"거 뭐, 차 안에서 분위기를 흐리며 술 냄새를 풍길 게 있습니까? 차라리 우리 시원하게 이거나 마십시다" 하고 그는 자기 가방에서 사이다를 두 병 꺼내 놓았다.

솔직히 말하면 술을 못하는 나로서는 그것이 더 반가웠다.

"하, 이거 미안해서……."

오히려 내가 대접받는 격이 된 것이었다.

한 고뿌씩 부어 놓으니 그것 또한 좋았다. 게다가 사이다 병들과 함께 놓여있는 멋들어진 '고려 인삼술'이 더 운치를 돋우었다.

드문드문 한 마디씩 하며 서먹서먹하고 지루한 침묵을 지키던 우리는 침묵이 끼어들 사이 없이 말을 주고받으며 웃기도 하게 되었다. 갑자기 할 말이 없어지면 "자― 어서 드십시오" "먼저 드십시오" 하는 식으로 서로 권하는 맛 또한 괜찮았다.

남조선의 정세, 캄보디아의 앙코르와트 재건, 굶주리는 세계의 빈민촌들, 자본주의 사회의 실업 대군들, 뉴욕의 갱에 이르기까지 우리의 입에서 논의되었고 재평가되었다.

"세상일이란 참……."

하고 한숨도 쉬고 개탄도 하던 나는 열차 방송에서 울리는 말소리에 깜짝 놀랐다.

"지금 도착하는 역은 덕흥역입니다. 내리시는 손님들은 덤비지 말고 오른쪽으로 내려주십시오."

그러나 나는 덤비지 않을 수 없었다. 덕흥은 내가 내려야 할 역이었던 것이다. 덕흥역에서 열차는 1분밖에 서지 않는다.

열차는 벌써 구내에 들어섰고 멎어서고 있었다. 이야기에만 취하여 이미 전에 알리는 소리를 흘려버린 것이 분명했다.

나는 덤벼 치며 가방을 들고 일어났다.

"내립니까?"

상대방은 나의 돌발적인 행동에 놀라 쳐다보았다.

"예, 내립니다. 자— 그럼."

할 말은 기가 막히게 많았으나(아직 한마디도 못했었다) 한 초도 지체할 시간이 없었다.

"아, 아, 이걸 가지고 내리십시오!"

지도원이 따지 않은 채로 놓여 있는 '고려 인삼술'을 들고 소리쳤으나 나는 손을 저었다.

"거기서 쓰십시오. 후에 한 번 가겠습니다."

하고 소리친 나는 승강구로 달려 나갔다. 내가 홈에 내려서자 기차는 기다렸던 듯 덜컹하고 움직였다. 지도원은 병을 손에 든 채 일어서서 차창으로 나를 내다보고 있었다.

나는 손을 저었다. 그도 손을 저었다.

'아주 잘됐어!'

이제 출장을 끝내고 돌아가 배정처로 찾아가면 그도 반갑게 맞아줄 것이다.

가방은 '고려 인삼술'의 무게만큼 가벼워져 묵직한 감을 잃었으나 마음은 흐뭇하기만 했다. 아마 안해가 오늘 열차 칸에서의 나를 보았더라면 "아유, 당신에게 그런 재간도 있었어요?" 하고 감탄을 금치 못했을 것 같았다. 이 세상의 남편들이란 좀 어리석은 데가 있어서 안해들에게 칭찬을 받고 싶어 하는 것 같다.

"잘됐단 말이야."

나는 다시 한 번 되뇌었다. 인생에 이렇듯 성공한 '외교'는 처음인 것 같았다.

"안경찬 동무 있습니까?"

접수원 처녀는 초롱초롱한 눈으로 나를 대다보더니 말했다.

"출장을 갔는데요. 어데서 오셨습니까?"

"에?"

나의 귀에는 어디서 왔는가는 물음은 마이동풍 격으로 지나가고 출장 갔다는 소리만 벼락 치는 소리처럼 크게 들렸다.

"언제 떠났습니까?"

"닷새쯤 되었어요. 내일에는 옵니다."

그제야 좀 안도의 숨이 나왔다.

"무슨 일입니까?"

하고 물으며 빤히 쳐다보는 처녀의 눈길에 나는 공연히 얼굴이 화끈해 올랐다. 중년에 이른 사람이 처녀의 눈길에 얼굴이 화끈해졌다면 우습게 들리겠지만 내가 얼굴이 화끈해진 것은 안경찬을 찾는 이유가 처녀가 어느새 알아차리고 듣는 듯했기 때문이었다.

"저ㅡ 그저 좀…… 옛날 친군데…… 그럼 내일 또 오겠습니다."

다급히 얼버무리고 나는 접수구에서 물러났다. 맥이 풀렸다. 그가 없으니 출장 용무도 더 진척시킬 수 없게 된 것이었다.

그러나 몇 걸음 걷느라니 불쑥 차라리 일이 잘된 것 같다는 생각이 들었다. 어차피 내일까지는 출장 용무를 볼 수 없게 되었으니 개인 용무에 출장 시간을 허비한다는 가책 없이 처갓집에 갈 수 있게 되었고, '처제 문제'를 토론할 수 있게 된 것이었다. 여관에서 자는 셈치고 처갓집에 가면 되었다. 차이라면 25 떨어진 곳에 있는 '여관'이며 숙식비를 쓰지 않아도 되는 '여관'이라는 것이었다.

"국가적으로도 이익이지."

나는 누가 듣기하도 하는 듯이 큰소리로 결론을 내렸다. 모든 일은 내가 처갓집에 가서 '자기 사명'을 당당하게 수행하도록 된 셈이었다.

'확실히 우리 처제가 복이 있단 말이야!'

그런데 버스 정류소에 가니 버스는 벌써 떠난 뒤였다. 5분도 되나 마나 하다는 것이었다.

"아, 저기 굽이를 도는 게 보이지요?"

얼마 앞의 산굽인돌이를 돌아가는 버스의 빨간 줄 간 노란 엉뎅이가 보였다.

나는 정류소 의자에 주저앉고 말았다. 다음 버스는 몇 시간 후에야 있었다. 차라리 걸어가는 것이 나을 것 같았다. 산굽이를 돌고 골짜기를 빠져들어가 고개를 톺아 올라야 하는 산골길 25리, 그러나 천천히 걸어도 두 시간 반이면 된다.

처제를 귀여워하지 않는 아저씨란 드물 것이다. 이상한 것은 처와 사이가 나쁜 사람도 처제에 대해서만은 애틋한 정을 가지는 것이다. 처제의 행복을 위해서라면 이쯤한 수고가 무엇이랴.

나는 의자에서 일어났다.

그날의 여로에 대해서는 회상조차 진저리가 날 정도이다.

반시간쯤 걸었을 때 변덕스러운 산골의 날씨는 비를 뿌려대기 시작했다. 얼른 길옆의 오리나무 밑에 들어섰다. 처음은 얼마간 비를 막아주었으나 시간이 경과함에 따라 매 잎사귀마다가 가득 고인 빗물을 번갈아 쏟아붓는 '구룡폭포'로 변했다. 나는 비 오는 날 처마 끝에 나서서 낙숫물을 면바로 맞는 꼬락서니가 되어버렸다. 인가도 찾아볼 수 없는 무인지경이었다.

나무 밑에서 나와 걷는 수밖에 없었다. 옷은 속속들이 다 젖어버렸다.

다행스럽게도 얼마 후에 비가 멎었고 빼그러진 구름 사이로 햇빛이 내리비쳤다. 그런데 잠시 후에는 구름이 다시 해를 가리웠고 바람질을 시작했다. 산골하늘이란 참으로 더러웠다. 산골에선 하늘까지 땅의 모양을 닮아 울퉁불퉁한지 날씨가 한 시간 사이에 두세 번씩 변했다.

젖은 데다 바람을 맞으니 몸이 덜덜 떨렸다.

길은 또 그리 미끄러운지 열 걸음에 한 번씩은 넘어질 뻔하는 위기를 겪어야 했다. 먼 길을 걸어본 사람들은 알고 있겠지만 넘어지는 것보다 넘어질 뻔하는 것이 더 맥을 뽑는다.

"젠장, 빌어먹을!" 하는 말이 걸음마다 튕겨 나왔다. 눈에 보이는 모든 것이 화를 돋우었다. 우둔한 곰처럼 웅크린 바위며 싱겁게 위로만 자란 이깔나무며 어디서 어디로 가는지 비에 젖은 몰골로 달려가는 개며, 귀가 먹먹할 만큼 소란을 피우는 시냇물이며…….

길 복판에 앉아 있던 까마귀가 푸드득 하고 전주대 위에 날아 올라갔다, 그리고는 나를 의심쩍게 내려다보며 "까우, 까우" 소리를 질렀다. 빗소리와 시냇물 소리, 바람 소리에 섞여 그 소리는 마치 "어데 까우? 어데 까우?" 하는 소리처럼 들렸다. 그놈은 대답을 들어야 의심을 풀겠다는 듯 그냥 같은 소리를 곱씹어댔다. 나는 화가 나서 발을 탕 굴렀으나 영리한 그놈은 끄떡도 않고 또 같은 소리를 질러댔다.

나는 그놈을 흘겨보며 투덜거렸다.

"처갓집에 간다. 이놈아, 처제 때문에 이렇게 물에 빠진 생쥐 꼴이 되면서……."

그러자 그놈은 푸드득 날아올라 어서 가라는 듯 "까우, 까우" 하고는 어디론지 날아가 버렸다.

나는 화가 나서 투덜댔다.

"별놈 다 있다."

수십 리 길을 걸으면서 한 명의 사람도, 한 마디의 말소리도 접해보지 못한 지겨운 침묵을 깨뜨리려는 욕망을 느꼈던 것인지도 모른다. 소란스러움보다 정적이 더 견디기 어려웠다. 귀를 먹먹하게 하는 계곡의 물소리와 바람 소리가 침묵을 더 깊게 하고 나라는 존재 자체가 언어 기능을 못 가진 바람이나 물의 한 부분으로 된 듯한 느낌까지 들었었다.

이렇게 나는 동화나 전설이 아닌 현실에서 까마귀와 이야기를 주고받아보았다.

그런데 이상한 것은 까마귀에게 화풀이하고 나니 가슴이 적이 가벼워진 것이었다. 나는 자신을 위해서가 아니라 다른 사람을 위하여(비록 처제이지만) 이런 고생을 한다! 이 생각이 위안을 주었다. 아마 지난 세월에 있었던 유명무명의 수난자들이 이런 위안을 느꼈을 것이다. 또한 집에 돌아가 이 고행 대하여 이야기하면 혀를 차며 여린 가슴을 아프게 들먹일 안해도 그려보았다. 나 역시 남편이란 어리석은 범주에 속하다 보니 안해에게서 동정 받고 싶어 하는 측면을 가지고 있었다.

나는 차라리 처갓집에 들어설 때까지 바람이 그냥 불고 비가 또 쏟아져 주었으면 하고 바랐다. 옷은 이왕 다 젖은 것이고 같은 값이면 내가 어떤 고생을 겪었는가를 실물로 보여주고 싶었다.

그러나 처갓집 마을이 올려다 보이는 시냇가에 이르렀을 때는 이미 바람도 멎고 햇빛까지 따스해졌다. 언제 그런 심술궂은 날씨가 있었던가 싶게 잠풍하고 따듯한 저녁이었다.

"젠장!"

나는 까닭 없이 억울한 생각이 들어 흙투성이 된 신발과 바짓가랑이를 내려다보았다. 어떻든 시냇물에 대충 닦고 들어가야 해다. 무성한 갯버들을 헤치며 시냇물로 내려갔다.

시냇물에는 빨간 뜨락또르가 한 대 들어서 있었다. 뜨락도르 바퀴 사이로 두 사람의 다리가 보였고 물소리가 찰박찰박 거렸다. 손발을 씻고 있었다.

나는 그들과 반대켠에 좀 상류 쪽으로 치우쳐 무심히 보았다. 둘 다 가랑이를 걷어 올렸다. 한 쌍의 다리는 거무스름하고 기둥처럼 굵은 게 나무통처럼 억세어 보였고 다른 한 쌍은 가느다란 듯하면서도 부드럽고 탄력이 넘치는 다리였다. 시냇물도 그 곁에 이르러서는 조심스럽게 흐르는 듯했다. 피부에서는 신선함과 따스함이 느껴졌다. 젊은 여자, 십중팔구는 처녀였다. 나의 처제도 지금쯤은 하루 일을 끝내고 저렇게 다리를 씻고 있을 것이다.

나는 바짓가랑이를 문지르기 시작하였다. 이제 처갓집에 들어서면 떠들썩한 소동이 일어날 것이다. 아마 처제는 어린 처녀애처럼 손에 매달려 발을 동동 구를 것이다.

"어떻게 갑자기 왔어요? 소식도 없이."

"너 때문에 왔다."

"나 때문에요? 어머나 그건 무슨 소리에요?"

"이걸 보면 알 수 있지. 마음에 들게다."

여기까지 생각한 나는 주머니에 손을 넣었다. 그러자 시냇물에는 순식간에 우거지상이 된 나의 얼굴이 비쳤다. 주머니 속의 사진이 비에 젖어 휴지처럼 구겨진 것이었다.

멋쟁이 총각의 얼굴은 내 얼굴보다도 더 우거지상이 되어있었다. 한쪽 눈은 애꾸눈처럼 되어 있었고 코는 두 계단을 이루며 입술에 닿아 있었다.

'이걸 어떻게 한다?'

뜨락또르 앞에서는 나의 시름과는 관계없이 찰박거리는 물소리가 계속 명랑하게 들려오고 있었다. 물방울들이 진홍색 석양을 담돌 위에 웃음소리 같은 소리를 내며 떨어지고 있었다.

"그 얼굴도 좀 닦으세요." 목소리가 어딘가 귀에 익었다. 혹시나⋯⋯ 하는 생각에 나는 귀를 기울였다.

"일 없어, 운전수 진짜 얼굴은 이 뜨락또르거든. 아마 우리 장모도 이 '얼굴'을 더 좋아할 거요."

"장모라구요? 동무한테 무슨 장모가 있어요?"

정말 처제의 목소리 비슷했다.

"물론 있지, 동무 어머니 말이오."

"어마나!"

단풍잎 같은 손이 물을 연신 퍼서 뿌려댄다. 그러자 꽃보라라도 맞은 듯 흐뭇해하는 목소리가 뒤따른다.

"에쿠 ― 시원하다!"

"난 가겠어요."

"아, 아 어데 가오?"

"손을 놔요."

"가겠소? 안 가겠소?"

"글쎄 이걸 놓으라니까요. 사람들이 봐요!"

"빨리 대답하라는데!"

"안 가겠어요, 안 가겠어요!"

통쾌한 웃음소리.

"동문 정말!"

다시 즐겁게 찰박거리는 물소리.

나는 한숨을 쉬었다. 저도 모르는 사이 빙그레 웃고 있는 나의 얼굴이 시냇물에 비껴 있었다. 문사들의 말대로 하면 무르익은 사랑이다. 저 두 처녀 총각에게는 자기들의 사랑을 합법적인 것으로 공포하는 일, 결혼식만이 남아 있다.

'아무렴, 그럴 수 없지.' 나는 단정했다. 처제는 나의 소식만을 기다리고 있을 것이다. 슬그머니 일어서려던 나는 총각의 목소리에 주춤했다.

"영옥 동무!"

'영옥이?'

영옥이란 나의 처제의 이름이었다.

나는 아연해져서 차 밑으로 보이는 나란히 서 있는 두 쌍의 다리만을 멍ー하니 바라보았다. 저 탄력 넘치는 다리는 자기 걸음으로 이미 사랑을 찾아낸 것이었다.

"왜 그래요?"

"우리 일을 알면 동무네 언니랑 아저씨가 가만히 있을까? 동무를 도시로 데려가겠다고 했다는데…….."

"도시에요? 누가 그래요?"

"동무가 그러지 않았소?"

"내가요?"

"요 먼저 이삭비료를 실어올 때에 말이오."

"어마나, 그것 말이에요? 그저 말해본 거죠 뭐. 그리구 또 그럴 수도 있잖아요? 동무라면 친척들과 가까이에서 함께 살고 싶지 않겠어요?"

"그건 글쎄 그런데……."

"난 우리 언니랑 아저씨랑 다 여기 와서 살았으면 좋겠어요. 여기가 얼마나 좋아요? 이제 만나면 여기 와서 함께 살자고 말해볼래요."

"거참 멋있소. 나도 지원포를 쏘겠소!"

'뭐?'

나는 사진이 어느 사이 손에서 빠져 시냇물에 떠내려가 버렸는지도 알지 못했다.

"어마나, 이게 무슨 사진이에요?"

하는 처제의 놀란 소리에야 나는 정신이 들었다. 물에서 '그 청년'을 건져드는 자그마한 손이 보였다.

나는 황급히 갯버들 속에 숨었다. 다르게 할 수가 없었다.

"어마나, 정말 우습게 생겼네, 머저리 같네."

나는 그들의 눈을 피해 길에 올라섰다. 터벌터벌 마을로 걸었다.

비에 젖은 옷이 몸에 철썩철썩 달라붙었다. 다리가 금시 접혀질 듯이 휘친거렸고 온몸이 오싹오싹해왔다.

'어마나, 정말 우습겐…… 머저리 같네.'

그 말은 마치도 "어마나, 아저씬 정말 머저리 같네!" 하는 말처럼 들렸다.

길옆에 서 있는 소가 물끄러미 나를 보더니 "음메" 하고 놀라리만큼 길게 소리를 질러댔다. 길가의 집들에서 개가 짖었다. 길에서 돌아치던 닭들이 사방으로 흩어지며 소란스레 꾹꾹거렸다. 잿빛 고양이가 허리를 꼬부리고 물 고인 수레바퀴 자리를 그림자처럼 뛰어넘어 사라졌다. 이집 저집에서 개들이 다투어 나오며 짖어댔다. 어떤 놈은 머리를 하늘로 쳐들고 통곡하듯이 짖어댔고 어떤 놈은 화가 나서 기침이라도 하듯이 짖었고 어떤 놈은 웃음을 참기라도 하는 듯 킥킥거리며 짖어댔다.

나는 저도 모르게 허─ 하고 웃어버렸다. 소건 닭이건 개건 내가 얼마나 헛고생을 했는가를 알고 제 나름대로 웃어대는 것처럼 느껴졌다.

"아니? 이게 누군가?"

줄당콩 넌출을 손질하던 장인이 마주 달려 나왔다.

"어떻게 이렇게 갑자기 왔나?"

"예, 저— 출장 왔던 길에……."

이제는 출장이라는 이유밖에 더 말할 것이 없었다.

장인이 받아 든 가방이 가볍다는 것도 출장길이라는 말로 변명할 수 있었다. '고려 인삼주'가 없어진 가방은 별로 갑삭하게 느껴졌다. 아마 물건의 무게란 저울 눈금에 의해서보다 가치에 의해 결정되는 것 같았다. 장인에게 미안했다. 그러나 집 문제가 한 걸음 크게 전진한 것을 알면 장인도 기뻐할 것이다. 좋은 집에 비하면야 '고려 인삼술' 한 병이 무엇이랴…….

그때 부엌문이 열리며 장모가 달려 나왔다.

"아이구, 이게 뉘긴가? 내 글쎄 전보가 왔기에 이상하다 했더니……."

나는 놀랐다.

"전보를 쳤더란 말입니까?"

"그럼! 오늘 중 낮에 받았네."

나는 감동되었다, 역시 안해가 달랐다. 전보까지 쳐서 맞을 준비를 시키다니…… 그 빈틈없는 관심에는 콧등이 찡—해지지 않을 수 없었다. 이제 돌아가면 기쁘게 해주어야지. 집 문제가 크게 한 걸음 진척됐다는 소식으로…….

"이게 전볼세."

장모가 전보를 내밀었다. 보나마나 내가 어느 차로 출발했다는 소식일 것이다.

그러나 전보용지에는 전혀 생각 밖의 말이 적혀 있었다.

'집 배정 받았음, 될수록 속히 오기를 바람. 선옥'

선옥이? 그것은 안해의 이름이다. 그런데 집 배정 받았다는 건 무슨 소린가. 부지중 열차에서 만났던 주택배정처 지도원과 '고려 인삼술'이 떠올랐다. 그것이 벌써 은을 낸 것일까…….

삽짝문 밖에까지 쫓아온 개 한 마리가(몹시 짓궂은 성미를 가진 놈이었다) 그냥 월월월 하고 끊어지지 않는 목소리로 짖어대고 있었다. 머리는 잔뜩 하늘로 쳐들고 있어서 나를 보고 짖는 것이 아니라 하늘을 쳐다보며 웃고 있는 것처럼 보였다.

'앙천대소'라는 말이 부지중 떠올랐다. 까닭 없이 나도 그렇게 하늘을 쳐다보며 웃고 싶은 충동을 느꼈다.

지도원은 아직 그냥 기차에서 달리고 있을 것이었다. 집 배정은 나의 '외교'와는 사돈의 팔촌만큼 한 인연도 없을 것이 분명했다. 그러면?

"예끼! 이놈!"

장인의 큰 소리에 개는 저만치 달아나더니 또 하늘로 머리를 쳐들고 웃음을 터뜨리듯이 짖어댔다.

"저런 놈 봤나? 소란스럽게."

"놔두십시오. 실컷 웃으라지요."

나의 눈앞으로는 떠나올 때부터의 일이 줄지어 떠올랐다, 차표 때문에 고생을 사서 하던 일, 차 안에서 '동냥'받던 자리, '고려 인삼술', 비 내리는 수십 리 산길, 시냇물에 흘러간 사진 그리고 집을 배정 받았다는 이 전보…… 결국 '행운'에 대한 기대는 헛되지 않았다.

왜 이렇게 되는 것일까. 내가 무엇인가 못 미덥고 걱정스러워 동분서주했던 일은 죄다 고생만 했을 뿐 헛수고로 끝났다. 그런데 한 걸음도 걷지 않은 채 바라기만 했던 '행운'은 저절로 찾아왔다. 우연의 동의어라고도 할 수 있는…… 행운에 대한 나의 이상스러운 기대, 이 기대도 그러면 우연에 대한 기대로 보아야 할 것인가…….

문득 쟁쟁한 노랫소리가 가까워오며 석양 비낀 대기를 흔들었다.

나라에서 집을 주어 웃음꽃 피네
나라에서 쌀을 주어 근심 모르네

줄당콩의 푸른 넌출 사이로 사랑에 충만된 영옥의 빨간 머릿수건이 불꽃처럼 보였다. 그 빛이 왜 저리도 눈에 부신지…….

아! 이 좋은 제도를 마련해준…….

순간 나는 눈을 감았다. 행운에 대한 기대, 이것은 우연에 대한 기대가 아니었다. 태어나서 이제까지 이 땅, 이 제도에서 살아오면서 이 몸에 체질로 되어버린 필연적인 것에 대한 무의식적인 인식이었다. 과연 태어난 첫날부터 모든 것은 저절로 나의 생활에 찾아와주지 않았던가. 유치원도 학교도 병원도 그리고 집도…….

자식에게 필요한 것이라면 부모는 자식이 요구하기 전에 들어준다.

행운을 예사로운 것으로 되게 해준 위대한 수령님과 친애하는 지도자 동지…… 우리가 어떤 아버지, 어머니를 모시고 있는지 순간이라도 망각한다면 그는 오늘의 나처럼 풍자적인 존재로 될 수밖에 없는 것이다. 푸른 거목의 어느 한 변두리에 하나의 이파리가 시든 것을 보고 얼굴을 찡그리고 한숨을 짓는 존재. 코끼리 구경 갔던 세 소경과 무엇이 다르랴…….

노랫소리는 맑은 방울 소리처럼 나의 가슴을 흔들었다.

고마워 고마워 우리 당이 고마워

≪조선문학≫, 1993.10

살아 계시다

김홍익

아, 수령님!
웃으며 오시니 눈물이 납니다.
웃으며 가시니
피눈물이 납니다.
一 7월 19일 영결의 '백 리 연도'에서

여느 해보다 일찍 장마가 시작되는 바람에 수원지 관리원인 현분녀는 요즘 할 일이 많아졌다. 우선 흙물이 슴새들지 못하게 물도랑을 쳐야 하고 비에 씻겨간 물탱크의 흙도 성토해야 했다. 그리고 수원지 길섶에 다정히 가꾼 화단의 꽃물도 비바람에 넘어진 것들은 세워주고 뿌리 뽑힌 것들은 다시 심어주어야 했다.

수백 호 되는 리의 음료수를 공급하는 자그마한 수원지여서 관리원에 양수기 운전공을 겸하여 혼자서 그 모든 일을 다해내자면 하루 종일 부지런을 피워도 늘 시간이 빠듯했다. 나이 탓인지 이젠 일자리도 푹푹 나지 않았다.

밤새 내린 비에 마당은 잔자갈이 허옇게 드러나도록 말끔히 씻겨갔다. 대문 옆의 키 높이 자란 두 그루의 살구나무도 빗물에 젖은 잎을 힘겹게 드리우고 서 있다. 아침인데도 대기는 신선한 맛이라곤 조금도 없이 흐리터분하고 끈끈하다.

"온 참, 이 눔의 날씨는 통 개일 줄 모르니."

대문을 나선 분녀는 강냉이밭 너머 행길 쪽에서 누군가 부르는 소리에 주춤 멈춰 섰다.

"할먼!"

소리 난 쪽에서 조그만 사내 녀석이 불쑥 나타나더니 씽 달려와 가슴에 콱 안겼다. 벌 저편 산기슭의 새 문화주택구역에 사는 손주 녀석이었다,

"너 어떻게 왔니, 학교엔 안 가구?"

"학교요?"

할머니의 물음을 되받아 외우고 난 녀석이 워낙 좀 작은 바른쪽 눈을 아주 감은 것처럼 째긋하며 퉁명스럽게 대꾸했다.

"지금 가지 않나요 뭐."

분녀는 그제야 녀석의 어깨에 메워져 있는 책가방을 보고 엄하지만 어성을 낮추어 물었다.

"그래 숙제는 다 했니?"

녀석은 이마눈으로 슬밋슬밋 할머니를 쳐다보더니 고개를 수그리며 입안소리로 웅얼웅얼했다.

"학교에 가서 하면 돼요."

"학교에 갔다 오면 숙제부터 해야지, 또 책가방을 벗어던지자마자 고기잡일 다닌 모양이구나!"

지금은 부락 당비서이지만 어릴 적의 저 애 아버지도 고기잡이라면 오금을 쓰지 못했었다. 그 때문에 분녀한테 방 빗자루가 터지도록 매를 맞은 적도 몇 번 된다. 헌데 두벌자식이 되어서 그런지 손주 녀석한테는 좀처럼 엄하게 대할 수 없는 분녀였다.

"그래 왜 왔니?"

이번에도 분녀는 퍽 부드러워진 어조로 물었다.

"이거…… 우리 선생님이 할머니한테 보내는 편지야요."

시무룩해 서 있던 녀석이 또 한 번 할머니를 흘깃 쳐다보더니 메고 온 가방 안에서 쪽지 편지를 꺼냈다.

분녀는 호미를 겨드랑이에 끼고 편지를 받았다.

'일국이 할머니에게'

네모반듯하게 접은 편지 겉에 쓴 정한 필체의 글을 이윽히 들여다보던 분녀는 쪽지를 펼쳤다. 겉에 쓴 글씨와 다름없이 정하게 쓴 글이 또박또박 눈에 안겨왔다.

수고 많으시겠습니다.

일국인 공부도 잘하고 소년단 생활도 여전합니다. 조금 장난질이 세찬 것이 흠이지만 그런 흠은 어느 아이나 다 있으니 걱정할 것은 없습니다.

할머니!

아시겠지만 우리 학교는 얼마 전에 어버이 수령님의 교시를 받들고 새로 지은 2층 교사로 옮겨왔습니다. 그런데 신축 교사이다 보니 나무와 꽃이 많이 요구됩니다. 나무는 군내 여러 학교들과 원림사업소의 도움으로 적지 않게 가져다 심었는데 꽃은…… 그래서 수원지 길섶에다 갖가지 꽃들을 많이 가꾸고 있는 일국이 할머님한테 이 편지를 보내니 꼭 도와주십시오.

약속이 되면 꽃모 뜨러 아이들을 데리고 가겠습니다.

회답을 바랍니다.

7월 8일, 정순 보냅니다.

편지에서 눈길을 든 분녀는 조르는 듯한 눈빛으로 쳐다보는 일국에게 손을 내밀며 뚝한 어조로 말했다.

"연필 있니?"

녀석은 밝은 표정을 지으며 가방 안에서 날쌔게 연필을 꺼내주었다.

"책두 한 권 주렴."

녀석이 얼른 받쳐주는 책에다 선생의 편지종이를 뒤집어 놓은 분녀는 꺼슬꺼슬한 손바닥으로 다리미질하듯 쭉 쓸고 나서 회답을 써내려갔다.

선생,
꽃은 제 손으로 씨를 뿌리고 가꾸는 재미로 키우는 거라오
더구나 여기 수원지 꽃은 그렇게 줄 수 없는 겐 줄을 선생도 알지 않소.
대신 내 고운 꽃씨를 보내줄 테니 그걸 가져다 심어보우.

쓰면서 보니 조금 무뚝뚝한 것 같기도 하고 선생한테 감히 훈시하는 듯한 감도 없지 않아 무엇인가 친절한 설명을 덧붙이고 싶었지만 엄지 손톱만큼씩이나 큰 글자들이 벌써 16절지 한 장을 듬성듬성 다 채워버렸다.

분녀는 할 수 없는 듯 편지종이를 그냥 접어 손주 녀석에게 주면서 물었다.

"선생님이 다른 말씀은 없더냐?"

"없어요."

"그럼 가봐라!"

오똑한 콧마루에 뽀질뽀질 내돋은 땀을 손등으로 빽 문다지고 난 녀석이 꾸벅 인사하더니 홱 돌아서 달리기 시작했다.

'녀석이 소년단 반장이랬지!'

흡족한 생각으로 그의 뒷모습을 잠시 바라보던 분녀는 떼운 시간을 봉창하려고 걸음을 재촉했다.

일매지게 새파란 잔디를 입힌 물탱크와 양수장을 가운데 두고 큰 원을 그리며 빙 둘러친 나무 울바자 바깥쪽 물도랑을 메운 흙을 쳐내는데 꼭 두 시간 걸렸다. 그리고 제멋대로 도랑을 지으며 흘러내린 탕수가 뚝 떼물고 나간 수원지 아래켠 돌담을 고쳐 쌓는 데 한 시간 나마 걸렸다.

한숨 쉬고 물을 한 축 퍼올린 다음 비바람에 넘어진 꽃포기들을 세워주

던 분녀는 등 뒤로 다가오는 다급한 발자국 소리에 허리를 펴며 얼굴을 돌렸다. 흰 목책 가까이로 훨씬 훨씬 다가서는 웬 젊은이의 모습이 보였다.

"어머니, 물 한 사발 좀 주시겠습니까?"

닫겨져 있는 문 앞에 와 서며 젊은이가 말했다.

"들어와 잡수시오."

분녀는 금방 일으켜 세운 분꽃 포기에 북을 주며 대답했다.

"그새 꽃이 수태 폈군요, 어머니."

'이 젊은인 누구길래……?'

하는 생각으로 의아쩍은 눈길을 들던 분녀는 금시 입이 벌어졌다.

"아니 이게 누구요!"

"누구긴? 나지요. 불손한 신랑. 지난달 장가들기 전날에 꽃 얻으러 왔다가 퇴짜맞은 탐사태 시추공!"

"글쎄, 탐사대! 그래 장갈 들었나?"

"들었지요. 아무럼 어머니가 꽃을 안 주면 장갈 못 들라구요?"

젊은이는 조금 시까스르는 듯한 어조와는 달리 구릿빛 얼굴에 악의 없는 웃음을 머금고 분녀가 떠 주는 물그릇을 받았다.

그는 여기서 멀지 않은 읍에다 집을 두고 분녀네 수원지를 조금 지나서 있는 탐사대로 출퇴근해 다니는 제대군인으로 수원지에 물 마시러 가끔 들르곤 하던 젊은이였다.

그런데 열흘 전 어느 저녁 무렵, 여느 날처럼 물 한 그릇 청해 마시고 나서 전에 없이 한참 너스레를 떨던 그가 갑자기 정색해지며 꽃을 좀 꺾어달라고 요구해 나섰다. 뜻밖인지라 조금 당황해난 분녀는 얼굴에 머금었던 웃음을 거두며 조용히 도리머리를 저었었다. 하지만 젊은이는 쉬이 물러서지 않았다.

"어머니, 제 사실은 결혼 잔칫상을 신식으로 한 번 차려보자고 그럽니다. 그래서 제 어머니가 가꾸는 이 꽃으로 상을 멋들어지게 장식해볼까 하는데 어떻습니까? 어머니, 도와주시겠지요?"

그래도 분녀는 응하지 않았다. 아니, 응할 수 없었다. 이게 어떤 꽃들이라구.

하지만 풋낯이라 아는 사람한테 속 깊은 곳에 묻어둔 사연을 이야기할 수도 없고 그렇다고 이 늙은것을 믿고 온 이 정열적인 신랑을 그냥 쫓아낼 수도 없어 난처해 있던 분녀는 읍 거리의 화초원 생각이 났다. 그래 거기 가보라, 그러면 좋은 꽃을 얼마든지 팔아줄 거라고 이야기해주었더니 젊은 신랑은 제 딴에서 팩했다.

"제가 돈 몇 푼이 아까워 여기로 온 줄 압니까! 이 꽃들이 하도 마음에 들어서 왔지요. 그렇다면 됐습니다. 이 꽃이 아니면 내 장갈 못 들라구요."

이 말 한 마디를 남기고 젊은이는 돌아가 버렸다. 하여 다시는 수원지에 나타나지 않으리라고 생각했던 젊은이가 이렇듯 악의 없는 얼굴로 문득 나타난 것이었다.

한 바가지 가득 떠 준 물을 꿀떡꿀떡 소리 나게 마셔버린 젊은이는 희고 깨끗한 손수건을 꺼내에 입술에 묻은 물기를 찍어내더니 무슨 긴한 말이라도 하려는 듯 분녀 앞으로 얼굴을 바루 가져오며 심중하게 물었다.

"어머니, 들었어요? 낮 12시에 중대보도가 있다는 소릴!"

"……?"

분녀는 금시초문이어서 그저 보기만 했다.

"방송에서 몇 번 곱씹어 알려주더군요. 여기도 방송이 있지요?"

"있네…… 헌데 무슨 중대보도라우?"

"글쎄 나두 그 이상은 모르겠지만 대충 짐작은 갑니다. 어제 스위스에서 조미회담이 열린 날이니까 그 소식이든가 아니면 북남 최고위급 회담에 대한 보도겠지요."

"그럼 …… 어떻게 되우?"

"어떻게 된다는 건요? 오, 회담이 열리면요? 그야 뭐……우리 수령님 앞에서 누가 감히 통일을 반대해요."

"그러니까 통일이…… 된다는 말이겠소?"

"되지 않으면요. 돼요. 이제 두고 보라요. 저쪽에서 이쪽에 한 번 오고 우리 수령님께서 서울에 가시어 한 번만 연설을 하시면 통일은 저절로 돼요. 됩니다."

젊은이는 통일이 된다는 말을 그렇듯 쉽게, 그렇듯 가볍게 한다. 그래선지 분녀에게는 젊은이의 말이 경솔하게까지 들려왔다.

'정말 통일이 그리 쉽게 될까? 우리 수령님께서 한생을 다 기울여 오시며 애쓰시던 통일이……'

하면서도 분녀는 자기의 기분 역시 꼭 있을 듯싶은 그 어떤 기대와 흥분으로 붕 떠오르는 것을 어쩔 수 없었다.

'정말 이 사람의 말대로 이제라도 당장 통일이 된다면 얼마나 좋겠나. 정말 통일이 될 수도 있지 않을까.'

분녀는 불현듯 호흡이 가빠나는 것을 느끼며 얼굴을 쳐들었다. 그러자 하늘에 낮추 드리운 채 모이고 얽히고 휘말려 돌아가던 암회색의 부피 큰 구름 덩어리들이 순식간에 휑하니 높아지는 듯싶고 볼에 와 닿는 눅눅한 바람결도 한결 시원하게 느껴졌다. 그리고 비에 젖은 먼 산, 가까운 들, 푸른 가로수와 잔디, 검은 도로 바닥과 흰 벽체, 울긋불긋한 꽃……그 모든 것들이 선명한 대조를 이루며 정답게 안겨왔다.

"그러니 어머니, 꽃을 더 잘 가꾸십시오. 연로보장도 마다하구 꽃을 가꾸는 사연을 내 다 들었습니다. 아무튼 장하십니다."

천천히 문께로 다가간 젊은이가 뒤따라서는 분녀를 돌아보며 하는 말이었다.

"뭘 장하기까지야……"

분녀는 어째선지 눈굽이 흐려와 문을 잡은 채 고개를 숙였다. 흰 울바자 옆으로 성큼성큼 옮겨 딛는 젊은이의 구둣발이 시야 밖으로 벗어져 나가자 분녀는 얼굴을 들었다.

벌써 큰길에 올라선 젊은이는 저만치 멀어져가고 있었다.

그의 뒷모습을 점도록 바라보고 섰던 분녀는 저고리 앞섶으로 눈구을 닦았다. 당장 통일이 되리라던 젊은이의 말이 불쑥 떠오르면서 정말 그렇게 되면 우리 수령님께서 다만 하루라도 발편잠을 주무셔보겠구나 하는 생각에 가슴이 뭉클 젖어든 것이었다.

별로 그득해지는 마음을 안고 양수장으로 돌아온 분녀는 탈의실 안벽에 달아 놓은 소리방송의 코드를 꽂고 음량조절변을 돌렸다. 서정 깊은 곡조를 타고 성량이 풍부한 여성 중음 가수의 노래가 울려 나왔다.

실안개도 고요히 감도는 새벽
....

밖에서도 방송을 들을 수 있도록 양수장 문을 활짝 열어놓고 문을 나서던 분녀는 고성기 옆에다 걸어놓은 벽시계를 얼핏 쳐다보았다. 11시 30분이 조금 넘었다. 중대보고 시간까지는 아직 30분 있다!

화단에 나온 분녀는 다시금 일손을 잡았다.

노랫소리는 양수장 안에서보다 더 부드럽고 깨끗하게 들려왔다.

....
우리의 새벽잠 깨우실세라
찬 이슬을 맞으시며 들길로 나가셨네
....

분녀는 지금 자기 앞으로 걸어오시는 수령님의 영상을 그려보고 있었다. 그런데 수령님께서는 노래에서처럼 찬 이슬 내리는 들길이 아니라 진눈깨비 흩날리는 진창길로 환하게 웃으시며 걸어오고 계시었다. 정전 직후 어느 해 이른 봄, 아직은 새색시에 불과했던 분녀가 여기 이름 없는 우물가에서 만나 뵈었던 그때처럼 수령님께서는 젊디젊으신 모습이었다.

아직 먼동이 트기 전, 흩날리는 진눈깨비도 육안으로보다는 얼굴이며 손등이며에 떨어져 내리는 차겁고 산뜩산뜩한 감각으로 느껴지는 이른 새벽.

배가 불뚝 나온 토기물동이를 이고 집에서 퍼그나 멀리 떨어져 있는 우물터에 나온 분녀는 우물 속을 들여다보다가 호ー 한숨을 내쉬며 어깨를 떨어뜨렸다. 밤사이 고인 물을 남 먼저 길어가려고 이렇듯 첫닭이 울기도 전에 나왔는데 벌써 누가 물을 길어 간 뒤 또 조금 고이면 한 바가지 푸고⋯⋯

저 만 함경도 산골에서 살다가 벌방 총각을 만나 여기 서도 땅에 시집온 분녀로서는 새로 정붙이기 시작한 이 고장이 다 좋은데 물 바른 것 그 한 가지만은 정말 싫었다. 글쎄 4백 호 나마 되는 리에 여름 한철 내놓고는 이렇게 말라 버리다시피 하는 우물 몇 개밖에 없으니 얼마나 한심한 일인가. 물이 바른 때면 이 고장 아낙네들은 우물을 먼저 차지하려고 새벽 일찍 물 길러 나오곤 했다. 그런데 조합 살림이 날마다 불어나는 데 따라 물을 먼저 길어가기 위한 말 없는 '경쟁'도 새벽으로부터 한 밤 중으로 점점 소급해 올라가는 것이었다.

'우리 고장의 콸콸 흐르는 산골짝 물을 여기 통째로 끌어왔으면⋯⋯'

쫄쫄쫄⋯⋯ 메마른 소리를 내면서 안타깝게 고여 드는 물을 하염없이 들여다보면서 분녀는 공상에 잠겼다. '정말 그렇게 되면 얼마나 좋을까? 땅이 기름져 농사가 잘되겠다, 남편은 이 고장 토배기라 이쪽 벌같이 푸지고 탁 트인 성격이겠다, 정말 물만 흔했으면⋯⋯'

"물이 잘 나옵니까?"

차겁고도 눅진눅진한 새벽 공기를 흔들며 조용히 귓전에 마쳐오는 우렁우렁 한 목소리에 분녀는 안타깝기도 하고 어쩌면 행복한 것 같기도 한 공상에서 깨어났다.

'어디서 듣던 음성인데⋯⋯ 누가 말했을까!'

분녀는 어리둥절해진 눈길을 들어 뒤를 돌아보았다.

희끗희끗해진 하늘을 배경으로 내리는 거뭇한 진눈깨비 속에 자기한테로 허리를 구붓하고 서 계시는 분의 유달리 환한 모습이 안겨오고 그 뒤에 조금 처져 선 사람들이 보였다.

당혹과 의아함으로 빨갛게 익어드는 분녀의 얼굴을 자애 깊은 눈길로 바라보시던 앞의 분께서 우물로 한걸음 다가서시었다. 순간 분녀는 단속적으로 흉벽을 때리는 심장의 격한 박동을 느꼈다. 아! 저 부드러운 음성, 저 환하신 모습, 그이이시다, 그분이시다. 설에 방송으로 신년사를 하시던, 기록영화에서 뵙던…….

"수령님!"

다른 사람의 목소리처럼 들려오는 귀에 선 자기의 외침에 와뜰 놀라며 엉거주춤 일어선 분녀는 손에 들었던 바가지를 떨어뜨렸다. 물이 반쯤 든 바가지는 우물 안에 떨어져 댕그렁댕그렁 춤을 추었다.

무릎을 꺾고 우물 옆에 허물없이 앉으신 수령님께서는 그새 두세 바가지쯤 되게 차오른 물을 한 바가지 떠 들고 분녀를 돌아보시었다.

"이 우물을 몇 집에서 먹소?

"열 집, 아니 한 스무 집쯤…… 먹습니다.'

"리에 이런 우물이 몇 개나 되오? 마을마다 있소?"

"하나씩 있는 마을두 있구…… 더러는 없습니다."

"음----"

수령님께서는 물이 방울방울 떨어져 내리는 바가지를 그냥 드신 채 일어서시었다. 그러시고는 동이 위에 조심히 바가지를 기울이시었다.

"쭈룩 쭈루룩……"

속 빈 물동이 안에 물이 떨어져 내리는 소리가 동안 뜬 그 어떤 음성처럼 들려왔다.

"주인은 무슨 일을 합니까?"

조금 어두워진 안색으로 자기를 바라보시며 던지시는 수령님의 물으심에 분녀는 가슴을 조이며 말씀드렸다.

"여기 작업반장을……

"그래 반장 동무한테 우물을 파달라고 떼를 써봤습니까?"

"예, 몇 번 말해봤습니다. 하지만 여긴 워낙 물 바른 고장이니 그저 그렇거니 살라고 했습니다. 뭐, 물까지 콸콸 나오면 걱정거리가 없어 일쩍 늙는다구……."

말씀드리면서도 분녀는 자기가 지금 너무도 외람된 대답을 드리고 있구나 하고 내심 후회하였다.

하지만 분녀의 이야기를 끝까지 다 들어주신 수령님께서는 분명 어두워진 듯 싶던 안색을 밝게 가지시며 말씀하시었다.

"허허, 그 양반이 제 사는 고장도 잘 모르누만, 지질학자들의 말에 의하면 우리나라에는 땅속까지 물이 바른 고장은 사실 없소 그러니 우리 길이 조금 늦어지더라도 이 동무들한테 온 리가 다 먹을 수 있는 큰 물곬을 하나 잡아주고 갑시다."

수행 일꾼들을 돌아보시며 하시는 수령님의 말씀을 친정아버지 앞에 서 있는 듯한 행복감에 잠겨 꿈속처럼 듣던 분녀는 조금 동안이 흐른 다음에야 그 말씀이 뜻하는 바를 깨닫고 앞을 막아섰다.

"아니, 일 없습니다, 수령님. 물 바른 게 무슨 큰 고생이라구 이런 궂은 날에…… 그건…… 그건……."

"허, 우리들 걱정은 말구 빨리 물을 길어다 조반이나 지으시오. 혹시 지금쯤 작업반장 동무가 깨어나 찾을 수도 있겠소."

하시며 습관적인 동작으로 팔을 들어 시계를 들여다보시던 수령님께서는 자신의 말씀을 부정하는 표시로 알릴 듯 말 듯하게 도리머리를 저으시었다.

"아니, 아직은 잠을 자겠군!"

그러고는 조금 간격을 두고 말씀을 이으시었다.

"아주머니의 주인이나 조합간부들이라구 왜 제 안해들이 겪는 물고생이 마음에 걸리지 않겠소. 아마 내가 농사일 때문에 자꾸 걱정하니까 그 생각만 하구 제 안해들 물걱정쯤은 대수롭지 않게 여겼겠지. 그러구 보면 남모르는 그들의 걱정을 풀어주는 게 우리들의 도리가 아니겠소. 그러니 이제 집에 들어가서 내가 왔다구 공연히 주인을 깨우지 마시오. 우린 저 언덕 위에 좀 올라가 보고 가던 길을 그냥 가겠소. 자, 그럼 재삼 당부하는데 사람들을 깨우지 마시오. 약속했소."

분녀는 무슨 정신으로 수령님의 말씀을 들었는지 그리고 작별하자는 뜻으로 내미시는 그이의 손을 어떻게 잡았는지 알 수가 없었다. 자기의 조그만 손이 보이지 않으리만큼 꼭 감싸 쥐시고 흔드시는 그이의 손 안에서 느껴지던 차가운 기운만이 심장을 찌르고 돌면서 어버이 수령님께서 손이 시려들도록 들고 계신 찬물 바가지를 왜 인츰 받아 들지 못했을까 하는 뼈아픈 자책을 불러냈다.

얼른 가셔지지 않은 그 아픔 속에서 분녀는 벌 한가운데로 난 달구지 길을 향하여 성큼 내디디시는 그이와 발밑에서 철버덕ㅡㅡ 사방으로 튕겨나는 진눈덩이들을 보았다. 다음 걸음을 옮기시자 그 밑에 금시 생겨난 커다란 발자욱을 놀라운 마음으로 지켜보았다. 곧추 앞으로 또렷이 찍혀지는 수령님의 큰 발자국, 거룩한 그 자욱 위에 덧자욱을 낼까 봐 저어하는 듯 옆에 조심히 찍어가는 일꾼들의 발자국, 굵어지는 흰 눈발 위에 흐릿흐릿 묻혀드는 수령님의 검은 빛 외투자락…….

잠시 후에야 분녀는 온 마을이 떨쳐나 감격과 기쁨으로 맞이해야 할 사변적인 경사가 소리도 없이 자기의 곁으로 지나갔으며 이 사실을 한시라도 빨리 마을 사람들에게 알리지 않는다면 자기는 두고두고 그들의 실망과 한을 사게 되리라는 것을 점차로 서서히 인식했다.

'어서 마을에 돌아가 사람들을 깨우자.'

한동안이 흐른 다음에야 그같이 단순한 행동 의지가 떠오른 것을 내심 불만하게 생각하며 분녀는 마을 쪽으로 돌아서 달렸다.

하지만 마을에 채 이르지도 못한 채 분녀는 멈춰 서버렸다. 주인을 깨우지 말라고, 사람들을 절대로 깨우지 말라고 거듭거듭 부탁하시던 수령님의 음성이 문득 가슴에 젖어온 때문이었다. 때를 같이하여 노염과 실망,

질책에 젖은 남편의 얼굴이 떠올랐다.

'이를 어쩌면 좋아!'

길 한가운데 오도 가도 못하고 선 분녀는 우물 쪽을 돌아보았다. 수령님의 음성이 더욱 뜨겁게 고막을 때렸다. "사람들을 깨우지 마시오, 약속했소."

"흑ㅡㅡ" 하고 느껴 울며 돌아선 분녀는 다시금 우물가로 달려 나왔다.

그 사이 내린 눈에 벌 한가운데로 흘러간 수령님의 크나큰 발자취는 희미하게 윤곽으로 남았다. 어느새 눈은 진눈으로부터 물기가 적고 송이가 큰 함박눈으로 변한 것이었다.

분녀는 어렴풋이 드러난 수령님의 발자취를 따라 걸음을 옮기기 시작했다. 달구지 길을 한참 따라가다가 그에서 벗어져 좁다란 논두렁으로…… 두렁 밑으로 쭉 미끄러져 내린 흔적이 나졌다. 분녀는 가슴이 섬찍해졌다.

'저기로 수령님께서……'

그렇듯 몇 번씩 미끄러진 흔적을 남기며 산기슭에 이른 발자취는 거기서 한 동안 말씀이 계신 듯 둥그러이 찍혀진 발자국의 혼잡을 이루었다, 그랬다가 산기슭을 따라 우측으로 저만치 그어졌다. 다시 좌측으로 그만큼 그어졌다, 계속 하여 산비탈로 치달아 오른 발자국!

'이 험한 데로 어쩌면……'

분녀는 가슴을 조이며 그 발자국을 따라섰다. 유독 눈에 묻히지 않은 어린 가둑나무 한 그루가 유달리 눈에 비쳐들었다. 그 밑으로 올라간 발자국. '아, 저 나무를 잡고 오르셨구나!'

그 가둑나무 가지를 휘어잡으시는 수령님의 커다란 손이 눈앞에 떠오르고 그러자 나뭇가지 위에 얹혀져 있던 진눈덩이들이 와슬와슬 무너져 내리는 모양이 금시 보는 듯이 방불하게 그려지면서 심장이 오싹 저려왔다.

분녀는 아직도 수령님의 체온이 느껴지는 듯싶은 그 나뭇가지를 부여잡고 몸을 솟구쳤다. 진눈을 아지마다 무겁게 떠이고 선 노송 한 그루, 그 옆으로 길게 쭉 미끄러져 내린 자리…… 아직도 흰 눈이 채 덮지 못한 검

붉은 생흙이 눈을 찌른다. 가슴 아프게 그려지는 흙 묻은 신발…… '아아, 수령님!'

분녀는 불시에 젖어드는 눈을 쳐들었다. 그러자 하염없이 내리는 눈발 속으로 사색에 잠긴 듯 까딱없이 서 있는 나무숲이 보였다. 저쪽 키 높은 느릅나무 가지 끝에 외로이 나앉은 조그만 맷새 한 마리가 분녀를 내려다 보며 무슨 사연을 이야기하듯 "삐쫑쪼르르 삐쫑쪼르르……" 하고 목멘 소리로 울었다.

별스럽게 심금을 울리는 그 소리에 가슴이 뭉클해난 분녀는 고개를 돌렸다. 눈은 그냥 내리는데 산 저편 자락에 키를 낮추고 들어앉은 분녀네 마을의 초가집들과 반토굴집들이 그리 멀지 않게 보인다. 지붕에 눈을 두툼히 덮은 채 웅크리고 누운 모양이 꼭 동면하는 흰곰 같다. 가만히 내려다보니 눈무지 같은 집집의 흰 지붕 위로 죽은 고목처럼 비죽이 솟아오른 검은 굴뚝들에선 안개의 띠 같은 연기가 피어오르고 있다. 저 집집의 부엌마다에선 아낙네들이 자기들을 남부러운 것 없이 잘 살게 해주시려고 이 아침, 어버이 수령님께서 이처럼 험한 산길을 톺아 오르고 계시리라고는 꿈에도 생각 못하며 지금 밥을 짓고 있다. 그나마 아이들과 남정네들은 아직도 굳잠에 들어 있으리라.

그에 생각이 미치자 기가 막혀난 분녀는 그만에야 소리 내어 흐느끼며 돌아섰다. 오로지 산 위로만 치달아 오른 발자취 위에 방울방울 더운 눈물을 뿌리며 산정에 오르니 거기에 또 둥그러이 찍혀진 발자국의 혼잡이 있었다. 찍힌 위에 덧찍히고 그랬다가 반대편 기슭으로 미끄러지듯 내리그어졌다. 흰 눈발 속에 자욱히 묻힌 그 아래 어디선가 간간이 들려오는 발동 소리, 멀어져가는 발동 소리…….

물동이와 함께 없어진 안해를 기다리다 못해 우물가로 찾아 나왔다가 거기서 벌 가운데로 찍혀진 자취를 더듬어 산 위에 오른 남편만 아니었더라면 분녀는 수령님의 발자국 위에 엎드려져 눈이 다 녹아내리도록 하염없이 울고 있었을 것이었다.

"여보, 당신 여기서 뭘 하오?"

"여보, 수령님께서…… 오셨댔어요."

"뭐요! 수령님께서……"

"우리가 먹을 물곬을 잡아주시려고 여기 오르셨다가……"

말은 그만 목구멍에 막혀버리고 눈물에 젖은 눈길이 산 아래를 가리켰다.

"아니, 그럼?"

남편의 아귀센 손이 왁살스럽게 쇠집게처럼 분녀의 연약한 어깨를 꽉 잡고 마구 흔들어댔다.

"당신이 이런 맹꽁이일 줄은…… 아니, 여보, 당신 지금 제정신이오?"

분녀는 남편이 이렇듯 무섭게 성내는 것을 처음 보았다.

남편은 꽉 틀어쥐었던 분녀의 어깨를 팽개치듯 놓고 산 아래로 굴러난 바위처럼 내리달렸다.

'내가 뭘? 내가 정말 무엇을 잘못했을까?'

남편을 따라 산 밑으로 내려가는 동안 분녀의 머릿속에서는 그 생각이 떠날 줄 몰랐다. 하지만 자기가 무슨 잘못을 저질렀는지 아직은 알 수 없었다.

그 새벽으로부터 며칠이 지나간 뒤, 숱한 기술자들과 노동자들, 갖가지 기계들과 자재들을 실은 차가 군에서 분녀네 마을로 내려와 수령님께서 정해주신 곳에 수원지를 건설하기 시작했다. 석 달 남짓이 흘러 수원지가 완공되자 공사 전 과정을 책임지고 내려와 살던 군당 위원장의 참석 밑에 완공 행사를 크게 하고 분녀를 관리원으로 임명했다. 그리고 분녀네 리의 경험을 본받아 군 내 많은 리들에서 수원지 공사를 크게 벌려 몇 년 안으로 군 안의 모든 리들에 수돗물이 흘러들었다.

수령님께서 잡아주신 수원지와 더불어 그 벅찬 나날을 보내는 동안 분녀는 그날 아침, 남편이 추상같이 꾸짖던 그 말의 참뜻을 깨달았다. 그것은 온 마을을 다 깨워서라도 어버이 수령님께서 그토록 험한 산에 오르지 못하도록 막아 드리지 못한, 아니, 당초에 이토록 훌륭한 수원지를 꾸리어

수령님께 그같이 가슴 아픈 심려와 힘겨운 노고를 드리지 말았어야 했다는 뼈아픈 자책감, 가슴 뻐근한 후회감이었다. 그 죄책감, 그 후회감이 수령님께서 다시 오시는 그날에는 발에 흙 한점, 눈 한 점 묻히지 않고 낙화 흐트러진 꽃길을 걸으시도록 해드리고 싶은 강렬한 염원으로 불타올라 분녀는 큰길에서 수원지로 들어오는 길섶에다 해마다 아름답고 향기로운 꽃을 기꾸는 것이었다. 봄날에 오시면 제일 먼저 피는 진달래, 철쭉, 매화들이, 여름날에 오시면 장미, 해당화 그리고 백일홍이며 봉선화며 달리아 꽃들이, 가을날에 오시면 맨드라미며 갖가지 국화류들, 혹시나 맘에 오시면 맘에만 핀다는 꽃들을…… 그렇듯 간절한 소원을 담은 해와 해들이 흐르고 연대가 바뀌어 20대의 새색시였던 분녀도 어느덧 머리 흰 할머니로 되었고 그후 관리위원장 사업을 맡아 보던 남편은 전쟁 때의 상처가 도지어 시름시름 앓다가 몇 해 전에 세상을 떠났다. 남편은 눈을 감으면서도 어버이 수령님은 꼭 다시 오신다며 자기의 몫까지 합쳐 그이께 큰 기쁨을 드리어달라는 부탁을 남기었다.

분녀는 고개를 쳐들고 사방을 둘러보았다.

그날에 수령님께서 몸소 톺아 오르셨던 산은 숲이 무성하게 자라 기복이 알리지 않으리만큼 살쪄 보인다. 그리고 그날 저 산중턱에서 내려다보던, 웅크린 흰곰 같은 초가집, 반토굴집들은 흔적도 없고 이편 산기슭과 저편 야산 기슭로 근 10년을 사이에 두고 세운 서로 다른 형식의 문화주택 구역이 형성되었다. 수령님께서 차를 세워두셨던 행길은 더욱 곧게 펴져 리 소재지 쪽으로 넓게 뻗어갔고 자를 대고 그은 듯이 규격화된 포전들엔 궂은 날인데도 김매는 기계들이 통탕거린다. 수령님을 기다리는 그 세월 동안 마을은 천지개벽한 것이었다.

'정말이지 이제 오셨으면……. 참으로 이제라도 문뜩 오시어 40여 년 전 그날, 진눈깨비 질척거리는 저 논벌과 산비탈에서 신발에 가득 묻어 올랐던 그 무거운 '짐'을 강변의 납주그레한 돌을 골라다 고르롭게 간 여기 이 길 위에 말끔히 터셨으면, 그리고 그날에 안으신 가슴 아픈 심려와 노고를 진동하는 저 꽃향기 속에 다 푸시었으면…… 아! 수령님, 우리 농촌 여자들의 머리 위에 대대손손 얹혀져 오던 무거운 물동이를 손수 내리워 주시고 우리 농촌 아낙네들도 도시 여자들처럼 부엌에 앉아 수도꼭지만 틀면 언제든지 시원한 물을 받아 쓸 수 있도록 하여주신 수령님! 우린 수령님께서 다시 오실 그날을 이제나저제나 손꼽아 기다립니다.'

현분녀를 깊고 뜨거운 회억에서 깨운 것은 12시를 알리는 낮고 짧은 고동 소리였다. 분녀는 호미를 그냥 든 채 양수장 쪽을 향하여 얼굴을 들며 잠시 일손을 멈추었다.

"전체 당원들과 인민들에게 고함,"

돌연히 울려 나오는 귀에 익은 남자 방송원의 비장한 목소리에 분녀는 속이 긴장되는 것을 느끼며 다음 말을 기다렸다. 각 계층 인민들을 부르고 뒤이어 당 과 국가와 군대의 최고기관들을 열거하고 그다음,

"조선노동당 중앙위원회 총비서이시며……"

'아 - - 아아!'

갑자기 몸이 한쪽으로 쏠리는 듯한 감이 느껴지며 가느다란 비명이 나갔다. 아득한 미궁을 향하여 이미 기울어지기 시작한 벼랑 끝에 매달린 듯 싶어 분녀는 호미를 꽉 틀어쥔 손에 온몸의 힘을 다 모았다.

"위대한 수령 김일성 동지께서…… 서거하시었다는 것을 가장 비통한 심정으로……."

'이럴 수가…… 아니, 이럴 수가!'

손맥이 탁 풀리며 호미가 툴렁 떨어졌다. 귓속이 멍멍하고 눈앞이 뿌얘지며 머릿속의 것을 모조리 뽑아 내친 듯한 공허가 엄습했다. 딛고선 땅이 쑥 빠져 나가는 듯한 허탈감이, 이름 못할 그 어떤 반발이, 그러자 곧 마음의 혼돈이 일어나며 자꾸만 주위를 두리번두리번 살펴보게 되었다. 하지만 곁엔…… 아무도 없고 슬픔과 비애에 젖은 방송원의 목소리만이 계속되었다.

"인민대중의 자주 위엄을 위하여 한평생을…… 생의 마지막 순간까지 쉬임 없이…… 우리의 경애하는 어버이 수령님께서 너무도 애석하게 우리 곁을……."

숨을 딱 멈추고 섰던 분녀는 몸을 부르르 떨며 소리쳤다.

"아니, 아니야. 저건 거짓말이다. 그럴 수가 없어."

그러고는 자기의 반발을 증명할 무엇인가를 찾으려는 듯 부들부들 경련을 일으키는 몸을 가까스로 움직여 사위를 둘러보며 속으로 부르짖었다.

'그래 거짓말이구 말구. 저것 봐라. 길 가던 차두 멎구 흘러가던 구름두 멎구,

날아가던 잠자리두 멎구…… 바람두 자구 나뭇잎두 자구…… 그래 이건 꿈이다 꿈, 난 꿈을 꾸고 있어, 몹쓸 놈의 꿈.'

분녀는 얼마 전 텔레비전으로 뵈온, 농장벌을 찾아 나오셨던 어버이 수령님의 영상을 눈앞에 그려보았다. 아니, 절로 떠올랐다. 이어 어떤 외국 사람들과 함께 배를 타시고 서해갑문을 돌아보시던 수령님의 환하신 모습도 떠올랐다. 그때 건장하신 수령님의 영상을 우러르며 기쁨의 눈물을 훔치던 자기의 모습도 남을 보듯이 생생하게 부각되었다.

'그래, 나는 지금 죄 많은 꿈을 꾸고 있어.'

그는 또다시 구원을 청하는 듯 주위를 둘러보며 누군가가 자기를 이 악몽에서 깨워줬으면 하고 마음속으로 기원했다.

남자 방송원 대신으로 여자 방송원이 바뀐 것은 이때였다. 그 역시 물에 젖혀낸 듯 비통한 어조로 당과 국가와 군대의 최고 기관들을 열거하고 나서 위대한 수령님의 국가장의위원회 구성을 공개했다.

'김정일 동지.'

방송에 이끌리듯 양수장 문 앞에까지 와 섰던 분녀는 무너지듯 주저앉았다. 비보를 접한 첫 순간부터 허전해지는 마음을 의지하고 싶던 분! 심혼을 다 맡긴 채 '아니요!'라고 하시는 한 마디의 단호한 말씀을 듣고 싶던 분! 바로 그분께서 위대한 수령님의 장의위원회를 이끄시는 것이었다.

'아니, 아닙니다. 장군님! 절대로 그럴 수 없습니다!'

컴컴하게 흐려든 하늘을 향하여 목 갈린 소리로 부르짖던 분녀는 온 누리가 새까매지는 것을 느끼며 정신을 잃고 말았다.

'얼마나 쓰러져 있었는지.'

"할머니, 할머니, 일어나세요."

어깨꽉을 앙증스레 잡아 흔들며 목메어 부르는 소리에 분녀는 힘없이 눈을 떴다. 그러자 눈물에 범벅이 된 누군가의 눈과 마주쳤다. 다음 자기를 내려다보는 여남은 쌍의 눈들을 보았다. 그 눈들도 눈물에 젖어 있었다.

'그런데 이 애들은 왜 우노?'

일국이와 그의 학급 아이들을 알아본 첫 순간에 든 의문이었다.

다음 순간 자기를 쓰러뜨린 비보의 구절이 아득한 옛날에 들은 것처럼 어렴풋이 기억되었다.

'우리 수령님께서 정말? 그래서 이 애들두……'

분녀는 소스라치며 벌떡 일어나 앉았다. 어째선지 한결같이 흐릿한 하늘을 쳐다보며 울고 서 있는 아이들한테서 눈길을 떼고 그 무슨 소리를 들으려는 듯 숨을 죽이고 귀를 강구었다. 흐느낌 소리, 후둑, 후두둑…… 빗방울이 젖은 땅에 뿌려지는 소리, "쏴아 - - 쏴 - -." 바람 소리…… 분녀는 귓속을 어지럽히는 그 모든 소음을 짓누르며 장중하게 울려오는 노랫소리를 들었다. 어느 때나 뼘 속에 들곤 하던 기백 있고 낭만에 넘친 '김일성 장군의 노래'였다.

분녀는 다시금 세차게 흉벽을 때리는 심장의 박동을 느꼈다.

'그래, 아니다. 아니야. 수령님은 가지 않으셨다. 방송에서 저렇게…… 김일성 장군의 노래'가 울리질 않느냐.'

"일국이 할머니, 꽃을 좀 꺾어 달라요"

팔에다 분단위원장 간부 표식을 단 남자애가 그냥 울면서 하는 말을 분녀는 인즘 알아듣지 못했다. 아짐에 손주 녀석이 학교에 쓸 꽃을 좀 달라는 선생의 편지를 가지고 왔던 기억이 또다시 먼 옛일처럼 어렴풋이 상기될 뿐이었다.

"할머니, 우린 꽃을 얻으러 왔어요"

맨 앞에 선 손주 애의 거듭되는 청이었다.

그 애들의 말뜻을 인츰 깨닫지 못한 분녀는 "선생님한테 꽃씨를 보내주마고 했는데 그냥 꽃을 달라더냐?" 하고 물었다.

"아니, 평양에 갈려구 그래요. 만수대 대원수님 동산에 드릴려구……"

"뭘?"

"대원수님께서는 나라를 찾으시려구 혼자서 천릿길두 걸으셨는데 일없어요. 멀지 않아요. 평양 견학 가봐서 길두 다 알아요."

"얘들아!"

그제사 꽃을 달라는 말의 의미를 깨달은 분녀는 실성한 듯 멍한 눈길로 일국을 쳐다보며 힘없이 풀썩 주저앉았다.

일국은 무릎을 꿇고 앉으며 할머니 품에 얼굴을 묻었다.

다른 아이들도 분녀의 팔을 잡아 흔들며 더욱 섧게 울었다.

분녀는 가슴을 파고들며 엉엉 소리 내어 우는 일국을 일으켜 세우고 안타까이 말했다.

"울지들 마라. 대원수님은 돌아가지 않으셨다. 여기로 꼭 오시겠다구 이 할미 와 약속하셨다. 그런데 수령님을 모시자구 가꾼 이 꽃들을 꺾어 가면 되겠느냐?"

희망의 불꽃을 머금은 눈들이 눈물을 함뿍 머금은 채 분녀를 쳐다보았다. 그 불꽃들이 분녀에게 준 효과는 비상히 큰 것이어서 그는 자신의 그 말을 완전히 믿어버렸다. 하여 강잉하게 몸을 일으킨 분녀는 열려진 채로 있는 문 쪽으로 아이들의 등을 떠밀었다.

"자, 그러니 눈물을 거두고 돌아들 가서 공부를 해라. 숙제들을 말이다. 어서!"

아이들은 여전히 눈물 어린 불꽃이 반짝이는 눈으로 분녀를 돌아다보며 수원지를 나섰다.

분녀는 문을 닫고 돌아섰다. 아이들의 발자국 소리가 점점 멀어져갔다. 그와 함께 슬픔에 젖은 방송원의 목소리가 더욱 크게 가슴을 허비었다. 그 목소리를 외면하려는 듯이 수원지를 등지고 돌아서던 분녀는 다시금 양수장 쪽을 바라보며 설레설레 도리머리를 저었다,

분녀는 그런 일이 절대로 있을 수 없다고 다시금 곱씹어 생각하는 것이었다.

'어떻게 그런 일이 생길 수 있는가!'

분녀에게 있어서 우리 수령님은 하늘님이고 해님이었다. 그런데 분녀는 이고 사는 하늘이 무너질까 봐 걱정해본 적이 한 번도 없었다. 머리 위의 해가 떨어질까 봐 우려한 적도 없었다. 헌데 바로 그런 하늘, 그런 해가 아무런 예고나 불길한 조짐도 없이 졸지에 무너질 수 없고 떨어질 수는 없는 것이었다. 하여 분녀는 아무런 마음의 준비도 없는 자신에게 내려진 그 청천벽력의 비보를 도대체 믿지 않았을 뿐더러 그 누군가의 어마어마한 불찰로 하여 저 방송에서 돌이킬 수 없는 실수를 저지르고 있다고 생각하였다, 그는 허둥지둥 달려가 소리 방송의 전원 코드를 와락 당겨 뽑았다. 그러자 순식간에 들이닥친 이상야릇한 정적!

무거운 걸음으로 양수장을 나서 꽃밭을 훑어보던 분녀는 적갈색 벽돌을 촘촘히 박아 세운 길섶으로 갸우뚱히 넘어진 한 포기의 주머니꽃을 보았다. 언젠가 수원지 옆을 지나가다가 들른 적이 있는 이름 모를 원예사가 수령님께서 제일 좋아하시는 꽃이라며 훗날 소포로 보내준 꽃씨를 심어 가꾼 꽃이었다.

간밤의 비바람에 쓰러졌을 텐데 여적 왜 보지 못했을까 하는 생각에 가슴이 아팠다. 분녀는 넘어진 꽃나무를 정히 일으켜 세우고 맨손으로 젖은 흙을 긁어 다 북을 돋우어주기 시작했다.

"어머니!"

곁에서 누군가 부르는 소리에 분녀는 일손을 멈추고 얼굴을 들었다.

울먹울먹한 낯빛으로 분녀를 내려다보고 섰던 젊은 시추공이 더는 서 있을 힘이 없는 듯 털썩 주저앉으며 목메어 소리쳤다.

"어머니, 이런 변이 어데 있습니까? 예! 우리 수령님의 심장이 멎다니요?"

젊은이는 북받치는 설움에 더는 말을 못하고 분녀의 두 팔을 잡아 흔들며 목 놓아 엉엉 울기 시작했다. 젊은이가 마구 잡아 흔드는 대로 두 팔을 맡기고 앉았던 분녀는 그에게 잡힌 팔을 애써 뽑으며 엄하게 말했다.

"그만 울게. 아까두 임자 말했지만 당장 통일을 눈앞에 두고 우리 수령님이 어떻게 가실 수 있겠나, 응? 내 생각엔 뭔지 크게 잘못된 것 같네."

"예! 그럼……"

젊은이의 눈 속에서도 아까 아이들의 눈 속에 어렸던 그런 불꽃이 튕겨 나왔다. 그것이 분녀의 마음에 일으킨 충격은 처음보다 훨씬 더 컸다, 하여 분녀는 아이 적에 모진 악몽에서 깨어나 이제껏 자기를 괴롭힌 것이 꿈이었음을 깨달은 그 순간에 맛보곤 하던 홀가분하고 다행스러운 감정조차 느끼었다.

"어머니!"

뒤에서 들려오는 목멘 부름에 또다시 무서운 악몽에 빠져드는 듯한 환각을 느낀 분녀는 그것을 털어버리려는 듯 몸을 떨며 뒤를 돌아보았다. 울타리 너머에 우뚝 서 있는 웬 사람을 보았다. 그가 자기의 아들임을 알아보기까지 몇 순간이 흘렀다.

"어머니, 수령님께서……"

하고는 목이 잠겨 더 말을 못 잇는 그의 입에서 금시 튀어나올 말마디에 겁을 먹은 분녀는 저도 모르는 사이 꽥 소리쳤다,

"야, 그만 해라."

그러고는 황급히 그한테로 달려가 더는 말을 말라는 듯 흙 묻은 손을 그의 입가에 가져가며 소리를 낮추었다.

"넌…… 넌 비서가 아니냐? 그래 넌 우리 수령님이 그렇게 가실 것 같

으냐, 응? 아니다, 아니야."

아들에게라기보다 자신을 향하여 겁에 질린 어조로 황황히 부르짖으면서도 분녀는 그 어떤 기대와 희망을 걸고 아들의 눈을 살피게 되는 것을 어쩔 수 없었다. 하지만 불그레 짓물러진 그의 눈 속에선 분녀가 그토록 보고 싶어 하는 손주네 소년단원들과 탐사대 시추공의 눈 속에 어렸던 그런 불꽃이 튕겨 오르지 않았다. 제 애비의 눈을 닮아 검은자위가 유달리 크고 확이 깊은 그의 눈 속엔 끝 모를 슬픔만이 가득 고여 있었다.

분녀는 아득한 미궁으로 미끄러져 내리는 듯한 심정에 사로잡혔다. 비보를 접하던 그 순간부터 자기의 가슴속에 고집스레 쌓아올린 그 어떤 탑이 졸지에 무너지는 듯했다.

"어머니, 이 꽃들을 모두 내셔야겠습니다."

울타리 너머에 그냥 선 채 힘없는 목소리로 하는 아들의 말을 인츰 알아듣지 못한 분녀는 아주 상심해버린 눈으로 그를 쳐다보기만 할 뿐이었다.

"우리 농장의 명의로 화환을 만들어 가지구 수령님의 동상을 찾아뵙자구 그럽니다."

여전히 힘없이 울리는 아들의 말을 망연하게 듣고 있던 분녀는 무엇에 찔린 사람처럼 화뜰 놀라며 또다시 어린아이를 탓하듯 큰소리 쳤다.

"야, 너…… 무슨 미친 소릴 하는 거냐? 난 수령님의 영전에 드릴 꽃을 키우지 않았다. 나는……."

그러고는 문을 나서 행길 쪽으로 총총히 걸어갔다,

"아니, 어머니 어디로 가십니까?"

아들이 의아쩍은 어조로 물었다.

"내 평양엘 가서…… 수령님을 뵙고 오련다."

"예?"

어머니한테로 몇 걸음 다가서던 아들도, 그때까지 꽃밭 옆에 주저앉아 모자 간의 이야기를 하염없이 여겨 듣던 시추공도 눈이 둥그래졌다.

하지만 벌써 행길 위에 올라선 분녀는 이쪽에 대고 엄하게 소리쳤다.

"내가 돌아올 때까지 그 꽃들을 일체 다치지 못하도록 해주게, 들었나?"

"예, 어머니."

아들은 어안이 벙벙하여 어정쩡하게 대답했다.

분녀는 어버이 수령님의 만수무강을 축원하는 탑이 우뚝 솟아 있는 리 소재지 쪽을 이윽히 바라보다가 평양 쪽을 향해 걸음을 옮기기 시작했다.

행길 저쪽으로 많은 사람들의 행렬이 흘러가는 것이 보였다. 그들 역시 청천벽력의 그 비보를 차마 믿을 수가 없어 평양으로, 수령님 계신 곳을 찾아 떠난 사람들이었다.

분녀도 열흘 낮 열흘 밤 동안 내내 장사진을 이루었던 그 사람들 속의 한 사람이었다.

그로부터 나날들이 흘렀다.

달랠 길 없는 아픔과 비애의 그 나날 속에도 초목은 여전히 푸르고 오곡은 여전히 설레고…….

하지만 커다란 의혹과 간절한 기대를 안고 백여 리 길을 걸어 비 내리는 만수대 언덕에 올랐던 그 밤으로부터 분녀에게는 그 모든 것들이 아무런 의미도 없었다. 아니, 그처럼 푸르고 풍요하고 아름다운 모든 것을 고스란히 두고 가신 수령님에 대한 애달픈 그리움에 때 없이 눈물을 쏟곤 하였다.

'수령님께서 인젠 우리 곁에 안 계신다니 이게 과연 정말인가?'

하루에도 수십 번씩 떠오르곤 하는 생각이지만 떠오를 적마다 매번 처음 당하는 아픔처럼 심장을 찌르고 들면서 새삼스러운 놀라움에 소스라치게 만드는 것이었다. 그러면 또다시 새로워지는 그리움과 아픔, 눈물…….

그렇게 7월이 가고 또다시 8월이 가고 어느덧 9월도 중순을 넘어섰다. 초목은 점점 붉게 물들고 오곡은 완연한 황금색으로 무르익고 분녀네 수원지의 꽃들만이 한여름처럼 변함없이 청초하고 싱그러운 꽃송이들을 더미로 피워 올린 채 그 누구인가를 부르는 듯 연연한 꽃잎을 애절하게 하느작거렸다.

분녀는 평양에 갔다 눈물로 돌아온 그날부터 줄창 수원지에 붙어살면서 꽃밭을 수원지 밖에까지 배나 더 늘쿠었다.

한편 분녀는 정전 직후 어버이 수령님을 만나 뵈옵던 그맘때의 아침 시간이 되면 그 잊을 수 없는 옛 우물가로 찾아가 거기서부터 수령님 걸으셨던 논길을 따라 산기슭으로, 자그마한 화강석 표식비를 해 세운 그 산기슭에서 다시 수령님 오르셨던 산마루로 천천히 톺아 오르곤 했다. 분녀는 자기의 그 새로운 '새벽 산보길'을 날마다 어김없이 걸었다.

그러던 어느 날 새벽, 분녀는 산중턱의 키 높이 자란 한 그루 참나무 앞에 문뜩 멈춰 섰다. 땅 밑에서 생명의 즙을 빨아올리는 소리마저 들릴 것만 같이 굵고 튼튼한 밑둥아리와 곧고 미끈한 줄기, 크고 작은 가지들을 꽉 뒤덮은 채 영원한 생명력을 읊조리듯 쉼 없이 살랑거리는 이슬 젖은 넓고 깨끗한 잎새들을 넋 없이 쳐다보던 분녀는 불현듯 정전 직후의 그 이른 봄날 아침, 자기 마음을 아프게 끌어당기던 애어린 가둑나무를 상기해냈다.

분녀는 숨을 죽이고 서서 그 나무 주위를 둘러보았다. 그와 키돋움하며 자란 참나무, 분지나무, 물푸레나무 들이 몇 그루 서 있었다. 하지만 분녀는 유달리 기상이 늠름하고 풍채가 끼끗한 그 참나무가 수령님께서 휘어잡고 오르셨던 그 유서 깊은 가둑나무라고 믿었다.

푸르스름한 새벽 서기를 머금은 채 조용히 설레이는 나뭇잎새들을 홀린 듯이 바라보던 분녀는 천천히 나무 밑으로 다가가 두껍고 꺼칠꺼칠한 나무 밑둥을 어루 쓸다가 낙엽이 깔린 땅 위에 무릎을 박으며 주저앉았다. 축축하면서도 융단 같은 부드러움이 감촉되는 이 낙엽 밑 어딘가에 수령님께서 찍으셨던 그 날의 자욱이 있으리라는 생각에 눈굽이 젖어들었다. 분녀는 그 자욱을 찾아보려는 듯이 허겁지겁 낙엽을 헤집었다. 장맛비에 젖은 검스레한 흙이 나졌다. 분녀는 그 흙을 한 움큼 파 들었다. 그다음 자기도 알 수 없는 그 어떤 강렬한 충동에 이끌리며 그 흙에로 고개를 숙이다가 무성한 나무숲을 뚫고 금시 와 닿은 한 가닥의 생신한 아침 햇빛에 또렷이 자태를 드러낸 한 그루 꽃나무를 보았다. 연보라빛의 들국화였다.

분녀는 그 들국화 옆에 밑둥이 굵고 키가 높고 아지와 잎새가 무성한 한 그 루의 소나무를 보았다. 그리고 아지 마다 진눈을 무겁게 떠싣고 섰던 아름드리 노송과 그 옆의 진눈 위에 길게 미끄러졌던 자리를 기억해냈다.

　'그러니 저 들국화가……'

　수령님의 발자취 위에 절로 피어난 저 들국화가 잊지 못할 그 봄날부터 해마다 피었다간 지고 졌다간 피며 오늘에 이르렀으리라는 생각에 분녀는 손에 움켜쥔 흙을 그냥 든 채 꽃나무를 향해 무릎걸음을 했다. 이슬을 가득 머금은 위에 아침 햇살이 함뿍 비치어 마치 금빛 구슬을 매단 듯 영롱하게 반짝거리는 꽃을 향하여 손을 내밀던 분녀는 그만 엉거주춤해졌다.

　이슬 먹은 눈길로 자기를 쳐다보며 '왜 인제야 왔어요?' 하고 힐난하는 것만 같은 그 깨끗하고 아름다운 꽃송이들에 감히 손을 댈 용기가 나지 않았던 것이다.

　"어머닌 생각해봤어요? 수령님께서 왜 그렇게 일찍이 심장의 고동을 멈추셨는지……"

　마디마디 가슴 아프게 들려오는 그 물음에 분녀는 몸을 떨며 고개를 숙였다. 어깨팍을 잡아 흔들며 제정신인가고 성나서 외치던 남편의 목소리가 쟁쟁하게 되살아 오르면서 수령님의 앞을 막아드리지 못한 그날의 후회가 40년 세월을 넘어 이젠 영영 씻을 수 없는 죄책감으로 가슴을 허비고 들었다.

　'정말이지 우리 수령님께서 이런 거칠고 험한 길을 조금이라도 적게 걸으셨더라면……'

　어디선가 소슬한 바람이 불어 왔다.

　태양이 더 높이 떠오른 모양, 나무숲을 뚫고 들어온 햇빛이 옮겨가면서 금시까지만 해도 금빛 구슬처럼 정거운 빛을 내뿜던 꽃송이들이 삽시에 파릿하니 질린 듯이 보였다.

　분녀는 그 꽃송이들이 저들의 물음에 떳떳이 대답을 못하는 자기를 냉담하게 외면하는 것만 같아 가슴이 아팠다. 하여 분녀는 끝내 꽃송이들에 손을 대지 못한 채 조용히 일어나 걸음을 옮겼다.

그 후에도 분녀의 그 유다른 '새벽 산보'는 중단 없이 계속되었다.

열흘이 지나고 한 달을 넘어서자 산기슭에서 참나무가 서 있는 중턱을 걸쳐 산마루 위로 알릴 듯 말 듯한 오솔길의 윤곽이 그어졌고 두 달이 지나고 석 달이 가까워오자 그 윤곽이 수원지에서도 알아볼 수 있으리만큼 확연해졌다.

그 나날 속에 분녀는 눈에 띄게 수척해지고 늙었다. 입가로 모여든 주름살이 더욱 촘촘해지고 볼이 홀쭉해지면서 관골 옆에서부터 입귀 언저리로 길게 그어 졌던 두 줄기의 주름살도 더 깊어졌다.

아들과 며느리가 맛 다른 음식을 해 들고 몇 번 찾아왔으나 단 한 숟가락도 들지 않았다. 의사를 청해 와도 청진기 앞에 몸을 내대려고 하지 않았다. 누구에게라 없이 과묵해지고 모든 것에 무관심해졌다, 심지어는 변함없는 '새벽 산보길'에서 눈에 띄어 본, 리 소재지 앞의 붕긋한 장대덕 중턱에서 젊은이들이 땅을 파고 콘크리트를 치며 무슨 새로운 공사를 벌려놓고 있는 데에도 전혀 눈길을 돌리지 않았다.

다만 방과후이면 어김없이 찾아오곤 하는 손주 일국이만을 상대할 뿐이었다. 그와 함께 꽃밭도 가꾸고 때로는 그를 데리고 자기의 '새벽 산보길'을 걷기도 했다.

"할머니, 지금 무슨 생각을 하세요?"

어느 날 그 산보길을 함께 걷다가 참나무 밑에 오래도록 서 있는 할머니에게 일국이 물었다.

분녀는 근심에 겨운 손주의 눈을 이윽토록 내려다보다가 누군가를 꾸짖듯 목 갈린 소리로 말했다.

"왜 글쎄 먹는 물 문제쯤은 수령님께서 심려하지 않도록 미리감치 제 힘으로 해놓지 못했겠니? 그 때문에 수령님께서 이 험한 길을 걷도록 만든 걸 생각하면 저 나무랑 꽃이랑 볼 면목이 없구나."

왈칵 쏟아지는 눈물 때문에 더 말을 잇지 못한 채 일국을 데리고 수원지로 돌아온 분녀는 그와 함께 물탱크 위에 입힌 잔디를 손질하며 이야기를 계속했다.

"그런데 일국아, 난 요즘 우리 수령님께서 가시지 않았다는 생각이 자꾸 드는구나. 혹시 우리 수령님께서 너무 피곤에 몰려 깊은 잠에 드시지 않으셨을까? 그럴 수도 있지 않겠니, 저 하늘의 해도 하루 낮을 비치고는 하룻밤 쉬는데 우리 수령님이사 80 고령이 넘도록 언제 한 번 편히 쉬어보셨니? 그러시면서 할 수 있는 일은 다 해놓으셨지. 그러니 김정일 장군님께 뒷일을 맡기시고 지금 쉬고 계시는지도 모른다. 정말 그럴 수 있지 않니? 이제 피곤을 쭉 푸시고 환히 웃으시며 일어나실 수도 있지 않겠니?"

이야기하다 말고 분녀는 울었다.

일국이도 울고 일국이한테서 그 이야기를 전해들은 그 애 부모들도 울었다 또다시 나날들이 흘렀다.

그날도 학교를 필하고 돌아올 일국을 기다리며 꽃밭을 가꾸고 있던 분녀는 어쩐지 자꾸만 머리가 지끈거려 탈의실에 들어가 문턱에 불편하게 걸터앉은 채 조용히 눈을 감았다. 조금 안 있어 졸음이 심혼을 삼키기 시작했다. 현실이 잠 속 같고 잠 속이 현실 같은 비몽 시공간…… 분녀는 꿈을 꾸었다

한여름 오후의 햇빛이 활짝 웃는 꽃밭이었다

뒤에는 분녀네 수원지, 앞에는 꽃, 옆에도 꽃, 그 꽃밭 사이로 넓고 곧고 끝없는 길이 뻗어갔는데 어째선지 꽃밭 가운데로 해서 참나무, 소나무가 우거진 산으로 이어졌다. 더욱 이상한 것은 산에도 온통 꽃 천지인데 참나무, 소나무 가지에도 난생 처음 보는 희한한 꽃이 활짝 핀 것이었다.

어디선가 차 소리가 들려왔다. 웅글고 부드러운 차 소리였다. 그런데 그 차 소리를 가려들은 분녀 자기는 보이지 않는다. 온통 꽃뿐이다 차 소리가 멎고 발자국 소리가 가까이 온다. 역시 분녀 자기는 없고 꽃밭 사이의 길로 천천히 다가오는 누군가의 모습만 보인다. 아침 해처럼 먼먼 지평선을 넘어오는 듯 중절모를 쓴 머리로부터 은회색 코트에 잿빛 바지를 입은 몸

전체의 자태가 서서히 드러나더니 이쪽으로 걸어오시는데…… '아, 수령님이시다.'

숱한 꽃송이들이 수령님의 옷자락에 어리광치며 머리를 숙인다. 헌데 숙였던 머리를 들자 그것들은 모두 낯익은 마을 사람들의 얼굴이다. 아들ー부락당비서도 있다. 며느리도 있다. 손주ー일국이도 있다. 그 속에 먼저 간 남편도 있다. 그런데…… 자기ー분녀만은 없다.

수령님께서는 꽃밭에 깊숙이 허리를 굽히시어 주머니꽃 한 송이를 꺾어 드신다. 그러시고는 그 꽃을 소중하게 굽어보시며 말씀하신다.

"이렇게 수원지를 잘 꾸려놓고 내가 오기를 기다렸단 말이지! 검은 머리가 희도록 온통 꽃으로 길을 장식해놓고…… 고맙소. 고맙소."

수령님께서는 누군가의 어깨를 짚어주시려는 듯 손을 내미시는데…… 분녀, 자기는 없다. 머리가 희어지도록 수령님을 기다리며 수원지를 꾸리고 꽃밭을 가꿔온 자기는…….

"어디 갔어요? 할머니! 뭘 하고 있어요? 할머니!"

먼 데서 다가오는 새된 부름에 분녀는 꿈에서 깨었다. 불그레한 오후의 빛이 쓸어드는 조그만 창문, 푸른 뺑끼칠을 입힌 양수기, 잿빛 바닥, 흰 벽…….

분녀는 소스라치며 얼른 눈을 감았다. 그러자 또다시 눈앞에 펼쳐지는 꽃밭, 길, 그 길로 걸어오시는 수령님!

분녀는 눈을 꼭 감은 채 숨을 죽이고 그냥 앉아 있었다. 자기를 부르는 밖의 소리가 더 가까워졌다. 하지만 분녀는 눈을 뜨고 싶지 않았다. 일어서고 싶지 않았다. 문을 열고 싶지 않았다. 일어서 문을 열고 나가면…… 현실의 모든 것, 하늘과 땅, 나무와 물, 바위와 흙 그리고 바람 소리, 새소리, 물소리가 눈과 귀로 막 날아들며 자기 눈앞의 그 아름답고 행복한 '현실'을 현실 아닌 꿈이라고 야속하게 일깨워줄 것만 같아서였다. 분녀는 그것이 무서웠다. 이렇게 눈을 감고 앉아서 꿈의 그 모양을 현실로 믿고 싶었다. 그리고 현실이라고 굳이 믿는 그 꿈속에 묻힌 재 조용히 한생을 마무리 짓고 싶었다. 그러면 얼마나 행복할 것인가!

하지만 야속한 현실은 ‘할머니!’ ‘할머니!’ 하고 그냥 분녀를 부르며 다가 오더니 꼭 닫은 양수장 문을 힘껏 잡아 열었다,

“할머니!”

분녀는 눈을 떴다.

문을 반쯤 메우고 선, 일국을 보았다.

일국은 아쉽고 분하고 실망에 젖은 눈길로 자기를 바라보는 할머니의 팔을 잡더니 다짜고짜 밖으로 끌어 당겼다

“할머니, 저기, 저기 나가 보라요.”

조그만 녀석의 힘이 얼마나 센지 분녀는 문지방에 이마를 찧고 문턱에 발을 걸채이며 끌리다시피 양수장을 나서 울타리 앞에 이르렀다.

“자 봐요, 할머니 저길, 아니 저길……”

손주 녀석이 흥분에 열뜬 어조로 부르짖으며 리 소재지 쪽을 손짓했다. 분녀는 고개를 쳐들었다.

‘……?’

분녀는 멈칫 몸이 굳어지며 대번에 숨이 떡 멎었다. 일국의 손길이 가리키는 리 소재지 앞에 봉긋한 장대덕 중턱 위에서 환히 웃고 계시는 수령님을 본 것이었다.

‘이게 꿈인가 생시인가?’

자꾸만 뿌잇해지는 눈에 정기를 모아 다시 보고 또 보았다. 허나 분명히 수령님께서는 이쪽을 바라보시며 환히 웃고 계시었다.

순간 가슴속에서 폭풍 같은 것이 일어나며 숨결이 확 열리는 것을 느낀 분녀는 첫 숨과 함께 목메어 부르짖었다.

“그래 오셨구나, 수령님께서…… 우리 마을에 오셨어！”

분녀는 열어젖혀진 문밖으로 달려 나갔다.

손주 일국이 따라섰다.

강냉이 뒷그루로 심은 보리가 파릇파릇 싹을 내민 밭을 지나고 볏단 무지가 줄을 지어 선 논판을 꿰질러 단숨에 소재지에 다다른 분녀는 마을을

싸안듯이 정겹게 팔을 내민 붕긋한 능선 위에 높이 모셔진 어버이 수령님의 대형 초상화 앞에 멈춰 섰다. 목란꽃 속에 곱게 둘러싸이신 채 시름없이 환히 웃으시는 수령님이시었다.

하지만 분녀에게는 황금빛 저녁 햇빛 속에서 지금 자기를 향하여 밝게 웃고 계시는 수령님의 모습이 초상화로만 보이지 않았다. 그이는 살아 계시는 수령님이시었다. 마흔 해 전의 그 아침처럼 몸소 분녀네 마을로 반나마 흰 머리칼을 바람에 흩날리시며 찾아오신 수령님이시었다.

"허허…… 이젠 물도 콸콸 나온단 말이지? 그럼 됐구만, 됐어!"

수령님께서는 호탕하게 말씀하시면서 가지런한 흰 이를 드러내시며 온 세상 이 다 반하도록 밝게 웃고 계시었다.

분녀는 눈부신 수령님의 영상에서 눈길을 떼지 못한 채 옆에 다가선 일국의 손을 꽉 잡고 속삭이듯 말했다.

"일국아, 내 뭐라던, 수령님께서는 꼭 오신다고 했지. 봐라. 그리두 환하게 웃으시며 우리 곁을 떠나가시더니…… 백날도 못 되어 가시던 모습 그대로 환하게 웃으시며 우리 마을에 오셨구나."

그러고는 어푸러질 듯 능선으로 치달아 올랐다.

어느덧 저녁 해는 서산마루를 넘어섰다. 어버이 수령님께서는 불타는 노을 속에 여전히 더 환하게 웃고 계시었다.

그날 밤,

분녀와 일국이 그리고 온 마을 사람들은 분녀가 어버이 수령님을 기다리며 한생토록 가꾸어오던 수원지의 꽃들을 밝게 웃으시는 수령님의 초상화 앞에 옮겨다 심었다.

≪조선문학≫, 1995.1

억센 날개

한성호

지선희는 전자도서관과 련결된 컴퓨터 화면에 심취되여 있었다. 화면에는 지구의 만틀층 가까이까지 굴을 뚫은 다음 거기에 물을 쏟아 넣음으로써 뿜어 나오는 증기로 전기를 생산하는 지열발전소전망설계가 현시되고 있었다.

누구나 보면 깜짝 놀랄 정도로 대담하면서도 첨단공학 기술성과들을 용의주도하게 도입한 현실성 있는 설계였다. 경탄과 함께 부러움이라고 할지 시샘이라고 할지 야릇한 기분이 선희의 가슴을 조였다. 그 역시 화면의 설계 못지 않는 착안으로 세상을 놀래우려고 모지름을 쓰고 있는 때에 알지 못할 경쟁자가 한발 앞선 것이다.

어떤 사람일가?… 호기심에 싸여 급히 설계자의 이름을 현시해본 선희는 저도 모르게 긴 속눈썹을 치켜 올렸다.

전력설계연구소 연구사 강철혁?!

설계자가 자기와 한 연구소 연구사라는 점이 그를 더욱 의아하게 만들었다. 선희가 연구소에 배치되여온 지도 1년 가까이 된다. 그동안 그는 거의 모든 연구소사람들과 교제를 맺기 위해 애써왔었다. 선배연구사들의 지식과 경험을 깡그리 자기의 것으로 만들려는 욕심 때문이였다. 그런데 아무리 생각을 더듬어 봐도 강철혁이라는 사람을 만나본 기억이 전혀 없었다.

고개를 기웃거리는 선희를 훔쳐보았는지 전자설계도판에 마주 앉아 있던 조수 승남이가 히쭉 웃으며 시까슬렀다.

"연구사동문 눈을 감고 지낸 게 아닙니까? 아, 연구소적으로 '시추기'로 소문난 철혁동지를 모르다니. 과학의 암반을 집요하게 뚫고 들어가는 시추기!… 아마 지금도 철혁동진 만틀행지하로케트를 만드느라고 로보트제작공장에서 밤을 패고 있을 겁니다."

"그가… 어때"

선희의 조심스러운 물음에 승남이는 다시 능청스럽게 웃었다.

"총각입니다. 잘 생긴 미남총각."

"아이 그걸 묻는 게 아니라…"

"압니다. 찾아가 보십시오. 박식하고 열정적이고 또 남을 위해서는 헌신적인 사람이니까 많은 도움을 받을 겁니다."

선희는 잠시 망설였다. 지금껏 타는 듯한 초조감과 홍분 속에서도 시간을 쪼개며 사는 그였다.

그에게 규모에서나 그 형식과 운영방식에서 아직까지 볼 수 없는 가장 크고도 독특한 해상도시에 전력을 보장할 설계과제가 맡겨졌던 것이다.

"우린 동무를 믿고 대담하게 맡기기로 했소. 대학 때부터 기발한 착상으로 소문난 동무니까 해낼 수 있다고 보오. 아니 무조건 해내야 하오."

한 달 전 선희를 불러 앉히고 연구소 소장인 박학민 원사가 한 말이었다.

그때 선희는 잠을 자다가 무엇에 놀라 깬 것처럼 화닥닥 놀라기까지 했었다.

갓 대학을 나와 연구경험이 별로 없는 자기에게 조국의 존엄을 만천하에 시위할 대규모 해상도시의 동력, 즉 '심장'을 맡겼던 것이다. 성공하면 그것은 그대로 선희를 명성의 봉우리에 우뚝 올려 세워줄 것이다. 선희는 홍분의 조수가 일시에 가슴 가득히 차올라 그 만에야 무아경에 빠졌었다.

그때부터 선희는 침식도 다 잊고 설계연구에 달라붙었다. 물론 간단히 해결할 방도도 있었다. 나라의 도처에 세워진 원자력발전소의 동력을 끌어들이는 것이 그 한가지였다. 그러나 선희는 여러 가지 일련의 난문제로 해서 어느 때든 부득불 가동을 멈추게 될지 모를 원자력발전소를 리용하는 땜때기식 방법을 자기로서는 도저히 허용할 수 없다고 생각했다. 그의 지향과 목표는 뚜렷했다. 남들이 지금껏 해보지 못한 전혀 새로우면서도 비상한 실리를 얻을 수 있는 창조적 방식을!

그러자면 조수력을 리용한 발전소? 아니면 풍력이나 태양전지?… 미래의 발전소모델을 탐구하느라고 선희는 콤퓨터에서 순간도 떨어지지 않았다. 그러느라니 한 달 사이에 눈이 퀭해지고 볼이 푹 꺼져 내렸다.

그 모습이 몹시 딱해보였던지 박학민소장은 이틀 전에 슬그머니 조언을 주기까지 했었다.

"자기 힘으로 해낸다는 각오는 과학자의 필수불가결한 자세요. 허지만 동지들과 집단의 방조를 허심히 청하는 것 또한 아름다운 장점이고 성공에로 가는 지름길이지."

선희는 얼굴이 뜨거워났다. 박학민소장의 말에서 자기가 남의 도움이 섞이지 않은 순수한 '자기 것'만을 노리는 게 아닌가 하는 힐난을 감촉한 때문이었다.

이렇게 되여 연구소에서 지금껏 이룩한 연구 성과들을 분석검토하면서 좋은 조언을 줄 수 있는 능력자를 찾기 시작한 것이였는데 뜻밖에도 강철혁이라는 젊은 연구사가 눈에 걸려든 것이였다.

강철혁?… 남을 위해 헌신적이란 말이지?!… 헌데 아무래도 이름이 귀익어.

"좋아요. 난 그를… 만나보겠어요."

마침내 결심을 내린 선희는 자리를 차고 일어났다. 선희를 태운 초매체 승용차(태양열 및 수소전지로 주행하면서 발전기를 돌려 2차 충전한 다음 이것으로 다시 전동기를 가동하여 달리는 무공해 혼성차)는 날듯이 연구소 정문을 빠져나와 눈뿌리 아득하게 펼쳐진 파 학도시의 중심부를 향해 달리기 시작했다.

과학도시는 수백만 평방 메터의 건평을 차지하고 있었는데 부지의 기슭을 따라 각종 연구소둘이 빙 둘러 자리 잡았고 그 중심부에 연구 성과들을 직접 실현하는 공장들이 집중되어 있었다. 공장들은 어느 것 하나 연기나 소음 같은 것이 전혀 없는 무공해 밀폐식 원격 조종 체계로 돌아가고 있었다.

수족관형식의 초강도유리도로우를 내달리는 승용차안에서 선희는 이제 만나게 될 청년의 모습을 상상해보다가 갑자기 이마를 쳤다. 도로 수족관 속에서 유유히 헤염치는 팔뚝 같은 진주고기들이 불쑥 한 청년의 모습을 상기시킨 것이다.

그날의 그 엉큼하던 청년, 꽃다발과 함께, 안겨졌던 가차 없는 규탄!…

틀림없어. 그 청년의 이름이 바로 강철혁이었어! 선희는 가슴이 후두둑 뛰었다. 이 얼마 공교로운 일인가… 선희는 피나게 입술을 깨물었다. 상기하고 싶지도 않은 운명적인 1년 전 그날.

…그날 대학졸업을 앞두고 선희의 학술론문이 <과학통보> 잡지에 실렸었다. 그가 긴장한 학업과정을 최우등으로 마치면서도 짬짬이 착안연구한 '액채석탄발전소'의 공업화원리였다.

그 원리의 요점은 21세기의 초엽에 세계적으로 도입되기 시작한 석탄가스화방식처럼 지하 속의 석탁을 캐지 않으면서도 그보다 몇 배의 효률을 낼 수 있다는 점이었다.

온 대학이 떠들썩하게 그를 축하해주었다. 동창생들은 그의 손을 부여잡고 찬사와 부러움을 숨기지 않았고 교수들 역시 선희가 기발한 착상을 한데 대하여 경탄하면서 촉망되는 장래의 빛나는 성공올 예언했다. 사방에서 전화가 걸려오고 기자들까지 달려왔다.

"저 … 뭐라고 했으면 좋을지 전 다만 우리 대학생들이 이렇게 한 가지씩 래일의 과학을 오늘로 당겨 온다면 조국은 오늘에 벌써 래일의 눈부신 세계 속을 날게 될 것이라는 것을 생각했을 뿐입니다!"

성공의 비결을 묻는 기자들에게 그가 한 말이었다. 그는 자신에 대한 긍지와 희열, 행복감으로 가슴이 풍선처럼 부풀어있었다.

저녁 무렵이 되여서야 선희는 겨우 사람들의 선망의 눈길 속에서 빠져 집으로 향했다.

그가 집 앞의 공원 수족관 앞을 지날 때였다. 웬 키가 큰 청년이 불쑥 그의 앞을 막아섰다.

"저 지선희동무 아닙니까?"

"?!…"

"'액체석탄발전소'를 착안연구한…"

"예, 그런데?"

청년은 그때까지 등 뒤에 감추었던 한 손을 쑥 내밀었다. 그의 손에서는 빨간 장미 한 송이가 저녁 노을빛에 불타며 한들거렸다.

"받아주십시오. 같은 과학자로서 축하합니다."

선희는 얼굴을 살짝 붉혔다. 이 하루 동안 너무도 많이 받아온 꽃다발이였고 축하였다. 그럼에도 이 순간에 이상한 생각이 뇌리에 갈마듦을 어쩔 수 없었다. 길거리를 오가는 대학생 처녀들 속에서 어떻게 자기를 알아보았을가? 초면인데 혹시 대학정문에서부터 나를 따라온 건 아닐가?

미심쩍어하는 선희의 시선을 느꼈는지 청년은 어색하게 군기침을 깇었다.

"사실은… 제 이름은 강철혁인데 … 동무와 조용히 만나 이야기를 나누고 싶어서 …"

'조용히 만나 이야기를 나눈다?…'

선희는 대뜸 표정이 굳어졌다. 결국 청년은 어떤 은밀한 기도를 갖고 자기를 추적하여 온 것이다.

지금껏 선희는 대학에서 수재라는 떠받들림과 함께 용모때문에 시끄러움을 당하군 했었다. 자신은 제 얼굴이 그저 쓸쓸해보였지만 많은 총각들이 별스레 각근히 굴면서 갖은 친절을 다 베풀었고 녀동무들까지도 찍하면 "아유 시샘 나 죽겠네!" 하며 그의 미모를 부러워했다.

그런 파정이 오래 반복되는 사이 선희의 의식 속에는 내가 정말 고운게 지 하는 생각이 야금야금 자리 잡았고 그로 하여 은근한 자부심과 함께 매사에 경계심도 품도록 만들었다.

분명히 이 청년도 축하의 명목 밑에 학술적인 이야기와는 거리가 먼 시시껄렁한 '고백' 따위나 하려 들겠지…

선희는 상대가 모욕을 느낄 수 있다는 것을 알았지만 깔끔하게 내쏘지 않을 수 없었다.

"고맙지만 전 지금 몹시 피곤하답니다. 안됐어요. 그럼 안녕히!"

"아, 동무!…"

청년이 황황히 부르짖었지만 이미 선희는 구두 뒤축으로 또각또각 포석을 구르며 잽싸게 그 앞을 지나갔다. 그런데 허겁지겁 길을 막을 줄 안 청년은 이윽토록 잠자코 있더니 선희가 공원 밖을 거의 벗어날 무렵 갑자기 격한 말마디를 툭 던졌다.

"새겨두시오. 동무 같은 사람이 근시안이라는 걸!"

선희는 딱 굳어 졌다. 뭐 근시안?! …

가슴이 꺽 막힌 선희는 해쓱해진 얼굴을 홱 돌렸다. 다음 청년을 쏘아보면서 오연하게 마주 왔다. 모욕을 당하면 참지 못하는 그였다.

"예?!… 비겁하게 등 뒤에서 해보지 말고 앞에서 말해보십시오. 자."

자기의 당돌한 역습에 기가 질릴 줄 알았던 청년은 뜻밖에도 히죽이 웃었다.

"그럴 줄 알았습니다. 모욕을 느낄 줄 모르면 그게 무슨 대학생이겠습니까?"

"아니…"

"가만!"

청년은 선희의 말을 밀막으며 손을 쳐들어보였다.

"난 축하와 함께 비판도 함께 해주려고 동무를 찾았더랬습니다. 동무가 낸 론문의 그 비상한 착상이며 정교한 공학적 타산… 그건 꽃다발을 받을 만한 겁니다. 그러나 원유가 고갈되고 마지막화석연료인 석탄도 바닥이 드러나는 이때 동무의 액체석탄발전소가 몇 년이나 가동할 것 같습니까?

그처럼 방대한 규모의 두자를 해서 세운 발전소가 말입니다. 하물며 세계적으로 환경보호문제가 절정에 달했는데 석탄을 태운다?!"

선희는 가슴이 싸늘하게 얼어들었다. 떠들썩한 찬사에 머리가 어지러울 지경인 그에게 있어 이러한 비난은 큰 타격이 아닐 수 없었다.

저도 모르게 호흡이 가빠졌다.

"그럼 동문… 나라의 자원을 모조리 리용하는 걸 반대한다는 겁니까? 그리고 환경오염은 거의 령이나 같단 말입니다."

맵짜게 반박하느라고 했으나 선희는 자기의 목소리가 그닥 자신심 없이 울리는데 약이 올랐고 그만큼 더 분해서 울고 싶었다.

그러나 청년은 사정을 보지 않고 즉시 면박을 주었다.

"'거의'라는 건 '완전히'란 말의 동의어는 아니지요. 그리고 화석연료를 석탄이나 원유로 리해하던 개념도 이젠 낡았습니다. 오늘 시대는 규소나 알루미니움과 같은 무진장한 광석을 연료로 개발하는 단계에 들어섰단 말입니다. 머지않아 이 땅의 모든 원소를 다 연료로 쓰게 될 겁니다."

선희는 자기가 여지없이 패했다는 것을 자인하지 않을 수 없었다. 그는 눈물을 보이지 않으려고 고개를 돌렸다. 그러자 수족관안에서 꼬리잡이를 하던 전광어들이 말똥말똥해서 자기를 쳐다보는 것이 눈에 띄었다. 고기들까지도 '어때 졌지?!' 하고 깨고소하게 놀려 대는 것만 같았다.

등 뒤에서 한결 부드러워진 청년의 목소리가 울렸다.

"선희동무, 조국의 진보에 충실한 과학의 날개를 달아주지 못하는 연구는 개인적인 명예의 추구로 떨어지고 만다는 걸 명심해두시오."

청년이 사라진 다음에도 선희는 발이 얼어붙은 듯 움직이지 못했다. 어떤 불순한 기도로 접근한다고 보았던 청년이 자기의 긍지며 자부심이며를 이렇게 물거품처럼 깨버릴 줄은 몰랐다. 정말 자기는 청맹과니 한 가지였단 말인가?

뒤늦게야 청년이 자기를 두고 개인적인 명예를 추구했다고 내놓고 비난했다는 생각이 들었다. 분한 생각에 불쑥 고개를 들었을 때는 이미 청년의 모습은 그 어디에도 없었다. …

그 일은 가슴속에 뼈저린 아픔으로 오래오래 남아 선희를 괴롭혔었다. 그런데 문제의 청년과 맞설 운명이 차례질 줄이야.

'아니 차라리 만나지 말아야 해!'

선희는 승용차를 멈춰 세우려고 손을 뻗쳤다.

그 순간 난관에 부닥친 자신의 연구가 상기되면서 손을 움츠러들게 했다. 개인적인 감정에 포로되어 연구소의 기대와 믿음을 저버린다면?!

절로 한숨이 호 ─하고 새여 나왔다.

제발 다른 사람이였으면, 같은 이름이 어디 한둘 만인가. 승남인 그가 잘 생긴 미남이라고 했지. 헌데 내가 만나본 그 청년은 볼품없이 꺽두룩한 데다가 얼굴은 거무스레한 게 지성인은커녕 남자로서도 전혀 호감이 가지 않았어.

불안스러운 가슴을 이렇게 자문자답하며 달래고 나니 한결 마음이 편해져 승용차를 고속으로 내몰았다.

선희의 기대감은 청년을 만나는 순간에 허물어졌다. 로보트제작공장의 거대한 우주기구 같은 중앙조종실에서 지하굴진용로케트 조립과정을 콤퓨터로 조종하고 있는 연구사는 다름 아닌 그 강철혁이였던 것이다.

돌아서기에는 이미 때가 늦었다. 구차하게 머리를 숙이며 지난 일을 꺼들고 싶지도 않았다. 하여 선희는 오히려 고개를 꼿꼿이 들고 또박또박 자기소개를 했다.

"안녕하십니까? 같은 연구소의 지선희입니다."

"절 찾아오셨습니까?"

강철혁은 긴장하게 더듬던 사색에서 미처 깨여나지 못한 듯 눈올 슴벅거렸다.

"예, 지난해…"

"아, 알만 합니다."

비로소 강철혁은 자리에서 일어나며 벙글써 웃었다.

"지선희… 그러니 지난해에 우리 연구소에 배치되여 왔겠습니다. 지금은 해상도시 전력설계를 맡았고. 옳습니까?"

"예."

"알게 되여 반갑습니다."

철혁이 깍듯이 고개 숙여 인사했다. 선희는 그만 어리둥절해지고 말았다. 상대가 마치 처음 만난 사람처럼 인사했기 때문이였다.

정말 몰라보는 것일가?… 미심쩍기는 했지만 딱한 경우에 몰리지 않게 된 것이 우선 다행스러웠다.

한편 강철혁이 1년 전 그날 자기의 미모에 혹하여 따라온 게 아니였구나 하는 생각에 쑥스럽고 허전했다. 사내들은 한 번 반한 녀자의 얼굴은 쉽게 잊지 않는다고 하지 않았는가.

"큰 연구 성과를 거두셨습니다."

애써 마음을 다잡은 선희가 화제를 돌리자 철혁은 어줍게 웃으며 머리를 썩썩 긁었다.

"누구나 하는 겁니다. 오히려 현실의 절박한 요구에 비해볼 때에는 좀 늦은 셈입니다. 선희동무 쪽이 더 비약할 만한 과제를 맡았으니 난 부럽습니다."

"아이, 전 시작도 못했습니다."

"뭐 기초연구엔 들어섰다던데."

너무 겸손한 말에 선희가 뭔가 조롱하는 게 아닐까하고 여겨보았으나 철혁의 표정은 진지했다. 그것이 다행스러웠다. 그럴수록 기어이 사람들이 놀랐을 독특한 착상을 해야 하겠다는 각오를 선희로 하여금 새롭게 다지게 했다.

"경험이 어리다나니 욕망뿐이지 잘 풀리지 않습니다. 그래서 철혁연구사동지한테서 방조를…"

"허 방조라!…"

선배로 여기고 도움을 청하는 것이 철혁은 싫지 않은 모양이였다. 그러나 그의 눈길이 가 닿은 곳을 여겨본 선희는 기분이 언짢아졌다.

철혁은 자기와 혼연히 말을 주고받으면서도 지하 로케트가 현시되여 있는 컴퓨터 화면을 줄곧 더듬고 있는 것이 아닌가.

남을 위해 헌신적이라더니 …

그런데 이때 철혁이 던진 말은 선희를 어지간히 놀라게까지 했다.

"선희 동무는 해상도시 건설장에 나가보았습니까?"

"아니 저…"

선희는 아래 입술을 깨물었다. 전혀 예견치 못했던 질문이었다. 철혁이 언뜻 고개를 돌렸다. 그리고는 들릴 듯 말듯 고개를 저었다.

"현실에 나가보아야 할 걸 그랬습니다. 현실은 무궁무진한 창조의 원천이라는 말이 있지 않습니까?"

철혁은 약간 미간을 찌푸린 채 컴퓨터화면에 눈길을 돌렸다. 선희는 얼굴이 뜨거워났다. 어쨌든 선희는 철혁의 말이 자기에 대한 은근한 비난이라는 것을 깨달은 선희는 황황히 변명했다.

"꼭 가보아야 한다는 법은 없죠. 컴퓨터엔 해상도시의 전모와 그 설계가 눈으로 보는 것보다 더 구체적으로 생동하게 입력되여 있습니다."

비로소 철혁은 컴퓨터화면에서 완전히 눈을 뗐다. 그의 표정이 엄하게 굳어졌다.

"훌륭한 연구 과제를 맡은데 대해서는 축하해줘야 하겠지만 현실을 외면하는데 대해서는 비판해야겠습니다. 동무에게 구태여 방조를 준다면 건설자들의 지향과 요구를 알고 그것을 설계에 반영해야 한다는 겁니다. 그렇지 못할 때에는 실패를 면할 수 없습니다."

철혁은 더 이상 상대할 필요가 없다는 듯 컴퓨터 쪽으로 돌아앉았다.

"?…"

선희는 얼굴이 해쓱하니 질렸다. 이것은 명백한 무시였다.

1년 전에도 그는 축하와 비판이라는 꼭 같은 수법으로 가슴에 아픈 못을 박았었지.

그땐 분해서 울었었다. 하지만 오늘은 이상할 정도로 분한 생각이 전혀 들지 않는 것이었다. 그저 범상히 여겼던 물건이 뜻밖에 자기가치 이상을 나타낼 때의 호기심이라고 할지 그런 생각을 가지고 철혁을 바라볼 뿐이였다.

선희는 그를 더 이상 방해하고 싶지 않았다. 그는 조용히 조종실에서 나오고 말았다.

"만나봤습니까? 그래 어떻습니까?"

연구소로 돌아온 선희에게 승남이가 — 벙글거리며 물었다.

선희는 긴 속눈썹을 치떠올렸다.

"됐어. 그 얘긴 그만하자. … 승남동문 이제 당장 해상도시 건설장으로 떠날 준비를 해줘."

승남이의 의아쩍은 눈길과 마주치지 않으려고 선희는 얼른 고개를 돌려버렸다. 자기 얼굴이 새빨갛게 달아올라서였다. 이 순간에 자기가 현지로 나갈 결심을 가지게 해준 것이 다름 아닌 강철혁이 때문이라는 것을 알았을 때 선희는 흠칫 놀라기까지 했다.

선희는 밖으로 나가는 승남이를 보며 자리에서 힘겹게 일어나 창가에 가 섰다.

밖은 이미 어둠속에 잠겨 있었다. 밤하늘에는 제 나름의 이름을 가진 별들이 강변의 자갈돌처럼 널려져 빛을 뿜고 있었다. 어디선가 긴 꼬리를 그으며 별씨가 떨어졌다.

별씨를 보며 선희는 웬일인지 원인모를 긴 숨을 창유리에 불어댔다. 그러자 창유리에 부딪쳤다 사라지는 입김과 함께 뜻밖에도 강철혁의 모습이 우럿이 떠올랐다. 그 강철혁이가 지금 선희를 동정하듯 바라보며 말하고 있었다.

"동무에게 구태여 방조를 준다면 건설자들의 지향과 요구를 알고 그것을 설계에 반영해야 한다는 겁니다. 그렇지 못할 때는 실패를 면할 수 없습니다."

강철혁, 그는 도대체 어떤 사람일가?!…

밤은 소리 없이 깊어가도 선희는 생각에서 좀처럼 깨여날 줄 몰랐다.

수십 키로메터나 바다를 밀어내고 일망무제한 간석지 새 논벌을 안아온 서해안제방우에는 "해상도시건설지휘부"라는 간판을 크게 내건 3층짜리 변색수지벽체건물이 화려한 자태를 드러내며 우뚝 솟아 있었다. 눈부신 해빛과 바다바람의 온도와 습도에 예민하게 반응하는 벽체는 순간마다 풀색과 하늘색으로 색을 바꾸어가며 보는 사람들의 눈을 시원하게 해 주고 있었다.

안내를 맡은 건설지휘부의 책임기사는 선희네 일행을 곧추 '해상도시건설전경도' 앞으로 이끌어갔다.

"이건 현재 세계적으로 제일 크고 형식이 새로운 부유식수직형해상도시입니다."

책임기사의 자랑스러운 설명이였다. 선희와 승남이의 입에서는 대뜸 "야!" 하는 감탄이 흘러 나왔다. 선희로서는 이미 컴퓨터 화면으로 충분히 료해하였으나 직접 전경도의 실물을 보니 감상이 새로왔다.

해상도시는 바닷물 면우에 80 메터 높이로 총 4층으로 구성된 100만 평방 메터의 넓은 건평을 가진 리상적인 도시였다.

1층에는 무역쎈터와 도시전력공급계통, 폐기물처리시설 등 주로 외부와의 거래업무와 도시운영보장시설들이 자리 잡았고 2층은 산업구역으로서 해양과학연구기지며 각종 첨 단공장기업소들이 들어앉게 되어 있었다.

3층은 살림집과 봉사망들이 차지하고 있었고 해상도시 지붕이라고 할 수 있는 4층에는 현대적인 초음속비행기들이 리착륙할 수 있는 비행장과 두 줄기로 된 비행기활주로와 체육쎈터가 있었다. 그리고 도시 우측컨에 위성지상송수신국과 위성통신계통이 설치 되어 기상예보를 비롯하여 세계각지와 위성통신을 할 수 있게 되어 있었다.

이런 거창한 대 해상도시가 바다물깊이 100~200 메터 되는 심해 중심에 1만여 개의 강철기둥과 부유탕크들 우에 세워진다니 가슴이 벅차올랐다. 바로 이런 세계적인 인공해상도시에 전력을 생산보장 할 연구 과제를 맡았다는 자부심과 격동, 책임감으로 하여 선희는 도저히 진정할 수가 없었다.

"어떻습니까?"

책임기사가 선희의 감상을 타진해보듯 은근한 눈길을 던지며 물었다.

"이 거창한 대도시에 숨결을 부어넣어 주는 것이 전기라고 볼 때 그 막대한 소요량을 무엇으로 어떻게 보장하겠는가 이게 기본이 아니겠습니까."

"…"

선희는 고개를 가볍게 끄덕이였다. 그의 머리 속에는 이미 수백만 키로와트라는 절대소요량이 계산되여 있었다. 하지만 그 방대한 전력을 어떤 방식으로 생산보장 하겠는가 이것이 문제였다.

선희는 지금껏 고심하던 그 문제를 솔직히 털어놓았다.

"책임기사 동진 어떤 형태의 발전소가 이 해상도시에 적합하다고 생각합니까?"

"우리나라야 삼면이 바다가 아닙니까. 그러니 그건 두말할 것 없이 바다에네르기입니다."

책임기사는 이미 전에 깊이 생각해 두었던 듯이 거침없이 대꾸했다.

"바다에네르기?…"

"예, 그것이 가장 리상적입니다. 왜냐하면 첫째로, 연구사동무도 타산해 보았겠지만 륙지에 세워진 원자력발전소의 전기를 끌어오자면 세 곳의 발전소를 모두 여기에 돌려야 합니다. 거치장스러운 공사도 문제이지만 미래라는 측면에서 봐도 그건 결국 미봉책에 불과하다는 겁니다.

둘째로, 이 해상도시가 본보기인 만큼 전력공급계통도 리상적인 한 부분으로 되여 도시를 더욱 빛이 나게 해야 하지 않습니까."

론리 정연한 책임기사의 말에 선희는 큰 충격을 받았다. 그 역시 지금까지 책임기사와 같은 립장에서 사색해온 것은 사실이였다. 그러나 전력계통도 해상도시의 불가분리의 리상적인 한부분이 되여야 한다는 요구는 솔직히 말해서 선희로서는 전혀 고려해보지 못한 문제였다.

바로 이런 것을 배우라고 철혁동무가 날 이곳으로 떠밀어 보낸 게 아닌가? 선희의 가슴은 울렁거렸다.

현지에서 돌아오는 길에서도 선희의 머리속에서는 책임기사가 하던 말이 지워지지 않고 뱅뱅 맴돌았다.

해상도시건설자들의 지향을 충족시키자면 지금껏 자기가 모색해온 발전소모델을 포기해야 했다.

망망대해에는 거대한 에네르기 자원이 잠재 되어있는 것이다. 조수력과 파도, 해양온도차 에네르기들을 이용하려면 발전소의 규모와 부대시설들이 너무 요란하고 방대하여 해상도시의 면모에 손상을 줄 수 있었다.

그렇다면 도시의 유기적인 한 부분으로서 도시의 아름다움을 더욱 부각할 리상적인 방식은?…

골똘히 생각에 파묻혀있던 선희는 "야, 무지개!" 하는 승남이의 탄성에 피끗 고개를 돌렸다.

그러자 차창밖에 시원히 펼쳐진 새로 육종해낸 다년생생 강냉이 밭이 시야에 안겨왔다.

끝 간 데 없는 강냉이밭 하늘가에 칠색령 통한 무지개가 걸려있었다. 그것은 가뭄피해를 막느라고 콤퓨터로 자동수감되고 조절되는 강우기에 의해 펼쳐진 물안개로 해서 생긴 것이었다.

하늘높이 기세 차게 뿜어 오르는 물줄기 물줄기, 그것이 그대로 뽀얀 안개발이 되여 푸르싱싱한 강냉 잎새들을 두드리는 물방울로 되는 것이다.

그것을 지켜보던 선희는 갑자기 섬광같은 것이 머리속을 스쳐 지나는 바람에 몸을 부르르 떨었다.

그의 입에서는 저절로 새된 웨침이 터져 나왔다.

"승남동무, 빨리 차를 세워!"

차가 급정거하기 바쁘게 선희는 밖으로 뛰쳐나갔다. 그리고는 어리둥절해서 눈을 껌뻑거리는 승남이를 남겨둔 채 강냉이 숲을 와락와락 헤치며 강우기 밑으로 달려갔다. 물보라가 그의 머리칼이며 얼굴, 옷을 적시며, 거침없이 쏟아지고 있었다. 그러나 선희는 그것을 알지 못하였다. 그의 눈길은 강우기에 못 박혀 황홀하게 빛나고 있었다.

점차 선희의 눈에 엷은 안개막이 펼쳐졌다. 그의 귓가에서는 붕하는 전류흐름소리가 미세하게 들려왔다. 선희는 눈을 더 크게 뜨고 귀를 강구었다. 그러자 안개막 속에서 하늘을 찌를 듯이 솟구쳐 오른 탑신이 어렴풋이 안겨왔다. 시간이 지나감에 따라 흰 도색의 둥근탑이 점차 또렷해지였다. 그 거대한 탑신 안에서는 바다물이 합신을 따라 수천 메터의 고공으로 치달아 오르고 있다. 그리고는 탑신 맨 꼭대기의 찬 공기와 접촉하면서 무수한 얼음알갱이가 되여 다시 바다에 떨어져 내리였다. 떨어진 이 얼음알갱이와 바닷물 사이의 온도차가 바로 전기생산의 기본요소로 되고 있었다.

"쏴―"

물보라가 선희의 온몸을 들씌웠다. 그제서야 선희는 정신을 차렸다. 전류의 흐름소리처럼 "붕" 하고 들리던 소리도 사라졌다. 눈을 치뜨고 앞을 보니 방금 전까지 하늘을 떠받을 듯 서있던 거대한 탑신이 온데간데없어지고 그 대신 무지개가 걸린 하늘에서 해빛이 부서져 내리고 있었다.

선희의 얼굴색이 점차 밝아지기 시작했다. 강우기에서 쏘아올린 대줄기 같은 물이 하늘꼭대기로 포물선을 긋는 모습을 보며 선희는 환성을 질렀다. 그의 머리는 벌써 자기가 일떠세울 발전소의 웅장한 자태가 그려지기 시작했다.

선희는 길게 심호흡을 했다.

자연계의 물 순환 과정을 방금 전에 안개 속에서 피끗 보았던 탑신 안에서 진행되도록 인공적으로 만들어준다면?

생각이 여기까지 미치자 선희는 벌써 제 정신이 아니었다. 끝 모를 미궁 속에서 헤매이다가 출로를 찾았을 때 찾아드는 안도감과 그 뒤를 따르는 환희와 흥분으로 선희는 머리가 핑 돌았다. 아니, 성공의 예감으로 숨이 꺽 막혔다.

선희는 두 팔을 한껏 벌리고 강우기에서 떨어지는 물벼락을 달게 받아들였다.

"아니 연구사동무, 뭐가 좀 잘못된 게 아닙니까?"

강냉이 숲을 헤치고 승남이가 헐떡거리며 나타났다.

쏟아져 내리는 물보라를 뒤집어쓰며 두 팔을 벌린 채 빙빙 돌아가는 선희가 제 정신인가 하고 두 눈을 슴뻑거리며 바라보았다.

선희는 무작정 그 앞으로 달려가 손을 덥석 부여잡았다.

"그래, 난 미쳤어 호호… 어서 가자. 연구소로!"

선희의 방 지능콤퓨터 화면에는 거대한 해양에네르기발전소가 가상적인 형태를 갖추며 솟아오르기 시작했다. 대규모 해상도시의 웅자와 기묘하게 융합되면서 그 외적 미를 더 한층 돋구는 독특한 형태였다. 마치 해상도시가 발전소탑신을 따라 우주에로 높이 치달아 오르는 듯해서 경쾌함까지 느끼게 했다.

미지의 대우주를 정복하며 줄기차게 전진하는 내 조국의 축도이자 상징이였다.

피아노연주가처럼 잽싸게 건반을 누르는 선희의 손가락놀림에 따라 발전소의 기술제원들도 속속 산출되여 나왔다. 초보적인 계산에 의하더라도 물의 증발과 하강과정을 자연계에서처럼 보장하자면 발전소탑신의 높이를 적어도 5천여 메터 이상으로 되게 하며 탑신의 구조도 안쪽과 바깥쪽으로 이루어진 2중으로 해야 했다. 그래야 바깥층은 물대신 암모니아 가스를(물을 54천 메터 높이까지 쏘아 올리기 힘들므로) 끌어올리는데 쓰고 가운데 층은 고공에서 응결된 액체암모니아를 떨구는데 리용함으로써 바다물과 액체암모니아가스의 온도, 차이에 의해 전기를 생산할 수 있었다. 전기를 생산하고 난 액체암모니아를 다시 기체로 만들어 주면 이 암모니아가스는 백수십 키로메터의 시속으로 관을 통하여 꼭대기로 올라갔다가 다시 떨어지게 된다. 결국 이런 방법의 련속으로 발전기를 돌려 생산할 수 있는 전기량은 수백만 키로와트!…

선희의 심장은 튀여나올 듯 거세차게 고동쳤다. 자기의 상상을 뛰여 넘는 놀라운 결과가 눈앞에서 어룽거리는 것이였다. …거대한 대형탑신에서 반짝이는 노랗고 빨갛고 파란 표식신호등들, 그 탑신 안에서 전류의 흐름소리마냥 쏴하는 소리가 가슴 들먹이게 한다.

선희는 눈을 치뜨고 앞을 바라보았다. 컴퓨터 화면에서는 방금 전에 선희가 가상한 해양에네르기발전소가 비쳐지고 있었다.

착상의 결과는 확실히 현지를 밟아본 결과에 얻어진 소중한 것이였다.

선희의 얼굴에 고운 미소가 그려졌다.

그는 중얼거리듯 조용히 말했다.

"고마워요."

드디여 선희의 에네르기발전소설계가 연구소과학 평의회에 제출되였다.

널직한 강당엔 평의회성원들이 빼곡히 들어앉아 정면 벽을 반경화처럼 가득 채운 레이자현시장치의 해양에네르기설계도를 호기심과 경탄, 진지한 랭철성을 가지고 주시하고 있었다.

전자지시봉을 들고 나선 선희는 벌써 한 시간 가까이 설계의 원리와 기술적제원 등 해양에네르기발전소설계에 대하여 변론하고 있었다.

혹시 의혹과 부정을 당하면 어쩌나 하고 가슴 조였던 처음의 위구도 시간이 감에 따라 점차적으로 자신감과 확신으로 바뀌면서 목소리는 맑고 창아하게 울리였다.

"…이렇게 저는 발전소가 서게 될 우리나라의 지리적 위치와 기상관측 이래 현재까지 있었던 가장 특이한 기류상태와 최대폭풍, 최대해일과 지진까지도 다 계산하여 직경 30 센치메터나 되는 세 개의 초강도 쇠바줄로 탑신을 받쳐줌으로써 그 안정성이 과학적으로 담보되게 하였습니다."

그의 말이 끝나자 팽팽한 긴장이 서렸던 장내에서 요란한 박수소리가 울려나왔다. 연구소 소장과 실장들, 머리 흰 로박사들, 재능 있는 연구사들 모두가 따뜻한 눈길을 보내며 열렬히 축하해주는 것이였다. 그들의 표정에는 호리호리한 몸매에 얼굴이 우유빛 같이 맑은 아릿다운 처녀가 이런 세계적인 착안을 내놓은 것을 대견하게 여기는 긍정과 함께 희한해하는 놀라움마저 비껴있었다.

박학민소장이 먼저 발언하였다.

"바다 겉면에 많은 태양열이 축적되어 있는 것을 넓은 부지를 차지하는 평면식포집 방법이 아니라 극히 작은 면적의 바닷물 온도차를 리용하여 전기를 생산할 수 있는 이러한 착상은 담이 큰 인간들, 그런 심장만이 내놓을 수 있습니다.

이런 의미에서 지선희 동무의 강우식발전소 원리는 세계 여러 나라들에서 현재 건설하고 있는 해양에네르기발전소와 형태적으로 뿐 아니라 공학원리적으로 전혀 새로운 세계적 특허에 속한다고 당당히 말할 수 있습니다."

다시 박수가 터졌다. 박학민소장이 만족하여 손을 쳐들었다.

"물론 아직도 해결해야 할 문제점들이 없지 않지만 난 이 '강우식발전소'를 적극 지지합니다."

모든 평의회심의원들이 고개를 끄덕이거나 침묵으로써 동감을 표시했다.

선희는 눈굽이 뜨거워났다. 밤낮이 없는 긴장한 탐구와 주도 세밀한 공학력학적 수치계산의 나날 얼마나 혼신의 열정과 지혜, 창조력을 쏟아 부었던가. 바로 그 열정, 그 창조가 지금 값 높이 평가되고 있는 것이었다.

이때였다. 맨 뒤 자리에서 누군가 불쑥 일어섰다.

선희는 머리를 다소곳이 하고 있었지만 강철혁이라는 것을 대뜸 감각했다. 그 순간에 무엇 때문에 그렇게 생각됐는지 자신도 몰랐다. 다만 언제나 문제의 본질을 파고드는 그의 성격이 오늘 같은 장소에서 가만히 있지 못 하리라는데 대해서 은근히 경계하게 되던 그 불안스러운 마음의 귀띔이 '그 동무나!' 하고 속삭인 것이었다.

아닐세라 피끗 곁눈질 해보니 이미 말을 떼기 시작한 사람은 키가 껑충한 강철혁이가 틀림없었다.

"저도 원리상으로는 찬성합니다. 그뿐만 아니라 지선희동무의 비상한 환상력에 경탄했습니다."

선희는 놀라 눈을 둥그렇게 떴다. 너무나도 의외의 칭찬이였다. 하지만 뒤이어 흘러나온 강철혁의 말은 선희를 아연케 하였다.

"그러나 난 선희동무에게 조국의 재부에 대한 진정한 애정이 불타고 있는가 하는 의혹 들었습니다."

장내가 웅성거리기 시작했다. 그의 발언은 사실 당사자인 선희에게 너무도 뜻밖이였고 가혹한 매질이였다. 그는 온몸의 피가 발밑으로 다 새여버리는 듯하여 무중력공간에 들어선 것처럼 몸을 휘청거리기까지 했었다. 그러건 말건 강철혁은 침중하나 또박또박 자루를 박아 이야기를 계속 펴나갔다.

"저 설계엔 탑신제작을 위하여 방대한 량의 값비싼 <ㅅ금속>을 소모할 것을 예견하고 있습니다. 물론 조국은 그쯤한 <ㅅ금속>량은 어렵지 않게 보장해줄 것입니다. 그러나 이 땅 우에 부강조국을 일떠세우는 길에 앞장선 우리 과학자들이 자기의 창조물 하나하나에 조국의 재부를 아끼고 사랑하며 그를 위해 자신의 있는 지혜와 힘을 깡그리 바친 피타는 노력이 엿보이게 하여야 한다고 생각합니다. 나는 이것을 과학자의 성실성이라고 말하고 싶습니다. 그런데…"

"예에, 그럼 내가 성실치 못하다는 겁니까?"

선희는 너무도 뜻밖이여서 절로 격하게 부르짖었다. 무서운 모욕감과 반발이 가슴속에서 태질하듯 끌어 올랐다.

어제는 이 땅의 재부인 석탄을 남김없이 리용하려는 시도를 근시안으로 비웃더니 오늘은 반대로 성실치 못한 연구 자세라고?!…

선희는 숨이 막혀 간신히 떠듬거렸다.

"그럼… 철혁연구사동진… 5천 메터 탑신을 유지할 강도를… 무엇으로 어떻게… 보장할 수 있다는 겁니까? 바닷물에 의한… 부식방지는 또?…"

"그걸 바로 연구해야 한다고 봅니다. 우리야 과학자들이 아닙니까. 자기의 착안에 스스로 매혹되여 서둘러 공개할 것이 아니라 완전무결한 창조물을 조국 앞에 바쳐야 하는, 그래서 진실로 조국에 기여해야 하는 자각된 과학자들이란 말입니다. 이런 의미에서 볼 때 지금 설계안은 해양계류의 안정도와 고공에서의 탑신유지 등 치명적인 허점들을 가지고 있습니다.…"

강철혁은 계속하여 5천 메터의 탑신이 바다물속에 1.5 메터 밖에 잠기지 않는 상태에서 떠있어야 하므로 막대한 부유기재를 덧붙이는 <랑비>가 또 있다는 것 그리고 탑신꼭대기가 최대풍속 때 좌우로 OOO 메터나 혼들리게 되는데 높이가 하도 크므로 큰 혼들림이 아니라고 위안하는 점도 완전무결이라는 요구에서 보면 위험을 안고 있다는 것 등 정교한 수술집도의사의 수술칼처럼 결점들을 날카롭게 파헤쳤다.

평의회심의원들도 모두 심각한 낯빛이 되였다.

애어린 처녀가 희안한 착상을 하였다는 점만을 높이 사서 이런저런 결함들을 제때에 찾아내지 못한 기존의 관점을 새롭게 돌이켜보는 듯하였다.

방 안의 무거운 침묵이 선희의 가슴을 더욱 압박했다. 부글부글 끓어 번지던 가슴속의 반발은 차거운 얼음덩이가 들어앉은 듯 싸늘히 식고 절망과 수치만이 앙금처럼 가라앉아 내장을 허비였다.

내가 정말 개인의 명예만을 추구하는 너절한 인간이란 말인가?… 아니, 아니야. 그럴 수 없어! 아니야!

얼굴이 새하얗게 질린 선희를 측은하게 바라보던 박학민소장이 우선우선한 음성으로 입을 열었다.

"물론 세계적으로 처음 해보는 고도의 과학적 문제인 것만큼 이런저런 문제점이 없을 수 없습니다. 또 이 자리에서 그것을 다 해결할 수도 없고… 중요한 것은 강철혁 동무가 말한 것처럼 우리 모두 조국 앞에 책임적인 과학자가 되여야 한다는 것입니다. 나도 충격이 컸습니다. 조국의 진보에 억센 날개를 달아주는 것, 달아주되 짐이 되지 않고 조국을 힘차게 떠미는 피는 충실한 날개를 달아주는 것, 그것이 바로 우리 과학자들이 아니겠습니까."

소장은 잠시 자기가 한 말을 되새겨보는 듯 침묵했다가 선희를 향해 고개를 돌렸다.

"선희동무, 오늘 평의회는 동무의 착안을 지지했소. 그러나 제기된 문제들을 가장 과학적으로 해결한 새로운 설계를 동무는 꼭 내놓아야 하오. 우리도 힘껏 돕겠소."

선희는 언제 어떻게 강당을 벗어났는지 몰랐다.

기다린 듯 초매체승용차가 자동적으로 미끄러져와 그의 발치에 멎으며 문이 열려졌으나 그는 돌아보지도 않고 연구소구내 공원길을 걸었다. 그리고 생각해보았다. 박학민소장의 결론은 물론 옳았다. 선희는 자기가 너무 서둘렀다는 것을 부끄럽게 의식하지 않을 수 없었다. 하지만… 연구경험이 어린 연구사가 세계적인 발명을 하기까지의 고심 어린 탐구를, 그 비상한 지향과 노력을 응당하게 사주어야 하지 않는가.

뭐, 성실성이 부족하다구? 그 동문 도대체 뭐야. 무엇 때문에 나보고만 해볼가?…

'너무해 너무해!…'

생각에 잠겨 걷던 선희는 깜짝 놀라며 멈춰 섰다. 바로 자기의 발 앞에 웬 사람의 구두가 떡 뿌리박고 서있었기 때문이었다.

선희는 머리를 들었다. 앞에 서있는 사람은 방금까지 마음속으로 그리도 타매하던 바로 그 강철혁이었다.

강철혁은 야멸찬 선희의 눈길 앞에 일순 당황해하는 것 같더니 어줍게 미소하며 말을 걸었다.

"미안하오, 선희동무. 실은 동무의 강우식발전소설계를 보고나니 피뜩 떠오르는 생각이 있어서… 내 보기엔 그 탑신의 …"

선희의 두 눈이 번쩍했다. 그는 상대를 뚫어지게 보며 총알처럼 내쏘았다.

"아니, 그만하십시오! 난 동무의 조언을 더는 듣고 싶지 않습니다."

그리고는 몸을 핵 돌려 오연히 공원길을 벗어났다.

자기 방에 들어서 니 "삐—익" 하는 고성능대화기의 호출신호가 그를 기다리고 있었다. 내키지 않았지만 선희는 대화응답기스위치를 눌렀다. 그러자 한쪽 벽체가 푸르스름한 색채로 변하며 밝아졌다. 플라즈마형광벽체였다.

벽체 속에서 준수하게 생긴 박학민소장의 모습이 나타났다. 그는 선희를 유심히 바라보더니 사람 좋은 미소를 지어보였다.

"왜, 설계에 대한 의견에 너무 신경 쓰는 게 아닙니까?"

"아, 아닙니다."

"그래 그래, 창조란 쉬운 법이 없지. 그러나 우린 동무를 믿소. 벌써 많은 연구사들이 좋은 착상을 안고 나를 찾아왔댔소. 강철혁동무가 제일 극성이더군."

"철혁연구사동지가?!"

선희의 얼굴이 해쓱하게 변했다. 하지만 소장은 미처 가려보지 못한 듯 열심히 손세를 써가며 말했다.

"그렇소 머리도 비상할 뿐 아니라 정열적인 동무지. 그래 다들 '시추기'라고 부른다오. 내 보기엔 철혁동무를 동무의 방조자로 붙이면 좋을 것 같은데 어떻소?"

"예?…"

선희는 눈이 커져가지고 머리를 세차게 흔들었다. 그리고는 갑자기 눈물이 나올 것 같아 고개를 틀었다. 그러면서도 항변하듯 새되게 반복했다.

"전 그렇게까지 생각해보지 못했습니다."

"…"

잠시 침묵이 흘렀다. 선희는 소장의 놀란 듯한 그 리고 측은한 듯한 시선이 자기의 옆얼굴을 찬찬히 더듬는 것을 똑똑히 의식했다. 이윽고 박학민소장은 한숨을 내쉬며 은근히 권고했다.

"오늘은 일찍 들어가 쉬오. 휴식도 다음전투를 위한. 력학적에네르기축적과정이니까. 알겠소?"

"고맙습니다."

대화는 끝났다. 플라즈마형광막은 다시 산뜻한 흰 벽체로 변해버렸다.

선희는 머리가 지끈거리자 오존발생용탁상분수의 스위치를 눌렀다. 그러자 전광장식이 명멸하며 탁상분수가 분홍보라빛의 기묘한 물기둥을 뿜어 올리기 시작했다. 방 안주인의 무거운 기분을 자동적으로 수감하며 기분전환에 알맞는 오존을 방사하는 장치였다. 그러나 선희의 마음은 밝아지지 않았다. 자기를 그렇게 후려갈기고도 모자라 처녀의 생활 속에 뛰여들려고 비위를 쓰는 강철혁의 모습이 그를 사뭇 불안하게 만드는 것이였다.

'안 돼. 내가 어떻게 그와 일 한단 말이야!'

선희는 저도 모르게 입술을 아프게 감쳐물었다. 행성마다 자기 고유의 운동자리길이 있다. 두개의 행성이 한 궤도상에 나란히 놓인다면 그것은 피치 못할 재난을 불러오기 마련이다.

선희는 길게 숨을 몰아 내쉬였다.

며칠 후였다.

선희는 그동안 탑신재료에 대한 새로운 발견으로 하여 흥분 속에서 콤퓨터를 마주하고 있었다.

강철혁이가 '조국의 재부'를 운운한 것이 마음에 아프게 걸려 전자도서관의 창문이란 창문을 다 열어 자료탐색작업을 밤낮으로 하던 끝에 <ㅅ금속>을 대신 할 수 있는 <ㄹ금속>과 수지재료를 탐구해냈던 것이다. <ㄹ금속>겉과 안쪽 면에 <ㅈ>재료로 착색을 하면 부식을 완전히 막을 수 있었다.

이렇게 되면 탑신의 무게를 대폭 줄이는 것은 물론 방대한 부유장치를 십 분의 하나로 축소할 수 있게 한다. 결국 해상도시의 미에 손상을 줄 수 있는 부대시설건설이 대폭 줄어들게 된 것이였다. 돌 하나를 던져 세 마리의 참새를 잡는 격이였다.

그런데 오늘따라 뒤늦게야 나타난 승남이가 하는 말은 선희에게 충격적이였다.

"우린 철혁연구사동지를 따르자면 멀었습니다."

"?!"

"철혁연구사동진 만틀행 지하로케트를 성공시켰지만 그에 만족할 수 없다면서 또 새로운 연구과제를 스스로 맡아 나섰답니다."

"뭐?!"

선희는 처음 보는 사람처럼 승남이를 바라보았다.

"이걸 좀 보십시오." 하며 승남이는 들고 있던 신문을 선희 앞에 놓고 씽 – 하니 나가버렸다.

선희가 신문을 집어 들었다.

'조국의 진보를 위한 헌신의 길에서'라는 표제 아래 강철혁이의 사진이 나붙어 있었다.

선희는 눈을 흡뜨고 읽어 내려갔다.

지열발전소를 연구 완성하는 과정에 심부중심에 미치는 중력법에 대한 새로운 공법율 연구함으로써 다른 기술 분야에도 적용할 수 있는 돌파구를 열어놓았을 뿐 아니라 발전소 로동자, 기술자들을 도와주어 그들 속에서 수십 건의 가치 있는 발명 및 창의고안들이 제기되어 국가발명권을 받게 해 준 강철혁이의 애국적 소행자료였다.

선희는 자기도 모르게 눈굽이 젖어듦을 어쩔 수 없었다. 강철혁이 그렇게도 성실한 인간이였단 말인가?

내가 정말 그에 대해 너무도 모르는 게 아닐가? 그렇다면 그의 호의적인 방조를 단번에 거절한 나를 그가 어떻게 볼가? 도대체… 도대체…

저녁어스름이 비낄 때까지 피로운 의혹과 타매, 반신반의로 모대기다가 지칠 대로 지쳐서 퇴근길에 오른 선희는 몇 걸음 못 가서 오똑 굳어져버렸다. 어둠이 서서히 기여드는 연구소의 어느 한 창문에 푸른 불빛이 쏟아져 나오는 것을 본 것이다.

그것은 강철혁이의 방이였다. 전자설계도판을 마주앉은 별스레 꺽두룩해 보이는 그림자가 창문에 우렷이 비껴있었다.

'새로운 연구 과제를 맡았다더니…'

온종일 그를 사로잡았던 의혹이 다시금 온몸을 휘감는 듯해서 선희는 눈을 꼭 감았다.

그때 빠끔히 열려진 창문으로부터 전자음악이 조용히 흘러나왔다. 선희도 잘 아는 노래였다.

얼마나 준엄한 날이 이 땅에 흘렀던가
얼마나 함난한 길을 두리가 걸었던가
…

수십여 년 전 우리의 할아버지, 할머니 세대가 나라 앞에 닥쳐왔던 엄혹한 '고난의 행군', 강행군을 결사의 각오를 가지고 헤치며 신념으로 부르던 노래였다. 그래서 저 노래엔 참말로 눈물 어린 사연도 많다고 했다.

조국의 준엄하고도 영광에 찼던 력사로 오늘의 세대까지 애창되는 그 선율 앞에 선희는 그만 가슴이 뭉클해지면서 눈앞이 뿌잇해져 옆에 놓인 정원걸상에 쭈그리고 앉았다.

그날 밤, 잠자리에 누웠던 선희는 때 아닌 호출대기의 신호에 벌떡 일어났다. 옷매무시를 바로하고 대화응답기를 동작시키니 뜻밖에도 싱글거리는 승남이의 모습이 플라즈마형광벽체를 가득 채우며 나타났다.

"내 연구사동무가 잠 못 이룰 줄 알았습니다."

승남이의 얼굴은 낮에 지어보였던 인상과는 달리 능청스럽고도 흥분된 기색이였다.

"내 머리에 방금 떠오른 것인데 말입니다.…" 하고 승남이는 자기 방의 콤퓨터를 가동시켰다.

그러자 화면에는 선희가 설계한 발전소탑신의 전모가 또렷이 살아났다. 승남이는 컴퓨터 건반을 번개같이 눌러 탑신중간부에 비행기구 같은 것을 가져다 덧붙이면서 말했다.

"에이 물체에 대한 설명을 하기 전에 하나 약속할게 있습니다. 즉 나를 이 시간에는 연구사동무의 조수가 아니라 상급연구사로 인정해야 한다는 것, 어떻습니까?"

승남이가 무엇인가 기발한 것을 착상하고 저렇게 희렵게 노는 게 아닐가 하는 생각에 미치자 선희는 제격 동의했다. 머리를 끄덕이는 것으로.

"아주 좋습니다. 그럼 잘 들어주시오. 연구사동문 지금 탑신의 뜰힘을 크게 하고 그 류동움직임을 줄여 안전하게 고정시킬 수 없겠는가 하고 방도를 모색하고 있겠는데… 맞니까?"

"그래, 그래!"

선희는 승남이가 자기가 고심하는 것을 딱 짚어 말하는 바람에 너무 놀랍고도 반가와 얼른 말을 되받았던 것이다. 승남이의 얼굴이 환해졌다.

"그럼 이 상급연구사의 조언을 주의 깊게 들어보시오. 이렇게… (승남은 문제의 이상한 <비행기구>를 전자지시봉으로 가리켜보였다) 탑신중간부와 꼭대기에 수천기압으로 압축시킨 수소탕크를 매단다. 이거요. 자, 어떤 현상이 일어날것 같소?"

승남이는 '상급연구사'흉내를 내느라고 짐짓 엄숙한 표정을 짓고 있었지만 선희는 그런 것에는 전혀 아랑곳하지 않고 환성을 터쳤다. 그리고 어린애처럼 딱 손뼉을 마주쳤다.

"어마나, 해양계류!… 멋있어, 정말 대단해!"

선희는 너무도 기뻐 플라즈마형광체라는 생각도 잊고 와락 승남이의 앞으로 달려가다가 형광벽체에 콱 부딪쳤다.

그러나 선희는 아픔을 느낄 사이도 없이 승남이의 손을 잡으려고 화면을 막 더듬었다.

"동무가 어쩌면, 어쩌면… 이젠 됐어. 우린 성공했어."

어린애처럼 기뻐 발을 동동 구르는 선희의 모습을 능청스럽게 여겨보던 승남이가 이번엔 시무룩해서 투덜거렸다.

"그것 보십시오. 연구사동문 늘 자기 혼자만이 다 알구 다하는 것처럼. 나 같은 곁의 사람들의 도움도 받을 줄 알란 말입니다."

평의회에서 제기되였던 중요결함들의 해결방안이 다 풀린 지금에 와서 선희는 승남이의 비판이 조금도 노엽지 않았다. 오히려 즐거웠고 기꺼이 받아들일 기분뿐이였다.

"그래 그래. 난 정말 장님 한 가지였어."

졸음은 깡그리 달아났다. 그 밤으로 선희는 새로운 발전소설계의 모형을 완성하려고 컴퓨터 건반을 정신없이 두드리기 시작했다. 선희의 두 눈이 반짝하고 빛났다.

이것 보지, 탑신자체의 무게가 오 분의 일로 줄어들고 해양계류의 안정도가 수십 배로 높아진, 그래서 해양에네르기발전소의 전체 모습이 더 날씬하고 미끈해진 이 '미남자'를! 아니 이건 정말 아릿다운 선녀의 모습이야. …

새날이 푸름푸름 밝기 시작해서야 폭신한 침대에 몸을 던진 선희는 탁상등을 끄려고 스위치를 더듬다가 흠칫 손을 움츠렸다. 책상 우에 놓인 자동어항 속에서 귀여운 진주고기들이 꼬리를 흔들흔들 거리며 말끄러미 자기를 굽어보는 것을 띄여본 것이였다.

"선희아씨, 정말 잘해. 우린 이 탐스러운 꼬리로 균형을 유지하지만 선희아씨의 수천 메터짜리 탑신은 000 메터나 시계추처럼 흔들리면서 발전소전체의 균형을 야금야금 파괴할게 안예요?"

선희는 그것들을 보지 않으려고 눈을 딱 감았다. 그럼에도 진주고기의 꼬리지느러미는 여전히 눈앞에서 흔들거리며 그의 귀에 대고 못 살게 속살거리는 것이였다.

'아니, 난 허용가준을 초과하지 않았어, 않았어.… 하지만… 하지만 그 흔들림이 어느 때에 가서는 기필코 발전소의 균형을 파괴할지도 몰라!…'

느닷없이 강철혁이의 열띤 부르짖음이 고막을 때렸다.

"자기의 착안에 스스로 매혹되여 서둘러 공개할 것이 아니라 완전무결한 창조물을 조국 앞에 바쳐야 한다는 자각된 과학자가 되시오!"

잇달아서 박학민소장의 무게 있는 말마디도 떠올랐다.

"조국의 진보에 억센 날개를!… 달아주되 짐이 되지 않고 조국을 힘차게 떠미는 충실한 날개를…"

공명되는 소리에 엇갈려 선희의 눈앞에 불이 번쩍 하고 일었다. 환영이였다.

바다 한복판을 가로 지르며 떨어지는 번개불에 확 드러나는 거대한 해양에네르기탑신을 위협하듯 검은 구름이 빠르게 움직이더니 미구하여 태풍이 불고 사나운 파도가 일어났다. 서서히 흔들거리는 탑신을 꺾어버릴 듯이 이번엔 해일이 덮쳐들었다. 그리고는 부두에 견고하게 설치된 세멘콩크리트잔교까지 뭉청 삼켜버린다.

갑자기 와지끈 탕탕! … 하는 소리가 들려왔다.

바다 한복판에 거연히 서있던 해양에네르기탑신이 뭉청 허리가 잘리운 채 무너져 내린다.

선희는 그만 "아－" 하는 비명소리를 지르며 끝내 자리를 차고 일어나고야 말았다.

온몸이 땀에 화락하니 젖었다.

시름에 겨워 콤퓨터를 켜니 자기가 온 밤 흥분과 격동 속에 새로 설계한 해양발전소였건만 아직도 탑신안정도에서 완벽하지 못하다는 생각이 들면서 망막을 아프게 찌르는 것이였다.

선희는 건신의 맥이 아래로 쑥 빠지는 것 같았다. 그만에야 책상에 어푸러져 두 손으로 얼굴을 감싸 쥐었다.

선희는 자기 량심을 속이고 두 번 다시 과학평의회에 나설 수 없다는 것을, 자기의 성공만을 위해 성급해하던 이전의 불성실한 립장으로 결코 돌아갈 수 없다는 것을 지금에 와서 똑똑히 깨달은 것이였다.

그렇다면 이 놀라운 변화는 언제 누구에 의해 이루어진 것일가?…

느닷없이 강철혁이의 꺽두룩한 모습이 떠오르자 선희는 소스라쳤다.

'아이참, 내가 점점 왜 이럴가?…'

박학민소장이 자기 사무실로 불렀을 때 선희는 마음이 팽팽해졌다.

새로운 설계초안을 완성한지도 열흘이 지난 때였다. 해상도시건설장에서도 전력설계의 추진을 요구하는 독촉이 여러 번이나 왔다는 것을 선희는 알고 있었다.

'모름지기. 소장동진 나를 힐책하려고 할 거야.'

마음을 도사려먹고 소장 방에 들어선 선희는 놀랐다. 의외에도 방안에는 조수인 승남이가 한 발 먼저 들어와 있었던 것이다.

의아쩍어하는 선희의 눈길을 받으면서도 승남이는 짐짓 모르쇠를 하며 콤퓨터에 현시되는 전자도서만을 뒤적거리고 있었다.

"?! …"

"자, 이리 와 앉소."

박학민소장은 선희가 자기 옆에 앉기를 기다렸다가 벽체의 플라즈마형 광막을 가동시켰다.

그러자 화면에는 뜻밖에도 선희의 강우식발전소설계도가 펼쳐졌다.

'아니, 이게 어떻게 여기에 벌써?…'

선희는 몸을 흠칫 떨었다.

아직은 미완성이라는 스스로의 요구성 때문에 비밀에 붙이고 있는 새로운 설계도였다. 짚이는 것이 있어 문뜩 승남이를 돌아보니 그는 심술궂게 웃을 뿐 마주볼 생각은 전혀 하지 않고 있었다. 노여움이 북받쳤다. 지금껏 승남이더러 얼마나 부탁했던가. 아직은 공개할 자격이 없는 설계이니 미리 자랑하며 돌아다니지 말라고…

그의 불쾌감을 깨뜨리며 박학민소장이 입을 열었다.

"자, 화면을 자세히 보시오. 이전의 설계와는 확실히 달라졌다는 게 알리지 않소. 스텔금속 대신에 초강도수지와 알루미니움관에 <ㅅ>착색재료를 리용했기 때문에 탑신총중량은 십여 만 톤밖에만 되오. 또 수소탕크의 도움으로 해양계류안정도가 스물다섯 배로 좋아졌소. 말하자면 과학평의회의 우려가 이제는 다 가셔졌다고 말할 수 있소. 그런데… 그런데 무엇 때문에 제시하지 않고 있소?"

엄격한 물음이였다. 선희는 입술을 잘근잘근 깨물었다. 소장은 필경 설계완성기일을 질질 끄는데 대하여 노여워하고 있다.

선희는 고개를 떨구고 힘겹게 대답했다.

"용서하십시오 전… 전 차마 내놓을 수 없었습니다."

"무엇 때문에?"

"그건… 과학자로서의 제 량심이 허락치 않았습니다."

"그게 전부이겠소?"

소장은 왜서인지 여느 때 없이 지긋게 따지고 들었다. 선희는 그만 애써 자제하던 음의 평형을 잃고 말았다.

"왜 그러십니까. 소장동지. 소장동지는 전번 학평의회 때 말씀하시지 않았습니까. 조국의 진보를 떠미는 완전무결한 날개를 달아주는 게 우리 과학자들이라고 말입니다. 그런데 아직 설계에는 허점들이 있습니다. 그런 설계를 제가 내놓아야 한다는 겁니까? 안 됩니다, 안 됩니다."

다음 순간 선희는 눈이 커졌다. 소장의 주름진 얼굴이 환한 웃음으로 가득 차 있는 것이 아닌가?

소장은 무릎 우에 다소곳이 놓여있는 선희의 손을 덥석 움켜잡으며 흥분해서 부르짖었다.

"고맙소, 고맙소. 선희동무, 난 바로 동무의 이 이 설계보다 진정으로 조국을 받들려는 티 없는 그 마음이 더 기쁘오. 아무렴, 선희 동무도 이 나라의 과학자지. 안 그렇소, 하하…"

박학민소장의 치하에 얼굴을 붉히고 있던 선희가 들고 온 서류가방에서 씨디 원판을 꺼내 콤퓨터에 집어넣자 그러자 화면에 거연히 솟은 강우식발전소탑신이 보이며 언제인가 한 밤 중에 놀라 잠들 수 없게 만들었던 그 무시무시한 장면이 3차원화면으로 재현되기 시작했다.

무서운 해일이 들이닥치고 강력한 태풍이 불어치는 장면이였다.

광포한 자연현상에 도전하듯 강우식발전소가 바다 우에 우뚝 솟아 우주를 꿰뚫고 있었다.

선희의 목소리가 떨리였다.

"제가 가장 안타까와하는 건 탑신의 흔들림을 방지할 대책이 아직은 저에게 전혀 없는 것입니다."

"그 문제 때문이라면 가만있소." 하며 박학민소장이 제꺽 마우스를 잡아당겨 움직였다. 그러자 화면에 강우식발전소탑신이 확대되면서 탑신 맨 꼭대기 우에 특수한 가락지모양의 랭각기가 틀지게 들어앉는 것이였다.

"?…"

박학민소장이 빙그레 웃었다.

"심부중심에 미치는 중력법을 도입했소."

"예에?!…"

선희의 두 눈이 반짝하고 빛났다. 언제인가 승남이가 보여주었던 신문이 생각났다.

…강철혁연구사 지열발전소 연구 완성하는 과정에 심부중심에 미치는 중력법에 대한 새로운 연구…

다음 선희의 입술이 바르르 떨렸다.

난 지금껏 왜 이 생각을 전혀 못했을가?!…

박학민소장이 다시 마우스를 움직였다. 그러자 화면에 선희를 불안하게 만들었던 그 무시무시한 장면이 3차원화면으로 재현되기 시작했다. 무서운 해일이 들이닥치고 강력한 태풍이 불어치는 장면이였다. 횡포한 자연현상에 도전하듯 강우식 발전소가 바다 우에 끄떡없이 서있었다.

"선희 동무, 어떻소?"

박학민소장의 속삭임 같은 물음이였다. 선희는 놀라운 기색을 감추지 않은채 "가만, 저…" 하며 화면에 눈길을 박고 있었다. 지금 선희의 머리속에 전자계산기수자처럼 재빨리 스쳐가는 계산수치에 의하면 이 새로운 공법에 의해 선희가 그처럼 우려하던 탑신의 흔들림이 종전의 000 메터로부터 수십 메터라는 리상적인 수자로 류동직경을 대폭 줄일 수 있었다. 이것은 완전한 성공을 의미한다.

선희는 눈굽이 쿡 쑤셔났다. 바로 저런 형태의 안전방식을 찾지 못해 지금껏 얼마나 안타까이 머리를 쥐여 짜며 모대겼던가?…

"소장동진 어떻게 이 공법을 여기에 도입할 생각까지 했습니까? … 이젠 됐습니다. 바로 이것입니다, 이거!…"

"자신이 있단 말이지?"

"예, 소장동지, 고맙습니다. 이렇게 훌륭한 방도를 찾아주셔서 …"

너무 격동되여 말끝을 맺지 못하는 선희를 굽어보며 소장은 "허허…" 하고 웃었다.

"인사는 내게 할 게 아니라 철혁동무에게 하라구."

"예ー에?!"

"그렇소. 철혁동무는 심부중심에 미치는 중력법을 발견했을 때 이 방식을 지하뿐이 아니라 그 반대인 지상고공에서도 리용할 수 있지 않겠는가 하는 생각이 들었다오. 그래서 강우식발전소탑신에 도입해본 건데 저 탑꼭대기에 올려놓은 무거운 가락지모양의 랭각기가 바로 그 문제의 기본열쇠로 된다는 걸 며칠 밤새우면서 밝혀낼 수 있었소. 말하자면 탑신중심에 중력법을 적용한 셈이지. 이 콤퓨터모의시험자료도 그 동무가 제공했소."

선희는 자기의 목소리가 떨리지 않도록 자제하며 조용히 입을 열었다.

"그럼 그 동무가 나를 위해 …"

선희는 문득 불 밝은 창가에 우렷이 비치던 그날의 강철혁이의 모습이 떠올랐다. 그러자 자신이 얼마나 부끄럽게 생각되는지 몰랐다.

그렇게 사심 없고 성실한 한 인간에 대해서 나는 한 때 얼마나 오해했던가. 그런데 그가 나를 위해… 승남이가 선희 앞으로 다가왔다.

"연구사동문 다 모릅니다. 연구사동무가 철혁동지의 방조를 거절했을 때 그가 얼마나 괴로워했는지 압니까?… 오죽했으면 철혁동지가 나에게 승남이, 선희 동무의 귀중한 착안을 성공시켜 줘야겠는데 본인이 날 미워하니 어떻게 하면 좋을가, 응? 승남이가 나대신 슬쩍 나서서 귀띔해주라구까지 했겠습니까?"

철혁 동무가 '선희 동무의 귀중한 착안'이라고 했단 말이지. 결국 승남이의 수소탕크착상도 탐신대용재질도 다 철혁동무가 내놓은 것이였구나.

선희의 눈앞에는 '지열발전소'연구과제가 바쁨에도 불구하고 나라의 부강발전을 위한 길에서 네일 내일이 따로 없다고 하면서 자기의 '강우식발전소'설계완성을 위해 시간을 아낌없이 바쳐왔을 철혁이의 모습이 아름답게 안겨왔다. 그리고 그 밤 그의 방 창가에서 울려나오던 노래 소리도 귀에 쟁쟁히 되살아났다.

시련의 고비를 이겨나가며 부강조국의 래일을 앞당겨온 전 세대들처럼 오직 조국의 번영함을 위해 한 몸 불태우는 철혁동무, 바로 조국 앞에 사심 없고 헌신적인 이런 인간이야말로 "조국의 충실한 날개"가 아니겠는가.

선희는 힘겹게 몸을 일으키며 떨리는 목소리로 물었다.

"그가… 지금 어디 있어?"

"지열발전소를 완성하겠다고 어제 밤 현지로 떠났습니다. 그러면서도 자기가 새로 연구한 중력법을 연구사동무가 받아들이면 고맙겠다고 몇 번이고 말했는지 모릅니다."

'고맙다는 인사야 내가 글에게 해야 할 텐데. 그런데 그가 오히려 나에게… 아, 고마운 사람! 난 이제 어쩌면 좋아.'

뽀얀 운무 속에 가리워졌던 허상이 벗겨지고 대신 뚜렷이 드러난 아름답고 고결한 인간을 보게 된 것으로 하여 선희의 가슴속에서는 뜨거운 것이 뭉클 치솟아 올랐다. 그러나 선희의 입에서는 의외에도 자기도 모를 날카로운 소리가 불쑥 튀어 나갔다.

"미워요!"

다음 순간 선희는 스스로 놀랐다. 어떻게 되어 그런 말이 불쑥 튀어 나왔는지 믿어지지 않았다.

"예?!"

승남이의 눈이 접시같이 휘둥그레졌다. 선희에게 그 모양이 왜서인지 우습게 여겨졌다. 그래서 고집스럽게 다시 뇌였다.

"철혁동무가 밉단 말이야."

"?…"

그다음 선희는 더는 승남이를 거들떠보지 않고 방을 나와 정신없이 현관계단을 뛰여 내려갔다.

'그래 그래, 미운 건 내가 아니야. 그 동무에야. 그런 식으로 처녀를 골탕먹이는 그 동무를 난 절대 용서할 수 없어. 용서 안 할테야!…'

입술을 꼭 물고 구내길을 내달리는 선희였지만 마음속으로는 이미 강철혁이와 나란히 과학의 창공을 훨훨 날고 있었다.

《조선문학》, 2005.3

버들꽃

김정희

어슬녘이다. 아직은 이른 봄이라 낮에는 제법 아지랑이 아물거리며 봄소식을 전하던 산천에 지금은 쌀쌀한 랭기만이 떠돈다.

동창읍중학교 교원 한수련은 연회색 봄 외투 깃 속에 목을 깊숙이 묻고 갈림길에 선채 잠시 망설였다.

'어디부터 갈가?'

그는 지금 일부러 시간을 내여 조카애의 돌생일에 오는 길이다. 집으로 먼저 가야 할지, 아니면 부탁받은 일 때문에 이곳 중학교부터 들려야 할지, 생각던 끝에 그닥 시간이 걸릴 것 없는 학교부터 들리기로 하였다.

서둘러 그쪽으로 발걸음을 옮기던 수련은 갑자기 속이 철렁함을 느꼈다.

'가만, 내가 그 편지를 어떻게 했더라?'

수련은 가방을 황황히 뒤져보았다. 길을 떠날 때면 잊지 않고 넣군 하는 부피 두터운 소설책을 꺼내들고 마구 번져보았다. 마지막 장을 넘기는 순간 종이 한 장이 춤추듯 날아 떨어진다. 혹시나 하여 집어 들던 그는 다시 한 번 놀랐다.

'어머나, 전날 남철이가 답이 잘 나오지 않는다며 봐달라고 하던 것이…'

그날 떠날 준비로 바쁜 시간을 보내던 수련은 담임한 학급학생인 남철이가 찾아왔을 때 대충 문제를 훑어보고는 "선생님이 찾으면 오세요. 그때 함께 풀자요." 하고 돌려보냈었다. 그러고는 손 가까이에 있는 소설책짬에 끼워놓고는 감감 잊고 있었던 것이다.

수련은 그 종이장을 다시 접어 책짬에 끼우고 좀 전에 찾던 편지를 다시 찾아보았다. 아무데도 없었다. 잠시 눈을 감고 서서 차근차근 생각을 정리해보았다.

아침에 교단에 선지 얼마 되지 않는 처녀교원이 찾아왔다. 포석리에 가는 길에 학교에 들려 대학동창생에게 편지를 주고 대신 참고서적을 가져다달라고 부탁한 편지였다. 설겆이를 한창 하고 있던 수련은 그 편지봉투를 받아 찬장 우에 올려놓았었다. 그리고는 생각 없이 떠나온 것이다.

예상치 않았던 시름이 생겨 잠시 가슴이 무거워진 수련은 그것을 애써 털어 버렸다.

'이젠 하는 수 없구나. 지향이나 데리러 가자.'

탁아소로 향한 수련이의 마음은 저도 몰래 가벼워졌다. 한시바삐 보동보동한 어린것의 부드러운 볼을 다독여주고 싶은 충동에 걸음보다 마음이 앞선다.

'우리 지향이가 그새 얼마나 컸을가? 고 귀여운 것이 이젠 제법 재롱도 부리고 낯가림도 하겠지. 참 제 고모도 몰라보면 어쩐다? 옳지, 놀이감!…'

수련은 큼직한 려행가방 속의 생일기념품을 생각했다. 동그란 두 눈이 새까맣고 복스럽게 생긴 하얀 애기곰, 토실토실한 몸뚱이를 조금만 눌러도 "삑, 삑" 여무진 울음소리를 내는 이 놀이감이야말로 지향이의 마음을 사기엔 그저 그만일 것이다. 어디 그뿐 만이랴.

보기만 해도 군침이 도는 갖가지-당과류며 신선한 과일들, 곱고 고운 매미옷이며 꽃양말과 해가림모자, 새빨간 방울이 달린 파아란 머리고무줄…

'오빠가 살아서 곱게 차리고 돌 사진을 찍는 우리 지향일 본다면 얼마나…'

불쑥 떠오른 생각에 저도 몰래 코허리가 알싸해지며 앞이 흐려졌다. 눈앞엔 온통 오빠의 얼굴뿐이다. 서글서글한 눈매, 날이 선 코등, 고집스레 다물린 선명한 입…

"오빠! 용서해요. 늘 바쁘게 사는 형님 대신 저라도 오빠 곁에 있어야 하는 건데… 결국은 제가 동생 구실을 잘못했나 봐요."

수련은 마치 오빠가 앞에 서있기라도 하듯 조용히 입속말로 중얼거리고 나서 길게 숨을 내그었다.…

수련이와 그의 형님이 된 옥순이는 비록 산골일망정 아름답고 유정한 고향마을에서 꿈 많은 소녀시절을 마감지은 동창생들이었다.

탁아소와 유치원은 물론 소학교와 중학교를 졸업할 때까지 그들은 땔래야 땔 수 없는 련결차처럼 늘쌍 붙어 다니였다. 그 련결차의 운전사는 옥순이였고 싫든 좋은 그 어데나 군말 없이 따라다니는 적재함은 수련이였다.

둘의 성격은 너무도 대조적이였다. 담차고 거세고 대쪽 같은 성미의 옥순이는 항상 새 것을 좋아하고 사내들처럼 통이 크게 놀았다면 반대로 수련이는 소심하고 조용한 성미에 자기 앞에 맡겨진 일이나 착실히 해서 칭찬을 받는 것으로 만족해하는 부류의 소녀였다. 서로 성격은 달라도 언제나 다정하게 보조를 맞추는 뜨락또르의 앞바퀴와 뒤바퀴처럼 늘 한 마음 한 뜻이였다.

그러던 둘 사이에 뜻하지 않은 충돌이 생기였다. 중학교 졸업을 앞두고 대학을 지망하는 문제 때문이였다. 옥순이는 뭐니뭐니해도 식량문제를 푸는 것이 선차이니 농업대학으로 함께 가자고 했고 수련은 농사짓는 사람도 다 교원한테서 배운 사람이니 교원의 보람이 더 크다며 사범대학으로 함께 가자고 하였다. 서로 자기의 의견을 고집하며 조금도 양보하지 않는 바람에 한동안이나 옥신각신했다. 그러다가 역시 명철한 판결을 내린 건 옥순이였다.

"좋다, 둘이 대학에도 꼭 같이 가야 한다는 법은 없다. 우리 서로 자기가 택한 길로 가자. 후회 없이 말이다. 누가 더 보람 있는 길을 걸었는가는 음- 인생 말년에 총화 한다. 어때?"

그 후 그들은 대학을 마치고 고향의 벌과 교단으로 돌아왔다. 그리고 언제인가 한 약속을 지켜 경쟁적으로 일했다. 곡식을 가꾸고 아이들을 가르치며… 그런 그들이였기에 꿈 많은 처녀시절도 저물어가던 어느 해에는 농장으로 진출한 제대군인들과 가정도 이루었다. 수련이는 땅크병 출신의 우람찬 청년에게 그리고 옥순이는 몸집은 비록 체소해도 말이 적고 고집이 센 수련이의 오빠한테.

그들이 서로 한가정의 부부로 된 데는 수련이가 '방자와 향단이' 노릇을 그럴듯하게 한데도 있다고 말할 수 있다.

손우애나 아래에 오빠가 있는 녀자들이 항용 그러하듯이 수련이도 예쁘게 생긴 처녀나 일 잘하고 마음씨 고운 처녀를 보면 오빠생각부터 하군하였다. 이 처녀, 저 처녀 점찍어보던 어느 날 오빠가 왔다. 제대 되여 남들처럼 대학이나 도시가 아니라 농장으로 돌아온 오빠! 복무의 나날 얼마나 보고 싶었는지 모른다며 배낭을 벗어놓기 바쁘게 벌로 나가는 오빠를 보고는 과연 어떤 처녀가 한생의 길동무로 될 수 있는가가 석연해졌다. 종다리는 종다리와 쌍을 짓는 법이다. 벌을 못 잊어 찾아온 오빠에겐 벌을 떠나 못사는 그런 처녀가 어울린다.

순간 두 눈을 번쩍 뜨게 하는 처녀가 떠올랐다. 그리 크지 않은 날씬한 몸매에 남달리 반짝이는 고운 두 눈을 가진 아름다운 처녀, 군소재지에서 제일 뒤떨어진 고향땅을 모두가 부러워하는 마을로 꾸린다며 밤낮을 모르고 일하는 불덩이 같은 청년분조장 옥순이야말로 둘도 없는 천상배필이다.

소뿔은 단김에 뽑는다는 말이 생각나 수련은 오빠를 찾아 벌로 나갔다. 갓 모살이가 끝난 파아란 벼잎들이 고향으로 돌아온 제대 병사를 반기듯 설레이고 개구리합창단도 '개골개골' 열심히 환영곡을 부르는 곳에 오빠가 서있었다.

"오빠, 생각나요? 내 동무 옥순이를 울리던 일 말이에요."

"무슨 일로?!…"

"우리가 숙제 공부할 때 글짓기학습장을 훔쳐보고…"

"음, 그 <버들꽃을 사랑합니다> 그것 말이냐?"

"그래요. 이젠 그 눈물 값을 낼 때가 되지 않았어요?"

"무슨 말인지 통 모르겠는걸. 허허⋯"

둘은 나란히 앉아 이제는 아득한 먼 일로 되어 버린 그 일을 생각했다.⋯

언제인가 글짓기숙제로 '꽃'이란 단어가 들어가게 문장 짓기를 한 적이 있었다. 그때 옥순이는 이렇게 지었었다.

'내 고향은 높고 낮은 산봉우리들이 첩첩히 둘러싸다 남겨둔 크지 않은 공지에 자리 잡은 포석리입니다. 먼 옛날부터 온통 물과 돌투성이뿐인 척박한 땅이여서 사람 못살 고장이라 그렇게 불러왔답니다. 그래도 우리 집 우물가의 버드나무는 이 땅이 좋은지 해마다 어김없이 꽃을 피웁니다. 아직은 산과 들, 음달지에는 하얀 눈이 쌓여있는데 새 봄을 불러 남 먼저 피여 웃는 버들꽃은 찬 서리와 눈바람을 이겨낸 고향의 꽃이여서 더욱더 아름다운 것입니다. 나는 아름다운 꽃들이 많고 많아도 내 고향에 피여난 이 버들꽃을 제일 사랑합니다.'

그때 수철은 제가 마치 그의 담임선생님이라도 된 듯 빨간 크레용으로 큼직하게 5점이라고 매겨주었다. 뒤늦게야 이것을 보게 된 옥순이는 펄쩍 뛰며 당장 지워놓으라고 야단쳤다. 바빠 맞은 그가 다른 종이장에 곱게 써서 붙여주겠다고 해도 막무가내였다. 나중엔 방울방울 눈물까지 흘리는 바람에 하는 수없이 그의 담임선생님을 찾아가 용서를 빌지 않으면 안 되였다.

수련이가 이쪽저쪽 오가며 다리를 놓아준 덕인지 아니면 그 버들꽃이 연분이 되여서인지 어쨌든 옥순이는 그의 형님으로 되였다.

한날한시에 결혼상을 받고 나란히 선 새 집에다 제각기 보금자리를 편 그들은 뜻 깊은 날을 기념하여 나무를 심었다. 수련이네는 행복이 주렁지길 바라며 다자란 사과나무를 그리고 옥순이네는 이제 금방 자뜸한 애어린 버드나무를.

"아이참, 같은 값으면 과일나무를 심을 것이지 열매도 없고 가을바람에 잎 떨어지면 그만인 버드나무를 심다니…"

호기심속에 오빠네 집을 넘보던 수련이가 너무도 어이없어 어쩔 줄 몰라하자 옥순이가 너그럽게 웃으며 말하였다.

"과일나무를 심을 계획은 다 되어 있어요. 그러니 넘려 마세요, 누이."

이때부터 둘 사이엔 자주 충돌이 생기였다.

앞뜰에 심을 사과나무에 그해부터 꽃이 피고 열매가 주렁지더니 수련이네 집엔 날마다 행복이 꽃펴났다. 처녀 때부터 조용하고 알뜰한 성미였던 수련은 덜통하면서도 인정미 있는 세대주와 곧잘 장단을 맞추었고 비둘기 같은 오누이를 남보란 듯이 키우며 깨가 쏟아지게 살았다. 하지만 옥순이네는 그렇지 못했다. 늘 봐야 둘 다 벌에 나가살았고 서로 시간이 맞지 않아 밥상을 놓고 마주앉기가 드물었다. 그럭저럭 옥순이가 작업반장을 할 때는 좀 나았다. 관리위원장이 되면서부터 서로 티각태각하는 일이 잦아졌다. 보다 못해 수련은 조용한 기회에 옥순이와 마주앉았다.

"…녀성은 어디까지나 녀성다워야 해. 일단 가정을 이룬 다음엔 사회적 지위야 어떻든 집안에 들어서면 안해라는 의무에 충실해야 서로 행복할 수 있는 거야. 그런데 넌 농장 일만 일이라고 늘 나돌아가니 어떻게 화목할 수가 있겠니. 그러니 우리 오빠를 탓하지 말어…"

그럴 때면 옥순이는 활짝 웃으며 선선히 접수하군 하였다.

"내 오늘부턴 꼭 착실한 안해가 되겠으니 두고보렴."

그리고도 저녁이면 또 수련이를 찾는다.

"미안해. 회의가 있어 늦을 것 같은데 오빠를 부탁한다."

수련은 그러는 옥순이가 오히려 좋았고 교원생활을 하는 바쁜 속에서도 틈이 생기는 대로 두 집 살림살이를 하느라 분주히 뛰여 다니는 것을 오히려 즐겁게 여겼다.

그러던 어느 날 이사문제가 나섰다. 군경영위원회 부원으로 일하게 된 남편을 따라 읍으로 가게 된 것이다. 막상 떠나자니 오빠네 일이 마음에 걸렸고 천천히 가자니 합숙생활을 해야 하는 남편이 문제였다.

"오빠 걱정은 말고 어서 떠나. 절대로 밥을 굶기지 않을 테니…"

옥순이가 하도 등을 떠밀어 읍으로 이사 나오긴 했으나 영 마음이 놓이질 않았다. 하여 새집에 안착되기 바쁘게 달려가 보고는 그만 두 눈이 딱 감기여 아무 말도 못했다.

풋김치를 담그려고 씻어다 놓고도 미처 어쩔 새가 없어 그냥 둔 것이 있는가 하면 감자찬을 하려고 껍질을 벗기다 내버려둔 것도 있었다. 오죽 바빴으면 그랬으랴 싶어 집 안팎을 거두고 저녁까지 다 지어놨는데도 오빠도 옥순이도 들어올 줄을 모른다. 한 걸음, 두 걸음 마중 나온 것이 어느덧 관리위원회 앞마당까지 나왔다. 불빛이 환한 창 너머로 열띤 옥순이의 목소리가 관리 위원회 안팎을 쩡쩡 울리고 있다.

"…우리 고장에 흔한 물과 돌만 잘 리용하면 얼마든지 잘 살 수 있습니다. 지금은 아무 쓸모없이 흘러가는 이 물줄기들은 한데 모으고 바로 여기 직소와 중소, 룡소 세 곳에 발전소를 건설하면…"

벽에 걸어놓은 직관물을 지시봉으로 짚어가며 옥순이는 아름다운 레일의 포석리를 그려 보인다. 자체로 생산한 전기를 가지고 평의봉사시설은 물론 온 마을의 전기난방화를 실현하여 산림을 보호하면서도 녀성들을 힘든 부엌일에서 해방…

"그리고 막돌을 금돌처럼 효과적으로 써먹어야 합니다. 크고 작은 돌을 모두 모아다가 논과 밭이 집중적으로 분포되여 있는 바로 여기서부터 예까지의 전 구간에 억년 드놀지 않을 강뚝을 쌓도록 합시다. 그렇게 되면 큰물이 조금만 나도 물에 잠기거나 씻기우던 밭들을 보호할 수 있고 마을의 풍치 또한 아름다워질 것입니다.…"

깊어가는 밤과 함께 옥순이의 희망도 끝을 모르고 마냥 나래친다. 현재 있는 양어장을 세배로 늘일 문제, 파수업을 대대적으로 밀고나갈 문제, 축산, 남새, 온실 지어는 우리 고장의 흔한 석비레와 진흙을 가지고 포장도로를 만들자는 희한한 계획…

'아이구 욕심두, 그 많은 일을 언제 다 한다구 저렇게 큰소리 칠가. 계획이 너무 앞서는 건 아닐가?'

수련은 그의 꿈같은 소리가 말로 남을 가봐 두려웠다.…

세월은 빨리도 흘러갔다. 엊그제 봄노래를 부른 것 같은데 벌써 새해가 가까워 왔다.

수련은 설명절 준비에 여느 때 없이 많은 시간을 바쳤다. 갖가지 음식감들을 만드느라 밤을 새우기도 했고 공업품 매대를 찾아가기도 하였다. 이렇게 마련한 여러 개의 보짐을 들고 오빠네 집으로 온 가족이 내려갔다. 언제라도 오붓한 생활을 못해 온데다가 결혼 후 몇 해가 지나도록 자식이 없는 오빠네 가정에도 행복의 웃음꽃이 피여나길 바라며.

불과 몇 달 사이에 고향땅은 많이도 달라졌다. 선참 안겨온 것이 마을 한복판에 우뚝 솟은 2층짜리 학교였다. 어제날에는 하도 깊은 산골이라 단풍 교사도 만족했던 이 고장이였다.

"아이들은 우리 고향땅의 래일이예요. 그들이 희망을 높이 세우도록 학교부터 훌륭하게 지어주자요."

옥순이의 발기에 온 마을이 떨쳐나섰다 한다. 대군인청장년들을 디딤으로 한 돌격대가 무어졌고 너도나도 지원자로 나서고. 건설장엔 밤낮이 따로 없었고 그만큼 큰집은 빨리도 완공의 날을 보게 되였다고 한다.…

'확실히 옥순인 일할 줄을 알거든.'

수련은 거의 마감단계에 이른 호발전소며 제법 면모를 갖추기 시작한 제방뚝이며를 바라보며 흐뭇한 마음을 금할 수가 없었다.

하지만 기쁘고 즐겁던 감정은 오빠네 집 문턱을 넘어서기 바쁘게 식어지고 말았다. 그래도 설날만은 한 가정의 주부가 되여 부엌 안에 기름 냄새를 풍길 줄 알았건만 현실은 생각보다 너무도 차이가 있었다. 잔뜩 벌려놓은 건설장들에 요구되는 자재들을 구하러 떠났다는 옥순이는 설날이 되였는데도 아직 돌아오지 않았고 온통 검뎅이 칠을 한 오빠는 실험실처럼 꾸려놓은 옷 방에서 시약병들과 씨름하고 있었다. 그 옆에 꼭 같은 모양을 한 또 한명의 안경쟁이가 있었다. 이 고장의 토질에 맞는 미생물비료를 연구하는 오빠를 도우려 군에서 내려온 농업 기술자였다. 옥순이가 여러 번 걸음을 하여 데려왔다는 늘씬한 키에 인상이 밝은 젊은 연구사는 점잖게 자기소개를 하고 인츰 일손을 잡았다.

살림집인지 아니면 미생물연구소인지 온통 뒤죽박죽이 된 안팎을 둘러보며 수련은 저도 몰래 긴 숨을 내쉬였다.

'바지를 서로 바꾸어 입어야 하는 걸…'

하지만 인츰 도리질을 쳤다. 무슨 쓸데없는 생각을. 오죽했으면 옥순이가 이날까지 객지에서 고생하랴. 수련은 흩어지려는 마음을 억지로 다잡으며 구석구석까지 말끔히 치우고야 잠자리에 들었다.

얼마나 시간이 흘렀는지…

갑자기 "기상!" 하고 나직이 소리치는 통에 깨여나 보니 뜻밖에도 옥순이가 머리맡에 앉아 즐겁게 웃고 있었다. 반가움으로 하여 어린애들처럼 서로 그러안았을 때 그는 사죄부터 하였다.

"정말 미안하게 됐어. 빨리 온다던 노릇이 그만 차가 고장 나서 이렇게…"

그들이 이런저런 말을 주고받는 사이에 창밖이 푸름푸름 밝아왔다. 뭔가 해야 할 일이라도 있는 듯 잠시 바재이는 기색이더니 아닐세라 수련이의 귀가에 대고 소곤소곤 속삭인다.

"꼭 다녀와야 할 일이 있어 그러니 시간이 되면 먼저들 식사 해. 밥은 다 지어놨어."

"아니, 밥을 짓다니? 언제 벌써… 그런 걸 난 정말 몰랐구나."

"별소릴. 오히려 내가 널 보기가 미안하다. 어쩌다 와서도 제 손으로 밥을 차려먹군하니… 한 끼라도 내손으로 지은 밥을 먹이고 싶어 뭘 좀 차렸으니 많이 들어."

부지런한 수닭의 홰치는 소리와 함께 뽀드득 뽀드득 눈 밟는 소리가 총총히 사라졌다.

이부자리를 포개여 이불장안에 넣고 부엌으로 내려선 수련은 저도 몰래 눈시울이 뜨거워졌다. 설설 끓고 있는 국가마와 뜸이 잘 든 밥가마, 갖가지 먹음직스러운 반찬이며 단 음식들에 안주인의 구실을 하고 싶어 하는 옥순이의 그 마음이 비낀 듯싶어 무심히 볼 수가 없었다. 먼 출장길에서 돌아오는 길로 꽁꽁 언 몸을 녹일 새도 없이 깊이 잠든 식솔들을 깨울세라 가만가만 소리 없이 동자질을 했을 그의 모습이 사라질 줄을 몰랐다.…

그렇게 떠나간 옥순이는 한낮이 되도록 돌아 올 줄을 모른다. 기다리다 못해 집으로 돌아가려고 뻐스정류소로 나가는 수련이네를 바래워 주려고 하던 일을 미루워 놓고 오빠가 따라나섰다. 옥순이를 못보고 떠나는 수련의 마음을 위로해 주고 싶어서인지 우스개소리까지 꺼내던 그는 뻐스가 떠나자 오래도록 손을 흔들며 바래주었다.

하늘이 미여지게 평평 쏟아져 내리는 함박눈. 모자도 목도리도 없이 그 눈을 다 맞으며 빚어놓은 눈사람인 양 서있던 오빠가 작은 점이 되여 사라지는 순간 왜서인지 오빠가 측은하게 생각되여 마음이 무거워졌다. 안해의 살틋한 손길이 자구 가닿지 못해서인지 별스레 꺼칠하고 겉늙어 보이는 오빠, 가뜩이나 체소한 몸집이 퍼그나 졸아든 듯싶은 오빠가 집 앞에 서있는 앙상한 버드나무처럼 외롭고 쓸쓸하게 느껴졌다.

'언제면 오빠네 집에 단란한 생활의 향기가 풍기겠는지…'

쓸쓸한 마음으로 차창너머로 흘러가는 눈 내리는 고향의 들판을 더듬던 수련이의 눈앞에 어느덧 나지막한 산말기에서 쏟아져 내리는 폭포수가 그림처럼 보이는 룡소가 비꼈다. 먼 옛날 산청경개가 기막히게 아름답고 물 또한 맑고 정갈한 이 소에서 룡이 살았다고 하여 룡소라고 부르는 곳에 지금은 아담한 건물의 일떠섰다. 거의 마감고비에 이른 1호발전소 건설장이였다.

'고향사람들이 정말 큰 일을 했구나!'

깊은 감동 속에 오래도록 바라보던 수련은 갑자기 두 눈을 크게 떴다. 룡소뚝 우에 솜복 차림에 까만 목도리로 허리를 질끈 동여매고 껑충한 거리자로 제방 길이를 재여 나가는 그리 크지 않은 녀인의 모습이 시야에 안겨왔기 때문이다. 그가 옥순임을 알아보았을 때 수련은 저도 몰래 벌떡 일어나 뻐스의 맨 뒤쪽 창가로 달려갔다. 그리고는 알아보지 못할 쭐 뻔히 알면서도 오래도록 손을 흔들었다. 왜서인지 가슴노리가 뜨거워났다. 설날아침에도 쉬지 않고 레일의 일을 설계하는 옥순이였다.

'옥순아 잠시나마 널 섭섭하게 생각한 이 못난일 용서해…'

…수련이가 그처럼 바라던 소박한 꿈은 너무도 빨리 현실로 되여 찾아왔다. 이해 따라 집 앞의 버들개지가 남 먼저 피여나더니 오빠네 집에 경사가 났다, 귀여운 딸애가 태여난 것이다. 행여나 하여 오래전부터 한 가지씩 마련해두었던 애기 옷이며 꽃포단이며를 싸안고 날개라도 돋친 듯 한달음에 달려갔던 수련은 흐뭇한 마음으로 인츰 돌아섰다.

새 생명의 출생은 잊고 있었던 모든 것을 순식간에 찾아주었다. 언제나 썰렁하던 집안엔 따스한 체취가 들었고 안해와 딸애가 밤낮으로 피워놓은 웃음꽃은 오빠의 얼굴에도 느슨한 웃음이 가실 줄 모르게 했다. 오손도손 살틋한 속삭임소리에 곁에서 시샘이 날 정도로 화목한 그들을 보며 수련은 눈물이 났다.

'이젠 됐어. 늦게 피운 꽃이니 더 소중할 걸'

하지만 수련이의 기쁨은 오래가지 못했다. 한창 씨 뿌릴 차비를 다그치던 봄우뢰 치는 날 오빠가 거름짐을 진채로 포전에 쓰러져 다시 일어서지 못했다는 소식이 날아들었다. 이미 오래전부터 자라기 시작한 불치의 병이 밤낮을 모르고 일하던 그의 육체를 끝내 꺼꾸러뜨렸다는 것이다.

비통한 이 소식은 수련이의 여린 가슴을 발기발기 찢어놓았다. 단란한 생활의 단맛을 한창 즐기기 시작한 오빠! 당장 터질 폭탄을 가슴에 안고 살면서도 아무런 내색 없이 두엄더미와 시약병을 붙들고 씨름하던 오빠가 아닌가. 자기는 멀리 떨어져있어 몰랐다 해도 곁에 있는 옥순이야 알았을 텐데 어쩌면 이 지경이 되도록 속수무책으로 있었단 말인가. 더구나 오빠가 운명하는 마지막 날까지 서로 어성을 높이다 못해 각기 벌판으로 영농자재구입으로 떠나갔다는 말을 듣고는 더는 참을 수 없어 옥순이를 마구 잡아 흔들었다.

"넌 어쩌면 그다지도 모지니, 응? 관리원원장도 인간이겠지. 대답해봐, 어서…"

"그래, 난 인간이… 인간이 아니였어. 그래서 그 일 이렇게 만들었어 어쩌다 시간이 좀 생겨 부엌에 라도 들어서면 그럴 시간이 있으면 눈이라도 좀 붙였다 나가라고 등을 떠밀고, 그것이 너무 고마와 집 안팎이라도 좀 거두려면 이 집은 제대 병사가 다 맡았으니 걱정 말고 농장일이나 잘 돌보라고 엄하게 꾸짖던 남편이였어.… 오늘 아침도 앓고 있는 저 때문에 먼 길을 떠나야 할 내 마음이 나약해질까봐 오늘은 별스레 몸이 거뜬한 게 기분이 좋다며 제 먼저 거름짐을 지고 나서질 않겠니. 그 모습이 너무도 이 가슴을 허비여 그일 붙잡고 애원했어. 제발 이번만은 다른 사람을 내 대신 보내고 함께 병원으로 가보자고 말이야. 그러자 무섭게 성을 내더구나. '당신은 벌써 잊었소? 우리 고향땅들을 남들이 부러워하게 만들겠다던 그 결심을 말이요. 그런데 중도에서 어물거리다니… 락원은 결코 저절로 오지 않소. 오직 선군시대에 사는 우리 군인들처럼 결사관철의 정신만을 안고 뜨거운 피와 땀으로 이 땅을 걸구어갈 때 꽃피는 것이란 말이요.' 아무런 대꾸도 못하고 서있는 나를 보고 저녁에 일이 끝나면 지향일 안고 마중 갈 터이니 빨리 와야 한더던 그이가 어쩌면… 다문 며칠만이라도 품 놓고 앉아 병을 치료해주자고 달려온 이 작은 소망도 풀어주지 않고 영영 간단 말이냐…"

그제야 수련은 모든 것을 알게 되었다. 어제나 오늘이나 그들의 다툼은 서로 아끼고 위해주는 뜨거운 사랑 때문이였고 옥순이가 푸른 들을 마음껏 날아예게 하여준 억센 두 날개는 바로 다름 아닌 오빠였다는 것을…

이제는 수십 년을 자란 왕밤나무들이 마치 병풍처럼 주런이 늘어선 양지바른 언덕아래 덩지 큰 탁아소가 둥실하니 자리 잡고 있었다. 그 앞에 다달은 수련은 잠시 멈춰 섰다. 혹시 지향이의 울음소리라도 들리지 않나 하여 마음을 조이며 귀를 강구었다. 하지만 아무 소리도 들리지 않는다. 그제서야 안도의 숨을 길게 내쉰 수련은 바삐 층계를 따라 올랐다. 애기방 문을 두드렸으나 기척이 없었다. 혹시나 하여 문을 열고 휘둘러보았다. 깨 끗이 정돈된 널직한 방안엔 아무도 없었다.

"지향이를 찾아갔구나."

가볍게 문을 닫고 돌아선 수련이의 가슴엔 서운함보다 따뜻한 정이 그 득먹하니 차올랐다. 일밖에 모르는 옥순이여서 제시간에 젖은 먹이는지, 혹시 늦도록 찾아가지 않아 어린것을 울리지나 않는지 짬만 있으면 이런 생각으로 애태우는 수련이었다. 그런데 이제 보니 아이 건사를 바로 하는 듯싶어 한결 마음이 놓였다. 수련은 한시바삐 지향이도 안아주고 옥순이 와 밤새워 이야기꽃도 피우리라 작정하며 반달음을 쳤다.

네 귀들을 건듯 추켜들고 듬직하게 들어앉은 새로 지은 문화주택들을 지나 보라빛 제비꽃이며 노란 민들레꽃들이 다문다문 피여 웃는 길 맞은 편 저쪽 마을이 옥순이가 사는 웃동네이다. 집이 가까워 오자 선참 안겨 온 것이 모락모락 피여 오르는 저녁연기였다. 부엌 쪽에서 들려오는 달그 락거리는 그릇소리… 때를 맞추어 아이도 찾아가고 저녁밥도 짓는 그가 눈물겹도록 고마왔다.

'오빠만 살아있다면 더 바랄게 없으련만…'

아무리 불치의 병이라 어쩔 수 없었다고 스스로 위안하려 해도 꼭 살릴 수 있은 것을 정성이 모자라 먼저 보낸 것 같은 쓸쓸한 생각에 잠겨 은빛 털 봉오리들을 흔들며 반기듯 설레는 소담한 버드나무만 멍하니 바라보았다.

이때였다. 벌컥 문이 열리며 밝은 불빛이 쏟아져 나왔다. 거의 동시에 문턱을 넘어서는 녀자를 보고 "옥순이!" 하고 반갑게 소리치려던 수련은 그만 아연해졌다. 그가 아니었다.

"어머나, 지향이 고모가 아니에요?"

녀인이 먼저 소리쳐서야 아래집 별이 엄마를 알아볼 수 있었다.

"그새 잘 있었어요? 우리 지향이가 집에 있겠지요?"

수련은 가볍게 말을 건네며 부엌문가로 향했다.

"아니, 그럼 아무것도 모르고 오셨어요?"

순간 수련이의 평온하던 마음이 바싹 긴장되였다. 무슨 좋지 못한 일이 생겼구나 하는 예감이 뇌리를 쳤다.

"그 연구사 말이에요. 글쎄 안 될 것 같으면 애초에 그만둘 것이지 언제는 된다 된다 하더니 이제와선 난 못하겠수다 하고 편지 한 장 덜렁 써놓고는 짐을 싸가지고 아주 떠나갔다지 않아요. 그러니 왜 위원장의 가슴이 터져 오질 않겠어요. 그를 당장 데려온다며 뒤쫓아 갔는데 어떻게 되었는지…"

그 순간 즐겁지 못했던 지난날의 한 토막이 언뜻 되살아 올랐다.

언제인가 지향이가 보고 싶어 지나가던 길에 잠간 들렀을 때였다. 방문을 열고 들어선 수련은 깜짝 놀라지 않을 수 없었다. 설날에 본 그 안경쟁이 연구사가 아직도 있을 줄이야. 주인처럼 빈 집에 틀고 앉아 책상 가득 펼쳐놓은 책들을 뒤적이는 그를 보니 왜서인지 마음한구석이 서늘해졌다.

'사람이 어쩌면…'

아무리 공동으로 연구하댔어도 일단 세대주가 없는 이상 딴 곳으로 옮겨 앉아야 옳지 이게 대체 무슨 일이람. 그 무슨 불가피한 사정이 있겠지만 이거야 너무하지 않는가…

'왔던 김에 따끔한 말을 좀 해주고 가야겠어.'

수련은 속으로 벼르며 옥순이가 나가있다는 제방뚝 쌓는 공사장으로 달려갔다. 사람들이 한 벌 뒤덮어 끓고 있는 속에서 그를 찾아내기란 좁쌀에서 뉘고르기 만큼이나 힘들었다. 여러 번 물어서야 한쪽 끝에서 땀을 철철 흘리며 매끈하게 돌담을 쌓는 그를 불러낼 수 있었다.

강바람이 시원하게 불어오는 잔디밭에 나란히 앉았을 때 옥순이는 그의 한쪽 어깨에 걸려있는 가방부터 넘겨다보았다.

"뭘 좀 가져온 게 없니? 아침을 설쳤더니 막 배가 고파 견딜 수가 있어야지."

말은 그렇게 했으나 눈길은 자꾸 제방뚝 쌓는 쪽으로 돌아가군 한다. 남들이 땀 흘리며 일하는데 앉아있기가 엇한 모양이다. 어서 가주었으면 하고 바래는 듯싶어 마음이 좋지 않았다. 지향이에게 주려고 꿍져 왔던 간식을 통채로 맡긴 수련은 조용히 입을 열었다.

"옥순아, 그 연구사가 하는 일말이야. 이젠 앞이 보이니?"

그 말에 금방 과자 한 쪼박을 꺼내들고 맛있게 씹던 옥순이가 뚝 굳어졌다. 한참만에야 입에 문 것을 마저 삼키고 나서 천천히 도리질을 한다.

"아직은… 하지만 그 연구사는 꼭 해낼 거야."

확신에 찬 어조로 말하고 나서 들고 있던 나머지 반쪽을 가방 속에 밀어놓고 일어섰다.

"달리 생각 말어. 그 일이 멀었다면 이제라도 실험실을…"

수련은 차마 뒤말을 잊지 못했다. 옥순이의 얼굴에 비낀 어두운 그림자를 알아본 것이다

"날 생각하는 네 마음은 고맙게 생각한다. 하지만 그건 오빠의 뜻이 아니야. 언제인가 병원에 다녀온 날 자기의 병은 이미 기운 것이니 아무 소용이 없다며 대신 우리 마을의 보배인 저 연구사가 아무 불편도 없이 일에만 전심하도록 잘 돌봐주라고 몇 번이나 당부했는지 모른단다. 그러니 성공하는 그날까진 그를…"

옥순이는 말끝을 채 맺지 못한 채 목에 걸쳤던 수건을 한 손에 벗어들고 총총히 작업장으로 갔다.

'내가 괜히 긁어 부스럼을 만든 가봐.'

수련은 심한 자책에 잠겨 오래도록 서있었다.

그날부터 오늘까지 미생물비료가 성공했다는 기쁜 소식이 오길 옥순이 못지않게 기다려온 그였다. 헌데 짐까지 전부 싸가지고 갔다니 이런 어이없는 일이 또 어데 있단 말인가.

수련은 저보다 몇 배로 억이 막혔을 옥순이의 정상이 안겨와 말뚝처럼 선채 움직일 줄 모른다. 곁에서 보다 못해 별이 엄마가 나직이 귀띔을 했다.

"저녁밥은 제가 넉넉히 지어났으니 고모는 얼른 진료소엘 가봐요."

"아니, 진료소라니? 거긴 무엇 때문에요?"

수련은 영문을 알 수 없어 두 눈만 크게 떴다.

"모든 건 다 그 연구사 때문이에요. 글쎄 잠든 지향일 안고 퇴근해오는 위원장을 봤는데 얼마간 지나서 애가 다급하게 울어도 기척이 없더군요. 그래 달려가 보았더니 글쎄…"

수련은 더 설명하지 않아도 모든 것을 짐작할 수 있었다. 필경 떠난다는 편지를 읽고 정신없이 달려 나갔을 옥순이와 홀로 깨어나 엄마를 찾으며 아장아장 걸어 나왔을 지향이…

"어디 많이 다쳤어요?"

수련은 떨리는 목소리로 물었다.

"문턱을 기여 넘다 떨어졌는데 요행 다른 상처는 없고 한쪽 팔을 다치지 못하게 하더군요 아무래도 미타헤서 리병원으로 달려갔더니 뼈가 상한 것 같으니 빨리 군병원으로 올라가 렌트겐촬영을 해야겠군요. 그래서 지금 위원장이 오길…"

수련은 허둥지둥 달렸다. 다리맥이 풀려 자꾸만 앞으로 넘어지려 할뿐 걸음이 제대로 나가질 않는다. 그럴수록 부디 그가 오는 날에 이런 불미스러운 일을 빚어놓은 연구사가 더없이 원망스러울 뿐이였다.

'아, 그 어린것이 얼마나 놀랐을가.'

이런 생각에 가슴 한끝이 아릿해졌다.…

렌트겐촬영도 끝나고 실금이 간 뼈에 부목까지 대고 났을 때는 퍼그나 밤이 깊어서였다. 약기운에 취해 혼곤히 잠든 어린것을 안고 깜박 잠들었던 수련은 누군가가 슬며시 아이를 당기는 바람에 펄쩍 놀라며 눈을 떴다. 옥순이였다.

얼굴색이 까맣게 질린 그를 보니 저도 몰래 눈굽이 뜨끈했다.

'내 마음이 이럴진대 엄마인 그야 오죽하랴.'

그런데도 옥순이는 그저 미안한 타령이다.

"정말 고마워. 내대신 네가 수고했구나… 뭐라고 해야 좋을지 통…"

"무슨 소릴. 내가 남이냐."

수련은 미안하여 어쩔 줄 몰라 하는 그를 보기가 오히려 민망스러웠다. 그래 우정 진료소에서 아이를 안고 군병원으로 오던 일이며 렌트겐소견과 치료대책 등으로 이야기를 끌어갔다.

옥순이는 그제서야 안도의 숨을 길게 내쉬고 나서 땀에 푹 젖은 작업복 주머니에서 새빨간 사과 한 알을 꺼내여 지향이의 머리맡에 놓아주었다.

"뭘 좀 준비해왔어야 할 걸 좀 전에야 소식을 듣구 들리다니 그만…"

"그런 걱정은 말구 내 곁에서 눈을 좀 붙여."

수련은 푹신한 침대 우에 베개를 놓아주었다. 그러나 조용히 웃어 보일 뿐 누울 차비가 아니였다. 눈길은 저도 몰래 벽시계 쪽으로 향하군 한다.

'비둘기마음은 콩밭에만 있다더니'

수련은 그의 심정을 모르는 척 베개 하나는 더 잇대어놓고 제 먼저 자리에 누웠다. 그리고 옥순이도 끄당겼다. 할 수 없었는지 털썩 몸을 던지더니 유치원 낮잠시간 때처럼 수련이를 꼭 부둥켜안고 눈을 감았다.

"네가 잠들면 떠나도 되지?"

옥순이가 소곤소곤 귀속말로 묻는다

"안 돼. 이제 지향이가 깨여나면 엄마부터 찾을 데 한 번만이라도 안아주고 가."

수련은 두말 못하게 딱 잡아뗐다.

"나도 알고 있어. 하지만 애 곁에야 네가 있지 않니,… 실은 그 연구사를 밖에 세워 두구 왔어."

"뭐라구?"

둘은 거의 동시에 자리에서 일어났다 수련은 너무도 억이 막혀 멍하니 옥순이만 쳐다보았다.

"아니, 연구사업을 포기하고 짐까지 싸들고 갔다는 사람은 뭣하러 그러니 까짓 거 제 갈대로 가라고 그만 내버려 둬."

"그러지 말어. 누가 뭐라든 그는 다시 포석리로 가야해. 그리고 척박한 우리 고장의 토질에 맞는 미생물 비료를 꼭 성공시켜야해 그래서만 안전한 수확고를 담보할 수 있거든… 수련아, 이건 오빠의 소원이였어. 그 때문에 너무도 빨리 떠나간 지도 모르는 그이의 소망이 성취되길 그렇게 바랬는데 정작 모든 걸 포기한 연구사를 보았을 땐 정말이지 참을 수가 없더구나. 그래 난 막 그 사람을 잡아 흔들며 이렇게 정신없이 소리쳤단다. 비겁하다, 너절하다, 량심이있는가, 말하라… 그랬더니 글쎄 그가 뭐랬는지 아니. '옳소. 난 비겁하구 너절하구 인정두 의리두 모르는 량심 없는 인간이요 그래 이젠 속이 시원하오?' 알고 보니 내 잘못이 더 컸더구나. 제집에 앉히고 밤이나 배곯지 않게 하면 그만인 줄 알았지 그의 고충이 뭣이고 밥보다 더 필요한 것이 무엇인지 미리 알고 풀어주지 못했구나. 날은 자꾸 가는데 실패는 거듭되지. 또다시 땅에 씨앗을 묻을 때가 되어 오는데 자급 비료는 걸렸지. 그래 더는 참지 못하고…"

옥순이는 쌔근쌔근 잠든 어린것의 모습을 잠시 지켜보다말고 수련이를 바라보았다.

"정말 미안해. 연구사가 결김에 떠나오긴 했어두 뭔가 실마리가 잡힌 것 같아. 그가 이 밤으로 돌아가겠다기에 나도 잔뜩 벌려놓은 일감들이 있어 함께 가련다."

그 다음엔 천천히 문가로 향했다.

"안 돼, 못가. 하루 이틀 병원에 있다고 허물어질 일도 아니지 않니."

수련은 분명 이렇게 말하고 싶었다. 그러나 입속으로 외웠을 뿐 차마 막아서지는 못했다.…

오늘은 지향이가 퇴원하는 날이다. 그사이 고정해 놓았던 부목도 풀었고 시간 맞추어 밥도 먹고 간식도 떨구지 않아서인지 아이가 무척 좋아졌다, 오돌통하니 밥살이 오른 량볼엔 볼우물이 곱게 패였고 꽃잎 같은 입가엔 노상 웃음이 비껴있다. 수련은 애기곰은 안고 재미나게 놀고 있는 지향이를 꼭 껴안고 곱게 머리를 빗어주었다. 숱이 많은 간 머리칼들을 쪽진 다음 새빨간 방울이 달린 파아란 고무줄로 가뜬하게 동여맸다. 꼭 꼬마염소의 뿔처럼 곤두선 모양이 더욱 귀여움을 자아내는 그에게 새 옷과 꽃 양말까지 받치니 정말 한 송이의 꽃인 양 이뻤다. 신통히도 량부모의 고운점만 따다 만든 듯한 귀여운 조카애를 안고 창밖을 하염없이 내다보는 수련이의 마음은 서글퍼졌다. 그사이 두세 번 잠간씩 병원에 들려간 옥순이여서 지향이가 퇴원하는 오늘만은 꼭 품 놓고 미리 오려니 생각해온 수련이었다.

"지향아, 너의 엄마는 끝내 나타나질 않누나."

그가 알아듣기라도 하듯 나직이 속삭이고 나서 더 기다리기를 그만두고 병원문을 나섰다.

하늘은 맑고 봄볕은 그지없이 따스했다. 산과들엔 신록이 짙어졌고 강기슭이며 산허리를 발갛게 물들이며 피어난 연분홍빛진달래가 한창 무르녹고 있었다. 수련은 손 가까이에 핀 어여뿐 진달래 한 송이를 꺾어 지향이의 손에 들려주었다. 오래간만에 밖으로 나온데다 고운 꽃까지 손에 든 지향이는 너무 좋아 어쩔 줄을 모른다.

저절로 도리도리도 하고 짝짝꿍도 하며 노래하듯 "엄마 엄마" 부르기도 한다. 재롱을 부리는 지향이를 바라보며 집을 향해 천천히 걸어가는 수련이의 마음은 여전히 울적했다. 왜서인지 오빠 생각이 나기도 하고 지금도 어디선가 일감을 안고 뛰여다닐 옥순이 생각에 목이 메기도 했다.

'누구든 이 자리에 있었으면…'

하지만 인츰 도리질을 쳤다. 당치않은 생각…

이때였다.

울퉁불퉁한 짐짝들을 한가득 실은 뜨락또르가 병원 앞갈로 달려오더니 바로 그들 곁에서 멈춰 섰다.

"지향아!"

맑고 부드러운 음성과 함께 옥순이가 뛰어내린다.

'아니?'

수련은 너무도 뜻밖인지라 달려오는 그를 얼없이 바라만 보았다.

"욕했지? 늦었다고⋯ 오늘은 좀 빨리 온다던 노릇이 짐을 싣다나니 또⋯"

옥순이가 채 말끝도 맺기 전에 귀 익은 듯 뒤돌아본 지향이가 "엄마!" 하고 부르며 제 먼저 두 손을 뻗친다.

"아, 지향아!"

그다음엔 둘이 한 덩어리가 되여 돌아간다. 엄마도 웃고 아이도 웃으며.

"아이참, 우리 지향이가 그새 막 무거워졌구나. 예뻐지기도 하구. 그러느라 고모가 얼마나 수고했겠니."

"아니, 넌 별소릴⋯ 참 의사선생님이 며칠 집에서 안정치료를 더 시켜야 한다고 당부하셨는데 내가 마저 데리고 있는 게 어떻겠니?"

"고마워. 하지만 지향일 데리고 갈테야."

"그럼 잊지 말고 꼭 안정치료를 해야 해. 알겠니?"

수련이는 아무래도 마음이 놓이지 않아 차에 오르려는 그를 붙잡고 또 말했다.

"걱정 말어. 꼭 그렇게 할 것을 약속한다. 자."

옥순이는 활짝 웃으며 어렸을 때처럼 새끼손가락을 척 내민다. 아마도 깍지를 걸려는지.

그제야 다소간 마음이 놓여 수련이도 마주 웃었다. 엄마의 품에 안긴 것이 그리도 좋은지 볼우물이 패이도록 방실방실 웃으며 두 손을 들어 까닥까닥 흔드는 지향이를 싣고 뜨락또르는 기운차게 달려갔다.⋯

그때로부터 불과 닷새가 흘렀다. 하지만 이 나날이 수련이에겐 몇 달 맞잡이로 길어보였다. 그새 얼마나 정이 들었던지 귀엽게 웃으며 재롱을 부리던 지향이가 눈앞에 자꾸 얼른거려 아무 일도 손에 걸리지 않는다. 게다가 요새 일이 힘들어서인지 입술이 타실타실 마르고 둥그스름하던 두 볼이 푹 꺼진 옥순이의 축간 모습까지 겹쳐들어 견딜 수가 없었다.

마침 래일은 일요일이라 수련은 품을 놓고 집을 나섰다. 무겁게 메고 가는 큼직한 려행가방 속엔 지향이에게 안겨줄 놀이감이며 간식들과 함께 자그마한 꽃 단지도 들어있었다.

언제인가 상점에서 크기며 문양이랑 꼭 같은 것으로 쌍 맞추어 사다두었던 것이다. 두 집에서 한 개씩 나누어 쓰자고 마련한 그 단지에다 닭곰을 해가지고 가는 길이다.

'식기 전에 먹여야겠는데…'

수련은 아직도 따끈한 온기가 느껴지는 가방을 만져보며 걸음을 다그쳤다.

금방 마을 어구에 들어섰을 때였다. 수련은 급히 마주 오는 별이 엄마와 마주쳤다.

"아니, 어딜 그리 바삐 가요?"

"어머나, 지향이 고모군요. 글쎄 위원장이 천수덕에 잠간 다녀올 일이 있다면서 아침 일찍 아이를 맡기고 갔는데 저녁때가 다 되여 오도록 어디 와야지요. 그래 이렇게…"

녀인은 근심스러운 얼굴로 보자기에 싼 밥꾸레미를 쳐들어 보인다. 순간 언제인가 배가 고프다며 꺼내들었던 과자를 반쪽밖에 못 먹고 다시 넣던 생각이 났다. 오늘도 분명 또 아침밥을 설쳤을 텐데 점심마저 건느었으니…

수련은 더 생각할 새 없이 별이 엄마의 손에서 밥구럭을 앗아든 다음 가방에서 닭곰단지를 꺼내여 들었다.

"별이 엄마, 가방을 부탁해요 이 안에 간식이랑 들어있으니 지향이에게 꺼내주세요."

그러고는 오던 길로 총총히 되돌아섰다.…

천수덕은 이름그대로 높기도 넓기도 하였다. 사방으로 연줄연줄 뻗어내린 산발들로 둘러막힌 천수덕에도 봄빛이 완연했다. 물오른 나뭇가지마다엔 파아란 나무잎들이 뾰족뾰족 움텄고 진달래꽃망울들은 이제야 때가 된 듯 봉긋 망울을 터친다. 닥지싹이며 곰취며를 눈에 띄우는 대로 뜯어 밥보자기속에 넣으며 정점까지 오른 수련은 그만 아연해졌다.

눈뿌리가 모자라게 펼쳐진 이 넓으나 넓은 진펄에서 옥순이를 찾는 일이란 그야말로 하늘에서 별따기나 매한가지라는 생각이 들었다.

키 높이 자란 마른 풀대들이 한데 뒤엉켜 와슬렁대는 곳에 홀로 서있자니 더럭 무섬증이 났다.

'공연히 온 게 아닐가? 그러다 혹시 여기에 안 왔으면 어쩐다.'

불쑥 떠오른 생각 뒤에 인츰 후회가 따랐다. 도대체 이런데 와서 무얼 한단 말인가. 구체적으로 알아나 보고 올 걸…

수련은 밥구럭을 풀판에 내려놓고 한 손으로 채양을 만들어 이마에 붙였다. 그러고는 여기저기를 다시금 휘둘러보았다. 짐승이 금방 뚜져 놓은 듯한 흔적이 점점이 널려져있는 감탕밭이며 이리저리 나자빠진 풀대들…

"지향이 —"

수련은 어방 대고 큰소리로 불렀다. 그러자 이쪽저쪽 산들에서 저마끔 "지향이 — 지향이 —" 하고 메아리 되어 울려간다. 순간 온몸이 오싹해졌다. 두 번 다시 찾고 싶은 생각이 없어졌다.

'이젠 어쩌면 좋을가?'

한참 망설이다가 밥보자기를 들고 좀 더 웃쪽으로 올라가보았다. 그리고는 요기를 내어 더 큰소리로 연거푸 불렀다.

바로 이때였다. 그리 멀지 않은 뒤쪽에서 "여기 있어." 하는 소리가 들려왔다. 수련은 너무 옴한 나머지 착각한 것이 아닌가싶어 숨을 죽여 가며 그쪽을 바라보았다. 와락와락 풀대들을 헤치는 소리, 철버덕철버덕 감탕밭을 밟는 소리…

'혹시 메돼지가 아닐가?'

불쑥 떠오른 생각에 머리칼이 곤두서는 것만 같았다 하지만 그것은 순간뿐 드디어 사람의 형체가 나타났다. 남자인지 녀자인지 분간한수 없는 꺼밋한 것이 감탕밭 속에 주저앉았다가는 일어서고 걷다가는 또 주저앉으며 이쪽을 향해 오고 있었다. 수련은 두 손을 어깨가 닿도록 물속에 깊이 잠구었다가 꺼밋한 흙덩어리를 파올려 비벼보고는 몇 걸음 옮겨가는 사람이 다름 아닌 옥순이임을 알아보았을 때 저도 몰래 눈굽이 뜨끔해졌다.

'어쩌면… 이 깊은 산속에서 혼자 저러고 있다니 농장에 사람이 그렇게도 없는가, 아니면 저런 일까지 꼭 위원장이 해야 한단 말인가…'

반갑기도 하고 섭섭하기도 한 종잡을 수 없는 감정들이 한데 뒤엉켜 돌며 목을 꽉 메워놓는다.

그래도 옥순이는 웃고 있었다. 멍하니 쳐다만 보는 수련이를 향해 손까지 흔들면서.

"아니, 예가 어디라고 찾아왔니. 지금 막 내려가던 참인데. 집에서 기다릴 것이지…"

흙으로 빚어놓은 듯한 로동화, 꺼먼 흙물이 줄줄 흘러내리는 바재가랭이며 소매를 걷어 올린 팔꿈치며 얼굴에까지 게발린 감탕, 그 모양을 보고선 웃어야 할지 울어야 할지… 그런데도 수련이를 보고 오히려 제 편에서 걱정이다.

"어머나, 읍에서 떠나 예까지 오다니. 얼마나 힘들겠니."

"넌 지금이 몇 시인 줄 아니. 그저 배도 안고프면 그러니 네 몸 돼가는 꼴을 좀 봐.… 앞으로도 실컷 할 건데 시간 맞추어 밥도 먹고 잠도 자야지. 무쇠덩어리로 빚어놓은들 견디겠니."

수련은 이런 푸념을 늘어놓으며 풀밭에 밥구럭을 펼쳐놓았다. 그사이 맑은 물에 손도 씻고 세면도 옥순이가 수건으로 물기를 훔쳐서 그 앞에 마주앉았다.

"아니, 이건 뭐니?"

옥순이는 무척 놀라와 하며 꽃 단지의 뚜껑부터 슬쩍 열어본다. 기름에 절은 노란 찰밥이며 비죽이 고개를 숙인 푹 읽은 통닭…

"어머나 닭곰이구나!"

옥순이는 너무 좋아 아이들 마냥 손벽까지 친다. 그 다음엔 식을세라 다시 금 보자기로 꽁꽁 동요 싼다. 수련은 바삐 다가앉으며 보자기를 끄당겼다.

"왜 그러니, 들지 않구 내 속이 흐뭇하게 보는 앞에서 통채로 뜯어. 자, 어서."

"됐어. 이 곰은 내가 먹은 줄 알구 우리 집 옷 방 손님이 나가져다 주자 꾸나. 그러지 않아도 언제부터 생각은 하면서도… 마침 잘 됐다. 고마워"

수련은 더 이상 우길 수가 없었다. 그럴 줄 알았더라면 한 마리 더 해오 는 건데 어쩜 이리도 생각이 짧단 말인가… 미생물 비료가 성공했다는 소 식이 날아들기만 기다렸지 언제 한 번 옥순이나 오빠처럼 그 연구사를 위 해 무엇이든 해야겠다는 자각이 없는 자신을 스스로 탓하지 않을 수 없었 다. 아쉽긴 해도 제가 고집을 부린다고 말을 들을 옥순이가 아니었다. 하 는 수 없이 푹신한 효모빵을 꺼내어 그의 손에 들려주었다.

"그럼 이거라도 어서 먹어. 얼마나 배고프겠니."

"어쩌면… 넌 꼭 엄마같기두 하구 오빠같기두 하구…"

그 말에 수련은 가슴속이 뭉클 젖어들었다. 얼마나 정이 그리웠으면 저 러랴.

"옥순아, 내 자주 찾아올 테니 제발 몸을 돌보며 일해 그러다 병이 나면 어쩔려고 그러니"

"그러자꾸나. 잠도 실컷 자고 밥도 제시간에 꼭꼭 먹고… 하지만 난 아 직은 안 돼."

왜서인지 마지막말꼬리가 가늘게 떤다. 영문을 몰라 바라보니 옥순이 의 별처럼 반짝이던 두 눈에 뽀얗게 물기가 어렸다.

"?!…"

천천히 자리에서 일어난 그는 저 멀리 하늘 한 끝만 하염없이 바라보고 섰다, 우뚝 솟은 봉우리에 걸터앉아 마지막 빛을 한껏 뿌려주는 저녁 해. 그 빛을 받아 붉게 타는 듯이 물들여진 나무며 풀이며 바위들…

"수련아, 난 우리 수령님께서 늘 소중히 품고 다니시던 푸른 수첩의 갈피 속에 물과 돌뿐인 척박한 땅이여서 사람 못 살 고장으로 적혀있는 포석리관리위원장이 아니야… 이렇게 해 저무는 저녁이면 머나먼 전선길을 이어가시던 우리 장군님께서 문득 마을에 들리실 것만 같아 정말이지 편안히 누워 잠들 수가 없구나 농민들의 생활이 걱정되시어 그처럼 바쁘신 전선시찰의 길을 미루시고 찾아오신 아버지장군님께서 번듯하게 꾸려놓고 잘 먹고 잘 사는 우릴 보신다면. 그래서 떠나가실 땐 기쁨 속에 환히 웃으시며 가실 수만 있다면 얼마나 좋겠니.… 이런 생각을 하면 우리 장군님께서 오시기 전에 어서 빨리 그이게 기쁨드릴 일을 한 가지라도 더 해놓아야겠다는 생각에 얼마나 한초가 아까운지 모르겠어.…"

"옥순아, 넌 어쩜 그럼 생각을…"

나직이 속삭이는 수련이의 가슴은 이름 할 수 없는 격정으로 한껏 벅차올랐다. 지금껏 그의 마음속에 서운한 감정으로 남아있던 지난 날의 모든 일들이 이 순간과 더불어 뜨겁게 되살아 올랐다.

어찌하여 앓는 오빠를 두고 먼 길을 떠나야 했던지 그리고 설날마저 한지에서 보내야 했던지도. 그뿐 만이랴, 지향이의 입원 날에도 퇴원 날에도 남들처럼 살틀한 어머니로 되어 주지 못했던지도…

수련은 좀 전에 뻐스를 타고 오면서 범상히 보았던 일마저 새로운 의미를 담아 되새겨보았다. 이 고장에 흔한 석비례와 진흙을 섞어 든든히 다져놓은 포장도로며 길량 옆에 줄지어 심어놓은 가로수들과 꽃밭들, 강기슭을 따라 만년대계로 쌓아올린 제방뚝이며 사람들로 들끓는 2호, 3호 발전소건설장들!

그렇다면 날마다 달라지는 고향땅의 모습은 정녕 옥순이의 소원과 떼여놓고 생각할 수 없는 바로 그런 것이 아니겠는가. 분명 옥순이는 쉽 없이 달리고 있었다. 그것도 선두에서, 선군시대의 기수가 되어 붉은 기를 높이 추켜들고 나아가고 있다.

'그렇다면 나는?!'

수련은 조카애에게 안겨줄 기념품들을 빠짐없이 넣고 오면서도 신임교원의 소박한 부탁도 미래의 수학박사로 되겠다는 남칠이의 기특한 꿈조하 귀중히 여겨주지 못한 자기 자신에 대한 부끄러움으로 하여 얼굴이 화끈 달아올랐다. 어찌하며 인생의 출발선은 꼭 같았으나 걸어온 길엔 너무도 먼 차이가 있는지…

"아니, 무슨 생각을 하고 있니. 어서 내려가자. 그러다 회의시간 늦겠다."

밥구럭을 싸든 옥순이는 제 먼저 풀덤불들을 헤치며 언덕을 내리기 시작했다.

"오늘 저녁 모임 땐 여기 천수덕 문제를 토론해야겠어. 글쎄 요즘엔 멀지 않아 성공하게 될 자급비료의 원천인 니탄문제 때문에 속을 태우댔는데 뜻밖에도 이 일대에 큰 니탄밭이 매장되어 있다는 지질탐사대의 통보가 오질 않았겠니. 그래서 현지를 밝아보자고 왔댄단다. 야, 얼마나 굉장한지 글쎄 이 넓은 진펄밭이 다 비료원천이야, 비료원천…"

환희에 넘쳐 더욱 살기 좋은 고장으로 전변될 래일의 포석리를 그려 보이며 활기 있게 걸어가는 옥순이를 보노라니 문득 유년시절 버들꽃을 사랑한다고 글을 짓던 꽁지머리 소녀가 떠올랐다. 고향땅에 피여난 꽃이 그리도 소중하여 소박한 글에 담아 노래한 그 소녀가 오늘은 이 땅의 주인이 되어 행복의 꽃, 락원의 꽃을 가꾸고 있으니 진정 애국은 고향에 대한 사랑의 전부가 아닌가.

수련은 지금에 와서야 비로소 그들이 어찌하여 새 살림을 펴던 그날에 뜨락에 버드나무를 심었던지가 어렴풋이나마 짐작이 갔다.

버드나무! 아득히 먼먼 태고적부터인가와 떨어져 못살 그 무슨 연고라도 있는지 높고 깊은 산속엔 편안히 서있을 자리 많고 많아도 부디 고르고 골라 우물가와 샘터는 물론 씨름터와 밭머리 그리고 시내가의 빨래터에까지 자리 잡고 뿌리내린 버드나무! 장난 세찬 애들이 바라 올라 흔들기도 하고 버들피리를 만들다며 아지를 잘라내도 아무 탓함이 없이 눈 속에서 꽃을 피워 새봄을 알려주고 푸른 잎새 흔들어 더위를 막아주는 이 버드나무야말로 이 땅을 한없이 사랑하고 그것을 위함이라면 목숨까지도 웃으며 바치는 아름다운 인간들의 넋이고 숨결이 아니겠는가.

그렇다. 사랑하는 고향땅에 깊숙이 뿌리내리고 이 땅을 걸구기 위해 남모르는 땀을 바친 오빠가 버드나무라면 그 나무에 핀 꽃은 다름 아닌 옥순이리라.

버들꽃! 꽃이라고 부르기엔 너무도 소박한 꽃, 어여쁨과 화려함은 조금도 없이 햇솜을 뭉그려 털강아지 모양으로 빚어놓은 모습 때문에 버들개지라고 부르는지도 모르는 이 꽃이야말로 자기 자신을 깡그리 바쳐 사랑하는 고향땅에 선군시대의 붉은 새봄을 안아오는 옥순이의 참모습이리라.

≪조선문학≫, 2006.1

행복의 조건

김진경

1

"손님여러분, 안전띠를 풀어도 되겠습니다."

카나다 토론토에서 리륙한 비행기가 하늘 높이 떠오르자 안내원이 하는 말이였다.

손님들은 안전띠를 푼다, 짐을 정리 한다 부산을 피웠다. 시창 옆에 앉은 고령의 녀인만은 하얀 머리를 창밖으로 돌린 채 움직일 줄 모른다.

"저 – 손님…"

안내원이 다가가 독촉해서야 그는 자기 몸을 감고 있는 띠를 보았다. 그 것을 풀어내는 손이 가볍게 떨리였다.

카나다에서 살고 있는 리남숙교포이다. 남편을 만나러 평양으로 가고 있다.

조국해방전쟁시기 해방지역들에서의 인민정권사업을 도와주러 서울로 나가는 남편과 헤여지던 때가 엊그제 같은데 벌써 반세기라는 세월이 흘러갔다.

반세기… 남편을 찾아 남으로, 거기서 다시 해외로 떠돌아다니면서 그리움과 애달픔 속에 맞고 보낸 나날이였다.

아버지의 생사여부를 알자고 자식들은 또 얼마나 애를 태웠던가. 맏아들이 아버지의 뒤를 이어 언어학자가 되였다.

얼마 전 꿈같은 소식이 전해졌다. 아시아의 어느 한 나라에서 있은 조선어학국제토론회에 참가하였던 아들이 북조선학자들로부터 아버지에 대한 소식을 들었던 것이다.

아버지는 교수, 박사로 되였고 이름 있는 언어학자로서 말년에도 쉬지 않고 연구사업에 몰두하고 있다고 한다.

그날 남숙은 마음을 진정할 수 없었다.

'내 남편이 교수, 박사라니?! 혹시 이름이 같은 다른 사람이 아닐가.'

어쨌든 한시바삐 만나보고 싶었다. 그는 평양방문을 서둘렀다.

그런데 떠나기 전 날 그 나라에 있는 동포교수(아들이 알고 있는 한테서 전화가 왔다.

평양에 갔다 방금 돌아왔는데 이번에 가보니 김수겸박사가 뇌출혈로 병원에 입원해 있다는 것이였다.

남숙은 눈앞이 아뜩했다. 인사불성이 되여 누워있는 남편의 모습이 얼른거리였다.

생각할수록 억이 막히였다. 한생 남편 없이 살아오다가 인생 말년에 만나 보게 되였는데 생사기로에 있다니 어떻게 하면 좋단 말인가. 그러다 살아있는 모습을 보지 못할 것 같은 촉박감에 발이 어떻게 놓이는 줄도 모르고 비행기에 올랐던 것이다.

시창 밖으로는 하얀 구름덩이들이 흘러가고 있다.

'내가 그때 남으로 나가지 않았더라면 나의 인생은 달리 흘렀을 것이다. 그이와 헤여지지도 않았을 것이고… 하지만 그때 나로서는 다른 길이 없지 않았던가.'

남숙은 흰 구름에 생각을 얹고 반세기 전의 그날로 거슬러 올라갔다.

…1950년 10월 강동나루터는 대학교직원들의 가족들로 붐비였다. 적들이 평양 가까이로 오고 있었다.

조직적인 후퇴를 하는 중이였다. 모두 바삐 돌아갔으나 남숙이만은 어린 자식 넷을 거느린 채 안절부절 하고 있었다.

'왜 아무 소식도 없는 걸가?'

미제가 일으킨 조국해방전쟁의 발발과 함께 남조선으로 나갔던 교원학자들이 후퇴명령을 받고 모두 들어왔는데 남편만은 소식조차 없었던 것이다. 기다리기에 지친 사람들 속에서는 좋지 않은 말들이 오고갔다.

일제시기부터 지업을 해온 부모의 덕으로 고생을 모르고 자란데다가 대가 약한 사람이니 이 전쟁판에 딴 마음을 가질 수 있다, 분명 남조선에 떨어질 잡도리이다, 더우기 전쟁 전에 과오를 범하고 풀이 죽어 다니더니 아직도 뭔가 맺혀있는 모양이다.…

남숙은 할 말이 없었다. 남편으로 말하면 해방 전에 경성제국대학을 졸업하고 일본에 건너가 명문대학 대학원까지 나왔었다.

20대초에 벌써 가치 있는 론문을 발표하여 언어학계의 이목을 모았다. 이름 있는 대학들이 저마다 오라고 손을 내밀었다.

그때마다 남편은 묵묵부답이였다.

1946년 초여름 김일성 장군님께서 보내주신 위촉장을 받아 안았을 때 남편의 얼굴엔 생기가 돌았다.

"남숙이 어서 빨리 평양으로 가자구!"

"저 ― 어 꼭 가야만 하나요? 여기서도 얼마든지 연구사업을 할 수 있을 텐데…"

부모형제의 곁을 선뜻 떠나게 되지 않는 남숙이였다.

수겸은 선량한 두 눈에 부드러운 빛을 담았다.

"물론 연구는 할 수 있소. 하지만 언어학자로서의 참다운 명예는 얻을 수 없을 거요. 왜냐면 외세가 판을 치는 남조선사회에서는 우리말의 순수성을 지켜낼 수 없기 때문이요.

난 진정으로 내 나라 말을 연구할 수 있는 북으로 한시바삐 가고 싶소. 그래서 후날 풍부한 언어적 재부를 후대들에게 넘겨주고 싶단 말이요!"

북에 들어온 남편은 소원대로 대학교단에 서게 되었다. 아직 젊었던 남편의 열정은 하늘에 닿았다.

그런데 그 열정이 뜻밖의 불행을 빚어낼 줄이야.

수겸의 실력을 알게 된 국가요직에 있는 한 간부 - 해방 후 "문자개혁론"을 들고 나온 대표적 인물 - 가 자기 밑에 편저라는 직책을 두고 그를 거기에 겸직시켰다.

6개의 자모 '우리나라 최초의 자모와 비슷한'를 새로 받아들일 데 대한 리론을 내놓고 그것을 내리먹이다싶이 하였다.

수겸은 '조선어문법' 이라는 교과서를 썼는데 거기에 '6자모'를 받아들이였다. 그의 리론을 합리화한 셈이였다.

이것이 전국의 조선어관계학자들이 모인 '과학평의회'에서 크게 문제시 되였다. 많은 학자들이 '6자모'의 부당성을 론증해 나섰던 것이다.

'6자모'는 문자의 창제원리와 어음론적 원리에서 볼 때 과학적 근거가 없다, 한편 지금의 문자보다 복잡하여 쓰기도 힘들고 읽는데도 불편하며 이렇게 해놓으면 갓 해방된 우리나라 실정에서 나라의 과학문화를 발전시키는데 오히려 지장을 주게 될 것이다. -

수겸은 수치감에 머리를 들지 못했다. 집에 들어와서도 말 한 마디 없이 의기소침해있었다.

남숙은 다른 사람을 통해 평의회소식을 알게 되였다. 그 역시 가슴이 아팠다.

교과서집필 때문에 반년나마 꼬박 새우다싶이 한 남편이였다. 그러니 품안에서 새 생명을 키우느라 온갖 고생을 하다가 언청이를 낳은 산모의 심정이랄가.

허나 일은 이것으로 끝나지 않았다. 남편에 대한 비난은 더해졌다. 가정환경과 경력까지 껴들다나니 문제는 더 험악하게 번져졌다.

가뜩이나 내성적인 남편은 아예 벙어리가 되여버렸다. 수척해진 얼굴은 보기에도 눈물이 날 지경이였다.

그 무렵 수겸은 김일성 장군님의 부르심을 받게 되였다.

장군님께서는 몇 명의 언어학자들과 함께 자기 남편을 친히 집무실로 부르시였던 것이다.

남숙은 희망을 안고 기다렸다. 그런데 저녁에 돌아온 남편은 말없이 책상 앞에 앉아 깊은 생각에 잠기는 것이였다. 몹시 자책하는 모습이였다.

남숙은 조심히 말을 건늬였다.

"그 일 때문에… 질책의 말씀을 받았는가 보지요?"

남편은 머리를 끄덕이였다.

"받았소. 가슴이 아프오. 아마 이렇게 아프기는… 처음일거요."

남편의 눈에는 눈물마저 글썽해졌다. 처음 보는 눈물이였다. 남숙은 가슴이 저려 더 말을 못했다. 그는 남편의 아픈 마음을 헤집는 것 같아 황황히 말머리를 돌리고 말았다.

그날 밤 좀처럼 잠들지 못하는 남편을 바라보며 녀인은 혼자 눈물지었다.

'어쩌면 운명은 이처럼 공교로운 것이가. 차라리 남에 있었으면 좋았을걸…

그 모든 부귀영화를 마다하고 민족의 언어를 지키겠다고 북으로 왔는데 첫걸음부터 이 모양이 되다니, 장차 우리 가정의 행복은 어찌 될 것인가?'

며칠 후 전쟁이 터져 남편이 집을 떠나갈 때에도 남숙의 심정은 복잡하였다.

남편이 마음속 고충을 애써 누르고 떠나는 것만 같아 어떻게 위로했으면 좋을지 몰랐던 것이다.

지금 남숙은 남편의 립장에서 다시 생각해본다.

그는 재부보다 명예를 귀중히 여기는 사람이다. 언어학자로서, 인간으로서의 명예는 이미 상실당한 셈이다.

전국의 언어학자들이 모인 앞에서 규탄을 받았으니 이보다 더한 수치가 어디 있겠는가. 게다가 남편의 출신성분과 경력까지 문제시 하였다니 과연 우리가 갈 길은 어디란 말인가. 너무도 뻔하지 않는가.

헌데 가족은? 필경 데리러 올 것이다. 처자에 대한 사랑이 남달리 지극한 그이가 아닌가.

남숙이 이런 생각을 하고 있는데 대렬 인솔을 맡은 사나이가 가까이 다가왔다. 자그마한 키에 등이 약간 굽고 행동거지가 싹싹한 사나이였다.

"며칠 전에 들어온 우리 사람의 말에 의하면 아주머니 남편을 서울에서 보았다고 합니다. 아예 그곳에 눌러앉을 작정인가 봅니다.

어찌겠나요. 전쟁이란 그런 거지요. 사람들에게 선택의 자유를 주는 특수한 공간이랄가. 글쎄 서울에 있는 사람을 끌어올 수도 없고… 아주머닌 어떻게 하면 좋겠습니까?"

남숙은 입술을 깨물었다, 모든 것이 명백해진 이상 결심도 확고하였다.

'어떤 경우에도 그이와 운명을 같이해야 한다!'

사나이도 긍정하였다.

"녀자란 그래야지요. 그럼 여기 남아 남편을 기다려보지요. 어쨌든 애들 건자를 잘 하십시오."

후퇴 대렬은 떠나갔다.

그 후 남숙은 남편이 데리러 오기를 눈이 빠지게 기다렸으나 나타나지 않았다. 한주일이 지나갔다.

시내의 공기는 벌써 달라졌다. 밤새 포장도로를 물어뜯으며 무한궤도가 굴러가는 소리가 요란히 들리는가 하면 금시 온 도시를 날려 보낼 듯 포성이 쿵쿵거렸다. 성수가 나서 돌아치는 것은 '치안대'놈들 뿐이였다.

'공화국은 끝장이다. 미군이 파죽지세로 밀고 들어가고 있다. 미군은 멀지 않아 압록강에 다달을 것이다. 정말 끝장이란 말인가?'

남숙은 마음이 서글퍼졌다. 북에서의 행복했던 나날들이 이제는 지나가버린 꿈으로 되였단 말인가.

너무도 청소한 공화국이였다. 인민정권이 자리 잡았던 청사는 폭격에 무너지고 아이들의 요람이던 교사마저 폐허가 되였다. 후퇴해간 사람들이 언제 올지 기약할 수 없다. 더 이상 기다릴 수 없었다.

'남편을 찾아가야 한다!'

젖먹이를 업고 오롱조롱한 세 아이를 이끌고 전쟁판에 서울까지 간다는 것은 위험천만한 일이 아닐 수 없다.

허나 다른 길은 없었다. 오직 남편을 만나야 한다는 생각만이 남숙의 심장을 꽉 틀어잡고 있었다.…

서울에 도착하여 한 달 동안 찾았으나 끝내 남편을 만나지 못했다. 그는 너무 실망하여 며칠 동안 자리에 누워 일어나지 못했다.

가족을 데리러 북에 들어갔는가 '길이 어긋났을 수 있다.' 아니면 남편이 이미 이 세상 사람이 아닐 수도 있다. 전쟁이니 무슨 일인들 없겠는가.

소름이 끼쳤다. 혼자서라도 다시 북에 들어가 남편의 생사여부를 확인하지 않고서는 마음을 놓을 수 없었다.

그런데 일이 안될세라 젖먹이가 폐염에 걸려 자리를 뜰 수 없었다. 어찌된 일인지 애들이 번갈아 앓으면서 좀처럼 기회를 주지 않았다. 그러는 사이 분계선이 막히고 오도가도 못 하는 신세가 되고 말았다.

결국 50년이 지난 오늘에야 남편의 소식을 알게 되였던 것이다.

한걸음을 잘못 내디딘 것으로 하여 그는 인생의 가장 귀중한 것을 잃었다. 생각컨대 남편은 행복의 전부라고 할 수 있다.

철들어 세상을 리해하기 시작한 녀성이 자기 운명의 뿌리를 내리고 모든 것을 의탁하며 한생을 가꾸어 나갈 수 있는 품은 오직 남편밖에 없는 것이다.

그 품을 잃고 산다는 것이 얼마나 큰 고통인지 체험하지 않고서는 상상조차 할 수 없을 것이다. 살을 찢고 뼈를 깎는 아픔 속에 칠흑 같던 머리가 한 오리, 한 오리 다 세여 버렸다.

인생은 그야말로 '구름인생'이였다. 한생 남편을 찾아 몸도 마음도 괴롭게 떠다녔다.

이제라도 얼마 남지 않은 여생에 고달픈 넋을 잠재울 수 있는 보금자리를 찾을 수 있다면, 하여 행복한 감정으로 세상을 하직할 수 있다면 얼마나 다행이랴.

하지만 자기를 맞아줄 품은 환희와 격정으로 달아오른 남편이 아니라 로쇠하고 몽롱해진 병자의 육체뿐일 것이다.

남숙은 또 한 번 인생의 좌절감을 느끼였다. 그는 슬픈 마음으로 묵묵히 시창 밖을 바라보았다.

고려호텔에 도착하자마자 려장을 풀었다.

티 한 점 없이 깨끗하게 생긴 처녀가 방에 들어와 생글생글 웃으며 안내원이라고 했다.

아무런 근심도 없어 보이는 처녀가 부러웁게 생각되였다.

남숙은 수겸의 병 상태부터 알고 싶었다. 처녀는 약간 신중해지는 것이였다.

"병이 몹시 위중했다고 합니다. 급한 고비는 넘겼고 병원에서도 최선을 다하고 있으니 너무 걱정 마십시오."

한시름 놓았으나 한편 위안이 아닌가 하는 생각이 들면서 여전히 안심할 수가 없었다, 어쨌든 병원에서 최선을 다하고 있다니 참으로 고마운 일이였다.

"참, 수겸 선생님의 아들 되시는 분이 여기로 오시겠다고 했습니다."

'아들이?' 남숙은 가슴에서 무엇이 털렁 떨어져 내리는 것 같았다.

'분명 아들이라고 했지?! 아, 그러니—'

남편의 소식을 알게 된 순간부터 은근히 가슴 한 구석을 누르던 위구심이 끝내 현실로 찾아왔던 것이다.

물론 예상하지 못한 것은 아니였으나 실지 남편에게 또 하나의 가정이 있고 그를 아버지라 부르는 자식이 있다는 것은 참으로 감수하기 괴로운 것이였다.

'내 한생 지켜온 사랑이 이 것이였단 말인가.'

한생이 허무해졌다, 그의 심리를 눈치 챈 듯 안내원이 조용히 방에서 나가는 것이였다.

　남숙은 트렁크를 열고 정성스레 포장한 지팽이와 차잔을 꺼내놓았다. 남편과의 상봉을 앞두고 생각하고 또 생각하여 준비한 기념품이였다.

　한생 남편을 받들어주지 못한 것이 가슴에 걸려 마련하였다고 할가. 그는 지팽이를 쓸어보며 생각에 잠기였다.

　지난날의 일들이 주마등같이 떠올랐다.

　달 밝은 밤 나란히 누워 자는 어린것들의 모습을 하나하나 지켜보느라면 왜 그리도 가엾어지는지 창밖에선 귀뚜라미가 울고 녀인의 베개엔 눈물이 고였다.

　길가에서 비슷한 사람만 보아도 따라가 보았고 한 밤 중에 발자국소리만 들려도 심장이 멎는 것 같았다.

　한번은 큰딸 혜성이가 학교에 갔다가 울면서 다시 왔다. 사연을 물으니 반장애가 너의 아버진 머리에 뿔난 빨갱이라고 하면서 잔등을 발로 밟아주었다는 것이였다.

　딸애의 하얀 샤쯔에는 운동화자리가 그대로 찍혀져있었다. 피가 거꾸로 솟는 것 같아 견딜 수가 없었다.

　남숙은 학교를 찾아갔다. 국민학교 교장은 랭소를 지으며 애들 장난질로 치부해버리는 것이였다. ‘응당한 대접’이라는 속대사가 짙게 깔려있었다.

　그날 집으로 온 남숙은 웃 방에 올라가 소리 내여 울었다. 눈물이 펑펑 쏟아져 내렸다.

　옆집 녀인이 와서 위로하는 것이였다.

　“그러게 재가하라고 내 몇 번 말했어요? 지금은 그렇다 쳐도 이제 애들이 자라면 전망문제가 막힐 거란 말이예요. 그리구 <아버지> 소리 한 번 못해보고 크는 애들 생각도 해야지요.”

　남숙의 가슴은 막 미여지는 것 같았다. 허나 자기의 심장 속에서 남편을 뽑아버릴 수 없는 것을 어떻게 하랴. 더우기 아이들이 다른 아버지의 성으로 불리운다는 것은 상상도 못할 일이였다.

그날 밤 남숙은 베개 밑에서 자그마한 시집을 꺼내었다. 리화녀고 시절에 총각이었던 남편으로부터 기념으로 받은 것이었다.

그는 이것을 자기 몸 가까이에서 떼여놓은 적이 없었다. 시집을 번지노라면 남편의 숨소리가 들려오고 순박한 웃음이 어린 그 모습이 금시 보이는 것만 같다.

그는 백지 한 장을 꺼내어 자기 심정을 적어나갔다.

내 마음 깊은 곳에 그대 향한 그리운 정
내 어찌 잊으리요 내 어찌 버리리요
치솟는 활화산마냥 그칠 줄을 몰라라

이것을 시집의 갈피에 끼워 넣었다.

남숙은 이민의 길을 택하였다.

낯설고 물 설은 타향에 짐을 풀어놓으니 자나 깨나 그리운 것은 못 잊을 고국산천이였다. 남편에 대한 추억은 더 자주 찾아왔다.

한때 수겸은 집필사업 때문에 출장지에 오래동안 있은 적이 있었다.

남숙은 정성스레 보약을 만들어가지고 찾아갔다.

그날 밤 그들은 밖으로 나왔다. 키가 성큼한 달맞이꽃이 가득하게 널린 강변길로 다정하게 걸어갔다.

달이 떠오르자 달맞이꽃 꽃봉오리들이 일제히 너도나도 하며 여기저기서 툭툭 소리낼 듯 망울을 터치였다. 신비하고 황홀한 밤이였다.

"혜성이 아버지! 제 소원이 뭔지 아세요?"

"뭔데?" 수겸은 싱글벙글하며 남숙의 코등을 꼭 눌러주었다.

"저 — 즉흥시 한수 들어보세요.

세상의 부귀영화 내 어이 부러우랴
다정한 솔바람에 싱그러운 바다내음

한쌍의 갈매기 되여 학문바다 날으리

호호, 아직은 욕망뿐이예요. 하지만 이제 애들의 잔시중을 끝내고 우리 둘만의 시간을 얻게 되면 나도 책을 가까이하면서 당신을 힘껏 돕겠어요."

"고맙소!" 수겸은 그답지 않게 흥분되였다.

"난 그 바다에서의 장쾌한 해돋이를 기다리겠소."

수겸은 남숙이 쪽으로 돌아섰다. 정으로 가득 찬 눈이 이글이글 타고 있었다.

"남숙이!"

남편은 남숙의 어깨를 꽉 그러잡았다. 금시 모든 것을 바스러뜨릴 듯한 억센 힘이 느껴진다.

행복감에, 기쁨에 숨이 막힐 것만 같았다, 장난기어린 생각이 꿈지락거린다.

"저기 – 엿보는 이가 있어요!"

남편은 힐끔힐끔 둘러보며 남숙을 놓아주었다.

"어디 말이요?"

"저기!"

남숙은 한손으로 밤하늘을 가리켰다. 쟁반 같은 달이 새물새물 웃으며 내려다보고 있었다.

"그럼?"

남숙은 머리를 까딱이고 나서 호호 웃으며 달아났다. 수겸도 통쾌한 웃음을 터뜨리며 따라오고 있었다.…

그 시절로 되돌아갈 수 있다면 얼마나 좋으랴.

갑자기 인기척소리와 함께 안내원이 문을 열었다. 함께 온 사람이 보이였다.

그 장년사나이를 보는 순간 남숙의 뇌리엔 번개가 일었다.

'어쩌면!' 그의 모상이 젊은 시절 남편과 같아보였던 것이었다.

틀진 체구에 우뚝 솟은 키, 순박하면서도 지성이 느껴지는 얼굴, 준수한 몸가짐… 이름 할 수 없는 흥분에 심장이 쿵쿵 뛰였다.

어찌 보면 눈 모습이 달라 보이기도 했다.

사나이는 공손히 허리 굽혀 인사를 하는 것이였다.

"큰어머니! 이국땅에서 얼마나 고생이 많으셨습니까."

뭉클 가슴이 젖어들며 코등이 싸해졌다. 남숙은 마주가 사나이의 손을 잡아 일으켰다.

"그만하라구." 목소리가 갈리였다.

그들은 손을 잡은 채 쏘파에 가 앉았다.

"그래 ─ 이름은 뭐라고 부르나?"

"태규라고 합니다."

남숙은 젖줄이 캥기는 듯 한감을 느꼈다. 카나다에 있는 두 아들의 이름은 태정, 태성이다. 갑자기 자기 아들이 하나 더 불어난 것 같은 감정은 실로 야릇한 것이였다.

태규는 어느 연구소의 연구사로 있다고 한다. 그와의 이야기는 화기애애한 속에서 흘러갔다.

그는 카나다에 있는 가족들에 대하여 무척 알고 싶어 했다. 그들과 함께 오지 않은 것을 섭섭해 하였다.

"아버진 큰누님의 노래를 잘 불렀다고 가끔 이야기하셨습니다. 이 자리에서 누님의 노래 소리를 들을 수 있다면 얼마나 좋겠습니까."

순간 남숙은 목이 꺽 메였다. 가장 아픈 곳을 찔리웠던 것이었다.

혜성이는 지금 이 세상에 없다. 불치의 병에 걸려 오래전에 사망한 혜성이는 집안의 맏이로서 평양과 아버지의 대한 표상이 뚜렷하였고 그로 하여 누구보다 아버지를 그리워했었다.

죽기 며칠 전에도 병원침대에서 저녁노을을 바라보며 눈물이 글썽하여 말했었다.

"어머니, 내가 제일 행복했던 때가 언제였는지 아세요? 평양에서 아버지랑 함께 살 때였어요. 요즘은 왜서인지 그때 생각이 자꾸 나요. 저 하늘의 구름을 타고 아버지가 계신 곳으로 훨훨 날아갈 수는 없을가요?… 날 좀 일으켜줘요. 아버지를 위해, 통일을 위해 기도를 드리겠어요."

그 말이 끝내 큰 날개를 꺾게 될 줄이야.

…풀어진 머리에 피골이 상접하여 누워있는 딸의 모양, 그 앞에 무겁게 드리워진 '사형선고'. 아, 이 악마의 너울을 걷어낼 수는 없단 말인가.

남숙의 눈에선 피가 끓었다. 그처럼 착하고 그처럼 아름답고 이 어미에게 과분할 정도로 그렇게 똑똑한 딸을 정녕코 먼저 보내야 한단 말인가. 하늘도 무심하구나!

"어… 머니" 가엾은 딸은 힘겹게 말하였다.

"아… 버지… 가 보고… 싶어요. 그렇게 많은… 기도를 드렸… 는데도…"

혜성이의 눈귀로는 맑은 것이 주르르 흘러내렸다.

"혜성아!" 남숙은 애써 마음을 다잡으며 딸의 눈귀를 손으로 훔쳐 주었다.

딸은 웃으려고 하며 가슴에 안고 있던 자그마한 함을 내밀었다.

"이 ─ 거… 아버지…"

거기엔 정히 말리운 네 잎 토끼풀이 들어있었다.

혜성이는 어려서부터 잔디밭에서 놀기를 좋아했다. 대동강기슭에 자리잡은 집 앞으로는 파아란 잔디밭이 펼쳐졌는데 거기엔 류달리 토끼풀이 많았다.

한 번은 혜성이를 데리고 남편이 있는 대학으로 찾아간 일이 있는데 거기에도 길 옆에 토끼풀이 있었다.

어린것은 하얀 꽃을 꺾어 엄마에게 내밀었다. 그 것을 두 개 잇대여 손목에 감아주니 그 앙증스러운 손으로 손벽을 치며 기뻐하는 것이었다.

"엄마! 나 시계꽃 아빠한테 보여줄래."

카나다에 왔어도 조국이 그리울 때면 이 풀을 찾군 하였다. 네 잎 짜리 토끼풀을 찾는 사람에게는 행복이 온다는 말을 듣고 짬만 있으면 공원이나 강변으로 나가군 했다. 해와 달을 넘기며 여직껏 찾은 네 잎 풀이 모두 다섯 개였다.

그것을 아버지의 소식을 알게 되면 편지 속에 보내겠다며 말리워 두었던 것이다.

"혜성아, 이것만은 네 손으로 보내야 한다. 넌 죽어선 안 돼!

이제 아버지랑 만나면 온 가족이 대동강변에 모여 앉아 오늘을 추억하며 노래를 부르자꾸나. 모란봉에 올라 꽃구경도 하고…"

허나 엄마의 말이 끝나기도 전에 딸의 눈엔 재빛 장막이 덮이였다. 영영 오지 못할 길로 가버렸던 것이다.

남숙은 굳어졌다. 함 떨어지는 소리가 멀리에서 들려오는 듯 했다.

네 잎 풀들이 방바닥에 흩어졌다. 그런데 그 하나하나에는 가족들의 이름을 적은 종이쪽지들이 매달려 있는 것이 아닌가. 혜성이가 그토록 바란 가족들의 행복이였다.

유독 한 쪽지에만은 네 잎 풀이 없이 이름만 댕그라니 적혀져있었다. 여섯 식구의 마지막 번째인 여섯 번째 풀은 아직 찾지 못했던 것이다.

그것을 집어 드는 남숙의 손이 와들와들 떨리였다.

"혜성"이라고 쓴 두 글자가 확대되였다가는 작아지고 또다시 커지며 가슴을 갈가리 찢어놓았다.

'아, 마음속으로나마 안아보려던 그 행복마저 찾지 못한 채 너는 갔구나!'

막혔던 물목이 터지였다. 남숙은 딸을 와락 그러안고 마구 볼을 비비며 몸부림쳤다.

"너를… 너를 어떻게 내 손으로 이국땅에 묻으란 말이냐"

남숙의 눈에서는 피 같은 눈물이 쏟아져 내렸다. …

녀인은 손수건을 눈가로 가져갔다.

혜성이가 남들처럼 아버지의 사랑을 받다 갔더라면 이다지 가슴 허비지는 않을 것이다.

아버지를 찾겠다고 그처럼 희망하던 음악가도 마다하고 간호부가 되여 다른 나라에 팔려 다니며 아버지의 행처를 수소문하던 딸이였다.

그 과정에 병을 만나고 이렇게 아버지가 살아계시는 것도 알지 못한 채 타향의 한줌 흙으로 변하고 말았다. … 이 아픔을 태규가, 아니 태규의 아버지가 어떻게 다 알 수 있단 말인가.

남숙은 깊은 한숨을 내그었다. 딸을 잃고 방황하며 모대기던 그때의 감정이 되살아나는 듯 했다.

고요의 저녁 빛이 살며시 내린 빈 뜰
앙상한 나무가지 새때마저 가버리고
갓 잃은 딸 모습 그려 초생달을 안는다

청초한 너의 모습 초생달로 웃는구나
너 놀던 동산이야 바람일던 가시밭길
한 맺힌 너의 큰 날개 새 하늘을 날으렴

자기가 쓴 '빈 들'이라는 시였다. 어쩌면 이것이 내 운명이 아니였던가 하는 생각이 들었다.

빈 들… 80 평생을 살았다고 하나 뒤돌아보니 아무것도 남지 않았다.

학문으로 남편을 돕자던 일루의 희망도 가뭇없이 사라지고 험난한 인생길에 딸마저 가버렸다.

땅도 제 땅이 아니요 사람들도 제 나라 사람들이 아니다.

직업도 자기 것이 없었다. 잡일과 청소부, 아이보개… 무슨 일인들 안 해 보았으랴.

세상을 하직할 나이가 되여 남편을 만나게 되니 그 또한 남의 사람이 되고… 아, 내 인생엔 남은 것이 무엇이란 말인가?

남숙은 몸부림치고 싶도록 안타까왔다.

남숙은 방에 홀로 있었다.

태규는 아버지가 일어나면 -병원에서는 아직 안정이 필요하다고 했다는 것이다. - 데리러 오겠다고 했다.

환자가 갑자기 흥분하면 도리여 나쁠 것 같아 남숙도 좀 더 기다리기로 하였다.

태규는 가면서 붉은색표지를 한 책을 맡기였다. 집안의 가보라고 하였다.

'무엇을 적은걸가?'

남숙은 책을 펼치였다. 오래전에 너무도 눈에 익었던 남편의 글씨를 보는 순간 눈시울이 파르르 떨리였다.

김수겸이 자필로 쓴 수기였다.

갑자기 숭엄한 생각이 들었다.

'배낭속의 수첩을 펼치며'라는 제목이 있고 그 아래 '나의 조국해방전쟁 참전수기'라는 부제가 있었다.

"…부모형제들의 사랑만을 받으며 아늑한 집안에서 책 읽는 것밖에 모르고 자라난 나에게 있어서 전쟁은 세찬 바람과 불의 도가니 속에서 한 인간을 단련시켜준 학교이며 용광로였다."

이렇게 시작된 수기는 자기가 꾸려준 배낭을 메고 평양을 떠난 때로부터 서울, 광주를 거쳐 전라남도 진도에까지 나갔던 일이며 거기서 후퇴명령을 받고 공화국북반부로 들어오던 일 그리고 인민군부대에 편입되여 싸우던 일들이 자세히 적혀져있었다.

특히 후퇴 때 이야기는 남숙에게 큰 충격을 주었다. 진도는 우리나라 최남단이면서 섬인 것으로 하여 련락이 잘되지 않았다. 수겸이 후퇴명령을 받았을 때는 이미 모든 인민군부대들이 북으로 들어간 뒤였다. 하여 줄곧 산발을 타지 않으면 안 되였고 조직적인 련계도 가질 수 없었다.

별의별 고생을 다하였다. 죽음의 고비도 여러 번 넘었다. 그러면서도 굴함 없이 북행길을 걸었다.

단순히 북에 있는 처자때문이였는가, 아니였다. 남편은 이미 전쟁전의 그 남편이 아니였다.

그가 인민정권사업을 도와주러 나가있은 기간은 길지 않지만 그 기간 북에 대한 남녘인민들의 열렬한 동경을, 해방지역들에서의 민주개혁을 통하여 김일성 장군님의 정치가 얼마나 좋은가를 절감한 그들의 존경과 흠모의 감정을 력력히 느낄 수 있었다. 그 마음의 재부를 안고 후퇴길을 헤치였다.

하기에 타오르는 모닥불 앞에서 북두칠성을 바라보며 못 견디게 그린 것은 김일성 장군님의 품이였다.

남편은 계속하여 이렇게 썼다.

…

한 달 동안 천신만고하여 북반부가 바라보이는 땅에 들어섰다. 여기서 놀라운 소식에 부딪칠 줄이야.

적들이 평양까지 들어갔고 시민들은 모두 북쪽으로 후퇴해갔다는 것이였다.

나는 증오감에 치를 떨었다. 우리 평양이 놈들의 더러운 군화발에 짓밟히고 있단 말인가.

아침저녁 오가던 정든 교정길과 아이들이 뛰놀던 내 집 뜨락가, 모란봉의 산보길, 경치수려한 릉라도와 청류벽… 이 모든 것을 빼앗겼다고 생각하니 적개심을 금할 수 없었다.

후퇴 길에 남숙은 또 얼마나 고생이 많을 것인가.

일곱 살 난 혜성이는 혼자 걷는다 처도 다섯 살 난 태정이, 세 살짜리 혜영이는 어떻게… 거기에 젖먹이까지 달렸으니 오죽하랴.

제발 앓지 말고 승리의 그날까지 꿋꿋이 이겨내야 할 텐데.

이 무렵 나는 락동강까지 나갔다 둘어오는 인민군 2사부대와 만나게 되였다. 자원하여 입대하였다. 처자와의 상봉을 앞당기는 길이며 평양 해방하는 길이였기에.

그때부터 나는 부대와 운명을 같이하게 되었다.

1950년 11월 25일.

밤에 있은 군관회의 보고와 토론들은 나를 흥분시켰다.

사단은 군단으로 승격되고 최현동지가 군단장으로 임명되였다.

2군단은 최고사령관동지로부터 적후에 들어가 강력한 2전선을 형성하여 적들을 배후에서 족칠 데 대한 명령을 받아 안았다.

다시 적후로! 새로운 싸움을 앞둔 우리의 가슴은 부풀어 올랐다.

군단장동지가 나를 찾는다는 것이였다. 두근거리는 마음으로 방에 들어섰다.

엄하면서도 소탈한 최현동지는 가까이 오라고 하더니 이런 말을 하였다.

그동안 고생이 많았는데 한 가지 의논할 것이 있어오라고 했다, 적후에 들어가기 앞서 우리는 대학교원들을 비롯하여 후퇴도중에 입대한 사민들을 모두 돌려보내자고 한다, 그러나 선생만은 우리와 행동을 같이해야 할 것 같다.

영어와 그 밖의 외국어를 선생만큼 아는 사람이 부대에는 없다, 이제 적후에 들어가면 미군놈들을 비롯하여 추종국가군대와 직접 싸우게 되는데 통역기 없어서는 안 된다,

물론 강요하는 것은 아니다.…

이때 나의 눈앞에는 대학에서 함께 일하던 교원들이며 제자들 그리고 사랑하는 처가의 모습이 엇갈려 떠올랐다. 모두 어디서 무엇을 하고 있는지. 이 추운 날 어떻게 지내는지… 그들을 위해서도 동요하지 말아야겠다는 생각이 들었다.

나는 정색하여 대답하였다.

"군단장동지! 미제놈들과의 싸움에 도움이 된다면 언재까지든 부대와

함께 있겠습니다."

1950년 11월 28일.

남진하는 길에서 나는 오늘이 태성이의 돌날이라는 생각을 하였다. 가슴이 찌르르해졌다.

가족에 대해 생각할 때면 늦어도 태성이 돌전에는 처자와 만날 수 있고 생일상도 차려줄 수 있지 않을가 기대를 가지군 했었는데 허사로 되였다. 하지만 락심하지 않는다. 마음속으로 남숙과 아이들을 소리쳐 불렀다.

'남숙이! 기다려주오. 애들아! 아버지는 원쑤놈들을 쳐부시러 또다시 남으로 나간다.

승리하고 돌아와 태성이의 첫 돌상을 본때 있게 차리자꾸나!'

1951년 2월 28일.

나는 대학으로 돌아가라는 명령을 받고 부대를 떠나 열흘 만에 38도선에 도착하였다.

우리를 태울 차가 기다리고 있었다. 여기서 마중 나온 강좌의 차교원을 만났다. 강좌에서 제일 나이가 어린 그는 나를 언제나 스승처럼 대하며 따랐었다.

"오늘 선생님이 들어오신다기에 하던 일을 젖혀놓고 이렇게 나왔습니다.…"

그도 전선에서 싸우다가 얼마 전에 대학으로 왔다는 것이다. 전쟁을 겪고 보니 이런 상봉이 얼마나 반가운지 몰랐다.

한참 열이 나서 이야기하던 차 선생이 갑자기 말끝을 흐리는 것이였다.

"저… 가족에 대해 알고계십니까?"

나는 도리머리를 저었다. 마음이 불안해졌다.

"선생님이 나타나지 않으니 아마 남에 떨어졌다고 말한 것 같습니다.

대렬 인솔을 맡은 자가 교활하고 나쁜 놈이였는데 ─ 이번에 판명되였다고 한다. ─ 그놈의 작간에 그만 아주머니가…"

"우리 집사람이 어떻게 됐단 말이요?"

남숙이 아이들을 데리고 남으로 나갔다는 말을 듣는 순간 눈앞이 새까매졌다. 딛고선 땅이 흔들리는 듯한 환각이 들었다.

여기까지 읽어 내려가던 남숙은 머리를 싸쥐였다.

'그러니 나를 후퇴 대렬에서 때여내자고… 싹싹하게 발라맞추던 그자의 속심이 그렇게 검은 줄 내 미처 몰랐구나. 아, 내가 무슨 인생의 실책을 범했단 말인가!

졸지에 가족을 잃은 그이의 가슴이 얼마나 아팠을가. 그이의 운명을 같이한다는 것이 이렇게 한 생의 리별을 가져왔으니 이제 와서 어떻게 용서를 바라며 용서한들 무슨 소용이 있단 말인가.

그러면서도 남편에 대한 지나친 사랑으로 불행해졌다고 생각해왔으니…'

쓰디쓴 눈물이 나무진처럼 배여 나왔다.

남숙은 힘줄까지 드러난 상처에 소금을 뿌린 것 같은 아픔을 부여안고 다시 글줄을 더듬어나갔다.

나는 그때 한 시간이나마 풀밭에 앉아있었다. 차 선생이 안타까이 지켜보는 것도, 나 때문에 차가 떠나지 못하는 것도 의식하지 못했다.

무슨 생각인들 안했으랴. 그길로 서울에 달려가 가족을 데려오고 싶은 생각이 열백 번도 더들었다. 2차 서울해방전투 때 옛 집 앞을 지나면서도 들려보지 않은 것이 통탄할 정도로 후회되였다. 거기에 처자가 있으리라고는 상상도 못했던 것이다.

이제 평양 가면 덩그런 빈 집이 나를 맞아줄 것을 생각하니 너무도 기가 막혀 눈물이 핑 돌았다.

리성은 대학으로 가야 한다고 소리쳤으나 발이 움직여지지 않았다.

나는 북반부에서의 4년 생활을 조용히 더듬어보았다. 제일 속에 걸리는 것은 '6자모'로 하여 나라와 민족 앞에 오점을 남긴 것이였다. 한 간부의 권력에 맹종하여 학자의 량심마저 저버린 채…

이때 나를 건져주신 분은 바로 위대한 김일성 장군님이시였다.

장군님께서는 나의 손을 따뜻이 잡아 자리에 앉혀 주시고 나서 이렇게 말씀하시였다.

"나는 성생이 일부러 그랬다고는 생각지 않습니다. 선생이야 일제에게 빼앗긴 조선의 말과 글을 찾자고, 민족의 넋을 지키자고 언어학을 전공하신 분이 아닙니까!"

불시에 눈굽이 쿡 젖어들었다.

"그렇게 애국의 지조가 높은 분이 한순간 관직에 눌리워 마음이 흔들린 것이 더 가슴이 아픕니다. 생각해 보십시오. 나라가 분렬된 조건에서 '새 문자'를 받아들이면 북남사이에 오가는 편지나 출판물도 서로 알아볼 수 없게 될 것이고 오래 지속되면 우리 인민의 민족적공통성이 점차 없어질 것이 아닙니까. 나라가 둘로 갈라진 것만도 통분한데 민족까지 갈라져서야 되겠습니까?!"

너무도 절절하신 말씀에 나는 눈앞이 흐려지는 것을 어쩔 수 없었다. 가슴이 막 비틀리는 것 같았다.

'민족어의 우수성과 순수성을 지키자고 나선 내가 오히려 민족 앞에 죄가 되는 일을 하였으니 이를 어찌하면 좋단 말인가. 민족을 사랑하는 마음 없이, 그러면서도 내 나라 말을 연구한다고 자부해왔으니 나야말로 속이 빈 놈이 아니고 뭐란 말인가—'

엎드려 땅을 치며 통곡하고 싶은 심정이였다.

장군님께서는 언어학자들을 둘러보시며 준절히 말씀하시였다.

"언어는 민족을 특징짓는 중요한 징표인 것만큼 단순히 학술적인 문제로만 보아서는 안 됩니다. 언어와 민족은 량립 될 수 없는 것이 아닙니까. 더우기 조국이 분렬된 조건에서 하나의 언어, 하나의 민족성을 가지는 것은 무엇보다 중요합니다. 일부 사람들이 '문자개혁론'을 들고 나오기에 나는 이미 조국을 통일하기 전에는 그 어떤 문자개혁도 해서는 안 된다고 말해주었습니다. 그럼에도 불구하고 문법교과서에 고유한 우리 말문자에 '6자모'를 섞어 쓰고 그에 대하여 구구히 그릇된 설명을 한 것은 매우 엄중한 일입니다.…"

그러시면서 장군님께서는 문법교과서의 개작방향까지 하나하나 가르쳐 주시였다.

나는 그제서야 '6자모'를 주장한자들의 더러운 공명심에 대하여, 이것이 민족의 공통성을 파괴하는 반민족적 행위라는 것을 더욱 똑똑히 알게되었다.

부대를 떠나올 때의 일도 돌이켜졌다.

최현군단장은 나를 불러다 세우고 그 매눈 같은 눈을 부라렸다.

"뭐, 전쟁이 끝날 때까지 부대에 있겠다고 했다면서? 전선에 있는 대학교원들과 대학생들을 평양으로 올려 보내라는 것은 최고사령관동지의 명령이요! 그런데 어디다 대고 감히…"

언젠가 부대에 남으라고 하던 때와는 판판 달랐다.

"하긴 나부터가 잘못했소. 본인이 안 간다고 밀어 보낼 생각을 하지 않았거던. 선생의 걸음을 지체시킨 걸 진심으로 사과하오."

나는 코허리가 시큰했다. 솔직하고 소탈하면서도 최고사령관동지의 명령집행을 절대화하는 투사동지의 고상한 정신세계에 감복되였다.

최현동지의 목소리는 한껏 부드러워졌다.

"오늘 전선형편을 료해하시던 최고사령관동지께서는 대학교원들의 소환정형에 대하여 물으시는 것이였소. 나는 선생생각이 나서 주밋거리다가 사실그대로 보고 드리였소. 그러자 최고사령관동지께서는 수겸선생은 자신께서도 아는 교육자라고, 아주 실력 있고 량심적인 지식인이라고 하시면서 빨리 대학에 돌아와 학생들을 가르칠 준비를 하게 해야 한다고 말씀하시였소."

'장군님께서는 벌써 승리한 앞날을 내다보고계시는구나. 우리가 이겼다!'

나는 벅차오르는 감정을 이길 수 없었다. 심장이 뛰었다.

포연이 흐르는 평양의 하늘아래 다시 열린 강의실과 초롱초롱한 눈빛으로 기다릴 대학생들을 생각하니 눈굽이 따가와졌다.

가슴이 훈훈해진다. 이것은 분명 사랑이 주는 힘이였다.

사람, 이 세상 가장 아름다웁고 가장 열렬하며 더없이 순결한 인간의 뜨거움!

허나 개별적 사람들의 사랑은 하나의 초불 같아 하나의 방안밖에 밝히지 못한다.

오직 위대한 위인의 사랑만이 만 사람을 보살피고 그들의 운명을 지켜줄 수 있는 것 아닌가.

전쟁전의 일이 떠올랐다. 언어문제는 곧 민족문제라고 하시면 조국의 분렬을 두고 그리도 가슴아파하시던 장군님의 말씀… 그 준절한 말씀이 이 순간 가슴을 아프게 두드린다.

그때의 아픔이 백이였다면 지금은 천, 만으로 가슴이 저린 것은 무슨 까닭인가.

나는 비로소 그 "매" 속에 담겨진 어버이의 심정을 리해한 것이다.

항일의 혈전만리 피로써 찾은 조국이 불렬주의자들에 의하여 둘로 갈라질 줄 생각이나 하셨으랴.

헌데 그 아픔을 함께 나누어야 할 사람들이, 조국을 하나로 이어야 할 사람들이 신념의 대가없이 흔들리는 것을 보셨을 때 그이 마음 얼마나 피로우셨으랴.

나는 가슴 저미는 죄의식에 머리를 들 수 없었다.

최현군단장이 다가와 나의 어깨를 꽉 잡았다놓는 것이였다.

"선생이 부럽소 나도 대학공부를 하고 싶구만, 허허… 아무쪼록 최고사령관동지를 잘 받들기요.

최고사령관동지께서는 이제 전쟁이 끝나면 우리에게 민족간부가 더 절실히 필요하다고, 이 영예로운 과업을 훌륭히 수행하기 바란다고 하시면서 자신의 인사를 선생에게 전하라고 하시였습니다!"

'나 같은 것이 뭐라고…' 나는 크나큰 감격에 어쩔 줄을 몰랐다.

믿음이면 이보다 더 큰 믿음, 사랑이면 이보다 더 큰 사랑이 어디 있겠는가. 끝없는 행복감에 눈물이 좔좔 흘러내리는 것도 알지 못하였다.

최현군단장이 전화로 후방부사령관을 찾는 소리가 방안을 드렁드렁 울리였다.

"최고사령관동지의 부르심을 받고 가는 우리 선생님을 잘해서 보냅시다! 새 군복과 필요한 소지품을 일식으로 갖추어주고 평양까지 무사히 가도록 대책을 해야겠소. 인민군대차를 리용할 수 있게 '특별통행증'을 하나 써주도록 하오. 지원군차를 맞다들릴 수도 있으니 중국말로 쓴 것도 말이요.…"

이렇게 떠받들려 여기까지 온 나였다.

하다면 내가 잘나서인가. 애국에 대하여 말하면서도 애국이 무엇인지 다 몰랐던 내가 아닌가.

그런 허물을 용서해주신 것만도 한량없는데 이렇게 하늘같은 믿음을 안겨주시니 진정 나의 애국의 하늘은 김일성 장군님이 아니신가!

나는 내가 갈 길을 알았다. 조국이 어려움을 겪고있는 지금 나라와 민족을 지키고 자기를 지킬 수 있는 길은 오직 하나― 김일성 장군님을 따라가는 것이다!

나는 이것을 남숙과 아이들이 언제든지 리해해주리라고 믿었다.

…

남숙은 책을 덮었다.

격정의 파도가 밀려와 흉벽을 쾅쾅 두드렸다.

'아, 나는 너무도 많은 것을 몰랐구나. 남편을 그토록 사랑하면서도 남편을 보살펴주는 위대한 품이 있다는 것을 미처 다 몰랐으니… 그 품이야말로 못난 자식, 잘난 자식 모두 안아 인생의 먼먼 앞날까지 책임져주는 둘도 없는 어버이품이라는 것을 더더욱 몰랐다. 그러면서도 남편을 다 안

다고 자처하였으니 인생의 착오는 바로 여기서부터 시작되었다.'

남숙은 생각이 깊어졌다.

'인간은 누구나 행복을 바란다. 나 역시 무한히 행복해지기를 바라고 또 바라였다.

허나 행복은커녕 한생 지경밖에 밀려나 외로움 속에 살아오지 않았던가.

인생은 그 뿌리를 내리지 못하였다. 부평초마냥 한뉘 떠다녔다.

반세기전 평양을 등지고 돌아섰던 그 걸음 속엔 얼마나 무서운 것이 있었던가. 나는 스스로 어머니를 버린 못난 자식이 되였다. 인생의 실책이기는 하나 이미 엎지른 물어였다.

남편의 한생은 어떠한가. 그도 한때 신념이 없이 인생의 큰 과오를 저지르지 않았던가.

하지만 남편에게는 자기의 정신적지주가 있었다.

인생의 가치는 재부가 아니라 애국과 잇닿은 참다운 명예에 있으며 그 길이야말로 김일성 장군님을 따르는 길이라는 것을 폐부로 절감하고 있었던 것이다.

하기에 해방 후 그는 부모형제의 곁을 떠나 서슴없이 평양으로 왔고 그 길에 우여곡절을 겪으면서도 변함없이 한길을 걸었다. 오늘은 남들이 부러워할만 한 성공의 높이에 올라섰다.

조국에 대한 순결한 헌신으로 하여 그는 조국의 사랑을 받는 사람으로 되였다.

가장 값 높은 행복은 이런 것이 아닌가!'

남숙은 판이한 두 인생의 대조가 어디서 온 것인가를 알았다.

그것을 깨닫고 보니 이미 한생은 다 지나가고…

복도에서 와작지껄 떠드는 소리에 남숙의 생각은 끊어졌다.

문이 열리며 꽃 같은 두 처녀와 태교와 안내원의 얼굴이 동시에 나타났다.

두 처녀는 커다란 꽃묶음을 안고 있었다. 짙은 꽃향기가 남숙의 가슴에 확 실리였다.

"조국에 오신 할머니를 환영합니다!"

자기에게 괄랭이 두 딸이 있다고 하던 태규의 말이 생각났다, 할아버지의 성격과는 달리 쾌할하기 그지없는 손녀들이였다.

그들이 가져온 소식 또한 얼마나 놀라운 것인가.

할아버지가 일어났어요! 모두 경사가 난 듯이 기뻐하고 있어요.

할머니, 빨리 가시자요!

할아버지가 할머니를 기다리고 있어요!…

남숙에게는 꿈인지 생시인지 분간하기 어려웠다.

병원마당이다.

차에서 내린 남숙은 자기를 기다리고 있는 남편을 인차 알아보았다.

산뜻한 치마아래 묵중해 보이는 출입분, 그 앞에 서있는 백발의 로인…

그도 자기를 알아보았다.

헌데 가까이 다가갈수록 앞이 잘 보이지 않았다. 남숙은 발을 허둥거렸다. 뽀얀 운무 속에 가리워지군 하는 남편의 모습을 놓치지 않으려고 애썼다.

얼마 만에 만난 남편인가. 처음 알게 되었을 때 그리도 자기를 현혹케 하던 지식인청년, 그 후 북반부에서의 생활, 아침이면 아이들과 함께 남편을 바래우고 저녁이면 온 가족이 모여앉아 노래를 부르던 행복의 순간들.

전쟁 시기 헤여질 때 이렇게 장장 반세기동안이나 갈라져있으리라고 상상이나 해보았던가. 막냉이던 태성이도 이제는 50 고개를 넘어섰다. 아버지의 얼굴도 모르고 자란 그 자식의 머리에도 흰서리가 내리기 시작하였다.

이제라도 자식들의 마음속슬픔을 가셔줄 수 있다면, 내 자식을 나란히 아버지 앞에 내새울 수만 있다면 무슨 한이 있으랴. 허나 이것은 꿈이였다.

'모든 건 내 탓이에요. 당신 앞에 면목이 없어요.

혜성이한테서 아버지를 앗아내고 그 애 목숨을 빼앗아간 것도 바로…나란 말이에요!'

왈칵 울음이 복받쳤다. 남숙은 저도 모르게 손수건으로 입을 막으며 그

자리에 선채 흐느꼈다. 금시오열이 터질 것만 같았다.

누군가 가까이 와서 남숙의 손을 부여잡았다.

"아픈 심정이야 어디 가겠습니까. 하지만 이제부턴 웃으며 사셔야지요. 그래야 아버지도 기뻐하실거고…"

태규였다. 그의 따뜻한 목소리에 남숙의 마음은 어지간히 진정되였다.

그는 눈물을 씻고 바라보았다. 몇 걸음 앞에 남편이 오고 있다.

30대 헤여질 때의 모습은 찾아볼 수가 없다. 머리 우에 무겁게 얹은 백발이 눈뿌리를 지져준다.

방금 전에 차를 타고 오면서 태규는 말했었다.

"사실 난 친아들이 아닙니다. 전후 아버지는 재취하라는 사람들의 권고를 마다하고 량부모가 없는 나를 데려다 키웠습니다."

남숙은 남편의 심정이 리해되고도 남음이 있었다. 자식들에게 주지 못하는 사랑을 태규에게 고스란히 쏟아 부었으리라.

어느새 남편이 앞에 와섰다.

"남숙이!"

석쇰하면서도 갈린 목소리이다. 그것이 천만 근의 무게를 가진 듯 남숙의 가슴을 뻐근하게 한다. 눈앞이 확 흐려진다.

'혜성이 아버지!' 남숙은 목 메여 불렀으나 아무 말도 나가지 않는다. 그저 눈물만 그렁그렁 차오른다.

그는 옷매무시를 바로 하고 그렇게도 만나고 싶었던 남편 앞에 다소곳이 절을 하였다.

남편이 그의 손을 잡아 일으켰다. 후더운 정이 전류처럼 흐른다.

남편의 눈에도 물기가 번쩍이였다.

"남숙이, 보고 싶었소!

아이들을 혼자서 키우느라 고생인들 얼마나…"

다정한 그 목소리, 살뜰한 손길, 잊을래야 잊을 수 없었던 부드러운 체취… 남숙은 웃음을 지으며 수겸을 바라보았다.

여전히 빛을 잃지 않은 순박하면서도 열정적인 두 눈!

자기가 모든 것을 되찾았다는 안도감과 끝없는 행복감을 느끼는 순간 녀인은 온몸이 물먹은 솜처럼 잦아드는 것이였다.…

한참만에야 그는 자기가 남편의 품에 안겨있다는 것을 알았다.

그토록 안기고 싶던 품, 한생 사랑하고 또 사랑해온 품에 안겼다고 생각하니 절로 눈물이 피여 오른다.

다시는 놓고 싶지 않았다. 이것은 단순히 한 인간의 품이 아니라 꿈에도 그려보던 조국, 위대한 어버이가 계시는 내 나라의 품이였기에…

남숙은 행복의 진미를 처음으로 느끼는 듯하였다. 그는 돌아가면 자식들에게 말해주리라 생각하였다.

우리에게도 우리를 안아주는 품이 있다고. 어머니에게는 고운 자식, 미운 자식이 따로 없는 것이라고…

불현듯 혜성이의 모습이 떠오른다. 여섯 번째 네 잎 플을 찾아 여기저기 헤매는 모습이다.

남숙은 속으로 부르짖었다.

'혜성아! 네가 그처럼 찾앗헤맨 행복을 나는 여기와서야 알게 되였단다.

행복은 그 어떤 "신"이 가져다주는 것이 아니라 바로 나라와 민족을 뜨겁게 사랑하시는 위대한 령도자의 품에 자기 인생의 뿌리를 내리는데 있다는 것을!

자기 하나만을 생각하면서 그 품과 떨어질 때 민족과 멀어지게 되며 그 길에 참된 행복이 있을 수 없다는 것은 80 평생 오늘에야 내가 찾은 뼈저린 교훈이며 후대들에게 하고 싶은 말이기도 하다.…'

이날 만수대언덕에 높이 모신 어버이수령님의 동상 앞에는 류다른 꽃다발이 하나 놓여있었다. 하얀 작은 꽃이 다문다문 섞인 소담한 들꽃묶음이였다.

≪조선문학≫, 2007.3

북한문학 연구자료총서 III

력사의 자취

북한의 소설

초판 1쇄 인쇄일	2012년 6월 14일
초판 1쇄 발행일	2012년 6월 15일

엮은이	김종회
펴낸이	정구형
출판이사	김성달
편집이사	박지연
책임편집	정유진
본문편집	이하나 이원숙
디자인	유정현 장정옥 조수연
마케팅	정찬용
영업관리	김정훈 권준기 정용현 천수정
인쇄처	월드문화사
펴낸곳	**국학자료원**

등록일 2006 11 02 제2007-12호
서울시 강동구 성내동 447-11 현영빌딩 2층
Tel 442-4623 Fax 442-4625
www.kookhak.co.kr
kookhak2001@hanmail.net

ISBN	978-89-279-0171-6 *94800
가격	88,000원

* 저자와의 협의하에 인지는 생략합니다.
  잘못된 책은 구입하신 곳에서 교환하여 드립니다.